李翔凌 著

沉船

（上卷）

一条大河的激情岁月　一支大军的前世今生
一个企业的重生涅槃　一群战士的奋发图存

中国书籍出版社
China Book Press

图书在版编目(CIP)数据

沉船:全2册/李翔凌著．—北京:中国书籍出版社,2016.12
ISBN 978-7-5068-5959-2

Ⅰ.①沉… Ⅱ.①李… Ⅲ.①长篇小说-中国-当代 Ⅳ.①I247.5

中国版本图书馆CIP数据核字(2016)第281179号

沉　船(上卷)

李翔凌　著

责任编辑	张　文
责任印制	孙马飞　马　芝
封面设计	楠竹文化
出版发行	中国书籍出版社
地　　址	北京市丰台区三路居路97号(邮编:100073)
电　　话	(010)52257143(总编室)　　(010)52257140(发行部)
电子邮箱	eo@chinabp.com.cn
经　　销	全国新华书店
印　　刷	河北省三河市顺兴印务有限公司
开　　本	787毫米×1092毫米　1/16
印　　张	58.25
字　　数	1285千字
版　　次	2017年1月第1版　2017年1月第1次印刷
书　　号	ISBN 978-7-5068-5959-2
定　　价	157.00元(全两册)

版权所有　翻印必究

前　言

我的家应该算得水电世家。父亲在水利水电工地干了一辈子,我在水利水电工地干了一辈子,儿子同样在这条战线工作了二十年,看样子,他还得在这条战线继续干下去,这也许就是人们常爱说到的"不解之缘"。结下了不解之缘,自然就有难割难舍的情结,所以,我写的东西,绝大多数没能脱离水电建设生活。

一九七〇年底,我跟随父亲从老家农村来到宜昌,参加葛洲坝水利枢纽工程建设(那时叫三三〇工程)。报到那天,一位姓潘的排长把我领进了一栋已经住着二十几个刚刚退伍的军人和老工人的芦席棚。他当门架了张床,又不知从哪儿抱来捆稻草,往铺板上一铺,然后帮我把铺盖卷儿摊开。这样,我就成了水电建设队伍中的一员。

在中国水利水电建设史上,葛洲坝水利枢纽工程有着划时代意义,勘测、设计、施工,完全采用自己的技术力量,不依赖外国人。当年,湖北省省长张体学在北京立下"军令状",说是建不成葛洲坝电站,就将自己的人头取下来挂到天安门的城楼上。故事的来龙去脉固然无从稽考,但时至今日,确实有许多老人还在怀念这位自强的省长。由于机械设备不足,葛洲坝工程上马后,打的是人海战术,上下游四道围堰几乎全部靠人工填筑。施工现场,到处是搬运土石的工人、民兵和解放军战士。十里工区,人声鼎沸,气势恢宏。当然,要说这活儿不辛苦,那是假话。

我所在的八团八连是汽车修理连(实际上什么机械都修),修理任务少,全连大部分职工就去填筑围堰;修理任务多,就抢修趴窝的机械,多半是服务到现场。大家搬运土石回到芦席棚是一身泥,修理机械回到芦席棚是一身油,到哪上班都得流一身汗。有一天,潘排长高兴地把一枚奖章和一张证书交给我,说我立了三等功。我愣住了,心想,我并无尺寸之功,怎么立功了呢?肯定搞错了。排长告诉我说,你抢修电铲的时候被指挥部的几位领导看见了,他们都说该给你记三等功。我想起来了,那是"三抢三保"大会战(三抢什么施工部位、三保什么施工节点已经记不清了)的一个深夜,大雨倾盆,三江基坑唯一一台三立方电铲(那时我还没见到过四立方电铲)趴了窝,二十几辆出碴汽车被迫停止生产。当时,正值我和刘振东师傅值班,接到通知后,刘师傅带着我钻出窝棚,跑到了现场。三立方电铲趴窝的主要原因是卵石将履带板顶坏,不能行走,不能行走就贴近不了掌子面,也就挖掘不了石碴。我们需要把被卵石顶变形的履带销退出来,卸下破损的履带板,换上新履带板,再揳进新钢销。刘师傅斜歪在积水里,用肩膀扛住三四十公斤重的履带板,双手扶着一截钢筋头,我则抡起大铁锤,使劲儿地退销、揳销。雨很大,光线也不怎么好,我们配合默契，费劲巴力干了两三个小时。没想到，我们的工作被正在掌子面上督察施工进展的几位指挥部领导看在眼里，第二天就指示前方调度室查找抡大铁锤抢修三立方电铲的人。我拿着奖章找到刘振东师傅，说那夜实际上你比我干得更辛苦，这章给你才对呀！刘师傅羡慕地摸着奖章说，一样，给谁都一样。

　　一九七三年，三三〇工程指挥部的组织结构发生了一次很大的变化。三三〇工程指挥部更名"三三〇工程局"，三大分部撤销，八团改组成了专业性更强的开挖分局，承担汽车修理任务的八连分散归口到了汽车分局、运输分局、修配二厂等单位，近两百名修理工重新安排到了不同的岗位。我被分配在汽车分局保养厂七班。七班的班长叫吕联甲，是从山东马浃河转战葛洲坝的福建籍人。吕班长的脾气不好，但是心眼儿不坏，挺厚道的一个人。每逢节假日，他总要准备满满一桌菜，把全班人请到家里大吃一顿。那时生活物资匮乏，大家却总有机会打牙祭，自然很开心。一天傍晚，吕班长用只塑料网兜兜着几斤筒子面走进了我的寝室，说是让我晚上饿了就用煤油炉子煮了吃。他说他听人说我每天晚上都要趴在铺板上写写画画，特地看看我来了。闲聊中，我慢慢感觉到，他是想额外派给我一门差事。七班不缺劳力，不缺技术，就缺个能够写点儿东西的人，他盯上了我。吕班长很好强，很爱面子，哪方面都不愿意比别的班组弱，于是，我兼顾起了出墙报和向报社、广播站投稿之类的活儿。那年年底，七班被评为"先进班组"，厂领导让吕班长写个经验介绍材料，并且作好大会发言的准备。毫无疑问，写材料成了我的事情。保养厂召开经验交流会是一天晚饭过后。那天傍晚，汽车分局大食堂坐满了保养厂的六七百名职工。快轮到吕班长上台发言的时候，他却蹭到了我跟前，悄声说，稿子是你写的，你就上台念念得了。我忙说这可不行。他说：七班的经验都写在纸上了，谁上台念那还不一样？我已经跟厂长说妥了，就让你代表了……快快，快，该七班了！不由分说，我连衣扣都没收拾利索就被他推上了讲台。始料未及的是，那晚有两个到基层检查工作的机关干部坐在台下，我刚走下讲台，手里的典型材料就被他们接了过去，并且带回了工程局。没过多久，汽车分局接到工程局党委办公室的通知，说保养厂七班的典型材料工程局党委书记刘书田（后来任水利部副部长）看过后作了批示，要求七班向全工区介绍经验。不到半个月，隆重的工程局先进经验交流大会在局机关小礼堂举行，我又上台代表了吕班长一回。这事回想起来很滑稽，吕班长费尽九牛二虎之力把七班带成了全工区的先进集体，抛头露面的却是我。翌年，我有短篇小说在湖北省的文学期刊登载。未知这两件事与我的人生道路有没有直接关系，只记得时隔不久，我被调到《三三〇战报》社当上了记者。是时，我的学徒期刚满，工资可以拿到三十二元了。

　　在报社干了两年，工程局政治部成立文学创作室，我又被安排到创作室当创作员。其时，创作人员并不能每天坐在创作室里搞创作，而是要深入生活，要到基层生产单位去和工人师傅打成一片。我被派到开挖分局四队当了半年风钻工，到机械分局三队当了三个月风钻工，到浇筑分局一队当了半年混凝土浇筑工，到砂石分局的一条采砂船上当了半年水手。葛洲坝大江截流前夕，领导又让我到前方工作组工作了一年。在与工人师傅同吃同住同劳动的日子里,我深切感受到,水电工地的一线工种,没有一项不辛苦。手风钻(那时还没见过潜孔钻)重达三四十斤,被空压机驱动起来像头发狂的牛犊,不使尽全力就招架不住。更要命的是,从钻孔里喷射出来的灰土如同沙尘暴,呛得人唇焦口燥,一个台班干下来,白口罩二面黑黄。所以,风钻工患矽肺病的特别多。振捣器也有二十多斤重,电驱动。握住它振捣混凝土,人就得跟着不停地颤抖,触电似的。在混凝土仓位里打一天振捣器,人累得简直要散架,长筒套鞋里能倒出一瓢汗水。关节炎、风湿几乎成了浇筑工的职业病。采砂船上的活儿也不轻松。从装满砂石的巨型铁斗一只接着一只钻出水面起,整个船体就剧烈颠簸、震荡起来,待在上面,犹如待在遭受地震的房屋里,头昏脑涨。要是体质欠佳,会呕吐不止,直到吐出黄色的苦水。对我来说,在这些一线岗位待得再久,也只是个过路客,而那些以开挖、浇筑、采砂为职业的人们却要在这种艰苦的环境里坚守一辈子,除了需要韧性、耐力,还需要精神力量的支撑。期间,我虽然竭尽全力写过一些歌颂他们的文艺作品,但大多像长江上的星点浪花,转瞬即逝,感觉不出大的响动。最大的收获是,熟悉了如火如荼的水电建设生活,熟识了许多乐于奉献的工人朋友和敢于面对任何艰难困苦的基层干部、工程技术人员。直到若干年后,我才发现,原来这是一笔不小的财富。

在以后更长的日子里,领导给我的任务是编辑出版期刊《江河文学》。和所有的编、审人员一样,与众多作者心往一处想,劲儿往一处使,协同他们实现自己的梦,一度成为我致力的职业。《江河文学》方寸大小,却连着五湖四海,直通全国水利水电建设工地。它是广大水电职工的文学园地,响彻着水电建设者的心声;它是水电建设战线的窗口,展示着水电建设队伍的形象。《江河文学》由水电建设总局(地址在北京的六铺炕。后改名中国水利水电建设集团)和葛洲坝工程局(后改名中国葛洲坝集团)主管、主办。水电建设总局下辖十六个工程局和两大水工机械厂,遍及十几个省市。各工程局(厂)的党委书记(或局长)均为《江河文学》的编委,作为这一期刊的编、审,我有了亲近更多领导干部、水电建设者和拓展视野的机会。在编辑出版《江河文学》的十几年里,我差不多走遍了全国的大江大河,访寻了不少颇有名气的水电建设工地,既感受到了水电建设生活的艰苦卓绝,又体会到了水电建设战线的波澜壮阔,同时,也领略到了水电建设大军所向披靡的英雄气概。

一转眼,葛洲坝水利枢纽工程完工了,四邻的隔河岩、高坝洲、水布垭,乃至世界公认的顶级工程——三峡水电站也相继竣工。这些大型、特大型水电站像纽带,把这里的城市和农村扭到了一起,看不出多少城乡差别。宜昌已然不是从前的宜昌——古老、逼仄,它发展成了一座规模宏大的现代化城市。令人感叹的是,承建、参建这些大型、特大型水电工程的葛洲坝人留下亲手铸造的辉煌后,早已转战到了穷乡僻壤。他们像他们的父辈一样,一往无前,无止境地开辟新天地。有的甚至走出了国门,角逐在亚非拉建筑市场。

时过境迁,今非昔比。中国已经跃升为水电大国,水电强国,承担水电工程施工的中国葛洲坝集团,和中国水利水电建设集团旗下的十几个水电工程局,用血汗换取的水电工程施工技术以及独特的经验,足以引领世界水电工程施工新潮流。曾几何时,修建一座大型水电站需要十年、二十年,现在,三五年内,一座大型水电站投产发电,已经不是什么新鲜事了。西方社会的市场经济学者如果真正固守市场经济地位,纯属用市场经济的法则权衡得失,他们会觉得,选择中国的水电施工队伍、采用中国的水电施工技术与经验修建水电站,最划算。

从参加工作到办完退休手续,我在水电建设战线工作了三十九年,由一个毛头小伙儿变成了须发斑白的老汉,一口牙齿所剩无几。然而,回想起往事,仿佛就发生在昨天。沸腾的水电建设工地到处机声雷动,尘埃滚滚,不是战场,胜似战场;工人、干部、技术人员披星戴月,风里来雨里去,日夜坚守着自己的岗位。时有熟悉的面容在我眼前飘忽过往:有的质朴、善良;有的坚韧、刚毅。我知道,这些熟悉的面容,身上虽然抖擞着叱咤风云的豪气,但终究是有血有肉的人。他们历尽沧桑,甘苦备尝。他们有忧伤、痛苦,也有因由某些生活现象而生成的迷惘、哀怨、情绪与牢骚。令人钦敬的是,关键时刻,一声号令,他们都能振作精神,勇往直前,把所有的烦恼抛到脑后。他们有的还健在,有的却早已离开了人世。在葛洲坝工程局的高级工程技术人员中,数副总工程师郭鼎鸣最年轻。也许正是因为年轻有为,所以,有关葛洲坝水利枢纽工程、三峡水利枢纽工程的重要会议都有他参加,葛洲坝工程的重要施工部位经常出现他的身影。痛心的是,他才五十出头就以身殉职。浇筑分局一队(我曾经深入生活的地方)的支部书记熊耐山,虽然身体十分瘦弱,干起活儿来却敢拼命,几乎每天都要亲自带领工人在混凝土仓位里打振捣器,有时连带两个台班。因为勤勤恳恳,任劳任怨,浇筑分局把他提拔成了副科长。可是上任没多久,就听说他因病去世,年仅四十多岁。把功勋章让给了我的刘振东师傅也走了,据说一退休就离开了人世,没有安享晚年。一九九三年,领导安排我帮扶一户困难家庭,户主是砂石分局的职工。这位职工在组织的帮助下,刚把妻子和两个孩子的农村户口转成了城市户口就患上了疾病,不治身亡。做母亲的和孩子们只能依靠抚恤金和极其有限的救济款过日子。她们住在只有十来平方米的房子里,在楼道里打火做饭,一贫如洗。四五年后,砂石分局的一位工会干部把那户困难家庭的大孩子领进了我的办公室,恳求我帮她安排个工作。我顿时瞠目结舌:整个工程局全都陷入了困境,成千上万的职工正在为工作岗位揪心,我哪里还能为她找到工作啊?我羞愧自己的能力原来那么小。葛洲坝工程局的遗孀、遗孤很多,她们的丈夫、父母大多死亡在工程施工事故中,但是算不上烈属……

有时,在毗邻葛洲坝三江航道的绿化带散步,或者徜徉在人头攒动的集贸市场,会际遇以往结识的工人朋友、上级领导、工程技术人员,他们有的白发苍苍,有的背脊佝偻,有的甚至挂着拐杖、坐着轮椅,他们会亲切地呼唤我的名字,然后惋叹着说:你写呀,你怎么不写了呢?其实,退了休以后,我天天都在写,而且坚持了十多年,我想表达我与他们情同手足的血脉关系,我想记录他们可歌可泣的英雄事迹,我想铭刻水电建设者创造的丰功伟绩,我想再现酸甜苦辣、五味杂陈的水电建设生活,我想弘扬上古遗传至今的民族精神,我想……之所以不敢正面回答,主要怕放空炮,白忙了一气。毕竟六十大几的人了,心虽然还很年轻,手脚却不怎么听使唤了。

在那段渐行渐远的时日里,刘书田、王英先、周大兵、李永安、张基尧、张野(接触先后为序)这几位高级领导曾经非常支持我的工作、关心我的生活,在此,表示诚挚的敬意。我忘记不了他们。

谨以此书献给那些为中国水利电力事业呕心沥血、奋勇拼搏的人们!

李翔凌

二〇一六年五月

《沉船》内容提要

这是一幅豪迈的长卷。

这是一首悲壮的诗歌。

中国一直把水利水电建设视作经济发展和提高人民生活质量的基础工业。一九四九年,一支准备付出牺牲的野战部队,意外地失去了赴汤蹈火的机会。不久,他们成建制地与地方水利水电施工队伍融成了一体,与当地的老百姓也融成了一体。从此,他们长期辗转穷乡僻壤,在一条可以进行梯级开发的河流苦苦奋斗了五十年,筚路蓝缕,历尽艰辛。二〇〇一年前后,这支以退伍军人为主体的水电施工队伍却陷入了空前的困境,他们需要在征战大自然的同时维护自己的生存。

小说以水电建设为主线,以潜龙江最后一个梯级电站——龙潭水电站为中心,先后掀起了三大高潮——一致对外,投标竞争;为维护各自的利益,内部展开抢占竞标成果的争斗;戮力同心,推动龙潭工程施工进展。故事起伏跌宕,在演绎一个国有大型施工企业大起大落的同时,浓缩了许多奇异的社会现象,时间也横跨了半个世纪。因为存在种种矛盾,所以存在形形色色的人物,生活的舞台也就丰富多彩,充满了酸甜苦辣,喜怒哀乐。有艰苦卓绝的生产斗争,有冷酷无情的思想交锋,有谋求名利的钩心斗角,也有荒诞无稽的性爱和久违的古典心恋。有些人物可恨又可爱。主人公凭着坚定的信念、非凡的智慧、沉稳的心态,一面谨防猜忌、掣肘,一面化解一个接着一个威胁企业存亡的险情、危机。还因为一着失慎,差点儿毁灭了人生。到处潜伏着凶险。

相互猜疑、相互防范、相互争斗、相互倾轧似乎成了不容否认的社会现象……然而,一旦到了紧要关头,人人都可以冲锋陷阵,奋不顾身,该牺牲的时候就自我牺牲,把所有的恩怨情仇全都抛到了脑后。这也许就是人们通常说的"民族魂"。

小说读起来是沉重的,但最终会感觉到它释放的激情。

《沉船》主要人物

时　空：原省政府办公厅副秘书长,现任华夏集团总经理。
诗　维：原华夏集团工会主席,现任华夏集团党委书记(代)。因病早亡。
杨　导：华夏集团副总经理、总工程师。
焦　言：华夏集团副总经理、总会计师。
秋　胤：华夏集团副总经理、总经济师。国民党潜伏在大陆的特工。
东方戟：华夏集团副总经理。
帅自文：华夏集团副总经理。
程心爽：华夏集团副总经理。
宇文泰：原华夏集团副总经理。
白延寿：华夏集团纪委副书记、监察处长,工会主席(代)。
贺怀阳：华夏集团总经理办公室主任。
司马敬：华夏集团党群工作部主任。
讠双 絮贤：华夏集团招投标办公室主任。
侯万里：华夏集团党群工作部组织和宣传处处长。
娄　毅：在华夏集团先后担任公安处处长、保卫处处长、保安处处长。
匡　奇：华夏集团基地管理办公室主任。后成为房地产大亨。
孔　超：华夏集团党群工作部副主任。
况　夫：大学生。华夏集团驻三峡工程项目部主任。后任华夏集团龙潭施工局局长,兼党委书记。以身殉职。
琴拥军：华夏集团总经理办公室副主任。后任华夏集团龙潭施工局副局长,兼党委副书记。自责至疯。
夔　亮：华夏集团珠海施工局局长,兼党委副书记。
蔺山海：华夏集团珠海施工局党委书记,兼副局长。
向　前：华夏集团修造厂厂长。
何一峰：华夏集团修造厂党委书记。
景丽元：原华夏集团教委副主任,后任华夏集团职工培训中心副主任。诗维的妻子。
费玲玲：大学生。《华夏工程报》社总编辑。
沙　凡：大学生。华夏集团党群工作部影视处处长。
时之男：大学生。华夏集团招投标办公室技术员。时空的女儿。
黄　河：退役军人。小车司机。
鲍官厅：汽车司机。以身殉职。

薛建设：汽车司机。以身殉职。
吴　王：技校毕业生。驳船驾驶员。以身殉职。
胡胜利：大副。后当鞋匠。以身殉职。
鲍永泰：推土机驾驶员。鲍官厅的大儿子。以身殉职。
望世英：华夏集团第二职工医院院长。后为龙潭施工局工区医疗卫生院院长。
裴国兴(一把手)：炉前工。后以算命为业。
张天翼：华夏美食城老板。
赖兴武(赖耗子)：炊事员。老上访户。

雷　好：曾任沙湖市市长、省委党校副校长。调任潜龙水电资源开发总公司总经理。后任沙湖生态恢复工程处处长。
覃富强：省政府办公厅副秘书长。后接任潜龙水电资源开发总公司总经理。
罗尼娜：大学生。先为潜龙水电资源开发总公司财会人员，后任潜龙水电资源开发总公司总经办接待处处长。
哈　能：潜龙水电资源开发总公司宣传部门摄影师。

尉迟琪：曾任预备师副师长。离休前为省水利水电工程局局长（华夏集团前身）。时空的岳父。
尉迟江南：曾为省直医院外科室主任。时空的妻子。羞愧自尽。
寇　勉：副省长。曾经是预备师某团三营一连号兵、作战室参谋，尉迟琪的部下。
茅　镰：预备师机关炊事班司务长。离休前为宜阳县县长。车祸惨亡。
曹二九(曹铁拐)：预备师某团三营一连连长。曾任宜阳县第九区区长、龙潭人民公社社长。尉迟琪的老部下，当过寇勉的领导。非正常亡故。
苗字朗：儒商。曹铁拐的岳父。
苗士逸：苗字朗的女儿。曹二九的妻子。
曹老七：龙潭工程水文站监测员。曹铁拐和苗士逸的第七个儿子。
苗字明：富户主。苗字朗的堂兄。
仇　戬：解放前为宜阳县地下工作者，后为宜阳县第九区区委书记、龙潭人民公社党委书记。累死。
董世茂：先为宜阳县第九区土改工作队队长，后为展旗人民公社社长。非正常死亡。
巴山茶：时空家的保姆。茅镰的干孙女。
黄金锁：龙潭镇镇长。曹铁拐的干儿子。
芒种(朝天椒)：猎人的遗孀。黄金锁的母亲。
陈一脉：郎中。曾经是旧政权没有凭据的保长，后为宜阳县第九区财粮、龙潭人民公社文书。饿死。
祝　原：宁泰市市长。
宸　奎：省公安厅副厅长。

贾　垚：省政府办公厅秘书。
诗　婳：大学生。省计委机关干部。诗维的女儿。雷好的第二任妻子。
雷　尚：国家建委规划司副司长。寇勉的战友。雷好的叔父。
沈　仪：演员。省文化厅民间艺术处副处长。雷好的发妻。
沈光荣：省太平洋机械进出口公司副总经理。沈仪的儿子。
冯　婕：曾任宜阳县委组织部部长。雷好的母亲。
景凤元(二姨)：诗维家保姆。景丽元的表妹。因病早亡。
仓瑞谱：瑞谱实业公司总经理。民营企业家。
景德元：瑞谱实业公司总经办主任。诗维的内弟。
钱山鸣：北京水力科学研究所助理工程师。况夫的同班同学。
鱼篓子：龙潭镇渔民。

◎ 目　录

上卷

小　引 / 1

第一章 / 3

第二章 / 165

第三章 / 355

第四章 / 447

第五章 / 537

第六章 / 717

第七章 / 899

下卷

◎ 小 引

×年×月×日，全世界公认的×国最为现代化的超级核潜艇在×海域悲惨沉没。

这一事件始料未及，引起了全世界的关注，并且肆意猜测，以表达对这艘无论是攻击能力还是防卫能力都非常强大的潜舰的颠覆的不可思议。

猜测：

一、触礁；

二、与另外一艘核潜艇碰撞；

三、友邻部队误伤；

四、上司误导进危险海域；

五、敌国暗算；

六、……

第一章

一

时空忽然醒了。

似噩梦惊悸。

仔细回想，却又没有做什么梦。

这才想起：潜龙水电资源开发总公司组织的竞标单位资格考察评估团应该早已到达。负责接待工作的琴拥军为什么不及时报告？就算琴拥军忙于应酬，之男也该视情通报消息！时空觉得很不对劲，忙从枕旁摸起手机，正要拨打，一眼瞥见手腕上的夜光表已指向凌晨四点，想了想，只好将手机在掌心轻轻握住。已经没有丝毫睡意，时空索性翻身下床，轻轻穿好衣服，轻轻替尉迟江南披好被子，轻轻走出卧室，走进了书房。

他拧开台灯，冲了杯咖啡，在书案前坐下，从公文包里掏出一叠文件，一边喝着咖啡，一边翻阅。可脑子里仍在想着：这个琴拥军，究竟是怎么回事？！

时空现在是华夏集团的总经理，上任不久，才两个多月。华夏集团系省直属企业，有六万多职工，是省建筑行业的主力军，也是省内屈指可数的利税大户，因此稍有不测便会惊动千里之外的省府要员。年初，华夏集团原总经理易日山的受贿行为被分包商联名举报，省委、省政府吃惊不小，责成纪检、监察部门迅速立案调查。结果，拔起萝卜带起泥，从上至下，涉案人员竟然达到三十多，最后被定性为受贿窝案。鉴于华夏集团受贿窝案金额巨大、性质恶劣、社会影响严重，加上内部管理失范、经济效益滑坡、职工队伍不稳定现象长期未能有效控制等具体情况，省委、省政府决定对其采取严厉措施。

原党委书记岑雪飞尽管受贿金额不大，但作为党委书记，非但监管不严、履责不力，而且带头违反党纪党规，以身试法，破坏了党的形象，造成了职工群众对党组织失去信心的恶果，省委决定免除其党委书记职务。其他涉案人员如总经理、副总经理、合同处长、质检处长、工程管理处长、有关施工项目部主任、有关财务人员，该移送司法机关的，一律移送司法机关；该受党纪、政纪处分的，一律给予党纪、政纪处分。受贿金额较小、态度较好、退赃积极、有配合表现和立功表现的涉案人员，按政策区别对待，从宽免除党纪、政纪处分，分别作了退休或者内部退养等安置性处理。紧接着，省委、省政府对华夏集团领导班子进行了彻底改组，原集团领导班子中除一名分管经济工作的副总经理秋胤继续留任外，其他成员都是新面孔。考虑到基层单位裙带关系长期存在这一特殊事实，为平衡各种关系，确保行政公正，同时有利华夏集团在全省范围内上下沟通、横向联络，省委、省政府刻意将年富力强的省政府办公厅副秘书长时空调到华夏集团当总经理，其他领导班子成员全部在集团内部产生。

时空上任之前，分管工业的副省长寇勉找他谈了一次话。寇勉是时空接任华夏集团总经理的举荐人之一，对他寄予厚望。勉励一番过后，寇勉针对华夏集团的现状与时空着重谈了三个方面的问题，以及一些个人看法。三个方面的问题概括起来是：经营效益连年滑坡，企业前途难卜；职工群众对很多领导干部心怀不满，举报信不断；职工队伍长期不稳定，省委、省政府十分忧虑。寇勉说："一个企业的兴衰，很大程度上取决于企业管理层。管理层大面积出现问题，这个企业甭说发展，生存下去都很困难。这次省委、省政府对华夏集团动这么大的手术，能不能起到鉴戒作用，现在很难说。"末了，为提醒时空格外重视，他明确了自己的主要观点，"所以，我建议你到任后，首先进行内部治理，而内部治理的主攻对象应该是管理层，先整顿治理各级领导班子。你们这届领导班子要重视加强思想作风建设，打铁需要自身硬，不能起表率作用，就带不好队伍。对二级单位以下的负责人，该撤的撤，该换的换，不能有所顾忌，不能手软！你知道，我是带兵出身，就知道军令如山，师长、团长不听指挥，不得力，司令员怎么指挥部队打胜仗？另外，建章立制也应该列为内部治理的重要内容，家有家规，国有国法，这么大的企业，没有一套健全的管理制度怎么行？再者嘛，就是要下大力气搞好稳定工作，这也是我今天找你谈话的核心问题。华夏集团在全省工业战线举足轻重，却大事小事不断，这还行？不能老是让省委、省政府提心吊胆哪！作点调查研究，看看不稳定的因素有哪些，根子究竟在哪。连稳定都无法保证，谈何发展？我想，你把内部治理工作搞好了，把稳定问题解决了，企业扭亏为盈就有希望，兴旺发达也就是情理之中的事了。"寇勉的话其实很平淡，没有多少新意，时空在省政府办公厅每天听到的看到的几乎全是这种话的内容，但作为副省长，如此郑重其事地复述，想必有他深刻的道理，时空也就非常严肃认真地记录了下来。

其实，华夏集团也曾有段不同凡响的历史。

一九四九年初，中国人民解放军大军南下，摧枯拉朽，势如破竹。后续部队的行军速度尚不及先头部队攻城略地的速度。因为前线战事顺利，捷报频传，许多蓄势待发的师团尽管装备优良、士气高昂，却没有了横刀跃马的战机，只能在后面做些收拾残敌、安置俘虏、清匪除霸、巩固战果，帮助地方建立新政权，给前方部队补充给养之类的工作。后来，连这些工作也没有了，部队只好原地待令。奉命赶赴滇桂黔地区集结的预备师就是这种情况，原作为解放广州、海南岛的突击队，后因解放广州、海南岛的先头部队进展顺利而不得不取消作战计划，部队被迫在滇桂黔地区长期驻扎休整。长期休整对野战部队来说并非好事，在征得上级首长同意后，师部号令开展爱民活动，鼓励全体将士走出军营，走进村庄，帮助老百姓做些他们最需要做的事情。预备师帮老百姓做的事情很多，但最受他们欢迎的是淘井挖堰，兴修水利，因为兴修水利可以增产增收。一九五三年，预备师奉命整编，两个整编团和一个加强营并入省军区；另外两个团则与地方水利工程施工队、水文地质勘测队组成了水利水电工程处，直属省政府。一九五五年，潜龙江兴建龙潭、虎啸、永泰、松峦、花溪（从上游至下游）五座梯级水电站的发展规划通过论证。一九五六年，国务院批准永泰电站（潜龙江五座梯级水电站的第三级）上马。省政府决定，永泰电站由水利水电工程处负责修建。于是，水利水电工程处的施工力量迅速向永泰县转移，驻扎在离永泰水电工地不远的十字街镇。由于机械设备严重不足，基坑开挖、堰体填筑全靠肩挑背驮，实行人海战术，水利水电工程处获准扩编。除大量征用民兵、招收工人外，工程处还在国家有关部（委）的帮助下，从四川、河北、浙江、福建、湖北等水利水电建设工地抽调大批技术工人和工程技术骨干，增强施工能力，电站参建人员从一万多增加到了七万多。水利水电工程处更名为永泰水电工程指挥部，仍直属省政府领导。

十七年过后，永泰水电站建成投产。永泰水电工程指挥部再接再厉，奉命修建松峦电站（潜龙江第四个梯级）。松峦水电站地处下游的永宁县，距永泰电站仅二十余里，人员、物资、机械设备的调度较为便利，永泰水电工程指挥部决定以十字街为基地，施工人员一律乘交通工具轮流上下班，松峦水电工地只搭建临时住房和食堂，满足现场施工人员的需求。省政府为支持松峦电站大干快上，责令有关部门和单位抢修永泰至松峦的简易铁路，为职工上下班和物资设备转运服务。十一年后，松峦电站完工。

经过永泰、松峦两座水电工程施工的锻炼，永泰水电工程指挥部的施工技术水平得到了很大提高，机械设备齐全，施工能力日益强大，基于这一优势，省政府决定加大潜龙江梯级开发力度，计划花溪、虎啸两座水电站同时上马。花溪电站位于兴盛县境内，在永宁县下游，距永泰电站七十余里，是梯级开发规划中的第五级；虎啸电站仍在永泰县境内，地处永泰电站上游，相距约三十里，为梯级开发的第二级。永泰水电工程指挥部领此重任后，仍以十字街为基地，兵分两路，一路顺流直下，继续向东，修建花溪电站；一路溯江而上，回师西进，兴建虎啸工程。因工程量增加了一倍以上，施工难度亦比从前大得多，永泰水电工程指挥部又视情扩充了施工人员，全员增至十万多，单位名称同时改为永泰水电工程局。省政府适时敦促有关部门和单位积极配合，铁路迅速向上下游延伸，确保施工队伍进场和物资、机械设备及时调度。花溪、虎啸两座水电站建设期间，适逢国家经济体制全面、深入变革的历史时期，也是计划经济和社会主义市场经济交叉运行的过渡阶段，为适应市场要求，全国各地的企事业单位对自身的产业结构、体制机制，及其发展战略逐步进行了变革、调整。大势所趋，永泰水电工程局的发展思路、经营方略、管理模式、运行机制也发生了根本的变化。花溪、虎啸两座水电工程开工不到两年，永泰水电工程局再次更名为华夏水利水电建设集团，并重新登记注册，从事业单位完全转变为以盈利为目的的经营实体，经营范围由单一水利水电工程施工拓展到路桥、港航、机场等工程建筑领域。与此同时，集团内部的管理机制、组织结构、队伍成分迅疾质变，原三十多个综合施工处、专业工程处、后勤服务单位改组整合为十几个相对独立的经营实体和直属项目部；总部机关职能部门大幅度收缩。为降低成本，辞退了一万多招聘不久的临时工、合同工；给五十岁以上的职工提前办理了退休手续，不在这一年龄段而从事的专业又难以适应新岗位的职工，则作买断工龄处置，十多万人的施工队伍骤减到六万余。花溪、虎啸两个建设工地，由一岗多人或一人一岗变为一人多岗多责。迫于经营效益的压力，新组建的施工局不得不面对市场，四处参与新兴的投标竞争，到全国各大水利水电建设工程和土木建筑工程广泛承揽施工项目。三个综合施工局和五个直属项目部在集团投标办公室、工程管理处的协助下，通过激烈竞争，相继在二滩、岩滩、隔河岩、三峡、小浪底、天谎岭等大型、特大型水利水电枢纽工程，黄田、浦东等大型机场、港口土建工程，以及县市级地方政府自主开发的小型水利水电工程，中标承建或切块分包了许多施工项目，以图扩大经营规模，提高经济效益。未几，全国十六七个省（区）、近四十个水利水电建设工地和五十多处公路、桥梁、港口、航道等土建工程现场，都有华夏集团的施工队伍。在推动地方经济发展、建设边远山区等方面，华夏集团同样做了许多有益的工作。所以说，无论是建国初期还是社会主义建设新阶段；无论是在计划经济年代还是社会主义市场经济发育时期；无论是自身建设还是在促进地方繁荣方面，华夏集团都付出了艰辛努力，做出了很多贡献。正因如此，华夏集团声名远播，在省委、省政府领导的心目中有着很高的地位。可是最近几年，华夏集团却陷入了窘境，大小问题连续不断，声誉每况愈下，这对企业的发展、企业的形象，当然十分不利。

　　时空到任后，感觉到华夏集团并不是自己想象中的那种吵吵嚷嚷的混乱局面，而是一种难以言喻的沉闷，沉闷得令人发怵。职责分工过后，他迅速组织了一次为期一周的理论学习班，新领导班子成员全部参加，学习的内容是中央和省委、省政府有关经济工作、企业管理方面的文件。其实，这是醉翁之意不在酒。时空的真正目的是想通过这种形式交流思想感情，尽快摸清每位班子成员的政治理论水平、政策理解水平、专业知识水平、思想动态，以及各自的特长、好恶，为自己更好地适应他们、协调工作作一个充分的思想准备。他认为这是加强领导班子思想作风建设、提高履职能力最为基础的工作，符合寇副省长的要求，必须安排在前。众所周知，华夏集团存在问题，而且存在大问题，但问题的根子在哪里，确实是省委、省政府想弄清楚而又在短时间内很难弄清楚的事情。时空已经身处其境，希望早点探明病根。和寇副省长一样，他也把制度建设看成一个疑点，很想了解一下华夏集团以前的建章立制情况，因此在领导班子成员理论学习班开班之前，便让总经理办公室主任贺怀阳尽快把华夏集团有关管理方面的文件清理出来，以便查阅。理论学习班结束后，时空走进自己的办公室，发现贺怀阳为他准备查阅的各种管理文件竟然靠墙码放了一人多高！按管理类别，时空将工程管理、合同管理、招投标管理、工程分包管理、财务资金管理、劳动人事管理、物资设备管理，以及行政事务管理、党群系统各项工作管理等文件的文头文号逐一扫视了一遍，然后拣出一些重要文件认真阅读起来。令时空惊讶的是，所阅文件不但理论水平高、政策水平高，同省委、省政府下发的文件保持了高度一致，且与华夏集团的工作实际结合得相当紧密，极具操作性。就又抽查一批，仍然如此！他得出一个结论，华夏集团上届领导班子、上上届领导班子在建章立制方面，做了非常认真的工作，无可挑剔。既然规章制度是健全的，又为什么事与愿违呢？时空纳闷一阵，不由苦笑起来：华夏集团不是一个孤立的经营实体，它和所有的企事业单位一样，犯着一个通病，那就是有章不一定循；有规不一定守，典型的说一套做一套！这种病，时下盛行，不可能药到病除，一时半会儿也很难找到根治的灵丹妙药。想到这里，时空不禁喟然长叹。

　　在接下来的日子里，时空除按总经理办公室拟订的工作日程主持召开各种会议外，便是抓紧时间跑基层，听取情况反映，搜集合理化建议，了解集团内部的焦点问题、热点问题。在基层，时空的感受跟在总部机关一样：气氛很不和谐，中层干部情绪低落，互相戒备，而职工群众则普遍浮躁。形成这种状况的原因可以追溯到去年年底。受贿窝案案情查证核实后，地方检察机关开始到华夏集团传讯、拘捕涉案人员和犯罪嫌疑人，今天传讯这个，明天拘捕了那个，不知后天轮到谁。那日子，只要警车的警笛一响，满街都是看稀罕的人群，高楼低屋的窗口里，伸出的全是东张西望的脑袋。职工群众听说本来就不景气的华夏集团又挖出了这么大一个受贿窝子，更加气愤，街头巷尾议论纷纷，火上浇油："挖，使劲儿挖，有受贿窝，还能没有贪污窝、腐败窝？抓得越多越痛快！"一时间，满城风雨，不少干部寝食难安，至今仍心有余悸。这种状况让时空非常忧虑，也改变了他当初的许多想法。每到一个二级单位，该单位总要按惯例组织一个副科级以上干部大会，让时空作作指示什么的，其实，明眼人一看就知道：头头脑脑们想借机套套口风，探听探听新上台的老总打算如何施政，从中揣测人事方面的新动向。集团领导班子都大换班了，这下面还能不大撤大换？时空出巡前并没有作讲话的准备，他只是想到基层单位看一看、听一听，更不想在重要场合说什么，因为总经理说话是要负责任的。后体察到基层干部队伍思想浮动，隐性危机委实不容小觑，出巡内容也就随机应变成看一看、听一听，再讲一讲，有针对性地吐露一点儿自己的真实想法，用以安定人心："……俗话说'新官上任三把火'，但这毕竟是俗话。我是华夏集团的新官，可是我一把火也不想烧，我希望华夏集团没有需要我来烧火的地方。大家以前做了不少工作，现在仍然在做许多工作，成绩是主要的，不要以为华夏集团出了个受贿窝案就会'城门失火，殃及池鱼'；不要诚惶诚恐、人人自危；不要风声鹤唳、草木皆兵，要相信自己！我可以诚恳地告诉大家，基层领导班子，集团会有调整意向，但绝不可能大换班；基层领导干部会有变动，但也不是大面积的。所以，希望各级领导成员放心大胆地干好自己分内的工作……"每每讲到这里，会场总要响起一阵掌声。这些话，与寇副省长非常明确的建议显然存在距离，时空却走一路讲一路。

上任两个多月来，时空日夜奔忙，应急处理了不少紧迫事务，而后把全部精力集中到了他认为至关要紧的工作上，那就是调动一切积极因素，争夺龙潭水电工程重大标段。他希望龙潭工程的重大标段能起到一个提纲挈领的作用，有效缓解华夏集团过于激烈、复杂的矛盾。

龙潭水电站是潜龙江梯级开发规划中的第一级，也是施工计划中的最后一级。电站装机总容量一百八十万千瓦，计划投资三百多亿元人民币。按照现行政策，龙潭电站工程将实行招投标办法，彻底改变过去那种指令一家施工单位大包大揽的方式。为此，省政府早在去年就组建了潜龙水电资源开发总公司，具体负责龙潭水电工程的招标工作和挨后施工过程中的协调工作。今年七月，潜龙水电资源开发总公司向全国各大水利水电工程施工单位发出投标邀请函。通过资质审查，几十家水利水电工程施工单位及其相关企业仅九家取得竞标资格，华夏集团是其中之一。这九家水利水电工程施工单位可谓全国水电建设的佼佼者，譬喻九巨头，具有相当强的实力，而且都对夺得龙潭工程主要标段信心十足。鹿死谁手，实难料定。上个星期，华夏集团忽然接到潜龙总公司的通知，说他们决定组织一个综合考察评估团，对九家竞标单位的竞标能力进行一次综合评估，确保招投标工作公开、公正、公平。接到通知后，时空直皱眉头：竞标单位的技术情况、装备情况、生产能力、历史业绩等文字资料以及各种资质证书早就按要求送达甲方了，正因如此，九个单位才有了竞标的入场券，怎么还要进行评估呢？细细想来：莫非因竞标异常激烈，甲方为好中选优，图谋继续淘汰几家？招投标市场的激烈复杂性时空非常清楚——变化莫测。他感到事关重大，赶紧组织了一个接待班子，火速准备有关材料，准备迎接甲方的考察评估。

《通知》告知：考察评估团定于周一启程，第一站是华夏集团，而后转赴另外八个竞标单位。时空让接待组提前在宁泰市九州饭店订好房间，然后去宁泰机场迎接考察评估团成员。他自己则准备在周二上午率领集团有关领导和有关部门负责人，到九州饭店拜会考察评估团领队，探询对方的考察评估范围，以便积极配合他们完成既定计划。尽管时空怀疑潜龙总公司的这次考察评估是一种形式，没有实际意义，但最终觉得小心无大错，给甲方一个良好的印象，对华夏集团夺得龙潭工程主要标段有好处。为减少失误，时空刻意让总经理办公室副主任琴拥军当接待组组长。经过一段时间观察，时空认为琴拥军工作泼辣，比主任贺怀阳办事灵活，人也年轻多了。同时，让自己的女儿时之男也参加了接待组。时之男过去在省计委工作，接触面广，熟人多，对此次接待十分有利。哪料接待工作一开始就发生了意外，琴拥军们昨天上午就赶到九州饭店了，可是到现在还没有听到有关情况的报告。

楼下传来轻巧的器皿碰撞声。时空知道，保姆巴山茶已经起床，正在准备早餐。

时空住的是幢三层别墅，宽大漂亮。别墅为一个工程分包队伍套用工程款悄悄修建，而后答谢给了易日山。受贿窝案浮出水面后，这个分包队伍的贿赂行为被牵扯出来，司法机关依照法律条文，将别墅列为赃物予以没收，交由华夏集团暂时管理。时空到华夏集团是携家带口，老婆孩子一起上，偌大的集团基地竟然寻觅不到一套现成的住房得体地安顿时空一家，基地管理办公室一时手足无措，末了，管理办主任匡奇灵机一动，将他一家拖进了这幢别墅，并向时空一再解释："集团机关目前别说有新房，就连腾出一套合适的旧房也很困难。华夏集团近几年的经营状况我不说你也清楚——尽走霉运，所以，好几年都没有安排房建计划。这套房你先住着，等我慢慢想办法。再说，长期没人住，这别墅会闲垮的。放心，依华夏目前这光景，谁也不敢出头给新老总贡献优厚待遇，没那么大的胆子。"时空哭笑不得："早知这样，我把房子带来就好了。"

巴山茶已经静立在书房门口，意思是可以早餐了。时空看了一下手表，把文件装进公文包，郁郁下楼。

二

早餐准备停当。餐桌上摆放好了馒头、咸菜和热气腾腾的玉米糊糊。

时空洗漱完毕，走进餐厅，没坐下就拿取馒头咬了一口，回头望望二楼，问山茶："醒了没有？"

"醒了。"

"怎么没起来？又……？"

山茶的嘴唇动了动，没有出声。

时空没有再问，说："吃吧，那你就先吃吧。之男今天不会回来了，她有接待任务，要住会。待会儿你去楼上看看，实在不行，就送医院打一针，还找那个医生，知道了？"

山茶"嗯"了一声，正准备给时空盛玉米糊，门铃嘟嘟嘟地响了，"之男姐，之男姐回来了！"放下碗勺就去开门。

果然是时之男回家了。山茶边帮她脱呢大衣边说,"之男姐,怎么回来啦?叔刚才还说你今天不会回来哩。"

时空从餐厅走到客厅,一脸狐疑:"怎么回来了?"

时之男不慌不忙揭下头顶的绒线帽子,抹下耳旁的随身听耳麦,理理头发,走进餐厅,先倒杯开水喝了一口,望着跟进餐厅的父亲说:"人家根本就没来宁泰。"

"岂有此理!"时空脸色一沉,"考察评估活动……取消了?"

"取消?"时之男坐下来,悻悻的,"复杂啦,竞标更加激烈啦!"

时空一头雾水:"怎么个复杂了?怎么个激烈了?"

"爸——,你从来不着急,今天这是怎么啦?这么大的事情,一两句话哪能说得清楚?等我慢慢说嘛。"时之男自小就被外公娇宠惯了,说话冲得很。

时空搓搓手,忙在之男对面坐下,直视着她。

昨天下午三点多钟,身着西服打着领带的琴拥军就带着两辆奥迪、一辆中巴、一辆大巴赶到了宁泰机场。为表明华夏集团对考察评估团非常重视,格外热情,琴拥军不仅制作了一面"热烈欢迎潜龙总公司考察评估团莅临指导"的鲜艳横幅,还土洋结合,组织了一支由黑管、萨克斯、小号和锣鼓组成的乐队,一到航站门口便嘀嘀嗒嗒、咚咚锵锵吹打起来。直到晚上九点,误点的飞机才从夜幕里钻出来,向机场徐徐降落。琴拥军于是一面吆喝大家把横幅拉扯得更直了,把响器吹打得更响亮了,一面忙着和时之男去大厅迎接贵宾。岂料,乘客散尽,没有发现一个考察评估团成员的人影。琴拥军怀疑自己搞错了时间和航班,赶紧打电话跟潜龙总公司联系,询问考察评估团到宁泰的时间和航班错了没有。对方一个值班的秘书回答说时间和航班都没错,他们坐的就是那架飞机。

"那人到哪里去了呢?蒸发了?"时空大惑不解。

"开始我们也蒙了。"之男说,"潜龙总公司的员工绝大多数是从省直机关抽调的,考察评估团成员又是以他们公司的人为主,外埠专家很少,我在省计委干了几年了,再怎么地也该有一两个认识的吧?可走出站口的一百多乘客,我挨个看,就是没一个熟面孔。再说了,我们的接站横幅做得又大又醒目,锣鼓敲打得震天响,就算我们不认识他们,他们也该认识我们呀!"

"真是奇了怪了。"

"琴拥军急了,得找到他们哪?就又打电话找那值班秘书,问考察评估团带队的领导姓什么叫什么,怎么和他联系,能不能提供手机号码。结果,你知道带队的是谁?"

"谁?"

"他们的老总,雷——好!"

"雷好亲自出马……弄这事?"

"没想到吧?据说这是他的临时决定,什么动机,那是以后考证的问题。"之男接过山茶盛好的一碗玉米糊,"琴拥军急忙按那秘书提供的手机号码拨打手机,打听评估团出发了没有,有没有发生什么意外。手机很快拨通了,接听电话的人自称是考察评估团的副团长,叫陈桥。陈桥听说华夏集团的接待人员还在机场接站,连连道歉说:'对不起,对不起,我们身不由己,被东方水电建设联营公司接到日月山庄了,就在你们附近。'琴拥军说，你们办公室不是通知说考察评估团计划到达的第一站是华夏集团吗？怎么发生了这种情况！对方听出琴拥军有抱怨情绪，就不再客气了，说：'我不是道过歉了嘛？突发情况，大家都没有预料到，三言两语解释不清楚，我和雷总正听汇报哩，具体情况回头你会知道的。'就把手机关了。老爸，这举动牛吧？"

"怎么能这样干！以后发话，让我们听还是不听？不近情理。"时空生气了，"东方水电建设联营公司怎么把他们弄走的？"

之男回答说："我忙把考察评估团成员名单又细细翻了一遍，发现有个叫罗尼娜的女孩儿是校友，我们还在一起开过两次会，她以前好像在审计局工作。好不容易查找到了她的手机号码，我赶紧给她打电话，问到底发生了什么事。罗尼娜告诉我说，考察评估团成员刚要上飞机，东方联营的总经理带着一拨人出现在他们面前，老朋友似的先收走了他们的机票，说是飞机票全由他们公司报销，然后连哄带拉，把二三十个考察评估团成员统统捣进了九辆大奔驰，还说：'大老远特地赶来迎接评估团评估，既已冒昧先来，评估团无论如何得给个面子，反正先评估谁后评估谁都一样。'就这样，九辆大奔就呼呼啦啦把考察评估团拉走了。老爸，这举动也够牛吧？"

"抢饭！"时空瞠目结舌，"简直是抢饭！"

"琴拥军在机场急得团团转，末了对我说：先去九州饭店把房间退了，然后回家向你爸汇报接待情况……"

"哪有这样办事的！他的人呢？"

"他让我带辆小车回宁泰退房，自己带着其他接待人员匆匆忙忙走了。"

难道华夏集团连最起码的工作作风也要整治？时空火了："无组织，无纪律！这个琴拥军，我算看走眼了。你就没问问他去哪里，干什么去了？"

"老——爸——，我在接待组才是个一般成员，人家不可能因为我是总经理的女儿，就得把什么事情都告诉我，公是公，私是私，公私分明。"

"那你也应该按他的要求，及时向我汇报！"

之男一撇嘴，说："昨晚，我到九州饭店办完退房手续已经十二点多了，饭也没顾上吃。回来路过外公家门口，就让司机把我撂在那儿了，正好，茅镰大爷也在那里。我想，接待考察评估团的事反正就这样了，早点儿晚点儿向你汇报都那么回事，就在外公那里吃了点儿东西，陪着两位老人聊了一会儿就睡了。我这不是一大早就赶回来向你汇报嘛。"

"好了，好了，吃饭吧，吃饭吧。以后要注意，这里不比省直机关，办事要格外认真，不能随意。"时空看了看手表，料定黄河的小车已经到了家门口，忙把咬了一半的馒头往瓷盘里一扔，将半碗玉米糊糊呼啦啦倒进嘴里，起身说："吃完饭上楼看看你妈。可能病又犯了，刚才我让山茶陪她去医院打一针，你也去吧。"

"不用之男姐去，我陪阿姨去就行，医院我已经熟了。"山茶给时空取来呢大衣、公文包，"让之男姐休息吧，挺累的。"

"你们商量着办吧。"

琴拥军不知去向，还得早点儿通知秋胤、达奚贤等人，今天上午去宁泰市拜会考察评估团的活动临时取消。时空穿上呢大衣，接过公文包，匆匆出了门。

三

黄河静立在小院门口的奥迪旁,见时空出来,忙将车后门拉开,习惯性地把一只手握住车门的上角,另一只手掌遮住车门楣。时空走过去,一缩身,钻进车内。黄河又高又壮,一脸络腮胡子。他年龄不算大,三十多岁,是华夏集团三届一把手的专车司机,小车开得确实不错。

奥迪轻盈起步,小艇般划过一条丛林径道,驶向十字街城区。山区的晨雾很大,残灯闪烁的小城犹如笼罩在轻曼的帷帐中,朦朦胧胧,别有风韵。

解放初期,十字街是个穷困的山区小镇,三面环水,一面靠山,几家店铺夹杂着民居把全镇切割成横竖两条街,东西方向叫东西街,南北方向叫南北街。镇上居民为区别自身的准确方位,又把东西南北两条街细化为东街、西街、南街、北街。五十年过后,十字街镇完全不是过去的模样了,虽然巷道依旧、名称依旧,但所有店铺门面和居民住房已经焕然一新。变化更大的是,十字街周围高楼林立,鳞次栉比,商场、酒店、学校、医院、银行、邮政、电信,应有尽有,华灯装饰的宽广大道纵横交错,一条与绿化带相依并行的环型大道,顺着潜龙江的盘旋方向将大半个城区环绕。十字街已经变成了一座美丽的小城。不久前,永泰县城关镇升格为地级市,更名宁泰市,永泰县委、县政府便搬迁到了十字街镇,十字街也就成了地方政府首脑机关的驻地。十字街翻天覆地的变化与华夏集团密不可分,除不断投入人力、物力、资金并参与建设外,居民也占据了全镇人口的一半。

坐在后座闭目沉思的时空忽然觉得行车方向不对,问:"平时总走内环,斜插修造厂去机关,一下就到了,今天怎么绕上外环了?"

黄河把头稍稍往后偏了偏,说:"刚才,公安处处长娄毅和贺怀阳主任都给我挂过手机,让我绕走外环,然后跟着警车进集团大楼。"

"出事了?"时空心里一紧,"出什么事了?"

"呀……具体情况他们都没说。"黄河两眼注视着前方,双手稳住方向盘,"该不会是……集团的老毛病又犯了吧?"

时空明白黄河说的"老毛病"是什么,不禁皱起了眉头:又是为了什么呢?我的工作有过失?他预感到,这一天不仅会非常忙碌,而且会相当紧张。

黄河从后视镜里瞥见时空脸色阴沉,说:"时总,我是瞎猜啊。近些年华夏老折腾,效益又没见上去,没交好运,职工吧……又不理解,动不动就来了情绪。我们这些在机关工作的,一听到有啥动静,就往一个方面猜,都成习惯了……看,那不,娄处长的警车就在前面,他赶前接你来了。"

时空猫腰一看,前面果然有一辆公安处的警车正在调头。

黄河很快尾随在警车的后面,沿环形大道,围着市区画了大半个弧,钻过一条黑黢黢的防空洞,再穿过两百多米长的居民巷道,在华夏集团总部大楼背后的锅炉房旁边停了下来。

时空蒙头蒙脑钻出奥迪。

又矮又瘦、着一身警服的娄毅抢先一步下车,迎上来就是一个军礼。

时空说:"这是干什么?军事演习呀?"

娄毅一脸无奈:"又出事了。大楼前聚满了人,比哪回都多。"

"那又怎么样?有必要让你这样劳师动众吗?"

"为了你……安全。"娄毅没想到讨了个批评,方寸有点儿乱,"就……就启动了应急预案。"

"会把我吃了?"

"那倒……不会。"

锅炉房里面有两个全副武装的干警,见时空、娄毅进来,连忙揿了一下藏在壁柜里的按钮,一堵墙壁很快泄开一个大洞。娄毅领着时空走进暗道。暗道并不黑暗,灯光明亮,有流动哨在里面来回走动。

"走过这条暗道,再拐个弯,就可以乘上楼的备用电梯。"娄毅说,一面示意干警把壁门关了。

时空边走边环视着洞壁洞顶,问:

"这大楼是什么时候设计的?"

娄毅对这些事没有深刻印象:"十多年了吧?"

"也就是说,十年前就有人把我今天要走的路设计好了。"时空云天雾地地说了一句,说完就自我解嘲地笑起来。

脑神经一直紧绷绷的娄毅不解其意,"嘿嘿嘿"地赔笑着把他引领进了备用电梯。

俄顷,备用电梯把时空、娄毅和两个公安干警一齐送上了大楼十层。一干人从开在卫生间的小门走出来,走进了时空的办公室。

办公室宽敞明亮,现代化办公设备一应俱全。贺怀阳已经等候在办公室里。时空放下公文包,脱掉呢大衣,大步走到落地窗前,"哗"的一声将宽大的窗帘拉开,朝楼下望去。

晨雾中,大楼院前的广场和左街右巷人影幢幢,黑压压一片。娄毅已经投放了很大警力,铁栅门旁和院内院外的人群中,忙碌着不少穿着警服的干警。

原以为稳定住了中上层的干部队伍就可以稳定住整个集团,现在看来,底层也不平静!时空专注地观察着楼下的阵势,眉头紧蹙,面色严峻。他回身坐进皮靠椅,一双灼亮的眼睛忽然凝视起来。

贺怀阳准备把窗帘关上。时空向他直摇手:"不用,不用!"这才对立正在办公桌前的娄毅说,"不错,干得不错,有经验。"

娄毅吃不准这话是真表扬还是假表扬,想了半天才憋出一句:"请时总指示。"

"指示什么?没指示。你的治安保卫工作刚才我都看到了,很专业。下面的人很多,干警们都在努力维持秩序,看得出他们很尽责。"

娄毅终于搞明白时空是在真表扬,就赶快把自己的工作计划说了出来:"下一步,我准备先让干警在人群里仔细排查,把领头的查出来……"

"呃呃呃，这可使不得！"时空连忙打断他的话，"我可告诉你，事情要是复杂化了，你第一个脱不了干系。不准查，更不准随便把人给逮了。"

"这……"娄毅把维持秩序，保一方平安视为自己的天职，竭力申述平息事态的唯一途径。近些年，聚众群访成了华夏集团的家常便饭，尤其是去年五月发生的一次，人虽然没有今天这么多，响动却大。那天，一群人缠住两位集团副总经理不放，整整闹腾了一天，弄得两位副总经理连饭都吃不上，后来还是几位干警想方设法送进盒饭，才得以充饥。第二天这些人仍不甘休，继续围困大楼内外，因为没再找寻着一个当家的，愤怒之下，竟然把"华夏集团"的牌子砸了。事情持续下去显然不行，娄毅当机立断，向永泰县公安局求援，把几个领头的逮了。

"上回你逮几个人，问题就……解决了？"

"是呀？"

"那他们今天为什么又来了呢？"

"……"

"你现在就下去，坐镇指挥，把现场秩序维持好，工作目标是：绝对不能让事态恶性发展。"时空盯着语塞的娄毅，"外面的天气很冷，要想办法让他们坐下来，静下来。多准备些开水、饮水杯子。"

娄毅直皱眉头。

时空看在眼里："有困难吗？"

娄毅忙把胸脯一挺："没困难。"

"那好，就这么办吧。"

娄毅原想提出一些建议和自己的应对措施，见时空不给他这个机会，只好一个立正，非常庄重地向时空敬个军礼，退出了办公室。

立在一旁的贺怀阳觉得到了自己汇报的时候，便驱动胖胖的身体向时空跟前挪动，不料，时空却用手示意他到沙发上坐下。贺怀阳五十二三的年纪，有点儿老态。他上身超长，下身趋短，脸谱几乎没有让人夸奖的地方：额头开阔，中间部分肉瘤似的朝前凸起；面庞宽大，略显臃肿；头顶两边秃，中间却不秃；眉毛又短又黑，像谁在那儿点的两坨墨，人称贺公公。不知什么寓意。贺怀阳总是给人一种愁苦的感觉，这会儿显得更加愁苦。总经理没有急于听他汇报，也没有马上向他布置任务，他心里本来就急就惶，这下使他更急更惶，因此一坐下就掏手帕擦额头。

时空从衣兜里摸出手机，迅疾地翻阅手机上的电话号码簿。选定一串号码，揿下发送键。那头的彩铃很快响了，接下来便有了声音：

"哈哈，时空，时总！我就知道你会给我打电话，果然，果然！"对方显然是先看过荧屏后方才接的电话，说明还没有把时空完全小看。但时空却明显感到，这语气全然不同于自己在省府当副秘书长时那般谦和。

想当初，时空在省政府办公厅虽然只是个副秘书长，但在地市县乃至省市政府部门、企事业单位头头脑脑的心目中却是个十分了得的人物，说句话地动山摇，没谁不听，更没谁斗胆质疑，大家对他敬重有加，谁还敢自讨没趣地直呼其名喊"时空"啊？这个过去在沙湖当市长，后来又跑到省委党校当了副校长的雷好也概莫能外。可是现在就不同了，尽管职务比先前还高出了半格，但地位却是从上面滑到了下面，同是时空，前后的分量大不一样。雷好呢？等于翻了身，不仅也成了大型企业的一把手，而且还当上了甲方，时空得倒过来有求于他，真是时过境迁。

"雷总，你这大财神爷，小老弟我接待不起，惭愧，惭愧啊！"时空尽量把语气调整得轻松和谐，努力遏制着心底的烦躁。

"见外了，见外了不是？完全是误会，误会啊！东方联营哪儿是接待啊，简直就是劫持！不过话说回来，他们的积极、主动、热情确实感动了我，有道是盛情难却，有什么办法。万一得罪了你老哥，还望海涵，海涵啊！"

"过谦了，过谦了，我哪敢怪罪你啊？雷总呀，咱言归正传，你得给我个准信，东方联营的安排什么时候结束，我什么时候恭迎你大驾光临？"

"哎呀……时总呀，这可真说不准。我给你说个实话吧，昨晚他们让我先放松放松——搓搓麻将，结果，让我苦战了一宵，这不，刚下火线，才躺下。估计一觉醒来，他们会安排一个综合实力介绍会什么的，那时，我可以顺便打听一下他们的接待日程，如果有什么不必要的活动，我可以建议取消。不过，客随主便，入乡随俗，有些事只能听之任之，尤其是当今社会，开放了嘛，不能太马列你说是吧？我们这次下来的目的，《通知》上说得很清楚，你们这几家，就是不请，我也要登门拜访。"

时空见雷好仍然说不出个准确时间，就试探地说："后天晚上，我亲自到日月山庄接驾，如何？"

"后天晚上？评估团倒是没有问题，怕就怕东方联营安排的评估内容太多。我们也不能走马观花，给人家留下话柄啊。到时候，万一没中上标，他们还不把屎盆子往我们头上扣？怎么？"雷好在那头嘿嘿嬉笑起来，"想就汤下面，利用你那大楼前面几千号人给我来个夹道欢迎？"

真他娘的好事不出屋，坏事传千里，华夏集团一个屁还没放彻底，他那头就早早嗅出了味道！时空心里叫骂着，嘴上却说："真不愧为雷总，眼观六路，耳听八方，这事你也知道了？"

"呵呵，信息社会了嘛，地球那边无论发生了什么事，隔会儿我们地球这边不就全知道了？何况你我之间不过就隔两个山头、一片湖水而已。怎么着，要不要我跟军分区打个招呼，派两个连过来帮你顺顺？"

"至于吗！如今大家不是喜欢把眼睛向着西方世界嘛，我眼前这点儿事，地球那边天天有，没见人家的天塌下来，不值得大惊小怪。"

"佩服，佩服！老兄的胆识气魄着实让小老弟佩服。"雷好在那头幸灾乐祸地笑着，"我静候佳音。就这样？"

"再见！"

坐立不安的贺怀阳瞅瞅窗外，又看看手表。可是时空的第二个电话又拨通了。

"喂，覃副秘书长吗？我是时空呀。"

覃副秘书长叫覃富强，过去跟时空在一个办公室办公，这会儿听到时空的声音，高兴得叫了起来："哦？你好！你好！"

"喂，打听个事。寇副省长去巴西考察有十来天了吧？"

"差不多，怎么？"

"我想问问，他什么时候回来？"

"呀，这可说不准。他们一行还要去美国谈两笔生意，顺便参观两座水电站。回来路过俄罗斯，估计他还会自主安排一些活动。既然出去了嘛，当然要尽量多转转，多看看。"

"哦……"时空只好向副秘书长打探虚实，"雷好搞了个竞标单位资格综合考察评估，哎，政府对他们这些动作有没有过比较周到、具体的指导性意见呀？"

覃富强在那头笑道："你问这话的意思我明白。省委、省政府已经明确表态，不干预企业行为，只注重提高对企业的服务质量。雷好搞的这个竞标单位资格综合考察评估，曾给省政府写过一个专题报告，寇副省长原则同意，认为进行一次实地考察评估也可以。我想，雷好肯定是见省委、省政府已经表了态，尚方宝剑讨到了手，为所欲为，对吧？"

"九个竞标单位散布在全国各地，这要考察评估到猴年马月啊？"

"呵呵，也没听到寇副省长对他们这次活动有什么时间要求，大概赶在省政府出国考察团回家前结束就行了吧。我看超个十天半月寇副省长也未必责怪，龙潭工程不是计划明年三月份开标吗，时间早着哩。"

"雷好兴师动众，动作不小，到底什么目的你知不知道？会不会有通过这个活动让九个竞标单位再淘汰两三家的可能？"

"哎呀，这我可真不知道。不过，雷好这个人的德性你我都是知道的，不高兴了，撸掉两家三家，他完全做得出来。"

"这家伙的作风我算真领教了——我行我素，随心所欲！你看，他们公司白纸黑字、明明白白告诉我们，考察评估团出行的第一站是华夏，结果，我们接站的人从昨天下午一直接到晚上十一二点也没见着他们的人影，一打听，才知道他们早被东方联营的人裹挟走了，你说荒唐不荒唐。"

"嘿嘿，这事我知道一点点儿，东方联营是用一个奔驰车队在登机前把他们弄走的，壮举。当时，只要雷好态度坚决一点儿，哪会发生这种情况。但从这事可以看出竞争龙潭标段的激烈程度，看来，这个东方联营为了抢占鳌头，不惜血本。"

"是呀，我们华夏何尝不是铆足了劲儿。这不，我到处打听问讯，捕风捉影，还不是为了采取有效办法对付这种激烈复杂的局势？龙潭标段关系到华夏集团的兴衰，关系到几万职工的饭碗，老覃哪，关键时刻你可得帮兄弟一把啊！"

"没问题，用得着我的地方尽管打招呼，咱俩谁和谁呀！"

"寇副省长回国后，你一定要尽早告诉我一声，实说吧，我也想讨点儿政策在手里。有劳你提前给他吹吹风，到时候，主管工业的副省长说说话，挺管用的。"

"是这么个理。他一回来我就给你挂电话。哎，"覃富强忽然压低了嗓门儿，"有个事我不大相信，想顺便问问，你别在意啊。"

"问吧。"

"刚才上班，我听说……华夏集团大门口又……"

"有这事。"时空毫不回避。

"多少人啊？"

"两三千吧。"

"这么多呀？"

"还在增加。"

"这个烂摊子！说是让你去锻炼，这不是让你去坐马蜂窝嘛！"

"哎……只能怪我运气低。"

"看你现在若无其事的样子，真能沉住气呀！"

"不沉住气又能咋办？"

"都是为了些什么呀？"

"还没接上火，待会才能知道。"

"你可得当心啊！"

"谢谢！翻不了船。"

"保重，保重！挂了啊！"

贺怀阳见时空挂了电话，就又瞅瞅窗外、瞧瞧手表，掏出手帕在额头上擦抹着，他这回的动作做得比较大。没料时空放下手机，又将桌上的有线电话抓到了面前，嘟嘟几下拨通了另一个电话。

"爸，爸吗？是我……时——空！"

那头接电话的是时空的岳父，叫尉迟琨，耳朵有点儿背："……噢噢，有事？"

"听之男说，茅县长在你那里？"

"是啊，之男昨晚是来过呀。她还没回家？这孩子！"

"不是，"时空提高了嗓门儿，放慢了音节，"我是问，宜阳县的茅老县长是不是在你那里。"

"噢，问老茅子？"

"对对，他在你那里吗？"

"在呀，正聊哩，找他？有话？"

"这样吧，爸，我先不跟他说话，这会儿没时间，你让他在你那里多待几天。"

"啥？"

"你……留他……多住几天！听清楚了吗？"

"听清楚了，让他别走。他没打算走哇，想会会你哩。"

"那好，那好，太好了。就这样吧。"

时空搁下电话，又开两掌使劲儿抹了几把脸庞，又卡了卡两边的太阳穴。

贺怀阳犹犹豫豫地站了起来。

时空伸出一只手掌向下连压了几下："坐着说吧，不要那么的讲究。"

贺怀阳只好重新坐下。

时空看看手表，问："我从走进办公室到这会儿，多长时间了？"

贺怀阳也看了一下手表："二十分钟不到。"

"就是嘛，离上班时间都还差好几分钟呢。咱不着急，啊？"

"我爱着急。"贺怀阳努力镇静着，"毛病。"

"贺主任呀,我进这机关快三个月了,几乎没有听到有人说你个'不'字。"时空笑了笑,"可是你也太小心翼翼了点儿。其实,咱俩是同行,你当这里的办公室主任,我在省里当办公厅副秘书长。"

"我哪能跟时总比呀!"

"怎么不能比?工作性质是一样的嘛!我的意思是,干这一行,没有必要谨小慎微,该怎么干就怎么干,不要担心领导和同事对你有什么看法。"

"是,时总以后经常给我提个醒儿,我改。"

"老是朝窗外瞅啥?又急啥?大楼外面这事的本身,再大,也是暂时的,只要处理得当,说过去也就过去了。可是我们手里的工作,再小,也是为长远服务。工作机构应该在任何情况下都有保持通盘正常运转的能力。一个环节、一个时段出现掉挡,都有可能给企业留下灾难性的隐患。"

"是,是这样。"

"再说,楼下正乱,娄毅正在努力维持秩序,如果我们的考虑欠佳,举动稍不得体,很可能会使局面更乱。不妨等等,把这些人的意图搞搞清楚,再商量个妥善处理办法。"

贺怀阳还是说:"是,是这样。"

时空不由一笑,问:"楼下都是些什么人?"

"绝大多数是下岗、待岗人员,退休的也不少。"

"哪个单位的人最多?"

"修造厂。"

"有没有退下来的干部?"

"有,有几个二级单位的退休干部。"

"从集团领导层离退下来的老干部有没有?"

"……原副总经理宇文泰在院子旁边。"

"他是参与还是看热闹?"

"这……不好说。"

"领导班子成员都到班了吗?"

"……就你和秋胤副老总。"

时空大吃一惊:"其他成员呢?"

贺怀阳告诉时空:焦言副总经理带着两个财会人员在北京落实贷款问题,还没有回来;杨导副总经理带着几个工程师到长江施工局项目点检查施工情况去了,前天走的;东方戟副总经理昨天突然去了三峡,听说那边项目上出了点儿安全事故;程心爽、帅自文两位副总经理应该在家,估计是进不来了。

时空的眉宇拧成了结:"那头呢?"

贺怀阳明白他指的"那头"是哪头,说:"刚才听党群部门的人讲,诗维书记今天一大早走了,说是去长江、珠海两个施工局检查党建工作和反腐倡廉工作,顺便搞搞调研。党群工作部副主任孔超陪同,让小车队派了部巡洋舰,薛建设开。纪委白延寿书记前天从国务院信访办把那个老上访户赖耗子接回后,住进了医院,听说心脏病犯了。司马敬主任和侯万里处长正在楼下维持秩序。"

"这么说,"时空嘘出一口粗气,"想开会商量个对策,统一统一思想认识,还搞不成?"

"是……是这样。"贺怀阳更显紧张,"办公会、党政联席会、紧急会议,都开不了。"

这才巧嘞!时空眯起双眼,像是自言自语,又像是问贺怀阳:"难道事前有什么风声,我们的领导同志都有意……敬而远之?"

贺怀阳如坐针毡,两眼直视着时空,没有接话。

管理层畏首畏尾、一盘散沙、各怀心事,被视为企业的灾难,时空最为警惕、最不愿意看到的情况终于发生了,这才真正意识到情势窘迫。没有焦躁上火的空间,也不容许雷霆震怒,他静静地想了好一会儿,望着贺怀阳:

"……给你交待几个事,马上办。"

贺怀阳忙从衣兜里掏出笔和本子。

"一楼大会议室能装多少人?"

"四十多。"

"把会议室的门打开,收拾干净,准备充足的茶水、茶具。通知宣传部门,会议室安排录像,院外广场架设投影。另外,你亲自去他们中间,告诉大家:新来的总经理十点钟准时接待他们。但要要求他们选出代表,代表须照顾到各个层面。这需要解释清楚,会议室只能容纳四十个人。"

聚众群访过去发生过好几次——吵吵嚷嚷、骂骂咧咧、拉拉扯扯、推推搡搡总是免不了的……时总想要跟他们面对面……贺怀阳一脸的忧虑:"你这样……会不会……"

"哦,阁下有高招,"时空却戏谑地说,"快不吝赐教。"

贺怀阳只好站起来,急骤地摇晃着胖胖的身躯出了门。

四

秋胤是年六十七岁,两鬓斑白,面目清癯,戴一副深度眼镜,颇有学者风度。近十多年,他在华夏集团相继担任总工程师、副局长、副总经理职务,先分管工程技术工作,后分管经济、生产经营。秋胤并非中共党员,但华夏集团几次领导班子换届、调整都未因此受到影响。他能从一名普通技术员干到现在的副总经理兼总经济师,最为明显的优势是,华夏集团有历史,花名册上就有他的名字。秋胤经历了几个年代的艰苦创业,参与过永泰、松峦、花溪、虎啸水电站以及许多外埠水电工程的建设,对华夏集团方方面面的情况了如指掌。由于一直从事工程技术、生产管理工作,客观上帮他避开了许多政治矛盾和人事纠纷,几次都没有卷进复杂的斗争漩涡。秋胤博学多闻,工作精细,勇于坚持正确的生产经营原则,曾使华夏集团规避过不少经营风险,上上下下对他非常尊重。几次民主测评,他得票最多。华夏集团上届领导班子组阁之前,考察人员曾推荐过秋胤担任华夏集团总经理,皆因他不是中共党员而又不愿意写入党申请书,终使伯乐爱莫能助。这年,秋胤本当因为年龄偏大自然退出高管层,组织部门又考虑到华夏新一届领导班子青黄不接,不得不让他继续超期服役。

给贺怀阳的工作分派完毕后,时空来到了秋胤的办公室。大兵压境,集团领导班子只有他和秋胤到班,难兄难弟,相互通通气才是啊。

秋胤泰然无事般伏在办公桌前,聚精会神翻阅技术资料。老先生穿戴整洁,办公室却一片狼藉。文件、资料、图纸满处都是。时空走进来,嚷出一句:

"一边火上墙,一边睡在床。悠着哩?"

秋胤抬起头,把手里的资料搁下,笑着:

"总经理安稳如山,我有啥不踏实的?司空见惯。"

时空坐进沙发,顺手把旁边的一摞图纸挪开,说:"刚到华夏时我就听说过,一有风吹草动,头头们就东躲西藏,今天算是眼见为实。这优良传统的继承性真强啊!"

"唉……也是不得已而为之。那些人逮着谁就缠住不放,像从前的批斗会。吃一堑,长一智,不闻风而逃那才叫傻。我主要是上班太早,没让他们堵着。要是先有感知,没准我也找茬儿溜了。"

时空对秋胤比较了解,知道他这话一半是在说事实,另一半却在讥讽逃兵,自是不予计较,说:"我刚才一直在琢磨,这么大的动静,事先怎么就没点儿兆头。"

"你毕竟来华夏不是太久,有兆头也觉察不出来。判断这事要经验。"

"信息共享嘛!"时空接过秋胤递过的热茶,双手捂住喝了一口,"咱们好赖在一条船上,说好了要同舟共济,有经验判断出了兆头,就该互相透透气呀。现在倒好,人难来临各自飞,把我撂在柴火堆上,我是国民党吗?那也得统战哪!"

"大伙这不是信得过你嘛!"秋胤反话正说,"你是省里来的,脑袋大,能顶。"

"脑袋再大,那一个也顶不住一群哪。一个篱笆三个桩,一个好汉三个帮。你看我这下可好,孤家寡人,坐等人家进来捉活的。"

"这不是还有我没来得及溜掉嘛!"秋胤坐到另一只沙发上,哀叹了声,"其实,都是自己的职工,有了意见,不过跑来泄泄气而已,能把事情弄大到哪里去。我们这些做领导的早该主动出面,能解决的问题解决了,不能解决的问题作些解释,事情也许不会这样没完没了。欧美国家,不在人堆里去较量几个回合,就当不了总统。中国人学人家涂脂抹粉,学人家穿比基尼、套超短裙,学得头头是道,怎么该学的就学不来了呢?有什么大不了的事嘛,值得这样躲呀避的!"

"你是在批评我吧。"

"哪敢啊。其实,我也是张把不住门的嘴,急了,怎么解气怎么说。"

"你在华夏是老资格,德高望重,直言不讳又何妨。"

"在集团管理层,虽然数我年岁最大,但座次不是一直靠后排着嘛。人贵有自知之明,所以平时并不敢随便造次。"秋胤笑了笑,"说实话,还真怕影响团结。"

"我也是心里憋屈得慌啊。这牢骚要是不发出来,那才叫虚伪。好了,不利于团结的话就不说啦!"时空也淡然一笑,"我还得省点儿精气神儿,待会儿面对现实。"

"刚才贺怀阳来过我这里,把你的应付办法跟我说了说。他有点儿担心,我说不用怕,这办法挺好。待会儿,我陪你一块上。"

"不用，不用。"时空摇摇手，"他们的主攻对象肯定是我，跟你没有关系。"

"多个人就多张嘴嘛。"

"又不是吵架，要那么多的嘴干啥。"时空喝了口茶，说，"大员们都不在，啥会也开不了了，啥对策也没法研究了。我到你这里来就想说两个事。一是眼皮底下这事的应对办法，由我去跟他们面对面谈谈。刚才你说得好，能解决的问题尽量想办法解决了；不能解决的问题，作作解释，主观上不想事态失控。另一件事：今天上午拜会潜龙总公司考察评估团的计划取消。"

"拜会考察评估团的计划取消？为什么？我之所以还待在办公室，就为陪着你去拜会他们哩。"

"一言难尽。琴拥军没接着考察评估团，连他自己也不知道跑到哪里去了。这工作作风，差点儿没把我气得吐饭！"时空生气地说，"今天一大早，之男跑回家告诉我：考察评估团昨天下午就被东方联营的人从省机场劫跑了。简直是他娘的抢饭。"

"出这种事了？"

"奇了怪吧？"

"潜龙总公司难辞其咎，哪有这么干的！"秋胤也很生气，"这个考察评估活动本来就是脱了裤子放屁——多此一举，倒让他们操作得神乎其神，哼！"

"我也这么想呀。"时空说，"所以刚才我急着给省里挂了个电话，想套套底。谁知，政府办公厅过去的搭档告诉我，雷好搞得还挺周密：给省里写过专题报告。省领导居然批准了。"

"我敢说这纯属是一种商业炒作。九家竞标单位的能力是癞痢头顶的虱子——明摆着，还——考察评估什么？"

正说着，琴拥军慌慌张张闯了进来，样子狼狈不堪：脑袋绕了一圈白绷带，左胳膊被白绷带悬着，笔挺的西服不知被什么利器剺开了一道口子，脸上青一块，紫一块，像败兵。时空、秋胤吃了一惊：

"怎么弄成这样？"

"出事了？"

"时总……"琴拥军懊丧着脸，"处分我吧。"

时空气不打一处出："那你也得把事情说清楚呀。"

永泰县下游的兴盛县境内有两座山，一座叫作日山，一座叫作月山。花溪水电工程截流后，回水形成的水库便使日月两山变成了湖心岛：两山依依，四面环水，空气新鲜，风光优美。兴盛县决定利用这一景观开拓新型产业，于是抢抓机遇，招商引资，最后让境外老板承包改造成了一个集吃、住、玩于一体的大型游乐场所，谓日月山庄。日月山庄很快远近闻名，是商家和有钱人休闲娱乐最为理想的世外桃源。自然是个耗钱的地方。东方联营把潜龙总公司的考察评估成员接到那里，无非是想抢先献上一份热情。打听到考察评估团一行已经被东方联营从省机场接到日月山庄以后，盛怒之下的琴拥军连夜带人带车奔日月山庄而去，一是想找东方联营讨个说法，二是想把考察评估团强抢过来，不料中途翻了车。琴拥军垂头丧气地诉说了原委：

"……盘山路，太难走，我们的车也开得快了点儿。在一个山坡弯道急转时，奥迪翻了两个滚儿……又正过来站住了。司机抱着方向盘，没伤着，我被拽出了车厢。奥迪还能开，就车门拽坏了一扇。"

时空没有过问考察评估团的事："其他人呢？"

"他们都坐在后面的中巴上，没有人伤着。"

秋胤舒了口气："万幸，万幸！"

时空立起身子，走到琴拥军跟前，看看他的头脸和被白绷带缠住的眉弓，又轻轻抬了抬他的左胳膊。

琴拥军解释说脱臼了，吊两天就能完全就位扶正。

"这车翻得也真够水平，打两个滚儿又站起来了，居然还能开。"时空回到沙发前，坐下，喝了口茶，"刚才，你让我处分你，得让我有个油头啊？"

"这么大的事……让我弄砸了……"

"你最大的问题是组织观念差！"时空早窝着一肚子气，不吐不快，"没有得到任何指令，擅自带人到处蒙，没出大事就算万幸！本来见你年轻，办事灵活，才把这么重要的事情交给你，可你这也太灵活了吧？为什么不及时报告？"

"任务没有完成，我……哪有脸向你报告哇！"琴拥军眼睛红了，"当时，我就想到要把人抢过来，就想到要找他们评理去。"

"这是你想的事吗？是你应该做的事吗？是你做得了的事吗？"

"……"琴拥军鼓动着腮帮子，气呼呼的，"这活儿我干不了了……你处罚我回工程处去吧。当初我压根儿就不愿意调到总经办来。"

"呃？你还有理啦？"

"有话慢慢说。"秋胤给琴拥军端过一杯热茶，又拖过一把靠背椅，"不能意气。"

"撂挑子。"时空愀然作色，"威胁领导？"

"我没这个意思。"

"说你组织观念差，我是有根据的，不是信口开河！你看这第一，从接待工作开始到你来这里之前，我没有接到过你的报告，其他领导，包括你的主任贺怀阳，也没有听到你的音讯，你想，这集团总部有谁知道你干了什么，正在干什么？又有谁知道有关考察评估团的情况？你说，谁心里不着急？这第二，不管三七二十一，领着人就往日月山庄跑，这合适吗？你是总经办副主任、接待组组长，你的行为代表的是华夏集团，不是琴拥军！自作主张，先斩后奏，足以反映出你平时的工作作风！即使潜龙总公司、东方联营的做派值得深究，但也轮不到你，自会有人品头论足。作为办事人员，最要紧的是恪守本职，把分内的工作干好，不能让具体环节出现差错！"

琴拥军愤懑难平，悻悻说道："潜龙总公司、东方联营，都不是玩意儿。不按规矩出牌，要得我们手忙脚乱。"

"行啦，不要随便指责人家。竞争嘛，各凭本事，斗智斗勇，谁叫我算计不如人呢。"见琴拥军痛苦异常，时空的语气慢慢软了下来，"……如果在接待工作启动之前，我思想上特别重视，亲自带着接待组提前赶到省里，赶在东方联营的奔驰车队到达前就把考察评估团接过来，这后面的事情哪里还会发生？所以呀……这件事的全部责任还是应该由我来负。"

秋胤见时空把话说到了这份儿上，赶紧打圆场："小琴哪，你看，时总把担子都扛了。你呢……多汲取点儿经验教训，以后办事尽量考虑细致些，多请示报告有好处。"

琴拥军闷闷地点着头。

"这东方联营在杭州，怎么把考察评估团接到日月山庄去了？"时空纳闷着。

琴拥军告诉时空，另外八个竞标单位都在宁泰市设有投标组织机构，早打听到日月山庄休闲娱乐的服务功能不错。东方联营的接待计划是：先到日月山庄为考察评估团接风洗尘，再到福建实地考察几个水电施工项目，最后去杭州总部进行综合介绍。

"这种接待办法……真让我长见识。"时空无限感慨，又自我安慰地说，"也好，考察评估团没有光临也好，我还不想让他们看到楼下这热闹场面呢，家丑不可以外扬嘛。真把他们接来了那才叫又是龙灯又是会，弄得我们首尾不能相顾。"

秋胤不觉笑了起来："塞翁失马，因祸还得了福。"

"那可不。考察评估团早一天来晚一天来能碍什么大局，东方联营提前把他们接走了，就把龙潭工程的标段统统接走了？哪那么容易！"时空见事已至此，琴拥军也为接待考察评估团弄出一身伤，已经尽力，只好从长计议，就一面安抚，一面加压地对琴拥军说，"楼下的情况你都看到了，大概也知道我现在没工夫跟你理论。过去了的事就让他过去了，把下面的工作做好就行。

"接待组要保持工作状态，相关工作要准备充分，不能事到临头又抓瞎；要和考察评估团保持联系，这菩萨确实得罪不起。接待工作实际上只是一种形式，重要的是通过这种形式搞清他们的考察范围和评估的真正目的，便利应对措施，表面文章要做到实处。

"达奚贤主任下午的那个研讨会，实际上是投标办专门为这次接待活动准备的，原计划今天上午去拜访考察评估团，摸清底牌后有针对性地研讨一下，应付明天的日程，现在情况有了变化，但计划不变，我刚才已经跟达奚贤通过电话，研讨会照样开，反正他们迟早要来。如果你的伤确实不重，下午准备参加，干脆把接待组的人都带去，听听我们几位投标权威人士怎么研讨，这对你们下一步的接待工作很有帮助。记住，研讨会越具体越深入越细致越好，现在看来，除了对单价、标底等技术问题进行科学推断外，对甲方心态的透析、对竞争对手的实力以致竞标手段加以研究，已是不容回避的新课题，要知己知彼。"

琴拥军的情绪渐渐平静下来，明白当下正是时空心急火燎的时候，心悦诚服地应诺着出了门。

琴拥军走后，时空、秋胤直摇头，嗟叹。

"这个雷好，"秋胤是个讲信义的人，对雷好的这种做法非常不满，"小题大做，故弄玄虚。琴拥军刚才说的没错：要得我们手忙脚乱。"

"离开省政府之前，我真没想到企业行为是这样不守章法，这样说变就变。"

"但是，不管雷好耍什么花招，也就是他们自己说的所谓战略战术吧，华夏集团在九家竞标单位中肯定占据龙头地位，是龙潭工程的主力军。"秋胤很有信心地说，"他们如果没有这种定向思维，那才叫傻透了顶。"

"哦？说说你的高见。"时空很感兴趣。

"你看啊，"秋胤在时空对面坐下来，扳着指头分析说，"其一，华夏集团自组建以来，几乎走遍了全国的大江大河，参与修建的大小水电站达几十座，仅二十万千瓦级以上的大型水电站就有二十多座，此外，还独家承建了潜龙江四座梯级电站，四座电站的装机总容量超过六百万千瓦，尤其是花溪、虎啸两座大型水电站，同时开工、同步施工、同期完成主体工程，不仅使国内同仁刮目相看，世界水电发达国家的专家学者也叹为观止。甲方如果放着有此等惊人业绩的乙方不选择，不是傻是什么？其二，通过五十多年的实战演习，华夏集团可以称得上集大小水电工程建设的施工经验于一身，施工能力、科技水平到达了相当的高度，这无形资产的利用，只有傻瓜才会放弃。其三，华夏集团装备完整，大小施工机械设备近两万台（套），并且备足了技术过硬的操作人员，能完全保证任何大型特大型水电工程施工进度、施工质量的需要，放着这样的施工队伍不用，能说不傻？其四，龙潭电站工地距离华夏集团大本营不过五六十里地，可以说近在咫尺，机械设备、各种物资、施工队伍的调度简便快捷，既可以有效控制成本，又可以确保工程工期，甲方如若舍近求远，不是傻是什么？"他一口气列举了华夏集团的四大优势，最后说，"其实，我们的客观优势还有很多，我只是随便挑拣了这区区四条，你说，除了华夏集团，还有哪一家能够占据这龙潭电站的龙头位置？"

　　时空的脸上虽然有了笑容，却还是忧心忡忡，"逻辑是这样，可天有不测风云，不确定因素太多。再说，又不知道他们的标是怎么个编法。"

　　"无论他们的标怎么编，华夏集团都会占优势。"秋胤胸有成竹，"最近，我一直在跟达奚贤研究这事。我俩估计，他们绝不会采取整体发包形式，不会把龙潭电站所有的工程项目捆绑在一起，或者把所有的工程项目横向竖向分割成一两个标段，再让一两家竞标单位中标承建，因为这样甲方会失去很大一部分工程施工的控制权，利益盘剥空间也会相应缩小，加上全国各个水电建设工程有资可鉴，所以，他们必定另辟蹊径。"

　　"你是不是说他们会把龙潭工程切割成若干小块，让九个竞争单位平分秋色？"

　　"正是。这也是目前国内建筑市场风行的办法。甲方盘剥空间大呀！"

　　"假如他们真这样干，你认为华夏集团的优势会不会减弱？胜算多少？会不会造成很大的损益悬殊？"

　　"损益问题在所难免，这一点我们要有充分的思想准备，形势毕竟不同以往了嘛。至于损益的多寡，一定程度取决于我们自己。但是我们的竞争优势绝不会减弱，你想啊，即便他们把龙潭工程统统切块编制成二十个、三十个标段，我们华夏集团都有权以相同的优势参与竞争，哪个标段都能体现出我们的优势。我粗粗算了一下，龙潭工程，华夏至少可以中百分之六十的标段，也就是说，三百多亿元的投资总额，我们可以拿到一百亿以上。"

　　"好！经你这么一分析，我真觉得有了不少底气。"时空心里踏实了许多，高兴地说，"在龙潭工程问题上，我总想找你好好谈谈，可就是没时间……呀，时间快到了，我得走。"抬手看了一下手表，站了起来，"等楼下这事了了，我们再深入探讨探讨，目标是：一要中标；二要赚大钱！"刚走出两步，又回头对秋胤小声说：

　　"兵法云：一鼓作气，再而衰，三而竭。我这会儿露面才是时候。"

　　"不说这话，我倒觉得你是个好人。"

时空哈哈大笑："这话太损，太损！"

五

　　晨雾渐渐消散，初冬的太阳慢慢爬上了山岭。
　　华夏集团大楼对面广场上的人群一个个全都清晰起来，男的女的、老的少的，叽叽喳喳，闹闹哄哄。贺怀阳办事很有经验，非常及时地把时空准备接待代表的信息传递到了人群当中。突如其来的礼遇使人们浮躁的情绪平静下来，原本盲目的心理似乎一下子有了明确的目标和某种希望，开始物色自己的代表或者争取当上代表。娄毅可谓久经沙场，防范意识特别强，不仅倾尽警力，而且向永泰县公安局求援，借来一个小分队，全部着便装进入了现场，以防万一。被人戏称为司马师爷的党群工作部主任司马敬是个有见识的老政工，受贺怀阳委托，一面发动党群工作部的全体人员烧水送茶，一面跑到永泰县广播电视局，借来了一部投影和一辆电视转播车。少时，广场南北两头都架设好了投影视屏，就有全国山山水水的录像片先期播放，还配有嘹亮的歌曲《歌唱祖国》。
　　可是大楼门口的铁栅栏前还是聚集了不少人，他们的目的是挤进主会场。贺怀阳汗流浃背，一半身子留在栅栏里边，一半身子伸出栅栏外边，声嘶力竭地叫喊说，广场那边架设好了投影视屏，接待现场和外面是一个效果。可是身边的人群全都不听招呼，仍然不顾一切地往院子里面挤，想到大楼会议室争个座位。电动铁栅栏的中间段已经挤变了形，完全不能移动，留下个豁口由五六名干警死死扼守着。
　　门卫老孙头是个返聘的退休劳模，忠于职守，终因年事已高，又没见过这种场面，突然昏厥倒地。一名干警连忙把他扛走。站在旁边的巡警公孙旺又急又气，习惯地把手伸进了裤兜，想鸣枪示警。不远的娄毅瞥见公孙旺有了这种动作，飞身上前，一把将他伸进裤兜的手腕扼住，咆哮着：
　　"谁让你掖家伙啦？！"
　　"……"公孙旺虎瞪着双眼，腮帮子不停地鼓动着。
　　"无组织无纪律！立正——"
　　公孙旺机械地两腿一并，胸脯一挺，动作特大。
　　"命令：解除武装！五分钟内归队。向右——转，跑步——走！"
　　公孙旺撒腿就跑。
　　娄毅擎回铁栅栏旁，警视着人群的一举一动。他的棉警服不知什么时候被拉扯掉了两颗纽扣，豁开的领口往外冒着汗气。
　　栅栏豁口前，办完内部退养手续不久的邬国栋拍着贺怀阳的肩膀说："老贺，老贺，不要那么死心眼儿，多放几个人进去有什么不好，时空不是要多听群众的意见吗？"
　　贺怀阳满脸是汗，头顶冒着热气，右手虎口不知怎么还挂了彩，见在原二级单位做过党委书记的邬国栋竟然是这么个态度，不由火了起来："老邬，你是当过领导的人，怎么这个觉悟？帮我做做大家的工作才对嘛！"

"我怎么个觉悟？"邬国栋的脸一下子拉得老长，"我现在是一介草民，就不能说说话啦？就不能参加参加群众活动啦？不是我应该帮助你做大家的工作，而是你应该帮我们大家去做做那些官老爷的工作！"硬着头皮往里挤。

原本在心目中挺不错的一个书记，翻脸就是一大套混账话，贺怀阳睁大陌生的眼睛，愣望着他挤进院子，"好，好，你有理，你有理。"转身对娄毅说，"时间快到了，我得到会议室去了，这大门就交给你了。"

"去吧，去吧。"娄毅把贺怀阳替下，忽然说了句俏皮话，"戏一开场，台下自然就安定下来。"又冲着栅栏外的人群喊道，"别挤了，别挤了！各位包涵，你们肯定进不去的，会议室已经爆满，挤进大楼也是白搭。大家还是到广场那边去吧，你们看那边的人，一边坐着喝热茶，一边准备看投影，多好！"

六

会议室里挤满了男女老少。大家全没按总经办服务人员的要求有序就座，想坐在哪儿就坐在哪儿，不少人还大腿跷着二腿坐到了座椅前面的条桌上。椅子、桌子都没有抢占到的就挤站在四周。人家毫无顾忌地吸烟，喝茶，说说笑笑，嘻嘻哈哈，有的甚至打情骂俏。

党群工作部影视处处长沙凡和《华夏工程报》社的总编辑费玲玲受司马敬指派，早早在会议室东墙角摆放了一张桌子，架好了摄像机，并且因地制宜地将麦克风挂在了顶灯上。架了摄像机的桌子被挤得摇摇晃晃，急得沙凡不停地跟旁边的人说好话："拜托拜托，关照关照，待会儿广场上的人全靠我这玩意儿给信号。"

会议室的大门已被人群封堵。邬国栋和另外几个人眼见挤不进去，蹲在走廊里抽起烟来。

贺怀阳侧着身子挤进会议室，两坨黑眉皱成了一堆。贺怀阳挤到会议室中央，高声请求大家坐到椅子上，说桌子上不能坐人，没座位的同志请委屈一下站到四周；并强调说，最前面的那张条桌是讲台，是留给时总和其他领导的位置，应该让出来。他说待会儿还要实况录像，让广场上的人清楚地看到会场里面的情景，现在这个样子怎么录呢？贺怀阳的声音似乎没被人听见，听见了的反而比他的嗓门儿更高，说又不是开你们的那种党委会，哪那么多讲究？咱老百姓随便惯了，你们的那些个摆设我们瞅着别扭，一边去吧，这里没你的事儿。贺怀阳还想耐心做做大家的工作，时空已经从门口插身进来。贺怀阳赶忙迎过去，一副愧疚的样子，嘀咕说会场没有组织好，有点儿乱糟糟。时空却笑着说挺好的，挺好的，这样挺好。贺怀阳也实在没啥高招理弄这场面，只好提高嗓门儿叫道：

"请大家安静，时总已经准时来了。这就是时总经理，大家欢迎！"贺怀阳原以为会有一阵热烈的掌声，没料经他这么一喊，会议室里反倒寂静下来。这突然的一静大大出乎贺怀阳意料之外，心里一慌，把事先准备的两句台词全忘了。

"我就是时空。"好在时空见多识广，不等贺怀阳当众打顿就接过了话头，一面抱拳作揖，一面笑呵呵挤到会议室中央，"各位好，各位好！大家好啊！"

贺怀阳紧跟过去，立定："为了满足大家的要求，时总在百忙中特地安排这个接待会接待大家。现在请时总讲话，大家欢迎！"

可是贺怀阳不仅没有盼到掌声，反而讨来几声咳嗽。

时空笑容可掬："首先，我向大家作检查，来华夏集团工作快三个月了，却没有和大家打过照面。我和各位原本同舟共济，情同手足，可是走在大街上却互不相识，我实在太官僚，向大家道歉，也请大家原谅。我们都是华夏集团的职工，生活在一条船上，我们之间的思想交流、语言沟通，是很普通很自然很正常的事，所以，我认为今天这个接待会，应该是很轻松很亲热的谈心会。大家有什么困难，有什么意见、建议，都可以说，畅所欲言。我呢，一定在能力范围内、权力范围内，不遗余力，尽量满足大家的要求。能解决的迅速解决，不能解决的，一定说出个所以然。"

有人高叫一声："你说话算数？"

时空笑着反问："总经理说话不算数，那还有谁说话算数？"

会议室里骚动起来，交头接耳，叽叽咕咕。一个小伙子给时空让出了座位。时空抱拳作揖，连说"得罪得罪"。

"不过，我有个小要求，希望各位能够谅解……就是发言的时候得一个一个来，不能一窝蜂，不然，我听不清楚，也记不清楚，反而误了大家的事。"时空把夹在腋下的公文包放到桌上，坐下来，掏出了笔和本子，望着一片攒动的脑袋，亲和地笑着，"谁开头炮？"

贺怀阳从衣兜里掏出了记事本。他没地方落座，打算站着笔录。挨坐在时空身边的中年人见状，也把自己的座位让了出来。贺怀阳感激不尽，一叠声地谢谢。

会议室里又是寂静一片。

"我先说。"一个足有一米八五的瘦高个儿霍地站了起来，黑瘦的脸颊阴森得令人生畏，嗓门儿又大又粗，"国家让老百姓奔小康，啥叫小康？农民认为：小康是二亩地一头牛，老婆孩子热炕头。工人怎么看小康？工人对小康的理解就是锅里有煮的，胯里有杵的……"

会议室里哄然大笑。

"你……？"贺怀阳大惊失色，"怎么这样说！"

"好，好，说得好。"时空却笑着鼓励他，"你对小康的理解很准确，很深透。"碰了碰身边的贺怀阳，"他说得精辟，精辟呀！"

瘦高个儿严厉地环顾着捧腹大笑的人们："我说错什么了？错了吗？"回头用一双寒光熠熠的眼睛盯着时空，"我已经待岗七八年，每月拿三百多元钱的生活费，养俩读书的孩子，床上还长年累月躺着个半身不遂的老父亲，老婆跟别人跑了，这叫小康？"

会议室静得可以听到针杪落地的声音。

时空愣愣地望着他，半天才说出一句话来："你今年多大年纪？"

"四十七。"

"以前干什么工作？"

"司机。开大卡。"

"叫什么名字？"

"鲍官厅！"

"你父亲参加过官厅水库的建设？"

"那是错不了。"鲍官厅大大咧咧一扬手，坐了下去。

"继续说。"

"这就够啦！"

时空心底震颤。如果说刚才走进会议室时只是盘算如何把这个接待会作为一项程序、一种形式，做好、做得冠冕堂皇的话，此时此刻，他才深切感受到自己在无意识中触摸到了非常具体的灵肉。他甚至有点儿内疚，内疚自己残存着虚伪。他猛然意识到自己完全应该深入体会来自底层的疾苦，更重要的是在情感上贴近底层，真心实意帮助底层的人们做点儿什么。

"谁接着说？"认真记下了鲍官厅的姓名、年龄、职业特长以及家庭的简单状况后，时空鼓励着大家，"像鲍官厅一样，有什么说什么，想怎么说就怎么说。"

"我是个下岗女职工。"一个穿戴还算时髦的女子站了起来，"我叫吴菲，口天'吴'，草头下面一个非常的'非'，四十三岁，下岗四五年了。当初，我们几个女工是因为体谅单位僧多粥少的难处，给别人腾位子、给领导分忧才主动下的岗。可是下岗以后，有岗位的人反而看不起我们，领导也把我们忘了。这倒也没什么，我们还年轻，我们有两只手，有技术，下岗几年没愁干活儿的地方，但发愁的是水、电、煤气，各种生活必需品价格飞涨，入不敷出。集团没办法给我们安排工作，难道连治理消费市场的办法也没有了吗？"

"还有哩，现在的两口子养不起一个孩子。孩子读不起书。学校动不动就让孩子找家长要钱，名堂多，数目大，不交钱就不让孩子上课。"吴菲的话好像还没有说完，另一个中年妇女就粗门大嗓地把话题抢了过去，"瞧病也是大问题。咱们的职工医院比农贸市场还不如，医药费贵得没谱儿不说，还把小病瞧成了大病。医院为了不让床铺闲着，变着法儿使人住院。还有奇怪的咧，好进不好出，进得去出不来。从前住院要走后门，现在拧了个个儿，出院要走后门，不然，他们可以长年累月让你在医院耗着，咱下岗职工哪有那么多钱往里耗啊？到处都是要钱的手，就没人替咱们想想，下岗职工的口袋里到底装有多少钱！"

时空飞快地做完笔录，抬头问道："你叫什么名字？"

中年妇女说："我叫黄蓉，跟《射雕英雄传》里头的黄蓉同名同姓。"

时空又问："今年多大年纪，以前干什么工作？"

黄蓉笑了起来："快五十了咧。以前干风钻工。我是华夏集团女子风钻队的，从前名气可大哩，省报都宣传过我们女子风钻队的英雄事迹。前几年，领导说要照顾我们，说打风钻又苦又累，女同志长期干下去是会吃不消的，该让我们歇着了，其实就是让我们下岗。这不，把我们的经济来源大部分照顾掉了。"

"你是选派进来的代表吗？"

"是呀！"

"你代表她们反映了一些问题,你打算代表她们要求解决一些什么问题?"

黄蓉想了好一会儿才说:"物价,各种物价。因为我们口袋里的钱是不会再涨了,可是各种开销的价格却在不停地涨,越往下,我们的日子就越不好过了哩。"

时空心里叫苦不迭:这恰恰是自己解决不了的问题。三言两语又无法解释清楚,他只得望着黄蓉表示理解地连连点头。

"我是个退休老职工,七十多了。"一位满头白发的老人接过了话茬儿。他不急不躁,一字一句:"以前,我的退休金都是按时发给,近几年倒好,老是晚点,有时还不给发全,欠着,说是缓缓再发。报纸、电视,都在说如今企业好了,越来越好,比以往任何时候都好,这是好了吗?像我这样的老职工,不知道还有没有人管,难道非要我们月月都像今天这样,拉帮结伙往集团总部跑就妥当了?"

时空问:"老人家贵姓?"

"不要问我姓甚名谁。"老人缓慢地摇摇手,"我是广场上那几十个老工人选派到这会议室来的代表。丰满、官厅、三门峡、丹江口我们都干过,是当年支援潜龙江梯级开发的技术工人。可是如今已经快进土了,还要找人讨钱过生活,不好意思啊!"

时空顿觉脸膛发烫,忙说:"老人家,发生了这种情况,确实不应该,我们的工作没有做好,不该发生的问题发生了,我先向你,还有你们那些老工人作个检查。"

"那倒没有必要。只要问题能解决,我们这些老朽就心满意足,没有别的要求。"老人说,"刚才,我的那些老伙伴说了,你来集团不久,集团过去的政策与你无干,你也不会很清楚,我们只说事,不作难。"

"谢谢你们这些老同志的体谅。"时空非常感动,说,"老同志过去为国家做出了很大贡献,功不可没,政府没有忘记大家。关于退休金的问题,国家有明文规定,必须按时足额发给,各级地方政府都非常重视,企业也不例外。华夏集团对老同志的退休金的发放问题,我恰好专门问过。你刚才反映的问题确实存在,集团总部早就知道,之所以没有得到妥善解决,主要是因为在近几年里,集团经历了几次大的产业结构、组织机构调整,基层单位的编制、人员发生了很大变化,组织关系、人事关系没有及时理顺,管理链条脱节,造成工作失误。这里我可以明确表态,两三个月之内,你们这些老同志的问题,一定能够彻底解决。华夏集团最近几年虽然不太景气,但保障老同志的退休金按时足额发放是没有问题的,请你们放心。两三个月以后,如果再发生了你刚才说的那种情况,你直接给我打电话,我亲自把退休金一一给老同志送上门。顺便,我告诉你们老同志一个好消息,过不了多久,你们的退休金会由地方政府发给,完全不受企业兴衰的影响,到时候,大家不仅可以按时足额拿到退休金,而且还会适时增加,国家要让做出了贡献的老同志安享晚年。"

老人干瘦的双手抱成一个拳,高高举起:"谢了!"

时空微笑着向老人点点头。他环视了一下四周,觉得现在的心情比刚才轻松多了:"谁接着说?"

"我说两句吧。"一位中年壮汉站了起来。壮汉方脸、阔额、乌眉,着一件褐色宽领皮外套,雪白的衣领下扎一条红地紫条领带,显得很精神、很气派,人群中数他最显眼。"我叫沈剑雄,绰号大熊。"他说,"今年四十五了,是集团修造厂的锻工——铁匠！现在待岗。"

时空望着他说："坐下吧，有座位就坐下说。"

大熊就坐下来，端正一下身子，两手往桌上一架，像领导作报告：

"将才，时总的开场白中，有三句话，我记得清楚：一、同舟共济；二、情同手足；第三句话是'生活在一条船上'。没错，集团的干部职工确实生活在一条船上，这话我爱听。可是，仔细一想，不对！尤其是最近几年，我们和干部同舟不假，共济却谈不上，更不要说情同手足了。说白了，就是同船不同心。怎么讲？大多数职工，不论是在岗还是待岗，心里只能想柴米油盐酱醋茶，谋温饱，可是很大一部分领导干部心里想的却是发了再发，图富贵。一条船上，贫富差距越拉越大，天壤之别。有的人，只要大权在手，贪污腐化门门来。不是我随便诽谤谁、诬陷谁，大家看看这些年，华夏集团叫人家逮走了多少？可是，野火烧不尽，春风吹又生，时机一到，照样有人前仆后继！铲除这个根，怎么就这么难呢？还有，这船上的大副也好，二副、三副也好，根本不把水手、轮机当回事，船员全都变成了婆娘，个个谨小慎微，不敢怒也不敢言。要是有谁斗胆冒犯了大副、二副，好，马上兑现的惩罚就是——下岗！饭碗说敲掉就敲掉了。这年头，'下岗'俩字成了不少官老爷的口头禅，渣滓话，张口就来。我就想知道，谁给了他们这种信口开河的权力？船上的水手、轮机也是人哪。过去，我不敢说，现在我敢说了，眼看上岗没戏，打赤脚的也就不怕穿草鞋的了，鬼也不怕了！我不代表谁，也没有要解决的问题，就想挤进来说几句，完了！"

"大熊同志，你说了几个人是人非问题，谢谢！"时空放下笔，诚恳地说，"其实，你恰恰代表大家说了心里想说的话，很现实，也很深刻，一定会引起我们这届领导班子的高度重视。"

"我是个铁匠，尽说粗话，蛮话，不好听啊！"

"你现在……怎么生活？"

"你是想问我待岗后的营生。"大熊笑了起来，"打铁。铁匠哪里不要？那点儿待岗生活费哪够养家糊口啊？我早被私营老板请去操蒸汽锤了。可这华夏集团还是我的集团，你说是不？怎么着我也得挂记呀！"

时空连连点头："说得好，说得好！"

接着，几个待岗职工提出了待岗要待到什么时候的问题；几个下岗职工提出了能不能再就业的问题；几个退休职工提出了医疗费报销范围和上限额度存在不合理现象的问题，以及有关生活福利问题；几个困难职工家属提出了子女就学难的问题、住房紧张的问题；几个因公致残家属提出了组织照顾欠周的问题，甚至有两个因公殉职的家属提到了抚恤政策没有落实的问题。时空一面认真做着笔记，一面及时解答具体问题。不能马上解决的问题，先作耐心解释；能够解决的问题，当即表态解决。会议室里的气氛不知不觉由凝重向和缓转换。时空的心略有松弛，见刚才让座位的那个小伙子一言不发，就问：

"你怎么不提问题？你不提问题，我怎么知道你要解决什么问题？大胆说吧，我接待大家，就是想多听大家的意见。"

小伙子有点儿腼腆，说："其实我也是代表，不是挤进来的。"

"那你赶快说呀，选你做代表的人指望着你哩。"

小伙子按照刚才的模式自我介绍："我叫吴王……"

"哦哟！"时空失声大笑，"原来是夫差陛下？失敬，失敬！"

吴王也笑了起来："不敢，不敢！"

"父亲姓吴，母亲姓王。"时空肯定地说。

"不是，反了。"吴王纠正说，"母亲姓吴，父亲姓王。"

"噢？你们家是母亲掌权，"时空抓紧时机活跃气氛，"母系氏族社会。"

会议室里第一次响起轻松的笑声。

"我今年二十六岁，"吴王自我解嘲地笑着，"没上岗就下了岗。"

时空莫明其妙："还有这种情况？怎么回事？"

吴王不慌不忙，娓娓道来：

"因为没考上大学，就花三千块钱进了集团技校。学校承诺包分配，集团当时也有文件。我在技校学船舶驾驶。五年前，学校果然把我分配到了采砂船上。报到没几天，船长找我谈话，说：'你来得真不是时候，集团上上下下正搞下岗分流，减员增效，我们也在搞，这条船上总共十一个人，上头要求只能留下五六个。你先在家待着吧，接到我们的通知再上班。要不，你去学校联系一下，看能不能重新分配到别的单位。'我在家等了好几天，没听到船长的音讯，知道情况不好，就去学校要求重写派遣证。学校说：'你学的是船舶驾驶专业，只能往船上分配，到其他单位专业不对口，人家不会接收的，我们没法派。'我只好又到那条船上找船长。船长却非常苦恼地对我说：'由于花溪、虎啸两座电站的浇筑高峰期已经过了，沙石骨料的需求量越来越少，上面已经通知我们这条船停产，我连自己要干什么都不知道，怕是要下岗了。'当时，急得我要哭，就又去找学校。学校说：'情况确实是这样，到处都在搞下岗，我们的分配工作也很困难，要不你自己联系单位，你联系妥了，我们就给你改写派遣证。'那段日子，我到处跑，甚至想到不管什么单位都可以，可是到处都在搞下岗分流、减员增效，没有一个单位愿意收留我。半年之后，我心灰意冷，再也没有四处联系单位了，也没有再找学校。一晃，五年过去了。我虽然报了到，但没上过一天班，所以说还没上岗就下了岗。因为没有一天工龄，自然没有一分钱的经济收入。"

"这么多年……你在干什么？"时空心里酸酸的。

"游荡了两年，后来就到处打工扛零活儿。十字街太小，零活儿不是很多。"

"你不是说你是代表吗？这么说，像这种情况的人不止你一个。"

"我们那届毕业生有二百多人，像我这种专业面太窄的学生有五十多个，全是没上岗就下了岗。另外一百多个学生的运气比我们好，都有工作。刚才，我见大家都在提下岗待岗的问题，又都是些有资格的老同志，处境比我们更困难，所以一直没敢开口。"

时空的心情非常沉重，望着眼前这位精明的小伙子，说："容我慢慢想办法，行不？"

吴王说："听到你这句话，坐在广场上的那五十多个学生一定非常高兴。"

时空微笑着点点头。

"我也想说说。"这时，一个鬓角斑白的老者从会议室的墙角里挤了出来，开门见山,"说三个问题:一、腐败;二、分配不公;三、下岗待岗问题不容忽视,事关稳定大局。"

会议室里的空气骤然凝固。

时空心里一紧,问:"请问贵姓?"

"宇文泰。"

贺怀阳小声告诉时空:他是上上届的副局长,上届的副总经理。

"哦!"时空站了起来,"久仰,久仰。您……也来了?"

"怎么,我不能来?"宇文泰深邃的眼眶里闪着一种冷峻的光,可以想见昔日的威严,"不过,我不是代表,没谁选我做代表,我是挤进来的。"

"这……哪位……"时空隐约感到有点儿来者不善,但还是决定以礼相待,"哪位发扬发扬风格,给老领导让个座。"

"啥老领导!"坐在宇文泰身旁的鲍官厅大声奚落说,"在台上的时候,还不是前呼后拥,作威作福。好不容易混到和咱们一个档次,挺好,就忍着点儿吧。"

毫无戒备的宇文泰突然挨了一闷棍,脸色骤变,极其不满地望着鲍官厅,威风立时下了一半。

行家怕的是被行家拿捏,时空正愁难以招架,没想到鲍官厅胡乱给帮了个大忙。他心里稍有安定,反过来又为宇文泰的难堪汗颜,就打圆场说:

"反正是个挺随便的会,那就……请宇文老总自便吧。"

宇文泰淤积了一肚子气,又不便在大庭广众之下发作,只好不与小人一般见识地哼了哼,这才接着说:

"关于腐败问题,集团上下目前议论的焦点是贪污和受贿,因为有典型案例,已经给大家提供了充足依据。但是,巧立名目,私分滥发属于什么性质?是不是腐败?值得研究。还有,集团进行了几次大的产业结构调整,组织形式也相应地发生了几次大的变化,也就是有人说的大规模洗了几次牌。个人认为,产业结构调整、组织机构调整,有利也有弊。利是:资产、资源得到了优化,组织结构得到了优化,施工单位相对精干;弊是:给集团高管层遗留下了很多负担和问题,刚才大家列举的种种现象,都与大规模洗牌有直接关系。我认为更为严重的问题是,给腐败分子提供了可乘之机。需要深入调查研究的是,原单位资产、资金频繁流动、转移的方向,不是全都十分清晰,合法合规性也令人生疑,这是个薄弱环节,很容易滋生腐败。有没有人浑水摸鱼,有没有人乘机侵吞财物、化公为私,或者把原单位的财物变相据为己有?国有资产有没有流失,流失了多少?集团至今是一笔糊涂账!"他慷慨激昂,"腐败是万恶之源,腐败行为是企业稳定的最大隐患,遏阻和铲除腐败根源任重道远。受贿窝案虽大,但对华夏集团来说只能算得一次警钟。建议,集团高管层加强思想作风建设,完善惩治和预防腐败体系,主动出击,关口前移,同时加大惩处力度,以儆效尤!

"收入差距悬殊,会形成新的矛盾,影响安定团结,应该引起集团的高度重视。现在,职工与管理者之间的收入差距越拉越大。大家有意见的不是政策范围内的岗级、职级差别,而是超越政策范畴的另外一种分配形式,具体说来就是奖金,各种各样的奖金。从利润中提取奖金参与分配当然无可非议,政策已经给予了充分指导,但不容置疑的现实是：超产的发，没超产的也发；盈利单位发，非盈利单位也发，甚至有的单位严重亏损，奖金的发放额度却大得惊人，奖金从何而来？最值得怀疑的是设法从借贷中套取！如果是这么个干法，华夏集团不倒招牌才怪。还有，少数单位竟然吃起了空额，舞弊提取下岗待岗职工的工资，伪作奖金再分配，减员增效演绎成了剜肉补疮，性质相当恶劣。由于奖金的发放标准集团没有封顶政策，利欲熏心者充分利用这一漏洞，胆大妄为，又肆无忌惮地拉大奖金分配的档次，能捞多少就捞多少！发展下去，不堪设想。所以，建议集团严格控制二级单位、三级单位的借贷行为，严格规定奖金的发放标准，不能放任自流！

"另外，下岗待岗问题。这个问题刚才大家都谈到了，是不容集团管理层忽视的大问题，因为它直接关系到队伍的稳定、社会的稳定。华夏集团先后进行了几次下岗分流工作，目的是减员增效，可是实际效果很不理想，员是减了，但没有增效，亏损单位仍然在亏。还有一个令人费解的现象，大批的职工被闲置下来，而不少二级单位、三级单位、项目部却在大量征用农村工人，这种做法是否完全合理、可行，我认为应该深入探讨……"

"你这叫马后炮，事后诸葛亮！"宇文泰见大家听得认真、时空记得认真，正在兴头上，没料鲍官厅却厌烦地咋呼起来，"当初在台上你干什么去了？你为什么不制止？为什么不控制？为什么不研究、探讨？我就是你当副局长的时候待的岗，你现在倒做起了好人！"

"你……你……"宇文泰恼火至极，"我这是帮你们，帮集团领导，懂不？当初我不那么干，行吗？不可理喻！"

鲍官厅感到"不可理喻"不是个好词，又不知道不好在哪里，急得望着宇文泰直眨眼睛。

"你在台上的时候很有理，怎么下了台还是很有理。"倒是大熊同病相怜，拔刀相助。他也是张刀子嘴："这'道理'让你给养家了啊？"

会议室里哄哄大笑，不知是喝彩还是喝倒彩。

时空放下笔，望望鲍官厅、大熊，又望望宇文泰，有点儿手足无措，心想，情势是不会恶化了，但争取主动、争取圆满成了当务之急。方方面面的情绪都需要照顾，这就使他处于两难境地。

"算啦！"没想到宇文泰突然气急败坏地一摆手，无意中帮时空解了围，"不说啦，不说啦！"一转身挤回了墙角。

"……宇文老总，回头我一定登门请教。"时空感到既不可以责备鲍官厅、大熊，也不便勉强宇文泰，正好顺水推舟，"那……"他环视着会议室，"大家接着说？"

会议室里没人再应声起立，只是一片悄声低语。

时空暗想，大家想说的大概已经说得差不多了，继续下去只能是重复一些老话题，就试探着说："刚才，大家畅所欲言，说了很多，说得很好。我想，大家一定想听我也说几句，表个态。我就说几句？"

会议室里的人一个个端正了身子，目光一齐投射过来，时空见状，连忙立起身子，说：

"首先,感谢大家对集团新一届领导班子的信任,对我的信任,大胆地提出了很多问题,同时提出了很多宝贵意见、建议。大家有许许多多的实际困难需要解决,一点儿也不过分,作为领导,我认为积极为职工排忧解难,义不容辞。现在,我想说说个人的一些想法。

"关于腐败问题。上届领导班子虽然对集团做过一些有益工作,但所有受贿人员仍然做了严肃处理;集团以前也曾有过贪污案件,司法机关对涉案人员的惩处也很严厉,前车之鉴,我们新一届领导班子一定引以为戒。当然,腐败现象绝不只是表现在贪污和受贿两个方面,刚才有的同志已经提到,其他领域同样存在腐败行为。但是,不管反腐斗争如何严峻,我们新一届领导班子一定会加强学习,提高自身免疫力,廉洁行政,同时,加紧构筑惩治和预防腐败体系,深入开展警示教育,扩大预防范围;加大查处力度,采取有效措施防范、打击一切腐败行为。希望大家督促我们,共同把这一工作做好。

"关于下岗职工、待岗职工和退休职工的生活费、养老金以及福利待遇的问题,我刚才已经作过简单解答,华夏集团尽管最近几年的经营状况不好,但是,按政策标准解决大家提出的经济待遇问题是完全有能力的,请大家放心。

"物价没有规律的上涨、服务行业违规滥收费现象,全国普遍存在,群众反映强烈,已经引起了中央和地方政府的高度重视,平抑物价和坚决制止滥收费是各级政府及相关行业当前的重要工作之一。刚才大家反映的具体问题,我个人认为可以通过两个途径寻求缓解。一是华夏集团内部商业机构和经营实体的物价攀升、滥收费情况,由集团内部想办法抑制;没有文字依据的涨价和违规收费行为,责成主管部门坚决制止;已经出现问题的,严肃追究当事人的责任。二是物流市场、商贸市场的不合理收费行为,包括民众生活必需品价格上扬过猛的问题,集团可以作为一个方面的代表积极与永泰县政府协商,请求地方政府帮助解决。但是,我必须坦诚地告诉大家,我们已经进入市场经济时代,商品价格很大程度是由市场调节的,政府的控制能力已经弱化得非常有限,大家要有一定的心理准备。

"待岗重新安置和下岗再就业问题刚才大家谈论最多,问题也最为突出。民以食为天,个人经济来源主渠道受到伤害,不可能沉默不语,我表示理解。集团管理层面对现实,当然应该有所作为。较好地解决这个问题,需要集团党政联手,共同研究决策。但根据中央和地方政府的有关指导性文本,我可以先谈谈个人的一些想法。一是鼓励自谋职业。集团有义务采取积极措施扶持自谋职业者。无论是下岗职工还是待岗职工,只要自主选定经营项目,集团就应该为其创造基本条件,提供一定的低息贷款,并与地方政府协商,争取工商、税务等方面的优惠政策。二是发展第三产业,扩大内需,消耗下岗待岗人员。我听说集团的第三产业虽然历史悠久,但是成效甚微,不少经营实体几上几下,搞搞停停,停停搞搞,关门歇业的很多,有业绩的凤毛麟角。一个很有希望的产业为什么出现了这种情况?是管理者不得力、经营不善,还是选项失察,产销不对路?这当然是需要通过另外一种形式深入研讨的问题,但在总结经验教训的基础上重整旗鼓,势在必行,不容犹豫。道理很简单,第三产业既可以给集团带来效益,又可以吸纳大量人员就业。三是各二级单位、直属项目部不应过于注重用工成本,没有建制的外协队伍没有理由成为施工队伍的主体。本集团闲置着大量技术工人，却在外面大量征用劳务，做法很不合理，也不近人情。从现在起，各二级单位、直属项目部有权保障集团各种人才不再继续闲置、流失。四是积极架构产业链。大家知道，华夏集团的主营业务是水利水电工程，但是我们绝不能长期固守在这单一的产业，一定要上下延伸，只要是建筑业务，我们都应该积极涉足。在这方面，集团的长江施工局带了个好头，他们早在几年前就开始以杭州为基地，在华东地区投标竞争港口、航道、公路、桥梁，以及市政工程的土建施工，目前虽然效益不够理想，但前景可观，发展下去，说不定会成为华夏集团的支柱产业。因此，架构产业链是华夏集团下一步努力的方向，它不仅可以拓宽市场，培育新的经济增长点，同时还能创造很多就业岗位。说到这里，我想向同志们提一个小要求，就是一定要改变择业观念，一定要多掌握几门技术，练就一专多能的本领。比方说，我好不容易给张三找到一个工作岗位，可是张三却干不了，这就会让我很为难。五是加大投标力度，争取多中标，中大标。这里，我顺便向大家通报一下集团的投标形势。"他见大家听得认真，就又想借此机会鼓动一下他们生活的激情，提高他们对华夏集团的信心，"目前，长江施工局在华东地区广开门路，已经中了不少土建工程标段，虽然额度不够理想，许多施工项目还处在前期阶段，经济效益暂时不明显，但我坚信用不了两年，就会收到良好效果。珠海施工局以深圳为基地，投标工作向周边地区及沿海辐射，几年来中标承建了许多水利水电工程，并且也在向公路、桥梁等建筑领域拓展。珠海施工局虽然中标工程的金额普遍较小，但是中标的项目多，能够满足自身生产能力的要求。黄河施工局是在花溪、虎啸两座电站的施工高峰过后才开始组建的，起步较晚，但起点很高，一到西北地区就立住了脚跟。由于及时转移过去了机械设备和工程技术人员，又赶上了国家的基本建设政策向西部倾斜这一历史机遇，他们很快就承揽到了几个大型水电工程项目。目前，黄河施工局正以成都为根据地，积极追踪黄河中上游以及嘉陵江流域等水利水电工程的建设项目，争取更多的市场份额。其他几个直属项目部，也在积极参与全国水利水电工程建设的投标活动，努力凭借自身实力独立承揽工程。还有，我们集团总部投标办公室的几十个同志，长年累月，忠于职守，一面指导各个施工局、项目部的投标工作，一面捕捉招标信息，追踪立项工程，精心编制投标文件，四处出击，抢占市场。大家知道，我们家门口的龙潭水利水电枢纽工程就要上马了，招投标工作正在紧锣密鼓地进行，竞争相当激烈。为了在龙潭水电工程的竞标中夺得满意成果，投标办公室的同志正在夜以继日地工作。龙潭水电站是一个投资总额超过了三百亿元的工程，假如华夏集团能够夺取整个工程量的百分之六十以上的标段，签订一百多个亿的承包合同，我们不仅会获得相当可观的经济效益，而且还能争取到大几千人的就业岗位。所以说，加大投标力度，争取多中标、中大标是当务之急，是我们华夏集团的头等大事。试想，如果我们大家都有工作岗位，我们口袋里的钱很多很多，我们还在乎一点点儿经济困难吗？"

会议室里鸦雀无声。

"同志们，华夏集团的形势总的来说是好的，挑战与机遇并存。我对华夏集团走出困境、走向兴盛充满信心，相信大家也会寄予殷切希望。作为华夏集团的一员，我愿意与大家心连心，拧成绳，形成强大合力，共同克服困难，重振集团雄风！"

会议室里忽然响起暴风骤雨般的掌声。

时空连忙向大家鞠了个躬。

人们开始意识到：该提的问题已经提了，该发的牢骚已经发了，该讨个说法的事情总经理也诚恳表态作答了，那么，往下还该干什么，还能干什么呢？大家拉帮结伙潮涌到集团机关，初衷亦不过是发泄发泄淤积已久的怨气，原本就没有计划一定要达到什么目的，时空一席话，反而使他们感到前面的生活依然美好。于是，大家你看看我，我看看你，最后不约而同，开始离开会议室。这也许正是华夏子民的一种传统美德，只要话说到了，说好了，哀怨也就没有了，什么艰难困苦，大家全能忍耐！

一直匍匐在桌上奋笔疾书的贺怀阳舒了口气，用捏在掌心的手帕揠揠前额，又擦擦脖后颈。他的衬衣已经汗透，背心凉凉的。

时空望着缓缓离开会议室的人群，心情很沉重，有一种负疚感。他觉得自己并没有给大家解决什么困难问题，兑现承诺，也难啊。

时空收取公文包，向贺怀阳严肃交代："马上办两件事。一、如实整理一个会议纪要。要原汁原味，不加任何修饰，破格整理。纪要发至集团领导、总部机关部门负责人、二级单位行政一把手和党委书记。二、刚才大家反映的问题归类整理，不能有遗漏。整理好后放到我办公桌上，要快。"说完，走进人群，边嘘寒问暖，边回答一些隐忍难言的问题。

大楼院子外面的广场上，席地而坐的人群黑压压一片，仍在盯着南北两面宽大的投影视屏。司马敬尊旗下的外长们非常得体地把最动情的画面定格在屏幕上，扬声器里重复播放着一段录音：

"同志们，华夏集团的形势总的来说是好的，挑战与机遇并存。我对华夏集团走出困境、走向兴盛充满信心，相信大家也会寄予殷切希望。作为华夏集团的一员，我愿意与大家心连心，拧成绳，形成强大合力，共同克服困难，重振集团雄风！"

广场上的人们见代表们走出来了，见时空也陪着他们的代表走出来了，纷纷站起。大家没有把时空团团围住，却给他让出了一条长长的通道。

"大家好！"时空感激地抱起拳头，作揖道，"谢谢大家……谢谢……"他真想停留下来和大家说点儿什么或者握握手，可是，他最终没有这样做。

时空走过长长的悄无声息的人群夹道，走向回家的路……忽然，他感到鼻翼发酸，两眼发潮……有热泪在脸颊滚动，一直滚到嘴角……泪水涩涩的，有点儿苦……

七

十字街镇西北角有两座山，东边那座叫东山，西边那座叫西山。比起它们背后的崇山峻岭来，这两座山其实不应该叫山，称它们丘陵才对。东山和西山之间隔着条河，说是河却长年不见流水，只有潜龙江大汛大潮江水倒过来往山里流时，河里才有水。但这种时候很少，十年八年见不着一回。当地人称它莫名河，是否隐喻有莫明其妙的意思，不得而知。一九五六年前后，永泰水电站上马，军转工施工队伍、勘测设计队伍、全国各地的支援队伍，云集十字街镇，东山、西山加上镇东北方向一个叫陕西营的地方就成了驻扎千军万马的营地。当时的口号是先生产后生活，工人们对住房条件没有什么讲究，因此，几乎就在一夜之间，东西两座土丘便搭盖起了无数的芦席棚、干打垒和简易平房。各式各样的住舍依山而建，层层叠叠，像云贵地区的梯田。莫名河虽然长年不流水，当时的基地建设管理部门还是将用作工程建设的钢筋混凝土拿来浇筑了一座桥梁。桥梁不高，却很长，也很结实，建造桥梁的队伍因陋就简，依照河流的名称在桥头的一块岩石上凿下了"莫名桥"三个大字。如今，莫名桥与十字街镇的大型建筑物相比，虽然显得老态龙钟，古板而又委琐，但毕竟和这座现代化的小城融成了一体，功用并没有贬值。由于已和美丽的环形大道联通，居住在这里的人们去火车站、汽车站、码头、飞机场十分方便。东山和西山两个生活区的居民以原军转工职工、地方勘测施工队伍职工及其家属为主。现在，这些职工基本上全部退休，子女们有的离开了父母在外地供职，有的虽然仍在华夏集团子承父业，但绝大部分没有跟老人生活在一起，住进了十字街镇统筹规划的小区，那儿的楼房现代化。因此，东西两座土丘现今以老人为主，鳏寡居多。

　　西山脚下，别具风格地竖立着四栋与梯级平房略有差异的土楼，叫将军楼。其实，里面并不住将军。将军楼是当年已经军转工的战士们请当地石匠作指导，采用建筑城墙、山寨的传统工艺精心营造的。土楼的山墙、隔墙足有六十公分厚，全部用石灰和黏土拌和的混合土夯筑而成，里外墙面再用白石灰泥抹，屋顶盖着黄色机制瓦。土楼谈不上优美，倒也敦实、坚挺，有将军气派。尉迟琪老人就住在最北面的一栋，面对莫名河。将军楼的居民是原预备师的四位首长，其中一位副师长、一位师政委、两位团长。尉迟琪虽然当时还不是工程处的一把手，但他原是预备师的副师长，所以，事务管理单位的负责人就理所当然地把他安排到了这里。尉迟琪开始死活不肯入住，怕背了"搞特殊化"的名声。后来，听退役的战士们说是用泥土筑的，他才勉强搬了进来，而且一住就是四十多年。本来，离休之后，省政府在省城给他安排了一个住处，但尉迟琪没有去，理由很简单：不愿离开生活了大半辈子的永泰，想看看潜龙江五座梯级水电站全部建成，这里有许多老战友，再说老伴死得早，就埋葬在对岸的公墓园。华夏集团的前身——水利水电工程局和永泰县政府也主动给他安排过很好的住处，同样被他婉言谢绝，说是在将军楼住习惯了，哪儿也不想去了。女儿尉迟江南医科大学毕业后在省直人民医院当外科医生，后来和地质大学毕业的时空结了婚，在省城有了房子，每年，尉迟琪就去女儿女婿那里住上一阵子。时空从省政府调到华夏集团当总经理，主管工业的副省长寇勉事前专门征求过尉迟琪的意见，尉迟琪表示支持，但希望把外孙女时之男也调过来，因为她妈妈有病，之男过来后一家人就可以生活在一起，互相照顾。寇勉满口答应了。三年前，尉迟琪托老战友、老部下茅镰帮助请个保姆，茅镰就把自己扶贫时认的干孙女巴山茶介绍过来了。时空一家到华夏集团后，尉迟琪见女婿很忙，外孙女也忙，患病的女儿经常在家没人照料，就让山茶帮助时空一家去了。尉迟琪八十多岁，瘦高个儿，背有点儿驼；阔额、古铜色面门；一成不变的短发，灰白；长寿眉很长，从眉峰下挂到眼角，也是灰白的；身板还算硬朗，腿脚也利索，只是耳朵有点儿背，说话的嗓门儿特大，老担心别人听不见。

　　这会儿，尉迟珙正拿着一根长长的竹竿，在将军楼前面敲摘柚树上的柚子。楼前有十几棵苍翠的柚树和脐橙、蜜橘树，全是四十年前尉迟珙和老伴儿一起栽种的，如今又高又大，年年硕果累累。今年的脐橙和蜜橘，他秋后就摘下来送给左邻右舍了，唯独几棵柚树上的柚子他舍不得送人，因为外孙女之男特别喜欢吃柚子。他让柚子一直挂在树上，挂到金黄，等味道最好的时候摘给之男吃。昨天之男深更半夜路过这里，夜宵时还专门提到了柚子的事，所以，尉迟珙今天打算全部敲摘下来，待会儿让她爸捎回去。

　　茅镰拎着一只红色的塑料桶跟在尉迟珙后面，尉迟珙慢悠悠敲下一颗，他就慢悠悠弯腰从地上拣起一颗。茅镰个头不高，花白的头发修剪得平平整整，四方脸上粗硬的络腮胡子也是花白的，额上的皱纹又粗又深。他小尉迟珙十多岁，所以，看上去要比尉迟珙精神许多。茅镰耳聪眼明，还能开车，停靠在小楼侧面的那辆老式吉普，就是他自己从宜阳县开过来的。

　　一九四九年春夏之交，百万大军打过长江不久，预备师在向南挺进的途中，有个步兵连捎带把宜阳县城拿下了。当时，副师长尉迟珙正指挥大部队急行军，赶赴指定集结地，一个通讯兵忽然策马扬鞭迎面而来，大声说："报告首长，司令员让你选派一个县长，接管宜阳县。"说完，催马而去。尉迟珙皱皱眉头，左看看，右看看，一眼晃见背着口大铁锅夹杂在师部炊事班队列里的茅镰，喊道："茅镰，跑步出列！"又矮又瘦、一脸稚气的茅镰背着锅就跑到尉迟珙跟前："报告，茅镰到！"马背上的尉迟珙把茅镰上下打量了一遍："就你吧。命令你当宜阳县县长。""这……报告首长，县长我干不了。""你不是司务长吗？你不干谁干？这是命令。""是，服从命令。"茅镰赶忙一个立正。"前面有大仗要打，动作慢了可能就没咱们的份儿，没有多的话给你讲了。"尉迟珙说，"只能给你留下一个班。""是，留一个班。""另外……把两个伤号也给你留下，都是重伤，一定要照顾好。""是，两个重伤号，一定要照顾好！""三营长在后面，找他要人去吧，传我的命令。"尉迟珙说完，两腿一夹，马鞭一甩，一溜烟儿走了。就这样，茅镰成了宜阳县的县长，当年才十六七岁。宜阳县是个山区小县，那时还不足二十万人口，大多数是彝族、苗族、瑶族、傣族、白族、壮族、仡佬族等少数民族。茅镰遗留下来当了县长后，主要的任务是清匪、除霸、锄奸，分田分地，征集军粮，组织互助合作社，兴修水利。之后才慢慢想到发展本县的农业和工业，以粮为纲，全面发展。茅镰在宜阳县当了四五十年县长，没有因为有什么功劳提携上去，但是也没有因为有什么错误被撸挪下来，他自己觉得这样挺好。全国解放初期，预备师因为没能赶上海南一仗，在滇桂黔地区休整很长一段时期后，大部分人马奉命整编成了水利水电工程施工队，并在不久回师永泰县，投身到了永泰水电工程建设。茅镰得知自己的部队回来后，非常高兴，因为宜阳在永泰隔壁，就自己开着小吉普赶到永泰，很快找到了尉迟珙，找到了很多营团一级的首长和战友。之后，茅镰不仅经常来十字街找老首长、老战友叙旧，还隔三岔五把老首长、老战友接到宜阳做客。随着时光的流逝，老首长、老战友走的走了，死的死了，剩下的越来越少，四栋将军楼也只剩下尉迟珙一家了，其余三家慢慢成了下岗待岗等困难职工的住房，大家相互之间的走动就没有以往那么勤了。毕竟年岁不饶人，彼此的腿脚远不如从前，不那么听使唤了。但尉迟珙这里，茅镰每年还是要驾着那辆吉普车，晃悠着来几次，与他聚一聚，顺便捎来点儿山货什么的。不过，茅镰这回来十字街，来将军楼，不只是看望尉迟珙，他还肩负着特别使命。宜阳县现任县委书记、县长再三请他跑趟永泰，找找尉迟老人，找找时空，并且把要办的事交代了又交代。

深冬的太阳下山又早又快，一会儿天色就暗淡了下来。光线不好，尉迟珙举着长长的竹竿，好半天才能从茂密的叶缝中找到一颗柚子，再小心翼翼地把它敲拽下来。茅镰拣一个就得仰着脖子等他再敲下另一个，仰得脖颈发酸。时间一长，茅镰有点儿耐不住性子，嘟囔说：

"够了吧？该够了吧？"

尉迟珙开始没听清，答非所问："够得着，够得着，再高我这竿也够得着。"

茅镰忍不住大声说："我是在说已经敲下来不少了，用不着全部敲下来了。"

尉迟珙这回听清楚了："之男一天能吃两三个，这还不够她吃一星期呢。也不能老在树上挂着，快下雪了。"

"早晓得之男这么喜欢吃柚，我给她驮两麻袋过来。"

"你那破车，捎一个人都累得放屁，还能驮两麻袋柚？"

"……下回我偏用这车驮两袋柚给你看看。"

"别硬那口气啦。你那柚……不好吃。看上去都是柚子，吃起来，味道不一样啊。"

"有啥不一样？甜，酸，青柚还苦。"

"你吃是一个味儿，年轻人吃起来就不是一个味儿喽。"尉迟珙朗声大笑，"你不懂啊！"

"我不懂，我啥不懂？"茅镰较劲说，"你悠着敲吧，我得歇会儿，歇会儿我一次拣光。"说着擂擂腰，坐到石磙上，随手抓起一颗柚子，很有办法地一下扒开，"我就要尝尝你种的柚有啥西洋味儿……哎，我说，之男有男朋友没有？"

"说甚？"

"我问你：之男谈没谈恋爱？！"

"噢？没有啊。"

"怎么回事？长相那么俊，又有才。皇上的闺女还愁嫁了。"

"女子无才就是德哟。怕是坏就坏在有貌又有才。高不成，低不就。"

"算起来，这年纪不小了。该嫁了，好赖嫁了，不能拖了。"

"她爸妈都急，我也急。急有啥用？"

"你就不会给她下个死命令？我那俩臭小子当初也是不思婚娶，对不起，我给他们来硬的：必须一年内解决问题。俩小子还不是乖乖找上对象了。现在有儿有女，日子过得挺好。"

"之男要是听我的命令就好啰。她不会听。她有她的主见。"

"嘿嘿，还拿她没治了。"茅镰掰开一瓣柚瓤子塞进嘴里，咀嚼着，"隔壁那三栋住人没有？"

"啊？"尉迟珙歇下手里的竹竿，耳朵对着茅镰，"柚不好吃？"

"我问你：你隔壁有没有人住？"茅镰放大嗓门儿。

"住了。空一栋，另两栋住四户。下岗工人。"

"关门闭户。"茅镰向那三栋安静的土楼够够脑袋，"半天没见着人影。"

"人家在修炼哩。"

"修炼？修啥炼？"

"嘀，可邪乎了。说是额头上能炼出一只眼来，叫作……天眼，对，天眼！天眼炼成功了，既可以看到生前的五百年，又可以看到生后的五百年。"

"鬼话，我不信。"茅镰又够望了一下那三栋安静的土楼，"哪有这种事啊？"

"可人家就这么说的呀。顶头那家，老两口炼，儿子也炼。"

"那你怎么不跟着炼去？也看看前五百年后五百年，多好。"

"我……"尉迟珙仰头寻找树冠丛中的柚子，重又举起了竹竿，喃喃着，"我不炼，我炼那玩意儿干嘛……就别炼……喽……"

俩老伙计正磨叽，只见一辆黑亮的奥迪在街灯的光耀下忽闪忽闪地驰过莫名桥，再拐过一个缓弯，直奔将军楼。

"回来了。"尉迟珙的耳朵不好使，眼神却不错，"回来了。"

奥迪很快在小楼门口刹住。黄河照例抢先一步下车，利索地拉开后门，一只手将车门上角握住，另一只手遮住门楣，让时空下车。

茅镰把掰开的柚子放回桶里，呵呵大笑迎上前去："哈，时总回来啦！"

"不敢当，不敢当！"时空紧紧握住茅镰的手，"你是老县长，老革命，喊我小时才是呀！"

"哪里，哪里。我早解甲归田，赋闲在家，哪敢妄自尊大？该称老总就称老总嘛，长江后浪推前浪，哈哈！"

"爷爷！"巴山茶也从车厢里钻了出来，高兴地叫着，"昨天打宜阳来的吧？我听之男姐说的。"

"是呀，是呀，你也过来了？"

"大叔让我过来帮忙做饭。"

"嘀，真当起大厨来了。好哇，好哇，山茶出息啦！"

"山茶做菜的手艺不错，我让她来做几道菜，给你接风洗尘。"时空说，"今晚，咱们爷儿仨好好喝几杯。另外呀，我还有大事情向你求助哩。"

"正好，正好，我也有要事求你帮忙，待会儿，咱们边喝边谈。"

"原来你们互相有求呀！"尉迟珙把长竹竿在屋檐下架好，顺手关了鸡舍门，又把地上的两颗柚子拣拾起来，"进屋，进屋，进屋求去吧。怎么不把江南、之男也捎过来？"

时空帮忙把两大桶柚子提上，回答说："江南这几天状况很差，不想动。之男在忙竞标的事。"

茅镰问："江南究竟啥毛病，这身体怎么说不好就不好了呢？"

"唉，"尉迟珙叹了口气，"该说是医术高明、干活儿认真惹的祸，你信不？三言两语说不清楚，回头我慢慢告诉你。"

黄河帮山茶把几大兜菜食和两箱子白酒啤酒搬进了屋子，见没自己什么事了，就问

41 / 第一章

时空："什么时候接你？"

"等我的电话吧。"时空回答着，跟在尉迟琪、茅镰后面进了土楼。

八

将军楼虽然有些年纪，但依然坚固如初，风采不减当年。一楼厅堂净空高开间大，十分宽敞。楼梯和天花板全部用当年垦荒建舍时砍伐下来的实木制作，用料和做工都很实在。华夏集团机关房管部门每隔两三年要来修缮一次，给墙壁粉白灰，给木质构件打桐油，因而厅堂四壁洁净，顶空黄亮，光可鉴人。厅堂左右隔有四间耳房，分别是尉迟琪的卧室、书斋、厨房和洗漱间。楼上比楼下略显宽大，全部作了客房。尉迟琪当年的战友、同事多，那里过去是经常聚会的地方，后来，当保姆的巴山茶也在楼上住过，现在基本闲着，只有茅镰和曹二九偶然光顾才使用。堂内收拾得整整齐齐，干干净净，家具器物摆放规规矩矩，一丝不苟，大有军营遗风。

尉迟琪虚掩上大门，将两盏老式壁灯打开，从洗漱间端出一盆凉水，先让茅镰擦把脸，又让时空擦把脸，最后自己也就水把脸擦了几把。天气很冷，大家用凉水把脸一擦，脸上就有热乎乎的感觉。

山茶在这里是熟门熟路，加上人年轻手脚麻利，一会儿就端着个瓷盘从厨房走了出来。她先把清洗干净的茶杯在茶几上放好，再把泡好的茶一一满上。

尉迟琪在紧靠墙根的沙发上坐下，问时空：

"不是说下午就可以来吗？怎么挨到现在？"

"本来打算吃罢午饭就赶过来，后来突然想到应该去宇文泰家看看，就去了。"时空脱下呢大衣，在墙角的衣架上挂好，"一聊，就聊了三四个小时。"

"怎么想到去看看他？"

"你跟他很熟吧？"时空反问。

"那倒说不上。以前，他好像在一个浇筑队当过队长，后来又当过哪个分局的副局长，那是我当工程局局长的时候。之后的情况就不清楚了。"

"你记性不错。"时空挨茅镰坐下，"再后来他就调到总部机关了，当了几年工程处长，第二次组织机构调整时提的副局长。这是你卸任后的事。"

"找他干啥？还在搞调查？"

"没有。找他随便聊聊，老同志嘛！"时空不想让岳父知道集团上午发生的事情，轻描淡写搪塞两句就把话题引开了，"茅老县长有何贵干，咱俩……聊聊？"

茅镰把刚刚送到嘴边的茶杯又放回茶几，抹了抹粗短的络腮胡子，说："给你添麻烦来了。"

时空说："这是哪里话。只要我能办到的事，只要是华夏集团能办到的事，你只管说。我这不是和你当县长时一样，有实权了嘛！"

茅镰乐得哈哈笑："难怪宜阳的书记、县长要把我这糟老头子抬出来，挺有面子啊!"

"伍书记、陆县长让你来的?"

"你们很熟?"

"那倒说不上。全省几百个书记、县长,数宜阳县的两搭档最好记——五、六,连省政府办公厅的办事员都记得。"

"往后,不熟也得熟哇!"茅镰轻松地喝了口茶,从容说道,"今年刚入秋,宜阳县开了个研讨会,把我也喊去了。会议着重讨论了宜阳县的五年发展规划,提出水利水电、能源交通为今后五年的重点工作项目。县委随即作出决定:自筹资金,修建两座小型水电站,满足城乡生产生活需要;加高加固五座大型水库,以利旱涝保收;取直拓宽宜(阳)宁(泰)公路,便利城乡物资交流——称作'一二五'工程。这些工程项目对宜阳县来说是天大的事,但对华夏集团来说就是小菜一碟了。书记、县长有个顾虑:让外面的施工队伍承建,人家不一定当回事,可我们自己还不敢放心,所以就让我来找你说说,请华夏给包下来。宜阳如今不是也富起来了嘛,县里的资金准备得很充足,就是希望工程的进度快一点儿,质量好一点儿。书记、县长还说,已经咨询过了,小工程可以定向发包。"

"你这哪是给我添麻烦喽?你是把财喜给我送上门来啦!"时空听了,乐得大笑起来,"华夏集团生产任务不饱满,正在到处找米下锅。这事不用找任何人商量,我现在就表态,宜阳的工程,华夏全包了。"

"那就好,那就好!"茅镰没料到时空应承得这么痛快,高兴地说,"上世纪五六十年代,你们华夏无偿支援宜阳兴修水利,为宜阳今天的富裕付出了代价,吃水不忘打井人,咱宜阳人民决不会亏待华夏集团。"

"心意我代表华夏集团领了,但现在毕竟是社会主义的市场经济时代,我们争取做到双赢,双方都得利。这些项目的规划、设计都搞好了?"

"都搞好了。水电站的勘测、设计;宜(阳)宁(泰)公路拓宽取直的勘测、设计,县农水局、电力局、公路管理局早就把基础工作做完了,我在台上的时候就做完了。那时宜阳不是还没脱贫嘛,不敢上呀!"

"招标文件做了没有?"

"做了,去年请南方勘测设计院帮忙做的。"

"哟嗬,"时空很是惊讶,"准备这么充分哪?"

"称得上万事俱备。"茅镰满是胡茬儿的脸上显出几分自豪,"要不然我哪敢找你,这么大的事。"

时空说:"这样吧,我马上派我们投标办公室的技术人员到你们县里去一趟,先把标书买下来,顺便把你们的基础工作情况了解一下,公开招标也好,定向发包也好,程序总是要走一走的。如果条件成熟,很快就可以上马。不瞒你说,我们有的是人和机械设备,巴不得有活儿干。"

"这就好,这就好。我的公干完了,可以回去交差了。"茅镰一副心满意足的样子,"你刚才说有事找我帮忙,你还有用得着我的地方?"

"唉,各有各的难处呀。"时空说,"其实,我才是真正有事相求。"

"哦?"茅镰给时空壮胆说,"有啥你尽管直说,我一定尽力而为。虽说我现在是一介草民,无职无权,但台上的书记、县长是我以前的下手,急了,站出来说两句话,他们还不敢当耳旁风。"

"我信。"时空知道,茅镰在宜阳县惨淡经营四五十年,树大根深、虎威犹存着实不假,所以,万难之际,很希望他能助一臂之力,"龙潭电站在宜阳境内,很快就要上马了,这事你们应该知道。"

"知道,家喻户晓。正是因为听说龙潭要上马,宜阳县委、县政府才下决心乘势实施本县基础设施建设方案。大家都说,龙潭工程肯定是由华夏集团建设,他们的人和机器一下就拉过来了,到时候捎带把宜阳几个小工程搞搞,那还不是顺手牵羊的事。"

"是呀,人员、机械是应该早早调上去。"时空感觉到茅镰对建筑市场的现行政策还不是特别清楚,就尽量把复杂的问题简单化,深奥道理浅显化,"龙潭工程肯定是由华夏集团建设,但有个过场还必须走走——投标,竞争。伤脑筋的是,大型水利水电工程施工有个新规定:开标前,所有施工队伍都不准进场。我呢,又特别想让队伍提前到位,先把场面打开,把水通、电通、路通、场地平整——这'三通一平'工作干起来。可是如果宜阳不给立足之地,我们上哪安身啊?我早有去宜阳县拜访拜访的打算,今早听之男说你来了,正好,先向你讨教讨教。"

"原来这么点儿小事。"茅镰根本搞不清事情的难度,"我回去跟书记、县长说一声,保准他们组织老百姓夹道欢迎。"

"没有那么简单哪!"

"难道这里头还有什么疙瘩不成?"茅镰拧起两片长寿眉。

"正是。"时空于是坦诚相见,"明说了吧,我的真正用心是把龙潭工程'三通一平'项目提前抢过来干了。华夏集团的处境相当困难,主要是在建项目太少,合同存量又严重不足,很多职工都在眼巴巴等着活儿干。如果龙潭的'三通一平'项目提前抢到了手,就能提前安置大几百号人。"

茅镰当了几十年县长,体会得到一家之主的难处,说:"现时有些个新鲜事我不一定都能闹懂,你就说怎么个抢吧。宜阳又该怎么个帮你抢。"

"首先,解决一个华夏集团施工队伍提前进场的问题。我一直在为这事犯难,没想到你一来,就把这个问题给解决了,已经用不着我想别的歪心思了。"

"我给你……解决问题了?"茅镰听糊涂了。

"是呀。"时空笑了笑,"刚才你不是说宜阳有个拓宽取直宜(阳)宁(泰)公路的计划吗?宜阳的公路拓宽取直工程交给华夏承建,只要你们提出立即开工,我们的队伍不就名正言顺地提前进场了吗?"

"这叫歪打正着,宜阳无意中帮了你们一个忙。"

"宜阳也会从你说的这个'无意'中受益。你看啊,"时空用食指蘸了点茶水,在茶几上轻轻画出一条水印,"宜阳县城在龙潭电站坝址西北,两地相距三十多公里;龙潭电站距离下游的虎啸电站也是三十多公里;再从虎啸到宁泰与高速公路连通,这段路程大约七十公里。拓宽取直这条路线,宜阳只需硬性投资县城到龙潭这三十多公里的路段,因为虎啸至宁泰、虎啸至龙潭这两段路,至少有一半属于龙潭电站的物资设备进场工程——'三通一平'项目，应该由甲方，也就是潜龙总公司负责修建，他们得掏腰包哇。最保守的利益评估是：从龙潭到虎啸这三四十公里的路段，宜阳可以不掏一分钱，至少节省两个亿。也就是说，宜阳县既达到了拓宽取直宜（阳）宁（泰）公路的目的，实现了山区与发达外界连通的愿望，又节约了资金。我们华夏呢，队伍提前进了场，表面上是给宜阳修公路，实际上已经抢占了'三通一平'这个山头——明修栈道，暗度陈仓。"

"好，好。"茅镰最开心的是无意中给宜阳省下了不少的钱，眉开眼笑，"我一回去就向书记、县长如实报告，让宜阳县全力配合，把'三通一平'这活路帮你抢过来。"

"抢活儿这事，是我个人的一个小算盘。只可以意会，不可以言传，更不便摊到桌面上。话，我只能说到这一步了。"时空笑着说，"现在看来，让宜阳作难的问题在后面。"

"说。"

"龙潭工程开标之前，只能让华夏一家进去，不能让其他的施工队伍也钻了进去。"

"其他施工队伍也想进去？"

"不然怎么叫抢呢？你想啊，我时空能想到的，其他竞标单位就不能想到？万一他们想到了，也会采取和我相同的办法——削尖脑袋往里钻。如果他们也把队伍开进了现场，我能达到目的吗？所以，得把他们全都堵在外面。"

"明白了。比方说只有一块肥肉，只能咱爷儿俩吃，其他的人都不许吃。"茅镰挺幽默。

"正是这么个道理。"时空也很风趣，"根本问题是，其他的人都吃饱了，个个吃得肥头大耳，咱爷儿俩却吃了上顿没下顿，饿得皮包骨。"

"行，只许华夏一家进去，把别的队伍统统堵住。宜阳是大山区，只有四条主干道，到时候把路卡子一设，蛤蟆也别想往里钻。"

"那倒没有必要。"时空摇手说，"不管哪个队伍进场，都得宜阳县同意。县里只需一口咬定：施工队伍进场必须持有省政府的通知。省里发通知要等到龙潭工程开标之后。几句话就把他们堵住了，用不着森严壁垒。"

"行啊，我明天就赶回县里。"茅镰大义凛然，"能摊在桌面上说的，摊在桌面上说，不能摊在桌面上说的，就绕个圈子给书记、县长出主意，一句话，宜阳全力配合，我也全力配合。"

"让你作难了。"时空却羞惭地笑着，"我也是被逼无奈做小人勾当。"

"嗨，说这些个作甚。"茅镰一扬手，"造福一方，又不是为了自个儿。"

尉迟琪坐在对面的沙发上，一会儿望着时空，一会儿又望着茅镰，他俩的谈话，有的他听清了，有的他没听清。他和茅镰大不一样，不想知道很多事情，尤其是大事，因此一直没有插嘴。见时空、茅镰开始轻松品茶，尉迟琪这才问了一句：

"你们互相求……完了？"

"完啦！"茅镰说，"大家都得了好处，双……双盈！"

山茶从厨房里走出来，问尉迟琪：

"爷爷，菜都弄好了，啥时开饭？"

尉迟珙望着茅镰、时空："那就开饭？"

"开饭，开饭。"时空起身，去厨房搬出一张折叠大圆桌，当堂架好，又用抹布擦抹干净。

山茶把盘儿碗儿一样一样往桌子上搬。

茅镰望着丰盛的菜肴，说："山茶，你的手艺长进了啊，一会儿就弄出这么多好菜，香，好香，颜色也不错，像餐馆大厨的活计。"

山茶笑了起来，说："爷爷，你真说对了。这熟菜、冷碟大部分是大叔刚刚从餐馆里头买回来的，我只炒了几样小菜，长进没这么快。"

"哦？难怪这么地道。"茅镰就显出些受宠若惊的样子，对时空说，"尉迟师长一直把我当小老弟看，咱们早就是一家人了，何必这样客气，太破费。"

"你呀，不仅是我们家的贵客，还应该是华夏集团的贵客！我这点儿肥鱼大肉，实在不成敬意。"时空边向桌上布筷子酒杯边说，"你代表宜阳县给华夏集团送来的'一二五'工程项目，差不多有十个亿的工程量吧？"

"不止，我们的概算好像过了十亿元。"

"按照华夏集团过去定的规矩，应该马上把你拉到三十里外宁泰市的九州饭店或者是日月山庄，用最高的规格摆一桌子，让你吃对虾、螃蟹、燕窝、鱼翅，再把你停在我爸屋檐下的那辆老吉普换成大奔驰。"

"哟嗬，一不留神，我就给华夏做出这么大贡献了？"

"我可不敢吓唬你。前些年，华夏集团为了刺激承揽工程项目的积极性，专门制定了个土政策：每单合同按总金额百分之二提奖。照这比例，你算算，十个亿该提多少奖？"

"那还……真有点儿。"

"这个政策，当时的确给投标工作起到过促进作用，多多少少扩大了合同储量。"时空"哗"地一下撕开紧贴墙根的纸箱，先拿出两瓶泸州老窖，再把啤酒一瓶瓶往外掂着，"结果，问题也来了：甲乙双方的当事人都盯上了这笔奖金。于是，强盗遇着了打劫的、专职投标人员和揽客界线不清、内外勾结虚报、瞒报合同金额的现象接连发生，扯皮拉筋打官司的事不断……本来很优秀的干部一个接着一个被拖下了水。"

"这土政策就不执行了？"

"也没宣布作废，撂着哩。"时空说，"所以呀，你给华夏做的这份贡献，我得让他们记牢了。"

"哎，别别别，千万别来这个！我做了四五十年的县长，还超期服役了几年，不倒翁。下台后我好好总结了一下经验，其中最重要的一条就是因为跟钱财没有瓜葛。"茅镰还真怕时空来真的，"再说，我如今唱的只不过是个跑腿传话的角色，要说贡献，那也是宜阳现任书记、县长的，跟我没有关系。"

时空笑着："账还是要记下的，至于怎么个兑现，日后再说。现在不是经济社会了嘛，做了事总是要有报酬的。"

"要兑现你跟我们的县委书记、县长兑去，别把我拉扯上了。"茅镰帮尉迟珙摆放着凳子，"每次来尉迟师长这里，有饭吃有酒喝我就心满意足。"

"桥归桥，路归路，两回事。坐坐，坐下说。"时空开瓶斟酒，"其实，我原打算在十字街找家饭馆给你摆一桌，不是想请你帮忙让华夏的队伍提前进场吗？有由头哇。后来，我改变了主意，基于两点：一呢，吃馆子不如在家里随便，在家里，想喝多长时间就喝多长时间，你说是吧？二嘛，如今虽说吃馆子时髦，可是老百姓偏偏看不惯这个，没准我今晚在饭馆里陪你吃了一顿，明天就有人不问青红皂白，说时空这家伙一来华夏就肥吃大喝。他们只看到了强盗吃肉，没有看到强盗挨打。"

茅镰呵呵地笑："这可不假，我见得多。有时候帮别人做了好事，弄不好还会领一顿骂。慢慢来，时间一长，也就这只耳朵进了，那只耳朵冒了。"拉着尉迟老人坐下，"基层就这样，熬，熬吧。"

"不熬咋办，谁让我给发配下来了。"

"你从省政府下来这事……"茅镰暗暗指指上座的尉迟琨，"该不会有啥活思想吧？"

"他？嘿嘿，连之男都给鼓捣下来了。到老对两个字的理解最深透——服从。"

已经在上首落座的尉迟琨忽见门缝有车灯闪耀，问："还请谁了？"

"没有哇。"时空回答。

大门很快被一只肥硕的屁股拱开，接着便见一个头戴貂皮帽、身穿皮大衣的胖子倒退进屋又转过身来。他怀里抱着个大纸箱，样子很吃力。时空惊诧地叫了声：

"嘿，匡奇！"

"时……总……"抱着大纸箱的匡奇尴尬立定，望着时空"嘿嘿"笑。

时空说："你的鼻子真长啊，闻到我在这里。"

"冤，冤！"匡奇把纸箱小心放到墙角，回身说，"我真不知道你在这里。元旦不是马上快到了嘛，基地管理办公室给离退休老干部配发节日慰问品，老规矩了。中层老干部、总部机关高级老领导的节日慰问品全由我亲自送，逢年过节之前，我都来，不信你问尉迟老领导。"

时空望着茅镰："刚才我问过他这些吗？"

茅镰笑着："问了，没错；叫叫屈，也没错。"

匡奇说："这话科学，时总满意，我也高兴。"就又去门外的小车厢里磨出另一只纸箱，嘿嘀呀嘀地搬进来，码放好，"这点儿慰问品，也真个不好意思，待会儿尉迟老领导开箱一看便知。华夏这几年不景气，慰问品也充满了水分，别看我装模作样，费劲巴力搬进两大箱，分量重，个儿头大，其实里面尽是些不值钱的消费品。你看人家有钱的单位，只要一只小信封，就把领导的全部心意装下了。"

"你看，你看，"时空又望着茅镰，"都把宝贵意见送上门来了。"

"那是呀。"匡奇说，"往后你可得多批点儿，让我们这些办事的也气派气派。"

尉迟琨指着刚刚码放好的大纸箱，问匡奇："啥？"

"老三篇！"匡奇把音量放大了一倍，"水果、点心、古井贡，过元旦的！"

"噢？好，好。明儿让老茅子带回家去。"

"不要，不要，我不要。"茅镰说，"你留着自己吃吧，我一家就躺在水果堆里。"

"你们一家尽吃橘、柚、橙，可这里面装的是莱阳梨、灵宝苹果、吐鲁番葡萄。"

尉迟珙向桌旁添了把椅子，"带走吧，顺便给曹二九捎点儿，我也没啥好东西给你们。"

茅镰见说要给曹二九捎点儿，就没再推辞，说："他呀，有多少要多少。"

时空望着匡奇："这十二月才开了个头，你就忙着送节日慰问品，太积极了点儿吧？"

匡奇说："有一支歌叫《蜗牛与黄鹂鸟》，说的是蜗牛正从树底下往树梢上爬，站在树梢上的黄鹂问它爬到树上来干什么。蜗牛回答说吃葡萄。黄鹂说葡萄树还没有开花哩。蜗牛说，等我慢慢爬上了树梢，葡萄不就熟了？我就是蜗牛，我把四五十个老干部的节日礼品送完了，元旦就到了。"

"你的任务倒是悠着完成了，可这水果点心也就早早吃光了。"时空说。

"没办法，只好请老领导多多担待。基地四五十个离退休老干部数尉迟老领导德高望重，送节日慰问品必须要排在第一名，不能先送了别人再送他，那样就搞反了。所以，我就只能从尉迟老领导这里开始，再一个接着一个慢慢往下送着，还得瞅空闲时间。"

时空戏谑说："把你手里的权力下放点儿嘛。"

"时总你可得调查研究。我办公室确实戳了十多个人，除一位打字员外，其余的都是处级、副处级，而且个个比我的资格老，嘿哟喂，我哪里指挥得动啊！"匡奇是尉迟珙家里的常客，一直很随便，见尉迟珙在桌子旁边又添了把椅子，就蹭过去，搓着手，"嘿嘿，赶得早不如赶得巧。"又无所顾忌地问茅镰，"打山里来？"

"原是宜阳县的县长。"时空介绍说，"我岳父的老战友。"

"哦？失敬，失敬。"匡奇向茅镰哈哈腰，"怎么称呼？"

"茅镰。叫我老茅子好了。"

"噢？毛泽东的'毛'；廉洁的'廉'，好。"

"不对，不对。茅草的'茅'；廉洁的'廉'旁边要添个'金'字，俩字加起来就是割草的刀。"

"这名号有点儿意思，好。"

"我这名字呀，还是眼前这位尉迟老首长起的呐。"茅镰说，"他就说茅镰这名字好，说咱们共产党的党旗上就画着一把镰哩。"

"哟喂，这名字果然了得，党旗上当真画着把镰！"匡奇惊乍着，又自我介绍说，"敝人叫匡奇。箩筐的'筐'字去掉上面的'草'头，奇怪的'奇'。"

"哎哎，我说匡奇呀，"时空望着他直笑，"这字怎么到你嘴里就改头换面了？"

匡奇眨巴眨巴眼："怎么啦？"

"箩筐的'筐'字上面分明是'竹'头，你怎么把它换成'草'头了？"

"哦哦，"匡奇拍拍脑袋，"我们老家的箩筐是用草编的呀？"一把抓过时空手中的酒瓶，自己给自己找了个台阶，"我来，我来，这桌上该我斟酒。"匡奇看看酒瓶上的商标，又对着瓶口闻闻，"泸州老窖，好酒，好酒。对了，我车子里藏着的两瓶酒好像更好一点点儿。我把它拿出来喝了。"说完，放下泸州老窖，三步并作两步蹿出门外，从小车后备箱里取出两个精美的盒子，抱了进来。

"看，茅台，十二年陈酿。"匡奇边掩门边说。

茅镰喝过不少茅台，但是没有喝过十二年的茅台陈酿，就问："有存放了十二年的茅台酒？"

匡奇递给茅镰一只包装盒："还有二十年的哩。"

茅镰打开盒子，从里面掏出一只紫红瓷瓶，眼界大开："什么价钱？"

"不多，万把块钱一瓶。"

茅镰吓了一跳："多少？"

"一万块！"

"茅台怎么涨成这个价了？上世纪五六十年代才七八块钱一瓶；七八十年代也就百把块钱一瓶。啧啧，这一瓶酒顶宜阳山区三家农户的年收入。"

"这种茅台省里招待国宾才用。"时空把另一瓶茅台取出来，握在手里瞧着，问匡奇，"哪里搞的？"

"我这茅台可清白了，一个最要好的朋友送的，我一直舍不得喝。"匡奇警惕起来，边脱皮大衣边摘貂皮帽，边解释，"时总放心，你别看我表面像阔佬，其实是个虚架子：老婆下了岗，儿子在读高中，家里一贫如洗。我吃亏就吃在爱吃爱喝爱穿上，拖累老婆孩子受罪不说，还老接受调查。每次调查腐败问题都少不了调查我，结果查来查去，却查出我原来是个困难户。"

时空说："谁问你这些啊？"

"我这不是被调查搞怕了嘛。一接受调查我就战战兢兢，有什么说什么，拧着脖子解释，怕冤哪。"匡奇把大衣、帽子拴到衣架上，"不光我，现在好多处级干部都这样——神经质了。这官当得不容易呀！"

"为人不做亏心事，半夜敲门心不惊。心虚什么？"

"常在河边走，哪能不湿鞋……"

"不打自招了吧？"

"哎，我可不是说我，我说的是他们呀——别的处级干部。我是没有湿鞋的，我可清白了，调查好多回了。"

"好了，你也别神经质了，喝酒喝酒，开了吧。"时空把紫红色的茅台瓶子交给匡奇，"喝酒有个规矩，喝茅台酒就要说喝茅台酒档次的话、办喝茅台酒档次的事。我正想找你，你就自己走上门来了。"

"这规矩我懂。只要不是接受调查，什么人事我都不怕。"匡奇深谙宴席套路，也能营造气氛。他先将一瓶茅台打开，又用筷子作杠杆撬开几瓶啤酒，然后再拿起茅台酒瓶，说："茅台为主，啤酒为辅——二中全会。来，来，我先给尉迟老领导满上……再给茅老县长满上……再给时总满上……我也满上……请时总发布开工令。"

"茅台是你拿来的，我是借花献佛，该你宣布开工。"时空说，"就整两句词吧。"

"遵命，遵命。"匡奇也不含糊，复又站了起来，把酒杯高高举起，"元旦佳节……也算快要到了吧，我代表华夏集团、代表时总，预祝两位老领导节日快乐，福如东海，寿比南山。也祝时总马到成功，心想事成，干杯！"

四个人就齐齐站起，互相碰碰杯，一饮而尽。

匡奇拿起酒瓶，把酒一一给大家满上。

时空招呼对面的茅镰多吃菜，又往上座的岳父碗里搛了些蘑菇和豆制菜肴，自己也随意吃了几口，这才对匡奇说：

　　"有几件事，想让你马上着手办。今天你来得正好，我就借这机会跟你说说，免得让你往我办公室跑。最近，龙潭工程的竞标越来越激烈，我得把精力放在那儿，可基地这一摊子也是大事，不能顾了那头丢了这头。"

　　"没问题，时总有事尽管吩咐，我匡奇绝不敢偷懒。"匡奇一听是布置工作，心里踏实了，兴头也来了，"我给各位领导敬完三杯酒你再派活儿，行啵？"

　　"行，今天的酒司令就你当了。我有个要求：你得陪茅老县长喝好，他能喝点儿；我和我爸的酒量都有限，就少喝点儿。"

　　"可以，可以，就按时总说的办。"匡奇又站起来，说，"各位老领导就不要再站起来了，我再敬各位领导一杯。"说完一仰脖子把酒挡干，再把空杯一晾，"先干为敬。"

　　尉迟珙、茅镰、时空就又高高兴兴地喝下了第二杯酒。

　　三杯酒过后，时空先招呼茅镰和岳父自便喝酒吃菜，尔后小声问匡奇：

　　"……上午的事，你们做处长的，不会一点儿风声也没有听到吧？"

　　这一天时空几乎是在痛苦中度过的：一大早，几千人突然把总部机关围了个密不透风，反映了一大堆棘手问题，费尽九牛二虎之力，人群总算疏散；曾经当过副总经理的宇文泰不仅参加了集会，而且慷慨陈词，说明这一层面的人也不安静，表象不能小觑，时空不得不丢下所有的工作，登门拜访，找他聊了一个整下午，宇文泰摊出的是一大堆无法三下两下厘清的陈年旧账，同样令人头疼。倘若不是茅镰意外送来十多个亿的工程，时空兴许仍然沉浸在郁闷中。时空很想知道集团中层干部对上午这件事的态度，当然也有工作需要紧急布置。

　　"岂止听到风声，我都参加了。"匡奇说。

　　"你参加了？"

　　"不光我，好些二级单位的头都夹在人堆里。我还瞧见秋胤副老总也猫在广场的一个角落，可严肃，可认真哩。"匡奇说，"过去一发生这种事，大头小头全都早早躲藏起来了，生怕惹火烧身。今天上午不知怎么出怪了，头儿们竟然贼似的悄悄往广场里钻。那个人啰，越来越多，比以往任何时候都多。纪律也好，不仅没人啰唣，就连咳嗽声也少，真出怪了。"

　　"哦？"时空上午一直在会议室里耗着，所以外面的情况一点儿也不知道，听匡奇这一说，他既感意外，又感到了些微安慰，"说明大家对职工的困难问题、对集团的命运还是挺关心的。"

　　"那是不假。我就是关心这个才蹭过去的，我就想听听这些人究竟想说什么。时总，说真的，开始我真替你捏把汗，不知道那些代表要代表广场上的人干些啥。结果吧，嘿，事情就这么轻轻松松了了，没想到，真没想到。"

　　"唉……开始，我也没有想到大家的意见会那么尖锐，后来……又没有想到大家会那样心平气和。"时空喝了口闷酒，"所以，我就想到要马上给你交代几件事，每件事都与今天上午发生的情况有直接关系……"

　　"等等。"匡奇忙说，"我去车子里把笔记本拿来。"

"不用，不用。这不是在喝酒吗？咱们边喝边说，你记在脑子里就行。"时空说，"第一件事，把全集团下岗职工、待岗职工的人数统计出来。数字要精确，到底是七千多还是八千多，多多少少，不能老是个约数。这些人的年龄、性别、工种，下岗待岗前的所在单位，都在统计造册之列。花名册造好后，再把他们分个类，分出特别困难的、困难的和一般困难的三个层次。这应该是你分内的事情吧？"

匡奇说："是的。在职职工基本上都被三大施工局和几个直属项目部带走了，老弱病残和下岗待岗职工全都留在基地。这事不难，我让人才中心马上办。"

"第二件事，和贺怀阳去找一趟永泰县委、县政府。贺怀阳代表华夏集团，你代表华夏集团的消费群体和离退休老职工，先请他们协助解决两个问题：一是十字街消费市场物价涨幅过高、乱收费现象比较严重，要尽力抑制；二是离退休职工的养老统筹问题，其实，这个问题省里早有指示，你们主要问问永泰县执行起来有没有困难。如果他们回答说执行有困难，我再向省里请示一个指导意见。这事我本来打算亲自去县里协商的，可我一去，人家老把我当成省政府领导，左一个请示，右一个汇报，反而把我弄得不知如何是好。他们是地方政府，我如今是企业负责人，我能指示他们为企业服务吗？集团其他领导去也不合适，他们会遇到和我一样的尴尬。所以，你们两个去最好。但一定要谦虚，求人家办事，不能拿架子，要让人家觉得我们可以亲近，值得交朋友。事实上，我们有很多困难问题要依靠地方政府解决。回头，我再向贺怀阳作些交代。

"第三件事，基地房屋建筑要加紧统筹规划，房建工作目前应以经济适用房为主。华夏集团有具体困难，暂时没有条件搞大量纯市场化的商品房，职工手里的钱十分有限，买不起的。经济适用房的筹款方式应该是：职工自己出一部分，集团想办法补贴一部分。这样，很多职工，包括下岗职工，都有希望住上像样的房子。当然，这只是我个人的一个想法，需要党政联席会讨论。东山、西山、陕西营三个生活区的职工住房实在太旧了，匡奇呀，该想想办法，解决这些问题了。"

"是，是。华夏集团大部分职工住房，跟十字街新建的几个生活小区简直没法比，真是先走的不如后爬的。"

"第四件事，准备把技校重新搞起来。"

"技校办了三十多年，一直挺好。停办实在有点儿可惜。"

"怎么说停就停了呢？"

"上午好像一个叫关工的技校毕业生代表提过这事。"匡奇也是一副愧惜的神态，"五年前，一批毕业生没分配下去，因为当时正赶上集团又一轮下岗分流，一些单位趁机把合同撕毁了，说不再接收技校生了。分配一成为问题，学校就没有生源；学校没有生源，教师就没有书教，连锁反应。一年之后，教师们不是提前退休了，就是下岗了，树倒猢狲散；校长和书记老不老，少不少，连提前退休的资格都没有，只好留在学校看大门，守着四栋三层楼的房子。党校的情况跟技校一样，也这么撂着。"

"党校的事情以后让诗书记考虑。我们讨论技校的问题。"时空喝着酒，"你想过没有，集团马上就会遇到一个技术工人断代期，青黄不接，形势相当严峻，用不了多久，我们可能连一个普通的内线电工都难请到。"

"时总，你可瞧得真准，现在就有人嘀咕这个问题。"

"所以说当年开办技校是有长远打算的，现在不能一遇到困难就把从前的作为给否了。我个人的意见是技校还得继续办下去，不能说停办就停办。从某种意义上讲，技校是在为集团储备技术力量。"

"可是目前除校舍外，生源、师资、教材都是问题呀。"

"这些我都想过了。生源问题目前可以从集团内部解决，先招一批下岗待岗职工，进行岗位培训。下岗、待岗职工，无论男女，四十岁以下的都可以参加，特困户优先。培训科目以满足土建工程施工为原则，浇筑工、钻灌工、模板工、皮带运输工、直、交流电工、钢筋工、机械修理工、起重安装工、车、钳、铆、锻、焊工、驾驶员，包括推土机驾驶、装载机驾驶、船舶驾驶、汽车驾驶，都是首选项目。争取在一年之内，使每个学员至少学到三门技术。用发展的眼光看，只懂得一门技术肯定不行，哪个工地都不会欢迎只擅长一门技术的工人。那个叫吴王的毕业生反过来证实了技术单一的尴尬，如果他在技校学到了三门以上的技术，就业情况可能完全不是这样。职工培训费集团是怎么提取的？最近几年提没提？"

"不知道。"匡奇说，"要问工程处和财务处。焦言副老总可能比较清楚。"

"这个很好办，实在没提，集团先垫上，以后再统一征收，先把技校的大门打开再说。凡下岗待岗职工，一律免费。职工培训费和实际开支如有缺口，由集团补上。生源途径可以拓宽，社会无业青年只要自愿报名，学校可以收取学费，但项目、标准一定要合规。第一期学员的安置问题我也想了。不管怎样，龙潭工程的标，华夏集团肯定能拿到一部分，中标后仅靠三大施工局和几个直属项目部的人力支援是不够的，所以，我想在集团基地清理出一批下岗待岗职工，先期进场做前期准备工作，一年后，让第一批学员补充进去，再替换一批下来接受培训。以后技校的生员问题应该很好解决：一是把职工培训继续下去；二是从中考落榜的学生中招收。只要计划得好，比例适当，教学质量高，我们技校的'产品'绝对不愁销路。至于教材问题，我看也很好解决。教材可以到外地有经验的技工学校去买，花不了几个钱，另外，自己也可以根据实际需要编写，你说是不？"

匡奇连连点头："是的，是的。"

"师资就更不成问题了。可以从已经办了离退休手续的老教师中有选择地返聘三两个；下岗教师没有找到工作的应该让人家归队，当然要自愿。还可以物色三两个有经验的退休技师，给他们补办个返聘手续，这些人虽然文化底子薄一点儿，但实际工作经验丰富，让他们手把手地教可能比课堂听课更有效。如果形势发展需要，我还可以请省有关院校推荐一两个有教学经验的人才来。我们现在的情况成了以岗待人，不是以人待岗，工作非常好做，只要有庙，和尚自然就来了。"

匡奇有些激动，说："时总，经你这么一说，我忽然有了底气，脑子也开了窍，这技校不仅还能办，而且能办得更好。技校我虽然具体管不了，但这块工作是划给基地管理办公室的，我一定按你的要求，努力把技校的门打开。明天我就去找书记、校长，只要我把你的意见一说，那哥儿俩保准高兴得跳起来。"边说边给尉迟琪、茅镰续酒，"这技校一开张呀，我匡奇要第一个受益。我让我老婆第一个去报名，按照你刚才说的那些个原则，她还能享受到免费入学的优惠待遇，我何乐而不为？"

"怎么,你爱人下岗后……一直没工作?"

"上哪去工作啊?天下乌鸦一般黑。哪个单位都是缺岗不缺人。她在家里闲了五六年,闲得心里发慌。"匡奇苦着脸回答说,"按年龄,她本来该划在待岗之列,当时集团的政策是下岗人员有点儿一次性补贴,也就万把多块钱吧。我特别能花钱,恰逢口袋里有点儿紧,就叫她干脆下了拉倒。她也听我的,就下了。后来,劳人部的同志挺关心,说让你老婆到人才管理中心去行不行,还来得及。我一看钱早花光了,又见那人才管理中心是照顾性安置型的,里面大多数是处长、副处长的亲属,还有,我自己也经常帮助做下岗待岗人员的思想工作,心想,人家一定会说,你让这个下岗那个待岗,自己却又把老婆从这个岗换到那个岗,就没让我老婆去人才管理中心。这事不知怎么让我老婆知道了,问我有岗为什么不让她上。我说人才管理中心是管人才的,你斗大的字识不了两箩筐,还能管住人才?她一听吓住了,不敢去。她哪知道人才管理中心管的全是下岗待岗人员啊!"

时空大笑起来:"匡奇呀匡奇,你连老婆也敢卖呀!"

"唉,"匡奇哀叹着摇摇头,喝了口酒,"我真是这么个情况,没办法。"

茅镰和尉迟琨并没怎么喝酒,一直在叽叽咕咕闲聊。许是怕影响时空、匡奇谈话,尉迟琨破例把嗓门儿压得很低,嘴巴还不时贴近茅镰的耳旁。时空见状,笑着说:"茅老县长,别尽顾聊,喝酒,你们随意喝啊。"

"在喝,在喝。你们只管谈工作。"茅镰做个手势,"我向老首长问问江南的病情。"

时空脸上掠过一层哀愁,但很快又恢复了平静,"哎,"他喝了口酒,皱了皱眉头,望着匡奇,"还有一件事,集团第三产业的情况怎么样?"

"不行,不行,总的情况很不行。"匡奇直言不讳,"我先跟你说说基地管理办直管的几个大一点儿的经营实体。旅游运输服务公司,可以说是在艰难度日。他们依靠四条船沿潜龙江搞旅游业务,实际上是旅游的人不多,做生意的人不少,主营业务成了带货跑运输,只能顾个工资。商贸公司,主要靠收租子过日子。他们把一个集贸市场的摊位和所有的临街门面统统租给了小商小贩,本身基本没有什么商务活动,勉强自保。餐饮服务公司,生意萧条。小餐馆、小商面只能卖早点、搞夜宵,出售香烟、矿泉水,营业额可想而知。再就是修造厂。修造厂曾经红火过一阵,可如今是王老五过年,一年不如一年,全集团数他们下岗待岗的人数最多,闹事的人也最多。不信你打听打听,今天围堵集团大楼,他们肯定是主力军。两所医院、两所高中和七所中小学、党校、技校、煤气站、通信公司,还有几个自负盈亏或半自负盈亏的单位就更不用说,倒的倒了,垮的垮了,幸存下来的半死不活。他们别说发奖金,工资都拿不够实数。所以,有的单位就搞起了歪门邪道,挖空心思创收,结果,问题就出来了,大家反映强烈。这你知道。"

"修造厂我特地去看过几次。厂区场地大,厂房多,设备齐全,硬件根本不比省里几个重型机械厂差,怎么就不景气了呢?"

"说来话长。目前,在华夏集团要数修造厂资格最老,它还是永泰电站上马时组建的。建厂后,内部的大小机械设备都由他们修,许多大型金属构件也由他们制造,活儿很多,干不完,当时的厂长、书记也当得有滋有味。上松峦电站时,修造厂的日子过得也很得意:修造任务饱满;基础设施建设如日中天,锻压车间、铸造车间、金属构件加工车间都进行了大规模扩建，还进口了几台数控机床。花溪、虎啸两座电站刚刚开工那会儿，更是修造厂的鼎盛时期：工程机械设备修理任务多，大型金属构件的生产加工量也大。花溪、虎啸施工高峰期过去后，形势急转直下，日子就越来越不好过了。加上集团连连进行产业结构、组织结构调整，整个队伍随之发生了翻天覆地的变化，二十多个专业施工处散架重组，直接威胁到了他们的主营业务。尤其是三大施工局和五个直属项目部相继成立后，大部分重型机械设备都从花溪、虎啸工地转移走了，这机械设备一走，维修保养业务也跟着走了；两座电站的金属构件又慢慢接近尾声，修造厂自然就清闲啰。清闲就清贫啰。另外，修造行业的市场变化也对他们冲击很大，十字街不声不响冒出了好几家由私人老板开办的修理厂，不仅抢跑了很多生意，还挖走了不少技术工人，上午发言的那个大熊——沈剑雄，不就是给私人老板挖走的嘛。修造厂领导层我看也存在问题，小活儿他们瞧不上，大活儿又揽不到手，夹生。几年前，修造厂的厂长向前、书记何一峰结伴到集团总部，找当时的总经理易日山要生产任务，适逢这老哥春风得意，脾气不小，不问青红皂白就是一顿臭骂，说：'上面没给我任务，我哪有任务给你们？指令性计划时代早就过去啦！形势已经发展到了这一步，你们的脑袋竟然还没有转过弯来，不看文件也该看看报纸呀？别找市长，去找市场——什么意思你们懂了吗？'向前、何一峰挨了骂也不长见识，活路少就使劲儿搞下岗分流，干这事反正错不了，因为上头有文件。"

时空一面喝酒，一面认真听匡奇绘声绘色神侃，直到见他没话了，才说：

"集团第三产业的发展问题我有个想法，就是花大力气抓出一两个典型，典型引路，带动一般。我之所以对修造厂比较感兴趣，是因为我去修造厂仔细看过，基础条件相当不错，潜力很大。我是这么想的，他们的设备和技术力量肯定不成问题，因为前四座水电站的大型金属构件都是他们负责制造安装的，所有机械设备的修理也是他们在干，证明生产能力是强大的。目前的突出问题是生产任务不饱满，但不是不能解决。龙潭电站眼看就要开工了，华夏集团和其他中标单位的机械设备，维修保养肯定少不了，这不是有一笔生意可以做了吗？修造厂完全可以在龙潭工地设一个分厂，把那里所有机械设备的保养、维修承揽过来，大修问题转移到总厂解决。这事动作要快，不然，私人老板会抢占先机。还有，修造厂既然有大型金属构件的生产安装能力，集团就有责任通过投标方式，把龙潭工程甚至其他水电站工程的闸门、启闭机、压力钢管等大型金属构件的加工项目承揽一些到手，由修造厂生产、安装。我可以跟投标办公室达奚贤主任讲讲，让他们留心这一块的工作。问题是修造厂自己应该主动四面出击，不能捧着金饭碗饿肚子呀。如果搞得好，修造厂不仅能盘活，说不定还能发展成为集团的支柱产业。"

"时总，你说得太有道理了，这是条光明大道哇！"匡奇有感即发，"可是前几年我们不知怎的鬼使神差，光顾搞下岗分流，认定减员就可以增效，压根儿就没往这方面想。有时候我就琢磨，这年头怎么越干越糊涂。"

"这么说，你对我的这些想法有点儿兴趣？"

"岂止有点儿兴趣？我举双手赞成！再怎么说，第三产业也是集团的一大产业，能发展，为什么不发展？何况它还能安置不少人就业哩。"

"是呀，两个核心问题你都点到了，这也是集团下阶段的重点工作之一，从管理层角度上讲，我肯定会引导各级负责人大力支持，但具体工作还得靠你们来做。"

"我信心有，干劲儿也有，只是……"

"怎么？"

匡奇忽然显出一副无能为力的样子："真正操作起来，难啊！"

"说说看，说具体一点儿，让我有个思想准备。"

"首先是我这个角色不好唱。我只能起个上传下达的作用，只能敲敲边鼓，搞搞协调，不能发号施令，发号施令也没有人听。不光是修造厂，不光是第三产业这一块，到其他单位开展工作也是这种情况。"

"有什么难处尽管说，反正你那德性大家都知道，我不会计较的。想说啥说啥，想怎么说就怎么说，不能让你憋着呀。"

"时总你知道就行。"匡奇本来就是个披不住话的主儿，见时空激励，也就没再扭扭捏捏了，"你知道，基地管理办管着大大小小二十多个单位，有经营实体，有事业单位，还有半事业单位。这二十多个单位绝大部分是处级、副处级，几乎每个单位的党政一把手都比我的年龄大、资格老，时总你说，开展工作难不难？我每到一个单位协调工作都得装成个龟孙子，一字不落地传达集团指示，然后小心翼翼地出谋划策，说得高兴，他们买个账，稍有不慎，好心就办成了坏事。从前，这些处长、书记是直接听命于集团分管领导，现在面对的却是我这么个人物，他们心里会舒服吗？"

时空眉头挤成了一堆："这……格局，怎么形成的？"

"五年前，集团组织结构又作了一次大规模调整。集团原领导对这二十几单位很头疼，认为他们效益不高，成绩不大，问题不少，还经常惹出些是非来，就把原来的总部机关事务管理处改名为基地管理办公室，对基地的所有单位实行协调管理。就这样，不管是处级单位还是科级单位，全让我胡子眉毛一把抓了。分管领导也没有了。并且规定这些单位的请示报告都得用书面形式交给我，我再交给贺怀阳，由贺怀阳择机提交总经理办公会。二级单位大小头目再也不能直接对口集团领导了。我成了一道关卡，说白了就是一堵挡风的墙。我觉得这种组织结构工作起来挺别扭，就专门找当时的总经理易日山反映情况，说这种工作关系时间一长，领导和被领导之间是会出现矛盾的。易日山说：'首先是你那脑子要转过弯来，要与时俱进。不是要建立现代管理机制吗？管理机制不是要创新吗？怎么才开个头你就感到不顺了呢？要学会适应。'我一头雾水，说：'管理机制怎么个创新，也不能把兄弟关系搞成了父子关系呀？'易日山一脸的不高兴，啐道：'就你事多！好多处级干部离的离了，退的退了，待岗的待岗了，你反倒提拔了，要不是党校给你发了个文凭，这差事还轮不上你，你还跟我提这提那。矛盾再大，你也得给我挺住。'训得我两眼直眨，从此再也不敢找他说事了。"

"你那个办公室有多少人？"

"总共十三个人，除一个办事员外，其余的都由我聘任为副主任。有几个原本是正处长，因为年龄偏大，聘任书上就给他们长了个尾巴：享受处级待遇。"

时空笑了起来，一时不知道说什么好。

"要说，基管办的人确实不少，可是……唉，整天就我和办事员在穷忙。十一个副主任，一天到晚喝茶抽烟看报纸，哪一个我都指挥不动。"匡奇一肚子苦水，不吐不快，

"协调二十多个单位本来就够呛,另外还要添上总部机关这一大摊杂活儿……"

"行,你的难处我知道了。"时空不想让他继续诉说下去,"让你干这个,当时的领导肯定有过认真的考虑,绝不会随意选人的。"

"问题是我这一大块没有分管领导,工作起来很不方便。没分管领导,我就讨不到令牌,没有令牌,就不能发号施令,这问题得解决。"匡奇的赖劲儿上来了,"那以后,我就直接找你请示汇报好了。"

"暂时可以。以后要看形势怎么发展。"

巴山茶捧着一大碗热气腾腾的黄花鸡蛋汤从厨房走出来,小心地往桌子中央摆放。时空站起来边帮忙边说:

"山茶,搬把椅子过来,一块吃。"

山茶一笑:"不啦,我已经在厨房吃过了。"

茅镰插话说:"她那家乡有个风俗习惯——女孩儿不许上桌子。"

"嘀,这是什么规矩!"时空用勺子给岳父碗里舀着热汤,又对山茶说,"今晚你就别回去了,家里有之男。两个爷爷明天要在十字街转转,你就在这里帮他们做饭吧。"

山茶回答说"好"!

茅镰忙说:"不用,不用,我明天赶早回宜阳,不能误了大事。"

"不着急,误不了,就待两天吧。大老远赶来,不歇歇怎么行?"时空执意挽留,"我不能陪你逛街景,今晚就陪你多喝几杯。匡奇,上酒,上酒,先把两瓶茅台干光,不够再喝老窖。"

匡奇连忙给大家把酒筛满,说:"一瓶酒才喝了一半,要加快进度。我再敬各位领导一杯。"

大家就又把杯中酒干了。

"不用加快进度,不着急,咱们边喝边聊,十二点结束。"时空虽然酒量不大,但此刻的心情还不错,"你知道茅老县长赶来咱们这里是干什么吗?"

匡奇摇摇头。

"给华夏集团送工程项目来了,给咱们送财喜来啦!"

匡奇一声惊叫:"哟!"

巴山茶见桌上的菜快凉了,不声不响端过两只盘子,进厨房加温去了。

九

第二天清早,时空上班了。

时空走进办公室,冲了杯咖啡,随后端着冲好咖啡的杯子出了门。集团领导班子成员仅他和秋胤在家,很是无奈。他就准备将宜阳县主动把"一二五"工程项目交给华夏承建的事先给秋胤通通气。还有,昨天下午龙潭工程投标工作研讨会是秋胤主持,不知道情况怎么样,想问问他。

秋胤到班也很早，正一边擦抹办公桌，一边看电脑视屏上的录像，同期声挺大。

时空走进秋胤办公室，听那录音的声音特别耳熟，就径直走到了电脑前，瞅着视屏，边看边笑：

"嘿嘿，嘿嘿嘿……"

秋胤也笑了：

"挺好吧？这可是你的作品啊。昨天上午我也参加了你的那个接待会。不过，是在广场的角落里，猫着。"

"我听说了。"

"当时觉得很可惜，因为前面有两个人的发言没听到。结束后，找沙凡刻了个光盘，回来就看。今早一来我又看，都重放两回了。真实、精彩，长见识。"

"我让贺怀阳在整理纪要，三两天就可以发给你们。"

"严肃。那就更完美了。"秋胤把抹布在脸盆里搓洗着，"我刻这个光盘，就想专门研究研究昨天那情况。开始，大家都很惧怕，可后来，啥事没有。我就琢磨，这事怎么就这样了了呢？所以就想把事情的经过研究个透，这前前后后到底是怎么在变化的。"

"实说吧，开始我并没太在意，也没有思想准备，不过是把它作为一项工作，必须去做而已。"时空在沙发上坐下，"到会场后，我才发现情况不对，闻到了火药味儿，心里有些紧张，但还不敢流露出来。贺怀阳坐在我旁边，隔会儿就用手帕擦脸，隔会儿就用手帕擦额头。我心里直嘀咕：这家伙比我还胆怯。散场后，我回家吃午饭，觉得背心发凉，就去卫生间把衣服脱下来看究竟，你猜咋啦？衬衣全湿透了！"

"没尿裤子就好。"秋胤笑着把抹布拧干，晾好，"我昨天在广场感受了气氛，回来后又把录像看了两遍，唉，感慨良多。"他把实况录像关了，"大家的意见是尖锐了一点儿，情绪是大了一点儿，但他们的思想觉悟不可低估。你这一举动也好生了得，表面上看波澜不惊，可是民主意识端倪可察。"

"我可没你想得那么深刻。"时空喝口咖啡，"我只是想，那些早该解决的问题没有解决是个遗憾，感到有压力。"

"唉，我有不可推卸的责任，内疚。因为我既是以前工程局的副局长，又是现在集团的副总经理，有发言权，也有督促解决一些问题的义务。"秋胤给自己泡了杯茶，在时空对面坐下，取下鼻梁上的眼镜，用镜帕轻轻擦拭着，思索着说，"关于养老统筹问题，省里早有文件。动作快的企业，这个问题早就不是问题了。可是华夏人还在扯'退休工资'的事，不知从哪儿解释起。下岗待岗职工的处置问题，全国好多企业已经在积极推进下岗再就业，有关这方面的精神不少，也是前些日子新闻媒体的主流意识，可是华夏还没来得及纳入议事日程。物价涨幅过高现象，确实有个市场调节问题在里面，但属于内部管辖范围之内的事，集团完全可以站在职工群众的角度解决一部分。还有企业产业结构调整、组织机构重组后的资产流向问题，这实际是清产核资的内容，新老单位的资产都应该非常明晰，好像省里也下发过这方面的文件，提醒企业在优化资源配置的同时防止国有资产流失，这项工作应该与产业结构调整、组织机构重组同步进行，现在有人对几年前的资产流向质疑，并且把它与腐败挂到了一起，不是没有道理。到底有没有问题，确实是个悬念。"

时空拧着眉头："好在这些问题不算大。引起足够重视，想想办法，可以慢慢解决。"他不想把问题渲染得那么严重。

"都是大家非常关心的事情，怎么能说不大呢？"秋胤却显示出了面对现实的姿态，"你无意追究上届的责任，也尽量不提前任的过失，无论是从工作角度，还是从做人的角度，都无可非议。可是……事实毕竟是事实，我们都负有不可推卸的责任。成千上万的人无所事事，又窝在一堆，没有得到妥善解决的问题像些导火索，不隔三岔五弄出点儿响动来，那才叫不正常。"

"这些问题怎么形成的以前作过分析没有？"但是，现实问题不能不使得时空深思，"办公会上有没有讨论、研究解决办法？"

"要说没有上过会，不客观。问题是，提起千斤重，放下四两轻。会开完了，好像事情就算办完了，即便研究出了再好的解决办法，也没具体到人去落实。前面的问题还没解决，后面的问题又来了。日积月累，问题成了堆，最后搅成一团乱麻。如果真要分析这诸多问题的成因，我个人有两点体会：一是内因酿造，二是外因影响。"

"哦？"

"要说内因吧，主要是管理层的民主气氛欠浓，履职能力不整齐。外因主要是形势格局变幻莫测，集团船大难掉头。先说这内因。总经理的经营权是法律赋予的，不容侵犯，副手毕竟是副手。一项决策，只要估计它不会导致毁灭性灾难，是不会有人愿意为它的正确与否同一把手死顶硬抗的，大家得过且过，免得伤了和气。我秋胤曾经也是这种态度。决策是对是错含混不清，执行起来就稀里糊涂，加上没有检查督促的配套措施，事情办没办、是不是达到了预定目的，天长日久，不了了之。易日山从局长到总经理，总共在一把手的位置待了七八年，亲历了计划经济向社会主义市场经济转型这一特殊阶段。实事求是地讲，这个人应该算个干事的人，肯干、敢干是他的特点，说话气壮如牛。不足的是，他往往顾上了这一头却没有顾上那一头，统筹意识差一些，还给人一个张牙舞爪的感觉。比如五年前，花溪、虎啸两座电站的施工高峰一过，撤退下来的人员日渐增多，指令性施工任务又没有了，形势所迫，易日山对产业结构、组织结构作最大一次调整，整个集团几乎是散架重组，原有二十多个专业施工处统统撤销，先后优化组合成三大施工局和五个直属项目部，气魄不能说不大。三个施工局和直属项目部在四处抢占市场的同时，陆续把精兵良将和优良资产瓜分了，这么一来，就出现了另外一个问题：没有被带走的职工，不是下岗就得待岗；基地全部是老弱病残，变成了收容所。易日山把注意力集中在开拓市场方面，这一点肯定没错，遗憾的是，没有把大本营的事情搁在心上。不仅如此，谁提基地柴米油盐酱醋茶的事他就跟谁急。那些看上去很小的事情，恰恰影响了不少人的正常生活，于是大访小访、大闹小闹不断，没完。最让人不理解的是，每次发生这种群访事件，大家心里着急，他却见怪不怪，认为天塌不下来。我们这些做副手的，还有职能部门的头头脑脑，见一把手是这么个态度，只好听之任之，要么，一感觉到了动静就跑。

"还有产业结构调整、组织机构重组以后的资产流向问题，优良资产都派上用场了，但是剩下来的不良资产处置和基地这一大摊子的重建问题就从来没有正儿八经讨论过。那一头确实很大，可这一头也不算小啊。弄不好，有人把基地这一大块全卖了，我们还蒙在鼓里。如果易日山不是收下了人家那点儿小钱,谁也不会想到让他下台,那么他的一套做法,对也好,错也好,还得继续下去。我这说的是内因,决策层的管理要素问题。

"再说外因,说说船大掉头难。华夏集团比较大,应对复杂多变的局势存在不灵活的一面,这也是事实。还说花溪、虎啸两座电站前后的事。这段历史不算长,但需要紧急应对的情况很多,不少新政策出台、市场行情变化急剧、冗员过多情况下采取下岗分流措施等,都发生在这一时段。松峦电站完工时,施工人员本来就多,有七八万,当然包括外协队伍,接到上花溪、虎啸的指令后,当时的指挥部又把人员扩充到了十多万,是集团有史以来人数最多的时期。不到三年,花溪、虎啸的施工高峰过去了,闲散人员与日俱增,更名不久的华夏集团面临新的问题:越来越多的富余人员怎么安置?于是,只好草率地清退了一批外协队伍,包括民兵组织,减掉了一万多人;接着又清退了不少临时工,与短期合同工全部解除了劳动关系,又减少了接近一万人。剩下的人员就再也找不到政策依据继续裁减了。最使集团伤神的问题是,指令性生产任务没有了,等于断掉了国奶皇粮,企业完全市场化,集团得找米下锅,自谋生路。对于那些率先进入市场的企业来说,生存能力已经得到了锻炼,困难也许小一些,可是华夏当时正在不遗余力抢花溪、虎啸的工期,不但没有足够的精力和人力去参与建筑市场的争夺,就连对市场化的理解也处于启蒙阶段,单靠自身能力,哪能及时找到能够安置这么多人的施工项目?所以,剩下的人依然存在没有用武之地的问题。迫于形势,集团只好进行大力度产业结构和组织结构调整,把原来的二十多个专业施工处撤销,成立三大施工局和五个直属项目部,精干队伍,没有获得新岗位的人员,再进行一次下岗、待岗或买断工龄处置,连许多二级单位的负责人也早早办了内部退养手续。说白了,就是倒腾富余劳动力,拆庙撵和尚。一度被称之为财富的创造者,成了企业的包袱、累赘。话再说回来,如果不是大环境所迫,集团就不会采取一系列不成熟的应对措施,没有这些应对措施,也就不会遗留下这许多的问题。所以说,华夏目前存在的问题,除了我们做领导的作为需要深刻反省之外,外部因素的影响程度也应该进行客观、公正的评估。要说人多,过去那么多人,也没有出现过群访、闹事的问题。"

"早听说你爱讲真话,讲直话,果然名不虚传。"时空见秋胤的话很实际,也很锋芒,不禁笑了起来,"也许正是这一优点,职工对你反映不错,组织上也另眼相看。"

"你就别给我戴高帽子了。胸无城府。我自己都讨厌自己这张嘴。反右那会儿,我很年轻,嘴巴说话更不着边际,差点儿被弄成了个右派。"秋胤喝了口茶,"其实,集团管理层,过去有两个爱说的,一个是我,另一个就是昨天那个发言最具威胁力的宇文泰。他名气比我大,是出了名的炮筒子。他说话不仅直,还冲,没人敢惹他,他也没有同盟军。"

"他和你也不结盟呀?"

"不结盟,不结盟,根本结不了盟。"秋胤摇手说,"他对谁都有意见,对我也一样。他说我敢说,也敢坚持,就是嗓门儿不大,没有底气。至今我也没闹明白他这话的意思。"

"听说你过去提了很多合理化建议。实效怎么样?"

"什么建议叫合理，什么建议叫不合理，是很难定性的。尤其是时下，谁的话对谁的话错，现在结论为时过早，要等历史去评价。平时吧，我确实爱提出一些自己的看法，有些看法甚至与上级意愿明显相悖，出于自己的个性和岗位职责，我认为必须说，履职不能没有思想观点。至于说出来后能不能被接受，那是另外一回事。有时我也想，一把手统筹全局，自然有他的立场和原则，什么提议都听得进，那不乱套了？何况我的一些看法又不能肯定是百分之百的对。所以，意见也好建议也好，接不接受，采不采纳，我充分理解。我从前的一些意见、建议，有的采纳了，少，不说了。说两个没被采纳的。第一个，背景是松峦电站主体工程全部结束，花溪、虎啸两座电站准备同时开工的时候。实际上，这时全国许多企业的市场运营模式已经启动，只是没有引起当时的工程局的重视，大家都在观望局势如何发展，没有认真思考市场运营的必然趋势，加上两大指令性任务拿到了手，认为有的是时间。在这种情况下，工程局提出了扩充两三万施工人员的计划，理由是：花溪、虎啸两座电站工程量的总和相当于松峦电站的三倍，因此施工人员必须相应增加，以确保施工能力，据说省里当时也默许了。决策前，工程局很负责任地开了个扩大会，专门讨论这个问题，我被扩大进去了。既然被扩大进去了，我也就很负责任地提出了个人看法。我说，花溪、虎啸两大电站的施工能力投入计划需要斟酌，以松峦电站的人力投入推算，花溪、虎啸两座电站的人力投入欠科学，从根本上忽略了工程局三十多年的施工经验和机械设备现代化等重要因素，人海战术时代已经过去，施工能力投入应该开始重视用工成本，合理的计划应该是减少人力，充分运用经验和高度现代化的设备，富余人员可以有组织地兴办第三产业，并且积极开拓其他建筑市场。有人认为我的话说得太玄，说省里强调的是工期，工期要是上不去，你负责？你想，我能负得起这个责吗？那不是征求意见嘛。

"第二个。三大施工局和五大直属项目部相继成立那会儿，我提出：施工局和直属项目部不能只把精兵良将拉走，基地剩员也可以尽量带走一些。这时我已经是副总经理，说话分量重一些，没人不听，可皮球却又还给了我，说这当然可以，但上缴给集团的各种经费和利润指标应该适当下调，给集团养人，集团也该破费点儿。你看，他们把话这么说。当然喽，即便他们这么说，我至今也不认为真理就一定是在我这边，因为他们之所以能这样反呛，或许掌握着说服力更强的理由。"

"集团，还有过去的工程局，在一些宏观问题上，包括发展规划方面，有没有进行过比较认真的探讨、研究？"

"怎么说呢？头痛医头、脚痛医脚的事情倒是有过不少，至于企业如何提高生存能力，怎么向前发展这些战略性的问题，漫说我们班子成员有什么定向思维，就连认识也是一片混沌。坐下来认真探讨、研究，从哪儿研究探讨起？五年前华夏集团内外交困，怎么生存下去、如何适应市场环境是当时最大的难题，别看易日山雄心勃勃、气冲牛斗，那段日子也是焦头烂额、束手无策。于是，病急乱投医，一连请了好些个专家、学者来讲课，想得到治企良方。有两次课，我的印象特别深刻，我说给你听听，让你也开开眼界。

"一次是来自深圳某个大型企业的总经理，自我介绍是教授级高工，讲课的题目用大横幅扯在党校阶梯教室的讲台上面，叫作'如何打造强势企业'，题目很新，对华夏集团可以说是对症下药。教授级高工上台后，先摆弄了一气便携式电脑，然后提出了一个问题：'什么叫强势企业？'两百多人的课堂顿时鸦雀无声，等待他作具体解释。谁知这教授级高工却拿杆镀锌教鞭从讲台上慢悠悠走了下来，顺着阶梯走一步问一步：'谁知道？''哪位先生回答？'那答案在他那儿，有谁猜得到呢？所以，他问这个，这个摇头；问那个，那个也摇头，两百多个副科级以上干部全成了启蒙生。几分钟过后，教授级高工终于回到了讲台，撑着双手看了一会儿电脑，第一个问题还没解释，却又提出了第二个问题：'什么叫现代企业制度？'就又故伎重演：慢悠悠走下讲台，慢悠悠踏上梯级台阶，慢悠悠问这个知不知道，问那个能否回答。然后又是慢悠悠回到讲台前，撑着双手看会儿电脑，再提第三个问题：'强势企业的核心价值观是什么？'接下来又提：'强势企业如何打造？''打造强势企业的基本条件有哪些？'毫不夸张地说，这位教授级高工一堂课提出的十几个问题，几乎全是采取同一种方式，而且都不急于解释。急得听课的人毛焦火辣。我想，如果不看他是位远道客人，肯定会有人大喊大叫起来。一磨蹭，半个小时过去了。末了，他用剩下的课时云天雾地、高谈阔论一番，这堂课就算圆满。我们当了一个课时的小学生，花了一万多块，买下了一大堆问题，谁也没弄明白教授级高工给我们传授了些什么。大家懵懵懂懂，鱼贯出门，早就恭候在门口的教授级高工助理给我们一人发了一个牛皮纸袋。我原以为是辅导材料、讲义提纲什么的，心想，没有听懂可以回家看懂，谁知掏出来一看，竟是那位教授级高工的资历简介，还附有一栏授课价格表，明码实价：一课时一万二千元，超过五课时优惠百分之二十。后来一打听，他是什么大型企业的总经理，不过是个负债率高达百分之两百的联营老板。他把自己的企业打造成了破产企业，却到处教导别人如何打造强势企业，你说，这世上是不是什么人物都有？

"还有一堂课，也让我没齿难忘。授课人是从北京来的高级教授，一副学者风度。他讲课的题目是'全球经济一体化进程'，题目很大很新很有吸引力。这位高级教授与那位教授级高工的授课风格截然不同，他不是台上台下来回晃悠，而是趴在讲台上不动弹，埋起头来一门心思念讲稿。高级教授的讲稿很有特色，一段英文，然后一段中文，说会儿英语又说会儿汉语，让人觉得挺有学问。我认真听着，心想，那英文要有大三英语六级的基本功才能听懂一些单词，而他的中文部分又大多直译不是直译，意译不成意译，要听懂他究竟在说什么，那得多高的水平啊。更让人迷茫的是，他引用的全部是西方哲学、西方经济学概念，不知是出于学术严谨还是水平确实有限，这位高级教授没有运用个人的理解能力进行适当阐释，那么，他的翻译准不准确？即便准确，舶来的思想、观点又能不能指导中国企业的实践，与国际接轨？所以，那堂课也是弄得人满头雾水，不知所云。后来有人告诉我，那位高级教授确实是高级教授，不是水货。问题是，他是位英语教授，研究的对象可以说与西方哲学、西方经济学风马牛不相及，谈什么'全球经济一体化进程'！因为教学清贫，这位高级教授就以四处讲学为营生，只要能创收，你想听什么，他就给你讲什么，前提是：只讲外国的，中国的事情不讲。

"这些年，集团曾请来不少哲人，给高、中、低层干部开阔视野、启迪智慧，传授治企之道，帮助谋划长远战略，花了不少学费，动作也大，实则收效甚微。大家都说'请来一拨歪嘴和尚念了一气歪经'。从概念到概念，从理论到理论，跟华夏集团的实际根本联系不到一起。不仅没有指点迷津，反而把大家的脑子越灌越糊涂。'请进来'的办法没有奏效，易日山又想到了'走出去'。就组织了三个考察学习组，到中央企业取经；到兄弟省市有影响的大企业取经，实地考察。一个月过后，三个考察学习组回来了。大家取长补短，集思广益，搞出了一个产业结构调整、组织机构重组方案，然后开了个党政联席会，表示通过。就这样，我们现在的经营格局形成了。实际上是比着葫芦画瓢，全是套用别人的成果，并非华夏集团的发明创造。看到华夏集团的运营模式就等于看到了全国同类企业的运营模式，大同小异罢了。有天我去找易日山，我说，这产业结构调整、组织机构重组工作总算完成了，可是集团的发展方向依然不明朗啊？他的回答非常巧妙，简直绝了。他说：'先把航空母舰打造好了再说，至于向哪里航行，走一步看一步。'这就是华夏集团的愿景！"

在人们的印象中，秋胤很有涵养，并不轻易大发议论，刚才见时空探问华夏集团的历史沉疴，还有发展前途方面的问题，话匣子一打开竟滔滔不绝没个完，且哀且怨，足见平时非常压抑，不吐不快。

时空昨天经历了一次有生以来最为严峻的考验，几十号下岗待岗离（退）休人员拿他当靶子，面对面轮番抨击，代人受过的怨叹一直淤积在胸。秋胤的诉说进一步证实了昨天的群访群信事出有因。他的心绪更加沉重：积重难返！

"子曰：文武之政，布在方策。其人存，则其政举。其人亡，则其政息。"秋胤端正身子，儒雅地品着茶，望着时空，试探说，"你来华夏快三个月了吧？难道真要……萧规曹随？"

时空埋头喝着咖啡，不敢轻易附和，更不敢表白自己的思想观点。他觉得自己确实有点儿哀公问政，但没有想到要将孔老二的遗训活学活用。在目前这种万难情况下，作为一把手，轻率否认前届的大政方针，弄不好会引起更大的思想混乱，增加治理难度。再说，华夏集团过去的许多做法，并非完全找不到政策依据。头疼哪！

"剪不断，理还乱。缓缓，缓缓看吧。"时空轻描淡写地应了一句。尽管他希望知道更多华夏集团的过去，但又恐秋胤道出更多令他难以表态的问题来，只好就此打住：

"以后我们找个时间，专门聊聊华夏集团的过去、现在、将来，眼前实在没工夫啦。先把吃饭的问题解决好了再说。有两件事，咱哥俩得沟通沟通。"

"嘿，原来你是无事不登三宝殿呀！"秋胤瘦削的脸上露出了一种难堪的笑容，"我还以为你是觉得到班太早，奔我这里闲聊来了哩。你看我，尽顾浑扯。"

"你这可不是浑扯啊。"时空说，"我初来乍到两眼一抹黑，华夏过去的情况对我来说知道得越多越好，对工作很有帮助，你说是吧？"

"但愿如此。什么事？你说。"

"也没什么大事，两个小事，咱俩互相通通气，其他班子成员不是都外出了嘛。"时空喝了口咖啡，"我想问问昨天的投标研讨会开得怎么样？"

"还不错。很具体、很仔细，也很认真。"秋胤说，"大到龙潭电站整个标段纵向划分抑或横向切块造成的竞标难度、施工组织设计的优化、复杂的地质地貌有可能带来的施工困难，开挖、回填、混凝土浇筑、原材料，以及机械设备和人力成本单价的计算；小到开挖部位和施工道路的综合利用，都进行了认真细致的分析研究。可以这么说，龙潭电站这一标，只要竞标活动是在正常情况下进行，华夏夺得百分之六七十的标段应该没有悬念，投标技术工作不存在问题。"

"那就好，那就好。只是还要等三四个月才能开标，时间太长了，一天不开标，我的心就得悬一天。龙潭这一标对华夏来说实在太重要了，兴衰之争、存亡之争啊！"

"你大可放心，投标办公室的同志们一直很努力，在投标技术上绝不会出差错。这几十个技术骨干都是过去总工办和技术处的成员，绝大多数是从基层挑选上来的，全是大专以上文化水平，又有实际工作经验。现在又来了个时之男，她的英语翻译能力不错，刚好弥补了投标办的不足。"

"你说之男的翻译……不错？"

"是呀。"秋胤说，"我还特意考了考她。前些时让她翻译的几份外国技术资料，几乎挑不出毛病来，有实力。"

"哟嗬，我还真不知道她有这一手。"

秋胤笑着："不识庐山真面目嘛！"

"你让达奚贤帮我把她看紧点儿管严点儿，多长进点儿。女孩子，不好管，我是自家和尚念不好自家的经。"时空也笑了起来，"另外，我告诉你个好消息。宜阳县有个老县长，叫茅镰，是我岳父过去的老战友，前天上我岳父家来了，还没走。你知道他来做什么？代表宜阳县委、县政府请华夏集团修建两座小水电站，外加一条交通公路的拓宽取直项目、五座水库的加高加固工程。他们决定搞定向招标，前期工作和资金准备都做好了。我粗略算了一下，投资总额有十多个亿，这买卖还可以吧？"

"岂止是可以，天上掉下了个大馅饼！"秋胤猛一下兴奋起来，"我们投标办公室辛辛苦苦追踪一年，也只能签订二三十个亿的合同，他们一下就送来了这么大的一个订单，了不得，大人情！"

"要说，还是华夏集团的前辈积下了阴德。解放初期，老前辈们帮助宜阳修建了不少小水利，宜阳县感恩戴德，特地派老县长来邀请华夏参加建设，互利双盈。宜阳县最近几年经济发展不错，积攒了点儿钱，又决定把钱用在刀刃上，大力开展基础设施建设，增强后劲。"

"真不简单。"

"他们只有两个要求：一是工期；二是质量。这对华夏来说根本不成问题。既然决定几个项目一齐上，证明他们的资金准备不是一般的充足。"

"他们打算什么时候开工？"

"我已经向他们提出建议：施工队伍进场时间越快越好。还向茅老县长表示，马上派我们投标办公室的同志先去看看他们的准备情况，主要看技术资料和标书文件。"

"这样吧，我亲自带队跑一趟，所有技术工作，你可以不用操心了。"

"那好，这件事我就算全部移交给你了。有个问题，我得事先向你交个底。宜阳和华夏是友情关系，标价一定要非常合理，这是我们的原则。"

"我明白你的意思。漫说人家特别信任咱们，兔子还不吃窝边草哩。如果出于技术问题，他们把单价、标底计算偏高，我主动帮他们调整下来，绝不让宜阳吃亏。"

"茅镰老县长还在我岳父家里，我让他在这里多待两天，估计他大后天回宜阳，你下周就可以出发。还有，把他们的准备情况摸清后，最重要的工作是促使他们让华夏的队伍赶快进场，施工架势大张旗鼓地拉开。我心里还另有打算。队伍进场后，顺手牵羊，把龙潭电站'三通一平'前期准备工程稀里糊涂干起来，先把这块活儿切下来再说。咱华夏不是饿急了吗，吃着碗里还得瞅着锅里。"

"嘿哟，你真是闷声不响干大事！"秋胤赞叹说，"深谋远虑，深谋远虑！"

"啥深谋远虑？无奈之举。我已经发现，在企业，政府机关那套工作办法完全吃不开，不学会打擦边球，不学会耍赖，日子就混不下去。雷好那小子黏不叽把我给晾起来了，我得想法报复他一下，让他也有苦说不出。"

秋胤笑了笑："一报还一报。"

"我算了一下，宜阳有十多个亿的小项目，龙潭电站也有十多个亿的前期准备工程，加起来有二十好几个亿，如果在五个月之内，也就是龙潭电站开工前实现这一经济目标，我们就是一个不小的胜利。实际上，意义远不在这里。你看啊，宜阳那些小项目，大概可以安置一千三四百下岗待岗职工；龙潭前期准备工程，消化千把人不成问题，二下相加，两千多人就找到了出路。五个月过后，龙潭工程上马，再不济，也能把三五千下岗待岗人员安插到位。这么一来，基地这块肿瘤，不就越来越小了吗？"

秋胤点点头："有道理。"

"秋副老总呀，说句心里话吧，咱们肩上的担子不轻啊！不仅有责任保障企业的生存、发展，还有责任还给人家劳动的权利。"

秋胤望着时空，怔了怔。

十

这会儿，时空的办公室里已经坐了三个人。

坐在单人沙发那位年龄偏大，五十多岁，印堂红亮，斑白的头发整整齐齐向后梳着。他就是焦言，华夏集团现任副总经理兼总会计师，分管财务。焦言刚从北京搞完贷款工作回来，找时空通报有关情况。

两个坐在长沙发上的人看上去比较年轻，四十出头的样子。方脸阔嘴，理小平头穿西服的那位叫帅自文；浓眉大眼，梳小分头着黑色皮夹克的叫程心爽。他俩也是华夏集团的现任副总经理。帅自文分管组织机构、劳动人事和企业文化。程心爽分管机械设备和物资。他俩昨天一天都不在集团基地，因此有点儿心虚。昨天一大早帅自文就去了花溪工程工地，说是检查外协队伍的管理工作和内部劳动人事方面的情况。程心爽昨天大清早就出现在虎啸水电工地上，煞有介事地检查起了机械设备的运行情况和各类物资的管控问题。其实，明眼人一看就知道，他们是有意避开昨天上午集团总部那个沸沸扬扬的场面，害怕卷进了漩涡。今天一早，帅自文左想右想觉得昨天离开集团总部是个过失，应该赶快向时空说明一下，绕着圈子认个错，以免在时空心目中留下了不好的印象。一上班，帅自文就去找程心爽，把自己的想法给他说了说，问他愿不愿意一起去找时空谈谈。程心爽开始不乐意，说我们昨天做的都是职责范围内的工作，不必此地无银三百两，还说有些事是越解释越复杂。帅自文说，昨天我们离开集团总部跟其他班子成员离开集团总部的情况不一样，人家事先就走了，我们明摆着是故意回避，不向时空作个说明，不仅时空会对我们有看法，别的班子成员和机关干部也会议论我们的。程心爽说，那又怎么样，昨天发生的事情全是上届的遗留问题所致，跟我们这届毫不相干，凭什么替他们背黑锅擦屁股？帅自文说，话哪能这么说呢，集团是大家的集团，责任界线要是照你这么个划分，下届如法效仿，也不处理我们这届的遗留问题，那还叫集团呀？你要是实在不想去，我一个人去好了。程心爽想了想，说那就去吧，反正我们比他们年轻多了，当真认个错也没啥了不起。两人就一起来到了时空的办公室。

时空端着杯子闷着头从秋胤那里回来，见有三位副老总恭候在办公室里，心里很不高兴。昨天，也是这个时候，大楼底下黑压压一片人影，如同一点即燃的干柴，真希望有个班子成员在身边出谋划策打气壮胆，可是没有，今天风平浪静，却不请自到，这人怎么一个个变得如此世故、势利了呢？憋屈的是，不高兴归不高兴，不高兴还不能发作。时空拔着弦外音：

"今天这是怎么啦？好像没有会议安排呀！"他不敢表露不满情绪，但又不愿意虚伪。

三个人互相看了看，没有答话，表情却很丰富。

时空慢悠悠往自己的杯子里添了些开水，又慢悠悠泡了三杯茶，搁到三位副总经理面前的茶几上，然后端着杯子到另一把单人沙发上坐下来，问："有事？"

三个人又互相看了看。

程心爽说："焦总先说吧，你先来的。"

"那我就不客气啦。先向时总报告报告贷款工作情况吧。"焦言知道集团昨天出了大事，也从时空刚才的话里品出了异味，但觉得自己处心无愧，神态也就坦然，"我是昨天晚上回来的，在外头总共待了十天，北京、省里两头跑，贷款工作全部结束。贷了十七个亿。"

"好消息。"时空阴郁的脸上终于幻化出一层喜色，"这就是说，我们需要多少，银行给了多少，没打折扣。"

"是的。"焦言旗开得胜，心里更加舒坦，"现在贷款好像比从前松活多了。"

"国家经济状况好了吗，银行有的是钱。"

"早知道这样，多贷点儿就好了。"

"那可使不得。"时空说，"贷那么多干什么，给银行打工呀？盘清家底再说。"

"确实，确实。"焦言被提拔为副总经理之前当了七八年的财务处长，见自己说话有失水准，很不自在，解释说，"我尽顾高兴去了。以前贷几个钱真不容易，这回却出奇地顺利，北京的关口，省里的关口，非常好过。"

"这就叫时过境迁，今非昔比。"时空的注意力集中到了贷款问题上，"这笔贷款主要是以添置机械设备的名义申请的……当然，不可能全部用来添置机械设备。"慢慢喝着咖啡，思索着说，"焦总呀，你是不是先走动走动，了解了解急需花钱的地方，多征求征求意见、建议，然后指导财务部门拿个资金安排方案出来，提交总经理办公会讨论。这笔贷款数额比较大，要计划好，控制好。"

焦言说："集团过去的老规矩是：大额资金的安排使用，包括贷款，先由总经理说个意向，然后……"

"集团过去的文件规定是：大额资金'包括贷款'的安排使用，必须由总经理办公会讨论决定。"时空打断焦言的话，"原文是不是这样？"

"哦？……是有这个文件。"

"那是按过去的老规矩办呢，还是按过去的文件办呢？"

"时总你别说了，我领教了。"焦言是个很爱较真儿的人，没想到时空比他还较真儿，忙说，"我知道该怎么办了，我一准办好。"

时空笑了起来："谢谢你一番美意。我有什么意见、建议，肯定要在办公会上抛出来。事前弄个框框，让你，让财务部门在框框里面跳来跳去，你们会感到好受吗？"

"明白了，明白了。"焦言也笑了，"我的汇报完了，告辞，告辞！"

帅自文和程心爽坐在旁边，一直没吭声。尤其是程心爽，因为那笔贷款与他分管的工作有直接关系，贷款申请报告及其附件——《龙潭工程所需机械设备项目》，都是他亲自提供的。刚才提到贷款流向问题，他很想发表发表自己的见解，但明显感到时空心气不顺，觉得此刻随意插话绝非上策，也就缄默不语。

时空目送焦言出门，回望程心爽、帅自文：

"二位有何见教？"

程心爽、帅自文面面相觑。末了，还是帅自文先开口：

"时总，不好意思，我们俩是来作检查的，向你认个错。"

"这是为什么？"时空故作惊讶。

帅自文的头颅没有平时那么高昂，语气也不像平时那般豪放，嗡嗡的："昨天早晨，我们看见大楼门口聚集了不少人，估计会跟以往一样，大小要弄出点儿事情来，就以检查工作为由头……跑了。心想，那些人提的问题，肯定是上届领导班子遗留下的，与我们无关，也不想当替罪羊。后来一打听，那么大的事让你一个人给扛了，我们实在过意不去，也觉得自己做得很不应该，就……上你这儿来了。"

时空闷了好大一会儿，说：

"过去了的事……就让它过去了吧。二位都是副总经理，说什么好呢？"

"我们开始没有认识到问题的严重性，又怕惹火烧身。"程心爽的态度也很诚恳，"私心杂念重了点儿。"

"有这么个认识，我当然感到高兴。"时空喝了口咖啡，觉得不说几句也不行，"我们都是领导班子成员，互相帮助、互相促进是应该的，认错、检查就没有必要了。不过，我至少大你们一个放牛娃娃，作为老大哥，兄长，我真希望你们在任何艰难困苦的情况下，能够奋不顾身，勇往直前。毕竟年轻嘛，锻炼对个人是有好处的。对我来说，当然很不希望自己是孤家寡人。"

帅自文心折首肯："时总，你说得对，我一定改正自身不足，需要担担子，一定担担子。"

程心爽不甘示弱："下回如果我再有这表现，你只管处分好了，我决无怨言。"

"下回？"时空笑了起来，"下回处分你的就不是我喽！"

程心爽一愣。

"时总，我们的检查不深刻，但很诚恳，你往后多帮助点儿。"帅自文岔话说，"你忙吧，我们走了。"

"行，该忙什么忙什么去吧。"时空也无意挽留。

走出时空办公室后，程心爽心里有种说不出的滋味，惶惶的，边走边问："时空刚才说'下回处分你的就不是我'，啥意思？"

帅自文小声说："这是句绝话，意思是：昨天上午的那种混乱绝不能再发生，如果再发生，他可能就不在华夏了。他不在华夏，他怎么处分你？仔细一分析，还有'全体起立'的意思。我就怕你悟不过来，所以赶紧把你拽出来了。"

"妈呀，这圈子兜得可真够大的。"

"绝非等闲之辈。咱们今天要是不主动，指不定会有什么麻烦。你看焦言多精明的人，稍有不慎，就被他挑出了毛病。在班子里面我们两个虽然占了年龄优势，可是我们没有根基呀，三两级风就能把我们连根拔起。伙计，小心无大错，该收敛就收敛点儿吧，可别撞着了枪口啊。"

十一

时空突然决定去一趟黄河施工局。

黄河施工局的办公机构设在成都。

黄河施工局在华夏集团三大施工局中阵容最为庞大，技术力量、机械设备的配备都优于长江施工局和珠海施工局。当初，对黄河施工局进行这种施工力量配置的思想基于抢占大西北水电建筑市场，现在看来，这一决策颇有超前意识。大力开发西部地区是国家发展战略的重要组成部分，能源、交通等基础设施建设项目多，而且都是大项目，华夏集团有一支队伍在大西北站住，对华夏集团的生存、发展无疑是一个强大的支撑。西北建筑市场大，竞标单位自然更多，要在强手如林的竞争对手中切得一块儿蛋糕，实在不是一件容易的事情。因此，时空早想去黄河施工局看看，了解一下他们在西北地区的工作情况、生活情况、竞标情况，以及工作机制和机械设备的运行情况，苦于事务缠身，一直瞅不到机会成行。当然，时空这次突赴成都，绝非为了了解一下情况。

昨天下午，琴拥军惊慌地跑到时空办公室报告说：雷好率领的考察评估团在日月山庄逗留两天，听完东方联营的资格介绍后，绕道湖南、江西几个小水电工地到达杭州总部，活动一结束，被早就守候在杭州的长城水能综合利用建设工程公司接走了。华夏集团接待组得到消息时，考察评估团已经在渤海湾的一艘退了役的军舰上。

"长城公司是支老牌水电施工队伍，第一个到宁泰市设立竞标工作站的就是他们，接待方式比东方联营更气派，说是要用军舰让考察评估团周游渤海湾。考察评估团根本不按自己的计划安排活动！"琴拥军又生气又担忧，"他们会不会蓄意联手挤对我们？"

"不会吧?"时空也很生气,感到情势变得扑朔迷离,琴拥军的臆断,不可全信又不可不信,多少有点儿紧张,"各家都在埋头为自己的利益打算盘,不太可能做到步调一致。话说回来……华夏对付一两头狮子倒也没什么,若是面对一群狮子,还真是个问题。"

琴拥军很恼火:"这些单位真霸道,不远万里来跟我们争饭吃。他们又不是没活儿干。"

"不能埋怨他们哪,任何一个企业都希望自己的合同储备充足,咱们华夏不也是在四面出击?竞标单位各显神通,完全是一种本能,市场环境所迫。"时空忧郁地说,"问题是……雷好葫芦里装的什么药一时半会儿难弄清,这人鬼得很。"

"不外乎造势抖威风,再从中捞点儿,还有啥?"

时空分析说:"潜龙总公司发来的《通知》上,考察评估团的目的、日程写得清清楚楚,挺简单的一回事儿。可经雷好这么一演练,事情就变得复杂起来,弄得也很紧张,无形中罩上了一层神秘色彩。于是……几个取得竞标资格的单位就瞎猜,瞎猜的结果就是瞎干,倒过头来给雷好帮忙。唉……华夏集团如果不是举步维艰,情势所迫,我真没耐心陪他们演这场戏。"

"我们怎么办?陪着他们耗?"

"有什么办法。谁让我们华夏经营状况差,职工群众嗷嗷待哺、等米下锅呢?"时空思索着说,"雷好在东方联营待了五天,在长城公司同样会待五天,这么一算,就能推算出考察评估团内定的全部日程——五九四十五天。就是说,潜龙总公司这次考察评估活动要进行一个半月,基本上是省里宽限的时间。一个半月的时间应该说非常长,用如此充足的时间从事这种毫无意义的活动,你说,说明了什么?"

琴拥军摇摇头。

"说明甲方的招标准备基本就绪,万事俱备,只欠东风。不然,他们哪有闲情逸致信马由缰?"

琴拥军仔细一想,觉得是这么回事,说:"那哪天轮到我们啊?他们干事也太离谱儿了。"

"按考察评估团的运行规律推测,说不定已经有另一家竞标单位在长城公司等着。这一来,轮到华夏接待,不是倒数第一也是倒数第二,如果我们不主动出击的话。"

"要不我明天就往渤海湾赶,也……"

"不行,不行,华夏绝不跟着起哄。"

"那……?"

"甲方的算盘我们是没法拨动了……但我们的算盘也不能让他拨动。"时空紧锁眉头,"出现了个空当……干脆,我出去办点儿事。你们接待组照样紧紧盯住他们。"

出去?兵临城下,总指挥要出去?琴拥军想问问时空为什么选在这种紧要关头外出,琴拥军想问问时空这时外出干什么,可是一想到总经理的行踪下属无权过问,话一出口就绕了个圈子:"你一走,万一……万一他们犯了什么神经,突然通知马上来华夏,那怎么办?"

"不会的。"时空成竹在胸,"雷好肯定有一个周密计划,绝不会犯神经。我走后你要不断跟考察评估团取得联系，要给他们两个深刻印象：一是华夏集团对龙潭工程主要标段志在必得；二是华夏接待组特别诚恳，特别热忱。你催促得越紧，他们就越会放心大胆地逍遥。但有一点要切记，不能再有情绪话、情绪举动，这事得悠着来。"

琴拥军说："我懂了，有教训。"

"另外，抓紧时间，想方设法把那些竞标单位的接待规格摸清楚，包括考察评估团成员的特殊嗜好。华夏该随行就市就随行就市，标准一律往高处靠——不惜代价。接待方式、具体安排哪些活动，这些你应该比我懂得更多，我就不说了。但安排的内容要绝对保密，不能让我们的竞争对手知道。"

琴拥军点着头。

尽管秋胤把龙潭工程的招投标形势分析得十分深透，对华夏集团拿到百分之六七十的标段相当有把握，但时空似乎感觉到这只能算得一种理论上的评估，招标活动已经被雷好吆喝得神乎其神，完全不在正常状态，各竞标单位为实现理想目标不择手段，谁能最终拔得头筹，充满变数。他不敢掉以轻心，不敢让这次决定华夏集团前途、命运的竞争有任何闪失，因而在竞标策略上更不敢疏忽大意，既要迎合雷好的心意，又不能落入他的圈套，陷进泥淖。

"咱来个内紧外松，让雷好感到华夏并不打算在龙潭工程这一棵树上吊死。不能让这家伙牵着我们的鼻子走。"时空最后说了句粗话。

亟待处理的事情很多。琴拥军走后，时空拿起电话，跟秋胤、焦言、程心爽、帅自文等几位在家的班子成员通了个气，说自己准备马上去一趟成都。尔后，他打开办公桌上的文件夹，把一份等待签发的文件挑了出来。

这份待签文件是：《关于下发＜华夏集团下（待）岗职工、离（退）休职工和在职职工群访代表会纪要＞的通知》，后面的附件是《华夏集团下（待）岗职工、离（退）休职工和在职职工群访代表会纪要》。纪要由贺怀阳亲自捉笔整理，内容和成稿时间严格按照时空的要求，没打一点儿折扣。

时空把原汁原味、未经任何修饰的《华夏集团下（待）岗职工、离（退）休职工和在职职工群访代表会纪要》看了一遍，沉思片刻，拿起笔来，将纪要标题上的"群访"二字涂掉，并且在"代表"后面加上了"恳谈"二字；将前面通知标题上的"群访"二字也涂掉，同样在"代表"两字后面添了"恳谈"，又在通知正文结尾处补了一句：

对于集团下（待）岗职工、离（退）休职工和在职职工反映的困难问题，各单位一定要认真对照检查，凡职工群众具体困难的涉及单位，必须拟订计划，予以妥善解决，共同维护稳定大局。

修改补充完毕，时空喊来贺怀阳。他一面在所有的传阅文件上签批意见，一面叮嘱贺怀阳带领匡奇抓紧时间与永泰县委、县政府取得联系，协商解决华夏集团离（退）休职工的养老统筹问题；学校、医院、公安处等事业单位的移交问题；十字街城区的乱收费问题，以及如何采取有效措施平抑城区物价的问题，努力兑现对群访职工的承诺，积极消除危及稳定的各种隐患。并让贺怀阳火速预订飞往成都的机票。

去成都的飞机是夜航。晚饭后，时空让黄河送他去宁泰机场。

黄河平时的言语并不多，最近见时空老是一筹莫展的样子，所以，奥迪起步后就主动搭起话来：

"时总，你让我打听鲍官厅住哪，我已经打听到了。"

"他住哪？"

"陕西营北。待会儿上高速公路前，小车要路过那里。"

时空抬手看了一下手表，见时间还早，说："到了他家旁边，你把车停一下。既然路过他家门口，就顺道看看吧，省得另外找时间上门。我是官又糊涂事又多，老爱忘事。"

"这……"黄河猛然感到自己反而是在添乱，忙说，"时间紧了点儿吧？"

"没事，长话短说，看一看就行了。"时空主意已定，"这么快你就把他家打听到了？"

"其实……"黄河支吾着，"他家离我家原先住的地方不远……可我们以前就是相见不相识。华夏太大了。"

"陕西营一共有多少户职工？"

"哎呀……具体多少我可说不准，至少两千户吧？"

"都住些什么职工？"

"西山主要住预备师军转工战士；东山主要是省水利施工队、地质勘测队和锅端过来的一拨人，这陕西营全是当年由各省支援过来的技术工人，天南地北的都有。"

"挺杂啊！"

"光对话就让人头疼——南腔北调。以前，我跟陕西营的人说话特不习惯，听得太费劲儿了。"黄河一下风趣起来，"四川人爱说'安逸'和'耍'，把日子过得顺溜说成'日子过得安逸'，把休闲娱乐说成'耍'；江苏人说起话来像鸟唱歌，把'洗'说成'打'，'被单'说成'皮蛋'，'洗被单'就成了'打皮蛋'；广东那边的人喜欢把字音倒过来念：花生多少钱一斤，他念花生多少钱一根，甘蔗多少钱一根他偏又念成甘蔗多少钱一斤；辽东辽西人开口闭口尽是'整'，经常把南方人'整'得糊里糊涂。最让人搞不懂的是湖北人：好端端一个《天仙配》，他偏要念成《天仙屁》——屁股的'屁'！哪跟哪啊？"

"呵呵，天下之大，无奇不有！"时空终于开怀大笑，"你的北方口音很重，老籍是哪里？"

"北京啊。"

"这么说，你爸爸妈妈是北京人？"

"没错。一九六七年知识青年上山下乡，我爸妈下放到了滇桂山区，支边来了。一九七一年，全国很多单位招工，那里的贫下中农可怜知青，就把他们统统推荐出来当了工人。我爸我妈跟着沾了光，就到华夏集团当工人来了，当时还叫指挥部。我爸我妈当工人后，受到了基层领导的重视，又被推荐上了大学。他俩实际是读大学时认识的。大学毕业后回原单位，就慢慢当上了技术员、工程师、副科长、科长、副处长。老两口经常庆幸自己的运气不错，觉得一辈子挺合算的。"

"就没想过回北京？后来不是有政策吗？"

"岂止有政策,我爷爷我外公至今健在。当年,什么手续都给他们办妥了,可他们就是不回去。理由是:北京那么大,人才那么多,回去了,顶多弄个疏通下水道的差事干干——沾点儿水利工程的边儿,哪有留在华夏好啊?在大江大河上干特大水电工程!说是这里不能没有他们。这代人的思想行为没法理解——悲壮!他们不走,我也不能撂下他们哪,死活绑在一块了。"

"你爸爸妈妈在哪个单位?"

"早没单位啦。以前他俩都是下面施工处的工程师。我爸是个技术科长,享受副处级待遇;我妈是二级单位总工办副主任,科级。"

"……退了?"

"都退了四五年了。其实,明后年才到法定退休年龄。"

"技术人员这么早就退了?太早。"

"当初倒是没有明文规定技术人员提前退休,是我爸妈自愿退下来的。"

"那为什么?"

"五年前,我爸妈所在的施工处今天嚷嚷下岗,明天嚷嚷分流,书记、处长一天到晚拉着脸,走到哪都觉得人满为患。老两口感到气氛难受,私下一商量,就退下来了。他们觉得这样挺好,给单位消了肿,腾出了位子,自己也落了个清闲。"

这华夏集团简直没一点儿让人称心如意的地方!时空的心情又郁闷起来。对黄河父母的抉择是表示赞美呢,还是表示惋惜?愤慨?话题不好继续下去,他打了个岔:

"跟父母住一块?"

"是呀,从前住陕西营。前年,十字街的现房比较便宜,我爸妈好赖有点儿积蓄,一凑合,就买了一套。大着哩,一百多平米。"

"你车开得不错,部队学的吧?"

"嘿嘿,你夸我哩。啥叫不错,军人出身嘛,不过讲究个认真劲儿。我入伍后在特务连当兵,驾驶并不是主要训练科目,可是我特爱开汽车。部队喜欢搞拉练、大比武,天天练,再笨也能练两手呀。"

"转业就转到咱们小车队来了?"

"哪哟,先在二级单位开生活车。后来,他们才把我调到机关小车队来。"

"爱人在干什么?"

"过去是十字街镇政府的打字员,永泰县政府搬迁过来后,调到县政府机关去了,当机要秘书……哦,快到了,拐进前面的便道就是鲍官厅住的地方。"

时空偏过脑袋望着夜幕低垂的车窗外,皱了皱眉头。

隆冬季节,山区的天气已经早早阴暗下来。十字街环形大道灯火辉煌,相形之下,临近环道的陕西营黯然失色,居民区路灯稀少,狭小的巷道只能依靠各家各户从门缝挤出的灯光照亮,显得格外幽暗、昏蒙。

陕西营是个土山坡,地名令人费解:距陕西省相隔好几个省份,方圆数十里没有一个陕西籍居民,却叫陕西营。当地史学家至今亦未能考证出它的真正来由,民间传说倒是不少,最让附近山民津津乐道的有两个。一说是,三国时期,诸葛亮深入不毛七擒孟获后,曾遗留下一批陕西籍士卒在此安营扎寨,垦荒屯粮,天长日久,士卒慢慢被当地土著同化。另外一个说法是，太平天国时期，石达开率十万人马转战湘桂黔失利，准备北上四川，路经此处，一支以陕西籍将士为主的队伍在这里埋锅造饭，宿营将息，因开拔信号失误，与大部队失去了联系，后来等探马打探到石达开的去向，已是全军覆没。这支队伍只好隐藏下来，久而久之，走的走，死的死，剩下的士兵就地入赘，陕西营便成了一座空营。直到永泰水电站开工，这里才焕发生机。

时空走下车来扬头一望，只见简易房、干打垒依山就势一排接一排，层层叠叠、密密麻麻一大片，不禁诙谐道：

"没想到遐迩闻名的华夏集团，还有这么一块风水宝地。"

在前面引路的黄河没听清时空说什么，只顾低头介绍说："这片简易房，还有干打垒，岁数都不小了，大部分是永泰电站上马时盖的。土山坡那头从前有片芦席棚，有年住户不小心失火，给烧了个精光，受灾户没处住，这才赶造了几栋砖瓦房。入住职工因祸得福。"

"这里全住着咱们的人？"

"全是。前几天去机关大楼闹事的，除修造厂外，东山西山两处的人加起来，也没有从这里跑去的人多。"

"哦？原来这里也是重灾区。哎，我说黄河，以后可别再用'闹事'这词儿啊，这个词儿不好。"

"记住了。我没读多少书，说话老是寻不着恰当的词儿……噢，到了，这就是鲍官厅家。"

十二

鲍官厅的家在一排干打垒尽头，门前屋檐十分低矮。时空趋身上前，猫腰从门缝往里瞅了瞅。见里面有灯光有人影，就推门走了进去。

屋子里灯光昏暗，雾气狼烟。时空使劲儿眨眨眼，努力调整了一下眼神，迅速地扫视了一周，心里不由一颤，简直不敢相信生活还存在这种死角。

屋子不足三十平米，两堵没有门的土墙将内空分隔成三间，左右两间大约是卧室。当中这间有桌子板凳和土砖垒砌的炉灶，生活杂物到处都是，搁置得也不成规矩，给人以强烈的凄凉感。

脖子上吊着长围裙，胳膊上筒着蓝袖套的鲍官厅正忙着炒菜。听到有人推门进来，他先是大喊一声："谁呀？"见来人竟然是时空，又大喊了一声："你怎么跑到我这儿来了？"仍就用大幅度动作炒着锅里的菜，"茅屋生辉，茅屋生辉呀！"

黄河说："时总特别来看看你。几天前就让我打听你住在哪。"

"经当不起，经当不起呀。"鲍官厅呼啦啦几下把菜盛进碗里，又向锅里上了一大瓢凉水，反身将墙角边一条板凳朝堂屋中间一拖，"坐！瞧咱们真穷还是做穷来哪？"

时空的眼睛被满屋烟气渍得发涩，喉咙发痒，见蹲在灶台下的一个小家伙正向灶膛递送柴把子，问："怎么还烧柴把子呀？"还是很小的时候，他在寺庙的膳房见沙弥们烧过。

"不烧柴把子烧什么？煤气灶咱还没见过，如今连煤球都烧不起啦！"鲍官厅将一筲箕粉皮倒进锅里，信手抓起把盐往里一撒，朝灶下喊道，"火给猛点儿！"小家伙便大把大把向灶膛塞柴。

时空在大堂中央坐定，心里很不是滋味，说："你……是够苦的啊！"

"我呀？嗨，在这陕西营地区，至少算个中产阶级。"鲍官厅撩起围裙擦擦手，不知从哪儿摸出两只带花的玻璃盏子，用水涮涮，又从墙根拎起只大暖瓶，满上开水，往时空坐着的板凳上一蹾，"比我更困难的多着哩。想打听打听？"

"他们都怎么个困难法？"

"男的当盗，女的做娼。"鲍官厅将一把青菜扔进沸腾的锅里，操起锅铲捣了几捣，然后将煮好的粉皮汤舀进一只大海碗，再浇上一勺油，双手捧上饭桌，边说："几年前春节，一个退了休的支部书记偷偷跑到村寨里去讨饭，被一个职工遇上了。那书记觉得再没脸面见人，路过永泰电站时一头扎进江里，淹死了。这潜龙江造福，也吃人哩……"

"别说啦！"时空突然一声咆哮。

鲍官厅愣了愣，说："怎么？你不是访贫问苦来了吗？不想听了？"仍不愿压低嗓门儿，"吼什么吼？我一肚子气还没处消哩！"

"谁呀？"这时，里屋传出一个颤抖的声音，"谁来哪？"

时空站了起来，弯着腰，摸摸索索走了进去。里间比外间更小，两张单人床分别架在两堵山墙边，一张小桌贴靠在抵头的窗下，一个大约十一二岁的孩子正趴在桌旁低头写作业。一张床上躺着个老人，时空猜想，这一定是鲍官厅的父亲。

时空走到床跟前，欠身问道："老人家，您就是鲍队长吧？"

"不敢，不敢，鲍长顺。早就不是队长了，退休快二十年啦。敢问，怎么称呼？"

"我姓时，叫时空。"

"华夏集团的总经理。"跟进里屋的黄河介绍说。

"哦，是新来的总经理？听说啦，早听官厅说啦。官厅脾气坏。媳妇跟别人跑了，气成这样的。千万别见怪呀时总。"

"不会的，老人家，您放心吧，自己人。"时空说，"看样子，你身子骨不怎么好啊。"

"是的哩。过去干浇筑工，受了些凉湿，半边瘫，动不了快十来年了哟。"

"以前干过官厅水库吧？"

"不止啊。"鲍长顺虽然半身不遂，脑子却清醒，"佛子岭也干过。佛子岭、官厅、三门峡、丹江口，接下来是潜龙的永泰、松峦。实际上干松峦时我就干不动啦，老啰，身体大不如从前了。"

时空忧伤地望着仰躺在床不能动弹的老人，又看了看一高一矮站到墙根的两个孩子，说："你们家是很困难……我们一定……尽量想办法……"

"要说呢，吃饭穿衣也不是个问题。我一个月的退休工资有一千多，官厅也拿三四百块钱的生活补助，加上他是司机，经常帮人家挑挑土，'挑土'你懂不懂？"

时空摇摇头。

鲍长顺说："就是买了的士的司机不能天天开满二十四小时的车，为了让的士不歇着，车主休息时就请人帮他开，被请的这人就是'挑土'。官厅要是有运气，一月也能挣六七百。家里若是有个女人，也不至于这么破败，拾掇拾掇也是很好过的日子。要说最困难的问题，应该是孩子的读书和我的瞧病。大孙子读到高二就没敢再读，学费交不起呀。现在只能保老二，保不保得住，还要看以后的学费涨不涨。我这病是完全不敢瞧了，医院进去就回不来，长期住院医药费又贵，哪有那么多钱交啊？还有我这退休工资，怎么老是不能按时发呢？本来，我很想找领导说说困难情况，可找谁呀？原来的单位分分合合，合合分分折腾了好几回，早没原单位的影儿了，只有一个负责发退休工资的退休办，也换了好几拨，找不到管事的人了，找不到。"

"老人家，你刚才说的一些事情，有人已经向集团提出来了。你的退休金和医疗问题，我现在就向你保证，三个月之内，一定解决好。其他一些困难问题，容我们慢慢想办法解决，迟早也会解决的。"

"那就太好了。真要能解决，我会感到这日子还有奔头哩。"

"您老安心养病吧，我们会努力工作的。"时空轻轻抚摸着身旁那个大孩子的头："不读书了，在干什么呢？不能老是游荡着呀。"

"干什么？"立在房门口的鲍官厅又来了一嗓子，"拾垃圾。"

时空很不满意地说："让孩子学点儿技术，将来也好就业呀。"

"学什么？学开车，要交学费；学电焊，要交学费；学电脑，要交学费；学烧火做饭，也要交学费，只有学拾垃圾不交学费。"

时空暗暗叹了口气，在仰躺着鲍长顺的床沿儿坐了下来。静了静神，慢慢从口袋里掏出一沓红钞票，数出二十张，递给鲍官厅：

"我今天出差，路过这里，顺便看看你们。这是两千元，哪儿急你就往哪儿使吧。"

鲍长顺忽然大声说："官厅，官厅哪，这钱你是不能要的，千万不能要呀。"

"我干嘛不要？！"鲍官厅大吼一声，大大方方接过钱来，大拇指向唇边抹了滴涎水，一五一十将钞票重点了一遍，说，"我借，我借不行吗？"

鲍长顺生气地叫骂起来："官厅哪，你……你太没志气了呀！难怪女人跑了……气死我了，你会把我气死的呀！"又嘶哑着喊道，"时总，时总啊，你不能这么做，你帮得了我们一时，帮不了我们一世。华夏集团像我们这种情况多，靠你一个人，是帮不过来的，你帮不过来的呀。"

"他先帮着哪个哪个走火。"鲍官厅一步跨到床头，从小儿子的作业本上扯下一页纸，抓起笔就写：

借到华夏集团总经理时空人民币贰千元整。

鲍官厅

写罢，递给时空："只要我活着，这钱早晚还你。"

时空苦苦一笑，摇摇头，起身接过借条。拍拍大孩子的肩膀，问："几岁？"

"十五。"

时空静默了一会儿，对鲍官厅说："你找找匡主任匡奇，让他在三产给这小家伙安排个临时工，先干着再说。就说是我说的。"

"找他？找他干嘛？"鲍官厅的眼里尽是阶级敌人，"我还不了解他？不是什么好屌。"

时空也不与他计较，自顾走到床头，欠身说："老人家，我走了。"

"时总，时总啊……"鲍长顺的眼角滚淌着泪珠，没有血色的嘴唇在剧烈颤抖，"不好意思呀……让你……见笑了……"

"老人家，不碍事的。"时空轻手抚去老人脸颊上的泪水，"是我们的工作没有做好，让你们受委屈了。慢慢来吧。您多保重。"噙住泪花，蓦然转过身去，走出了房门。

鲍官厅把时空送到大门口，始终没说一句感谢的话。

"好汉留步。"倒是时空紧紧握住了鲍官厅的手，"人在屋檐下，不得不低头。容我慢慢想办法。"说完，和黄河一起钻出了门外。

外面的夜色愈加深沉。

时空低着头，揣着一颗沉甸甸的心，高一脚低一脚走过一段昏暗的卵石巷道，走到奥迪旁边。他一头扎进车内，把一直捏在手心的那张借条撕碎，扔出车外。

跟在后面的黄河刚想朝驾驶座上钻，猛然感到情况不对，就又围着奥迪转了起来，边转边叫唤：

"时总，快下来！车子动不了了！"

时空慌忙跳出车外："怎么回事？"

"看，四个轱辘全没了！后视镜也卸跑了！"黄河一脸懊恼。

能不懊恼吗？已经没有轮子的奥迪原来趴伏在四堆撂起来的砖块上，像只大乌龟！

时空也围着奥迪转了一圈儿：难怪刚才有种车子忽然矮了一截的感觉。

黄河摸出手机，嘀嘀嗒嗒揿个不停。

时空问："给谁打电话呢？"

"报警呀！"

"得得，我知道你是报警。别报了，别报了，别报了。"

"那……？"

"……饥寒起盗心哪……让警察来抓谁呢？"时空怏怏地在路边蹲了下来，叉开两掌，用力抹了几把面庞，"……你的举动没有错，但我得犯个错误——不能让你报警。先去环道拦辆的士，不然，我赶不上飞机了。回头打电话让小车队送儿个轱辘过来装上拉倒，这事就算了了。"

黄河合上手机，看了看手表："呀！"拔腿就往环道跑。

十三

骄阳灿烂，万里无云。

南海洋面水天一色。和风携起白浪，重重叠叠，从天际远远奔涌而来，冲撞、激荡、洗礼着沿岸乌黑的岛礁，金黄的沙滩。

沙滩上游人如织。红男绿女笑语喧哗。

诗维、孔超、薛建设在蔺山海的引领下，穿过一条林木森森、怪石嶙峋的羊肠小道，踏上沙滩，走近一片光滑乌亮的海礁。这里便是举世闻名的天涯海角。

诗维兴致勃勃地在石林中转了几圈，随后走到一堵突兀的巨石前，转过身子，整整雪白的衬衣，鲜红的领带，再岔开五指梳理着被海风缭乱的头发。孔超手疾眼快，抱起照相机便对准了镜头。只听得"咔嚓"一声，那块镌刻着"天涯"二字的石头便永远留在了笑逐颜开的诗维身后。接着，诗维又在不远处一块刻有"海角"的巨石旁立定，孔超又给他来了一张。

诗维鼓励孔超、薛建设相互摄影留作纪念，说：

"天涯海角——文人骚客毫不吝啬笔墨的去处。到此一游，太不容易，要珍惜啊！"

一旁的蔺山海听了，高兴地说道："我说海南岛不错吧？风光优美，四季如春。十字街现在穿棉袄还嫌冷，你看这里，人人春秋打扮。"

"不虚此行，不虚此行。"诗维笑着，"不瞒你说，在杭州的时候，罗光辉、舒喜河安排的千岛湖、西子湖、瑶琳，我都没去，到你这里来……放开了。"

蔺山海连说，"赏光，赏光。"

"这分明是你一番美意，哪能说成我赏光哟。任务完成了，可以歇歇，可以歇歇了。前些日子主要是活动安排得太满，脑袋都要炸开了，哪有心情啊。党委书记下基层，不深入调查研究，不关心生产经营，不体察职工疾苦，却到处游山玩水，那还行呀？工作干完了，当然是另外一回事。"

"那是。不然，我也不敢这么安排。"

一转眼，诗维离开十字街总部半月有余。他先到长江施工局巡视了七八天，又来珠海施工局巡视了上十天，一路披星戴月，风尘仆仆。

长江施工局的规模在华夏集团三大施工局中排行第二。二十世纪八十年代末九十年代初，浙江抽水蓄能电站上马，华夏集团倾全力中标承揽到一个相当可观的土建项目，旋即抽调三千多人组成项目部，开赴远离十字街的天谎岭电站工地，从此迈开了闯荡建筑市场的第一步。时隔不久，集团内部进行大规模组织结构调整、重组，天谎岭项目部更名为长江施工局，同时从撤、并的施工处中遴选出一批技术工人和机械设备，扩充实力，以利拓展华东、华中、东北建筑业市场。长江施工局成立后，在杭州设立管理机构，以浙江为立足点，经营市场向江苏、安徽、江西、湖北、湖南、河南、山东，以至吉林、辽宁辐射，业务范围仍以水利水电工程建设为主，兼营港口、航道疏浚和民用机场土建工程施工。目前，长江施工局已经在华东、华中、东北的七个省市中标承建了三十多个工程项目。

珠海施工局是华夏集团正苦恼人满为患时组建的，是继长江施工局成立之后，第二个宣告自主经营、自负盈亏的施工单位。和长江施工局不一样，珠海施工局是先搭建一个管理摊子，匆匆忙忙闯到广州、深圳，以集团名义，饥不择食地抢到几个小标后，再从花溪、虎啸两个工地抽调一部分富有创造价值的人员和机械设备组合而成的经营实体。珠海施工局只有近五千职工，选配的机械设备以中小型为主。因为没有承揽到大的施工项目，大型机械设备无用武之地，加上当时花溪、虎啸工地虽然施工高峰已过，但大型机械设备尚不能马上撤离，所以，他们拥有的大型机械设备很少，队伍虽然精干，资产和施工能力却相对薄弱。珠海施工局在深圳站稳脚后，努力向广东、广西、福建、海南等周边地区开拓建筑市场，主营中小型水利水电工程建设，兼营公路、桥梁以及房屋建筑、市政设施建筑等工程项目。他们很少承揽到亿元以上的大工程，可是中标承建的中小型施工项目不少，有四五十个，合同总量可观。

　　长江、珠海两个施工局的共同特点是远离十字街后方基地，长年累月劳作在山川原野，非常辛苦。各个工地的职工离开集团总部少则两三年，多则五六年，有的长期过单身生活，有的携家带口，四海为家。那些被招聘的大学生，很多只是在集团总部报了个到就被分配到了穷乡僻壤，一晃三年五载，只知道在建工程的变化，不知道集团总部发生了什么变化。随着工程项目的完工和新承包工程项目的开工，职工和机械设备必须适时迁徙，项目部的牌子得适时更换，职工队伍、干部队伍需要交流、更迭，因此，外营工地的施工单位分分合合是常有的事情。这么一来，基层党支部今年建、明年撤的情况就经常发生。基层党组织建设工作十分困难，十分复杂，与之关联的思想建设、作风建设乃至反腐倡廉工作更难开展。思想政治工作出现空挡，党员和党员干部的思想涣散、作风懒散现象普遍存在，长此下去，当然是个大问题。

　　因此，每到一处，诗维的第一要务就是向项目部的负责人明确表示，党的组织建设必须与项目部的班子建设同步进行；项目上的总支书记、支部书记必须融入管理中心，有职有权；思想政治工作与经营管理必须有机结合，不能两张皮。巡视过程中，不论是班子小会还是党员大会，诗维都要反复论述基层党组织的重要性、党纪党风的严肃性、腐化堕落的危害性，用以引起党员尤其是党员干部的高度重视。诗维系哲学系毕业，对哲学、政治经济学、科学社会主义，对马克思主义的基本原理研究颇深，加上长期从事党务和思想政治工作，讲起话来不仅政治水平高，理论与实际的联系也很紧密，有论有据，融会贯通，旁征博引，游刃有余。党委书记下基层，不能只转一转，看一看，还得听听汇报，还得讲讲话、作作指示什么的才是。此次出巡，诗维最具实力的是自己这张嘴，最辛苦的也是这张嘴，半个多月下来，说话的声音不知不觉变得有些沙哑。蔺山海领他到天涯海角来转转，他确实感到了一种享受。

　　在天涯海角游览了一阵后，蔺山海见孔超、薛建设在海边追波逐浪，玩兴止浓，便领着诗维来到一个临海依山的小商亭前。他租来四把躺椅、两把遮阳伞，在沙滩上支架好，又唤摊主送上杨桃、荔枝、菠萝、椰子等果鲜，让诗维品尝南国特产，欣赏蔚蓝色的大海。

　　蔺山海五十出头，大约与诗维同龄，身材高大魁梧，方方正正的脸膛，黧黑的肌肤，一看就知道是野外作业者。他是珠海施工局的党委书记，兼着副局长，分管生产经营，党务工作实际是他的副业。华夏集团驻外管理机构不像总部那么严密，领导成员分工也不十分明细，非常灵活。接到长江施工局党工办的电话后，珠海施工局局长兼党委副书记夔亮马上找到了蔺山海，说："诗维书记决定从长江局那边过来看看，主要检查基层党建工作和反腐倡廉工作情况，你就全程接待一下吧。看来，我是不能作陪了。净屿水库的伤亡事故闹大了，惊动了市委。花钱是小事，怕就怕责任全部卸给了我们。那就不是小问题了，弄得不好，东方戟会飞过来责令我们整改。还有那两个大标，我不天天去缠住不行，甲方很刁。"蔺山海问："怎么接待法？"夔亮说："你是书记，那还不是由你定。我个人的想法是，明人不做暗事，实事求是。咱们局基层党建工作和反腐倡廉工作，搞得好、搞得差的项目部都有，你问问他，是想去搞得好的单位还是想去搞得差的单位，由他选择。全局的情况就由你汇报，怎么汇报都行，我没意见。""什么规格？""党委书记来了还谈什么规格！怎么好怎么来，你看着办吧。"蔺山海当下就提了现金，连夜赶赴衡阳把诗维接了过来。到深圳后，蔺山海先把全局的党建工作、思想政治工作、反腐倡廉工作向诗维作了口头汇报，再问他是去这些工作搞得好的单位看看，还是到那些搞得比较差的单位去看看。诗维毫不犹豫地说："好的差的都得去看看，好，好在哪里，有什么经验；差，差在哪里，有什么教训，都应该很好总结总结。"蔺山海对珠海施工局四十多个项目部的情况了如指掌，很快选择了三个党建工作和反腐倡廉工作做得比较好的项目部，同时挑了三个较差的单位。接着，蔺山海陪同诗维一行驱车到福建的几个建设工地走了一圈，然后折回广东看了几个工地，最后来到了珠海施工局首脑机关附近的海南省。这一圈儿跑下来，足足花了十天工夫，每天的时间都被安排得满满当当。到最后一个地处海南岛的水电工地检查完毕后，蔺山海见全部工作结束，就建议诗维围着海南岛转一圈儿，休息休息，放松放松，顺便领略一下南海风光。诗维对自己半个多月来的工作很满意，又见各个工地的生产状况、经营形势非常好，有一种轻松感，也就欣然应允了。

诗维口渴，捧着只大椰子用吸管猛吸了一气。

蔺山海见他心情不错，试探着问明天再到五指山、万泉河转转，看看民族风情如何？

诗维说："不用了，我已心满意足。中国太大，名山大川、民族风情，数不胜数，阅历难尽。再说，此行已经半月有余，该回去了。"

"出来一次不容易啊。"蔺山海意在留他多待两天。

"谁说不是。"诗维说，"可是集团事多，身不由己呀。客不走，主不安，也不能影响你们的正常工作。"

"哪里会影响什么正常工作哟！"蔺山海说，"即便你不在这里，我也得天天往这个工地那个工地跑，陪着业主耗，对我们驻外单位来说，跑就是工作。我陪你跑这一大圈儿，也顺便办了不少事。"

"还是早点儿回去吧。"诗维剥开一颗鲜荔枝，递进嘴里，"时间太长，影响不好。"

蔺山海见诗维执意要走，不便强留："那……明天才能回到深圳，今晚只能赶到海口歇脚。再早，你也得在大后天启程。"

"大后天就大后天吧。问题是带了辆车，不然，今晚我就可以坐飞机往回赶了。"

"要不，我给你准备一张大后天的飞机票，你飞回去，让孔超、建设开车悠着往回溜达。"

"不能再给你们添麻烦了。还是一起出来一起回去吧。"

蔺山海和诗维曾经都是二级施工处的负责人，私人关系不错，只是诗维目前的身份变化太大，蔺山海必须适应新型关系。蔺山海心里清楚，诗维的地位发生了变化，想法和做法必然会因职务的要求发生变化，因此，一路上讲话、办事特别注意上下级关系，请示、建议居多，从不自作主张，深知毕竟不是从前。

"你现在是集团党委书记，你的话只能当指示接受，我实在不便随意进言。行，就按后天这个时间给你安排。"蔺山海笑着，"有件事，还得向你汇报一下。"

"什么汇报不汇报的，有什么你就直来直去地说。"诗维吃着荔枝，"过去我们都干基层，一个辈分，我不过运气好点儿罢了。不要有什么顾虑，就和过去一样。"

蔺山海捧着椰子吸了几口，说："昨天在南渡西打水电工地的时候，碰巧一个分包队伍的总经理也在那里，他听说华夏集团的党委书记下基层检查工作来了，一定要见见，尽尽地主之谊。他是个广东人，说这是广东的风俗，不尽到地主之谊就很没面子。跟我说了好半天，让你无论如何给个面子。"

"你和他什么关系？"

"南渡西打电站非常小，才两万千瓦，主要标段被我们拿到了，接近个把亿元的工程量。我们中标后，把一部分工程转包给了他，转包给他的那部分工程是我们管，他们干，两家都受益。我们的关系很密切，在广东、深圳碰到什么过不去的坎儿，我们就找他帮忙。"

诗维顾虑不要钱的饭不是那么好吃，直截了当地问：

"有事相求没有哇？"

"没有，没有，纯属尽他的地主之谊。用他的话说，就是交个朋友。真有事，他会找我和夔亮，绝不会找你。"

夔亮和蔺山海搭档已经在珠江三角洲和沿海地区闯荡了五六年。中国南方沿海一带弃锁开关较早，外来文化良莠杂存，一齐随大气候潮涌而至，为了开辟一片新天地，夔亮、蔺山海面对现实，把自身融入市场大潮，努力适应新的生存环境。如今，他们已经能够在各种社会活动中应对自如，上到地方政府机关，下到各种办事机构，以至大小企事业单位，方方面面的关系处理得十分融洽，可谓上通下达，左右逢源。他们之所以能够带领几千人的队伍在这里站稳脚跟并且不断拓展经营规模，除了实干和善于经营管理之外，丰富的社交经验和老到的公关技术亦是不可忽略的因素。诗维想，夔亮和蔺山海能在这种环境中左冲右突，谋求生存、发展，很不容易，自己能在社会交际方面给予力所能及的支持，也不失为一种美德，就说：

"你要觉得合适，那就安排吧。"

"有你这句话，我往后在他面前就更加体面了。"蔺山海高兴起来，"这老兄已经赶回深圳做准备去了，说是一定要在那里恭候你光临。你要是不点头，我还真没法向他交待。"

"这人真有意思，挺执着的。"诗维捧着椰子，一边吸一边问，"叫什么名字？什么实力？"

"叫仓瑞谱。公开的身份是民营企业总经理，实际上是个私人老板，土财主，最大的实力是钱！他有十来个经营实体，规模都不小。这么说吧，他的队伍没有我们珠海局大，资产没有我们珠海局多，但手里掌握的流动资金对我们来说简直是天文数字，没法比。"蔺山海说，"这人办事既认真又随和，最大特点是讲江湖义气，喜欢结交朋友。

我们之间常来常往，公事私事互相帮忙。在书记面前我不说假话，此人可交。"

"总得是个单位，有个字号，有块牌子吧？"

"那当然。他那单位叫瑞谱实业总公司，在深圳市登记注册的，办公楼大着哩。"

"好哇，明天见识见识。"

十四

雄风大酒店在深圳市郊的一座大山脚下，面对伶仃洋。这里空气清新，环境优美。

诗维一行被南渡西打项目部的负责人送过琼州海峡后，便驾着自己的小车，从珠海到虎门，再到深圳，围着伶仃洋绕了一圈儿。沿途，蔺山海领着诗维、孔超、薛建设顺道游览了几处名胜古迹。走走停停，转转歇歇，一天时间就在不知不觉中过去了。到雄风大酒店的时候，已经是下午五点。

两辆小车在酒店门口停下，蔺山海从奥迪里钻出来，先去酒店前台取了仓瑞谱预定的房卡，然后走近巡洋舰，让孔超、薛建设稍候，先领诗维乘电梯上了酒店的四楼。

蔺山海插上门卡，把门轻轻推开，说：

"今晚就在这里下榻，你看行不？"

这间客房除卧室和盥洗间外，还格外配有办公室和会客厅，给人的第一印象是大、亮、阔。诗维把整个客房扫视了一遍，说：

"称得上豪奢。浪费，浪费！"

"你来珠海局转了一大圈儿，沿途住店都没有超过两星级，最后两天住好点儿，不过分。"蔺山海说，"明说吧，从你走进雄风大酒店开始，所有消费就全归仓瑞谱埋单了。这间客房，还有我和孔超、薛建设的住房，老仓全包了，一共包了三天。你们实际住不满这个时间。"

"怎么能让人家出钱接待我。"诗维走进会客厅，把拎在手里的公文包搁到中央的大茶条上，"这不好。"

"我哪想这么做啊。这一路上你又不是不知道，我带的钱足得很。"蔺山海说，"上午，仓瑞谱就给我打电话说一切都安顿好了，一再嘱咐我要让你吃好喝好玩好，可一提到花钱的事他就跟我急，说提这个就等于小瞧他，还说尽地主之谊不能来虚的，要务实，你说我咋办？"

"这人也真够派的！"

"广东人都这脾气。"

"怎么不见他的人啊？"

"他正在另外一个酒店，张罗晚上的伙食。"

"还得到另外的地方去吃饭呀？"

"他说这里的伙食不好。广东人对吃可是毫不马虎。管他呢，他怎么安排我们就怎么吃吧。"蔺山海说，"我得去把孔超、建设安顿好了，你先洗洗抹抹，休息一下，这储藏柜里什么饮料都有，你想喝什么就来点儿什么吧，我待会儿过来。"

蔺山海走后，诗维独自在客房里里外外瞧了一周，心里直为宿营在如此高档的酒店发怵，也为自己对外面的世界如此陌生而惭愧。

诗维大学毕业后，已经在华夏集团工作了近三十年，今年刚好过五十岁。他先在基层单位任理论学习干事，之后在一个施工处任宣教科副科长、科长。浙江抽水蓄能电站项目部组建时，他被派去当工会主席、党委副书记，后来升任党委书记。五年前，华夏集团领导班子改组，省委组织部门派考察组到华夏集团考察后备干部。诗维各项考察指标都在前列，按道理，进班子顺理成章，可当时由于新老班子交替还存在一个平衡问题，岗职又有限制，只好让他当了工会主席。工会主席是副厅局级，名义上虽然属提拔之列，但比起副总经理来，毕竟存在区别。尽管诗维没有流露出任何情绪，工作照样干得出色，但内心深处难免有种失落感，有时甚至比较悲观：这辈子恐怕就这样了。然而万万没有想到的是，去年华夏集团特大受贿窝案事发，上上下下涉案人员不少，连总经理易日山、党委书记岑飞雪也翻身落马。诗维因为是工会主席，平时没有与工程、经营、经济打交道的机会，反倒落了个一身清白，加上他长期从事党务工作和思想政治工作，又当过基层党委副书记、书记，硬指标、软指标全都达标，这样，华夏集团党委书记一职就非他莫属。就任后，诗维从心底感佩党组织的英明，由衷感慨有为必有位，学习勤奋、工作勤恳终有回报，天道酬勤。更加坚信严以律己、自我约束十分正确：种瓜得瓜，种豆得豆。他甚至觉得自己依然年轻，进步的大门在继续向自己敲开着。美中不足的是，任命文件上，党委书记后面附带的括号里括着个"代"字。大凡所有非正常任职书记挂着的"代"字都会时辰一到自然去掉，但诗维仍然警醒到绝不可掉以轻心，那个"代"字没有去掉之前，还是谨小慎微为好。

那天清晨，诗维拎着公文包刚刚走出竹园小区，浓雾中，隐约看见好多人影从不同的路径朝着集团机关涌去，像潮水。他顿觉大事不好：华夏集团的老毛病又犯了！大批职工群众围堵、纠缠领导干部的场面他听说过，也看到过：很唐突，很难看，很头疼，大家都没好形象。从前发生的这种情况，没有哪一次有好结果。凡集团领导班子成员，只要被人群缠住，不是遭了一脸唾沫，就是衣服的纽扣被拉扯掉了，更加激烈的情况也有过。过去每每出现这种情况，总是由公安处长娄毅收拾局面。娄毅惯用的办法是，白天带干警拼命维持秩序，千方百计让领导成员摆脱困境，然后坚持到深更半夜，以骚扰市民休息为由，有重点地强行拘留过激人员，让事态消散、平息。面对处于萌芽状况的事态，诗维作难了：管还是不管？管，又怎么管？是时，他才深切体会到身在其位的艰难。过去在二级单位当书记，可以眼不见，心不烦；在集团工会主席的位置上，也可以充耳不闻，视而不见。二级单位的党委书记和集团工会主席诚然不是人群寻找的目标，尽可蜷缩在二道门。现在不同了，这些人的首选目标也许是时空，也许是自己，其次才是副总经理，他们非常清楚，华夏集团哪些人真正掌握着解决问题的权力。群访、群信是党委工作的对象，党群工作与党务工作有着密切联系，党委书记面对群众、面对现实义不容辞……可是，新一届领导班子开展工作才两三个月，一没有出台新政策，二没有采取新举措，这些人想要提出的问题肯定是上届班子的遗留问题，陈谷子烂芝麻，本届、本人干预的理由并不充分呀……还有，这些人提出的问题即便都正确，都应该解决，自己也想帮助他们解决，那么，怎么解决？有没有那么大的权力解决？解决不了，他们会不会善罢甘休？不善罢甘休的结果又会怎样？艰巨性、复杂性、不确定性一时间把诗维的脑子弄成一团乱麻。矛盾了一阵后，他想，既然明知挺身而出没有什么好结果，何必自投罗网。好多事实都证实过同一个论断：干的不如看的，看的不如转的。自己上任还不到三个月，党委书记这把椅子还没焐热，万一处理欠妥，惹出麻烦来，不但眼前这拨人会群起而攻之，就连上级也会怀疑新书记的能力。想到这里，诗维不觉有点儿后怕。多一事不如少一事，反正华夏集团应对这种局面的传统做法是：大小头目能避则避，绝不引火烧身。自己上任不久，如法效仿又何妨？诗维趸回家中，打算避避。夫人景丽元正准备上班，见诗维跑回家了，气色也不怎么好，忙问是怎么回事。诗维唉声叹气，把在外面看到的事情给她说了。景丽元立即意识到这事对诗维来说非同小可，少不了替他担忧，一面抱怨，一面出主意："早说有人要闹事，你就是不信，不见棺材不掉泪。窝在家里也不是个事呀，要躲就躲得远远的。"这话把诗维提醒了，他忽然想到有个调研计划还没有实现，就给党群工作部副主任孔超打了个电话，让他火速向小车队要了辆小车，匆匆忙忙上了路。调研任务是他临时确定的：调查外营基层单位党组织的组织建设、思想建设、作风建设情况，以及反腐倡廉工作情况。途中，诗维对职工群众围堵集团机关的事放心不下，就给景丽元打了个手机："情况怎么样？"夫人简单回答："放心，天塌下了有高个子顶着。"像谍报人员对暗号。那夜跑到杭州后，他又打手机向夫人询问："有没有恶化？"景丽元没好气地说："还真把天捅破了？恶化没恶化跟你有什么关系！"讨了一呛。尽管觉得夫人的话不无道理，但他还是牵挂了一路。诗维原准备在长江施工局逗留三五天，象征性地到三两个建设工地看看，避过集团突如其来的风波便打道回府。在长江施工局党委书记舒喜河的陪伴下巡视湖南株洲一个小水电工地时，诗维接到时空从成都打来的电话。时空问他的调研工作是否如愿。他就把长江施工局和下辖几个项目部的有关情况简单介绍了一下，同时说了说自己的一些看法。时空在电话里也没多说什么，只说"那你就按自己的工作计划继续吧，如果有精力的话，顺便把外营工地职工的思想动态摸摸"。诗维当时想，既然时空到了成都的黄河施工局，足以证明集团总部确实没有发生什么恶性事件。他权当什么事情都不知道，回答说"好吧"，也没探听时空去成都干什么。诗维悬在胸口的石头落下了，就又在长江施工局多转了几个工地，接着便放心南下，来到了珠海施工局。半个多月来，他跑了一万多公里，巡视了近二十个建筑工地，察看了七八个职工生活区，参加了十几次座谈会⋯⋯

诗维在洗漱间舒舒服服洗了个温泉澡，裹着浴巾走到宽大的壁镜前认真修面，梳理头发。诗维不显年龄，头发、眉毛和定期冒出的胡茬儿全是黑的，沉稳的脸庞、平整的前额皱纹极少，体形依旧匀称，挺精神。他对自己生理变化上的与众不同很惬意，更加自信。

洗礼完毕，诗维从衣橱里取出一件轻薄的睡袍套在身上，踱进铺满猩红地毯的会客厅，欣赏了一阵典雅的仿古家什和摆件。他没有品尝茶条上的四时果鲜，也没有去储藏柜挑选琳琅满目的各种饮料，却对摆放在茶具旁边的一听铁观音发生了兴趣。

诗维拿起一把小巧玲珑的紫砂壶，很在行地沏了壶茶，再摆好小茶盅，怡然自得地在一张镂有牡丹和翔凤的紫檀木安乐椅上坐下来，信手展开摆放在茶条上的《服务指南》。只见上面写着：

尊敬的贵宾：

欢迎光临雄风大酒店，我们竭诚为您提供优质服务。

您的满意就是我们的荣幸。

指南如下：

一、即时服务，请按"传唤"电钮。（服务人员随唤随到）

二、盥洗用水（凉、热）24小时提供。

三、饮用水（凉、热）24小时提供。

四、储藏柜备有新鲜饮料、糕点，贵宾自便（免费）。

五、电视98个频道（含境外）全天候开放。

六、餐饮服务

1. 早点、夜宵。半小时送达。

2. 小宴、大宴。预约。

七、保健服务

……

诗维虽然没有看完服务细则就把它合上了，但心里颇有感触：深圳确实和内地大不一样，这里的经营者是在真正竭尽全力搞经营。由此，他想到了该由自己干好的工作，欠身将刚才搁在茶条上的公文包挪到了面前。

紫砂壶里的铁观音已经沏好，醇香四溢。诗维将指甲大小的茶盅斟满，细细品尽一盅，顿觉满口芬芳，气爽神怡。铁观音真是名不虚传，他又喝了一盅。

公文包里装了一叠黄褐色牛皮纸袋。这些牛皮纸袋里装的全是工作总结、工作小结、工作汇报、经验交流之类的典型材料，是诗维离开各个项目点时，那些项目部的总支书记、支部书记，或项目部主任、项目经理亲自交给他的。材料内容肯定与党建工作、反腐倡廉工作相关，大多是项目部接到调研通知后，连夜加班加点整理出来的，重视程度可见一斑。对诗维来说，这些书面材料非常重要，作报告、讲话、上党课、写论文全都用得着。材料里有不少典型经验、典型事迹，参考价值、实用价值极高。要紧的是，此次出行回家后，应该马上在党委会上作一个工作汇报，向党委成员如实报告调研收获。另外，还应该写出一份"基层党建工作和反腐倡廉工作调查报告"，下发到各基层支部，促进党建工作和反腐倡廉工作全面、深入开展。汇报也好，调查报告也好，如果离开了这些有血有肉的原始材料，会大为逊色，消减说服力、感召力、鼓动力。诗维眼下闲来无事，想把这些材料有重点地浏览一遍，重温一下这次出行的亮点，加深印象。回家后就忙了，不会有富余时间。

诗维从一个牛皮纸袋里掏出材料后，发现夹带出了一个小信封。他皱了皱眉头，打开信封，不由大吃一惊：里面是一沓红彤彤的百元大钞！一数，八千元整。

没有心思翻阅材料了，诗维哗啦啦将所有牛皮纸袋抖开，清点过后：除两个单位外，其余十六个单位全都夹带了现钞。手感告诉他，数额相差无几。这么说，他此行已经收受了不下十万元的礼包。诗维过去在基层工作时，类似事情不仅见过，还亲自经办过，但都没有如此大气。在天荒岭项目部当工会主席、党委副书记、书记那段日子，每逢上级机关派人去那里检查指导工作，诗维也曾袭用基层单位传统习俗，先找项目经理商定，再以旅途生活补贴为由写一份报告请分管财务的副经理签批，到财务提取现金，然后以项目部名义，三人六面分发给到访客人，言明薄资旅途小用。多则五百元，少则二百元，聊表心意而已。这种特别的习俗在施工单位风行并不奇怪，但规模发展到如此巨大却令诗维格外震惊。诗维长期从事党务工作，对纪检、监察的内涵十分理解，懂得收受这么多钱款属于什么性质，深知上级处理此类问题的严厉、冷酷，华夏集团的受贿窝案，还有从前的贪污腐败案便是例证。

诗维慌神了，把摊了一堆的材料、牛皮纸袋迅疾收拢塞进公文包，再把公文包送到卧室，掖在枕头底下。

品茗的兴致没有了，回到会客厅，他抓起那把小茶壶，对准壶嘴一气牛饮。

诗维已经在非常严肃的政治环境中熏陶了许多年，意志品质几经磨砺，思想觉悟当然经得起考验，更何况他平时十分重视个人修养，一贯操守做人品德，洁身自好，面对这些可以与"贪"字联系在一起的钱，完全用不着多加思索：不明不白，肯定不能收受。问题的关键不在收受还是不收受这许多钱财，而在如何处理已经发生了的这件事。让诗维颇费心机的是，这件事是热处理恰当，还是冷处理为高？热处理的办法很简单：立即通知有关项目部把钱取回去，同时下发文件予以通报。这样，既还证了自己的清白，又及时扼制了不正之风，同时为避免日后再度发生此类事端敲响了警钟。但是，这种大张旗鼓、快刀斩乱麻的做法固然痛快，拒腐防变、立场坚定、旗帜鲜明，却会留下不少遗憾和后患。众多基层干部给到访客人封个礼包，原本出于善意，无非表达一种情感，本质上不是想贿赂谁、腐蚀谁，传统习俗所致，如果这样认真地大加渲染，也许会有人称赞他诗维的义举，可是那些基层干部却难逃蒙冤受屈的厄运，以致造成一种伤害。他们会遭到职工群众的谴责、同僚的讥讽、组织上的惩处，落个非常不好听的名声不说，日后的工作怎么开展？还有，人们不禁要问，不正之风在华夏集团如此盛行，这里的党组织到哪里去了？诗维很快意识到：对这件事进行热处理，未免过激。可是，冷处理的办法他也觉得并非万全。这些钱自己肯定不能要，这是个原则，问题是将它如何处置。回去后交给集团纪检、监察部门？交给地方政府？交给省里？捐献给社会救助、扶贫、慈善机构？琢磨来，琢磨去，诗维认为把这笔钱交给谁都不合适。不管接收对象是谁，他们都将刨根究底，追寻钱的来龙去脉，深究上缴这些钱的动机——同样会使这件倒霉的事情传扬开去，让它像阴霾一样笼罩在华夏集团的上空，让一切与此事有关的人们惶惶不可终日。华夏集团已经出过不少大问题了，五年前的贪污腐败案，近年来的受贿窝案，还有经营效益的连年滑坡，群访群信不断，如果再出现这么个暂时还无法立案、定性的事件，无疑是让华夏集团雪上加霜，让全体干部脸上无光，华夏集团的路还往前走不往前走？

收又收不得，交又交不出去——钱成了烫手的芋头！心绪烦乱的诗维伫立在敞亮的落地窗前，漫无目的地望着远方那无垠的伶仃洋面，握在手里的小茶壶举在嘴边，却长时间没有喝一口。看来，这件事只有向时空如实相告，表明自己的态度，先净了身再说。至于礼包怎么处置，让时空提出意见，他来自省政府机关，见过大世面，想必会妥善处理。左右为难，万般无奈，诗维觉得："只有这么办了。"

拿定主意，诗维的心理负担稍有舒缓，回身坐上安乐椅，悠悠向茶盅斟满茶，如同饮酒般仰头喝了一盅。原打算回去后，向党委成员报告一下此行的收获，通报一下基层党组织的党建工作成绩，反腐倡廉工作成果，生产经营工作成就，谁知表面现象是那样，实际情况是这样，怎么报告？通报什么？想来十分滑稽。

外面有人叩门。诗维叫了声"请进"，随即振作了一下精神。

蔺山海推门进来，问："洗澡没有？这里的水是温泉。"

"简单冲了冲。来，坐，品品功夫茶。"

"就不品了吧？"蔺山海说，"老仓已经准备好了，在那边等着哩。孔超、建设已经下了楼。"

"那就走吧。"诗维走进卧室，不放心地把枕头掖了掖，脱下睡袍，穿好衬衣，打好领带，然后走进盥洗间，对着镜子再一次梳理着头发，"这位仓姓老板该不会有事相求吧？"他已经感觉到外面的世界纷纭万状，心里开始提高警惕。

"这话你已经问过我一次了。绝对不会的。"蔺山海笑了起来，"你只管放心吃，放心喝，我会让自己的顶头上司作难吗？深圳是特区，有些现象是很特别，我和夔亮刚来的时候也感到这里的人际交往、办事方式有悖常理，跟内地大不一样，时间一长，也就见怪不怪，不仅适应了，反倒觉得挺好。"

"行啊，听你的。"诗维走出盥洗间，跟着蔺山海走出客房，随手把门带上，又用力推了推，"我们都走了，这房间……？"心里惦记着枕头底下的公文包。

"没关系，走吧。"蔺山海边走边为诗维释疑，"雄风大酒店的安全保卫工作做得好是在深圳挂了号的。这走廊、电梯、安全通道，还有下面的大厅，到处都是探头，嫌疑人员全程跟踪监视，服务人员未经客人传唤，不准随意进入客房，安全得很。市里许多重要会议都在这里召开。我们珠海局有些编标工作、招待重要甲方，也在这里包房。确实挺好，从没出过安全问题。"

来到楼下，蔺山海请诗维上了奥迪，让薛建设的巡洋舰跟在自己后面。两辆小车很快驶出雄风大酒店，沿着海边的公路向远方奔驰。

十五

仓瑞谱宴请诗维的地方叫世外桃源。三面环海，一面依山，是个半岛。

世外桃源集餐饮、住宿、游乐于一体，占地千顷，园林布局。园内林木葱翠，绿草如茵，楼台亭榭、小桥流水，错落有致。有筝箫琴瑟悠悠弹奏古典乐曲，在小径、花圃、礁石间萦绕，隐隐约约，似有似无。身处其境，如临琼楼玉宇，超凡脱俗。

听涛轩为园中园。一座仿古楼台傍海岸礁石而立。楼台桶脊吻兽，槅门扇窗，回廊立柱，雕梁画栋，古色古香。有琉璃萧墙将外园隔开，听涛轩便独立为一方小小院落，自成一体。前院松柏挺峻，修竹扶摇，后院其实是波澜壮阔的伶仃洋海面。正值夕阳西下，蓝色的洋面洪波涌起，金光粼粼。仓瑞谱的宴席就摆在这里。

仓瑞谱四十多岁，个子不高，精瘦；宽宽的额头，尖尖的下巴，厚厚的嘴唇，南蛮土著特征。他上身穿一件赭色丝质短袖衫，打一条蓝地点红领带，下身穿一条纯棉西裤，脚下着一双圆口青布鞋，正静候在听涛轩廊下。身后立着一位西装革履青年，名叫景德元。

蔺山海的奥迪在院内停住。

仓瑞谱躬身上前，轻轻拉开车后门，操着一口广东话："西（诗）书记辛苦啦！欢迎啦！"

诗维走下车，握住仓瑞谱的手："幸会，幸会！"

跟在仓瑞谱身后的景德元高叫了一声："姐夫！"

诗维定睛一看，这位穿戴入时的小伙子竟然是自己的内弟："你怎么在这里？"回过头去问蔺山海，"这是怎么回事？"

蔺山海笑着："忘了？前年，你不是让我给你这位兄弟找点儿事干吗？"

前年，时任华夏集团工会主席的诗维陪夫人景丽元回娘家过春节，景德元趁机向姐夫吵着要外出打工。诗维当时虽然没有表态，却把这件事放在了心上。之后，在集团的一次工作会议期间，诗维专门找会议代表夔亮、蔺山海谈了谈内弟的愿望，两人当即表态说小事一桩，没有问题。不久，诗维听说景德元果然被他们安排了工作。景德元小的时候曾害过一场大病，落下了左脸面部神经痉挛症，不仅左脸看不到表情变化，连左眼角左嘴角也微微向下斜拉。因为在学校经常被同学取笑，景德元上完初中就没再继续读书，长期闲散在家。时隔两年，内弟变成了另外一个人，不但不是打工仔模样，而且跟富翁搅和到了一起，不能不使诗维惊诧，"是呀，我是让你们帮德元找份工作干干，可是……"他一时不知道这话该怎么说才好。

"德元要是在我们珠海局打工，一个月才能挣几个钱？就是明文照顾他，工资册上能开出千把块钱就算冲顶了，千把块钱哪里挣不到，还大老远跑到深圳来！"蔺山海说，"所以，我跟老夔一商量，就让他上老仓这里来了。老仓这里的工资开得比我们高，工作环境也比我们好多了。放心，德元干得不错，老仓很喜欢他。"

仓瑞谱已经把孔超、薛建设迎下车来，一面招呼大家进餐厅，一面对诗维说："这个老蔺做事情也真是神秘，直到今天下午他才告诉我，说德元是你的弟弟，你是德元的哥哥。德元在我这里干了两年多，今天才知道有个做党委书记的姐夫，不好意思呀。"

诗维说："我这弟弟不太懂事，文化又不高，让你操心了。"

"应该的啦。老夔、老蔺是我多年的老朋友，朋友的事情就是我自己的事情，现在又多了你这样一层关系，后面的事情就会更好的啦。"仓瑞谱努力使自己的每句话都能让诗维听懂，"德元我很喜欢，办事情很负责任，说话不多，很老实，我就喜欢这个样子的人。他现在是我们公司公关部副主任，我出门搞接待一般都带他。实际上我们两个人前天就赶到了这里，并不是因为听说你是他哥哥我才专门把他调过来，不信你问问德元好啦。"

景德元对诗维说："仓总确实经常带我出来接待客人。这一带我都跑得烂熟了。"

诗维说："这是仓总对你的信任，你可得好好干喽！"

说话间，大家拾级而上，登上楼台，穿过回廊，走进一间宽大的雅厅。

雅厅中央的大圆桌上簇花叠鸟，餐具齐备。临海那面墙全是落地窗，辽阔洋面一览无余。落地窗对面的墙壁上独具匠心地镶嵌着一方神龛，神龛内供奉着三尊神像。深圳沿海地区，大酒店小餐馆时兴装置神龛，但龛内神像大多只有一尊，这听涛轩因何供奉三尊，客人不得而知。雅厅左侧有个茶吧。茶条三面摆放着木质镂花座椅，另一面铺着蒲团。两位身穿和服的小姐双膝跪在蒲团上，正在沏茶。

仓瑞谱请诗维在茶吧落座，又招呼蔺山海、孔超、薛建设依次坐定，说："这是两个日本人，茶艺不错。先润润嗓子啦。"

两位日本小姐给大家施礼，用标准的中国普通话说："欢迎光临。"微笑着筛茶。

仓瑞谱先去盥洗间净了双手，出来后谦恭地问道："诗书记，我给佛祖敬炷香，不介意吧？"

诗维答道："请便。共产党人也敬重佛祖。"

仓瑞谱向诗维作个揖，转身走到神龛对面。德元早把一袋香拿在手里，递到仓瑞谱面前。仓瑞谱给三尊神像面前的香炉里各敬了三炷香，随后双手合十，嘴里念念有词，分别向诸神作了三个揖。

薛建设望着仓瑞谱那副认真的样子，嘿嘿直笑。

蔺山海说："老仓是有庙必朝，有神必拜。每到一个地方，先打听哪里有庙，供奉着什么神，然后就去敬香、拜佛、施舍，大方得很。"

"吃茶啦，吃茶啦！"仓瑞谱礼佛完毕，到茶吧坐下，"尝一尝日本小姐的茶艺怎么样啦！"

大家端起小茶杯津津有味地品尝，边品边说不错不错。

仓瑞谱很高兴："我就喜欢日本人的茶道，常常喝一点点儿。"从裤兜里掏出一只精致的小铁盒，"你们抽不抽烟？"

大家都说不会。

仓瑞谱也不多劝，取出一支又粗又长的雪茄，点燃。

诗维问他："那神龛里供奉的是哪儿尊神呀？"

仓瑞谱吸口烟，扭头看了看，笑着介绍：中间那尊是普度众生的佛祖释迦牟尼，也就是如来；左边那尊是救苦救难的观世音；右边那位是赵公明元帅。他说，赵元帅原本是道教信奉的财神，可是世外桃源的老板希望更加兴旺发达，笃信佛道一家，就把三位神请到一起来了。

诗维说："看得出，你对佛祖很虔诚。"

仓瑞谱说："我从前也不迷信，后来才迷信。我有了今天的好运气，全都是佛祖、观世音、财神的保佑，很灵验的啦！"

"怎么个灵验法？"孔超问了一句。

"那我就说一说，你们不要见笑啦！"仓瑞谱喝了杯茶，又吸了口烟，慢腾腾地，"我家里过去很穷呃，只有一条渔船。我做青年的时候，靠打鱼过生活。一九八五年，我不打鱼了，学着跑买卖。开始跑香烟买卖。到一个小岛上去把外国烟大箱大箱买下来，回大陆后再大箱大箱卖出去，跑一趟，最少要赚四五十万块，有一次我还赚过七百多万块。两大麻袋钱，扛不动，我就雇板车往家里拖。后来，我又做手表买卖、自行车买卖、录音机摄像机买卖、彩电买卖、汽车买卖，钱就赚得更多了啦。跟我一起跑买卖的人，有的翻了船，家破人亡；有的被警察抓到了，罚得倾家荡产。我没有翻过船，也没有被公安局抓到过，很幸运的啦。再后来，我不跑买卖了，学炒股。别人炒股，赚得少陪得多，有的还血本无归。可是我的股像滚雪球，越滚越大。你说，如果不是佛祖保佑，观世音保佑，财神爷保佑，我怎么能够平安无事，又怎么可以赚到很多的钱？"

薛建设惊愕说："那你是走私吧？"

仓瑞谱一点儿也不介意，说："流转商品，互通有无，是一种经营形式，我个人认为，对这种经营形式不能简单定性。挖第一桶金子，多多少少是有点儿不守规矩的，再说，我不是很早就洗手不干了吗？诗书记，你是党的领导……噢噢，你是领导党的……也不对哦……反正，你说说，我的看法对不对？"

诗维对商品经营没有作过深入研究，不知道怎么回答才对，就含含糊糊地说："被警察抓到了，就是走私，没有被抓到，我看……可以说成是……逃税吧？"

仓瑞谱说："诗书记的这个讲法很有水平，我非常乐意接受。法律上没有证据说明我走私，这也是佛祖保佑的结果。不过，我后来还是主动上缴了不少税，有存根啦！"

这时，景德元领着两位身穿旗袍的小姐走了进来，问："仓总，可以上菜不？"

仓瑞谱一边说"可以可以"，一边请客人就座。他先把诗维请到圆桌的上首，再安排蔺山海坐到诗维左边，然后走到诗维右边，招呼正给两位日本小姐付小费的景德元："德元你过来。"

景德元连忙走了过去。

"你今天的身份改变了，应该坐在这个位置。"仓瑞谱指着诗维右边的座位。

景德元推辞说："不行，不行，这不行。"

仓瑞谱说："没有关系呀，陪着你哥哥喝喝酒，拉拉家常啦。"

蔺山海说："德元，你就坐下吧，仓总今天高兴，他怎么安排你就怎么办。"

"就是呀，不能乱了套啦！"仓瑞谱把景德元按到了诗维旁边，又让孔超、薛建设分别在左右两边坐好，自己很认真地坐到了埋单的位置。

诗维暗想，这仓瑞谱虽然是个民营企业老板，却很有涵养，不仅热忱、大方，还懂得许多传统习俗，腰缠万贯，却不轻狂，真是个人物！

两位小姐见客人坐定，便将杯盏中折叠成花鸟的餐巾敲开，一一铺搭到大家的膝盖上。

仓瑞谱把已经熄灭的大半截雪茄装进小铁盒，望着对面的诗维说："雄风大酒店住一住是可以的——舒适、安全，就是伙食开得不怎么样。那里的菜我都尝过了，酱油味太重，想吃一点儿原汁原味的土特产他们就做不了，没有办法，只好往这里跑。"

诗维说："我听老蔺说了，你是想让我们吃得更好一点儿。"

"也不全是呀。"仓瑞谱谦虚着，"吃饭最讲究的应该是环境，环境好心情就好，吃什么并不重要。这里最大的优越性是环境安静，空气新鲜，还可以听到大海的声音，就算我的伙食开得不好，你们的心情是可以先舒畅起来的啦！"

说话间，两位小姐在桌上摆好了尖椒、腐竹、香肠、腊鱼、肉松、海蜇、凤爪、鹅掌。八道普通凉菜。

仓瑞谱进一步解释："在听涛轩吃伙食跟别的地方不一样。小菜在旁边的小厨现炒，大一点点的菜要由主厨那边做好再用大菜盒子抬过来。不会耽误上菜的时间，过会儿你们就都知道了。我在这里是常客，跟他们的老板混得很熟。"

一位小姐彬彬有礼问道："仓老板，酒水怎么上？"

仓瑞谱望望诗维，又望望蔺山海："喝一点儿什么好呢？"

诗维说："随便喝点儿什么都行，不要太破费了。"

"诗书记，怎么说也就一顿饭，能够破费到哪里去呀？"仓瑞谱说，"茅台虽然是国酒，可是有点儿醉人，喝不了多少，顶多两瓶。啤酒又撑肚子，喝多了老要净身，招架不住。我看就喝外国酒——喝阿卡西饿。"就招呼那服务小姐，"先来六瓶阿卡西饿。饮料你就看着上，但是要新鲜的。"

几个客人面面相觑，不晓得阿卡西饿是什么东西。

"XO！"蔺山海翻译了一下，又望着仓瑞谱，"六瓶多了吧？"

"多一点点儿没有关系啦！"仓瑞谱指指孔超和薛建设，"这两位年轻人可以代劳。"

一会儿，两位小姐端着大圆盘把酒水和热菜送了进来。一位小姐忙着给大家倒酒水，另一位小姐则很快把熘腰花、熘鱼片、爆炒鱿鱼、青椒肉丝、红烧鲤鱼、糖醋排骨、小炒白玉兰、金针豆腐八道热菜摆到了桌上。

仓瑞谱望着蔺山海："开始？"

蔺山海："开始，开始。"

仓瑞谱双手捧起斟满 XO 的高脚杯站起来，面对诗维："诗书记奔行万里，鞍马劳顿。仓某有幸略备薄酒，聊表地主之谊，不周之处，还望海涵！"

诗维也站了起来："多有打扰，于心不安。"

"感谢赏光。先敬一杯，干了？"

"干了。"

仓瑞谱又以主人的身份给蔺山海、孔超、薛建设一人敬了一杯酒。立在旁边的服务小姐忙将空杯斟满。

"下面的事你就不用管了，我们自斟自饮。"仓瑞谱对那服务小姐说，"你让他们上菜的速度快一点儿，吃完饭我们还有事情要办。"

服务小姐风度翩翩地退出了雅厅。

仓瑞谱对大家说："各位随意。其实，我是个很不懂得礼数的人，只知道'随便'最好，大家都喜欢。吃过饭后就玩一玩。这个世外桃源周围都是玩儿的地方，钓鱼、摩托艇冲浪、海滩游泳、海底观光、室内淡水泳、保龄球、克郎球、卡拉OK、洗浴、按摩、足疗，什么活动都有，都可以在夜间进行。广州、深圳跟内地不一样，白天不忙晚上忙，夜生活丰富多彩，通宵达旦，大家可以到处看看。"

"不用了，不用了，不能再打扰了。"诗维说，"再说，我们已经在路上跑了半个多月，确实有点儿疲乏。"

"那就更应该活动活动，轻松轻松。"仓瑞谱说，"有兴趣，多玩一会儿，没有兴趣就少玩一会儿，反正我已经准备了，一点点心意啦！"

蔺山海说："待会儿看情况好不好？"

"不要看情况了，有什么情况可以看的，就这样定下来了。既然到深圳这个地方来了，就应该到处走一走看一看。听说诗书记明天还有一天时间，去香港转转怎么样？到澳门博彩也可以，这些方面的关系我都是通的。"

诗维连连摇手："不行！不行，那太过分了。"

蔺山海还真怕仓瑞谱把诗维往香港、澳门硬拽，那会把诗维简单的行程弄得特别复杂，就说："香港、澳门他们确实去不了，下回再说吧，反正华夏集团有个珠海局在深圳，诗书记有的是机会过来。"又对诗维说，"要不，待会儿找个地方活动活动？老仓今天认识你特别高兴，这是他接待客人的最高规格。"

诗维说："看情况吧。"说着，端着酒杯站了起来，"仓总，感谢盛情，我敬你一杯。"

仓瑞谱也端着酒杯站起来："谢谢！"

诗维豪爽地将满满一杯 XO 喝完，空杯子一亮，对埋头吃菜的孔超、薛建设说："敬酒，陪仓总多喝两杯。"

蔺山海和仓瑞谱是莫逆之交，本不在意礼节，见诗维很认真，也就端起酒杯，抢在孔超、薛建设前面敬了仓瑞谱一杯。

这时，两位服务小姐又端来第三波菜，有清蒸黄鱼、清蒸鳖、生鱼片、海参、海蟹、对虾，都是大盘。蔺山海对这几道菜并不新奇，也不意外。诗维却暗暗吃惊：这真是大菜聚会，哪有这样点菜的！孔超偷偷咧咧嘴，心想，这一道菜就够高水平的，怎么一下来了好几道？薛建设的一对眼珠子则惊得溜溜圆。

景德元陪仓瑞谱参加这类活动较多，知道什么时候干什么。他先给大家把酒倒满，又把海参、螃蟹、对虾给每人分发一只，然后将清蒸鳖鱼轻轻扳开，揭下底甲，搛进诗维面前的盘子里，再将其余部分均匀分发给客人。这一套显然经过仓瑞谱悉心指点，德元自身没有此等造化。

诗维见仓瑞谱出手大方，很是感动，说："仓总，这顿饭你破了很多规矩，也太贵了点儿，我们受之有愧呀！"

"其实，我并不懂得规矩，只知道瞎吃乱喝。"仓瑞谱欠起身子，把分给自己的海参、螃蟹、对虾又分给了孔超和薛建设，"我们老家有句俗话：肉不养人的是心肺血，鱼不养人的是虾蟹鳖。要是放在过去，这几样菜值不了几文钱，如今倒头了。记得八三年我下海捞鱼的时候，一大篓子螃蟹提到自由市场，才卖两三块钱，乌龟和鳖鱼根本没有人要，穷人都不吃。这些东西成为酒桌上的主打菜，炒出来的啊。贵贱不值一提，我主要考虑到，比起雄风大酒店推销的玉米饼、荞麦巴巴来，虾子、螃蟹还是要好吃一点点。"

孔超、薛建设将菜碟般大小的螃蟹扳开，大口大口啃起来。诗维拿起大对虾，边扒皮边问：

"仓总，贵公司主要经营什么？"

"小本经营啦！"仓瑞谱抿了口酒，"我说普通话非常费力气，还担心你们听不懂我说的意思，要问我什么事情，就问蔺局长好啦，他是我们公司的常客，很多事情他都知道。蔺局长，帮忙介绍介绍瑞谱的情况，我的那点儿家当你清楚得很，说一说没有关系的啦！"

蔺山海笑着告诉诗维，仓瑞谱有几个比较大的经营实体，还先后取得三座矿山的开采经营权。三座矿山分别在广东、福建、江西，其中一座矿山的矿石出口日本。四个加工厂分布在广东、深圳，主要加工电器设备零配件、儿童玩具、皮革制品。这些实业，全部由他个人投资兴办。土木建筑施工其实是他的副业，目前处于尝试阶段。但意向很清楚：延伸产业链，扩大企业规模，宣示企业实力。最近，他经常往市政府跑，估计是想打开建筑市场的通道。

"经营效益怎么样？"

"赚。民营企业跟我们不一样，不做赔本生意，也赔不起。老仓是干什么成什么，走到哪发到哪。"蔺山海边吃螃蟹边说，"说个例子，你一听就明白了。南渡西打水电站，我们珠海局中了接近一个亿的标，切块分包了一半给老仓，他干的那一部分赚，我们干的这一部分只能是持平保本，略有盈余。"

"那为什么？"

"问题主要出在用工制度上。"蔺山海说，"我们用工仍然带有配置成分，换句话说，卖肥肉必须搭点儿瘦。对岗位的设置也不够严密，劳动力投放松动较大。老仓用工是在社会上海选精挑，一人顶俩，绝不因人设事。用工成本方面，我们的用工成本要比老仓高，说白一点儿，就是我们对工人的实际开支要比他高多了。当然，西打电站这一标，我们总体上还是赚了。老仓切块分包后，我们先按比例提成，另外，他又聘用了我们一部分技术工人，这部分人的工资由他开，我们就把工资省下来了。实际上，我们赚的是老仓的钱。我们赚钱赚在大集团的优越性上，老仓赚钱赚在用工技巧上。"

"他们公司有多少人？"

"如果把旗下的从业人员统统算在一起，差不多有四千人吧。"

"队伍不算小啊。"诗维喝着酒，"瑞谱公司的管理机制是怎么设置的？运转情况怎么样？"

"老仓高薪聘用了三个副总经理，分别兼任总工程师、总经济师、总会计师，具体负责全公司的经营管理，包括日常事务。总部机关非常简单，只设有五六个实用职能部门，操办各种往来业务；没有党群系统，整个机关不到三十人。分支机构采用目标经营责任制，也就是每年必须完成核定的产值，以及各项相应指标，主要经营管理人员由老仓直接选聘。员工一律实行合同制，实行计时、计件加奖金分配办法，激励和制裁措施配套。运转不错。对企业来说，这种管理机制应该说是很规范的。"

"他自己不管具体工作？"

"怎么说呢。"蔺山海喝干一杯酒，拿起酒瓶给自己倒了一杯，又把诗维的酒杯添满，"他的主要工作是公关，提着钱袋子到处跑，疏通各种关系，广结善缘，尤其是上上下下的政府官员，他更是用心接触。用老仓自己的话说就是，只要争取到一点儿政策上的松动，就有钱赚。所以，他总有干不完的工作，很少闲着。公司的具体事，他有时也过问一下。前几天他不是带着总工匆匆忙忙跑到西打工地去了吗？那里有两个部位老是跟不上进度，工艺也出了问题，他很着急，找到我们项目部去了。正好我们在那里。他主要是请我们项目部帮他出出主意，解决一些工艺上的问题。这当然也是我们分内的事。说明他对具体工作也不是完全撒手不管，要看是什么事。老仓很讲信誉，特别注意企业形象。"

"他到处跑，搞公关，该不会亲自推销产品吧？"

"他哪会管这个。瑞谱公司有个部门专门负责营销，经济师就分管这方面的工作。几个工厂的产品，销售情况好得很，矿产品的销售情况也不错。他到处跑主要是想扩大经营规模，寻找新的投资环境。钱越多，扔在银行缩水越大，这个，他比我们的体会深刻，能不着急吗？"

"现在投资项目还不多的是？到处都有。"

"哪是那么回事哟。"蔺山海说，"见效快、收益大的投资项目，哪个地方政府也不会撒手，肥水不流外人田，首先实行保护主义。太差，老仓他不会干。还有，老仓有个原则，不管开发什么项目，必须取得经营权，如果是股份形式，他必须控股，由他经营，别人经营他不放心，怕抓鸡不着反而丢了一把米。所以，投资对象不是那么好找。"

"倒也是这么回事。"诗维喝了一口酒，吃了一口菜，望着对面的仓瑞谱说，"你很有气魄呐。"

"有什么气魄呀。民营企业，夹缝里过生活，钱赚得好辛苦啊！"仓瑞谱酒量不大，三两口酒进肚后便红光满面，"虽然说民营企业作为一种经济形态，已经受到了法律保护，中央政府也很重视，可是现实生活当中，就完全不是那么一回事情了。好一点儿的投资环境，民营企业很难争取得到。地方政府、方方面面，对我们不是十分放心，另眼相看的啦。你们国有大型企业，走到哪里，哪里放心，说话办事理直气壮，可是我们就不行呀，得走到哪里拜到哪里。我好羡慕你啊！"

蔺山海打趣说："你现在什么都不缺，就是缺权。所以，你就用手里的钱去买人家的权，让人家手里的权为你开绿灯，我没说错吧？"

"道理是这个样子，可是话不能这样说。"仓瑞谱的话也很风趣，"现在的问题是，什么东西都买得到，就是权不容易买到。手里有权的人，同时也有原则，钱不是万能的啦。"

"前年你不是说要回家竞选乡长吗，怎么后来没听你再提这事？"蔺山海问。

"失败啦。哪敢竞选乡长哟？是竞争副乡长的位置。竞争演说是搞了。我承诺当上副乡长之后，努力为全乡人民办好事，谋利益，投资兴办乡镇企业，发展区域经济，提高人民生活质量，这承诺不错吧？可是全乡人民不相信我，不投我的票，连给大家谋利的权利也争取不到啊。"

"你不是一个什么区里的政协委员吗？"

"区里的政协委员有什么用？没有权力呀，还不如一个副科长说话算数儿。每年通知我开两次会议，每次都是找我研究捐钱的问题，根本不是研究怎么样赚钱的问题。"

薛建设说："我给你出个主意，你以后捐钱就直接往市政府的有关部门捐，数额再大一点儿，次数再多一点儿，影响搞大一点儿，你的名声大了，在大领导心目中的印象深刻了，说不定能争取到更高一级的政协委员、专委会主任、副主任什么的，到时候，你就可以参政议政，权力不就有了吗？"

仓瑞谱乐了："那就听你的，拿钱捐个官，试试看啦！"

这时，一个服务小姐领着两个抬着大菜盒子的男服务生走了进来。两个男服务生把大菜盒子小心翼翼地搁到一旁的茶条上。服务小姐清净桌上的残渣，换了干净碗碟，然后揭开大菜盒盖儿，先将三只烧制精美的瓦罐一一搬上桌面，再掀开大菜盒子的第二层，向爆满的桌上添了两只散发着热气的大盘子。

三个服务员退出后，仓瑞谱说："菜都上齐了，好赖就这么多了，要是吃不饱，就等到晚上夜宵。"

蔺山海经常参加仓瑞谱的饭局，却没有见过这刚刚上来的几道菜，盯着盘子问："这都是些什么菜呀？你把我这美食家都搞蒙了。"

"管它是什么菜呀，上来就吃呀。"仓瑞谱说，"来，来。我再给大家敬一杯酒，喝完这杯酒，我再告诉你们这几个菜叫什么名字。"说完，慢悠悠将一杯红酒饮尽。

大家也跟着喝完了自己杯中的酒。

仓瑞谱站起来，指着盛菜的器皿一一介绍："这道菜其实你知道，叫作猴头炖山鸡，猴头是东北的一种蘑菇，个儿头大，长得跟猴子的脑壳一个样子，山鸡就是野鸡。这道菜叫山参老凤汤，实际上就是野人参煲老母鸡，要煨好几个小时。这道菜叫燕窝冰糖粥——燕窝和冰糖熬的羹，文火熬成。这道菜叫……叫山药熘肉片，这肉片……只有公鹿才有。这道菜就叫'仙人掌'好啦，你们看像不像一只仙人的手掌？做这几道菜，除了盐巴和姜片之外，其他佐料基本不用，烹饪功夫全在火候上，吃起来原汁原味。都是补品，可以滋阴壮阳，延年益寿。"

几个人狐疑地盯着刚刚布上的菜肴，不知道仓瑞谱的话是真是假。

景德元笑着，给大家把酒斟满，把山药熘肉片、仙人掌均匀分到每个人面前的碟子里。

不一会儿，大家怀着好奇的心情把面前的东西吃了个精光。蔺山海没吃出什么味道，向仓瑞谱讨教说：

"这仙人掌、山药熘肉片，到底是什么东西啊？"

"吃都吃了，就没有必要再问啦。"仓瑞谱从裤兜里摸出小铁盒子，取出大半截雪茄，"前天我和德元赶过来找这家酒店的老板，打听到还有这两样稀罕东西，马上就订了。这是世外桃源酒店的最后一份，以后他们不会再有这两道菜了，我也没有办法请你们再吃了。这两道菜都是从国外搞进来的，现在越来越难搞了，查得太紧。酒店老板害怕，万一失手，会惹出大事。风险太大，这生意老板不敢再做了。"

诗维心里早就有数，知道这两道菜自己过去不曾尝过，以后也很难再吃到，又见仓瑞谱把话说到了这个分儿上，明白如实说出菜名对请吃和吃请的人都不好，就说：

"我们只当吃的是猪肉片和人造仙人掌。只是仓老总把肉捂在饭里让我们吃，深情厚意全都埋没了。"

"见笑，见笑，没有让各位吃个清楚明白。"仓瑞谱高兴地吸了口烟。

"仓总，"诗维用餐巾揾揾嘴角，把话题岔开了，"你的事业如日中天，兴旺发达，想必家庭也不错吧？夫人在干什么？"

"你问我什么都可以，就是不要问我的家庭哪。"仓瑞谱摇手说，"一塌糊涂。"

蔺山海笑了起来："莫谦虚，你那家庭也是兴旺发达，我都眼馋死了。"

"不要取笑啦！大家喝酒，吃菜，吃菜。"

诗维问蔺山海："怎么？有故事？"

蔺山海不好正面回答，望着仓瑞谱直笑。

仓瑞谱喝了一大口酒，对诗维说："我实际上有三个老婆。"

薛建设惊讶地问："你怎么会有三个老婆？"

"阴错阳差啦。"仓瑞谱忽然一声哀叹，"为这事，我还吃过官司。"

诗维见自己在无意中闯了禁区，很想把话题绕开，谁知仓瑞谱对自己的隐私无意遮掩，说：

"我这个家庭问题藏也藏不住，地方政府都知道。朋友之间，说一说也没有什么关系，只是不要笑话我啦。"

"怎么会呢，"蔺山海说，"你经常跟我说家庭问题，我笑话过你没有？诗书记更能理解别人。"

仓瑞谱对诗维说："从前，我有钱了不知道往什么地方花，就先后跟两个女人混了个既成事实。三年前，检察院对我的事实婚姻提出公诉，指控我犯了重婚罪，把我拘禁了一个月。没有办法，我只好认罪服法，愿意收养孩子，认赔受害人的青春损失费。可是我这两个相好都不干，说脱离了夫妻关系以后就没有办法过生活。法院很伤脑筋，最后只好判了我半年监外执行，睁一只眼闭一只眼让我们稀里糊涂往前过。法律有的时候也通情达理，也很通融。"

"那……"孔超很好奇，"你这三个老婆之间的关系……挺和谐？"

"和谐个鬼，吃醋呃！"仓瑞谱生气说，"我和老大往来多一点点儿，老二和老三就不满意，和老二来往多一点点儿，老大老三又不满意，总而言之摆不平哪。只有在打听到我和另外的女人有接触的时候，她们才会结成统一战线，联合起来对付我，说绝不允许第三者插足干扰她们的正常生活，把公司闹得乌烟瘴气。我现在完全不敢和女同志接触，只好天天找地方喝茶，根本没有人身自由。"

"这么说，"诗维笑着，"你和三位……夫人，都不在一起生活？"

"没有办法生活在一起呀。"仓瑞谱一副无奈的样子，"老大，原配，带着两个孩子在老家，我给她办了个养殖场，养鸡养猪养兔子，还算红火。老二今年三十五岁，也带着两个孩子，我在广州给她开了个服装专卖店，生意也可以。只有这个老三，会花钱不会干活儿，只带一个孩子，一个月一万块钱的生活费还嫌少，二十八岁了还搞什么博士学位，不务正业哪。"

蔺山海说："你真是妻妾成群，儿女满堂，享尽荣华富贵、天伦之乐呀！"

"哪里有什么乐哟，我这叫自寻烦恼。现在，我是孤家寡人一个。我不去找她们，她们是不会主动来找我的，除非手头紧张了。"仓瑞谱说，"这个老三，本来一个孩子就招架不住，可是她说博士一到手就要生第二个，怕吃了亏。她们现在就在讨论遗产问题，实际上我今年才四十三岁，这个就叫作天伦之乐？"

仓瑞谱的话逗得大家哈哈大笑。

诗维一直担心主人会在席间提出什么要求，害怕自己想帮忙却又没有帮忙的能力，非常难堪，现在看来，仓瑞谱根本没有求助于人的意思，确实是在真心实意、坦坦荡荡交朋结友。精神负担在欢愉的气氛中消散殆尽，心情彻底放开了，饮酒的节律也就不由自主轻快起来。

几个人边吃边喝边聊。不知不觉，桌上的美味珍馐所剩无几，六瓶XO竟然喝得见了底。

落地窗外，夜幕低垂，星光闪耀，伶仃洋面晚潮奔涌，听涛轩真能听到海浪拍击礁石的轰隆声。

蔺山海见诗维的精神状态越来越好，看了看手表，望着仓瑞谱："吃完饭，真要活动活动？"

仓瑞谱说："不用问啦，我都是有准备的啦。主要问题是，他们有哪些方面的兴趣。"

蔺山海对诗维说："老仓有准备，吃完饭活动活动？"

诗维总算松了口："行，活动活动，见见世面。"

"你想去什么地方？"

"随便，你看着办吧。"

蔺山海又问孔超："你呢？"

孔超说："我到卡拉OK厅吧。唱唱歌，跳跳舞。"

"好。建设呢？"

"摩托艇冲浪。行不行？"

"没有问题。"蔺山海说，"那就这样吧。德元，你待会儿开我的奥迪，诗书记想去哪里，你就拉他去哪里，你们哥俩还可以拉拉家常。不过，你可得当好参谋啊。"

仓瑞谱说："诗书记不坐你的奥迪，坐我的宝马好啦。车子就在旁边的停车场。"

"也行。"蔺山海说，"我负责把孔超、建设送到最好的卡拉OK厅和最刺激的冲浪场。回来陪仓总在这听涛轩喝茶。"

十六

景德元驾着仓瑞谱的宝马把诗维拉到了一个叫沁园春的地方。

沁园春在山坳里，周围全是茂密的树林，比起世外桃源来，更显幽静。沁园春的门面装饰并不耀眼，没有红红绿绿、闪闪烁烁的霓虹灯，只有三盏大红灯笼高高挂在两旁的树冠下。门前的停车坪和大树底下，停满了各色各样的小车。

诗维跟跟跄跄走下宝马，眨眨惺忪的双眼，仰头望着高高挂起的三只大红灯笼：

"沁——园——春——好，吟诗作赋的去处，好！"

德元笑笑："姐夫你没喝醉吧？"

"笑话，小瞧姐夫不是？"诗维抖擞了一下精神，径自朝沁园春前厅走去。

大厅内五彩缤纷，富丽堂皇，有甜美的女郎在音箱里低吟浅唱，与门外的景致大不一样。四位如花似玉的礼仪小姐静立在玉树琼花旁边，向光临客人报以甜美的微笑。

德元刚把诗维扶到一把圈椅上坐下，就有一位小姐满面春风地迎了过来，轻声问道：

"请问先生，几位？"

德元侧着脸回答："让你们莫经理来一下。"

那小姐一听便知道是常客，说声"二位稍等"就走了。

德元来到深圳异地后，发现自己右边有表情的面部给人的印象好多了，就慢慢养成了侧着脸和别人对话的习惯。"姐夫，"他和诗维说话也注意侧着脸，"这里是深圳最大的洗浴中心，洗头、洗脚、桑拿、按摩、足疗，样样都有，还讲究什么欧式、泰式、日式，待会儿你自己进去挑吧。"

"怎么……你……"诗维打了个酒嗝儿，舌根子有点儿不听使唤，说话不怎么利索，"……不一起进去？"

德元笑着说："我是公司员工，哪能跟贵宾一起享受高档待遇？这是公司的规定。你今天是我们公司的贵宾，享受的是最高规格。招待贵宾一般是晚宴完了后，送客人到自己喜欢的娱乐场所，然后给他一张信用卡，由客人自由消费，不用陪同。"说着，从口袋掏出一张信用卡，递给诗维，"就是这个，这里面有很多钱。客人用过后，一般由我负责收回。"

"德元，"诗维脑袋沉沉的，艰难地抬抬眼皮，接过信用卡悠晃着说，"你说我……我跟这仓老板萍水相逢，他凭……凭什么花这么多钱款待我？莫不是有……有什么事情求……求助于我？"

"没有，绝对没有。姐夫，你想得太多了。"德元说，"他就这样一个人，喜欢结交朋友，钱看得不是很重要，我见得多哩。尤其是有头有脸的人物，他更是乐意盛情招待。多个朋友比多个仇人好，万一有什么难处需要找朋友，就算帮不上忙，能帮一句言语，对他来说也是好的呀。蔺山海局长说得对，他虽然钱很多，可是没有一点儿权哪。"

"嗯，有道理。"诗维点了点头，"很……很有道理。"

正说着，只见一位雍容华贵的中年妇女向他俩走来，老远就招呼：

"啊呀，景老板！怎么好久不见光临啊？"

"这不是光临了吗？才多久不见，莫经理可是更加年轻美丽了。"景德元满口外交辞令，"外面的小车停了一大片，恭喜你日进斗金。"

"谢谢吉言。"莫经理扭动着腰肢，握住德元的手，"几位？"

"这，一位，贵宾。服务热情点儿啊。"

"没有问题。"

"我在旁边的游艺厅博彩，碰碰运气。完了给我打手机。"

"行，放心。"莫经理承诺着，向诗维做了个优雅的手势，"请！"

诗维站起来，摇摇晃晃跟着莫经理向后面走去。

前厅背后全是服务场所，楼上楼下旁门左道，像迷宫。路过门框挂着"海池"两字的营业大堂，但见里间灯光幽暗，雾气腾腾，赤身裸体的浴客躺满了一望无际的斜榻；修脚的、按摩的、端茶倒水送糕点的伙计们个个衣着工整，遄返在纵横交错的过道，忙得不亦乐乎，场面尤其壮观。诗维心想，时下什么生意都不好做，这买卖倒是特别兴隆。

莫经理把诗维领进一个雅间，请他在沙发上坐下，然后向一位身着黑色西服的小姐交待了几句什么就走了。

那小姐向麻木着的诗维抛个媚眼，拿过一张服务项目表走到他面前，亲昵地说：
"先生，请你挑选服务项目。"

诗维眯缝起昏花的双眼，把那服务项目表从头到尾扫了一遍，没瞧出个什么眉目就拿过小姐手中的笔，在表格的一栏里写了个"同意"。

那小姐看了，妩媚一笑："先生好心情。"

"给。"诗维将手里的信用卡在小姐面前一晃，摆起阔来，"提前把钱交了！"

"先生，按规矩，你应该先接受服务。"小姐犹豫着，"信得过我们吗？"

"没事，信用卡装的都是……都是信用。"

小姐舒心地笑着，接过信用卡，把诗维领到了更衣室。

更衣室里立正站着两位风姿绰约的姑娘，都穿泳装。诗维见了，酒立时醒了一半，问：

"不是洗澡吗？怎么在这里？"

一位姑娘笑着说："我们先帮你更衣，沐浴的地方过会儿带你去。"大大方方走到诗维跟前，轻轻解下他的领带。

诗维极不自在地任由两位姑娘把全身的衣服脱得只剩下一条短裤。一位姑娘把诗维的衣裤鞋袜分别装进塑料袋，存放到衣柜里。另一位姑娘拿出一件做工精细的丝质睡衣，帮诗维穿上，说：

"先生，这件睡衣你可以穿回家，是我们沁园春送给你的。"

诗维看看套在身上的睡衣，忽然笑了起来："嘀嘀，嘀嘀嘀嘀！"

高级服务区要比海池大得多，也安静得多。两位身穿泳衣的姑娘领着诗维拐过几个廊道，来到一间房的门口，说了声"请"就走开了。

门上没有门牌字号，仅粘贴着一对鸳鸯。诗维皱皱眉头，心想洗个澡怎么这样复杂。但事已至此，只好硬着头皮闯了进去。

这是一间洗浴室，与供许多人同时洗浴的海池区别很大。浴室中央有个硕大的冲浪浴缸，雪白。室内的装饰不豪奢，却别致。橘黄色灯光朦朦胧胧，曼妙的立体音响在四壁萦回。

"欢迎光临。"诗维一脚踏进洗浴室，懵懂的两眼还没来得及把里面看个清楚明白，就有两位小姐一下迎上前来，差点儿没把他吓个一大跳。

他猛然觉得对面的声音听起来十分别扭，定睛一看，这才发现立定在面前的两位小姐都不是中国人！

一位小姐披着长长的银发，两眼金黄，弯弯的眉毛，挺挺的鼻梁，肤色白润如脂，容貌娇艳可人。

另一位小姐身材略高，理男式短发，眼眶深陷，两眼黑亮，尖尖的鼻子，翘翘的嘴唇，深褐色的皮肤柔润有光。

聪明的老板娘已经给这两位来自异国他乡的小姐分别起了个好听的中国名字，一个叫杨丽丽，一个叫柳青青。

诗维见她们上身的衣物太少，眼光就不由自主往下落。下面却是一条条无牵无挂的大腿。他一时不知道自己的眼光该搁在哪儿，仰望着天花板，问：

"这是什么地方？"

"鸳鸯池。"理男式短发的姑娘媚眼迷离。

白头发小姐甜美一笑："难道这不是你挑选的地方？"

诗维迷糊着双眼："鸳鸯池……鸳鸯戏水，对，洗澡。"

白头发小姐走到诗维跟前，替他解开睡衣上的腰带，没有丁点儿羞怯的神情，说："我的中国名字叫杨丽丽，你当然可以叫我丽丽，或者丽。这样，我们之间的距离就会近一些，是这样吗先生？可是你也应该告诉我你自己的名字。"

诗维仰着头："……随便，就叫'随便'吧。"

"哼哼，这根本不是中国人的名字。"蹲在浴缸旁调试水温的短发女郎笑了起来，"我的中国名字叫柳青青，你叫我青青好了。当然啦，我会更高兴你叫我青。为什么不愿意告诉我们你的名字，有问题吗？"

"因为你们告诉我的都是中国人的姓名。"他的脑子还算清醒。

"不管怎样，我们说出了自己的名字。"丽丽脱下诗维的睡衣，"可是你没有。"

青青见诗维特别拘谨，知道他是头一回领略这种风光，蹲在浴缸旁大胆戏谑："请吧，犹豫什么呢？既然这是自己的选择。"

丽丽说："中国有一句俗话，叫作'既来之，则安之'。如果你希望享受我们最好的服务，那么就应该懂得好好合作。不然，你会后悔的。"

诗维睖一眼丽丽，迎着青青挑战似的目光，缓缓走到浴缸前，慢慢坐到缸沿儿上。

青青望着诗维，一只手掌在浴缸里轻慢地划动着水："你应该走进浴缸，这水不是为我们自己准备的。"

坐在缸沿儿上的诗维就地转了一百八十度，先把两只脚伸进缸里，再将整个身子滑了进去，只把脑袋露出水面。

"很好，这就对了。"青青又把水向诗维头顶浇洒着，"懂吗？应该先洗头，而不是先洗脚。尤其是中国人，从来都是顾头不顾脚的。"

丽丽抱过一堆浴巾、毛巾、洗发露、洗面乳、洗浴液，搁到浴缸一角，对诗维说："你下面的短裤也应该脱掉。"

向诗维头顶不停浇水的青青一歪脑袋："放弃一切，这没什么。"

诗维赶紧将下身的裤头捉住，抬抬眼皮，看看叉腰立在旁边的丽丽，又把眼皮合上："洗洗头，擦擦背，搓搓脚行啦，其他地方不用管了。"

丽丽把一条浴巾叠成枕状，铺在诗维头顶的缸沿儿上，然后跨进浴缸，让诗维翻过身去趴着缸沿儿，双手枕住下巴，说："放心，没有得到你的允许，我们没有权力脱下你的短裤。"

诗维也不答话。

青青也跨进浴缸，坐下便将诗维一双脚板揽到胸前，轻巧地洗濯起来。诗维有一种异样的感觉，不由轻轻"哼"了一声。

丽丽一扬大腿，熟练地骑到诗维背上。她先将洗发露挤满诗维的头顶，叉开十指在他头上抓洗搓揉了一气，再用毛巾把满是泡沫的头颅包裹起来，然后轻快地擦拭后背。这种真实的接触诗维从未亲历过，远远超出了洗澡的意义，妙不可言。他禁不住"哼哼唧唧"沉吟起来，像喃喃自语。

也许事情就是这样，也许事情本该这样！诗维的心哆嗦着，咆哮着，整个身躯像一台失控的机器，抖索而又癫狂。说时迟，那时快，忘乎所以的诗维将丽丽拦腰箍住，一个鹞子翻身，将她压到身下，接着便是一声痛快淋漓的长啸。

水花四溅。昂奋呻吟。迅雷不及掩耳。

"哦，天啦！"青青跳出缸外，望着漂泊的裤头、胸罩和激荡的水花，叫着，"不，傻瓜，你应该安静点儿，这样会很快完蛋了！"

被诗维压在体下的丽丽腾手捞过一条浴巾，塞到头下，"不用担心，他会保持冲动……哦，棒极了，简直像一头狮子！"

……

温文尔雅的诗维终于有了惊人之举：独喜两位佳丽。颠鸾倒凤，潮涨潮落，潮落潮涨，好不风流。纵情中，他体会到神魂颠倒如此真实，有一种人间天堂的妙悟，从而滋生起重温美梦的幻想，继而还有时运演化环境，环境改造灵肉的感喟。就在这当口，他忽然想到了钱，想到了钱的万能和力量，只有钱才能实践美好的一切。假如没有钱，美丽的青青、丽丽是不会百媚千娇、配合默契、百依百顺的；没有钱，是连沁园春的大门也进不了的；没有钱，是做不起美梦，更无从谈起美梦重温的。就在这当口，他忽然记起了自己的那个公文包，因为那个公文包里就已经装进了很多的钱……呀，那些钱还在不在公文包里？那个公文包还在不在雄风大酒店？该不会被窃贼窃走了吧？深圳的昌荣来得迅猛，深圳的窃贼来得也迅猛啊！他脱口而出：

"呀，呀呀！"

突如其来的怪叫，突如其来的怪怪的动作使忘乎所以的丽丽、青青大惊失色，不知道这位官人的激情因何忽而一落千丈，光着脚丫往外跑。

被传唤到沁园春门口的昌德元好不惊讶：

"背搓过没有？脚洗过没有？手指甲脚趾甲修过没有？也没按摩按摩？"他怕姐夫亏了，"别的贵宾一泡就是五六个小时，有的还泡通宵，你怎么两三小时就完事了？"

诗维支吾着："简单洗洗行了。事情太多，送我回酒店，快点儿。"

心急火燎的诗维赶回雄风大酒店，进门就去把床头的枕头翻了个个儿……还好，公文包安在，里面的钱完好无损。他祈祷般闭上双眼，歪倒在床，紧紧抱住公文包……这钱是断然不可以装进自己腰包的，这钱是必须上交给时空的，倘若被贼人偷窃了去，自己就是浑身长着嘴，也是辩说不清的……当他一觉醒来，当酒劲儿随着疲惫、困顿一起消遁，他更加坚信先前那个决策的正确。

十七

巡洋舰在通往梧州的公路上疾驰，在骄阳的照耀下闪着蓝色的光。

昨天，诗维在雄风大酒店待了一整天，哪儿都没去。仓瑞谱精心为他安排了一天的消遣活动，可是不管蔺山海怎么劝说，他就是不愿意出门。没有办法，蔺山海只好去让仓瑞谱取消计划。仓瑞谱很不理解，说："诗书记是怎么一回事呀，白白空一天这是为什么？玩一玩是不会塌天的啦。"蔺山海帮诗维解释说："他在外面跑了半个多月，很疲劳，你没见他说话的声音都哑了？再说明天还要赶路，休息休息很有必要。你的盛情，我替诗书记领了。"仓瑞谱非常遗憾，只好带着景德元回公司去了。蔺山海见孔超、薛建设玩兴未尽，就让他俩开着海南施工局的奥迪去附近名胜景点兜风，自己则忙着给他们二人准备了一大纸箱海鲜和沿海一带的土特产，并且备足了旅途必需的食品、饮料和水果，又给巡洋舰加满了汽油。直到晚上，蔺山海才陪诗维在酒店前面的沙滩上散了一回步。

今天一大早，诗维吩咐薛建设仔细查看交通地图，选择一条距华夏集团最近的行车路线，争取早点儿赶回家。又叫孔超帮他拿来了毛衣毛裤。一过广州，气温就会明显下降，他得提前加点儿衣服。草草吃过早点，三个人就准备上路。蔺山海见诗维归心似箭，也没有再说什么，只是反复叮嘱薛建设："千万注意安全，车子开稳一点儿，不要着急，不在乎一天半天时间。"

挥手告别后，巡洋舰便缓缓驶出了雄风大酒店。直到这时，诗维才有一种解脱感。

薛建设选择的行车路线是擦过广州，西奔梧州，再从梧州北上，这样三天就可以到达十字街。这条线路虽然比较直，但基本没有高速公路，路况不太理想。好在巡洋舰越野性能好，薛建设的技术也不错，行车速度没有受到太大影响。

车内，孔超与薛建设并排坐在前面。两人有说有笑。出行以来，孔超每天的工作很简单，只是帮诗维拎拎包，端端茶，倒倒水，做做笔录什么的。薛建设的主要任务是开车、洗车、擦车。两个人都没有需要直面的困难，没有工作压力，没有精神负担，有的是时间和心情领略沿途风光。所以，一切景物在他们眼里，都变得十分美好，都值得回味、怀想。

诗维就不一样。巡洋舰驶入归途后，他基本保持着一种姿态——一只手抱住公文包，另一只手的虎口卡住额头，斜歪在薛建设身后的座位上，疲惫不堪的样子。

其实，他内心很不平静。

最使诗维不能原谅自己又无法弥补的过失，当然是在沁园春洗浴中心的一夜风流。一想起这事他就悔恨交加。

起先，诗维担心这事早晚会传扬出去。"一旦被人知道，自己遭受的打击也许是毁灭性的。"他抱怨仓瑞谱、蔺山海，以至内弟景德元，大不该安排这种活动，"如果不安排这种所谓的休闲娱乐活动，自己绝不会涉足这种场合，不涉足这种场合，越轨行为绝对不会发生。"同时，他也责备自己，责备自己贪杯，误入歧途；责备自己意志薄弱，没有经受住腐败的诱惑。之后，诗维竟然怀疑鸳鸯池洗浴是仓瑞谱、蔺山海、夔亮，还有内弟景德元，合伙做的个笼子。他们为什么要做这个笼子呢？是善意的玩笑呢，还是包藏祸心？……他们想从我身上得到什么？想从我身上得到什么呢？……险恶！

痛心疾首之余，诗维把所有事端都归咎于此次出行，开始质疑这次出行的意义。基层党组织的组织建设，党纪党风建设，包括反腐倡廉工作，在当今市场经济的大环境中，实际是个苍白无力的环节，利益至上成了社会的主流，有谁真正关注这些事情？自己不远万里，四处奔波，究竟解决了什么问题？又能够解决什么问题？还有时空在成都打的那个电话，也让他颇费思量：时空在电话那头闭口不谈华夏集团近况，完全避开集团总部那天究竟发生了什么事情，只是让他这做书记的安心在外继续自己的工作，什么意思？党委书记就不该知道集团的新动向？党委书记可以在外面长时间奔跑着？可有可无？岂有此理！

想得越多，诗维心头就越乱，对问题的感知也就越复杂。愧疚、惶惑、抱怨、愤慨交织在一起，无限膨胀得他头脑发涨。这次出行是该结束了，结束得越快越好，再拖下去，谁能料到还会发生什么事！况且，集团总部的近况一无所知，党委工作怎么融入中心嘛？他想。

穿过肇庆，巡洋舰在路旁的一家小餐馆门前停下。诗维、孔超、薛建设进去简单吃了些东西，各自加穿了一点儿衣服，就又抓紧时间上了路。

薛建设想在下午五点前后赶到梧州，这样，大家就有充足的休整时间。直到过了鼎川，山道越来越崎岖，他才把车速减下来。

孔超见坐在后面的诗维整个上午都是少言寡语，悒郁不欢，下午的精神似乎好一些，就搭讪说：

"诗书记，前天晚上，我和建设都是快凌晨四点了才回酒店，听说你早就睡了。回去那么早干啥？机会难得，多享受享受才对呀！"

"……享受是要有福气的。"诗维歪在后座一角，眯着眼说，"我哪能跟你们比哟，天命之年，老啦！"

"嗨呀诗书记，看你谦虚的！你正当年华，是年轻干部哩！"

"我看诗书记是累惨了。"薛建设搭话说，"这半个多月来，诗书记的脑子没闲着，嘴巴也没闲着，不像我们，整天苫吃蛤胀，啥心不操。累过以后就特困，特想睡。我有这体会。"

"千真万确，千真万确。"孔超也有相同的认识，"这一趟跑下来，诗书记的嗓子哑了，身体也瘦了一圈儿。累的，完全是累的。"

"前天晚上，你们都……尽兴了吧？"诗维伸了个懒腰，随口问了一句。

"那还用说。"孔超兴奋起来，"我本来想去卡拉OK厅，结果，蔺局长把我送到了一个夜总会。嗬，那地方可是了得，别提多豪华，多热闹。各种水果，各种饮料，各种点心，应有尽有，边吃边喝边看各种文艺表演。完了又唱歌又跳舞，想玩啥玩啥。里里外外，美女如云。我可是真正体会到了什么叫美女如云！"越说越上劲儿，"诗书记，你可是不知道哇，还能开房间。"

"开房间？怎么个开房间？"薛建设问。

"老土，老土。"孔超瞟他一眼，"看上哪位美女了，开个房间跟她睡觉去。"

"还有这等美差？"薛建设大笑起来，"那你开了没有？小白脸挺招美女心疼的。"

"差点儿就开了。"孔超大吹大擂，"有个小姐走到我跟前，小声问，'先生，要不要开房间，挑个姑娘陪陪？'我说，'那太好了，如果不要钱，我挑两个行不？'那婆姨瞪我一眼，扭头就走。"

"傻蛋！追上去再杀杀价噻。"

"再便宜也开销不起哟。囊中羞涩。"

"怕球。反正仓老板肯掏钱，花多少他都乐意。"

言者无意，听者有心，诗维心里直发怵，岔话说，"建设，前天晚上你是冲浪去了吧？"

"嗯。"薛建设回答，"开摩托艇冲浪。我在海上只怕来回跑了两三百把公里。"

"玩兴不小啊。"

"瘾是过足了。"薛建设说，"实际上是在玩钱。我估摸了一下，我这摩艇冲浪，少说，要冲掉千把块。含夜宵啊。"

"诗书记，"孔超忽然问，"前天晚上在听涛轩，那最后上的两道菜到底是什么东西呀？仙人掌——其实是肉泥；山药熘肉片——黏不叽叽的，啥味都没有吃出来，看样子，还不便宜。"

"那当然。不仅贵，还很难吃得到。人家不愿意说出菜名，自然有不愿意说的道理。吃了就吃了，没有必要再问了。"

"仓瑞谱这人真牛，正儿八经的大款！"薛建设无限感叹，"我们这两天的吃住玩，只怕要耗掉他大几万，还说这是'小意西（思）啦'。有钱人办事说话，就是不一样。"

"大出才能大进。诗书记，我还纳着闷哩。"孔超忖摸着说，"有道是'世上没有免费的午餐'，这仓老板在我们身上花了那么多钱，难道就……就没有向你提出点儿……小要求？"

"逻辑是这样。可……暂时还没听到。我侧面打听过。"

"那蔺局长呢？蔺局长也够尽心尽力的。"

"也没听他有什么愿望。"诗维说，"不过，昨天晚上在沙滩上散步的时候，他倒是提了提龙潭工程这个标的事，希望集团不要忘记了珠海局，中标后切一块给他们。这应该是正常工作问题，不算特殊要求。"

孔超就半说笑话半认真地说："我们当差的吃了可以嘴巴一抹，玩了可以两腿一撒，你这做书记的就不一样了，还得把这事搁在心上是吧？"

"龙潭标段现在还没拿到手哩。中标后，具体怎么干，也得时空说了算。不过，工程总是要人干的，估计三大施工局和五大直属项目部都会有任务，份额多少而已。分蛋糕的时候，能帮他们说几句话就帮忙说几句话，书记的权力有限，尽力而为吧。"诗维说，"孔超哇，这次出行结束了，你的工作可没结束啊。"

"那是。"孔超说，"书记您尽管指示。"

"这几天我一直在想，我们这次出行从出发到回到十字街，差不多二十天，时间不短，得见点儿工作成果你说是吧？"

孔超又说，"那是。"

"回去后你辛苦一点儿，抓紧做好三件事。"诗维开始布置工作任务，"第一件事，先给咱们报社写篇文章……写个长篇通讯吧。把华夏集团基层单位的党建工作、反腐倡廉工作正面报道一下。文章长点儿没关系。典型要突出，事迹要生动，再配发几张照片，估计会起到很好的宣传鼓动效果。第二件事呢，写个工作总结，主要写我们这次出行做了些什么，怎么做的，起到了哪些促进作用。第三件事情嘛，就是起草一个调查报告，题目我早想好了，就叫《基层党建工作和反腐倡廉工作调查报告》。这个调查报告要全面、系统、客观，正反两个方面的典型都应该有。我准备把它下发到基层支部，促进基层党建工作和反腐倡廉工作深入开展。"

"诗书记，你是文字工作的老把式，这活儿可真不少哇。"

"能者多劳嘛。"诗维说，"这三个东西，实际只要突出写好一个就好办，其他两个不过换个角度、换个形式而已，内容都是差不多的。我这里有不少书面材料，回家后我先简单翻翻再给你做参考，千万别弄丢了。抓紧点儿，写好点儿，在外面跑了二十天，好赖得有个交代，咱不能让人家说闲话，你说是吧？"

"那倒也是，回去后我一定玩儿命干，给书记争口气。"

"我回去后会更忙。党委这边一大摊工作在等着，行政那头的事也不少。另外，我还打算尽快给党委作个汇报，这事就不劳驾你了。我简单拟个提纲，讲讲就行，回头再让司马敬发动宣传部门的同志把讲话整理……"

正说着，薛建设突然来了个紧急刹车。诗维的头险些碰到前面的靠背，厉声问道："怎么搞的？！"

前面拐弯处，一棵大树已经横倒下来，挡住了去路。

"不好。"孔超注视着前方，忽然紧张起来，"看，蒙面人，莫不是……？"

薛建设见情况不妙，大吼一声："坐好，我冲过去！"

"别……不行！"诗维赶紧制止，"那会车毁人亡！"

三个人正睁大双眼朝前张望，没提防巡洋舰左右两侧早已围上几个荷枪实弹的蒙面大汉。不等薛建设做出反应，一个握着手枪的劫匪"嘭"地拉开车门，一把将他提拉到了车外。几乎就在同时，孔超也被另一个匪徒拽下了车。

"救命啊！"孔超大叫一声。

匪徒对准孔超当胸一拳，又用尖刀顶住他的喉咙："再叫，老子捅了你！"

大祸从天而降，诗维吓得面如土色，瑟缩在后座的角落连呼："不准伤人，不准伤人……"

"去你妈拉个巴子！"一个匪徒怒吼着拉开车后门，抓住诗维一条大腿，用力一拖，把他拖到了地上。

紧接着，四个人高马大的匪徒把诗维、孔超、薛建设拖拉进了路旁的丛林。

远处，两个匪徒飞快地将横倒在马路中央的大树顺到一旁，推下了山坡。另一个匪徒则将巡洋舰倒进了密林。马路很快恢复了平静，好像什么事情都没有发生。

四个匪徒用手枪和匕首威逼着诗维、孔超、薛建设在没有路的灌木丛中穿行。

薛建设料定凶多吉少，瞅准机会，拔腿就跑。两个匪徒追上去，将他掀翻在地，用麻绳把他的双手结结实实地捆绑在一起，拽起绳子另一头就朝前猛拖。薛建设被拖得"嗷嗷"乱叫。

约莫一个小时，劫匪们把诗维、孔超、薛建设簇拥到了半山腰的几棵大松树下。

一个高个子匪徒挥动着手枪：

"动作快点儿，裤带子解了，裤子脱了。"

诗维哆嗦着："这……"

"脱，"高个儿匪徒压低嗓门儿喝道，"老实点儿。"

诗维只得解开裤带，脱下裤子，脱得只剩下一条短裤头。

"裤衩，裤衩，脱，脱光了。"

诗维哭丧着脸，艰难地脱掉裤衩。

孔超早吓得魂不附体，哆哆嗦嗦把下身脱了个精光。

薛建设的双手被捆着，不能自己脱裤子。一个矮瘦匪徒走过去，用力扯开了他的裤腰带。薛建设恼羞成怒，骂道：

"土匪！这是人做事吗？"

"找死！"矮瘦匪徒抬手就是一枪把，打得薛建设眉弓冒血，又一把撸下了他的裤子，"想跑，奶奶的，跑啊？"

"蹲下，蹲下，统统蹲下。"另一个健壮的匪徒一手叉腰，一手用手枪比画着说，"告诉你们，爷爷只要钱，不要命。如果要命，你们这帮龟儿子早他妈见阎王了。听好了，合作得好，你们才能把小命拣回去，合作得不好，小命还得留下来。明白了？"

周围全是茂密的森林，分不清东南西北。厚厚的树冠连成一片，像顶巨大的帐篷当头盖住，只有少许光亮从树叶的隙缝筛落下来，有如黑夜中的点点星光。

过了好大一会儿，又有两个匪徒拎着扛着几只大编织袋，鬼鬼祟祟窜到了这几棵松树下面。六个匪徒在一棵大松树底下围坐起来，叽叽咕咕，不知在说些什么。

没过多久，匪徒们一齐走到诗维、孔超、薛建设跟前，七手八脚把他们身上的钱包、手机、手表洗劫一空，装进一个匪徒手中的红色塑料袋里。

提着红色塑料袋的匪徒很胖，又圆又大的脑袋同样被女人的丝质弹力袜包裹得严严实实，只露出两只闪着凶光的眼睛。胖匪徒摇摇晃晃走到诗维面前，慢腾腾蹲下，用明晃晃的匕首抬起他的下巴颏，说：

"看得出来，是个长官。"

"是……是……"恐惧至极的诗维睇着托住下巴的匕首，声音发颤，"有话好说……有话好说，这刀……危险，很危险……"

胖匪徒斜视了一会儿匕首，终于收了回去："好说。"把匕首往地上一插，盯着诗维，"车上那点儿钱，爷们儿都清点过了，远不够弟兄们分啊。咋办呢？"

诗维凄惶地望着眼前这位不知长着什么鼻子什么眼睛的大爷，说："只有这么多……身上你们也都搜了……要不，再去车上……找找？"

"同志……不不……爷，爷，"一旁的孔超哀求说，"大爷，我们是出差的，就点儿路费，没带多的钱。大爷你行行好，饶了我们吧……呜呜……"边说边哭。

"要钱没有，要命老子有一条！"薛建设气得大叫，"杀吧，杀吧，杀死了拉倒！"

"去你妈的！"矮瘦匪徒飞起一脚，将薛建设踢翻在地，又掀开自己的裤裆，掏出家伙，对准他的头就尿。

薛建设又哭又骂："我操你奶奶！土匪，土匪，不通人性的土匪！"

"想死？待会儿。"胖匪徒走到趴倒在地的薛建设旁边，"把嘴堵上，先把嘴堵上。"

矮瘦匪徒撒完尿，随手从地上抓起孔超的裤衩，团成个团儿，狠狠塞进薛建设的嘴里。

"怎么着？"胖匪徒又在诗维面前蹲下，"你是领导，帮大爷我拿个主意吧？"

诗维说："我们……实在没有了哇。"

"不是让你拿主意吗？装啊？"

"好汉，有话您明说，我……我确实糊……糊涂了。"

"那包包里面的东西我都瞧过了。孝敬你的人都是搞水电的，就不能让他们再孝敬点儿？"

"这……他们也……也困难啊。"

"搞水电的没一个不是肥鳖。尤其是当官的。"健壮劫匪插嘴说。

"好汉，好汉们，我实在做不到，没法做到呀。"诗维苦苦哀求。

"好啦，爷爷我没性子跟你磨蹭。"胖匪徒从地上拔起匕首，站起来指着薛建设说，"那小子刚才骂人，骂人就犯了法。他还想死，行，行行，就成全他。我这就当你们两个的面把他的血放了，也让你们两个先看看自己的下场。说好了不要命，可你们非要逼，这怨不得我。"

"好汉别别……千万别动刀！"诗维明白，土匪杀一个是杀，杀三个也是杀，杀戒一开，就没有任何回旋余地，慌忙说，"可以商量，慢慢商量，不能杀，不能杀人呀。"

"我们都是好人哪，饶了我们吧。"孔超见胖匪徒真要动刀，扑腾一下跪倒在地，声泪俱下，"诗书记，这些大爷要怎么办，你就怎么办吧……这个差出得真……真冤哪，呜……呜呜……"

"孬种！"健壮匪徒走过去，从地上拣起一条短裤头，把孔超的嘴也堵了个结实。

胖匪徒又在诗维面前蹲下来，却不发话，只拿两只凶狠的眼光盯住他。

诗维战战兢兢："你们要……多少？"

胖匪徒伸出两个指头。

"二十万？"

"找死！"胖匪徒的匕首在诗维眼前一晃，"二十万值当爷们儿钻树林子？"

"好汉息怒！"诗维惊慌着往后一缩，又壮胆说，"真要杀我们，等我把话说完再动手不迟。"

"说。"

"两百万元，实在太多了，我说的是实话。"诗维望着胖匪徒的眼睛，密切关注他内心世界的变化，"我那个公文包里面装的东西相信你都看了。我们确实是搞水电的，但是，是搞水电施工的。我的那些下属，干的都是小水电工程项目，利润空间不大，也就是说，赚不到什么钱，没啥油水。打个比方，他们只管做房子，赚的只是点儿辛苦钱，血汗钱，真正有钱的是业主，是出钱做房子和卖房子的人……"

"你就让老子听这个？"

"好，好。好汉，我尽量说简单，说明白。"诗维说，"这个节骨眼儿上，你希望得到的是钱，我呢，想得到的是命。比较起来，当然是命更重要，我当然愿意不惜代价把命换回来，这心情，好汉你总该理解吧？"

"没错。有水平。"

"问题是，这买命钱我要拿得出来，而你又必须非常轻松地拿到手，只有这样，你和我的目的才能都达到，都有利。"

"你他妈到底想跟爷说什么？"

"好汉，你听我说。我一方面想逃命，另一方面也是为你好哇。我现在是想让你顺顺当当把钱拿到手，不然，我们这三条命就没有了，道理很简单。"诗维显出一副可怜的样子，"我的那些下属单位，平时账上都没有那么多备用金，这是规定，拿不出钱来呀。再说，即便账上有钱，一次提出两百万，要经过很多环节，而且多半是转账，提两百万的现金根本做不到。"

"你说多少？"

"五六十万……六十万，最多。"

胖匪徒那双黑洞洞的眼睛在诗维苍白、惨淡的脸上盯了很久，随后站起来围着一棵大松树兜了几圈，又疾步回到诗维面前，勾起食指：

"这是底线。"

"九十万？这这……这太多……"

"你敢把老子开的价杀下一大半，还不满足，存心让我的弟兄们喝西北风。这钱老子不赚行不？"胖匪徒用匕首指住诗维的面门，喝道，"宰！兄弟们，宰了！"

几个匪徒蜂拥而上，开始下手。

薛建设怒目圆睁。

孔超泪如泉涌。

"好汉刀下留情！"诗维瘫倒在地，有气无力，"行行，行！九十万，我试试……我试试……"

胖匪徒一挥手，示意匪徒们退下。重新在诗维面前蹲下来：

"这就对啦。不要不识抬举，不要得寸进尺，爷不傻，傻瓜能干这营生？爷们儿要钱不要命，可是逼急了，不要命也不行哪。爷爷们也苦啊。你要吃饭穿衣，爷爷们就不要吃饭穿衣？你要住房子，爷爷们就不要住房子？你要孝敬父母，爷爷们就不要孝敬父母？你有三病两痛，爷爷们有没有三病两痛？你的孩子要读书，爷爷们的孩子就不能读书？要懂道理。有办法，爷爷会干这营生？爷爷们都是被逼无奈走到这一步的呀，懂不懂？！"

胖匪徒的声音不大，不急也不躁，可诗维听起来却是那么阴森恐怖，如雷贯耳，连说："好汉言之有理，言之有理。该怎么做，你说，你让我怎么做，我就怎么做。"

"到底是领导，有文化，点拨点拨就通了。"胖匪徒竖了竖大拇指，说，"你只能打一个电话。听好了，救命电话，救三条人命。故事你自己编，我只要结果。懂啦？"

诗维连连点头："懂了，懂了，懂了。"

"马上就打。"胖匪徒把拎在手里的红色塑料袋递到诗维面前，"哪部手机是你的？拿出来。"

诗维伸出颤抖的手，挑出了自己的手机。

"现在是下午五点……差一刻。"胖匪徒抬手看看手表，"明天早上六点，准时把九十万送到黄田机场。"

"交给谁？怎么给？"

"我不是正要告诉你吗？"

"是，是，是。"

"你的人必须在明天早晨六点钟，准时赶到黄田机场大厅门口，然后站够半个小时。半小时后，就有人走过去问：'先生，是给朋友的钱吗？'你的人把钱交给他就行。注意，钱，一定要用红色塑料袋装。"

"你那位取钱的人是男是女？"

"谁让你问这个？想干什么？"

"哦哦，不问，不问。"

"我刚才跟你说什么了？重复一遍。"

诗维认真地想了想，说："我的人带足九十万，明天早晨六点钟准时赶到黄田机场大厅门口，站足半小时后，就有人走过去问：'先生，是给朋友的钱吗？'我的人把钱交给来人就行了。钱一定要用红色塑料袋装。"

"没错。"胖匪徒表扬说，"脑子好使极了，到底是领导。"

"就是这时间……太紧了一点儿。"诗维为难地说，"现在是下午五点，明早六点就要把钱送到，我担心……"

胖匪徒毫不让步："争取宽松时间的结果只能是，你们光着屁股在这林子里多熬时辰，其他任何企图都不可能实现。别做蠢梦了，啊？"

"六点就六点吧。好汉千万别误会。"

"这电话得过会儿再打。你说话的气儿不顺。"

"是，有点儿，抖着，吓哩。"

"会抽烟吗？"

诗维摇摇头："不会。"

"酒呢？"

诗维点点头："有吗？"

胖匪徒很快从松树底下的编织袋里提过一瓶茅台，说："下属送给你的吧？孝顺，真他娘的孝顺。"边说边拧开瓶盖儿，递给诗维，"你的酒，还得让你先喝哪。"

诗维接过酒瓶，仰头喝了一口，再喝一口，边喝边扫视跪坐在地上的孔超、薛建设，心里隐隐作痛。这伙亡命之徒，什么事情都做得出来，如若不好好合作，肯定难逃血腥之灾，想着，他又仰头喝了一大口。

酒能壮胆，酒能提神静气，喝过一阵酒，诗维渐渐镇定下来。他慢慢放下酒瓶，准备拨打手机。

胖匪徒忽然按住诗维握着手机的手，说："先把故事编圆了，把词想好了，不能慌。爷刚才说了，这是唯一一次救命电话，救你，也救那俩混蛋小子。明天上午十二点钟，我要是没有得到钱已经到手的消息，这几棵大松树下面就是你们永远的家。"

"好汉放心，我不想死，也不想让我这两个兄弟死。"诗维闭上双眼，养了养神，接下便嘀嘀嗒嗒揿响了手机。手机那头很快有了回音：

"喂，谁呀？"

"蔺局长，是我——老诗呀……"为释疑，诗维刻意没把手机贴紧耳根，以利胖匪徒听清对方的声音，"很好，很好，正在路上跑着哩……这些时让你操了不少心，受了不少累，让我很是不安呀……"其实，他很不愿意再"麻烦"蔺山海，刚才疑心蔺山海特别热情、特别周到的背后隐藏着什么，现在又怀疑突然被劫与夔亮、蔺山海、仓瑞谱们有着某种内在联系，可是，不找蔺山海又难以找到恰当的人，不找蔺山海就过不了眼前这一关，只好孤注一掷，走一步看一步，"有件事还得麻烦你一下，帮个忙……是这样，刚才我在车上接到一个电话，是个在深圳、香港两地做生意的朋友打来的，说是资金周转突然遇到了点儿困难，向我求援。我的经济实力你是清楚的，哪能帮别人什么忙啊……谢谢，谢谢，我还没开口你就答应了……数额有点儿大，不然我也不会惊动你，不过，他答应两个月之内还本付息……九十万块……凑凑吧，我这也是朋友之托……是这样，他明天上午就要坐飞机去香港签合同，飞机票都买好了。所以，你还得赶在明天早上六点钟之前把钱送到黄田机场大厅门口，他在大厅门口等你……万一他到得晚一点儿，你就等个十来分钟，最多半个小时吧……不认识没关系，我已经向他介绍了你的长相特征，你再把钱装在一个红色塑料袋子里，他老远就能认出你来……不要，不要，不要用密码箱，我已经告诉他，你提的是红色塑料袋子……嘿嘿，你真会开玩笑……我那朋友会问：'先生，是给朋友的钱吗？'这不就清楚了？……别逗了，别逗了……拜托，拜托，朋友的事，不办不行，唉，没办法……谢谢，谢谢，我回家后一并谢你……那得谢，重谢……我的手机没多少电了，关了啊？……再见！"

诗维把手机交给胖匪徒，舒了口气。

手机那头的声音胖匪徒听得清清楚楚，诗维的话也没有什么挑剔的地方，"现在，就看你的话对那位局长管不管用，也看那厮守不守信用。你们这几条小命实际握在他的手里。"胖匪徒把诗维的手机搁进红色塑料袋，"老哥，还得委屈你一下。"说着，向匪徒们做了个手势。

几个匪徒一齐上前，把诗维、孔超、薛建设分别反绑在三棵树干上。

诗维央求说："好汉，各位爷，让我们穿上裤子吧，你看这……不……不雅观呀。"

胖匪徒奸笑着："明天有命没命都很难说，还惦记他娘的裤子。用不着遮遮掩掩啦，反正也没人瞧，谁瞧啊？"

"爷爷们能保证你活下来，你跑出去就会要了爷爷们的命。娘的，还嫌老子们的政策不宽大。"矮瘦匪徒从地上拾起条短裤头，揉成一团，塞进诗维嘴里，"老老实实待着吧，敢动动腿，老子捅了你。"

把诗维、孔超、薛建设捆绑牢实后，几个匪徒就去不远的一棵大松树底下围坐成一圈。匪徒们从编织袋里取出了蔺山海给诗维一行准备的酒菜、食品和饮料，大吃大喝起来。

夜幕降临。丛林昏暗阴森，一片沉寂。偶尔几声刺耳的豺狼嗥叫从荒山野岭传来，令人毛骨悚然。寒风凛冽，吹着凄厉的哨音在密林中缭来绕去，阴冷透骨。光着下身的诗维、孔超、薛建设被反绑在冰冷的树干上，冻得瑟瑟发抖，清涕直流。

劫匪们很有经验，把诗维、孔超、薛建设团团围在中央，分散歇息，既保护自己，又有效防范被劫持者逃逸，并且布了流动哨，在四周游动、监守、窥探外界动静。

十八

好不容易熬到天亮，好不容易熬到日上三竿，密林中渐渐淡出光亮。

劫匪们陆陆续续从四周钻出来，聚集到那棵大松树下。他们又摊开各种食品，开始吃早餐。

孔超饥寒交迫，衔着短裤团嗷嗷叫唤。

匪徒们并不理会，埋起头来又吃又喝。直到吃饱喝足，胖匪徒才拿着一瓶开了盖儿的矿泉水慢悠悠走过来，没好气地说：

"吃喝对你们已经没啥用处，空好肚子，找阎王爷讨吃喝去吧。都什么时辰了，爷爷我还没听到钱到手的音讯，妈的个巴子。"说着，取下诗维嘴里的短裤团，对着他的嘴巴灌了一气矿泉水，"凑合凑合拉倒吧，顶多再挺个把时辰，你们就不用忍饥挨饿了，爷爷我也省事了。"

诗维有气无力地说："好汉，蔺局长……不，我那朋友是靠得住的，说话算数得很。可能是钱难……难凑，耽搁了点儿时间，我保准早晚会交给你们。好汉发发慈悲，多等会儿……"

"等，等公安局的人瓮中抓鳖？夜长梦多，这道理爷爷我懂。"胖匪徒取下孔超嘴里的短裤团，给他也灌了几口矿泉水。

给薛建设喝过矿泉水后，胖匪徒用短裤团把三个人的嘴继续堵住，把他们身上的绳索检查了一遍，走开了。

饥饿、寒冷，还有恐惧，使诗维一夜没有合眼，现在又不得不强打精神，密切注视劫匪们的一举一动。他心里很清楚，一不留神，三个人的性命就完蛋了。胖匪徒昨天傍晚说得对，三个人的性命其实握在蔺山海的手里，只要蔺山海把钱准时足额交给劫匪，三个人就有生还的希望，假如他不按诗维在电话里的要求行事，或者遇到了什么意外的困难，三个人必死无疑。对劫匪而言，这么多人聚集在一起，时间越久危险性越大，他们不可能长时间在此滞留，倘若不能达到预期目的，在逃跑前结果三个人的性命定然是他们的第一选择。杀人是匪徒的天性。诗维呆滞地望着凄惶的孔超和薛建设，想和他们说点儿什么，可嘴巴却被牢牢堵住，想到现在很可能就是人生一世的最后时刻，眼角不由溢出了伤心的泪花。他努力睁大眼睛，想明辨周围的一切，可是眼前却越来越模糊，一夜积攒下来的瞌睡好像一齐爬了上来，眼皮不由自主往下耷拉。生死似乎突然变得不重要了，诗维依仗树干的支撑，不顾一切地打起盹儿来……

　　孔超的眼皮直打架，但是不敢合眼。他极力大睁着双眼，保持警觉，谨防匪徒突然下手。这伙劫匪贪得无厌，丧心病狂，随时都有可能举起杀人的屠刀。他不想就这么死了，更不想不明不白抛尸荒野。孔超是大学毕业生。他读完大学并走上工作岗位很不容易。他那顽固不化的父母因为生了一个弟弟，被所在单位早早惩罚下岗，乡下还有爷爷、奶奶、外公、外婆，经济状况可想而知，一个家族全指靠他接济并支撑门面。好在他运气不错，天赋不错，人也机敏，到华夏集团后很快入了党，提了干，不久，又在一次竞岗过程中击败了几个竞争对手，当上了党群工作部副主任，兼任宣教处处长，前程似锦，成了同龄人中的佼佼者。他正在争取更大的进步，他正在努力提高整个家族的生活水平，他正在为构建一个美满的小家庭奋斗，可是，忽然大难当头，杀身之祸从天而降，说不定眨个眼就成了匪徒们的刀下鬼。他于心不甘，冤啊！此刻，他希望夔亮、蔺山海能顺利凑够九十万，交给劫匪，让劫匪放下屠刀；他希望诗维有非凡的智慧，化险为夷；他甚至异想天开——劫匪大发慈悲，给出了生还的机会。他把凄切的眼光投向诗维，又转向薛建设，然而，眼前漆黑一片，什么也看不见。寂静得可怕的密林中，诗维、薛建设熟睡的鼾声在断断续续地响着，这让孔超更加悲伤：刀就架在脖子上，他们怎么还睡得着啊！他想大声喊醒他们，呵斥他们，可是嘴巴正被牢牢堵住的裤衩团撑得隐隐作痛。孔超绝望了，更觉孤寂，惶恐，不禁流下了悲伤的眼泪……就在这时，他忽然觉察到身旁有异动，慌忙睁圆了警惕的眼睛。眼前，闪动着一对充满仇恨的眼光，摇晃着一张阴森得可怕而又非常熟悉的面孔。建设！他差点儿惊叫起来。薛建设竖起一个指头，在他眼前晃了晃——示意别吭声。紧接着，他身上的绳索松开了，手腕上的绳索也松开了。须臾，他被薛建设拉到一陡悬崖旁，一齐蹲下。薛建设把嘴巴紧贴着他的耳朵："别动，别弄出声响来，我去救诗书记。"他忙把嘴巴对准薛建设的耳朵："诗书记可能已经跑了。""你怎么知道？""刚才我听到过轻轻的脚步声，肯定跑了。"薛建设犹豫了一下，再次把嘴巴贴着他的耳朵说："既然他把我们撂了，我们只好自己顾自己了。也好，少个人，少个累赘。"指指山下，"把头抱紧，身子缩成团往下滚，滚下去后，顺着山沟往前跑。如果你听到前面有响声，那肯定是我，你只管追；我听到前面有响声，肯定是你，我就使劲儿追。明白了？"他点点头。薛建设说完，双手把脑袋一抱，整个身子缩成个团，一下滚了下去。他忘了害怕，照着薛建设的样子，也滚了下去。

　　薛建设刚刚滚下山，恰好孔超也皮球似的滚到了旁边。薛建设急忙把孔超一拉，顺着山沟没命地往前跑。

　　跑哇，跑哇，不知跑了多久，突然，一个人影迎面奔来。薛建设、孔超赶紧往地上一趴。对面的人影也趴到了地上。

　　"不准随便杀人！"双方同时喊出一声。

　　孔超惊叫道："诗书记！"

　　诗维也惊叫起来："是孔超、建设？"

　　薛建设松了口气，站起来把一块刚刚抓到手里的石头一扔，"自己人吓自己人。"

　　死里逃生。三个人抱作一团，痛哭流涕。

　　诗维呜咽着："你们是怎么脱逃的？"

薛建设悲伤泣诉："狗日的捆绑我时，我浑身别着气，使着劲儿，没让狗日的把我捆绑牢实。估摸他们睡死了，我稍稍费了点劲儿，手腕子就从绳套里挣脱出来了。孔超的绳子是我帮他解的。你呢？"语气突然变得有点儿生硬，"你是怎么逃出来的？"

"流动哨偷偷打了一阵儿盹儿，醒来发现你们不在了，忙把另外几个呼呼大睡的匪徒喊醒，兵分几路，到处找。我趁他们不注意，拼命挣脱了身上的绳子，爬起来就往山下滚。看，我手腕上的绳子还没解开哩。"

孔超、薛建设见诗维的两只手还被绳子紧紧捆绑着，赶忙帮他解开。

"唉，大家总算是都逃离了虎口。"诗维说，"也算你们帮了我，救了我。"语气多少夹杂了点儿哀怨。

薛建设想作解释，孔超慌忙抢在了他的前面："因为没听到你有什么响动，我们以为你已经跑了。情况不是十万火急嘛，我们就急急忙忙滚下了山。其实，我和建设商议过，万一你没有逃出来也不要紧，我们喊人来救你，也一样。"

"说的也是。"诗维大约明白此刻不是计较什么的时候，"那就快跑吧。你们这是想往哪里跑呀？"

"往山外跑啊，离那座山头越远越好啊。"薛建设也发现自己和诗维跑的是个反方向，"你这是往哪儿跑啊？"

"错了，你们跑错了！"诗维着急地说，"你们两个是抱着匪徒占领的山在跑，再往前跑就跑回去了，没准儿会跟四处寻找你们的劫匪撞个正着！"

"呀，"孔超大惊失色，"再钻进罗网可就真没命了。"

薛建设也吃惊不小："幸亏碰到你了。怎么跑最安全，你快说吧。"

诗维说："你们得向后转，遇着左面有山沟就转弯。"

孔超、薛建设赶紧转过身去。

"莫忙，莫忙，先听我说。"诗维喊住他们，"不能着急，现在是需要我们特别冷静的时候。我们三人都逃出来了，说明我们已经争取到了主动，应该是匪徒害怕我们，而不是我们害怕他们，他们已经丧失了耀武扬威的优势。只要我们的方向正确，行动得法，他们就奈何不了我们。"

孔超说："还是诗书记英明，诗书记您指教。"

"逃跑的时候，我们三个人的间隔距离应该保持在五十米左右，不能给劫匪们创造一网打尽的条件。我们三个人，只要有一个人逃出去，就会给他们造成灭顶之灾！"诗维说，"建设，你胆大，机警，你跑最前面；孔超胆小，在中间；我跑在最后，万一有情况，我负责拖住他们。"

薛建设没再迟疑，拔腿就跑。孔超尾随其后，慢慢拉开距离。诗维谨慎地落在了最后面。

跑哇，跑哇，又不知跑了多久。薛建设隐约看见前面有光亮，心里一喜，加快脚步跑了过去。近前一看，原来是座古庙。

一会儿，孔超、诗维也奔跑到了古庙前。

"什么庙哇？"薛建设问。

"管它什么庙。"诗维仰头瞅了一阵寺庙门匾上的字，天色太黑，什么也看不清，

"脱险了，我们总算是脱险了，匪徒已经没有任何办法绑架我们了。相反，他们追上来等于自投罗网，这庙里一定有不少僧人。佛门普度众生，真是普度众生啊！"

"进去？"孔超问。

"那还犹豫什么。"诗维说，"进去跟众僧人诉说诉说我们的遭遇，我们还不等于进了保险箱？用不着继续到处乱跑了。等到天明，再想办法和蔺山海取得联系，大难也就过去了。"边说，边拉着孔超、薛建设从一个虚掩着的侧门走进了寺院。

大雄宝殿烛火通明，慈眉善目的如来佛打坐在高高的神坛上，金光灿烂。殿堂中央的蒲团上，一位长老身着袈裟，正闭目坐禅。

诗维、孔超、薛建设轻手轻脚跨进殿内。烛光下，原形毕露。三个人互相瞅着，都愣了。诗维鼻青脸肿，脑袋胖得像南瓜，没有裤子的下身被树枝划得伤痕累累；薛建设满脸都是血，眉弓肿得发乌，放亮，遍体鳞伤。孔超看不到自己的面容，但想象得到，一定是目不忍睹。三人愣怔了好大一会儿，正要上前打扰坐禅的长老，不料那长老先发话了：

"列位死里逃生，可喜可贺！"

诗维大为惊讶："高僧缘何知道我等死里逃生？"

长老说："佛门弟子，无所不知，无所不能。"

孔超问："这么说，我们真……安然无恙了？"

长老站了起来，翻动着一对白眼珠："荒漠深处遇见了绿洲，苦海之中碰到了行船，列位好命运，也算佛门有缘。"这长老原来双目失明。

诗维说："怕是要等到朝霞破晓，我等才算真正重见天日。"

孔超说："天亮就会有朋友搭救我们。"

薛建设说："天亮我们就可以向公安局报警了。"

"阿弥陀佛！"长老竖起右掌，翻动着两只白眼珠，"尔等皮开肉绽，面目全非……遭此大难，莫非平日造孽甚多？"

"瞎说！"薛建设嗔道，"我们都是大好人。"

孔超说："我们平时只做好事，不做坏事。"

"高僧尽可释怀，我们向来一心向善，从不与人交恶。"诗维说，"实是旅途遇到了劫匪，钱物已被洗劫一空。造次中适逢宝刹，想在此打扰一宵，还望高僧慈悲为怀。若是强人穷追而来，乞众僧挺身庇护。"

"不妨。本刹僧人甚多，后厢还有武僧十余，区区几个劫匪，不足挂齿。"长老道，"适才列位进得寺院后，已有僧人将庙门紧闭，没有后顾之忧了。"

孔超大惊失色："你知道我们要逃到这里来？"

长老泛着红光的脸上增添了一丝笑意，又说了一句，"佛门弟子无所不知，无所不能。"

"神机妙算，高僧真乃神仙也。"诗维惊叹不已。

孔超对诗维说："我们既然遇到了无所不知的神仙，何不向神仙问问我们各自的命运？这个机会，千载难逢呀！"

薛建设说："能够提前知道自己的命运当然是个好事。"

诗维似乎觉得孔超的提议很有道理，就对长老说："有缘结识高僧，真是三生有幸。我等皆凡夫俗子，明知命途多舛，却又莫可奈何，恳求长老直言道出我们三个人的祸福，并指点一二，让我们在今后的日子里少走些弯路，规避险恶，以免像昨天那样，糊糊涂涂撞上了劫贼。若不是遇上了高僧，很可能连死都不知道是怎么死的。"

"哼哼。"长老微微一笑，"想知道祸福，命运……"想了想，"也行，那列位就自己看吧。"说着，从神坛一侧取过一个黑黄黑黄的签筒。

薛建设睁大双眼："抽签呀？"

"这签，有别于其他寺庙、道观测签问卦的签，本刹称之谓命符。"长老解释说，"命符筒里有十支命符。命符上各刻有一物。刻有一顶乌纱的命符，预示官运亨通；刻有一锭金元宝的命符，预示家财万贯；刻有一颗寿桃的命符，预示长命百岁；刻有一朵桃花的命符，预示妻妾成群，儿孙满堂。其中，寿桃、桃花、金元宝的命符各一支，乌纱有七支。各人是什么命运，一定会抽到什么命符，之所谓命中注定也，绝不会抽错的。"

孔超不解："怎么那么多刻有乌纱的命符呢？都占了七成，不值钱？"

"非也。"长老说，"当今，想做官的人很多，骂做官的人也很多。命符顺应民意。"

薛建设叽咕了一句："灵不灵啊？"

长老说："信则灵，不信则不灵。"把命筒递到他们面前。

诗维先抽。诗维听信了"命中注定"，就随手抽出一支。他拿到眼前一看，见命符上刻着一锭金灿灿的元宝，不由哀叹起来："一个人如果危在旦夕，再多的金银财宝又有什么用。"他说他希望抽到的是寿桃。

尽管长老说抽的是命符而不是签，命符乃命中注定，但是薛建设仍然把它看成是抽签算命。抽签前，他先双手合十做了个祈祷，说："我们家四代单传，我爷爷我奶奶都指望我儿女成群，可是我到现在连个女朋友都没有找到。佛祖保佑，让我得朵桃花！"说完，伸手向命符筒里抓出一支命符，举目望去，却是一顶乌黑的乌纱帽。"完了，完了，"他直摇头，"没有人的世界，这玩意有什么用呀。"

孔超暗想，当今社会，有官就有一切，自己的官运不错，而且正走顺风，况且命符筒里的乌纱命符最多，拿到一顶乌纱帽应该不成问题。他让长老把命符筒摇了几摇，再才从里面取出一支来。送到眼前一看，那命符上刻的竟然是颗硕大的寿桃！孔超更不如意，说："事无成，无所有，活百岁有什么用啊。"

"哈哈哈哈！"长老开怀大笑，"都想走好运，都不想走噩运。殊不知，福兮祸所伏。十支命符，支支都是好运，难道就没有想到人世间还有悲惨命运？利令智昏。"

诗维惊问道："长老何出此言？"

长老冷笑说："黄土已经埋到了眉毛尖儿，还在做美梦。"

诗维脸色一沉："你是何人？！"

长老一转身，一扬手，像要变脸，泛着红光的脸庞倏然套上了女人的弹力袜；白眼珠变成黑眼珠，从弹力袜上面的两只孔洞里凸出来，射着凶狠的光。旋即，他又抖掉了披在身上的袈裟，露出一身乌黑的夜行衣，牙缝儿里挤出一种诡诈的笑声：

"知道我是什么人了吧？"

薛建设目瞪口呆。

孔超直打哆嗦。

"你……你……"诗维指着变了形的长老，声音发颤，"你和那拨强盗是……一伙的？"

"正确。"变形长老调笑说，"这里是他们的大本营，根据地，也是策划、指挥打家劫舍、杀富济贫的首脑机关。明白了吧？"

"你们打算拿我们怎么办？"诗维壮着胆子质问。

"还用问吗？"变形长老狞笑着，"难道还能让你们逃走了？"

"假如那九十万赎金交给你们了，你们也不肯放过我们？"

"那是当然。如果你们还待在那座山上，交了赎金就可以走人，大家相安无事。问题是你们偏偏要逃跑。逃跑，说明你们复仇心切，说明你们想报案。这天网恢恢，还有我们的命吗？现在的情况是，你们要活下去，我们就得死；我们想活下去，你们就得死，没有调和的余地。"

诗维斥责道："你们完全不讲信用！"

"谁讲信用？"变形长老一声奸笑，"有信用吗？"

孔超痛哭流涕："诗书记呀，你不该让我们往瓮坛里面钻哪。"

薛建设大声痛骂起来："土匪，老子死了，也不会放过你们！"

变形长老不耐烦地拍了两下巴掌。霎时，从后殿、左右厢房冲出一群大汉。清一色夜行衣，全部用女人的弹力袜蒙住了本来面目，个个手中握着明晃晃的匕首，弹力袜上面的孔洞里闪着一对对阴冷的目光。

"不能让他们逃离山外。"变形长老举起右手，"鸡已经叫了三遍……"

诗维声嘶力竭："你们滥杀无辜，天理不容！"

孔超"扑通"一声趴倒在地，凄厉地叫着："不要杀人哪……"

变形长老怒吼一声："动手！"

话音未落，孔超恍见一把明晃晃的大砍刀飞快朝着自己的脖子砍来，连喊叫都没来得及，脑袋就已经落到地上，打了几个滚儿，面孔翻转过来望见了幽暗的苍穹……没有任何痛苦的感觉，生和死的交替原来这么简单……他眨着眼睛，看见了薛建设，还听到薛建设在大声叫喊：

"有人吗？诗书记！"

诗维仰起低垂的头颅就是一声怒吼：

"不能杀人！杀人犯法！"

一只猫头鹰发出刺耳的惊叫，扑腾腾飞向了远处的树梢。

四周一团漆黑，安静得怕人。

孔超闭着双眼哀哀哭叫：

"爷，大爷，不要杀人，千万不要杀我们呀，我们都是好人哪……呜，呜呜呜……"

"杀，杀他妈的个×。"薛建设早已挣脱了捆绑在身上的绳子，跑到周围转了一圈儿，"跑了，龟儿子早跑了！"

"……跑了？"昏昏晕晕的诗维好半天才回过神来，"他们真……跑了？"

薛建设摸索着先把诗维的绳套解开，又去帮孔超松绑。孔超吓掉了三魂七魄，歪倒在薛建设怀里号啕大哭。

诗维精疲力竭地瘫软在地上，靠着树干静坐了一会儿，忽然想到下半截身子还光着，说："别哭了，别哭了，找裤子，没裤子怎么走出这山林。"

"诗书记，穿啥裤子呀，快跑吧！"薛建设说。

诗维靠坐在树下一动不动，蔫头耷脑，"跑什么？不用跑了。要杀，他们早动手了。该跑的是他们，他们早坐上火车飞机，在到处跑。"

薛建设一想，觉得也对："狗日的什么时候跑的？怎么跑的？我们怎么就一点儿也不知道呢？睡得真死。"

"那瓶矿泉水有问题。"诗维肯定地说，"里面放了安眠药，或者别的什么药，我一喝就想睡。"

"哦？"薛建设恍然大悟，"我也是，喝过不久脑袋就发沉，眼睛想睁也睁不开。这么说，那时他们就把九十万块拿到手了，准备放人。"

"看样子像。为了不让我们知道他们的行踪，就选在逃跑前先把我们麻翻。作案过程相当缜密，智力团伙啊。"诗维悲叹一声，"幸亏……幸亏蔺山海局长办事……还算牢靠，不然，我们三个人哪还有机会这样说话啊。"

脑袋确实还长在自己的脖子上，周围确实没有匪徒，捆绑在身上的绳索确实解开了，眼前确实晃动着没有束缚的薛建设，诗维也确实是一副从容不迫的样子，孔超糊涂了，不知道刚才在寺庙被变形长老砍了头是梦，还是现在正做着梦。听说做梦咬手指头感觉不到疼，忙把小指塞进嘴里使劲儿咬了一口。怪了，他没有感觉到丝毫的疼痛。这么说……他打了个寒战，哆嗦着，"诗……诗书记，"他还是愿意继续着现在的梦，"如果不是你沉着冷静，随机应变，我们的脑袋怕是……怕是……"

"还沉着冷静哩，我都吓得直尿尿。唉……别提了，快找裤子，找裤子去吧，能找只编织袋遮遮也行。哦，对了，裤衩，堵住我们嘴巴的裤衩呢？找找，扔哪儿了？"

薛建设摸着黑，弯着腰，眼睛贴着地面四处寻找，结果什么物品都没有发现，连扔在地上的酒瓶、饮料瓶也被清理走了。他沮丧地回到诗维面前，直骂匪徒心狠手辣又狡猾。

"能把咱们三条命留下就不错了。给我们喝的矿泉水里，要是把安眠药换上毒药，我们还不早就去阎王那里报到了？算了。"诗维眯眼望望四周，又望望见不着天的顶空，思忖说，"我们差不多昏睡了一天，现在可能到了下半夜。昨天晚上，我隐约听到过汽车的声音，说明公路离这里并不远，估计这座山的背后就是公路。你们不用担心害怕，没有危险了。走吧，先摸到公路，上了公路再想办法。"

密林黢黑，伸手不见五指。山间里没有路，三个人只能沿着进山的路线往回摸索。脚下坑坑洼洼，高低不平，身旁尽是藤条树枝，诗维、孔超、薛建设既要用手掩护面部和光溜着的下身，谨防荆棘扎刺、抽打，又要提防乱石磕绊摔跤，速度非常缓慢。

他们小心翼翼穿行了一阵，感觉到方位越来越明确，估计离公路已经不远了，心里越来越踏实。

"诗书记,"走在前面的薛建设忽然高叫起来,"公路快到了!前天,土匪就是在这个地方把我捆起来的。"

"哦?"跟在后面的诗维搭话说,"是该快到公路了,光线强多了。"

"前天我晃见土匪把巡洋舰倒进了山坳里,我先去看看,看还在不在?"

"异想天开。"孔超冷笑了一声,"匪徒为的就是劫财劫物,会把车留下来?别做梦吧。"

"去看看又有啥?"薛建设加快脚步往前蹿。

诗维用手艰难地分开面前的树枝藤条,气喘吁吁:"你小心点儿,别再弄出什么事来。"

没过多久,诗维和孔超果然钻出了丛林,摸到了公路旁边。两人刚刚站定,就见薛建设远远跑了过来,边跑边说:

"诗书记,车子还在,车子还在呀!"

孔超又惊又喜:"真的?真的吗?"禁不住咬了一口小指头,还是没有感觉到痛。

"就在旁边的坳坳里。"薛建设大声说。

诗维立马精神抖擞:"快,看看去,看还能开不。"

诗维、孔超三步并作两步,跟着薛建设来到巡洋舰旁边,喜出望外。薛建设钻进车内,启动引擎,看看油表,又是一声惊叫:"好好的,能开!"

孔超掀开后备箱盖儿,见里面洗劫一空,"嘭"的一声将箱盖儿合上,转身拉开车门,坐到薛建设旁边,随即把小指塞进嘴里用力咬了一口:怎么就不痛呢?

诗维围着巡洋舰转了一圈儿,眯着双眼向若明若暗的四野瞅了瞅,不慌不忙钻进了车内。

薛建设将车稳稳滑过树丛,滑下山坡,旋即一个大转拐上一段林木稀疏的斜坡,加大油门,向前猛冲。不到一分钟,巡洋舰便爬上了路基,驶进了公路。一上公路,薛建设就挂上高速挡,踩紧油门儿,车外很快传来呼呼的风声。

终于脱离了虎口狼窝。孔超觉得这一切应该是真的,禁不住舒了口气,忘乎所以:"狗娘养的,吃的喝的穿的全拿走了,啥都不剩。"

薛建设"哼"了一声,反倒有点儿庆幸:"龟儿子能把车留下就不错了。"

"诗书记,"孔超扭头问诗维,"你说这匪徒钱也要,物也要,咋把车搁下了?"

"现在的土匪精明得很哪。"诗维说,"这车上哪儿卖都值不了几个钱,顶多两三万块,但在倒卖过程中,一不小心就留下了线索;毁掉,同样会留下犯罪痕迹。既然决定把我们放了,索性让我们顺顺当当回家,目的只有一个,那就是让我们牙齿掉了吞进肚子里,舍点儿财拉倒,不要声张……哎,建设,停车,快停车!"

薛建设连忙刹车:"又……怎么啦?"

"我刚才晃见一家农舍门口晾晒着衣服,你下去看看,看有没有裤子,要是有就弄它两条。"诗维说,"天亮后我们得下车,没有裤子怎么下去。"

薛建设跳下车,光着屁股反向跑了一百多米,在一个独户门前晾晒的衣物中扯下条裤子就慌慌张张往回跑。他一头钻进车里,把裤子扔给后面的诗维,边起步边喘着粗气说,"只有一条,你穿吧。"

诗维把裤子看了看，递给孔超："还是你穿吧。建设眉弓上有伤，样子很难看，待会你下车，想办法给蔺山海打个电话，只好求他再辛苦一趟。身无分文，实在没别的办法了。"

"电话怎么打？"

"待会儿再说吧。"

十九

蔺山海从深圳赶到金星宾馆已经是傍晚时分。

金星宾馆离梧州市区还有十几分钟的车程，是一家乡镇旅店。诗维担心节外生枝，不敢贸然闯进梧州市区，因此选择在这家路旁小店门口等候蔺山海。

诗维、孔超、薛建设在巡洋舰里面待了五六个小时，也饿了五六个小时。

离开被劫现场后，薛建设一气高速跑了二三十公里。眼见天已大亮，巡洋舰便在一个山区小镇暂停小憩。停车后，孔超穿着薛建设弄来的裤子走到街上，先拿自己身上价值九百多元的西装换了五十块钱，按诗维的吩咐给蔺山海打了个长途电话，然后买了三十个包子和三瓶矿泉水。三个人差不多两天没有吃东西，饥肠辘辘，窝在车厢里一气把三十多个包子吃了个精光。到金星宾馆门口才十点多钟，孔超又穿上薛建设的皮夹克再次下车，找一家有长途电话服务业务的店铺与蔺山海取得了联系，主要告诉他巡洋舰停泊地点。

蔺山海赶到金星宾馆门口，一眼就发现了巡洋舰。他跳下奥迪，走到巡洋舰旁边，从诗维摇下的玻璃窗往里看了看，见他们那副狼狈不堪的模样，禁不住泪眼汪汪，说了声"稍等"，转身又钻进了奥迪。

约莫半个小时，蔺山海驱车买来三条西裤、三条毛裤、三条短裤头和三件羽绒服，塞进巡洋舰。接着，又去金星宾馆订了四间客房，再才把诗维、孔超、薛建设领进一家餐馆，点了满满一桌饭菜。

劫后余生，诗维、孔超、薛建设默默无语，狼吞虎咽，泪如雨下。蔺山海也流着难过的眼泪。

吃饱饭后，蔺山海拿出一百元钱，让孔超陪薛建设去找家医院清洗包扎眉弓上的伤口，自己则陪着诗维来到金星宾馆。

一进房间，诗维就紧紧握住蔺山海的手，摇头哀叹："劫难，劫难！"

"平安是福，"蔺山海扶诗维在沙发上坐下，"平安就是福。"

"唉，当初听你一句话，坐飞机回去就好了。没想到这么乱。"

"事情已经过去了，就当虚惊一场。没伤性命，比什么都好。"

"前天下午给你打电话的时候，土匪就在我跟前，手里拿着刀子。那个电话真不好打啊，稍有闪失，我们三个人就完了。当时，真怕你刨根究底。忽然要九十万，谁都会提出一大堆为什么，可是刀就架在脖子上，怎么回答都会出岔，故事编不圆啊。之后，又担心你筹不到那么多的钱，担心你没把它当成关系到人命的大事认真对待，或者遇到什么特殊情况，耽误了时间，让我们抛尸荒野。我已年届五十，好赖活过半辈子，可是孔超、薛建设还年轻啊。"诗维又伤心落泪。

"不要再难过了，有道是大难不死，必有后福。人生一世，谁没有个一波三折？"蔺山海一面宽慰，一面泡茶，"实话告诉你吧。我一接到你的电话，就猜到你们出了事，而且出了大事。放下电话我就到白天鹅大酒店找夔亮，他正那里跟两个业主商量投标的事。见我有急事，他们的商谈工作只好暂停。我和夔亮两个人分析你的电话内容，研究应对办法，一直搞到下半夜。"蔺山海把泡好茶的杯子搁到诗维旁边的茶几上，挨他坐了下来，"当时我们想，从来没有听你说过有在深圳和香港做生意的朋友，说明你在撒谎。那么，书记为什么要撒谎？是什么情况迫使书记撒谎？另外，实际上你在电话里非常明确地告诉了我们——只有一次通话的机会。如果你真想和我继续联系，哪儿都可以停车打电话，手机没电不是理由。还有，在这么短的时间内筹集数额巨大的九十万，你明知我们很难做到，却要求我们一定做到，这完全不是你的性格和工作方法。这么一分析，问题就相当清楚：你们已经处在一个非常不自由的环境。"

"确实是这样，确实是这样，你们分析得对呀！"

"接下来，我和夔亮就商量该怎么办。我们研究了三个方案。"蔺山海说，"一是报案，向公安机关报案。按照你们的出发时间和行车速度，事发现场的大致方位比较清楚。你们抵达梧州可供选择的三条路线，我们都想到了。如果深圳公安局联通地方，动用地方警力，可以施救。后来一想，这样，动用的警力大，动静大，时间又太紧，只要一个环节稍微出点儿差错，劫匪就会狗急跳墙，提前下手，杀人灭口，尔后四下逃窜，后果不堪设想。所以，这个冒险方案很快就放弃了。第二方案是通过仓瑞谱向黑社会求助。这个方案我们觉得风险更大，也很快放弃了。主要考虑到黑社会毕竟是松散型组织，没有共同的领袖，互不买账，等找到了有关头领，你们可能早没命了。第三方案就是按照你的要求，准时把九十万送到他们手里，折财免灾。尽管这样也存在风险，但我们还是认为有一线希望，多数劫匪是顺顺当当拿到了钱就不再撕票，除非他们已经露了马脚。当然，这完全靠你们的运气。现在看来，选择第三方案是对的，要是报案，或者找黑社会帮忙，到这个时候，只能是两种结果，一是你们还在劫匪手里，二是你们早就……"

"是呀……早就在黄泉路上……"诗维神情恍惚，脑海里全是用女人的丝质弹力袜包裹着的头，凶恶的眼睛，还有手枪、土铳和匕首。阴郁良久，他说："连累你们了，给你们出大难题了……这么多钱，你们是怎么筹到的？找仓瑞谱了？"

"老夔让我以投标急需的名义，连夜找会计出纳提了九十万，一大早就赶到了黄田机场。"蔺山海说，"这事哪能让仓瑞谱知道。我们的关系确实不错，但毕竟是单位的事情，单位与单位之间，还得分个你我呀。"

"倒也是。"诗维满意地点点头，"钱是怎么交出去的？"

"怎么交，按你给的暗号交呗。"蔺山海不由一笑，"我到黄田机场后，下车就提着装有九十万的红色塑料袋到大厅门口等候，没等够半个小时，最多二十分钟，就有个女人走过来问，'先生，是给朋友的钱吗？'我连忙说是的。她说，'那就交给我吧，老诗是我多年的朋友，谢谢！'还说，'麻烦你转告老诗，这九十万我回后就还他。'我明知她在演戏，还得尽最大努力配合好，说，'不着急，不着急，我和老诗是割头换颈的朋友。你点点。'她说，'不用了，我一会儿就要上飞机，再见。'说完，大摇大摆走进了大厅。"

"这女人多大年纪？什么模样？"

"三十五六岁的样子，比较胖，打扮得很漂亮，戴一副墨眼镜，谁见了都会认为她是个富婆而不是土匪。"

"高明哪，高明。江洋大盗，一个庞大的犯罪团伙。"

"劫持你们的土匪有多少人？"

"我们被困在一个树林里，看得见的匪徒有六个，我估计不止，外围负责放哨联络的至少还有两个。没见匪徒们打电话，但他们的消息很灵通，证明不远有同伙。另外，藏匿我们巡洋舰的地方撞歪了一棵树，开始我以为是巡洋舰撞的，后来发现巡洋舰没有一点儿碰撞的痕迹，说明他们还有一辆车。"

"看来，采取强硬措施解救你们确实存在很大困难。"

"老蔺哪，你对我的帮助是尽心竭力，我对你也就无话不谈。有件事，想跟你商量一下。"诗维喝了口茶，郁闷地说，"路上，孔超、建设两个人一直在议论要不要报案的问题，我没有表态。为什么没表态呢，主要想听听你的意见。你说，是报案好，还是不报案好？我听你的。"

蔺山海想了想，说："按道理，遇到这种事，我们当领导的，尤其是挂着党内职务的，应该报案，报案才对。报案后，一些遗留问题就可以名正言顺地进行妥善处理。比如这九十万，珠海局可以在上级组织的指导下合理销账，甚至个人损失也可以非常透明地得到一定补偿。但是，报案造成的后果很严重。华夏集团的党委书记被劫持，这名声，无论是对华夏集团还是对你个人，都不好。对你个人的政治打击尤其大。关键是……你这'党委书记'的后面还括着个'代'字。"

"是啊……"诗维的脸色更加阴沉，"心绪烦乱，我拿不定主意啊！"

"我个人的意见是，这件事能捂则捂。宣扬出去，绝无好处。"

"你这建言……既维护了华夏集团这个大局，又照顾到了我个人的名誉、利益，难得。"诗维见蔺山海的话非常贴心，就把自己的真正想法说了出来，"其实，我也这么想。我在集团党委书记的位置上才三个来月，屁股都没坐热呀。要是报案，这代书记我是当还是不当呢？当，怎么当？"

"别报案了。"蔺山海斩钉截铁地说道。

"可这捂得住吗？"

"只要你们三个人守口如瓶，就不会有问题。我和老夔你尽管放心。"

"那九十万怎么办？不是个小数目呀。"

"这你不用担心，我和老夔想办法处理。数字确实有点儿大，我们多找点儿销账渠道。如果想做得特别稳妥，你平时就多留意点儿纪委书记白延寿的工作动向，这老同志说是睁一只眼闭一只眼，其实办事特较真儿，又贼精。去年我们多发了点儿奖金，他一知道就飞过来了，差点儿没跟我们来个诫勉谈话。"

"这倒不难办。白延寿想立案调查什么，必须事先向我报告，批准了他才可以执行。"

"那就这么定了，别报案了。我和老夔的任务是千方百计把那九十万的账弄平，尽量不露蛛丝马迹。你就看管好孔超和薛建设，让他们平时说话留点儿神。只要我们五个知情人不露馅儿，被劫这事就算风平浪静过去了。"

"只是让你和夔亮作了大难。"

"能帮忙扛扛就帮忙扛扛吧，天经地义。再说，这不也是为了咱们华夏集团嘛。这些年，华夏集团出的乱子实在多了点儿，不要说省委、省政府对我们有看法，我们自己也觉得很没面子。哦，对了，"蔺山海忽然想起一件事，"前些时，又有几千人把集团大楼围了，时空总经理亲自接待了群众代表，这事你知不知道？"

诗维迟疑了一下："……听说了。"

"前天我回到办公室后，发现桌上搁着一份集团总部下发的文件，就抓紧时间看了。文件标题是《关于下发〈华夏集团下（待）岗职工、离（退）休职工和在职职工代表恳谈会议纪要〉的通知》，附件是《华夏集团下（待）岗职工、离退休职工和在职职工代表恳谈会议纪要》，这么厚一沓。"蔺山海用拇指和食指比画着文件的厚度，"发文时间我忘了。事情好像就发生在你离开集团总部的那个时段，没准你一走，事情就发生了。"

"有可能。纪要是什么内容？"

"全是职工代表的发言。提出的问题不少，非常具体，可尖锐哟。这个纪要比以往发的纪要大不相同，好像在刻意保持代表发言的原样。内容太多了，三句两句说不完，你回去看看就知道了。纪要最后还有时总的一个表态。他的表态看上去比较平淡，但给人一种集团肯定会妥善解决具体问题的感觉。给我的印象最深、压力最大的是《通知》上面的一句话，原话是……对了，'对于集团下（待）岗职工、离（退）休职工和在职职工反映的困难问题，各单位一定要认真对照检查，凡职工群众具体困难问题的涉及单位，必须拟订计划，予以妥善解决，共同维护稳定大局。'后面好像还有个解决困难问题的期限。全是硬指标，每个二级单位都要承受压力。时空总经理到任后的意向逐渐明朗，先保稳定，在稳定的基础上谋求发展。"

诗维沉思着，说："看来家里的事还真不少，我必须快点儿赶回去。我想坐飞机走，让孔超和建设开巡洋舰回去，你看怎么样？"

"我早就是这个意见。坐飞机快，啰嗦事也少些。"

"那……咱们开个会吧，开个小会。把孔超、建设喊来商量一下？"

"行，我看他们回来没有。"

恰在这时，孔超推门进来了，问诗维有没有事。

诗维说："当然有事。建设呢？他在干什么？"

"在冲澡。"

"你去把他喊来一下，我们开个小会。"

一会儿，眉弓上贴着白补巴的薛建设跟随孔超走进了诗维的房间。前天傍晚，趴倒在地的薛建设被匪徒当头尿了泡尿，从脑后一直灌到背脊，虽然冲了个澡，但毛线衣里仍然散发着尿臊，伤口被尿水渍发了炎，医生说可能会落下伤疤。他一肚子火气正没处发泄，见诗维要开会，很不高兴地说：

"诗书记，有啥你吩咐得了，开什么会呀！"

诗维的脸马上沉了下来："总得统一统一思想，统一统一认识，统一统一行动吧？"

"是呀，"蔺山海说，"诗书记有些想法，想跟大家商量商量。事情已经发生了，大家心里都不好受，克制点儿，啊？"

诗维阴沉着脸，说："三个人遭到劫持，不是小事。但是，事情再大，责任在我，与二位没有关系，你们都是受害者。如果我不让你们出这趟差，你们就免遭这一劫。二位吃了不少苦头，心情我是理解的。"顿了顿，"我考虑了很久，刚才又和蔺局长沟通了一下思想。反复权衡利弊，我认为，集体被劫这件事，不可以让与此事无关的任何人知道，不能扩大知情范围……"

"那……不报案了？"薛建设挨了打，受了侮辱，不愿意善罢甘休，"九十万块，还有那么多东西，就这样让土匪轻轻松松拿走了？"

"小薛，不能意气用事呀。该忍，还得忍。"蔺山海说，"财是折了，灾不是也免了吗？九十万换回三条人命，我看值，有什么比命还贵呀。如果报案，你们三个都成了涉案人员，十天半月走不了，都得在这里耗着。报案就等于把这件事公开了，一公开，你们的名声都会受到很大影响，尤其是诗书记，日后的工作会遇到很多困难。还有，华夏集团目前的境况并不好，特大受贿窝案没过多久，接着又出这么个劫持案，党委书记被劫，对集团形象又是个不小的伤害。这些，你都想过没有？"

"我认为诗书记的决定正确，不报案最好。这件事一传开，大家都没面子。"孔超赶紧表态说，"那么多土匪，今天躲在这里，明天藏在那里，很难破案。即便能破案，公安局也不是神仙，不可能把土匪一网打尽，万一留下一两个漏网分子，他们不寻仇才怪。我们在明处，他们在暗处，那还会有我们的安稳日子？不报案好，我赞成不报案。"

薛建设不满地看了孔超一眼，不作声了。

"思想认识就这样统一下来了。"诗维当机立断，说，"回去后，谁也不许再提起这件事，就连在父母妻儿面前也不许提，只当什么事情都没有发生，这是纪律，建设，想通了没有？"

"书记带头想通了，我一个小车夫还有什么想不通的。"薛建设嘟哝说。

诗维见薛建设口服心不服，训导说："建设，我这个决定对谁都有好处。你们两个人，还年轻得很哪。被劫持，不是什么光彩事，传扬出去，是会被人耻笑的。"停了停，又换了一种温和的语气，"刚才，我跟蔺局长商量好了，明天我坐飞机回去。家里的大事小事一大堆，龙潭工程的竞标工作也到了关键时刻，我不早点儿赶回去不行。你们两人就开巡洋舰慢慢往回走吧。"

孔超说："诗书记，我陪你一块儿走吧？你需要有个人端端茶，倒倒水，跑跑路什么的。"

"不用了。我两三个小时就到家了，倒是建设还要在路上跑两三天，得有个人陪着说说话。两个人在一起，遇到什么困难，就有个商量嘛。"诗维又望着薛建设，抚慰说，"小薛呀，要说，这一路你是最辛苦的，天天开车，很累，还挨了打，受了委屈，哎……我心里有数，唉？眉弓上的伤口化脓没有？"

薛建设心里还憋着气，说："反正碍不了什么大事。"

"那就好。从明天起，你们就专挑高速公路走，不要怕绕远了，在路上多跑一两天没有关系，不着急，已经没必要急着往回赶了。孔超，你看怎么样？"

孔超见诗维主意已定，只好说，"就这么着吧。"

蔺山海见他们三个人的思想基本统一，立刻用手机通知珠海局驻广州办事处马上订一张广州至宁泰的飞机票，然后打开自己的密码箱，拿出几个信封袋子，给孔超、薛建设一人发了一个，说："一人一万块。你们个人损失不小，该添补什么，自己添补什么去吧。"又另外交给孔超一个信袋子，"这里面也是一万块，你们两个人做盘缠，沿途吃、住，还有汽油钱，都在这里面了。要是有结余，你们就二一添作五，把它分了。"

孔超、薛建设自是高兴，但不知道这钱该不该拿，眼光不约而同地投向了诗维。

诗维明白他们的意思，说："就收下了吧。大灾大难，需要帮助就接受帮助，没啥。滴水之恩，涌泉相报，日后，蔺局长回集团遇到困难了，你们各尽所能，也好好帮帮他，这不就完了？"

孔超、薛建设笑了，一齐向蔺山海说了声"谢谢"。

蔺山海笑着说："别谢了，应该的。如果不是出了这点儿事，我想给还不敢给哩。诗书记，也有你一份，一视同仁。明天上飞机前，我先陪你去弥补损失，总不能让你空着双手跑回家吧？"

"诗书记，"孔超说，"土匪抢走的那部照相机是我找沙凡借的，回去怎么跟他说呢？"

"什么相机，多少钱？"蔺山海问。

"哈苏，十多万哩。"

"明天我给你买一部。"蔺山海没有犹豫。

"不用，不用，这样不好。"诗维摇摇手，对孔超说，"回去后你就说相机丢了，我和建设作证。回头我给影视处批一部。"

蔺山海又数出十张百元大钞递给孔超："听说你在路上用价值九百元的西装换了三十个包子，这一千块你拿去买件西装。那三十个包子就算我请了。"

"你给的钱……"孔超很意外，"已经够多了。"

"拿着。"蔺山海把十张百元大钞硬塞给孔超，"毕竟是公差，不能让个人蒙受损失。我和夔亮局长好赖在深圳混了几年，这点儿小困难，还能解决。"

孔超感动了，鼻翼酸酸的。他又一次把食指塞进了嘴里，咬着，暗暗使力：疼，好像有点儿疼。

蔺山海想得如此周到，办事如此认真、仔细，话语不仅狭义，而且最大限度地维护着诗维的利益——诗维等于重新把蔺山海的品质透视了一次，感到自己猜疑他和夔亮未免有点儿小人之心，很是内愧，禁不住颤声说道：

"老蔺哪，我非常珍惜这份感情……往后，有什么困难你只管说，我没有理由不帮你啊。"

蔺山海锁好密码箱，爽朗地笑着："诗书记，你千万别以为我们效了多大个力，都是分内事，应该的。漫说你现在是集团的党委书记，就凭我们过去在下头摸爬滚打二三十年的交情，也该尽到自己的一份心意，一点儿能力。我和老夔都混得不坏，没啥需要帮助解决的困难。珠海局目前的情况也可以，虽然比起另外两个局来，实力相对薄弱一点儿，但也过得去，还在走上坡路，暂时不需要什么帮助。不过，话说回来，发展形势很难预料，危机意识我们不能没有。日后万一有过不去的坎儿，我们肯定会找你，会找集团。到时候，你能帮我们珠海局在集团办公会上、党委会上、党政联席会上说几句话，我们当然会非常高兴。珠海局全体将士的共同心愿是，集团不能忘了我们。"

"不会的，不会的，一定不会的。"

终是雨过天晴，诗维百感交集。

……他回避了一个现实，却又面对了另一个现实。

二十

潜龙江全长八百余里，发源于云贵高原，流经九县三市，至津口汇入长江。潜龙江上游奇峰陡峭，下游丘陵绵延，碧蓝清澈的江水在峰峦叠嶂中漾绕，盘旋，凌空俯瞰，宛若一条隐约在云缭雾绕的崇山峻岭中的巨龙。受亚热带气候影响，潜龙江流域雨量充沛，气温潮润，终年林木苍翠、群山葱茏，古往今来，是两岸山民耕耘劳作、休养生息的厚土。

早在二十世纪五十年代初，地方人民政府组织技术力量，对潜龙江流域进行了长时间的地质勘查、钻探。五十年代中叶，潜龙江梯级开发方案形成，并报请中央人民政府批准，梯级开发规划付诸实施。

弹指间，五十多年过去了。五十多年来，承担潜龙江梯级电站施工的华夏集团及其前身筚路蓝缕，历尽艰辛，终使永泰、松峦、花溪、虎啸相继建成或已投产发电。目前只剩下龙潭电站最后一个梯级了。

永泰、松峦、花溪、虎啸电站建成或基本建成，充足的电能有力地推动了潜龙江两岸工农业生产，促进了经济建设发展。四座大坝将潜龙江分段拦截成四座大型水库，狭窄的航道得以拓宽取直，便利了城乡物资、文化交流，同时改善了自然环境。潜龙江两岸居民尝到了水电建设的甜头，对龙潭电站满怀热望。

虽是隆冬时节，潜龙江沿岸依旧林木葳蕤，四野郁郁葱葱。宽阔的江面千帆竞发，百舸争流，一派繁忙景象。

两条旅游船在一艘小快艇的引领下，乘风破浪，溯江而上。船上搭载的全是潜龙水电资源开发总公司考察评估团成员以及华夏集团的接待班子。

潜龙总公司总经理雷好决定对参加龙潭水电工程竞标的九个单位进行一次资质和综合实力考察、评估。二十多天来，他率领的考察评估团已经考察了五个单位，还剩下包括华夏集团在内的四家。

时空在赶赴黄河施工局时，实际上做好了雷好最后一个光顾华夏集团的思想准备，孰料，雷好没有按照他的思维逻辑运行，提前接受了琴拥军的邀请。可是进入华夏集团的接待程序后，雷好后悔了，后悔应该干脆去了另外三家再说，把对华夏集团的考察评估安排在最后。华夏集团的接待班子没有把雷好一行安排在宁泰市最豪华的九州饭店，也没有把他们接到十字街的华夏宾馆，而是统统拉上了旅游船。雷好感到失去了主动权，失去了自由。那剩下的三个竞标单位也急得跳脚，不知道什么时候才轮到自己发挥憋足了的热情。

负责这次接待工作的琴拥军通过时之男与罗尼娜的校友关系，把前面五个竞标单位的接待方式、接待规模摸清楚了以后，曾给远在成都的时空打过一个长途电话。如实报告了五个竞标单位的接待情况后，琴拥军说："事情已经发展到这一步了，看来华夏集团不适应不行。我有个建议，不知道该说不该说。"时空在成都说："临走时我不是跟你交代清楚了吗？接待工作随行就市，你想怎么干就怎么干，不就是花钱吗？什么建议？说吧。"琴拥军说："前面五个单位的接待实际是在比阔气。谁阔表明谁有钱，谁有钱表明谁有竞标实力，这个逻辑虽然荒唐，但华夏如果不顺应，怕是要吃亏。所以我想，华夏集团在接待方式上，在规格规模上，应该干脆来个前无古人，后无来者，让那些单位在花钱上也没法跟咱们比。""说具体一点儿。""我的建议是，用两条旅游船，搭上全部考察评估团成员和我们的接待班子，八百里潜龙江让他们考察评估个够，游览个够。大家吃住都在船上。经过四座水电站时，考察评估团上岸参观；路过名胜古迹，一齐上岸观光；资质及相关情况介绍，全部在游轮的会议室进行，工作、游玩两不误。前面几个单位都超过了预定时间，华夏拖它个十天八天又有啥？反正没有什么规矩可言。我们索性把应该做好的工作全部做了，不留任何遗憾。"时空在成都嘀嘀大笑："大手笔，大手笔！算算，这一趟跑下来得花多少钱，五十万够不够？""五十万肯定不够，远远不够，我已经算过了。""哎呀……这么能花哪？"琴拥军做着时空的思想工作："反正这笔钱对我们华夏来说是这个口袋出那个口袋进，肥水没有流进外人的田里。""怎么讲？""集团旅游运输服务公司的那几条旅游船，长年累月半饥半饱，尤其是在这冬季，哪有什么旅游的人啊，客运货运资源也少得可怜。我们包它两条，包个十天八天，旅游运输公司的吴田还不美死了？还有……""算了，甭说了，"时空很快就想通了，"不用商量了，按你说的办，该怎么花就怎么花。你抓紧时间做准备好了，动作要快，雷好这人办事，说变就变，要提防他给我们来个措手不及。""明白了。"琴拥军说，"我还有个要求。""说吧。""我想把接待班子扩大一点儿，考察评估团有多少工作人员，我们就安排多少接待人员，一人负责盯一个。这样，便于建立感情，了解潜龙总公司更多的内部情况，有利于我们下一步的投标工作。""可以。你想要谁，就直接找有关部门的负责人商量吧。""我想让匡奇和娄毅也参加接待。""娄毅可以参加，沿途搞搞安全保卫工作。这匡奇……找谁不行呢？为什么是他呀？""旅游运输公司不是归他管吗？县官不如县管啊。再说，他平时喜欢到处窜，到处都熟，有他，这次接待活动就方便多了。""喜欢到处窜还成了技术优势。哎呀……我给他安排的事不少，怎么跟他说呢。""反正他喜欢揽活儿干，对他来说，虱子再多不嫌痒。"时空在那头笑了起来："那得他乐意才行呀，不然，他还不跟你讨价还价？我给他压的事太多，又都是大事，不好再开口了。你试试吧，只要他乐意干，我没意见。记住了，一听到雷好决定来华夏的消息，及时向我报告，我马上赶回去。""这你放心，我随时都在打听考察评估团的动向。"

和时空通过电话后，琴拥军即刻与匡奇取得了联系。他先把接待潜龙总公司考察评估的方式、规模规格以及概算情况向匡奇做了个简单介绍，随后说："接待组准备增加几个人，充实接待力量，你想不想参加？要是不想，我就找别的人。"匡奇不但不嫌麻烦，还埋怨说："咋不早说呀？这活儿你早该找我。搞接待是一门技术，学问大哩，一般人是拿不下的。"琴拥军见他答应得如此痛快，故意卖了个关子："就怕影响了你手里的工作。""不会，不会，绝对不会。我手里是有点活儿，急活儿都干了，不急的活儿瞎急也没用。再说，有什么工作还能比得上龙潭工程的竞标重要呢？大局啊。你已经开了口，我敢不从命呀。""那……堂堂正处级领导还得听我这副处级主任的指挥，行吗？""有啥不行？我领导正处级领导，领导了几年，个个比我资格老。你只管大胆领导，没啥。"琴拥军说："这可不是闹着玩啊，事关重大，必须绝对服从领导，听从指挥。""放心，匡某组织观念强得很。""那好，从现在起你就进入接待状态，把手头的活儿撂撂再说。马上跟旅游运输公司的吴田取得联系，让他调两条最好的旅游船到津口码头，先把生活物资准备好，按六十人准备。""呀，这只怕要弄点儿预付款吧？旅游运输公司的情况我可清楚了，穷得叮当响，哪垫付得起呀？""先跟吴田谈，谈妥了，明天你再到财务处划转三十万给他们，剩余的等接待工作完了再结账。""好，痛快！我立马往旅游运输公司跑一趟。""顺便把沿途停靠点也商量一下。花溪、松峦、永泰、虎啸这四大电站肯定是要靠岸的。再问问吴田，还应该停靠哪些有名胜古迹的码头，统筹考虑一下。工作要干，游乐活动也得来一点点，明白了？""明白了，明白了。那我就全权代表你……做主？""不行，不行，那哪行呀？你得先做个计划，把概算、日程、游轮停靠点、伙食标准统统罗列清楚，让我看看才行哪。有两个原则，一是不能让吴田狮子大开口，漫天要价；二是……总不能把土地庙也作为名胜古迹让客人参观游览吧？""那是当然。我这就去找吴田，把所有的细节都商量研究好，完了，给你做个详细汇报，你看行不？""工作程序当然应该是这样。这事你就代表接待组跟吴田谈吧。还得给你安个头衔才行呀……就说你是接待组副组长，口头文件啊。""就该这样，就该这样！"匡奇高兴地说，"这样工作起来就方便多了，方便多了呀。"琴拥军呵呵笑："副组长的权力不小啊。接待工作全程，吃的喝的住的玩的都由你负责，没问题吧？""绝对没问题。"

租船这件事照说没有什么文章可做，可是经过匡奇一运作，就绘声绘色起来。见到旅游运输公司的总经理吴田后，匡奇俨然一副上级关心下级的样子："抓瞎了吧？嘿嘿……我给你送买卖来啦！一笔大买卖，少说这个数。"神秘地伸出四个指头。吴田正为旅游生意不景气犯愁，听说有至少四十万块钱的业务，顿时喜出望外。可转念一想，旅游旺季都不可能一下子揽到四五十万元的活路，这数九寒天哪里会有这么大的一笔生意，就说，"别见鬼吧，你哪有那大的本事。""我好不容易给你揽到这大一笔活儿，你不领情倒也拉倒，还信不过我老匡。得得，我倒给别人干去。""说句笑话，何必当真。"吴田对匡奇的话一向半信半疑，"说出来，说出来我听听。"匡奇先把华夏集团接待潜龙总公司考察评估团的方式、规模大吹大擂了一番，接下便说："我是接待组的副组长，专门负责所有人马的吃喝拉撒睡和游山玩水，你还不相信？这副组长我本来不想当，谁当这个啊？最近我忙得很，都是时总直接派的活儿，这你知道，可一听说有四五十万的生意，我就当上了。那不是冲着你们旅游运输公司吃不饱肚子我才当这鸟副组长的吗？谁让我管着你们呢。"四五十万块相当于一条旅游船大半年的营业额，数字确实不小，吴田见他说得天花乱坠，真怕坐失良机，说："真是你说的那样，接待工作一结束，狗日的不送你两箱子茅台。""用不着两箱子，一箱子就够了，不过，你得给我买好的，不能搞水货。""那当然！我什么时候糊弄过你？""你现在就挑两条最俏皮的旅游船，让它们到津口码头待命。先把吃的喝的准备好，按六十人准备。明天我给你拨三十万块钱过来，剩下的，等接待工作搞完了再说。"吴田听说明天就有三十万块钱到账，笑得合不拢嘴，说："我免费加派一条小快艇参加全程服务。小快艇在前面开路，打前站，负责前前后后的通信联络，我亲自出马。""说好啊，小快艇不收费。""不收费，不收费，你帮了我的大忙，我哪能不识好歹？"吴田说，"年关眨眼就到了，不瞒你说，别说给伙计们发点儿奖金，就连他娘的工资我也愁发不满。有你这笔买卖，就全解决了。"接着，匡奇和吴田仔细商量了旅游船沿途值得停靠的景点，和整个行程将要开销的实际费用。

　　华夏集团旅游运输公司一共有六条旅游船。这些船都是修建永泰、松峦、花溪、虎啸电站时供职工上下班和渡江用的。目前，四座电站已经建成或者基本建成，负责工程扫尾工作的职工越来越少，交通船只也就陆续退役，划转给了旅游运输公司。六条交通船中，大寨号和大庆号是松峦电站开工时打造的，成色较好，也比较大，稍加改造，还算入时。建军号、建国号、建设号和跃进号则是远在永泰电站开工前后打造的，年代较为久远，虽经改造，船体结构和内部设施仍显老态，说是旅游船只，其实只能沿着潜龙江运运零货散客。吴田知道，接待潜龙总公司考察评估团活动是形象工程，对龙潭水电工程的竞标工作至关重要，就毫不犹豫地把大寨号、大庆号抽调到了津口码头。刚刚准备就绪，雷好果然提前接受了华夏集团的邀请。于是，考察评估团以及华夏集团的接待班子便从津口出发，开始了自下而上的潜龙江旅行。

　　琴拥军对此次活动的安排非常仔细，基本做到了工作休闲两不误。途径花溪、松峦、永泰、虎啸水电站时，考察评估团成员在接待工作人员的陪同下参观大坝，实地考察。无论参观哪座电站，琴拥军都要热情地现场介绍电站的开工竣工时间；开挖、浇筑、金属结构制作安装工程量；坝高、坝长、库容、装机规模；船闸或升船机的吞吐量；电站正在发挥的经济效益，以及华夏集团和它的前身对工程建设投入的人力、物力和机械设备情况等等。末了，他总要不厌其烦地向考察评估团成员特别强调一句："这座电站，由华夏集团独立承建。"沿途的生活和游览、娱乐活动也安排得有条不紊。全体考察评估团成员和接待班子的吃住都在船上。两条船都有餐厅，潜龙江的肥鱼大鳖和取自深山老林的山珍纯正可口。船上设有茶座、酒吧、卡拉OK厅，供大家随时入座小憩。夜生活更是丰富多彩，宾主可以登岸观看民风民俗和山区小镇的别样风情。由于掌握了主动权，争取到了时间的宽松，华夏集团的接待工作显得从容不迫，完全不像前面几个竞标单位那样紧张繁忙。考察评估团成员个个满意，惊叹华夏集团的接待方式、规模大方气派，就连雷好心底也深感不俗。

转眼，几天时间过去了。考察评估团实地考察了花溪、松峦、永泰、虎啸四座大型水电站，顺便游览了七八处名胜古迹，全体成员无不春风满面，喜笑颜开。雷好的感觉不错，只是不愿意轻易流露出来。他心里清楚，自己是这次考察评估活动的中心人物，也是龙潭水电工程招标工作的中心人物，言行举止尤为重要，凭多年的领导工作经验，深谙庄重、骄矜是应对这种场合的最佳选择。除上岸踏勘，参观电厂、大坝、船闸和游览名胜外，雷好多半时间被单独安顿在大寨号游轮的第三层。

大寨号第三层有一间宽大的特等舱，里面辟有卧室、卫生间和小会议室。特等舱外是个大平台，铺有绿色防滑地毯，可以用来观光，也可以打羽毛球。周围乳白色扶栏下摆放着玫瑰、茉莉、米兰、山茶、芍药、栀子、瓜叶菊、马蹄莲、君子兰各种鲜花，像个小花园。

这天上午，小花园一样的平台姹紫嫣红，馨香飘逸。绿色防滑地毯中央摆放着一张小圆桌。桌上规整地码放着《华夏集团简介》、《华夏集团业绩》、《华夏集团科技成果》、《永泰电站画册》、《松峦电站画册》、《花溪电站画册》、《虎啸电站画册》、《华夏工程报》等文字资料、图片。立在平台一端的大背投上滚动播放着自己制作的工程施工影视片，轻音乐加旁白在宁静的蓝天白云底下低回。

天气很好，风和日丽。雷好、琴拥军坐在小圆桌旁，一面饮茶，一面用望远镜观赏两岸风光。

潜龙江沿岸奇峰异岭，葱葱茏茏，苍苍莽莽，竞相雄峙，像一幅山水长卷，舒展无穷。在烟波浩渺的江面上，在云缭雾绕的群山中，在美不胜收的大自然里，雷好好不惬意，有一种占尽风流的自豪感觉。

雷好五十刚出头，方脸阔嘴，黑发乌眉，印堂红亮，腹部隆起，腰围浑圆，显得格外高大壮实。二十世纪七十年代，大学毕业的雷好在沙湖农场先后当过共青团总支书记、副场长、场长，八十年代升任沙湖市副市长、市长。三年前，因为生活作风问题，被责令停职反省。雷好的二伯父雷尚得知此事后，专程从北京飞往沙湖市，一面了解侄儿的错误事实，一面向副省长寇勉请求宽恕，希望能给他一个改过自新的机会。一是因为雷好的错误行为违纪却不违法，二是因为雷尚在国家计委工作，在全国各地重大建设项目的审查立项过程中有举足轻重的发言权，寇勉碍于老战友的面子，只好网开一面，让他在省委、党校学习了半年，洗心革面，之后便留在党校当了副校长。龙潭水电站立项不久，省委、省政府参照兄弟省市的经验，决定组建潜龙水电资源开发总公司，具体负责龙潭电站建设，同时兼顾潜龙江流域水利水电资源的规划与开发。雷好知道这一消息后，马上找寇勉汇报思想活动。他先谈到马列主义理论不是自己的特长，读大学时对这门学科涉猎甚少，参加工作后主要从事行政领导工作，所以对党校副校长一职很不适应，力不从心。又说自身存在生活作风问题，却要教育党员干部清正廉洁、端正生活作风、思想品德，非常尴尬，工作起来总是畏首畏尾，很难放开手脚。寇勉对雷好的心情表示理解，体会到了他工作的难处、做人的难处，就问他想干点儿什么。雷好见自己的诉说打动了寇勉，趁热打铁，当即阐明了自己的想法，说，"龙潭电站很快要上马了，省委、省政府准备组建潜龙水电资源开发总公司，我想去那里，随便干点儿什么都行。"寇勉说："事关重大，须省委、省政府研究决定。你先等着，我试试看。"他虽然没有当面表态，但背后却帮雷好做了不少工作。潜龙水电资源开发总公司总经理一职，省委、省政府原准备让时任政府办公厅副秘书长的时空担任，因华夏集团特大受贿窝案事发突然，其领导班子必须迅速调整，寇勉等几位副省长只好建议先让时空顶上去。这么一来，潜龙水电资源开发总公司总经理就需要重新物色。适合这一职务的人选并不多，所以，寇勉把雷好的学历、工作经历、专业特长、年龄和身体状况等情况作过简单介绍以后，省委、省政府便很快采纳了他的建议。雷好做梦也没有想到自己的命运还有峰回路转的机会——能够当上潜龙总公司的一把手，喜不自胜。他雄心勃勃，决心先在龙潭电站工程一显身手，然后对潜龙江流域进行系统规划、全方位开发，充分展示自己的能力，换取昔日的辉煌。

对九个竞标单位进行如此声势浩大的考察评估，漫说时空、秋胤、琴拥军们内心深处非常抵触，就连许多业内人士也认为此举实属矫揉造作。但是，雷好有自己充足的理由，有不为人知的意图。首先，这次考察评估必然产生震慑效应，可以使九个竞标单位提前臣服，这对甲方日后的颐指气使大有帮助；其次，彰显了潜龙总公司的个性与实力，提高了声誉，这是一笔无形资产；另外，推波助澜，进一步激励了九个竞标单位互相斗杀的勇气。大家不是都想抢占鳌头吗？那么好，由此次考察评估活动引导而来的竞相互杀价夺标，当然是潜龙总公司坐收渔利。雷好上任后做的第一件事，就是在省城圈了一大块地皮，并开始动工兴建潜龙大厦，投资概算约亿元。他盘算好了，这笔额外支出，该由龙潭工程的中标单位埋单。一旦龙潭工程开标，争斗得你死我活的九个单位，少说也要杀下三五亿的寸头。从三百多亿元的工程款项中抠出这么一坨，不是问题。这就是说，不等龙潭电站开工，潜龙总公司就已经赚到了一座造价不菲的高楼大厦，首先攫取了一笔可观的财富。潜龙大厦设计三十五层，计划三年完工，落成后大约是省城最高的大楼，标志性建筑。到时候，潜龙总公司的总经理在此等气派非凡的大厦里迎来送往，日理万机，那会是一种什么感觉？妙不可言哪。比较起来，还在温饱线上挣扎的华夏集团真叫相形见绌。想到这里，雷好方正的脸上不觉潮涌起了一股笑容。

"前些时，听说你们华夏又……乱了一回，是怎么回事啊？"雷好把手里的望远镜放到圆桌上，端起子弹头保温杯，把自备的人参茶喝了一口，问坐在旁边的琴拥军。

"乱了一回？有这事？"琴拥军故作惊讶，"我怎么不知道。"

"省里都知道，我都知道，你怎么会不知道？"雷好瞅着琴拥军，"事情发生在二十多天前。就是我们考察评估团从省城出发的那一天。"

琴拥军深知这次接待工作的重要性，对所有安排，不仅周到，而且缜密。他之所以采取人盯人的办法，之所以把雷好与其他人隔开，自己却不离左右，就是害怕人多嘴杂，扯出华夏集团内部的筋筋绊绊，玷污企业形象，给投标工作造成负面影响。见雷好蓄意揭伤疤，他情不自禁地护起疼来：

"哦，你是问那天的事情呀。那天早晨我在宁泰市满处打听你们考察评估团的下落，头天傍晚不是没有接着你们嘛。回到十字街后，我是看见好几个退休职工在集团大楼门口晃悠，当时没在意。后来听说了，老职工为养老金不能及时拿到手的事到总部机关打听原由，时总经理亲自向他们做了个解释，他们就都走了。我们华夏不是经过了几次大的组织机构调整嘛，老职工的归属有点儿乱，发退休金的人和领退休金的人经常接不上头，解释清楚就完事了。"

"这么简单？"

"是呀。"

"我怎么听说声势不小，事情闹得挺大呢？后来还有人告诉我说，连武警部队都启动了应急预案，随时待命。"

"嗨，以讹传讹呗。现在有些个事确实令人费解。比如，有人在大街上打了个喷嚏，就会有一大群人马上歇下来仰着头朝天张望，说是下雷阵雨了。哪跟哪啊！"

雷好明知琴拥军在护短，但是没有不较真儿："无风不起浪，事情总归是有点儿的。"其实，他也是道听途说，并不清楚华夏集团那天出的事情到底有多大，"华夏是省里的龙头企业，省领导盯得紧，打个喷嚏都能让省领导惊出一身汗来。也算有福呀。这两条船都是华夏的？"

"我们有个旅游运输公司，像这样的船好几条哩。都在潜龙江沿线跑旅游运输，客运货运都搞。企业，多渠道、多门类，多种经营嘛！"

"施工单位有船的可是不太多。"

"华夏集团不是大嘛。交通运输工具，除了飞机没有，其他什么都有。"琴拥军抓紧时机炫耀，"我们还有不少驳船，有火车头和车厢、车皮，施工用车不算，仅大小通勤车就有好几百辆。"

"装备情况怎么样？"

"各种机械设备一万多台（套），大到缆机、塔吊、龙门吊、拌合楼、索铲、电铲、装载机、挖泥船，小到拌和机、空压机、凿岩机、震捣器，可以保证三个百万千瓦级水电工程同时施工。装备能力还算强大。你们前两天参观的花溪、虎啸电站工程就是同时开工的，从开工到现在才六年多点儿时间，主体工程全部完工，并网发电了嘛。"

"花溪、虎啸还剩多少工程量？"

"最后两台机组调试，花溪、虎啸各一台；两座电站上下游航道护坡浆砌；检修闸门安装调试，和其他一些辅助工程的清理、装饰，都是扫尾工作。"

"这两个工地还有多少工人在施工？"

"也就三四千人吧。不包括农村工人组成的分包队伍。"

"这么多呀？"

"辅助工程和临时建筑物的清场项目很多，挺啰嗦。我们算是干得快的，像这种大型水电站，有些单位搞一个工程的清场扫尾就要花三五年时间，我们的计划是，从开工到退场，总工期不超过七年。这种进度，龙潭工程的九个竞标单位，恐怕只有华夏能做到，其他单位都没有这种能力。"

"你很会瞅机会表扬自己。"

"嘿嘿，竞标嘛。竞标单位当然要摆摆自己的业绩，展示展示自己的实力，自己说自己不行，那还竞什么标啊？"

"你要知道，永泰、松峦、花溪、虎啸四座电站，比起葛洲坝、二滩、龙滩、三峡、西落囵来，是小巫见大巫。不能夜郎自大。"

"可是独立完成一座大型水电站建设任务的施工单位全国不多，尤其是同时承担两座大型水电站建设任务的施工单位，更是少有。"

雷好对琴拥军的话并无反感，乙方在甲方面前自己夸奖自己是非常正常的事，再说他对琴拥军印象不错，即便话说过了头也无所谓。自从在津口上船以后，琴拥军就一直陪伴在雷好身边，不仅生活服务细致入微，而且能做到有问必答，对答如流，对工程施工技术相当熟悉。雷好暗想，怪不得时空把如此重大的接待任务交由琴拥军负责，果然精明干练。

"你对水电工程施工很在行。在华夏干了多少年？"

"二十多年了吧。"琴拥军回答说，"我是在松峦电站干得正热火朝天的时候参加工作的，一直在工地耗着。去年才调到总部机关，先在工程技术处干，后来又挪到了总经理办公室。其实，我不太习惯办公室工作，没办法，瞎混呗！"

雷好友好地笑着："到潜龙总公司来怎么样？我这里正招兵买马。"潜龙总公司确实需要既懂水电工程施工技术，又有实际工作经验的人员。

"嘿嘿，感谢抬爱，我哪敢有这非分之想啊。再说，已经在工地耗了二十多年了，耗习惯了，还耗出感情来了，哪儿也不想去了。"

"开个玩笑。"雷好忽然意识到不该谈论这种话题，"不必当真。"

正说着，匡奇顺着舷梯噔噔跑上了三层平台，非常神秘地说：

"雷总，游轮马上靠岸，我请你再看一道好风景，这是接待组安排的最精彩节目。"

"什么好风景，山、树、庙、和尚，还能有什么？我们从省里出发到现在，差不多天天都在考察评估这些。"雷好打趣说，"匡主任，这一路我发现你有两大特点，一是特别忙——握在手里的手机老是嘟嘟嘟响个不停；二是特别能吹牛——什么事从你嘴里出来就能撑破天。"

"过奖，过奖。"匡奇毫不在意，"这年头，不忙那叫什么主任？不瞒你说，我管着十好几个处级单位，大事小事一大堆，要不是琴副主任面子大，我还没福气侍候您哩。"

"嗯，你管的处级单位比我管的处级单位还要多。"雷好讪笑说，"说好啊，我可不爬山了。"拍拍隆起的腹部，"瞧这负担把我拖累的。"

"咱俩一个类型，都是重量级。不过，你到底比我大一号。"匡奇也拍了拍非常突出的肚子，"山是肯定要爬的——无限风光在险峰，不爬山怎么能看得到无限风光？但这回肯定不会让你用两条腿爬山了。"

"飞呀？"

"这就不用你操心了。"匡奇一副忙得不可开交的样子，"船马上靠岸，我得先上岸张罗去。琴副主任，雷总我就交给你了。"好像他才是接待组长。

二十一

大寨号和大庆号在小快艇的引领下缓缓驶向岸边。船上的水手们忙碌开了，准备抛掷缆绳，搭架跳板。

两条船停靠的地点没有码头，只是一片沙滩，再往前便是壁立的山峰。

沙滩不大，上面已经摆放好了二十多副用竹躺椅和两根长竹竿绑扎而成的滑竿，每副滑竿旁边站立着两个包裹着青布头巾的山民。抬滑竿的山民都是匡奇、吴田事先跑进山里请的，每人二十元。

吴田驾着小汽艇把匡奇和娄毅先送上岸。

匡奇几步蹿到一溜滑竿前面，对着山民嚷道：

"客人马上就上岸了！大家听好了，听我统一指挥！待会儿，我们的娄处长走在最前面，负责领路，滑竿队伍要在我们娄处长后面有秩序地跟着走，不准一窝蜂往前挤。山坡很陡，请各位老乡注意，滑竿和滑竿之间要保持一定距离，千万注意安全，安全第一，大家听清楚了没有？"

"晓得了嘛，晓得了嘛。"一个中年汉子说，"我们抬的都是财神爷爷，哪个舍得把财神爷爷摔下来嘛。"逗得抬滑竿的山民哄哄大笑。

"晓得了就好！"匡奇仍旧大声说，"我还得给大家提个醒，过会儿不许再喊财神爷爷了，一律称客人'领导'，或者叫他们老板，要懂规矩，明白啦？"回头又对吴田说，"你就不要上山了，把饭准备好。午饭回船上吃。"

匡奇刚刚嚷嚷完毕，琴拥军就搀扶着身高体胖的雷好从大寨号里走了出来，小心翼翼地踏上了跳板。考察评估团成员和华夏集团的接待人员一个接一个跟在他俩的后面。

匡奇见大家陆续走上岸来，就又吆喝说："接待组的同志们听好了，按分工，各人负责各人的接待对象，一定要注意安全。"

众多滑竿中，有一副滑竿的竹躺椅相对宽大，上方还支起了一顶长方形蓝布镶红穗遮阳伞，尤其显眼。琴拥军知道那副滑竿是特别为雷好准备的，扶着他走了过去。

"雷总，"匡奇迎上前，殷切说道，"听说你这次出行，空中客车坐了，直升机坐了，军舰、高速火车也坐了，比较比较，看坐这滑竿的滋味怎么样。"

"呵呵，呵呵呵。"雷好很高兴，心安理得地往滑竿上一躺，"要说这次考察评估活动印象最深刻的，第一是开火炮，我一气打了六十多发子弹，过足了瘾。其次，要数坐这滑竿了，平生头一回，有点儿意思。"

"那些炮弹肯定是退役下来准备批量销毁的货色，不过让你玩了把二踢脚，不值一提。"匡奇也懂得不失时机攻击竞争对手，"咱华夏让你享受的才称得上货真价实。你看，两个彪形大汉将你抬着，悠悠荡荡，好比坐花轿，多舒坦，多风光。"

"打击别人，抬高自己。"雷好假以愠色，"要是让对手听见，会把你活剥了！"

"竞争的特别含义就是互相打击，我们的对手在你面前肯定不会把我们夸奖成义勇军。"琴拥军给匡奇帮腔说，"他们绝不会说华夏集团才是老大。"

"华夏人争取的就是与众不同——能把小米、荞麦做出新花样。"匡奇更来劲了，"您瞧好了，好戏还在后头。"

仰躺在滑竿上的雷好用食指点点匡奇，又点点琴拥军，"公关，公关，什么时候都忘不了公关。"

考察评估团成员兴高采烈地坐上滑竿。

年轻貌美、风姿绰约的罗尼娜刚刚坐下却又站了起来，对站在滑竿旁边的时之男说：

"之男，怎么说你也是我的学长，待会儿我被人抬着，你在下面走着，像什么呀！我不坐了，来来，你坐。"

"哎呀，说什么哩。你是客人，我是主人，有道是主人让客三千里。"时之男说，"我们琴主任早就交代过了，服务周到、保证客人的安全是接待组的天大任务。别客气，坐吧，坐吧。"把罗尼娜按到了滑竿上。

匡奇见考察评估团成员各就各位，一切准备停当，大声招呼立刻出发。

戴着大檐儿帽，着一身警服，腰间还别了把手枪的娄毅，一面吩咐公孙旺和另外两名干警殿后，一面领着滑竿队伍向山顶攀行。滑竿队伍和接待人员慢慢衔接成长长一溜，浩浩荡荡，贴着陡峭的山坡盘旋而上。

在荆棘纵横的山间径道爬行了一个多小时，走在前面的几副滑竿缓缓来到一个崖洞前面。沙凡和考察评估团随团专事摄影录像工作的哈能提前赶到了这里，正在忙着准备摄影器材，架设高倍望远镜。

琴拥军和娄毅扶着雷好乘坐的滑竿最先抵达崖洞，接着又跟上来两位长者和几位女士乘坐的滑竿。

崖洞不大，洞前一块岩石虽然比较平整，面积却小。匡奇见洞内洞外根本容纳不下五六十人，赶忙招呼后面的滑竿在崖路上就地将歇，分批上来。

雷好从滑竿上走下来，走到岩石边。放眼望去，大小山峰尽在脚下，滚滚潜龙江从远山汹涌而来又向远山奔腾而去，好不壮观，一览众山小的感怀油然而生。

"这山叫天柱峰。"琴拥军走到雷好身边，介绍说，"距下游的永泰电站四十多里，距上游的龙潭电站坝址也是四十多里。我说的是水路。今天晚上，我们的船停靠在斜对岸的半爿街过夜。半爿街是个古老小镇，北面是宜阳县城，东面是永泰县城——十字街镇。我们现在的地理位置还在永泰县境内。明天早晨从半爿街出发，上行不到十里地就是龙潭电站的坝轴线。到时候请雷总上岸踏勘。雷总应该去过吧？"

雷好说："实不相瞒，我还真没去过。图纸倒是看过不少回。"

"那太好了，我们接待组歪打正着。"琴拥军说，"趁这机会把龙潭电站工程的地形地貌好好看看，到时候，我再把坝区的地质、水文情况向你介绍介绍。"

"雷总，快请过来，"匡奇忽然一声高叫，"我请你看个稀罕！"

"又看稀罕。"雷好讥笑说，"一路上尽听你说看稀罕。山、水、石头，还能有啥？"

"这回真不是山水石头。不看不知道，一看吓一跳。"

雷好慢腾腾走到沙凡、哈能刚刚调试好的高倍望远镜前，俯身从望远镜里向对面的山梁瞧着。瞧着瞧着，他突然惊叫起来：

"嚄！嚄呀呀……这……这是什么呀？"

几位下了滑竿的考察评估团成员听到惊叫，一齐涌到雷好身后：

"雷总看到什么了？"

"真有稀罕呀？"

"别别别，"雷好摇着手，眼睛却没有离开望远镜，"别碰，别碰，我还没看清楚，没看清楚……"就把眼睛贴得更紧，不停地调整望远镜的角度、焦距，"奇了……奇了……"

几位女士急得直叫唤：

"雷总，究竟看到什么了？"

"卖的什么关子呀？"

"领导怎么这样啊？！"

雷好两手把望远镜的视片捂住，转过身诡秘地说道："女士不宜，女士不宜！"

愈是说女士不宜，女士们就愈是急得跺脚：

"男女都一样！"

"女士该优先！"

几位女士不由分说，一齐动手把雷好推搡到一边。

罗尼娜年轻手快，抢过望远镜就往远处瞧，没瞧两眼就"妈呀"一声大叫，跳到一边直吐舌头：

"虚构的吧？"

时之男一把拉过罗尼娜，小声问她看到了什么。

罗尼娜把嘴巴附在时之男耳边低声嘀咕了几句。时之男的脸唰地一下红了。

"看到什么了？大惊小怪的！"潜龙总公司的资深会计柳月桂望望罗尼娜，一把将高倍望远镜揽到手里，转过身就对着视片看究竟。柳月桂五十多岁，是两个孩子的母亲，所以瞧见望远镜里的"景致"后，没有像罗尼娜那样张皇失措。

天柱峰左侧是一条深不见底的沟壑，由于下游虎啸电站蓄水发电，沟壑便形成了一条与潜龙江相连的汉河。汉河对岸是道山梁，山梁上有一座小村庄。高倍望远镜对准的是一户人家，这户人家单门独户，干打垒山墙，石片瓦盖顶。山墙下面的石墩上坐着一位六十多岁的老妪，正在边晒太阳边缲裤边。她身边，跳跃着一个赤身裸体的人影，动作特别怪异。仔细看去，那"人"一米八左右，背部长满了毛，跟猴子、猩猩一模一样，正面上下却光溜溜与人体一模一样，下身的器具清晰可见，像一丝不挂的模特儿。柳月桂目不转睛地看了好一会儿，啧啧称奇，嘻嘻直笑：

"还是个男的。"

先期到达崖洞前的考察评估团成员一齐发生了兴趣，争先恐后看稀奇。匡奇很得意，提醒大家不要拥挤，小心坠下悬崖。沙凡和哈能把第二部高倍望远镜也调试好了，招呼大家分头观看。

"说他是人，天寒地冻不穿衣服，说是猴子吧，全身正面又不长一根毛。"雷好在滑竿上坐了下来，纳闷着，"怪，怪。"

琴拥军把泡有人参的子弹头保温杯递给他，说："要是没有怪事，我们就不会把你往这天柱峰抬了。"

"那个村子里的人都叫他猴猴人，坐在石磴上的老妇人就是他妈妈。"娄毅走到雷好跟前，"是个混血儿，这是科学说法。"

"混血儿？"柳月桂凑了过来，别有一番见地，"难道他爸妈不是同一人种？不对，不对不对。世界上只有尼格罗、欧罗巴、蒙古三类人种，哪类人种跟哪类人种混血都不可能是这结果。"她有点儿基因常识。

"不是混血儿。"雷好摇着头,结论非常肯定,"八成是返祖,返祖现象。"

"近亲联姻才会有返祖现象。他爸妈是近亲?"柳月桂问琴拥军。

琴拥军的回答根本不能使柳月桂释疑:"问题是,猴猴人的妈没结过婚,没有男人。"

"没结过婚不等于她没和男人交往,这是常识。"柳月桂说,"猴猴人的妈一定有相好,而且是近亲。"

匡奇不知是确实不知实情还是故弄玄虚,说:"猴猴人的妈是孤儿,爹妈死得都很早,也没有兄弟姊妹。十七岁那年她忽然怀了胎,后来就生下了这个既像猴又像人的儿子。"

雷好问:"就没有科学家到这里来考察考察,研究研究?"

"这种奇事还能没人考察研究?都考察研究十几年了。"琴拥军说,"北京上海的脊椎动物进化学专家、生物工程学专家、自然和社会科学专家、环境保护专家,还有考古学家,都专程到过这个村子。十几年来,各界专家的造访没间断过。这猴猴人到底是动物还是人,据我所知,至今没一个有说服力的结论。"

"嗨,有什么考察研究的,问问猴猴人他妈妈不就清楚了。"柳月桂说。

"问啦。还能不问?"琴拥军说,"几十年来,村子里的人问,从前的大队干部问,县里省里的领导问,全国各地的专家问,可猴猴人的妈要么不说,要么说不出个所以然。"

"就是门口坐着的那个婆婆吗?我们去想办法问问她,只要办法得当,哪有问不出究竟来的道理。领导、专家都是迂夫子,打听这种事得靠女人。"柳月桂说。

潜龙总公司合同处的谢巧云女士从望远镜旁走了过来,说:"怎么把我们抬到这半山腰来了?直接进村子多好。"她和柳月桂的年龄相仿,啥事都经历过,不怕跟猴猴人近距离接触。

琴拥军解释说:"不是我们不想把你们直接抬进村子,是猴猴人一家早就被地方政府保护起来了。省里、县里在二十年前就发过红头文件,外乡人一律不准进这村子骚扰猴猴人一家,科学家进村考察必须出具省政府的介绍信。不然,看稀奇问究竟的人还不把这个小村子挤破了?最要紧的是,有关专家担心猴猴人受到惊吓、刺激,缩短了寿命,过早失去了考察对象。"

"这个观察点还是我们集团搞摄影的沙凡,在摄制龙潭电站原始地形地貌资料片时发现的,如果不是他钻到这里来摄像,你们今天还没这眼福呢。"娄毅补充说。

"猴猴人得有父亲呀!"柳月桂对猴猴人来历的考证跟平账时一样精细,"总不会像《西游记》里写的那样,喝水就可以生娃娃吧?"

"就是呀,他到底是人还是动物呢?"谢巧云高声附和,刨根究底的劲头比签合同时还认真,"哎,老乡,抬滑竿的老乡!你们总该知道点儿猴猴人的情况吧?你们给说说,他是怎么回事?"

几个抬滑竿的山民挤在崖洞旁边,一边听大家胡猜乱想,一边呵呵笑。见谢巧云发问,一个山民答道:

"问我们做啥子,哪个晓得嘛。你们刚才不是说要问猴猴人他妈妈吗?问他妈妈就对头了嘛。"

"猴猴人他妈妈不是不愿意实说吗?"柳月桂对那个耍滑头的山民很不满意,"我们也没办法去问她呀。"

另一个山民嘻嘻直笑,说:"这里过去满山都是野人,多大个个,一人多高。猴猴人他妈妈年轻时,在苞谷地里拣到个娃娃,就抱回家养起。后来就养成这么大了嘛。"

柳月桂一惊:"这里过去有野人?"像发现了新大陆。

"啥稀奇嘛?到处都是,满山跑。这崖洞洞过去住的都是野人。还是修永泰电站的时候,天天炸大炮,都吓跑了。"

"这就对了。"柳月桂想象力非常丰富,"猴猴人和他妈妈肯定跟野人有某种必然联系。"

"难道人和动物……"罗尼娜将信将疑。

"那又怎么样?这才算合乎逻辑!"柳月桂武断起来,"这种事,古书上的记载可多了。"

"打住,打住,就此打住!"匡奇似乎达到了哗众取宠的目的,开怀大笑,"猴猴人他妈妈说拣的,那就是拣的,肯定是拣的。科学家、专家没有定论,有定论也是谬论。民间故事、小道消息不作数,统统不作数。你们说是吧,老乡?"

几位老乡齐声一呼:"对头!"

"谜!"罗尼娜感叹说,"美国的罗斯维尔现象,英国的蓝道申现象、苏联的通古斯现象,美国人、英国人、苏联人不说,世界上就永远留着谜。"

一直没有吭声的时之男忍不住插了一句:"猴猴人和UFO也能扯上关系呀?"

罗尼娜说:"那可说不准。"

"好啦,"雷好捧着子弹头旅行杯,在洞前纳闷地晃悠着,"这谜还是等科学家们慢慢揭去吧。"

匡奇走到他身边,说:"雷总,到洞里坐会儿去,歇歇,喝喝茶,没看够,等他们看过一阵您再出来。"见雷好没有反对,又对琴拥军和娄毅嚷道,"琴主任,麻烦你让大家有秩序地观看,别拥挤,千万注意安全,可不能有人掉到悬崖下面去了。娄处长你就负责在洞门口站站岗,搞搞保卫,让领导在洞里好好歇歇。"

雷好捧着子弹头旅行杯站起来,踱出洞外,踱到悬崖边,又从高倍望远镜里把对面山梁上那个正在跳跃着的猴猴人看了一遍,忽然喊道,"小哈,哈能!"

哈能不到三十岁,高大魁梧,乌眉亮眼阔脸庞;长长的头发向后顺梳再扎成一只马尾辫背在背上;上嘴唇下巴颏全是胡须,粗长浓黑,像块小布帘,红口白牙点缀其中,艺术家风度。见雷好召唤,他忙扛着摄像机跑了过来,等待吩咐。

"能不能把那个猴猴人录下来?面部、上下身,背景,还有他妈妈,图像争取清晰点儿,回去后刻个光盘什么的,咱们也可以研究研究呀。"雷好说。

哈能说:"我正在和沙凡一起想办法。"

"那就好,这稀罕难得一见。"雷好叮嘱哈能把录像搞好,又对匡奇说,"你们华夏应该把这地盘开发利用起来,搞成一个旅游景点,到时候肯定游客如织,日进斗金。"

匡奇这几天已经和雷好混得厮熟,厮熟得可以嬉皮笑脸寻开心:"我还以为只有华夏集团贪财，原来雷总也钻到钱眼里去了。"

雷好呵呵直笑，冲着望远镜旁边的人群叫道：

"大家抓紧点儿啊，后面还有一大拨人等着长见识哩！"

二十二

龙坪狩猎场地处宜阳县西南边陲的龙坪乡。

狩猎场方圆数十里，是一片草原。五年前，为消除落后区域，宜阳县委、县政府决定对这一区域实施开发利用政策，因地制宜，把这一人烟稀少的地区改造成活跃区域经济的旅游场所。但由于县政府正着手启动"一二五工程"，没有多余资金用来完善狩猎场的交通、餐饮和娱乐场馆等硬件设施，服务条件尚不完备，光顾的客人一直很少。考虑到五六年后，坝高近二百米的龙潭水电站建成，库区回水会使草原脚下形成一面湖泊，水路交通和自然环境会发生有益变化，前景可观，县委、县政府就把狩猎场作为一项发展中的产业坚持了下来。支持这一战略的思想基础是：等到龙潭电站建成投产再着手规划，势必丧失对旅游资源开发利用的先机，假如省辖市辖单位抑或有经济实力的私企强行介入，重启开发方案将非常被动，坚持下去方为上策。因此，尽管狩猎场目前做的是赔本生意，宜阳县也在所不惜。

龙潭电站坝址踏勘过后，琴拥军不管雷好愿不愿意，号令大寨号、大庆号拐进支流，向龙坪狩猎场高原脚下驶去。

实际情况是，雷好在长城公司突然改变主意——接受华夏集团邀请，调头南下的时候，时空根本不可能及时从成都赶回，他在黄河施工局要办的事情太多，已经身不由己。没有办法，时空只好让琴拥军先将雷好率领的考察评估团直接安排到旅游船上，以实地考察为名游览观光。这样，既给自己争取了时间，又把考察评估团同参加龙潭工程竞标的其他单位隔离开了，切断了他们之间在情感信息方面更深层次的交流与沟通，一举两得。琴拥军对时空的意图心领神会，千方百计将雷好稳住，同时不忘把接待组应该做的工作做完、做好。招投标市场太复杂、太激烈，急于拿到市场份额，没有哪一家的表现老实。有资格参与龙潭工程主体标段角逐的九家单位中，华夏集团的经济实力未必比拼得过另外八家，即便不分上下，在省政府机关待过多年的时空也没有挥金如土的胆量，少花钱多办事、办大事，动脑筋施展行为艺术博弈竞标市场当然是他的最佳选择。但是，该大气时不大气就等于不识时务，所以，他对琴拥军的接待方式没有任何异议，基本上是听之任之。假游猎之名，给宜阳县一点儿实惠，争取宜阳县来日为华夏集团施工队伍提前进驻龙潭工地大开方便之门，是时空通盘考虑的另一着棋，也是考察评估团最后一站为什么安排在龙坪狩猎场的真正原因。

时空的成都之行很不轻松，除了要和黄河施工局的罗光辉、滕夫儒讨价还价，商讨抽调技术人员和机械设备为进军龙潭工程做准备外，还得听取他们的工作汇报、走访施工现场、职工生活区。另外，黄河施工局有几个在职干部新近暴露出了腐败问题，挺复杂、挺头疼，耽误了他一些时间。

飞回宁泰市后，时空没有回十字街总部，而是让去机场接站的黄河把他送到了宜阳县城关，与在那里审查标书文件及技术资料的秋胤、达奚贤等人会合，同宜阳县的伍书记、陆县长敲定了两座小型水电站的兴建、五座大型水库的维护加固、宜（阳）宁（泰）公路拓宽取直工程的开工时间，先把十多亿元的工程项目牢牢抓到了手。尔后，他才和黄河一起赶到了龙坪狩猎场，准备在这里跟雷好会晤。

从踏上大寨号甲板那一刻起，雷好就有一种被劫持的感觉：非常被动，失去了自由。但是，在接下来的日子里，他心中的苦恼很快被琴拥军的热情、厚道、悉心照料，还有详尽的资格介绍所淡化，胸怀不知不觉随着壮美的山山水水坦荡起来。华夏集团为夺得龙潭工程主体标段煞费苦心，他不仅理解，而且暗自高兴。雷好的心计谈不上老谋深算，但也称得上胸有一盘棋，龙潭工程整个招投标计划如何运作、理想目标是什么，自是成竹在胸，不会发生意外的，绝不会。大造声势，引起竞标单位对龙潭工程高度重视，是他发起这次考察评估活动的主要目的，竞标单位竞相逢迎、互不示弱、唯恐落后的表现，不正是自己希望看到的吗？所以，对琴拥军、匡奇一路的精心安排，雷好都不曾真心实意推辞、谢却，常常装出一副无可奈何、任由摆布的样子。

这天上午，龙坪狩猎场焕发出了少有的生气。

凌空飞架的圆木门楼两旁，几根旗杆上挂上了五颜六色的旌旗、大幡，还悬浮起了几颗红气球，蓝天白云之下，格外耀眼。

狩猎场没有高楼大厦，甚至连一栋砖瓦房屋也没有，只有十几顶藏族、蒙古族和新疆维吾尔族牧民居住形式的毡包。毡包大同小异，呈弧状当门分列。毡包与门楼之间就有了一个半月形广场。广场正中挺立着一根又高又粗的旗杆，顶上翻卷着一面簸箕大的白旗。白旗上，一个斗大的"猎"字赫然在目。高牙大纛，虎帐威仪，仿佛远古交兵营寨。虽不伦不类、不成体统，倒也算得别出心裁。这些毡包平时由聘请的藏族、蒙古族、新疆维吾尔族老乡看管，并负责按本民族风俗习惯接待游客，亦不失为一种创意。十几顶毡包背后是广袤的草原，一望无际。草原左面不远处是悬崖，悬崖脚下便是潜龙江支流；右面就是大老林——实际是一片古老的原始森林，远远望去，苍苍莽莽，幽深神秘，成了地球物理学家、考古学家、植物学家、脊椎动物学家钟情的地方。紧挨原始森林的山坳里，几圈木栅栏隐约可见。那里，不仅喂养着从内蒙古大草原租借而来的马匹，还专门圈养和繁殖了不少獐、鹿、獾、野猪、野兔和山鸡等飞禽走兽。繁衍的禽兽成年后，有计划地放归草原、森林，供游人猎取。

一次接待五六十人的狩猎团队是狩猎场开业以来头一回，员工们非常高兴。按照匡奇和吴田的要求，狩猎场已提前做好一切准备。备足了马匹和猎枪，增设了毡包，并且早早烧旺了毡房里的木炭火盆。毡包正面的半月形广场上，临时架起了两排又长又宽的木桌，四堆篝火烧得正旺，几位蒙古族老汉正忙着烧烤全羊。

上午十点，黄河的奥迪准时到达龙坪狩猎场。打前站的吴田和狩猎场的朱场长正在大门口恭候。朱场长年长吴田几岁，眼袋浮肿，一脸倦色。吴田虽然年轻些，却也是面黄肌瘦，疲于奔命的状态。时空握住他俩的手，说：

"你们两个同行走到一起了，正好可以交流交流，将来要是有条件，还能搞搞合作呀。"

"是啊,是啊。"朱场长连声说道,"我们从昨天傍晚一直拉扯到现在,拉扯的都是怎么发展旅游业的事情。"

"好哇。"时空说,"眼光就是应该看远点儿,宜阳县比我们做得好,不怕暂时的困难。我们华夏差多了,挺不住就撤,就散伙。"

接着,时空被朱场长、吴田领着去检查伙食情况、毡房里的取暖情况、马匹情况,和狩猎场的卫生、安全工作情况。

检查完毕,朱场长请时空、吴田、黄河去一顶毡房里喝正宗藏族奶茶。刚坐下,一个服务人员匆匆忙忙跑进来报告,说大队人马就要到了,已经快爬上崖路。时空连忙起身。

毡包不远处就是龙坪狩猎场的东南边缘,边缘往下是悬崖,悬崖脚下是与潜龙江联通的汊河,汊河抵头就是一条险陡的崖路通向狩猎场,是药农和猎人攀援而成的。

时空、朱场长、吴田、黄河来到悬崖边。没站多久,就见一顶滑竿晃晃悠悠把雷好抬了上来。琴拥军紧紧尾随在雷好安坐的滑竿后面。

时空迎上前去,一把握住雷好的手:"辛苦,辛苦!"

雷好故作愠怒:"我可要告你,到寇副省长那里去告你。公然把潜龙总公司的老总挟持了好几天!"

"嗨呀,光脚丫的还怕穿皮鞋的?"时空笑着,"谁让你是财神爷,不挟持财神爷挟持谁?不让你多体验体验饥民疾苦,你哪肯慷慨解囊,普度众生?"

"好哇,原来你是惦记我口袋里的钱。"雷好笑了起来。

"只能说兼而有之。"时空说,"我可是在这荒无人烟的地方苦苦等待了你好几天。"

"为什么?"

"那不是想让你在船上玩得开心点儿嘛。一天到晚尽是考察、评估、听汇报,工作,工作,再工作,辛苦,辛苦啊,该好好歇歇啦。"

雷好瞅着时空;"你真有那么好?"

"你看,你看,好心讨不到好报不是?不信你……"时空指指黄河、吴田、朱场长,"你问……问问他们。"

黄河、吴田、朱场长站在一旁嘿嘿笑。

打趣间,考察评估成员一个接一个被滑竿抬上了崖顶。时空三步并作两步,迎过去和他们一一握手表示欢迎,嘴里不停地寒暄"辛苦了,辛苦了"。

几位女同胞乘坐的滑竿行进在队伍中间,一路都在乐呵着叽叽喳喳。时空见她们上来,放亮嗓门儿说:

"嗨,还有几位漂亮女士哩!怎么样,此行有收获吧?"

"嗨,太有收获啦!"从滑竿上跳下地的罗尼娜兴高采烈地叫着。

"哟,太有收获?"

"那可不?"罗尼娜余兴未尽,"全程游历潜龙江畔,八百里洪涛尽收眼底;四座巨坝比肩争雄,龙潭大捷指日可待;看猴猴人竞猜古今谜底,乘滑竿登云揽月!"

"才女,才女!"时空随声附和。

跟在后面的柳月桂说:"看看,看看,这一路的风光美景,奇闻轶事,心得体会,全让才女感叹完了。"

"好哇,好哇,"时空助兴说,"我再让各位贵宾来个游猎骑射,效仿效仿老祖宗的豪迈秋狝,就更有诗情画意了。"

一会儿,乘坐滑竿的考察评估团成员全部登上了崖顶,华夏集团的接待人员也徒步攀爬上来。走在最后面的是匡奇和娄毅。他俩一人背着一只比箩筐还大的背篓,背篓里堆满了烟酒、饮料、水果和点心,累得满头大汗。

雷好被单独安置在一顶毡包。毡包很大,里面铺着厚厚的红地毯,后半间用帷幔隔就了卧室和盥洗间,前半间摆放着沙发和茶几。两盆炭火烧得正旺,暖和极了。时空把雷好领进来,问:

"你看还行不?"

雷好踩着红地毯,撩起帷幔门帘探视了一下卧榻,说:"当今最时髦的游乐就是狩猎、野炊、住毡包。岂止还行,阔!"

时空见他很满意,笑了起来:"我这不是当了总经理,有权又有钱了嘛。想当初在省政府做副秘书长,想花俩钱请下面的县长一顿,还得先填个单子才准开吃。不像你在沙湖当市长那会儿,政策就是你,你就是政策。"

"如今可就彼此彼此啰。"雷好踱了一圈,坐到沙发上,慢慢取下手套,"书记还没露面……怎么,我还得去拜访拜访他?"

"岂敢,岂敢!诗维书记是华夏集团的老人,牵挂多,不放心外面工地上的事,到长江施工局、珠海施工局看望干部职工去了。安抚、稳定,是党务工作的头等大事,当书记的,忙啊。"时空没有实话实说,"快了,已经外出半个多月了,大概就这两天回来。"

"哼哼哼。"雷好不知什么意思地笑笑,"见你一面,也不容易啊!"

"我是官又糊涂事又多。"时空取下吊在火盆上的铜壶,给雷好冲红炮台,"东方联营把你打劫走了的第二天,我们黄河局有点儿急事,我飞到成都待了两天。救火呀。救完'火'就往回跑,害怕你随时驾到呀。"

"怎么,"雷好想当然,"你们西北那一摊子也……出事了?"

时空见他还想站在岸上看翻船,心里又好气又好笑,说:"也没什么大事。他们在西北咬到了两个大标,快签合同了,催我赶去跟甲方会面,十万火急,不去不行呀。"

"我还以为你们在大西北的队伍也跟总部一样,不稳定了哩。"

"华夏是爱犯点儿老毛病。但也不至于这里冒烟那里冒火。"时空把铜壶小心挂上火盆上面的铁钩,"那天到集团总部的也就是些老人。做做工作,解释解释,他们也就散了,事情不大。"

"我听说有大几千人,把你们总部围了个水泄不通,而且多半是待岗下岗职工。"

时空想,这条小辫子若让雷好捏住,对龙潭工程的投标工作很不利,就装出一副若无其事的样子,说:"这些人都是我亲自接待的。会议室倒是填满了,你算算,能有多少人。"

"你在捂癞子吧?我的消息可是很灵通啊。"

"灵通什么？无非是竞争对手们小题大做，蓄意诋毁。"

"在这个问题上，我怎么觉得你和琴拥军的腔调特别一致。统一过口径？"

"谁干那种事。"时空把盖碗捧到雷好面前，坐了下来，"即便是大是大非问题，我也从不把个人意志强加于人，何况这点儿小事，统一思想认识，大可不必。"

"闹腾——形象不好。"

"我没把事情看得那么严重。几个老职工，心里有话想找领导诉说诉说，情理中的事。我头疼的并不是那群老职工，而是那些放大事实的竞争对手——唯恐天下不乱。可恶！"

雷好明知时空这是指桑骂槐，却又不敢接招——那等于承认自己故意揭短，幸灾乐祸，就知趣地岔开了话题：

"华夏在西北中大标了？"

"差不多吧。"

"多大规模？"

"两个标加在一起，三四十亿元。小意思。"

"不少啊！"

"国家在西部实施大开发战略，水利水电工程、路桥工程新开工项目多。我们设在那里的黄河施工局沾了不少光，中标承揽的工程项目确实不算少。"

"华夏有这么多的活儿，还……"雷好端起茶碗，用碗盖儿轻轻拨着泡沫，"死死咬着龙潭工程干什么？你看这，劳师动众，所费不菲，何苦？"

时空大笑起来，说："撇开龙潭这一标不谈，你雷总率团出巡，路经蓬莱，我总不能拿粗茶淡饭把你草草打发了吧？对施工单位来说，自然是合同储备越多越好，手中有粮，心里不慌。吃着碗里，瞅着锅里成了施工单位的本能，也是生存、发展的需要。你说是不是？"

"西瓜、芝麻你都要，里外两头全不松手，贪！"

"形势所迫，没办法啊！"

"参加龙潭工程竞标的九巨头，个个不示弱。"雷好品着红炮台，"你们有一搏哪。"

"没关系。公平竞争，比拼实力。"

"从掌握的资料看，这九个单位，家家都有干好龙潭的实力。"

"文字资料不能说明问题，要看业绩。再说，实力也有强弱之分，在我看来，九个竞标单位中，华夏的实力最强。"

"不一定吧。"

"你已经在潜龙江的下、中、上游视察了几天，算得眼见为实。四座电站，四座丰碑，华夏集团的业绩明摆着，综合实力一目了然。"

"可是人家有些单位在长江、黄河干流上的水电工地干过，把潜龙江上这四座电站跟长江、黄河上的特大型电站相比，有一比吧？"

"问题是，潜龙江上的这四座电站，全部是由华夏集团独立完成，没有借助任何外来施工力量。这一点，在龙潭工程的竞标单位中，没有一家能和华夏相比。据我所知，在大江大河上独立完成大型、特大型水电站的施工单位不止华夏一家，可惜这些单位都把注意力集中到二滩、龙滩、高坝洲、三峡、西落凶去了，连龙潭工程的标书都没有买。"

对付雷好，软话硬话都得来点儿，过于谦和、过于强硬都有可能吃亏。时空对雷好的秉性略知一二，瞅准机会就不疼不痒地把他的软肋捏了捏。

"呵呵，呵呵呵。"雷好反唇相讥，"你真会总结自己的优点呀！"

"九巨头你已经见识了一大半，不妨回顾回顾，有哪一家在你面前说过自己不行别人行？在你死我活的竞标争斗中，谁敢谦让啊？"时空决计反守为攻，要让雷好明白即将摆开的争夺战到底是一种什么样的形势，"在我看来，参加龙潭竞标的九巨头，只有七个是真正意义上的竞标。戎马是军事工程施工队伍，他们参与投标，不过是表示一下自己的市场观念、经营意识而已，中得了亦好，中不了其实无所谓，人家有的是活儿干。另外一家叫寰球的中外合作联营体，如果不是基于国际市场关系，忌讳壁垒纠纷，单凭我国目前超强的水利水电施工能力，完全可以把他们剔出门外。剩下七家，实际只有三家是华夏集团真正的竞争对手。这三家，技术力量强、施工经验丰富、设备优良、职工队伍素质高，综合实力无可非议。遗憾的是，他们距龙潭工地都在千里之遥，属远劳之师。人员进场、机械调度，还有各种补给，都面临长途跋涉、艰难转运的大困难。按正常标准报价投标，这三个单位很难投中，杀价中标他们又会得不偿失，弄得不好，赚不了钱还要赔本。在报价问题上，他们首先就拼不过华夏。其他三家不值一提，不是技术力量单薄、施工队伍素质差，就是东拼西凑形成的松散团队，不成建制，没有战斗力。这三股势力，报价不一定合理，即便侥幸中标，将来最使甲方头疼的必然是：由于内部分赃不均而引发的种种矛盾纠纷；施工质量、进度更是甲方操不完的心，后患无穷。"

"没有那么严重吧？"雷好明明知道时空点着要害，但警醒到无论如何不能承认，"参加龙潭竞标的单位虽说不是全国的一流水平，但家家都是身经百战，战绩骄人。再说，水电工程施工的科技含量……毕竟不是那么高。"

"我不过站在你那个公司的立场，帮你分析研究一下问题的实质，操的是份闲心。你们的标段、标底，还有招标意向，我左右不了。"时空使的手段是拍拍打打又抚摸抚摸，"不过，在工程施工进度和质量的达标问题上，到底是正规军过硬，还是游击队行，将来你可以通过实践验证。"

雷好狡黠地笑着："这么说，龙潭工程非华夏莫属？"

"起码，优势明显。"时空毫不谦虚，"恕我直言，下面那几家没必要再跑了，明知派不上用场，还亲自跑个啥？不如在我这里多待几天，好好逍遥逍遥，我陪你。"

雷好竖起食指，点着时空的面门："这哪像你时空在说话啊！……对不起，不好意思。"他摸出嘟嘟作响的手机，揿了一下接听键，"哪里？……哦？哦哦……实在对不起，正在华夏哩……没办法啊……这样吧，华夏完了就是你们……回头会有人通知你们的……好好……好，嗯。"关掉手机，显出非常为难的神色，"你看这，不去行吗？动作慢了点儿，他还有意见了！唉……刚才我们扯到哪儿了？噢噢，对了，我赞成你刚才说的一句话——公平竞争，公平竞争。只要那个投标箱不开，鹿死谁手就是个谜。"

琴拥军和匡奇走进来了。匡奇把抱在怀里的几个礼品盒放到茶几上，望着时空说：

"全是按你的意思准备的,看看?"

时空一笑:"看啥?不用看了。长盒子装的是猎枪,小盒子里面装的一定是猎装、马靴、帽子。"对雷好说,"华夏的一点儿纪念品,不成敬意,雷总你千万包涵。"

"本来想给考察评估团成员一人装个红纸包,时总怕各位有顾虑,不肯笑纳,考虑再三,最后还是认为买点儿纪念品合适。"琴拥军边把抱在怀里的几纸袋资料往茶几上码放,边望着雷好解释,"雷总见过世面,知道这点儿心意并不过分。"

雷好眉开眼笑:"我笑纳,我笑纳行吧?"他对猎枪特别感兴趣,指着猎枪盒,望着时空,"怎么知道我喜欢这一口?"

"早听说你在沙湖农场的时候经常打雁打野鸭、野兔,给大家改善生活。"时空说。

"是呀,一晃三十多年了,光阴似箭啊。"雷好起身,把那个长大的做工考究的木盒子打开了,取出锃亮的双管猎枪,爱不释手,"全有?"

"猎装、帽子、马靴,考察评估团成员一人一份。"琴拥军说,"这支猎枪,是时总让专门给你买的。"

"哦?"雷好呵呵一笑,"也是,一人扛一杆枪回省城,那算怎么回事?"

吴田小跑着到毡包门口,说:"时总,午饭准备好了,可以开饭了。"

"开饭!"时空见雷好没有扭扭捏捏,很高兴,"雷总,吃午饭!吃罢午饭我陪你去草原跑一圈儿。"

"好,好!"雷好小心把猎枪放进木盒里,"双管,不便宜吧?"

"喜欢就行,问什么价哟。"时空说。

十几顶毡包正面半月形广场架起的两长条木桌上,摆满了具有藏、蒙古和维吾尔族特色的美味佳肴,堆放着不少糌粑、烙饼、馕。篝火上的全羊已经烤好,空气里弥漫着浓烈的肉香。

匡奇、娄毅、吴田、黄河一人抱着一只大瓦罐,把散装青稞酒向黑瓷碗里挨个倒满。

草原上的天空没有一丝云彩,湛蓝湛蓝,太阳很好,没有一点儿风,给野炊增色不少。

时空把雷好领到长桌的一端,一面请他落座,一面说:"简陋了点儿,见笑。"

雷好望一眼坐满长桌两旁的宾主:"这种吃法我还是头一回,像草原民族的盛宴,不错,不错不错!"

站在旁边的琴拥军使劲儿拍了几下巴掌,大声说:"雅静,雅静,大家雅静。现在,请华夏集团总经理时空致欢迎辞!"

满脸堆笑的时空站起来,双手捧起盛满青稞酒的黑瓷碗,只说了三个字:

"请,喝,干!"

"好!"

"痛快!"

"乌拉!"

长桌两旁的宾主一片欢呼。

接下来,无拘无束的宾主便浑吃海喝。几个藏、蒙古、维吾尔族老乡手持明晃晃的腰刀，将黄亮香喷的烤全羊肉片下，大盘大盘搬上长桌。服务员们不停地从烹饪包里端出藏、蒙古、维吾尔族的风味食品，热气腾腾。

"那几堆篝火是两用，现在烤全羊，晚上用它举行篝火晚会。"时空边向雷好劝酒边说，"宜阳县有个文工团，他们下午六点钟来。我们七点准时开饭，八点篝火晚会开始，十一点半结束，夜宵后文工团回宜阳，他们自带交通工具。"

"无微不至。受之有愧！"雷好发自肺腑。

"我知道，你像这样大规模的出巡也不容易，既然出来了，索性放开。潮流，不顺应不行啊。"

雷好喝了一大口酒，眯起双眼："知我者，是时空也。"

考察评估团的耀眼人物罗尼娜一手叉腰，一手端着酒碗，一步三摇地走了过来，说："时总，雷总，还有琴主任，本姑娘给各位领导敬酒来啦！"她已经穿上了黑色真皮猎装，套上了绛红高腰皮马靴，连女式鸭舌皮帽也潇洒地扣上了头顶。

"呦？呦呦。"雷好把罗尼娜从头瞅到脚，"瞧瞧，瞧瞧，瞧你这着急的样子，早早就把自己给武装起来啦？"

"这猎装真像专给你设计的。"时空不失时机大加夸赞，"精神，真精神，像个女英雄，更像美国西部牛仔。"

抱着瓦罐在一旁筛酒的匡奇高声附和："英姿飒爽！漂亮，真漂亮！"

"是吗？"罗尼娜娇媚地一歪脑袋，"那就干杯，干了！"

时空、雷好、琴拥军笑着举起酒碗，一饮而尽。

"雷总，"罗尼娜把喝空了的酒碗在雷好面前亮了亮，说，"大家一致推荐我做代表，向你请个示儿。"

"看看，看看，你敬的这碗酒，我还不是那么容易喝——有附加条款。"雷好拿湿餐巾纸轻轻擦擦嘴，望着她，"什么条款，说吧。"

"大家希望在这龙坪多待两天，骑马，打猎。"

"嗨呦喂，我的大小姐，你还不想走了？咱们的任务是踏勘、考察、评估，不是游乐！"

"大家认为这并不矛盾，可以兼顾。"

"那也得听主人的安排呀？哪有客人随便开价的道理？不懂规矩！"

"就多待两天吧，不要扫了大家的兴。"时空连忙接过话头，"龙坪风光不错，天气也好。这里过去连冬天也经常下暴雨，可你们一路都是艳阳高照，这是天公作美呀。"

"那就这么定了！"罗尼娜冲雷好莞尔一笑，骄傲地背过一只手，扬长而去。

"不得了，不得了。"雷好直摇头，"典型的甲方作风。"

时空说："这是看得起华夏集团，没把我们当外人，好哇！"

雷好捋捋袖子，起身将大盘里的烤羊肉向自己面前的小盘里夹满，说："还有几个单位没跑。不跑是不行的。你得把时间给我卡好了。"

"没问题。白天骑马打猎、游山，晚上我给你系统介绍华夏集团的情况，你想知道什么，我给你回答什么。文字材料也都准备好了，绝不会误你的事。完了，你跟下家通个电话，让他们做好接待准备，我把你们考察评估团送到宁泰机场。"

雷好津津有味地吃着烤羊肉："也只能这样了。"

"雷总，我代表华夏集团投标办公室，敬你一碗酒。"

一个清亮的声音在耳旁响起，雷好扭过头去。身边，时之男上身穿一件银灰色翻领束腰呢大衣，脚下蹬一双黑色高跟牛皮鞋，头戴一顶棕色平顶风雪帽，亭亭玉立，神采奕奕。

"哦？哦哦，小时，时之男！"雷好连忙起身，望望时之男，又望望时空，"听说是……？"

"犬子，犬子。"时空幽默地说，"她外公给她起了个男孩儿名字——望女成龙。"

"好，好！"雷好又把时之男打量了一遍，"果然俊丽中透出几分男儿气概！"

"谢谢夸奖！"时之男把端在手中的一碗酒喝干，"雷总自便。"又对坐在长桌端头另一侧的琴拥军说，"琴主任，投标办带头完成了任务，轮到你们啦！"

琴拥军扬扬手："没问题。"接着冲长桌中间喊道，"匡主任、娄处长、吴总，还有黄河、公孙旺，瞅见没有？气氛不够哇！"

正在兴头上的匡奇像是听到了冲锋号，捧起酒碗就往雷好身边跑。

"别别，别来得太猛！"雷好惧怕琴拥军发动车轮大战，忙说，"下午我要骑马打猎，不能被马掀下来。"

琴拥军说："放心，青稞酒，低度，醉不了。"

时空不声不响离开座位，快步赶上时之男，把她拉到一边，小声问：

"我外出有些日子了，你妈妈怎么样？"

"我也出来了好几天。"时之男俊俏的眉宇倏然掠过一丝忧伤，"打针好像比过去勤了。"

"哦？我还真没注意。"

之男望着父亲愁苦的样子，安慰说："不犯的时候精神倒还不错，慢慢挺吧。我走之前把外公接过来了，怕山茶顾不过来。"

"也是。"时空忧郁地点点头，"我们都出来了，山茶一个人是有困难。"

"他们明天走不走啊？这个琴拥军，时间安排得够长的。"

"就让他们多待两天吧，这样对集团有好处。九个单位正摽着劲儿哩，我们没点儿耐力不行啊。好几天了，有收获吗？"

之男知道父亲在问什么，回答说："个个守口如瓶。罗尼娜悄悄告诉我说，出发前，雷好给他们训过话，对全体成员约法三章：可以随便看，可以随便听，可以随便问，可以随便玩，可以随便拿，就是不可以随便说。"

"……没关系。你们的主要任务是联络感情。"

"……"

"哎！老时，快过来帮兄弟一把呀！"被酒汉子围困在中央的雷好忽然高声叫道，"你不能为逃酒，撂下我不管哪！"

"来了，来了。"时空连忙答道，"就来帮你截杀一阵！"

大家都急着去草原骑马打猎，午餐吃得匆忙。没等琴拥军把喝酒的气氛造上去，又长又宽的木桌两旁就开始散伙。尤其是考察评估团成员，草草填饱肚子后，就忙着跑进自己的毡房换猎装、套马靴。

娄毅和朱场长见状，慌忙从一项用来做库房的毡包里抱出猎枪。匡奇也没敢贪杯，大步流星去库房扛出一箱子弹，一边给大家分发，一边说：

"除负责导猎、导游的老乡外，一人一匹马一杆枪，十发子弹。大家听好了，天上飞的，除山鸡外，其他飞禽一律不许打。地上跑的，除野兔、野猪、獾子、麂子外，其他走兽，一律不许打。"

罗尼娜肩上已经扛了一把猎枪，走过来问："万一有老虎、豹子冲出了森林，那该怎么办哪？"

"你朝天放一枪，它立马就缩回去了。"匡奇笑着。

柳月桂说；"我是第一次骑马，该不会被摔下来吧？"

"不会，不会，狩猎场的马都是经过驯化的，老实得跟猫似的。"朱场长说，"待会儿，我们的导猎老乡会帮你牵马，你只把马鞍上那个圆圈圈捏紧就行。骑一会儿，你可能就不会让老乡帮你牵马了。"

"马有这么乖呀？"谢巧云将信将疑。

"试试你就知道了。"

接着，朱场长和吴田领着笑语喧哗的宾主去马厩挑选马匹。

沙凡、哈能开始架设录像器材。他俩准备把草原狩猎的壮观场面摄录下来。

时空陪雷好走出了毡包。雷好穿着皮猎装、皮马靴，戴着牛仔帽，提着锃亮的双管猎枪，狩猎形象十足。时空穿着依然故我，只拿了支单管猎枪。琴拥军和匡奇一人牵着一匹安好辔头的骏马走了过来。雷好看中了琴拥军牵的那匹枣红马，扬手把缰绳接了过去。匡奇就把牵在手里的雪花马交给了时空。

雷好虽然体胖，但身手敏捷，一跃便跨上了马背。只见他把缰绳轻轻一抖，那马居然嘶叫一声，挺挺立起，气势威武。时空虽骑马回数不多，动作倒也干净利索。

两人相视一笑，默契地一夹大腿，两匹骏马灵性顿生，撒腿便跑，蹄下生风。

雷好精神抖擞，扬鞭催马。

时空从容自若，奋进直追。

狂奔一阵，身后的人马已经落下数里。雷好轻轻收紧缰绳，枣红马明显放缓了脚步。他感到格外舒畅，回望时空，说道：

"有道是，精诚所至，金石为开。"

时空听得真切，以为雷好对华夏集团的真诚款待特别满意，继而大发慈悲，连忙说："果真？"

雷好却说："龙潭这一标，你占天时地利，但不占人和。"

这话等于他娘的白说！时空心里在骂，嘴上却说："请不吝赐教，敝人洗耳恭听。"

"华夏队伍不稳，已经成了众多竞标者的把柄。最怕的是：省里担心华夏乱得没有战斗力。胜负难料，我见华夏待在下不薄，就想到给你提个醒儿。"雷好说，"你知道，这番话，我其实不该在这种时候说。"

拿捏短处不撒手，还冒充好人！时空胸中顿时旺起一股无名火，但又不便发作，只好硬话软说："好在天时、地利、人和三头我占尽两头，冤家一头不占也罢。时某深谙招投标市场残酷无情，不求你格外开恩，只求你把天平摆正。"

"一言为定！"

"一言为定！"

就在这时，一只野兔在前面的草丛中腾地一跃，斜插马头，向背后仓皇蹿去。

时空眼疾手快，回身便是"砰"的一枪。野兔在一团尘埃中蓦然不见踪影。

雷好大吃一惊："中了？"

二十三

直到踏上十字街这片热土，诗维的心才稍稍安定下来，有种劫后余生的幸运感。

飞机是下午两点多钟到达宁泰市的，诗维没有通知党群工作部要小车去机场接站，而是搭乘机场大巴回到十字街，再喊计程车把他送到了华夏集团总部大楼门口。

诗维走下的士，仰望一下高耸入云的总部大楼，又扫视了一下大楼门前小院里那些从容不迫的过往行人，久违的亲切与安宁气息顿时冲淡了淤积在心胸的惊惧、惶恐。

诗维把黑色旅行箱交给小院旁边的门卫老孙头，让他代为看管，而后朝着大楼走去。

总经理办公室主任贺怀阳正在拨打电话，见诗维进来，连忙搁下听筒迎上前去：

"诗书记回来了，什么时候到的？"

"刚下飞机。"

"歇歇，快歇歇。"贺怀阳摇跹着墩胖的躯体，忙着泡茶："你这趟差……时间不短啊。"

"是呀，二十多天。"诗维在沙发上坐下，"家里怎么样，还好吧？"

"还好。"贺怀阳把泡好的茶放到诗维面前，"就是二十多天前……好像就是你出发的那天吧，出了点儿事。"

"这事我在深圳珠海局时听说过。规模还比较大？"

"大楼前堵得水泄不通，三四千人哩。"

"没伤着谁吧？"

"没有。没有出现过激情况，比以往文明。"贺怀阳说，"时总想了个办法，亲自接待了五六十个代表。解释解释，做做思想工作，还好，大家很快就散了。我当时在场，紧张得浑身流汗，想起来真有点儿后怕。"

"没伤着人就是大幸。"诗维喝了口茶，"纠缠些啥？老问题？"

"新老问题都有……对了，我整了个纪要，没有经过任何加工、修饰，你看看就知道了。"贺怀阳边说边从办公桌上翻找出一份《关于下发〈华夏集团下（待）岗职工、离（退）休职工和在职职工代表恳谈会纪要〉的通知》，交给诗维，"这是二十多天来集团下发的唯一一份文件，也是新一届领导班子上任后下发的第一个文件。我最近一直在忙着落实这份文件上的有关精神，时总布置的。"

诗维一回到单位就跑到贺怀阳的办公室里来，就是想尽快拿到这份文件。在珠海施工局时，他听蔺山海说过这份文件的严肃性。文件里有下（待）岗职工、离（退）休职工以及在职职工反映的许多问题和要求，时空的表态、承诺也在里面明确体现，因此，他很想知道这份文件的具体内容。诗维把拿在手里的文件翻了翻，暂没细看，"其他情况怎么样？"

贺怀阳不知道他想知道其他什么情况，就笼统地回答说："一切如常。那件事过了以后，好像一切麻烦就全都过去了。我这里主要忙琐事，忙时总布置的几项具体工作。党群那边的工作情况怎么样我不太清楚。投标办有点儿紧张，他们在全力以赴搞龙潭工程的投标工作，时总的工作重心好像也在这方面。"

"他到黄河局干什么去了？"

贺怀阳只知道时空到黄河施工局的工作内容很多，但工作重点却吃不准，吃不准的事情不能随意猜测，就说："可能是去了解情况吧。估计他是见你去了长江局、珠海局，自己就想去黄河局看看。时总已经赶回来了，现在在去宜阳县龙坪狩猎场的路上，黄河刚才给我打过一个电话。"

"去龙坪狩猎场了？那儿可不近呀！"

"潜龙总公司的考察评估团不是还在咱们华夏考察评估嘛。他们已经在这里搞了六七天，从下游一直考察到了上游。琴拥军负责全程接待，大概也就这两天结束，时总不去当然不行。这些事，党群工作部没人告诉你？"

"知道一点儿。具体情况他们都说不清楚。老秋跟着去了没有？"

"没有。"

"他在办公室？"

"可能在。"

"你忙吧。"诗维见贺怀阳眼皮浮肿，一脸倦怠，猜想他可能因为工作忙乱无暇顾及太多事情，所知甚微，就从茶几上拿起《关于下发＜华夏集团下（待）岗职工、离（退）休职工和在职职工代表恳谈会纪要＞的通知》，站起来说，"我去老秋那里坐坐。"

秋胤昨天从宜阳县拎回一大堆标书文件和技术资料，正在翻阅、归类。这是他近半个月来的最大收获。虽然承揽的工程项目都不大，但加在一起，差不多有十多个亿的合同额，对举步维艰的华夏集团来说，虽说只能算是杯水车薪，不能逆转颓势，但可暂缓燃眉之急。这十多个亿的合同应该说是一种友情交易。宜阳县采用定向招标方式，不仅没让华夏集团费一点儿周折，而且几乎全部省掉了投标成本。更加难得的是，华夏集团的施工队伍可以在宜阳县的配合下，马上开进宜阳境内，策应龙潭水电站的前期工程，意义非同小可。这个意外收获，使分管投标工作的秋胤格外高兴。

秋胤正忙着，忽见诗维立在面前，惊问道："什么时候回来的？也不打声招呼。"

诗维笑着："刚到。这不打招呼来了。"

秋胤歇下手里的活计，准备泡茶。诗维阻拦说："别泡了，别泡了，我刚在贺怀阳那里喝过。坐会儿我就走，我连家门都没进哩。"

秋胤也就信直，没去泡茶，说："那就坐吧。"顺手把沙发上的一堆资料挪开，"外出有些日子了吧？"

"一晃,就是二十多天哪。"诗维坐下来,"家里怎么样?还好吧?这人哪,也真怪,在家里待久了,就惦记着外面,在外面待得久了吧,又特别惦记家里。"

"书记嘛,当然哪头都得操心。我就没这境界。"秋胤也坐了下来,正正鼻梁上的眼镜,"先告诉你两个好消息,然后再告诉你一个不好的消息。"

"恕我直言,只想听听好消息。"

"那可由不得你,存在不容理想。"秋胤笑了起来,"第一个好消息是,没费吹灰之力,拿到了十多个亿的合同。"

"龙潭的?龙潭揭标了?"

"龙潭哪有这么快哟,正较劲儿哩。宜阳县的,老时不哼不哈挂上的钩。他们要建两座小型水电站;一条公路的拓宽取直;五座大型水库的维修加固,号称'一二五工程'。定向发包,可以分期施工,对我们十分有利。"

"这真是个好消息!刚才怀阳怎么没提这事,他知道不?"

"他哪知道啊。到今天为止,只有老时、我和投标办、工程处的少数人知道。从复核招标文件,到议标,再到签订合同,总共才半个月的时间,快得连报喜的时间都没有。要说,这是因为华夏集团的前身、老一辈领导人积了德,人家主动找上门来了,直接找到了老领导尉迟琎家里。时空老总把这个情况告诉我后,我第二天就从投标办、工程处挑了几个技术人员,一起赶到宜阳,搞了半个月。昨天才回来,啥事都办妥了。"

"天无绝人之路,天无绝人之路。"诗维感慨万端,"华夏怕是要转运了。"

"另外,焦言从北京拿回了十七个亿的贷款,相当顺利。"

"有钱,大事小事都好办了,这个消息也不错。不好的消息是什么?别吓我啊。"

"机关大楼,又被围了一次。"

"我在珠海局时听说过,刚才怀阳也跟我特别说起这事。这,他把纪要都找给我了。"诗维掂量握在手里的文件,"华夏的老毛病,唉……"

"这回动静不小啊,比已往任何一次都大,好几千人。提出的问题不少,有新问题,也有历史旧账。时空老总那天单枪匹马,亲自接待了几十个代表,噢,我让沙凡把实况录像做了个光盘,你要是有兴趣,可以拿去看看。一看,就什么都清楚了。"

"那当然好,没有亲身经历,看看实况录像也不错。走这么久了,家里的情况确实所知不多。"

秋胤起身从办公桌的抽屉里拿出一个光盘,交给诗维:"我都看过几次了,说实话,它还真能让我认真琢磨一些事情。"

"这么有价值呀?"早在长江施工局、珠海施工局时,诗维就想知道集团发生在那天的事件规模有多大,实际内容是哪些,后来又是怎么平息的,尤其是事态的骤起骤落令他大感不解,究竟是群众的觉悟所致,还是时空办法得当的结果?了解事情真相,看实况录像当然比听介绍、看文件更直接,"行,我也好好看看,听听。"他说。

秋胤耿直,心里藏不住事,很想趁机问问诗维事发当天怎么突然走了,可话到嘴边又缩了回去,"记得还给我啊。"他忽然觉得自己没有打听书记行踪的义务。

"放心,丢不了。"诗维站起来,"我再去其他老总办公室转转。都在吧?"

"在都在,就怕不在办公室。今天不是周末嘛。"

"哦？原来今天是周末，你瞧我过得糊涂的！"诗维拍拍额头，出了门。

非常客观的说法应该是，此时此刻的诗维并不在工作状态，集团承揽到数目可观的工程项目也好，贷到一笔巨款也好，发生过动荡也好，丝毫调动不起他喜怒哀乐的激情。他之所以下了飞机就直奔机关大楼，主要是想探听虚实，探听探听总部机关有没有对他个人不利的异动和言传。要想人不知，除非己莫为，在外面亲历了几件震颤心灵的事，他很心虚，到各个关键人物的办公室走走，不动声色地探探口风，是当务之急。还好，一切如常，风平浪静，诗维暗暗舒了口气。

到焦言副总经理办公室、投标办公室和党群工作部办公室坐了几分钟后，诗维连自己的办公室都没进，就神清气爽地乘电梯下到了一楼，去小车队要了辆小车回家。其实，他家离机关不远，平时总是徒步上下班，去小车队要车的目的不过是为了告诉小车队的区队长，薛建设和孔超还在路上，要晚两天才能回来。

诗维家住竹园小区。竹园小区地处十字街西北角，离陕西营不是太远。小区内只有四栋七层高楼房，住户大部分是二十世纪八十年代前后提拔的正处级干部和享受正处级待遇的高级工程师。诗维享受副局级待遇的时间比较晚，没赶上局长、副局长、党委书记等在桃园小区配房的那段时光，等到他当上工会主席能够享受副局级待遇时，华夏集团又没有经济实力建造新住房。当时的机关事务管理处没有办法，只好在竹园小区进行了一次住房小调整，把一个单元的一层和二层改造成了一套二层楼居室，配给了诗维。这套居室虽然没有桃园小区的别墅那样规范、阔绰，但是两套住房合为一体的使用面积却远远超过了别墅的规模，诗维是个讲求实际的人，非常满意。

诗维从事宣传教育和思想政治工作三十多年，可谓党务工作专家，可是他更喜欢别人称他文人，这不单单与他漫长的文字工作有关；与他持之以恒的写写画画有关；与他的循循善诱、施教于人有关，更重要的是，他深谙中国沿袭着重视文人的传统美德，始终把文人看作正直、无私、儒雅、清高、侠义的象征，是学识渊博的形象化，知识的代名词。因而他的居室也无处不体现文人风采。阔大的客厅有如仿古家具店，沙发、茶几、茶具、花架、博古架，乃至搁放电视机的地台，无一不是充满了文化意韵，古朴、典雅。一架烟台出产的古式落地钟——足有一人高，闪耀着金光的大摆怡然自得地悠荡着，发出不慌不忙的滴答声。几幅古今字画当堂悬挂，全部是真品，豪迈而典雅。尤其那幅郑板桥的《秋风瘦马图》，更是使人感到一种可以没有傲气，不可以没有傲骨的义人气质。这幅画是他一九七五年在乡下的一个旧书摊上发现的。诗维的鉴赏能力不错，甄别古董亦颇有研究，就毫不犹豫地掏出六十元钱将它买下了，差不多是他当时两个月的工资。八十年代他请专家鉴定，果然是郑板桥晚年墨宝。这一意外收获，曾使诗维高兴了好一阵子。所以，当他看到时空家里挂的那幅古画时，很是不屑一顾，心里直笑时空完全不识货，居然把一幅赝品挂在厅堂。诗维的书房更是古色古香。仿古书橱几乎藏尽中外名著；香樟木博古架上陈列着名窑名瓷，玉石摆件，琳琅满目，品相都不错；一张特制书案贴墙架定，文房四宝一应俱全；四把紫红太师椅和两张立式茶几别具一格，独占一壁，壁上挂着一幅当代国画大师的《旭日山水图》，两旁的对联同样出自当今名流。左联是：大公理政；右联为：无私齐家。这一套字画开始挂在楼下的客厅，诗维左看右看觉得心境过高，怕授人以柄，就把它们调换到了书房，独自欣赏。

晚饭后，诗维洗了个澡，而后走进了二楼的书房。他先把那份《关于下发＜华夏集团下（待）岗职工、离（退）休职工和在职职工代表恳谈会纪要＞的通知》仔细研读了一遍，再将秋胤的那个光盘插进电脑，非常认真地看着，听着。

了解一下集团基地目前的群体意识固然必要，但诗维更希望通过文件和光盘摸清时空的思想动态，继而推断他有可能采取的措施。时空打算怎么作为，对华夏集团的广大干部尤其是中层干部来说，非常重要，也直接关系到集团的前途和命运。新官上任三把火，可是时空上任已经三个多月了，一把火都不烧，甚至连一句激昂的话也不曾说过，他在想什么？难道真像他自己坦言的那样："一把火也不愿意烧"？诗维在华夏集团工作了三十多年，见得多，按常理，企业的发展战略、奋斗目标、经营手段、体制机制整治、干部队伍更新换代等等，都是新行政一把手施政演说慷慨陈词中的重要内容，意在明示上任新官的韬略与魄力，昭告众生灵谨慎行事，威慑四方。然而三个多月来，时空可谓不动声色，只顾埋头料理一些非常具体的事情，自己不但没施展下马威，反而被华夏集团的老少人等给他来了个下马威。时空出任华夏集团总经理，自然是省委、省政府的慎重决策，能力和水平绝不允许他疏忽大是大非，那么，他到底在想什么呢？又准备怎么干呢？这种引而不发的举动反而令华夏集团的大小头目困惑、彷徨，诗维当然也不例外。

高大的落地灯在淡黄丝织灯罩下泛着柔和的光，电暖炉烧得很旺，书房里和暖如春。诗维静坐在桌案旁，目不转睛地盯着电脑视屏，聚精会神地看着时空主持的接待会会场录像。会议室挤得满满当当，职工代表发言踊跃，言辞激烈。诗维的眼睛越睁越大⋯⋯

"诗维！你吃了豹子胆了！啊?!"

突然，一声粗暴的叫喊在耳畔震响。全神贯注的诗维如同听到一声炸雷，吓了一跳，猛一回头。

景丽元两手叉腰，气势汹汹地挺立在书房门口。她刚洗完澡，头顶裹缠着白毛巾，身着大红睡袍，拦腰松垮地系一条腰带，隐约可见两只肥硕的大奶像经过漂白的猪肚子柔软而沉实地往下坠着，脚下趿拉着一双棉屐，套没套内裤尚不知道。

诗维稳稳神："怎么啦，怎么啦？又怎么啦？"

"怎么啦？老娘没那么好欺负！"

她听到什么风声了？孔超、薛建设不是还没有到家吗？⋯⋯莫非德元跟她打来电话说过什么了？诗维表面镇定自若，心里却惊恐万分。凭着多年应变突发事态的经验，他马上警觉到应该先摸清缘由而后再有的放矢，绝不能此地无银三百两，不打自招。就当即决定先来个火力侦察，试探试探对方的伏击位置再说：

"我的夫人，你不要老是无风三尺浪好不好？我刚刚到家，怎么就欺负你了？对你，难道我还不够俯首帖耳、百依百顺？噢，对了，德元已经蹭到领导岗位，混得相当的好，你想象不到的好。我一到海南，他就把我接到高级宾馆，出手可大方了。我跟他的顶头上司也有专门交待，让他们多多关照，加强培养。怎么，德元在电话里没有跟你讲这些？"诗维最想知道的是景德元有没有跟她通过电话，就故意埋怨说，"这个德元，怎么不把我在海南、深圳帮他联络感情的事顺便跟你说说呢。"

"别打岔了,我才没那工夫跟他电话来电话去!"景丽元忿忿一挥手,"老娘在问你哩!"

诗维立即明白,丽元德元姐弟没有通过电话,心里安定了许多,说:

"丽元呀,你那脾气真是到老不改,一口一个'老娘',很不好!要知道,我是你的老公呀!有什么你就说,慢慢说,好不好?我怎么欺负你啦?"

"我是问你,"景丽元跨进书房,坐到太师椅上,从茶几上取出一支香烟,点燃,"你这次到外面跑一圈儿,跑了二十多天,都干些什么了?"

"你这不是明知故问嘛!"诗维仍不敢掉以轻心,谨小慎微地兜起了圈子,"我去外面溜这么一大圈,那不都是你这贤内助出的主意吗?"

"没错,是我出的主意。"景丽元一声冷笑,"我是想让你跑出去避难,难道我会放你出去干龌龊勾当?我傻呀我?"

"什么话!出发前我不是跟你讲过了吗,我外出的理由其实非常充足——调研。你知道,时下基层党组织领导班子薄弱,纪律涣散,已经不是过去的堡垒了。我这次出巡,实际上任务相当繁重,除了调查研究外,还要抓抓党建工作、党纪党风工作、党员干部的廉洁自律工作、反腐败工作。这一档子事,问题突出,反映强烈,虽然大刀阔斧地进行惩治目前有困难,但我警示一下还是可以的吧?给大家提个醒也是可以的吧?我这个党委书记,都上任好几个月了,得做点儿工作呀,得烧几把火呀,得赶快干出点儿政绩来呀。全是正经事,你怎么胡乱把它跟'龌龊勾当'搅和到一起了?岂有此理!"

"呦呦呦,编,使劲儿编吧。"景丽元奚落说,"告诉你诗维,我跟你结婚都三十多年了,你背脊怎么长,心窝怎么跳,别人不知道,我还不知道?自个儿把自个儿美化的!"

"你……你总得讲点儿事实,讲点儿道理吧?"诗维猛地把电脑一关,生气地说,"我辛辛苦苦在外面跑了二十多天,腰腿跑疼了,嗓子讲哑了,一进门又被你没头没脑一气乱吆喝,蛮不讲理,把你宠的!"

"哎哎,你嚷嚷什么?"景丽元的声音更大,那口气分明是诗维在耍淫威,"有理啦?有理啦?还有理啦?辛苦,是辛苦,搞女人还能不辛苦?!"

"你……"诗维惊出一身冷汗,"你……你血口喷人,有……有什么证据?"语调明显没了底气。

可是粗心大意的景丽元没有觉察到这个关键的细节,只顾大吵大嚷:

"证据?还要什么证据?光着屁股回家就是证据!诗维呀诗维,过去我还真小瞧了你,原来你也是色胆包天!"

诗维悬到胸口的心终于落下来,暗自庆幸终于沉了住气。刚才,他一洗完澡就把换下的新内裤、新裤衩、新衬衣悄悄塞进了洗衣机,为的是不想让景丽元知道肇庆荒野被劫一事,严格遵守自己和孔超、薛建设、蔺山海订立的君子协定。没想到这个秘密这么快就被多疑的景丽元侦破,诗维只好故作轻松地调笑说:

"夫人哪夫人,你的侦察能力堪比警察。是的,我是光着腚回家的,但是,光着腚回家有光着腚回家的道理,你大可不必胡思乱想。"

"诗维,你不要再编再骗了,我不是那么好骗的。你老实坦白了,是个说法;不坦白，又是个说法，老娘我说清楚了，没那么好欺负！"

诗维心里有底，明白景丽元并不知晓他在深圳沁园春的一夜风流，但也不愿意让她知道他在肇庆荒野被劫的事情，就极力狡辩说："你不就是猜疑我有外遇吗？我没有，我打包票没有，没有什么坦白。每到一个建筑工地，由于远离市区，条件有限，我和孔超、薛建设几乎天天都是同吃同住，形影不离。到了海南、深圳，条件好些，那不都有德元陪着吗？你的亲弟弟跟我在一起，还有什么值得你瞎猜瞎想的。"

"我那个弟弟我还不清楚，傻乎乎的。你把他卖了，他还要帮你数钱，能管住你？"

"那是从前，人家现在可是鸟枪换大炮，阔着哩，精明强干着哩。"

"别打岔了！我问的是另外一码事，知趣点儿，识相点儿！"景丽元死死纠缠问题的实质不放，"外裤、内裤、裤衩子，都没有了，哪儿去了？你倒是回答这个呀。"

"夫——人！"只要景丽元不知道他在深圳沁园春的一夜情，家里这个后院就不会起火，诗维仍旧步步设营，争取回旋余地，"我诗维，堂堂党委书记，生活作风还是过得硬的。你，要放心，要放一百二十个心。再说，在这方面，我有多大能耐，你还不知道？"

"那是十几年前的诗维。如今你老诗可是变得如狼似虎，卯时不卯天。"

"这就对啦，"诗维调笑说，"夫妻恩爱如初，诗某我安敢另求新欢嘛。"

"见鬼去吧，你骨子里不嫌老娘我人老珠黄、包袱麻袋那才怪。睁眼瞅瞅，哪儿不是老婆有证下岗、小姐无证上岗？你是不吃鱼的猫？真有那人格、党性？"景丽元横竖一根筋，软硬不吃，"赶快坦白啊，不然，我可饶不了你。我先到集团机关找头头脑脑，说你出趟差把外裤内裤裤衩子出得全没了，让他们评论评论这到底是怎么回事。集团的头头脑脑要是不给个说法，我就去省里，找省纪委、省监察、省……"

"好啦！"见景丽元要泼，诗维又气又恼，"没完哪？"

景丽元刨根究底，不到黄河不死心，看来，想把所有的窟窿全都封堵住显然不可能，诗维想到退一步或许海阔天高。必须把景丽元稳住，不然，情绪失控的她果真大闹起来，后果不堪设想。权衡再三，诗维极不情愿地站了起来，走到怒气冲冲的景丽元跟前，说：

"是的，我的外裤内裤是没有了。可是，你为什么不问问钱包、手机没有了呢？我拎回的皮箱是新的，也是空的，你怎么不问？"

景丽元一愣。

"我说，我坦白，我有什么说什么。竹筒倒豆子，一干二净，行了吧？"

景丽元睁大狐疑的眼睛。

"有个条件。我说了，你得千万保守秘密。"

"说吧，说吧。"景丽元弹弹烟灰，轻蔑地一笑，"没人会给拈花惹草逛窑子贴标签、做广告。"

"唉……"诗维悲叹一声，在景丽元旁边的太师椅上坐了下来，一副痛苦不堪的样子，一字一句，把自己和孔超、薛建设在肇庆荒野惨遭劫难的经过从头到尾讲了一遍。

听着，听着，景丽元满脸怒色地悄然褪去，瞬息万变着恐惧、震怒与悲伤，心跳随着诗维的故事情节起伏跌宕。

"……这就是我没有了裤子的原因……遭劫后，我几乎吓破了胆，连小车也不敢坐了……就改乘飞机没命地往家里跑。孔超、建设，后天不回，大后天一定能赶回。他们回后，你留心看看那辆巡洋舰的车门，还有建设眉弓上的伤疤，一切就都得到了证实。"

"天啦！"景丽元两眼闪着泪花，"你怎么不早说呀？"

"这不是才到家嘛，我哪有时间和心情跟你讲这些。"诗维哭丧着脸，"这事只有五个人知道，三个当事人加上珠海局的夔亮和蔺山海。我们已经商量好了，被劫一事绝对保密，连家人也不允许知道。我也曾下决心不告诉你，怕你嘴巴关不住风，可是你看你……你想想，这事如果张扬出去，我这书记还怎么当啊？"

"……倒也是。"景丽元怜悯地望着诗维，"可总算把命捡回来了。"

"是呀……我们三个人……命大……"

"光着下身冻一个晚上……"景丽元愁苦地问，"你那……该不会冻出毛病吧？"

"哪能呢？"诗维凄苦一笑，"不会的。"

"我看看。"景丽元站起来，趿拉着棉履走到诗维面前，"裤子脱了。"

"看什么，别看了，待会儿上床试试不就知道了。"

"不嘛。"景丽元扭扭胖胖的身子，动手解开诗维的裤带，"先看看。"

"好好，看吧，看吧。"

景丽元手忙脚乱地拉扯下诗维的外裤内裤，双手向他裆内一握："我暖暖。"双膝同时着地。

有道是糟糠之妻不下堂。诗维感激地轻抚着景丽元黑润的鬓发，擦拭着她眼角的泪痕，回想到在深圳沁园春误入歧途的一幕，觉得自己确实愧对了眼前朝夕相伴的妻子。景丽元虽然年近半百，体形发胖，但肌肤依旧细嫩白净，丰姿绰约，风韵不减当年。诗维怜爱地捧起她的脸，看着那双渐渐变得无神无光的眼睛，忽然感到下体有强烈反响。他赶紧腾出一只手来，试图把她那双温柔的手挪开。

"……"景丽元两手握得更紧，双眼迷离，嘴唇颤抖着，"……要……"

"姑奶奶……待会儿，待会儿……"

可是不等诗维说完，景丽元早往后一仰，瘫软在地，撇开雪白的大腿，让他顺势趴到了身上。

"我……上衣还没脱。"

"……不用……哎呀娘啊！"景丽元畅快哼呀一声，慌忙将诗维的腰肢和衣篼紧，没命地颠簸扭动，沉吟，"……要……"

"丽丽……哟！"二姨突然闯进了书房。

二姨叫景凤元，是景丽元的叔伯老表，排行老二。景凤元以前在老家县城织布厂当挡车工，三年前下了岗，不久又离了婚，拖带着一个读初中的儿子，家境欠佳，因此多次求助景丽元夫妇帮她找份工作，想挣点儿薄酬以贴家用。到处都是下岗、待岗职工，加上景凤元老不老，少不少，找份合适的工作确有困难，景丽元就让她上自己家来做保姆，管吃管喝管住，每月另开四百块的工钱。景凤元非常满足，因为景丽元在哪方面都没有亏待她。尽管景凤元比景丽元、诗维年轻许多，但两口子都依女儿尊称她"二姨"，一家人似的。二姨的脸形体形与景丽元无甚差异，只是小一号，苗条多了。

二姨进书房的时候完全没有注意到景丽元两口子正在过招，等看见了已经来不及回避，就一边往门口退，一边无中生有地叽咕了一句："这屋子里好亮，眼睛都耀花了。"

恍惚中的诗维仿佛听到有人在叫唤沁园春鸳鸯池里的"丽丽"，急忙爬起来提住裤子。见二姨立在门口，尴尬地笑着。

"自家人，有啥？"二姨冲诗维做了个鬼脸，嬉笑说，"小别胜新婚。"

景丽元却慵懒地仰躺在地上，半天不想动弹，肆无忌惮地说："二姨哟，你要死啊，不早不晚。"

二姨站在门口一动不动，小声说："姑奶奶，起来，快起来，小姐回家了。"又提高嗓门儿朝着楼下喊道，"婳婳，先洗洗啊，你爸妈就下来。"

景丽元一个鲤鱼打挺坐起，扯下裹在头上的白毛巾四下里擦了一气，边系睡袍边问："什么时候回来的？"

二姨回答说："刚到。才进门。"

景丽元急急忙忙往卫生间跑："死丫头，突然袭击。"

二十四

诗婳今年二十二岁，弯弯的眉毛，一对大眼睛黑亮有光；脸蛋儿像颗极大的瓜子儿，白里透红；身材娇小、纤巧，朝气蓬勃，天生丽质。她在省建委工作，前年大学毕业。

诗婳的闺房很大，除卧室外，还套有小书房和盥洗间，与二姨的卧室隔着一堵墙。诗维和景丽元匆匆忙忙整理好衣冠，跟着二姨一起走下楼梯，走进了诗婳的房间。两口子刚在腰鼓凳上坐下，冲罢澡的诗婳就穿着一套金黄色的运动服从盥洗间走了出来：

"老爸，老妈，想我了吧？"

诗维关切地望着女儿："快，多穿点儿，冷。"

"不冷，咱十字街比省城暖和多了。"诗婳麻利地把电吹风插上，轻快地吹烫起散发着热气的乌发，"省城冰天雪地，那才叫冷哩。"

二姨忙着把一件羽绒服披到诗婳肩上："那边在下雪？"

"嗨，鹅毛大雪，铺天盖地，都下好几天了。"

"丫头，怎不见长啊？"景丽元欣赏着心爱的女儿，"高不见长，胖不见长，老爸老妈的基因你是一点儿也不继承，还是个小精灵。"

"你横向发展，胖个死，像颗肉丸子；老爸纵向延伸，瘦个死，像根钓鱼竿，我可不敢像你们。"

"可我们都比你高哇，瞧你，还矮你老爸一颗脑袋。"景丽元说，"留神啊，现在的小伙子尽往高处瞧，小心寻不着婆家。"

"放心吧老妈，不到理想高度，我才不斜他哩。"

"咿哟，瞧瞧，瞧瞧，"景丽元朝诗维撇撇嘴，"有高标准了嘞。"

"婳婳，肚子饿不饿？"站在一旁的二姨笑着问，"做点儿吃的吧？"

"行，做吧。"

"想吃点儿啥?"

"最想吃二姨做的玉米糊糊。"

"那得多半天熬呀?"

"煮碗面条得了,清汤。"

"那哪行呀?二姨,卧两鸡蛋。"景丽元说,"难怪横竖都不见长,还是这么刁嘴。"

二姨说:"明天我起早床,专给你熬玉米粥粥。"边说边往厨房跑。

"怎么这时候回来?"诗维问,"坐的什么车呀?"

"单位有辆车到十字街办事,我跟司机说了说,就蹭回来了呗。"

景丽元说:"不是年,不是节,跑回来干嘛?"

"妈——,不是年,不是节,人家就不能回来玩玩?明天是星期六,后天是星期天,我还攒了几天补休哩。"

景丽元一笑:"一准有事。"她非常了解女儿。

"没——有——事!人家就回来玩玩嘛。就知道琢磨人,疑神疑鬼。"

"好好好,没有事,没有事,是妈多心。"

"婳婳,面条快好了。"二姨在厨房里喊着,"是在你书房吃,还是在饭厅吃呀?"

"饭厅。"诗婳把吹风插头扯下,又把披在肩上的羽绒服穿好,"饿啦!"撂下二老往饭厅跑。

二姨把一碗热气腾腾的面条捧上圆桌,顺手把靠背椅往外拖拖,说:"快吃,趁热吃。"

婳婳夸张地嗅了嗅:"哇,真香!二姨做面条的水平也不错。"坐下来,"在单位天天吃盒饭、快餐面,可难吃了。"

"上面是荷包蛋,下面还有煎鸡蛋。"二姨满意地笑着,"回了就多住几天,二姨餐餐给你做好吃的补馋。"

"哪能由我啊,现在不是有领导管着嘛。"

"也是。你慢着吃,我去把几件衣服给搅了。"二姨解下腰间的围裙,出了饭厅。

诗维跟在景丽元后面慢悠悠地走了进来,围着圆桌坐下,高兴地看着女儿,像欣赏一件工艺品。

诗婳的吃相很秀气,小心翼翼地抵着汤,面条一根一根地往嘴里吸啦着。"吃饭也看,烦不烦哪。"吸啦一阵,停下,瞥一眼母亲,又瞥一眼父亲。

"这不是在关心嘛。"景丽元笑着。

诗婳又吸啦了一阵面条,又停下:"说了吧。两件事。省得你们睡不着觉。"

"看,我说吧,我说吧,有事吧?"景丽元兴奋地朝诗维挤挤眼,又望着诗婳,"很重要?"

"不重要人家大老远回来干嘛?"

"哦——?"景丽元点燃支香烟,吸了一口,眯起双眼等待下文。

"前几天,我们处座找我谈话了,说潜龙总公司正在招兵买马,请求省直有关单位支援人才,省建委有几个名额。处座问我想不想去。"

诗维说:"建委是省直单位呀。"言下之意当然是潜龙总公司不如省建委优越。

"潜龙总公司的牌子更大,也是省政府的直管单位。"诗婳不赞同父亲的观点,"他们正在盖省城最高的大楼,三十几层,已经动工了。"

"这是好事,这当然是好事。"景丽元说,"我早听说了,潜龙总公司奖金高,福利好。新组建的单位,对青年人的发展大有好处,我们婳婳去了肯定不会吃亏。"

"你都在想些什么呀!"诗维抢白道,"就知道钱、前途。"

"那有什么?现在哪个不是想这些,讲这些。"景丽元不满地瞟了他一眼,"再说,我们婳婳去了,对华夏集团也有好处,了解了解业主的情况,给咱们正在竞争做乙方的通个风,报个信,有什么不好。"

"哎,老妈,你说话可得有水平点儿啊。让我做卧底、细作、特务,亏你想得出来。"

"傻丫头,都是国有企业,都是为国家干活儿谋利益,有啥细呀作的?又不是对付洋鬼子。国有企业互相保密那还不是耍鬼把戏——糊弄人。"

"刺探别人的秘密就是细作。偷鸡摸狗,我可不干那特务勾当。"

"妈这不是跟你逗着玩嘛。"景丽元连忙改口,"谁说不是呢,华夏又不给你开工资,凭什么吃自家饭往别人田里拉屎。"

"妈,说话文明点儿好不好,人家正吃着哩。"

"看,瞧我这张嘴!跟你爸贫嘴惯了,狗改不了吃……"

诗维捂着鼻子笑。

景丽元白了他一眼:"坏。"

"我能坏到哪?又没唆使女儿当间谍。"

"阴阳怪气!"

"别贫嘴了。"诗婳睃了父母一眼,"你们华夏集团到底怎么啦?"

诗维摇摇头,哀叹道:"风雨飘摇,日子不太好过。"

诗婳吹吹碗里的汤水,小心地啜了一口,说:"华夏不是全省的知名企业吗,挺威风的嘛。"

"老皇历啦!"景丽元吐出一口浓烟,"如今成了破落户,捉襟见肘。一年到头满处揽活儿干,零打碎敲,朝不保夕。"

"都这分儿上啦?"

"可不。前些日子还闹动荡哩。那还不是因为大家都穷,穷就生乱呗。一个烂摊子,派上你老爸当党委书记,能不急呀?"景丽元吸着烟,"上班就听同事叽叽喳喳,今天这里投标呀,明天那里投标呀;今天这里送礼呀,明天那里请客呀,全为了中标。尤其是潜龙总公司,派个什么团跑到华夏来,这里逛逛,那里逛逛,美其名曰考察评估,一耗就是八九天。我们组织一大拨人接待,献尽了殷勤,还不知道将来中不中得上标。你说这业主,多难侍候。"

"别瞎咧咧了,我看也不尽然。"诗维顶了景丽元一句,又望着诗婳凄然一笑,"你妈过去一直搞教育工作,对招投标上的事闹不懂。"

"我咋不懂?"景丽元不服气,"我们办公室没有实干家,却不缺议论家,天天都有人议论这些事,我听都听懂了。琴拥军带那么多人搞高标准接待,一人侍候一个,图啥？那还不是想从人家嘴里知道点儿啥。"

诗婳问："你们究竟想知道人家点儿啥呀？"

诗维说："标底，招标文件上的一些内容，不外乎这。"

"这个呀，我要比你们懂得多一点点儿。"诗婳毕业于财经大学，研读过工程概预算，到省建委工作后，又接触过不少招投标方面的具体工作，就笑笑说，"说到底，就是既担心中不了标，又担心标中了亏也吃大了。其实，不光你们华夏，所有竞标单位都是这种心理，都是绞尽脑汁，不惜代价获取有关信息，确保自己中标而且非常合算。"

"就是，就是。"诗维见女儿确实懂点儿这方面的知识，非常高兴，"龙潭工程这个标很大，对我们华夏集团来说特别重要，直接关系到企业的兴衰，上到头头脑脑，下到普通职工，都急。"

"编制招标文件是业主主要领导、技术主管和相关专业人员具体操办的事情，知情人特别少，谁都知情，那还不乱套了，招什么标啊？"诗婳说，"这样吧，我帮你们想想办法。"

"啊——？"景丽元睁大了眼睛，"你能想到办法？"

"试试看呗。"

"别别别。"诗维连连摇手，"龙潭工程对华夏来说固然重要，但无论如何轮不上自己的女儿冲锋陷阵。你还是个孩子哩，啊？也没有必要尽这份义务。"

景丽元却说："别听你老爸的，真有办法，就把那标底给套出来。集团兴衰，匹夫有责，绵薄之力，能出就出。"一面斜睨着诗维，"如今的党委书记不比从前，已经不是靠这主义那思想的嘴上功夫过日子了，反过来，要融入生产经营中心。没有一点儿生产经营业绩，你这党委书记就永远代下去吧。"

诗维被噎得喉结直哽："……什么逻辑！"

"老妈说得对。"诗婳甜甜地笑着，"我一定记住娘亲的话，赴汤蹈火，在所不辞，为振兴你们的华夏集团尽女儿的绵薄之力。"

"你瞧瞧，你瞧瞧，多有骨气！"景丽元勉励着女儿，"咱婳婳才工作两年，就比你能耐大。瞧你，还有你们那一窝子……"她没有把"废物"两字说出口。

"妈，你怎么能这样说呢！我不过是近水楼台。在省直单位工作当然要比地方交际广，信息渠道多，条件不一样嘛。连你都在努力，老爸他们还不更加努力呀？扫帚嘴。"诗婳不满地瞥了老妈一眼，"这潜龙总公司到底大不大啊？说着说着就扯远了。"

诗维问："你自己的意见呢？"

"人家不是特地跑回来跟你们商量嘛。"诗婳努努嘴，"我们处座说了，纯属自愿，不去不勉强，去了后干得不如意，还可以回原单位。"

"啊，"景丽元眯缝着双眼，"这政策还是蛮宽大的。"

"我不喜欢跳槽、挪窝儿。"诗维旗帜鲜明，"不去是上策。"

"开始我也没动心。后来，听我们单位的人讲，省建委下阶段也面临改组改制的问题，事业单位要逐步向经营实体转轨变型，大锅饭吃不长了。"

景丽元睁大了眼睛："革命要革到你们省建委头上哪？"

"事业单位企业化，大势所趋，迟早的事。"诗维说，"我们省动作晚，好些兄弟省份都强力推进几年了。"

"所以，一听说潜龙总公司要人，我们建委好多人就想调去，尤其是那些年龄偏大、学历偏低的人。"诗婳说，"可人家也不是什么人都要，想进去不一定进去得了。我学历高、年龄小，还有两年实际工作经验，所以，我们处座说'就你条件最好'。"

"这事……"诗维颇费思量，"让我好好想想，跟你妈商量商量。不过，最终还得你自己拿定主意，我们只能当当参谋。"

"不去是好事，去也是好事。"景丽元一时也没了主意，"好中挑好的问题，我和你爸商量商量再说。"

"饱啦。"说话间，诗婳已经把一碗面条吃光，"你们也该歇着去了。"夸张地打了个饱嗝儿，把碗筷送进了厨房。

"这就完了？"景丽元的目光跟随女儿的身影不停地转动，"不是有两件事吗，这才说了一件哩。"

"妈，人家不是还要在家待几天嘛，急什么呀？"诗婳从餐桌上扯出一张餐巾纸，边擦嘴边走出饭厅，向自己的房间走去。

"这孩子，说一半留一半。"景丽元起身，对诗维说，"上楼睡去，别跟着。"

诗婳见母亲跟进卧室，忙把身上的羽绒服一脱，鞋子一蹬，掀开被子往里一钻，脑袋一捂："睡啰！好困！"

景丽元弯腰把地上的鞋子往床跟前顺顺，又把羽绒服在被子上面搭好，坐到床头的腰鼓凳上，慢慢腾腾点燃支香烟，笑着：

"他多大年纪，长什么样？"

"妈——"诗婳把捂住头的被子猛地一掀，"谁呀？谁呀？"

"谁呀？谁呀？"景丽元学着女儿的腔调，"瞧你那羞答答的眼神，瞧你那又红又亮的脸蛋儿。我女儿怀春啦。进门就告诉娘啦。坦白了吧。"

"才不。尽会多心多疑。"

"察言观色，刚才你老爸就夸我够格当警察。"景丽元叼着烟眯缝着眼，"傻丫头，这种事还能瞒住做娘的呀？"

"那你就察言观色吧，那你就当警察吧。"诗婳又用被子捂住了脑袋。

"咿哟，跟妈捉迷藏哩。别跟妈逗了，跑回来还不是为了给爹娘报个喜讯儿。早天告诉妈，晚天告诉妈，那还不早晚要告诉妈呀。"

"没有没有，就没有。"诗婳在被窝儿里扭了扭。

"我猜猜。这身个儿嘛，一米七？……一米六五……一米六零……跟你一般高？……"

"才不哩，才不哩，"缩在被窝儿里的诗婳忍不住直叫唤，"一米八二！"

"哟，这么高呀？比你爸还高哩。"景丽元亲昵地挪坐到床沿儿，"瘦高个儿，像你爸。"

"谁像他呀！钓鱼竿似的，一阵风就给吹跑了。"

"死丫头，就会拿你老爸开涮。忒胖，又高又胖？"

"就知道找缺点。"诗婳推开被角，"人家长得像个篮球运动员嘛。"忙把被角将头捂住。

"啊呀，棒极了！"景丽元极力讨得女儿的欢心，"我就说吧，还是我们婳婳有眼力，都能把篮球运动员盯上了。长相咋样？细眉小眼……瘦尖脸……"

诗婳推开被子，大睁着一对水晶晶的眼睛："尖嘴猴腮——小丑，像老爸！"

"丫头！我不反过来问，你会回答我呀？劝将不如激将。"景丽元狡黠地一笑，"认识多久了？顶多半年吧？"

诗婳终于坐了起来，羞怯地点了点头。

"别着凉了。"景丽元替诗婳掖掖被子，又把羽绒服披到她肩上，"干什么工作？"

诗婳嘟哝着："以前是个处长，现在是省太平洋机械进出口公司的副总经理。今年……秋季机械进出口贸易洽谈会上……就认识了嘛。"

"副厅局级？"

诗婳点点头。

"啊呀，这职务都快撵上你爸了。多大岁数呀？"

"快三十了。"

"……二婚？"

"妈——"诗婳不满地瞪了母亲一眼，"你都在问些什么呀？"

"女儿的婚姻大事，哪个做娘的不问问清楚。"景丽元坐回腰鼓凳，弹弹烟灰，"你虽说工作两年了，可看上去仍然像个涉世不深的学生，妈还不是害怕你吃了亏呀。说实话，如果你那对象是个平头百姓，妈倒不介意，一听说这人物并非凡夫俗子，妈反而放心不下。那得慎重。"

"疑神疑鬼。"诗婳相信自己的感觉，嗫嚅辩道，"人家那不是一直在追求事业、要求进步嘛，哪有工夫……谈情说爱。"

"哦……"景丽元若有所思，"你是黄花闺女，又是大学生，妈还不是想着应该玉女金童、女貌郎才——般配呀。"

"放心吧妈，我都仔细问过了。当面问，侧面打听。不了解他，我跑回来跟你们说些没谱儿的事干什么呀，也不动动脑子。"

"这就好，这就好。"景丽元乐呵呵地瞧着女儿，"春节眨巴眼就到了，到时候领回家让妈看看，妈给你当高参。只要你们情投意合，只要你们乐意，咱就赶早把婚事办了。男大当婚，女大当嫁，人家年龄大了，你也不是小姑娘了，谈婚论嫁正当年华，该成家立业了。这样，我和你爸就省了门心事。"

……

二十五

景丽元和诗婳在楼下说悄悄话的当儿，诗维正在楼上的卧室播放从秋胤手里拿来的那张光盘。诗维心里惦记着实况录像的内容，就把光盘从书房的电脑里取出来装进卧室的功放机，准备通过电视机继续把它看完。

屋子里很冷。诗维煨着被子靠坐在床上，专注地看着时空主持恳谈会的情景，听着会场的同期声。

景丽元笼着袖子猫着腰噔噔噔钻进卧室，兴高采烈："好消息，好消息！"抖掉身上的睡袍，一头扎进被窝儿，"闺女对上象啦。"

诗维没有及时跟着她一块儿兴奋，两眼仍旧紧盯着电视屏幕，好半天才问出一句："条件怎么样？"

"要是她的话没掺水，条件还真不错。"景丽元把脑袋从诗维的屁股旁边伸了出来，两手用被沿儿捂严脖颈，"一米八二，高大魁梧，比婳婳高一个头哩。"

又过了好一会儿，诗维才说："我是问政治背景、社会背景、家庭背景，还有……人品。"

"政审呀？"景丽元嗔道，"党员，干部——副厅级，官职比你差不了多少，够条件吧？"

诗维看一眼景丽元，仍旧关注着荧屏上的影像："该不会是个老头吧？"

"说什么哩！"景丽元踹了他一脚，"这干部不是年轻化了吗？谁像你呀，四十大几才爬到副厅级，半老头才蹭个正厅。屁股后面还拖着个'代'字，不利索。"

"我想知道他多大年纪。"

"不到三十。"

"婳婳也不到三十呀。这么说，跟婳婳一般大。"

"不要钻牛角尖儿了好不好？……我不要说了，我什么也不知道，你找她审查好了。"

"……不到三十，中心意思是离三十不远……谈婚论嫁算大龄，从政、经商又是小字辈儿，我想……"

"咱家新姑爷，你可别往下胡思乱想啊。你想盘问的我都盘问过了。"景丽元连忙把诗维的嘴堵住，"绝对童男子，绝对副厅级，绝对革命家庭。英俊潇洒，风流倜傥；学识渊博，谈吐儒雅；左右逢源，交际宽广；家境殷实，出手大方——好听的词儿全让咱闺女派上用场了，夸得像一朵花似的。"

诗维觉得不可不信，又不可全信："当今社会，这样的青年人可谓凤毛麟角，实不多见。"实际语带双关。

可是景丽元只认准一个理儿："那可不，咱婳婳福分好呗。你没见她心底那个美哟，我真担心他俩一起睡过了。"翘起脑袋，"几次想问问，最后还是没问出口。"

"你看你，往哪儿想哩。"

"这种年龄，有什么大惊小怪的。当年咱俩幽会，你哪回不是箍住我就猴急。"

"尽瞎说。"

"假正经。大男大女偷嘴可时髦了。"景丽元把诗维往被窝儿里拽着，"别看了，别看了，女儿的终身大事，咱好好商量商量。"转动了一下脑袋，"在看什么呀？这么上心。"

"等等，还有一点点儿。"诗维目不转睛。

景丽元眯缝起双眼向荧屏上瞅着："这不是时空那天接待职工代表的录像吗？哪儿

弄的？"

"老秋借给我的。你看过？"

"还用得着看这，我都参加过了。"

"你参加过？"诗维惊讶地问，"你……跟着起哄了？"

"怎么说话哩！"景丽元缩回被窝儿，"那天，机关大楼门口的小院里，前面的广场上，还有附近居民的住宅旁，街头巷尾，到处是人，好几千。一些二级单位的头头脑脑坐不住了，坐机关的干部也坐不住了，就都偷偷往人堆里扎，看热闹呗。我们办公室的人都躲在广场角落里——不敢进大楼，看投影总该敢吧？你这看的是主会场，那才几个人。"

"不少哇，会议室挤满了。"诗维的视线一直没有离开屏幕，"这拨人也真够厉害的，言辞尖刻、辛辣、冲动，一股火药味儿。"

"前面的问题没有解决，后面的问题又来了，难怪人家骂娘。"景丽元是一种嘲讽的口吻，"新老问题一大堆，搅成了一团乱麻，哼，够你们这届喝一壶的。"

"你们这些当干部的扎在人堆里……是隔岸观火呢，还是思想共鸣，推波助澜？"

"兼而有之吧。大家都吃五谷六米，没谁不食人间烟火，哪能没有想法？只不过身为干部，不敢轻举妄动罢了。怪就怪那个一二三，全是他埋下的祸根。""一二三"是前任总经理易日山的代名词，大家都这么叫唤他。

"别老是'一二三''一二三'的了，他已经在监狱里蹲了大半年，水落三秋，还提他的过去有什么意义。"

"前事不忘，后事之师，我这不是在帮助你分析原因嘛。瞧他在台上干的那些事——分分合合，合合分分，今天调整过去，明天再调整过来，弄得大家晕头转向找不着北，没人吵吵嚷嚷那才怪。"景丽元以前是华夏集团教育委员会的副主任，教委撤销后，被安置在集团基地管理办公室当副主任。基地管理办公室有十来个副主任不说，领导她的又是斗大的字识不了几箩筐的匡奇，因此老觉得心气不顺。下岗、待岗职工怨气多，她的怨气也不少，"就说教委吧，撤销了就撤销了，可干部得安顿好呀。你看我，放哪不行，偏给淤在基地办，机关不是机关，二级单位不是二级单位，像啥？我好赖还是个知识分子吧？打杂儿，跑腿，做勤杂工我也自认倒霉，整天还要听一个半瓢水的呵斥，你看这……斯文扫地。"

"你就知足了吧。原教委的干部不是下了就是退了，绝大部分内养起来了，比较起来，你够不错的了。"

"那也得像个单位呀？你看这基地管理办，总共十一个人，一个正主任，九个副主任，管一个兵。更奇的是，基地办本身才是个处级单位，却要管理好几个处级单位，怎么管啊？谁怕谁啊？这且不说，还摊上匡奇这么个有才的人做一把手。倒腾来，倒腾去，倒腾成一锅粥，这就是产业结构调整、组织机构调整呀？这就是你们人才库储备的人才呀？"

"这只是战略部署的第一步，不是还有下一步嘛。"

"别提你们那些个战略部署了，根本就是一团糨糊，还谈什么上一步下一步。这个伟大战略部署的第一步还没有走完，那个伟大战略部署的第一步又撑上来了，结果哪个战略部署的第一步都没有实现，留下的尽是尾工。新接陈、陈压新，问题越结越多，头绪越理越乱，这就是你们所谓的战略部署。"

"真没想到，你也有这么多的牢骚。"

"怎么我有这么多的牢骚？是我们这一个层级！"景丽元越说越来气，"刚才我说了，正是因为我们大小算个干部，才没有跟着哪些人一块儿起哄。一二三在台上雄心勃勃整治了十几年，没见把华夏集团整治得兴旺发达，反而整治得摇摇欲坠，怨声载道。他是上下都没有讨到好，职工有意见，干部也有意见。你知道我们这些人怎么评价一二三吗？幸亏逮起来了，关起来了，活该！要是让他继续在台上糗着，华夏这条破船不翻个底朝天才怪。"

"墙倒众人推。"诗维有口无心地回应了一句，"易日山、岑雪飞也是大势所趋，能有什么办法。他们敢逆潮流而动？"

"哎，你怎么帮他们说话哩？一丘之貉。"景丽元很跋扈，谁不跟她一条战线，谁就成了她的对立面，"一二三横跨两届，他当政时，你不是工会副主席就是工会主席，华夏那些歪政策的出笼，你也脱不了干系。"

"照你这么说，他蹲监狱我也得蹲监狱，什么逻辑！"

"说直了你别不高兴，我这话还真合乎逻辑。"景丽元抬杠也是把好手，"华夏集团每个政策出笼之前，一二三总要神不知、鬼不觉地把你们这拨人拉到一个与世隔绝的地方，关起门来密谋一番对吧？然后，新的政策就粉墨登场了。粉墨登场的新政策肯定有这么一些文字——党政联席会讨论通过、职代会讨论通过。职代会跟工会是一块牌子，我就纳着闷：这下岗等于失业，失业等于要饿肚子，未必职工自己举手表决饿自己的肚子呀？大义灭自个啊？你诗维代表职工大义灭自个？"

"我怎么会是这种人！"

"那你就是和一二三同流合污，沆瀣一气！"景丽元七绕八绕，把诗维绕进了自己的伏击圈，"所以说，华夏集团从前那些歪政策的出台，你脱不了干系。"

"配合行政、党委是工会的职责，"诗维涨红了脸，"我不能跟他们唱反调呀。"

"可是工会副主席、主席不代表职工利益，不坚持原则，就是失职。"

"参政议政不干政——工会就这定位，懂吗？"

"你可以力争呀？你可以为自己为职工为真理力争呀？"景丽元穷追不舍，"当初在一些过激问题上，如果你大胆坚持一下原则，给日后留下的问题小一些、少一些，现在的书记不就好当多了？没后眼睛，自作自受！还找客观，自己为自己开脱。"

"好了，好了。"诗维不耐烦了，用遥控器把音量放大，"听，听听……时空讲话了。"

电视屏幕显示的会场鸦雀无声，只有时空在动情地讲着：

"……华夏集团的形势总的来说是好的，挑战与机遇并存。我对华夏集团走出困境，走向兴盛充满信心，相信大家也会寄予殷切希望。作为华夏集团的一员，我愿意与大家心连心，拧成绳，形成合力，共同克服困难，重振集团雄风！"

接着是一阵激烈的掌声，接着又是肃穆的场面……有人咳嗽……有人退出会场……

"这么大的动静……就这样……结束了？"诗维愣望着荧屏，像是自言自语，又像是问景丽元,"真结束了?"

"怎么,嫌乱子不够大,还想像从前那样磕磕碰碰、推推搡搡没个完?"

"你这人!我会是那种境界吗?"诗维纳闷地说,"巧了,没发现时空有什么惊人之举,那些话也不过如此,很平淡的嘛。这些人怎么就……散了呢?"他突发奇想,"你说,如果换了我,会不会是这结局。"

"得了吧,换上你,没准事情会越弄越糟。"景丽元直统统地说,"首先,你没有面对义愤填膺的胆;其次,你的道理可能比时空讲得更深刻,口才也不一定比他差,但个性决定你不会像他来得这样简单直白,导致听众逆反,其功效很可能就是截然不同。一个最大的差异是,个人形象。时空看上去实诚、厚道,给人强烈的安全感——这就叫人格魅力;你呢,虽然心地善良,可是表面上给人以爱动脑筋的印象,彻底认识你需要时间。现在的老百姓不接受爱动脑筋的人,他们喜欢把爱动脑筋与'琢磨人'类比。所以我断定,你出面平息事态,达不到这种效果。"

诗维凝视着荧屏上陆续退出会场的职工代表,凝视着广场上自觉自愿为时空让出一条夹道的人群,心里涌荡起一股说不上来的滋味,继而浮想起了自己多难的旅行,不禁慨叹了一声:

"唉……早知道是这种结局,我跑出去干什么?"

"怎么,后悔啦?埋怨我啦?你别给我也使一手猪八戒的绝活儿——倒打一耙啊。"景丽元像受到刺激,猛一翘脑袋,生气地望着诗维,"我不催你赶快溜了,兴许结果真不是这样。过河拆桥,这就是你和时空的本质区别!"

"又来了,这不是随便说说嘛。"

"全是一二三、岑雪飞撂下的后遗症,凭什么代他们受过?时空是从省里下来的,脑袋大,当然该他顶着。"景丽元喋喋不休,"难道你真看不出?这些人正是冲着时空来的,他们就是要大张旗鼓地向他提个醒儿——华夏集团的遗留问题不少,干柴一堆,当心着点儿。再说了,你们这届,除了时空,除了那个死心眼儿老头秋胤,哪个不是脚板抹油溜之大吉?你还后悔!"

诗维关掉电视,瓮声瓮气地说:"这么大的事,党委书记不在场,我能不内疚、自责吗?"

"事情都过去了,还想那些干什么。管他呢,好歹都跟你没有关系。"

"哎,"诗维问,"你怎么早知道集团要发生这么一档子事?"

"告诉你吧,我天天都能听到最新消息。"景丽元往被窝儿里缩了缩,并不直接回答诗维提出的问题,"我们办公室十一个人就有十个处级副处级,还有隔壁的人才中心,虽然归我们基地办管着,可主任副主任也都是处级副处级,这些人哪个不是牵根绊连一大群关系?被调整重组到了一起,那还不成了信息中心?轻官、闲官窝在一坨,能本分吗?整天除了抽烟、喝茶、看报、上网、聊天,还能干什么?不兴风作浪是可以的,不道听途说是做不到的。那么大的动静,怎么可能没有兆头,有兆头怎么可能不被人感知,有了感知怎么可能不在暗中流传?只不过没有人甘当二百五,向谁谁谁告密罢了。闲官们尽管津津乐道,无官一身轻,事不关己,高高挂起,可心里毕竟不平衡。窝了一肚子无名火,采取的态度自然是各家自扫门前雪,别管他人瓦上霜。早就让你跑出去躲躲，你偏不信，偏要赖到事发当天的一大早开溜，差点儿落网了吧？"

"看来，你们这一拨中层干部……也有问题。"

"那得感谢一二三、岑雪飞呀，那得感谢调整重组呀。岂止我们这一拨中层干部有问题，哪一拨都有问题。一个窝子，还互相瞅着对方别扭。就说下面那些公司、经营实体的头吧，自己不知道自己无足轻重，进了我们办公室还不拿正眼瞧我们，径直钻到匡奇的隔间叽叽咕咕，这不是王八自以为比乌龟高一等吗？你说气人不气人？机关大楼至今空着那么多办公室，却把我们这些四不像的单位撂到一边，还得像堵墙似的抵挡八面来风，美的！挡风？哼，我们坐山观虎斗哩！让匡奇这傻瓜一个人翘着屁股忙去吧。哎，"景丽元忽然想起一件事，"听说技校、党校又要转动起来了？"

"没听说过。谁说的？"

"匡奇呀。在我们办公室露的风，神秘兮兮的，说是时空的动议。"景丽元扬起脑袋，"我可是有言在先啊，真有这事，你得让我就位。宁做鸡头，不当凤尾。技校、党校过去都是正处级单位。"

"现在集团的中层干部，绝大多数都在担心时空握在手里的刀子随时落下来，砍倒一大片。没有专长的，不是想法自保，就是准备老老实实退居二线。你倒好，还想更上一层楼。"

"那又怎么样，人和人本来就存在差异。我是高知，年龄也没有过杠，不敢有这奢望呀？"景丽元的手在被窝儿里向诗维示好，"有对口单位，就得让我专业对口，基地办太不适合我了。"

"这事你跟我说没用。"

"你是书记呀！下属安置不合理，不找书记找谁？"

"得得得，我上台才几天。扯皮拉筋的事一大堆，你就别添乱了吧。"

"这叫添乱呀？下属有实际困难，你做领导的就应该解决。"

"好啦，好啦，大当家的。你现在有岗位、有工资，还有奖金，这就不错啦。真不知道人家当初是在照顾你？真是。那技校、党校晒干鱼晒了好几年，校长、书记轮流看大门，才开百分之八十的工资，有什么好嘛？"

"前提不是听说要振兴吗？"

"那很可能是时空的一个想法，离现实远着哩。究竟怎么回事我也不清楚，不是刚到家嘛。八字没一撇的事，别有风就是雨了。即便真有这回事，我也不能在党委会上、总经理办公会上、党政联席会上举荐自己的老婆当校长去呀。睡吧，睡吧。"诗维把脱掉的衣服扔到凳子上，滑溜进被窝儿，"说说正事，说说咱们嫱嫱的事。"

"嫱嫱要在家待好几天哩，急什么。"景丽元不高兴地扭扭身子，一只手却情不自禁地伸进了诗维的裤裆。

"你看，你看，才……多大一会儿啊？"

"呦，犒劳犒劳你，还不领情呀？……快点儿……装孬……"

第二章

二十六

尽管在家里静养了两天，妻子百般温存，从省城归来的女儿也带回了不少欢乐，但只有诗维自己清楚，心绪并没有获得彻底的安宁。烦闷、苦恼夹杂着残存的惊惧、惶惑依然在脑海萦回，驱之不散。

劫难虽然过去了，但是麻烦远没有结束，头疼啊。

星期一。诗维上班很早，才七点钟就拎着公文包徒步走进了机关大楼，正好和习惯了早上班的秋胤碰面。上任以来，诗维试图塑造一个清廉、质朴的党委书记形象，因而坚持上下班不让小车队派车接送。秋胤则是希望利用步行达到健身目的，所以一直安步当车。两人在电梯里拉扯了几句关于时空接待职工代表的内容，诗维就在三楼走出了电梯。

三楼整层是党群系统工作机构，每间办公室的门框上都挂着白底红字塑料牌，明示部门名称，有的门框上甚至挂着三四块。

近些年，华夏集团实施过几次产业结构、组织结构调整，每次调整，党群系统总是率先垂范：精简压缩、合并重组。一来二去，党、工、团组织的机构和职能部门越来越小，越来越少，最后一股脑儿收缩到了一个楼层。偌大的党、工、团系统如今只设有党群工作部一个综合办事机构，负责整个集团党、工、团的日常事务、组织建设，以及宣传教育等方面的具体工作。党群工作部内设组宣处、政研处、宣教处、理论研究办公室、报社、影视处、网站中心等业务部门，是集团党委、工会、共青团组织的办事机构、服务机构。工会、共青团和纪委（与监察处合署办公）有独立的办公室，但一律不设机构。在三楼办公的人员，几乎人人都有职务，有的甚至身兼数职，纯粹的办事员很少。有人认为这是一个简练的精干的管理系统，也有人认为它杂乱无章，不成体统，众说纷纭。诗维接手岑雪飞这个工作平台的时间虽然不长，但明显感觉到有点儿别扭，不顺，本想重新收拾一下，可又不敢贸然行事。他有两个顾虑，一是怕有人议论"翻烧饼"；二是没发现时空有什么大动作迹象，党委这头先冒尖儿，不好。打算等等再说。现在看来，他更是难以下定决心。

诗维走进办公室，破例将三台电暖炉全部打开，让室内迅速升温。南方的隆冬虽说不及北方严酷，但室内室外是同一种温度，供暖不足会非常寒冷。不过，此时的诗维是因为感觉到特别怯寒。心气虚脱，体质也跟着虚脱。

在沁园春误入鸳鸯池，是他此生最大的败笔，痛心疾首，悔之不及。所幸此事很难找到旁证，不容易被人指控嫖娼，只要自己不说，谁也不可能知道他有过风流韵事。诗维有觉悟、有信心，也有决心不重蹈覆辙，没有下一次，自己的形象仍然不会受到损伤。收受红纸包的问题可大可小，它和情感、礼数、社会风气有着千丝万缕的联系，毕竟与受贿、索贿有区别，只不过数额稍稍大了一点儿。他原想回来后把那些红纸包全部交由时空处理，杀杀歪风邪气，顺便张扬张扬自己的个性，哪料事与愿违，被以劫财劫物为营生的劫匪统统劫跑了，这就成了黄泥巴落进裤裆——不是屎也是屎，大小算个事儿。肇庆荒野被劫的事情最使诗维烦心，赎金数额大，知情人太多。孔超、薛建设、夔亮、蔺山海，还有那一伙既没有姓名，又没有面目的土匪，哪路神仙都是泄露天机的隐患。前天，他害怕后院起火，又把在肇庆荒野被劫的经过说给了景丽元，迫不得已扩大了知情面。只要诗维忠于家庭、忠于感情，景丽元当然不会出卖老公。夔亮、蔺山海成为溃堤缺口的可能性应该说也不大。他俩在深圳、沿海闯荡多年，见多识广，深知江湖义气的重要性，加上诗维从前和他俩在长江施工局共过事，私交不错，如若没有太大的利害冲突，这两个人绝不会把荒野被劫的事情抖搂出来。再说，他们已经成了这一案件的当事人，能隐瞒自然会主动隐瞒。问题是赎金和遭劫后的所有开销叠加起来不是小数，做平这笔账并且做得天衣无缝，不仅需要夔亮、蔺山海用尽心机，还需要有关财会人员具备相当高的配合能力、操作水平以及敢于面对法律风险的勇气，他们能做得到吗？孔超和薛建设是在新型社会环境中成长起来的年轻人，业已生成的世界观、人生观乃至价值观，足以使他们的父母抑或父母的父母迷惘、困惑，他们的所思所为会不会轻易接受外部因素影响、支配？孔超就在党群工作部，就在自己身边，朝夕相处，有向往，有追求，如同有了绳索拴系的牛犊，倒好管控；薛建设可就不同了，性情暴戾，桀骜不驯，不思进取，瞧他事发后的那个态度，一直就与众不同，和大家的想法格格不入，危险人物啊。华夏集团的党委书记被一群土匪绑架，本来就是件令人瞠目结舌的奇闻逸事，如果再牵扯出红纸包、赎金什么的，岂不更加令人发指？两级纪检、监察，还有党纪国法，能容忍吗？凭着爹娘赐予的诚实秉性和多年修道而成的良好素质，诗维也曾想过掏空家底，凑足下属好心赠予而又被匪徒洗劫一空的钱财，然后连同被绑架勒索的事情一起向时空说个清楚明白，强忍一时之痛免除百日之忧，用倾家荡产的代价换取光明磊落，堂堂正正地生活下去，可是他最终没有这样做，就连向夫人讨要存款的胆气也没有。曾几何时，踌躇满志、壮怀激烈的他，如今黯然神伤，情绪一落千丈，终日冥思苦想的是如何封口，如何封堵住那些有可能酿成大祸的缺口。书记还得当，还得努力把它当好，不当好怎么办？

　　诗维神情恍惚地坐在多功能办公桌前，心不在焉地翻阅着一堆积压多时的文件，其中有一份就是以总经理办公室名义下发的《关于下发〈华夏集团下（待）岗职工、离（退）休职工和在职职工代表恳谈会纪要〉的通知》。这些文件都是诗维出行后党群工作部主任司马敬送到办公室来的，多半是转发文件，也有机关职能部门的工作检查文件以及各种例会通知，跟集团党委的工作面、工作对象关系不大，诗维也就粗略地看了看标题，一目十行，一扫而过。眼见已是到班时间，他拿起桌上的有线电话，嘟嘟嘟拨通了小车队，询问薛建设的巡洋舰回来了没有。接电话的正好是小车队的区队长。区队长回答说还没有薛建设的消息，又问："诗书记有什么事？"诗维简单地说了句"没有"，就把电话压了。如果孔超、薛建设时间观念强，晓行夜宿，昨天夜晚就该到家，三天了，怎么连音信也没有呢？是的，手机被劫匪劫走了，但是蔺山海给的钱足够弥补他们的全部损失，就不能重新买个手机？工人、职员工薪低，生活节俭，到了手的钱不舍得再掏出来也不难理解，利用沿途的出租电话给家里报个平安总该可以吧……"该不会又出了什么事吧？"诗维有点儿像惊弓之鸟，无端生出一门心事。假如真出了个车毁人亡的事故，对诗维来说不一定是什么坏事，但他还是希望这两个人能够平安归来，并及时稳住他们的思想情绪。

诗维蹙额搓手，在办公室里来回走动，像热锅上的蚂蚁。

虚掩着的门被轻轻推开，时空摇晃着走进来，手里还捧着只保温杯。诗维呆滞的眼神倏然一亮，振作了一下精神。

时空的到来使诗维颇感意外，且有无事不登三宝殿之嫌，心里不免暗暗构筑起了防线。他迅速扫瞄了一眼时空的面部表情，一面热情地请他就座，一面把饮水机的电源插上，准备沏茶。诗维不嗜烟酒，对饮茶却讲究，无论是家里还是办公室，都储藏着龙井、铁观音之类的精品，并且配备着成套的茶壶、茶盅，泡茶的过程也繁琐，不是拿开水一冲了事。

"你在办公室再待一会儿，我就上去了。我怕你还没到班。"诗维很有耐心地洗涮着茶具，一面谨慎应酬，"在外面跑了二十多天，该向你好好报告报告呀。"虽然没有明文规定企业的总经理要比党委书记高一等，但大小企业的管理层却自然而然地把总经理视作住持，约定俗成，做书记的上门找总经理沟通、交换意见的时候居多，少有总经理主动跨进书记办公室说事的，所以，诗维猜测时空找上门来肯定是有重要目的，绝不是简单表现礼贤下士，所以在看上去很随意的应酬中，他刻意用了"报告"这个词，在投石问路的同时，表示自己也很谦虚。

时空捧着杯子在办公室里悠荡着，环视着，没有忙着答话。诗维的办公室和时空的办公室规模、规格完全一样，不同的是，他在办公室中央加放了一张长方形桌子和六把靠背椅，这样，党群部门的小型会议就可以在这里召开，挺方便。时空闷声不响地悠荡一阵以后，在长方形桌子旁的一把靠背椅上坐了下来，这才对诗维刚才的话做出回应：

"你要向我报告？想让我凌驾在党头上？可别把我吓坏了。"

"企业早就形成了这格局，大家也都适应了。"诗维已经看出时空没有恶意，笑笑说，"再说，你里里外外几头忙，我只能敲敲边鼓，腿脚勤点儿是应该的嘛。"

"都说你谦虚，果不其然。"时空也笑了笑，"听怀阳主任说你是飞回来的。"

"实不相瞒，"诗维早就准备好了答词，"二十多天，几乎天天窝在小车里，颠颠簸簸，实在受不了，想舒服舒服。其次呢，外出的时日太久，还真有点儿惦记家里的事，再在路上熬几天，会熬死个人。"边说边从书柜里拿出一听龙井，向洗涮净了的紫砂茶壶里拨着，"归心似箭哪。"

"坐吧，坐吧，咱哥俩好好聊聊。二十多天没会面，好多家常想拉拉哩。研究工作、商讨要务都是官样文章，套话。咱们就想到哪，聊到哪，随便聊。"时空说，"别忙乎了，你没见我茶水自带？我习惯喝的，你办公室没有。"

诗维向时空手里的杯子瞧了瞧："你喝的什么？"

"咖啡。"

"咋爱上这一口了呢？兴奋剂。"

"我那口子过去不是外科大夫嘛，听说咖啡能提神，手术前总要喝上一杯，中途挺不住了，也要来几口才能继续操刀，久而久之，习惯成自然。我呢，近墨者黑，搭便喝喝出了感情，每天不搞两口就老打盹儿。"

"茶也是提神的。"

"只能爱一口，不能两口都爱。"

"嘿嘿，倒也是。"诗维笑了笑，"开水总是少不了的，快开了。"在时空对面坐下，"一到家我就听说了，你最近干了几件大事。尤其是缠住潜龙的雷好不松劲儿。怎么样，卓有成效吧？"

"卓有成效个鬼哟。大手大脚花大钱，还不知道把雷好那屁股拍舒坦了没有。"看样子，时空对这次倾其所有接待考察评估团的意义并不看好，期望值也不是很高，"明知雷好是在玩游戏，我还不敢马虎，还得赔笑脸，你说憋屈死人不？自己劝慰自己的台词只能是：将钱买公平。人家该咋样一定会咋样，绝不会因为华夏的接待殷勤周到、无微不至就把优惠的砝码向华夏倾斜。这个挎着钱袋子的雷好，一肚子弯弯肠子，诡计多端，不是个好玩意儿，躲躲不起，惹惹不起。"

"咱们华夏拿龙潭工程这个标，你以为最大的障碍是什么？"

"哎呀……可以说困难重重。"时空皱起了眉头，情不自禁地哀怨了一通，"华夏集团的愿望，也是我个人的愿望，当然是整个龙潭工程让华夏一家干了——总承包，大致跟永泰、松峦、花溪、虎啸一样，这样，对华夏集团有好处，对龙潭工程本身也有好处。但是从目前的形势看，不太可能，只能是理想。我这几天，天天陪侍雷好，一个最大的收获就是，基本摸清了他的图谋——龙潭工程这块大蛋糕，华夏集团不仅不能独吞，还得和别人去争抢其中的一份。说实话，在和他打照面之前，我还心存幻想。

"入围争抢蛋糕的单位有九家，家家有争抢到份儿的可能，又都没有争抢到份儿的可能。这就构成了一种竞争态势，而且相当激烈、复杂。所以，就出现了以下一些情况：九家竞标单位竞相接待考察评估团，比如，华夏集团本来是考察评估的第一站，通知上就是这样说的，结果，他们在上飞机之前被东方联营的人用一个奔驰车队劫跑了——连秩序都没有了；其次是竞相提高接待规格，不攀比就要落伍；还有，接待方式五花八门，无奇不有。可恼的是，雷好最需要的就是这种效果，九家亡命争抢，正中他的下怀。

"华夏集团投标技术不存在问题——我指的是投标文件的编制工作。我多次问过秋胤副老总、达奚贤主任，他们都说这方面的工作做得相当扎实，让我尽管放心。但是一谈到投标技巧——具体说来就是应对错综复杂局面，就感到力不从心。所谓错综复杂局面，就是我刚才谈到的那些问题，是离开投标文件之外的另一篇文章。更伤脑筋的是，所有竞标单位都不忽略投标技巧，也就是说，我们想到了、做到了，另外八家也想到了、做到了，而且有可能比我们想得更周到，做得更完美。竞标单位希望最终攻克的堡垒自然是业主，是潜龙总公司，潜龙总公司是九巨头的共同对手，谁能通过高超技巧博得业主欢心，包括九巨头之间的相互倾轧，谁就能抢占先机，实现理想目标。业主呢，倚仗显赫的地位优势，居高临下，傲视群雄，挑三拣四，从容不迫地选择自己最合意的劳工，由于获利本能的驱使，巴不得竞标单位之间兵戎相见，互相拼抢个你死我活，而后坐收渔利。作为准乙方，我们除了必须自我保护之外，在拼命搏斗的同时，还得拿眼睛盯住既是运动员、又是裁判员的业主有没有把屁股坐歪，盯住他握在手里的黄牌、红牌是不是非常公正地出示，以确保自己抢夺到一杯羹，并且心安理得地喝进肚子里。这就是我接触到龙潭工程招投标工作之后的感受。说困难重重，不为过。"

诗维不停地点着头，暗自惊叹时空洞察一切的能力和提纲挈领的点穴功夫，就感同身受地附和了一句，也算是有意给时空提个醒：

"我到家那天特地去投标办坐了一会儿。老达奚对龙潭工程招标文件的编制和标底很感兴趣。我猜想他可能在打什么主意。"

"嘿嘿，这两样东西谁不感兴趣啊？我也感兴趣。潜龙总公司组织这次所谓的考察评估，招摇过市，所有竞标单位哪家不是在嬉皮笑脸献殷勤的同时，挖空心思刺探这方面的情报？大家忙得屁滚尿流，其中一个重要目的就是套口风，我也是。可能吗？一厢情愿哪。达奚主任做这个梦全是因为职业习惯，就像小偷，见到钱财手就痒痒。龙潭工程这块蛋糕横切竖切的编制方案，不到开标前一个月，甲方是不会通过一定形式告知竞标单位的；至于标底，那更是他们的绝密，不开标不会让任何竞标单位知道。正是因为有这两样东西，才烘托出了作为甲方深奥莫测的神秘和颐指气使的权威。他们充分利用这两样东西，把它作为王牌、利器、制胜法宝，在招投标过程中吸引、激励各路诸侯竞争的热情，刺激大家明争暗斗，同时有效掌控竞争大方向，妙不可言哪。"时空把手里的杯子送到嘴边，抿了一口，"当然喽，再秘密的东西，只要存心把它搞到手，也不是完全不可能。二战期间，那么多军事秘密，交战双方还不是有互为得手的情况。比如我吧，好赖在省政府机关混了十几年，渠道、人缘那还不有的是，真要动起心思来，他雷好能保守个屁的秘密。问题是，有贼心不敢有贼胆。你想啊，假如我真把他们精心编制的招标文件搞到了手，知道了他们的底牌，一旦操作上稍有闪失，被雷好察觉，这家伙还不一耙子把我往死里挖？时空不遵纪守法啦、时空扰乱招投标市场啦、时空破坏省里第一次大规模招投标工作啦——什么样的屎盆子还不由着他扣。弄不好，乌龟背时连累壳——华夏集团跟着一块儿遭殃——全体职工翘盼的龙潭工程施工项目彻底泡汤。潜龙总公司有权把华夏集团剔出竞争市场，雷好做得出来呀。就老老实实走程序吧，老老实实奉陪雷好捉迷藏玩游戏吧，只要能够争取这次招投标活动做到公开、公平、公正，华夏就吃不了亏，比较优势在那里摆着哩。"

"你想凭华夏集团的本领硬夺，这当然无可非议。"诗维不完全赞同时空的说法，"我以前在长江施工局当副书记、书记的时候，参加过几次小型工程项目的竞标活动，说出来不怕你笑话，那些偷鸡摸狗的事我还真干过，还好，没有任何闪失。我们采取的办法通常是千方百计买通能够接触标书文件的人员——让他露点儿风就行了。要是被主管头目察觉，也私下里往他手里塞点儿。下面都这样。"

"你的意思是，我可以效法效法？"

"干这种事，总经理肯定不合适。睁只眼闭只眼就行。"诗维的话很诚恳，并不主张时空带头冲锋陷阵，"让达奚贤、琴拥军干去。他们有经验，门道熟悉得很。"

谦谦君子风度的诗维原来也不回避歪门邪道。作为党委书记，敢于面对现实，又何尝不是一件好事，时空有点儿意外。他不能说诗维的话不对头，但又不能说诗维的话对头，就不置可否地笑了笑。

"刚才，你在谈论龙潭工程招投标局势的时候，强调了一个技巧问题，我表示赞同。我说的这些应该属于技巧范畴，跟你的思路没有矛盾。"诗维反而很坦荡，"可以说龙潭工程决定华夏集团的命运，生死攸关，顾不了那么多了。"

"书记的话肯定不会有错。其实，我的顾虑跟你的想法也不矛盾，都是以华夏集团的利益为前提。"时空觉得不表态不行了，"那就……与时俱进，顺其自然吧。"

"识时务者为俊杰。"诗维会心地一笑，"听老秋说，你在宜阳搞到了十多个亿的工程，大标啊。"

"什么我搞到，人家送上门来的，意外收获。捆绑在一起算个大标，实际上是几个小工程，不值一提。不过，安置千把个下岗待岗职工倒是没有问题。"时空见诗维提到这件事，索性把自己因势利导的想法说了出来，"其实，我最感兴趣的并不是宜阳这十多个亿的工程，而是以此为契机，把咱们华夏的施工队伍提前拉进宜阳境内，黏黏糊糊把龙潭工程'三通一平'这块肉先咬下来吃了。我让秋副老总、达奚贤主任算了算，龙潭前期准备工程有十多个亿，不小的一坨啊。然后，步步紧逼，给省政府一个压力。说白了，就是想用我们的诚意感动上帝，让省政府出面，把龙潭工程交给华夏一家干了拉倒，搞什么招投标嘛。当然，我这是一厢情愿，能不能如愿以偿，从目前的情况看，很渺茫。"

如果真能把龙潭工程"三通一平"前期施工项目挤占到手，华夏集团等于兵不血刃，轻而易举拿到了十好几个亿的标，相当于集团投标工作系统年中标额度的五分之一，差不多是歉收年份中标总额的一半；实现龙潭工程总承包，固然希望渺茫，但是不能不承认时空深谋远虑，正在不声不响下一着大棋，豪气啊。不知为什么，诗维心里隐隐升起一丝嫉妒，嫉妒时空的运气，嫉妒时空的超前意识。不过……他最终还是由衷赞叹说：

"大家都照你这样干下去，华夏彻底翻身就有指望了。"

"我粗粗估算了一下，华夏一年完成一百个亿的产值才能顾个温饱；年度实现两百个亿左右的产值勉强称得上小康；每年生产经营规模突破四百个亿，才可以谨慎称之富裕。我们现在每年的产能总额才六七十个亿，合同存量少得可怜，确实令人担忧哇。所以说，加强投标工作力量、加大投标工作力度、扩大合同储备是当务之急。只有做到承揽的工程项目多、数额大，合同储备充足，集团才有奋斗的平台，才有用武之地，才算真正找到了摆脱困境、发展壮大的出路。"

诗维点着头，"是呀。"

"这样，稳定问题也就迎刃而解。目前，华夏集团很不安宁，人心浮躁，怨声载道，追根溯源，还不是因为僧多粥少，下岗待岗人员过多？如果签约合同多，开工项目多，更多的人有了工作岗位，谁愿意没事找事呀。哎，秋副老总让沙凡刻的那个光盘在你手里是吧？"

"有这回事。我大前天晚上看过一遍，昨天又看了一遍。"

"那个录像你看看当然是应该的，不过，千万别再外传了。我昨天下午从龙坪狩猎场一回来就给秋副老总打了个电话，让他赶快把那盘子毁了。"

"为什么？"

"祸害呀。"

"那个光盘我看做得挺好，可以作为永久资料保留下来，供大家参考，研究。"

"好什么？过去了的事，就让它悄悄过去吧，还研究它干啥。这事提起来我揪心，倒让那远在天边的雷好兴致勃勃。"时空说，"雷好向我打听过这事，听说琴拥军也遭到过盘问，你看这家伙认真的！幸灾乐祸，居心叵测。我心里有个结。那场大规模群访很有可能成为华夏集团的痛脚、伤疤、软肋，既可以让雷好任意拿捏，又可以让我们的竞争对手随时揭、碰，如果再让省委、省政府知道这件事的真相，华夏集团的形象再次遭到重创不可避免，后果非常严重。你想，谁敢把庞大恢宏的工程交给一个不稳定的队伍施工呀？雷好包藏祸心，不能不防。"

"说得也是。防人之心不可无，小心谨慎为高。"

"施工队伍需要足够的施工项目才能得到稳定，施工项目又只有稳定的施工队伍才有资格施工，一组尖锐的矛盾！在对立中寻求统一，难哪！"时空禁不住一声悲叹，"职工不知道这个要害，自己给自己挖坑设障。"

诗维虽说成功地避开了那场声势不小的群众集会，但特别希望弄清楚基地职工到底有一些什么怨气，更希望弄清楚时空当时究竟是怎样征服那些牢骚满腹的群体的，看过实况录像后，职工群众的怨气算是有了比较充分的了解，而鼎沸的事态怎么就那样悄无声息地平息了却仍然是团谜。他本想把光盘留下来继续寻找答案，见时空把问题分析得那么严重，只好说：

"那就毁了，毁了吧。"

时空喝了口咖啡："事发时你知道我最大的痛苦是什么？"

诗维冷静地望着时空，心里有点儿发紧。

"孤立。"时空说，"七个班子成员，仅剩下我和秋胤副老总。秋副老总倒是要跟我一起去接待职工代表，我见他一大把年纪，不忍心让他陪着坐蜡。面对满屋激动的人群，我真感到自己很孤立。"

诗维觉得脸颊在发烫，嘴唇颤了颤，欲言又止。

"第二天，焦言、程心爽、帅自文三位副老总结伴儿似的一齐跑到我办公室去了。焦副老总是去向我报告贷款情况，他倒好说，事发前半个月就去了省里，去了北京，情有可原。程心爽、帅自文两位副老总却是去向我作检查，坦言自己是因为看见有人群涌向机关大楼才开溜的。当时气得我差点儿破口大骂起来，这是副总经理在危难时刻的作为吗？领导班子在紧要关头，是这样一种工作状况，是这样一种消极态度，怎么得了？他们开溜的理由是，群众反映的多半是上届领导班子的遗留问题，上届领导班子的事与本届领导班子无关，你说这是什么逻辑？中国老百姓是接受中国共产党、中华人民共和国政府领导的呀，怎么连这个道理都搞不懂呢？逃避现实，推卸责任，哪像干部作风！年轻干部，是应该随时准备扛大梁的呀，脊椎骨这么软，将来怎么办哪？好在他们两个实话实说，闻过思改，态度不错，我才把火气压了又压，轻描淡写几句就算完事。可这事已经暴露出了新一届领导班子存在的问题——不团结，不紧张，没有形成强有力的领导集体，不是铁板一块。我不过说说而已，书记你得引起重视，党风要搞搞。"

诗维愣望着有些激动的时空，心里像碰翻了五味瓶子，很不是滋味。这分明是指着桑树编派槐树嘛，而且把问题的严肃性上升到了不得了的高度，尖锐得让人受不了！刚才谈论具体工作时的那种兴致、那股激情不翼而飞，他开始怀疑时空是有备而来，是兴师问罪而来，绝不是什么随意串门，随便聊聊，这年头，总经理习惯打坐在自己的办公室听取请示汇报，哪有委身屈就的道理？他很后悔，后悔自己大不该临阵脱逃，惹出一连串的烦恼，还要背负回避现实、软骨头之类的骂名；后悔自己慢了时空半拍，如果抢先上门，把早已准备停当的故事情节在时空的办公室从容不迫地细说分明，像程心爽、帅自文一样争取了主动，哪里会出现眼前的难堪？一着不慎，满盘皆输，最痛心的是已经输掉了迎接任何挑战的斗志。诗维瘆了瘆，冷淡的脸上幻化出一丝笑容，有意避开锋芒：

"要说，首先是我这个党委书记没有当好，没有带个好头。我也该……向你作个检查呀。唉……"懊恼地叹了口气，"也是凑巧。出行计划早就安排了，大家也都知道，可偏在出发那天出了这种事。"

"哎，书记呀，我可没针对你说事啊，你千万别往心里去呀。"时空懊悔地拍拍脑门儿，"接受党委书记的检查，这不是急作我吗？"

职工群众大规模集会那天，党委书记和几个副总经理同时不在工作岗位，时空确实非常恼火，也有过找机会把这种不正常现象提出来严加问责的想法，但是由于事态没有扩大，随着时间的推移，也就淡化了。此刻不知怎么绕上了这个话题，还在无意中碰着了诗维的痛处，为了团结，时空只得作些解释，希望书记能够谅解：

"咱俩是党政一把手，是同事，是朋友，也是一个战壕里的战友，我如果连在你面前也不敢直来直去说实话，有牢骚也不敢发，我就连一个朋友、战友也没有了，你让我憋死闷死，让我长久地孤立着呀？"

"你说得对。正因为是同事、朋友、战友，我才向你作检查，在是非面前表明一下立场观点。"诗维硬着头皮说，"主观也好，客观也好，我全不强调了。你瞧好，往后若是再有这种事，老诗我肯定跟你在一个战壕里，绝不会退缩。"

"不能有下一次了，如果有下一次，你我就得做下岗准备，所有班子成员也别指望幸免。上届领导班子一出现问题，省委、省政府当机立断，马上把它翻了个底朝天，我想，对我们这届也不会格外开恩。省委、省政府绝不会把一个懦弱无能的领导班子保留下来，让它继续滋事。"时空忽然嘻嘻一笑，"最近我干了件坏事，把大家的退路全给断了。这大楼底下的那个暗道，是专给领导逃跑使用的，听说易日山、岑雪飞都使用过，一旦大难临头就从那暗道里潜逃。对不起，我遇见一个普通职工就说一回，我说机关大楼有机关——有一条秘密暗道，出口进口在哪在哪，把密全给泄了。这下好了，往后不管发生什么事，集团领导班子成员谁也甭想溜走，死活都得在一块儿挺着。"

"嘿嘿，破釜沉舟。"诗维又感觉到时空找上门来确实没有什么恶意，对自己不会构成威胁，不是因为掌握了自己的不轨材料，前来核实；也不是因为自己躲避群众集会，前来诇察因由，因而收得很紧的心慢慢放松下来。他暗暗庆幸自己的气度终使自己得益，若是小肚鸡肠，沉不住气，任性交恶，不仅会造成党政一把手鸡犬之声相闻，老死不相往来的僵局，还会给自己带来灾难。"断掉退路就有出路。"他临场发挥，刻意将时空所说的"坏事"升华了一下。

"你说，"时空憨实地一笑，"咱们班子成员是不是应该有难同当？"

"我可以保证，决不食言。"

"那还不够，班子里头不能有一个孬包。"

"十个指头，很难做到一样整齐。"饮水机里的水开了，诗维站起来，给时空的咖啡杯添满开水，把紫砂壶里的茶叶先用开水洗一遍，再将开水满上，盖上壶盖儿，一边说，"是个方向。你我共同努力吧。"

"算啦，闲话不扯啦。"时空端起咖啡杯子，吹开泡沫，呷了一口，"听说你回来了，特地赶过来跟你说几件事情。不然，我就上修造厂去了。那里是个马蜂窝、火药桶。"

诗维即刻明白，原来时空上门是务虚来的，悬在胸口的心这才彻底落位。新一届领导班子拉开架势后，唯一得到擢升的诗维雄心勃勃，准备在搞好党政团结、树立集体形象等方面做些实际工作，为振兴华夏作出贡献。当然，要想实现这个目标，还需行政积极配合并且发挥主导作用，靠党委这头单方努力远远不够。具体说来，需要时空姿态高，度量大，能容人，不能让党委形同虚设，不能让党委老是委曲求全。当代中国国有企业，党政关系十分微妙，说不清，道不明。法定总经理领导党委书记，但是党委书记又肩负着监管总经理的使命。集体形象要求党政一把手团结得就像穿着一条裤子，而有些原则问题又不容许党政一把手像穿着一条裤子那样亲密无间，分寸很不好把握。所以，不少国有企业的党政一把手颇费思量：是往一只壶里尿好呢，还是不往一只壶里尿好呢？诗维智商高，自信一定能找到平衡的支点。

已经没有精神负担的诗维，轻松地把沏好的龙井向茶盅斟满，仍旧在时空的对面坐了下来：

"正好，我也有几件事想跟你说说，那就一块儿说了吧。"

来华夏集团当总经理至今，时空的工作重心几乎全在基层，除了应对、处理重大急事外，大量时间都在基层单位了解情况，上层建筑、宏观世界打算先放一放，想把最实际最具体最能稳住人心、稳住队伍的问题解决一部分再说。思路是先易后难，各个击破。他当然知道，所有工作都离不开党委，离不开诗维的支持，不然，举步维艰，因而十分重视行政、党委二者之间的关系。之所以淡化诗维回避了大规模职工群众集会这件事，正是基于这一点。国有企业党政管理架构很特别，颇具中国特色。运作得好，两家步调一致，配合默契，企业受益；运作得不好，说不定弄成两张皮——各敲各的锣，各吹各的号，各自为政，企业遭殃。就有书记开除总经理党籍、总经理反手开除书记公职的情况发生。时空是华夏集团的掌舵人，当然不希望诗维拉反纤。他知道党政两家团结得像一个人似的很难，但积极团结对方、尊重对方尤为重要；求大同，存小异，先侧重着手有共识的困难问题也不失为一种好方法。以此为基调，时空对党政的团结协作很有信心。他觉得已经到了党政一把手交换思想的时候，所以主动找上了诗维的门。

"也没啥，都是些小事情，但又是些眼下必须做了、做好的事情。"时空喝了口咖啡，习惯地唱着低调，"脑子很乱，还没理出个头绪，就想到哪，说到哪吧。"

"好哇。"诗维端起茶盅，儒雅地喝了口龙井，瘦削的脸上没有呈现任何表情。

时空说的诚然不是小事情，宏观、微观兼而有之，"必须做了、做好"倒是一句大实话，诗维心领神会，有点儿跟自己想到了一起的感怀。意外的是，时空并没有把上一届领导班子的工作全盘否认，没有把上届领导班子确立的主体意识推倒重来的打算，现成的产业结构、组织结构和人事安排，也没有重新梳理的意思。须知，这是个非常关键的工作环节。新一届领导班子运转以来，班子成员尤其是中层低层干部对这个非常关键的工作环节极为关注，诗维也不例外，认为这一环节是新的行政一把手开创新局面的突破口，组织结构大调整、中层干部大换班是势在必行的重大举措。孰料，时空没有把它作为开创新局面的突破口，并且开宗明义，坦诚了自己的思想、观点。他认为，业已形成的产业结构、组织结构有上一届、上上一届领导集体的理由，尽管不尽如人意，但不是完全不能运行，经过进一步完善，是可以适应建筑市场环境的，有这个前提，中、低层干部就没有必要大换班。至于少数不胜任、不称职的干部，可以在今后的实践过程中，根据业绩和纪检监察部门提供的劣迹证据，依照集团既定处罚条例陆续淘汰，违法乱纪行为恶劣的，直接交由司法机关绳之以法，精干、纯洁干部队伍。华夏集团过去制定的一切规章制度，时空说基本上翻阅完了，认为并不草率，既然如此，就没有将建章立制工作从头开始的必要，若是在以后的执行过程中发现不现实、与法律法规存在抵触的情况，再作局部修订或者根据形势发展需要另行颁发也为时不晚。最要命的是执行问题，执行力的问题，有章不循是华夏集团的通病，实力单位负责人草头王恶习严重。做到政令畅通，必须解决机关部门和二级单位党政一把手的思想品质问题，因此加强干部队伍的教育刻不容缓。时空坦言，之所以不想效法大刀阔斧的铁腕人物，主要是避免翻烧饼，谨防动乱，古人云：治大国若烹小鲜，我们不妨借鉴一下这句箴言的含义。只要悉心料理，华夏集团作为一个庞大的经营实体，仍能保持健全的品质，兴旺发达大有希望。一不留神，它则会演化成一盘沙，或者一盆水，碰翻在地就形变、消失，很危险。

　　诗维认真地听着，没有插话，脑子却跟时空的话语一样活跃。上任以来，诗维之所以对党群工作没有什么实质性举动，一个重要因素就是对时空心里究竟作何打算不摸底，一直在揣摩他的内心世界，琢磨他的工作思路，猜测他有可能施展的手段。时空似乎明白诗维的心理状态，也知道班子成员正在等待他石破天惊充满震慑力的一着，就干脆来了个开门见山，简明扼要阐明了自己的选择：维持现状，平稳过渡——完全没有翻江倒海的意思。诗维想，采取怀柔政策，避免再次搅得鸡飞狗上墙，保持集团相对稳定，未尝不可，只是新一届领导班子缺乏创意，权威会受到挑战；老班底、传统势力很难提高执行力。他觉得有必要给时空提醒一下这种无为而治的利弊，可是话到嘴边又缩回去了。倘若时空突然大转弯，说"承袭传统习俗，来个新官上任三把火也可以，我对华夏的过去不甚了解，那就有劳你拿出个方案来吧"。自己岂不接下了他踢过来的一只火球？不谈产业结构、组织结构调整工程巨大，单说中、低层干部的任免、新老交替等人事安排就非常棘手，以前负责草拟调整方案、具体组织实施的人没一个不是惹出一身伤，提前退休的宇文泰就是先例，多一事不如少一事，更不能没事找事，时空表示不想动刀子，肯定有他的道理，肯定经过深思熟虑，绝不会信口开河。再说，时空把自己的想法说出来，无非给出一个思考的空间，不一定硬要他马上明确立场，务实会议在日后。诗维一边听，一边想，没有接话，也不搭腔。

　　时空见诗维听得很认真，也没有什么异议，心想，自己的主观意识至少不至于使书记完全不能接受，说话的神情愈显轻松自如，继而罗列了一大堆急需着手解决的具体问题，意在提请诗维考虑解决办法，而他自己则没有发表解决问题的倾向性意见，这倒使诗维不仅感觉到了一种民主气氛，而且感觉到了总经理对他这个党委书记的尊重。

头一个具体问题是十七亿元贷款的流向。这笔贷款是以华夏集团施工设备严重老化、完全不能适应建筑市场竞争形势为理由申请的，但实际用作添置新设备的钱款并不需要那么多，余额很大，把贷款闲置起来显然不合算，还利息的数额就不小。余额究竟流向何方收益最大、意义最大，哪些方面急需流入，需慎重考虑。时空说，已经委托焦言副总经理调查摸底，让财务分管领导和财务部门提出合理化建议，然后提交党政联席会讨论决定。时空的话意是，党委书记应该充分发表意见，事前要有个思想准备。

第二个具体问题是企业办社会、不在岗职工的实际困难和物价上扬过高过猛造成的负面影响。企业办社会、不在岗职工的实际困难可以说是上届领导班子遗留下来的最突出的问题。在谈到这个问题的时候，时空本想回避群访事件，但实际上回避不了，因为这个问题应该说是群访事件的核心。时空说，把企业过去兴办的公、检、法以及学校、医院等社会职能机构和事业单位交给地方，国家、省政府早有指导性文件，这对地方政府来说，是社会职能回归；对企业来说是减负，企业不能吝惜以往的投入而顾虑重重，该移交给地方政府的职能机构和事业单位，要下决心尽快移交出去，尽管华夏集团早就作出移交决定，但是由于没有指定专人负责落实，加上不舍得的思想作怪，致使这项工作一直延宕至今，还拉扯出了不少的烦恼。时空告诉诗维，因为是履行从前的决定，所以不必再上会讨论，已经责成贺怀阳、匡奇二位主任具体负责与永泰县委、县政府交涉去了，争取春节过后全部移交完毕。还说，地方政府早就作好了接收的准备。养老金不能按时足额领取和医药费报销困难诸事，离退休职工反映强烈，这实际是社保统筹问题。对于这方面的问题国家早有明文规定，华夏集团也作了相应准备，只是由于履责不力、具体工作做得不扎实而引起了误会，导致离退休职工产生不满情绪。时空说焦言副老总已经明确表示，应该上交给地方政府的三金两费准备金，集团一直保留在账上，从未挪用，只要永泰县、宁泰市抑或省政府愿意接收，这笔巨款可以随时转账。时空说这原本不成为问题，却拖成了不安定的导火索。他说已安排贺怀阳、匡奇从速办理此事。

职工对物价涨幅过高无法接受，时空很理解，很同情，也很遗憾，认为这是社会普遍现象，自己心有余力不足，地方政府暂时也无权干预物价，只能靠市场调节。集团唯一能做的工作是，在十字街范围内，属于华夏集团管理的商贸系统，视情管控，在允许范围内抑制物价涨幅。由永泰县管辖的农贸市场、商品市场，恳求永泰县政府加强监管。时空说这工作很难做，目前商业运营有商业运营的规则，不会轻易听任政府左右，我们只能向职工群众耐心做好解释工作。

第三个具体问题是如何加大投标力度。合同储备量是华夏集团能否走出困境的关键，也是华夏集团兴旺发达的关键，因此，投标力量亟待加强，中标率必须不断提高。谈论这个问题的时候，时空着重谈到了龙潭工程。时空说，对华夏集团而言，龙潭工程至关重要，任是困难重重，也要倾全力夺取主要标段，志在必得。华夏集团当前的生存靠龙潭工程，稳定也靠龙潭工程。如果华夏集团能拿到龙潭工程百分之六七十的标段，就有上万名职工获得就业、再就业机会，不仅可以争取到可观的经济效益，而且策应了稳定工作。

第四个具体问题是应该马上使停顿下来的技校、党校恢复运转。时空的理由是：翻遍华夏集团所有文件也没有发现撤销决定，但却莫名其妙地关门歇业了五六年。以致两所学校的师资力量流失殆尽，只剩下校长、书记轮换看守大门。诗维很快想起景丽元提说过这件事，匡奇的话得到了证实。他对技校、党校的情况知道一些，于是介绍说：

"技校关门的主要原因有两个，一是因为生源不足，二是因为毕业生出现了分配难的问题。前些年，二级单位都在搞下岗分流、减员增效、合并重组，富余人员有增无减，哪里还有空缺安置毕业生哟。这样，毕业生的去向全堵死了，哪还会有人读技校啊。党校歇业是由于集团党群系统在不停地搞组织结构调整——泥菩萨过江，自身难保，顾不上党员、党员干部的培训工作。加上党校师资力量薄弱，请人授课不仅要价高，而且不少理论教材很含混，'政出多门'，莫衷一是。教程也不好安排。更大的阻力是：生产经营压倒了一切。党员干部忙于事务，忙于投标，忙于承揽工程，忙于在建工程的管理，时间对他们来说非常金贵，谁也不乐意歇下工夫学习，给发国家认可的文凭也吸引不住他们。所以，党校就办成了目前这境况。"

时空说："现在，企业要申办一所学校相当困难，门槛很多，也很高，咱们华夏既然有这个基础，放弃了实在可惜。近些年，技术工人散失太多，操作技术直接导致工艺水平滑坡的矛盾已经凸现出来，用不了多久，青黄不接现象将更加明显，问题不可小视。党员尤其是党员干部组织观念淡漠成了普遍现象，'战斗堡垒作用'眼看快要演化成没有内涵的形容词，长此下去不堪设想，思想教育刻不容缓。我个人认为，撤销技校、党校的理由不充分，恢复正常程序反而符合一种……规律，不仅仅是个发挥特殊作用的问题。因为这两所学校划归匡奇管理，所以，我已经让匡奇在搞调查研究。调查报告出来后，建议提交党政联席会慎重讨论。当然，我也不能把个人意志强加给集团、集团党委，技校、党校办不办，怎么办，各抒己见，民主决策，总之，两所学校的去向必须明朗，不能老这么悬着。"

诗维说："继续办下去确有必要。最大的问题是资金、师资、生源。"

"这事我已经和匡奇讨论过，匡奇担心的也是这些方面的问题。"时空说，"只要集团、集团党委下了决心，这些问题都是可以解决的。技校是为企业培育后劲，党校是为企业培养干部，企业当然应该舍得投入。"

诗维点了点头："也是。"

第五个具体问题是修造厂的现状堪忧。修造厂是华夏集团基地最大的二级单位，大几千人，集中了很多大型现代化机械设备，由于生产任务长期不饱满，经济效益低迷，在岗和不在岗的职工都有怨气。集团几次实施产业结构调整、组织结构调整，对修造厂却无从下手，撤又撤不了，分又分不开，到头来仍保持着往日的架构，管理形式也没有什么新花样。修造业务越来越少，富余人员越来越多，厂长、书记就不停地推行下岗、待岗政策；下岗、待岗人员越来越多，工厂就越来越不安宁，所以，每次聚众集会，修造厂都唱主角。更要命的是，时至今日，工厂负责人的头脑还停留在计划经济时期，依旧找上级要活儿干，要饭吃，思想观念居然没有发生多少变化。

第六个具体问题是怎样集结龙潭工程的施工队伍。这个问题的关键在于，等到龙潭工程开标后再组织施工力量进场为时太晚，会严重影响总工期。时空告诉诗维，他匆匆忙忙赶到指挥机关设在成都的黄河施工局，主要目的是调兵遣将。时空说，长江施工局其实是过去参加天谎岭抽水蓄能电站施工的一个项目部，之后在集团的产业结构调整、组织结构调整过程中相对独立，尽管向他们充实了很多技术人员和优良的机械设备，但从当前的实际情况看，机动能力不大；珠海施工局几乎是集团产业结构、组织结构调整的风口浪尖儿迫于形势的仓皇出逃，技术力量和机械设备固然挑选走了不少，但是由于当时花溪、虎啸两座电站的施工正处在高峰期，形势不允许他们带去更多值钱的家当。唯有黄河施工局，基本上是在花溪、虎啸工程施工接近尾声时组建移师的，集团最优良的设备、最优秀的人才差不多被他们优化一空，因此有理由让他们出点儿"血"。时空说，他在黄河施工局待了十来天，期间开了两次领导班子会、一次副科级以上干部大会，动员大家顾全大局，准备回师龙潭；其他时间就忙着跑了十几个施工现场，有大有小，主要是了解施工情况，人力和机械设备的配备、运转情况。除此之外，还听取了一些工作汇报和是非反映。

第七个具体问题是：华夏集团的技术力量正在加速萎缩，工程师队伍已经薄弱到了解体的边缘。时空不无遗憾地说，这是易日山、岑雪飞在产业结构、组织结构调整过程中最大的失误——严重削弱了华夏集团的核心竞争力。工程师队伍是建筑企业的重要组成部分，是强大的生产力，是不可替代的门面。丧失了实力的工程师队伍不但会给在建工程施工造成相当大的困难，直接影响施工进度与质量，而且还会逐渐减轻华夏集团在建筑市场的竞争筹码。时空惋惜说，怎么能不分轻重、不分青红皂白一刀切，把难得的技术优势也切掉呢？下岗也好，待岗也好，行政兼职在杠不在杠也好，年龄到点没到点也好，上至中央，下至地方政府，不是有指导性文件指导对这类人员应该网开一面吗？华夏集团怎么就跟别的企业不一样，反其道而行之，把会干活儿的人无私无畏地切除掉了，把占着茅坑不拉屎的人全心全意奉养起来了呢？莫明其妙！

诗维听得入神，说道，"这些个事……我也有责任，惭愧，惭愧……"

……

下面还谈了许多杂七乱八的具体问题。时空有时格外平静，有时又异常烦躁。诗维受到感染，心潮起伏跌宕。

虽然时空言明"想到哪，说到哪"，但诗维听起来却认为还是有一定的系统性，并非泛泛而谈，毫无头绪，只不过没有刻意追求完美，交流方式嘛，务虚嘛，哪能像作工作报告那样工稳、严谨？最使诗维惊讶的是，时空来华夏集团的时日其实不长，却对方方面面的情况如此熟稔于心，了如指掌，足见其深入实际、深入基层的功夫是多么的扎实，不能不刮目相看。没有人知道，温文尔雅、深藏不露的诗维内心却时常想到和时空有一比拼。几经掂量，他确信自己的理论水平、文化修养、工作能力与时空没有差距；时空来自省政府，政治背景、社会关系占强，但是自己扎根基层、熟悉基层、实际工作经验的优势明显，只要扬长避短，稳打稳扎，政治前途绝不会落后时空。但是现在看来，没有锋芒，也没有精心包装的时空原来有一种自动下沉的秤砣精神，这种人面前往往不存在障碍，诗维很快感觉到自己已经失去了优势，不禁打了个寒战。

"你提到的这些问题，确实是当务之急。"诗维试探了一句，"就是解决问题的倾向性意见……不太明确。"

"是呀，你说得非常对。"时空的脑子反应快，一下就把话挑明了，"能发现问题不是功夫，能解决问题才是功夫。"

诗维笑了笑："千万别介意。普遍如此：能发现问题的人不少，能解决问题的人不多。"

"是应该有解决问题的办法、措施，"时空不是故意踢皮球，而是认为事情就应该这么做，"但需要大家的智慧。我是这么想的，你我二人先把一些突出问题确定下来，然后交由党政联席会讨论，群策群力，共同寻求解决问题的办法、措施。行政、党委，都不搞一言堂，不一个人说要怎么干就得怎么干，新班子要有新班子的领导作风。我听说华夏集团从前的总经理办公会、党委会、党政联席会，与会者大多只带耳朵，不带嘴巴，经常是主持会议的一把手把要解决的问题提出来，主持会议的一把手拿出解决问题的办法，又是一把手拍板形成决定，再由一把手签署文件下发，与会者不过是摆设。但结果却是报复性的，形成的决定没有人照办，下发的文件成了名副其实的一纸空文，下面该怎么干还怎么干，这就是过去许多文件得不到落实的根本原因。倒是有两条建议，不知道行不行得通，先说给你参考参考。"实际上就是解决问题的办法、措施，"总经理主持的办公会、党委书记主持的党委会，还有党政联席会，会前，由总经理办公室、党群工作部拟订出议题，先发给与会者酝酿，给大家一个思想准备阶段。开会时与会者各抒己见，充分发扬民主，而后视讨论情况形成决定。作为总经理，我当然会在会议进程中充分表达个人的思想观点，充分行使法人代表的责权。你也一样。我想，这样形成的决定才真正具有权威性，大家对决定的形成印象深刻，而且融入了个人的愿意，执行、落实起来肯定严肃认真。另外，新领导班子要有新气象。党委会、办公会都应该增加频率，增加学习内容。以前的做法是，差不多半年才有一次党委召集的集体活动，两个月才有一次总经理办公会，党政联席会更离谱儿——不定期，一年也难得开一次，实在太少了。而且每次例会都像个垃圾桶——什么内容都往里装，其结果是什么问题都有，又什么问题都没有解决，也解决不了。会议是研究工作的平台，同时也应该是交流思想感情的平台，通过交流、沟通，可以增进友谊，加强团结，提高集体意识，光大团队精神。减少会议、减少文件本来是值得提倡的好事，但忽视、失衡就未必是好事了，尤其是在我们华夏集团目前这种极度困难的时期。"

诗维加大了点头的频率。也许只有他才听得懂，时空谈的正是解决问题的办法、措施，婉转地回应了他刚才的质疑。见时空没有继续谈论新话题的意思，诗维赶紧把自己到长江施工局、珠海施工局的所见所闻所想说了说，算是对二十多天出行在外的一个交代。末了，他谈了一下回来后的工作打算：

"准备让孔超给咱们报社写个长篇通讯，把外营施工单位的党建工作、反腐倡廉工作报道一下，以正面宣传教育为主，意在促进基层党建工作，提高党员的思想觉悟；再写一个工作总结，把我们这次出行做了什么、怎么做的，向党委成员作个汇报，同时提醒各位同仁，新一届党委的工作重心应当是三大建设和预防腐败。此外，还准备写个《基层党建工作和反腐倡廉工作调查报告》全面、系统、客观地反映基层党组织的现状，党员的思想意识现状，列举正反两个方面的典型，论述党建工作在新的历史时期的重要性、必要性、紧迫性，促进基层党建工作和反腐倡廉工作深入开展。如果你同意，我就以这个调查报告为提纲，多上几次党课，为提高党员群众的思想觉悟，提高基层党组织的战斗力,提高华夏集团的凝聚力做点儿工作。"

"同意,同意,你的想法做法我都同意!这些都是振兴华夏的有效举措,我能不同意吗?你这二十多天的调研太值了。"时空乐呵呵地说道,"我这次去黄河施工局,也到好些个施工点转了转,看了看,感受同样深切。基层党组织实在是到了不抓不行的时候,党员找不到党的现象普遍存在。再不抓紧党建工作,漫说发扬党员的模范带头作用、党支部的战斗堡垒作用,我们党就连一个通风报信的人也没有了。你看前些时发生的聚众集会,那么大的动静,我就不信事前没点儿风声,肯定有,可就是没有人给我们透点儿气。如果有人给我们透点儿气,提个醒儿,赶在事发前做做工作,兴许就不会有这回事,至少不会形成那么大的规模。你是不知道啊,广场上的人黑压压一片,中间有不少党员,还有不少党员干部。"又不由自主提到了不久前发生的群访,而且情绪激动,可以想见他对这件事是多么的刻骨铭心,"党的基层组织不健全,纪律松懈;党员干部党性原则衰退,思想消沉,态度消极,缺乏应有的斗志;随波逐流,把自己混同于一个普通老百姓的党员比比皆是,必须下大力气扭转这种局面。干部队伍中的奢靡、堕落、贪污、腐败现象更不能忽视——祸根,要让白延寿书记切实重视起来,强化纪检监察工作,加大惩戒力度,防患于未然。所以,你刚才说要干的那些个事,我百分之百地赞同。行政这边,我准备近期召开个办公会,讨论几个具体问题——无外乎刚才提到的那些,先急后缓。过会儿我就去让怀阳主任把议题拟一拟。党委那头,有什么动作你只管安排,我全力支持,配合。"

应该说这是一次颇具实际意义,颇有工作成效的党政交流,双方都基本实现了自己的愿望,都比较满意。诗维想知道时空的内心世界,想知道时空将如何动作,时空毫无保留地向他交了底,乃至不回避憎恶。时空希望得到诗维的支持,诗维也没有让他失望。值得称道的是,两人不谋而合,差不多想到了一起,都打算着眼实际,着手具体问题,而后理想蓝图愿景。没有什么大的分歧,当然也就没有大的矛盾,合作基础乐观。

诗维舒畅地饮尽一盅馨香扑鼻的龙井,"那就这样一步一个脚印地往前走吧。我这人,没大本领,敲边鼓、跑龙套还是很在行的。"

时空一笑,起身,去饮水机前向盛有咖啡的保温杯里添了点儿开水,云天雾地说了句,"真人不露相。"随后像进门时一样,捧着杯子,不慌不忙地摇晃着出了门。

难怪知根知底的人都说诗维是个工作狂,和时空谈论起工作来别提有多投入,投入得忘掉了一切的烦恼。直到孔超推门进来,挺挺地立在他面前,他还沉浸在攻坚克难的狂热思考中。

仿佛穿越过一条时空隧道,诗维这才明白刚才的环境、气氛与现在的环境、气氛有天壤之别;刚才的诗维和现在诗维有天壤之别,现在的诗维脚下的鞋子是湿的,屁股上还沾着屎,其实跟时空并不在同一个竞技的平台,哀伤、悲苦像天边的乌云,瞬息席卷而来。

诗维稳了稳神,喝了口茶,"路上怎么样?"端着茶盅的手有点儿颤抖。

"还好。"孔超回答,"全跑高速公路,日夜往回赶。"

"建设呢?他怎么不和你一起来一下?"

"眉弓上的伤口发了炎,把我送到大楼门口就上医院去了。"

诗维示意孔超坐下，"问题不大吧？"

"眼眶肿老大，我看要彻底清洗，敷药。"孔超在长方桌前坐下来，"伤疤是免不了了。"

"哎呀……"诗维给孔超斟了盅茶，"情绪呢？"

"一路牢骚。对不报案的做法很不满意，想寻仇。"

"你是怎么安抚他的？"诗维把"安抚"二字说得重了一些。

"能怎么安抚？顶牛呗！"孔超把盅茶里的龙井一口喝干，"我说，报案了我们谁都不落好，脸面不好看不说，还要没完没了地接受调查，我们都是案件的当事人哪。"

"这就对了。"诗维发现孔超白净的脸上还残存着恐惧，全然不是从前那种朝气蓬勃的面容，鼓励说，"你跟他完全不一样，工作岗位不在一个层面，思想素质也不在一个层面，对事物的认识、态度，当然有本质区别。记住，这也是对你的一次考验。这件事遮掩过去了，对我们大家都有好处。"

"你是不知道啊诗书记，这事一想起来我心里就犯怵，太吓人了。"

"不是已经过去了嘛，你还想它干什么？"诗维端起小巧的紫砂壶，把孔超面前的茶盅斟满，"不能让这件事影响情绪，影响工作，影响到你在大家心目中的好印象。记住了？"

"我好说呀诗书记，过一阵子大概也就没有什么了。"孔超又把茶盅喝干了，"关键是建设，疯了似的。"

"这个任务我就交给你了，一定要想办法把他稳住，不能让他胡说八道。"肇庆荒野被劫人祸连带着许多不可以告人的事情，要想把被劫一事遮掩住就必须把薛建设的嘴堵死，堵死薛建设的嘴，孔超又是个关键性人物，诗维皱紧了眉头，说，"平时，留意多和他接触，多开导他。就凭你这张嘴，还说服不了他？隔三岔五请他出去喝喝酒、聊聊天，唱唱歌、跳跳舞也是有情趣的事、开心的事，天长日久，受劫遭灾那场噩梦也就烟消云散了。吃喝娱乐花销都开发票，我给签字报了。唉，我这不也是为了给大伙免灾嘛。"忽然站起来，从办公桌上拿过黑色公文包，咝溜一声拉开拉锁，取出两块闪闪发光的手表，"灾难，连手表也统统撸走了。分手时，老蔺要给我买一块，我不仅没有推辞，反说你要买就买三块吧，一视同仁，他就买了三块。这表不错，两千多一块哩。建设这块你悄悄给他好了。伤口好得差不多了，让他上我这里来一下，我跟他好好谈谈，犟，不开窍。"

孔超见是两块瑞士表，一直抑郁寡欢的脸上立刻绽开了兴奋的笑容，情不自禁地把小指塞进了嘴里。

"咬指头干什么呀？你怎么老咬手指头呢？"

"诗书记……我……我老怕是在做梦。"

"荒唐，吓破胆了吧？哪那长的梦啊？现实，全真的。"诗维笑笑，"有难同当，有福同享。你看我这块，跟你们两个人的一样一样，没搞特殊化。"亮亮手腕上的新手表，把公文包放回办公桌，重新坐到孔超旁边，"照相机的事好办。马上写个遗失报告，让建设做个证明，我签字买部新的还给沙凡。我算了一下，我们三个人的经济损失已经没什么了，就留下了一点儿精神损失。没关系，这书记我不是还当着吗，慢慢弥补。"

孔超心想，经济方面不仅没有折本反而赚了，精神损失固然很大，但是有书记这番话还愁补偿不过来？拼死拼活玩儿命干，未必能讨到顶头上司几句贴心话。孔超心里还想，假如眼前的这一切真是梦，让这种梦永无休止地做下去最好，千万别回到寺庙被变形长老杀头的那个现实。他说："诗书记您放心，遭灾的事我是绝对不会说出去的，道理很简单，灾难直接关系到了我的前途，命运。思想情绪我完全可以稳定下来，工作绝不会受到影响。建设那边，我想办法，说什么我也得把他稳住，绝不让您操心。"

"好，好。"诗维阴郁的脸色转换成满意的微笑，"青年干部就得具备这股韧劲儿，狠劲儿。"见孔超的情绪果然高涨起来，"给你布置的那几项工作，该不会忘了吧？"

"诗书记亲自布置的工作任务哪敢忘了啊。我一回基地就奔你这里来，一是向你报平安，二是想请示一下那几项任务怎么完成。我们收集的一些文字材料不是全……丢了嘛。"

诗维早有思想准备，说："火速跟那些给我们提供书面材料的项目部取得联系，就说他们给的材料我正在认真看，你急需一份用作写通讯报道、调查总结的参考，让他们发特快专递或者用电子邮件传过来，问题不就解决了？然后给我也复印一份，基层的典型，我要有数儿哇！"

"好，我立马就照您说的干。"

"也不必那么性急，先休歇两天，养养精神，精神养好了再动手不迟。"诗维一面体恤，一面施加压力，"刚才时老总就在我这里，我们党政一把手互相交换了一下思想，涉及面很广，非常投机。党委这边近期着手的几项具体工作我也向他说了说，他举双手赞成，现在，就看你这笔杆子了。"

孔超信誓旦旦："没问题，我豁出去了。"

孔超走后，诗维这才安下心来，神情舒坦地端起了沏得正是时候的龙井。可是茶盅刚碰到嘴唇他就把它搁到了桌上，火烧屁股似的一下站了起来。时空刚才谈到了纪检监察工作，谈到了反腐败工作，并且提到了白延寿……莫非他知道什么了？有所指？……白延寿闻到什么气味没有呢？白延寿有没有新动作呢？……没错，作为监察处长，他必须接受时空的领导，但是作为纪检副书记，他接受诗维的领导也没错！诗维想：时空抓白延寿理所当然，自己抓白延寿同样理所当然。诗维想：必须马上跟白延寿碰个面，摸不准他的心态，察察言观观色也是对自己非常有利的一着。

白延寿有三个办公室，四楼有他的监察处长办公室，这三楼有他的纪检副书记办公室和工会主席办公室。诗维三步并作两步，噔噔噔走到纪检副书记办公室门口，勾起食指敲了几下门。

不见里面有什么动静，诗维正要敲第二次，忽然发现门上有一行钢笔字：聋子的耳朵。字迹潦草，又被谁洗擦过，看上去朦朦胧胧，隐隐约约。诗维思忖道：真是聋子的耳朵吗？

"诗书记！"

"您上班啦？"

恰在这时，司马敬、侯万里、费玲玲、沙凡等七八个党群工作部的职员从电梯里蜂拥而出，喧哗着向诗维奔跑过来。

"听说你回了，又没见露面，"司马敬说，"还以为你病了哩。"

"我们都没上楼，先上你家看你去啦！"费玲玲说。

"我说哩，三楼静悄悄的。"诗维赧然一笑，"大家辛苦了，辛苦了！"

"你才辛苦哩，"费玲玲说，"跑施工点多累呀。"

"白瞎子不在办公室，"侯万里说，"在医院躺着哩，躺了半个月了。"

"噢？"诗维若有所思，说，"走走，都上我办公室坐坐去！"

二十七

数九寒天，临江滩头。白延寿正在钓鱼。任是风和日丽，潜龙江两岸的气温依旧冷冽。

白延寿戴一副宽边茶色大眼镜，整个脑袋缩在藏青色羽绒服的锥形兜鍪里，两膝上叠搭着一条提花毛毯，脚下穿着厚实的棉鞋，一双戴有黑皮手套的手不时提动两杆伸向水面的渔竿。

华夏集团第二职工医院坐落在十字街镇西南边陲，这地方叫圪崂窝。医院大门面对环形大道，离东山、西山、莫名桥职工生活区不太远。圪崂窝过去偏僻、荒凉，近几年却出人意外地兴旺发达起来。医院主楼是一座五层凸字型建筑，下面二层是门诊部，上面二层半为医院的办公机构，始建于二十世纪六十年代。主楼背后是几栋风格迥异、成色不一的平房，可以看到住院部、食堂、职工宿舍、公关厕所各种标识。再往后是一片临江旷野，有山林，曲径通幽，与清波荡漾的潜龙江毗邻。和矗立在十字街北侧的第一医院相比，第二医院显得清净、优雅多了，所以，这里便成了华夏集团处级以上干部就诊、住院和疗养、休闲的地方。普通职工不可以随便来此就医。白延寿是这里的常客，这回一待又是二十好几天了。其实，他没甚大病，心律不齐而已，不住院也可以，长期住院也行。

白延寿是华夏集团的纪委副书记兼监察处长，今年集团领导班子大换班，又让他把工会代主席也兼上了。这么一来，他就一肩扛上了华夏集团三块至关重要的牌子，算得上举足轻重的人物。三个职务中，工会主席一职合该副厅局级，华夏集团历来都这规矩，可是省里下来的文件里"主席"前面多了个"代"字，而后面又没带"副厅局级"或"享受副厅局级待遇"的尾巴，等于没有提拔。这就使年近花甲的白延寿心里很有想法：勤扒苦做，含辛茹苦，怎么就不长进呢？沮丧之余，白延寿开始怨天尤人：纪检监察工作二十多年，兢兢业业、勤勤恳恳，成绩斐然，全集团就数自己最忙，这上上下下的眼睛都看什么去了？最使白延寿懊丧悲苦的是，几年前盛夏的一个傍晚，他走在回家的路上，突然从黑暗中飞出一颗石子，没等他反应过来便满脸鲜血，眼镜不翼而飞。后来症治半年之久，眼睛还是瞎了一只。他明知那是一种恶意报复，却又不敢怀恨追查。从那以后，白延寿办案格外小心，盘根究底少，息事宁人多，竟又落了个"睁只眼闭只眼"的名声。做人真难！

医院后山脚下这片石滩，丰水期是个小岛，枯水期成了天缘的钓鱼台。春秋两季，到此钓鱼的人很多，冬天却少。辽阔的江边经常只有白延寿一人屏气凝神垂钓。白延寿今天钓鱼的成绩很糟，从上午九点到下午两点，一条上钩的鱼也没有。空空荡荡的大箩筐歪倒在一旁，脚跟前的一瓶高粱酒却喝得只剩下半瓶了，一塑袋花生米也咀嚼了一大半。碧蓝的江面有微波轻荡，两只红头浮标不停地起伏摇晃着。白延寿相信自己的眼神不好，怕错过良机，因此两只手特别勤，只要浮标的动静稍大一点儿便抓紧起竿，却总是落空。

钓鱼台上游不远处有道小湾汊，湾汊对岸的一块石矶上不知什么时候也坐上了一个钓鱼的人。为抵御严寒，那人头脸被一件宽大的黑色棉猴儿裹得严严实实，浑身上下缩作一团，像一只埋头弯腰的黑猩猩。和白延寿一样，他也使远近双竿。这家伙运气不错，没多大工夫就连上三竿，每条鱼差不多十斤重。白延寿一听到大鱼起水的响声心里就发急，就不停地起动自己的两杆鱼竿，并且加大了投放饵料的力度。

啪啦啦……又是一阵大鱼起水的嘹亮声响。白延寿斜眼望去，只见那家伙一只手将长长的鱼竿拉得浑圆，另一只手操起撸鱼窨向水面兜着左冲右突的大青鱼，忙得不亦乐乎。白延寿很是眼馋。

白延寿钓鱼非为喜欢吃鱼，更不指望钓得鱼来换取柴米换取茶，纯属一种喜好，一种乐趣，一种消遣。他喜欢鱼儿上钩起竿时的那种手感，喜欢鱼儿出水瞬间那种啪啦啦声响带来的刺激，喜欢那种在水中打捞收获的愉悦，他会因此兴高采烈，甚至一连几天都会反复回味那种快感。他见那人又钓得一条大鱼，心里由惊讶转为嫉妒，又由嫉妒转为气恼，于是连忙从塑料袋中抓起两颗自制的饵丸对准两只浮标投去，再次向浮标附近布了些从太公商店买来的饵料。随后，他提起一杆鱼竿，检查了丝线上鱼钩的蚯蚓，认为没有问题，小心在支架上支好，就又检查另外一杆渔竿。白延寿两杆丝线上布挂的鱼钩非常特别，十分讲究技巧，每根丝线上挂有五枚大小不同的鱼钩，分高中低三个不同水层设置，旨在提高鱼儿咬钩的几率。忙毕，白延寿这才四平八稳地坐将起来，一只手握住一杆渔竿，另一只手去大腿旁捞起高粱酒瓶，仰脖喝上一口，目不转睛地注视着水面上的浮标，入定。

没过多久，啪啦啦的响声又从湾汊对岸的石矶那边传来。白延寿缩在羽绒兜鍪里的脑袋不由自主地向湾汊对岸扭着，见那家伙又在手忙脚乱地舀鱼，心里很不是滋味，觉得这鱼儿今天实在太欺负人。他确信自己的饵料没有问题，浮饵是在太公商店购得，科技产品；沉饵为自己精心研制，黄豆面绿豆面麦麸拌香麻油窝团，再裹以蝇蛆蚯蚓，有荤有素，全是鱼儿嘴馋的食品。他开始审视水情。白延寿是钓鱼老手，所在地理位置经过精心选择，面对开阔江面，可以接纳上下过往游鱼；临近湾汊，能够坐等进入湾汊觅食、取暖、小憩过后的鱼群上钩；水温冷暖兼有，水势动静皆宜。对岸那家伙与自己仅一汊之隔，地理环境相差甚微，缘何收益差别这么大呢？莫非天气太冷，过往鱼儿感觉湾汊暖和，故结伴入游湾汊取暖觅食，洄游入江时偶遇那家伙的钓钩？如若这样，何不干脆放弃动水这一优势，直接去湾汊静水温水里布钩？想罢，白延寿果断收了钓竿，先把钓竿、座椅转移到湾汊顶端的一方岩石上，回头又将饵料、酒瓶、花生米、毛毯装进箩筐，一齐搬迁到湾汊顶端的岩石旁。这里水面平静，没有波纹，红色浮标显露格外清晰，大约水温也不错。白延寿娴熟地打下两个鱼窝子，又向水面布了些诱饵，吸引鱼群。架好双杆，这才在小靠椅上安坐下来，往膝上搭了毛毯，仰脖喝了一大口酒，连花生米也不嚼了，潜心静守。他现在与那个钓鱼人在同一汊岸上，由于灌木遮挡，完全看不到那人的影子。

过了许久，两只浮标在水面上一动不劲，像两颗缀在绿色缎面上的红豆，任凭白延寿如何大眼紧盯，就是不给出鱼儿咬钩的信号，连水波碰撞浮标的错误动静也没有。白延寿心里正发急，不远处却又传来大鱼出水的声音。他极不自在地扭扭身子，向根本看不见人影的去处张望着。没等他的心安定下来，大鱼上钩的声音接着响起，表明那家伙须臾连上两钩。白延寿望望身旁空空荡荡的箩筐，心想，那家伙用这么个节奏钓下去，一下午还不钓满一大箩筐？他原本希望通过钓鱼消遣，通过钓鱼排遣胸中的郁闷，通过钓鱼获取快乐，哪料今天的钓鱼反倒给他钓了一肚子气来。这也太不公平！白延寿把握在手里的钓鱼竿使劲儿一蹾，"嘭"地一声揿开电子打火机点燃支香烟，深吸一口又长嘘出来，清淡的烟雾夹带着闷热喷薄而出，像小汽车屁股后面排放的一股尾气。他吸了几口烟，于心不甘地望望那位身影被枯木朽株完全淹没的垂钓者，最终站了起来，一边拨拉着萎缩的草丛葛蔓，一边小心翼翼地向那人身边蹭去。那边的洄水鱼一定很多，在他旁边寻个去处，说不定天黑前还能弄上两条。再说，看看那家伙究竟如何动作，使何等高明手段，讨教讨教也好啊。一会儿，白延寿便从荆棘丛中摸索到了那个钓鱼人的身旁，一面睃寻有利地形，一面偷觑他的一举一动。

"一篙一橹一扁舟，

一蓑一笠一钓钩，

一呼一喝一哦嗬，

一人独占一江秋。"

那人似乎早已觉察背后有人，着意怡然自得地吟咏起诗来，临了又学说出一句地道的四川话，"好安逸哟！"

白延寿听这声音好生耳熟，就勾了头、弯了腰去探望他的面目。恰在这时，那人忽地一起竿，把长长的钓竿扯成一张巨弓。水面上一条大青鱼立时横冲直撞，扑腾腾把水面拍击得啪啦啦畅响。

"哟！使笤，使笤！"白延寿兴奋不已，在一旁攒劲，"个老子，快点儿笤嚯！"

那人并不回身，信手操起脚旁一杆鱼笤子往江面伸去，一下将那条惊慌失措的青鱼兜头笤住，却不提出水面，只将笤柄悠悠向岸边缩回。那鱼便乖顺地来到了跟前。

"嘿，好大个家伙！"白延寿早已忘掉了自身的苦恼，"足有十斤！"一面欣赏那条出水的青鱼，一面又勾着脑袋去探视他究竟是谁。

那人一面解着鱼唇上的大钓钩，一面回过头来直直地望着白延寿。

"嗨，是时——总！"白延寿先是一惊，接下便嘻嘻大笑，"你……也喜欢这一口？"

"怎么，只许你喜欢？"

"今天你发了，只怕钓了百把斤吧？这么大的家伙，我运气好时一天才能守上条把，顶多两条。"白延寿探步向江水里取那专门盛鱼的网兜。提起一看，那兜里仅一条鱼，连时空握在手里的那条，总共才两条鱼，就惊诧道："怎么只有两条？我在湾汊那边替你数着哩，八九条。鱼呢？"

"放了，都放生了，放还大江大河，让它们回归大自然了。"时空唱着雅调，"保护野生动物，保护自然环境，保护生态平衡，如今不是正提倡嘛。"

"嘿哟喂，你好思想境界！"白延寿惋叹不已，"这鱼和别的动物不一码事，长出来就是让人吃的！好不容易钓了上来，你怎么又放了呢？唉，迂腐！"

"剩下的这两条鱼才是让人吃的。"时空把握在手里的大青鱼塞进网兜，"我钓一条放一条。可是这两条例外，把它放了却又回过头来咬钩，表明是可以吃的。那就留下吃了吧。"

"好手段，好手段！"白延寿好生佩服，"居然能把放走的鱼又钓回来，真好手段！我钓了一辈子鱼了，头回见到你这么能钓，使的什么绝招呀？"

"还可以钓一会儿，咱俩坐下来切磋切磋？"

白延寿仰头看看天色，极不情愿地摇摇手："算了，算了，个老子，我今天运气忒霉。"

"那……罢钓？"

"罢了吧，罢了吧，我去收拾家伙。"白延寿边说边沿着老路急急慌慌向湾汊端头攀爬，"听说你挺忙的，今天怎么得空钓鱼？"

时空慢悠悠收拾着渔具："法律规定今天可以钓鱼，我却不出来钓，那不亏了？"

"……哦？你瞧我这日子过得昏的！"白延寿快捷地趔摸到岩石上，手脚麻利地把撂在水中的两杆钓鱼竿收起，一一将丝线绕好，又把小靠背椅、支架、毛毯、酒瓶，以及装有饵料的塑料袋和小半包花生米统统装进箩筐，大声说，"我在住院。你既然来了，就算到了我家门口了。我请客，吃食堂，正好把你那两条鱼剁了。"

"我请。"时空一手握着鱼竿、鱼舀子，一手拧着马扎和装了鱼的网兜，从灌木丛中穿行到白延寿旁边，"你是病人，哪有让病人请客的道理。"瞅着他脚下的大箩筐，惊诧道，"好家伙，准备挺充分的啊。"

"找伙房借的。"白延寿羞愧难当，"可惜，颗粒无收。"把箩筐绳子绾成个结，将钓竿鱼舀柄向绳套里穿了，往背后一驮。

两人一前一后慢慢钻出藤蔓窝杂草丛，拐上小径，很快踏进了医院后域。白延寿见说吃请，也不客气，路过医院食堂时把箩筐渔具还了，回身领着时空从一个侧门走出了医院。边走边想："个老子，老板的'请'……不好吃呀。"

二十八

街市充溢着浓烈的节日气氛。

大小店面门前都挂上了国旗。太阳还没下山，所有的霓虹灯就早早亮了。玻璃灯箱、大红灯笼闪耀出鲜明的字样：欢度元旦。不时有烟花爆竹的噼里啪啦声远远传来。

时空将兜了两条大青鱼的网兜交给白延寿，去太公商店还了渔具和裹在身上的黑棉猴儿，收回押金，而后领着白延寿穿过环形大道，走近一家餐馆。

餐馆门檐的玻璃标灯上，"华夏美食城"五个大字赫然在目。

华夏美食城名号挺大，厅堂却小，只有十来套桌椅，装修也不甚豪华，倒还干净。餐馆门口横架着一口硕大的玻璃缸，里面游荡些大小鱼鳖。大堂左壁置一吧台，橱内摆些饮料烟酒；左壁悬一台彩电，下方立定麦克风。堂内无有顾客。

"老板！"时空喊出一嗓子，和白延寿到挨墙的一面圆桌旁坐下，又说，"馆子小了点儿，你就受点儿委屈吧。"

"可以，可以，这馆子的味道不错。离医院近，我来吃过几回。"白延寿把手中的网兜挨墙根搁下，"是华夏待岗职工开的。"

"噢？"

颈脖上吊着白围裙的店老板闻声从厨间走出来，笑容满面："时总，白书记，欢迎光临！"

"呃？"时空觉得奇怪，"白书记做过你的顾客，你当然认识。怎么认识我的？参加过上月那次集体上访？"

"没有，没有，我可不参加闹事！"店老板慌忙伸出两手，不停地摇着，"馆子随时有生意，走不开的。"

"那你怎么会认识时总呀？"白延寿从桌上取了张餐巾纸，揩着满手鱼腥。

老板说："下午时总在我这里买了两条鱼，又寄放了一只大塑料袋。时总前脚走，后脚就跟进来了对面太公商店的马义老板和隔壁歌舞厅的邬国栋老板，他俩那天都去总部大楼起过哄，就指着时总的背影说：那人就是时空，如今华夏的总经理，肯定是微服私访来了。我就认识了。"

原来，下午一点多钟，黄河驱车送时空来二医院探视住院的白延寿，在住院部打听到白延寿不在病房，却在医院后域的江边钓鱼。时空当即让黄河把奥迪开走，自己先去太公商店租借了渔具和棉猴儿，再到华夏美食城来买了两条大青鱼，顺便将事先准备的一袋子慰问品寄放到了店内。

白延寿忙将搁在墙根的鱼兜提了提："他买的是不是这两条？"

老板歪着脑袋看了看："是，是的。"

白延寿恍然大悟，自我嘲笑说："戏弄下官，戏弄下官！"

时空哂笑说："你真好耐性。这么冷的天，肥鱼大鳖早缩进深水层了，只有冒失鬼才钻上来咬钩，你哪能钓得到？还准备了那大只箩筐！"环顾了一下店堂，"馆子不错，挺干净的。就是冷了点儿。"

"哟，看我糊涂的！有雅间，不额外收钱。"店老板忙把一间房门推开，"时总、白书记里面请。"

所谓雅间实际上是紧贴后墙搭盖的偏厦，很低矮，伸手可及倾斜的屋顶。顶上吊盏五颜六色的灯具，四角还对拉着花花绿绿的彩纸。间内仅搁一张圆桌，可供十来个人就餐。时空和白延寿转移进去。店老板忙不迭地提进一个烧得正旺的铁皮炉子，把时空寄放的一只白色大塑料袋也捎了进来。一位四十出头的中年妇女跟进雅间，一手端着两只搁了茶叶的玻璃杯，一手拎着正冒热气的大铝壶，白胖的脸上挂着高兴的笑容："时总，稀客。"

时空见那妇人脖子上也吊着白围裙,年龄和店老板不差上下,两人亦非常亲和,打趣说:"哦,夫妻店。"

那妇人笑得更凶,边泡茶边说:"还没拿手续。"

时空不明白"没拿手续"是什么意思,正待发问,冷不丁被隔座的白延寿使劲儿拉了一把。

倒是店老板格外诚实、爽朗:"我俩没取结婚证哩。"拿火钳从炉膛取出一块已经烧得发白的蜂窝煤,再将一块乌黑的蜂火煤搁在最上层,"胡乱着过。"

"噢?噢噢。"时空嘴上应诺着,心里却把不准这种事是正确还是不正确。细心的女人很快察觉到时空脸色的些微变化,即时诉说因由:

"我从前的丈夫在修松峦电站时炸死了,儿子那年才四岁,我是五年前下的岗;他大前年待岗,从前的老婆闹着离了,撇下个十多岁的姑娘。我俩就……搭伙开了这个店。"

店老板换好煤,把炉子向桌旁挪挪,再把妇人手里的水壶接过来坐上,撩起围裙擦着手,说:"待岗后我就借钱去山东济南学了半年烹饪技术,主要学做北方菜,咱华夏集团当年南下的北方人不是很多嘛。回来后就和她一起把这农民的房子租下了,自个儿干了起来,没再找集团的麻烦了。"

"农民呢?这家的农民呢?"白延寿有意岔开话题。

"去十字街北头小区买了新楼房住。"妇人说,"这圪崂窝先前是个小村子,住十几户人家,靠打鱼种菜拣山货过活,可荒穷了。近几年不知怎的说富就富了,都去城里买了新房,闲下这老房搞出租,全租给了我们华夏的下岗待岗职工。"

时空问:"生意怎么样?"

"还可以。"老板说,"别看店里这阵子冷清,过会儿就热闹了,十几张桌子会填得满满当当,划拳饮酒、唱卡拉OK,不转钟不散场,有的还闹腾一宵。大都是农村工人;咱华夏的男男女女也不少,都从东山西山那边过来。"

"这么火呀?每家店铺都这样?"

"可不。"老板说,"生意是互相照应的。这一片大大小小店面,有装饰公司,有材料销售铺,有小商品市场、菜市场,有歌舞厅、卡拉OK厅,有酒吧、茶座,有麻将馆、棋牌室、克朗球俱乐部,有发廊、按摩厅、洗头洗脚城,餐饮服务店好几家,大部分是咱华夏下岗待岗职工做小老板。吃喝玩乐一条龙,玩了过来吃,吃了再去玩。商贩、农村工人过得潇洒,我们也乐得有的赚。"

"该不会有嫖娼之类吧?"时空半开玩笑半认真地问。

那妇人咬嘴一笑,正待作答,店老板将她拉了拉,抢着回答说:"照说也是门生意,可是我们华夏人不搞那营生,谁干那一行啊?再说下岗女职工个个徐娘半老,没条件做那活计。如今这行当标准可高哩,要年轻、美丽、有文化,学历高最紧俏。"

"这事情很难说。"白延寿对时空说:"这一带是城乡接合部,啥情况都有,也没谁管得着。"又对店老板说,"你们自己注意点儿行了。"

时空问店老板:"你们为什么都跑到这里来租房子?十字街东北角修造厂那带的

店面不是挺多吗？而且多半是咱们华夏集团的。"

老板说："那里是黄金地段，贵呀。我们修造厂的领导把临街围墙打包租赁给私人老板了，收点儿租子给自己贴补工资、奖金。个体老板把围墙改造成门面招租，七倒八倒，租金就翻了几倍，租不起哟。"

时空又问："二位贵姓？以前干什么？"

"我叫谢庭芳，以前是施工三处的皮带运输工，三处被分分合合折腾了几次，早就搞得没影儿了。他叫张天翼，以前在修造厂金工车间干钳工。"

"假如有机会让你们上岗，你们乐不乐意？"

张天翼顿了顿，没有正面回答："我是华夏的子民，心当然是向着华夏的，即便我们现在都不在岗，但对外还是劲儿往一处使。就说前些日子吧，我们这些店铺的小老板，还在团结一致为华夏争地盘。这圪垯窝前后左右好几里不是早在三十年前就划归华夏了吗？周围的老乡凭什么说是永泰县的地盘？这不明摆着是欺负咱华夏穷嘛。所以，这一带的小老板，不管是待岗的还是下岗的，都结成一伙跟地头蛇干，说什么也不能让已经划给华夏的土地被人家夺走，差点儿弄出不愉快的事情来。说明大家跟华夏毕竟有感情。可是如果再让我们这些人回到从前的工作岗位，起码我是不太……乐意。"

"为什么？"

"直说吧，我怕……上了岗又下岗。"张天翼憨笑说，"华夏集团五年前的那次组织结构调整，开始说是精减压缩非生产人员，因为当时我是生产人员，暗自庆幸交了好运。谁知没过多久，风向变了，上头给来了个回马枪，非生产人员没见动，生产人员却人人自危。厂里让我们竞了争才能上岗，大家就在窝里认真地斗了一阵。结果，我是人也得罪了，岗位也没有了。现在，好不容易料理出个头绪，自己给自己安顿了份稳定工作，收入虽然不多，但只要手脚勤快，天天都有进项。如果让我再倒腾回去重操旧业，能把下半辈子混圆满那当然好，万一又下了岗怎么办？"

时空只觉得脑子阵阵发蒙，不知道怎么应答才好。

白延寿见时空对这类事情也有兴趣，就又把话打断了：

"点菜，点菜，早点儿点菜。我中午才啃过一块方便面，早饿了。"

谢庭芳神情讪讪，笑着说："时总来关心咱们，咱们就把话说多了咧。"忙去外面取来一本红皮菜谱。

时空接过菜谱，心不在焉地翻了翻，递给白延寿："好不容易让你宰一回，使劲儿宰吧。"

白延寿说："你点，你点，点啥我吃啥。"

时空就一面翻着菜谱，一面对哈腰立在一旁的张天翼说："青葱拌豆腐，油炸花生米，腊肉炒大蒜，青椒瘦肉丝……我那两条鱼呢？"

谢庭芳又把外面装着两条大青鱼的网兜掂了进来。时空指着网兜说："红烧鱼块一盘，炒鱼片一盘，剩下两个鱼头，一个做剁椒鱼头，一个做清汤火锅。酒水自带。算算，多少钱？"

张天翼随口一答："总共二十五块。"

时空皱皱眉头："多少？"

"二十五。"

"你赫我!"

张天翼从容不迫:"一块豆腐一块钱,加工费一块,共收两块钱;半斤花生米一块五毛钱,收加工费一块五毛钱,共收三块钱;腊肉三两二块钱,青大蒜五毛钱,加工费二块五毛钱,共收五块钱;瘦肉丝三两一块五毛钱,青椒一块钱,加工费二块五毛钱,共收五块钱;两条青鱼各收加工费五块钱,合计不多不少二十五块钱。"

"时总,我们没有多收你的钱,我们不敢多收你的钱。"谢庭芳惶惶解释说,"吃饭还不要钱哩,我们白送吃……时总来我们店吃顿饭不容易,是给面子哩。咱不收钱了,天翼,咱别收时总的钱了。"

张天翼连忙改口:"时总,咱不收你的钱了,哪能收你的钱啊?"

"什么话,"时空一扬手,"我是说你们收费太低!都什么年代了,这不就等于白吃吗?"

谢庭芳舒了口气,笑了,说:"十字街就数我们这一带下岗职工开的店收费便宜,薄利多销,所以,客人就多。"

时空从内口袋摸出黑皮夹,掏出一张百元大钞递给张天翼:"别找了。待会儿,我们再要点儿什么你就给上点儿什么,剩下的全归你。"

张天翼又着急起来:"这这……这咋行?"

"拿去吧,"时空抓过张天翼的手,把百元大钞往他掌心一拍,"味道搞好点儿。"

张天翼、谢庭芳唯唯诺诺,掂着两条青鱼出了门。

"这俩男女好像是未婚同居。"时空小声问白延寿,"怎么不把结婚证拿了?"

"谢庭芳从前的丈夫是因工死亡,如果她现在和张天翼拿了结婚证,抚恤金和一些优惠待遇就都没有了。"白延寿把羽绒服脱下挂在墙上,抿抿花白的头发,"这种事多。怎么,想管管?"

管这种事等于狗拿耗子!时空笑了笑,提过寄放在餐馆里的那只大塑料袋,取出一瓶茅台,说:"兜里还有条大中华,其他都是些水果,全是你的。这次到成都黄河施工局,他们把公关用的香烟搡了我两条,回后给了黄河一条。这酒是永泰县委前几天送给我岳父过元旦的,咱们今天喝它。"

白延寿把塑料袋拎到手里,往里瞅瞅,掏出大中华就开了一包,说:"还是软包装哩。"

"都这分儿上了?"

"没犯案子的人没谁送好烟给我抽,犯了案子的人送好烟我又不敢抽,矛盾啊。"白延寿又拿过茅台酒瓶,认真地瞧着,"不会是水货吧?"

"人家县长书记送的酒还能有假?放心喝。"

"那倒也是。哎,万一有人告说总经理和纪委副书记躲在一起喝茅台那咋办哪?"

"哦哦。"时空赶紧把茅台酒瓶拿过来塞进塑料袋,"全归你了。"又高叫了声:"老板,张老板!"

推门进来的却是谢庭芳。

时空问她,"你这里有什么酒?"

谢庭芳回答说店里什么酒都有，就是没有茅台和五粮液。

"就要散酒，苞谷烧。"白延寿说，"货真价实，来两斤。"

谢庭芳就笑了起来："那是农村工人喝的。"

白延寿说："反正是人喝的，来两斤。"

时空问："多少钱一斤？"

谢庭芳回答："二块八。"

"白书记是个酒鬼，在乎数量不在乎质量，来两斤！"时空说，"先把酒打上来，凉菜端上来，我们慢慢喝着。热菜不着急上，天还早哩。"

谢庭芳很快送进一盘油炸花生米、一大盘青葱拌豆腐，一大壶苞谷酒和两只小瓷碗。小雅间已经被煤炉烘得暖和起来。时空把皮夹克脱了，端起酒壶，向瓷碗里筛着酒：

"今天一大早，我跑了趟宁泰，名义上是拜会市领导，实际上是去找他们解决华夏集团的养老统筹问题。贺怀阳、匡奇前几天给我报告了同永泰县的交涉情况，说学校、医院、公安等单位的移交工作可以马上按有关政策进行，养老统筹这一块却存在很大困难。永泰的顾虑是华夏集团太大，担心对相关政策的落实难以到位，建议跟市里联系。我今天就向市领导具体谈了这件事，没想到市领导同样感到管理华夏集团的养老统筹工作有难度。没办法，我只好厚着脸皮向他们说好话，软硬兼施，我说你们实在解决不了问题，我就去省里找寇副省长。还好，他们答应尽快研究解决，让华夏赶快把三经两费如数打到市财政账户。我算了一下，只要工作抓得紧，华夏集团离退人员今年三月份就可以领到由市里发放的养老金。解决了一个大问题。"

"其实，这些事两年前就议过，就是没人具体操办，非要拖出点儿问题来就高兴了。"白延寿说。

"幸亏焦言副老总把三经两费死死扣在了账上，要是挪用了可真有点儿麻烦。"

"麻烦啥子？拆东壁，补西壁。"白延寿不以为然，"不是贷回了十几个亿嘛。"

"那是，那是。"时空风趣地说道，"谁说打酱油的钱不能打醋。"

白延寿用三个指头钳住小瓷碗喝了一大口酒，惬意地咂咂嘴，提起筷子拈了颗花生米，脆脆地嚼着："找我做啥子嘛？"

"今天元旦哪，看你呀。"时空指指搁在墙根的塑料袋，"看，这烟、酒，还有水果，不看病号我带这些干什么？"

"哄鬼哟。"白延寿喝着酒，"催我出院来的，当我看不出来？"

"没有的事。"时空抓起把花生米，用两个指头一颗颗往嘴里喂着，"我可不敢有那层意思。"

"我晓得，大家都在说我耗假病。总经理听了能不发急？"

"不急，不急。你住多长时间我都不会发急，急啥，悠着住吧。"

"其实，我在医院没闲着。"

"那是，在医院办着公哩。人说狡兔三窟，好家伙，你掏了四窟！"

几天前，时空从诗维办公室出来，顺便去了隔壁的纪委办公室，也想和白延寿交流些工作情况。他去北京接上访户回来后就一直没见露面，该过问一下了。当时，白延寿没在纪委，时空又拐进工会，他还是不在。时空就又跑到设在七楼的监察处，仍然不见白延寿的影子。一打听，才知道他住进二医院后就没有回来过，而且办公室里的人还替他解释说"白书记在医院办公"。时空大为恼火：堂堂纪委副书记怎么可以这样呢？他本可以即时传唤，兴师问罪，转念一想，这白延寿毕竟是华夏集团几朝元老，有功之臣，只好网开一面，把满腔怒气强压下来，并且打算换一种交谈方式。小不忍则乱大谋。

白延寿一副处心无愧的样子："有啥法子嘛？逼的。"

"噢？"

"纪检、监察、工会，三大办公室，无论走进哪一间，不是接不完的电话，就是缠住我说事的人，川流不息。一天到晚，扯皮拉筋：上级指责下级，下级揭露上级，同级互相攻击，还都不明着来。遇到矛盾双方，不敢轻易表明立场，谁也不敢得罪。得罪了谁，人家怀恨在心，自己蒙在鼓里。你说我这过的啥日子嘛？不东躲西藏咋办？"白延寿取下宽边茶色眼镜，指着自己的一只眼睛，"有人说我现在是睁一只眼，闭一只眼，由他说去，反正我不能让剩下的这只眼睛也瞎了。"

时空望着他那只深陷的眼窝，心里即便有气，也消了："你这眼的事我早听说了……就没用心治治？"

"北京、上海都去了。咋个治得好嘛，眼珠珠被弹弓丸子穿了个窟窿。"

"谁干的？没查查？"

"查谁？能查谁？当时，娄毅准备立案侦办，我给拦下了。"白延寿用餐巾纸擦拭着眼镜片，"查出了作恶者又当如何？逮了？弄不好那家伙是他们家的主要劳动力，逮走了，他老婆孩子能饶得了我？饶得了集团？要吃的，要喝的，要穿的，更麻烦啊。倒不如让他负疚收手，永远龟缩起。"

时空由衷感佩白延寿的胸襟，同情他的遭遇："找时间装只假眼睛。"

"算了吧。"白延寿把擦拭干净的眼镜戴上，"当时上海医院建议我装只狗眼睛，我没干……那不又成了狗眼看人低？还是睁只眼、闭只眼好哇。"

时空忍俊不禁："倒也是，倒也是。"

"华夏集团的龌龊事多哩，用不了多久你就都知道了。"白延寿喝口酒，开始动吃青葱拌豆腐，"易口山刚当一把手时，搞过一次产业结构、组织结构调整，自然是一大批人面临出路问题。宇文泰牵头操办机构整合、人员分流，得罪了不少人。不晓得是哪个龟儿子寻报复，在他家门口装了个土炸弹。宇文泰早起上班一拉门，个老子，炸弹'轰'的一声把他炸了个半死。后来，他还不是忍了，不忍了又咋办？"

"我上宇文泰家拜访过，我们谈了一个下午。他说了不少历史遗留问题，也提了不少建议，很值得重视。"

"在台上的时候浑浑噩噩，一下台就明明白白，滑稽得很喂。"白延寿对宇文泰评价不高，"大炮筒子一个，放起炮来还不瞄靶子。在台上的时候，他照样爱脑瓜子发烧，干啥子都不顾后果，下台后又这也看不惯，那也瞧不顺眼，实际上是心理不平衡。不是没干到点儿就提前退了嘛。"

时空笑笑，端起酒碗和白延寿碰了碰，说："你该不会心理不平衡吧？"

白延寿窘了一下，实话实说："多少有点儿。"

"所为何来？"

"奔六十的人啰。上又上不去，下又下不来。心里能没点儿想法？"

"'上不去'是郁结所在，对吧？"时空慢悠悠地喝着酒，"哪个气眼不顺呢？"

"测评、考核过不了关哪。"

"那只能赖你自己。硬件软件全达标才能往上蹭一级。就认了吧。"

"认？我工作干得比谁差了？"白延寿不服气，"集团的纪检监察工作一直是我一肩扛着，现在又领导起了工会这一摊子，你给评评这理，政绩比谁差了。"

"也是啊，这考核怎么就没过关呢？"

白延寿惋叹说："八年前，有个进步的机会，竞争前的考核说我没有文凭，只好作罢；六年前我好不容易在党校弄到了个专科，可他们又让我别去竞争了，说是纪检监察工作太重要，让我服从组织安排；四年前还有个机会，又说我年龄偏大；去年倒是当上了工会主席，可又是个代的！这位子好不容易轮上我了，连个享受副厅局级的待遇也不给，你说这……八九年里，考核集团领导班子成员次次有我，次次都让我当陪衬。真是一步没跟上就步步跟不上。他诗维倒牛，次次考核都及格，工会副主席、主席，去年又一下蹭到了党委书记，一步一个台阶，这运气也太好了。"

"这没办法，测评、考核是当今干部升迁的必由之路。"

"别见鬼吧，说来说去是个人际关系问题。以我和诗维为例，他尽栽花，我尽栽刺，你想，这考核，这民意测验，该会有多大区别。"

"什么意思？"

"什么意思，他老婆过去是集团教委副主任，历届毕业生的保送工作都由她管，在考核、测评过程中有发言权的人物早就被她打点好了。省里来人考核干部，谁不替诗维评功摆好？我呢？纪检、监察，被人恨的打瞎了眼，哪个会说我应该做领导嘛。"

"省委组织部每次派人到华夏集团考核领导班子成员，少不了要听听你的意见，"时空打趣说，"你有话不说，莫非也被打点过了？"

"……？"白延寿脸上倏然泛起一层愧色，"不错，我儿子是沾了景丽元一点儿光，好赖上了个大学。拿人的手短，吃人的口软。要说诗维这人吧……也确实挑不出个啥，对工作特别认真，从不得罪人，正人君子，说他个不字也得有证据呀。尤其是我，说话更应该有证据。"

时空呵呵笑，笑得白延寿不知所措："……好了，好了，不说了，不说了，说出来尽让你取笑。"

"说吧，说吧，我怎么会取笑你啊。"时空知道白延寿其实是个非常诚实、非常随和的人，皆因长期从事纪检监察工作，饱经磨砺，思想和感情都变得复杂起来，诉诉委屈、发发怨气，也没什么，"我若不让你诉说诉说，你就没处诉说。满肚子牢骚没处泄，那还不把你憋死？憋慌了就去钓鱼。"

"唉，都是图个一时痛快。"

谢庭芳笑盈盈送进两大盘腊肉炒大蒜、青椒肉丝，热情地把两只小瓷碗的酒添满，轻轻带上门，出去了。

"吃，吃，趁热吃。"时空率先下箸，"住院……多久了？"

"差不多个把月。从北京把那老上访户赖耗子一接回就住进来了。"白延寿知道时空是明知故问，"刚才我说的是句真话，我不是真住院，我没闲着。"

"我知道。"时空点头说，"前几天，我去诗书记办公室坐了一会儿，随便聊了聊。今天来你这里，一是看你，二来嘛，也想随便聊聊。"

"随便聊聊？随便聊啥子嘛。"

"目前，你手里有哪些主要案件？"

白延寿领导的纪检、监察两个部门，可以说是华夏集团的信息中心，大到贪污腐败，小到偷鸡摸狗，无所不有，时空过问当然天经地义。

"要说主要案件，也就你知道的那几件。"白延寿应答如流，"一是长江施工局的三个案子。现在可以肯定，都属于大案。他们那个物资供应部长吃人家的回扣吃出了瘾，长期吃，证据确凿的有三十万，其他问题还在取证；施工处长受贿十五万，本人已经承认了；另外一个负责监理工作的，受贿二十万。这个案子有点儿复杂，既然外协队能给一个普通监理人员行贿，就不会给其他有更大权力的人来一点点儿？大家想把这个案子彻查清楚，又怕牵藤拖出瓜来，案子越盘越肿，左右为难。这三个案子，你很快就可以看到材料。党政联席会如果没有异议，就可以移送司法机关了。

"二是黄河施工局的两个案子，通过调查取证，现在基本上可以结案。黄河施工局的合同科长彭道明，前年跟一家机械设备公司签了份物资采购合同，执行过程中，明明是对方违约，可是他出具的材料却明显看得出是咱们黄河施工局违约。结果，让对方把官司打赢了，黄河局赔了一百万。最近查明，原来，彭道明收了人家五万块钱的好处费。就为了区区五万块钱，黄河局原本可以打赢的官司——索赔近百万，后来反而搞输了，倒赔一百万。内奸！另一个是投标办公室主任关振东——黄河施工局的副处级干部。去年，关振东代表黄河局到新疆库尔勒投标，带去八十万块钱的现金。标是中了，关振东汇报说那八十万给甲方负责招标的有关人员打点光了，并让财务设法销账。这事原本无法查证，问题出在利欲熏心，聪明反被聪明误。关振东把基本没有动用的八十万提回黄河局驻地显然不行，就在库尔勒通过邮局将钱款统统汇到了东北老家。可能是由于山村偏远，通信工具仍然不发达，关振东的电话联络跟不上电汇速度。小小信用社收到有史以来第一笔巨款，惊吓不小，忙打电话向库尔勒邮电局询问原由，问这么多钱是不是汇错了。负责任的库尔勒邮电局想方设法与咱们黄河局联系，事情露馅儿了。胆大包天！"

"这两件事，前些时我去黄河局时，听韶央、滕夫儒说过。还有些什么案件？"

"今天是元旦，应该说是去年年初的事了。"白延寿说，"纪检监察部门同时收到一封匿名信，披露集团在过去的组织结构调整过程中，对资金、资产的整合、流动，漏洞太大。为谨防国有资产流失，写信的人强烈要求清产核资。信上的内容很多，写信的人政策水平很高，对华夏集团的情况了如指掌，估计是宇文泰的杰作。当然，也不能瞎猜。我已经召集纪检、监察两个部门的人员认真研究过，大家都认为这方面存在的问题确实很大，应该引起重视。我准备在适当的时候提请集团领导讨论，看需不需要立案，怎么立案。因为匿名信写得太笼统，没有针对性，从纪检、监察的角度提出具体意见存在一定困难。暂时不打算立案的话，可以变通一下，移交财务、产权部门先期调查摸底，他们师出有名。如果真是匿名信上说的那样，华夏集团的最大亏空恐怕就在这一块。"

时空点点头，沉思着，没有立即表态，又问："还有哪些事情？"

"鸡毛蒜皮的事……多。"白延寿边吃菜边说，"集团的实力单位现在不是都走出去了嘛，黄河局的人告说一年到头冻个死；珠海局的人告说一年到头热个死；长江施工局的人又告说一年到头被蚊虫叮个死。男男女女、方方面面的事更是又现实又头痛的问题。接触过几桩，最后我都让它不了了之。怎么办，离基地这么远，夫妻长期分居，没厕所，那还不随地大小便呀？"

时空"扑哧"一笑。

"笑什么？现实问题。急了，男的往母猪背上趴；女的操根胡萝卜往里戳，饥不择食。"

时空差点儿没笑出眼泪来。

"不信我拿材料你看，有名有姓。"白延寿一本正经，"这种事也就过问过问拉倒，不好管，也管不了。所以，刚才我就让你别向这餐馆老板打听娼呀妓呀的事，一个要补锅，一个锅要补，公平买卖。比较起来，还显得文明。"

时空笑了一阵，说："你这工会主席、纪委副书记、监察处长，真好通融啊。省委、省政府纪检监察部门可没你这么开明。"

"拉什么船喊什么号，爬什么山哼什么调，环境决定意识。再说，什么时代了嘛，十年前的要案，如今算啥？"

"教育还是要跟上去的。"

"应付这方面的事对本官来说只能是尽义务，不是本职工作。得看咱们的诗书记怎么吆喝，他专司其职。"

"还有哪些事？大点儿的，具体点儿的。"

时空上任以来忙得屁滚尿流，焦头烂额，哪有心思跑到医院来瞧病号、闲聊！白延寿本来就怀疑他是无事不登三宝殿，又见他连连发问，脑子愈加复杂起来：他想打听些啥呢？出于职业习惯，加上自身领略过的风风雨雨、经验教训，白延寿多了个心眼儿：尽管是领导，尽管是闲聊，也只能是该说的说，不该说的不说。他忽然打起了哈哈："你是行政一把手，集团的大事小事那还不都在你眼里？干纪检监察这行当，忌道听途说，忌捕风捉影。有什么过杠的事，我的两个部门一定会慎重研究。触犯了政纪，向你报告；触犯了党纪向诗书记报告。刚才这一喝酒，我已言过其实了哩。"

时空见白延寿有自己的原则，也不着急。喝了几口酒，吃了几回菜，他慢悠悠地从内衣口袋掏出几个信封来，挑出其中两封，摆放在白延寿的面前，说："你看看这个。"

白延寿见是两封匿名信，漫不经心地笑笑："哼哼，华夏集团的优良传统。动不动就来这个！他花两毛钱，我得跑半年。"他瞥见时空从内口袋里掏出的信封分明有好几个，摆到桌面上的却只有两封，第一个想法是：乐此不疲的人大有人在；第二个想法是：既然时空不愿意全部抖搂出来，自己乐得多一事不如少一事，权当没看见。随即展开面前两封匿名信的信瓤，浏览起来。一封匿名信揭发的内容是：华夏集团红太阳中学的校长马缨巧立名目收取学杂费，顶风购买了一部奥迪，六十多万。另一封信举报的内容是华夏集团第二职工医院院长望世英，索取高档药品推销员的回扣高达三十万元，致使医院药价高居不下。

"哼哼，清水衙门如今也不清了。"白延寿见两封匿名信的抬头均有时空"请纪检监察慎查"的圈示，就一起叠起来装进了自己的口袋，"民不举，官不究，民若举，官必究，马上组织人调查。"忽然觉得这两个案子有点儿棘手，"学校、医院马上要交给地方了，这可怎么办哪？"

"我相信你的经验。"时空只顾喝酒。

原来是个很会当官的！白延寿端起酒碗猛然喝了一大口，痛苦地皱了皱眉头："唉……"

"这次我去黄河局，听说……"时空吃着菜，望着白延寿，"咱们华夏集团的红纸包礼仪成风，长盛不衰……你对这问题怎么看？"

"哎呀……"时空的新话题像是绊动了白延寿哪根神经，他略显忙乱地取出一支大中华，浑身上下摸着打火机，嘴里支吾着，"红纸包……这红纸包……照说，也算不正之风……可这事吧，有时又能和礼尚往来联系在一起，涉及党性和人性的关系问题……不好界定哪。我给你说个故事。"

时空望着他，等待下文。

"两年前，我们一行七人去长江施工局检查党风廉政建设工作。"白延寿终于把香烟点燃，"到了江苏——那里有长江施工局的几个在建项目。都是地县政府搞的小水电站。我们原计划在江苏待两三天，看看三两个工地就去珠海，没想到一去就待了十天。一天，我们刚去一个水电工地检查工作完毕，另一个水电工地的项目经理就带人带车把我们拦住了，硬要我们去他们的工地看看，说他们那里有五十多个职工，已经在山窝里蹲了四五年，电站都快建成了，从来没有一个集团领导去看过他们，好像被集团遗弃了，这次集团领导路过工地旁边，仍然没有通知说要去视察视察，职工非常生气，说如果你们真不去，五十多个职工就要把公路挖断，让你们哪里也去不成。我们见他们既诚恳又气愤，只好跟着他们去了。他们那个工地在远离县城的一个山沟里，人烟稀少，五六十个职工和近百名民工全都住在窝棚里，已经住了四五年。窝棚前面不远就是一座即将竣工的小水电站，虽然装机不到三万千瓦，却建得有模有样。那五六十个职工见我们去了，高兴得就像见了亲人，开车去县城买了一头猪、十几只鸡和两箩筐鱼，认为这是最好的招待食品。因为是建一座小水电站，加上又是个贫困县自筹资金修建的，所以，工程款经常不能按期到位，职工有时连米、菜都没钱买回来。可见我们去了，慷慨异常，为让我们吃好、喝好，倾其所有。看了他们的住所，看了他们的工作环境，听了他们的工作汇报，我当时感动得流下了眼泪。临走，他们给我们一人发了一个红纸包，说是如今兴这个，让我们无论如何收下。上车后，我们打开一看，里面各装有五张崭新的百元大钞。我们一行人看着钱，半天没人说一句话。我们想，他们绝不是想行贿我们，他们没有必要向我们行贿，他们只是想表示，作为华夏集团的儿女，他们在远离基地的外面干得很不错，工作很出色，自己很富有。之后，我们几个检查团成员一致表示，这钱，我们绝不能上交，我们一定得收下，收下这远征在外的将士们的一番心意……"白延寿很动感情，说得时空无言以对，"我们碰到了这种事，你说怎么办？要是你碰到了，你又怎么办？"

张天翼、谢庭芳把大盘红烧鱼块和炒鱼片端进来，摆放好，又笑吟吟地为他俩把酒满上，出去了。

白延寿提起筷子，夹起块鱼塞进嘴里，继续刚才的话题："如果上纲上线，甲乙双方的人加起来，那该多少呀？火车皮装！"

时空吃着鱼块，不置可否地笑着。吃过一阵，喝过一阵，又问："那个老上访户……是怎么回事？"

"嗨，莫提。"时空转换的话题又让白延寿精神大振，摆手、摇头，音调也拉高了，"提起这人我就头疼。他什么事情都知道，什么事情往上捅……"

"他什么事情都知道？"时空很感兴趣地打断他的话。

"那可不？出了名的包打听。"白延寿用三个指头钳起瓷碗，一仰脖子，夸张地把酒喝干，"说前些日子我去国务院信访办接他阁下的事吧。这回，我脸上可是添了不少光彩。国务院信访办一个四十多岁的女干部把我喊到她的办公室，让我这老家伙立定在她对面，冷笑着说：'你们华夏集团单位不大，事不少啊？每年都有新鲜事儿，层出不穷，这就是你们的领导水平？'我又点头又哈腰，只觉得满脸发烫。你说，我这脸上是不是增添了不少光彩？"

"他反映的都是些什么问题？"

"多哩，但要分阶段。"白延寿先把自己的酒碗倒满，再向时空的碗里添了点儿，"十多年前，他反映的问题多半是领导干部多吃多占、打皮闹绊、挥霍浪费、超标住房，违纪违规特招亲属、农转非、开后门上大学。近些年反映的重点是，张三李四吃回扣；王五赵六贪污、受贿；某个项目部出了质量事故不曾追究责任；某个水电施工现场出了重大伤亡事故长期瞒报；某个水电工程不重视环境保护、生态平衡；某个工程项目的职工，劳动条件差、生活福利待遇没有执行国家有关政策标准。还有什么下岗待岗职工太多，远远超出了欧美发达国家的失业比例……嗨呀，数不胜数。反映的问题越来越大，越来越在纲在线，越来越体现出了他的政治水平！什么贪污受贿、打皮闹绊充分反映出了党员干部的腐败作风呀，什么腐败作风不仅危及企业的兴衰而且关乎党和国家的命运呀，什么环境保护问题是世界和平发展、人类生死存亡的问题呀——每件事都让他分析上纲得大得不得了，都在理上。你说，人家信访办能不听吗？能不记录在案吗？咱华夏出了这么个人物，名声会好吗？"

"他反映的问题都是事实？"

"凭我多年的办案经验评估判断，可信度可以达到百分之八十以上。就拿集团'特大受贿窝案'来说吧，那些已经法办、撤职的厅局级干部、处级干部，从他手里取得的证实材料，客观、真实程度竟然达到了百分之九十。不得了。"

"说明有不少人在给他提供消息，靠他一个人办不到。"时空分析说。

"我想也是。反映出我们做领导干部的，都处在一个非常庞大的监视系统里，任何动作都逃不过他们的眼睛。我一直这么认为：华夏集团没有机密可言。可怕。"

"有句俗话——身正不怕影子斜。关键是要行得正，坐得稳。"时空笑了笑，"这人多大年纪？"

"四十多岁，本名叫赖兴武，'耗子'是他的绰号。"白延寿一副忧心忡忡的样子，"这家伙在下面可是了不得——大家心目中的英雄。我们上面这一层难受啊。国务院信访办早就发话说：'赖兴武同志是职工群众的代言人，是揭露不正之风的积极分子，要爱护，要保护，不能歧视。'谁敢领'打击报复'的罪名啊？我每次去北京接他，没有哪一次不把他当爷看待，没有哪一次不在他身上花点儿钱。住宾馆、吃馆子，有时还塞他俩零花钱。他身上那套西服，还是我前几年去北京接他时给他买的，一年四季不见他替换。自己的人给自己制造麻烦，还得小心伺候着，我这个心哟，别提有多难受。说实话，我总想找茬儿把他关起来，不让他动不动就往北京跑，往省里跑，不想让他没完没了四处捅娄子，添乱子，可找啥茬儿呢？他有啥茬儿能让我抓着？前年，从不动怒的贺怀阳突然发火了，怂恿娄毅派两个干警把他给监控起来了，说是为了'保护他'。没过两个月，赖耗子发火了，义正词严地质问干警，说：'你们想干什么？干涉一个普通公民的人身自由？想让国务院知道华夏集团公然私设公堂？'吓得两个干警连连道歉，说，'好好好，你想干啥干啥，我们不敢保护你了。'娄毅只好让干警撤退，只好听之任之，只好任由他北京、省城、十字街自由往来。赖耗子跑国务院信访办、省信访办已经跑了十好几年，熟门熟道，很多办事人都成了他的老熟人。如今，接待人员离的离了，退的退了，他却风华正茂，还能不停地跑。"

时空听得津津有味，不时"嘿嘿嘿"地笑，像听浑闲段子。

"还有恶作剧哩。"白延寿说，"易日山、岑雪飞在台上那会儿，一不留神就接到他的电话——直呼其名。不是指责这件事情没有干好，就是批评那件事处理不当，扰得二位党政一把手整日不得安宁，座机电话号码换了几次。贺怀阳没向你提说这事？赶紧把办公室的、家里的电话号码都换了，没错。"

"换什么？我正想会会他哩，睹睹先生尊容。"

"他哪里有什么尊容啊。"白延寿咧咧嘴，"贼眉鼠眼，尖嘴猴腮，什么不好听的形容词他都合用……笑什么？这是真的。要见他说容易得很，没准一会儿就撞上他了，这圪崂窝是他经常光顾的地方，我都遇见他好几回了。说难就难得很，左邻右舍十天半月看不到他的人影，谁也搞球不清他钻到哪里包打听去了。在华夏，你问赖兴武，没有人知道，可是你一问赖耗子，几乎没有人不知道，上到六七十岁的老头儿，下到四五岁的娃娃秧了。他就这么有名。"

二人推杯换盏，开怀畅饮，时而反唇相讥，时而谈笑风生，对酌气氛倒也轻松和谐。

不知不觉，二斤苞谷烧所剩无几。

张天翼、谢庭芳也适时把菜肴上齐，并且赠送了一大盘小干鱼，聊表心意。

店堂不时传进嘈杂的喧嚣，想必光顾了不少客人。

白延寿仗着酒量大，一气海喝，直喝得头顶出气，满脸放光。时空自知不胜酒力，自始至终悠着品，面色也就安泰如常。

认真说起来，时空到医院探视白延寿实际有三个目的，首先是千方百计把他拖出医院；其次是沟通思想、交流信息、明辨是非；最后一个不便言明的目的是：希望从白延寿嘴里探听到新情况，看看自己最近掌握的情况对方知道不知道。事实是，白延寿谈到的多半是些透明或半透明的往事，对集团高层来说，不算新鲜。是白延寿只掌握着陈年旧账呢，还是不愿将未经核实的新情况轻易吐露出来？如果白延寿真是谨慎行事，绝不把"道听途说"的事情妄加渲染，时空也很理解。何况，他内心深处并不希望纪检副书记、监察处长什么都知道，什么都说出来。白延寿早就感到这顿"请"并不是那么好吃。他一直在揣摩时空究竟想知道什么，可最终还是没能搞清他想知道什么。两人就这么既像谈工作又像闲聊地拉扯了两个多小时。

时空觉得到了急一急白延寿时候，就放下筷子，取张餐巾纸擦了擦手，说：

"个人有点儿想法，想跟你说说，可以吧？"

白延寿表面醉醺醺，心里却静若止水，说："嗨，老总发指示还用得着商量。我早等着哩。"

"哪有什么指示啊，一点儿想法而已。"时空的表情足以让白延寿肃然起敬，"集团目前的情况……你比我更清楚。大概也知道新领导班子正在想什么，干什么。生产经营，尤其是投标工作，是当务之急，重中之重，集团的稳定和发展都取决于这项工作做得怎么样，因此，主要精力也就集中到了这一方面。但是党委工作，特别是纪检监察工作这一大摊子也很重要，就集团稳定、发展而言，它其实和生产经营是互相策应的，不容忽视。"

白延寿轻轻放下了筷子，悉心聆听。

"我一到任，就曾开诚布公：对中层干部不准备作大规模调整。理由很简单：华夏集团的稳定、发展首先需要干部队伍稳定。但是，对干部队伍如不严加管理，就会失之于宽，反而添乱。因此，我个人的基本态度是，新一届领导班子就任之前，无论是谁，只要不是国法难容的些微过失，稀里糊涂小越界，一律人性化对待：过去的事就让它过去了。这是个分水岭。如果新一届领导班子上任后下面再有违法乱纪行为，那就另当别论。谁以身试法，谁就自取其祸。"

他这是要拿谁开刀呀？白延寿的酒立时醒了一半，红红的脸膛愈绷愈紧。

"因此，加大处罚力度，坚决打击不正之风，扼制一切腐化堕落现象滋生蔓延，是集团、集团党委面临的艰巨任务，也是纪检监察部门义不容辞的职责。以后，一经发现违法乱纪行为，纪检监察部门应该及时厘清卷宗，提出具体处理意见，呈报党政联席会讨论。该移送司法机关的移送司法机关；该撤职的撤职；该接受党纪政纪处分的给予党纪政纪处分；该批评教育的批评教育。在纯洁干部队伍问题上，集团领导班子一定会充分行使权力，也希冀纪检监察部门，还有工会，积极配合，共同履责。

"集团纪检监察部门过去做了很多重要工作，功不可没。但是随着形势的发展，依然有提高工作效率、工作质量的空间。集团党群系统、纪检监察部门从前下发的文件我都仔细看了，总的印象不错。有些文件条款规定甚至比我刚才说的话要严厉得多。问题是，为什么有章不循，有禁不止，事与愿违？文件规定是文件规定，下面该发生什么事照样发生什么事。我看这里面有个执行力的问题。比如，你们纪检监察两个部门联合下发的那个《华夏集团建立健全教育、制度、监督并重的惩治和预防腐败体系实施办法》，指导思想不错，可我在下面了解到，很多二级单位漫说形成了落实有关规定的机制、措施，就连分管领导也没有。这种剃头挑子一头热现象我看有两个原因，一是一些二级单位的党政领导说是要集中精力搞生产经营，实际上是麻木不仁；二是有的自己屁股上有屎，根本就没有资格去执行。你们纪检监察部门也不能文件一下发就万事大吉，得有计划地检查督促呀。这里又牵涉到一个工作作风问题。我认为，纪检监察工作不能老是被动地听取情况反映；不能按部就班，公式化处理问题；不能因为没有听到衙门前的鼓响就以为太平无事，更不能消极回避现实，应该积极主动地走出去，多到基层调查研究，发现问题，解决问题，把不正之风抑制在萌芽状态。目前，不少兄弟企业都在大力推行效能监察工作，企业的重大决策、物资采购，合同谈判与签约，都有纪检、监察人员全过程参加，什么意思？就是防范不正当行为的发生，降低犯罪率。我们无力杜绝腐败现象，但是我们应该有有效控制犯罪几率的能力。实际上，这是在爱护干部。你看易日山、岑雪飞，就是由于自我约束能力差，又没有谁敢对他们进行监督，结果，为了那么一点点儿钱财，弄得身败名裂，老而无归。用现代人的价值观来衡量他们的得失，你说合算不合算？"

时空神情自若，白延寿心里却忐忑不安，不知道他这些既笼统又原则的话到底有无所指。

"当然，对一些似是而非的问题确实需要三思而行，慎之又慎，不能搞成冤假错案。"时空喝了口酒，望着变得有点儿惶惶不安的白延寿，"另外，对你个人，我也有两句话想说说。不知当说不当说。"

"但说无妨，但说无妨。"

时空语重心长地说："你一身功劳又一肚子的委屈，我早听说了。但是，既然组织上让你坚守在这个岗位，肯定有它充足的理由，还望不负重托。"

"实际上我是个玩笑人，"白延寿连忙表白，"并没有把个人利益看得那么重。"

"这就好。我也是个玩笑人，不喜欢过得那么严肃认真。累。"时空笑了笑，"不过，你的位置实在太重要了，不容疏忽大意。"

"打鬼的钟馗，吓唬人的门神秦叔宝、尉迟恭，是的吧？"

"说得好，精辟！所以，你应该站好自己的岗位，震慑、吓阻、御邪，让狻猊貔貅、魑魅魍魉不敢露头。这就是关口前移。缩在二道门……不行吧？"

白延寿脸庞额头直冒汗，用餐巾纸不停地擦搌着额头：

"我明天就出院……明天就出院。"

"这是你自己说的啊，我可没逼你。"时空大功告成，笑逐颜开，端起酒碗，"来，来，干了，干了。"

白延寿也端起酒碗，跟时空用力一碰："干了！"

外面忽然传进一声吆喝：

"为感恩上天给我们大家又长了一岁，老少无欺，我俩搭档清唱《康巴情歌》！"

接着，就有动情的歌谣从大堂悠扬飘来。

男：喝你一杯茶呀，

问你一句话：

你的那个爹妈噻，

在家不在家？
女：喝茶就喝茶呀，
哪来那多话？
我的那个爹妈噻，
已经下田哒！
男：喝你一杯茶呀，
问你一句话：
你的那个哥嫂噻，
在家不在家？
女：喝茶就喝茶呀，
哪来那多话？
我的那个哥嫂噻，
已经分了家。
……
……

二十九

  这天下午，没有风，太阳也好，暖烘烘的，是深冬最难得的好天气，也是云贵高原最难得的好天气。
  时之男坐辆麻木的士回家了。
  别墅门前的小院里，尉迟琪坐在一只马扎上，手里握着把曾经用来挖战壕的短柄镢头，一下一下地挖着坑。他上身只穿了件白衬衣，套在外面的棉坎肩敞开着。时之男肩上挂着拎包，腋下夹着件崭新的红色羽绒服走进院子，见左右两旁已经挖了十好几个坑，惊问道：
  "爷爷，挖这么多坑干什么呀？"外公耳背，她习惯大声和他说话。
  尉迟琪边挖边回答说："栽树。开春就栽柚子、橘子、橙子。"声音也很大。
  之男说："这院子房子都不是咱家的！"
  "傻丫头，"尉迟琪歇下镢头，用袖口揩揩额上的汗珠子，"谁住这房子还不都得吃柚，吃橘，纳凉。"
  "只怕人家喜欢的是牡丹、白兰、海棠、茉莉。"
  "那是下一站的事了，我可就管不着啰。反正我现在不能让这地闲了。"尉迟琪操起把短柄铁勺，坚定地舀着坑里的泥土，"今天不是星期六吗？你怎么还上班哪？"
  "单位里开紧急会。马上去省里建站。"
  尉迟琪没听清："建什么？"
  "建一个投标工作站。"之男一字一句地回答说，"专门为龙潭电站工程这一标建的。让我也去。"

尉迟珙歇下手中的活计，望着外孙女："怎么这样复杂？建永泰、松峦、花溪、虎啸都没有这么复杂呀，说上就上了。"

"现在形势不是变了嘛。工程得抢才有的干。"

尉迟珙没听懂："怎么要抢才有的干？你爸知道不？"

"他是领班，怎么会不知道。"

"噢……，那可能就有一定道理。你啥时候走哇？"

"明天。"

"这么急呀。"

"你不是常跟我说军令如山吗？领导说走那就得走呗。"

"去多长时间？"

"两三个月吧。可能要等到龙潭工程开标之后才能撤回。"

"离春节不到一个月。回不来了？"

"回，怎么不回？咱们家好不容易大团圆，不回还行。"

"军令如山，到时候怕是由不得你。"

"说哩！再忙我也得回，我不回家过年，爷爷的年会过得好哇？"

尉迟珙笑了起来："上午你爸让黄河把我捎过来，说是今天有空儿帮我搓搓背，原来是为了给你饯行，我这才搞明白了。"

"那就在这住一晚上，明天再回将军楼。"

"哎呀……那边还有一群鸡呀。"

"隔壁两栋不是又安排进了人吗？他们会关照的。"

"嗨，靠不住。下岗待岗困难户，没事天天关起门来练功，一天吃一顿饭，根本不出屋，哪会关照我的鸡哟。"

"练什么功呀？这么用心。"

"神乎其神。我搞不懂，说出来你也照样听不懂。"

时之男一笑，边关照外公别着了凉，边顺着小院中央的卵石甬道走进了别墅。

宽大的客厅里，时空正斜靠在木质沙发上翻看什么。时之男怕自找没趣儿，没敢打扰，侧身闪进餐厅，小声喊道："山茶。"

山茶正蹲在厨房里面削土豆，扭头一笑："之男姐回来了？"

时之男向她招招手："到你房间来一下。"

山茶放下土豆、菜刀，跟着时之男跑进了自己的房间。

山茶住在时之男隔壁，也是个大套间。时之男在山茶床上坐下来，搁下拎包，把夹在腋下的红色羽绒服递给她："给你买的，穿给我看看。"

"呀！之男姐，你给我那么多衣服了，我都穿不过来哩，还买呀？"

"那都是旧的，试试这件。"

"不旧，是新的，都才穿过一水，我穿着挺好的。"

"好什么！我个儿头大，你个儿头小，穿在你身上我怎么老瞅着别扭。"

山茶不好意思地说："我哪有你那么好的衣服架子呀。你瘦瘦的，高高的，穿什么都好看。我这山里女娃又矮又胖，穿不出名堂的。"

"别啰嗦，快试试。"

山茶擦擦手，解下围裙，脱了棉袄，接过崭新的羽绒服，直打啧啧："这么好……这得花多少钱呀？"

"削价的。"时之男帮山茶套上羽绒服，哗地一下拉上拉锁，边欣赏边说："我明天出差，去商场买点儿生活用品，见羽绒服削价卖，就顺便给你买了一件……还好，不大不小。你要是觉得哪儿不合适，自个去商场卖羽绒服的摊位换换，我跟老板说妥了，包换。"

"不换了，这么好换什么呀。"山茶从来没有穿过羽绒服，觉得又轻又暖和，喜欢得不得了，甜笑着说，"之男姐，出差出到什么时候呀？"

"两三个月吧。"

"这么久呀，春节回不来了？"

"不换就不换吧，我看穿着也挺好，挺精神。人要衣装，马要鞍装，这话还真不假。行，就穿这件回家过年去吧，让村子里的人瞧瞧咱们山茶也现代化了。"时之男长者似的端详了山茶一阵，这才回答说，"到省里有重要工作，你不懂的。"

山茶说："那我就不回老家过年了。我一走，这家里就没人……反正我就一个爷爷。"

"回吧，怎么不回。你有好几个春节没在家里过了，你爷爷盼着哩。过年，乡里人看得比什么都重。"时之男说，"别担心，我春节肯定回来。打算什么时候动身？"

"茅爷爷前几天打来电话说，半爿街那边有几家他往年负责扶贫的困难户，想赶在年前去看看。他打算开车过来，先给尉迟爷爷拜个早年，然后把我捎上，先去看困难户，再过江，把我送到面巴屯，完了回宜阳过年。听说他两个儿子一个姑娘，还有儿媳、孙子、外孙女都要回家团圆。"

"就按茅爷爷的计划安排好你自己的事吧。你一走，爷爷就从将军楼那边住过来了，没事的，他料理家务很有一套，身体也还好。我大年三十肯定回来。阿姨今天的情况怎么样？"

"蛮好。上午我陪她到医院打了一针。之男姐，我觉得吧……阿姨的针打得勤了咧，还不敢晚了……她这得的是什么病呀？"

"……你不懂的。"时之男脸上倏然掠过一丝哀愁，"躺着了？"

"没有，在露台上晒太阳，看书哩。"

时之男拎起拎包："你做饭去吧。爷爷在这里，有些什么菜呀？"

"大叔上午带回了好多菜，鱼、肉，各样青菜都有。我还煨了一罐子汤，鸡是爷爷捎过来的。"

"嗨，真是给我饯行哩。"

三十

别墅三楼有个三十多平方米的大露台，坐北朝南，早晚都有日照。

尉迟江南穿一件白地蓝条绒睡袍，坐在藤椅上，边晒太阳边看书。她精神状态不错，看不出是个有病的人。

尉迟江南虽说五十开外，却风韵不减当年，棱角分明的面容依旧白皙清秀，双眸黑亮，乌黑的头发看不到一根白丝。她出生在大军南下途中，战事繁忙，尉迟珙图简便，给她取名"江南"。江南天赋很好，六岁便入学读书，中学时竟连跳两级，最后被保送到同济医科大学。一九七三年在省直人民医院实习期间，尉迟江南锋芒初露，由她主刀的几例外科手术例例成功，引起了院方的高度重视，最后被医院留用。那个年代，知识、技术的行情虽不看好，但确有才干终会为有识之士器重，一九七六年，江南被破格提拔为外科主任医师，并被评为省劳模、系统劳模，成了同行的佼佼者。尉迟江南青年得志在于与生俱来的才华和自信、好强的秉性，中途夭折也在于此。那时，年轻有为的主刀医师少之又少，全院大小手术几乎把成功的希望都寄托在她身上。所谓能者多劳，胸腔、腹腔、颅腔以及截肢等重大手术，必定由她主刀。技术和名气有时反倒变化成了苦酒和自戕的利器。不管是重病患者还是普通病人，一旦确诊需要手术，病人及其家属必须尉迟江南主刀才行，宁可多等几天，也不愿意轻易躺上手术台。这样一来，尉迟江南的负荷日益加重，主刀的手术几乎天天都有。开始，尉迟江南仗着精力充沛，倒也乐此不疲。天长日久，她便渐渐感到气力不支。尤其是脑瘤摘除、心脏搭桥之类的大手术，自始至终，耗时少则十几个小时，多则二十多个小时。其间，不仅需要主刀医师技艺高超、神情专注，而且还需足够的体能支撑。主刀医师稍稍走神，手术稍有不慎，轻则造成患者伤残，重则给病人带来灭顶之灾。在长达十多个小时的手术过程中，尉迟江南有时虚汗淋淋，有时小便失禁。为使手术顺利进行，确保手术成功，她不得不借助杜冷丁的特殊功效。起先，十几个小时的手术途中，她注射一支杜冷丁即可，之后发展到同样的手术时间需要注射两针才行。手术成功了，患者一个个出院了，可是尉迟江南的身体却越来越不行了。她对杜冷丁的依赖越来越大，以致发展到上手术台时提前注射一支，手术过程中再注射一支，手术结束后还需注射一支用以稳定情绪。一九九四年春，尉迟江南做完她外科生涯中最后一例开颅手术，前后竟注射了四支杜冷丁。手术过后，她浑身汗透，嘴唇惨白，四肢瘫痪。第二天，尉迟江南郑重地向医院递交了一份报告，内容是为了保证病患者的生命安全，也为了医院的声誉，她再也不能拿手术刀了。医院领导这才大吃一惊，马上进行调查了解，最后经反复研究，只得同意了她个人的要求，让她退居二线，做些指导工作。谁知为时已晚，尉迟江南已经患上了严重的药物依赖症，三天两头不注射一支杜冷丁就抽搐不止，漫说在手术台前指导手术，就连坐班也难坚持。迫使尉迟江南最终离开省直人民医院的原因很多，主要有：不能正常到班；杜冷丁属严控药品，对特殊患者的使用亦极其有限，本院医生概莫能外；医院同样面临不可抗拒的大潮，也有下岗分流指标。省直人民医院的院长姓高，高院长让她回家休息时是一张非常为难的面孔，措辞相当委婉："其实吧，啊，医院也并不在乎多一个人，少一个人……其实吧，啊，你的病确实需要静养……其实吧，啊，这个这个……也没什么……实际上是作为病养对待……比如什么待遇呀，都是不变的。"尉迟江南十分清楚自己的情况，神情倒比院长坦然。可是知道女儿退养和退养原因之后，素有童心的尉迟珙却非常不满，甚至很气愤："医院怎么可以这样做！"尉迟江南却说："治病救人才是医生，如果使病人的病情恶化，或者死在手术台上，那就成了凶手，罪人。这样挺好。"然而，生活现实远不止江南想象的那么简单。平时，尉迟江南思维清晰，谈笑自若，举止大方、文雅，可是一旦药物未能及时跟上，她就开始全身哆嗦，继而两眼翻白，口吐白沫，严重时乱抓自己的头发、胸襟，像癫痫患者。但是她脑子非常清醒，明白自己正在失态，试图用自己的毅力顽强挺住。她常常用嘴死死咬住被角，两手拼命扳住床沿儿，然而，嘴唇咬破了，手指头扳出鲜血来，一切的努力都无济于事。最后只得由时空送往医院，注射一支杜冷丁方才万事大吉。这种惨状常使尉迟珙老泪纵横。直到时空摸清了发病规律，提前注射杜冷丁，全家才算一切如常。时空担任华夏集团总经理，尉迟江南自当随夫前往，尉迟珙老人一为照顾女儿、二为成就女婿的官差，就特别请求将外孙女时之男也一并调了过来，好赖相互有个照应。

　　时之男也背了把藤椅推门走进露台。明天要出差了，她想陪母亲坐一会儿。尉迟江南的病情给这个家庭罩上了一层阴影，大家的心情都很阴郁，但十分独特的是，谁也不愿意随便提起，各自都把种种不悦深埋在心里，努力保持家庭和美的氛围，时之男也不例外。尉迟江南见女儿走进露台，把捧在手里的一本《医科大全》搁到了面前的方凳上，问：

　　"怎么今天还上班呀？"

　　时之男把藤椅放在母亲对面，提起立在地上的暖瓶把方凳上的咖啡杯续满，回答说："我们投标办要在省里建个投标工作站，今天开紧急会，明确任务和人选。让我也去。"

　　"你们投标办的人不是很多吗？怎么轮到你头上了？这才来多长时间呀。"

　　"达奚主任说，去工作站的人必须具备公关条件：年轻、业务熟、有点儿人脉关系、有点儿专长、学历越高越好，最好懂点儿外语。当官的当兵的说我这些条件都占，就一齐抬举我啦。"

　　"什么时候走哇？"

　　"明天，我已经准备好了。"

　　"那就去吧。顺便看看老朋友、老同事、老邻居，还有咱家的房子，好久没住人，也该收拾收拾了。"

　　"我就住在家里，像过去一样搭公汽上下班，不想和他们窝在一起。"之男在母亲对面坐下来，"我要去两三个月，你怎么办啦？爷爷老了，老爸他老人家又越来越靠不住。"

　　"还有山茶哩。再说，我是个医生，能给别人治病，还能治不了自己的病呀？别担心。"尉迟江南端起咖啡杯子，抿了一口，慈爱地望着女儿，"还是多关心关心自己吧，你都二十五了哇。"

"又来了，又来了。"之男努努嘴，"这一家人，数我现在最得意，天真无邪，无忧无虑。"

"咱们毕竟都是人哪。"江南不让女儿把话岔开，坚持着自己的主张，"不走一个过程，不走好一个过程，人生就会有缺憾。眼光不要太高，差不多就行了。女人条件再好，晃过一个年龄段，成色就不容分说地贬值，妈可见得多。"

"那就让它贬呗，我才不管那么多哩。"

"其实呀，你爸你外公都很着急。都说了，只要你看中的，全家人就都看中了。"

"知道了，知道了。那又不是个物件，说拎回家就拎回家了。"

"当心啊，现在还是黄金季节，再过两年，你无动于衷，可就要把全家人急个死。"

"撵我走呀？我偏不走。"之男故作愠怒，"我走了，看你们这一屋子老朽怎么办！"

"嗨，我们可以跟女婿住在一起呀。"江南笑着，"女婿就是我们的儿子，这是你外公说的。"

"想得美，人家要是不干怎么办？"

"那也没关系，我们自己照顾自己根本不成问题，再说还有山茶哩。放心，姑娘家出嫁，做父母的都想得通，这传统习俗中国沿袭了几千年，女儿大了都是必须嫁出去的。"

"我不嫁，偏破这个传统。"

"书读迂了，这不好。女孩子有时候也应该主动点儿，男人有时候比女人更羞怯。"其实，尉迟江南并没有丰富的恋爱经历，年轻时仗着自己的家庭条件、个人条件处处占上风，从恋爱到结婚非常简单干脆，自己拿定主意说成就成了。现在眼见闺女的年纪一天比一天大，寝食难安，不得不设身处地，严肃规劝，当然也少不了搭配些花言巧语，"你没有信号发出去，人家会误认为你看不起他，他就会敬而远之。清高是女人的美德，但也会误事。要是看中了谁，又不愿意说出来，时间久了，人家另有选择，到头来还不落个空悲切呀。"

"我根本就没有看上过谁。"

"没有看上谁就应该检查自己定的标准合不合乎实际，你以为天下真有奇才男人呀？"尉迟江南知道女儿比自己的心境更高，不是一般男孩儿就能看得中的，这也是她的恋爱拖到现在的根本原因。但年龄不饶人，她必须诱导女儿面对现实："其实，我从来不担心自己，因为我是医生，我知道自己并没什么病，药物依赖严重了点儿罢了。我也不担心你外公，他已经是高寿，身体又好，况且非常明智地跳出了世事。这个家，最使我担心的是你，还有你那憨头憨脑的爸，诸事缠身，身不由己。"

之男抹掉一直扣在耳边的微型麦克，借题发挥："他干嘛要跑到这里来呀？省城干得好好的。"

"我不是才说过'身不由己'嘛。用你外公的话说就是'军令如山'。"

"听说省里是让他下来锻炼的，这么说，咱们还有回省城的机会？"

"这话听听而已，千万别当真。你爸从不说有这回事，大概也没人跟他说有这回事。"

"倒霉，派谁来这里不行呀，偏偏是他。又没犯错误，明提暗降，凭什么呀。哦，对了，"之男忽然想起一件事来，"妈，我从小就没有看见我爷爷奶奶，后来又听说爸也没见过他爸他妈，这是怎么回事呀？"

"我只知道他是个孤儿，还是个在庙里长大的孤儿。你别看他是堂堂华夏集团的老总，他连自己姓什么都不知道。你外公知道一点点儿。为弄清你爸的身世，你外公还跑到省民政厅去吵过架。"

"真的？"

"可不。省民政厅知道你爷爷奶奶的情况，他们是解放前参加革命的肯定错不了。省民政厅有个证明材料在你外公手里，搁在他的将军楼里。"

"我爷爷奶奶……死了？是怎么死的？"

"你外公给我说过一次。说是解放上海的时候。"

"他们也是军官？跟外公一样，也是副师长？"

"这我就不知道了，没听你外公说过。我猜要是军官，没准比你外公的级别更高。你想啊，他们的档案在省民政厅才能查到，不到一定级别，省里是不会有他们的档案的。"

一九四九年初冬的一个夜晚，武陵深山密林古刹彤云寺的仪门被五个青年男女敲开。彤云寺不大，只有四五十个僧侣，但三班六房倒也俱全。礼仪出迎的是年逾古稀的慧元长老和都寺、知客两个大和尚。来人虽然都是山民装扮，但慧元长老一见便知绝非等闲之辈。五个人身躯矫健，眉眼机警，全然不像缺衣少食的山民。时逢南勇北卒在武陵山脉交错过兵，如同拉锯，此辈非穷兵顽守的国民党，即倾巢出击的共产党。寺庙僧侣不想也不敢过问时事，一面谨慎相迎，一面小心询问有何贵干。来人先不作答，直到在禅房坐定，一位稍稍年长的中年壮汉方才发话说："彤云寺我们非常了解，大师的法号和学识我们也略知一二。"长老连忙双手合十："阿弥陀佛。敝寺虽小，然素以向善为根本，先祖开天辟地至今，与尘世终无恩怨，远近信徒以德报德，该因佛门广结善缘，施主过奖了。"壮汉说："正因如此，我等才深夜造访，搅扰高僧。实因身处万难，无奈求助大师，还望慈悲为怀，广施仁德，侪辈没齿难忘。"长老垂下眼睑，捻着佛珠："施主但说无妨。"壮汉指指一位静立在旁边的青年女子，说："适才几位高僧已经窥见，我这弟妹怀中抱有一个男婴，方才满月。因要事在身，不便哺乳，想暂时寄养在宝刹，祈望大师恩允。"慧元长老沉吟道："施主既有不解之难，佛门弟子理当尽心竭力相助。若是旁别诸事倒也好说，这婴童乳臭未干……又值烽燧兵燹之际，贫僧怕是无能为力，望施主三思。"壮汉耐心说道："若是有更好的去处，我等必不相扰，正是料想此处万全才冒昧前来。大师以普度众生为己任，权当拾得弃婴收养。贵刹面临所难，我辈皆已想到，大师不必过虑。孩子的一应开销费用定然留足，有劳众僧山里山外设法购得所需食品便了。之所以深夜至此，皆因回避旁人耳目，只要贵刹照看得当，双方兵士必定不以为然。"一个青年人插话说："保密，最重要的是保密，哪方面的军人都不许知道。这样小孩就很安全，你们也省事。""对，隐秘特别重要。"壮汉说，"过了这一时期，我等定会来这里把孩子领走。"长老沉思良久，问："小贵人高姓大名？"壮汉见长老松了口，高兴地说："考虑到小孩子的安全，也为尽量减少宝刹看护过程中的麻烦，他父母暂时没有给他取名，任由诸位高僧先赐给他一个雅号，高姓大名日后再说。"说罢，从那泪流满面的女青年怀中抱过襁褓，走到长老跟前，风趣地说："小家伙睡得正香，不闻世事哩。"守候在一旁的都寺、知客两位大和尚连忙接过襁褓，又惊喜又为难。壮汉又从另一个男青年手里拿过一个沉甸甸的布袋，说："这是小孩儿的生活费和一点儿酬劳，容日后重谢。""断然不可。"慧元长老忙说，"施主既是有难，佛门弟子鼎力扶助，天经地义，绝不可乘人之危。"壮汉说："这恐不妥。已给贵刹添了不少麻烦，若是小资小费也不留有，岂不让我等更加惭愧。""佛门有佛门的规矩，施主切莫勉强。"慧元长老示意壮汉安坐，"小刹虽地处偏远，远离城邑，但香火甚旺，远近善男信女多有施舍，日久天长，自是小有积蓄，不缺供养一婴之一升一斗。贫僧既首肯收养小贵人，当然不缺日常用度。行善是佛门弟子的本分，无需酬劳。只是老衲仍胸有余结，不知当讲不当讲？""请讲，"壮汉说，"大师已为我等排解万难，我等感激不尽，有什么要求只管讲出来。"慧元长老言道："是时兵戎相见，硝烟四起，鼙鼓激烈。好在交战双方皆不以佛门为恶，绕道而行，始得庙堂清静，想必小贵人在此不会受到惊吓。然天有不测风云，万一有难料之失，还望怜悯众僧一片善心。有道是逃得了和尚逃不了庙，真逢厄运，万不可兴师问罪于山门净地，由老衲一人领罪便了。"壮汉见慧元长老说出了最犯愁、最要紧的话，一则体现真诚，二则把难料之事说到前面，也就通情达理："大师直言不讳，我辈由衷感佩。请高僧释怀，小孩儿只要尽心照料即可，关于他能否熬过这一关，命途有无凶险，用你们佛门弟子的话说，那就看他自己的造化了。"慧元长老听了，方才安下心来："老衲顿首，多谢体恤。"诸事言毕，壮汉领着抽泣不止的女青年和三个男青年匆匆走出了禅房，走出了寺庙，很快消失在茫茫夜色中。

　　送走五位不速之客后，慧元长老急忙传来主膳，连夜商议幼婴抚养事宜。主膳说，附近山民有头刚生产的山羊，可高价买来，婴童每天吃羊奶，再配给米汤、菜羹，稍大如需荤食，可另起锅盏。都寺说，再去周边市井买一两头哺乳期的母牛，喂养幼婴可得持久。长老见他俩言之在理，便叮嘱主膳照此办理，不得有误。接下又计议幼婴不得让寺外知晓一事。知客谏言，将幼婴安置在藏经阁，命小沙弥轮流守护，那里乃庙堂禁地，众僧未敢轻涉，只需守护的沙弥严守机密，可保幼婴安好无虞。慧元长老却说："不妥。大隐隐于朝，东躲西藏反倒会弄巧成拙。莫如安顿在一间禅房，命沙弥轮流照管，众僧若愿意参与抚育，以积阴德，执事另排班次便了。倘若有寺外闲杂问起，寺内众口一词，只说是老僧于道旁拾得的弃婴，讯者必不生疑，定可保其安然无恙。"列位高僧见长老说得更有道理，便未多言。最后的话题是该给小孩取个名字，总不能天天称他孩子、小孩儿、幼婴、幼童、弃婴之类。此事原本无关紧要，但几位大和尚计议起来却格外认真，颇费心思。琢磨了半天，知客终于有了见地："看样子，这孩子的父母非是共产党即为国民党。时下国民党兵败如山崩，固守的半壁江山眼见失之殆尽，可合上个'无'字；共产党则向以无产者自诩，本该为'无'；'南无（namo）阿弥陀佛'乃佛门弟子贯诵的梵文，二字实为'南无（nanwu）'，恰又应了个'无'。婴童无论是哪家根苗，该与'无'相关，加之避难山门，真可谓与'无'有缘。莫若称以'南无'（nanwu），取凡音，一合自家身世，二应佛门梵语，甚好。"长老静心思量，觉得知客的说法有一定道理，只是"南无"（nanwu）二字为人之姓名终不入俗，这幼婴毕竟是俗家子弟，呼其"南无"似有不妥，且太直露，就说："师弟拆卜倒也不差，入木三分。只是小孩早晚要遁出梵宫，倘若世人知得他曾以'南无'为名，恐被取笑。愚兄权借汝象辞要义，派生一脉，为幼婴取名'时空'。时者，时下世事纷繁，万象混沌，亦百家之姓也。国民党日趋于'无'，无即空；共产党崇尚'无'，亦即空也；幼婴赤条条投身百废待兴之世，暗合一个'空'字；恰佛门弟子又以'空'为最高境界，可谓奇缘。'时空'为幼婴姓名，一合其鲜见身世，二合当下时运，来日即便回归凡尘，终不算俗。未知众高僧意下如何？""妙，妙，"知客连连抚掌称道，"'时空'并为一体，便又博大无边，妙。"就这样，时空在众僧人的精心抚育下一直长到牙牙学语。一九五四年，时空不满五岁，便有本县民政局局长引领省民政厅干事携钱物来到彤云寺，要将时空领走。慧元长老见来者皆是地方官员，方知时空乃共产党人之后，便欣然交还了时空，只是分文不取。未曾料到的是，慧元长老此番善举后来为彤云寺免过了一劫。一九五八年，政府号召僧侣、道士还俗务农，自食其力，一时，佛道弟子惊慌失措。尴尬之际，忽一省府要员发话说："彤云寺曾为革命事业做过特殊贡献，可以网开一面，暂缓推行有关政策。"众僧就又欣喜若狂，说是佛祖当年指点了迷津。

　　时空离开彤云寺后，被直接带到了省城，进了省直机关幼儿园。高中时，适逢学校停课串联，众院校师生皆可南来北往，在一次串联活动中，时空结识了尉迟江南，两人一见如故，一见钟情。后来，尉迟江南以优异的成绩被保送到同济医科大学；时空也没有上山下乡，在省民政厅的帮助下进了地质勘探学院。尽管两人年龄相仿，但尉迟江南却曾经连跳两级，高出时空两届，无意中成了学长，又因尉迟江南大着月份，自然而然有了大姐的身份，所以大小诸事，江南总是在不知不觉中迁就时空三分。一九七五年，尉迟江南已经踏上工作岗位两年，时空却滞留在学校等待分配，靠助学金过日子。这时的尉迟江南已经在医院小有名气，各种条件均为人羡慕。她见时空捉襟见肘，又无亲人照看，便决定提前结婚。时空当然很高兴。可是尉迟琪心里直发怵：孤儿倒没什么，经济条件不好也无所谓，只是这孩子来历不明就成了大问题，是否革命干部的后代倒也在其次，若有复杂的社会背景那可就不是好事情。尉迟琪的阶级观点很强，瞒着女儿跑到了省民政厅，要知道时空的来历。理由是：他马上要和自己的女儿结婚，作为岳父，必须对未来女婿的身世有所了解。省民政厅一位干事接待了他，让他相信组织，说时空的政治背景绝对没有问题。尉迟琪不干，一定要知道时空的父母是谁，姓什么叫什么。干事无奈，只得请示民政厅副厅长出面解释。那副厅长也是当兵出身，派头不小，看样子比尉迟琪的级别要高，说话的口气有点儿居高临下："你从前是哪个部队的？"尉迟琪马上报出了自己所在部队的番号和主要首长的姓名。副厅长打着官腔："你女儿的所在单位来函调查了，因为时空的生活、学习问题一直是民政厅在管理，所以，我们已经函告对方，证明其家庭背景很好，同意结婚了，你还跑来问什么？"尉迟琪粗着脖子说："我得知道他的来历呀？他父母姓什么叫什么，你们民政厅应该清楚哇？"副厅长说："我们证明他本人及父母来历清白不就完了？不就可以结婚了？其他问题跟结婚有关系吗？"尉迟琪见他简直就是蛮不讲理，说："怎么没关系呢？他一旦和我女儿结了婚，就是我们家的人了，我总不能和一个来历不明的人和平共处吧？你们民政厅讲明了他父母的历史清白，却又不肯告诉我他们姓甚名谁，这算一个负责任的组织吗？叫我怎么相信你们?"那副厅长火了,桌子一拍:"你怎么这样跟领导讲话?!""你要我怎么样跟领导讲话?"尉迟珙也把桌子拍得山响,"我也是领导,过去是,现在也是!怎么?这道理全在上级那儿哪?"正吵着,民政厅的正厅长走过来了。厅长是个老头儿,说话的口气比副厅长缓和多了:"解放战争那段历史你很清楚,部队奔袭,天南海北,后代找不着爹妈的事情太多。我们再仔细查查档案,过段日子再给你回话,怎么样?时空和你女儿结婚绝对没有问题,组织上为他作保。怎么说你也算个老革命了,体谅体谅组织,好不好?"没办法,尉迟珙只好回到十字街等待。没过多久,他被民政厅请到了省城,厅长亲自接待。厅长拿出一张硬质白纸,对尉迟珙说:"你能知道的事情都在这上面,不能知道的事情这上面也没有。"尉迟珙接过白色硬纸一看,只见上面用毛笔工工整整地书写着七个大字:时空父母沪战亡。下方是鲜红的省民政局印戳。这实际是个死亡通知书,但又不写死者的姓名。尉迟珙仍然云里雾里,正想发问,那厅长竟一改先前温和的面孔,非常坚决地摇着手,制止他继续发问:"你是军人出身,应该知道纪律。"见尉迟珙不服,"仅崇明岛一战,就有几支部队成建制地丢了,怎么查?"尉迟珙感到没有任何回旋余地,只好作罢,果然,从此不再向组织提及时空的身世。尉迟江南在意的是时空的人品和两人之间的情感,根本不关心他到底什么来历,所以,这事也就风平浪静地过去了若干年。

"刚认识你爸的时候,我只知道他是个普通孤儿,觉得'时空'这名字还挺现代化。"尉迟江南抿了口咖啡"自打晓得了他原来在庙里长大,再听他这名字,我怎么就越来越觉得像个老和尚的法号。"说着,扑哧一下笑出声来。

"这下可好,我居然是个和尚的女儿。"之男也笑了,"那庙在什么地方?爸后来去过没有?"

"彤云寺很远,在武陵山密林深处。你爸读大学的时候,曾经回去看过一次。慧元长老早已圆寂升天,沙弥已经修道成了大和尚。互相之间,不知是真的不认识了,还是故作萍水相逢,和尚们只顾坐禅念经做法事,旁若无人。你爸悄悄往功德箱里捐了点儿钱,在庙里庙外整整转了一天,就不声不响地回来了。后来再也没去过。"

"自打记事起,怎么从没听外公说过我爸的这些事?"

"你听我说过了?谁也不会说的。那是你爸苦难的童年,怕他伤心。"

山茶拎壶开水走进了露台。见江南、之男母女俩有说有笑,山茶也高兴起来,说:"什么开心事啊?看把你们乐的。"

之男笑着问:"山茶,你看我老爸像个什么人?"

山茶想都没想,说:"像官呗。"替尉迟江南把方凳上的咖啡杯续满,把剩余的开水往搁在地上的暖瓶里灌,"还有点儿像农村里的大叔。"

"就没再像点儿别的人物?"

山茶摇着头:"看不出来。我不是没见过大世面嘛。"

尉迟江南却问:"你看叔来十字街后有哪些变化?"

"没有……哦,瘦了,瘦多了。"

之男接话说:"最大的变化是说话的声音大了,有时候还说粗话,从前他可没这优点。"

"还有哩,早上经常忘了洗口,晚上又忘了洗脚,躺下就打呼噜。下午没听见他有什么动静,挺老实的,不正常。山茶,叔在干什么?"

"看材料。"山茶用两个指头一比,"这么厚的一沓子,都看一个下午了。先在二楼书房看,又在隔壁卧室躺着看,好像还坐在卫生间的马桶上看了一阵子,后来就转移到了客厅,这会儿还在沙发上看哩。边看边嘟囔,我还瞥见他不停地皱眉头。"

之男说:"不准在家里谈公事——这是他到华夏来后订的家规。我们都做到了,可他倒好,把家里到处弄成了他的办公室,搞得我们进进出出都得察言观色,小心翼翼。"

就在这时,楼底下传来了时空的声音,不知和谁人说话,嗓门儿确实有点儿大。

之男冲母亲吐吐舌头:"阿弥陀佛!"

山茶估摸晚饭的时间快要到了,准备下楼炒菜去。尉迟江南对她说:

"山茶,要是听出叔在电话里和谁吵架,你上来报告一声,我到客厅坐起来。"

"哎。"山茶拎着水壶,"噔噔"跑下了楼。

三十一

一楼客厅里,时空一手握着送话器,一手握着红蓝铅笔,两眼盯着茶几上一沓厚厚的材料纸,边翻看边冲电话那头直嚷嚷。山茶迅速地梭进厨房,一面忙活,一面分辨时空是不是在跟谁吵架。

摆在时空面前的是工作报告讨论稿,是贺怀阳组织秘书班子为华夏集团年度工作会议精心准备的。这应该是一份纲领性文件,除全面总结上年的工作情况之外,还必须提出下年的工作规划以及实现规划的具体措施,以使集团来年的奋斗有方向,有目标。惯例是,华夏集团的年度工作报告讨论稿草成之后,该由党委常委和副总经理一级的领导人传阅,提出修改意见再修改,而后让总经理在工作会上庄严朗诵,而后象征性地让与会者讨论通过,而后下发到各二级单位、总部机关各部门学习,执行。一年一度的工作会议决定春节过后召开,时间很不宽松。孰料时空看过工作报告讨论稿后很不满意,认为与实际情况大相径庭,就赶紧给正在总经办当值的贺怀阳打电话,直抒己见。贺怀阳年纪不算太大,却称得上华夏集团的元老,集团的长短优劣尽在胸中,文字功底更不消说,是上上下下都有名的学究,操办公文的老把式。他手下的秘书班子也不弱,无一不是精挑细选,个个都是行家里手。工作报告是工作会议的重头戏,比谁都懂得分量的贺怀阳自是绞尽脑汁,搜肠刮肚,不敢有半点儿疏忽。因而历年工作报告的草成到定稿,都是一帆风顺,传阅、讨论,统统不过是走个过场,根本无人提出异议。可是今年的报告讨论稿才出笼怎么就被认为不行了呢?贺怀阳显然乱了方寸,在电话那头直嘟囔,免不了申述辩解几句。这样反把时空搞急了,声音也就大了起来:

"……洋洋洒洒,三万余言,堪称鸿篇巨制,足可与省政府工作报告媲美!这且不说,要读懂你这个工作报告,我要先去读懂很多中外书籍、翻遍相关资料。你想啊,我这作报告的人都这么费劲儿,听报告的人那还不云里雾里呀?他们要是听不懂可就更糟糕，来年干什么、怎么干，不就成了问题吗？我对我自己的定位是：一个企业的老板，充其量不过是个国有企业的经营者，没有那么高的身份，更没有让人听不懂的学问。你硬要我在台上那么念着，这不是让我难受吗？深谋远虑、纵横捭阖、战略部署、运筹帷幄，天哪，这都是政治家、思想家、军事家的本分，怎么让我这经营企业的老板高谈阔论起来了？不般配吧？能把华夏集团整顺溜，整得人人安居乐业，整得集团将来小有发达，这就是我的崇高理想；解决吃饭问题、生存问题是我认定的当务之急。什么打造航空母舰、世界一流建筑企业、塑造龙头企业形象、构建现代企业制度，都不应该是华夏集团现在的话题！连裤子都没得穿还想往波音747上蹭！引用学者们的朦胧观念太多，有些新鲜词语其实没有明确的概念，之乎者也罢了，追那个时髦干嘛，让我效仿效仿学者风度？哈哈……还有，许多经验是人家兄弟企业创造的，兄弟企业的经验，不一定适合华夏，人家的主营是烧窑，我们的主营是卖瓦，虽然都是企业，用烧窑的管理套路来经营卖瓦行当，牵强了吧？这里还冒出了个'借鸡下蛋'，我一见这个词组脑袋就发晕，把自己下蛋的母鸡借给别人，他傻球呀？即便有人穷极了借来一只下蛋的鸡，那也不能把别人的同情、怜悯倒过来炫耀成自己的聪明才智呀？这里我多说一句啊，'借鸡下蛋'这龌龊勾当，华夏集团过去没有，现在没有，将来肯定不会有，穷得连骨头都没有了吧！孙子兵法如今泛滥成灾，弄得到处是钩心斗角、尔虞我诈，怎么得了！后面这一大段，我也不便夸奖，什么'纵观全局，形势喜人'，华夏集团形势果然喜人吗？上半年出了个受贿窝案，全省通报，省里还不敢深究；下半年几千人围堵总部大楼，嗷嗷待哺、怨天尤人，这叫形势喜人？我在台上这么念着，台下怕是有人要笑掉大牙，这不是睁着眼睛说瞎话吗？"

时空对着送话器，有时尖酸刻薄，有时调侃揶揄，有时又谈笑风生；声音一会儿高，一会儿低，山茶在厨房里竖着耳朵听，却又听不出个所以然，不知道是在表扬别人还是在批评别人，更分辨不出是不是在跟谁吵架。

电话那头的贺怀阳怕是又在不停地擦抹额头上的汗，之后传过来的声音全是"哦？哦？哦……嗯，嗯，嗯……"

"还有一个文风问题。盲目借鉴，空话、套话连篇。"时空连细节也不放过，"老前辈好不容易把老八股革掉了，可又不知不觉冒出来了新八股。你看这格式，跟其他企业工作报告的格式有什么两样？一个模子刻的！雷同的是，一律在词语创新上狠下工夫，像一九五八年，争先恐后吹牛皮。"

贺怀阳在文秘岗辛勤耕作了二十多年，或亲自捉刀或严格把关的各类公文不胜枚举，无论篇幅长短，从来不曾有谁像时空这样大加指点，心里自然不是滋味，可是又不能抱怨那些指指点点没有道理。如今浮夸盛行，渴求彰显个性的单位和个人不以为耻，反以为荣，无论自己怎样恪守文风文德，最后还是在自觉不自觉中追风逐浪，时空的指指点点有什么不对？又能怨谁？不完全因为时空是自己的顶头上司，贺怀阳才肯接受指点，关键是他的指点着实点着了穴位，也算是内行遇到了内行，心有灵犀啊。不愧在省府衙门深得真传，视野广阔，高屋建瓴！贺怀阳由衷感佩时空精锐的眼光。现在的问题是，辛辛苦苦干了两三个月的工作成果从内容到形式遭到全盘否认，需要推倒重来又怎么重来？还有个时间问题，离工作会的召开不到一个月，另起炉灶相当困难。贺怀阳最终表示接受时空的意见，也毫不掩饰地诉说了自己的诸多想法。时空明确表示：

"工作会的时间、日程肯定不能改变，这是办公会的决定。唯一的办法是：请秘书们再辛苦一下，如觉困难太大，你就带足秘书班子去华夏宾馆开几间房打突击仗，总经办的日常工作让琴拥军顶起来。

"工作报告是由我来作，我的毛病多，其实要求并不高：简单、直白，把该说的事情说清楚了就行。报告篇幅不宜太大，用不着写三万多字，有七八千字我看就行了；结构也不要那么复杂，分作前后两个部分足矣。前一部分总结、检查上年的工作情况：各项工作计划完成了没有，主要用数字说话。这需要把上年的工作报告翻出来看看，那里头总该提出点儿工作计划工作指标之类吧？通过对照检查，结果自然而然出来了，结论也就有了。报告后一个部分写来年的工作打算：准备干些什么，怎么个干法，也就是工作计划工、作目标和相关措施。原始材料总经办应该都有，还可以分头到机关各部门和二级单位搜集搜集。上个月不是下发过《关于下发〈华夏集团下（待）岗职工、离（退）休职工和在职职工代表恳谈会纪要〉的通知》吗？我个人认为那里面的内容很丰富，你们可以认真研究研究，透过现象看本质。实际上，那个纪要里面隐藏着很多本质的东西，华夏集团以前干了些什么，效果怎么样；往后应该干些什么，怎么干，都有。我有个小要求，这个报告千万做到言简意赅，切忌含糊其辞，模棱两可词组，别让听的人往哪个方面理解都正确，不能给钻牛角尖儿的人留下空子。再说，工作报告本身没有是非界线，下面执行起来肯定会出现偏差。这样吧，赶快把你那几个笔杆子召到一起议一议，作个思想准备，具体困难问题，我们周一见面再说。"末了，时空没忘应该表扬几句，"我手头的这个工作报告讨论稿非常严谨、扎实，文字功底非同小可，看得出你们下过工夫，只可惜力气使的不是地方。"

时空搁下电话，如释重负地捧起两掌使劲儿抹了几把面庞。忽然想起给岳父搓背的事，就走进厨房问山茶把洗澡的热水准备好了没有。山茶听时空打电话没有听出什么名堂，正准备动手炒菜，见时空进来问话，忙回答说开水早就烧好了，八个大暖瓶都灌得满满的，又非常认真地问：

"叔，刚才你不是跟人吵架吧？"

时空莫明其妙："瞧你这孩子问的。吵架？吃饱了撑的！工作。"边说边回到客厅。岳父老头儿经常感到背痒，洗澡时胳膊又够不着背后，时空主动请缨，说隔三岔五帮他搓搓。时空怕待会儿又有什么事给缠住了，就准备把正挖树墩的老人家喊进来，赶快把搓背的事了了。刚拉开大门，见穿着一身警服的娄毅大踏步走进了院子。

"呃，哪阵风把你给吹来了？"时空笑脸相迎。

娄毅见时空走出门来，没顾上跟挖树墩的尉迟珙打招呼就直奔上前，说：

"其实，早想上你家看看。就是不敢随便乱窜。"

时空说："我家的门槛没那么高吧？"

"那倒不是这个意思。华夏的闲言碎语历来就多。"娄毅笑了笑，"这地方真不错，风水好。就是偏僻了点儿，刚才的士司机还找不着地。"

时空说："我有时也想到这里是世外桃源。"

娄毅和白延寿、贺怀阳、达奚贤、司马敬等一批老资格处长都住在桃园小区，住房面积不大，因此进了别墅就像刘姥姥进了大观园，东张西望，一迭声惊叹："好家伙，俏皮，真俏皮！"

"那当然，别墅嘛。"

"只是听说包工头给易日山贿了一套房子，没想到这么大，这么阔。"

其实，时空住在这里老觉着不自在，一家人一时没个好去处，叹息说："多少有点儿窝赃之嫌。"

娄毅说："不是已经判给华夏了吗？干脆买下来拉倒，名正言顺。"

"那不又变成销赃了？使不得，使不得。目前照看照看还说得过去，真把这所房子占了，那才有好戏看哩。"

"说的也是。大家见你很快就有了这么高级的房子，眼泡子准会鼓翻了。"娄毅赞同时空的想法，惋惜说，"这么好的房子，将来怎么办好呢？长期闲置肯定不行，房子没人住就会自己毁了。有条件的人不敢买，没条件的人又买不起。"

"有两个办法，一是贱卖给职工，稍加改造，可以住三户三口之家，一层一户；二是把它改造成一个警示教育场所，让白延寿带领我们大小头目经常来这里参观参观，实地感受感受，嘿嘿，看有谁还愿不愿意受贿。"

娄毅跟着时空笑："时总的想象真丰富。"

"听说你这处长住的房子都不咋地？"

"莫提。七八十年代的产品，巴掌大，根本谈不上辅助设施。我们算好的，普通职工住的就更不成体统了。唉，咱们华夏这几十年不知道在忙活些啥。"

"是呀，东山、西山、陕西营这三个职工生活区我都去看过，居住环境是差了些，有人还住在干打垒、毛坯砖瓦房里，跟时代发展完全不合节拍。本来，我想说个倾向性意见，先修建一部分住房，后又怕人家说这时空没有房子就首先提出解决房子问题。只好小人之心。"

"前些时，焦言副老总带着财务部门的两个会计，拿着一叠'征求意见表'满处室跑，说是集团贷了点儿款，除办要紧大事外，问处长们资金流向哪些方面才合适。对不起，我不管别的处长是什么主见，拿起笔就在添置机械设备和房屋修建栏里打了两个大钩。华夏集团这些年快要拖垮了，机械设备严重老化，再不添置，生产能力就会越来越赶不上趟，生存都成了问题，还发展个屁。住房是个民生问题，口子不能转过去，得往前奔呀。其实，我也想沾点儿普通职工的光。"

一个与生产经营毫不相干的公安处长居然关心着企业的生存、发展，民生大事，时空本来就惊讶，更惊讶的是他还想着要沾点儿普通职工的光，争取好一点儿的住房。问题是，公安处马上就要移交给地方了，和锅端，他还有争取住房的理由吗？时空猛然想到娄毅突然到访，肯定有事，说：

"走，楼上书房坐坐，顺便再看看上头怎么个阔法。"

娄毅边跟着时空上楼边发感慨："这真叫前人栽树，后人歇凉，易日山收下这房子不仅不敢住，倒让你过了把瘾。听说是异地审判……判了吧？"

"判了，四年。判得不轻啊。"

"仔细一想，划不来，划不来。就为了这栋房子，就为了那点儿钱，蹲四年大狱，冤。"

"等些时，华夏出个面，看能不能帮他弄个监外执行。有什么办法，好赖给华夏做过贡献。"

"岑雪飞呢？他更划不来。"

"他的问题原本不大，关键是当的党委书记……职免了，党籍也开除了……不是还'双规'着嘛。"

两人上到二楼。娄毅好奇地四处看了看，又"噔噔噔"跑上三楼。见尉迟江南、时之男母女在露台上晒太阳，拉家常，连忙打招呼、问候。匆匆忙忙转过一阵，娄毅踅回二楼，走进了时空的书房。

书房里摆着一副半新半旧的沙发、茶几，和其他地方一样，全是从省城老家搬过来的家具。时空让娄毅坐下，直截了当问他找到家里来有什么事。

娄毅刚与时空打交道时拘谨得近乎机械，久了，便觉时空并非难以亲近，这才慢慢恢复了秉性，说起话来也就跟在部队时一样，直来直去。

"是有点儿事。"娄毅把大盖帽从头顶卸了下来，端端正正摆放在面前的茶几上。

"说吧。有什么事尽管照直说。"时空坐在办公桌旁的靠背椅上，样子很热情。

"公安处和消防队的四五百号人移交给地方，其实，这事易日山在台上的时候就议过几次，只是没人认起真来办，你一来不就把动作加快了嘛。前些时，贺怀阳、匡奇找过我，说春节过后公安处、消防队很可能就有比较大的动作，我一听就明白离移交给地方的时间不远了。去地方工作我有过准备，只是说走就要走，心里不知怎一下就激灵起来。"

华夏集团公安处下面设有消防队、人武部等单位和部门，是永泰电站上马时开始组建的，之后队伍越来越大，发展到现在，已有四五百名干警和消防队员。永泰电站上马那会儿属保密工程，不仅配备了强大的警力，周边还有正规部队配合。后来，水电工程又不保密了，松峦电站就开始公开施工。这样，公安处的职责范围就没有从前那么广泛，只是在施工现场派出些保卫机构，负责一下现场的安全保卫工作——主要防止原材料丢失。除此之外，就是基地的社会治安工作、人防工作、国家领导人和省市级要员来梯级电站参观考察时必须的接待礼仪工作。公安处以前还管管户籍和征兵事宜。永泰县迁到十字街后，这些工作也不用管了，永泰县政府带来了全套人马。事实上，华夏集团公安处基本闲置起来，继续保留的理由很不充足。见娄毅专门为这件事找上了门，时空不能不作出解释：

"是我让贺怀阳、匡奇去找你谈的，还有几所学校的校长和两所医院的院长。这是好事呀。很多大型企业过去不仅有学校、医院、公安，还有法庭、法院、检察院，不伦不类，企业本身负担也重。后来上面有精神，把企业承担的社会职能全部转移给地方政府，让企业一门心思搞经营。不少企业早就移交了，华夏集团在这方面又慢了一拍。易日山当年议而不决，迟迟不肯把学校、医院、公安交出去，我估计是心疼几代领导人辛辛苦苦置办的一点儿家产，情有可原。我现在加快了这方面的步伐，实际上也是迫不得已忍痛割爱，一是想到华夏集团的负担过重，少一块就少一笔开支；二是考虑到得给这部分从业人员一条出路，让他们同样焐在一个前途难卜的企业，不是什么好事。企业移交社会职能好处很多，对企业来说，减轻了负担；对地方来说，规范了行政管理。对个人也有好处，移交给地方的人员一部分会被安置在旱涝保收的事业单位，一部分可以变成国家公务员，工作更加专业，各种待遇也会好起来。"

"这些我都知道，确实是好事……不过……"娄毅寻找着理由，"我……我手里有几个大案子，从立案至今，都好几年了，一直没能侦破，如果搁置下去，会成为无头案，对华夏集团的声誉很不利，作为公安处长，我也没面子呀。"

时空问他是几个什么案子。

娄毅回答说："主要有宇文泰家门口的爆炸案；白延寿被弹弓射瞎一只眼睛的故意伤害案；桃园小区的巨款无人认领案，还有陕西营柿子树下一下岗女职工被人偷奸案……"

"宇文泰被炸、白延寿被弹弓射瞎一只眼睛的事我听说过，"时空插了一句，"巨款无人认领是怎么回事？"

娄毅说："桃园小区巨款无人认领案的案情是：前年春节过后，清洁工老余头在桃园小区的垃圾桶里拾得一条香烟，拿回家开包过瘾时，发现烟卷里卷的不是烟丝而是崭新的百元大钞，一点，高达四万元整。这老余头先是惊后是喜，接下来可好，喜成了疯子。一天到晚笑个不停，见人就说我发财了，我发大财了，有一麻袋钱。那四万元新钞票拢一堆还没块红砖厚，可经过卷曲，真装了一麻袋。老伴儿见老头子突然变成了个疯子，认定是钱惹的祸，背起一麻袋钱就找我报案来了。桃园小区住的都是处级以上干部，很不好查，没人认账。"

"真是个奇怪的案子。"

娄毅来劲儿了："偷奸案更是离奇。前年夏天的一个夜晚，陕西营有对夫妇在一棵柿子树下搭门板乘凉。三更半夜，夫妇俩忽然大吵大闹起来，把整个山头乘凉的人全吵醒了。大家争先恐后跑过去问究竟。女的说，我就迷迷瞪瞪问了他一句'你今天哪来那么大的干劲儿，才欢喜了一盘又要欢喜？他就发起火来，又打又骂！'她男人暴跳如雷，也不顾什么羞丑了，大叫说，'你们大家看看，你们大家看看，我刚上完茅厕回来，她就跟别人把事干完了！看，这，臭狗婆，裤衩子全湿了！'这情况是通奸还是强奸实在不好定性。女的睡得沉，不知让哪个缺德的见缝插针过了一盘，一直没侦查出个头绪。"

时空知道他是在寻理由留在华夏集团，但是留下他的困难相当大，就说："没关系，可以把这几个案子带到地方继续侦破。地方公安机关比企业公安部门的侦破手段高明多了。"

娄毅急了，坦率说道："我在华夏干了二十多年了，到处都是熟人，熟人是个宝哇。永泰县政府虽然就在我们隔壁，可是对我来说，工作环境毕竟陌生，领导、具体工作都不熟。我以前是个炮兵，从二炮转业下来的，让我打无人驾驶高空侦察机兴许还行，让我到地方擒拿格斗抓小偷，我怕连黄河都赶不上，他还在特务连训练过两年。还有……"他的话慢慢艰难起来，"我现在是处长，县团级干部。县级地方政府很少有县团级的部门和单位，给安排个县长、县委书记看来是不可能，让干我也干不了。将来……他们把我往哪里摆呢？"

时空耐心地说："熟不熟我看不是什么问题，不过就是个管理线条变了，过去你们属于华夏集团管理，日后属于永泰县管理。我们仍然生活在一个城市，办公用房、私人住宅、一切办公设施无非是过了个户，生活、工作其实没有什么大的变化。公安处的一般干警有的可能派到乡镇，充实基层警力。你个人嘛，我相信宁泰市委会妥善安排。宁泰不是地级市吗？移交过去的干部肯定都有相应工作岗位。当然，地方政府对干部的运用比较严，大家可能会受点儿委屈，估计地方政府会重新进行一次考察。不过也没关系，安置出入太大，我会去找市政府协商的，我必须对移给交地方的干部负责任。"

"我不想去了，哪儿都不想去了。"娄毅干脆说，"华夏虽然穷了点儿，但是跟我有感情，我老婆前几年下了岗，我从没抱怨过华夏。企业的发展过程和人生道路一样，总是此一时彼一时的，我有这信心。公安处和锅端走了，我没地方待，你可以随便给我安排个地……副职也行。总部机关安排不了，可以把我放在二级单位……也当副职。我干得好的，一定干得好的。反正我不在乎官大小，不在乎钱多少，能留在华夏就行。"

娄毅的思想准备充分，态度坚决，话也说得很诚恳，很动感情。时空感动了，就把自己和诗维的商议漏了一点儿：

"你们公安系统的事我跟诗维书记商量过。华夏集团有好几万人，过去是十字街人口的倍数，现在大概差不多也要占一半，内部治安保卫工作、人防工作还是少不了的。所以，公安处和消防队移交出去以后，我们还想在政策范围内弄个保卫处。当然，编制十分有限，也就十来个人的规模。"

"就让我留下来干这个。"娄毅赶紧说，"我保证干好。"

"这样吧，你找诗书记谈谈，看他怎么个态度。只要他同意，我看就没多大问题。保卫处将来划归党群系统，诗书记揽总，人员、编制都得由他确定。基地这一摊子我确实没工夫过问，生产经营、对外投标工作量太大。"

娄毅忙说："我跟诗书记的关系还可以，跟他老婆景丽元的关系非常不错，让景丽元也在一旁帮忙撮合撮合，问题不大。"

"别说来找过我了，免得节外生枝。"

"这我懂。"

"这事得千万保密。照说，不想离开华夏的人不是什么坏事，但如果都不想离开就又成了个问题。如果学校的校长、书记，医院的院长、书记，还有你们处的书记、副处长都不想走，都来找我们，这事就不好办了。华夏集团的环境很不好，我的确没有留下那么多人的能力。"时空说，"另外，你还得先过去，把公安处、消防队的人员完完整整带过去，不能出现任何意外。总之，要让过去的同志在那里安心工作，我们不能给地方政府带去一些麻烦。我会和宁泰市政府联系的，让他们先不忙给你就位。"

娄毅高兴得眼眶都潮润了。他迅速地解开棉警服上面的一颗纽扣，从内口袋里掏出一个红绸包裹，双手递给时空："我怕自己真要走了，就赶紧跑了趟宁泰，把你的枪取回来了。持枪证早就办了，都在这里。"

时空打开红绸包，见里面包着一只锃亮的勃朗宁、一盒子弹和一本持枪证，说："要这玩意儿干什么？用不着呀。"

"佩枪。过去还可以说是为了防身，现在纯属一种特殊待遇。有益无害。得经常擦擦。"

"这还是个负担——丢了可就麻烦。"时空把勃朗宁握在手里看了看，重新包起来，收进办公桌的抽屉里。

山茶端着两杯冲好的咖啡走进来，一杯放到茶几上，另一杯搁在办公桌上。时空问她：

"晚饭好了没有？"

山茶说："好了。爷爷已经回屋了，正洗脸哩。"

"那就吃饭吧。喊阿姨她们下来。"

娄毅用手帕揉揉潮润的双眼："时总，我走了。"

"走什么？吃饭，吃饭，一块吃。"

"这怎么行。"娄毅说，"只要不离开华夏，在一块吃饭的时间有的是。赶明儿我请客。"

"那是另外一回事。碰上吃饭就吃呗。达奚贤主任要在省里建个投标工作站，之男也去，今天我给她饯行哩，走吧，凑凑热闹。山茶，开瓶好酒。"

三十二

为在龙潭工程竞标活动中达到理想目的，九个取得竞标资格的单位费尽了心机。

自从潜龙总公司发出投标邀请函后，立志夺取龙潭工程标段的单位趋之若鹜，纷纷在宁泰市建立了投标工作站。他们猜测潜龙总公司一定会像其他甲方一样，在离工程所在地较近、交通也便利的城市设置机构，专门负责工程招标工作。出乎意料的是，潜龙总公司的总经理雷好偏偏另有一套工作思路，根本没有设置派出机构的意思，一切招标事宜均在他们的总部进行。这样一来，那些竞标单位就又一次慌了手脚，竞相转移各自设在宁泰的工作站，向潜龙总公司的总部靠拢，以利公关，猎取有价值的情报。

宁泰市离十字街不是太远，开小车也就个把多小时的行程，去来都很方便，所以，华夏集团投标小办公室主任达奚贤当初充分利用自身的地理优势，没有主张在宁泰另外建立工作站。他当时的想法是：尽量节约投标成本，减少管理层级。现在情况变了，达奚贤不敢怠慢，赶紧向时报告，要求尽快去省城建一个工作站，并且特别强调了这个工作站的重要性。在省城为龙潭工程建投标工作站，华夏集团也有优越条件，因为那里原本就有一个办事和物资转运联体的小单位，吃、住、行和办公设施都是现成的，不需要像别的竞标单位那样到处租用住房和办公场所。去工作站的人员从投标办公室抽调也不成问题。只是在领导人选上受了一点儿周折。达奚贤的意见是让琴拥军带队最为合适，因为他对工程招投标工作和公关工作都很在行。琴拥军倒很乐意，但有个条件：以后不再回总经办了，就留在投标办工作，抑或回到工程管理处。贺怀阳不干。两年前贺怀阳好不容易才把琴拥军从工程处弄到总经办来，为的是让他把把公文关，因为总经办的秘书们大多对工程施工业务不熟悉，起草文件、写工作汇报材料存在名词术语障碍。达奚贤本人又不敢挪窝儿，不能因为龙潭这一标把集团全局的投标工作给丢了，只得又向时空建议把三峡直属项目部的主任况夫抽调回来。由于对形势估计不足，报价失误，加上没有及时联营，华夏集团在三峡水利枢纽工程竞争落标，工程主体施工项目全部与己无缘，后来还是在甲方的同情之下，定向照顾了几个辅助工程项目，合同金额都不大。但在重在参与这一思想的指导下，集团却在那里配备了极强的管理班子，现在看来有点儿多余，把年富力强的况夫放在那里是一种人力资源浪费，莫如把他召回，以委大任。更重要的是，三峡工程是名列世界第一的特大型水利水电工程，就连招标的规模、规格也是绝无仅有，况夫在那里见过大世面。时空同意了。

况夫带领五个人来到华夏集团驻省办事处安营扎寨后，先忙着拜访了甲方的头头脑脑，表明华夏集团对龙潭工程施工特别向往，特别积极。随后，他给五个人布置了工作任务，无非是让大家八仙过海，各显神通，在与甲方密切关系的同时获取有价值的信息；另外，洞悉那八个竞争对手的动态，切实做到知己知彼。为方便各成员的工作，况夫酌情规定平时不必坐班，以公关活动为主，各自为战，该使钱的地方只管大胆地使。但每隔两天须开一次碰头会，汇总情况。

时空一家在省政府家属大院有一套住房，如今空着。因此，时之男回城后就没随大溜儿住在华夏集团驻省办事处。时之男先用两天时间把自家住房彻底打扫了一遍，又到左邻右舍、亲朋好友家串了串门，这才给校友罗尼娜打了个电话，说自己参加了华夏集团驻省投标工作站，问她有没有时间见见面。罗尼娜欣然答应了。

省城连着下了几场大雪。积雪还没有融化，但气温却在逐日回升，开始暖和起来。时之男略施粉黛，在毛衣外面套了件银灰色呢大衣，戴了顶白色兔毛帽，习惯性地把纽扣般的随身听耳麦塞进右耳，挎着拎包出了门。

两人约好在怡心园的咖啡厅会面。怡心园坐落在市内的月湖岸边，沿岸青松翠柏，曲径通幽，亭台楼榭，错落有致。这里过去是个公园，后来由一位私人老板承包经营，并且慢慢改造成了一个集餐饮、住宿、游乐于一体的休闲场所，是南来北往商贾洽谈业务的首选之地，生意兴隆。时之男在省城土生土长，对这里十分熟悉，只是因为近些年的不断改建扩建，各种建筑物日新月异，变化很大，加上人群车辆繁杂喧嚣，就觉得没有了旧时的风韵。咖啡厅在月湖的一个湾畔，很大，富丽堂皇。靠湖一面为一堵半圆玻璃壁墙，绿得泛蓝的湖面和游弋在湖面的游艇、画舫尽在眼前，对岸高耸的月湖宾馆隐约可见。太阳刚下山，落霞映耀得沿岸的残雪薄冰寒光闪闪。

时之男选好一个档位，刚落座就见大堂门口的旋转门把罗尼娜旋转进来。罗尼娜打扮得非常入时，杏眼描睑，弯眉着墨，薄唇抹红，脸蛋儿匀称着粉霜；松蓬的乌发上斜戴一顶大红绒线帽；穿一件褐色宽领开胸皮猎装，黑色超短裙，高勒牛皮鞋，半透明弹力裤朦胧着一双美丽的大腿，像是期盼春天早早到来。

"这地方我来过，特棒！"罗尼娜大大咧咧地坐到时之男对面，把扛在肩上的大拎包卸下来放到紧贴玻璃墙的方桌一端，望望外面的一泓湖水，"就是远了点儿，的士在路上整整蹭掉了我半个小时。"

时之男把手里的饮食谱递给她："点，咱们今天放肆一回。"

罗尼娜说："还是你点吧。今天这顿我做东。敌人自从搭上潜龙总这条贼船后就今非昔比了，钞票大大的有哇。"

时之男也是一副阔佬的样子："何苦要你私人使银子。我不是来投标工作站了嘛，有消费权哪。"

"大锅饭呀？不吃白不吃。"罗尼娜一听公费请吃，就不客气了，招手让一位衣冠楚楚的服务生过来，对着饮食谱喊了一气。其实也没点什么奢侈品，除一瓶皇家威士忌外，尽是些零嘴之类的小食品和饮料。

"没超标吧？"点毕，罗尼娜望时之男一笑。

"别小看我的实力，尽情享受。"

罗尼娜又一笑，做个鬼脸："昭君出塞来啦？"

"什么意思。"

"嗨，别瞒我了。你一打电话说来省里建站搞联络，我就知道华夏的良心也大大地坏了。另外八大巨头的工作站纷纷从宁泰往这里挪；还有那些没取得竞标资格的小老板，也苍蝇似的嗡了过来，想捞点儿残羹剩饭。大家带足了金钱和美女，目的只有一个：和亲，然后钓点儿标书文件上的什么这什么那。我们潜龙总的人个个知道，来者不善。"

"原来你们早就森严壁垒呀？看来，想弄点儿情报还不是那么容易。"

"不用担心，事在人为。你们带着精良武器，不愁攻不破堡垒，金钱美女轮番上，战无不胜，攻无不克！"两个女人坐在一起，罗尼娜更显放荡，说起话来也不忌嘴，什么词儿痛快用什么词儿，"这回我沾雷老板的光，到九个竞标单位转了一圈儿，真是眼界大开。过去我还以为自己是个性解放的先驱，出门一看，嘿，却原来还是土老鳖一个。"

"你还老土哇？"

"你更土。"罗尼娜脱掉猎装，露出一件水红桃花缀饰紧身绒线内衣，"给你上一课。"

时之男取下塞在耳朵里的耳麦，笑着："我洗耳恭听。"

"男人吃鸡，女人吃鸭，懂不？"

"太深奥。加注释。"

"是男客人，请个小姐作陪；女客人呢，反过来请个小子伺候着。"罗尼娜瞟一眼不远一个英俊潇洒、穿戴时髦的服务生，"那厮肯定是鸭子，比鸡贵。看中没有？待会儿给你抓了，我请客。"

时之男向那服务生瞟了一眼，说："小跑堂，抓了派什么用场啊？"

"姐呀，真没开过荤哪？"

时之男吃吃直笑："你开荤了？婚还没结哩。"

"老土，这跟结婚有啥关系，先试了再说。"

"别以为我不懂——拉皮条。"时之男的脸红了，问，"你真……那个了？"

"有什么呀。"罗尼娜一副满不在乎的样子，"告诉你吧，本小姐在学校开的戒。"

"罗尼娜，真没想到你有这么大的魄力。"

"你没想到的事多哩。这年头,哪个不是在为钱奋斗,何况我这比坐台文明多了。"罗尼娜不以为然,"女人有天生的自然资源:不坏帮儿,不坏底儿,既可以换钱儿,又可以换米儿。干嘛不开发利用。"

时之男不忍听学友自我糟践,赶紧岔话说:"说来说去,你们这回到外面考察评估,女人没吃上鸭,男人也没吃上鸡。画饼充饥,望梅止渴——空欢喜了一场。"

"谁说呐。"罗尼娜立马拧起来,"除了雷老板,其他男人鲜有落空。尤其是北京来的那个老家伙,六十多了,大馋猫。别看他瘦得像只猴子,从不掉队,干劲儿可大哩。二天就萎靡不振,主持会议打瞌睡。"

时之男明白她指的是考察团的副团长陈桥,就多问了一句:"他不是你们潜龙聘用的副总工程师吗?"

"潜龙总的人都亲切地称呼他'狗头军师'。"罗尼娜不屑一顾地说,"一半靠聘,另一半靠钻。是雷老板北京的一个什么亲戚推荐过来的,二流水电专家都巴不上。"

"怎么说也算个老知识分子。"

"什么老知识分子,老色狼!整天色眼迷离,一股子邪劲儿。你没见他瞧你的那双眼睛,恨不得把你吞了。后来听说你是时总的千金,才耷拉下了眼皮,不敢再正眼瞧你了。看来,只是个有贼心没贼胆的家伙。"

时之男忙说:"我没注意到。只感到他的话很少,从不多说一句。"

"雷老板给他打招呼啦,不准他多说话。言多必失。"罗尼娜说,"龙潭工程所有的招标文件,不是由他带着四五十人窝在王八岛编制吗?主要是怕他露了气儿。"

时之男听了,很想追问几句,但又怕引起罗尼娜的警觉。来日方长,她决定暂时放下一些敏感话题,适从罗尼娜的兴趣:"鸡鸭都不吃的人就全晾着了?"

"哪能呀。男人吃鸡,女人吃鸭,后面还有一句:荤腥不沾就搓麻吵。"罗尼娜抿口酒,"一人先发两千块,输了就两千,赢了全归己。一个客人三个主人作陪。嗨,巧咧,客人都赢了。我合共赢了五万多块,不算少吧?听说雷老板赢得还多,一二十万呐。"

"比较起来,我们华夏的接待规格就显得低多了,你们是不是这样认为?"

"那倒不是,各有千秋。华夏集团的接待方式气派、高雅,大家都是这么说。当然,给我们的实惠是少些,稍有遗憾。"罗尼娜端起开了瓶盖儿的皇家威士忌,先给时之男斟了小半杯,又给自己倒上小半杯,叼着烟,眯着眼,"这高档酒不能白喝呀。想打听点儿啥?说,我全告诉你。"

从前在财经大学读书的时候,时之男和罗尼娜不在一个系,更不是同班同学,况且隔着两级,所以彼此并不太了解。这次与罗尼娜约会,时之男其实没有特别的动机,不过是想通过会面密切一下校友关系,便利日后深层次交往,她这么做,完全符合况夫的思路。没想到的是,这罗尼娜心里完全不藏事,知道什么说什么,而且无需发问。她刚才叽叽呱呱说的一大通,多多少少事出有因,绝非空穴来风,尽管时之男尚不知晓况夫到底有什么周密计划,准备开展哪些实质性的工作,但若是让他知道了罗尼娜的这些谈话内容,肯定会认为有参考价值。况夫年轻,贼精,定能从罗尼娜的言谈中分析判断到潜龙总公司时下的工作动态、工作特性,以及从业人员的思想素质、生活作风、个人好恶什么的。他胆也大，会对症下药，毫不犹豫地干他想干的事情。时之男就想，如能让况夫和罗尼娜搭上关系，打听什么事儿，轻而易举。怕的是罗尼娜这性格，在单位不可能知道太多的事。

"我约你出来坐坐，不过是叙叙友情，确实没有什么要向你打听，头儿也没有给我下达什么任务，你尽管放心。"时之男不想初次打交道就把话说得太深刻、太严肃，工作尚未开始就让对方生疑、戒备，"因为我在计委工作过几年，又在省城长大，他们希望我来探探路，仅此而已。再说了，鄙人从不关心'国家大事'。"

罗尼娜见时之男一副至真至诚的样子，反倒怕她小瞧了自己："有事发话啊，到时候可别怪校友不帮忙。"

"我在工作站里也就跑跑龙套，会有什么不得了的事劳你大驾？"时之男说，"我回省城后，先打扫房子，到邻居家串了串门，接着就想到第一个该聚会的就是你这学友。当然，万一我那上司想去你们单位办点儿事，到时候免不了请你这老朋友指个门，领个道，打扰还是免不了的。"

"真不是昭君出塞？"罗尼娜望着时之男，嬉笑说，"这等好模样不派用场——真是可惜了人力资源。"

"又来了！"

"好，好，喝酒喝酒，叙旧叙旧，我给你再来点儿荤的。"

罗尼娜遇上时之男这位校友如同遇上了知音知己，尤其是这次会面，滔滔不绝，无话不谈。除绘声绘色地谈了一些发生在校园、工作单位的荒诞不经的奇闻外，更多的则是她自己的种种经历。全是风流韵事，莫不与男女风情相关，反而把以公关为目的的时之男启蒙得神魂颠倒，昏昏晕晕，摇摇欲坠，惊疑自己不是没有开荤的问题而是还没有开窍的问题。

罗尼娜对人生有独到感悟，不接受传统礼教约束，放荡不羁。时之男分析她目前玩世不恭的思想状况根源在于醒事过早，情感又没有得到应有的尊重，加上工作环境过于优越，个性就更加解放了。

……

第二天，时之男乘公交车来到了省直人民医院，这里是她母亲尉迟江南曾经工作过的地方。

省直人民医院坐落在市中心，有主楼有裙楼。时之男以前很少到医院来，所以，全院上下认识她的人很少。就诊病人不是太多，时之男很快就挂了门诊，进了妇科。

坐诊的是位女大夫。女大夫穿一件白大褂，戴一顶白帽子，白口罩大得把整个脸部罩得只剩下一双眼睛，看不出实际年龄。和接诊其他问诊的病患者一样，女大夫低头翻开病历，问时之男哪儿不舒服。时之男从没看过妇科，一时不知怎么回答才好。女大夫半天没听到回应，乜斜了时之男一眼。见她那出众的容貌和羞赧的样子，女大夫偷偷一笑，自作聪明地签了张做 B 超的单子，让她去 B 超室。时之男接过单子，看都没看就跑到 B 超室做 B 超，还脱衣解裤躺在床上让几个女医生折腾了一回。时之男刚走出 B 超室，一个年轻的女医生就追了上来，把做检查的单子往她手心一拍，气急败坏地吼道："花都没开就想坐果，寻我们开心呀？！"

时之男挨了一骂，正想发怒，转念一想，自己刚才没好意思向大夫说明看什么病，还稀里糊涂做了个B超，本来就荒唐，怨怨人家干什么呢？忙把头一低，落荒而逃，一头钻进了电梯。

昨夜，时之男和罗尼娜在怡心园的咖啡厅吃喝闲聊到转钟，杯盘狼藉，连那瓶皇家威士忌也喝了个底朝天。这次接触，时之男只是想联络一下感情，只是希望罗尼娜成为走进潜龙总公司这个迷宫的向导，没有打算了解什么情况，但是还是在浑谈中无意知道了一些自己想知道的事情，最大的感触却是自己在男女方面迂腐得远不及罗尼娜那样随心所欲，以致到目前为止，还没有遇上一个合心的男人。该开花时不开花，也难怪自己的母亲着急。她自信各方面的条件都很优越，可是为什么结识一个男朋友就这么困难呢？回家细细一想，开始怀疑自身是不是有什么毛病。正好计划今天到省直人民医院为母亲办点儿事，她就顺便挂了个门诊，本意是想随便问问医生，自己的生理会不会存在什么问题。谁知见了医生她又难以启齿，不知道话从哪儿说起才算合适，把一点儿小事弄得格外不雅。受到一顿呵斥，时之男才猛然想到，即便有必要看医生，也应该去看心理医生而不是妇科医生。时之男一边气恼自己懵懂，一边走出了电梯。

省直人民医院的办公区设在主楼十九层。时之男走进财务室，向正趴在桌上拿电脑斗地主的会计、出纳说明了母亲的情况，并从拎包里取出一叠发票。

会计是个女的，四十多岁。她不认识时之男，却对尉迟江南很熟。从容不迫斗完一盘地主后，会计开始一张一张认真清点发票。点毕，她那张热情的脸慢慢阴沉下来，说：

"照说，尉迟医师对医院的贡献确实大得没人比，医院荣誉室里的名医、英模照片，第一个就是她，照顾照顾也应该，可是吧……"

时之男忙说："我妈妈离开医院的时候，院长、书记许诺过的，一切待遇不变，医药费全额报销。"

"这倒没错。可是现在的情况不是变了嘛。医院实行独立核算，自负盈亏……再说，医院当时是允许尉迟医师每月可以注射四至五针杜冷丁，你这每月平均起来是多少？……吓死个人。"

时之男直觉得两眼发黑，静了静，说："好，好，你查查，按平均每月四针计算，把超额部分剔出来。"

女会计是个直人，就又非常认真地把发票清点了一次，将超额的发票退还给时之男，笑得很生硬："不好意思啊，医院目前很艰难。"

一直挖着头斗地主的男出纳忽然伸了个懒腰，打着大哈欠："唉……难哪，难……"不知道是什么意思。

时之男接过退还的发票："报销款和我妈妈的养老金一块儿寄。"

"可以，可以，我还得替你找高院长签了字才能报销哩。"会计应诺着，竟又云天雾地问出一句，"听说你们一家全下放到永泰县去了，你爸爸究竟犯了什么事呀？"

"哦，这么大的事你还不知道哇？我爸腐败啦。"时之男肺都气炸了，"哗"的一声把手里的发票撕成两半，往地上一扔，扭头就走，心里恨恨骂道：混账！

三十三

　　潜龙水电资源开发总公司机关暂时借住月湖宾馆。月湖宾馆紧挨月湖，与怡心园隔泓相望。从月湖宾馆到怡心园可以搭坐公交车和的士，也可以乘坐供游客游览的水上快艇。

　　月湖宾馆从前是省委、省政府的大型集会场所，省党代会、人大会、政协会，以及全省的工业、农业、文教卫等系统性会议，都在这里召开。宾馆建筑规模宏大，配套设施齐全，但利用率不是很高，每年仅启用三五次，大部分时间处于闲置状态。两年前，月湖宾馆开始实行承包经营，因为远离市区，开张后生意不是很好。雷好苤任后，抓住这一机遇，把宾馆主楼廉价租了三层。他自己觉得捡了便宜，宾馆的老板也感到特别合算，双方都认为没有吃亏。从此，被雅士贤达看作清净而又被商家视为清冷的月湖宾馆内外很快活跃起来。首先是满足人们胃口的大排档应运而生，其势如雨后春笋，接着便有洗头房、洗脚房、卡拉OK厅以及几家银行的派出机构不声不响围聚过来，协同服务潜龙总公司的永久居民，和那些为龙潭工程标段奔波、逐鹿的远方来客。于是周边的大街小巷，日日夜夜热火朝天。

　　星期五下午，诗婳一下班就来到了月湖宾馆，准备在这里与男朋友约会。

　　上个月，诗婳回十字街过元旦节，向父母报告自己有了男朋友和可能作为人才交流到潜龙总公司的事情。诗婳觉得这两件事关系到自己的前途、命运，需要听听父母的意见。诗维和景丽元夫妇在这些问题上很开明，并不横加干涉，充分发表意见后，放心地交由女儿自己做主，表示完全相信她的自主能力。父母的信任反而使诗婳感到了压力，认为对这两大问题的决断既要让自己放心，又必须使父母满意，就自然而然小心谨慎起来。谁知有些事愈是谨慎小心就愈出大错。

　　过罢元旦，诗婳一回到单位就找顶头上司费处长回话，说自己对潜龙总公司的情况比较陌生，想先了解了解再决定去与留的问题。费处长资格很老，已近退休年龄，对单位即将转轨变型的形势有些想法，但他的组织性却强，没有随意表露。他对诗婳的印象不错，仍旧重复着前些时的谈话内容，说："没问题，纯属自愿，工作调动毕竟是人事，当然应该深思熟虑。无论是去是留，组织上都会对你负责任，大学毕业生嘛，人才。你真去了潜龙，如果干得不顺心，还可以回来。省建委下一步转轨变型虽然已成定局，但估计还会保留个运行架子，单位仍然很有前途，领导们正在筹划。"诗婳听了，心里非常踏实：进退皆无忧虑。之后，她又把可能调往潜龙总公司工作的事告诉了男朋友，也想听听他的意见。诗婳的男朋友叫沈光荣，年长诗婳七八岁，老成持重，像她的兄长。沈光荣对诗婳的工作调动问题的态度几乎与她的父亲无异，认为两个单位各有千秋，赞成先了解了解情况再作决定的想法，并说："潜龙总公司是个新摊子，我的熟人、朋友进去了不少，想打听点儿什么很容易。"诗婳听了很高兴，索性把自己想知道龙潭工程招标文件内容的心事也跟沈光荣说了。回十字街过元旦时，诗婳曾在忧心忡忡的父母面前夸口说有办法打听到龙潭工程的标底，当时，她只不过认为自己可以仰仗在省建委工作的人际关系，人托人罢了，其实并没有十足把握。听沈光荣说他在潜龙总公司里面有熟人和朋友，立时突发奇想：何不利用这层关系试试？沈光荣听后取笑说："标底是甲方的命根子，绝密，你居然敢打这个主意，真是人小鬼大。"诗姗说："你不知道华夏集团现在的处境有多难，他们几乎把生的希望全寄托在这一标上，更让人心忧的是，想拿到标段的单位太多，竞争无法想象的激烈。我爸妈都在那条破船上，能见死不救吗？""嚯，原来你还是个孝子！"沈光荣笑着说，"其实呀，对一个成熟的大型施工企业来说，知道不知道投标项目的标底无所谓，凭各种单价、用工成本，加上自身的施工经验，完全可以精确地把标底测算出来，犯不着搞小动作。""我是财大的毕业生，难道还不懂这些？问题是，如果甲方心术不正，他会让标底按常规出台呀？还有标段的编制办法，变幻莫测，能把竞标单位弄得晕头转向。提前知道了标底，肯定会少走弯路，合理中标的把握不就大了吗？连这个道理都不懂！""那倒也是，那倒也是。"沈光荣见诗姗生了气，连忙改口说，"行，我一定把龙潭工程的标底套出来，让你给华夏集团立一大功。干脆，我给你搞一套标书文件，华夏集团想知道什么，那上面就有什么。""真的？"诗姗喜出望外，"拉钩，要是兑不了现，你就是小狗！""拉就拉，"沈光荣勾起小指头，"让你看看我沈光荣是谁。""上帝。"诗姗兴奋得一下歪进了他的怀抱，"我的上帝。"

　　所以，诗姗就把这次约会的地点选择在月湖宾馆，她想一睹潜龙总公司的风采，也想看看沈光荣在这里的人际关系到底如何。

　　一大早，诗姗就给沈光荣打手机，说出了自己这个周末的安排。沈光荣高兴极了，说这一周在到处跑，确实有点儿累，正想放松放松，找几个朋友聚一聚。诗姗问他在哪里，沈光荣回答说在北京。诗姗一听心里凉了半截儿，说："那怎么见面呀？十万八千里。"沈光荣笑着："放心，我现在就叫人送飞机票来，你下午在月湖宾馆主楼大厅等着，七点钟准到。"诗姗似乎这才想起沈光荣是太平洋机械进出口公司的副总经理，全国各地畅通无阻，再远，他也能在一天之内来到自己身边，就说："那好吧，晚上见……注意安全啊！"

　　月湖宾馆主楼大厅改造得像宫殿，金碧辉煌。大厅左侧是大餐厅，可供一千多人同时就餐；右侧从前是客房，现在变成了名号各异的小雅间，餐饮接待能力也不小。大厅穹顶挂着一盏巨型吊灯，柔美的彩光凌空挥洒。吊灯下面是一方圆形水池，有各色金鱼在清亮的池水中游荡；中央耸立起一座假山，造型别致，多姿多彩，水池周围井然有序地摆放了沙发和茶几，并且间隔成许多茶座，供往来客人小憩。

　　诗姗走进大厅，掀开头顶的羽绒服盖帽，环顾了一下四周，刚想找个地方坐下，忽听有人亮亮地喊了她一嗓子：

　　"诗姗！"

　　诗姗循声望去，见罗尼娜伙同一群人从雅间那边走了过来。

　　"怎么上这儿来了？"罗尼娜几步窜到诗姗跟前，一把拉住她的手，"也不打个招呼。"

　　诗姗说："我哪知道你在这里啊？"

"这是潜龙总公司机关,我在这里上班哪。"

"你不是在银行吗?什么时候蹿到潜总来了?"

她俩是财大的同班同学。毕业那年,财大实行双轨制,诗媪被分配到了省建委,罗尼娜则通过人才市场进了一家银行。去年,潜龙总公司筹建,罗尼娜就设法把窝儿挪了。

"忘了告诉你,"罗尼娜趾高气扬地说道,"我把银行的老板给炒了。"

"银行多好啊!"

"好什么,天天点钞票,帮别人理财,没劲。"

"这么说,潜总比银行还好呀?"

"实说吧,工资待遇都差不多,外快区别就大了,起码捞了个肚儿圆。"罗尼娜望红光满面、擦肩而过的人群挤挤眼,"天天都这样。做甲方嘛,有的是吃请。"

"行呀你,哪儿上风上水你就上哪儿。"

"哎,想不想到潜总来?"罗尼娜热心快肠,"要是想来,我找老板说说,像你这样的大美人,准没问题。"

诗媪的脸一红:"罗尼娜你这泼妇嘴啥时都改不了!"她对罗尼娜的性格非常了解,不敢说实话,又不敢把话说成死结,"什么时候我动了心,再找你帮忙。"

"动了心一定找我啊,咱俩搭个伴儿。"罗尼娜嬉笑着,"人说潜总在走桃花运,美女自动找上门。哎,我们上上届的那朵校花——时之男你熟不熟?"

"认识,不太熟。她爸爸现在是华夏集团的总经理,跟我老爸搭档。我这次回家过元旦才知道。"

"时之男前些时还在怡心园请了我一顿,我俩闲聊了大半宵。"

"怎么,她想回省里投靠你们潜总?"

"哪哟。华夏集团在省里设了个投标工作站,她被抓差抓来了。"

"华夏集团在这里设个投标工作站干嘛?"

"外行不是?跟我们雷老板套近乎,为争夺龙潭工程的标段专事阴谋诡计!"

提起龙潭工程招投标的事,诗媪就想到了自己的特殊使命,就想顺便探听点儿门道。唯恐唐突,她先把话兜了个圈子:"你还没告诉我,在潜总哪个部门高就哩。"

"别提。开始说让我在招标部门干个小头目,后来不知怎么变了卦,把我撂到机关财务室了。往来账目不过一个民办工厂的规模,够损的。干小会计也没啥,图个轻松,可是又老让我应酬客人,天天陪酒,好像潜龙总公司就我能喝。"提到具体工作,罗尼娜气不打一处出,"说是等日后人员、机构配备得差不多了再重新给我考虑个位子,鬼知道那要等到什么时候。"

"搞概算、计划、编制标书之类才算专业对口,让你做会计干杂活儿,确实大材小用。"

"谁说不是呢?"罗尼娜忿忿地说,"招标工作油水重,怕我沾了光;又疑神疑鬼,担心我靠不牢,所以就避着我呗。等着吧,看他们拿我怎么摆布,不行,大不了再把老板炒了。"

听口气,罗尼娜还没唱上主角。诗媪没再深问,说:"别着急,好事多磨,要经受得住考验，没准儿馅饼明天就从天上掉下来了。"

"没有关系呀，好在我看重的不是位子，是银子呀！"

这时，又有一伙人从雅间走了出来，罗尼娜压低嗓门儿："中间那个大高个就是我们老板，大名鼎鼎的雷好。"

人群中，雷好一只手背在背后，一只手剔着牙，仰着头，迈着方步。诗婳向他瞟了一眼，吐吐舌头："妈呀，鹤立鸡群。"

"想不想认识认识？"罗尼娜挤眉弄眼，"我给你引见引见？"

"不用，不用。"诗婳觉得根本没到与雷好打交道的火候，"以后再说吧，有你在这里，我想结识他那还不容易？"

两个人好久没见面，见面就絮絮叨叨，有说不完的话。罗尼娜见大厅不是说话的地方，提议说："走，到我房间聊去。单位在九楼给我配了间房。"

诗婳说："改天吧。我要等个人。"

"男朋友？"

诗婳只是笑，不好意思承认，也没有否认。

"你要幽会，我可就得知趣了。"罗尼娜也不勉强，招手让一个女服务员过来，交待说，"给安排个茶座，上杯红炮台。记账。"

罗尼娜以主人的身份把诗婳安排停当，说声："有事上九楼找我。915房间。"就乘电梯上楼去了。

诗婳在茶座刚喝了口热茶，就接到沈光荣从首都机场打来的手机。沈光荣告诉诗婳说北京忽然下起了暴雪，飞机一个小时以后才能起飞。诗婳听了，心里忐忑不安，说实在不行你就别往回赶了，恶劣天气，坐飞机不安全。沈光荣却在那头笑了起来，说一点儿雪还能把我挡住？也就延迟一两小时到家的事，小问题！反过来叮嘱诗婳去前台开个房间，别在大厅待着，会着凉的。诗婳说你还是担心点儿自己吧，我现在挺好。关了手机，诗婳看了看手表，见才七点多钟，心想一个人坐在大厅里多少有点儿尴尬，开个房间又不合算，不如去罗尼娜那里打发时间。拿定主意，就乘电梯上了九楼，找到了915房间。

三十四

罗尼娜三下两下冲了个热水澡，开始忙着梳妆打扮，准备应有关投标单位曾经的邀请去唱歌跳舞或者打麻将。门铃丁零零响了，罗尼娜一面高声问，"谁呀？"一面趿拉着棉屐把门拉开。见诗婳立在门口，她笑骂道："冒失鬼，请你来你不来，不请你又找上门来了，幸亏我没藏男人。"

诗婳笑着："沾点儿光，沾点儿光，大厅里沁冷。"

"快进来，快进来。"罗尼娜把诗婳让进房里，自我感觉良好地介绍说，"这是我午休的地方，双休日不想回集体宿舍也窝在这里凑合，坐班坐累了就躲到这里偷个懒儿。

你看还行吗?"

房间虽然不大,但生活用品齐全,只是罗尼娜生性懒散,摆布得杂乱无章。床上的枕头斜歪着,被子也没叠;床头柜上有胭脂、口红、眉笔、梳子、发卡、花露水,还有瓜子、可乐、啤酒和玻璃杯,乱七八糟;两把单人沙发上都摞着没有洗的衣服;茶几上更是像个杂货摊,什么吃食都有;一根斜拉的铁丝上,吊满了内衣、内裤、袜子和乳罩。诗媚心里直笑,口上却夸奖说:

"没得说,待遇优厚,环境优越。"

"是吗?"罗尼娜真的有了一种优越感,"二十四小时供应热水,跟北方的宾馆一个档次。公司不是人人都有这种待遇的。哎,你不是冷吗?冲个澡,冲个澡,冲个热水澡,暖和暖和。"

诗媚觉得罗尼娜这主意不错:"方便吗?"她一下班就往月湖宾馆赶,没顾上梳洗。

"有啥不方便。卫生间里化妆品我都配齐了,还有一瓶法国香水,真香,别人送的。"

"行呀,洗洗。"诗媚把肩上的挎包往床上一搁,坐下就脱衣服,"月湖宾馆承包经营后跟过去确实不大一样。"

"可不。"罗尼娜用电吹风吹着头发,"除这最顶上的三层被我们包了外,其他楼层大部分包给了私人老板,全方位服务:住宿、餐饮、洗头、洗脚、按摩、棋牌、卡拉OK、桑拿、泰式桑拿、欧式桑拿,就差没把妓院和赌场的招牌往外挂……哎,我唤个按摩仔来给你搓搓?"

"消受不起呀,没那福气。"诗媚扒掉羽绒服,扯下外裤,似有不少感慨,"怎么洗,怎么搓,也改变不了黄皮肤。"

"那可不一定呐。"罗尼娜说,"我就在这宾馆里亲眼看见一个中国姑娘生了个黑儿子。"

"真的?"

"那年轻妈妈可乐了,说她那黑儿子是中外合资的产物。"

"跨国婚姻,不值得大惊小怪。"

"什么呀,那是个未婚妈妈,连黑儿子的爸爸是干什么的都不知道。听说是一次成交。"

"什么一次成交?"

"一见面就上了床,完事就拜拜呗。"

"有意思。那个孩子跟谁姓呀?"

"跟谁姓我看无关紧要,反正那中国妈妈格外自豪。她给孩子取了个名字,叫詹姆斯·国志,后面俩字是典型的中国人名,前面那三个字就不存在国界了,好像几个国家都通用。"

"真浪漫。"

"哎,诗媚,你那……好像还没被男人碰过嘞。"

诗媚脱得只剩下乳罩,胸部坚挺,腰肢也很紧细,罗尼娜大为震惊。

诗媚说:"荒山野岭,让你笑话吧?"

"你那男朋友是干什么用的？不吃鱼的猫呀？"

"没拿上岗证，他哪有那胆啊！"

"要什么上岗证呀，迂腐！你也是，该向那黑孩子的妈学着点儿，有啥了不起。你看我。"罗尼娜放肆地把硕大的胸脯颠了颠，忽又惋叹，"唉，个儿头倒是挺赶时髦，就是松弛了些。总没闲着，不停地薅，臭男人，没一个好东西。"

诗媭吃吃地笑："在学校时就听说你瞅男人有劲没劲就像老农瞅牲口，特别在行。好哇，早耕种早收获，早领悟人生真谛。"

"我是你的导师啊，不懂谦虚点儿。"

"没问题，早晚向你讨教。"诗媭边说边赤着脚往卫生间跑。

"拖鞋，拖鞋！"罗尼娜将一双塑屐踢了过去，"快洗啊，洗完我们看个碟子，先给你上一课。"

"不会是黄色录像吧？"

"先不告诉你。不看不知道，看了吓你一跳。"

趁诗媭去卫生间洗澡的当儿，罗尼娜便忙着梳头，描眼线，抹口红。她的发型又改了，刚才，焗染成金黄色的头发绾成一束又在头顶炸开，彰显豪迈、刁钻；这会儿又将头发束成一绺小辫斜歪在头顶，突出了顽皮、雅气。等到诗媭披头散发从卫生间走出来，收拾停当的罗尼娜已经坐到了沙发上，并且将茶几上的半瓶人头马打开，斟了两杯，还扯开了几包下酒的干果。

"快过来，快过来！"罗尼娜招手说，"这是我们考察评估团周游列国的一大收获，当时人多，我没好意思看仔细。"

"什么呀？"诗媭边套衣服边在沙发的扶手上坐下，"神秘兮兮的。"

"看呗，一看不就知道了。"罗尼娜打开功放机，电视屏幕很快淡出青山绿水。

潜龙总公司组织的考察评估团到华夏集团考察评估的时候，琴拥军、匡奇刻意安排考察评估团成员游览了一次天柱峰。在天柱峰，大家感兴趣的不是美丽的自然风光，而是对面村庄里的那个猴猴人。当时，雷好啧啧称奇，便让随团专门负责录像摄影的哈能想办法拍摄下来，回家做个光盘什么的，闲了无事可以用来消遣。哈能一直从事录像摄影工作，调来潜龙总公司之前是沙湖市电视台的一名摄影记者，技术上很有一套，考察评估结束后，他就按雷好的意思把天柱峰那段行程做了个光盘。光盘做得不错，音画并茂，还加了些旁白。

电视屏幕上，清澈的潜龙江，峻峭的奇峰异岭，幽静的山林、田野、村庄和农舍缓缓隐退，赤条条一丝不挂的猴猴人在优美的乐曲中蹒跚入画，由远及近。

自从见了这猴猴人以后，我们考察评估团就多了不少话题。大家尽情猜想他的来历，就是得不出可信的结论。"罗尼娜也说不出所以然，"他到底是怎么样来到这个世界的，至今是个谜，最终得由自然科学家、人类进化学家、生命科学家、考古学家说了算，等着吧，他们正在潜心研究。"

"通古斯的天外来客，喜马拉雅山的雪人，奇了怪了。"

两人正瞅着电视屏幕上的猴猴人小声叽咕，裹着睡袍趿着棉屐的雷好推门走进来，问道：

"小罗呀，哈能说他刻好的光盘在你这儿，是吗？"

罗尼娜吓了一跳，抓起遥控器就要关掉电视机。

"别关了，别关了。"雷好已经瞥见电视屏幕上的猴猴人，"看吧，看吧，有啥？不就是个变了种的人吗？"边说边往房里走，"你这个小罗，那天在现场让你看活灵活现的你不看，这会儿又对着电视机琢磨那个虚幻的影儿。你看人家柳大姐，抓住望远镜就不松手，敢把新鲜事物看个够，看个透，多执着，多坦率。"

罗尼娜站起来，说："那么多的男人窝在一堆，我好意思看吗？"在上司面前，她多多少少来了点儿收敛。

"有啥不好意思嘛。不开放，还是个大学生哩。"

看样子，雷好这会儿的精神不错。

当上潜龙水电资源开发总公司总经理后，雷好雄心勃勃，一口气干了几件大事，成效斐然。首先是以月湖宾馆为立足之地，拉开了组织架构，并且迅速运转；接着又在月湖宾馆附近争取到了一片土地，准备让保证公司机制正常运转的永久营盘落地生根；与此同时，公司的头等大事——龙潭工程的招标工作全面展开。完成竞标单位的资格审查与遴选工作过后，雷好精心组织了一个四五十人的招标工作组，并且把他们转移到远离都市的偏远地区，潜心编制招标文件，封闭运行，既确保招标文件的质量，又使龙潭工程的招投标活动变得更加神秘。雷好是龙潭工程招标工作的领导者，也是招标工作的实施者。前些时，雷好亲自带队，对九个取得竞标资格的单位进行了一次实地考察评估，尽管接受考察评估的单位对此颇有微词，但他自信此举乃制胜高招，讳莫如深，等闲之辈很难知得其中的奥妙。作为甲方，把招标活动视作一种商业行为，在竞标单位的相互杀价中掐点寸头，入情入理。但雷好未必把这点儿蝇头小利放在眼里，不过顺手牵羊拈得的意外之财而已，他所处的地位不同，审视问题的角度也就不同。归根结底，龙潭工程需要落实到具体单位承建，需要在计划工期内完工，使雷好颇费心机的不是通过竞标活动赚得多少吃喝钱，也不是对承建单位的选择，而是承建单位争到标段以后有没有履行合同的能力；有履行合同的能力，又怎么全意认真履行合同。一旦施工队伍进场，假如甲方对承建单位管制失控，驾驭不了乙方，导致的后果将相当严重，工程的进度、质量不能达到既定目标，最终承担责任的不是别人，而正是他雷好。正因如此，开标前大造声势，提高龙潭工程的知名度、吸引力，增强潜龙水电资源开发总公司的向心力和权威性，确保工程上马之后政令畅通，才是英明之举。为期近两个月的考察评估业已结束，雷好十分满意，认为该做的工作都做了，该达到的目的已经达到。考察评估过后立竿见影的效果是，所有参加投标的单位都把自己的工作站从宁泰市搬迁过来，就连本省的龙头老大——华夏集团也不敢怠慢。雷好把这些都作为考察评估成果，一并向刚从巴西等国考察归来的寇副省长作了汇报。众多投标单位一齐围聚到了潜龙总公司的周围，工作起来方便多了，联络感情的活动当然也就多了起来，机关各部门天天人来客往，迎进送出，应接不暇。雷好把这种景观视为人气，心里很高兴，他不反对甲乙双方密切友情。

雷好刚喝了点儿酒，又洗过澡，红光满面。罗尼娜以为他打个照面就会离开，没想到他却把硕大的身躯懒懒地埋进了沙发：

"还有位……客人？"

"她是我大学的同学。"罗尼娜赶忙回答，又对诗姬介绍说，"这就是我们潜龙总公司的雷总。"

诗姬站到一边，彬彬有礼向雷好点了一下头："雷总您好！"

"好，好……坐，坐吧，都坐吧。"雷好显得非常亲和，"我们一起观赏观赏这位猴猴人，就当是欣赏人与自然，就当是在研究人类的起源与进化。"

诗姬用一根橡皮筋把刚刚吹干的长发扎成个马尾辫，到旁边的一把靠背椅上坐了下来。她不好意思挨雷好坐下，继续看电视屏幕上的猴猴人。罗尼娜则大大方方坐到了雷好旁边。

雷好对诗姬说："你别小看这猴猴人，他惊动了自然科学界，各种推测都有。"

诗姬俊俏的脸上掠过一丝微笑，敷衍说："刚才听尼娜介绍过。"

"其实呀，也不算什么稀奇事，人和动物发生性行为的事例古今中外并不鲜见。"雷好望着屏幕上游走、跳跃的猴猴人，雅兴很浓，"我看过不少这方面的书籍、资料。"

"人和动物有一腿的事情不稀奇，"罗尼娜也不示弱，"可是人和动物有了种并且出现在我们这个时代，就很稀奇。"

"照你这论断，猴猴人是古今中外第一例？"

"难道你能拿出印证此类异变的第二例资料来？"

"厉害，厉害！"雷好冲罗尼娜翘起一只大拇指，"你行。不过，我要告诉你的是，这猴猴人未必是人和动物性行为的结果。"

"难道你有新发现？"

"做领导嘛，信息面自然宽泛多了。"雷好跷起一条大腿，"华夏集团的那个匡奇专门请当地老百姓给我讲了一段故事，说的是一个女人和一个男人外加一个大红猴子的三角关系，精彩极了。如果情节成立的话，猴猴人的成因还真是个永远难以解开的谜。"

"真的？"

"想听听？"

这时，蓄着络腮胡子、纠着大辫子的哈能走进来，喊了声：

"雷总！"

雷好不怀好意地笑笑："找谁啊？"

哈能被雷好不怀好意的笑，笑得不好意思："找你。"

"到底是找我的还是找罗尼娜。"

哈能吞吞吐吐："找……你，是找你。"

"什么事？"

"你的办公室、卧室都坐满了人，等你哩。说是要汇报工作。"

"啥汇报工作！"雷好说，"几十个投标单位都给我安排起工作来了——洗头洗脚跳舞搓麻。今晚我哪儿都不去了，我得清静清静。"不耐烦地挥挥手，"去，传我的话，让办公室安排人陪他们去。"

哈能瞟了一眼罗尼娜，喉结梗了梗，退出去了。可是没过多久，他又把脑袋从门缝儿里伸了进来："雷总，话我传到了。"边说边偷偷向罗尼娜招手。罗尼娜望望雷好、诗婳，悄悄示意不便离开。

雷好看在眼里，大笑起来："我说是找罗尼娜吧，你小子偏说找我。小罗，去吧去吧，不然就有人猴急啦。"

罗尼娜瞪了哈能一眼，又冲雷好嫣然一笑，站了起来。

雷好叮嘱说："对谁也不准说我在这里啊。今晚我啥活动都不参加。"

"知道啦！你躲过今天还能躲过明天？"罗尼娜从床上抓起羽绒服，对诗婳说了声，"我去去就来。"又对雷好说："那故事等我回后再讲啊。"跟哈能走了。

三十五

罗尼娜跟着哈能走了后，房间里就剩下雷好和诗婳两个人。

雷好见诗婳有些拘束，自我标榜说：

"大家都知道我是个和气人，都叫我'笑弥勒'，你只管随便点儿。"

诗婳很不自然地笑了笑："是挺和蔼。"

雷好和悦地一笑："想吃点儿什么只管吃，想喝点儿什么尽管喝，罗尼娜这屋子里的吃食都是那些友情单位送的，这姑奶奶来者不拒，一概笑纳。你看她这屋子，都快成小卖部了，哦？还斟好了两杯……人头马。来来，喝喝，咱俩喝。"说着，端起杯子喝了一口，又将另一杯送到了诗婳面前。

诗婳连说："不，不，我不会喝酒。"

"外国酒，没有酒劲儿的酒，抿一口，抿一口。"

诗婳只好接过酒杯抿了一口。诗婳本想告辞，去楼下大厅或者干脆开间房等待沈光荣，可又觉得这样不太礼貌，说不定不久的将来自己就是雷好的下级，第一印象尤为重要；还有，雷好是潜龙总公司的一把手，沈光荣该不会跟这位一把手也熟识吧？这么一想，诗婳就又觉得陪他坐坐有益无害，就安心坐了下来，打算等罗尼娜回后再走。她万万没有想到的是，仅一念之差，就铸成了大错！

这里实际是雷好的巢穴，举止言谈自然而然一种主人翁的轻松自如姿态。他一边悠然自得地喝着人头马，嚼着干果，一边主动与诗婳搭讪。

"在哪里高就？"他挑选着最时髦的语词问道。

"高就可谈不上。有个打工的地方罢了。"诗婳有心把自己的工作单位和本单位准备将自己作为人才推荐给潜龙总公司的事很自然、很随便地告诉雷好，可是话到嘴边却转了个大弯儿。她蓦然感到现在把这些事告诉雷好为时过早。一旦对方得知她会成为潜总的一员，她的客人身份就会委身为一名下级，他马上会是一种居高临下的态势，而她则应该俯首帖耳，不管他说什么，她不想随声附和也得违心地随声附和，非常被动。

雷好忽然想到的是，时下年轻女子忌讳旁人问及年龄和职业，也就非常自觉地把话题绕了圈儿，说：

"是啊，现在有谁不是打工，我也是。"

"我哪能跟你比呀，你是老总哎。"

"嗨，一样一样，一样打工，给党打工。"雷好笑着，亲和模样，"如果对潜总有兴趣，大大方方言语一声，我这里正招兵买马。罗尼娜当初就是咯噔咯噔跑得办公室直接找的我。姑奶奶死活要从银行跳到我这里来。"

"刚才我听尼娜说过。"

"本来，我想让她到招标或者计划部门任个职务。她条件不错：大学生、年轻，最难得的是有两三年的工作经验，专业也对得上口。可是，唉……你瞧她那个性格哟，太随意，太随意了，尤其是那张嘴，棒槌都塞不住。缓缓吧，缓缓再说，现在那德行，哪像个干部啊？"

诗婳说："尼娜心直口快，表里如一，没有弯弯肠子，不会耍滑头，我认为这种人才是真正信得过的人。"

"谁说不是呢？"雷好不反对诗婳对罗尼娜的偏袒，但也有自己的观点，"当然，多点沉稳、内涵更好。"

诗婳选择月湖宾馆作为这次约会的地点，是因为月湖宾馆是潜龙总公司的大本营，是因为沈光荣在潜龙总公司有不少熟人，是因为想了解了解潜龙总公司的一些情况，包括龙潭工程的招标情况，现在，潜龙总公司的老总就在面前，直接向他打听，肯定比拐弯抹角得到的信息真实可靠得多，探听龙潭工程的招标情况当然还不具备条件，但询问询问潜龙总公司的概况大约不至于招致反感。诗婳这么想着，很得体地提出了一些问题，诸如潜龙总公司的资产、经营范围、现状、前景等等。雷好见诗婳对潜总很感兴趣，非常高兴，十分热情地介绍起了潜龙总公司的现在和未来。雷好把潜龙总公司的存在作为一项业绩，引以为自豪。他说：

"潜总目前的工作内容主要是完成龙潭工程的招标工作，促使工程赶快上马，早日获益，给四十多年前制定的潜龙江梯级开发规划画一个圆满的句号；同期进行的将是资产重组，具体说来就是把全省水电行业的优良资产全部集中到潜龙总公司旗下，统一参与经济运营，争取效益最大化。比如永泰、松峦、花溪、虎啸，还有即将上马的龙潭，都有可能成为潜总的资产。潜总将充分利用这些资产，对潜龙江进行流域开发、滚动开发，形成更大的产业链、效益链，并且向全省辐射，向全国辐射，向世界辐射。"雷好用词简练，高度概括，尽可能让诗婳在短时间内听清听懂许多高深的问题，"月湖宾馆北面那片土地，约四千平方米，省政府已经划归我们潜总了。你大概注意到那里正在大兴土木，不出三年，一座三十五层的大楼就会拔地而起——省城最高的大楼，标志性建筑。它就是三年之后的潜总总部。这还不算，再过三年，我要让那片土地变成全省最大的科技园区。我们的资产将不是几十个亿、几百个亿，而是千亿、万亿！这就是潜龙总公司的前景。"

诗婳听得目瞪口呆，心想，潜龙江的五座水电站，每一座的市场评估价值都应该在几百亿元，这么庞大的固定资产能说划归谁就划归谁吗？不信吧？龙潭工程三百多个亿的标又确实是潜龙总公司在招，还有，月湖宾馆北面那片土地，黄金地段，正在兴建全市最高的楼房也是事实，能怀疑雷好的话有水分吗？

"有人说我们潜总的事业如日中天，灿烂辉煌，这话虽然过奖，但前景美好还是不容置疑的。所以，深得仁人志士景仰。"雷好神采飞扬，"我在全国多地引进了不少人才，北京的、上海的、长沙的、武汉的、成都的，都有。安置得也不错：没有职务的给个职务，有职务的再提升半格，个人收入更是不成问题，每月至少翻一个倍，两个倍，还有月奖、季度奖、年终奖。既然奔潜总来了嘛，政治待遇、经济待遇就不能让他们吃了亏，不然怎么叫爱护人才？又怎么留得住人才？你说是吧？"

诗婳还真有点儿心动，就拿省建委的主任和书记跟雷好做比较，感觉到这个新兴单位一把手的思想行为的确有点儿开明，完全不像自己单位的主任和书记，说起话来谨小慎微，生怕与国家的政策法令发生了抵触，办起事来也是小心翼翼，思前想后。这雷好看样子是个敢想敢说也敢干的主儿，诗婳很欣赏，只是认为这种人往往靠不牢。

"你网罗那么多的人才干什么呢？"诗婳意识到老不答话也不好，就随口附和了一句，其实并没有往心里过。

"企业的竞争实际上就是人才的竞争。"只要有话题雷好就能发挥，也知道跟年轻人说话应该尽量使用新鲜语言，"人才决定企业成败、兴衰。基于潜龙总公司走出流域，走出省界，走出国门的发展战略，人才自然是越多越好。我是韩信用兵——多多益善。"

"其实，人才是个广义词。对企业来说，派得上用场才算人才，派不上用场就是闲才——不是任人唯贤的'贤'，是游手好闲的'闲'啊。"

"高见，高见！"雷好一拍沙发扶手，溢美之词脱口而出，"真知卓识，真知卓识！比起罗尼娜来，你这文化素质就是更胜一筹，对时装她倒是颇有研究，一所学校两样人才，难怪说一娘养九子，九子各不同。"

诗婳听了，心里很舒服，却不肯外露，只说，"你别小瞧我们罗尼娜，她不仅性情开朗，学识也很渊博，尤其是对事物的思辨能力，比我强多了。"

"也许。不识庐山真面目。"尽管雷好也知道罗尼娜鬼得很，但此时并不愿意褒奖她，"有个过程，有个过程。"

交谈渐渐融洽。诗婳刚才的那点儿拘谨慢慢消散。她对眼前这位总经理有了新认识：平易近人，不难接触，尽管说话的口气大了一些，但人家毕竟是国企的老总嘛，哪能像小人物那般鼠目寸光？诗婳最终没有把自己有可能作为人才推荐到潜龙总公司的事情透露出来，也没有进一步打听龙潭工程的招标情况，因为初次见面，思想感情远没有达到坦诚相见的境界，冒昧行事，显然不是明智的选择。好在来日方长，好在沈光荣在这里也有一方情感天地，日后希望达到什么目的，看来不太费难。诗婳这么想着。

"一直没敢问你芳名啰。"雷好望着若有所思的诗婳，笑着说。

"我叫诗婳。诗歌的'诗'，女子旁边加个图画的'婳'。"

"好名字，好名字。"雷好连声赞叹，"婳婳——美好，这名字起得有学问。"

"父母给的个符号，凑合吧。"诗婳不好意思地一笑，心想，这雷好还有点儿文化修养哩。因为知道"婳婳"这个词的人着实不多，只有她那以咬文嚼字为乐的父亲才深谙其妙。

"来来，干杯，干杯。"雷好端起了酒杯，"为幸会干杯！"

诗婳说："我确实不会喝酒。"

"那得练哪。当今社会，不会喝酒等同于少掌握了一门手艺。"雷好把酒杯高高举起,"我干了,你随意,怎么样?"说着,把半杯子人头马倒进了嘴里。

诗婳只好把一直捧在手中的酒杯送到嘴边,艰难地喝了一口,辣得直皱眉头。

"好,痛快,这就对了。"雷好兴高采烈,放下酒杯,得寸进尺,"跳个舞,跳个舞怎么样?"

诗婳猝不及防,窘得两腮绯红:"我……我不会跳舞呀。"

"跳舞唱歌,喝酒搓麻,这些最富时代特色的社交活动都应该会。来来,我教你,保你两圈下来就出师。"雷好站起来走到诗婳跟前,帮她把手中的酒杯放到茶几上,回身弯腰做了个优雅的有请动作,"刚才那么多人让我去唱歌跳舞我没去,就想陪陪你。"

诗婳羞怯地低着头,不知道如何是好。她确实不会跳舞,更不愿意在这样的条件下跳舞,可是又觉得招架不住雷好的热情,心里直发慌。

雷好趋身上前,不由分说牵住诗婳右手轻轻一带,另一只手顺势勾住她的腰,就毫不费力地在房间里旋转起来。

"哈能这小子给猴猴人配的曲儿还真适合跳舞。"雷好如愿以偿,眉飞色舞,粗犷的嗓门儿倏忽间变得格外的温存,"挺好……挺好……对……对……对……就是这样……"

读大学时,诗婳的课余时间大部分多在图书馆度过,连学生会组织的联谊活动也很少参加,一门心思做学问,所以,尽管当时校风不正,却听不到关于她的绯闻。毕业分配到省建委工作后,诗婳从不随意进出酒吧间歌舞厅,把敬业精业作为自己最大的人生追求,因而闲言碎语亦与她无缘。可以说,诗婳在学校是个好学生,在单位是个好职工,在家里更是父母喜爱的好孩子,纯洁无瑕,臻于完美。然而,命运偏偏喜欢捉弄那些完美无缺的人们。

雷好身高个儿大,通体浑圆,娇小纤巧的诗婳不由自主依偎在他怀里很不自在,接着就胆怯,就紧张。仰头是雷好那炽烈异常的眼神,不敢碰撞;旁边的荧屏又是猴猴人那赤裸裸的身影,羞于顾盼。她只好低着头,努力与雷好特别突出的腹部保持距离。

雷好则似乎找回了一种久违的感觉。这种感觉只有在许多年前有过,那是他在沙湖农场当场长、在沙湖市当副市长、市长的时候。那时,雷好仕途得意,夫妻关系却很不和谐,所有的情趣都在外遇。雷好在男女事情方面独有天赋,凡上心女子,能接触便能成事,日久天长,自然情侣众多,有风姿绰约的少妇,亦不乏如花似玉的妙龄女郎。有的仅一夜欢欣,像过往云烟;有的表面萧郎陌路,暗地里却如胶似漆,长相厮守。雷好倒也有情有义,有求必应,诸如户口问题呀,住房问题呀,就业问题呀,子女上大学的问题呀,两地分居的问题呀,凡职权范围之内能够解决的困难疾苦,他都能不遗余力,堂堂皇皇尽己所能。大家各得其所,也就相安无事。直到情人们成了情敌,争风吃醋,相互攻讦导致天机泄露,直到双规,直到他在叔父雷尚的帮助下好不容易化险为夷保住职务到省委党校当了副校长,风流故事才告一段落。结果是两败俱伤,雷好受尽磨难,相关妇人也没有躲过夫离子散的悲哀。在省委党校的那段日子,雷好备受冷落。逆境中,他大彻大悟:没有原则的万种风情着实损人不利己。继而深切体会到:权力真是个好东西,有了它才会有做人的尊严,如果有朝一日峰回路转,失而复得,必当倍加珍惜。同时,立志洗心革面,痛改前非。雷好果然有了东山再起的时日,获得了卷土重来的机遇，内心世界自然是卧薪尝胆，励志图新。到潜龙总公司任职后，他除了开明行政取信员工之外，确实做到了不近女色。尽管跳舞唱歌洗头洗脚以及一些变相色情服务有的是，但他能不介入就尽量不介入，怕的当然是春心萌动，邪念复苏。至于吃点儿喝点儿拿点儿打点儿麻将，雷好就全不在意了：酒桌上可以融洽各方情感；麻将上赢点儿小钱毕竟有别于索贿受贿，料想无碍于事，玩嘛，能玩出什么大是大非来？可是此时此刻不同，雷好一见到诗媚腿子就走不动了，他确信自己遇到了绝代佳人，天赐良机。好不容易讨得诗媚妩媚一笑，好不容易与她翩翩起舞，雷好心旷神摇，感觉真好。

哈能给猴猴人电视录像配的乐曲是琵琶独奏《春江花月夜》，很难评判他的文艺鉴赏水平究竟是过低还是过高，以此相伴赤裸裸的猴猴人适不适中，但作为舞曲，的确婉转悠扬，恰到好处。诗媚身段姣好，眉宇俊丽，明眸皓齿，肌肤白嫩柔润，小鸟依人，着实惹人怜爱。雷好将她揽在怀里，舞步的节律更加流畅飘逸。他居高临下，睨视着诗媚白里透红的脸蛋儿，乌黑油亮的头发，嗅着她沐浴过后特有的芳香，禁不住心旌摇动，浑身燥热，搂腰的手臂渐渐有了力量。诗媚明显体会到雷好的手腕在用力收拢，而且感到下体有硬物在隔裆骚扰，情知不妙，慌忙用劲儿外挣，试图摆脱他的束缚。两人都在暗中较劲儿。成事也好，败事也好，怪就怪罗尼娜的那张床。诗媚顾了前面却顾不了后面，节节退步的她被横摆身后的床绊了个仰面朝天。雷好就势压了上去，像一座山，一口将诗媚的嘴吻住，同时腾出一只手来……

三十六

许多灾难性遭遇往往都是因为巧合。

如果北京没有暴风雪，沈光荣乘坐的航班准时起飞；如果诗媚等待沈光荣从北京归来的傍晚，在月湖宾馆大厅没与罗尼娜不期而遇；如果诗媚没有去罗尼娜的寝室落脚，洗澡，看猴猴人录像片；如果像往常一样，雷好应竞标单位的邀请去了歌舞厅夜总会或者麻将馆，不是鬼使神差般撞到罗尼娜的寝室串门子；如果罗尼娜没有被哈能喊去和居心叵测的公关人士打麻将；如果……也许诗媚仍然是皎洁明媚的诗媚，天真烂漫的诗媚，无忧无虑的诗媚。糟就糟在几桩本不该凑到一块的事情偏偏凑到了一块，致使诗媚终身遗憾。

况夫因为公关经验丰富而身负重任。况夫能有效运用各种人际关系。况夫结识罗尼娜是由于时之男穿针引线。况夫结交哈能又是因为罗尼娜从中搭桥。况夫确信罗尼娜、哈能能助自己一臂之力。况夫意识到已经是四面出击寻求突破口的火候。况夫不失时机，对潜龙总公司展开了广泛的联谊活动，以求驻省投标工作站的工作卓有成效。

况夫安排联谊活动的内容从来都是分门别类，因人制宜。公关对象嗜酒成性，他就领到高级酒店喝茅台、人头马，喝他个天昏地暗；公关对象欢喜唱歌跳舞，他便请进豪华歌舞厅夜总会，纵情欢娱；倘若公关对象喜好女色，他就花大价钱请漂亮的坐台小姐，让其逍遥物外；如果公关的人物对钞票情有独钟，他定然毫不吝啬，想方设法予以满足。自然不是将大把的票子往信封里一塞了事，得变换个花样儿。比方说打麻将，就是使钱的一种文明形式，它能让对方心安理得地接受银子，而且还希望不停地接受下去。双方都不扭捏。诚如是，则后面的事情就好办了。况夫这天带的是一名麻将高手，那高手的手段十分了得，能够判断出上家、下家、对家各和什么牌，他想让谁和就能准确无误地开出一张牌来让谁和了，因而被称之为"老炮工"。况夫让老炮工输给谁多少，一场麻将打下来，他能精确到个位数。这天晚上的麻将一直打到夜深人静，直到况夫认为已经实现预期目标才宣布休战："时间不早了，也不能让二位领导过于疲劳，你们说是不？下周找个机会继续战斗如何？"罗尼娜、哈能自然是大获全胜。散场后二人没有分手，却是很默契地钻进了一间没有客人的客房，各自清点完战利品，便不顾一切地抱作一团，而后一直睡到大天光。

　　罗尼娜早已不把男女之间的那回事看作一回事，和男女睡一觉就好比打了一宵麻将，各得其所，仅此而已，不值得大惊小怪。所以，有人背地里称她"公关汽车"。

　　罗尼娜从况夫和老炮工那里整整赢得二万五千块，回头又和床上功夫同样很不一般的哈能亲热了个半死，物质生活、精神生活十分充实，因而第二天的心情非常不错。

　　罗尼娜回到自己宿舍的时候已经是早晨八点多。罗尼娜一眼扫见床上的被套床单还有枕巾统统更新换代，嘴上直嘀咕宾馆里的服务员忽然犯了神经病：怎么想的清理客房来了！可是过会儿她就瞧出了一些门道，脑子随之活泛起来。宾馆对长期出租的客房是不会主动清理的，除非房客因故提出要求。自己昨晚并不在房间，那么，是谁向服务员要求过了呢？昨晚自己离开房间的时候，撂下的不就只雷好和诗姬这一对男女吗？他俩因何这般积极地要求更换了床单被套？由此，老到的罗尼娜便轻而易举地推断出：雷好和诗姬昨夜利用现成的床铺做了好事。做了就做了呗，还怕被人知道！谁稀罕啊？罗尼娜心里直笑：这个雷老板，果然名不虚传，漂亮女人当真逃不出他的手掌。诗姬这人也真是，虚伪！没准儿早跟雷好好上了，明明是相邀来月湖宾馆寻快活，还诓骗说等什么男朋友！继而，罗尼娜的想象更为丰富，猜测更是不着边际。诗姬是什么时候开始跟雷好好上的呢？纠缠雷好，以身相许，所为何来？……为钱？……不对，诗姬可是不缺钱哪……真心相爱？……也不对，诗姬小巧、羸弱像只兔子，雷好盲目发育，长了一脸横肉，上下一般粗，像头公牛，而且老迈得可以做她的父亲，不匹配呀！何况又是个有妇之夫……对了，肯定是向往潜总的优厚待遇，想调到这里谋个理想的差事，混个一官半职什么的风光风光……当今社会，最能吸引芸芸众生舍生入死的不就是这个么？没错，一准儿没错！不图一头，女人哪能随便就把裤腰带松了？想着，罗尼娜心里竟然滋生出几分醋意：本姑奶奶近水楼台没先得上月，她倒捷足先登了。

　　罗尼娜斜歪在沙发上，从烟盒里取出一支又细又长的烟卷点燃，悻悻地吸了一口，随即摸出手机，几只用粉红指甲油油过了的指头在键盘上忙乱地跳动起来。她想告诉诗姬：你们昨夜干的好事，本姑奶奶晓得了啊！

　　手机很快联通，彩铃在那头急促呼唤主人。可是主人的反应相当迟钝，迟钝得让罗尼娜气恼：不管我是有意还是无意，那还不是照样成全了你们的美事？不知好歹！

　　终于，那头有了动静，但是久久听不到诗姬的声音。罗尼娜性急，先不怀好意地笑开了：

"战场打扫得够干净的，谢了啊！嘻嘻……该不该给你道个喜呀？……"那头的手机立马掐断。

罗尼娜先是一声怪笑，接下便恶骂了一句："俏什么俏，还不是个破货！"就又赌气使劲儿拨打。却是再也拨不通了。怎么这德行？过河拆桥，本姑奶奶给你洞开方便之门，不道声谢也就罢了，还使起性子来！

骂归骂，吃醋归吃醋，可毕竟是老同学，友谊摆在哪儿哩。罗尼娜还是想知道一些底细，瞎猜终究不是个事儿。罗尼娜毫不泄气，决计跟诗婳碰个面，心想，任凭你牙口咬得再紧，或单刀直入，或旁敲侧击，总能套出点儿端倪。女人对女人的事情有特殊的兴趣，罗尼娜也不例外。

罗尼娜是当天下午坐的士到省建委的。罗尼娜曾听诗婳说过住在什么地方，所以很快就找到了她住的公寓。同寝室的两位女同胞都外出郊游去了，屋子里只剩下诗婳一个人。罗尼娜走进房间的时候诗婳还在蒙头大睡。

罗尼娜只差没笑出来：昨晚跟忘年交怕是整整干了一宿，辛苦成这样啊？就探着猫步走到床前，扯起被角用力往上一掀，同时一声尖叫："拔本呀！"

罗尼娜没有想到的是，诗婳正和衣仰躺在床上，披头散发，眼泡红肿得像两只熟透了的樱桃，另一个人似的。

罗尼娜吓了一跳，望着半痴不呆的诗婳发怔。"婳婳……你……这是……"过了好一会儿，她才如梦方醒般小心翼翼哆嗦出一句。

诗婳一动不动，两眼定定地凝视着房顶，喃喃着："……遂愿了是吧？高兴了是吧？……"

"说什么呀？……你这到底是怎么了？"

"问你自己呀！"诗婳突然一声暴叫，"为什么害我?!"

罗尼娜大眼圆睁，蒙了。

"设陷阱，下圈套。"诗婳霍地坐了起来，"我们是同班同学呀！"

罗尼娜眼睛直眨，晕了。

"拉皮条，当捐客，为虎作伥，你还是个人吗？"诗婳两只黑亮的眼睛闪耀着愤恨的火光，"那老色鬼给你什么好了？连同学朋友你都出卖，你怎么变成这样了？啊？"

"你……"罗尼娜这才听出一点儿眉目，觉得很冤，"我好心好意……你……你怎么这样说！"

"你什么好心好意？你还有好心好意？你贱，你骚，你不要脸了，让我也不要脸？你安的什么心？黑心烂肝！"

"诗婳！"罗尼娜的脸红一阵白一阵，恼了，"你……你怎么骂人?!"

"骂了！就骂你这破烂货，就骂你这要钱不要脸的下贱女人！"

罗尼娜第一次见诗婳动这么大的气，第一次见诗婳不顾同学朋友情分，第一次见她出口伤人且不择词语，不由恼羞成怒，暴跳如雷："没错，我是贱，我是骚，我是不要脸，我在学校就是出了名的破货，行吧？我胯裆撕破了，面皮也撕破了，浑身上下都破光了，可是我不怕！你骂吧，你尽管嚷吧，嚷破天了，嚷得满世界都知道罗尼娜是破货我也不在乎！但是，你今天得把话给我说清楚了，我怎么个下圈套设陷阱了？我怎么个做捐客拉皮条为虎作伥了？我怎么个出卖同学朋友从中取利了？是，我罗尼娜是害过人，可那是专寻女人开心的男人，活该被我害！我自卫，我报复，我为女人出气，天经地义！但是我没害过同学朋友，更没有害过你！"

"别往自己脸上抹粉了，侠女，谁信呀？"诗嫚冷笑着，"你让我往你那狗窝里钻，你让我洗澡，你让我看那光了身子的猴猴人录像，你明明知道屋子里钻进来一个老色狼，自己却故意溜了，你说，这不是下圈套设陷阱是什么，不是拉皮条是什么？你们不是沆瀣一气、狼狈为奸早串通好了，会有这种凑巧的事？"

"狗咬吕洞宾，不识好人心。"罗尼娜身经百战，哪里在乎诗嫚这点儿小攻势？吵骂更加在行，话语更是尖酸刻薄，"就算雷好不是好玩意儿，你跟他黏糊什么？鬼才知道你什么时候就跟他有了一腿！鬼才知道你跟他有什么交易！分明是约好了去我房里私通，我顺水推舟成全了你们的美事，还嫌弃我的宿舍是狗窝，哼，狗男女有个狗窝做事就不错了，想睡总统套间呀？买卖不成了，反过来栽赃问罪，咒我为虎作伥，你忘恩负义，你才不是人！"

"你……你血口喷人！"诗嫚气得眼泪汪汪。

"我血口喷人？"罗尼娜泼性大发，一口反咬到底，"你不跷胯子，他能骑得上去？把弄脏的床单被套换了，这就换干净了？这就换清白了？此地无银三百两！还假正经个什么呀。"

"罗尼娜！你……你……"诗嫚指着罗尼娜，"中伤，诽谤，你歹毒，你好凶险！我……"气急败坏地一撸被子，蒙头大哭起来，"呜……呜呜呜……大不了一死，也叫你不得好死！"

罗尼娜吓住了。罗尼娜被诗嫚劈头盖脸骂了个狗血淋头，盛怒之下，本想以牙还牙挫挫她的嚣张气焰，以泄心头之愤，哪料出言过恶，恼得诗嫚寻死觅活，就有点儿后悔。看样子，诗嫚确实有委屈，可以肯定受到了很大刺激，不然，仪态万方，向来通情达理的她绝不会恶语伤人，轻易撕破面皮，更不会突然丧失做人的信心和勇气。罗尼娜原打算发泄一通图个痛快再一走了之，恩断义绝，以后各走各的路，现在看来不行了：自尊，自爱，被娇宠惯了的诗嫚万一因为什么一时想不开当真自寻短见那可怎么办？自己是要负责任的呀。明摆着，诗嫚的委屈、刺激与自己密切相关，焦点集中在头天晚上，反映在自己房间，假如她真有个三长两短，牵扯到自己头上，那是跳进黄河也洗不清的，如若是这样，事情可真就大了。思来想去，罗尼娜最终觉得跟诗嫚针尖儿对麦芒僵持下去不可取，逃之夭夭也行不通，最明智的办法是安静下来，心平气和地把事情弄个水落石出。诗嫚的情绪反常、失控，绝对不会无缘无故。罗尼娜跟诗嫚是同年同月生，就因先出世几日，罗尼娜便以老大姐自居，在学校的时候就喜欢颐指气使，所以，这会儿照例摆出了老大姐不与小妹妹一般见识的气度，先将自己满脸的怒色魔幻般清除干净，心火消减下来，随之把说话的语气也降低了几度：

"算了，算了，我才懒得跟你争跟你吵跟你骂哩，没那精神。咱俩半斤对八两，谁都没占便宜，不过打了个平手。"她边说边蹭到床前，帮诗嫚掖好被子，还放下了一直挎在肩头的拎包，忙着倒了杯开水，像照料病人似的慢慢捧到床头。

诗嫚却紧紧蒙住脑袋，恸泣不止。

罗尼娜让诗姮平静下来并且道出事实真相费尽心机，表现出了极强的韧劲、耐性和劝慰能力。

罗尼娜在诗姮床前整整坐了一个下午，忍气吞声，花言巧语，献尽殷勤，好不容易前嫌冰释。不期然而然——两个人都悔悟错怪了对方。罗尼娜诚然不是有意回避以给雷好可乘之机，她确实是为了应付牌局。诗姮和雷好素昧往来，不期而遇绝非谎言，等候从北京归来的男朋友也是实情。深自怨艾，一脸羞愤，诗姮非常吃力地让罗尼娜听懂了究竟是怎么样的一回事。

罗尼娜终于明白：诗姮是在极不情愿的情况下让雷好得逞的，不存在买卖关系。罗尼娜曾有过类似的经历，感同身受，个中屈辱不言而喻，难免义愤填膺，大骂雷好不是个好东西。但是，在接下来该怎么办这个问题上，罗尼娜与诗姮有着很大差别。诗姮大有绝不善罢甘休之势，而罗尼娜第一次遭遇性袭击后，选择的却是隐忍。

罗尼娜出身寒苦，姊妹四个她为长，老家在远离城镇的山区。罗尼娜的父亲母亲都是当年的回乡知青，因为错过了读大学、招工的机会，只能长久地守候在希望的田野。父母不甘落魄，把中兴的凤愿寄托在下一代，就使劲儿生儿育女，以至不惧重罚。结果是愈奋斗愈贫穷，两口子需要不停地为四个求学的孩子提供资金支持，日子过得相当艰难。罗尼娜考上财大的那一年，两个妹妹和一个弟弟也分别上了高中、初中，家庭经济状况何等拮据可想而知。昂头迈进大学的罗尼娜不久便觉得自己原来低人一头，她不可以有任何的奢望，甚至每日必须为菜饭票能否吃到月底犯愁。幸而经济条件十分不错的诗姮时常周济，才使她囊中免于羞涩、尴尬。已经非常开放的校园风气似乎大不如从前，简朴并不值得崇尚，贫困往往会迎来鄙夷的目光，同样是读书的学生，等级却泾渭分明，且有天壤之别，这使要强的罗尼娜伤心至极：与其说是到高等学府深造，不如说是到高等学府受罪。突然改变罗尼娜困难局面的是大二盛夏的一个夜晚。那天晚饭后，罗尼娜决心用刚刚拿到手的二百元奖学金好好潇洒一回，像班上条件优越的同学那样体验体验高档消费带来的乐趣。她穿上了那条从不轻易上身的殷红绵绸短裙、那件雪白开胸短袖乔其纱衬衣、那双弹力丝光袜和高跟塑料凉鞋。校园对面是一家日夜营业的歌舞厅，她勇敢地走了进去，在一个僻静的小圆桌上点着红烛的座位坐下来，随后要了一瓶可口可乐。室内清爽宜人，橘黄的筒灯幽暗朦胧。舞池不大，悠荡着三五对情侣；乐池也不大，几位蓄着胡须却又扎着马尾辫的乐帅非常投入地弹奏着钢琴、小号、贝斯、萨克斯，曲调优美、轻扬、和畅，犹如行云流水。罗尼娜品着沁人心脾的可口可乐，凝视着翩翩起舞的男男女女，聆听着妙不可言的西洋音乐，一只穿着白色凉鞋的脚尖儿情不自禁地轻轻点动起来，以至整个身子都在随着舞曲的旋律荡漾。感觉是不错。"小姐，我可不可以请你跳一曲？"耳畔响起一个沙哑的声音。忘情的罗尼娜这才发觉身旁的空座上不知什么时候坐上了一个老头儿。老头儿穿戴高雅，从上至下都是名牌，稀黄的头发有序地梳向一边，额头宽阔，下巴窄小，酒糟鼻子纠成一坨，面庞精瘦却红光焕发，笑容满面。罗尼娜见这老者足可充当自己的爷爷，骄傲地应了一声："不会。""没有关系啦，"老头儿并不气馁，操着一口笨拙的普通话，"年轻人，带一带很快就会了的啦。"罗尼娜参加过几回学生会组织的联欢会，学过慢三步，只是不太熟。她正想体会一下新兴的现代生活，又见老头儿执着地伸出一只手来，也就身不由己地把自己的一只手搭了过去。老头儿连忙躬身，倒退着将她牵进了舞池。别看老头儿老态龙钟，跳舞却跳得很不一般，轻盈、洒脱、娴熟，让罗尼娜心旷神怡。一曲下来，罗尼娜竟然意犹未尽。重新回到座位的时候，老头儿及时地呼来服务生，慷慨大方地要了果鲜、糕点，和一大瓶价钱不菲的路易十三。"一回生，二回熟，三回四回就是好朋友。"老头儿见罗尼娜有点儿害羞，害羞得楚楚动人，就一边向两只高脚玻璃杯里斟酒，一边风趣地说，"这就叫作缘分啦。"罗尼娜不忍心看到老头儿花大钱："怎么能让你这么破费。""小意思啦。"老头儿彬彬有礼地把一只注了红酒的玻璃杯放到罗尼娜面前，又风度翩翩地把另一只玻璃杯望着她举了举，"其习（实），我父亲的父亲就是中国人。"罗尼娜很高兴自己在无意当中认识了一个老外，忙问："你是哪个国家？"老头儿回答："香港。"罗尼娜"扑哧"一笑："香港不也是中国吗？""话是这么说呀。可是来来去去，是需要出入境证的啦。""也是，一国两制了。"罗尼娜没忘在尊重老者的同时尊重国家。"敢问小姐尊姓大名？"罗尼娜毫不犹豫地说出了自己的名字，并问他贵姓。"敝姓麻，叫麻凤梧。麻烦的'麻'，凤凰的'凤'，梧桐树的'梧'。小姐的名字美丽，模样也美丽，文化人笔下的'沉鱼落雁，闭月羞花'。"罗尼娜臊得满脸通红，显得更加美艳。"大学生？"老头儿又问。罗尼娜点点头。之后，两人便和悦地喝酒，吃糕点，吃果鲜。吃过一阵，喝过一阵，就跳舞，跳完一曲又吃又喝又聊，很投机，以至于全然不觉时间过去了多久。可是，当罗尼娜一觉醒来的时候，发现自己竟然躺在一家酒店的客房里。她身上的衣服被剥得精光，那个自称麻凤梧的家伙已不见踪影。之前是什么时候离开的歌舞厅，什么时候进的这套客房，那老家伙又是什么时候悄然离去的，无从知晓，然而发生过什么她清清楚楚。罗尼娜只觉得脑袋出奇的沉，欲哭无泪。她明白自己已经上了当，挽回过失为时已晚，不禁恶狠狠地痛骂了一句："披着人皮的狼！"惊惶地穿着衣服。手忙脚乱中，罗尼娜忽然发现了一封信和一大叠美元。她先把信展开，想尽快弄清这老色狼究竟何许人也。信很简单：小姐，我已坐飞机回香港，房费已付清；如果你觉得可以交朋友，后会有期。罗尼娜也曾悔恨交加，可是，当她清点出那叠百元美钞竟然高达二十张时，心理一下就获得了平衡。两千美金可折合人民币大约两万元，相当于父母在田野勤巴苦做耕种四五年的收获，而自己得到这些钱仅仅只是一个夜晚！她突然感到，财富并不难取得，关键是能否把握时机，能否有效利用自身的资源优势。那一夜，从根本上改变了罗尼娜的经济状况，同时也从根本上改变了她的人生观、世界观、价值观，就连看待世事万物的眼光也发生了翻天覆地的变化。她可以不必嫉妒那些富有的同学了，也不必抱怨社会的不公。就像一夜之间超度而来的灵气，她悟出了生财之道。在以后的日子里，罗尼娜经常出入在那个歌舞厅，并且逐步扩大了活动范围，充分利用自己年轻、漂亮、博学、健谈等人才优势，攫取那份本来就归属不当的浮财。多半是广种薄收，也有日进斗金的时候。总之，次次不落空，日日有进项。她成了学生中有名的富婆，当然，"破鞋"、"公关汽车"之类的恶毒形容词也附带而来。但是罗尼娜不以为然：笑贫不笑娼，有谁敢说攻读的最终目的不是为了钱！终于有一天，罗尼娜在让她刻骨铭心的那个歌舞厅跟那个自称港商的麻凤梧重逢。这是个令她深恶痛绝却又让她受益匪浅并且感悟到了人生真谛的男人，罗尼娜以一种非常矛盾的心情和更加光彩照人的容颜再次和他面对面，五味杂陈，百感交集。老头儿诚然是一种一见如故的神情，春风得意，谈笑风生。他很有经验，早就料到罗尼娜会在老地方等他，欢迎他，因为钱能通神，钱能改变一切，钱使所有的不和谐变得和谐。没有想到的是，这回不是老奸巨猾、形销骨立的他麻翻了罗尼娜，而是涉世不深、如花似玉的罗尼娜反过来麻翻了他！请君入瓮，以其人之道还治其人之身。罗尼娜神不知、鬼不觉地倒净了添加有安眠药的路易十三，又采用同样的手段让自鸣得意的老鬼饮尽了超剂量安眠药的高脚玻璃杯。老头儿死睡了一夜加一整天，不仅一事无成，醒来还发现装有五万美金的皮包不见了。他给罗尼娜打手机，想要讨回公道："小姐呀，下手是不是太狠了一点点啦。我这次到内地要工作半个月，经费统统没有了怎么办？""怎么？有问题吗？要报案吗？我陪你上公安局走走？"老头儿胆怯了，连忙打住："那就没有必要了，赊财免灾好啦。时间就是金钱，我赔不起呀。害得我还要往香港跑一趟，可是内地这边急着签订重要合同啊。""没关系，不着急。"罗尼娜已经窥探到麻风梧原来是个卖抽水马桶的，"不就两栋大楼的厕所合同吗，翻不了船。"老头儿还想讨价还价，罗尼娜可不想给他机会。"活该！谁让你害我一次还想害我二次？我恭候你好久了，就等这一天。想纠缠是吧？我奉陪到底，公安局我有熟人，你信不信？不信就一块儿会会去。""我信，我信，你说你跟政府部门的大官员很熟悉，我也信。娜娜呀，我不是这个意思呀，"老头儿说："中国有句古话，叫作'一日夫妻百日恩'，你我毕竟有一日恩情，都不可能做出绝情事，你说是吧？""你打半天电话，到底想说什么？想干什么？""不打不成交，我们做个好朋友还是可以的吧？钱是小意思啦。不能为了钱伤了感情、伤了和气，是不是？""什么意思？""你看，我这次花了五万美金，你连嘴都没有让我亲一个，你说我心里好受吗？"罗尼娜心里好笑，说："下回吧，带足了钱再说。""娜娜呀，其实，我是这个样子的一个想法：每年我都要到内地来三五回，每回待一个月半个月，很寂寞……""把你老婆带来，不就不寂寞了？""不要开玩笑啦。我的二房都六十出头了，完全不中用哎。我的意思是，我在内地买一套房子送给你，这样，我就可以不住酒店了……""想我给你做二奶？做梦吧！""娜娜呀，话不要说得那么绝呀，我提出的这个问题，你是绝对可以考虑的。你太年轻，有很多的事情你还不懂。内地我来得多，见得多，比你更加了解，有钱有资产才有做人的资格，发展趋势就是这个样子。你一下子就能得到这么多的东西是很划算的呀，比打游击、跑单帮好得多呀。""有完没完哪？我挂了啊。""不要，不要，不要这个样子嘛。我花了那么多钱，难道连跟你多说儿句话都不可以吗？太伤感情了吧。""要说那就说正经话、现实话！我怎么可以做你的二奶？你多大年纪，我多大年纪？""只要有感情，年龄不是个问题啦。""我跟你没感情！""……你说话好绝情啊，我不计较。这个样子你看可不可以：我回香港取了钱，我们一起住酒店，实际上我就是这个打算……""先说多少钱吧。一个晚上。""总不可以像第一次那么多吧？一天二百元，美金……""不行，太少，两千美金，少了这个数你找别人去。""娜娜呀，你开价太高了。哎呀……一天两千，十天两万，一个月六万美金，太多了，太多了呀……""好啦，折半，我认栽。一月三万美元，超过期限，超一天另加二千。附加条件是：三万美金的现金卡交我验证后成交；白天是我的自由时间，恕不奉陪。""这……这个……价钱还是太高，这附加条件也……""干不干？不干拉倒！""再商量商量可不可以啦。""告诉你啊，本姑娘没胆量跟你啰嗦，旁边正睡着个黑老大，一睡足就要忙。把他吵醒了，他会拿刀子捅了你。""呀，你怎么……怎么可以和……"老头儿吓得降低了嗓音。"怕不怕？""我不怕公安局，不怕政府官员，最怕黑老大，完全不讲道理呀。好，好，就按你说的办。我明天回香港，后天就过来，你等我的电话。可不能让黑老大知道了啊。"从此，罗尼娜就有了一笔可观的固定收入。麻凤梧每年要到大陆三五次，每次一月半月不等。罗尼娜不仅提高了生活质量，而且还有足够的能力供养两个妹妹、一个弟弟的穿戴和学费。父母在农村可以自食其力，但她还是帮助他们建造了一栋两层楼的砖瓦房，让父母出乎意料地提前步入了小康社会。然而，罗尼娜没有想到的是，由于麻凤梧对她宠爱有加，加上又怕吃了亏，性情过度，使用兴奋药物过频、过量，有一回差点儿要了性命，回香港后，已经一年多没有再来内地，生死未卜。这使罗尼娜反而感到有一种失落，免不了时常为之哀婉。好在她业已出道，财源茂盛，只是需要勤劳，辛苦点儿而已。所以，罗尼娜总是把实际收益作为筹码，凡事以此衡量，成败、好坏、贫富、贵贱，都要看进项如何。

"……后来，他给你多少了？"听清诗媚的遭遇后，罗尼娜关切地问了一句。

"什么给了多少？"诗媚单纯，压根儿就不会想到回报。

"还能有什么呀，钱！总不能让那狗杂种白睡了吧？"

"你……说什么哩。"诗媚又一次睁大了愤慨的眼睛，"就知道卖！"

"行行行。"罗尼娜也不见气，说，"这我就搞不懂了。不是搞恋爱，又不成买卖；不想认命，又于心不甘，犯傻呀？"

诗媚茫然起来，泪水止不住往下流。

罗尼娜见无意中触着诗媚的痛处，不敢再多言了。两人静坐了好大一会儿。天色渐暗。罗尼娜设身处地，怕同宿舍的人回来看到诗媚的狼狈样子盘问长短，对她不利，就想出去走走，散散心，再试探试探她下一步作何打算，说：

"时候不早了，该吃饭了。一天没吃东西吧？不能饿坏了身子。天大的事，也犯不着空着肚子扛呀。"

可是诗媚哪有心思吃饭啊？呆坐着不肯动弹。

罗尼娜就又做出老大姐姿态，忙着向面盆里倒了点儿开水，将毛巾打湿，在诗媚满是泪痕的脸上擦了几把，又替她把头发梳好，强行帮她穿好羽绒服，套上棉靴，然后像哄小孩儿一样把她哄出了屋子。

三十七

一出门，罗尼娜就截了辆的士，吩咐司机将车驶向怡心园。罗尼娜本想在常来常往的咖啡厅请诗媚好好吃一顿，然后再在里面寻个档位，静下来潜心帮助诗媚排忧解难。哪知诗媚坚决不从，一副无颜见江东父老的窘态。无奈，罗尼娜只好买了满满一塑料袋食品、饮料，把她引到月湖岸边一棵古松树下面的石桌旁。这地方幽暗、清静，几乎看不到游人，只是有点儿冷。二人刚刚落座，诗媚的手机响了。

"谁呀，老打，也不挑个时候！"罗尼娜没好气地说。

"还有谁，"诗婳摸出手机，见视频上又是沈光荣的来电显示，"完了……一切都完了……"她凝神哀叹，忽然一扬手，闪耀着荧光的手机腾地飞出，在夜空中划出一道美丽的弧，"扑通"一声坠入水中。湖面上立时溅起一片浪花。

"你……疯了？"罗尼娜叫着。

"他会不停地打呀。"诗婳自言自语。

"怕什么？接呀？摊牌呀！"罗尼娜一副愤愤不平的样子，"就这么点儿事，他容了，一辈子好夫妻；不容，拜拜拉倒！"

"……我怎么说得出口……你不就是因为身子不干净了，才不思婚嫁吗？"

"跟我比呀？"罗尼娜宽慰诗婳说，"我是稀里糊涂投怀送抱的，你是活脱脱被人强迫的，性质完全不一样。"

"有什么不一样？别宽我的心啦。看来，世上发生的许多冤屈事都是被逼无奈。我何尝不希望自己堂堂正正做人，可是……幸亏上过大学，知识让我想得开。要不然，我怕是早跳楼投江了。在农村，好多遵守贞操的女子，不都是因为一时的屈辱，早早结束了自己的生命。"

"哎呀婳婳，你都想到哪儿去了。吃吃吃，快吃。我第一次被那老东西贱了，第二天反而吃了个醉死，我才不跟自己过不去哩。你知道我当时一边大吃大喝一边在想什么？报复！所以呀，我就一直寻找机会，我守株待兔。老天爷有眼，还真让我守着了。对不起，第二次会面，我碰都没让他碰一下就卷了他五万块，美金呀。老鬼贪财，心痛得哟，没法形容。他不是喜欢女人嘛？行，我让他喜欢个够。有回，我让他兴奋了一个通宵，欲罢不能，差点儿没把他累死。"

罗尼娜变着法儿想把诗婳逗乐，可是诗婳怎么也乐不起来，"我的确不能跟你比呀。"她说。

"想穿点儿，啊？人活一辈子，就这么一回事。"罗尼娜把塑料袋里的食品、饮料统统抖到石桌面上，"啥贞？啥操？都他妈的见鬼去！让我们做女人的遵操守节，叮是男人呢？那些男人怎么就不守规矩？娶几个老婆还嫌少，还要去'公共厕所'闻腥臭。古往今来，就这优良传统一脉相承，跟孔孟之道一样，世袭。改不了啦，中国的落后根，永远也改变不了。"

"好啦，伟大思想理论就不要讲了。我还得面对现实，苟且偷生。这死不了，活下去也好困难。"诗婳哀哀说道，"真想帮帮我，你就帮我找个地方，单位的公寓眼看是不能再住了。他早晚会找我。我不想再见到他……难开口，难为情。算啦，缘分已尽。他确实是个非常不错的男人……高大魁梧，豪爽大气，学识渊博，精明强干……前途无量。三十多岁的人了，还不懂得谈情说爱，纯洁得像仙童，当今少有啊……可惜，我没福气跟他长相厮守……"

"你那个他在哪个单位？干什么的？姓什么叫什么？我去会会他，你不好说，我帮你说。"罗尼娜见诗婳没有了轻生的念头，心里踏实下来，赶紧趁势安抚，试图让她对生活充满希望，"有什么不得了的？纯属被逼失足，又不是主观世界出了毛病。遮掩也不是个办法呀，那么死心眼儿干嘛？"

"别说了，我主意已定。不能害人家。"诗嬿很坚决，"你要是张罗不到合适的地方，我就自己想办法租去。"

罗尼娜其实是个很重情的女人，对诗嬿痛下决心跟深爱的男朋友决裂深表惋惜，也对她尽力维护男朋友声誉的举动由衷钦佩。为珍惜这份难得的情谊，她想劝说诗嬿寻求恰当途径维持关系，又怕诗嬿好不容易平静下来的心情再起波澜，打算等诗嬿熬过了这段难熬的时刻再说。"给你找个住的地方当然没有问题，条件不会太高吧？"她问。

"还能讲什么条件，掩蔽体都行。"

罗尼娜本想让诗嬿跟自己一起住月湖宾馆，但又怕她触景生情，再说雷好也在那栋楼里办公，出出进进难免碰面，弄不好就是仇人见面分外眼红。"我那狗窝肯定不会对你有吸引力。"罗尼娜想了想，"有个地方，我看行，也不需要出租金。"

"哪？"

"时之男她们家有套住房在省政府家属大院，三室一厅，空了几个月。前些时，时之男被华夏集团派到省里办投标工作站，就住在自己家，就她一个人……"

"不行，不行。她爸跟我爸现在是搭档。我们住在一起，我的事她就不可能不知道，她知道了，她爸也就知道了。她爸知道了，你说那是什么后果？我没脸见人，难道还要弄得我爸妈没有脸面见人。"

"这没问题，我让时之男把嘴扎死不就行了？她做得到的，稳当得很的一个人。你可以不信任我，但对时之男可以放一百二十个心。"

"你的意思是，我这事……让时之男也知道？"

"那怕什么？"

"你还嫌我恶心得不够呀。"

"嬿嬿，我是这么想的，说出来你千万别见气，我这也是为了你好。"罗尼娜一副诚心诚意的样子，"对你来说，知情面当然是越小越好，这没错。但话说回来，一个人在特别困难的时候，多一个朋友的帮助要比少一个朋友的帮助好得多。多一个人就多一分力量，多一分智慧。当下，就我们两个人，我总觉得势力和智力都太单薄了点儿，尤其是我，咋咋呼呼行，出馊主意行，正儿八经干起事来就抓瞎，该用脑子的时候脑子就是一片空白，根本没有什么见解。时之男就不一样，她年长，成熟，有心计，考虑问题滴水不漏，很有主见。她知道你的事，只会对你有好处，不会给你添乱子，我可以打保票。最近，我跟她接触得比较多，对她比较了解，说话不多，但句句在理，不喜欢张扬，甚至有点儿古板、孤僻，更显得踏实、沉稳，人品很不错的。"其实，罗尼娜心里还有个小九九：诗嬿被玷污，精神创伤很重，神经已经受到刺激，思想情绪十分紊乱，单靠自己一个人稳住她十分困难，万一有个什么意外，自己担待不起，也说不清楚，如果多一个人知道内情，对自己，对诗嬿都有好处。所以，极力说服诗嬿，让她能够忍受心痛，接受自己的思想观点，以求平安大吉。诗嬿见罗尼娜说得有一定道理，确实是站在自己的角度思考问题，也就没有再生她气，只是低头不语，没有表态。罗尼娜见状，知道诗嬿不会反对了，就一面让诗嬿喝点儿饮料，一面掏出手机，自作主张地拨通了时之男的电话。

手机那头很快传来时之男的声音。时之男问罗尼娜有何贵干。

罗尼娜说："有件非常重要的事想告诉你。"

时之男问她有什么重要事。

罗尼娜说："电话里面说很不方便，你来后就知道了。"

时之男又问她在什么地方。

"我现在在怡心园月湖岸边的一棵松树底下。要是白天，可以看得到湖对岸你们家住的那栋楼。"

时之男顿都没打，说我马上就来。

罗尼娜问他是坐船还是打的士。

时之男说："既然有重要事，就打的士吧，坐船慢。"

三十八

不到二十分钟，时之男便乘坐一辆的士赶到了怡心园，并且很快找到了月湖岸边的那棵老松树。

"怎么选这好的地啊？大冷天，还乘凉呀？"时之男老远就叫着。

"快过来，快过来。"罗尼娜招呼说，"来来，先给你们介绍一下。这是诗婳，我的同班同学。这就是时之男，校友，学姐。该认识吧？"

"认识，认识。"时之男忙向诗婳伸出右手，"在学校时见过。现在就更加认识了，是吧？"

"是这样。"诗婳也伸出右手，勉强地笑着，"坐，坐吧。"

"换个地吧，这里多冷。"时之男向罗尼娜提议说，"走走，到咖啡厅去，我请客。上司好不容易下放了点儿权，过期作废。"

"知道你有点儿权！"罗尼娜说，"开始我也想去咖啡厅，可是我的这位小妹妹……想清静清静，就上这里来了。"对诗婳说，"你先在这里吃点喝点，我跟时之男一边说点儿事去，一会儿就过来，行不？"

诗婳知道罗尼娜是拉时之男到一旁说自己的事去，觉得这样也好，免得三人六面难为情，就没有反对。

不远的一方长条石凳上，两个一直抱作一团、难分难解的男女刚好起身走了，罗尼娜忙拉着时之男的手去填了那个位子。

时之男一边摘下塞在耳朵里的微型耳麦，一边问罗尼娜有什么重要的事情相告。罗尼娜长长"唉"出一声，接下就凄凄惨惨戚戚地将诗婳的一切告诉了她。

时之男开始以为罗尼娜是想向她透露点儿有关龙潭工程招标的机密，非常高兴，不料她却是六神无主地诉说诗婳的遭遇，灿烂的笑脸逐渐阴沉下来，惋叹说：

"怎么发生了这种事？"

"谁说不是呢。"

"你真不该把他俩搁在一块儿自己溜了。"

"那不是因为况夫请打麻将嘛。"罗尼娜委屈地说,"况夫是你托我关照的爷,又是你的上司,他的情我能不领呀?这个鬼况夫也真是,迟不请,早不请,偏挑那个时候请,灾星!"

"自家人坑了自家人,你看这弄的。"时之男沉吟,怨叹,"还没出战,内部就先遭了一劫,华夏集团也真够霉的。这事我真不该知道,可偏又知道了。"

"之男,你可不能这么说呀。"罗尼娜惊讶地睁大了眼睛,"我是见你靠得牢才主张告诉你的,诗婳可不敢让你知道。"

"你偏要告诉我,为什么?"

"三个臭皮匠顶个诸葛亮。我这不是没招嘛。"

"她现在怎么样?"

"情绪?当然不是像坐大花轿那样开心啰。烦闷,焦躁,不能自拔。下午见到她的时候可没把我吓个半死,样子特怕人,还冲我一顿臭骂,什么话解气她挑什么话。我怕她寻短见,又怕她急疯了,忍了。陪她坐了一下午,好话说了一大堆,这才慢慢平静下来。"

"这么说,这事……了了?"

"哪那么简单哟。要是有那么简单,我犯得着劳你大驾?看样子,诗婳绝不会便宜了雷好。"

"……准备起诉?"

"她嘴上没说,但我揣摩她心里是这主意。"罗尼娜说,"假如她真走这步棋,你我不能见死不救,无论如何得帮帮她。"

"怎么帮?"

"我看这事要么不告,自认倒霉算了,要告,就必须把雷好告倒。不然,抓鸡不成反丢一把米,诗婳不占赢不说,还会落一身臭。"罗尼娜心里还是有点儿数,"雷好是个老色鬼,一定有应对这种事的经验,加上他的地位高,社会关系复杂,听说还有点儿背景,想告倒他不是件容易事。诗婳要想胜诉,除自身出具的材料过硬之外,还必须得到方方面面的支持帮助,这就少不了你我。我是这么想的,我们分头在省里联络一些同学、朋友,到时候,哪怕帮不了关键忙,给她造造势,声援声援也是好的。你们那一届的学生比我们这一届强,多半分在省直单位,位置都占得不错,有的还蹭到了要害部门,甚至掌了点儿权,如果这些同学能够齐心协力给诗婳撑腰,就不怕雷好有权有势了,胜诉就有把握。眼看她都这个样子了,我们总不能袖手旁观呀。"

时之男钦佩罗尼娜这种纯真的同学情分和见义勇为的侠义精神,对她近乎愚钝的想法表示理解,但是,真正通过纪检监察部门或法律程序来解决问题,恐怕就没有她想象的这么简单。诗婳的勇气、诗婳出具的材料固然重要,还有一个不容忽视的细节是,诗婳是华夏集团党委书记的女儿,弄得不好,一场纯属个人之间的民事纠纷会演绎成单位与单位之间的法律官司。明摆着,好事的人会自然而然联想到,一个甲方的法定代表人怎么会与准乙方党委书记的女儿发生性行为,为了什么?随之而来的是,有人又会把案情与龙潭工程的招标投标工作生硬地联系在一起,真是这样,问题可就大了,就复杂了。由此,又会影响到龙潭工程的招投标工作能不能顺利进行下去。可是诗婳目前又是这种精神状况，坐视不管又有悖常理。时之男感到有点儿为难。

"我的想法很多，但未必正确。"时之男冷静地想过一阵，说，"我认为最重要的是诗嫘的态度，要看她是在怎么想。之后才是我们应该怎么做。"

"我就是搞不懂她呀。所以就着急，就瞎猜。"

"猜当然不行。把猜想作为目标，那不是瞎帮忙呀。"时之男说，"事发到现在，已经快二十四小时了，你知道，这种事如果错过有效时段，起诉会很被动。这种常识，诗嫘应该懂。她之所以没有及时做出反应，是想法不成熟，还是有什么顾虑，我们不得而知。她的精神受到重创这是肯定的，但是，精神受到了重创不等于神经系统丧失了思维功能。她很有可能在犹豫，能犹豫就说明思维功能正常。"

"啊！"

"让她安静下来是对的，让她有个很好的思维空间仔细思考也是对的。她拿定了主意，我们就知道怎么样帮她。现在着急没有用。有一点，我认为很重要：不能用我们的思维方式影响她，更不能用我们的思想情绪去催促她赶快作出决定，这是错误的，会坏事的。"时之男说，"我可以告诉你，我们是同学，校友，不会见死不救。但不能瞎帮忙，更不能帮倒忙。你想过没有，这不是一般的事，是个大事，不出炉则已，一出炉就骇人听闻，涉及面相当大，至少两个大单位会沸沸扬扬，省里会知道，弄得不好，还会惊动中央……诗嫘没有及时做出反应，我想一定有她的道理。"

"妈呀，这么复杂？……这我可没想到。"

"索性等等吧，等等。看来，诗嫘是个非常有脑子的人。"时之男非常自信地说道，"假如她真下定决心豁出去了，我们也只有帮她奋力一搏。你放心，我会尽我最大的力量。当然，你也不会例外。"

"那就听你的吧。反正我是个没啥主意又喜欢干着急的主儿。"

"她男朋友是干什么的？"

"哪知道呀！"罗尼娜嘟着嘴，"问她，她又不肯说。"

"……这事搁我头上，也只能这么办。都这样了，再见面怎么交流呢？不见面也好，少一组矛盾。"

"唉……"

"让她住在我家里好了，那么大一间房子就我一个人，我正感到孤独，寂寞难耐。她想住多久就住多久。"

两个人用最简单明了的话语沟通了一会儿，基本情况已经很清楚了。接下来如何动作，要看诗嫘往哪个方面下决心了。时之男和罗尼娜一起回到了大松树下面。

"这里太冷，走，上我家去吧。"时之男热情地对诗嫘说，神情自若，好像什么事情都不知道。

罗尼娜将抖满石桌的食品、饮料统统装回塑料袋里，拉着诗嫘跟到了时之男身后。

三个人沿着湖畔，穿过怡心园的侧门，来到一个水码头，登上了一艘仿古船。这是一艘用来旅游观光的画舫，外形漂亮，乘坐它可以横渡月湖，到达对岸的省直机关家属大院。

三十九

春节说到就到了。

大年初一。寇勉启程前往龙潭镇。

寇勉自己给自己下达的工作任务是：了解龙潭水电工程施工场地的准备工作情况；库区移民安置工作情况；当地农民的生产、生活情况，做点儿社会调查；顺便检查一下地方政府的工作。其中，龙潭工程施工场地的准备工作和库区移民安置工作当是他出行的重点。

早在龙潭工程招投标工作开始前，也就是潜龙水电资源开发总公司紧锣密鼓搞筹建的时候，省委、省政府就下发过有关文件，责成宜阳县政府为龙潭工程建设做准备，切实做好工程用地、生活物资供应和坝区、库区移民安置工作。开春后，龙潭工程的开标活动就要开始了，接下就有成千上万的施工队伍进场，数不清的机械设备开进坝区，开工在即，这些最起码的准备工作不做好肯定不行。去年秋天，寇勉率团赴欧美国家考察，除参观了各色水坝、水电站外，还特别留意了一下外国的移民安置情况，觉得有许多值得借鉴的地方，收获颇丰，所以，就想结合国情、省情，在龙潭工程适当引进有关先进经验。

寇勉此番出行可以说成是轻车简从。虽然动用了一辆可以容纳二十多人的中巴，却只带了必不可少的司机和一位生活秘书，没有记者、宣传工作者和厅局领导陪同。考虑到自己年事已高，行政的时日不多，下基层走动的机会会越来越少，同老首长、老战友的聚会也将不会是说有就有的事，所以，他在出发前特地给尉迟珙打了个电话，让尉迟珙通知茅镰和曹铁拐到龙潭镇会面，并一再嘱咐尉迟珙不要惊动了宜阳县委、县政府，他要等到检查工作全部做完了之后再突然出现在宜阳县的书记、县长面前，听取他们的汇报。

寇勉快七十了，是个早已过了任职杠杠的年龄，之所以超期服役，主要因为省政府领导班子特别需要他对省情的熟悉和四十多年的工作经验，需要他坚持走完非常特殊的过渡期。

寇勉曾是个流浪儿。父亲是抗联战士，战死；母亲和哥哥惨遭杀害，他幸免于难，被迫四处流浪。平津战役时，沿途乞讨的寇勉遇到一支来自东北老家的野战部队，死活要参军，跟着部队跑。时任团长的尉迟珙见他可怜，也很可爱，又听说他是抗联的后代，就把他收下了。寇勉入伍后在一个连队当号兵，那个连队当时的连长就是现在的曹铁拐。为解放海南岛做准备的预备师组成后，晋升为副师长的尉迟珙把寇勉调到了师部作战室，命他做干事，学点儿军事知识。预备师挺进滇桂黔地区后，作为解放海南岛的主力部队意外地没有仗打了，长时间的休整过程中，尉迟珙又把寇勉派到营里当参谋，意在给他创造一个实践的机会。不久，预备师整编，尉迟珙带两个团留在地方，寇勉所在的部队奉命开赴朝鲜战场。朝鲜战争停战后，已经当上了团长的寇勉随大部队移师国内，先在安南山区安营扎寨，后又带领自己的部队回到了滇桂黔地区。一九五四年长江发大水，寇勉奉命率部队参加荆江大堤防洪抢险，确保武汉安全。寇勉在荆江大堤防洪抢险过程中荣立一等功，回到地方部队后，被省军区点名去省城革大进修。那时，地方干部奇缺，革大毕业后，寇勉就留在省城当了农业厅副厅长，之后又当厅长、工委主任，直到副省长。履历虽然远不及参加过辽沈、平津两大战役的尉迟琪辉煌，但生涯也算是戎马倥偬。眼看就要卸任，自是感慨良多。

茅镰听到寇勉大年初一要到龙潭镇并且准备与老战友聚会的消息，非常高兴。不过，他没有遵从尉迟琪的叮嘱，没有按照寇勉的旨意行事，自作主张，很快把寇勉春节期间的行动悄悄告诉给了宜阳县的伍书记、陆县长。茅镰的想法是，此事非同小可，如果把书记、县长蒙在鼓里，对全县的工作很不利，再说自己和他俩的关系非同一般——精心培养了许多年的接班人，隐瞒这么重要的事情日后怎么交待？伍书记、陆县长得知寇勉出巡的消息后，很是紧张了一阵子。二人首先将寇勉的出巡定性为：微服私访，突然袭击。接下便分析判断寇勉所为何来。直奔龙潭镇，肯定与即将上马的龙潭工程密切相关。好在宜阳县委、县政府早已按照省政府文件精神界定了龙潭工程的红线区，大会小会开了无数次，动员坝区山民提前搬迁，腾出了施工场地；库区移民正在加紧部署（况且离蓄水期还有相当长一段时间，寇副省长也知道这不是一项立竿见影的工作）；生活物资供应不成问题，宜阳县的农副产品正充足得想方设法搞外销；促进城乡物流兼顾支援龙潭工程建设的宜宁公路拓宽取直工程已经动工……伍书记、陆县长仔细回顾了一下为龙潭工程上马做的准备工作，觉得寇勉不可能挑出很大问题，心里渐渐踏实下来。两人一致认为：按照老规矩、老经验精心安排参观、调研、汇报已经来不及，不如顺其自然，寇副省长想上哪上哪，想看啥看啥；他不愿意事先照面地方官员必定有不愿意照面的道理，主动欢迎、接待反而会弄巧成拙，引起反感，说不定还会惹出什么是非来，莫若权当不知，聚精会神准备汇报材料，以免事到临头无所措手脚。陆县长灵机一动，说，"气氛不够也不行。是不是在县城关、筲箕铺、龙潭镇等路段突击架设几副标语牌，标语牌上就写：'争分夺秒修建宜宁公路，全力以赴支援龙潭工程'，另外，火速派人去有关路段施工队鼓动鼓动，让他们加两天班，一个工日十倍的工钱，县政府出了，估计会有人干的。"伍书记说，"建议不错，就这么定了。"二人商议停当，马上给茅镰回了个手机，拜托他酌情应对接待工作，并反复嘱告：寇副省长在龙潭镇的活动内容随时通气，免得出岔儿；留心曹铁拐的情绪——这老祖宗什么都看不惯，什么时候都是一肚子的牢骚。茅镰当过几十年的县长，阅历丰富，自是知道如何把握诸多事宜的尺度，只是自家的春节计划全被搅乱了。

茅镰原计划赶在春节前两天去龙潭镇周边看看几个由他负责扶贫的困难户，再绕道把巴山茶送回对岸的面巴屯老家，然后回县城舒舒服服过个团圆年。寇勉这一出访，他哪里还能按照自己的计划行事啊？大年三十，茅镰撂下一拨儿从外地赶回家过年的儿孙，驾着那辆摇摇晃晃的吉普上了路。他先绕到筲箕铺，跑进了张灯结彩过大年的曹铁拐家，吞吞吐吐地问曹铁拐腿脚利不利索。曹铁拐听出话里有音，虎瞪起白多黑少的大眼睛，说："老茅子啊，有啥你就说啥，几十年我都这么蹭过来了，利索又咋样？不利索又咋样？"茅镰习惯听他一开腔就放铳，想了一下，斟字酌句地说道："寇副省长初一要到半爿街，你腿脚利索当然去去也好，腿脚不利索，不去我看寇副省长也不会怪罪。"曹铁拐见茅镰说的是两可话，也不把自己的真实想法说出来，故意打了个谜语让他猜："知道了。请不请是寇喇叭的事，去不去是我的事。"茅镰见他不说去也不说不去，自己不敢假传圣旨让他不去，又不想违心地劝他去，左想右想觉得这话没法继续往下说，就装出一副他去不去的决定都很英明的样子走出了屋子。正在忙年的苗士逸见茅镰来去匆匆，追到门口大声说："茅县长，我煮碗水饺你吃了再走行不？""改日吧，改日。"茅镰钻进吉普，按个喇叭就把车开走了。茅镰星夜赶到十字街，在将军楼伴尉迟琪度过了大年除夕。

华夏集团最近几年很晦气，职工的日子过得恓惶；时年又把特大受贿窝案的盖子揭了，余悸难消，一些多少沾了点儿荤腥的中下层干部像惊弓之鸟，惴惴不安，因而上上下下都沉浸在一种说不上来的气氛中，对传统节日很麻木。时空想让华夏集团的广大干部职工过个太平年和睦年热闹年，早早给贺怀阳打招呼，让总经办提前颁发了个文件，有意识地强调了一下总部机关和二、三级单位在春节期间不要再提倡加班加点，不要搞大型团拜活动。连有人把年度工作会议安排在春节期间召开的提议也给否了。理由是：法定的休息时间就安心休息，工作不是突击几下就能全部干完的。最终目的是希望集团上下全都放松放松，尤其是精神上，别老是感到大祸临头似的。他自己也想好好休息几天，快快活活过个真正意义上的大年。不料大年三十这天，尉迟琪按北方习俗吃完一大碗饺子就急着要回将军楼，说是有事。时空很纳闷儿，说："今年一家团团圆圆、快快乐乐在一起过个好年是年前就说好的事情，之男特地从省城赶回来了，我也摆了一大摊子事，怎么你急急忙忙吃了几个水饺就要回去呢？你一走，这个年还有什么意义，不又说不上团圆了？"尉迟琪见实在隐瞒不住，又找不到什么有说服力的理由搪塞，只好把寇勉要在龙潭镇过大年的事说了出来，同时表白只通知了自己和茅镰、曹铁拐，不让别的人知道，并说茅镰正在宜阳至十字街的路上，说好除夕在将军楼过。

时空原计划大年初一跑趟宁泰市，给宁泰市的市长祝原拜个年，然后在九州饭店摆两桌，把市委、市政府的负责人都请一请。近两万离退休职工的养老统筹问题，学校、医院、公安等社会职能单位移交给地方政府的问题，物价上涨过猛严重影响职工群众生活质量的问题，仍然没有得到妥善解决，继续拖延下去，对华夏集团的发展无疑是极大的制约，也不利于队伍的稳定。有些问题实际是在执行政策，应该很快得到解决，岂料迟迟得不到进展。去年元旦，时空曾专程去宁泰市找过祝原，贺怀阳、匡奇也往宁泰市跑过好几次，祝原的承诺还是很爽快的，可就是只听到雷声响不见雨点儿来。所以，时空就想再次登门拜访拜访，活动活动，联谊联谊，通融通融。有些个事，礼数到了，情感到了，问题也就解决了。年前，时空让贺怀阳、匡奇买好了礼品，备足了现金，准备初一清早出发，可是听岳父说寇勉副省长春节期间要到龙潭镇周边活动，立即改变了主意。

机会来了！时空一听说寇勉要到龙潭镇过大年，喜出望外，并且下决心抓住这个做梦也想象不到的机会：不能错过，绝不能错过！别看他正在动用大量人力、财力，竭尽全力参与龙潭工程主体标段的竞争，图谋最大份额，但是由华夏集团一家独揽龙潭工程的心没有死。最近他留意到，比龙潭水电站相差无几的工程交给一家承建的情况依然存在，足见中国建筑市场并非绝对推行招投标办法，特殊情况特殊对待的现象不是完全没有。既然如此，何不趁此良机极力争取？秋胤说得好，龙潭工程就在华夏集团家门口，人员和机械设备的及时调配能够确保工程的施工进度和质量万无一失，其他优越性举不胜举，而且华夏集团目前的困难局面又特别希望有这样一个庞大的工程做支撑，以利稳定人心、稳住队伍，可以说，华夏集团独家承揽龙潭工程有非常充足的理由。争取独家承揽龙潭工程，还有两个不容忽略的辅助条件：一是自己在省府办公厅工作多年，与寇副省长朝夕相处，感情甚笃；二是岳父曾经是寇勉的领导，至今私交不错，情面要素有时也是成事的关键。想到这里，时空大笑起来，对岳父说：

"好哇，好哇，太好了！我随你一起去陪陪他。"

"这可不行。"尉迟琪不知道女婿心里的小九九，阻止说，"连地方政府他都不让通知，你凑这热闹干什么，不能去。就别去了吧。"

"不知者不为过，问题是我已经知道了。知道副省长打家门口过，哪有闭门不见之理。"时空这才发觉，想伴随寇勉必须把岳父老头说服了才行，就挖空心思扯由头，"再说，我有好多事要直接向他汇报，正好搭个便呀。他在国外考察完了，一回国我就给他打电话，要求专门去省里向他汇报工作，他倒好，不让去，说我这里的情况他清楚得很，让我过一段时间再说。这下他主动送上门来，我怎么能放过了？不能呀。"

"你胡乱跟着……"尉迟琪又顾虑到了女婿的工作，"你又不是不知道，他那脾气……怪！"

"爸，我顾不得那么多了。"时空感觉到岳父松了口，忙给黄河拨打手机，叫他备车，又通知贺怀阳：给祝原拜年的计划暂时取消。

四十

正月初一的天气是个祥和的天气。太阳特别好，一大早就从远山的背后爬了上来，艳丽，辉煌。没有风，也就不太冷。

尉迟琪一行很早就离开了十字街，准备在与高速公路衔接的岔口迎接寇勉。黄河的奥迪里除了坐着尉迟琪、时空外，还有回面巴屯老家陪爷爷过年的巴山茶。巴山茶被时之男收拾得判若两人，吹了头，卷了睫，还适度地描了一下眼线。她上身穿着鲜红的羽绒服，下身穿着条淡蓝色牛仔裤，脚下是一双黑色半勒牛皮靴，完全看不出是来自大山深处的姑娘。茅镰独自驾着小吉普跟在奥迪的后面。黄河从后视镜里发现，茅镰的吉普走平路都像喝醉了酒。

到了岔口，奥迪和吉普徐徐停下。尉迟琪、时空、茅镰走下车来，一齐在高速公路边沿的安全岛立定，向着远处张望。茅镰正想给寇勉拨打手机，忽见有辆乳白色的中巴从宁泰方向驶来。

"是寇省长的车吧？"茅镰手搭凉棚。

"没错。"时空认识那辆中巴，"省领导到农村检查工作就用它。"

眨眼工夫，飞驰而来的中巴在他们前面刹住，旋即车门大开。

茅镰嘿嘿笑着："果然是的，果然是的，寇省长在里头哩。"就一脚蹬了上去。

寇勉一面和茅镰握手，一面望着正搀扶尉迟琪上车的时空，问："怎么多出一个人来？"

茅镰笑着说："一家子，哪能保得住密。"

这是一辆经过改装的中巴。车厢中央靠前段增设了一张可以翻贴着墙板的长方形小方桌，面对面是四把既可以折叠又可以旋转的小沙发；后排独立的座椅换成了类似于三人沙发的长条椅，能够睡觉。这会儿，最后两排长条椅上码放满了大大小小的纸箱，里面装着吃食、饮料、生活用具和准备在沿途赠送他人的小礼品。贾垚一个人坐在倒数第三排的长条椅上。贾垚是省政府办公厅秘书处的秘书，一个看上去非常精明、机灵的小伙子。司机卢力的年龄也不大，充满朝气。

时空把岳父扶到寇勉旁边坐定，自己站住不动，不说下车，也不说不下车。

寇勉亲切地握住尉迟琪的手，问站在时空身边的茅镰："曹铁拐呢？"

茅镰对曹铁拐的秉性非常了解，猜准他肯定赴约，就回答说："在龙潭镇迎接你。"

"他那腿脚，能走不能走哇？"

"没有问题，利索着哩。"

寇勉这才望了时空一眼，说："那就坐下吧。大过年的，我又不能把你撵下车。"

"谢谢老省长。"时空的情绪顿时高涨起来，"那……茅老县长，你的车走前面，开路，你路熟；让黄河的车跟在最后，殿后……"

"嘀，都派起活儿来了。你弄这些个事倒挺有一套，不愧为省政府办公厅的副秘书长。"寇勉说，"不瞒你说，这沿途吃的、喝的、用的，还有钞票，我都带足了，找不着旅店，我们三个人可以在这车上过夜。要那么车子干啥？让你的车开回去。"

"有备无患。"时空笑着，"万一有什么紧急情况需要联络，用得着呀。老省长路过我的营盘，我有责任提供保障。"

"这还有个说法了！唉，不想惊动各路神仙，结果还是弄成了个车队。就……依你的吧。"

"谢谢老省长，老省长开明。"

"这就好，这就好，"茅镰连说，"这就像回事儿。"

"看，"寇勉嗔道，"真有人嫌我不够威风。"

茅镰呵呵地笑着，正要下车，寇勉却叫他等等，说要给他个见面礼。

寇勉让贾垚把搁在后排纸箱最上面的一个黑灰色纸盒递过来，取出一顶左右两边朝上卷曲着的毡帽，往茅镰头顶一扣："牛仔帽，真正美国货。"

茅镰正好穿的是一件酱紫色皮夹克，这牛仔帽一戴，还真有点儿美国西部牛仔的派头，如果再配上一双马靴或者长筒子水鞋的话。茅镰取下牛仔帽，爱不释手地看了看，重新戴上，乐不可支："这么说，瘸子也该领到一顶。"

"他哪配戴这个，一条腿，戴上更像田野里的稻草人。我只能给他装备足力——捎了辆轮椅。电动的，还能折叠哩。"寇勉指指车厢后面，"看，纸箱下面。我们省研制的新产品，上市就走俏。"

"送他这么好的玩意儿干什么，浪费，一准大卸八块，改装成三轮脚踏车，给他那老七拉山货去县城做买卖使。"茅镰说，"我在台上的时候，送过他好几辆自行车，都这下场。"

"大材小用，不会吧？"

"不信走着瞧。"茅镰打个手势，下了车。

茅镰先招呼黄河捎着巴山茶准备尾随在中巴的后面，自己把吉普嘟嘟叭叭蹿到了中巴的前面。一会儿，车队缓缓启动，向大山深处进发。

几乎是在卢力按了两声喇叭示意起步的同时，时空拎起固定在墙板脚下的暖水瓶，把寇勉面前的旅行杯续满水，随后规规矩矩地坐到了他的对面。

寇勉却视而不见，紧紧拉着尉迟琪的手大声问道：

"身子骨怎么样？"

"挺好，能吃，能睡。"尉迟琪同样大声回答，指指自己的耳朵，"就这，越来越不得力。"

"看看，到省里看看去，我给你找医生。"

"看不好了，震过头了。"尉迟琪摇着手，风趣地说，"我这耳朵不如你结实，没经受住轰隆。"

"我要是经历过你那么多的轰隆，怕早就聋了。"

"那不一定，曹二九经过的轰隆只怕比我还要多，人的形状都轰隆散架了，可那耳朵仍然贼精，比狼还精。"

"谁敢跟他比呀，活脱脱一个怪物。"寇勉笑了起来，回身对贾垚说，"给翻翻，老首长的东西。"

贾垚在纸箱堆里翻了一阵，翻出一个长方形的硬纸盒，递给寇勉。寇勉接过硬纸盒，神秘地问尉迟琪："你知道我要送给你什么？"

"什么，那纸盒上面画得清清楚楚——拐棍。"

"这支拐棍跟送给茅镰的牛仔帽一样，虽说值不了几个钱，可它漂洋过海历经十万八千里哩。"寇勉把硬纸盒拆开，拿出一根做工精细的拐杖，"你看这成色，不错吧？先前我以为拐棍是中国人的专利，原来外国到处都有，做工远比中国人考究。有的拐棍里面还掖着把刀，过去我只是在电影里头见过，以为是糊弄人的，跑到国外一看，还真有这玩意儿。"

"货是不错，"尉迟琪把拐杖握在手里掂了掂，又在地板上拄了拄，"确实不错。小巧，结实，还有个手柄。"

"我给自己也买了一根，不如你这根贵，但样式比你这根漂亮。"

"你也用这个？早了吧？"

"早啥？早到点啦！"寇勉的声音老大，好像生怕大家听不清楚，"省政府明年换届，一晃就到了。我已经超期服役了一届，够不错的啦。继续在台上待着，人家会说我没觉悟，让干也不能再干了。"

尉迟琪的耳朵很闭，心里却清楚明白，知道此刻劝他继续革命或者功成身退都不合适，就说："上头怎么个安排你就怎么个服从吧。当过兵的人，就懂得军令如山。"

"已经没有服从不服从的问题啦。不能再干了，坚决不干了。"寇勉说，"感到有点儿累。退下来后，我就向你学习，两耳不闻窗外事，一心只读圣贤书，过闲云野鹤一样的生活。"

"那你就学不了我啰。"

"我怎么就学不了你呢？"

尉迟琪指指自己的耳朵："我这耳朵能够听不到，你那耳朵能够听不到吗？"说得车内的人都笑了起来。

驶过了一段柏油路，在一个立着"虎啸、龙潭"路标的岔口，茅镰的小吉普拐上了通往龙潭镇的沙石道，钻进了真正的大山深处。成片的稻田、麦垄渐次依稀，取而代之的多是茶园、橘园、竹林和松岭。山势越来越陡，沟壑越来越深，路面越来越险。沙石公路像一条淡黄色的彩带，蜿蜒起伏，缠绕在崇山峻岭。浮云暧霼，阳光时隐时现；雾霭氤氲，气流气压忽高忽低，远不如行进在平原丘陵时那般柔和滋润。偶有青布裹头的汉子、披红戴绿的妇孺三五成群，擦车而过。他们的背篓里大多装着金黄的柑橘和整边的猪肉、羊肉，笑语喧哗。

尉迟琪对沿途的地理环境、风土人情十分熟悉，不停地指着车窗外的山山水水大声向寇勉介绍，这座山叫什么名字，盛产什么；那道壑叫什么名字，住着什么民族，有什么习俗。末了，免不了感慨几句："水电站建起来了，这里的人就穷的变富、富的更富了。特别是兴盛、永宁、永泰这几个县，沾了不少水电站的光，远不是从前的穷棒子了。"

寇勉虽然分管的是全省工业战线，但对农村的情况也很关注，也很了解，尤其是宁泰市管辖的十多个县市。皆因是永泰、松峦、花溪、虎啸几大水电站的所在地，兴建过程中，他每年都要到这一带来个三四次，工业、农业；县镇、农村都是他工作的对象，只是不像长年守望在这里的尉迟琪那样，对当地情况滚瓜烂熟。寇勉觉得尉迟琪的结论很精辟，表示赞许：

"水电对地方工农业发展的确起到了不可替代的促进作用，宁泰的区域经济发生了翻天覆地的变化，我看就是得益于几大水电工程的拉动，要不然，仍旧缺水缺电、交通不便，祖祖辈辈在崖缝里刨食的各族山民真不知道猴年马月才能彻底翻身。等到龙潭电站建成了，宜阳县的脱贫问题也就不是个问题了，跟兴盛、永宁、永泰挤到了一个起跑线上，特别是龙潭、龙坪、展旗那几个贫困乡。"

"听老茅讲，一听说龙潭电站要上马，龙潭镇的居民高兴坏了，都说龙潭镇很快就要跟永泰城关、十字街镇一样，变成大城市了。"

"理想还真不坏。"提到龙潭电站，寇勉就想起了自己此次出行的主要目的，说，"工程眼看就要破土动工了，不知道宜阳把准备工作做得怎么样。红线区是不是按省政府要求不折不扣界定下来了，施工场地是不是全部腾出来了，坝区、库区的移民工作是不是做得很扎实，老实说，这些事经常搅得我睡不着觉。特别是移民问题，简直是个无底洞。永泰、松峦、花溪、虎啸四大工程，比较起来，数永泰的移民工作做得最糟，当时的资金异常短缺，搬迁户大多是算了一点点儿家产补偿、新居补贴，户口一下就了事，弄得前几年还有不少移民返迁，吵得永泰的书记、县长办不成公。没办法，大前年我专程跑了几趟接收永泰移民的省份，反复做工作，又拿出不少钱来，前后搞了两个多月，总算把这个遗留问题勉强了了。前车之鉴，龙潭工程的移民工作我得提前抓，抓紧点儿。"

"这些事过会儿你问问茅镰就知道了。这老精怪离岗不离职，还在上下张罗，特别爱管闲事，宜阳的大事小事他全知道。"

寇勉忽见尉迟琪花白的鬓角渗出几点细腻的汗粒，叫他赶快把裹在身上的黄色呢子军大衣脱了，说车内有空调，很暖和。时空连忙起身，帮岳父把厚重的军大衣剥了下来。寇勉见尉迟琪里面穿的呢制服也是黄的，风纪扣一丝不苟，就呵呵地笑。尉迟琪见寇勉上身的藏青呢子中山装风纪扣扣得严严实实，也呵呵笑了起来。

时空被晾在一边。时空不甘坐冷板凳。他已经给寇勉面前的旅行杯里添过两回开水了，希望能引起寇勉的注意，把老头子的目光从岳父身上转移到自己身上，但没见效。

寇勉和尉迟琪亲密无间地拉扯了好大一阵，又心旷神怡般欣赏了一阵车窗外面的奇峰异岭、行云流雾、山庄田园，方才慢慢回过头来，打量了一眼坐在对面的时空。

时空赶忙拎过固定在车墙板脚下的暖水瓶，起身向寇勉面前的旅行杯里添开水。

寇勉指指旅行杯："满的。"

"哦？"时空见旅行杯里的茶水果然满得不能再添水了，岳父面前的塑料杯也是满的，转身把暖水瓶放回原处，掩饰了窘态，重新在寇勉对面坐好。

"你搀扶老首长蹭上我这车，无非想实现一个美梦……"寇勉慢腾腾喝了一口茶，"大包大揽——龙潭工程给华夏一家干了。"

时空脑子一蒙，两只眼睛惊得发直：这老头！

"不值得惊讶，这谜好猜。管着龙潭工程的副省长造访龙潭镇，自然是跟龙潭工程有关。你知道我的主要目的，就打定主意——利用我实现目的的当口实现你的目的。"寇勉瞅着时空，戏谑说，"堂堂华夏集团的总经理，凭什么跟风赶浪搭便车？凭什么如此低三下四、卑躬屈膝？"

时空赔着笑脸："老省长耳目聪颖，什么阴谋诡计都瞒不过您。"既然话已挑明，那就干脆把早就准备好了的理由说出来得了，"我决不胡搅蛮缠，如果我的理由不妥当，不充分，老省长您只管当作耳旁风……"

"先听我说。"寇勉挥挥手，音量远没有与尉迟琪说话那么洪亮，"建筑领域，各省区早就在搞招投标这一套，时下已经是一股潮流，我们省能逆潮流而动吗？脑袋比别人大？比较起来，我们省在重大工程建设方面已经慢了别人半拍，从前强调的理由是：相对落后，经济没有兄弟省份发达，不敢轻易将重大工程交给不明底细的队伍施工，害怕承担不起经济损失。所以上花溪、虎啸那会儿，省里立足本省实际，没有赶浪潮，没有把这两个工程推向招投标市场，而是全部交给华夏集团一家干了。那时你在省政府办公厅，完全清楚省委、省政府领导在这个问题上的争议。当然，华夏集团也确实具备同时干好这两个工程的经验和实力。可是现在不行呀，继续把龙潭工程一揽子甩给华夏，上头怎么看我们？兄弟省区怎么看我们？全国各省区都能做到的事，我们省为什么做不到？没有道理解释，也不好意思解释。要向兄弟省份学习，欢迎人家来投标，高兴人家中标。华夏集团不是有好几个施工局在全国十好几个省市中了近百个标吗？人家怎么没有把我们排斥在外？确实应该公开、公平、公正，不能搞歧视政策，不能搞地方保护主义。推行招投标也还是有它一定的道理的。"一番直话、实话把时空的口堵死了，把他下决心冲杀开的"血路"切断了。

时空目瞪口呆，觉得心里发慌。

寇勉知道时空性格坚毅、倔强，却通情达理，组织观念也强，就点到即止，没有把让他失望的道理深说下去，"……到华夏工作有半年了吧？"有意绕开了话题。

时空郁闷地点点头。

"感觉怎么样啊？"

还谈什么感觉哟！时空怆然一笑："七处冒烟，八处冒火，无从说起。我不敢随便粉饰太平。"

"那好，我替你说了。"寇勉于是眯缝起双眼，像把脉的老中医，"由于前所未有的市场经济形态不断拓展，由于没有成功的市场运营模式模拟，由于没有现成的市场管理经验可资借鉴，由于没有较为完善的招投标法则可以遵循，加上管理观念陈旧，传统势力根深蒂固，企业的生存发展面临严峻挑战。历史遗留问题多，包袱沉重；施工队伍收缩大，离岗离职人员心情浮躁；利益分配标准失衡，层级收入比例距离有增无减，生活质量反差明显；管理漏洞使利欲熏心者获得了许多可乘之机，腐败现象推波助澜，又给企业埋伏下了不可预知的隐患，导致不稳定的情况时有发生，雪上加霜。受诸多不良因素困扰，企业命运多舛，前景迷茫，神仙难卜。是这感觉吧？"

"老省长高瞻远瞩，明察秋毫。确实是这么回事，只是……束手无策。"

"万目不张举其纲，众毛不整振其领。综合治理，抓主要矛盾。"寇勉当即给他开了个处方，"治企要严。拨乱之政，以刑为先。"

时空本想续上一句"治定之化，以礼为首"，蓦然想到这话一出口无异于跟副省长顶牛，何况自己的思想观点未必比领导正确，就改为点头称是，"至理名言，至理名言。"

寇勉颔首："你来华夏上任之前，我特地找你谈过一次话。我提醒过你，不称职的，有问题的，不论大小，该撤的撤，该换的要换，不然，综合治理规划、发展战略制定得再好，没有人执行。有进度没有？"

寇副省长这话当然是经验之谈，是好意，是忠告，可是，谁称职谁不称职用什么做准绳？鉴别谁有问题谁没有问题拿什么标准衡量？不能说谁不称职谁就不称职，说谁有问题谁就有问题呀。撤换一批干部，即便用最流行、最便捷的竞聘办法，也需要时间考核预备人选。还有，华夏集团闲置下来的干部已经不少了，再用不称职、有问题这种模糊概念笼统闲置一批，怎么安顿？难道还像以往的做法一样，让他们退养或随便安插在哪个单位喝茶、抽烟、看报纸混时日？话好说，做起来没有那么简单容易啊。时空犹豫着，说："暂时没有。想等等。"

"理由呢？"

"我怕把华夏集团越整越乱，现在还要依靠他们稳住阵脚。基层组织大面积挪动主帅，麻烦更大。"时空实话实说，"我认真了解了一下，很多二、三级单位的领导干部在任时间也就两三年，工作头绪刚刚理顺，局面刚刚打开；有些干部是优缺点并存，动作快了，动静大了，一刀下去，弄得不好就是好人坏人都给切了。华夏集团内部倒腾了好几次，已经倒腾得浑水一潭，是乌龟是鳖鱼很难分辨清楚，只有等等，等水清了看准再说。"

"嗯……倒也实事求是啊？"

"老省长明鉴。"

"在省委、省政府领导眼里，时空是个本分人，老实人，只有老寇我别具慧眼，最不老实的就是你，不老实得让我找不到治你的茬儿。"

"嘿嘿，过奖，过奖，老省长过奖了。"

"行啊，将在外，君命有所不受。我的话只不过是些建议，一孔之见，可以接受，也可以不接受，你看着办吧。"寇勉见时空说的也是实情，不无道理，也就没有强人所难，"不过，有个最要紧的问题你必须时时警觉，那就是稳定。"

"我一定谨记，稳定压倒一切。"

"去年，十二月初吧？我刚刚到巴西那会儿，大几千人把华夏集团总部大楼围了个水泄不通，事情很大啊。"

这件事可以说是水落三秋，还提它干什么呢？时空心里直敲小鼓，"您……知道？"

"纸哪能包得住火喽，你还以为你捂得挺严实吧？"

去年深秋华夏集团发生大规模群众集会，时空不想张扬出去是事实，因为害怕影响华夏集团的对外形象，加深省委、省政府领导对华夏集团的不良印象，还有，这就是自己来华夏集团当总经理搞的政绩呀？但是，刻意隐瞒事实的动机的确没有，就觉得很冤，就抱怨寇勉喜欢挑刺儿，还憎恶起那些以看别人翻船为乐的人来。"卑职无能。"他低着头，言不由衷地闷出一句。

"用不着紧张。没有谁认为这事的发生与你个人有多大关系，省委、省政府实事求是。"寇勉似乎看出了他的心事，"陈谷子烂芝麻——旧账。及时向省委、省政府报告的不是你的团队，也不是地方政府，没谁愿意多管闲事。是维护社会治安的民警和武警部队，你不要瞎猜疑。碰巧的是，那天有几个采风的记者在场，他们把事情的前后经过向省委、省政府写了个内参，文稿就登在你以前主编过的《时事动态》上，我一回国就仔细看了。"

《时事动态》是省政府办公厅编印的内部参考资料，类似于新华社主办的大参，选载的文章绝大部分是省内的焦点问题、热点问题和突发事件，仅供省委、省政府、人大、政协领导参阅。时空确实主编过，知道它的严肃性。

"事发至今有两个多月了吧？没听到看过这期《时事动态》的领导有什么反应，大约是因为没有酿成大祸，也就当一阵风吹过去了。"寇勉说。

时空暗暗松了口气。

"倒是人大副主任黄奂私下跟我说起过这事。"寇勉说。

"哦？"时空的心又绷紧了：这可是个非常要紧的人物！全省各级政府的组成，他的意见断然不可等闲视之；副厅局级干部、各县市行政官员莫不对他敬重有加。他称赞一句，可以关系到某个政府官员的前途；他批评一句，也可以关系到某个政府官员的前途。

"黄奂是个有心人。"寇勉说,"他说他认真思考过这件事的因果关系。他说,华夏集团的那场集会规模不算小,全国并不鲜见,关键是结果。其他地方出现这种情况,由于应对欠妥,往往蔓延、扩大;时间长,群众情绪激烈,以致弄得地方上的高级领导头疼,而华夏集团则不然,前前后后也就一个上午,其结果是几千群众自动散了场。黄奂主任于是向我提出了一个问题:通过什么办法得到的这种结果?黄主任的话把我提醒了,所以,这件事经常让我思来想去。"

原来是这么回事!时空舒心地笑了笑。

寇勉没有向他直接发问,却是用一种犀利的眼神瞧着他。时空见状,夸张地搔了搔头皮:这老头儿惯于声东击西,一不小心就会钻进他的圈套,不问不答不上当。

"华夏集团那次集会,"寇老头是个急性子,没有耐过时空,"起因不在你,首先把责任给你撇开。但是处理问题的结果跟你有很大关系——有功啊!我先给你记上。"

时空一惊,忙说:"别别别!不求有功,但求无过。既然省领导都知道了,从此不提这件事就是对我最大的奖赏。"

"是就是是,非就是非;过就是过,功就是功,只是暂时还没有怎么个奖励你的打算,主要是找不到一个恰如其分的名分,就缓缓吧。"寇勉的脸上好不容易露出一丝儿笑容,"只给你泄露一点儿机密——那天省主要领导非常关注。我是回国后才听说的,还真想知道你是用何等策略平息事态的。说说?"

这件事不提则已,提起来就让时空悲愤交加。悲的是,由于到华夏集团上任的时间不是太长,人生地不熟,不知河深海浅,事发前根本感觉不到风吹草动,也无人通风报信,连个朋友也没有,孤独无助;愤的是,大难当头,班子成员出奇地蒸发得所剩无几,没有退路,不硬着头皮往前顶还能做出什么别的壮举?稀里糊涂被推上了被告席,又稀里糊涂走出了神情各异的人群夹道……哪里还谈得上使什么策略啊!时空迎着寇勉的目光:

"说真话?"

"我跟老首长一样,当兵出身,一个德性,哪能容得虚假情报。"

"骗,"时空冲口说道,"骗。"

骗?!

前面握着方向盘的卢力扑哧一声大笑。坐在后排的贾垚紧捂着嘴没让自己笑出声来。尉迟珙无动于衷,仍旧双手拄着拐杖左顾右盼,怡然自得地观赏沿途风光。

"骗?"寇勉引长脖颈,"怎么骗呢?"

"那天,面对嗷嗷待哺的广大职工群众,我许了不少愿。如果在以后的日子里兑现不了承诺,那不就是骗。"

"嗯……"寇勉向后靠正身子,端起旅行杯,喝了口茶,"嗯……"

"自古驱民在诚信,一言为重百金轻——这句诗太好了。"时空苦着脸,"可是,我的能力和魄力连我自己都表示怀疑,那许多承诺怎么兑现得了啊?"偷视了寇勉一眼,以退为进,"承诺兑现不了,职工群众肯定会骂我是骗子,骂就骂呗,个人背个骂名也没啥,怕就怕积怨甚多的职工群众又激动起来,犯老病。"

"嗯……"寇勉又喝了口茶。他感到了一种巨大的压力,并且发觉自己撞进了时空的伏击圈:"所以,你就急着去省里找我'汇报',寻求帮助。"

"在困难面前,有领导和组织的支持跟没有领导和组织的支持,其结果当然大不一样。"

"真有韧性、耐力,东躲西闪,终于把我躲闪回了刚才的话题,嘿嘿!"寇勉准备突围,"实际上,你只想通过我解决一个问题,那就是龙潭工程由华夏集团独家承建。你坚信,只要这个问题一解决,一切问题都可以迎刃而解。我的看法是:没有那么简单,即便帮你解决了这个问题,华夏集团的隐患也不可能彻底消除。三五年过后又怎么办?"

"至少可以缓解燃眉之急。"

"用省领导的指令取代潜龙水电资源开发总公司的职能。"

"说实话,我有时真怀疑潜龙水电资源开发总公司存在的必要性。"

"好大的胆子!我得明白地告诉你,你这着棋理想得太离谱儿,没有谁能帮得了你,也没有谁左右得了这种局势。"寇勉知道,既要说服时空又不能打击他的积极性,也需要韧性和耐力,因而语调显得特别温和且富于情感,"正是基于这一点,我才再三阻止你往省里跑,想让你早早死了这个心。刚才,我和你岳父大人说的有句话,其实是说给你听的——我已是快退出领导岗位的人了,不能随便说话,不能无原则地表态,尤其是在大是大非问题上。我的话,分量越来越轻,不可能有人像从前一样认真执行,这没关系,问题是,别给领导班子带来麻烦,造成被动,更不能用个人意见去干扰省委、省政府的重大决策。"

时空睁大了眼睛,哑口无言。他忽然一阵哀伤:老头儿被自己逼得亮出了底牌。是啊,龙潭工程将要耗资三百多亿——如此重大的项目,哪能受一两个领导左右呢?他甚至懊悔自己的想法太幼稚。

"你现在就是在风口浪尖儿,就是在前线指挥所。"寇勉轻声慢语,却不乏给时空施压,"作为一个指挥员,除了一门心思策划如何吃掉对面的敌人外,指望友邻部队紧密协同,指望上级强有力的增援和克敌制胜的法宝都是徒劳无益的。丢掉幻想,开动机器!老首长,你说我这话对不对?"碰了碰身边的尉迟珙。

"啊——?"尉迟珙猛一扭头,声音老大。

寇勉禁不住一笑:"你真聋得厉害了呐。"

"啊?"尉迟珙又是粗大的一声。

吱——恰在这时,中巴突然一个急刹,接着又猛地向前一蹿,颠得车上几个人前仰后合。

"……小卢,怎么回事?"寇勉嚷出一声,"这不是你开车的水平啊?"

"前面那辆领路的吉普有病吧?"卢力抱怨说,"爬坡爬得屁滚尿流,刚才它还差点儿倒着跑。我怕啃了它的屁股,赶紧给了一脚。"

"老牛拖破车。"寇勉拉开车窗,把头往前探了探,又仰望了一下天空,"天怎么阴了,该不会下雨吧?离龙潭镇还有多远哪?"

"快到了。"时空虽然很失望、很悲苦,但还不敢流露出来,还得小心迎合寇勉的心情,"爬上这段陡坡就到了盘龙岭半腰,到了盘龙岭半腰就全是下坡,坡下完了,龙潭镇就到了。这段路是盘山路,其实,龙潭镇在我们的左后方,上了盘龙岭还得往回走。"

"走回头路?"寇勉风趣地说。

"主要是上盘龙岭之前的那两架山挡了道。"时空认真解释,"如果从那两架山的脚下打两条不到五百米长的隧洞穿过去,至少可以节省半个小时的车程……"

中巴突然停了下来。卢力没顾上打声招呼就跳下了车。

时空回头一看,见前面的小吉普抛了锚,慌忙起身下车。贾垚也跟了下去。

尾随在中巴后面的奥迪缓缓停住。黄河担心前面出了事故,钻出奥迪就急慌慌往吉普那边跑。

小吉普趴在马路中央不能动弹。茅镰车上车下忙个不停,牛仔帽檐儿下,花白的两鬓直冒热气。

这是一辆地道的美式小吉普,车身窄、短,车头和帆布车棚略显方正——与流行概念完全不搭界,尾股后面还背着备用轮胎和加仑桶。汽车的出厂日期应是上个世纪四十年代,漂洋过海辗转到宜阳,已历七十多个春秋,车况自是没有了丁点儿值得夸赞的地方:四只橡胶轱辘磨损得光光溜溜,看不到一星儿半点儿齿纹;引擎盖、帆布车棚和半拉子金属车门尽管涂着厚重的墨绿色油漆,但撬拔、打磨抛光以及接缝的痕迹依稀可辨;几颗花生米大小的弹孔散布在车门和厢板上,虽经焊补,依然历历在目。车棚里有四个座位,旮旮旯旯塞满了雨衣、套鞋、阳伞和各种修理工具、应急零配件。

美式吉普是解放宜阳县城的战利品,从前专属什么人物使唤不得而知,亦无从稽考。宜阳解放后,它改弦易辙,成了新政权第一任县长茅镰的坐骑。遍体鳞伤的美式吉普自是经过一番精心"治疗"。当时的县长拥有这样一辆车十分了得,出入县城,茅镰很是风光。征采军粮,剿匪除霸,筹建乡、区新政权,识字扫盲,上山下乡、访贫问苦,兴修水利,迎来送往,茅镰均是以它代步。初解放那会儿,它甚至为剿除匪霸、反动势力充当过战车。窄短、底盘高是小吉普的长处,行动极为方便,无论是搓板路还是骡马车、牛车小道,它都能行驶自如,因此,几十年来,宜阳县的十三个行政乡(解放初为区),没有茅镰未曾涉足的地方,后来连永泰的交警都知道到现在还驾美式小吉普的是宜阳县的县太爷。茅镰和这小吉普有着深厚的感情,离休那年,接任的陆县长问他有什么要求,茅镰说啥要求都没有,就想要辆车。陆县长以为他想要的是县里那辆唯一能够撑门面的桑塔纳,咬牙说没问题,你就开走吧。后来陆县长才知道,茅镰开回家的原来是在车库里废弃了有些年头的老吉普。

秘书贾垚是九〇后,没见过这玩意儿,围着吉普转了两圈儿,啧声说:"什么车呀,怪怪的。"

司机卢力虽然只有二十五六岁,因为一直跟汽车打交道,有些见识:"小吉普,美式,老电影里经常亮相,只要它一露头,肯定有国民党的将官现身。"

寇勉和拄着拐杖的尉迟珙也从中巴里走了出来。寇勉走到小吉普前,笑着:"难怪爬不动,哪个世纪的罕物哟。"又说,"别看它现在变得其貌不扬,当年可气派了。我在朝鲜就用它,缴的。"

尉迟珙对这辆小吉普没有什么特别的兴致,因为他过去和现在都经常接触,见惯不惊。尉迟珙走到车前，大声问道："啥毛病啊？"

引擎盖子早就掀开了，茅镰正趴着引擎上用螺丝刀撬拔钩在汽化器上的一根弹簧，说："都怪我太勤快。不是想好好给寇省长领个路吗？所以，昨天出发前我特地把喝风上的弹簧换了根新的，哪晓得这弹簧根本不过关，跑着跑着就使起了性子，想加油时它不使劲儿，不想加油时它又拼命使劲儿，一路疯疯癫癫像犯了神经病，这不，还熄了火。我换过来。"

卢力说："下头还在漏油哩！"

"不碍事，那油是渗的。"茅镰心里有数儿，"想图个保险，昨天我多加了点儿机油，哪晓得油底壳垫圈消受不起，才多加了一点儿它就往外渗。垫圈是我用马粪纸敲的，早就买不到配件了。"

"总以为我那奥迪赶不上趟，没想到你老先生还掖着这么个古董。"黄河讥笑说，"扔废品站回炉拉倒吧。"

"好大的口气，百把万咧。"

"当过县长的人也吹牛！"卢力怪叫着，"这破玩意儿值百把万？"

"鬼信。"黄河仍旧是一种嘲讽的口吻，"送我都不要。"

茅镰"咔嚓"一声撬下了那跟新弹簧，呵呵一笑，不慌不忙地说：

"大前年的事了。宜阳县为龙坪草原招商引资扩充狩猎场的基础设施，国内国外、境外来了不少企业家、老板、富翁，我也凑热闹去了。一个自称有英国国籍的港商，四十多岁的样子，突然对竞标不感兴趣，却对我这辆小吉普发生了兴趣。那高鼻梁蓝眼睛外国佬围着我这辆破吉普转了好几个圈儿，还非常老到地揭开引擎盖子，勾着脑袋往里瞧了好大一会儿，然后用半生不熟的中国话问车主是谁。我指着自己的鼻子尖说：'本人。'他很快来了翻译。翻译告诉我，那外国佬希望用一辆崭新的奥迪换到我这辆吉普。我打了个顿：原来这辆破吉普的身价和新奥迪相等。但是我明确表示没有与他成交的意思。那富翁和翻译叽叽咕咕了一番后，又由翻译出面跟我交涉：'用一辆新奔驰换行不行？'我又想：这破吉普的身价还可以与新奔驰相当。但我还是明确表示不换。那翻译又和那老外叽咕了一阵，还是由翻译做中介：'十万美金，一手交钱，一手交货。那外商说这是最高价，不能再高了。'我说：'你去告诉他，一百万美金也不卖。'后来，那外商红着脸蔫蔫地走了，一边走还一边嘀咕，不知嘀咕些啥。我问翻译这是怎么回事，明明是一辆破烂不堪的汽车，他却不惜重金想弄到手。翻译告诉我，那富翁的爷爷曾经参与过这种小吉普的设计，而且他发现这辆车的出厂日期非常早，就想买回家收藏起来，同时纪念他那为二战胜利做过贡献的爷爷。这件事是可以打听清楚的，明天见了我们的书记、县长，你们可以当面问，看我是不是吹牛。"

"啊呀。"卢力的眼睛睁得溜溜圆，又围着小吉普转了一圈儿，"原来是个古董啊！"

"哼哼。"黄河半信半疑地把小吉普觑了几眼，"真看不出来！"

"茅老县长，进度怎么样啊？"站在不远处的时空喊道，"动作只怕要快点儿啊。"

"换根弹簧倒是小事一桩，问题是还得仔细检查检查，调试调试，突然熄火的原因很多很多哪。"茅镰回答说，"有点儿着急是吧？我尽量快。"

"我有啥着急的。"时空早觉得天气不太对劲儿，山色迷蒙，顶空乌云聚合急遽，已有雨粒从云层筛落下来,"怕是有大暴雨。"

贾垚说:"不会吧,还没立春哩,怎么会有大暴雨。"

黄河说:"这地方跟省城的气候有天壤之别,隆冬也下大暴雨,一年四季不落空。"

"要下就让它下去。"因为这次出行的工作谈不上紧迫,几乎没有压力,寇勉心情还算不错,"我听说这地方有个风俗习惯,专门赶在大年初一探亲访友,遇上大雨反而更高兴,说是开年就落湿(实)——大吉大利,一年尽交好运。"

"不假,不假。"茅镰说,"我们一开年就交好运了,有幸迎接寇省长光临哩。"

说得几个人都笑了起来。

时空感到即刻大雨倾盆,对茅镰说:"再爬三四十米就到半山腰了,山腰有个无名洞,洞前有块开阔地。"他从这条路去龙潭镇几次,地形地物比较熟,"我们帮你把车推到开阔地,你在那上面不慌不忙把车况彻底检查一下再下山行不行?停在这里不安全,一面是陡峭壁立的盘龙岭,一面是深不见底的千丈壑,万一下起大暴雨又遇上有车辆从上面俯冲下来,危险哪!"

茅镰抬头仰望了一下浓云密布的天空,又伸出手掌试探着雨点儿,经验告诉他宁可信其有,不可信其无,说:"主意不错,听你的。"就从车头溜了下来,"嘭"的一声合上了引擎盖儿。

待在奥迪里面的巴山茶半天不见黄河归来,也没见前面的中巴车有什么动静,钻出来跑到了吉普旁边。见大家开始推车,她也准备帮一把。寇勉见忽然冒出一个小姑娘,问:

"谁家的娃子?"

时空说:"茅老县长的干孙女,扶贫时认下的。我们家的情况您知道,不是缺个烧火做饭的嘛,她就在我们家干这个。春节,让她回去看看。她老家还有个爷爷,就在龙潭镇对岸。"

"哦?你们家同样在扶贫。"寇勉诙谐地说。

"不敢当。"时空笑了起来,"是剥削劳动力。"转身对巴山茶说,"这位老人家姓寇,你该喊他寇爷爷,又多出个爷爷啰。"

巴山茶怯怯地喊了一声:"寇爷爷好,给寇爷爷拜年。"

"好,好好。"寇勉乐了,"给寇爷爷拜年,寇爷爷没有压岁钱给你,就送你一个小纪念品吧。小贾哪,待会儿把收录机给她一个。"

一旁的贾垚回答说:"好呐。"

茅镰从车旮儿里摸出三把雨伞,给寇勉、尉迟琪、时空一人发了一把,对黄河、贾垚、卢力说:"我这车不重,力气大的人能拎得起来,你们三个壮小伙稍微使把劲儿就够了。"说完,抬脚坐上驾驶位,握住方向盘,"准备——开始!"一边慢慢松开了手刹。

黄河的个子大,力气大,一个人顶推着车屁股;卢力、贾垚、时空、巴山茶分列在左右两边,大家一齐用力,小吉普缓缓向前爬动。寇勉、尉迟琪支起雨伞,跟在旁边为他们遮雨。

就在这时,一声撕心裂肺的沉雷凌空炸响,紧接着,豆大的雨点儿夹着拇指大小的冰粒噼里啪啦铺天盖地，黄色的沙子路面立时水流成渠。

几个人同时翘起了屁股，齐声吆喝，一鼓作气，呼啦啦把小吉普推上了山腰。

黄河和卢力又冒着暴雨、冰雹往下跑，慌慌张张把奥迪、中巴往上开。

四十一

盘龙岭半山腰的一方开阔地实际上是人工开凿浆砌而成的平台，可以停泊四五部汽车，大约是当年修路的民兵、山民为过往汽车、行人小憩设置的。紧挨开阔地的是个山洞。山洞不大，空空的，只有一些石块、灰烬和残存的排泄物，仅此而已，没有任何文化内涵。洞的右边是坡度很陡的刚才那段公路，过洞一个急转，几乎是在往回走，同样是坡度很陡的路段。从上往下看，路段弯弯曲曲，像扭动着的水蛇。开阔地边沿用钢筋混凝土浇筑了一排方方正正的安全墩，安全墩前方是悬崖绝壁，人称"千丈壑"。

"这洞真叫无名洞嘞。"尉迟琪、时空、茅镰、贾垚、巴山茶先后钻进了洞子，寇勉见洞口上方深镌着"无名洞"三个隶书大字，就高举着雨伞在洞口站住了，又发现两旁还刻有一副对联，也是隶书，不由大声念了起来，"虎踞龙盘地；月吟风啸天。嘻……大气磅礴。"

茅镰接话说："这地方算永泰县，一下了这盘龙岭就是宜阳县。宜阳人也爱写对联，比这副对联好的多得是，待会儿你到了龙潭镇一看就知道了，家家户户门口都有对联，一副比一副好。"

"好哇，中国人喜欢对联，更喜欢写对联，待会儿见识见识龙潭镇的杰作去。"

黄河、卢力把奥迪、中巴开上开阔地，跳下车就扯着喉咙大叫："雨小啦！快停啰！"一面掣向洞旁，抬出大炮，朝着千丈壑一气急尿。

寇勉堵住洞口，将头探出洞外，见滂沱大雨果然细化成了水丝，落地的冰雹也迅速演变成了水泡，说："下这么一会儿就要停了？跟我们开个小玩笑啊。"

"这里的雨水就这么个怪脾气，说来就来，说去就去，来去都不打招呼，天气预报没报准过一次。"茅镰说，"刚才下的叫过山雨——每个山头洒一点儿就完事。还有隔山雨——山这边的雨下得天昏地暗，看不见人影，山那边却是蓝天白云，风和日丽。连阴雨——瓢泼大雨一连来个三日五日的情况也不少，遇到一次连畜生都心烦。有年春上我下乡，天煞黑在柳林垮歇脚，见太阳刚下山，就走过石板桥去对岸的槐树坡串门，没想到过河就赶上了一场大雨，一下就是三天三夜。这下可好，害得我在只有三户人家的槐树坡傻待了七八天，把正事全耽误了。"

寇勉问："怎么回事？"

"怎么回事，山洪暴发，河水猛涨，哪敢过河哟。下三天三夜的暴雨，再等四天四夜退潮，那石板桥才重见天日，可不就得在槐树坡傻等七八天？"茅镰边说边往洞外走，"你们在洞里歇着，我修车去。"

时空走到寇勉跟前，关切地问道："冷不冷啊？"

"不冷，冷啥！"

"要是真不冷，就到外面透透气。"时空说，"这洞子里的气味很不好。"

"嗯，也是。"寇勉点点头，望着时空，忽然说，"我说小时呀，你见我的目的是说事。这事吧，虽然没说成，但你我的话算是全说完了。继续跟着我走的意义不大，我看你还是回吧。"

时空原想讨得寇勉的欢心，哪晓得讨了个逐客令，心里很是不悦。但是，心里不悦是可以的，表面不悦是不可以的，他艰难地笑着："这……不好吧？"

"有什么不好！这雨也歇了，回吧，回家安安心心、痛痛快快过个好年。你老岳父一路有我照顾，他对我恩重如山，我会比你还尽心。"

时空信心十足地跟随岳父陪伴寇勉巡视龙潭，实指望寇勉能在华夏集团实现龙潭工程总承包的愿望上，以力挽狂澜的豪迈气魄帮一把，孰料事与愿违，不但没有达到预期目的，反被这老头启发、规劝、教育、训示、敦促、激励了一番，要说他心悦诚服，未免自欺欺人，内心失望、沮丧而佯装淡定倒是合乎情理。性情直率的寇勉心里有数儿，怕他一路陪随，别扭、难堪，就好心好意给了一个台阶。时空若是知趣，可以在完全不伤情面的情况下，冠冕堂皇打道回府。问题是时空不是不知趣，而是不能知趣：能争取全程陪同副省长在春节期间巡视山乡、城镇，巡视龙潭工程坝区、库区就是个不小的胜利！伴随副省长视察基层，名分效应价值高，省里能有几个厅局级官员获得这种机会，享受到这种殊荣？还有一个不容忽视的细节是：寇勉善于发现问题，纠正问题的态度更是坚决得令人生畏，华夏集团的施工队伍已经在中标承建宜阳"一二五工程"的掩护下开进了龙潭坝区，安营扎寨，正在有目的地蚕食着龙潭工程的"三通一平"项目，万一这爱管闲事的老头儿觉察到目前正在积极生效的红线区驻扎着施工队伍，出现了不该出现的动静，雷霆震怒，要将他们驱逐出境，一时又没有人作恰如其分的解释，那可就糟了。时空不能知趣。时空不能就这样走了。时空必须赖着。时空于是故作坦荡，大笑说：

"老省长分明往我家门口经过，我却偎在家里过大年，你说我能安心、痛快吗？要是再摊上个好事的，说时空狂妄自大，藐视省台，我可真吃罪不起，名声很不好听呀。"

"你不要想得过多。"表情严肃的寇勉又说了句大实话，"我瞅春节这空当儿去龙潭坝区看看，你正争当乙方的时空伴随左右，可是名正言顺的甲方雷好却又不在场，知情不知情都不知道我寇勉唱的是哪出戏，这不是没有矛盾惹出了矛盾吗？"

"这很好办呀老省长，让雷好马上赶过来！"时空的反应快极了，"我这就给他打手机。"忙乱地摸起了口袋。

"别别！"寇勉以为时空真要拨打手机，连忙制止，"我讨厌的就是前呼后拥，这不还是搞成前呼后拥了？"

"那是，那是，领导干部把轻车简从作为崇尚的新风。"时空赶忙借助寇勉的忌讳把雷好的来路堵死，紧接着为自己全程陪伴他老人家巡视龙潭工程坝区、体察民情扫清障碍，主要是让他释怀，"我只不过是想陪陪老省长，过去在老省长身边工作惯了，接受老省长耳提面命惯了，这些日子没觉着老省长的敲打，还怪不舒服，心里也空落落的。你说这人吧，还真是个感情动物，谁让我跟老省长工作、生活了那么久呢，我执意陪伴你，也不过是想尽个心，负责跑跑腿，应付一下突发情况，就跟刚才茅老县长的吉普车突然熄火又赶上冰雹大雨一样。假如我和我那大个子司机不在场……少个人就少份力呀，本来没事，不定就有了事。没有突发情况，我就在一旁待着，绝不干扰您的工作，绝不参政议政，多嘴多舌……"

"不许有情绪。"

"怎么可能呢。"

"你呀。"寇勉用食指点点时空，又朝尉迟琪大声问道，"冷不冷啊？"

尉迟琪的声音比他更大："不冷。"

寇勉说："走，外面透透气去。"扶着尉迟琪往洞外走。

尉迟琪站着不动："我这糟老头子还没有糟到要人搀扶的地步，腿脚、身板硬着咧。"

寇勉就笑，"那好，那好，不扶了。"

洞外，雨已经停息，云开日出在即。黄河、卢力正在帮助茅镰检查发动机。

寇勉用指头弹掉残存在呢制服上的几粒冰碴儿，向后捋了捋稀疏的头发，做了个深呼吸。贾垚从中巴车里取出水杯，顺便把泡有茶水的塑料杯也捎上，递给寇勉和尉迟琪，又把几个人的雨伞收集起来，送到了吉普车里。

洞旁，贴岩路基的一畦松土上，长满了青嫩欲滴的小苗，小苗呈拇指状，墨绿，既不像蚕豆芽又不像豌豆芽，更不像丝瓜、葫芦、冬瓜、南瓜秧，寇勉好奇地蹲下来，惋惜地扶正那些被刚才一阵暴雨、冰雹砸得东倒西歪、残缺不全的小苗，问时空是什么农作物。时空摇头说不知道。寇勉大声问尉迟琪，尉迟琪也说从没见过。站在后面的巴山茶却识得此物，笑着说：

"这是粟果果。"

寇勉、尉迟琪、时空几乎是同时发问：

"粟果果是什么？"

"粟果果就是粟果果呗。"

趴在吉普车头上的茅镰嘿嘿直笑，说："罂粟，吗啡，鸦片，烟土！"

"怎么是这东西？"寇勉那只抚扶幼苗的手像触电般缩了回来，"禁止对象！"

"我估计这是公路段美化环境的苗圃，让罂粟苗在这苗圃里长到一定时候再移栽到公路的两旁。这东西开的花好看极了，红的、黄的、白的、蓝的、紫的，各色各样，又大又鲜艳。"茅镰说。

寇勉心里直犯怵，说："可别把它弄成了毒品。"

茅镰说："这截路归永泰公路段管，实际情况我真不知道。但是我得告诉你个实情，我们宜阳县的两个边远山乡，几乎家家户户都种了点儿。"

寇勉吃惊不小："还家家户户种呀？"

"那可不。"茅镰不以为然，"我当县长那会儿，曾经把他作为重点查禁对象，冬春两季还专门带公安人员深入乡村，见一片拔一片。可是我们前脚走，老乡们后脚就给补种上了。"

"这还了得！"

"寇省长你尽可放心,其实呀,事情并没有那么可怕。宜阳县的老乡们要是有槽坊老板勾兑假酒那样的心眼儿,还用得着花几十年的工夫脱贫?光靠种罂粟就早早发起来了。"茅镰解释说,"老乡们种罂粟有两个目的,一是这花朵开得确实惹人喜爱,让它在房前屋后开放着,是一道不错的风景;二是坐果后把果果里的乳浆取出来,用铁锅子熬成粉,农忙时或者有个腰酸腿痛吸吸嗅嗅,提个神儿,不买卖的。这里气温潮湿,病痛多,又缺医少药,偶尔来上几口,挺管用的。了解到这个情况后,我又见屡禁不止,就折中了一下,让这两个乡的乡长管村长,村长管村民,房前屋后少种点儿,各家不得超出规定株数,多一株强行拔掉,互相监督,没有让任何一家形成规模。事实上,既没有对社会造成危害,也没有任何人染上毒瘾。你要是不相信,这次我可以领你去那两个乡访访。"

寇勉当然相信老战友的话,但终究觉得这不是个事儿:"再怎么说,它也是个祸根呀。"忽然对站在一旁的贾垚说,"回去后,第一件事就是给永泰的县长打电话,让他查实盘龙岭无名洞旁一大畦罂粟苗的来历。如果是公路段为了美化公路两旁的环境,可以从轻发落,但这些幼苗必须毁干净了;要是查出苗圃的主人另有企图,严惩不贷,书记、县长负有不可推卸的责任!绝不能让沉渣泛起,记住啦?"

贾垚连忙点头说"记住了"。

趴在吉普车头的茅镰咧咧嘴,又挤挤眼,听出寇勉这话也是在点宜阳县的穴。

一辆车头涂了底漆看上去疤疤癞癞的解放牌卡车驮着装满鸡、鸭、猪的笼子,排放着浓黑的尾气,沿着左边的之字形坡道声嘶力竭地爬了上来。解放牌爬上无名洞,擦过吉普、奥迪、中巴,又顺着右边湿滑的之字形坡道,不停地扭着屁股,不停地"噗噗"着制动的高压气,颤颤巍巍地朝着山下滑行。

寇勉一只手端着旅行杯,一只手背在背后,踱到无名洞左边看看,又踱到无名洞右边看看,问时空:

"通龙潭,就这一条路?"

时空把寇勉发现的问题视作一种难得的机遇,但不打算匆忙抢抓:"还有水路,连接永泰那条高速的国道先向北再向南拐到宜阳城关,到了宜阳城关,就可以绕道龙潭镇;对岸有条通往津口的公路,从展旗镇斜插过来转轮渡、汽渡同样能到龙潭……"

"说来说去,还是只有这条路管用。"

"您说得对,这条路的比较优势是明显一些。"

"这么说,这条路是进龙潭工程的主要通道。"

时空反证着寇勉的结论,争取滴水不漏:"水路和其他公路做做辅助也不是不可以,如果情况紧急的话。"

"开玩笑。"寇勉啐了口吐沫,"那么多人、重型机械、物资设备都用船往上运?那要翻四座水坝哩。从别的公路绕,绕到美国也能到龙潭。"

时空明知寇勉不是生自己的气,却装出虚心接受的样子:"那是,只有这条路最便捷。"

"……是个问题呀。"寇勉眺望着弯曲险恶的沙石公路,像是自言自语,又像是与时空计议,"那么多的人,那么多的重型机械,那么多的物资设备……都从这条路经过?"

时空不接话，料定不接话的效果更好。

"是不是得修修哇?"寇勉望着时空。

"修修……?修修当然好。"时空见寇勉发问直接，作愧疚状，"卑职大意，没有考虑到这个问题。"

"这是你考虑的问题吗?"

"也是。这个问题应该由做甲方的考虑，我没资格。"时空措辞颇为讲究，"估计雷好已经考虑好了，肯定考虑好了。那么多人和机械、设备的进场问题，难道他不会周密考虑?"

"那不一定。"寇勉表示怀疑，"他来过这里没有?"

"来过，来过。"时空答非所问，"对九个竞标单位的资质进行考察评估的时候，他专门来过。坐的船。"

"坐船?"

"是呀?坐船好哇。坐船才能看到花溪、松峦、永泰、虎啸四个重力坝的坝形、船闸、升船机、电站厂房，看华夏集团的业绩、实践经验。他考察评估的内容应该是这些呀。"

"你给他安排的?"

"那当然。我只能让他考察华夏集团最体面、最精彩的地方，不能把伤疤、阴暗面亮给他看哪。再说，时空虽然不才，但也不能做偏题、跑题文章。"

"你真没听懂呀?我是问他来过这盘龙岭没有?来视察过这条补给线没有?"寇勉把"视察"二字说得非常重。

"哎呀……这我可真不知道，那得问雷好自己。"

"都进入阵地了，怕是连地形地物也没有搞清楚。"寇勉显然有些焦虑，"怎么得了!"

寇勉的焦虑是有道理的。寇勉对工程建设的前期准备工作十分熟悉，懂得工程前期准备工作的重要性。寇勉知道，永泰工程正是因为前期准备工作不充分，保障供给的交通要道没有及时联通，致使工程开工时间被迫推迟了一年。寇勉知道，松峦电站吸取教训，提前一年就把铁路延伸到了坝区，确保了工程如期上马。寇勉还知道，花溪、虎啸两座电站的总揽计划交给华夏集团后，不等省里发话，当时的华夏集团领导集体就早早投入了铁路延伸段和公路的加宽加固工作，保证人员、机械设备及时进场。龙潭工程地处潜龙江最上游，山连山，岭连岭，铁路是没有办法延伸了，但公路是可以提前改造好的呀!

"您放心，雷好老总肯定有他的通盘计划，必定十分周全。"

"周全个屁!大兵压境，没时间啦!来不及啦!"时空的话听起来好像没啥异味，可是能让寇勉发毛，"如果准备工作在开工前不做妥帖，势必延误工期，而且一延误就是一年，一年哪。"

时空见寇勉终于说出了问题的要害，心中窃喜，嘴上却表示特别惊愕地"啊"了一声。

"就没有一点儿办法？"

"是呀，应该有点儿办法。"

"问你哩。"

"哎呀……"时空做为难状，说，"这是做甲方的本分。严格说来，华夏集团现在跟龙潭工程没有任何关系，就连称作乙方的资格都没有，哪里还能站在甲方的角度操心啊。甲方的标在怎么编制，我一无所知，这当然也是合情合理的事。我想要说的是，这截路如果在计划之列，是捆绑在那个标段里，还是单列另外发包，没有揭标，没有经过法律程序，施工队伍是不能贸然进场的呀。在老省长面前我不说假话，目前，华夏集团什么都不缺，就缺活儿干，有的是人和机械设备，闲得心里发慌，但是眼皮底下这一点点活儿，我们即便想干也不敢干，那得看甲方愿不愿意、乐不乐意我们干哪。"

寇勉张口结舌，一转身，把气直朝雷好身上撒："放着现成的队伍不利用，这个雷好，他怎么就想不明白呢！"

"就是嘛，我们有劲儿没处使，也不敢随便使，要遵守游戏规则，不能越雷池一步。"时空望着寇勉的背影，火上浇油，"万一贻误战机，做甲方的是要承担责任的。我听说，省政府对他们的约束力已经放松，干预不了他们了。"

"他还反了！"寇勉猛一车身，一声怒吼。

时空顿觉心神一爽。雷好耀武扬威，盛气凌人，若不灭了这家伙的锐气，将来做起他的乙方来，那还不被他折磨个半死？时空瞅准机会，不停地点眼药水，想的就是寇老头儿对雷好大吼一声。其实，盘龙岭这截路已经不是个问题，不知情的寇勉着的是个冤枉急。这截公路早被宜阳县纳入"一二五工程"规划，属于宜宁公路拓宽取直项目，华夏集团的队伍也进了场，只不过隧道施工在公路上看不到，时空之所以不揭盖子，主要是想通过它做好几篇文章。一是利用盘龙岭路段的窄、陡、险急一急寇勉——这老头儿是越急越英明果断；二是通过盘龙岭路段的现实问题隐射雷好粗心、毛糙，办事不力，借寇勉的虎威打压一下雷好的嚣张气焰，此外，替宜阳县讨个公道。盘龙岭地处永泰县境内，扩建工程至少耗资两个亿，永泰同意宜阳拓宽取直，但是不肯破费分文；宜阳县急于外销农副产品，不得不认了全部工程款。该路段又是龙潭工程的进出要道，理当由潜龙水电资源开发总公司出资扩建，时空也曾向茅镰许诺争取让雷好掏腰包，从而丰富了他和寇勉磨嘴皮的内容。刚才寇勉认定这截路是龙潭工程的补给线，等于当了雷好的家，表示潜龙总公司迟早要为它埋单，这么一来，时空为宜阳县讨公道的目的就轻而易举地达到了。达到这一目的非同小可——华夏集团的施工队伍提前进入红线区理由充足，为蚕食直至鲸吞龙潭工程"三通一平"前期项目造就了有利条件。当然，还要看在以后的几天里，时空的言谈举止是非精当，不能有任何闪失。至于寇勉到了宜阳县城后，从伍书记、陆县长嘴里了解到盘龙岭路段作为宜宁公路的拓宽取直项目正在加紧施工，会不会当场质问时空为什么知情不报，时空已有思想准备：下面的人与宜阳签订合同的具体细节，在下着实不知——完全搪塞得过去。如果现在如实相告，多疑的寇勉反而会呵斥时空事先做好了手脚，伙同刁滑之流胁迫领导——大忌！

可是寇勉的怒吼一出口就有点儿后悔。寇勉行伍出身，说话办事风风火火，加上天生个直来直去的直脾气，一不留神就说过头的话，做过头的事，难免得罪一些人，他经常怀疑也许就因为这，自己才在副省长的位置踏步走了十几年，没有进步。此刻，他后悔的是自己这鬼毛病怎么说犯就犯了，一下就袒露了不该袒露的思想，暴露出了干预企业行为的心态。有口说不出的是，这时空也不是什么省油的灯，满肚子都是主意，说不定还上了他的当。

"回去后我好好问问他，督促督促总该可以吧。"寇勉定定地瞅了时空好一会儿，突然自己给自己找了个台阶，"这次出行，我本来就没有打算过问潜龙总公司的事情，只想看看坝区，看看移民工作做得怎么样。社会调查、民情民意是重点。"边说边朝尉迟琨身边走去。

时空正沾沾自喜，以为寇勉接下来会把雷好狠狠数落一通，先替自己出口气。没想到这老头儿变了卦，突然一个急转弯儿，把时空转了个晕头转向。时空未免一紧，连忙检查自己刚才的言语有无过失。细细想来，觉得倒也无甚差池，就想到形势逆转的问题可能出在寇勉身上。时空估计寇勉此时的心情肯定不好，甚至很烦躁，不愿意流露出来而已。他于是泰然自若地跟到了寇勉身后，盘算相机行事。

尉迟琨双手拄着拐杖伫立在紧紧扎住崖岸的安全墩前，凝神远眺。巴山茶一手端着塑料茶杯，一手搀扶着尉迟琨的臂膀。

雨过天晴，艳阳高照。远山近岭、流泉飞瀑、山庄田园格外清新夺目。奔涌不息的潜龙江，烟波浩渺的龙潭，还有对岸那颠连起伏的展旗峰、直插云霄的天柱峰尽收眼底。尉迟琨见寇勉走近跟前，遥指潜龙江对岸一汪有如明镜镶嵌在大山深处的水库，豪迈地喊出一声：

"你看，瑶池水库。"

"啊，瑶池水库！"寇勉一振，音量自然而然放大了一倍，"大，气派，漂亮，像瑶池。"

"还记得为什么叫瑶池吗？"

"只记得参加修建它的事了。起名是你们首长的事吧？"

"其实，水库的名字不是首长们起的，是老百姓。"

"哦？"

"当时，那里的老百姓把咱们预备师说成是天兵天将。天兵天将修建的当然是天上的瑶池。"

"绝，还是老百姓的想象力丰富。"

"一晃，四五十年过去啰。"尉迟琨触景生情，"万象更新，真不容易啊！"

"当年，预备师在八大河地区隐蔽休整，结果修建起水库来了。"寇勉有感而发，"攻坚部队没有坚攻，上上下下确实有点儿情绪。后来回过头一想，才知道那原来是好事，仗越打越顺嘛。"

"仗打完了，没仗打了，不修水库干什么呢？很多战士想不通，说要是让我们修水库，我们家乡有的是要修的水库，何必不远万里跑到这滇桂黔地区来修！想不通的战士就把怨气往水库工地上发泄，干起活儿来像疯子，比打冲锋还猛。战士的脾气坏了，我们还没办法做通思想工作，队伍真难带啊。"

"我是在水库工地上推狗头车的时候接到入朝命令的。我跟着两个团入朝后，你和其他几位首长就带另外两个团继续修这……瑶池？"

"你们那两个团开赴朝鲜前线以后，剩下的两个团就基本明确不会再有仗打了，没有希望，部队波动了一阵，直到最后全体将士才死了这个心，把积极投入地方建设改作军人的天职。后来不光修瑶池、修大水库，淘塘挖堰的事更多，还修建了不少公路哩。这里一个连，那里一个排，滇桂黔三省区间的山坳里，到处都能看到预备师的人马，呵呵，名副其实的野战部队。"

"我实际上只修过半年瑶池水库，没想到这半年的资历成了我安身立命之本。"寇勉感慨道，"从朝鲜回国后，读了一年革大，基本上是一转业到地方就跟水利、水电结下了不解之缘。眨眼工夫，就快退休了，你看，还被这龙潭工程揪着心！"

"我也是被这瑶池水库拴到了水电战线，一拴就是四五十年。尽管亲历过永泰、松峦两座大电站，但印象反倒不如修瑶池水库深刻，你说怪不怪？"尉迟珙望着远方的瑶池水库，当年的情景历历在目，"没有技术，连张草图都没有，没有施工设备，只有人，人山人海，像打辽沈战役。"

"人工起土筑堤，用背篓背，用箩筐抬，用筲箕挑，"寇勉记忆犹新，"狗头车是先进的运载工具。"

"白天干了晚上接着干。工地上到处是松明火把、马灯，还有夜壶灯。马灯是最先进的照明灯具，重要地段才能吊上一只。"

"我们营还搞过技术革新。战士们用竹竿竿接成轨道，用箩筐改装成斗车搬运土石，还得到师部嘉奖哩。"

"有这事！师部提倡大搞技术革新，就是从竹竿轨道车开始。"尉迟珙说，"你们那两个团去朝鲜战场开拔不久，我们就革新出了一台推土机。"

"嚛，这可了不得！"

"水库工地下游河道干涸后冒出来了一辆坦克。坦克炮塔两边画着青天白日旗，炮筒弯曲得像把大铁弓，不知道是交战时炸弯的，还是溃逃部队故意炸弯的。拖上岸后，修吧修吧，嗨，能动！当时，地方水利工程施工队有个技术员，自称是从丰满逃难过来的，我看他像个学生，年龄不大，脑子却特灵光。他用钢板做了面大铲刀，用钢管焊了个大支架，再利用那弯炮筒子做把杆升降铲刀，一台拖土机就革新出来了。推土、碾压，真好使！"

"那青年技术员现在也有把年纪了吧？"茅镰用棉纱擦着手上的油污，走了过来，"他还在不？"

尉迟珙说："怎么不在，在哟。还是华夏集团的领导哩。"

"谁呀？"

"秋胤，秋副老总。"时空说，"年前，他还到你们宜阳县去待过好几天哩。"

"他呀！"茅镰惊叫道，"他当个副老总——够格！"

寇勉说："那技革成果要是还在，算个文物，可以用来搞传统教育。"

尉迟珙说："早卖啰，茅县长干的好事。"

"一九五八年大办钢铁，煮猪食的铁锅都得捐了。"茅镰理直气壮，"坦克推土机——那么大的一坨铁，谁见了不眼馋？哪能让你留下来啊。"

"可惜了，可惜了。"寇勉直咂嘴。

"要是留到现在，真是传统教育的最好实物——那个年代的条件是怎样的艰苦，那个年代的人是在怎样的工作，一目了然，不需要长篇大论说教。"尉迟琪也表示惋惜，"那时，那玩意儿可管用了，白天推土，晚上搞碾压，日夜不闲着，最大的贡献是把一大批打夯的人解放了。当时那个打夯哟，可是个要命的活儿，需要的人又多，全是壮劳力。几十个用石磙子扎的石磙碾、用实木疙瘩绑的敦碾、用磨盘箍的飞碾，日夜打，轮班，人累个半死，还担心大堤没被夯实，坦克推土机革新成功后，问题一下就解决了……"

"哎，"寇勉忽然把尉迟琪的话截住，"打碾时唱的那夯歌你还记不记得？"

"记得！"尉迟琪说。

"凄苦，哀婉，苍凉，悲切，"寇勉入神地回味着，"不高亢，沉沉的，却长劲。"

"正是。"尉迟琪说，"不瞒你说，刚才我就听到了。我在这里站了很久，不动弹，就是在听夯歌。从瑶池水库那边飘来，飘呀飘呀，跟当年……"

"这就怪了，"寇勉兴奋地说，"我也听到了。"

时空毛骨悚然，只觉得浑身在起鸡皮疙瘩。

寇勉来了兴趣，对尉迟琪说："给来一段！"

尉迟琪说："可惜我只记得个调调，不会整词。"

"我会！"茅镰挺身而出，"你们会起哄（和）就行。"

"太好了！"寇勉高兴极了，"还是茅县长深入实际的功底扎实。"

"二位兄弟，帮忙把引擎启动了，让它先转转。"茅镰冲着蹲在吉普车旁清洗工具的黄河、卢力叫了一声，把手里的棉纱团扔了过去，回身说，"唱这夯歌用南方腔调才好，北方口音不灵。"

"知道。"尉迟琪从巴山茶手里拿过塑料杯，喝了口茶，认真地清了清嗓子。

寇勉也喝了口茶，时空抢在贾垚前面，把他手里的旅行杯接了过去。

茅镰走到寇勉身旁。三个人站成了一排。

"开始。"寇勉喊了声。

茅镰把牛仔帽朝上推推，干咳了一声，沉下脸，扯出一种嘶哑的音调（领）：
"来来来哟喂嘿……"

和："打起呀哈来哟嗬嘿，嘿，

"嘿哟依呀哈嘿嗬嘿，

"依哟嗬嘿嗬嘿，

"歪歪儿哟嗬依哟嘿嗬嘿！"

领："穷人翻了身哪哈……

和："嘿嗬嘿，依哟嗬嘿嗬嘿，

"歪歪儿哟嗬依哟嘿嗬嘿！"

领："建设新农村哪哈

和："嘿嗬嘿，依哟嗬嘿嗬嘿，

"歪歪儿哟嗬依哟嘿嗬嘿！"

四十二

　　龙潭镇依偎在盘龙岭脚下，和潜龙江毗邻。

　　龙潭镇仅一条街，且只有半爿，十来里路长，清一色吊脚楼。吊脚楼千姿百态，或单门独户，或三两联体，或高或低，或宽或窄，皆为木质结构。店铺、民居的门脸一律搭建在岸坡，堂屋、居室绝大部分悬在半空，全靠挺立在滩头、钻出水面的木柱或垒砌石礅鼎力支撑。门口便是过往行人、车辆的街道。路面用青石板铺成，不宽。街道另一侧是高不见顶的盘龙岭，特别宽绰的地段才能看到孤零零的板房，这种地段不多。临近东南端头有个地段叫东岔口，是盘龙岭公路的终点。东岔口是个小山坳，比较宽阔，紧紧巴巴拥挤着镇政府、小学、邮电局和汽车站，为镇上不多见的砖瓦房。西南端头也有个岔口，叫西岔口，形状有点儿像三根铁矛的鱼叉。西岔口衔着三条简易公路，左边一条沿潜龙江上溯，爬好汉坡，过大草甸，下软脚坡，七绕八拐，可达龙坪狩猎场；中间那条连着宜阳县城关；右边这条可谓枝枝丫丫，四通八达，向盘龙岭背后的各个山旮旯里蔓延。三条低级公路全部顺着山沟开凿山脚填筑而成，说因陋就简、因势利导都恰当。

　　龙潭镇从前叫作半爿街，镇上居民还有附近的老叟老妪至今还在维持着传统的形象称谓。他们根深蒂固的观念是，半爿街虽貌不惊人却历史悠久，为历代山民进进出出的必经之地，无论是过去还是现在，都是城乡物资集散的商埠，交易中心，远近闻名，名字中听不中听无关紧要。只有在文史资料中才能发现半爿街的字眼儿在悄然淡化。解放初期，这里一度被行政区划为第九区，成立人民公社那会儿叫龙潭人民公社，上世纪八十年代末，改称龙潭乡，叫龙潭镇好像是上世纪九十年代中期开始的。

　　用"龙潭"二字命名也有道理，因为这半爿街背后方圆数十公里、幽深碧蓝的湖泊就叫龙潭。

　　潜龙江从镇西北方向滚滚而来。江水流进龙潭前须挤出龙门。那个号称龙门的隘口其实就是雄峙两岸的巨崖，壁陡，从下游往上看，确实像两扇开启的大门。龙门上游河道狭窄，落差大，奔流的江水略显橙黄。江流跌跌撞撞冲出龙门后，由于紧缩的河床陡然放宽，流速骤减，水色也因了回转、沉淀而湛蓝。这里的老者却振振有词地告诉后人，说："这是潜龙现身饮水的地方，水色自是无比清纯，容不得玷污的。"至今，龙潭镇远近居民只知道龙潭水面约等于数十公顷，但从来没有人估算出它到底有多深。只有古稀老人才知道其中的奥秘："龙潭深得没有底，多少水都能盛下。放往下游的水那是专供行船用的，剩下的水全披在了底下。不信你瞧半爿街，几时被水淹了过。"说来也奇，千百年来，半爿街与水相依，却从未有过水涝记载，即便是洪荒年馑，上游下游泛滥成灾，这龙潭里的水顶多也只是鼓胀到街沿，从不漫及街面。就有更加玄乎的耳语：说哩，半爿街原本就是跟着龙潭一块儿涨跌的。也有钻牛角尖儿的，说："龙盘岭腰下有水迹，证明半爿街淹过。"有智叟于是高声呵斥："那是龙王爷被怒的，你怒了发急不？造孽不？"相传一千多年以前，龙王现身，把头伸出龙门对着龙潭饮水，正饮着，忽觉尾巴被烈火烧灼，剧痛难忍，情急中将整个身子钻进了龙潭。立时，龙潭暴涨，江水四溢，盘龙岭淹了一半，四野一片汪洋。龙王见惹出祸殃，慌忙蹿到天空，回身一看，见诸葛亮正在泸水火烧藤甲兵，不由勃然大怒，忖道："汝涂炭生灵，殃及吾辈无端生祸，罪不容赦，小神这就禀告阎王爷，折汝阳寿！"据说诸葛亮本应活够一百岁，皆因龙王去阎王那里告了一状，所以仅活到五十三岁便含怨归天。故事自然无从稽考，但半爿街确实有过洪患，水文、地质学家曾专门到此考察论证。时空是个有心人，加之毕业于地质勘探学院，所以途经盘龙岭时，也曾攀爬到半腰仔细察看过十分明显的水迹。

装机总容量一百八十万千瓦的龙潭水利枢纽工程，最大坝高二百二十米，是中国当今最高的重力坝之一。紧挨龙潭镇的龙门原本是龙潭电站的首选坝址，后因勘测、钻探到形成龙门的左右崖体均为喀斯特地质，溶洞过多，加上左岸填筑的副坝与盘龙岭联体后，库区回水必然漫及宜阳城关，淹没大片非常宝贵的农田、坡地、果园，古老的龙潭镇头上将永远顶着一只硕大的水盆，经反复论证，才把坝轴线向上游移动了四五公里。因此，龙潭镇实际不在库区，亦不存在征地、移民、搬迁问题。当然，骚扰是免不了的。工程建设期间，这里很可能就成了机械设备和后勤物资进场的中转站，或部分施工队伍的宿营地。电站建成后，龙潭镇依然可以保持原来的风貌。

龙潭镇仍然承袭着早集和农历初一、十五大集的习俗。不论春夏秋冬、酷暑严寒，每日清晨，赶集的山民、商贩便从山里山外、四面八方奔忙而来。有的乘汽车，有的驾拖拉机，有的骑三轮摩托，还有人坐着由牛、马、驴拉动的板车。更多的人则乘坐帆船、舢板、机动船，从对岸上游下游的山坳里漂渡过江。十里长街沿岸，到处是临时码头，停靠满了大帆船、小划子。车水马龙，人流如织，于是小小的盘龙镇便在晨曦中浓雾里早早沸腾起来。小商小贩的吆喝、肥驴壮马的嘶叫，还有轮船进港的笛鸣，把集市渲染得热闹非凡。湖岸石滩，沿街两旁，堆放满了玉米、高粱、土豆、苕干、荞麦、蒟蒻、山药、花生、豌豆、蚕豆、黄豆、绿豆、芝麻、茶叶、蘑菇、木耳、黄花、柿饼、桂圆、鸡、鸭、鱼、肉、蛋，以及陈皮、枸杞、薄荷、甘草、黄芪、大麻、三七、灵芝、何乌首……从前还能买到牛黄、狗宝、鹿茸、麝香、熊胆和虎鞭，可惜现在看不到了。若逢中秋大集，满江驳船内，沿岸码头上，路旁的车辆中，过往行人的背篓里，全是金灿灿的香柑、蜜橘、甜柚和黄亮的板栗、核桃、柿子。山民们从山窝窝里把这些农副产品、名贵药材搬运到集市，或就地摆摊出售，或估堆作价以物易物，或到交易所折换成现钱，然后搬回布匹、衣物、大米、糕点、油盐酱醋、烟酒香皂、洗衣粉、自行车、缝纫机、洗衣机、冰箱、彩电、摩托车、席梦思等生活用品以及生产资料。

龙潭镇产业结构独特，无户不经商，市面寸土寸金。龙潭镇街景独特，亮丽的霓虹灯与黯淡的幡幌交相辉映。有划时代的超市、美容美发城、卡拉OK厅，又有古老的茶楼、酒肆、肉铺、铁匠铺、剃头铺、豆腐铺和劁猪骟牛阉鸡行；有描眼线、抹口红、穿比基尼、登高跟鞋、拎名牌挎包的金发女郎，又有青布裹头、穿对襟衫、叠裆裤、元宝棉布鞋、牵灰毛驴的老汉。统而言之，现代文明与传统风俗和平共处。

龙潭镇距十字街不是很远，也就四五十里地，因此，尽管途中遇到了一场大暴雨，寇勉、尉迟珙、时空一行还是在十点钟前赶到了目的地。

车队沿着弯曲险峻的沙石公路从盘龙岭缓冲下来，一眼就可以看见挺立在东岔口的高大牌楼。牌楼为钢筋混凝土结构，仿古建筑，上书四个古朴的大字：龙潭古镇。

镇长黄金锁早就恭候在镇政府的大门口。黄金锁五十刚冒头，不显老。他眉眼周正，脸膛黧黑，理小平头，下巴刮得溜溜光；上身着一套崭新的铁灰色西服，打红地白点花领带，脚下穿一双水陆两用篮球鞋，裤管挽高了一小截，憨态可掬。老县长茅镰叮嘱他绝对不可以惊动了其他的人，他也就不敢自作主张，搞夹道欢迎什么的。

茅镰的小吉普行进在最前面，也就第一个从车子里面钻了出来，开口就问黄金锁把中午饭准备好了没有。

"安排好了，早就安排好了。"黄金锁回答说，"三桌，在连三楼。"

"呀，多了，挤挤一桌就够。"茅镰说。

"你不是在电话里头让我按三桌准备吗？"

"是呀，我也没想到总共才六七个人。他连一个厅局领导也没带。"

"谁呀，这回哪个搞得这样神秘兮兮？"

"甭问，见面就知道了。"

中巴缓缓停下。寇勉、尉迟珙、时空、贾垚陆续下车。茅镰领着黄金锁迎过去，笑着介绍："这是龙潭镇现任镇长黄金锁。"又对黄金锁说，"寇省长。知道了吧？"

"啊呀，这可怎么好！"黄金锁慌忙用两只手将寇勉的右手紧紧握住，好不激动，"大年初一就往老百姓里头跑，我们龙潭镇真是……茅屋生辉！"又望着茅镰说，"茅县长也真是，怎么就不告诉个明白呀？让我一个人迎接省长，这是怎么说的呢？哎哎，这这……"

"这就对啦！"寇勉笑着，"是我让他这么做的，你就不要怪罪他了。大过年的，不能打扰太多的人哪。"

"这是哪里话！"黄金锁说，"省长过大年跑下来检查工作、与民同乐，全镇欢迎才是呀。"

"趁春节有点儿空，随便下来走走看看，不是检查什么工作，也谈不上与民同乐。"寇勉说，"只想看看父老乡亲的日子过得怎么样，顺便看看龙潭坝址，了解了解移民安置工作情况。也是突然想到的事，没有什么特别任务。你哩，也不要太忙乎，待会儿吃饭的时候，把几位镇领导请到场就行。"

黄金锁说："书记退休了，刚退，回老家过年去了。还有个值班的副镇长，住在东端头，待会儿我通知他。"

接着，茅镰又向黄金锁介绍尉迟珙："这位老首长叫尉迟珙，从前当过华夏集团的一把手，那时候华夏集团叫工程局。"

黄金锁又紧紧握住尉迟珙的手："久仰，久仰！"

"这位领导叫时空……"

"认识，认识，华夏集团的老总。"黄金锁握住时空的手，"已经到我们镇上来过几次了。"

贾垚递给寇勉一个精美的小纸盒。寇勉看了看，望着走出奥迪的巴山茶招招手："丫头，过来！"

巴山茶拉着红色小旅行箱快步走到寇勉跟前，怯生生地望着他。

"刚才我许给你一个收录机，兑现啦。"寇勉把小纸盒在巴山茶面前亮了亮，"既可以当收音机使又可以当录音机使，可好了，我们省的最新产品，给。"

巴山茶羞怯地望望收录机，又望望茅镰。

"寇爷爷送收录机那还不要？"茅镰笑着说，"快收下。"

尉迟琪大声帮腔说："他的东西，有多少要多少。"

巴山茶高兴地接过收录机，亮亮地说了声，"谢谢寇爷爷！"

"要不，让她一块儿吃了中午饭再走？"寇勉对茅镰说。

茅镰说："那可不行。下午过江的客轮少，她爷爷正眼巴巴盼她快点儿回家过年哩。"

寇勉问："她们家在哪？远不远？"

"面巴屯。过江到展旗码头下船，再往上走三四十里山路。这是最近的路线。"

"哦？今天赶到家，时间还有点儿紧。"

"可不。"茅镰把巴山茶领到一旁，避开大家的视线，一面告诉她自己公务在身，不能开吉普送她回家了，一面从皮夹克的内口袋里掏出两个分量不等的信封，先交给她一个分量比较轻的，"这是给你爷爷的，过年花。"然后交给她那个分量比较重的，"这些就买那。能买多少是多少，明白了？"

巴山茶连连点头。

"快赶船去吧。"

巴山茶小心地把两个信封装进内衣口袋，又把收录机塞进旅行箱，高声向寇勉、尉迟琪、时空辞了行，转身绕过小学，匆匆忙忙向东端头的船码头走去。黄金锁不知为什么忽然撂下大家，转身就往街心跑。

"哎，金锁！"茅镰喊道，"你这镇长怎么当的啊？寇省长来了，你的第一要务是陪同，怎么自个儿先跑了？"

黄金锁简直实诚得不能再实诚："我订了三桌，这满打满算一桌就够了，不去打个招呼，赶紧退两桌，老板会向我讨三桌的酒钱！"

"打个手机不就得了？"

"手机我还没哩。开年就买。"

"别退了，三桌就三桌吧。"寇勉笑着说，"待会儿，把你们镇上德高望重的老者、退了休的镇领导请几个，再把敢讲真话讲实话的居民也请上几个，把三张桌子围满得了，我埋单。"

"哪能让你埋单啊！"黄金锁回转身来，"我大小算一镇之长，这点儿家还当不了？只要省长高兴就行，三桌，我认了！"

"我不是副省长吗，和大家一起过大年初一本来就是一种打扰，怎么可以再让大家花钱呢？不行，不行。"

"我埋单,我埋单。"时空说,"我让司机带了不少钱,这一路花销都是我的事,我包了。"

茅镰不敢明说代表县政府款待寇勉一行,就力挺龙潭镇出面:"别客气了,合该龙潭镇尽地主之谊。"

"都不要争,我让秘书带足了盘缠。"寇勉说,"知道你们花这点儿钱不成问题,可是做副省长的出行,哪能那么小气啊?你们合伙狠宰我才对头。"

连三楼早放了年假,昨晚黄金锁预订酒席时又不知道是副省长大驾光临,因而很是费了一番口舌,最后,直到黄金锁许诺一桌酒菜付两桌的钱,老板才勉强答应。连夜招呼正在休假过大年的伙计,连夜张罗原材料,连夜洗、切、剁、蒸、熬、煮,眼看就要起锅、爆炒、开席,忽然要退掉一多半订单,老板会怎么想?老板干不干?这话也不好说出口哇。想到这里,黄金锁把胸脯挺了挺,硬着头皮说:

"还是茅县长说得对,哪有让稀客掏票子招待主人的道理,龙潭镇做东!刚才我不过是害怕造成浪费,浪费了可惜。"

时空见黄金锁这镇长当得实在有点儿够呛,点拨说:"是不是先安排个地儿,让寇副省长洗洗、歇歇。"

"哦?你看,你看我!"黄金锁拍打着脑门儿,"政府里有四间客房,八个铺。我一大早就把开水烧好了,木炭火盆烧得老旺,暖和得很。走走走,寇省长,还有各位领导,先歇歇,先歇歇去。"

"就别歇着了。要是想歇着,图舒服,我就不会大老远往龙潭镇跑了,省办公场所里的暖气可是要比你的火盆强得多。"寇勉说,"不如领着我们去镇上溜达溜达,溜达完了,你再通知该通知的客人去连三楼。这龙潭镇我还真没来过,挺有特色的。各位的意见呢?"

大家就都附和说寇省长这主意不错,是该首先体会体会龙潭古镇的风土人情,民风民俗。

四十三

黄金锁也懂得和领导在一起走路,领导应该走在前面的礼数,很有礼貌地恭请寇勉、尉迟琪、时空先行。贾垚左手端着旅行杯,手腕上还搭着寇勉的藏青哔叽呢大衣,右手提着装有现金的提包,尾随在寇勉的身后。黄河、卢力把汽车紧贴公路边沿停靠好后,小跑到了贾垚旁边。茅镰则以主人的身份伴着黄金锁,有意落到了最后头。

刚下过一场大暴雨,古老的龙潭镇犹如洗刷过一般,显得格外洁净、清新。龙潭镇上古遗传至今的风俗是,天天集市,唯正月初一、初二、初三除外。因而所有店铺均已关门歇业,被暴雨冲洗得光可鉴人的青石板街面,几乎见不到人影。只有少数商贩在出售烟花、爆竹、灯笼、烛台、香炉和祭祀祖先用的香烛、火纸、冥钱。偶有熟识行人相遇,双方都会拱手作揖,互道"恭喜,恭喜"。居民按遗风虚掩大门,寓"既不走漏财气亦不闭门谢客"之意。虚掩着大门的各家各户，不是在吃年饭就是在做年饭，不时有噼噼啪啪的爆竹声响起，报道殷实的户主祭祀完毕，"接年饭"开始。全国各地过年的习俗大同小异，龙潭镇的习俗是吃三顿年饭。腊月三十吃一顿，谓之"送年饭"，基本条件是一家人需团圆，一天之内，无论哪个时段均可开席。虔诚的人家往往鸡叫头遍，便开始打火做饭，赶在五更天响起吃"送年饭"的鞭炮声。除夕夜全家守岁。第二顿年饭是正月初一，称为"接年饭"，迎接新的一年到来；迎接回来过年的本家祖宗，和关照过本家平安、发旺的观音、财神、山神、土地等圣人。第三顿年饭是正月初三，叫作"送圣"，送走接到家里来过了年的圣人。

和别的区域一样，龙潭镇也有年三十夜贴春联的习惯。所以，满街都是红彤彤的春联，一家比一家炫目。

落在最后面的茅镰对黄金锁说：

"没准你干爹待会儿要赶过来。"

"他怎么知道的？"

"寇省长让他来的。我去下的通知。"

黄金锁听了很高兴："那好哇！"

"好什么！他那张不关风的嘴，哪样不该说他偏说哪样。死到临头了，他还改不了那臭德行。"茅镰苦着脸，"待会儿你就坐他旁边，管束管束，别让他胡言乱语。你的话，他多少还能听两句。"

"没关系，不是还有尉迟老首长在场吗？我听说干爹最惧尉迟老首长，见了他连话都说不清楚。"

"老皇历了，那是从前，在战场上。"茅镰忧心忡忡，"你要多长个心眼儿。寇省长说是下来随便走走、看看，鬼才知道他跑下来搞什么名堂。请来陪酒的人要在脑子里过过，尽量挑选积极分子，别把落后分子请来了，免得添乱。现如今，哪里会没有一点儿不足之处呢？抖搂出来有什么好。"

"也是。我真没想到这一层。就想到陪酒就是造气氛，图热闹。"

"吓，吃酒也是有学问的。寇省长好心好意赶在过大年走基层，我们不能让他背着包袱跑回去，你说是的不……快快快，前面去，前面去。"茅镰忽然催促说，"他老人家站在了！"

走在前面的寇勉在一家门口停下来，望着两旁新贴的春联朗声念道：

"江山隽永溢杏酒，

"日月盘亘奉佳肴。

"横批——紫气东来。好哇，好，这副对联写得真好。"

时空附和说："确实不错，古风浓郁，现代情思亦尽在其中，幸福感怀溢于言表，妙极了。"

寇勉说："深山老林藏龙卧虎——有学问啊。"

隔壁一家的春联是：

鸾凤和鸣比翼飞，

日月辉映连理枝。

横批——美轮美奂。

寇勉欢欣说道："这一家有新媳妇过门。"

黄金锁连忙证实："大年三十办的喜事。"

再往前走，一家大门两旁贴着：

草堂影随黄昏去，

广夏栋携紫光来。

横批——万象更新。

寇勉高兴地说："一看就知道这家的新屋刚刚落成。挺气派的，小三层哩。"

黄金锁介绍说："这小三层是年前完工的，龙潭镇有史以来的第二栋。户主有三个儿子，都在外地打工，三个媳妇种天麻、三七、黄花，采山珍，两老照看自家店面，左边进的是山货，右边卖的是日杂，富得流油。"

"好哇，家家这样富，你这镇长就好当了。"寇勉说。

黄金锁赶紧汇报说："全镇的温饱问题基本上全部解决了，下一步主要是致富，奔小康的问题。去年，像这小三层的富裕户增加了百分之三，预计今年可以更上一层楼，达到百分之四五。再过三五年，镇上中等偏下的居民大概就在百分之五十左右，一半对一半。"

寇勉说："这不应该是理想目标，速度也慢了一点儿。"

"山区小镇，比不得半是山坡半是平原的永泰、永宁，更不能和基本属于平原地区的兴盛相比，我们致富门道少，不是人不勤劳。"黄金锁见寇副省长的要求更高，就强调了一下客观，"龙潭镇虽说是全民皆商，但做的都是小本生意，大多靠明码差价，或者出租店面、场地、帮人囤积货物赚点儿小钱，比不得二道贩子大进大出赚大钱。二道贩子把钱赚跑了，这不就影响到我们的致富速度了？还有，影响到我们致富速度的关键问题是交通运输，公路不畅，水路又慢，瓶颈。前年，有两家做季节水果生意的居民，收购了两船橘柑，货真不错，可是一直找不到下家，运又不能及时往外运，还要付驳船租金，日子拖得越久赔得越多，得，全倒进龙潭孝敬龙王爷了。"

"可惜。"寇勉精瘦的脸上浮起一丝愁云，"制约山区经济发展的种种因素确实不容忽视。"

"镇上居民一致认为，永泰、永宁、兴盛富了，全是沾了永泰、松峦、花溪、虎啸四大电站的光，所以，大家都把富裕的希望寄托在龙潭电站上，说，只要龙潭工程一开工，龙潭镇马上就可以富起来，也会像十字街一样，高楼林立，从早到晚都是大集，也会变成一座像样的城市，也有让宜阳县委、县政府迁到龙潭镇来的可能。"

"是呀，"寇勉对黄金锁那番话很感兴趣，"我也希望龙潭电站在兴建过程中把区域经济拉动起来。这事，靠电站的建设者们，也靠你们地方政府和老百姓，只有齐心合力，才能把事情办好。你们龙潭镇不在坝轴线上，又不在库区，不存在移民、搬迁、淹没耕地的实际问题，没有负担，自然对建电站情绪高涨一些，期望值也高一些，可以理解。坝轴线上、库区，比如龙坪，还有对岸的展旗那两三个乡镇，干部、群众可能就没这境界，移民、搬迁困难多，压力大，一提说建电站……心里怕是不那么……"

"那可不定呐。"黄金锁说，"县里开的几回移民工作会我都参加了，政策又宽大又优惠，我都想当移民咧。龙潭电站不比修永泰、松峦、花溪、虎啸，因为上游都是人烟稀少的大山区，移民搬迁的户头不是很多。县里的移民方案是，淹没区的老百姓，能后靠的尽量后靠，不能后靠的，集中起来兴办种植养殖业，办农副产品精加工厂、水果加工厂，移民就地消化，叫什么……开发性移民！这么一来，农民可就变成工人了。加上各种优厚的资金补偿、扶持，沾上搬迁、移民关系的乡长、镇长可高兴了。"昨天，茅镰通知黄金锁备饭时，虽然没有告诉他来者何人，却再三叮咛了一句：不管到龙潭镇的领导是谁，汇报工作时一定要注意多讲点儿正确的一面，不能给宜阳抹黑。黄金锁谨记在心，所以话一说完，就忙着拿眼光去观察茅镰的脸色，不知道自己讲的是不是正确的一面。

茅镰只当没瞧见，接着黄金锁的话补充道："县政府的移民政策和移民规划我知道一点儿，基本上就是黄镇长说的这些：后靠、兴办小型企业——就地消化。淹没的田地、果林、房屋等等，严格按照省政府的有关文件精神，足额补偿，不让老百姓吃亏。工作基本顺利。"茅镰见寇勉对龙潭工程的移民搬迁尤其关心，断定这项工作必是他出巡的任务之一，就有意证实了一下宜阳县委、县政府在这方面所做的积极工作。

寇勉得到的信息是，宜阳县没有疏忽移民、搬迁工作，心里很满意，颔首说："真是这样，我就放心了。"

走着说着，又一户人家大门两旁的对联把寇勉吸引住了。他立定，念着：

"万卷古今消日永，

"一窗昏晓送流年。

"横批——夕照桑榆。主人退休了？"

黄金锁回答说："这是老镇委书记的家，已经退了七八年了。"

"噢……？医疗、福利，该不会有什么问题吧？"

"没有，没有，绝对没有，漫说现今宜阳县跑的是顺风船，就是当年经济状况堪忧的日子，这一块也是有保障的。"黄金锁说，"书记最大的苦闷是膝下没有儿女，没有力量跟着大家一块儿致富，只能靠养老金过日子。"

"……"不知为什么，寇勉的脸色倏地一沉，良久，"好像也找不到帮助他的好办法。"

"他这个问题，确实是个问题。"黄金锁没太注意寇勉的神色，"镇上只能尽最大的努力，让他这孤老过好，过得快活。年前，我抽空儿陪他坐了一上午。"

寇勉想到一年半载过后，自己也将同这位老书记一样，相伴书报度余生，不禁平添了几分伤感，说，"待会儿一定把他请到，我们一块儿喝几杯。"

茅镰对寇勉的私人情况非常了解，没提防鲁莽的黄金锁无意中伤到了他的痛处，连忙岔话说："寇省长，方才在盘龙岭时，我见你对对联很有研究，我领你去看一副对联，那副对联巧妙得很，天下第一绝对。"

寇勉凄然一笑："是吗？"

茅镰说："谁敢蒙省长啊。"

几个人就簇拥着寇勉走过好长一截街道，在两栋比肩而立的吊脚楼前停下。两栋吊脚楼的脊瓦苍苔丛生，板墙立柱斑驳陆离，历经沧桑，已然衰老。两户大门虚掩，但看得出是买卖人家。左边一家门口的左立柱上用颜体刻有一联，右边一家门口的立柱上也用颜体刻有一联，两家各出一联正好一副。对联深镌，入木三分，都不格外着色。寇勉趋身上前，念道：

"篾扎纸糊，既不遮风又不避雨，鬼住；

"土做窑烧，一非熬药二非煨汤，屌用。"念罢，呵呵直笑。

其他几个人也笑了起来。

茅镰问寇勉："猜猜，这两家都做什么买卖？"

寇勉不假思索："左边这家扎灵屋，右边那家卖夜壶。"

茅镰说："猜对了一半。右边那家店铺是扎灵屋、卖寿衣的，左边这家店铺才是卖夜壶做窑货生意的。"

寇勉大惑不解："搞反了？"

"嘿嘿，相反相存。这里头有个故事。"茅镰笑着，"金锁，说给领导听听。"

黄金锁够着脑袋，从门缝里瞧了瞧，见堂内闪烁着烛光，说："两家都在吃年饭，我们不如边走边说。"

几个人就不由自主地把黄金锁围到了中央，慢慢朝前走。

"说起来该是两百多年前的事。"黄金锁煞有介事地讲道，右边那家扎灵屋卖寿衣的姓孙，跟死人办事却姓了'生'，'生'和'孙'同音，远近山民习惯称店号'灵屋孙'；左边这家卖夜壶做窑货生意的姓史，给活着的人服务反倒姓了'史'，'史'跟'死'同音，山里山外的人就把这家的店号称呼为'夜壶史'。有年，'夜壶史'的生意不好，路断人稀，店老板整日愁眉苦脸。一天，他见隔壁店内店外挂的尽是灵屋、寿衣，就把一肚子怨气转嫁到'灵屋孙'家，认为全是他家给自己带来的霉运，但又碍着生意人的体面，不愿意直统统地与'灵屋孙'当面叫板。可是不言声，心里又憋屈得慌。思来想去，计上心头，史老板就在自家的左立柱上镌下了'篾扎纸糊，既不遮风又不避雨，鬼住。'一行单联，并用墨笔勾描醒目，一来泄泄怨愤，二来气气隔壁的'灵屋孙'，想把他气走。扎灵屋卖寿衣的孙老板见了那一溜儿黢黑的大字，自是气不打一处出，心想，你'夜壶史'虽然是把恶语刻在自家的立柱上，那还不是等于站在家门口咒人？有道是有来无往非礼也，文来文对，武来武对，谁含糊谁！同样眉头一皱，计上心来。没过两天，'灵屋孙'家门口的右立柱上也刻了一行大字：'土做窑烧，一非熬药二非煨汤，屌用！'呃，说来也怪，孙史两家这么一暗中较劲儿，竟把两家的生意都较得红火起来。方圆几十里的山民都晓得半爿街有副生死联，有两家为生者、死者办实事的夜壶窑货店和灵屋寿衣店，大老远赶来这里看对联，买窑货，以致为健在的老人置办寿衣。还说这两家合写的对联天下第一，绝了。后来，又有人给这副对联送了个横批，只是没有地方刻上。你们知道这横批是什么？"

秘书贾垚信手拈来："珠联璧合。"

"对联本身确实是珠联璧合。"黄金锁笑着，"先哲送给这副对联的横批是——塞翁失马。"

"离谱儿了吧？"贾垚好不服气，"这挨得上吗？"

"表面上看确实是风马牛不相及，但细细想来还真是你所说的'珠联璧合'。"黄金锁说,"你看啊,'塞翁失马'的含义是因祸得福。这家里有人老了,是不是祸?是祸,可是'灵屋孙'正是从这祸事中赚钱。是不是因为有了'祸'他才得了'福'?还有,老人们因为年迈力衰才尿频尿急,夜半不能起床小解算不算祸?算祸。'夜壶史'就靠这种祸取财,是不是因为别人的'祸'才成就了他的'福'?笑话,都是笑话啊。其实,这两家都是在做好事、善事,急凡人所急,排凡人之所难……"

几个人边说笑边漫步,不知不觉到了连三楼。连三楼是栋三层古建筑,有一百多年历史,是龙潭镇最大最高最气派的吊脚楼,进深、开间都在平常人家三倍以上。青瓦,琉璃瓦隆脊、飞檐,外板墙两寸厚。要是从屋后看,十几根顶托高楼的立柱两人合抱粗。连三楼坐落在龙潭镇最繁华的地段,曾经是筲箕铺富豪苗字朗的店铺,以收售药材为主。解放初期,连三楼做过第九区的区公所;成立人民公社后,又做过龙潭人民公社的办公机关,之后又做过大食堂、卫生所、旅店。几年前,被一个私人老板承包下来,主营餐饮,现在是全镇最兴隆的酒楼。

黄金锁对寇勉说:"寇省长你和各位领导一起前往悠着,我去连三楼里头看看酒席准备停当了没有,回头再按你的指示通知各位尊长赴席。安顿好后,我再请你们过来吃午饭。该说吃年饭。"

寇勉兴趣正浓,说:"那你就先忙去吧,我们继续往前溜达。"一面吩咐卢力,"你干脆把中巴车开过来,把礼品卸两箱下来,给曹铁拐的轮椅也搬下来,省得吃饭时来回折腾。"

卢力回应着跑转去了。

四十四

寇勉、尉迟琪、时空、茅镰和贾垚、黄河慢慢走慢慢观街景看春联,信马由缰。没多大工夫,几个人就游荡到了龙潭镇西尽头——西岔口。西岔口紧挨龙门,是三条公路的终点。三条公路的终点是一方难得的平地,约莫五百平方米。这里原是牛马交易市场,牛桊马柳随处可见,每逢大集,就有很多的牛、马、驴、骡、猪、羊在此交易,阉鸡、骟牛、劁猪的兽医也伴在附近。近些年,由于农村机械化程度不断提高,手扶拖拉机、小型农用汽车、摩托车逐步顶替了犁、耙、牛车、马车,牛马市场日渐衰落,直到彻底关张。因为这里是全镇唯一的开阔地,镇政府不敢轻易动用:是建小学、医院、宾馆、超市,还是建一栋像样的政府机关大楼?举棋不定,所以长期被搁置起来。四周用铁丝网围成一个小院落,胡乱堆放了些钢筋、水泥、圆木、廉价的生产资料和小型农机设备而已。不过,此时已旧貌换新颜——铁丝网全部加固刷新,里面停放着几辆黄色的工程车;七八顶草绿色帐篷紧贴网墙支起,井然有序;面对半爿街搭架起了一座高高大大的牌楼。牌楼檐下悬挂着四只大红灯笼,灯笼上四个金黄的大字在艳阳的光照下熠熠生辉——欢度春节。牌楼两侧贴着一副对联,当是全镇最大最长的对联:

跨松峦越花溪豪迈永泰再抖擞虎啸雄风,四座皆惊;

挽日月耀潜水高擎展旗要振奋龙潭精神，五邻俱醒。

"欢度春节"代作横批。

几个人在牌楼前站住。寇勉着实喜欢对联，把长联念了一遍，又念了一遍。念着，猛然觉得哪儿不对劲儿，就把头颅向院子里伸了伸。几顶帐篷上的大字赫然在目：华夏集团。他警觉地回过头来，直视着时空，满脸笑容不翼而飞：

"龙潭还没开标。红线区，怎么有队伍开进来了？"

时空明白轮到自己唱主角了。时空有足够的思想准备，眼前的一幕是他意料之中的事。华夏集团的施工队伍提前进场，真正目的是蚕食龙潭工程"三通一平"前期施工项目，让华夏集团夺得"三通一平"既成事实。但是，如果让寇勉知道这一动机，就很可能被他逐出场外，偷鸡不成反丢一把米。时空担心进场人员在寇勉的巡视过程中应答失准，露出马脚，所以一路紧随，寸步不离。寇勉果然生疑，盘诘起来。时空没有迟疑，从容不迫地端出早就准备好了的台词：

"我们干的活儿确实是在为龙潭工程服务，但是我们跟龙潭工程没有任何关系。"

"什么话！你就不能回答得具体一点儿，直截了当一点儿。"

时空说："我们干的是宜阳县的公路工程。现场虽然算得龙潭工程的红线区，但也是宜阳公路工程项目的施工区，假如您从这里去宜阳县城的话，沿途还可以看到我们的施工队伍。"

"为了给龙潭工程建设做点儿贡献——保障供给，当然也为了促进城乡物资交流，宜阳县委、县政府决定把宜宁公路拓宽取直。这也是宜阳县'一二五工程'的一部分。宜阳县'一二五工程'的具体内容是：一条公路，两座小水站，五个大型水库的加高加固。'一二五工程'全部由华夏集团中标承建，去年一入冬，他们就把施工队伍开进来了，到处都是。"茅镰非常及时、非常得体地帮了句腔。

寇勉哑口无言。寇勉想的已经不是龙潭镇该不该驻扎施工队伍的问题，而是宜宁公路。城乡物资流通需要宜宁公路发挥作用，即将上马的龙潭工程不是更需要它发挥作用吗？可是它的状况又是那么糟，糟糕透顶！由此，他想到，宜阳县的书记、县长不仅想到要解决这个实际问题，而且正付诸行动，为什么潜龙总公司的总经理连想都没有想到呢？继而又联想起龙潭工程的前期准备工作……竟然无动于衷！语塞了好一会儿，他问时空："你调多少人进来了？"口气已然不同于方才。

"不多，也就千把人。"时空谨慎作答。

"刚才你不是说华夏集团有的是人和机械，有劲儿没处使吗？为什么不多调些进来？"

"'一二五工程'加在一起还不到二十个亿的合同额，人和机械多了是个浪费，不划算，杀猪用不着宰牛刀。"

寇勉对时空的回答很不如意，却又挑不出他的回答究竟哪儿不好。有气没处出，他忽然跺起脚来："屎都快到屁股眼了，他还不知道去掏茅坑！"是憋了很久的粗话、丑话，"工作思路怎么还不如宜阳县呢？这个雷好！"

茅镰忙说："我们不过是头疼医头，脚疼医脚。正是因为宜阳边远，出门就是山，山里山外不通气，县委、县政府才想到要修公路。宜阳哪能和潜龙总公司相比哟，他们自有宏谋大略，您尽可放心。"

茅镰的本意是想替宜阳县谦虚几句，没想到反把寇勉惹得更加焦躁起来："龙潭工程三月底开标，再磨蹭也得在四月底发布开工令，满打满算还不到四个月，他还宏谋大略个鬼呀！唉，前期准备……不容乐观啊。"

"刚才我说'我们干的活儿确实是在为龙潭工程服务'，这话其实不是虚的。"时空用一种安抚的口吻说，"除了公路可以让龙潭工程受益之外，我们为'一二五工程'做的前期准备工作，比如修建的供水池，比如架设的高压线、变压器，比如平整好了的停车场、停机坪和机车便道，等等，等等吧，龙潭工程的施工队伍进场后，都可以用来应应急。"显得很忐忑地望着寇勉，"承担'一二五工程'施工的几位负责人曾半开玩笑半认真地向我报告说：'潜龙总公司吃现成饭，不能就这样便宜了他们，到时候得有偿服务，让他们出点儿血。'我说那哪行啊？算了，都是省里的事情，肉烂了在锅里，就当华夏支援了龙潭工程建设，尽了我们应该尽的一点儿义务。我的意思是，龙潭工程前期准备工作，多多少少还是做了一些的，您甭着急，急坏了身子。"

寇勉明知时空的话漏洞百出，但无心计较，说："既然已经闯进来了，就不能多进点儿？"他指的是人员和机械设备。

时空依然显得很木讷："够了吧？我看是够了，用工成本不能拉得太高。"

寇勉掖在心里的一句话终于被时空逼了出来："就明说了吧，我想就汤下面——你把盘龙岭这截路捎带干了。一为龙潭工程上马做点儿具体准备，二为地方物资流通做点儿实际工作。"

"这……"时空一副毫无思想准备的样子，"怕是不行吧？"

"说个理由。"

"准确一点儿说，盘龙岭路段应该属于龙潭工程的'三通一平'项目。"时空说，"不管潜龙总公司的标再怎么编，这个项目和工程前期准备捆绑在一起才对。我们稀里糊涂把它干了，自己吃哑巴亏为小，弄不好还会打乱潜龙总公司的战略部署。"

寇勉一扬手："那就干脆把'三通一平'项目全给你。"

梦寐以求的"三通一平"终于看到了希望，时空心中大喜。但是，想吃到葡萄，不能性急，不能说葡萄是甜的，不然，这老头儿一旦感觉到什么异味，疑心其中有诈，很容易收回成命。时空不打算急于求成："把龙潭工程的'三通一平'交给华夏……好倒是好，只是……还没有开标。这一标段谁家得中，要等到揭标后才知道。我们不能抢了别人的饭碗，这是其一；其二，华夏先期进入红线区，背了'扰乱施工秩序'的罪名不说，万一情况有变，'三通一平'另有其主，承担的窝工损失可就大了。所以，我还是希望寇副省长再考虑考虑……免得雷好有想法。"话尽量不让对方觉察出丁点儿破绽，理想效果是：快刀斩乱麻，激励寇副省长当机立断，迅速拍板，不给雷好任何回旋的余地。

"他会有什么想法？他能有什么想法？他内急，我早替他把茅坑掏好了，他还有意见？"寇勉一急，把招投标法则统统扔到了脑后，"就这么定了！对你来说就是命令。"

时空要的就是这个"命令"，于是赶紧挽着死结："既然是命令，时空不敢不从，那……就这么定了？"

茅镰心里明镜似的，忙帮时空把钉子回上脚："省长已经拍板了，还有什么价钱好讲的，快上人吧。"

"开年我就组织人员、机械设备进场。"时空说，"争取在半月之内把'三通一平'工作全面铺开。"其实，他哪里需要半个月哟！

寇勉说："兵贵神速，越快越好。"

"怎么说也得跟雷好老总招呼一声吧？"时空力图尽善尽美，不想有什么后遗症，"这么大的事。"

"这不用你操心，回头我让他通知你。"寇勉顾不得许多了，"就算他有宏谋大略，这区区'三通一平'也碍不了他着意施展。说来说去，不就一点点儿钱吗？他要跟我拗起筋来，这点儿钱我让他刨出来由省里出了。这点儿权力，我还有。"真把话说死了。

时空朝思暮想、处心积虑的"三通一平"前期准备工程，众多小老板眼睛盯得紧紧的"三通一平"前期准备工程，雷好像掖私房钱一样掖在怀里的"三通一平"前期准备工程，就这样尘埃落定。寇勉感到一阵痛快。茅镰也很惬意。时空算是赢家，心里像碰翻了蜜罐子，美滋滋的。虽然对龙潭工程大包大揽的宏愿无法实现，能把"三通一平"提前捞到手，终是不虚此行。

"寇副省长这么坚定，我还有什么说的，干，豁了。"时空知道到了表决心献衷心的时候，"决不辜负寇副省长的期望。"

寇勉意气风发，哈哈一笑，挽着尉迟琪的臂膀转过身去。

时空一面请茅镰紧跟作陪，一面向华夏集团施工队伍的营地走去，说是要方便方便。

四十五

用铁丝网围成的院子里，几顶帐篷里都没有人，只有摆放整齐的钢架床和统一配发的被褥。各式各样、五颜六色的木箱、皮箱、旅行袋很有规矩地搁置在钢架床的床头、床边。直到时空撩开最后一个帐篷的门帘，才看见有两个人面对面坐在一口火盆旁一声不吭地吃年饭。火盆里的木炭烧得紫红，燎着蓝色的火焰，上面架着口铁锅。铁锅里满是肉块、丸子、萝卜、白菜、土豆和又尖又红的辣椒，被下面的炭火煎煮得沸腾，满篷烹香。两人吃得很猛，额头、鬓角、鼻尖儿都是汗，头顶的热气直往上冲。时空悄悄走过去，见这两个人不是别人，却是鲍官厅和他的儿子。

时空笑着："老鲍，新年好啊！"

鲍官厅的三个指头正钳着只斗碗用酒，见时空不知什么时候立在了跟前，愣愣，说："怎么……是你？"

"怎么就不该是我？来镇上有点儿事，顺便到这里看看。这是老大还是老二呀？"

"松峦，老二；老大叫永泰，在家陪爷爷。"鲍官厅没有起身，顺手抓过一只马扎，又拎起装满了苞谷酒的大塑料桶，要向一只空碗里倒酒，"过年，遇上了，来一口。"

"别客气了。我待会儿就走，去连三楼就餐，还有好大一拨人哩。"时空拦住他。

鲍官厅一想也是，人家是总经理，吃饭喝酒另有一番讲究，哪里受得了贫雇农这种蹲扒吃相，就信了直。

时空去几张钢架床摸了摸被褥："晚上该不会冷吧？"

"还好，人多就烧两盆炭火。"

上月，匡奇亲自上门通知鲍官厅到龙潭施工点报到，并且重新签订了劳动合同，叫作再就业。一上班，鲍官厅就拿到了当月的工资，自然比待岗期间的生活费高出几倍；临近春节时，还没有正式开工的工地又发了综合奖和节日慰问金，加起来差不多四千块，比辛辛苦苦挑半年土赚的还多。节日期间，现场负责人见他是个特困户，就安排他看场子，有意让他拿到另一份额外收入。鲍官厅就把二儿子松峦从陕西营接到工地过年来了。鲍官厅的生活从此肯定会有一个不错的转机，可是，他对谁都无意也无心报以感激之情。在业已烙伤的心灵深处，他固执地认为这才是一种正常的世态，这种正常的世态本来就应该让他正常拥有，何苦硬要让他苦苦熬过许多年后再归还给他！多么大的代价啊，他甚至认为这是自己在大庭广众之下厚着脸皮讨回的一份资产。在他的世界观里，凡是政治地位、经济地位高过他的人，永远不可能自觉自愿地跟他站在一条平等的线上，认识问题、对待事物总是会有视角差异的。所以，这时与时空不期而遇，没有阴一句阳一句、骂骂咧咧，就很不错了。

时空当然看不到鲍官厅的内心世界，"今天就你们爷儿俩了？"他问。

"今天就我们爷儿俩了。"鲍官厅回答，"杨导、东方戟、程心爽、秋胤、达奚贤、司马敬、琴拥军，还有花溪、虎啸两个扫尾工地上的头儿昨天来过，跟这里的二十几个工人吃了顿年夜饭，过了除夕。牌楼上的那副对联就是他们七嘴八舌凑合起来的，秋胤捉笔。一大早我就把它贴上去了。"

"他们什么时候走的？"

"今早，坐船。吴田专门顶了条驳船上来，前几天没有走完的工人全就驳船走了。"

"龙潭镇附近设了几个施工点？"

"龙潭镇附近？"鲍官厅默数了一下，"龙潭镇附近只有五个。江这边三个，江那边两个，有一个在瑶池水库旁边。"

"你安排在这个施工点了？"

"我是临时派到这里来看场了的。我所在的点在北边，是修路的，这个点是专门平场地、架电缆、修供水池的。"

"让你来这里看场子，不能回家过年了，该不会有什么想法吧？"

"那会有啥想法？过年看场子有加班费，有钱哪。"鲍官厅说，"合该我过年有外快，就是不来这里看场子，我那点上过年也加班。"

"集团下发过文件，春节期间不是不让加班吗？"

"是呀，我们集团是不让加班了，可是宜阳县不知怎么日鬼的犯起了神经。昨天，有人专门跑到我们那驻地，放话说，春节加一天班，得十倍的工钱，宜阳负责兑现。这下可好，一半以上的工人不回家过年了。"

时空心里有数儿，没有继续盘问加班的事："目前，工地的施工情况怎么样？还顺吧？"

"顺是顺，就觉得机械设备有点儿紧，听程心爽说，满足施工需要还要等上一两个月。"

"你还开汽车吧？"

"除了开汽车，我还能做啥？现在让我开的是生活车，解放，搞后勤，大量工程车进场后，我才能真正就位。"

时空拍拍小松峦的脑袋："爷儿俩把年过好，注意身体，注意安全，我走了。"

鲍官厅也不客套，起身把时空送出门外。时空回头问了一句：

"厕所在哪？"

还以为他关心职工群众生活来了哩，原来是急着卸包袱！鲍官厅这么想着，手里的筷子往院子后面一指："喏，前几天才掏好的，刚开张。"

时空几步窜进用石棉瓦围成的厕所里，裤子一垮，蹲下就摸出手机，滴滴答答揿开了。一会儿就听到了对方的声音：

"哪位？"

"老时，时空，给你拜年啦！"

"哦，经当不起，经当不起。我这也给你拜年了，恭喜，恭喜！"

"同喜，同喜。"蹲在茅坑上的时空变频又变调，"给你透个气：寇副省长大驾光临你这风水宝地。福气来了啊。"

"哪能呢？"那头是宁泰市的市长祝原，"宁泰是小妈妈养的，打八抬大轿请他他也不会来。"

"告诉你吧，昨晚就下榻在你眼皮底下的九州饭店，现在在龙潭镇。"

"不会吧？"祝原将信将疑，"没听到响动呀？"

"微服私访，突然袭击。我就在他身边。"

"真的？"祝原一惊，"这可怎么好！"

"行客不问坐客，坐客不晓得。"

"那可不行。"祝原心想，这是个机遇，怎么可以轻易放过，于是嬉笑说，"副省长到访我的地盘，我却浑然不知，糊涂呀。这事如若传开，下面的县长、市长那还不把我笑话个死。"

"伴个场才合适？"

"还用问嘛。"

"祝市长呀，你是不知道呀，伴君如伴虎呀。"时空叫苦说，"这一路，我紧张得大气不敢粗出，一身的汗，苦啊！"

"嘿嘿，时兄呀，就别站着说话不腰疼啦。"祝原酸酸地笑着，"你是从大衙门里出来的幕僚，省领导眼里的红人，又是寇副省长的爱将，赫赫有名的岳父大人也够得着关系，有的是鞍前马后献忠心的机会，这才是真福啊。我哪能跟你比哟，有一阵听不到领导使唤、呵斥，不踏实呀。"

时空就呵呵笑："想听领导使唤、呵斥，呵斥方才痛快？"

"我不善口是心非呀。"

"哎呀……怎么个争取领导呵斥呢？"时空替祝原犯起愁来，"老人家就是不让惊动任何地方官员。就说时空给通了个气，把时空卖了？"

"不能这么干，不能这么干。"

"也是，老头子那臭脾气你也知道——不愿意干的事你偏要干，就让你吃不完兜着走。惹火烧身，大家都不落好。"

"这问题……"祝原苦恼地说，"怎么也得有个法子呀。"

"说，你是诚心诚意，还是嘴上说说而已。"

"瞧你说的！对副省长哪敢搞虚情假意啊。"

"那好，我给你出个点子。"

"说说，快说，我仔细听着哩。"

"老头子不是搞微服私访吗？"

"是呀，是呀。"

"难道你就不会来个如法炮制？"

"怎么讲？"

时空笑笑，说："打个比方。比方你也微服私访，微服私访到了宜阳，与微服私访的寇副省长邂逅，岂不是顺理成章，两全其美了？"

"哦——？"

"你想啊，寇副省长见你春节期间不休息，深入基层调查研究，鞍马劳顿，和他想到了一块儿，干到了一处，不但不会受到冷遇，大加夸赞都来不及呀。"

"嗬呀呀，时兄，还是你的脑子好使，还是你的脑子好使呀！"

祝原高兴地叫着，"我就知道向你讨主意，没错。"

"万一他突然蒙到了宁泰，在酒楼舞厅、麻将桌上撞见了你们，那他才是如同撞见了敌人，两只眼不喷出火来才怪。"

"嘿嘿，老兄你真会联想。不过，倒也是这么回事。"祝原笑着，"寇副省长什么时候到宜阳？"

"我现在在龙潭镇，正陪他四下体察民情，马上开中午饭。估计他下午要去龙潭工程坝址看看，晚上很可能在龙潭镇下榻。明天一准过江，去瑶池附近的农村，然后去上游了解库区移民情况。后天说不定就要同过江来，从龙坪折向宜阳城关。我这是瞎猜啊，老头子究竟跑下来干什么，日程是怎么安排的，只字不提，连秘书都不知道。"时空神秘地说道。

"方便的话，还望老兄及时漏个气儿，祝某感激不尽。"

"老头子猴精，他哪会给我那么多的空子钻啊？你现在在干什么，该不会是在吃年饭吧？"

"还没有，马上开始。一屋子客人，唉。"

"那好，告诉你吧，我现在正蹲在一个茅坑里，偷偷给你打手机，怕你没有感觉到风向。"

"伊哟哟，抱歉抱歉，真不知道怎么感谢你才好！知恩不报非君子，你等着瞧。"

"见外了不是？谁让咱俩是哥儿们呢。"时空说，"本来，我是计划今天去宁泰给你拜年的，顺便……"

"哦——？哦哦，我差点……干什么？谁呀！……"

"怎么？有情况？"

"没有没有，一瓶茅台给砸碎了，吵吵嚷嚷，烦死我了。"祝原在那头赔笑说，"对不起。我差点儿忘了，你去年元旦专门来宁泰说的那几件事，我们……研究过了，就都给你解决了吧。"

"是吗？"

"不就一两万离退休人员的养老统筹吗？小问题，宁泰全兜了，你就不用再去找省里了。永泰是有困难，毕竟是个小小的县嘛，让他承担一万多离退休人员养老统筹可能存在的缺口，确实勉为其难。宁泰就不一样了，管着好些个县市、大型企业哩，经济实力当然要比他雄厚得多。省里是有这个责任和义务，但是我们下面有能力扛这个担子，就不要往省里推了嘛。再说，华夏集团对宁泰地区是有贡献的，劳苦功高，我们稍稍做点儿补偿，完全应该。何况都是国家的钱，无非是从这个口袋掏到那个口袋，宁泰何苦让你们作难。至于学校、医院、公安等事业单位的移交问题，这更好办，你尽可放心，我们全部按照你的意愿安顿妥帖，绝不让你心中有愧，彻底把你的后顾之忧消除了，你只管一门心思搞华夏集团的振兴去。另外，我再圈给你一片土地。物价造成的职工生活困难是个大问题，危及稳定，确实需要解决，但是我们又没有权力去平抑物价，怎么办呢，只有曲线救国。当代经济学家的思想理论是政府不可以干预市场，得，咱就别捅马蜂窝去。你有了土地，干什么不行？生产出了农副产品或者通过它赚了钱，明贴也好，暗补也好，那还不由你时总说了算？跟现行政策也不冲突，谁敢道个不字？"

时空禁不住大叫起来："谢谢，谢谢！"不停地调整着蹲坑的姿势，"我代表华夏集团七万父老兄弟谢你了！"

"别别，合该我感谢你。"祝原说，"你给我漏了这么要紧的风，又帮我出了这么好的注意，旁人做不到，绝对做不到，够朋友，是条汉子！"

"有那么重要吗？"

"就给你明说了吧，我计划上几个大项目，搞两三个工业园区，正在为上面的关系不畅通发愁。芜州、津口、琼山，还有沙湖，这几个市越来越兴旺，宁泰起步晚，地里环境又不占优势，我急呀。"祝原说，"为官一任，造福一方，我怎么也得搞点儿政绩出来你说是不是？老兄你门道宽，手腕子长，日后，还仰仗你多多关照呀。"

"好说，好说。"

"马上吃年饭，吃完年饭我就出发，去宜阳……检查工作，和寇副省长邂逅！"

"天知地知，你知我知啊。"

"放心，我连书记也不告诉。"祝原压低嗓门儿，"哎，要不要备足银两？"

"使不得，使不得！一路开销都由我时空包了。"时空说，"你就认认真真检查宜阳县的工作，越认真越好，千万别把真戏唱假了，尤其不能想歪心思。"

"明白了。我听你的。"

"刚才答应帮我解决的那些个事……不会有什么变故吧？"

"不会，绝不会。奶奶的，这回我也要搞搞一言堂，谁反对都不行。"

"嘿嘿，好，好。蹲坑的时间有点儿长，"时空确实感到弯曲着的两条腿在发酸，"老头子会疑心我掉进了茅坑。"

"辛苦了，辛苦了，挂了啊。"

有些个事就是这样，说难比登天还难，说容易比拉屎放屁都容易，时空感慨着提起裤子。其实，茅坑里并没有撂下什么内容。

鲍官厅一直站在离茅房不远的帐篷门口，瑟缩着又瘦又高的个子，一只手插在内衣口袋里，另一只手捏着双筷子。他并非出于礼貌等候出恭的时空，而是在犹豫该不该趁此机会把三千块钱还了。去年秋天时空访贫问苦访问他家时，曾慷慨解囊，送给他三千块，他毫不客气地收下了钱，却又硬搪给时空一张借条。鲍官厅困难不假，但再困难也不至于缺这三块钱买米下锅，之所以赌气收下，无非表明堂堂华夏集团有他这么个困难户，甚至还有比他更加困难的职工群众，意在提醒时空不要忘掉了众生灵。有一天，鲍官厅忽然想到应该把钱还了，做人要地道，不能昧着良心接受别人的施舍。把别人的钱揣在自己口袋过日子，是一种很不自在的日子，鲍官厅就经常提醒自己，还是趁早把钱还了吧，何况自己已经不是那么困难了。可是现在是个还钱的好机会，鲍官厅又觉得这么快就把钱还给他，他一定会认为自己从前是故意装穷叫苦，所有的困难职工都是在故意装穷叫苦……插在内衣口袋紧捏着一卷钞票的手，不知什么时候捏出一把汗来……

"老鲍，怎么站在外头啊？冷呀。"时空乐呵呵钻出茅房，像进了一回雅厅。

鲍官厅不知怎么来了这么一句："正准备让老二给你送解手纸。"

"嘿嘿，哪会出现那种情况啊！"时空心情不错。寇勉把"三通一平"许给他，祝原又承诺帮他解决一两万离退休职工的养老统筹、企业办社会一揽子问题，还答应划拨一大片土地，让他灵活应对物价上涨给华夏集团职工群众带来的实际困难，好事成双，底气足了，底气足了，嗓门儿也洪亮："你现在的任务是把年过好，我走啦！"

鲍官厅木讷地"嗯"了一声，到底没有当机立断将那三千块钱从口袋里掏出来。

"哎，老鲍呀。"不料，时空又回转身大步走到了鲍官厅跟前，郑重其事地说道，"有件事忘了告诉你。集团技校和党校已经挂上了同一块牌子，叫培训中心。技术培训这一块年后就招生，不如让你那老大报个名去，学一两门技术，这样，日后就有个饭碗了。别让他到处捡垃圾了，不然这孩子就废了。"

鲍官厅剃刮得泛青的瘦长脸没有表情，深陷的凹眼闪了闪，朝前撮的下巴动了动，却没有吱出声来。

"入学的费用不高，才三四千块钱，学员的绝大部分费用都由集团贴了，困难职工和困难职工的子女入学，还能享受到一些优惠政策，有的开销还可以减免，机不可失呀。"

学那玩意儿有屁用！华夏集团有本事没差事的人成千上万，过去好些个技校学生的书还不都他娘的白念了？如今又要花那么多钱培训那么多人出来，跟谁抢饭碗？上哪抢去？放在以往，提说读书、学技术的不管是鲍官厅眼里的坏人还是好人，他都会信口呛出这番难听的话来。可是现在没有，他觉得时空这人有点儿琢磨不透，琢磨不透最好别随便发作。

时空摸不准鲍官厅心里在怎么想，"这是集团最近研究决定的下岗再就业工程之一，

第一期学员全部为龙潭工程服务，是可以签订长期劳动合同的。"

鲍官厅拧着脖子，把时空瞅了瞅，不相信他有着这么好的心肠，"让我想想。"一会儿要下岗分流，一会儿又要再就业，他有点儿搞不懂。

"也行。"时空说，"如果决定让你那老大进技校，就去找找景丽元。先找匡奇也可以，急需找到工作的下岗待岗职工、特困职工子女，都由匡奇负责登记造册，然后交由景丽元统一招收，安排自愿培训科目。你老大要是报名了，找时间告诉我一声，我帮你问问。考虑好啊。"说完，急急忙忙奔出了牌楼。

四十六

寇勉、尉迟珙、茅镰、贾垚、黄河慢慢悠悠悠荡到了西岔口尽头，没几步远就是气势雄浑的龙门。这里住着几户以捕鱼捞虾为营生的人家。时空追赶过来的时候，几个人正一字儿排开，站在一栋为数不多的两层吊脚楼前，认真端详大门两侧的一副对联。时空偷觑了神情专注的寇勉一眼，向那副写在大红纸上的对联瞧去：

左折腾右折腾左右折腾；

上忽悠下忽悠上下忽悠。

横批——实事求是。

时空默诵了两回，心里"嘿嘿"直笑。寇勉背着双手，昂着头，面色凝重。尉迟珙双手拄着拐杖，够着脑袋，目光迷离。茅镰叉着腰，仰着头，蹙额，咧嘴。黄河抱着膀子，歪着脑袋，用虎口叉着下巴，像是在猜灯谜。贾垚是这群人里的秀才，且心直口快，忍不住点评了两句：

"什么乱七八糟，文通理不顺。横批总共才四个字，就有两个错别字。"

大家都没有发表见解，只有寇勉深沉地哼出一声：

"顺哪。没有错别字。"

这时门"吱呀"一声大开，从屋里走出一个老头儿。老头儿精瘦，有点儿罗锅，尖脸黑红，小眼睛，几乎没有眉毛，两小撮稀黄的胡子撇在嘴角。打扮也别致：脑袋上的青布包头盘裹得特别圆大，像顶帽子；上身穿一件黑色对襟棉袄，没有扣纽扣，用一根麻绳拦腰捆住；黑棉裤腿肥大，挽到膝下；没有穿袜子，光脚板趿拉着一双看不到后帮的黄胶鞋。因为一辈子以捕鱼为生，加上腰间总是挂着只元宝形状的小鱼篓，所以，镇上居民送给了他一个非常别致的雅号——鱼篓子。鱼篓子左腋下夹着五六根劈柴，右手提着只盛了萝卜、白菜、酒壶和碗筷的小菜篮，不经意地睃了一眼站在门口的人群，用脚脖子将大门勾上，一转身，顺着夹在两栋吊脚楼之间的石级走下了河滩。

一会儿，河滩上传来叮叮咚咚的敲击声。

寇勉挽住尉迟珙的臂膀，两人心照不宣地踏上石级，绕过板墙用几根木柱倾斜支撑着的二层吊脚楼，慢慢向沙滩走去。贾垚、黄河、茅镰、时空紧随其后。干完事的卢力正好赶过来，把尉迟珙的黄大衣交给时空，跟到了后面。

正值枯水季节，龙潭的水位下降得厉害，退出了大片大片滩头。滩头怪石嶙峋，到处裸露着卵石——白的，黄的，红的，黑的。临水沙滩上，横竖摆放着十几条木划子，一条木划子被倒扣过来，船底朝天，青绿的水藓已干枯成一层薄皮，条状补巴重重叠叠，斑斑驳驳。鱼篓子一手握着鸭舌錾子，一手挥动动着短柄榔头，有力又有节奏地向倒扣着的船体接缝填筑石棉。身后燃着一堆火。火堆上空，三根圆木合围成三角鼎力之势，挂上铁链，将一把黄铜水铫子吊起。一沙罐鸡汤靠火堆煨着，喷香。

几个人围着倒扣的木划子转了一圈儿，不约而同围聚到了鱼篓子身旁，看他演示最便捷最常见最古老的防渗工艺。

看了好大一会儿，寇勉搭讪说："大年初一，还在忙呀？"

鱼篓子扭扭头，并不歇下手里的活计："劳动光荣啊。"

寇勉走南闯北，久经沙场，算得是个很有见识的人，可一时竟然不知道用一句什么话接应鱼篓子才好。

幸亏贾垚勇于冒失："勤劳致富，目的还是发家致富吧？"

鱼篓子用錾子、榔头使劲儿填筑了一阵石棉才说，"我已经富怕了。怕富！"

"什么话！"卢力认为鱼篓子的话太不入时，想都没想就发起抨击，"现在正提倡发家致富，你怎么怕起'富'来了？反调。"

"哼哼。"鱼篓子一下一下地挥动着榔头，"那个'富'字在我头上带了二三十年，前几年才像摘肿瘤一样彻底摘掉了，好不容易和大家平起平坐。还想让我因富不合群？不干，不干！"

"现在的富和从前的富不一样，有本质区别。"贾垚说。

"哦？'富'字有两种写法。孔夫子坟头上的'富'字是少了一'点'。"

寇勉啼笑皆非。

贾垚觉得这老头儿很拗筋，不可理喻。

尉迟琪指着黑黢黢、癞巴巴的木划子，大声问："有些岁数吧？"

"跟我的年纪差不离。"鱼篓子回答。

时空趁机引开话题："老人家高寿？"

"不敢，年华虚度六十有六。"

"真看不出，身体挺健旺的啊。"

"托你的福，还能闯荡几年江湖。"

"只怕是人强货弱。"黄河拍拍船体，幽默了一句，"江湖险恶，靠这条破玩意儿，哪招架得住啊。"

"我这不是正修着吗。"

"小修小补顶屁用。"卢力冲了他一句，"送船厂让它脱胎换骨，看能不能恢复元气，抵挡一阵子。"

"让它赚钱是可以的，让它使钱是不可以的。"鱼篓子说。

贾垚讥笑说："想马儿好，又不想马儿吃草。"

"谁说不是啊。"鱼篓子"哐当"一声把手里的錾子、榔头撂到地上，抹了把头上的汗水，解开捆在腰间的麻绳，脱掉黑棉袄，亮出洗得泛白的蓝秋衫，捋起袖子，蹲下，剥开地上的一个牛皮纸包，"我还想借几只孵蛋的鸡哩。"

贾垚被反呛得直吞口水。

寇勉的目光一直在跟着鱼篓子移动，关切地说了一句："当心着凉，风很大啊。"

"不大哪。"鱼篓子把包在牛皮纸里的松香、石膏倒进一只瓦罐，又向里面添了小半瓶桐油，不慌不忙，"才二级呀。"

卢力好奇地问："你怎么知道才二级？"

鱼篓子用一把牛角刮子在瓦罐里搅拌了几下，把瓦罐搁到船底上面，"满帆不用橹——二级风儿推着走。"

大家一齐向一碧万顷的龙潭水面望去，见十几条大木船果然是扯着满帆行驶。

寇勉问道："你是不是有什么困难？"

鱼篓子像是没听见，径自往火堆上架了两块劈柴，又从小菜篮里拿出把大铁勺，把沙罐里的鸡汤搅了搅，披上棉袄，拿起歪靠着一块大卵石的竹筒烟杆。竹筒烟杆大半庹长，碗口粗细，像门迫击炮，半腰偏上处斜支出一根笔杆粗的小竹管，小竹管顶端镶着个拇指大的铜烟锅。

"来一口？"鱼篓子把黑亮的竹筒烟杆在和颜悦色的尉迟琪面前亮亮。

"不会。"尉迟琪大声说。

鱼篓子又把竹筒烟杆送到寇勉面前。寇勉摇了摇头。

鱼篓子再把竹筒烟杆递给时空。时空连连摆手。

鱼篓子只看了横眉竖眼的茅镰一眼，没有继续谦让。

鱼篓子从那只什么物件都可以装的元宝形小鱼篓里摸出媒纸和装有烟丝的小布袋，先把媒纸在火堆上点燃，吹灭，坐到火堆旁边的大卵石上，从黄胶鞋里退出两只光脚板将竹筒烟杆的下端捧住，向烟锅里填进烟丝，把闪着火球的媒纸头轻巧地点动着，吧嗒吧嗒吸拉了几口，而后舒畅地吐出一团浓浓的烟雾。这才回答寇勉刚才的问题：

"我一个人吃饱了，全家就都吃饱了。你说我有困难没有。"

卢力睁大眼睛："原来你……你是个……"

"光棍，老光棍。"鱼篓子毫无忌讳。

"怎么……？难道……？"贾垚也很迷瞪。

"年轻的时候没有离开过'富'，当姑娘的全都害怕沾了'富'的光，自然没有缘分啰。等到我不再'富'了，又老得不中用了。阴差阳错。"

这几个人当中，只有茅镰认识鱼篓子，鱼篓子当然也认识茅镰，只是两个人的正面交往不是很多。茅镰知道，这鱼篓子是龙潭镇出了名的人精，仗着读过两年私塾，肚子里有点儿墨水，说起话来怪里怪气，让人摸不着头脑，老爱把"讲道理"挂在嘴上，却又非常不讲道理，从来没有人道他积极过，茅屎板子又臭又硬，难缠。鱼篓子对茅镰也有所了解：黑头，一在龙潭镇现身就咋咋呼呼，开口闭口都是政策，在县太爷的椅子上坐了一辈子，现在是离休干部。虽然没有互通姓名，但鱼篓子已经分辨出眼前这几位年长的，个个比茅镰品位高，不然他不会委身作陪，且不多言多语。他见不得茅镰吹胡子瞪眼睛，所以跟这几位不速之客拉呱时，从不正眼瞧他。茅镰则提心吊胆，生怕这一肚子怨气的老精怪信口雌黄，胡言乱语，给宜阳县抹黑，给心情非常不错的寇勉带来烦恼。茅镰见鱼篓子尽图嘴巴快活不顾别人不快活，正想寻个理由领着诸贵客去体察更有特色的民风民俗，不料寇勉却在鱼篓子面前蹲了下来，还挺亲热的：

"可以不干，就不要干了。把身子骨养好。"

"劳动有的时候是一种体育运动，一种消遣，一种娱乐。劳动有的时候不一定是为了生活。"

"这话说得好，有学问。"寇勉伸出一个大拇指。

"蓝天白云，风和日丽，在河滩上烧一堆旺火，架一只水铫子，煨一罐子鸡汤，"鱼篓子嘬着烟嘴，"想干，我干会儿，想歇，我歇会儿，想喝酒，我坐火堆旁来两口，你说，这不算神仙过的日子呀？"

"倒也是。"寇勉两手搭在膝盖上，望着怡然自得的鱼篓子，"看得出，这划子跟你一样——饱经沧桑。你和它相依为命。"

"那是不假。"鱼篓子耷拉起眼皮，聚精会神吸吧了几口烟，再舒缓着吐出来，"一九五三年，我和健在的父亲带着这条划子——当时它可是又黄又亮，还有一只同样崭新的脚槎子，和十五只墨鸦加入互助组……不久参加合作社，不久又晋级人民公社、高级人民公社……好不容易当上了人民公社社员。再后来……搞联产承包，接下又……承包经营。这一晃，就四五十年了。划子、槎子、墨鸦又回归到了我的名下，墨鸦当然不是当年参加互助组时那茬儿墨鸦。事实上，这划子、槎子、墨鸦从来都没有离开过我这双手，一直是我在撑篙、摇橹、喂养，捕鱼，不同的是，船帮上刷的油漆字号变了几回——龙潭渔业互助组、龙潭渔业合作社、龙潭渔业管理处……现在可以刷上我的大名了。"

寇勉扭扭头，见鱼篓子的两层吊脚楼底下果然还有一条双体小船，横架着的杉木杆上趴伏着十几只鸬鹚，问："跟集体脱钩了？"

"藕断丝连。要缴交租子。"

"怎么缴起租子来了？"贾垚不解地问道。

"缴这费、缴那费我闹不清，就管它叫缴租子。"鱼篓子说，"打启蒙我就只知道缴租子是怎么回事。缴这费那费跟缴租子有什么区别，你能说得清楚不？"

茅镰实在忍不住了，向寇勉解释说："他们那个渔业单位从来没有发旺过，不仅不见盈利，反而要吃返销粮，吃救济，自己养不活自己。"他对龙潭镇渔业单位的前前后后有所了解。

鱼篓子冷笑着："一个儿子养十个老子，你能养活？"

茅镰被呛得喉结直梗，正要发作，寇勉扭头对他说："你让他讲。"

"我和这老哥素昧平生，萍水相逢，随便拉呱几句开开心，他又不是调查谁的材料，我也没指名道姓告谁的刁状，你急什么？"鱼篓子不依不饶。

茅镰气得白眼直翻。

"算了，算了，都别太认真了。"寇勉向鱼篓子赔了个笑脸，说，"大概现在就缴点儿管理费、税。不养行政管理人员了，收入总该比过去强多了吧？"

"哼哼。"鱼篓子又冷冷一笑，瞥一眼茅镰，慢慢悠悠装着烟丝，"龙潭渔业管理处摇身一变，变成了龙潭渔业执法处——牌子比过去大多了。渔业执法处挂牌后，让我们四五十户渔民凑份子，一户一万块，买来两条执法快艇。平时，天天都能看到快艇在龙潭忙乎。它越忙，我们心里越慌。"

"怎么呢？"寇勉问。

"比如锚着了我这破划子吧。"鱼篓子吸了口烟，"已经戴上了大盖帽的原渔业管理处管理员就说：篓呀，没什么需要我们执法吧？我说：还好，蛮太平，没什么需要执法的事体。他说那就好，太平无事就好。接下就又说：篓子呀，今天的收成怎么样？我说，还行。他听我说收成还行就犯起愁来：哥儿几个想打个牙祭，没下酒菜，篓子呀，你看这个问题怎么解决才好呢？我说，你把仓板揭开看看，拣大的挑。就把两条最大的鲶鱼拎了就走。边走边说，需要执法就言语啊。有时，我忙乎一天，才能碰到两条大鲶鱼。"

卢力说："你不让他拿，他还敢抢不成。"

"一、人家是好心好意帮你执法来了；二、是用商量的口气请你想办法解决下酒菜的问题；三、万一有需要执法的事体，他们不来怎么办？"

贾垚问："你们渔民还有需要他们执法的事？"

鱼篓子猛吸了几口烟："比如，这龙潭的水现在已经流到了虎啸电站的上游，鱼当然也跟着水一起流到了虎啸电站上游，我们渔民跟着龙潭的水去虎啸电站上游库区打鱼，合不合法？合法。可是永泰县的虎啸乡也有渔业执法处，虎啸渔业执法处的执法人员就说我们去那里打鱼不合法，说我们侵犯了他们的利益。为什么？他们说：水固然是打你们龙潭流过来的，但是盛水的河床河道却是永泰县虎啸乡的，这里的鱼该由虎啸乡的渔民打。两个县的渔民动起手来，两个县有扣船情况发生，就由双方渔业执法处来执法，磋商，协调。当然喽，多半是在酒桌上解决问题，不伤和气。吃的自然是双方渔民打上来的鱼。这不，渔民离了渔业执法处还不行了咧。"

"嗯……"寇勉长嘘一声，站了起来，两手向腰间一叉。贾垚、卢力见副省长气色不好，没再吱声。鱼篓子盯一眼寇勉，津津有味地吸吧起烟杆来。

叉着下巴的黄河还惦记着鱼篓子家门口那副对联，问道："你家大门上的对联……是你的大作吧？"

"过奖。雕虫小技。"

"蛮深奥的啊？"

"谈不上。大白话。"

"我们看了半天，都没搞懂啥意思。"

鱼篓子鼓起腮帮，把烟锅里的一团烟灰吹出老远，用袖口揩揩嘴角，说："我这划子下水后，前面还要架罾，见过罾没有？"

"见过，江面常有。两弯竹篙把渔网撑起来，再用把杆起降。"黄河说，"渔民叫扳罾。"

"没错，扳罾。"鱼篓子说，"扳罾的套路是，先摇划子让罾往前撮，撮过一阵再用把杆上提，网里有鱼就用鱼舀子舀进水仓，没鱼就接着下罾在水里撮，撮了再提，周而复始。这一会儿上一会儿下，是不是'上忽悠下忽悠上下忽悠'？那前面罾子的上下忽悠要靠我夹在胯裆里的舵把把握方向，我的屁股往左扭，罾口就朝左，我的屁股往右扭，罾口就朝右，这一会儿左一会儿右，是不是'左折腾右折腾左右折腾'？我一辈子就这么上下忽悠左右折腾，你说，是不是'实事求是'？"

寇勉明知鱼篓子是在忽悠，却故作大彻大悟地"哦——"了一声。

除了茅镰外，几个人都放声大笑。

鱼篓子得意地把竹筒烟杆在脚板上磕了磕，靠卵石放好，起身拿起搁在船底上的瓦罐，准备调腻子。

寇勉小声对茅镰说："待会儿把这老汉也请到连三楼喝酒去。"

茅镰直皱眉头："他正忙着哩，就别耽误他了吧。"

"不就多双筷子吗？"

"你瞧他那张嘴。"

"不要紧哪。良药苦口，忠言逆耳。"

鱼篓子的耳朵特别灵："那还要看谁请。"

茅镰把牛仔帽朝上一推，吼出一声："曹铁拐请，你敢去不？"

鱼篓子说："我跟曹铁拐患难与共，一个战壕里的战友，他请客，我更要去捧场。"

寇勉一惊："他跟曹铁拐是战友？"

"哪跟哪哟，"茅镰哭笑都不是，"他胡扯。"

四十七

筲箕铺地处宜阳县城关镇与龙潭镇的中间段，离宜龙公路不远，有条骡马道斜插进村。标志性实物要数村前那棵苍劲的银杏，三人合抱粗，高百仞，树冠宽广浓密呈圆锥形，老远就能看得到。

筲箕铺的特色是山，前后左右都是大大小小的山。村前有一汪大堰塘，四季清冽，由来自大山小山的细流汇集而成。筲箕铺与远近山村的比较优势是，除有橘园、茶园、竹林、松林和坡地之外，堰塘脚下还有一大片肥沃的梯田，一冲两塝，可以栽种水稻。全村三百多户人家，杂居有汉、苗、侗、瑶、彝、傣多个民族，是个相对大的村落，方圆数十里并不多见。家家户户都是石头房子，富裕人家的山墙用清一色长方形线石砌就，结实而气派；穷人家的房子也能扛得住暴风骤雨的侵袭。大门朝向堰塘的二三十户人家规整成一线，却不同梁共脊，自成体系，算得全村的体面人家。体面人家的门面自然体面一些，一律青石板门框，黑漆门板宽大、厚实；门楼有青砖青瓦叠成的羊角状装饰构件高高翘起，最大限度地向远近山民昭示主人的殷实与尊严。村庄和堰塘之间空旷着一块扬场、晾晒谷物的稻场，很大，全村公用。村庄家家户户比肩接踵，纵横交错，多是后户人家向着前户人家的屁股，因而石级巷道两旁尽是侧门。筲箕铺并不生产篾扎筲箕，也查不出相关史料，连传说都没有，地形地貌看上去亦不成筲箕形状，没有任何寓意，想是和许许多多的人名地名一样，仅仅是个供人称呼的符号而已。

可惜的是，这座美丽、富饶的村庄在不久的将来会从版图上消失。龙潭工程蓄水发电之后，它就会被深深地埋在水底。

大名鼎鼎的曹铁拐就住在这个村子里。

曹铁拐实际是个别名、诨名、绰号。高名大姓应该是：曹二九。出处是：问世那天赶在农历重阳节，加上满族人有个用排行代替名字的陈规，第二个孩子，父亲顺其自然，用两个"九"为他命名拉倒。曹铁拐有着正宗满族人的血统，高大、威猛、血性，落户宜阳五十多年，编造了许多离奇故事，可敬可畏、可爱可恨、可悲可叹。

一九四九年暮春，预备师奉命南下，路经宜阳时，三团三营顺手牵羊，把宜阳县城端了。端掉宜阳县城的实际上就一个连。不到一个上午，战事宣告结束。战斗虽然干净利落，可是负责殿后的尉迟珙却痛失了两员虎将。炸碉堡的时候，爆破大王、尖刀排排长没有提防炸药包会提前起爆，碉堡是炸塌了，自己也因躲闪不及被冲击波掀了个人仰马翻。向来以带头冲锋陷阵为荣的连长照例带头冲锋陷阵，一路领先，同样没有提防路边尽是地雷，右脚踏上的地雷刚刚炸响，炸趴在地时左手又绊着了另外的一枚，又炸开了。一个人怎么可以同时经受住两枚地雷的轰炸呢？就炸成了乌焦巴弓。尉迟珙给茅镰留下一个班的战士并两个重伤号，那两个重伤号便是这两个人，因为抬下阵地时两个人都有气。尖刀排的排长是活不了了。脑伤，后脑勺开裂，加上医疗条件太差，没有优良的医生也没有优良的药物，给活活痛死了。这个连长就是曹铁拐，那时还叫曹二九。

茅镰被命令当了县长后，第一件事是带领尉迟珙给他留下的一个班打扫战场，重振市容；第二件事是在旧县衙安放了一张属于自己的办公桌，准备行使权力；第三件事是探视为解放宜阳获伤的战友——曹二九。

曹二九锯掉了一条腿又一只胳膊，流的血用便盆装，手术后却面色如初，中气十足，苏醒过来就要喝酒。

"狗日的血是啥玩意儿炼的呀？都炸成这形状了，还惦记着喝！"去探视曹二九的茅镰一边骂一边拿出积攒下来的津贴，非常慷慨地买了两斤红糖、两盒当地产的烘糕、五斤从北方贩运过来的雪花梨，外加两只老母鸡。他开始模仿连长、营长们的做派，从留下的那个班里挑了个名叫朱福的战士做警卫员，把大包小包慰问品拎了。这样，他自己就可以大摇大摆。

曹二九住在县城关唯一一家公立医院，外形像教堂。医院只有一间特别病房，置一张病床，过去只有达官显贵才能躺在这里接受诊疗。里面的一切皆成白色：白墙、白几、白床、白床单、白包被。曹二九头上和身上绑扎的绷带也是白的。

茅镰走进去，见他右边没了腿，左边又没了胳膊，呵呵直笑：

"狗日的炸弹炸的水平真高啊，有选择地截肢。下面那宝贝疙瘩留住没？"

曹二九正独自一人靠在床上发愣，见茅镰进门就讥诮，也不搭话，顺手绰起靠在床头的拐子便照头"呼"去。

茅镰急急一个箭闪，拔出毛瑟，对准曹二九头顶就是"叭叭叭"一梭子。雪白的墙上齐刷刷添了三个窟窿，箍在曹二九脑袋上的白绷带又多出一层白灰。

曹二九面不改色，鼓着腮帮摆了几下头，哈哈大笑：

"伙夫也他娘的敢使枪，有种！"

"伙夫里头有'火头军'，听说过没有？薛仁贵就是伙夫。"

"老子的枪子长眼睛,能从你鼻眼里进去再打你屁眼里拐出来,见识过没有?"

茅镰抬手又是"叭"的一枪,看都没看,吊在病房当空的马灯就开了花。话也不软:

"打哪儿枪子都不走神。"

朱福好不容易回过神来:"曹连长,这是县长呐,茅县长。"

曹二九鼓起一对牛眼:"我是县长他爹!"

"老老实实在这里待着,没事别给老子惹事,我忙着哩。"茅镰俨然一副县长姿态,发号施令,"你现在躺在地方政府,不是部队,要守规矩。"握在手里的毛瑟往病床上一撂,"还你。"

"盒呢?"

"下回带来。"

"下回掂酒来!"曹二九不屑地瞥一眼朱福搁在床头柜上的慰问品,"送这些有屌用。"

"就凑合凑合吧。"茅镰没好气地说,"老百姓等着粮吃,前方部队也等着粮吃,哪来余粮酿酒给你喝啊?为凑足孝敬你的这点儿东西,我还费了老鼻子劲哩。"

一群医生、护士缩头缩脑蹲在门外的窗户下面,吓得发抖。一个老中医哆嗦着:"响马……响马吧?"

隔日,茅镰掏出两张中州币交给朱福,让他去城里城外仔细找找,看能否给曹二九买到几斤酒。不多时,朱福跑回县政府报告说,一个小巷的酒铺里有十几斤苕干酒。茅镰说:

"买呀,全买了。"

朱福说:"人家要现洋,不收中州票。"

茅镰仅有的两块大洋昨天买了鸡、糖、梨,身上只剩下两张中州币。他想了想,把挂在墙上的冲锋轮一提,说:"走。"

宋福领着茅镰来到酒铺。茅镰把两张中州币往柜台上一拍:

"为啥不收?"

店主说:"没见过这种票子呀。"

"没见过?你没见过的事多哩。从前你在宜阳县见过我身上穿的这种衣服吗?没有吧?告诉你,用不了多久,全中国都用这种票了,懂吗?解放啦!"

店主战战兢兢:"我收进来……用不出去呀。"

"谁不收你就把谁带到县政府找我。"茅镰把冲锋枪往柜台上一搁,"我看他到底有多大的胆子。"

朱福对店主说:"这就是宜阳县的新县长。"

"好好,我收,我收。"店主懂得识时务者为俊杰,"我这就打酒。权当慰劳了解放军。"

"一派胡言!解放军遵守纪律,不拿群众一针一线。"茅镰正色道,"我这是将钱买货,不是强抢恶要。"

"好好,将钱买货,将钱买货。"店主赔笑说,"二位请把酒壶拿来。"

盛十斤酒的器皿还真不好找，朱福赶忙跑到窑货店，掏出自己的一张中州币，采取同样的办法，买来两只大夜壶，给曹二九灌满了两夜壶酒。

曹二九从锯掉大腿、胳膊到康复出院，前前后后不到一个月时间，奇迹。

尉迟珙留下的那个班理所当然取消了部队番号，改编成了县中队。县中队才一个班的人马显然太少，远远满足不了斗争形势的需要。旧政权遗留下的残余势力无奈地潜伏了起来，伺机反扑，特务不少，城内城外的土匪也多，还有恶霸横行乡里，这些都需要武装力量警惕，警戒，随时准备出击。县中队于是扩编，吸纳了一些民兵和曾经担负过武装任务的地下工作者。曹二九出院后被安排在县中队当队长。那个叫钟明义的班长连升三级，当上了副队长。当时的人事任免制度就这么简单。曹二九当上了县中队的队长后，先去找到了一家铁匠铺，他要换拐。

曹二九嫌帮他学会再一次走路的木拐不称手，像灯草，太轻。"照这样打。"他拿着木拐在铁匠面前比画着说，"不同的是这下头得打个大铁砣，推把形，既沉重踏实，又巴地。"被煤灰粉饰得只能瞧见红红的嘴唇、白白的牙齿和亮亮的眼睛的铁匠听懂了，明白他要的铁拐下面实际是个圆锥形的铁巴巴。铁匠问他要打多重的铁拐才称手，他的回答让铁匠惊得直眨眼睛：

"三十斤！……太重了吧？"

"你使过拐没有？"

铁匠摇摇头。

"给。不够，取拐时再补。"曹二九排出两块大洋，"照实打。"说完，拄着木拐，一拐一拐地走了。

没多久，宜阳城关大街小巷的石板路上就经常响起一种奇怪的声音：咚，咚，咚，咚……

于是茶楼酒肆、街头巷尾就有人低声议论：

"那家伙拄的是副铁拐，三十斤足数，啧啧，了不得。"

"晓得不？宜阳就是他打下来的。国军那个机关枪子哟，像一群群出窠的马蜂，从碉堡里头咕咚咕咚直往外面扑，可就是蜇不着他，你说怪不怪。"不管三七二十一，把功劳全往曹二九的账本上记，"结果，那笔挺笔挺的四个碉堡反过来被他搅翻了，神，真神。"

"可惜遭了暗着。一人撞着了两颗雷，天哪，险些把脑壳卸了。"

城关居民起先不知道曹二九姓甚名谁，都称他铁拐子，后来打听到他乃曹氏，就一齐改称他"曹铁拐"。再后来，连茅镰也喊他"曹铁拐"。

最使茅镰头痛的事情是，购买的粮食也好，征集的粮食也好，老百姓自觉自愿缴的公粮也好，无一能顺顺当当运进城关，还时常接到连人带车一齐被劫的报告。土匪太多，国民党的溃散部队和旧政府的首恶分子也不少，他们都躲藏在深山老林，与暗藏在城区的乡党、特务里应外合，抢劫走了不少的粮食。这些团伙想存在下去必须要吃，没得吃就只有抢，四处抢，打家劫舍，伏击搬运粮食的骡马队。而粮食恰恰是支撑新政权的紧缺物资。新政权的运转机构要吃，商人、手工业者，以及更多的居民要吃，准备攻打广州、海南岛的部队也在焦急等待大后方补给军粮哩。县中队担负着护粮任务，曹铁拐伤透了脑筋。护粮人员派少了，抵挡不住土匪和国民党残余部队的袭击；护粮人员派多了，一个土匪也见不着，白白奔行百十里不说，还怕反动势力见县城空虚，趁机骚扰，搞颠覆活动。曹铁拐正心烦，忽又听到一个更加令他恼火的报告：宜阳县西北角地区的一群土匪和不少国民党部队的残兵败将纠集在一起，盘踞在一个叫天保寨的镇子里，占山为王，四处掳掠，公然把良家妇女强抢去做压寨夫人，还扬言要把宜阳县城重新翻个个儿。

　　这还了得！不等茅镰做出清剿计划，曹铁拐的县中队已经倾巢出动。县中队总共六十五人，还不足曹铁拐过去带领的连队的一半，且百分之五十以上的战士完全没有经过训练，更谈不上实战经验。装备也差，只有两支汤姆，其余的都是三八大盖儿和汉阳造。队伍先坐骡马车浩浩荡荡向天保寨进发，而后翻山越岭迂回到目的地，傍晚时分摸爬到了寨门脚下。

　　天保寨是一座古镇，有五六百年历史，四面寨墙全部用石头垒砌，固若金汤，仅寨东留有一条骡马便道供居民出入，一夫当关，万夫莫开。天保寨原是明嘉靖年间当地居民为防范土匪侵扰建造的，没想到变成了土匪的巢穴。曹铁拐猫在山林，借助月色窥测了一阵地形地物，准备鸡叫三遍来个突然袭击，呼呼啦啦一口气把土匪的大本营端了。正排兵布阵，不料枪声四起，"叭叭哒哒"像煮粥——土匪突然袭击了他！县中队顿时乱了阵脚，战士们不知道还击那个方面的土匪才好。曹铁拐喝令队伍卧倒，不准开枪还击，一面观察、分析敌情。前方的寨门肯定有重兵把守，后面的退路必然被土匪切断，只有左右两座山峰才有可能冲出包围圈——曹铁拐想的已经不是怎么样端掉天保寨，而是如何逃回县城。左边那座山山势险陡，右边那座山要平缓许多，两座山都有形成合围的土匪，常识提醒曹铁拐，山势险峻的左山峰必定比相对平缓的右山峰布防薄弱，于是当机立断，对钟明义说："从左山峰打出去。你带大队人马隐蔽前进，悄悄逼近山头抢占制高点。把两只汤姆调到最前面，不贴近敌人不许开枪，开枪就猛扫猛攻。留一个班的战士给我，我们负责把土匪吸引过来。"钟明义忙说："还是你带领大队人马突围吧，我留下来阻击敌人。""去！"曹铁拐吼道，"没时间啦！""是！"钟义明连忙起身，"一分队留下，其余的跟我走。目标左前方，隐蔽前进！"钟明义带着大队人马迅疾转移过后，曹铁拐依靠着一棵大松树，朝着躲躲闪闪乱放枪的土匪打了一梭子。密林中、草丛里的土匪像找到了具体目标，即刻摸索着围聚过来，枪声愈加密集，到处是"嗖嗖"作响的子弹。一分队只有九名战士。他们东躲西藏，四面还击，千方百计吸引敌人的火力。随着时间的推延，倚靠着树干开枪招惹土匪的曹铁拐开始转为边打边向左山峰撤退。麻烦出来了。曹铁拐只有一条左腿、一只右手，右手要使枪就不能拄拐，要拄拐就不能使枪，摆脱土匪的追击十分困难。万般无奈，他只好扔了铁拐单腿跳跃还击敌人。山间乱石遍地，杂草丛生，到处坎坎坷坷，曹铁拐几乎跳跃一次都要栽一个斤斗，而后艰难地站立起来。九名战士好不容易挣脱围追，又不得不折回来分散到曹铁拐左右，拼死护卫他后撤。好在左山峰的敌人确实不多，只有七八个土匪。钟明义带领的大队人马只遭到了几处滚木礌石的阻堵之后，便轻而易举抢占了山头，等于撕开了一个大缺口，与土匪形成了对垒局面。钟明义一面命令构筑工事，一面找来五名曾经搞过地下武装的战士，说："你们熟悉这一带的地理情况，火速接应曹队长，让他放心大胆向左山峰靠拢。万一有困难，折向右山峰也行，右山峰的土匪跑下山凑热闹去了，已经变成了一座空山。"五名战士赶下山来的时候，正是曹铁拐和一分队的为难之际：土匪越来越多，越来越近，C形口越来越小。一名战士冒死找回了曹铁拐扔掉的铁拐，另外四名战士架着曹铁拐就跑，一分队的战士一面拼命抵抗，一面跟着前面的五名战士折向右山峰。如果不是钟明义及时增援，剿匪的曹铁拐就变成了土匪的俘虏。

牺牲了两名战士，七个战士被滚木礌石砸伤，其余的人虽说毛发无损，却有几个新兵蛋子尿湿了棉裤。曹铁拐简直气炸了肺，一路破口大骂，回县中队后一直拄着铁拐在院子里疯转，停下就举起毛瑟朝天放——叭叭……叭叭叭叭……

茅镰赶到了县中队，有人帮他驾一辆美式小吉普。他知道曹铁拐吃了败仗。

茅镰跳下车。茅镰说：

"不要怕……"

"我怕个屌！"曹铁拐怒吼着。

"我话还没说完哩！"茅镰全副武装，美式冲锋枪吊在胸前，"嚷什么！"

"放屁呀。"

茅镰就放："军分区刚刚成立，永泰那边还扎了个师，不知是哪个部队的。我马上出发，找首长们借个营来把天保寨端……"

"不行！"

"？！"

"打宜阳才一个连，端个土匪窝子要一个营，寒碜我呀？不借，一个兵也不借。"

"强占天保寨的土匪头子是远近闻名的白眼狼，又凶又狡猾；流窜的溃兵受过严格的训练，听说还有军官；还有土生土长的旧县衙要员给他们出谋划策，我们面对的敌人不是一般的土匪，而是一个狼狈为奸的联合体，有一定的战斗力，轻敌，准吃大亏。"

"……我说过不借武器了吗？"

"借武器？……借啥武器？"

"炮。"

"炮？不行，不行，天保寨巴掌大小，几炮进去，好人坏人一锅熬了，里头有一两千老百姓哩。"

"借两门迫击炮，两挺轻机枪。"曹铁拐扬着脑袋说。偷袭天保寨失利，除了轻敌之外，武器装备太差也是个原因，六十多人的部队才两支能够连发的汤姆，照顾到了进攻，照顾不到防守，他想到了武器装备的重要性。"其他的事，由我来办。"他说。

"……这，"茅镰本来想像师团首长一样，战前和曹铁拐研究研究战略部署什么的，看样子，他还不想让他插手，"这……？"

"这什么？"曹铁拐瞥他一眼，"你是中队长我是中队长？"

指挥打仗那当然还是曹铁拐在行，茅镰咽了口唾沫："你是中队长，你是中队长。"

"还有，"曹铁拐用手里的毛瑟指指停放在院子里的小吉普，"这玩意儿我得使使。"

说来说去不过就抄个土匪窝子，也想学司令员指挥大兵团作战！茅镰心里这么想着，但还是依了他，对立正在一旁的司机说："留下，听曹队长差遣。"

茅镰乘牛车跑到军分区，借回了四门迫击炮、四挺轻机枪，是曹铁拐开单的倍数，茅镰认为多多益善。

半个月里，宜阳县城关镇波澜不惊。县中队没有任何动静，出操、演练，一切如常。

半个月后的一天下午，曹铁拐突然召开了个前委会。前委会三人参加：县中队长、中队副、县长。前委会由曹铁拐主持，战略战术全由他说了算：

"今晚下半夜一举端掉天保寨，队伍马上出发。明义负责辅攻——四门迫击炮统统布置在右山，第一次佯攻发起后，发现寨内哪儿有机枪响你就往哪儿轰，先把敌人的机关枪给我揍哑了；发现哪儿有光亮，你往哪儿轰，有光亮的地方必定是指挥机关，你给我把敌人的指挥机关揍瘫了。枪声一响，寨内的老百姓肯定钻到了床底下、地窖里，不用担心伤着老百姓。我负责主攻，从天保寨唯一的进出口强攻进去，这样伤亡反而少。"吃过败仗的他有个意外收获——亲自踏勘了天保寨的地形地物，"主攻前我发起三次佯攻，把敌人的火力摸透，把障碍清除干净。只要大队人马进了城，战事就算结束了。"县中队没有无线电台，主辅两个方面的进攻部队只能通过手电筒联络信息，"信号：电筒急闪两下，表示佯攻开始；电筒的光亮不灭表示主攻开始。"

前委会只开了十分钟。三个人走出会议室的时候，县中队的战士已经集合列队，整装待发。一辆马车上载着四门迫击炮。吉普车已经改装成战车——其实就是在车前架了两块厚实的木板，引擎盖儿上铺上了几床棉被。茅镰见完全没有自己什么事，很不高兴，说：

"我还从刚成立的一区、三区抽来了十个民兵哩。"

"知道，我这里派不上用场。"曹铁拐说，"你这县长也不用参战了。县长有更重要的事情做。"

"粮食运不进来，调不出去，全是因为土匪捣蛋！"茅镰大光其火，"剿匪是当务之急，县长还有什么比这更重要的事？"

曹铁拐咧开大嘴，呵呵直笑，"你过来。"向他招手。

茅镰"呼哧"着粗气走到曹铁拐面前，挺着胸脯仰着头。曹铁拐把嘴巴附着茅镰的耳朵："待会儿，我带人马招摇过市，你哩，火速带领那十个民兵守死各个路口。"吃了败仗的曹铁拐还有个意外发现——上次剿匪怎么那么快就被土匪包围了？"进城的人可以不闻不问。出城的，见一个抓一个，抓住就审。"

"哦——?！"茅镰转身就跑。

天保寨的偷袭仗按计划打响。

三次佯攻后，寨墙上的五挺机关枪都被钟明义用迫击炮轰哑了。

东门外，曹铁拐指挥主力发起总攻。敢死小分队用汤姆、手榴弹在前面猛扫、猛炸——扫清沿途地雷；架着厚木板的吉普车冒着枪林弹雨缓缓向前推进，两个机枪手趴在车前又厚又湿的棉被上直朝雉堞猛烈扫射——压住对方火力；尾随在吉普车后面的战士高呼"冲啊！"、"杀呀！"——震慑敌胆。没过多久，几十个战士就冲到了寨墙脚下，迅速地搭架起了人梯。

拂晓，紧闭的寨门洞开。曹铁拐甩动着铁拐，咚咚咚大跨度登上悄寨墙。寨墙上悄无声息，空空如也，只横竖着十几具壮汉和国民党士兵的尸体。一位穿长衫戴小圆眼镜、蓄着白胡须的老叟蜷缩在一堵堞墙下面，抽搐不止，怀里还抱着支汉阳造。曹铁拐见了，举枪就要雪耻。那老叟吓得大哭大叫：

"老夫乃晚清秀才，天保寨保甲，已历清、满、民国三朝，是个好人哪……"

"胡说！"曹铁拐用毛瑟指着他的鼻子，"你既是秀才、好人，为什么跟无恶不作的土匪一个鼻窟窿出气，抗击我们？"

"冤枉呀。他们呼贵军为匪，老朽孤陋寡闻，真伪莫辨。"老叟哭诉着，"他们强迫全寨丁壮抵御匪帮，保卫家园……全寨老少实出无奈呀……老朽连枪都不会放呀……"

"那么土匪呢？哪儿去了？说！"

"长时间霸在天保寨的强人叫郝先孝，诨号白眼狼，手下有五十二个杆子，其他窝点也帮衬过来二三十人；从宜阳县城败下来十九个国军，其中有一个副营长，一个营参谋，一个连长；宜阳县城失守太快，县太爷出逃时仅带来家眷和三个马弁；余下一百零一人，皆为本寨壮丁。一家须出一丁，没有壮丁的人家出钱买。适才，几颗炮弹从天上掉下来，五个开机关枪的炸死了三个，又没有等到宜阳城内的眼线送来消息，以为是解放军的大部队压过来了，白眼狼、副营长、县太爷就带着土匪、国军残余和细软，用纤绳翻越西寨墙，逃进了深山老林。临时任命老夫为前线总司令，率丁壮们固守城池，掩护主力退却，说是等到光复那日，让老朽去宜阳县接任县长……"

"嘀嘀哈哈哈哈……"曹铁拐疯狂大笑，"有种！回吧回吧，我不杀秀才。"

老叟倒头便拜："谢不杀之恩。"

"把全寨的老百姓统统集合起来，宜阳县的县长要来训话。"

"老朽遵命。"

茅镰赶往天保寨宣告天保寨彻底解放并马上筹建区政府的时候，顺便告诉曹铁拐：昨日傍晚，守候在宜阳城进出要道的十个民兵抓获了三个间谍，一个是旧县政府的文书，一个是宪兵队的杂役，另一个是茶馆的跑堂。这三个人虽然互不认识，各有上司，但共同目的是星夜跑到天保寨向土匪头子、县长、国民党军官传递情报——县中队已发兵攻打天保寨。在证据面前，三个间谍无法抵赖，但拒不交待各自的同伙。没有审问出个头绪，茅镰说已着人把他们押解到军分区去了。这三个人也许就是曹铁拐吃败仗还差点儿被土匪活捉的祸根，他恨之入骨，吼道：

"送给军分区干啥，枪毙拉倒！"

茅镰说："那可使不得。活口太重要，哪能胡乱毙了。"

四十八

天保寨清剿过后，宜阳县境内获得了少有的安宁。藏匿在深山老林的土匪和国民党部队残余再也不敢轻举妄动，粮食征集、采购队和向东南方向运送军粮的队伍很少受到有组织的侵扰。曹铁拐再立一功，更是名声大噪，他非常得意。

非常得意的曹铁拐某一天忽然想到一个问题：打从出院以后，茅镰好像成了他的领导，经常给他分派任务，听说县中队队长这头衔还是茅镰给的。"我是连长呀，他才是个司务长——充其量靠个排副！"排副领导连长，这不搞倒头了吗？是县长大呢还是县中队队长大呢？他糊涂了，问钟明义。钟明义说"当然是县长大"；问战士，战士也说"县长大"。这就不对了，排副安敢领导起连长来！解放宜阳数我曹二九功劳最大，攻占县城那会儿，小茅子不过窝在炊事班搓馒头，县长怎么会轮到他当？这就有个职位的配给问题。曹铁拐越想越觉得不对劲儿："搞错了，肯定搞错了……哦？明白了……好哇，好你个狗胆包天的小茅子！"他勃然大怒，挎了毛瑟，挂着铁拐就咚咚咚朝还没有正式成立的县政府跑。

宜阳县城四面环山，愈向西山势愈险峻，直至高原和原始森林；愈向东山势愈平缓。历朝历代，有见识的军政长官都把这里视作进出大山的隘口。解放前后，宜阳县城活跃着不少秘密组织，有共产党军政两界的，有国民党军政两界的，有汪伪政权的，甚至还有晚清政府的复辟狂。宜阳县城内仅有一条主干道，南北走向，五六里地长，称作一条街。小街小巷依附在一条街两侧，像树干上面的枝丫。一条街很特别，路面全用青石板铺成，两旁都用线石砌成护坡，平时，行人车马，小商小贩挤满街道，一旦暴雨来袭，行人、车马和商贩的摊位就一齐退上了护坡，整条街道立刻变成了水渠，宣泄从大小山峰俯冲而下的洪水。宜阳县的权力中心一直设在一条街街北尽头的一条山脚下，是个古木森森的大院落。院落坐北朝南，直面狭长的一条街。院内东西南北均有青堂瓦舍，偏厅厢房自成一体，又有回廊与大堂贯通。虽然弹痕枪眼随处可见，断壁残垣比比皆是，但仍不失古朴典雅风貌。院落门楼飞檐下的匾额上曾经是四个雄浑的大黑字：宜阳县衙。国民党行政期间，县府官员本想另写几个字取而代之，可是写来写去总觉得笔力不及前朝，只得作罢。乃保留"宜阳县"三字，再将后面的"衙"字置换成两个放大了的版印正楷：政府。别具一格，倒也不伤大雅。茅镰做了县长后，不仅没有像国民党的县长那样为这块匾额伤神，反而来得更简便，只把那两个黑色的"政府"用油漆抹红了。

清朝末年宜阳县令问案的大堂早被国民党的行政长官用松木板顺着立柱分隔成若干间办公室，桌椅都是现成的，茅镰坐享其成。茅镰的办公室位于大堂上端，相对宽大，花梨木条桌和太师椅不仅出奇的大，而且镂着精巧的飞禽走兽。

曹铁拐"咚"的一声闯进茅镰的办公室，劈口就是一句：

"小茅子，你好大狗胆！"

茅镰正伏在办公桌上翻阅电文、公函，被吓了一跳。

"你给我下来！"又是一声怒喝。

茅镰见曹铁拐脸色铁青，一对牛眼放射着凶光，知道不是闹着玩，忙离开办公桌，想问个究竟。

曹铁拐往那把阔大的太师椅上一坐，哐哐当当将沉重的铁拐朝阔大的条桌上一搁，叫着：

"谋朝篡位！此等丑事你也做得出来。"

"怎么说话哩你！"茅镰被他激恼了。

"我问你，谁让你当县长来着？"

"尉迟琪副师长。"

"委任状呢？拿来我瞧瞧。"

"口头任命。怎么啦？"

"口说无凭，字据为证，这个你都不懂呀？没得说，这位子是我的，你得让，这就让。"

"胡扯！首长交给我的岗位我能随便让给你吗？"茅镰大叫起来，"让我当县长的事大家都知道，不信你问身边的战士。"

"问他们，他们一起帮你搞谋朝篡位，你让我问他们？"曹铁拐冷笑着，把装着毛瑟的枪盒子也搁到了桌子上，"我警告你，你够格枪毙。"

"够格枪毙的是你！扰乱公务，无理取闹，目无法纪。"

隔壁几个干事闻声赶了过来。他们先是大惊失色，后来见曹、茅二人原来是为谁该当县长谁不该当县长而吵架，就又笑开了。这几个干事都是宜阳县境内已经暴露了身份的地下工作者，一个名叫仇戡的干事作证说：

"我可以代表宜阳县境内的地下工作者证明：茅镰出任宜阳县县长是事实。三营长临走时给我们地下党组织交待过，军分区成立后，也通过有效途径，通告了宜阳境内已经暴露了身份和还没有暴露身份的地下工作者。不然，我们哪会服从他的领导呢？"

"当……当我不知道？你们都是一伙的！"曹铁拐掏出毛瑟，恶狠狠地比画着，"撮合一个扛锅子搓馒头的伙夫当县长，都该崩了！"

仇戡虽说没有打过仗，但是不怕死，说："你去问，这事很容易问清楚。只要有出入，你就拿家伙把我们统统崩了，我们手都不还。"

茅镰的底气更足了，嚷着："把你那破玩意儿收啦！这是县政府，容不得你胡作非为！问去，问清楚了，我把县长让你。这破县长我还不愿意当哩，是拗不过尉迟首长的命令，知道吗？要不是这县长绊住了腿，我早赶海南一仗去了，没准比你立的功劳更大，神气什么？我世代猎户出身，凭什么打仗的活儿全摊上你了？那敌人和豺狼虎豹还不一个打法——瞄准，击发。我愿意扛锅子搓馒头？那不也是命令？"

众人竭力劝解，最后达成的协议是：问清楚了再说话。

茅镰的姿态非常高："你不管问那个首长，只要他说宜阳县的县长是曹二九，我立马让位赶部队去。"

曹铁拐更不愿意输了这口气，发誓把属于自己的位子夺回来。宜阳破城后，是三营长负责交接工作，三营长知道内情，三营长知道县长是谁，可是他搞错了，一定是他搞错了，找到他，问题就清楚了。上哪去找三营长呢？追到预备师去找？预备师驻扎在哪里呢？左思右想，曹铁拐最后拿定主意：不找三营长，不找团长，也不找军分区，就找尉迟琪，不是他下的口头命令么？尉迟琪名气大，好找。再说，他最清楚自己在尉迟琪心目中的分量。

当时，通信工具非常落后，整个宜阳县城不到十部长途电话，还有几部中断了，没来得及接通。曹铁拐挂着铁拐，跋山涉水，踽踽独行二百多里跑到了军分区。军分区机关暂时设在永泰县境内的一个山沟里。值守的副司令员是个两鬓斑白的老首长。老首长见一身戎装的曹铁拐缺胳膊少腿，又听他说受到不公正待遇，有委屈，要直接跟尉迟琪通话，很同情，很理解，破例把他领进了作战室，说："我给你五分钟时间，天大的事也必须在五分钟内说完。有一仗箭在弦上，误了军机大事，我可吃罪不起。"曹铁拐见老首长如此爽快，连说"知道，知道"，接过直通电话，就把自己留在宜阳所干的大事、要事和配给的位子与茅镰搞倒了头的事一口气向尉迟琪讲完了。尉迟琪身经百战，不仅打过日本鬼子，而且参加过辽沈、平津战役，在他面前，曹铁拐哪有摆谱的份儿？因此说话的口气也就自然而然变得谦虚起来，一点儿也不敢妄自尊大。尉迟琪在电话那头先是嘿嘿发笑，谁知接下来就是一顿臭骂：

"哼哼，论功行赏呀？啊？好哇，谁打下县城谁当县长，那你给评评理，我该当个啥才合适？打宜阳、打天保寨，也叫打仗？多么大的仗啊，那叫作儿戏，捉迷藏！小把戏不提则已，提起来司令员的脸就发黑。司令员怎么表扬我的你知道不？司令员表扬我说：'那么会打仗，要我这个司令员干什么？各打各的去呀。'三营长治军不严，背了个处分；你擅自用兵，也脱不了干系，我还没顾得上找你算账哩。"赏罚不明是兵营大忌，朝令夕改同样是兵营大忌，他尽量找茬儿，"你知道错在哪里吗？啊？当时，预备师执行的命令是火速赶赴指定地点结集待命，你倒好，心痒痒，手痒痒，为图一时痛快胡乱攻打路边的宜阳。恶果是，严重影响了部队急行军；主战场的阵势还没拉开，预备师就损兵折将，先丢了两员猛将外加一个班！爆破大王壮烈了，你和留在宜阳的那个班还能参加广州、海南岛战役吗？这且不说，还害得我必须替宜阳张罗个县长，看被你整的！知道不？你打宜阳、天保寨不仅仅是鸡公揽了鸡婆下蛋的活儿，还帮了人家一个大倒忙！滞留在宜阳县城和天保寨的旧政府官员、国民党军队残部，是可以通过地方地下党组织和军分区策反，争取他们投诚、投降的，宜阳县城完全有希望不费一枪一弹，和平解放，经你那么一打，全泡汤啦。你把他们统统赶进了深山老林，再上哪儿找去呀？啊？这不是硬逼着他们跟我们顽抗到底吗？你还以为你立了功哩！配给出现问题啦？是吗？你炸成那样了，能把县长配给你？我哪知道你能挺过来啊？要是知道你能挺过来，那……那也不能让你当县长你说是不是。县长要会写会算。茅镰会算账，能把全团将士的姓名都写下来，你呢，不会吧？曹二九总共三个字，你只会写中间的那个'二'字，'九'字也是两画，可是'九'字里面的那个弯你到现在还拐不过来，你能当县长吗？"听口气，不仅没有功，反而有过，曹铁拐满头大汗。"想想尖刀排的爆破大王吧，你命大，要知足。"尉迟琪没忘抚慰几句，"全国眼看马上就解放了，好日子全在后头哩。能干点儿啥就干点儿啥，茅镰让你干点儿啥你就干点儿啥，服从命令听指挥是军人的天职，仗是轮不到你打啰。广州、海南岛一仗过后，我要是能活下来，准看你去。功还是立了不少的，别人不记得，我记得。"

曹铁拐垂头丧气回到了宜阳，再也不与茅镰理论县长属于谁的问题了，尤其是看到满街张贴的镇压土匪恶霸的布告上全部签署着"县长：茅镰"的字样以后。

宜阳县有了县长，但是还没有县政府，行政机构是临时搭凑。因为新的省政府还没有成立，县里的工作任务只能由军分区下达。具体工作是：清剿土匪、恶霸和一切反动势力；建立区政府、民兵组织，巩固新政权；征集、采购粮棉油，保障城镇居民生活物资供应，同时为前线部队提供补给。天保寨清剿过后，社会秩序明显好转。县中队的首要任务仍然是确保骡马运输队的安全。曹铁拐打仗有瘾，经常随队押运。茅镰放心不下：曹铁拐负过重伤，元气大不如从前，行动主要构件仅剩下一条腿一只胳膊，如若跟土匪遭遇，天大的本事也难保不吃亏，万一有个闪失，不好交待。还有，曹铁拐容易被激怒，不定哪天连招呼都不打一声，就把县中队拉进山追剿土匪去了，那可要惹出大事！县里刚刚组建了个物资供给部，实际上是紧俏生活物资统配部，准备从严管控一些生活必需品和上面统配下来的稀缺商品，就像部队一样，计划着统配。物资供给部需要个靠得住的人负责，茅镰想到了曹铁拐。

茅镰去县中队找曹铁拐商量挪位问题的时候，正赶上曹铁拐坐在办公桌前瞅着钵子里的苞谷饭、萝卜干骂娘：

"猪食。娘的，猪食！"他嫌县中队的伙食太差，怀念部队南下途中常常吃到的白面馒头、猪肉炖粉条。是时，西南地区边远小镇的实际生活水平也就这样，除物资匮乏之外，城乡居民的饮食习惯就是苞谷、红苕就腌菜、萝卜干，可是曹铁拐受不了。茅镰驾到，他正好寻着了撒气的对象：

"有什么任务啊？劳县长大驾光临。该在下往你那大堂参拜才在理哩。"

茅镰从不与他计较短长，往对面一坐："谁让你是我的老首长呢？又是老大哥、功臣，加上腿脚不利索，合该我小茅子跑腿呀。往后，不论大事小事，你动嘴，我动腿。"从口袋里掏出一包盐水豌豆、半瓶高粱酒，"县机关食堂今天有豌豆卖，我买了两份。酒是路过糟坊打的。"

曹铁拐取过漱口的搪瓷杯子，将高粱酒"咕噜咕噜"全倒了进去，顺便把嘴对准瓶口舔了舔，心安理得：

"啥？说。"

茅镰就把自己想调他去物资供给部当部长的打算说了。曹铁拐喝着酒，嚼着豌豆，睨着茅镰，见他孩子气的脸上尽是真诚，话也中听，不像蓄意治他，剩下的疑难是：

"枪呢？"

"谁敢下你的枪啊？"茅镰说，"尉迟首长经常提醒我们'人在枪在，枪亡人亡'，县里的斗争形势这么复杂，军人哪能没有枪啊！"

曹铁拐没有别的要求了。

哪料茅镰的一番美意却弄出了大麻烦，让曹铁拐管生活物资等于把耗子请进米仓管大米。没过多久，仓库管理员捧着账本偷偷溜进了茅镰的办公室，叫苦不迭：

"……这些紧缺物资应该是您亲自签批了才能配给的，结果，唉……统共两只金华火腿，规定根据领导干部身体状况配给，您顶多批个一两二两，他提走一只就拿斧头斫砍成块，用粉条炖了一顿吃光；十听红烧猪肉罐头，那是您准备批给特殊病号的，他已经吃了六听，有一天，就一个人吃了两听；酒是餐餐要喝，早上也不落空，十瓶西凤他喝了四瓶，二十瓶山西汾酒喝得只剩下八瓶……""你就不会劝劝他？""嗨，劝啦，还能不劝？我说，'这些金贵吃食都是旧县衙小食堂清点入库的，来之不易，茅县长准备急用。规定茅县长批准了才能配给。要是吃光了喝光了，茅县长就没得批的了。'他说，'谁立的屌规矩，国民党的东西要批准了才许吃？吃，吃光！我现在就需要应急。'你看……没有道理讲啊。""别让他往仓库里跑呀。""他是物资供给部的部长，他要上那，我哪里拦得住呀。"老迈的管理员哭丧着脸，"后来，剩下的那几瓶瓶子装的酒是不再喝了，可那酒缸里装的酒喝起来，就根本估透不出他究竟有多大的量。居民打酒，一般掂个酒瓶或者端个小碗，顶多打上二两三两，拿回家几个人抿抿，品品，他拿个大饭钵就去酒缸里舀，舀满喝光再舀。见库房有什么下酒的东西，伸手就拿，连榨菜、辣萝卜条、臭豆腐乳、豆瓣酱都可以拿去下酒，糖果、糕点之类就更不用说……您查这账，他一个人一月的开销，差不多是全县城一个月的税收……"仓库管理员是被旧县衙遗弃的炊事物资采买，不敢有丝毫夸张，宜阳县城当下的经济状况、财政收入的确如此。茅镰头疼起来：一个战功赫赫的连长，一个缺胳膊少腿的军人，一个连性命都敢于奉献的战士，在没有任何奢望的前提下，多吃了点儿，多喝了点儿，照说不过分，可是……让他这么没有节制地吃下去喝下去也不是个事儿呀……

过了些日子，茅镰来到了物资供给部。曹铁拐正打坐在办公桌前喝酒，红光满面，破旧的办公桌上堆放着光鲜的下酒食品。

"这差不孬，不孬。伙食也比县中队强些。"曹铁拐把盛着酒的饭钵子往茅镰面前举了举，"谢了啊！"

县机关干部无论职务高低，平均每人每月才二两食油、十斤大米、十五斤杂粮，居民减半，像他这么个吃法……要是让他当司务长，部队只有勒紧裤腰带去打仗！茅镰的心隐隐作痛，嘴上却说："谢什么，甭谢了。你满意，小茅子就高兴。没让你吃亏吧？"

"啥？说。"

曹铁拐转动了一下身子，反手从墙上扯下一条发黑的白毛巾，擦擦满嘴油渍。他知道茅镰上门必定有事。

茅镰一笑，也就开门见山："县里准备先筹建一个商业局，除管理城镇的商店、餐馆等等商业单位外，还要计划全县生活物资的统购统销，想暂时选派个商业局的代局长，等到县政府成立后再正式任命。"

"物资供给部怎么办？"曹铁拐已经听明白了茅镰的话意。

"当然归将来的商业局管哪。"茅镰把"管"字说得比较重。

"我还是喜欢部队的供给制，给点儿津贴其他都管够。"曹铁拐放心了，但还是故意扭捏了一句，"工资有啥用？拿钱买不到东西。在县中队天天吃红苕十苞谷饭，连他娘个白面馒头都啃不上，真过怕了。"

"现在是困难时期，慢慢就会好的。县机关干部、下面的主要干部，不是都统配过一点儿吗？"

"那哪够啊？"曹铁拐端起饭钵，把剩下的一点儿酒吸干，再把空钵在茅镰眼前一亮，"就说这儿，不能满足供应吧？"

"不就一点儿酒吗？我全包了。"

"这可是你说啊。"

"多大个事呀。"

"啥时报到？"

"有个条件。"茅镰说，"商业局属于县直单位，要在县政府大院挂牌办公。你得离开这儿。"

"好说，上哪儿办公还不都一样？命令么。"

曹铁拐办公的地就挪到了县政府的院子里，办公室门口挂了个"宜阳县商业局

（筹）"的牌子。茅镰也不食言，毫不吝啬地买了一大坛子苕干酒，每隔三日五日让朱福给曹铁拐送上三斤两斤，并且把自己那份计划物资也悄悄让给了他。曹铁拐每天能喝上酒，又见计划供应物资是机关干部的一倍，以为受到了特殊待遇，心理得到了平衡，工作很卖力气。

茅镰把曹铁拐弄进机关院子的本意是，让他和机关干部一块儿上下班，一块儿吃住，相互起个监督作用，把他那胡吃海喝的臭毛病改了。结果，他那张嘴是管住了，可是……嘿！

宜阳县城有两家比较大的商店，一家杂货店，一家百货店，都在一条街的中间段。宣布暂时接管之后，两家商店都招收了几个营业员。新招收的营业员都很年轻，有男有女，多半是毕了业和没有毕业的中学生。其中，有个姑娘长得非常漂亮，城关镇的居民不知怎样形容她的漂亮才合适，就一齐称她"宜阳花"。宜阳花实际上还是个在读生，因为县公立中学停课后还没有复课，她就应招到杂货商店当了营业员，想等到学校开课后继续就读。曹铁拐上任后，没事就拄着铁拐到一条街各个店铺转转，看看，检查检查工作，也让大小店铺的店主、职员认识认识他这个局长。曹铁拐第一次见到宜阳花两只眼睛就发直，啧啧称奇："仙女似的。"就主动跟她套起了近乎。曹铁拐在宜阳县可以称得上声名显赫，谁都知道他是解放宜阳县城、捣毁天保寨土匪窝的英雄，能够和他近距离接触，让宜阳花感到万分荣幸，不仅笑脸相迎，而且显得格外钦敬。一来二去，双方都随和起来。渐渐地，曹铁拐再也不是趴在柜台外和柜台里面的宜阳花东扯西拉，而是径自拐到柜台后面，从酒缸里舀碗酒，一边喝一边和宜阳花呱天。宜阳花最喜欢听打仗的故事，他就尽讲些自己经历过的战斗，让她惊心动魄。一天，曹铁拐的酒喝多了点儿，不觉心旌摇动："这仙女儿要是能做我的老婆该有多好啊……"心里还在这么想，手却早早伸了过去。双手支着下巴，坐在对面听故事听得入神的宜阳花猝不及防，被他那只有力的手揽了过去，紧接着就被压到了身下……不敢叫喊，挣扎、反抗又徒劳无益……一切的事情都在柜台里面的那个酒缸旁边完成了。曹铁拐如同经历了一场战斗，感触最深刻的是惊险、刺激、痛快，集精神寄托于一体，根本没把行为过分当成一回事儿。让曹铁拐没想到的是，自从有了那件事后，就再也没有看见宜阳花到杂货店上班了，连家人也不知道她的去向。人们开始猜想：全国马上就要解放了，宜阳花一定是去很好很好的地方高就了。不久，百货店又有两个年轻的女营业员消失得无影无踪。于是全城大街小巷，四处窃窃私语。咚，咚，咚——爽快的有节奏的铁拐声，从前听起来那么振奋，那么悠扬，那么悦耳，那么亲切，如今听上去却那么沉闷，那么恐怖，那么令人毛骨悚然。入夜，家家户户早早关门、熄灯，睡觉。没谁发布宵禁令，可各家各户都这样。

四十九

"混蛋！"曹铁拐的风流韵事茅镰耳有所闻，肺都快气炸了。

茅镰找曹铁拐谈话的时候，曹铁拐正蹲在圆椅上喝闷酒。他到处乱窜，想找到宜阳花，可就是找不见她的人影。他想找个年轻女子唠唠，谈谈心，可是就连过去见面就主动搭腔的女子也老远就找茬儿离开了，像躲避瘟疫！我哪儿不好？做错了什么呢？

茅镰见曹铁拐醉醺醺的样子，想到他做的龌龊事，非常愤慨，一个英雄、首长、兄长的高大形象在心目中摇摇欲坠。

"又……有命令？"曹铁拐打个饱嗝儿，吃力地抬抬眼皮。

茅镰坐下来，强压怒火："酒喝多了点儿吧？能听清我说什么吗？"谁让他是首长、兄长、战斗英雄呢？

"哼，"曹铁拐白眼一翻，"我睡着了都比你清白。"

"那是。"茅镰反话正说，"你是姜子牙，张子房，诸葛亮。"

"啥？说。"曹铁拐喝了口酒。

"唉……"茅镰先叹了口气，面对这么个蛮横的大爷他不能来硬的，只能声东击西，"军分区又有话了，说是上头已经开始筹建省政府，各县要积极配合。分区首长明确指示，已经解放了的县，必须尽快把县政府成立了，为省政府的成立积极做好前期准备。咱宜阳县政府的筹备工作正在紧锣密鼓地进行，工作量很大，又必须保守秘密。第一届县政府组成人选呀、人民代表人选呀、机构设置呀，等等吧，都是既要抓紧干又不宜随意公开的事情。尤其是人民代表和政府成员人选，必须遵循军分区的意图严格把关，绝不能让反动派和暗藏的异己分子混进了新政权……"

"对！"蹲在圆椅上的曹铁拐大睁起双眼，"老子们打下的天下归老子们坐，不能让他娘的异己、投机取巧分子钻进来！"

"所以呀，宜阳第一届县政府的筹备工作最要紧的是组织大关，人事关一定要把牢。"

"总得有个名分吧？"曹铁拐果然清醒，很快明白茅镰所为何来。

"刚组建的组织部新来了个女同志你该知道吧？"

曹铁拐点点头。

"她叫冯婕，辽西人，跟你是同乡。去延安学习过，很有水平，上月我去军分区要过来的。她爱人是军分区的参谋，副营级……"

曹铁拐打断他的话："谁是谁的领导。"

"当然是你领导她。"茅镰说，"她过去在一个营的营部干文秘，副连级。随军南下的。"

"明白啦……我要睡觉……"曹铁拐打个哈欠，趴到了办公桌上，"明日再去报到吧……"

"办公室在我隔壁的小院里！"茅镰使劲儿摇晃着曹铁拐，他深知酒是惹祸的根源，追悔莫及，"组织部是严肃部门，不许喝酒，更不许到处乱窜！听清楚啦？"

"……命令么……"曹铁拐边嘟囔边打呼噜。

曹铁拐第二天就当了组织部长。准确的说法是代部长。冯婕热情地迎接了他。

成立没有多久的组织部设在旧县衙大院里面的一个小院内，系院中院。这里据说是前清县衙时期的金库，相对僻静。冯婕领着曹铁拐到办公室、档案室和几间空闲着的住房看了看，随后交给了他几把钥匙。冯婕三十四岁，年长曹铁拐两岁。她身个儿不高，仍旧穿一套贴身的土黄色军装，腰间系一条军带，显得既苗条又丰满。同样是土黄色的军帽下齐耳短发浓密黑亮，明眸皓齿，眉宇间透出一股英气，性格开朗却不失庄重。组织部暂时只有三个人，除曹铁拐、冯婕外，还有一个叫苏聪的青年。苏聪曾经是宜阳县的地下工作者，为接应突然向县城发动进攻的曹铁拐，和仇戬等人暴露了身份。宜阳宣布解放后，苏聪被茅镰安排到了县政府办公室。组织部缺人手，他又被茅镰从县政府办公室抽调过来了。组织部当前的主要工作是政审，对即将进入县、区等政权机构的人选进行严格的审查。苏聪是土生土长的宜阳人，又长时间从事地下工作，对本县很多头面人物的立场、观点、政治主张以及社会背景比较了解，这对选拔合格人选很重要。

因为都是军人，曹铁拐和冯婕开始搭档时都能做到真诚相待，说话、办事既热情又认真严肃，有礼貌也有亲和，领导和被领导关系处理得恰到好处。冯婕见曹铁拐右脚左臂都是高位截肢，很同情，有时还主动帮他洗洗衣物，这使曹铁拐非常感动。时间一长，双方也就随便起来。一随便，说话、办事就没有许多讲究了。冯婕渐渐感觉到曹铁拐瞅她的眼神不对劲儿，火辣辣的，让她不自在。联想到满城对曹铁拐的风言风语，冯婕预感情况不好，就有了戒心：上班埋头工作，不东张西望；对话不能多，尽量简明扼要，绝不扯闲；交往有度，不苟言笑，不近距离接触；下班后，进了寝室不再外出。

有关县政府筹备工作的很多事曹铁拐其实插不上手。想插手也不行，因为诸多事宜一旦形成文字摆到他的办公桌上，是字认识他，他不认识字，说起话来也就自然而然少了依据，少了分量。他很苦恼，愈来愈感到无奈，无聊，最难受的是冷落，寂寞，有如蹲大狱。他甚至怀疑茅镰把他调到组织部来的动机：幽禁？他偷偷买了酒，关起门来大开"杀戒"，使劲儿喝。这使劲儿一喝，脑子就不听他使唤了。

这天深夜，月黑风高，下着毛毛细雨。曹铁拐挂着铁拐，跟跟跄跄窜到了冯婕的住房门口，叩门。

"……谁呀？睡啦！"好半天，冯婕才在里面应了一句。

曹铁拐不答话，又叩。

"曹部长，我知道是你，回去睡吧，啊？有什么话，明天再说。"冯婕好言相劝，"黑更半夜的……要注意点儿影响。"

"我……闷，闷哪……想找你……聊聊……"曹铁拐哼哼唧唧。

"找苏聪聊去呀，他不就住你隔壁吗？"

"小子回家抱老婆睡去了，早不……住这了……"

"那你就回屋待着吧，我早就睡了。"

"我……我……"曹铁拐喘着粗气，"我喝多了……不……不行了……"

冯婕早听出他喝多了酒：这可怎么办哪？冯婕是过来人，知道男人兴奋的时候容易失控。失控了的男人什么糊涂事都干得出来。可是……他该不会醉死在我门口吧？要是醉死在我门口，那可真是无的生出有的来，怎么也说不清……她打算开门看个究竟：如果他确实醉酒了就把他扶回屋去，哪怕日后遭点儿闲言碎语也由它去，身正不怕影子斜……曹铁拐是军人，自己也军人，丈夫还是军分区参谋，副营级，比他职务高，照说，他不会也不敢非礼！想罢，冯婕披着棉衣趿拉着棉鞋跑到门口，拉开门闩。哪知门才裂开一条缝，曹铁拐就山墙一样垮塌下来，将她压倒在地。

"婕呀……姐……你不该老躲我呀……姐,姐姐……"虽然他酩酊大醉,却是熟门熟道……冯婕完全不敢声张……所幸没来得及点灯……

第二天一早,冯婕旋风一般闯进了县长办公室,定立在茅镰对面:

"这个人必须趁早赶出县城,他根本不配副县长人选!"简单,直白,果敢,旗帜鲜明,充满了压力。

茅镰愣望着她,一头雾水。

冯婕依然衣着整洁,仪态端庄,可是一对晶亮的眼睛分明喷射着憎恶、仇恨的光,口吻也不同于往常的亲和。这是怎么啦?一向谨言慎行、尊重领导和同志的她怎么突然反常了呢?"赶出县城"、"不配副县长人选",还"必须"、"根本",这是她说的话吗?这是一个下级在跟上级说话吗?谁给她的这种权力?!茅镰明白她说的那个"他"、"这个人"是指谁,可战友、同事、上司即便有点儿缺点错误也不至于……呀,难道……莫非……糟,糟了!茅镰陡然想到了那个"他"、"这个人"的恶劣行为,想到了那个"他"、"这个人"业已造成的不良影响,不寒而栗:他对她也敢……她可是上级首长的夫人哪,吃豹子胆了?……兔子是不吃窝边草的呀……

茅镰很年轻,但茅镰知道县长不好当,知道当县长远不是当司务长搞采购、记伙食账、搓馒头、扛锅子那么简单、容易;也不像连长营长——在战斗部署就绪的前提下,带领战士冲锋、撤退,直来直去,县长必须会想事,县长必须会处理事,县长还必须处理好事。如果确有其事,再声张出去,怎么得了?一个还没有真正站稳脚跟的新政权……这瘟神,弄进县机关来,还是没能把他看管住!茅镰知道事情非同小可,愤恨得咬牙切齿。

好就好在冯婕并没有把话挑明,事情还有回旋的余地,证明她只希望到此为止。既然没有挑明,就没有必要挑明。挑明了,对谁都没有好处,新生的宜阳县也不光彩。茅镰欲盖弥彰。

"哦?明白了,工作关系不怎么融洽……"茅镰灵机一动,果断定性,避重就轻,"行,我考虑考虑。你的意见,那是一定要尊重的。"

"我不想再看到这个人。"冯婕的脸色冰冷得怕人,语气也冰冷得怕人。

"……这样吧,这段时间你干得很辛苦,上下左右、里里外外全是你在张罗,我都看在眼里。休息一段时间,回军分区休息一段时间怎么样?我给你一个月的假,时间稍稍长一点儿也没问题。成立区、县政府大局已定,早点儿晚点儿我看没什么要紧,不必太着急,暂时让苏聪对付对付。唉……他这个人啦,打仗是可以,干组织工作确实差点儿经验,脾气又大,当初我只不过是想让他……就另外安顿了吧。你休假回来后,你就负责这一摊子好了。"

冯婕一个向后转,气冲冲出了门。进来出去,都没有例行军礼。下午她就回军分区去了。

冯婕休假期满回到组织部的时候,组织部果然只剩下她和苏聪两个人,组织部果然由她负责。这使她感到非常痛快,不光是被指定为代部长,主要是获得了安全保障。可是惶惑却又接踵而来,她发现自己怀孕了。结婚五六年不见怀孕,这回怎么一下就怀上了呢?

茅镰找曹铁拐说事的时候,是在冯婕回军分区休假半个月之后。茅镰找曹铁拐说事的时候照例亲自上门。

事情发生的第二天冯婕就告了假,曹铁拐心里清楚她因为什么,自是惶惶不安,痛骂自己不该酒后为非作歹。跟宜阳花胡来一通也就拉倒,怎么伤害起自己的同事、下级来了呢?何况人家和自己一样,也是出生入死的军人。因此茅镰敲门走进他住舍的时候,他的心有点儿"怦怦"跳:闯祸了,闯大祸了,唉……

茅镰哪敢惹他啊!茅镰无奈地保持着神情和心态,无事一样,照旧心平气和,笑容可掬,手里还掂着一瓦罐苞谷酒。

"到组织部后憋得难受了吧?给,喝。但是少喝点儿最好。"茅镰说。

曹铁拐的第一判断是:冯婕没有告发,小茅子啥也不知道,哈哈!于是精神大振,恢复起本性,高门大嗓:

"咱哥俩儿就一起喝点儿?我这还有包烘糕,可以下酒。"

"喝!"茅镰一副豪爽的样子,"小茅子陪老大哥痛痛快快喝上一回。"

曹铁拐忙从抽屉里摸出一个纸包,摊放在小方桌上,又抓起两只粗瓷碗,抱起茅镰拎进来的瓦罐,满满倒上。

两人在低矮的小方桌前面对面坐下。曹铁拐端起酒碗就咕噜了一口,好不痛快:

"啥?说!"小茅子提着酒罐子上门,肯定有要事,但只要冯婕没有告发,让上刀山下火海也认了!

茅镰喝了口酒,痛苦地皱皱眉头,拿起块烘糕送进嘴里,脆蹦脆蹦地嚼:"先给你说说战况。"因为已经让曹铁拐挪过两次窝,再让他挪窝,话实在不好出口,又不能给他任何心理负担,就绕起了圈子,"我们预备师从河北出发,一路急行军,紧赶慢赶,终于按照指定的时间到达了指定的地点,准备为广州、海南岛战役攻坚。这一晃,有三个月了吧?"

"嗯,有三个多月。"

"前几天我得到个准确消息,广州已经被先头部队拿下了,没费吹灰之力。咱预备师竟然还窝在滇桂黔地区眼巴巴等待挺进广州的命令。"

"好哇,这是好事呀。"

"好个屁!预备师费劲巴力奔袭沿海,结果落了空,人家连剩饭都不给留一口,气得司令员,还有我们的尉迟首长直跺脚。"

"哪龟儿子部队这么嘴馋?缺德。"曹铁拐的情绪受到感染,恼了,"不是还有海南岛、台湾吗?咱预备师干脆端台湾去得了。我也去,好赖赶一仗。"

"说得轻巧。海南岛、台湾周围全是水,水路又远,老鼻子远,怎么打?就是把你那腿、胳膊重新装上,你也没法子过去呀。"

"噢?旱鸭子,咱北方兵全他娘的旱鸭子,不通水性。"曹铁拐着起急来。

"水鸭子也没招呀。你知道那水有多宽多长吗?啧,望不到头,站在沿海岸边,根本看不见海南岛、台湾的影子,中间全是水,比辽河、牡丹江、松花江、黄河、长江的水大多了。"

"嘿!"曹铁拐虽然没见过海,想象不到海有多大,却是一副望洋兴叹的样子,"咱预备师闲起来啦？"

"反正海南岛一仗……还没听到动静。"茅镰喝口酒，"全国形势发展太快，原说三年五年解放全中国，从现在的情况看，也就一年半载的事。"

"这可怎么好。"曹铁拐很悲观，"闲起来了，都要闲起来了。"

"咱们可是闲不了啊。有事啊。事多啊。还有仗打哩。"

"小茅子你尽做秋梦。"曹铁拐讪笑着，"司令员、尉迟师长都急得跺脚，你倒有仗打了。"

茅镰见火候已到，说："一点儿小仗，就……交给你吧。"

"又诓人。"

"经报请军分区批准，宜阳县在原有版图划分十二个行政区，到目前为止，已经成立九个，这你知道。剩下的九区、十一区、十二区还没有成立，知道什么原因吗？"茅镰认真说道，"这三个区的地理位置几乎和天保寨一样，尽是大山，交通不便，偏远。斗争形势也跟天保寨差不多，土匪和国民党的溃散部队纠合在一起，出没频繁，抢劫，掳掠，无恶不作。这些时，我伤透了脑筋，派谁去当这三个区的区长都不合适，真刀真枪，真正从战壕里摸爬滚打出来的战将不好找呀。"

曹铁拐点着头，喝着酒，"那是。"

"我想先把第九区的区政府成立了。"

曹铁拐冷笑起来："我就知道你这罐子里面装的其实是咬手的事情。"

"其他人镇不住邪呀。谁让你是大英雄呢！"

"九区在哪，多远？"

"龙潭镇，也就是从前的龙潭乡。离这也就百八里地吧。"茅镰说，"另外两个区是龙潭的邻居，展旗区在潜龙江的对岸；龙坪区一半在江这边，一半在江那边，是真正的县边缘。我是这么想的，先成立了龙潭区就等于占领了桥头堡，对那两个区的成立会有很大好处……"

"废话。"曹铁拐打断他的话，"我一个人去？"

"当然还要派个书记，仇戬去当书记。仇戬过去是宜阳的地下工作者，对龙潭镇的情况比较了解，人脉关系、地理环境、风土人情都比较了解，只可惜没有打过仗，见都没见过。"

"谁领导谁？"

"这还用问，当然是你领导他喽。"

曹铁拐的想法是，组织部待不下去了，冯婕跟自己做那事时很不甘心情愿，没告发就算做到了仁至义尽，告假肯定是生气，日后回到办公室，进进出出，坐在一块儿，别扭啊，难受啊，即便人家不言语，自己在战友、同事、下级面前，怎么挺起腰做人啊？既然有这么个机会，何不趁此去了，一来消除自己日后的苦恼，二来遂了小茅子的愿，三来嘛，隔三岔五听听久违的枪声有何不好？就说：

"命令么。"不过，他的回应没有从前那么响亮，哀哀的，"啥时出发？"

"明天走也行。如果有事，歇个三天五天再动身也没事，不急。"

"就明天。明天吧。"

"那就……祝老首长马到成功！"茅镰赶忙替曹铁拐把酒碗倒满，"干了？"

"原来你掂这罐子酒来是特地为我饯行。"曹铁拐端起四溢的酒碗，倒也痛快，"为了小茅子飞黄腾达，曹某愿两肋插刀，干！"

"仇戬有许多事需要交割，得等几天才能离开。明天我用牛车把你送过去。吉普车只能送个四五里地，再往前，山路又陡又窄，根本过不去，要不然，用吉普把你直接送到龙潭镇那该多好。"

"不用了，不用了，我能走，不就百八里山路吗？拦不住我。"

"龙潭镇有个保丁叫陈一脉，五十多岁，正当职业是行医。旧政权从没给他委任过什么实际头衔，他却一直维持着龙潭镇的行政管理，主要是替旧政权跑腿，筹措粮饷，也算难得。镇上居民都尊他陈保甲。前些时，开旧政权移交工作会，我通知他来过几次，印象是，人还不错，能办事，政治上不进步，但也不反动。这人能用你就用，觉得不能用就不用。我已经告诉他县上很快要派区长、区委书记到龙潭镇，让他做好一切准备工作。你可以直接找他，他一定会安排妥帖的。听说龙潭镇非常不错，特别热闹，是个水码头……"

后面的交谈曹铁拐就没听进多少，只是"嗯哦"着。

五十

曹铁拐起床很早。

洗漱完毕，曹铁拐用一只右手加上口，三下两下就把背包打好了。随后，他挂着铁拐来到组织部办公室，把地扫了一遍，把三张办公桌擦抹干净，再把所有文件取出来，整理好，连同几把钥匙端端正正摆放在冯婕的办公桌上。他在办公室里呆呆地站了好一会儿。他知道这间办公室是再也回不来了。终于，他转过身，带好门，回住宅背起背包，不声不响地走出了古老的院落。

于是，长长的一条街有节奏地响起了沉重的"咚咚"声。曹铁拐的右脚和左手都是高位截肢，右腿裤管扎在腰间，左手袖筒不停地前后扬动着。他右手的臂力极强，三十多斤重的铁拐往前一甩，足足一米，左脚再向前使劲儿一蹬，一步下来，两米差不离，一会儿就把弥漫在晨雾里的县城甩到了身后。

曹铁拐背着打得方方正正、有棱有角的背包。背包的压花处扎着一双青布鞋；左肩斜挎着二十响驳壳枪；右肩斜挎着黄挎包和军用水壶，水壶里装满了酒，挎包里鼓鼓囊囊塞满了洗漱用品和干粮；背带上系着条白毛巾，还挂着一只搪瓷缸子，携尽了他的全部财产。

曹铁拐离开县城的时候心情沉甸甸的，多少有点儿伤感。打从入伍以来，他一直生活在大集体，无论是行军还是打仗，周围全是成千上万的战友相伴，单独执行任务时至少也有一个连的战士生死与共，打下宜阳后，因伤致残留到了地方，仍有一个班的战士相依为命，可是现在……孤身一人啦……还不知道龙潭镇那鬼地方究竟咋样。好在曹铁拐生性豁朗，伤感不伤心，想想也就拉倒。

太阳当顶的时候，曹铁拐坐在一条流泉旁边吃了一颗红苕、两块玉米饼，又用搪瓷缸子舀了一缸子清泉喝了个痛快。他估算了一下，大约才走了一半的路程，不敢耽搁，吃喝完就继续赶路。

沿途层峦叠嶂，沟壑纵横，丛林蔽日，过往行人稀少，一片静寂。山道弯弯曲曲，斜坡忽高忽低，一个接着一个，行走十分困难，这是曹铁拐没有想到的。下坡要比上坡吃力得多，铁拐甩开的幅度不能大，大了就会栽斤斗，须小幅度移动铁拐而后挪碎步才行，有劲不敢使。

黄昏时分，天色一下子就阴暗下来。山区的天气不比平原，太阳一到山背后，很快就进入黑夜，几乎没有过渡段。离龙潭镇可能还有七八里地，曹铁拐想在完全看不到人影前钻出大山，艰难地加快了步伐。

突然，前面路边腾地挺立起一个巨大的影子。曹铁拐顿时吓出一身冷汗，定睛一看，隐约发现是头大黑熊。跑是来不及了，也跑不过它，曹铁拐脑子发炸，放轻了拐声，迎面走去。

大黑熊站着不动，只把两掌在自己的胸前抚动着。黑熊犯的是经验主义错误。黑熊在想，人见了它一般是要拼命逃跑的，这一逃跑，它就可以奋力追上去将其扑倒，或者用前掌搭住其肩膀，待人扭过头来便一口咬断他的脖子。熊是不吃死人的，只要判断出是具尸体，它定然自动走开。所以，有胆识的人遇到熊就装死，装死装到熊走开了为止。这个人怎么没有逃跑呢？这个人不仅没有逃跑，反而摇晃着朝自己走过来了呢？"嘭"——没等大黑熊想明白，挪到它跟前的曹铁拐骤然金鸡独立，挥起铁拐就是一个横扫，迅雷不及掩耳。那拐端的铁砣不偏不倚，正好砸上了黑熊的耳窝，半边脸全都凹进了天灵盖。熊连哀嚎一声都没来得及就应声趴倒在路中央，死了。

曹铁拐大汗淋漓，坐在熊背上"呼哧呼哧"了好一阵子粗气……

曹铁拐走马上任的第一天就威名大振。走马上任的曹铁拐第一天就把龙潭镇搅得人声鼎沸。

保甲陈一脉平生第一次抖擞精神，连夜挨户通告：

"半爿街总算降下来个奇人，比及八仙铁拐李！"

"单腿独臂生擒了一头棕熊，四五百斤呐。"

"谁？那还有谁？新上任的区长啊。"

"姓甚名谁？姓甚名谁……容我请问，容我请问。"

区公所暂时设在龙潭镇东岔口的龙潭小学。龙潭小学有三间小平房，三间小平房合成个三合院，已经停课半年多，没有师生。曹铁拐一觉醒来，吩咐陈一脉：

"让全镇的人都尝尝熊肉，不分贵贱，老少无欺。年过六旬者陪我喝酒。有酒没？"

陈一脉回答："尚有。"

"有屠夫没？"

"当然有。"

"好，办。"

"熊掌呢？"

"听说吃了熊掌可以长生不老,炖,一块儿炖了,有福同享。"

陈一脉于是一面打发人去龙潭河滩垒砌七八个卵石灶,架上七八口大铁锅,一面着人喊来杀猪的屠夫,将棕熊的皮剥了,切剁成块儿,又用镇上余款买了两麻袋窖藏山药和葱、姜、大蒜、干辣椒,热火朝天煨炖起来。傍晚,各家各户果然分得一碗香喷喷的熊肉炖山药。小学院内的小操场摆放了三张八仙桌,围坐着镇上二十几位耄耋老汉。诸长者第一次迎接来自外乡的行政长官,又是第一次见识如此残缺不全的长官竟然如此的身手不凡,莫不感佩:

"曹区长真乃神力也。"

"本领更比武松高强,才一条腿一只胳膊哩。"

"神人,铁拐李又如何?"

"为民除了一大害,功德无量。"

也有惋叹美中不足的:"可惜了那张皮,头顶砸穿好大个窟窿,这价钱就贱了哇。"

曹铁拐一拐揍死棕熊的故事震惊龙潭镇,成了龙潭镇居民茶余饭后的美谈。其实,曹铁拐震惊龙潭镇,让龙潭镇居民津津乐道的故事还在后头。

不久,龙潭镇遭劫。第九区真有土匪出没!

被劫的是布店、染坊、肉铺、皮货行和百货商店。风闻不久将公私合营,店主们正在忙着将现有的钱财转移、藏匿,没料到几个背时的老板一夜之间就被劫了个精光。前来抢劫的土匪人数众多,鸡叫头遍一齐下手:用尖刀拨开大门后旋即将大门堵住,而后便挟持老幼以为人质,先逼迫当家的交出积蓄,再将值钱的绸缎、首饰及金银器皿洗劫一空。"土匪胆大包天……还扬言……扬言要找曹区长算账,说曹区长杀死了他们的兄弟……"只有以杀猪宰牛为本能的肉铺老板敢于备述其情,其他几个受害的掌柜战战兢兢,哑然无声,仿佛仍在噩梦中。

曹铁拐没有在这里杀人,要说杀人,只有在清剿天保寨的过程中炸死了几个顽敌,证明这伙土匪与天保寨有关。看来,龙潭镇附近的土匪的确气焰嚣张,以前只听说抢劫农村的富户,现在公然抢劫到区政府的所在地来了。跑到新政权的眼皮底下行凶作恶,还扬言找区长算账,明目张胆威胁地方新政权,忍无可忍!

刚刚到任的仇戬紧张起来,忙着擦枪擦子弹:"得赶快向军分区报告,求援,一股脑儿消灭他!"

曹铁拐两眼觑成一条缝:"一个排、一个连、一个营在龙潭镇等?高射炮打蚊子,能打到倒也好,问题是打不到呀。兴师动众,划不来啊。"

龙潭镇谣言四起,众说纷纭。有的说土匪是从龙坪原始森林那边过来的,提前潜伏在镇子里;有人说土匪在对岸的展旗、天柱峰,船来船往;有人说土匪就在盘龙岭,夜来夜去。曹铁拐猛然想起尉迟琪在电话里说的一句话:"你把土匪统统赶进了深山老林,哪儿找去啊?"当时,他还以为尉迟琪是故意找茬儿,现在看来此话确有道理。

"你说怎么办?"仇戬忧心忡忡,"镇上人心惶惶,店铺不敢正常营业,最让人担忧的是早集、大集,万一他们趁着人群稠密,故意来一家伙,捣乱市场,向新政权示威,那还得了!镇居民一定会说,区长、书记跑到龙潭镇吃干饭来了。"

"这么来吧。"闷了好一会儿,曹铁拐对仇戬说,"说是土匪,我看其实是旧政权残余、国民党溃兵和土匪纠合在一起的反动势力，表面上是抢劫，实际是挑战我们手里的印把子，不然，抢就抢了，何必把我曹铁拐扯上……我腿脚不利索，拄个铁拐目标大，行动也不方便。你呢，白天辛苦点儿，到处转转看看，尤其是早集、大集，裹在人堆里侦察侦察，争取发现可疑目标。枪就不要挂了，挂枪招惹眼睛，反而不好。让陈一脉多长个心眼儿，给他点儿压力，叫他四下打探打探，做做耳目。夜晚你就别在这区公所了，我给你找个地待着。"

"……？"

"曹某想'姜太公钓鱼'。"说守株待兔更准确。

巧就巧在曹铁拐这个笨拙的计谋居然得逞了。兔子真让他守着了。

这一天黑夜风雨交加，还有炸雷和电鞭，雨点儿豆粒似的抛撒在脊瓦上，噼里啪啦怪响。约莫三更，区公所的大门被一把尖刀轻轻巧巧拨开，一个头戴毡帽的土匪提着王八盒子闪进了小院。他猫着腰四下探视了一番，回身向外一招手。十几个穿长衫的、穿短褂的、穿国民党军装的、穿对襟香云纱的，操橹子、撇子、驳壳枪、王八盒子，握汉阳造持三八大盖儿，抱猎枪和土铳的土匪蹑手蹑脚摸进来，缩身到了三合院的墙根、檐下。

三合院西边的教室分别为曹铁拐、仇戢的寝室，中间的教室是区政府的办公室。办公室中央拼接着两张八仙桌，四周是几把太师椅。桌子中间摆放着一架尚未接通的电话机，两盏马灯搁在靠门的桌沿上，正泛着淡黄的光。桌子上端趴着个人影，看样子正呼呼大睡。

戴毡帽的土匪是个亡命之徒，窜到门口，朝着趴在桌上的人影举枪便放。

啪！岂料他那枪还没放响，持枪的手腕早被一粒子弹穿了个透。他怪叫一声，痛得满地打滚儿。土匪们大惊失色，缩紧了身子。

穿香云纱的土匪操的是把盒子炮，胆子不小，蹭到门口，一只膝盖头着地，抬手就向桌子上端的人影瞄准。

啪！没等穿香云纱的土匪瞄准目标，弓起的那条大腿提前吃了一枪。他一声惨叫，蓦地打了个滚儿："兄弟们，给我上！就他一个人，扑上去把皮扒了！"原来是个土匪头子。

那个穿长衫的土匪也不怕死。他抱的是杆铳，蹭到门口就端平了铳口。土铳装的是霰弹，一铳过去，能把人体铳成马蜂窝。谁知铳口刚放平，大胯被"啪"的一声穿了个窟窿，连人带铳掀翻在地，哭爹嗷娘。

"嘀嘀哈哈哈哈……"屋子里响起狰狞的狂笑，"来呀来呀，进来呀，老子这里有的是金元宝、袁大头，拿去，都拿去！"

啪！又是一枪。一个土匪刚刚向里探出半颗脑袋，黄色的大盖帽应声飞出老远，吓得趴倒在地，一动不动。

"嘀嘀嘀……哈哈哈……"土匪们只听到满屋都是狂笑、傻笑，却摸不准这笑声打哪儿来。

"小心啊……哪个龟儿子敢再冒头，我轻则戳掉他一只耳朵，重则卸掉他夹在胯裆里的卵蛋，让土匪绝种。命我是不要了，你们的命不值钱。"

屋子里就一个声音。声音瓮闷瓮闷的,瓮闷得小院内的土匪们心惊肉跳。谁也不敢动弹,受了伤的土匪被迫强忍呻吟。足足僵持了半个时辰。风停雨歇,雷声也不再响了。

天一放亮,赶集的山民就会从四面八方向龙潭镇涌来,到时候,让跑也跑不了了。土匪头子终于讨起饶来:

"好汉……不,曹区长,久仰大名,今日得见,果然英雄豪杰。值此途穷之际,还望曹英雄格外施恩,给条生路,日后定当涌泉相报。"尽量表达诚意,"我等原本山民,地道的庄稼人,皆因世道浑噩,贪官污吏横征暴敛,肆无忌惮,兄弟们走投无路才聚众草莽,打家劫舍,强抢富豪,聊以为生,实在不成想与人民为敌,与新政府为敌……"

"你们不是要找我算账吗?"

"恕在下冒犯,那是在下为了给寻财的弟兄壮胆才口出狂言。"

"天保寨是怎么回事?从实讲来。"

"霸占天保寨的头领……不不,霸占天保寨的土匪头子诨号叫白眼狼,这你知道。白眼狼有五十多个杆子,其他绿林寨……不不,其他土匪窝也有去抬庄的,但前去抬庄的人数其实并不多,或三个五个,或十个八个,我们龙坪寨去了六个兄弟。宜阳失守后,国军的一个副营长、一个营参谋、一个连长和十几个士兵逃到天保寨落难,县长、县长夫人也跟着跑去了。之后,又有两个政府官员从省城逃难到了天保寨,这两个政府官员派头不小,但是从不说话,从不露头,由那个连长日夜守护着。固守天保寨的人有两百多,绝大多数是天保寨的寨民,是白眼狼和副营长强逼他们拿枪杆子的。贵军第一次去抄窝,宜阳县城的内线事先派人送去了密信,副营长和参谋做指挥,提前下套,想把贵军围在山沟里灭了。没想到你们全部突围跑了,气得副营长破口大骂寨民'个个贪生怕死'。贵军第二次抄窝的时候,事前没接到密报,没有准备。几颗炮弹不知道从哪儿飞到了寨墙,一下就炸死了三个机枪手。副营长和参谋慌了手脚,说'大事不好,共匪的大部队压过来了'。就一面让国军士兵用枪逼着寨民守寨,一面护佑两个长官和县长翻墙出逃。最后的情势是,两个省城长官、国军、白眼狼和众兄弟……不不不,白眼狼和众土匪都跑光了,寨墙上只剩下寨民抵抗贵军。"

"后来呢?"

"后来我们都逃到了龙坪大老林。到那后就散伙了。去天保寨给白眼狼抬庄的头人带着自己的兄弟,各回各寨。"

"我是问,那两个从省城逃过来的大老爷、县太爷,还有那伙子残兵败将哪儿去了?"

"一进大老林,就听他们争吵不休。有的说投胡宗南去,有的说投白崇禧去,有的说往广州跑,有的说往南宁跑,有的说往缅甸跑,有的说往香港跑最保险,到了香港,可以静观时局变化。最后他们究竟决计去哪,在下着实不知。"

"白眼狼钻到哪旮旯里去了?"

"白眼狼和副营长、营参谋、连长绑到了一起,他们上哪,他就上哪。他说他血债太多,勒马回头也是死,不如死心塌地跟着他们干。"

"他掳去的那个压寨夫人呢?"

"放了，逃跑路上放的。白眼狼给了她两个金条，这事就算了了。"

"你现在怎么跟他们联络？"

"在下实在不敢再跟他们联络了……哦，对了，前几天有三个国军士兵找到了我，让我们入伙，我没干。我说兄弟们已经被打蒙了，不敢再动了。我们都有家小，谁敢跟着他们瞎跑啊？后来他们向我要了点儿粮食，背走了，不知上哪儿去了。估计还躲在大老林，没有逃脱，不是听说西边也有不少贵军吗？"

"以后，白眼狼、国军找你联络，敢来向我报个信不？"

"……"

"我在问话哩。"

"……敢！只要曹区长放了弟兄们，小的万死不辞。"土匪头子赌咒发誓，"适才曹大英雄本可一枪叫我毙命，却只让我受了点儿皮肉之苦，士义雄风，小的望尘莫及，小的拜服。如若食言，天打雷轰。"

"一言为定。那就……请便吧。不准回头。"

"不敢，不敢！"土匪头子叩头谢恩。

群匪滚的滚，爬的爬，夺路而逃。

直到确信土匪们远离区公所，曹铁拐才从两张并排的八仙桌底下钻了出来。他一直头朝大门仰躺在地上。桌子上方趴伏的是被子和上衣伪装而成的人形，黄军帽盖的是个瓜壶；两盏泛着橘黄光亮的马灯把桌子底下掩护成一片盲区。所以，他能在地上看清门外的一举一动，而门外的土匪根本不知道他在哪里。

天亮了，仇戳提着驳壳枪跨进区公所，神色惊慌：

"老曹，昨夜肯定有土匪到镇上骚扰。我听到过枪声，根本不像打雷。"

曹铁拐打坐在八仙桌上端，嘴巴对着军用水壶"咕咚"了一口酒："听到土匪放枪骚扰，咋不抓呀？"

仇戳的脸一下涨得通红。

陈一脉也气喘吁吁闯了进来，长褂上的斜襟都没来得及扣好："天……天蒙蒙亮那会儿，有人看见土匪了，好大一群，个个扛着枪……"

"看见土匪了，咋不抓去呀？"曹铁拐又"咕咚"了一口酒。

陈一脉的脸也红了，眼皮都不敢抬。

"昨夜……我打了一夜仗。"曹铁拐用袖口揩着沾满酒的嘴角，"那群土匪都让我活捉了……又全放了。你们信不？"

仇戳、陈一脉你看看我，我看看你。

"嘿嘿，不信。知道你们不信。不信就看看地上。"

仇戳、陈一脉四下张望。门口果然有几大摊血；小操场上，几处积水被鲜血染成褐黄。两人同时一惊：

"嘿哟！"

"咿呀！呀……"

"信了？"曹铁拐傻笑起来，"嘀嘀嘀，哈哈哈……"

"哎呀……活捉了，怎么又放了呢？"仇戳锁紧了眉头，"除恶务尽哪。"

"不放，留下来你伺候着？他们要吃，我都没吃饱哩。"曹铁拐瞪了仇戬一眼。

"可以把他们送到县里，押解到军分区呀。"

"都是些耕地的主儿，老婆孩子还指靠他们哩。"

"土匪抢劫成性，万一他们执迷不悟，再来骚扰怎么办？"

"再来再捉，捉了再放。"

"嘿嘿……"仇戬把提在手里的驳壳枪插进斜挎在肩头的盒子里，讪笑着，"曹区长你……斗争观点太……模糊。"

"曹区长大仁大义，大慈大悲，也好。"陈一脉安下神来，插了一句，"若是土匪尊王化，弃恶从善，何尝不是一件好事。"

"得得得，去吧，去吧，去饭铺给区长弄早饭来。"仇戬没好气地对他说，"打了一夜，肚子一定饿极了。拣几根油馃子，拿几个肉包子，今天就别搞玉米饼了。"

"哎，哎哎。"陈一脉哈哈腰，挈着长褂大襟出了门。

仇戬吹灭马灯，去学校的伙房撮来一畚斗火灰，撒到几摊血上，摁干，再用扫帚使劲儿扫着，边扫边对屋里的曹铁拐说：

"区长，这回你算立了一功。我马上给你写请功报告。没准军分区会给你记一等功，给咱们九区也记个功。"

"别没事找事啊。"曹铁拐开始擦枪，"请功，请啥功？端宜阳县城、天保寨那事还没把我坑个死。不给功不说，还挨了一顿臭骂。说我这公鸡把母鸡下蛋的活儿揽了；说我把马蜂窝的马蜂全搅散了，没法一网打尽了……有罪哩。这事就到此为止拉倒，也别瞎嚷嚷，大家都太平完事。"

"土匪明目张胆威胁新政权，又被你挫败了……这正是军分区重视的大事呀。"

"这种事往后多的是，你有工夫不停地报告？"

仇戬心里直犯嘀咕，嘴上没敢跟曹铁拐较真儿。

于是，龙潭镇人在掀起新一轮关于曹铁拐单腿独臂大战群匪传奇故事的同时，又对他义释群匪的妄为表现出了极大的不安。

又一天清早，陈一脉慌慌张张跑进区公所，叫着：

"不得了，不得了哇，土匪下战书了。"

曹铁拐正蹲在伙房的屋檐下刷牙，咕噜着满口泡沫："他敢！"

陈一脉亮亮捏在手里的信皮子："这。将才我刚开门，一个人把它交给我，转身就不见了。"

仇戬正在洗脸："意料中的事。土匪就是土匪。狗改不了吃屎。"

曹铁拐喝道："念！"

仇戬够着脑袋看着信皮，见上面竖写着一行毛笔字：龙潭区长曹氏启。就一面用毛巾擦脸，一面向陈一脉使了个眼色。陈一脉抖开信瓢子，摇头晃脑念道：

龙潭镇区长曹大英雄台鉴：

古往今来，化干戈为玉帛乃人间正道。

余之四十众弟兄，均已解甲归田，重操农耕旧业，决无戏言。枪械俱毁，勿忧。当初聚义林莽，打家劫舍，效法豪强，实出无奈，有道是官逼民反。现今乾坤朗朗，日月昭昭，足矣。余虽右膝骨伤甚重，愈后尚能行走。另二兄弟亦残，但无生计大碍。实则罪有应得，绝无仇恨之心。

谢不杀恩。

旧首率众绿林义士叩
民国三十八年夏日

念毕，陈一脉从袖筒里掏出一方手帕，不停地揾着额头。

仇戬愣了半天："这……这土匪……啊？"

陈一脉转忧为喜："古人云：不战而屈人之兵，善之善也，善之善也……"

"善个屁！"曹铁拐喷出一口漱口水，"缴械了，投降了，我的内线也没了。还有那么多土匪、国民党散兵游勇，上哪找去？"

仇戬、陈一脉面面相觑。

曹铁拐一只手把打湿了的毛巾挤干，擦擦嘴，顺便把脸也擦了，随后把毛巾、牙刷、洗牙粉和口杯收进空脸盆送回寝室，也没和仇戬、陈一脉打招呼，独自拄着铁拐走出了小院，出门就吼：

"我们在太行山上，

我们在太行山上，

山高林又密，

兵强马又壮，

敌人从哪里进攻，

我们就从哪里把他们统统消灭了……"

五音不全，词好像也没记准确。郁闷的宣泄？激情的放歌？自豪的咆哮？不得而知。

五十一

每天早晨，曹铁拐都要夹杂在熙熙攘攘的人流里，从东岔口晃悠到西岔口，再从西岔口的牛市返回东岔口，有时连早饭也懒得吃了，直晃悠到早集散尽。龙潭镇只此一条街，且只有半爿，全是肩挨肩的吊脚楼，连衕衕巷巷、旮旮旯旯都没有。日子一长，曹铁拐腻味了，想去周围的山窝窝走走，就去山窝窝走走。

东岔口实际地处半爿街的腰段，皆因这里有条向北进山的道与半爿街构成个"丁"字形，所以被称作岔口。小道左边是耸入云天的盘龙岭，抬头望掉帽子。曹铁拐本想顺着一条壁陡的崖路爬到盘龙岭上面看看，但最终还是没有往上爬。不是怕山上有野兽有土匪，也不是怕爬不上去，而是担心上去了下不来，太陡。他朝着山顶仰望了一阵，后来沿着右边的羊肠小道拐进了山里。

天特别蓝，云特别白，太阳特别亮，玳瑁色的群山闪耀着金光。山窝里全是树。桃、李、梨、杏、柿，还有香樟、月桂和野葡萄，最多的是高大的榕树和低矮的杜鹃。

有流泉叮咚，有飞鸟啼啭，鸟语花香。造孽的土匪自觉自愿缴械投降终究是好事，所以，曹铁拐很开心，很开心的曹铁拐看待周围的一切也很开心。

林木葳蕤，看上去没有路，实则阡陌纵横，到处是块石铺垫而成的径道。通往农舍，通往果园、茶岭、竹林、水田和坡地。这里的水田、坡地都很小，最大的也就半亩面积，有的甚至像晒筐。无论是旱地还是水田，全都一面贴坡，另一面用石块垒成埂子。曹铁拐来自辽西，看惯了一眼望不到边的森林和原野，面对如此精细的农田，心里直嘀咕：巴掌大，能收多少粮食啊？

曹铁拐正在满是葛藤草蔓的径道上穿行，忽听丛林深处有"咔嚓咔嚓"响声传来。他拄住铁拐，举目四望，见不远处的一块坡地上有人侍弄玉米。他没有犹豫，甩开铁拐，一瘸一拐地爬了上去。那人戴一顶破旧的草帽，穿一件补巴摞补巴的对襟褂子，握一把短柄耨耙，正蹲在玉米地里埋头耨草。曹铁拐高声打着招呼：

"大爷，忙活哩。"

过了好一会儿，那人才踟蹰着应了一句："曹区长下乡来啦？"

原来是个妇人！曹铁拐乐了："该称你大妹子吧？"

"怕是要喊大姐哩。我比你年纪大。"

"哦？大姐。"曹铁拐拐向地埂儿，没话找话，"你咋知道我是曹区长啊？"

"都说曹区长……好认。"

"嘿嘿，也是。一条腿，瘸子。"

"那也不光是因为……曹区长天天挎着盒子炮。"妇人自圆其说，"曹区长一个人打死了一头熊，又一个人赶跑了一群土匪，名气可大咧。"

曹铁拐笑得合不拢嘴："你都知道啦？"

"这十里八乡谁不知道啊？"妇人终于扬起头来，望着曹铁拐笑道，"都说你是大英雄咧。"

妇人嘴儿甜，模样也俊，如果不是穿戴破烂，该是多么美的人儿啊，仙女似的！曹铁拐对可心的女子总爱拿仙女作比较。"一个人待在野地里……不害怕？"他关切地问。

"不怕。"妇人说，"熊瞎子被曹区长打死了，土匪被曹区长赶跑了，还有什么怕的，世道太平了咧。"

"嘿嘿，倒也是，倒也是。"曹铁拐立在地埂上，不想走了，"知道如今解放了不？"

"都知道了咧。都晓得变天了，都晓得龙潭乡变成区了，归共产党领导了，由曹区长当家做主了咧。"

曹铁拐觉得妇人的话说得不甚妥帖，但自己又难以说妥帖，就呵呵笑，问她家住哪里。

妇人回答说："柿子塆。翻过背后这架山就是。四户人家。"

"才四户人家？这么小的村庄呀？"

"还有两三户人家的塆子哩。"

"嘿嘿，这也叫村庄。当家的呢？"

"在家。歇着哩。"

"女人在野外忙活，男人在家里歇着，这规矩呀？"

"我上午下地，他下午下地。"

"哦？倒班。"

妇人不懂得曹铁拐说的"倒班"是什么意思，也不好意思把自己上午下地干活儿，男人下午下地干活儿的原因说给他听，只是羞惭地笑笑，随后放下耨耙，去搁在流水沟旁的瓦罐里倒了碗凉水，走到曹铁拐跟前：

"曹区长喝碗水吧，山里闷热。"

"好，好好。"曹铁拐用残肢支住铁拐，接过盛满水的小碗。曹铁拐一边喝水，一边睨视妇人，发觉这妇人不仅俊，还白，露出对襟褂领口的脖子、袖口挽得高高的胳膊白得像藕，着实可人。还碗的时候，情不自禁将妇人那白白的手腕摸了一把。

妇人的脸唰地一下红得像盛开的玫瑰，急忙转身，想提了瓦罐拿了耨耙歇工回家。慌乱中，她不小心被玉米秆秆绊翻在地。忘情中的曹铁拐忘了自己只有一条腿，开步向前想把妇人搀扶起来，哪知一抬脚整个身子就扑了下去，扑到了妇人身上。这一扑不打紧，曹铁拐立时热血沸腾。

妇人惊叫着："曹区长，隔壁地里有人……"

曹铁拐顾不得那么多了："怕甚……让我整整……"

妇人下身套的是条男人的叠裆裤，没有系裤腰带，一褪就掉……翠绿的玉米秆被翻滚倒了一片……

曹铁拐的感觉是，那妇人不错，那妇人最大的不错是羞怯，羞怯得惹人怜爱。羞怯的女人是绝不会暴露隐私的，所以第二天上午，曹铁拐又一瘸一瘸地来到了玉米地旁。他想重温昨天的梦，再说，还没问过她姓什么叫什么哩。

昨天当过床的玉米地里果然有人影晃动。还是戴着破旧的草帽，还是穿着补巴摞补巴的对襟褂子，下身肯定还是套着男人的叠裆裤。曹铁拐大喜，甩大了铁拐的幅度，翘高了屁股，急急慌慌爬上地头，没站稳就喷出一句："忙着哩？"把头天称呼过的"大爷"省了。

那人迟钝地转过头："是曹区长呀。"破旧草帽遮掩着一张黧黑的满是皱纹的脸。

真是个大爷！曹铁拐愣了愣，尴尬地重复着："忙活哩？"

"唉，这庄稼……昨日被狗獾子糟蹋过了。"老大爷一面扶栽被滚翻得东倒西歪的玉米秆，一面哀叹，"我疑心是野猪，是猴子……可又没见着爪爪迹印。"

曹铁拐心不在焉："有野猪、猴、狗獾子？"

"可不。每年种的庄稼，要被它们偷吃一半。"

"那得想办法治呀。"曹铁拐四下张望着。

"治啊，还能不治。敲锣、打鼓、放铳——吓，可还不到时候呀。一般是八九月，庄稼都熟得差不多了，这才几月啊？畜生们就都出来了。"老大爷立起身来，撩起衣襟揩揩满脸汗水，擂着腰，"看，糟蹋了多大一片啊，畜生！"

曹铁拐惦记的是那妇人，想知道那妇人和这老大爷是什么关系，就拐弯抹角问他家几口人、几亩地，粮食够不够吃。

"两口人，不到两亩地，还得望天收。"老大爷苦笑着，"你说够吃不够吃？"

"就……两口人？"

"两亩地能养活几口？"老大爷又伏下了身子，继续扶正、栽培歪倒的玉米秆，"幸亏只有两口啊。"

那妇人是这老头儿的婆娘？曹铁拐懊丧着脸："你和老伴儿。"

"还能有谁。"老大爷嘟哝着，"让生也生不了。公了。"

他还有屈！曹铁拐顿觉心里空落落的，郁郁地说了声："你忙着，我走啦。"

"曹区长，"老大爷伸起脑袋，"下乡留神点儿啊，有路就走，没路的地方千万别瞎蹚。老乡们在杂草窝下了不少套——铁夹子，捉野猪、狗獾子的，我刚才也在这坡地周围下了几个，可别把你套着了。"

曹铁拐警惕地张望了一阵脚下的路，缓慢地甩动了铁拐。

曹铁拐不甘心，一连好几天跑到那块玉米地旁转悠，可就是不见那妇人再下地来。终是灰心丧气。

灰心丧气的曹铁拐又逛起早集来。

这天早晨，曹铁拐夹杂在赶集的人群中，从东岔口逛到了西岔口牛马市场。牛马市场闹哄哄的，到处拴着嗷叫的牛、马、驴，到处蹲着讨价还价的买主卖主。曹铁拐不感兴趣，懒散地沿着右边的岔路岔向了盘龙岭后山。盘龙岭后山与东岔口那头的柿子塆无异，同样丛林茂密，田地稀疏，村落寥寥，小径崎岖。

繁茂的密林深处，几畦葱绿的稻田格外显眼。十几个盘裹着青布头巾、戴着草帽的山民操着耥耙正在畦田里耨草除稗，还有两个打着赤膊的壮年拉扯戽斗的纤绳汲水。男男女女，谈笑风生。一面崭新的印着"四面坡互助组"的红旗迎风飘扬，万绿丛中一点红。这是曹铁拐在宜阳境内第一次见到的最为火热的劳动场面。

曹铁拐精神大振，甩着大步走了过去：

"老乡，忙活哩？"

田间的人们全都直起身子：

"曹区长下乡啦？"

"曹区长检查工作来啦？"

"随便走走。"曹铁拐立定，"大伙干劲儿不小啊。"

山民们笑语喧哗：

"互助组了么。互助组干起活来当然跟单干不一样。"

"团结起来力量大。"

"要想粮食大丰收，互助合作有奔头。"

说的都是新词儿！曹铁拐惊问道："成立互助组啦？"

"刚成立。"一个山民指着插在田埂上的红旗说，"看，我们是第九区四面坡互助组。"

另一个山民说："响应号召，不是你们区上号召我们成立的吗？"

哦？曹铁拐明白了，仇戳拉着陈一脉整天到处窜，原来在搞这个！区长不能对这事一无所知，区长还得站得更高看得更远点儿："是呀，是呀，互助组好哇，互助组能让大家都过上好日子。"

山民们兴奋起来：

"听说过不了多久，区上还要让我们成立社会主义、共产主义？"

"听说共产主义了，犁田就不用牛了，点灯就不用油了，吃穿就不用愁了？"

"曹区长，那不就是神仙过的日子吗？"

曹铁拐回答说："只怕是比神仙过的日子还好。"他理想不出共产主义是啥样子。

一个戴着草帽的长者问："听说过不了多久，区上就要让我们把自家的田地、果园、山林统统交公？"

曹铁拐说："统统交公好哇，统统交公了，你们就都变成无产阶级啦。"

一个中年妇女拄着耥耙，一脸忧虑："田地、果园、山林都交公了，我们老百姓拿什么过生活呢？"

曹铁拐说："那时共产主义了嘛。共产主义了，就要什么有什么，想什么来什么。"

"哦……"那中年妇女茫然地点点头。

"玄，玄，哪有那么好的事哟。"戴草帽的长者很困惑，"万丈高楼平地起。我看，还是把眼前最要紧的事情干好了再说。"

曹铁拐问："你认为眼前最要紧的事情是什么？"

戴草帽的长者反问了一句："说错了，不会当反动派吧？"这长者姓杨，读过几年私塾，比一般山民懂得的事情多一些，又喜欢说，所以四面坡的老幼都喊他"杨博士"。

"怎么会呢，这秧田里没有一个反动派。"曹铁拐大声说道，"反动派都赶跑了，都赶到海边去了。"

"那我就知无不言了。"杨博士笑了笑，"比如，我们这里田地不多，山林多；粮食不多，山果多。老百姓愁的是水果山货不饱肚子，吃多了还泻肚子……"

"卖呀，卖了再买粮食吃呀，活人还能让尿憋死！"曹铁拐打断他的话，"这些时我经常在山里转悠，看到烂掉的水果山货还真不少，这是浪费呀，可惜呀。"

"能卖掉还能不卖？"杨博士说，"入秋后你再看，半爿街的街头街尾，龙潭的河滩上，到处都是水果、山货。卖水果山货的农民太多，把水果山货运出山外的船又太少，结果好，怪事出来了——贩子们拼命杀价，杀得老乡们宁可烂掉也不便宜了他们。走旱路去永泰卖更难，背一背篓水果来回得走四五天山路，要是脱不了手，还得把货扔了空着肚子往回跑。"

曹铁拐咧咧嘴："是个问题啊。"

"再比如，"杨博士言无不尽，"我们这地方雨水多，这本来是个好事情，可是地底下偏又盛不住水，下的雨水再多，全都白白流进龙潭泄跑了。十天八天不下雨，就闹旱灾。你看，这几亩水田应该是可以畦灌的，可我们世世代代不得不用戽斗提水抗旱。"

"嘿嘿，你是说……应该有大马路通往山外，有水库把水蓄起来。"

"曹区长真不愧打仗出身——精明。"杨博士笑道，"你说，这些事情是不是比什么都要紧？"

"大伙说说，"曹铁拐忽然提高了嗓门儿，"这些事是不是比什么都要紧。"

田野里异口同声：

"是！"

"行,"曹铁拐痛快地说,"我放在心上,早晚给你们办了。"

杨博士高兴起来:"别人说这话我不信,你说这话我信。"

曹铁拐问:"为什么?"

"你能让土匪不当土匪。"

"你们忙着,我走了。"曹铁拐哈哈大笑,"我这就去上面看看,看看哪儿适合修水库。"

杨博士高声说:"走路小心啊,草窝里有铁夹子!"

曹铁拐甩开铁拐:"知道,有人提醒过我。"

五十二

曹铁拐顺着山沟向上攀行,边走边看。

沿途全是起伏的山丘,苍翠的林木,没有尽头。半晌,他不想继续往前走了,打算赶回区公所吃午饭,就拐向另一条小路,准备绕道好汉坡返回龙潭镇。

路旁,有片青翠的水竹掩映着一栋孤零零的独屋。独屋四堵墙都是石头砌的,屋顶盖的是石片瓦,门前有个残缺的石头院子,院子中间立着盘大石碾,几丛红黄相间的美人蕉开放在四周,鲜艳夺目。曹铁拐正驻足张望,碾砣背面忽然蹿出一个人来,一眨眼就闪进了屋内。那人一丝不挂,长长的黑发披了一背,好像是个女人!惊疑的曹铁拐甩开了铁拐,咚咚咚走进了石头院子,向屋子里走去。

独屋里悄然无声,光线也不好。曹铁拐揉揉眼睛,环视了一下空荡荡的堂屋,一面问"有人吗",一面探视着左右两旁的偏室。

阴暗的卧室里,贴墙摆放着一张老式大木床,床上蜷缩着一个少妇。少妇大睁着惊恐的双眼,两手紧箍着一床棉絮。棉絮黢黑,破烂,像渔网,可以透过上面的空洞看清她那白净的肌体。曹铁拐浑身一震,两眼放光:仙女哟。他不假思索,咚咚咚走近床前,"嘿嘿……嘿嘿嘿……"

缩成一团的少妇畏惧地倒退着,一直退到床角。

曹铁拐将挎在肩头的手枪取下,往床上一摆,忙着脱衣解裤。

少妇吓得哆哆嗦嗦,牙齿磕得咯咯响。

曹铁拐掀掉她身上的破棉絮,扳开她的两条大胯……这当口,什么要紧大事都被他抛到了九霄云外……

也就一会儿,曹铁拐坐了起来,不慌不忙地穿衣服:

"你也把衣服穿上。"

少妇坐着不动,仍旧用棉絮裹紧了身子。

"嘿嘿……你刚才躲在石碾后面干什么?"

"我……翻晒红苕干。"少妇还在哆嗦,"碾盘上晒着红苕干。"

"咋不穿衣服就往外跑呢?羞丑呀。"

少妇不作声了，只把泪水汪汪的眼睛望着他。

曹铁拐似乎明白了什么，忙着摸自己的口袋。他口袋里是不装钱的，这会儿却摸出了几张中州票和一块袁大头。他想起来了，这是几天前他准备去槽坊打酒用的，后来把这事忘了。"你运气不错。"他把袁大头扔到她的脚旁，"明天去半爿街布店买布做衣服，不准派别的用场。"

"……"

"有男人吗？"

少妇点点头。

"知道我是谁吗？"

少妇又点点头。

"给男人说，袁大头是曹区长路过这里给的。"曹铁拐挎上手枪，"往后我还来，给你送穿的，送吃的。"扬长而去。

曹铁拐言而有信，果然三天两头踅进独屋和少妇会会，果然带些布料、米面，还给点儿零花钱。少妇叫秀秀，二十六岁，温柔聪慧，容貌也出众，人见人爱，只可惜嫁的是个傻子，远近山民都惋叹说"一朵鲜花插到了牛粪上"。傻子只会吃不会做，里里外外全靠秀秀操持，日子过得很恓惶。秀秀见曹铁拐相貌恶，心却不恶，还会心疼人，一来二往，男女之间的事体也就习惯成自然。有时遇上傻子在家，秀秀不是对傻子说"去，给曹区长打二两酒回"，就是对他说"给曹区长割二两肉去"，傻子就傻笑着出了门。没有不透风的墙，秀秀和曹铁拐明来暗往，瞒不过众人的耳目，就有好事者拿傻子取乐："打个谜你猜猜，猜对了，我帮你家干一天活儿。"傻子说："说话不算数是狗。""不坏帮儿，不坏底儿，既可以换钱儿，又可以换米儿——是什么东西？猜！"傻子没猜出来，回家问秀秀。秀秀气恼地说："有人再让你猜这谜，你就回答'是你堂客'。"一天上午，秀秀对身上的曹铁拐说："我已经有了……"曹铁拐问："什么有了？"秀秀说："你说……还会有什么……"曹铁拐明白了，突然发起狂来："好，生，生……"秀秀搂着他的腰："我……怕……""怕甚？名正言顺！"又一天上午，曹铁拐担心去槽坊打酒的傻子赶回来了，下床就忙着穿衣服，挎手枪。秀秀见他总是来去匆匆，蜻蜓点水，回回欠点火候，说："我想让他去县城买点儿东西回来。"曹铁拐说："半爿街要啥有啥，想啥？赶明儿我捎过来。往县上跑干啥，怪远的。"秀秀偷偷一笑："他长这么大还没出过远门，让他在宜阳过一夜，好好见见世面。"曹铁拐听出了些眉目，乐了："你让他啥时候走？""后日。"

后日这天凑巧仇戬去县里向茅镰汇报工作，天没亮就背着手枪出发了。曹铁拐整整睡了一个上午。起床后，他洗了个马虎脸，向陈一脉交待了几件事，挎着枪出了区公所。他在街上吃了碗米线，顺便买了斤芝麻糖，从西岔口岔向了盘龙岭后山。想到秀秀用心让自己的男人空出一个晚上，曹铁拐心里别提有多高兴，脚下生风。

眼看独屋快到了，可是红彤彤的太阳还挂得老高。曹铁拐迟疑了一下：这么早进屋去却又不出来，不是招人说闲话吗？想了想，决定兜兜圈子，兜到太阳下山后再悄悄钻进独屋，这样就人不知鬼不觉了。

"哭，哭，再哭我就喊曹铁拐来把你吃了，曹铁拐专吃爱哭的小孩儿！"

曹铁拐漫无目的地穿行在山间小路，忽听有人大声叫唤。循声望去，不远的坡地里有个年轻村妇正在给竹节菜上肥，地埂上站着个呜呜哽咽的孩子。那村妇约莫三十五六岁，眉清目秀，黑亮的头发绾成个髻盘在脑后，一绺发梢儿高高翘起，头顶搭一块青地白梅花家织布头巾，用发卡卡住，穿一件殷蓝斯林斜襟褂子，腰间抹一方青布围兜，勒出丰满的胸脯和小巧的腰肢，显得非常干净，利索，精神。

"呵呵，"曹铁拐绕到菜地旁，"曹铁拐来啰。可是曹铁拐不吃小孩儿。"

"真是曹区长呀。"妇女边笑边忙活，"其实，我也不知道曹区长长什么样，只听到村子里的人都说鬼见了曹区长也哆嗦。"

"是吗？"曹铁拐挺直了身子，"你仔细看看，看我是不是长得那么可怕。"

"老乡们是在夸你哩。夸你刚强，连鬼都不敢惹。"

"还有这么夸人的呀。"曹铁拐笑着走到小孩儿跟前，蹲下，从口袋里摸出一块芝麻糖，"曹铁拐不仅不吃你，还给你糖吃，看。"边说边伸出舌头舔舔，再送到小孩儿嘴边。

年轻村妇很欢欣的样子："曹区长访贫问苦来的吧？"

"访贫问苦？你咋知道我访贫问苦？"

"我们垱坝里的人都说你爱访贫问苦。还说你常去独屋访贫问苦。"

"独屋？哪个独屋？"

"还有哪个独屋？傻子家呀。"

原来自己的行踪全在老乡们的眼里！曹铁拐心里一惊，支吾道："是……是去过。"

"也没什么，区长嘛。"

曹铁拐觉得这话很不顺耳，可又不知道怎么回应，窘得喉结直梗。

村妇娴熟地歪倒粪桶，将见底的粪水倒进粪瓢，再小心地浇到竹节菜蔸旁，这才抹了把额头上的汗水，望着吃芝麻糖的小孩儿："牯牛，谢大伯了没有？"

"牯牛？"曹铁拐抚摸着扎了三只小辫的孩子，睁大双眼，"男孩儿？"

"算命先生说，男孩儿女养才没大病大灾。"

村妇一笑，从地沟里提过一只背篓："牯牛，快说'谢大伯'，说'谢大伯'了跟妈回家。"

牯牛怯生生地望着曹铁拐，嘟着小嘴："谢，大伯。"

"好，乖小子。"曹铁拐乐得呵呵笑，"多大？"

"刚两岁。"

曹铁拐用残肢支起铁拐，从妇女手里拿过背篓，把牯牛装进背篓里："住哪？"

村妇指指山后："黄家畈。绕过这小山就是。"

"我送你回家。"

村妇笑着："上我家访贫问苦？"

"谁让我是区长哩。"曹铁拐背起了背篓。

村妇忙着挑起粪桶，在前面领路。曹铁拐背着牯牛跟在后面。

年轻村妇叫芒种。芒种的丈夫是个猎人，过去她经常随丈夫出外狩猎。大前年，芒种有孕，丈夫一个人外出，想打只棕熊或者野鹿给妻子补补，不想出去了两个多月不见归来。芒种预感大事不好，请亲戚朋友猎人四处寻找，结果只找寻回了破碎的衣物和鞋子。乡亲们猜测，她丈夫肯定是被老虎豹子吃了，或者被棕熊咬死了。一个美满的家庭就这样破败了。好在芒种能干、勤劳，又要强，日子过得不算太差。只是她那脾气越来越粗暴，说话很辣，动不动就操起家里的一杆火铳要和别人拼命。村里村外的人都惧她，背地里呼她"朝天椒"。

黄家畈不大，只有十来户人家，家家姓黄。芒种的家在村口。

芒种放好粪桶扁担，取下勾住门环的铁钩子，推开大门，招呼曹铁拐进屋。曹铁拐无意久留，卸下背篓就要离开。芒种说：

"怎么连口水不喝就走啊？坐吧，进屋坐吧。曹区长不是喜欢访贫问苦吗，也该访访我们这孤儿寡母了。"

曹铁拐只好拐进屋子。

屋子不大，却拾掇得干干净净，有条有理。四面墙壁挂满了硝过的兽皮，依然散发着浓浓的酸味。

"孤儿寡母怕甚？甭担心。"曹铁拐在饭桌旁的板凳上坐了下来，粗声大气说道，"中国马上就要全部解放了，日子会越过越好。"

芒种倒了碗凉茶，放在曹铁拐面前："从前我们喊塆坝的黄三爹甲长，现在喊他村长，这就叫解放了？"

"哪那么简单啊？这是暂时的。"曹铁拐喝了口凉茶，"往后要建设新中国，建设共产主义，跟从前完全两回事。"

"解放跟不解放真有蛮大区别呀？"

"我是辽西人，我们那旮旯解放得早，地主老财的田地早就分给穷人了。现在，那里的老百姓有吃有穿，又没地主老财欺负，日子过得可好了。"曹铁拐说，"解放不解放要是没甚区别，我们这些人还闹个什么革命哟。"

"比起富人来我算个穷人，比起穷人来我又算个富人。"芒种抱起牯牛，坐到小木椅上，解开衣襟，把一只白面团似的奶子递到牯牛嘴里，"黄三爹常喊我们去开会，也说富人的田地要分给穷人，还对我说，'你家的田地、山林多，日后怕是要匀些出来'。这解放了，我怎么还划不来了呢？"

"你家的田地很多？"

"过去是三个人哪。"芒种说，"死鬼走了，平摊到我们母子俩名下的田地、山林不就多了吗？"

"我看你……不像地主老财呀。"

"谁说不是呢？也就日子比别人好过一点点儿。"芒种不满地说，"匀些田地出去也好，免得我一天到晚忙，天天忙，没个头。"

"不是号召成立互助组吗？你们黄家畈还没成立？"

"成立啦。"芒种说，"不成立反而好。"

"瞎说。互助组好哇，你帮我干活儿，我帮你干活儿。"

"是呀，不能人家帮我干活儿，我不去帮人家干活儿吧？"芒种给牯牛换了个奶子，"得互相帮助才对。可是你看，我背着个吃奶的孩子，怎么帮人家啊？互助组反而让我更忙了，不好办了哩。"

"团结起来力量大，互助合作才有奔头，尤其是像你这样的人家。"曹铁拐讲不出许多的道理，也无心跟她讲道理，说，"我走啦。"

"哪能就走啊？区长进了家门，还能不吃了饭走呀？"芒种笑着，"赶独屋去吧？真是，我就不留了。"

"不……不不……"曹铁拐觉得脸膛发烫，"去……去那干啥？"

"真不去独屋，那就吃了晚饭再走。"芒种起身，衣襟没扣就把牿牛擩进曹铁拐的怀里，"跟曹大伯玩，妈给曹大伯做饭去。"

曹铁拐抱着牿牛，不知如何是好，"这……不好吧？"

"有什么不好，也就一顿便饭。"芒种扣着衣襟，"日后，我们孤儿寡母还仰仗区长帮衬哩。"说着，抓把苞谷走出门外，"𠳐𠳐𠳐"将一群鸡鸭早早逗进塒里，顺手把猪圈塞牢，随后扯下头顶的头巾，一面抽打身上的灰尘，一面张望，看看周围有没有爱管闲事的眼睛。回身进屋，把大门掩了，去厨房忙碌起来。

一会儿，芒种从厨房捧出一只海碗。海碗大得像小脸盆，盛满了油面，碗口上卧了三颗荷包蛋，底下还埋了三个煎鸡蛋，香气扑鼻。她自己则吃的是一碗红苕干拌苞谷饭，用热面汤泡着，就的是酸菜和咸萝卜。

曹铁拐从来没有吃过这么可口的面条，趴着桌子一阵呼呼啦啦，吃得满头大汗。

刚刚放下碗筷，不等曹铁拐说出要走的话来，芒种就从下房抱出一床被子、一条床单、一个长方形的绣花枕头走到了上房门口，说："我过去跟死鬼住这间房，空两三年了。你们男人胆子大，火气也旺，不招邪的。"

这么说，她还要留宿！曹铁拐反倒不自在起来："这……"

"日头早掉进山窝了，黑了。黄家畈离半爿街七八里，沿路沟沟坎坎，黑更半夜，摔倒了怎么办哪。"芒种不管曹铁拐同不同意，进房就忙着铺床，"就是去独屋，那还不有人留你过夜。"

曹铁拐把装在两只口袋里的芝麻糖都掏了出来，塞给愣头愣脑望着自己的牿牛："吃，大伯管饱。"心想，今天合该陪女人一宿，睡，哪儿都是睡！

曹铁拐的这个心理准备还真没有错。入夜，芒种把牿牛哄睡着了后就从下房跑进上房，一头扎进曹铁拐的被窝。曹铁拐当然没有入睡。干柴烈火，激情燃烧。其实，这一夜是属于芒种的一夜，她让曹铁拐没有合眼，直到雄鸡报晓。

可怜秀秀一个人待在冰冷的独屋里心焦了一夜。

曹铁拐就成了芒种家的常客。芒种随时都能做曹铁拐爱吃的饭菜，还偷偷打回了一罐子苕干酒。秀秀那边曹铁拐也没上心，只是不如以前那样勤了，毕竟有个傻丈夫在家戳着，说个话做个啥的到底不方便。秀秀多少有些怨言，还总爱把那晚曹铁拐失约的事挂在嘴边。曹铁拐就反复解释说区公所有多忙多忙，哪能说离开就离开了。有天秀秀又说，"他还要去县城买东西，这回是他自己要去的。上回他去县城玩出瘾来了。"曹铁拐交给她一块现大洋，问："啥时走？""后日。""后日夜我一准来。"曹铁拐隐隐觉得秀秀很可怜，长年累月守个不明事理的男人，够难受的，真想好好陪陪她。秀秀的思想则是：曹区长是个厚道人，经常得到他的关照不能没有什么表示，女人么，能花得起的只有这……这么一来，曹铁拐有意无意给自己掏了两个窝。

一天夜里，心满意足的芒种懒懒地对曹铁拐说："这个月不见红事，怕是有了。"

"好，好哇，生。"

"好哇，生。"芒种用指头戳了一下他的额头，"敲锣打鼓放鞭炮——告诉人家朝天椒养汉子。"

"哎呀……这……"

"唉，真不如独屋那婆娘，好赖有个男人晃着，可以大大方方把肚子挺起来。"芒种羡慕起秀秀来，"都快出怀了，有两个多月了吧？"

"我哪知道啊。"

"装，自己做的事还会不知道？塆坝哪个不知道秀秀肚子里的孩子是你的。"

"他有男人呀。"曹铁拐抵赖说，"他男人再傻，也能有孩子呀。"

"她那个傻男人根本不顶用。"芒种说，"结亲前，傻子爹娘请剃头匠教他，进洞房后先如何如何，后如何如何，教了一整天，他就没听懂该如何如何。秀秀过门一个月了还没成事，气得往娘家跑。"

"傻成这样呀？"

"可不。后来，傻子爹娘又把剃头匠请到家里来了，再教。那剃头匠也真不是个东西，先把傻子爹娘支走，再让秀秀把衣服脱光了，一面叫傻子看仔细了，一面趴到了秀秀身上，真教喂。"

曹铁拐乐得嘿嘿笑："哪会有这种事，编的吧？"

"塆坝里的人都这么说。我看傻子还是没学会，真出师了，那婆娘的肚子还不早早挺起来了。"

"干这事还用学！"曹铁拐忽又性起，将芒种盘到身下，"给我做老婆算了，别像秀秀那么空闲着。"

"你不觉得亏呀？"

"亏啥，连孩子都甭犯愁了，还俩。"

"……只能应个急……"芒种闭上双眼，"成亲……怕是做不到……"

"为啥？"

"你吃的是公家的饭……我一个乡巴佬儿……日子过不拢的。"芒种眼角滚下几颗泪珠。

"我认，我认了。"曹铁拐替她抹着眼泪。

"不行的……这样的事，戏文上说得多……这是命。"

"那……"曹铁拐轻轻拍拍芒种的肚子，"咋整呢……"

"……下回来，"经常耳鬓厮磨，芒种已经能听懂曹铁拐这种地道的北方话，"给带点儿红花……有麝香最好。"

"红花、麝香是啥？"

"去药铺问问。"

"派什么用场啊？"

"莫问了，让买你就买……怪我运霉，怎么一碰就有了呢？"

五十三

曹铁拐到九区当区长前，茅镰几乎没有向他提什么要求，仇戬到九区当区委书记前，茅镰却郑重地向他布置了一些任务。任务很明确：清匪除霸肃反，巩固革命成果；宣传群众、教育群众、组织群众，建立地方政权；筹集钱粮，支援前线，积极配合解放全中国、建立新中国的政治大局。具体怎么干，茅镰就说不清楚了，只是让仇戬自己开动脑筋，仿效解放区的经验比照葫芦画瓢。茅镰布置工作任务时还拨了个弦外之音：虽然曹铁拐是区长，但大事小事都须仇戬经心。这个弦外之音仇戬很容易听明白，也很理解：曹铁拐打仗行，但是做群众工作、组织工作缺乏耐心，统筹全局有困难，加上性情粗暴，容易把好事办成了坏事，县长的考虑有一定道理。让言者和听者都感到吃力的问题是：如何端正曹铁拐的生活作风。茅镰不能不开口又很难开口，明说了吧？尽是些捕风捉影的事儿，没有真凭实据，弄得不好就会伤害了同志，不说，又怕泛滥成灾。茅镰闪烁其词，暗示仇戬尽可能让曹铁拐远离女色。仇戬听到了一些关于曹铁拐的逸闻轶事，只是不知道性质的严重程度，也就心领神会，并且把它作为一项工作谨记下来。

仇戬虽然只有二十二岁，但老成持重，干工作既干净利索又小心谨慎，不浮躁，不轻狂，这种作风与他的地下工作生涯不无关系。到任后，他几乎跑遍了九十多个自然村，组建民兵队伍，保卫胜利果实；访寻乡村有识之士，指定、推荐、民选村长；组织互助组，培养农民的团结协作精神；组织青年骨干走乡串户，张贴标语口号，宣传党的政策；组织识字扫盲夜校，引导村镇居民求学求知；发动群众，与土豪劣绅和反动残余展开斗争，谨防敌对势力的颠覆破坏活动；动员群众积极缴纳公粮，投身解放战场……按照茅镰的要求，把九区的工作开展得有声有色。相形之下，曹铁拐逊色多了。尤其是龙潭镇附近的土匪窝被粉碎以后，就再也没有看到他有什么惊心动魄的作为，日常工作平淡无奇，人们见得最多的是他挎着手枪四处晃荡。九区的大事小事，仇戬如找他商量，他总是重复一句话："你就瞧着办吧。"仇戬不找他商量，他也懒得过问。有些会议曹铁拐必须到场，但有个不成文的规定：只主持。主持会议也只说一句话："现在由仇书记传达县上的文件精神"、"现在由仇书记传达军分区指示"、"现在由仇书记报告国际形势"、"现在由仇书记报告国内形势"、"现在由仇书记布置区上工作"……"现在"以后的事情都由仇戬说了算。曹铁拐超然物外，甘当甩手掌柜。开始，仇戬觉得这样也好，免得政出多门，再说，曹铁拐的专长是打仗，行政不是他的强项，自己能多干点儿就多干点儿吧，没啥。可是随着国内解放战争形势的迅猛发展，区上的工作越来越多，任务越来越繁重，坐镇宜阳的茅镰为紧跟形势，不停地向区政府施压，这么一来，仇戬就渐渐感到吃不消了，心绪出现了少有的烦躁。特别是听到曹铁拐旧病复发，和妇女勾勾搭搭、不明不白地来来往往的传闻之后，仇戬更是气恼：少干、不干倒也罢了，怎么连自己也管不住呢？这不是添乱吗？！

仇戬把和曹铁拐交心谈心的时间选在一个云淡风轻的下午。

曹铁拐正安睡在床，继续着雷打不动的午休，养精蓄锐。仇戬走近榻前，手里习惯地捏着个本本儿，轻声喊道：

"曹区长……区长……有几件事……跟你商量商量？"

"说。"曹铁拐终于抬了抬眼皮。

"三季度的公粮提前收齐了。公粮已经运送到了县里。"仇戬不懂战法，却十分精当地运用了迂回战，"满满八板车，组成两个马帮，共二十四头牲口。昨早起运，陈一脉领队。"

"公粮……老百姓留给自己吃的够不够啊？"曹铁拐转动了一下眼睛，破例没说"你就瞧着办吧"。

"陈一脉说，国民党政府过去收的保管粮就是这个数，我们没有加码。"

"总得跟国民党政府有点儿区别吧？一球样那还叫什么翻身得解放。"

上面的意思也是尽量减轻老百姓的负担，仇戬猛然觉得曹铁拐蒙对了一个问题，说："你的想法很对，大概以后可以做到。现在战事不是还没有完全结束嘛，前线的部队还得满足供应。"

"九区，很多老百姓一年到头吃的是苕干苞谷饭，有的连这个都吃不上；很多老百姓靠从鸡屁股眼里抠出两个钱来买油盐；不少人家只有一套衣服，谁出门干活儿谁穿。我们如果不首先想办法解除老百姓的疾苦，反而加重老百姓的负担……老百姓会拥护我们？小茅子不是过去搓馒头、扛锅子的小茅子了，小茅子已经坐到了县太爷的太师椅上，不愁吃，不愁喝，还听小曲儿。"曹铁拐在茅镰的办公室里晃见过一台留声机，这玩意儿过去师部一号首长才有一台，"小茅子的话别听得太实。"

仇戬像闻到了一股火药味儿，赶紧回避：

"土改工作队马上要来龙潭镇了……"

"又是他娘的马上！上半年就听说马上要来，来了没有？"

"这回是真的。昨天朱福骑马赶来下的通知。你没在家，我说你去乡下检查工作去了。"仇戬努力让曹铁拐有一个比较好的思想情绪，"上半年不是南京、上海的战况紧张嘛，军分区随时准备奉命增援，顾及不到地方工作。现在情况不同了，全国就剩下广州这座大城市还没有解放，据说已是万事俱备，只欠东风。军分区见大局已定，地方工作自然就摆上了议事日程。土改工作队进驻龙潭镇估计就这两天的事。"

"来就来呗。"曹铁拐一副没有睡醒的样子，"他们想咋整就咋整，反正咱也不懂。"

"听朱福说，前段时间，茅县长在宜阳县城开办过几次土改工作培训班，培养骨干力量，主要是学习政策，还派人专门上北方解放区学习过。进驻各区的工作队成员，绝大部分是从解放区抽调的干部、南下干部和有文化的战士，觉悟高、水平高，这倒用不着我们操心。"仇戬很有耐心地说，"九区的普查工作已经按茅县长的意见办了。全区的人口、土地、山林和水域面积有个老底子，陈一脉提供的，我粗粗核实过了，出入不大。富户的家产我也进行了摸底，镇子上的和自然村的富户，都由旧政权时期的保、甲长提供基本情况，原始记录还算清楚。田地、山林、水域面积怎么重新分给贫雇农，哪些收归公有，又怎么划分成分，政策性很强，也只有等土改工作队来执行政策，我们只能当当配角。"

"你就瞧着办吧。"

"土改工作队大概有五个人，一个队长，四个……"

"怎么吃啊？跟咱俩一样，天天吃馆子？"

"所以我想啊，干脆请个炊事员，在区公所开伙。"

"好。省。"

"另外呀，咱们区公所占用的是龙潭镇小学。龙潭镇小学差不多一年没有开课，让学校长期停课肯定不行，上面也不允许。学校旁边倒是有点儿空地，可以盖房子，问题是我们现在哪里有钱盖区公所啊，想都不敢想。半爿街当中有栋连三楼，是全镇最大的吊脚楼，里面非常宽大，陈一脉领我进去看过。这连三楼的主人是个大财主，将来土改工作队不划他个资本家也要划他个地主。大军南下后，这财主大概心里发怵，早就关门歇业不敢再进去了。连三楼将来肯定没收。我看不如把区政府移过去，有个立锥之地。区政府在三楼办公，土改工作队在二楼办公，一楼做会议室，开会，接待来访的客人、村民。一楼后面正好有个伙房……"

"你就瞧着办吧。"

"那好，咱们就趁土改工作队进驻龙潭镇这机会把区公所挪了。还有……"

"哎，你说话怎么像个娘们儿呢？拖泥带水。"曹铁拐不耐烦了，"痛快点儿，竹筒倒豆子——一次搞干净了。"

仇戳也不生气，笑笑，说："通过几个月的考验，我觉得陈一脉这个人还不错，精通文墨，对龙潭镇和全区的情况了如指掌，虽说是前朝旧吏，却不反动，一直在尽力跟我们合作，所以，我想把他正式留在区政府搞文书工作，兼管财粮，应酬事务，每月给他五十斤大米作为薪酬。民兵连长苗耀宗苦大仇深，立场坚定，对革命事业忠心耿耿，人品也不错，肯干，所以，我也想把他调进区公所，一来跑跑腿，二来代表区政府维护社会治安，这样，乡镇出现矛盾纠纷，或者敌对势力的破坏行为，就用不着我们当区长、书记的提着手枪往现场跑了。"

"过去龙潭镇就陈一脉一个人摆划……咱俩加起来还顶不上个陈一脉？"

"旧政权，流寇思想严重，不然，龙潭区怎么会贫穷落后成这样呢？我们是要在这里扎根，是要彻底改变这里的面貌，有本质区别呀。再说，别的区早就建立了一套班子，我们已经落后了。"

"……完啦？"

"……"仇戳的喉结梗了梗，话出口有些艰难："曹区长……土改工作队进驻九区了，我们就应该表现得更加先进点儿，你说是吧？"

"那还用说。"

"所以，我觉得我们两个人的思想作风、工作作风、生活作风都应该有所提高……尤其是组织纪律、群众纪律……"

"啥？"曹铁拐听出话外有音，腾地一下坐了起来，"你啥意思呀？"

仇戳挺直了身子，望着旁边："最近，我在下面听到了一些关于你的谣传……谣传对你非常不利。比如昨天……昨天晚上……你就没在区公所。"其实，他早就发觉曹铁拐经常彻夜不归。

"咋啦？咋啦？这又咋啦？"曹铁拐大睁着一对牛眼，执迷不悟，"区长下乡，区长深入群众，区长访贫问苦，区长扶贫济困，搞错啦？区长没人身自由啦？"真理反而在他手里。

"端正思想作风、工作作风是党内一贯提倡的道德准则，开展批评与自我批评是我党坚持的优良传统。我们都是革命干部，我只不过给你提个醒儿，并没有向上级领导报告。言者无罪，闻者足戒。你听到有人对我有什么反应，也可以当面给我指出来。"

"我没听到！我哪儿去打听书记的事啊？我吃饱了撑的！"

仇戮鼓动着腮帮子，憋屈地伫立了好大一会儿，忽然一转身，走了。

不就那点儿事么？也值当这样大惊小怪！曹铁拐气呼呼地下了床，铁青着脸出了门。他讨厌仇戮多管闲事，讨厌他小题大做，讨厌他那张婆婆妈妈的嘴。

早集早就散了，半爿街显得很冷清。曹铁拐大幅度甩动着铁拐，癫狂地奔走到了西岔口。西岔口牛市空空荡荡，没有牛马，也没有人。昨天，曹铁拐在这里买了两头黄牛，都是两岁牙口，一头送给了独屋的秀秀，另一头牵到了芒种家。各村的互助组都有规定，谁家有牛交给互助组干活儿，谁家可以免掉人工。两头牛分别解决了两家的大问题。芒种很高兴，留曹铁拐喝酒吃饭。曹铁拐也高兴，酒喝多了就没赶回区公所过夜，不想让仇戮抓住了把柄……"什么让他抓住了把柄，分明早在暗中监视……这种人，就这德性！"曹铁拐又气又恼。他本想再去秀秀家看看那头牛，可是……"这不又在授人以柄？"越想越窝火，"娘的，小茅子变成了我的领导，他也成我的领导了！"

曹铁拐咽不下这口气。"惹不起，还躲不起？"他想到要离开龙潭镇。恨乌及屋。

区长、书记发生龃龉的第四天清早。仇戮和往常一样，走进了曹铁拐的寝室，说：

"曹区长，陈一脉已经把连三楼清理好了，伙夫也请到了，今天可以开伙。"像什么事情也没有发生过，"我看，区公所今天搬过去算了，也就两张桌子、几把椅子、一个柜子，待会儿我让苗耀宗喊几个民兵过来帮忙。电线杆子已经栽到了连三楼大门口，说是很快就可以跟县里通上……"

"你就瞧着办吧。"曹铁拐漫不经心地应了一句，随后背了手枪、水壶，拄着铁拐出了门。他决定去宜阳县城找茅镰，告说自己不能在龙潭镇待下去了，得回县城工作。

这是半年之后曹铁拐第一次重返曾经战斗过的地方，也是埋葬着他半个身躯的地方。曹铁拐走得很急，像一阵风，巴不得马上就到县城，马上就让茅镰把他的窝给挪了：小茅子是县长，小茅子有这权力。

可是走哇，走哇，曹铁拐甩动铁拐的气力越来越小。铁拐越来越沉，节奏越来越慢。一会儿，他想到了杂货店的宜阳花：她上哪儿去了呢？回县城了没有呢？一会儿，他又想到了组织部的冯婕：她能原谅自己吗？宜阳县城巴掌大，回县城后，早不相见晚相见……难为情啊。他感觉到自己面前有一堵无形的萧墙。

艳阳高照，深秋的山山岭岭涌动着暖流。曹铁拐一气走了三十多里，满面放光，两鬓有汗珠滴下。他站住了，在路旁一棵高大的榕树下坐下来，解开风纪扣，咬开水壶盖子，喝了一大口酒，沉沉地呼出一口粗气。"苦啊，"他又想到了九区的两个女人，"独屋的秀秀苦啊，苦，男人不仅养活不了她，她反而要养活男人，将来还要喂养一个孩子……芒种也苦，孤儿寡母……她怎么不愿意改嫁呢？"他心烦意乱："……第九区太穷，太落后，生活在这里的老百姓都苦。解放了，是该让这里变个样才行……我屁股一拍，走了……我走了，土匪卷土重来怎么办哪？……干嘛该我走啊？他就不能滚出龙潭镇?!"一仰脖子，咕咚咕咚把一水壶酒喝了一大半……

"春姑娘真漂亮，
春姑娘真漂亮，
头戴着柳叶圈儿，穿一身花衣裳。
走过小河，
小河叮咚歌唱；
走过田野麦苗，
探头把它吻……"

忽然，山谷响亮起了清脆悦耳的歌声。曹铁拐扭扭头，见一位十五六岁的姑娘蹦蹦跳跳远远走来。姑娘戴一顶雪白的太阳帽，上身穿一件对襟双排扣蓝制服，脚下穿一双扣带青布鞋，天真活泼，一看就知道是个学生。多俊的人儿啊，仙女似的！曹铁拐的眼光直了。姑娘欢快地走过大榕树，朝坐在树下的曹铁拐回眸一笑。这回眸一笑，把曹铁拐的魂勾住了：她从哪儿来？要到哪里去？曹铁拐又仰头喝了一大口酒，盖好水壶盖，用手背擦擦嘴角的酒沫，扶着铁拐站起来，不由自主跟了上去，所有的苦恼不胫而走。

在一个"丁"字路口，姑娘拐了弯。曹铁拐也拐了弯。

姑娘大约意识到后面有人跟着，不唱歌了，脚步快了。曹铁拐的铁拐跨度也迈大了。

姑娘开始小跑。铁拐着地的声响更加急促。

绕过一座山，前面柳暗花明。清一色石墙瓦脊房屋，茂林修竹环绕。一汪清澈明静的堰塘倒映着古朴的村庄，还有天光云影在秋水中徘徊。曹铁拐来宜阳后第一次看到这么美丽的大村庄，顿时心荡神迷，不顾一切地尾随在姑娘的身后。

姑娘一闪身，钻进了村前的一栋大宅。

大宅确实大，两个三间合为一体。前三间前面顶左右厢房，后三间后面坐着个石头院子。前后两个三间各有天井采光，中间用花窗间隔，穿堂门雕花镂草。户主姓苗名字朗。苗字朗继承祖业，除拥有可观的水田、坡地、山林之外，还分别在天津、大同、南京、汉口、广州以及龙潭镇开有商铺，经营药材和核桃、木耳、香菇、黄花等山货。苗字朗膝下两儿一女，长子苗士俊，次子苗士杰，三女儿苗士逸。两个儿子在南京读书，三女儿就读宜阳县公立中学。近两年战火纷飞，危机四伏，苗字朗一直隐居故里，外埠店铺有的关张，有的托付给伙计照管，勉强维持生意，等待时局变化。苗字朗经商有年，南来北往，有些阅历。比较起来，他觉得家乡安宁多了，基本上没有战事，宜阳县城虽然打过一仗，不过是小打小闹。纵然时有土匪扰民，但村子里有世代沿袭的公约，日派丁壮轮流看护，夜遣更夫通宵值守，不分贵贱，共同保卫家园，确实免除了不少劫难。近传附近土匪已作鸟兽散，整个村庄更是呈现出了难得的升平气象。苗字朗日去山林田间信步，晚来伏案读书消遣，自得其乐，日子过得倒也悠闲自在。只是有一件事时常让他揪心——两个在南京读书的儿子至今杳无音信。听说南京不久前已被解放军占了，国民党政府大势已去，可是两个孩子上哪去了呢？读不成书了就该回家呀。昨天，苗字朗打发三女儿去县城找同学打听消息，一是打听宜阳中学什么时候开课；二是打听一下南京失守的前后情况，尤其是南京城里那些学校的学生上哪儿去了。哪知士逸却给平静的家庭带回了霹雳惊雷！

苗士逸认识曹铁拐，那是因为认识他那支沉重的与众不同的铁拐和残缺不全的肢体；苗士逸认识曹铁拐，那是因为宜阳县城的居民和同学们都在不厌其烦地重复着他的不惧生死的离奇故事，还有那些令人发指的桃色新闻。苗士逸回眸一笑，原本是出于一种对英雄的景仰，没想到回眸一笑成了引狼入室的祸根。走在前面的苗士逸从蹊跷到惊疑，从惊疑到惊慌，又从惊慌到惊恐，最后迅疾奔跑。

跑进家门后，惊慌失措的苗士逸在厢房没看见爹，在厨房没看见妈，慌慌张张直奔后三间，一头钻进杂屋，在筱囤后面躲藏起来，大气不出。她以为这样就可以万事大吉。胆大包天的曹铁拐咚咚咚跟进大宅，老鹰般的眼睛瞵见追赶的目标掣进一个套间，毫不犹豫地越过天井，穿过楻门，探头探脑摸了进去。杂屋光线不好，里面摆放满了杂物：磨面的石磨、舂米的石臼、囤粮的筱囤和水车、风斗、犁、耙、箩筐、筛子、簸箕、蓑衣、斗笠……上墙脚下的栅栏里还喂着两头大肥猪。

曹铁拐觑着眼搜寻了一阵，"嘿嘿，我瞧见你了。"翘起屁股把门拱严，"别怕，出来……出来……"

"你……"苗士逸叫着，"你不要过来呀！"

"原来你藏在那儿。"曹铁拐狡黠地笑着，"嘿嘿……"

苗士逸没命地向村口奔跑，曹铁拐在后面穷追不舍的当儿，苗字朗正立在后山坡地旁和几个收割高粱的邻居呱家常。苗字朗四十三四岁，理着小分头，清瘦的脸庞收拾得干干净净，身穿一件青布长衫，手里还拿着卷线装本《春秋》。忽然瞥见有人追赶自己的女儿，苗字朗疑团顿起，拔腿就往村里跑。他刚跑到家门口，和顺着堰塘石级爬上岸的苗尤氏撞了个正着。

"有个跛子撵士逸！"苗尤氏端着一筲箕洗好的白菜，神色惊惶，"该不会是半爿街的曹铁拐吧？"

"不是他是谁！"苗字朗恐有不测，"快进屋呀。"

两口子跑进屋里，在前三间没有找见士逸，也没有发现曹铁拐，又急急慌慌往后三间赴。刚进后三间堂屋，就听见杂屋里传出哐哐当当的碰撞声和撕心裂肺的尖叫。受到了惊吓的两头猪也在栏里冲突，怪嚎。

"这个畜生！"苗字朗预感为时已晚，拊膺顿足，"这个畜生哟……"

苗尤氏气白了脸，抬脚就朝门板撞去。

苗字朗一把将她拽住，两指揸成个"八"——意思是这家伙手里有枪，"土匪都怕他呀。"

苗尤氏噙着眼泪，自己扇了自己两耳光。

苗字朗耳有所闻，曹铁拐有如凶神恶煞，得罪不起。苗字朗正在担忧自己能否得到新政权的宽大，不敢有任何不满情绪，更不敢乱说乱动。苗字朗正在为两个流浪在外、生死未卜的儿子心焦，唯恐身边的女儿再有意外：

"儿——啊——"他害怕惹出人命,一把拉着苗尤氏跪倒在门口,哭天抢地,"天地作美……你就……依了吧——呜——呜呜……"

一会儿,曹铁拐拄着铁拐从杂屋里走了出来,望着趴在地上哽咽的苗字朗、苗尤氏呵呵笑:"起来吧,起来吧,跟小姐逗逗乐,挺好,挺好。"

苗字朗、苗尤氏慌忙爬进杂屋,一家人在里面抱头痛哭。

曹铁拐整整风纪扣,正要出门,一眼发现门外人头攒动,大门已被人群堵住。

田间地头、村前村后干农活儿、忙家务的村民见苗家小姐被人追赶,又见苗字朗慌忙火急往家里跑,情知不会有什么好事,不约而同聚集到了苗家大宅门口,互相探听。

"干什么,干什么?你们这是干什么?"曹铁拐先声夺人。

"干什么?问你哩。"一个愣头青冲了一句。

"走开!"曹铁拐一声怒喝,"聚众滋事。"

"私闯民宅,非偷即抢。"有个后生也不示弱。

"我是区长,我是九区的区长。"曹铁拐毕竟做贼心虚,不想把事情弄大,口气软了许多,"走村串户是区长的工作。"

可是村民不愿轻饶他:

"这家里哭的哭,嚎的嚎,你来做什么工作了?"

"抢劫了,来抢人家东西了!"

"土匪!"

"血口喷人!"曹铁拐恼了,"我是曹区长!"

村民故意跟他拗起筋来:

"曹区长不欺负老百姓。"

"你冒充曹区长。"

"没抢东西,那你把苗老爷一家喊出来对证。"

苗字朗、苗尤氏、苗士逸正畏缩在杂屋里悲哀恸泣,无颜面对乡邻。

"闪开!让我走!"立在天井下的曹铁拐用残肢支住铁拐,腾出右手拔出毛瑟,只往大胯上一擦就"咔嚓"一声上了膛,叫着,"别逼我!"

村民见曹铁拐掏出盒子炮并且顶上了火,更加愤慨,反把大门堵得更紧,嚷道:

"想来就来,想走就走,哪有那么便宜的事。"

"总得有个说法啊。"

"老百姓不是那么好欺负的。"

"……"

啪啪啪!曹铁拐对着天井上空连发三枪,暴叫如雷:"不要再逼我!我会杀人的!"

人群顿时哑然无声,但是没有一个人退却,立在门里门外一动不动。

任是村民把大门堵得水泄不通,但曹铁拐手里的二十响驳壳照样能为他杀开一条血路。可是曹铁拐没有开枪。曹铁拐心里明白,自己从北打到南,为的就是让人民翻身得解放,而眼前这些村民正是等待翻身解放的人民。可恼的是,他们又是这样的蛮横,刁顽!曹铁拐难住了,握着毛瑟的大手第一次哆嗦起来。

长时间的僵持。

忽然，门外的稻场上骚动起来，有人高叫：

"解放军来啦！"

"解放军来得正是时候。"

"让解放军来评评理！"

"……"

曹铁拐那"啪啪啪"朝天三枪，震惊了行进在"丁"字路口的三个解放军战士和两个身穿制服的青年。他们就是赶赴龙潭镇的土改工作队。听到枪声，五个人以为有敌情，拔腿就朝着枪响的方向飞奔。土改工作队队长年龄稍大，膀大腰圆，乌眉大眼，脸膛黑红，是个副连长。稻场上挤满了人，怨愤、叫骂声一片。土改工作队长询问了一下情况，把手枪插进枪盒，随后分开人群，带着四个队员走进了苗家大宅。前三间天井中央，曹铁拐用残肢架着铁拐，右手提着手枪直挺挺立着，像尊石雕。五个人也不和他搭话，径直向哭声凄厉的后三间走去。不多时，他们就从后三间走出来了。土改工作队长走到曹铁拐跟前，庄严地整了整自己的军帽，说：

"我知道你就是曹区长。我也是因为负过重伤才落伍。我只想跟你说一句——敢作敢当。"边说边把他手里的枪剥了下来，又替他装进枪盒里，"不管怎么说，我们是军人，军人就必须遵守纪律。"一转身，命令两个战士，"绑！"

两个战士很快找来一根麻绳，三下两下给曹铁拐来了个五花大绑。其实，只能算个象征性的捆绑，真把他那只右手绑了，他是走不了路的。

土改工作队长大步走到门口，对着愤怒的人群高声说道：

"乡亲们，你们的区长跑到你们村里来犯了罪，天理不容！我代表第九区政府，向你们赔不是了！打家劫舍，欺男霸女，是土匪、恶霸行为，罪不容赦，他一定会得到应有的惩处！你们已经看到了，我们把他捆绑起来了，不久，你们就会听到政府惩办他的消息！如果将来对他的惩处不足以消除你们的愤恨，你们还可以上告，直到对他的惩处大快人心！大家记好了，我叫董世茂，是九区土改工作队的队长，我决不哄骗大家。这个村子叫什么名字？"

"筲箕铺！"

"筲箕铺——我记住了。往后，我还会常来。现在，我们把他押解走了。"

村民很快让出一条通道。

五花大绑的曹铁拐走在土改工作队员中间，喘着粗气，一拐一拐地走出了苗宅。

区公所已经从小学搬到了地处龙潭镇中间地段的连三楼。陈一脉把一块"宜阳县第九区人民政府"的木牌子挂到了大门一侧。几个民兵把一个文件柜、两张八仙桌和几把太师椅摆布停当，两个架设电线的工人也把龙潭镇通往宜阳县城的电话线接通了。仇戬很高兴，正要和宜阳县城试通电话，忽见外面走来几个背着背包的战士和青年，估计是土改工作队到龙潭镇工作来了，连忙出门迎接。

董世茂主动作了自我介绍，接下便附着仇戬的耳朵把曹铁拐在筲箕铺犯的事说了。仇戬大惊失色，这才发现五花大绑的曹铁拐鹄立在街道中央——昂首挺胸，目不斜视，怒气冲天，引来了不少围观的行人。

仇戬愣望着董世茂："这可怎么好？"

董世茂说："你是区委书记，看你的了。"

仇戬跺跺脚："快把绑松了呀，影响不好。"

董世茂说："现在松不得，不能松。"

仇戬明白董世茂的意思，喝令帮忙的民兵和工人统统离开，吩咐陈一脉赶快把土改工作队员和曹铁拐领到楼上去。

陈一脉把曹铁拐领进三楼的一个房间。跟在后面的董世茂一面示意陈一脉给曹铁拐松绑，一面说：

"禁闭了啊。不能随便乱跑，房门外面有岗。枪我不下你的，但子弹我得替你保管起来。规矩。"

曹铁拐一头栽倒在床上，拿背向着董世茂。

这当口，一楼的仇戬已经摇通了宜阳县的电话，向茅镰报告了曹铁拐惹的大祸。茅镰在那头暴跳如雷，没听仇戬把话说完，就叫喊朱福备马。

五十四

茅镰骑马赶到龙潭镇已是夜深人静。

茅镰没有急着跟曹铁拐照面，却先冲着等候在一楼的仇戬发了一顿火：

"够格当九区区委书记的人多得是，为什么偏偏挑上你了？那还不是因为看上你有脑子、会办事、能够妥善处理各种关系？你到九区上任前，我还专门找你谈过话，告诉你应该怎么唱好区委书记这个角，反复叮嘱你应该怎样在发挥他的作用的同时，把他照顾好，照管好，尤其是……结果好，你把他送上了死路……"

仇戬心里直叫冤枉。他曹铁拐身为一区之长，却对全面工作麻木不仁，大事小事全是书记的事，没有一点儿责任心；至今迷恋刺刀见红的敌对斗争，嘿，土匪送上门来他又把他们放跑了，阶级观点模糊，敌我不分；来无踪，去无影，我行我素，独往独来，桀骜不驯，谁都管不了他，无组织，无纪律；从不严格要求自己不说，生活作风还放纵，经常夜宿在外，群众反映大，影响极坏；好心好意同他交换思想，反而使他抵触、反感，讳疾忌医……在仇戬眼里，曹铁拐一身毛病。可是向茅镰如实报告，无异于罗列罪状，落井下石，他又于心不忍："我失职……是我失职……"痛心地捧着脑袋，声泪俱下，"我接受批评……愿意接受处分……"

"唉……"见仇戬非常委屈，茅镰很纠结，渐渐感觉到自己发的是个无名孽火。就没有再说什么，问曹铁拐关押在哪里。仇戬把他领上了三楼。

三楼有六个小房间，中间一个过道。抵头一间门口笔挺地伫立着个背枪的战士。茅镰、仇戬走了进去。

曹铁拐正歪倒在床上呼呼大睡。

事情到了这一步，冲曹铁拐大吼大叫、大发雷霆毫无意义，安抚显然丧失原则。茅镰望着曹铁拐的背影，痛心地静立了好一会儿，说：

"曹……首长，小茅子怕是……没能力救你了。"

曹铁拐突然一个大翻身，坐了起来，瞪着一对充满血丝的大眼睛："毙，毙吧，痛快点儿。"驴死不倒架。

茅镰、仇戬黯然神伤。退出门后，两人都抹起了眼泪。

毙了？就这样毙了？茅镰一宿没有合眼。

早饭过后，茅镰在二楼召开了个小会。董世茂实事求是、一五一十地汇报了事发现场的情况：

"……不把他当众绑了怎么办，不把他当众绑了，僵持下去必有伤亡，他犯下的罪行或许更大。"怨叹一来九区报到就撞上了这档子事，"现在，全区老百姓的眼睛都盯着九区区政府这个毫无执政经验的政权，我们土改工作队的很多工作都要依靠老百姓支持、帮助，这下可好，伤天害理的事就出在我们政府内部，怎么解释得通嘛。不把他绑了，难道放任他狗急跳墙，变本加厉？难道……让我把他就地正法？"

解放区法令森严，凡违法乱纪、为非作歹分子，无论尊卑，可以将其就地正法。董世茂有这权力，仇戬有这权力，茅镰更有这个权力，皆可先斩后奏。

可是真要法办曹铁拐这样一个有身份、有声望的人物，茅镰、仇戬、董世茂却又心里发抖。

首先是茅镰没有了行使上级赋予他的生杀大权的勇气。他矛盾极了：光天化日，强暴民女，性质恶劣，天理不容，不杀不足以平民愤，不杀不能维护新政权的威信……杀吧，这曹铁拐南北征战，战功赫赫，出生入死，四体伤残，好不容易熬到全国就要全部解放，新中国即将成立，却要因为一时糊涂押赴刑场……同样天理不容……

要将曹铁拐绳之以法，仇戬也很胆寒：这人虽然一身毛病，但平心而论，应该是功大于过，让一个功大于过的革命军人和土匪、恶霸、反动分子等同待遇……天理不容。

董世茂是种物伤其类的心态。他目击过曹铁拐造孽的现场，对曹铁拐的罪恶行径深恶痛绝，但是要把曹铁拐处以极刑，又觉得未免严酷：久经沙场，枪林弹雨，没有死在敌人的枪炮底下，却要死在战友的手里，天理不容！董世茂也有战火硝烟、血雨腥风的经历，也负过重伤，体内只残存着一叶肺、一个肾——半条命，惺惺惜惺惺，好汉惜好汉，所以，他才手下留情，没有在筲箕铺给曹铁拐一枪——斩首示众。

"那么……择日把他……毙了？"茅镰望望董世茂，又望望仇戬，给他们出了个简明的题目，表面文章是民主决策，实际内容是投石问路。他想试探试探土改工作队长和区委书记有没有什么……建议。

董世茂问："毙了？"

仇戬也问："毙了？"

茅镰望着他俩："还能……不毙？"

静了一会儿。仇戬沉思着说：

"关键问题是……生的理由、生的途径怎么找？"

哪里找得到生的理由、生的途径哟！有生的理由、生的途径，还用得着开这个会？茅镰感觉到自己踢出去的皮球又被踢了回来，不禁皱起了眉头，额头上同时皱起了两道深深的皱纹。他那光亮的甚至有些稚气的额头半年前是没有皱纹的，许是因为县里让他皱眉头的事情太多。

"假如……"仇戬直抒己见，"有个有权威的首长站出来说说话……逆转的希望还是有的……"

"对呀。"董世茂一拍桌子，"就没有一个熟识曹铁拐的首长？"

附近的野战部队和军分区，没有首长知道曹铁拐何许人也，更不知道曹铁拐曾经多么神勇，多么辉煌，事实面前，他们只会照章办事，秉公执法，置曹铁拐于死地。熟识曹铁拐并能另眼相看的权威人士全在预备师，当然，最能使曹铁拐绝处逢生的将官要数德高望重的尉迟珙，如果尉迟恭珙能够在这个时候站出来说说话，该死的曹铁拐说不定真有救……茅镰的脑海活跃开了。

仇戬好像看透了茅镰的心底："不能找尉迟首长试试吗？"

茅镰的眉头拧成了结：听说尉迟珙所在的预备师隐蔽在八大河一带，离宜阳一千多里，两地之间还有不少敌占区，这且不说，近闻解放广州的战事正紧，备战海南岛的预备师很有可能奉命提前增援广州战役……战火纷飞，千山万水……

"曹铁拐不能死在自己人手里呀。"董世茂急了一句。

"是呀，即便曹铁拐罪有应得，行刑的人也不能是我们。"仇戬说。

预备师离开宜阳的时候曾留下两个重伤员，尉迟珙叮嘱要照顾好他们，谁知爆破大王抢救无效，以身殉职；曹铁拐虽然逃脱了鬼门关，可又自己找死……见了尉迟珙首长怎么交待呢？尉迟首长治军严厉，会不会站出来替罪该万死的曹铁拐说话呢？想到这里，茅镰的眼眶又红了。不去找尉迟珙吧，曹铁拐只有死路一条，而且处决他的正是自己的战友……

"这样吧，"茅镰最终拿定主意，"我去八大河一带找找预备师，看能不能找到尉迟首长，有没有机会向他报告一下曹铁拐的情况。"能否达到目的，他心里没底，所以说话的底气不是很足，"如果能争取到尉迟首长的帮助那当然好，万一……那就只有听天由命了。我走后，二位该干什么干什么。曹铁拐的事情暂时不要让军分区知道，等我回后再说。"顿了顿，"我得好好睡一觉。下午，什么时候起床什么时候出发。马给喂饱了，另外给我准备一袋干粮，馒头、玉米饼，都行。"

"只有这么办了——死马当活马医吧。"董世茂说。

"快，"仇戬对趴在一旁做记录的陈一脉说，"做……做些白面馒头。"

"我这就去通知伙房。"陈一脉架好毛笔，对仇戬说，"茅县长骑来的那匹马太老。软脚坡那头的柳树塆喂养着几匹好马，我是不是去借两匹来？赶路，足力不够不行，得两匹好马。"

仇戬望着茅镰。

"可以。"茅镰说，"来回怕是要走六七天山路，还得日夜兼程，一匹马确实够呛。"

陈一脉赶忙起身下楼。

可是陈一脉下楼没两分钟就又神色惶遽地跑回来了，压低嗓门儿说：

"那苗家小姐……跑到区公所来啦。"

茅镰、仇戬、董世茂都傻眼了。

"我把她稳在楼下了,没敢让她上楼。"陈一脉说。

"完。"董世茂拧着眉头,"催命。"

仇戬阴沉脸,"这可怎么好?"

茅镰束手无策:"……下楼看看再说吧。"

连三楼一楼大堂面对繁华的街面。正值早集高峰,赶集的人群络绎不绝。陈一脉抢先一步下楼,将大门掩了。茅镰、仇戬、董世茂步履沉重地走下楼来,并排坐到了两张拼接在一起的八仙桌上方。苗士逸低着头,坐在桌子下端。她仍旧学生装扮,只是在头顶系了条乳白色的毛围巾,遮住了大半张白净的脸。

这小姐确实长得漂亮,难怪瘸子见面就动歪心思!茅镰扫了苗士逸一眼,稳了稳神,说:

"我叫茅镰,宜阳县的县长,你大概听到过这个名字。情况我都知道了。连夜从县城赶来,就是为了处理这件事。"

苗士逸没有抬头,嗓音有点儿嘶哑:"请问……政府准备怎么处理?"

茅镰多了个心眼儿:"当然,我们会考虑到姑娘的意见。"

"呜……呜呜……"苗士逸忽然哭泣起来,"我……愿意了……"

愿意了?什么愿意了?愿意什么了?神经绷得紧紧的茅镰、仇戬、董世茂云天雾地,弄不清苗士逸的"愿意了"是什么意思。

苗士逸用一方雪白的手帕揾揾眼泪,从衣兜里掏出一张叠得方方正正的光道林纸,轻轻放到桌上,"都写在纸上了。"

陈一脉连忙走过去,把纸叠拿过来摆在茅镰面前。

茅镰疑惑地望望对面的苗士逸,慢慢将纸叠展开,只见上面端端正正地写着四个非常漂亮的蝇头小楷。仇戬、董世茂忙把脑袋凑了过去,小声念道:"我愿意了。"

莫非……?茅镰心里一阵狂喜:如果她是"愿意",曹铁拐的罪名就不成立!她救曹铁拐来了?

陈一脉够着脑袋,在茅镰耳边叽咕了几句什么。

茅镰点点头,问苗士逸:"你……到底是'愿意',还是'愿意了'?"

苗士逸睁大红肿的双眼,望着对面的四个人:"……?"

"苗小姐的义举着实令人感佩。"陈一脉脸上挂起一丝笑容,"救人救到底吧。"

苗士逸一脸茫然。

"其实三个字就够了。"陈一脉补充了一句,"后面的那个'了'字……多余。"

苗士逸明白了陈一脉的意思,从身上摸出一支"博士"牌钢笔:"我改改。"

"慢。"陈一脉赶紧把桌子中央的毛笔、砚台挪到苗士逸面前,再将那张写有"我愿意了"的道林纸在她面前摆好,"请。还有小姐的芳名、立字年月日。"

苗士逸拿起毛笔,蘸上墨水,从容不迫地把那个"了"字改成了个"的",又在下方写上了:苗士逸,己丑年九月九日。

陈一脉激动地将改写好的字据捧给茅镰,回身向苗士逸行了个抱拳礼:

"姑娘是九区最好的姑娘。你救了一条好汉的性命。"

昨天，董世茂把曹铁拐捆绑走后，笤箕铺的村民一窝蜂拥进了苗宅。大家很快明白发生了什么事，无不咬牙切齿，痛骂曹铁拐"恶棍！"、"土匪！"、"畜生！"，怒斥他"目无王法！"、"这种人还当了区长！"，诅咒他"绝不会有好下场！"、"该枪毙！"，还有人说"共产党王法齐天，不会轻饶他！"、"枪毙曹铁拐是早晚的事，不信你们等着瞧！"……屋里屋外吵吵嚷嚷，叫骂声一片，拥抱在杂物间泣不成声的苗宇朗、苗尤氏、苗士逸听得清清楚楚。身心遭到凌辱的苗士逸悲痛欲绝，恨不能将曹铁拐碎尸万段。可是，一听说曹铁拐真要被处以极刑并且危在旦夕，她又战栗起来：曹铁拐横行乡里，残害无辜，罪不容诛，但为了这事真要他抵命，未免……在学校，苗士逸接触过进步青年学生，接受过进步宣传，听过很多共产党为穷苦老百姓谋幸福的感人事迹；为迎接宜阳解放，她还和进步青年学生一道散发过"欢迎解放军进城"、"欢迎共产党"的传单。宜阳县城解放后，曹铁拐被炸断一条腿一只胳膊的英勇故事，成了全城居民津津乐道的美谈，曹铁拐是宜阳县城青年学生崇拜的偶像，也是苗士逸仰慕的英雄。苗士逸不能不想：共产党为了巩固夺取的政权，为了取得人民群众的信赖，对自己队伍中的种种作恶行为冷酷无情、严加惩治，无可非议；乡邻嫉恶如仇、伸张正义，严厉惩办罪魁祸首的呼声情有可原，然而，自己为了出一口气，为了雪耻，眼睁睁看着一个英雄了结生命就那么心安理得吗？……自己不也成了罪人吗？……夜阑人静，闺房烛下，苗士逸凝神许久，毅然铺纸研墨写下了庄严的四个字——这是她深思熟虑过的全部想法。天还没亮，她就怀揣着这四个字悄悄走出了家门，连走带跑，直奔龙潭镇。她非常清楚，晚了，曹铁拐就很可能身首异处……

字据被你传过来，我传过去。茅镰、仇戭、董世茂愁云密布的脸豁然开朗，荡漾开了笑容。

"哎呀……好，好，进步青年、革命青年行为。"茅镰站了起来，兜圈儿，搓手，望着静默的苗士逸，越看越觉得她美丽动人，"你救的不仅仅是我的同志、我的战友，还是我大哥！我本来该给你磕个头，可是共产党、解放军不兴磕头……我就说声谢谢吧。苗同志……不对，苗女士……也不对，苗小姐……还是不对……苗同志，对对对，就该称你苗同志！"

"是呀，是呀，"仇戭高兴地说，"共产党兴称同志，同志最亲切，最友好，最能表示对一个人的尊敬。"

"其实……"苗士逸还有话要说，"我开始写的那四个字……没有错误。"

茅镰、仇戭、董世茂、陈一脉一齐向苗士逸投去不解的目光。

苗士逸咬咬嘴角，低下头，"我已经嫁不出去了。"

陈一脉又够着脑袋瞧着端放在桌上的字据，盯着那个已经修改成了"的"字的"了"，忽然拍打起了自己的脑门儿："天呐，我糊涂，我好糊涂。"

陈一脉救人心切，又格外忠诚，自认为字据上的那个"了"字表达的是被动接受，有屈从的成分，对曹铁拐仍然不利，就建议茅镰让苗小姐修正一下，最好把"了"字去掉，这样，字面就可以让人从两相情愿方面理解。苗士逸明白陈一脉并没有看懂字据的真正含义，但还是把"了"改成了"的"，首先满足陈一脉的要求，她知道他急的是保人。茅镰、仇戬、董世茂都认为"我愿意了"和"我愿意的"作为量刑依据有着天壤之别：被迫屈从和心甘情愿完全是两回事。可是他们全没悟出"我愿意的"却变成了"我愿意了"的一个前提，本意是一步到位，现在要分成两步走。苗士逸想，这样也好，先把人保下来，再计议别的事。

陈一脉一阵尴尬，望着苗士逸歉疚地说："苗小姐……不，不，苗同志学识超群，聪慧过人，陈某自愧弗如。"

茅镰、仇戬、董世茂云里雾里，不知道陈一脉又在咬文嚼字些啥。

陈一脉见三位上级困惑，笑道："大喜，大喜呀！"

茅镰、仇戬、董世茂你看看我，我看看你，不知道喜从何来。

"恭喜各位领导，贺喜各位领导，"陈一脉兴奋不已，抱拳作揖，"苗同志有心与曹区长喜结良缘。"

"啊——？"茅镰简直不相信自己的耳朵，"真……真的？"

苗士逸低头不语，两颊绯红。

茅镰曾为曹铁拐的婚事伤透脑筋，知道这家伙精力过盛，熬不住就乱找目标。就四下里托媒求保给他介绍对象，以便早早把这头公驴套住，免却自己的心头大患，可是一直寻不着合适的。年轻漂亮的大姑娘人家不干，半老徐娘又怕公驴瞧不上。岂料踏破铁鞋无觅处，得来全不费工夫，竟有此等才貌双全的年轻女子自告奋勇找上门来，真是天公作美！

"跟爹妈商量过了？"茅镰亲和地问了一句。

苗士逸轻轻摇摇头："现在提倡自由恋爱，就看……他了。"

"他没问题！他的家我当了！"茅镰喜不自胜，又把那金贵的字据看了一遍，"九月九日……这是哪天啊？昨天？今天？"

"昨天。"苗士逸的脸又红了。

"你知道九月初九是什么日子吗？"

苗士逸埋下头："重阳。"

"对呀，重阳！曹铁拐的高名大姓就叫曹二九，两个九，指的就是九九重阳，他是这天生的。真是巧了，巧！你们昨天……这个这个……啊？结识了，你说巧不巧！"

"缘分，缘分，"董世茂乐得呵呵笑，"真有缘分。"

"好哇，"仇戬兴高采烈，"真是喜从天降。"

"老仇，去八大河的计划就取消了吧。"茅镰对仇戬说，"中午的伙食应该丰富点儿，该好好款待款待苗同志你说是不是？"

仇戬忙对陈一脉说："快去，赊几斤肉、几条鱼，让伙房多搞几样菜，中午招待苗同志，顺便给土改工作队的同志们接风。"

"茅县长，"苗士逸起身说，"我得赶回筲箕铺，不然，爹妈会着急的。"

"急什么？吃了午饭再走。不用担心，我替你做主。"茅镰说，"你和曹区长的事，我们还得好好合计合计。如果能征得你爹妈的同意，那才算得锦上添花。我的想法是，要速战速决，快刀斩乱麻，迅雷不及掩耳。"

五十五

吃罢午饭。

陈一脉架着牛车把苗士逸送回了筲箕铺，又用牛车把苗字朗从筲箕铺捎到了龙潭镇。

陈一脉用牛车把苗字朗捎到龙潭镇已是掌灯时分。按照茅镰的吩咐，陈一脉把苗字朗安顿在一家客栈就餐、歇息。

苗字朗在客栈忐忑不安，一宵未能成眠，揣测县太爷传唤他有何"贵干"。女儿是区政府用牛车送回家的，这使苗字朗更加惶惑：她私下跑到区公所来干什么呢？申冤？要求严办凶犯？……那曹铁拐可是当今区长呀……鸡蛋碰石头，找死！

总算熬到天明。苗字朗味同嚼蜡般对付完早点。陈一脉赶来把他领进了连三楼。

一楼堂屋的八仙桌上首，端端正正地坐着衣冠整洁的茅镰、仇戳、董世茂。茅镰居中，仇戳和董世茂分列左右。穿着长衫，戴着眼镜的陈一脉庄严地站到了他们身后，俨然旧县衙的师爷。

像过堂。

说是过堂吧，又不全像。苗字朗虽说身居下首，却被礼让就座，面前还摆放了一缸子冒着热气的开水。苗字朗下意识地捧起茶缸，觉着手抖得厉害，就把茶缸搁下，两手垂下来搭在膝盖上，还是抖。

"我就是宜阳县的县长茅镰。"茅镰的嗓音很洪亮。

"久仰，久仰！"苗字朗机械地哈哈腰。苗字朗早猜出对面中间那位是县长茅镰，因为仇戳和董世茂他都见过。仇戳跟着陈一脉去过筲箕铺，董世茂前天在他家里捆绑过曹铁拐。他感到意外的是，这县长也太嫩了点儿，像个孩子。

"这连三楼……"茅镰的一个食指头在桌上轻轻磕打着，"是你的？"

"不敢，过去是。"苗字朗机警地说道，"可以说早就是人民的了。我已有一年多不曾进过此屋，一应杂具，丝毫未动。镇上居民皆可作证。"

"听说……你的财产不少啊。"

"徒有虚名。"苗字朗谦卑作答。苗字朗是筲箕铺的首富，在宜阳县也是数得着的富豪之一。他的曾祖父是晚清举人，在宜阳县衙做过写作，结识了不少商贾名流，后辈因而逐渐亦农亦商。民国初年是苗家的兴盛时期，也曾日进斗金，之后由于战乱频繁，财源萎缩，每况愈下。但无论家道如何中落，瘦死的骆驼比马大，在第九区的富户当中仍旧屈指可数。现今，地主、资本家都将实行无产阶级专政，越富越麻烦，苗字朗不能不处处设防。"近些年的生意不好做，这您知道。官僚、军阀横征暴敛；土匪、恶霸恣意劫掠，商家惨淡经营，进项甚微，勉强度日而已。"他说，"敝人在大同、天津、郑州、汉口、南京的商号已被人民政府接管；广州的货栈眼看就要由新政府处置。其实，都是些囤积、交易药材、山货的小仓库、小店面，小本经营。"

"小本经营，这么大的小本经营呀？"茅镰冷笑着，"你外地有商行，家里有田地、山林、房产，地主兼资本家够条件呐。"

商号有大有小，田地有多有少，苗字朗心里在这么想，嘴上却没敢这么说："可以说，敝人已经只剩下本土的水田、坡地、山林和房产，包括这连三楼，但均已悉数登记在册。所有的伙计、佃户、长工皆已辞退，终了协约。陈保甲……不，陈财粮，陈文秘尽知。请县长明鉴。"苗字朗在生意上结交了不少朋友，大多产业相当。这些朋友分布在全国各地，有机会就互相通通消息。像他们这种资产规模的商人、富户，想跟着旧政权的官宦、大资本家逃亡香港、南洋、台湾，官宦、大资本家又嫌弃他们小商小富，是个累赘。有点儿自尊的小商小富们大都选择了留下来，听天由命。北方的几个生意伙伴曾经告诉苗字朗，解放区没那么吓人，不过折点儿钱财而已，折财就可以免灾，只要把钱财交出去，只要遵纪守法，不反革命，就不会被专政、镇压，全家老少皆可平安无事，日子好过得很。对苗字朗来说，仅此足矣，省得举家颠沛流离，四处漂泊，因此，一直老老实实待在筲箕铺，从不乱说乱动。"人民政府英明，人民政府说了算，敝人所剩财产等候政府处置，成分听从政府裁定。"他说。

仇戬当然知道苗字朗在宜阳是巨富，但就任九区的区委书记后，听说他一直很老实，没有反动言行，跟村民的关系很融洽，也就没有故意找他的事。可是此刻不同，他必须给他念念紧箍咒：

"在九区，乃至宜阳，你是数得着的富豪之一。隐瞒家产就是与政府为敌，与人民为敌。"

苗字朗低声下气："敝人确实不敢。"

董世茂也施起压来："土改工作队已经进驻九区了，土改工作马上开始。凡剥削得来的钱财，我们必须没收，还给人民。你要老老实实报告实际财产，若是瞒报，后果自负。"

"是，是，敝人绝不敢隐瞒。"苗字朗诚惶诚恐。

"还有，"茅镰的话更让苗字朗提心吊胆，"你有两个儿子在外地对吧？"

"敝人确实有两个儿子在南京。读书。学生。"

"学生？"茅镰步步紧逼，"该不会是参加国民党军队护城，拿枪口对准解放军，之后又跟着国民党军队东逃、南逃了吧？"

苗字朗吓得面如土色，连连解释："不会，不会，绝不会。俩犬子虽然愚钝，但无论如何不会做出这等蠢事。再说，他俩向来胆小如鼠，哪敢舞刀弄枪啊。"

"他们现在在哪？南京已经解放了，怎么不见回来？"仇戬厉声问道。

"这……"苗字朗既恐慌又悲苦，有口难辩，"是呀，俩畜生怎么还不见归家呢？前几日，我还专门着女儿去县城打听过他们的下落……我担心……担心乱枪乱子……"他说不下去了。

"我们的政策是：坦白从宽，抗拒从严，胁从不问，立功受奖。"董世茂发出警告，"你那两个儿子有了音讯，一定要向我们报告，要是做了什么与人民为敌的事情，必须老实交待，否则，罪加一等。"

"是……是……"面对三位政府官员的轮番进攻，苗字朗喘不过气来。他从袖筒里掏出块手帕，不停地揾着额上、鬓角的汗珠，心里怦怦乱跳：县长、区委书记、土改工作队长把我从筲箕铺传唤来干什么呢？盘诘私有财产？鞫讯家庭成员有何劣迹？这……这与前天发生在自家的暴力有交易关系吗……呀，呀呀！苗字朗忽然想到女儿昨天来过区公所：难道她听说曹铁拐可以领死罪，跑到区公所火上浇油来了？……曹铁拐对共产党来说是有功之臣，跟县长、区委书记、土改工作队长穿的是一条裤子，纵然犯下弥天大罪，他们也不会手足相残呀！当下时势，苗家堪称阶下之囚，阶下之囚胆敢索要胜利者的性命，岂不是自取灭亡！丫头哇，你好天真哪，蠢！

"往后，一定要老实做人。要如实报告家产，及时报告两个儿子的动向，坦白事实，积极与土改工作队配合，争取宽大政策。"茅镰见苗字朗的精神濒临崩溃，说话的口气缓和了许多，"你的事吧，说大就大，说小就小。态度好，配合积极，该抄家，可以不抄；该没收的财产，可以酌情减少。划成分，也是有伸缩性的，听明白了？"

"明白了，明白了。"苗字朗连连点头。

"听说，"茅镰话头一转，"前天，你家里发生了一点儿事？"

果不其然！苗字朗随机应变："不假，前天小女确实受到惊吓，邻里尽知，县长您大概也知情。但是，作为一家之长……我尚未难为政府，不曾有任何诉求，也……不会有任何诉求。政府怎么处置我都拥护，我相信政府。"

"通达，开明，好。非常欢迎你这种态度。"茅镰仍旧虎着脸，"曹铁拐私闯民宅，欺负民女，破坏了我党的群众路线，罪不容赦。按照现行政策，他必须处以死刑，立即执行枪决……"

"别，别别！"苗字朗冲口说道。他害怕茅镰是在故意考验他的态度老不老实："曹区长为解放全中国立过汗马功劳，纵然有过，但不至于要他偿命。"

"看来……你们一家子都通达，都开明。"茅镰喜上眉梢，开始表扬，"昨天，你女儿来区公所，诚恳地表明了立场观点。她跟你一样，不是状告曹铁拐，而是保曹铁拐。要不然，曹铁拐今天就在黄泉路上了。"

哦——？苗字朗这才明白女儿跑到区公所来干什么。

"今天吧，"茅镰见时机成熟，"还有个事儿要跟你商量商量。"

苗字朗心里又是一紧。

"我们这位曹区长呀，你也知道，是为中国人民的解放事业做过贡献的人，是个英雄。什么都好，就是脾气躁了点儿。已经三十多了，没有家室。天天打仗，哪有空儿恋爱啊？没有。你家小姐……也不能说小，农村嘛，比她更小的都成家立业了。我呢，想当个月老，想保个媒，想征求征求你的意见。"

这这……苗字朗一下乱了方寸，不知如何是好。

"实际上，他们两个人早就这个这个……啊，有心了，不过把你蒙在了鼓里。"茅镰无中生有，"仔细一问，才知道前天不过是……动静大了点儿。"

苗字朗只觉得脑子发蒙，两鬓又沁出汗来。

"新社会，新政策，婚姻自由，任何人都无权干涉。"茅镰又给了他一点儿压力。

"这……"苗字朗愣望着茅镰，"他们俩……"

"不用怀疑。"茅镰虚虚实实，"我是县长，县长说话还能有假？我手里掌握有依据，不然，我能这么肯定？这是对党的婚姻政策、对人民群众负责的大事呀。"

"这事……这事……"苗字朗心里叫苦不迭，左右为难。

"只要男女双方自愿的婚姻，政府就支持。"茅镰不松气，一心想要苗字朗就范，"难道还像旧社会一样，父母包办？新社会了，旧的习俗该革除掉了。我不过是代表男女双方、代表人民政府向你交个底。毕竟是父亲，得有个思想准备。"

仇戬也不给苗字朗权衡的机会："对人民政府的这种积极态度，乐不乐意，你还是表个态吧。"

"我……"苗字朗用手帕不停地揉着额头、鬓角。他深知自己的处境不好，得罪不起对面的长官，哆嗦着说："我相信人民政府，人民政府说怎么办就怎么办。我……坚决拥护。"

茅镰高兴地说："这就对啦！"

仇戬也称赞起来："到底是知识分子，懂政策。"

茅镰扭头对陈一脉说："把苗先生送回客栈休息，中午的伙食开好一点儿，可以陪他喝两盅。下午送他老人家回笸箩铺。"又对苗字朗说，"婚事什么时候办，我们通知你。"

苗字朗恍惚到生米已经做成了熟饭，点头说："我听候吩咐。"

陈一脉把苗字朗领出连三楼，盼顾了一下左右行人，悄声说道："苗老爷，你是聪明人，对你来说，这可是天大的好事呀。从今往后，你不仅不会担惊受怕，反而又成人上人啦。"

苗字朗低头朝前走着，好半天才应了一句：

"一个毛头小子就这么厉害……共产党的能人该有多少啊……"

五十六

苗字朗、陈一脉出门后，茅镰、仇戬、董世茂为攻下苗字朗这个堡垒兴奋了好一阵子。

董世茂说："眨巴眨巴眼，曹铁拐死里逃生，再眨巴眨巴眼，曹铁拐又交上了桃花运，嘿，这人的祸福还真是说不准。茅县长，是不是快快给这家伙透个信，他怕是快要憋死了。"

"慌什么？"茅镰说，"无组织，无纪律，目无一切，就让他多憋会儿。死不了的。"

八仙桌中央的电话机忽然丁零零响了起来。仇戬拿起送话器就大声问"哪里"。

电话那头有人说"我是朱福，找茅县长"。仇戬忙把送话器递给茅镰。

茅镰接过送话器："什么事？说。大声点儿！"又把送话器搁到桌上，让几个人都能听到那头的声音。

朱福在电话里告诉茅镰：刚才，军分区送来五枚勋章，三个一等功，两个三等功。授勋人员及其功绩是：曹二九指挥一个连解放宜阳县城，并身负重伤，至一等残废，记一等功；曹二九指挥县中队并民兵组织清剿天保寨国民党部队残余和扰民匪帮，记一等功，茅镰协助曹二九清剿天保寨国民党部队残余和扰民匪帮，记三等功；曹二九降服龙潭镇境内群匪，记一等功，仇戬协助曹二九降服龙潭镇境内群匪，记三等功。朱福还说，尉迟琪首长曾专门给军分区打过电话，为上述同志请功，说茅镰、曹二九曾经是预备师的战士，他有这个义务，军分区经核实、研究，慎重批准。末了，朱福问：军功章要不要马上送到龙潭镇，搞个授勋仪式什么的。

茅镰却吼道："慌什么！"咔嚓一下把电话压了。

"啧啧，"董世茂直咂嘴，"这家伙一次领的功，比我一路打下来领的功还多，牛！"

"运气来了，运气来了，这家伙的运气来了。"仇戬一脸僵硬的笑，语气酸酸的，"又娶媳妇又领功，一不留神就搞了个双喜临门。"

"好事全让他一个人占了。"茅镰一只手叉着腰，另一只手大张着五个指头，"总共才五个奖章，他一人就占了仨，还是三个一等功，这也太……"

董世茂说："他听到这个消息，怕是要喜疯。"

"不能告诉他！奖章库存起来。"茅镰脸一黑，"他知道这美事，屁股一翘，还不把天翘塌了。"

董世茂说："早晚得告诉他。"

"那也得憋他几天再说。"茅镰抵了一句。

刚才，三个人还在同心协力把曹铁拐从死亡线上往光明大道上拽，这会儿见他又有肉吃，又有汤喝，心里又像碰翻了五味瓶子，说不上来是啥滋味。

"死猪不怕开水烫。憋他几天，没把他憋死，怕是要把我们憋死。"仇戬苦楚地笑着，说，"听说解放广州的战斗就要打响，成立新中国也是最近的事，我们既要准备支前，又要忙着建立新政权，巩固新政权，每天都有干不完的工作，哪有时间陪他耗啊？昨天你还说要速战速决，快刀斩乱麻。"

"嘿嘿，还真耗不过他。"茅镰似笑非笑，"把老子们折腾得手忙脚乱，脑子一团糨糊！"坐下来，闷了一会儿，"那就……有劳二位给他道个喜去吧。不仅掉不了脑袋，还要当乘龙快婿，天上掉馅饼了。"

董世茂已经领略过曹铁拐做贼不心虚、不低头的风采，加上又当众捆绑过他，怕接火，推辞说："我跟他不熟，仇书记一个人去就行了。"

仇戬自知与曹铁拐有隔阂，还担心他长的是花花心，给他固定个媳妇他未必接受，忙说，"我嘴笨，月老、红娘，不称职。"

三个人猛然意识到这桩婚事原来是一厢情愿，苗士逸、苗字朗的思想是通了，可曹铁拐是不是东床羲之还很难说。

"这事呀，还是你去和他蘑菇最合适。你是县长，又是一个部队的战友，什么话都好说。"仇戬半是玩笑半认真，"你不是跟苗字朗说想当月老想保媒吗，保媒的人不撮合谁撮合？好事你就做到底吧。"

茅镰不满地瞥了他一眼，苦着脸，抱起头："给你做好事，还得给你下跪磕头。"

直到吃罢午饭，陈一脉架着牛车把苗字朗拉走了，茅镰才上楼找曹铁拐摊牌。

躺在床上的曹铁拐见茅镰走进来，怒气冲冲地把腰背一弓，面朝床里。

茅镰将一条板凳拉到卧室中央，坐下，两手往膝盖上一架：

"怎么？不服？"

"毙呀！啰嗦啥？"

"真不怕死呀？"

"赤条条来，赤条条去。我怕啥？"

"就没啥……遗嘱？"

"有哇。小茅子是披着人皮的狼，该千刀万剐！"

"你……你恣意作祟，自作自受，罪有应得，怎么咒起我来了？"

"你把我发配到这龙潭，让我好死不如赖活着。想回县城当差，还……还回不去。"曹铁拐蓦地翻过身来，"死了好，死了反而痛快，省得给共产党脸上抹黑。小茅子，下手吧，老子不怕死。"

"你自己把天捅破了，反倒怨天尤人。"茅镰骂道，"该千刀万剐的是你。"

"我到九泉之下也不会饶你。"

"好啦，好啦，你有种，我怕你。"茅镰不想再逗他了，"告诉你吧，小茅子救不了你，我没那大的本事。那姑娘把你救了。"

"扯淡。她救我，她不咒我死才怪。"

"嘿，那就真的怪了咧。"茅镰笑着，笑得很古怪，"那姑娘坦白交待跟你有私情，你们前天是……私通。私通犯科不犯法，这不就免你一死了？"

"放屁！"曹铁拐不识好歹，"我啥时跟她有私情？我啥时跟她私通了？"

"你一不承认跟她有私情，二不承认跟她私通，那就是强迫啰？"茅镰又跟他兜起了圈子，"也行，就算小茅子我奈何不了你，把你上交到军分区、尉迟首长那儿，那你也得领死呀。你选哪条道？"

"……？"曹铁拐坐了起来，咕噜了一句，"娘的，女流之辈，也够格让老子不死。"

"私通吧？"

"……？"曹铁拐的脑子已经转过弯儿来。

"'私通'这词是损点儿，可是能救你那小命儿呀。"茅镰戏谑说，"不就私通吗？大家伙愿意嚼舌，让他嚼去。可私通那也是爱情呀。"

曹铁拐气得直翻眼睛。

"勇于承认私通，就要勇于接受后果——"茅镰迎着曹铁拐凶狠的目光，"娶了。"

"啥？娶了？"曹铁拐的双眼一下睁得溜溜圆，"娶她？"

"呃？你跟人家大姑娘都那个那个……啥了，你不娶她，谁愿意顶你那个缺呀？"茅镰赶鸭子上架，"你既然不想娶她，又跟她那个那个……啊，私通，这没道理呀。"

"我不娶。"曹铁拐又歪到了床上，"凭啥？"

"问你哩！凭啥不娶？"茅镰憋足一口气，吼叫起来，"人家要人样有人样——像画纸上的美人儿，如花似玉；要才有才——学生，知书达理。你呢？曹二九仁字认识你，你不认识它；缺胳膊少腿——不成个形状！瞧你那熊样，还翘尾巴。告诉你啊，这事我已经做主了，你娶也得娶，不娶也得娶，由不得你了。"

"你敢……逼婚？我……我……"曹铁拐最忌别人逼迫他，四处找手枪，"我崩了你！"

"你的手枪在我这里。"茅镰从腰间拔出毛瑟，"哗"的一声上了膛，撂给曹铁拐，"给，崩吧，我要眨眼就是孙子。"

曹铁拐接住手枪，愤怒地向茅镰瞄准，瞄了半天，忽然往床上一歪，抱着枪，"别浪费了我的子弹。"

"所有的事，我都和那姑娘的爹商量妥了。"茅镰见曹铁拐已是强弩之末，说，"也跟仇书记、董队长商量妥了，你就准备做新郎官吧。婚事由仇书记操办，就这两天的事。"

过了好一会儿，曹铁拐冒出一句："结婚，结黄昏。我没钱。"

"你的钱呢？"茅镰急了，一步蹿到床前，"钱哪儿去了？"

曹铁拐当然不肯说出攒的一点儿津贴费给秀秀和朝天椒买了牛："都……喝酒了。"

"你……！"茅镰恼火地指着曹铁拐，"你呀……"

当天傍晚，茅镰策马扬鞭，赶回县城为曹铁拐凑份子去了。

第三章

五十七

  苗尤氏听说祸害女儿的曹铁拐不仅不枪毙了，还要娶女儿做媳妇，又是一阵号啕大哭。苗宇朗心里更不好受，可是又有什么办法呢？"曹铁拐天不怕，地不怕，什么事情都敢干；那姓茅的县长看起来乳臭未干，眼神却像利剑，口气像钢刀，扎得人身心一起疼，根本不比曹铁拐善到哪里去；还有那个姓仇的，眼珠子一转就是一个心眼儿，谁能猜得出他们会干出什么事来？人在屋檐下，不得不低头呀……眼下，苗家商道萧条、田亩荒废、路断人稀，这且不论，接踵而来的是面对分田、分地、分山林、分财产，甚至被抄家……士俊、士杰吧，下落不明，不知是生是死……时乖命蹇，实在经受不起风吹雨打了，不逆来顺受，又当如何？要识时务啊……"苗宇朗陪着苗尤氏痛哭、悲叹，同时不忘开导、规劝，"士逸已经这样了，将来还能把她嫁给谁？"两口子伤心恸泣，唉声叹气，最终还是计议起了女儿的婚嫁大事。钱好说，家里有，与其交给政府或被抄了去，不如乘此机会大大方方在女儿身上多花一点儿，何况姓曹的小子还是个区长，名分、理由都说得过去。苗尤氏问男方打算选什么日子。苗宇朗说他们的意思是越快越好，也就三五天内的事。苗尤氏擦干眼泪，决计尽到一个做母亲的责任："明日就请隔壁婶娘过来给士逸扯脸。你也该让区政府给那姓曹的请个剃头匠了。"山乡老规矩：婚嫁前，娘家请有儿女的妇人用棉线给嫁娘拔光鬓角、额头、颈脖上的毳毛，名曰开脸，实则传授房事要领；婆家请剃头匠给新郎官剃头修面，同样是醉翁之意不在酒。苗宇朗的心隐隐作痛，摇头说："都那样了……反被人笑话。免了吧，免了。""轿呢？吹鼓手呢？总不能……""新政府提倡新事新办……区公所说怎么办就怎么办吧，他们会提前告诉我的。明天我就准备请厨子，杀猪、买鱼、买菜……下请柬……办得体面点儿才行啊……"

  茅镰赶回县城找县中队的老战士凑了十几块大洋的份子，连同曹铁拐刚刚荣获的三个一等功勋章，遣朱福骑马送到龙潭镇交给仇戬，让仇戬尽快把曹铁拐和苗士逸的婚事办了，不要拖。仇戬想到区长的婚礼不能太寒酸，得像个样子，但在龙潭镇举行又怕影响不好，于是决定把婚庆地点改为筲箕铺，洞房就安置在苗家。正中苗宇朗下怀。

  苗宇朗不仅爱面子，还想挽回曹铁拐欺侮门庭的面子，所以不论民族，也不分贵贱，给筲箕铺家家户户送去了请柬，请邻里赏光。

  可以说，曹铁拐和苗士逸的婚典，是近些年以来龙潭镇境内最为盛大的婚典。

  婚庆这天，筲箕铺村前的大稻场整整齐齐摆满了八十桌，做客的和看热闹的村民里三层外三层，水泄不通。请来的响器班子和村子里逢年过节舞龙灯、耍狮子才出动的锣鼓队，齐集在苗家大宅门口，敲的敲，打的打。唢呐吹《百鸟朝凤》，锣鼓奏《八哥洗澡》，碟儿一样的小马锣欢唱着飞向半空。噼噼啪啪的爆竹响个不停，嘭嗵嘭嗵的铁铳响彻云天。

  席面满满当当，八个碟子八大碗，蒸肉半斤一块，扣肉二两一片，酒用坛子装。

倘若不是曾经的地下工作者、如今的区委书记仇戮坐镇，再富的人家也不敢这般排铺。仇戮见曹铁拐行为失准在先，苗字朗还算通情达理，配合也积极，所以，尽量满足苗家的心愿，除了没用花轿之外，其他一切习俗，统统遵从。村里村外的客人都很高兴，只有苗字朗的堂兄苗字明心怀嫉恨："攀高枝……不嫌丢人……"

婚礼仪式古今融会，土洋结合。村前那颗高大的银杏树下，横扎着一面写有"曹二九苗士逸同志结婚典礼"的大红幅。红幅下面摆着香案，香案上搁着青铜烛台、香炉。粗大的红蜡、香烛旺旺地燃烧着。朱福从县里捎来的一台留声机也摆在香案上，咿咿呀呀地唱着。可惜只有一张唱片，只能反复唱着《霸王别姬》。老乡们从没见过会唱京戏的机器，很惊奇，听不懂唱的啥内容，也一个劲儿叫好。苗字朗、苗尤氏端坐在香案的左边，主婚的仇戮端坐在右边，神情庄重。陈一脉做过无数次司仪，在此类仪式做司仪却是第一次，但他扯开喉咙喊"一拜天地……二拜父母……同志对拜！"的时候，还是博得了阵阵喝彩和更加欢快、激越的器乐、锣鼓声。宣布开席，上千客人全部起立，高高地举起了端着酒碗的手，像森林。

人群中，苗士逸着一身缎面红装，漂亮非凡，耀眼夺目。不管怎么说，这门亲事是自己选定的，没有让父母包办，是古老区域女性独立自主的创举，先驱，因此，她那俊俏的脸上不仅没有羞惭，反而更加灿烂。曹铁拐修刮得非常光净的脸上出现了少有的笑容。仇戮在龙潭镇为他赶制了一套铁灰色中山装，并且叫陈一脉把他最近获得的三枚勋章连同从前的军功章、纪念章统统别到了中山装上，整整别了满满半幅衣襟，这使他在婚礼过程中格外精神，格外威武，格外出众。曹铁拐也爱体面，也识大体。他小心地跟在苗士逸身后，挨个给村长、族长、尊长、亲朋、相邻敬酒。客人们没在意敬酒，也没在意新女婿的四肢不全，却将钦敬的目光投向了那些金光闪闪的勋章，啧啧惊叹，把他拄着铁拐立在天井朝天开枪的影像忘得一干二净。顽童成群结队，叫嚷着穿梭在席间，躲在客人的屁股底下捉迷藏，胳膊大腿完整地长在他们身上，却一个个拄上了拐杖，说是要当曹铁拐……

筲箕铺的乡亲们包容了曹铁拐，就像起伏绵延的大山，包容了村庄田园、飞瀑流泉、茂林和小草。

苗士逸嫁给曹铁拐时还不到十六岁，刚好小曹铁拐十六岁，尽管世俗压力大，但她无怨无悔。苗尤氏却对曹铁拐一百个不满意，怎么看都不顺眼。

"十天半月才让陈保甲用牛车送回筲箕铺一次，进门就把士逸喊进屋里，连门都不掩就一个时辰半个时辰……""餐餐要喝酒，酒哪能餐餐喝呢，酒罐子呀？""没一点儿吃相，吃喝起来呼呼响，一屋子的声音！""拄着拐棍敲进敲出，除了会喊士逸，谁都不会喊，有娘生无娘养。""我们士逸太亏了，这嫁的哪是个人啊，鬼！"苗尤氏经常在苗字朗耳边这样絮叨。苗字朗有时跟着叹息，有时又劝慰妻子说：

"知足吧。有了这女婿，毕竟日子好过多了，没人敢欺负我们家了。"他说的是大实话。自从有了曹铁拐这个女婿后，区政府找他开会、学习的次数明显少了，村长对他的态度也好起来，背地里，还有人喊他"东家"、"老爷"、"大爷"、"苗先生"，他的腰杆好像又直了起来，似乎找回了财运亨通时的那种感觉，这比什么都好哇，还挑剔啥？

第九区绝大多数人家的田产总面积都是由小块小块田地累计而成。核实各家各户田地实际面积的时候，土改工作队员和贫雇农、民兵组成的工作小组扛着丈量用的大三角尺东奔西走，翻山越岭，有时发现需要核实的水田、坡地原来只有晒筐、簸箕大，放在松辽平原、冀中平原、汉中平原、江汉平原，这哪儿算田地啊。农民的生活也差，一年有大半年吃的是苞谷苴子饭、山药高粱粥、煮土豆、蒸红苕、碎米焖红苕叶子，有的人家男女老少共穿一套衣服。一个山东籍土改工作队员于是嘲笑说："这地方看上去山清水秀，其实穷得叮当响。"

半年后，土改工作队拿出了阶级成分划分草案。全区百分之九十九以上的人家被划为贫农、下中农、小贩、小手工业者，地主、富农为数不多。苗字朗为数不多之列。曹铁拐看到这个草案后大光其火，挎着毛瑟，拄着铁拐就咚咚咚跑到二楼找董世茂理论：

"你们想干啥？啊？我曹铁拐从北边打到南边，打倒了日本侵略者又打倒了国民党反动派，打到最后，我自己反而成了被打倒对象，这合理吗？跟苗家的婚事是你们撮合的，你们既然想把苗家划成被打倒对象，为什么还要把我往被打倒对象那边推？捉弄我、坑害我呀？不行，这成分得改了！"

董世茂和他的土改工作队员怕的正是误把依靠对象、团结对象推到了对立面，所以，拟定这个草案时非常慎重，同时认真考虑了苗字朗的成分问题，因为他的成分将直接影响到曹铁拐的工作和政治前途。当然，也只能是尽最大努力。

土改政策不是没有弹性，土改工作不是没有灵活性。南方偏远山区和北方大平原有差异，南北界定地主、富农成分的标准也有差异。北方平原地区，地主、富农占有的土地少则几十亩，多则几百亩；南方的偏远山区，地主、富农的可耕面积也就十几亩。南方偏远山区，荒山野岭比比皆是，但很多山林不存在交易行为，没有地契，自古至今，谁为它投入、谁为它付出劳动，谁就收获它的果实，反之，就跟长期无人问津的荒山一样，长久地遗弃在大自然的怀抱，永远没有主人。比如盘龙岭，它该属于谁？能说它是个人财产吗？所以，南方偏远山区庄户人家占有的山林，只要没有契约，在划分成分的时候就可以忽略不计。正因为有这样一些弹性，董世茂他们于是灵活地把苗字朗定位到了富农的档次。岂料，曹铁拐对这个结果仍不满意。

"曹区长，咱们打开窗户说亮话吧。"董世茂虽然也是个火爆脾气，但是没有跟曹铁拐较劲儿，而是和颜悦色地同他摆事实、讲道理，"把你家苗先生划成地主兼资本家，也是有一定理由的。只要展开调查，完全能够查清他在外面的资产，但是，我们没有这样做，权当他在七八个城市的店铺、货栈是租借的，早被业主、房东收走了。为了什么？就是为了首先把他排除在资本家以外。山林占有面积，我们也给他核实得很少。田地是死数，没有办法给他少算，但我们是按他们家的实际人口平均的，也就是说，他那两个流落在外的儿子也平均了田产。我们费尽九牛二虎之力，才把他的成分压低到富农，你还嫌高，太苛刻了吧。你想想，如果把苗先生这样的人家划成了贫下中农，当地老百姓会怎样看待党的土改政策，怎样看待我们土改工作队？他们不骂我们颠倒是非、混淆黑白、瞎胡闹才怪。你呢，我们不能不照顾，可又不能不讲一点儿原则。目前，这只是个草案，最后还得报请上面核准。我奉劝你还是不声不响接受这个结果为好，动静弄大了，上面复查时认起真来，把苗先生复查出个地主、地主兼资本家成分……可没我董世茂什么事啊。"

说的是呀，老丈人那么多家产，九区众所周知的首富，怎么能当上贫下中农呢？曹铁拐也识得好歹，觉着董世茂说的是实话，真心话，不再继续为自己的事纠缠了。可是他又替别人打起抱不平来：

"黄家畈的那个……寡妇，日子过得本来就不顺，你们还要给她戴顶富农帽子，墙倒众人推呀？"

"你指的是朝天椒吧？"董世茂笑笑，"我们也认为把她划成富农有点儿冤，可是爱莫能助。她家田地都是癞痢头上的虱子，明摆在那里，怎么办？"表示也很同情，"要说，这顶富农帽子是她自己给自己买下的。近些年，会看风向的人不惜亏本，卖田卖地卖家产，拼命脱手，她倒好，大批量进仓。你大概也知道，前几年到处是枪炮声，吓得森林的野兽四处乱窜，她和她丈夫守株待兔，猎杀了不少棕熊、香獐子，卖了不少熊胆、熊掌和麝香，发了点儿小财，就趁着别人脱手的当口接货，买田买地买山林，土改工作队都快进村了，她还抢在风头上买了头牛，你看，这不是抢富农的帽子戴吗？"

"那牛也……"曹铁拐一脸惊愕，"也影响她的成分？"

"财产哪！看得见、摸得着的财产哪！划定成分的依据呀！"董世茂说，"咱这半爿街西岔口两层楼那家，父子两个的绰号都叫鱼篓子，老子叫老鱼篓子，儿子叫小鱼篓子。你应该知道。这家世世代代以捕鱼为业，实际上并不富，可不知咋的鬼迷心窍，偏偏赶在解放前夕打了条新船，又添了几只鱼鹰，和镇上所有的渔民比较起来，这不就成富人了？他不当富农谁当？这土改政策也不是天衣无缝，滴水不漏，有很多空子可钻。会看风向的人可以钻，不会看风向的人，但有运气，也可以钻。黄家畈还有个外号叫'大少'的青年人，从前，老乡们喊他'大少'是尊称，现在，大家喊他'大少'是戏称。这人的情况你可能知道一些，乡亲们尊称他'大少'的时候，那是因为他家富得流油。大少十二岁那年祸从天降，不知怎么突然患上了脑瘫病。父母没文化，病急乱投医，三天两头请巫师跳大神，为大少娶媳妇冲喜，不停地变卖家产，结果，大少的病情不仅不见好转，反而越来越严重，一天比一天傻。老两口眼见人财两空，急死了。挨到解放前夕，家里一贫如洗。要不是有头牛在互助组顶人工，日子简直没法往下过，赤贫。真要是赤贫反而好，可以享受政府的救济款。我说曹区长呀，土改工作上的事，我看你还是少过问为好，我们也难哪。这么大的第九区，没有几个地主、富农行吗？不行呀。都是贫下中农，我们怎么交差呢？没有阶级，没有阶级斗争，在理论上说不通呀。"

"算啦，甭说啦。"曹铁拐暗自懊悔帮了人家的倒忙，蔫不唧唧挂着铁拐出了门，"我认，认了，全认了。"

曾几何时，很多很多的人都企望富，并不富的人打肿脸充胖子——装富。听说曾经富的人往后的日子反不如穷人好过，很多很多人就又谈富色变。苗字朗隔壁的堂兄苗字明从前一直在和堂弟较劲儿，一心想胜过堂弟的富有，听到自己被划成地主成分的消息，顿时吓出一头汗来。地主是阶级敌人，是打击、专政对象，这可怎么好？苗字明不想戴地主分子帽子，决计去区上找董世茂讲理。那天适逢大集，加上年关将近，狭长的半爿街涌动着赶集、打年货的人流。苗字明头戴一顶旧毡帽，臃胖的身躯裹着件打了补丁的黑色棉布长袍，双手筒在袖筒里，阴沉着脸，拥挤在人群中缓慢地向前挪动着。好不容易挪到连三楼门口，却又没有胆量跨进区公所的大门。他担心自己言语不当惹恼了土改工作队，害怕被民兵连长苗耀宗用麻绳套住脖子游街，就蹭到连三楼对面的角落里等候董世茂出屋。等了很久，斜背着手枪的董世茂还真从里面走出来了。苗字明连忙迎了上去："董……董队长。""这……"董世茂惊诧地瞅着他那身装扮，"这不是苗字明吗？啥事啊？"苗字明哭丧着脸："我……那……成分……""噢，你那成分不是划定了吗？地主。""我……我不想当地主。""哪能由得了你呀？地主就地主吧。""这……其实……我堂弟苗字朗的田地、山林、店铺、财产，都比我多得多。"苗字明以为这样一比较，就能把自己的成分比较下来，"他才划个富农。我……我顶多靠个富农，你说是的吧？""哎，你这么比可不对啊。"董世茂脸一黑，"苗字朗开明，苗字朗积极主动，你能比吗？说这连三楼吧，他早早就腾出来交给人民政府做区公所了，你有这觉悟吗？还有，他家有革命者，他闺女苗士逸在解放前帮共产党地下组织做过工作，散发过传单。你家有革命者吗？有，我也可以照顾你。""我……这……"苗字明噎住了。"我说苗字明呀，你可要老老实实接受改造啊。不老实，不仅会受到批斗、游街，土改复查工作开始后，说不定还会把你复查个地主兼资本家——双衔，够你受的！"董世茂打一打又摸一摸，"地主又怎么样？地主就不过活呀？往后，只要你不乱说乱动，只要你拥护共产党，拥护革命政权，不与人民为敌，就啥事没有，就跟贫下中农没啥区别，照样奔康庄大道。我党的政策是，讲成分，但不唯成分论，懂吗？以后要加强学习，知道啦？""知道，知道……懂了，我懂了……"苗字明只顾得点头哈腰，顾不得说别的了。之后，他再也不敢提自己的成分问题。

五十八

苗字朗的家境自是远不如以前了。外地几处店铺、货栈全都公有了；水田、坡地、山林绝大部分分给了贫雇农；尽管没有被抄家，女婿还是支持土改工作队把农具、耕牛以及比较值钱的家具、器物分给了最穷的人家。老宅虽然保住了，但差不多成了个空壳壳。按道理，半片街的连三楼可以变换一种经营方式继续营业，可是苗字朗没有动这个心思，坚持让它公有化。倒不完全是怕给当区长的女婿拖了后腿，主要是对未来商业活动的趋势估摸不透，解放前在商界苦心经营的阴影挥之不去也是他洗手不干的原因之一。苗字朗从前做的是倒手买卖，直白的说法是把南方山里的山货、药材一点点儿收集起来，批量倒给北方的贩子；再把北方的珍奇特产一点点儿积攒起来，批量倒给南方的商人，从中赚取差价，有财源滚滚的时候，也有被盗被劫血本无归的时候。倒进倒出，都需绕来绕去绕过兵荒马乱、匪患频繁的区域，在恐慌，惊惧中过日子。不经商好，退隐山林好，只要天下太平，待在乡下干点儿力所能及的农活儿，闲来无事看看书，何尝不是天伦之乐？他挺会想。家庭经济状况一落千丈，对从小娇生惯养、花钱如流水的苗士逸来说，无疑是严峻考验。出人意料之外的是，她能经受住这个考验。苗士逸有文化，懂得大势所趋，懂得日子总是此一时彼一时的。没有钱花，她可以不花钱了；不会干活儿，她肯学；面对种种压力，她还能忍。然而，让她忍无可忍的是，曹铁拐吃着碗里瞅着锅里，心猿意马！婚前偷鸡摸狗也就罢了，现在有家有室，怎么还这样呢？难道我还有哪点不如人的地方？这人……真是愚不可训？苗士逸痛苦极了。做娘的不知在外面听到了些什么，动不动就奚落起已为人妻的女儿来："记好啦，我们是体面人家，容不得偷偷摸摸。""伤风败俗……你认了，忍了，我们可要顾顾老脸哩。""还嫌苗家的丑丢够……该把你那头公驴管管啦。哪里有草往哪里钻，不知饥饱。"话很难听。苗士逸听见了也只能当作没听见，心里像刀扎，三天两头暗暗伤心落泪，悲叹自己酿成的苦酒自己饮，好心没好报，好命苦。这天，曹铁拐又被陈一脉驾着牛车送回了筲箕铺。像以往一样，曹铁拐人没进门声音先进门，"士逸，士逸！"没听到应声，一头扎进了房间。苗士逸正坐在床沿儿凝眉落泪，没有理睬曹铁拐。曹铁拐大愕，忙问家里发生了什么事，是不是有谁欺负了她。苗士逸别扭着身子偏着头，哽咽了好大一会儿才嘟嘟囔囔地说：

"又不是没有……又不是没有……"

曹铁拐听不懂这句民间俗语是什么意思："啥？又没有又有……"

苗士逸见他真没听懂："知道这才是你的家……不是骡马店呀？"

"哦？"她这话曹铁拐听懂了，笑起来，"不是太忙了嘛。"

"忙？"苗士逸鄙夷地瞥他一眼，拨的又是弦外音，"几头忙是吧？"

"唉。"曹铁拐认真地叹口气，"土改工作队撤走后，区上只有五个人：我、老仇、陈一脉、苗耀宗，外加一个做饭的厨子。这么大的第九区，那么多的工作要干，还不天天忙得屁滚尿流？老仇本来就单薄，到九区当了书记后，又掉了十斤膘，风都吹得倒。我曹二九好歹是条汉子，不能把担子全撂给他一人挑了哇，也得扛。"把背着的手枪挂到板壁上，铁拐往床沿儿一靠，挨苗士逸坐下，"和老仇分了个工，他管政治，管阶级斗争，管纲管线；我呢，管生产，管农田基本建设，管黎民百姓的吃喝拉撒睡。"

"就忙这？"苗士逸一声冷笑，"还有呢？"

曹铁拐神情凝重："自打来九区当了区长后，我就有个想法：大事咱干不了，也没干大事的本领，就一门心思干几样小事吧。我想修几个小水库，修两条能走汽车的马路，让九区的农田旱涝保收，让九区的农副产品送得出去，让外面的洋货运得进来，让九区的老百姓真正翻身，过上好日子。"一只手轻轻搭到了苗士逸瘦削的肩膀上，"最近，我正和从县里请来的技术员一起，搞计划，搞工程设计，搞测量，天天钻山窝……"

"没有干点儿别的？"苗士逸一扭身，扭掉了曹铁拐搭在肩头那只满是老茧子的大手，"你能熬得住？"

"……"曹铁拐一脸愧色，"我知道我回得太少，我知道你对我有意见……再过些时就好了，听说再过些时就有公休，就能像学堂一样休息星期天了，就可以不像现在这样，十天二十天才能回家点个卯了。哦，哦哦，你知道我今天为啥回来？不知道吧？"边说边从衣兜里掏出一沓子钞票，像哄小孩儿，"我发工资啦。往后呀，我每月都能领到固定工资。我的工资可高呐，跟那姓茅的县长一样高，看，都在这，都……都交给你爹妈使去，月月上交。对了，我还得留点儿碎银，吃酒，嘿嘿嘿……"

"巧言令色。"苗士逸看都不看他手里的钞票，"你以为我会相信你的话吗？你以为我就那么好哄吗？"

"你……"曹铁拐没有讨到苗士逸的欢心，急了，"你今天到底怎么啦？"

"别老拿我当小孩儿，我不是小孩儿，从来不是！"苗士逸再也忍不住了，终于把话挑明了，"藕断丝连，你还在和那俩狗婆鬼混，别以为我不知道！"

"没有哇。"曹铁拐这才搞清气眼原来在这儿，压低嗓门儿叫道，"结婚那晚，我……我全都向你坦白了哇。你也……宽大了。你宽大了，我哪还敢瞎胡来呀，浪子回头了不是？……听哪个王八羔子泼脏水了？老子崩了他！"

"哼，装腔作势。"苗士逸气呼呼地站了起来，从挂在板壁上的黄挎包里掏出两块香榼、两块殷蓝斯林布料，往床上一扔，"这是什么，送给我的？"不久前，苗士逸见曹铁拐挂在板壁上的挎包太脏，想洗洗，清兜时发现里面除了装有两盒手枪子弹外，还有香榼和衣料。她联想到曹铁拐婚前做的那些龌龊事，联想到母亲的絮叨、讽刺，猜测这些东西肯定是他给老相好买的，证明他（她）们确实还在来往，气愤极了。

"噢。"曹铁拐见到苗士逸出示的"证物"，先是不以为然地一笑，接下来就像真的做错了事的孩子，瓮声瓮气地说，"听我解释完了你再生气行啵？"他还真没编造那些东西就是给苗士逸买的，"结婚后，我确实还惦记着芒种、秀秀……没惦记别的，就惦记她们两家的日子很苦。芒种吧，一人带着个两三岁的孩子过日子，不易；秀秀吧，守着个傻丈夫过日子，也不易。就想去看看她们。手头刚好还有俩津贴，就在半爿街买了这点儿东西。那天陈一脉用牛车送我回笪箕铺，我让他往黄家畈绕绕，他说不好绕，进出黄家畈的道都过不了牛车，就没去成……这东西就连挎包一起摆在家里了，后来……就忘了。"

"……当真？"

"士逸呀，我真的没有跟你说过假话呀。"曹铁拐一副窘态，"和你结婚到现在，我一直在盘龙岭后山、软脚坡西面忙活，根本没去过黄家畈、柿子塆那一带。要不这样，趁春上农闲，你随我去区公所住段日子，去半爿街附近打听打听，看我跟谁有没有那啥。如果听说我现在还跟谁谁有那啥……你拿我那支驳壳把我崩了！"

"我才不干那种事哩。"苗士逸见曹铁拐不仅是一脸的委屈，还是一脸的委顿，心又软了，"男人，要品行端正，要一言九鼎，这些话，新婚那夜我就说过。举家过日子，要认真，大家都要负责任……行，我相信你。只要不过界，我可以原谅。这礼物……我帮你送给她们。"

"最好，最好！"曹铁拐高兴地笑了起来，"夫人贤明。"把捏在手里的钞票往桌上一扔，身子往床上一倒，"午饭别喊我吃了……晚饭后再快活快活。明天清早陈一脉来接我。"

"往后，这样的事就由我来办，你一门心思把区长当好。"苗士逸不想伤害曹铁拐的旧情，又不能不牢牢把住关口，守护自己的巢穴，"她们有困难，我会帮助的，该周济，我替你周济。"

"帮助啥，接济啥……"曹铁拐闭上了眼睛，"用不了多久，就要走合作化道路……听说将来还会成立什么什么公社啥的……她们的日子会越过越好……大家的日子都会越过越好……谁也用不着谁帮了……"边说边打呼噜。

苗士逸边擦眼泪边替他脱鞋，盖被子。

后来，芒种和秀秀果然得到了苗士逸的不少帮助。盛情之下，两位妇人反而觉得心中有愧，日长天久，大家都把过去发生的事情淡忘了。

五十九

苗士逸身子纤巧，看上去弱不禁风，却特别能生孩子，而且生的是花胎。结婚第二年，曹铁拐便喜得贵子，还没断奶，第三年又有千金问世。之后，差不多都是前一个孩子还在牙牙学语，后一个孩子就呱呱坠地。曹铁拐奉行男女平等，将儿女的名字一律简化成年份数字。老大是个儿子，叫五〇；老二是闺女叫五一，以此类推，像部队番号。直到五六出世，苗士逸才缓缓气。往后的日子艰苦备尝。

不久，全国掀起了社会主义建设新高潮。

不久，报纸、广播连连出现惊人消息：全国好多地方建起了小高炉，大办钢铁；粮食亩产双千斤，到处都在"放卫星"。

不久，象征共产主义即将实现的大食堂遍布农村。

和全国许许多多的人民公社一样，龙潭人民公社也开办了不少大食堂。社员群众不用自己烧火做饭了，举家去大食堂吃大锅饭，敞开肚皮吃，以致到半爿街赶集、做买卖的人也可以在大食堂用餐。

谁知没过多久，大锅饭的日子维持不下去了。一天，陈一脉爬到盘龙岭半腰的公路工地，向已经是龙潭人民公社社长的曹铁拐报告：

"好几个生产队的食堂反映说粮食快吃光了，怎么办？"

曹铁拐急忙赶回连三楼，拿起电话就催茅镰从县里调运粮食接济龙潭公社。茅镰在电话里说：

"不对呀，你们公社上报的粮食产量三年都吃不完，怎么不到半年就找县里要粮食吃？查查，好好查查，看哪些人在打埋伏！"

曹铁拐很纳闷儿，去找公社书记仇戬，问是怎么回事。仇戬正带领四五十个社员在软脚坡西面的山沟里烧木炭，炼钢铁。一座山的林木砍伐了半边，烧的木炭堆成了山，从各家各户收集起来的破铜烂铁也堆成了山，可那几个垒砌成一溜儿的小高炉烧得倒旺，就是不能把黑乎乎的废铁变成红彤彤的铁水。小高炉流不出铁水就报不出产量，哪里还能谈得上"放卫星"啊！满脸都是炭灰的仇戬正一筹莫展，又听说全公社的粮食快吃光了，丧气地说：

"所有公社的农田都亩产双千斤，龙潭公社的农田不亩产双千斤行吗？你我跟他们唱对台戏、顶'瞒产'的大帽子呀？"

曹铁拐吓出一身冷汗，赶紧下令：全公社的大锅饭统统停火！

可是为时已晚，社员家里的囤子早就空空如也，仓库的余粮也所剩无几。

更要命的是，在接下来的年份里，多雨的龙潭地区竟然和全国各地一样，也没有下过雨，严重旱灾。曹铁拐和仇戬带领社员在盘龙岭后山、软脚坡西面修建的几座小水库，没有蓄上一滴水。果树大片大片干死，水田、坡地的庄稼枯焦得点火就燃，春秋两季颗粒无收。饥荒幽灵般降临。

大食堂停火后的第三个年头。仲春，青黄不接。从前连猕猴、野猪、狗獾子都不吃的野果子，早被人捡去吃光了，满山都是挑野菜、剥树皮、摘树叶、找蘑菇充饥的山民，还有人挖观音土填肚子。曹铁拐内外交困，既担心全公社有人饿死，又担心自己家里饿死了人。曹铁拐一家整整十口人，四个大人六个孩子，家大口阔。所幸他每月能领到三十二斤定量粮票。三十二斤粮票能籴十六斤主粮、十六斤杂粮，他全部拿回了家，自己则蹲在公路工地和民兵同吃同住同劳动。在工地上修路的民兵每天可以吃上两顿红苕干闷小米饭。

龙潭镇至宜阳县城、龙潭镇至永泰县城这两条搭成个"人"字的公路是龙潭人民公社摆脱贫穷的出路，也是曹铁拐的一大心愿。两条公路已经断断续续修建了六七年，迟迟没有修通的原因很多。最主要的原因是：只能农闲上马，农忙下马；没有钱，买不起雷管、炸药、钢筋、水泥，不能逢山开路，遇水架桥，只能顺着弯弯曲曲的山脚，在原有的牛车道上拓宽，只能依靠铁锤、钢钎开劈山岩，只能依靠背篓、筲箕、板车、独轮车转运土石。茅镰也很重视这两条公路，所以在极其困难的情况下还是特批了一点儿杂粮，让曹铁拐坚持下去，早日把公路修通。人是铁，饭是钢，工地上的民兵根本吃不饱，哪来力气干这么笨重的体力活儿啊？进度越来越慢。曹铁拐心里着急，但又不能强迫大家使劲儿干。他知道，小伙子们不是不愿意使劲儿，是没有劲儿使。他还知道，工地上的一千多人都在盯着自己，自己挺不住，他们就都会挺不住。他还得带头，得以身作则。他只有一只胳膊、一条腿，不能挑，不能推，也不能抡铁锤，扶钢钎，只能用背篓背运土石。他的背篓是特制的，比任何人的背篓都大，每次背运的土石比任何人都多。每背一背篓土石，他总是先勒裤腰带，勒紧饿得瘪瘪的肚子，再半坐在一块大石头上，让民兵把他背后的背篓装满，而后咬紧牙，浑身使劲儿，用残存的左腿和拐杖支起二百多斤重的土石背篓……脸脖青筋凸暴，大汗淋淋，前胸后背湿透……幸亏他当年打造了只铁拐，如果是木拐，不知要折断多少只！他经受过战火熏陶，不怕苦，不怕累，不怕死，可他怕饿，怕饿得挺不起腰杆。四午前，尉迟琪在茅镰的陪同下专门到半爿街来看望过曹铁拐。尉迟琪告诉他，预备师最终没有运气参加解放海南岛的战役，整编后，一部分人马留在地方部队，另一部分投入地方建设，并说自己已经不是副师长了，是宜阳下游永泰水电工程指挥部的副指挥长。万难之际，曹铁拐想去永泰水电工地找尉迟琪，请他支援点儿粮食，救救龙潭人民公社六七万黎民百姓。曹铁拐有这把握，只要有求，老首长肯定会给他面子。可是当他想到哪儿都缺粮食，老首长援助了他，就要让自己的部下挨饿，赶紧打消了这个念头。

这天上午，公路工地叮叮当当、嘿嗬呀嗬声响成一片。挂着铁拐，背着背篓行进在人群中的曹铁拐远远看见陈一脉送饭的牛车快速奔来，禁不住仰头望了望天空的太阳。灿白的太阳还倾斜在东方，离吃午饭的时间早着哩，他不由皱了皱眉头。他再一次勒了勒裤腰带，正准备让人往背篓里装土石，陈一脉已经飞跑到了面前，上气不接下气地说：

"仇书记让你火速回筲箕铺。听说你家里出了点儿事。"

曹铁拐立时预感大事不好，扔下背篓就跳上了牛车。

苗家大宅乱作一团。六个孩子大的哭，小的叫。苗士逸哭得死去活来。苗字朗捶胸顿足，泣不成声。苗尤氏静静地躺在堂屋的地铺上，早已离开了人世。清早，苗尤氏像往常一样，让大孙女五一在家照看小弟弟小妹妹，自己领着大孙子五〇去山里挖野菜。附近的山早被饥民采摘一空，像梳子梳过，篦子篦过一般，能吃的东西都没有了，祖孙俩只好往更远的山里跑。曹铁拐每月送回家的三十二斤粮食，苗尤氏总是把细粮省下来给六个孙子煮稀饭吃，搭配的粗粮掺和着红苕干做成饼，给天天做农活儿的苗字朗、苗士逸吃，自己则吃萝卜、白菜、糠陀子，喝洗碗水。就这样精打细算，全家仍有十天半月要忍饥挨饿，进山找吃食成了填饱肚子的主要途径。苗尤氏曾是大家闺秀，裹了一对三寸金莲，足不出户是可以的，爬高下低着实困难，加上长时间的饥饿，精气神也差。半响，苗尤氏采得一把香椿，刨出几株还没有出土的细笋子，又发现崖坡上有几株青嫩的月季苔，想掐下来给孙子们充饥，哪料头一晕，小脚又不得力，一下滚到了山下。等到五〇哭喊来附近的山民，苗尤氏已经断了气。她死得很惨，眼珠子摔出了眼窝。

曹铁拐做了十多年女婿，不曾喊过一声岳母娘，进门见骨瘦如柴的岳母娘无声无息地躺在地铺上，禁不住泪如泉涌，跪倒在跟前，凄切地大叫了一声："娘——！"惊天动地。

苗尤氏下葬后的当天夜晚，曹铁拐在房里苦苦劝慰悲痛的苗士逸，隐约听到外面有"咚咚咚咚"的沉闷声响。他警觉地出了门，循声走进后三间的杂屋。

马灯下，多年不曾使用的青石猪食槽已被掀翻。满头是汗的老岳父把猪食槽下面掏了个大窟窿。窟窿已见了底，露出一块石板，他正用锄头使劲儿撬动着。曹铁拐拄着铁拐赶过去，用残肢支住铁拐，腾出右手，弯腰将五指抠进石板缝隙，用力直腰，石板慢慢掀开……啊！下面是一口大瓮坛，装满了金砖、金条、金元宝。金子在马灯的照射下闪闪发光。苗字朗抹了把汗，拍拍手上的泥土，说："拿去。换粮食。救人。"转身走了。曹铁拐扯过一条面粉袋，一锭一锭将瓮坛里面的金子掏空。他掂掂袋子：怕是有百十斤。可是，上哪儿去将这许多金子兑换成人民币，又上哪儿去买粮食呢？曹铁拐正瞅着面粉袋里面的金子发愁，苗字朗又进来了，手里还拿着一封写好的信，说："马上去趟广州，到越秀区找信封上这个人。只有找到这个人，这些金子才值钱，才能买到很多粮食。我已经打听清楚了，他一直在广州、香港、澳门做生意。至交，不必生疑。"

曹铁拐没有犹豫，用一条麻袋裹好了金砖、金条、金元宝，马不停蹄南下广州。按照苗字朗信封上的门牌号码，曹铁拐果然在越秀区找到了要找的人，并且很快买下了二十吨大米、面粉，两吨香肠、咸肉和两吨海带。曹铁拐不敢耽搁，跑到广东军区找一个当了团长的战友，借了五辆解放牌大卡车，把大米、面粉、香肠、咸肉、海带运到津口，再从津口租船转运龙潭镇。十一天后，满载着粮食的驳船停靠到了龙潭镇小学旁边的码头。

仇戬一直带领几十个社员在潜龙江沿岸种植瓜果蔬菜，绿色食品吃得太多，小脸也变成了绿色,突然见到了这么多的粮食,高兴得泪流满面。曹铁拐叫他赶快组织健壮劳力搬运粮食,并说:"留两吨大米做公务粮,确保公路不歇工,其余的统统分了。全公社,不分老少,不分贵贱,不分民族,人人都得分到粮食。不能再饿死人了。"陈一脉插了一句:"是不是给茅县长送点儿。""糊涂,"曹铁拐瞪了他一眼,"你几时见县长饿死了的?保密!"说完,拿背篓扛了一麻袋大米、二十斤香肠,连夜往筲箕铺赶,他估计家里已经断顿,岳父、老婆、六个孩子正在眼巴巴地等着粮食。

五卡车粮食对于龙潭公社六七万饥民来说,亦不过杯水车薪,无论怎么节省,也应付不了持续的饥荒。这一年照样雨水稀少,田地龟裂,种不了庄稼,也没有收获。乡民只能用有限的粗糠、苕梗、萝卜、白菜度日,人人面黄肌瘦。冬末春初的日子更难熬,遍地找不到充饥的食物。饿死人的消息更加频繁,陈一脉也饿死了,饿死在给民兵送饭的路上。一天,曹铁拐咚咚咚跑回家了,钻进杂屋就将那个青石猪食槽掀翻,操起锄头就朝地下猛挖。他得到了银子的儿,还想要银子的娘。他幻想还有另外一瓮坛金子,没准另外一瓮坛金子比挖到手的一瓮坛更多。

"没有了。就那么多了。"苗字朗早就立在曹铁拐身后,他知道女婿是被饥荒逼急了,而不是天生的愚蠢,"哪能还有呢?"

曹铁拐不死心:"连三楼藏没藏?"

"连三楼是店面,哪有把钱财往店面藏的。"苗字朗说,"祖上的遗产我全知道,就那么多了。埋下金子的遗训是'只为救人,不为发家'。不着急——天无绝人之路。年馑眼看就要过去了。我常在山林、田间走动,感觉得到土地还阳,庄稼发力。今年肯定大丰收。"

果不其然,一阵阵轰轰烈烈的春雷响过之后,万象复苏,整整持续了三年的旱灾宣告结束。这一年真的是风调雨顺,五谷丰登。

龙潭镇至宜阳县城、龙潭镇至永泰县城的公路终于修通了,解放牌大卡车、长途客车可以从宜阳县城、永泰县城开到龙潭镇,龙潭公社的人们出山进山可以不完全依赖潜龙江这条水路了。

通车那天,茅镰驾着美式小吉普赶到龙潭镇祝贺。茅镰亲自授给曹铁拐一面绣有"劈山修路,造福人民"字样的锦旗,祝贺曹铁拐带领社员群众完成了宜阳县有史以来最为伟大的工程,还奖给了他一件棉背心和一个喝水的搪瓷缸子。曹铁拐把锦旗挂在了连三楼,把棉背心和搪瓷缸拿回了家,高兴地对苗士逸说:"我得了奖啦。看,背心,五〇穿合适……缸子,给爹泡茶吧。小茅子奖的。"苗士逸也很高兴:"路都修通了,我们去县城、去半爿街都可以坐汽车了?"曹铁拐骄傲地说:"那可不!"

日子一天天好过起来,苗士逸的肚子又慢慢鼓胀起来了。"唉……"一天夜里,曹铁拐抚摸着苗士逸凸起的肚子,忽然叹了口气。苗士逸一笑:"从没听你叹过气哩。"曹铁拐没有吭声。苗士逸早已不是从前的苗士逸了,身子越来越瘦小,血肉好像一次又一次均给了自己的儿女;向后绾成个圆髻的头发不知不觉添了许多白丝,额上也描上了几条轻淡的皱纹。她每天要和社员一起下地干活儿,还得精心照料六个有的上学,有的还在屙尿和泥巴的孩子,如若不是老父亲还能做个帮手,简直暗无天日。"生完这个……就不再生了?……"苗士逸知道曹铁拐的心事,试探着问,"我去县城结扎……

结扎了吧?"曹铁拐的一只手枕着脑袋,好半天才说:"我扎……我扎吧。"他是公社社长,当然知道全国开始提倡计划生育。"你个大男人……能扎么?不能扎的。我扎吧……满月就去。"可是还没等苗士逸落月,曹铁拐再次从龙潭镇回家,一进门就告诉她说:"我已经扎啦。""你!……真扎了?""扎了,就在镇上卫生所扎的。"曹铁拐说,"小手术,阉鸡似的,眨巴眼就完事。一个星期,伤疤疤就长拢了。""你也得跟我商量商量呀,怎么这么快就……!""不是已经商量过了吗?还商量啥。"曹铁拐笑着,"不赶早下手,等你把这一个卸下地,下一个不又开始在你肚子里拳打脚踢呀?兵贵神速。"苗士逸埋怨说:"女人结扎不碍事,男人结扎是有影响的,你怎么连这些都不懂呢?……我满月就去结扎,你再做个手术,接上!""算啦,扎都扎了,何苦让你再挨一刀。"曹铁拐愧疚地说,"我这个人哪……造了一辈子的孽,该有个尽头啦。一刀斩断祸害根——朱元璋说的。知道朱元璋是谁吗?"苗士逸忍不住笑了起来:"朱元璋指的是公猪,你是公猪呀!"

六十

舒心的日子没过多久,曹铁拐又遭了一劫。

这年五〇刚满十六岁,前所未有的文化运动开始了。说是文化运动,可后来不知怎么又动起武来。曹铁拐经历过好几回运动,都太平无事,这回却没能幸免于难。归咎起来,应该说是他自己引火烧身,怪就怪他那改不了的坏脾气。

龙潭镇毕竟地处偏远,消息闭塞,运动开展了许久,到处轰轰烈烈,这里依然风平浪静,像世外桃源。于是宜阳县派出工宣队、贫宣队进驻龙潭镇,点火、发动,要把龙潭这潭死水搅浑。

这天上午,秋风萧瑟。曹铁拐在东岔口小学旁边的建筑工地督察房建工作。公社决定把小学旁边的平地利用起来,紧挨学校、紧贴山坡做一溜儿平房,把公社机关和税务所、储蓄所、邮电所、卫生所、车站集中到一起,刚开工。

一辆从宜阳县城开过来的客车穿过半爿街,在小学旁的临时汽车站停住。客车内的乘客很快下光,接着走出七八个背着各色背包的工人和农民。这七八个人有的比较年轻,有的岁数偏大,最显眼的是每个人胸前别着一枚闪亮的毛主席像章。几个人刚刚站成一排,站在队列前面的中年人一眼看见拄着铁拐立在房建工地的曹铁拐,高声喊道:

"这不是老曹吗?"

曹铁拐却说:"你谁呀?"

中年说:"我就是赵凯旋呀!"又把一个瘦小的驼背老头拉出队列,"他叫麻贵德,贫宣队的麻队长。"

"哦,赵队长,麻队长,"曹铁拐不卑不亢,"那你们得往回走哇,走过了。公社在连三楼,"向街心撇撇嘴,"最高的那栋吊脚楼就是。床铺早就准备好了,去吧,仇书记正等着你们哩。"

赵凯旋顿了顿，带着工宣队、贫宣队向连三楼走去。

工宣队、贫宣队进驻龙潭镇的第三天就开发动群众大会。参加大会的是全公社的生产队长、镇工商系统的主任、经理们，公社干部和工宣队、贫宣队队员全部到会。一共有五十多人，连三楼一楼挤得密不透风。大会由工宣队长赵凯旋主持。赵凯旋仿照外面流行的方式，讲话前先念"毛主席语录"。赵凯旋的文化水平不怎么高，想念的几条语录事前做了记号，都短，也没编个次序：

"最高指示：没有文化的军队是愚蠢的军队……"

"屁话！"赵凯旋念的语录才开个头，坐在对面的曹铁拐一下蹦了起来，他对他喧宾夺主窝了一肚子火，想杀个下马威，"老子就没文化，蠢啦？"

坐在一旁的仇戬吓了一跳，慌忙把他拉落座，附着他的耳朵小声说："那是毛主席的话，意思是部队的干部战士都应该学习文化。"

曹铁拐大惊失色，又蹦了起来："那就没事……那……那就正确了。"

与会者早就吓呆了。

这还了得！赵凯旋桌子一拍，脸也黑了："现行反革命！"

不管曹铁拐如何分辩，不管仇戬如何替他补台，都无济于事。很快，十里八乡都知道龙潭公社的社长是"现行反革命"。

针对曹铁拐的批判、斗争、游街，在所难免。先是在龙潭镇批斗、游街，后来，从宜阳县城声援过来的工人战斗队、农民战斗队、学生战斗队又扩大了示众范围。他们不知从哪儿弄来了一辆破旧的解放牌汽车，曹铁拐当年领着民兵把公路修到了哪里，拉着他游斗的汽车就开到了哪里。田间、地头，哪里有人，汽车就停在哪里，广播喇叭一开，批斗会随时开始，不论众寡。

每次游斗，曹铁拐头上都要戴一项用报纸粘贴而成的帽子，帽子又长又尖；脖子再吊一块用汽油桶铁皮做的牌子，牌子上写着"现行反革命"、"军阀"、"淫棍"——"曹二九"，"曹二九"三字被画上了大红"×"；那支毛瑟被人从枪盒里取出来悬挂到了他的胯裆中间，任其晃荡，寓意非常恶毒。诚然，被游斗的不止曹铁拐一个人，还有公社党委书记仇戬、筲箕铺的地主分子苗字明、四面坡的杨博士、龙潭镇西岔口的小鱼篓子。本来，苗字朗和黄家畈的朝天椒也该陪斗，苗字朗装病卧床不起，朝天椒是有名的火铳，扬言说谁让她游街，她就拿火铳和谁拼了，同归于尽，赵凯旋、麻贵德害怕真的弄出人命来，只好作罢。小鱼篓子陪斗有点儿冤，他实际算不上富农分子。三年困难时期，老鱼篓子为了挣大钱，每天夜晚偷偷在龙潭捕鱼卖，疲劳过度，掉进龙潭淹死了，赵凯旋、麻贵德见龙潭公社的阶级敌人太少，就把小鱼篓子抓来凑数。他是在张贴"打倒曹二九"的标语时被两个贫宣队员拽上汽车的。小鱼篓子才二十出头，个性特别像他老子，刁顽、滑头，茅房里的搁屎板子——又臭又硬。游斗的时候，他不仅不当回事儿，还经常冲着曹铁拐说俏皮话："原来你我平等"、"原来你我在一个战壕"、"原来你我是一丘之貉"，气得曹铁拐直朝他啐口水。

批判现场总是充满火药味儿。念批判稿子的人声嘶力竭。专门喊口号的人义愤填膺。批判的重点对象当然是仇戬和曹铁拐。为了渲染气氛，念批判稿子的人念到中途会突然停顿下来，厉声质问批判对象：

"说，你是不是走资派？！"

仇戬大幅度弯着腰，肢体屈服嘴却又不屈服："不是。"

念批判稿的人又问："说，你是不是叛徒特务？！"

仇戬还是回答说："不是。"

不论念稿子的人问多少个"是不是"，仇戬总是坚决地回答两个字——不是。念批判稿子的人于是说："顽固，拒不认罪。"继续念稿。

曹铁拐与仇戬大不一样。念批判稿的人大声喝问：

"说，你是不是现行反革命？！"

曹铁拐昂着头，声音也不小："是！"

"你是不是军阀？！"

"是！"

"你是不是和土匪同流合污？！"

"是！"

"你是不是淫棍？！"

"是！"

无论念批判稿的人中途问多少个"是不是"，曹铁拐总是干脆地回答一个字——是。念批判稿的人于是说："狡猾，负隅顽抗！"

再精彩的剧目重复的次数太多也乏味。两三个月过后，批斗、游街就没有刚刚兴起那会儿火热了，渐渐失去了当初的森严。温饱线上的山民自觉不自觉地回归到了原有的心态，对生计以外的事物不感兴趣。扯着标语、插着彩旗、架着高音喇叭，载着仇戬、曹铁拐、苗字明、杨博士、鱼篓子的解放牌汽车驶向田间地头，劳作在田间地头的山民远远看见，扛起锄头、铁锹就跑回家吃饭；汽车驶进村庄，山民们就又分散到田地里忙活去了……

龙潭人民公社政权很快属于革命领导小组。仇戬、曹铁拐存在的意义是：接受批判；反面教材。

很多时候，载着批斗对象的汽车都要在宜龙公路中间段的那个岔口停下，让民兵连长苗耀宗押送曹铁拐、苗字明回笤箕铺。

苗耀宗总是等到汽车开走后，把曹铁拐头上的纸帽子和吊在脖颈上的铁牌牌以及悬挂在胯裆的手枪取下来，交给大腹便便的苗字明提上，自己则蹲下身子让曹铁拐趴在背上，再用双手反握着那只沉重的铁拐让曹铁拐坐好，然后直起腰来慢慢向笤箕铺走去。岔口离笤箕铺还有七八里地，苗耀宗一直坚持把他背回家。开始，曹铁拐不干。苗耀宗说："从解放初到现在，我一直在区政府、人民公社当民兵连长，没看到你和仇书记干过坏事，反而看到你们干过不少好事，怎么……唉，我只知道这里面有冤，可自己又嘴笨，说不出个道理来……就让我背背你吧，只当我把想说的话说出来了，心里好受些。"曹铁拐说会连累你的。苗耀宗说："不要紧哪，我本来就是山里的农民，再怎么运霉，也不过是回老家种地。"曹铁拐见他厚道、诚恳，又确实有精疲力竭的感觉，就趴到了他的背上。苗字明怕曹铁拐东山再起，不仅不敢揭发，还经常跟在屁股后面讨好献殷勤，"……都说曹社长是个好人哪……"

曹铁拐每次游斗回家,苗士逸总是忙着给他洗头洗脚,擦抹身子,然后把煨好的鸡汤盛满一大碗端到桌上,再搁上酒壶酒盅。苗字朗也送上来沏好了的浓茶,少不了关怀几句。七个楼梯高矮的孩子一字排开,站到了堂屋下方的隔墙前,神情各异地注视着父亲。五〇、五一、五二都是高中、初中的学生,算是很懂事了,不仅嘟着嘴,而且是一种怨艾的眼神。五四、五五、五六和最小的六四只能说还处在懵懵懂懂的年龄段,黑亮的眼睛里充满了迷惘、凄哀和惊恐。曹铁拐常常是自斟自饮,有时瞥瞥默默不作声的孩子们,有时又很突然地来一句:"我这是工作……也是革命需要,懂了吗?……玩去。"

隆冬的一个深夜,北风呼呼叫,屋顶上响着急剧的雪籽声。苗士逸隐约听到有人叩门,一面拍打醒身旁的曹铁拐,一面穿好衣服,蹑手蹑脚走到大门旁,哆嗦着问:"谁呀?"

"我,老茅。"

苗士逸连忙抽开炭廖。

穿着棉大衣,戴着棉帽子的茅镰笑着走进屋子:"呵呵,怕是阶级敌人呀?"

披着棉袄,拄着铁拐跟过来的曹铁拐眨巴着惺忪的眼睛:"三更半夜,风雪交加,你跑我这儿来做甚?"

"看看你呀。"茅镰取下大棉帽,用力拍打着身上的雪籽,"大白天……不是不方便嘛。我开小吉普过来的。"

三个人来到后三间堂屋。苗士逸忙着点燃罩子灯,向瓦火盆里添木炭,又给茅镰倒了杯开水。

茅镰在八仙桌旁坐下,从棉大衣口袋里摸出一瓶酒,在曹铁拐眼前晃晃:"茅台,喝过没有?七块钱一瓶哪,贵吧?"又从大衣的另一只口袋里掏出两个纸包,"嫂子呀,帮忙把这两斤卤牛肉拿去解解刀。我和老领导喝两杯。"

苗士逸应了一声,把几颗伸出门外的小脑袋一个个塞进房里,又把孩子们住房的门一一拉牢,拿着包有卤牛肉的纸包到前三间的厨房去了。

曹铁拐在茅镰的对面坐下:"怎么记起我来了啊?"

"什么话!忘记谁也不能忘记你呀。"茅镰脱掉棉大衣,拧开酒瓶盖子,仰起脖子喝了一口,把茅台酒瓶往曹铁拐面前一推,打开另外一个纸包,抓起一把兰花豆,"看样子,对小茅子的意见不小啊。"

"哼哼。"曹铁拐看看酒瓶,又看看茅镰,冷笑着,"新鲜。"

"告诉你吧,"茅镰嘴里的兰花豆嚼得嘣嘣响,"我靠边站的时候比你早,老资格。"

"你靠边……站了?"曹铁拐慢慢探过身去,狐疑地瞅着他。

"很早的事了……半年多了。"茅镰已经不是从前的茅镰了,光亮的前额勾勒了深深的皱纹,稚嫩的脸上巴满了又粗又黑的络腮胡子,说话也没有从前那么冲,"县革命临时委员会让我们老班底全体起立……起立后就没有一个人再坐下……我和县委书记随时待命——接受革命群众批判,接受教育,接受改造……触及灵魂。"

曹铁拐脸上呈现出一种幸灾乐祸的笑,心里却在翻江倒海。他原以为自己是因为说错了一句话才挨批挨斗靠边站,并且连累了无辜的书记仇戬,现在看来完全不是那么回事,有没有过错,只要在台上,都得遭受这一劫。曹铁拐站了起来,从神台上取过两只玻璃盏子，鼓起腮帮吹了吹，将酒酌满，重新坐下：

"都……都娘的交权……没道理呀。"

"这话……只能私下说说。"茅镰端起盏子，喝了一大口酒，夸张地皱皱眉头，"前段时期……"嚼着兰花豆，"有批斗大会，我就和书记上台立正……没批斗会呢……我就去工厂、农村转转，唉……到处停工停产……这么继续下去，县里的工业、农业……还不都垮了？真让人担忧哇……"

苗士逸端着一碗切成了片的卤牛肉和洗净的空碗、酒盅、筷子走过来，把纸包里的兰花豆倒进空碗里，把菜碗、酒盅、筷子摆放好，不声不响地走开了。

曹铁拐忧心忡忡："有尉迟首长的消息没有？他该不会靠边站吧？"

"他还好。刚开始被'炮轰'过两次，以后就没什么事了。副职，塌天的事有高个子扛着，最关键的是，永泰水电工地有一大批预备师的老战士，没让他吃亏。"茅镰说，"我偷偷去过他那里。"

"这就好。"曹铁拐喝了口酒。

"哦，"茅镰说，"董世茂死了……"

"啥？"曹铁拐一惊。

"前不久的事。展旗开他的批斗会，他突然倒在台上了。一群山民用竹床绑成担架把他从江那边抬过来，前后折腾了两三天，抬到县医院就断气了。"

曹铁拐呆了半天："咋这样经不起折腾。"

"他只有一叶肺，一个肾，本来就是半条命，被一伙子人血口一喷，那还不死？"茅镰很哀伤，"唉，都怪我。当初不该派他去展旗当区委书记，留在县上就好了。"

"罪该万死！"曹铁拐瞪大双眼，"咋不通知我？"

"我靠边站着，我怎么通知你？"茅镰挖苦说，"通知你，你正戴着高帽子招摇过市，俏着哩，走得开吗？谁舍得让你走？"

曹铁拐喝口酒，盏子使劲儿一搁："就这么死了？"

"又能怎么样？"茅镰悲叹说，"死得很惨……不闭眼睛……连追悼会都不让开。"

"为啥？"

"说历史没搞清楚。"

"一到能种地的年龄就扛枪打仗，还有他娘的啥历史不清楚呀。"

"谁说你是现行反革命、军阀你问谁好了。我回答不上来。"

苗士逸把煎好的一大碗鸡蛋送到桌上，又到厨房去了。

两个人喝了一气闷酒。曹铁拐不经意地问了一句：

"冯婕怎么样？"

茅镰没回过神儿来："哪个冯婕？"

"还有哪个冯婕，组织部那个那个……"

"哦，她呀。"茅镰说，"调走了，文化运动开始前调走的。"

"调走了？"曹铁拐脸上倏然掠过一丝忧伤，"为啥？"

"谁知道。"茅镰其实并不知道曹铁拐和冯婕有过什么事，但当年曹铁拐从县直机关调到第九区当区长，确实是因为冯婕说了几句充满压力的话，此时，他误认为曹铁拐对当时的情况有所察觉，又很不希望说不清、道不明的恩恩怨怨越结越深，就说，"多好的一个女同志啊，工作兢兢业业、勤勤恳恳、任劳任怨，为人更不用说，坦率、坦诚、坦荡，从不为难领导，从不议论同事，从不使小心眼儿。我动员她别走，就在宜阳把组织部长当好，说不定将来还有进步，可是没拦住。唉，不走也不行，一个人带个孩子，难哪！"

"怎么一个人带个孩子，她爱人不就在军分区吗？"

"她爱人早死了，你还不知道哇？"

"没听说过呀。"

"五二年，她爱人率领一个营去大老林清剿土匪和国民党溃军残部。快接近巢穴，部队隐蔽前进，没想到被绊动的草丛拉响了挂在树梢的一片地雷——空中开花，炸死了十好几个战士，她爱人的脑袋炸得……唉！"

"她……回原来的部队了？"

"哪里还有原来的部队回哟。听说她爱人的二哥在北京——从前也是个军人，找关系把她调走的。估计是为了那个孩子——做伯父的担心弟媳一个人照看不好。"茅镰怀疑曹铁拐和冯婕一定有什么过节儿，于是来了个旁敲侧击，"挺关心她的啊。"

"随便问问。"曹铁拐警觉到茅镰很可能知道了点儿蛛丝马迹，赶紧避讳，"也就共过几天事，有啥关心不关心的。"

"嘿嘿。"茅镰笑了笑，举起筷子夹了一枚热乎乎的煎鸡蛋，咬了一口，望着曹铁拐，"今日……找你……是有点儿事。"

曹铁拐正想搛块卤牛肉尝尝，一听到茅镰说"有事"，就没胃口了，放下筷子："我就知道，你这酒不好喝。"

"你那把毛瑟……今晚我必须带走。"

"不行！"曹铁拐又把已经送到嘴边的酒盏子重重往桌上一蹾，"凭啥？我的佩枪。"

"拉倒吧，你哪有什么佩枪啊。"茅镰睇了他一眼，"你那把枪是我特允的。"

"扯淡！就是我的佩枪。"

"就算是配枪，那也得交。我的、尉迟首长的，早交了，纪律。"

"那是你们的事。"曹铁拐的眼珠子开始冒火，"这纪律我遵守不了，除非把我整死。"

"全国早就解放了，就剩下个台湾了。"茅镰见曹铁拐真的耍起横来，只得好言相劝，"国民党打不过来，我们也打不过去，没有仗打了，你还别着把枪做啥？"

"万一呢？万一打起仗来怎么办？上边都说阶级斗争形势尖锐复杂，你反而唱反调说没有仗打了，麻痹。"曹铁拐振振有词，"一旦上边有命令下来让我打仗去，我曹铁拐真背个烧火棍上阵呀？"

茅镰被曹铁拐揪住了辫子，愣怔了好一会儿，说："就算有仗打，到时候也得给你配新枪，好枪。"

"我用惯了我这把毛瑟，百发百中，别的枪都不灵。"

"你……你为什么非要把枪呢？"茅镰忍无可忍，捏了一把他的痛处，"你看，啊，现在你那枪吊的……是地方吗？"

"只要在我身上，管它吊在哪儿。"曹铁拐不怕痛。

曹铁拐寸步不让，茅镰又不达目的不死心。两个人僵持了很久，无奈的茅镰只好苦苦哀求：

"老首长，老领导，你听我这一回好不好？就这一回。明说吧，这把枪搁你手里是个祸根，迟早会出事，我担心。刚才你说了，时下阶级斗争形势尖锐复杂，又分不出敌友，你那脾气，说爆就爆，万一挨批斗时屈辱得受不了，急了眼，不分青红皂白拿人寻仇，伤及无辜，那可闯的就是天大的祸呀。还有，目前全国的文化运动形势没法预料，神仙都不知道会怎么发展。宜阳是个偏远县，龙潭更偏远，很多消息来得慢，甚至根本听不到。"压低了嗓门儿，"我听说，道听途说啊。有的地方在抢枪，在动武，真刀真枪动起真格的来了。你身上的枪没被人抢走，偷走，没有惹出祸来，已经是不幸中的万幸啦。告诉你吧，开年后，我很可能要去五七干校，不知道什么时候才能回来，也不知道回不回得来……我啥都放心得下，就是放心不下你手里的这把枪。所以深更半夜，刮风下雪，我不顾一切往你这里跑。老领导呀，你一定要理解我，支持我呀。"

"呵呵。"曹铁拐冷冷地笑着，拿起酒瓶子，将自己面前的盏子倒满，喝了一大口，又喝了一大口，"死了这条心吧，啊？这回我肯定不听你的，不会再上你的当了。阶级斗争这么激烈，让我交枪，哼。今天，你真下我的枪，不是你死就是我亡。"

"这样，你我各退一步！"茅镰站了起来，抓过酒瓶，把自己的盏子倒得酒液四溢，端起来咕咕噜噜一气喝干，"子弹统统交给我，枪……撞针我卸走……"

"骗了？"

"随你怎么说。"茅镰知道，曹铁拐捍卫的不外乎是自己的威严，"我再也没退路了，这协议要是达不成，你干脆拿枪把我崩在这儿拉倒，反正我已经靠边站，留在世上也是个废物。"

曹铁拐愣了半天，一只粗糙的大手在粗糙的脸庞上抹了几把，最后，慢慢捂住了一只眼："……装孬。"

这时，苗士逸用圆盘端出两海碗冒着热气的腊肉下面条，说："茅县长，边吃边喝吧，天太冷，吃点热乎的，暖和。"边说边把两大碗面条搁到茅镰、曹铁拐的面前，接下又俯身向瓦火盆里加木炭。

"嫂子呀。"茅镰亲热地喊了一声，说，"劳驾把我大哥的子弹、手枪都拿过来。"

苗士逸起身望着曹铁拐。曹铁拐的大手已经把两只眼睛都捂住了，没有吭声。

六十一

年后，省里果然通知茅镰去了沙湖五七干校。

曹铁拐仍落魄筲箕铺，继续接受批斗，游街示众。然而，不管批判者给被批判者冠以什么罪名，不管被批判者对批判者的回答是"是"还是"不是"，最终定性定案，仍需有说服力的证据。幸运的是，并没有完全瘫痪的党组织坚持了这一点，莫须有肯定不行，不能说打倒谁就打倒谁。龙潭人民公社革命领导小组同样需要严肃对待仇戬和曹铁拐的问题。于是，专案组广泛调查取证。

也是曹铁拐命不该绝，就连被批判得体无完肤的封建礼教也出手帮了他一把。受到曹铁拐骚扰的妇人，为顾全名节，没有一个人承认和曹铁拐有染，从侧面捍卫了曹铁拐的形象。

两个专案组的成员找到秀秀家的时候，秀秀正在独屋院子中间的石碾旁晾晒蚕豆。专案人员试图打开一个缺口：

"听说……曹铁拐上你家来过？"

"什么来过，"秀秀忙着手里的活儿，"经常来。"

年龄稍轻的专案人员窃喜，追问："他上你家里来干什么？"

"他能干什么呀？一只胳膊一条腿，什么都不能干。我也不好意思让他干什么呀。"秀秀答非所问，"从前他当区长的时候，常下乡……哦，来调查研究，访贫问苦。可是比你们这些干部勤。走进家来讨口水喝，不能真给口水喝就让他走吧？山里人穷，山里人不能穷得连一碗饭也出不起吧？"

"听说他送给了你一头牛。"年长的专案人员提示了一句。

"可不。名义上是送给我们家的，实际上不是被互助组牵去干活儿了吗？"秀秀虽然见老，但还是那么淑静，工于心计，"三年困难时期那会儿，队长黄三爷要不是把曹区长送给我的那头牛牵去宰了，黄家畈的人只怕要饿死光，我们娘儿俩怕是也不在世上了哩。"秀秀家只有她和儿子黄运发两个人了。三年困难时期宣告结束的那年是个丰收年，傻子大少饿怕了，有一天吃得太多，撑死了。

"你和曹铁拐的关系……"年龄稍轻的专案人员急于求成，"很密切？"

"很密切？这话你可就说得太生疏了啊，我们是一家人哪。"秀秀把一颗蚕豆送到嘴里嚼嚼，又"呸"的一声吐出来，"他是我儿子的干爹，他屋里是我儿子的干妈，这'干爹'、'干妈'还是他屋里提说成的哩。我儿子运发从小到大，都有他干妈关照着，要不然，哪能考上中学啊？"脸色忽然一变，"怎么，有人眼红呀？谁？等我儿子回后我告诉他，让他找那想挑拨离间的好事佬问个道理！"

"好了好了，行了行了，没有什么事，没有什么事。"两个专案组成员收起笔和本子就走。

专案组的这两个人又去找朝天椒落实情况。朝天椒的回应更让他们瞠目结舌。

"曹社长是个好人哪，怎么还被人斗争呢？真是好人没有好报。"朝天椒一副愤愤不平的样子，"戴高帽子，挂黑牌子，游街，闹农会那会儿也没这样绝情呀。你们是不知道哇，他当区长的时候，常来我们黄家畈，走家串户，问寒问暖，我们家更不消说，孤儿寡母，别提有多关心，可没少接济，真是共产党的好干部呀。要不，我怎么会让我儿子牯牛认他干爹、认他屋里干妈呢？"

两个专案人员只问了朝天椒一句"你认不认识曹铁拐"，朝天椒的回答却远远超过了他们提问涵盖的内容。

牯牛的学名叫黄金锁，快十八岁了，浓眉大眼，憨头憨脑，穿上他老子穿过的黑布靴子、豹皮坎肩，很像他老子。两个专案人员找他妈调查曹铁拐的时候，他正坐在门口擦他老子留下的那杆猎枪。

"这么说……"那个年岁偏小的专案人员抄起了近路,"你们是一家人?"

"那还用说,走得可亲了。"朝天椒神情自若,"哎,你们找老百姓调查,是想为他翻案吧?"

还没定案,翻什么案哟!年岁偏大的专案人员闪烁其词:"主要是想落实一些……情况。"

"是呀,是该落实落实呀,不能冤枉了好人呀。这十里八乡,谁没得过他的好呀。你们是不知道哇,三年困难时期那会儿,龙潭公社的老少爷们儿个个饿得歪歪倒,不知道他从哪里一下弄回了好几汽车大米、面粉、肉,分给大家吃了,那是救命呀。如今人家落难了,不站出来给人家说句公道话,那是没良心呀。"

"良心都被狗吃了。"黄金锁瞄准门外一个目标扣动了扳机,猎枪"啪"的一声空响。

两位专案人员调查不下去了,又是空手而归。

阴在阳之内,不在阳对——太阳太阴——国人把老祖宗遗传下来的兵法活学活用到了极致。

许多年前的事,又没有人亲眼所见,更无人从被窝里面捉拿住"双",怎么落实?专案组不能不格外生疑:捕风捉影,造谣生事。于是乎非常真实的事情反而不真实起来。话说回来,即便秀秀和朝天椒供认不讳,又能据此将曹铁拐打倒么?"走资派"是个没有概念的新名词,实质像清风浮云一样虚无缥缈,什么是走资派什么不是走资派,谁说得清楚?误把领袖的话当成普通人的普通话随意啐了一句,以此作为"现行反革命"的证据,苍白了点儿吧?"军阀"这个名词只能应用在特殊的人物和背景上,曹铁拐这样的军人数以十万计,都"军阀"?就连"淫棍"这个最简单的问题都无法求证,还能落实什么呢?

事隔不久,曹铁拐和仇戬都被"解放"了,都恢复了原来的职务。事隔不久,革命临时领导小组淡出了舞台,成员绝大多数回到了自己原来的岗位。

宣布曹铁拐官复原职的那天,曹铁拐去酒馆痛痛快快喝了一顿酒,而后拄着铁拐从半爿街的东岔口咚咚咚游荡到了西岔口,春风得意——解放了嘛。接着,他号令停摆了三四年的房建工程立马动工,不得有误。

房建工程规模不大,没有过多久,一溜儿砖瓦平房便紧挨着龙潭小学竖立起来,公社机关、税务所、卫生所、储蓄所、邮电所、汽车站,都有了比较正规的场所。几个单位搬迁这天,正好电线也接通了,全镇居民无不欢欣鼓舞,大白天,家家户户亮着灯泡,以示庆祝。老态龙钟的杨博士骑着毛驴赶集,路过正在忙着搬家的公社机关门口,见办公室亮着几只耀眼的灯泡,忙滚下毛驴,探身向里惊奇地张望。曹铁拐一眼晃见,乐呵呵地打起了招呼:

"进来进来,进来坐坐。"

杨博士指指用一根线悬着的灯泡:"电灯?"

"是呀。"曹铁拐放下手中的活计,把墙壁上的拉线开关一拉——灯泡熄了,再一拉——灯泡又亮了,"呵呵,呵呵呵。"

"果然不用油？"

"不用油。用电哪。"曹铁拐很兴奋，"咱们戴着高帽子游街的时候，人家永泰水电工地上的工人们正在没日没夜抢发电哩。"

"各村子几时能用上？"

"呀，这可说不准。"曹铁拐说，"听说永泰电站建成后，松峦电站又开工了。松峦电站建成后，龙潭公社家家户户就该用上电灯了吧？"

"你看我……能用上电灯不？"

"能，准能，你还年轻哩，不到七十吧？"

杨博士乐了："你说的话，我信。"

公社机关乔迁新居后，挂在连三楼大门口的长木牌也搬了过来。这块木牌上的文字又一次发生了变化——龙潭人民公社革命委员会。机关办事人员也比解放初多多了，快十个人。原工宣队一个叫佟春来的青年被留了下来当了秘书。仇戬又从镇上物色了个姓常的财会人员。朝天椒的儿子黄金锁是个回乡知识青年，曹铁拐听苗士逸说他长期在家闲着，就把他弄到公社当了通讯员。从前陈一脉一个人的工作，由三个人来干了。

仇戬和曹铁拐获得重新用武的机会后，全心全意领导龙潭人民公社继续打翻身仗是他俩的共同心愿。尽管少不了磕磕碰碰，但是在垦荒、垒梯田——扩大农耕面积；造果园、发展水产捕捞业——丰富农副产品；兴建、管护农田水利设施——保障丰产丰收；积累资金，帮助各生产队购置手扶拖拉机，让山民尽快耕地不用牛——提高农村机械化程度等重大问题上，两个人还是达成了共识。有了奋斗目标，二人各自甩开膀子大干，有分工也有合作。

一天上午，肩头搭着上衣的曹铁拐穿过半爿街，从西岔口一拐一拐拐回公社。门口，秘书佟春来和黄金锁正在向平房的外墙壁上贴标语。标语很大，一张红纸只写一个斗大的字。

"都写的啥？"曹铁拐站住了，问道。

佟春来指着刚贴上墙的标语，一个字一个字地念着："抓革命，促生产。"

"反了，反了，搞反了。"曹铁拐晓道，"抓生产，促革命。倒过来。"

佟春来、黄金锁愣愣地望着他。

"听见没有？！"曹铁拐吼了一句。

佟春来和黄金锁只好把贴好了的"革命"、"生产"四个字小心翼翼地揭了下来，再小心翼翼地倒换位置。刚刚倒换完毕，手里提着黑提包的仇戬从通往柿子塆的岔道口走出来，走到了公社门口。仇戬见公社平房外墙贴上了红彤彤的大标语，很高兴。可是当他把标语念完，脸色一下变黑了：

"反了，贴反了，快倒过来。"

"这样贴怎么就反了呢？"一旁的曹铁拐大睁着双眼，"实际上，我们就是把'生产'摆在了'革命'的前面。"

"你让这么贴的？"

"是呀？"曹铁拐敢作敢当，"有很大区别吗？"

"我说曹主任呀，文化运动还没有宣告结束，你就别再……自找麻烦啦。"仇戬生气地说，"抓革命，促生产——是口号，报纸、广播都是这么喊。上面要求下面这么干，全国各地都在这么干，你怎么偏要别出心裁呢？这反调可是唱不得的啊。"向佟春来、黄金锁挥了一下手，"倒过来。"

"呃？"曹铁拐哪里输得了这口气，"谁领导谁呀！"

"好好，你领导我。"仇戡也没好气色，"这条标语你若是硬要这么贴，等我走了以后再这么贴行不行？明天我就走，不回来了。"抬脚就走。

"哎？！"曹铁拐见仇戡真生气了，一面示意佟春来、黄金锁把标语再倒过来，一面跟到了仇戡的后面。

仇戡走进办公室，把头上那顶褪了色的蓝布鸭舌帽取下来挂到墙壁的一排衣帽钩上，黑提包往办公桌上一放，倒了杯开水，再把几只小药瓶里的药丸子倒了一手心，就着开水吞下。曹铁拐跟进来，把扛在肩头的上衣挂在衣帽钩上，坐到仇戡对面的办公桌前，铁拐轻轻一搁，望着仇戡：

"小仇呀，不是我批评你，小鸡肠子，就是改不了。"仗着自己比仇戡年长十多岁，从来不喊他书记，"为贴个狗屁标语，就把你气成这球样，还要拍屁股撂挑子，犯得着吗？我曹铁拐就那么容不得人呀？"

仇戡也坐了下来，定定地看了曹铁拐好一会儿，忽然一笑："曹主任，你什么都好……刚直不阿，一身正气，对工作满腔热情，充满信心，对人民群众、对党无限忠诚，龙潭的老百姓需要你，共产党也需要你，就是……恕我直言，牛脾气，老犯倔，到老不改。致命弱点是，自我保护意识太差。生活在有人的社会，跟打仗一个道理，如果只想到进攻，只想到消灭敌人，完全不看重自我保护，其结果很有可能是，你还没来得及消灭敌人，敌人就先把你消灭了。无谓的牺牲，不值。"

"军事家，军事家。"曹铁拐竖着大拇指，"你打仗肯定比我行。"

"虽然你我老顶牛，抬杠，但合作还是很成功的。你在我眼里的形象很高大：直来直去，实话实说，对谁都没有坏心眼儿，对谁都不构成威胁，难得。和你共事，我最大的幸运感是：安全。"

"嘿嘿，要不怎么有人会说咱俩是黄金搭档呢。"曹铁拐咧着嘴笑，"不走哪？好。我吃饭去了啊，肚子早就饿了。"

"慢，我还有话哩。"

曹铁拐不动了，瞅着他。

"不是我要走……上面要我走。"仇戡喝了口开水，"上周一，你去软脚坡西面垒梯田去了，县里打来个电话，刚好我在办公室……让我马上回县里报到。省里下了个文件，调整过后的宜阳县革委会成员里有我。茅镰出任革委会主任。我见手头有许多事没有办完、办好，不放心，所以赖着没走，也没告诉你。"

曹铁拐耷拉着脑袋，一只手在头顶不停地搔动着，没有吭声。

"龙潭公社的主任、书记你先一肩挑着。"仇戡干瘦的脸上堆满了诚恳的笑，"我找机会和茅镰主任好好谈谈，争取尽快给你配个得力的助手。"

曹铁拐沉闷了好一会儿，忽然把大半截身子探出窗外，冲着还在外墙壁倒换标语的佟春来、黄金锁嚷道：

"去，通知伙房加菜，加好菜！仇书记高升了，今晚，全体公社干部给仇书记饯行，庆贺！"

谁也不会想到的是，第二天，仇戬乘班车去县里赴任，竟猝死在班车里！不知他是高兴过度还是操劳过度，抑或身体早就潜藏着什么重大疾病。可以说，这是全国第一例没有在岗位上待过一天就与世长辞的副县级干部。

曹铁拐闻讯后，拄着铁拐走了八十多里山路，找到了仇戬的故乡，在他的坟头静默了很久，最后只说了一句话：

"伙计，你咋享不起福啊。"

六十二

翌年，曹铁拐离休了。让曹铁拐离休的文件上有"任宜阳县顾问（享受副县级待遇）"的字眼儿。

曹铁拐离休的时候，家里只剩下四个成员：他和岳父、妻子、最小的儿子六四。曹铁拐喊六四"老七"。

另外六个成年的儿女全部远走高飞。茅镰在风雪夜驾小吉普到筲箕铺动员曹铁拐交出毛瑟的第二年，是曹铁拐最难熬的一年，随时准备批斗、游街不说，还得时时面对一群惊恐万状的孩子。五〇、五一、五二都是十七八岁的年纪，不仅没有读书，就连随大流当知识青年和同学们一道支边的资格也没有。曹铁拐心里急，可又束手无策。当了县人武部长的钟明义实在看不下去了，趁着手里还握着一点儿权，在冬季征兵的时候，冒着风险，亲自跑到龙潭公社，伙同已经是公社武装部长的苗耀宗做了点儿手脚，让带兵的把五〇、五二带走了。朱福在县化肥厂当厂长，想办法把五一弄去当了工人。五四、五五、五六终于等到可以读书的年代，一口气完成了各自的学业，参加了工作。他们经历了太多的苦难，创伤深重，心里过早地蒙上了阴影，认定背井离乡最明智，都不愿意扑腾在多灾多难的苦海漩涡，触景生情，怀想以往的悲痛。不约而同，他们都不轻易回到老家，除非特殊情况。在他们眼里，父亲简直是个灾星，家里的种种不幸，无不渊源于他。父亲在他们心里没有赢得应有的位置：没文化，没思想；做事不顾及后果，不留后路——一个有奋斗却没有奋斗目标的人！他们同情、怜悯、理解外公外婆和母亲，认为她（他）们才有血有肉有灵性。外公博学多闻，一肚子生意经，出了名的儒商，遗憾的是失去了博弈的机会和环境，不能以"得失"衡量他的个人能力。典型农村女性的外婆在他们心目中印象深刻：轴心力量保障庞大的家族正常运转，风吹雨打，岿然不动。要不是省下口里的食物喂养儿孙，怎么会因为昏晕摔死在悬崖绝壁？她是用自己的生命换取晚辈的成长啊。母亲知书达理，深明大义，任劳任怨，忍辱负重，体态羸弱却心性刚强：顶住了恶言恶语，挺住了大风大浪，成功地抚育了一群什么都不懂的儿女……成年的子女们存在这样一些思想观点，家庭的亲疏关系可想而知。所以，曹铁拐离休之后的乐趣和寄托全在老七身上。

老七是个结巴。因为受不了同学们没完没了的讥笑，老七勉强读完小学就没有继续读书了，十二三岁就开始伴随母亲下地干农活儿，陪着外公进山采药材。成年后，他把茅镰送给父亲的轮椅改装成能运载货物的机动三轮车，拉着从山里采集的山货、药材到宜阳县城卖钱，日子过得有滋有味。老七全然不像哥哥姐姐们那样叛逆，最崇拜的人恰恰是父亲。在老七眼里，父亲是世界上最有血性的男人，敢想敢干，敢作敢当，不知道后悔，是条好汉。可能是因为六个儿女在不到离开父母的年龄就早早离开了父母，深感失落，也可能是因为自己经历的磨难太多，渴望慰藉，曹铁拐对唯一守在自己身边的老七尤其宠爱，呵护有加。他觉得小儿子最有主见，不拘泥世俗，想怎么活就怎么活，好！因而父子俩的关系非常融洽，弟兄似的。老七说话结巴得厉害，听的人特别费劲儿，但是，他唱起歌来却一点儿也不结巴，流畅得很。因此，遇到紧急情况，需要明白无误地传达口头信息的时候，他会采取唱歌的形式予以表达，歌词信口编来，曲调却只有一个——《东方红》。比如，母亲让他去喊父亲赶快回家吃饭，他就会在筲箕铺前衢后巷一边走一边唱：

"我的爸，在哪里？

快快回家把饭吃。

你要是不回家把饭吃福如海哟，

我们大家就都不能吃……"

光阴荏苒，岁月峥嵘。一晃，十多年又过去了。

曹铁拐已然不是从前的曹铁拐，脸上巴满了皱纹，头发和眉毛灰扑扑的，毕竟八十出头了，老了。可他的身板却是出奇的硬朗，说起话来依然声若洪钟。离休以后，他学会了超然物外，日子过得很消停。走家串户侃大山，坐在堰塘旁边的大银杏树下垂钓，跟着老七去山里采山货、挖药材，成了他退居山乡的主要生活内容。他还学得一门好手艺——酿酒。他用高粱、玉米酿造的酒醇香、爽口，不仅自己天天有酒喝，还经常送出一些，与村民分享。这个来自辽西的满族汉子已经完全演化成了南蛮土著。

刚离休时，曹铁拐把顾问当成了一回事儿，很上心，后来，发觉这"顾问"原来不是个职务，没有具体的工作，有的会议让参加，更多的会议是不让参加，全然不是当连长、区长、社长、主任那样，不管什么会议，他不到场会就开不成，一个可有可无的虚职，没劲。就不再去县里了。茅镰亲自开吉普接他，他也不给面子。

这年，大年三十清早，茅镰就赶来筲箕铺通知曹铁拐去龙潭镇和寇勉、尉迟珙聚会。曹铁拐没有像以往那样一口回绝——"不去"，而是一反常态地说了句模棱两可的话，让茅镰自己去猜想。

苗家大宅后三间的堂屋里，身着长棉袍的苗字朗庄严肃穆。老人家先把神台上的香烛、红烛点燃，又在堂屋中央烧了一堆打钱纸，而后躬身作揖，喊老七跪在蒲团上向着神台磕了三个头，再让他把一挂万字头的鞭炮拿到天井下面放了。屋子里洋溢着过大年的气息。

祭祀完毕，全家开始吃送年饭。

苗士逸端着大圆盘来回跑了几趟，热气腾腾的大碗小碗布满了八仙桌。孙儿们绝大多数在外成家立业，老家只有四口人。苗字朗坐到了上首，曹铁拐和苗士逸坐在左右两边，老七坐在下面，各占一方。

曹铁拐拿起精美的长嘴青铜酒壶，欠身把老岳父面前拇指甲大小的酒盅酌满，接下便一口咬掉了酒壶盖子，从壶口将自己的玻璃盏子满上，再把酒壶递给老七。

苗字朗已是奔一百高寿的人了，名副其实的耄耋老汉：向后梳着的齐耳短发稀疏、银白；长长的向前尖撮着的山羊胡子也是银白色；满口找不着一颗牙齿，上嘴唇和下嘴唇往里瘪成了一个窝。但是他的眼睛和耳朵都很管用，脑子也清醒着。

苗字朗儒雅地端起拇指甲大的酒盅，颤颤巍巍地送到唇边，也就呷了呷，把酒盅轻轻放回了原处。他没有忙着吃菜，瘪瘪的嘴唇翕动着准备了好一会儿才问出一句话：

"茅县长来过了？"

曹铁拐知道这是在问自己，边喝酒边哼出一个"嗯"。

"有事？"

"喝酒。尉迟琪老首长，还有寇勉，请喝酒。"

"寇勉是谁呀？"苗士逸几乎就是把米饭一颗一颗向嘴里数着，"干什么的？"她只经常听曹铁拐谈起尉迟琪、茅镰，不曾听他提到过寇勉。

"副省长。"曹铁拐大口大口吃菜，"从前是我们连的号兵。小不点儿。"

"官……官……官不……不小啊。"坐在下方的老七结巴着，"他还请……请……请你喝……喝酒呀？"老七身个高大，面庞黑红，像老爸，性格却又像个孩子，说话不经过脑子，三十四五岁了，还没对上象，可也没见他四下张罗。

曹铁拐望着小儿子嘿嘿笑："你以为副省长的酒就那么好喝？"

苗士逸问他："不打算去？"

"去，干嘛不去。"曹铁拐喝了口酒，"就算是苦酒，我也要去喝。我得抢先给他为点儿难，让他给老七安排个工作。副省长，这点儿小事就办不了？"

老七高兴极了："我……我就知……知道老爸你……你会给……我弄……弄个工……工人当当。"

"臭小子，"曹铁拐笑骂道，"当了工人就好找媳妇对吧？"

"那……那是。"老七得意地喝着酒，"趁……趁这机会，让……让副省长帮……帮忙把……把连三楼还……还给我……我们家得……得了。"

"好主意！"曹铁拐冲老七翘翘大拇指，"真不愧是我的儿子。"

"不然。"苗字朗蠕动着瘪瘪的嘴唇，"过去了的事情，就让它过去吧。那是我过去亲自交公的，信誉至上，不能出尔反尔。易反易覆小人心。历次改朝换代，很多前朝富户的财产，总是要被均衡一些出来的，这道理你应该懂。"

"是呀，"苗士逸说，"给别人的东西，怎么好意思再要回来呢。"

"你们是不知道哇，现在的形势和解放初期、人民公社那个时候可是大不相同了。"曹铁拐说，"公社迁到新的地方办公后，连三楼腾出来先是办招待所，后开旅店，再做超市，前不久又变成了餐馆。你倒过来，我倒过去，已经倒了好几个人的手。说好是公有，不知怎么慢慢变成了私有财产。放牛的把牛卖了！"

"与其让……让他们随……随便买……买卖,不如让……让它物……物归原主。"

"物归原主?这话是我们家连想都不能想的。"苗字朗惊愕地瞪着老七,"你怎么讲出来了?"

"有甚不能想不能讲的。"曹铁拐说,"土改那会儿,田地山林大块大块撂下没人认领,为啥?主人怕戴上了地主、富农的帽子。分给贫雇农,有人还嫌多,是累赘。后来成立初级社、高级社,田地山林又集中,公有化,奔共产主义。这才奔几年了?又分田到户,分田到户跟物归原主有甚区别。"

"两回事啊。"苗字朗经常看书看报,反而比曹铁拐懂得多,"如今这叫承包,承包经营。经营权在个人,土地、资产的所有权还是归国家。"

"复杂。"曹铁拐皱着眉头把酒一口挡干,"这日子让人越过越糊涂。"举起空盏子让老七筛酒。

"惦记什么不行,"苗字朗很不高兴,"怎么单单惦记起连三楼来了。"

"做买卖,我带着老七做。"曹铁拐跟老岳父较起劲儿来,"大家都做起买卖来了,我们怎么不能做。"

"哼哼,"苗字朗冷笑说,"这买卖你们是做不来的。我又老了。做买卖要通晓行情,要广结善缘,要苦心经营。你一不懂行情,二无生意上的朋友,三不愿意花费心力,怎么做?老七更不用说,连账都算不清楚,能做生意?开张从头来,最需要的是本钱,哪里来?我们家,做生意的根基已经毁了,做不起来的。除非有个偶然的运气让你开门大发,可那运气说不定需要你伤天害理,伤天害理的事情你肯做?你是做不出来的。所以呀,就死了这条心吧。"

"那就太……太便宜了那……那些狗……"老七涨红了脸,"狗崽子们……们了。"

"瞎说。"苗字朗呵斥道,"人,要知足。"其实是说给曹铁拐听的,"我们家虽然遭了些难,但总算时来运转,欣欣向荣,不易呀。五〇当了师长,五二也是副师级,够不错哪,还想啥?守住老宅,谨慎做人才是。不能结怨,不能无风起浪惹出祸来,影响了五〇、五二的进步。我被祸事惊怕了,平安是福啊。"

苗士逸对曹铁拐说:"爸说得有道理,你也该听听劝了。"又冲老七嗔道,"你给我本分地点儿!"

曹铁拐不说听也不说不听,望着老七挤挤眼:"臭小子,只顾自己喝,给外公敬酒!"

吃罢送年饭,苗字朗来到前三间,在厢房泡了一壶茶,刚到前堂屋上方的方桌旁坐定,忽见虚掩着的大门轻轻推开,隔壁的堂兄苗字明拄着桑树枝拐棍,慢慢腾腾地挪移进来。

苗字明年长苗字朗两岁,眼袋臃肿,满脸紫斑,两颊的赘肉下坠,老气横秋,因为身体太胖,说话、走路都喘气。叔伯两房历来争强斗胜,互相攻讦,后来,苗字明戴上了地主帽子,比他更加富裕的堂弟依仗女婿的势力,反而只划了个富农成分,自感输了一着,再后来,又见苗字朗家人丁兴旺,官运亨通,愈加胆怯,渐渐地,反倒对堂弟礼让三分,不敢逞强了。

苗字明慢慢挨过天井,挨进堂屋,挨到方桌旁,径自坐下。

苗字朗也不搭话，只是从盘子里翻过一只茶杯，给他倒了杯茶。

苗字明双手拄着拐棍匀了会儿气，目不斜视："县上又来人了？"早晨他蹲茅厕的时候，望见那辆熟悉的小吉普又开进村来停在了苗字朗的家门口，心里无端搁了个事儿，想问问。

"茅县长来过了。"苗字朗如实相告。

"过年哩。有事？"

苗字朗品了口茶："省里来了个副省长，在半爿街，让茅县长通知女婿伢明天去喝酒。"

"副省长请女婿伢喝酒？"

苗字朗笑笑："这副省长姓寇。女婿伢当连长的时候，他是女婿伢连里的号兵。"弯腰撩起棉袍下襟，将右腿搭上左腿。

"哦……？"苗字明没有喝茶，甚至连桌上的茶杯都没看上一眼就站起身来，一步一步挨出了门。

都老成这样了，还喜欢打听！苗字朗望着堂兄的背影，心里好笑。

晚上，苗士逸依照北方的规矩，让全家吃了一顿水饺。

全家准备守岁。苗字朗把所有的电灯都开亮了，神台上的风灯和香烛也点燃了，屋子里如同白昼。

老七把一副麻将牌提到前三间，刚哗哗啦啦倒上桌面，门外忽然拥进一群人来：村长、好几个组的组长、族长，苗字明也气喘吁吁地跟在后面。苗士逸就又忙着搬凳子，倒茶水。解放初期，筲箕铺作为自然村，共一个村长；人民公社时，全村三百多户人家划分成十几个生产小队，村长改称大队长；十年前，筲箕铺又改作行政村，生产小队变成组，这样，大队长又成了村长，小队长成了组长。苗姓在筲箕铺是大姓，族长属于苗氏，沿袭禅让。曹铁拐跟他们混得厮熟。

入座后，曹铁拐正想问问各位乡邻如何不在自家守岁却结伴串起门来，村长苗近才先发话了：

"我们找老社长有点事儿。"

"哦？"曹铁拐愣了愣。

苗近才笑着："寇省长不是请你明日去半爿街喝酒嘛。"

"是呀，"曹铁拐又愣了愣，"你们咋知道？"

"嘿嘿，泰山大人露的这个风。"苗近才说。

曹铁拐望望老岳父。打坐在一旁的苗字朗正若有所思地捋着雪白的山羊胡子。

苗近才接着说道："听说有个这么好的机会，我们大家都不想错过了呀。"

不就陪副省长喝顿酒吗，怎么变成好机会了呢？还不想错过！曹铁拐脑子发蒙，说："有什么事你们就照直说，别兜。"他不喜欢拐弯抹角。

筲箕铺的几个头面人物于是乎交换了一下眼色，最后，还是村长开口：

"龙潭水利水电工程正热火朝天招标投标，马上就要开工了。我去县上开了几次移民工作会。伍书记、陆县长都说了，筲箕铺是库区，该移民。还说，龙潭水电站库区不像永泰、松峦，也不同于花溪、虎啸，而是就地解决移民问题——搬迁户向水库周边后靠；青壮年劳力从事种植业、养殖业、农副产品加工业，人人都有工作干。每次会议精神，我回村后都不折不扣传达了。村民说这政策好是好，不像从前的库区移民那样背井离乡，可就是让我们这么大这么好的筲箕铺淹没在水底下，太可惜了……"

"正是呀。"老迈的族长忍不住插了一句，"尤其是堰塘脚下那一冲两塝几百亩良田，都淹了，痛心呀，对不起老祖宗啊。"

几个当着组长的后生立即帮起腔来：

"曹社长，当年你领导软脚坡西面的社员用石头垒梯田，那么多人，那么多年，才垒出几分田地呀？还长不出好庄稼。"

"筲箕铺好不容易盼到了用电灯用手扶拖拉机的时候，好日子才开头就要搬迁，大家都想不通。"

"这不只是我们几个人的想法，全村人都在这么想。"

"唉……"苗字明哀叹着，上气不接下气，"民意……民意不可违哟。"

"你们是想让我找上头说情，说龙潭电站不能修？"曹铁拐马上意识到他们这是在给自己出难题，赶紧表态说，"龙潭电站是报请国家批准的建设项目，是必须修建的，谁也阻拦不了，我就是吃豹子胆了，也不敢跟政府对着干，你们趁早别打这歪主意！再说了，不修龙潭电站，我们宜阳县能发达起来？不能哪。筲箕铺还只是点上了电灯，你们看人家永泰、十字街，都用上冰箱、彩电、洗衣机啦。不修龙潭电站，宜阳县能赶上人家、超过人家？筲箕铺大还是宜阳县大呀？"

"我们没说不修龙潭电站，我们只是说把整个筲箕铺村庄和几百亩良田都淹了，太可惜。"三组的组长苗长富说。

"不淹怎么办？下游建永泰、松峦、花溪、虎啸电站，不是把该淹的村庄、田地都淹了吗？我们不能搞特殊化呀，大局为重呀，牺牲总是有的呀。"曹铁拐懂得在原则问题上不能和稀泥，"我听说了，你们也知道，县上统一规划的移民新区，比我们现在住的石头房子强多了——高楼大厦，电灯电话，那是共产主义呀，你们还不满意？"

"故土难离呀。"族长苦着脸说，"金窝银窝赶不上自己的穷窝呀。"

"其实，政府决意建设龙潭电站和我们筲箕铺免遭损失并不矛盾。"还是村长苗近才把话说到了点子上，"把坝址往上游挪七八里地，电站照建，筲箕铺和一冲两塝也保住了。"

八组的组长万家顺说："我们都打听清楚了，龙潭电站原来准备建在半爿街西端口的龙门，后来怕威胁到半爿街的安全，又想救住大草甸西北面的一片土地，就把坝址移到了现在的阳元峁。不是上面有人说移就移了嘛。"

"哦？"曹铁拐终于明白大家结伴找他的目的。

苗字明不失时机地喘着气："要为民请命啊。"

苗字朗眯着眼，慢悠悠捋着白胡子，一言不发。他同样舍弃不了家园，可又不想看到女婿被人怂恿着去干很难做到的事情，很矛盾。懊悔的是，怎么把女婿要去和寇副省长喝酒的事说给苗字明听了呢？自寻烦恼。

"这样吧，"曹铁拐认真琢磨了一下，觉得不能让筲箕铺的父老乡亲失望，"明天喝酒的时候，我代表大家反映反映，争取争取。"

苗近才和几个组长高兴极了：

"我们就知道老社长的办法多。"

"都知道老社长的面子大。"

可曹铁拐也不是没有考虑到问题的难度："我只能尽力而为，不能成事，大家可不能怪罪。"

"谋事在人，成事那还不在天？这道理大伙都懂。"苗近才倒也通情达理，"众乡亲既然信得过你，也绝不会把你往绝处逼。"

十几个人又兴致勃勃地拉扯了一会儿上移坝轴线的诸多好处，才离开苗家大宅。

六十三

大年初一，天蒙蒙亮老七就起床了。老七手脚麻利，很快就把外公昨晚守岁时写好的大红对联贴到了大门上：

高山流水诗千首；

明月清风酒一船。

横批：人寿年丰。

苗字朗不喜欢过于直白的口号式春联，又不愿意故作高深臆造隐晦霉涩的联句招惹非议，就从年前买回家的《楹联集锦》上抄了这副古名联。前后堂屋的立柱上、厢房、厨房、居室、杂屋乃至鸡舍的门框上，也被老七贴上了鲜红的说帖：开门大发、学海无涯、老少平安、勤俭持家、百无禁忌、不忌童言、五谷丰登、六畜兴旺……林林总总。

苗字朗照例虔诚地将神台上的玻璃风灯、红烛、香烛点燃，在堂屋中央烧了一堆打钱纸。老七又放了一挂万字头的鞭炮。

苗士逸鸡叫三遍起床，早就把菜碗摆满了一大桌。

曹铁拐要出门，赶路，接年饭吃得很早，也很匆忙。

一放下碗筷，苗士逸就从柜子里拿出一套崭新的呢子中山装，对曹铁拐说：

"今天不通长途汽车了，还是让老七开机器三轮车送你吧。"

"嗨，那像啥？人家都坐的是小轿车。再说了，机器三轮车上的车轱辘是老茅子送给我的轮椅上的，让狗日的笑话。走，最多三个半小时就到了。"曹铁拐把一块一丈多长的青棉布老练地往头顶一圈一圈地盘裹着，"不穿呢子，给找套黄军装，好点儿的。"

"这……行吗？"

"有什么不行？比阔，我哪比得过他们。"

苗士逸从箱子底下翻找出一套半新不旧的黄军装，"过会儿，金锁和运发就要来拜年了。以往，他们都要在家里待一晚上，陪陪你。你走了，留不留呀？"

"你看着办吧。"曹铁拐很快在头顶盘好了一个大裹头，把黄军装套到了毛衣毛裤外面，又把板壁上装着毛瑟的枪盒子取下来，吹了吹，挎上了肩头，"哦，对了，金锁可能来不了,他现在是龙潭镇的镇长,寇勉在半爿街请客,能少得了他?"

"不要背这东西了!"苗士逸把手枪盒子从曹铁拐肩上取了下来,往床上一扔,"我见你背它就心口疼。"

"好好,不背了不背了,反正骟了,不顶用了。"曹铁拐笑着,走出房门,"老七,准备好了没有?"

"好……好了。"老七早从杂屋里提出两只装满了酒的坛子,并且在酒坛的耳子上系上了麻绳,"很……很重,提……提呀?"

"挑哇。找个扁担。"

苗字朗从厢房拿出用草纸包好了的三个包包,对曹铁拐说:

"何首乌,三只。前年我和老七在大老林挖到的。晾干后,一斤八两。巧的是三只都一斤八两。上上品,弥足珍贵。"

"带这个作甚?不带了不带了。"曹铁拐说,"他们个个混得比我好。"

苗字朗翕动了几下瘪瘪的嘴唇,说:"做副省长的请你喝酒,堪称礼贤下士,你呢,也应该温良恭俭让,礼数要到。见面带点儿礼品不为过,贱了自然是拿不出手。你拿两坛子高粱酒能管什么用?"诲尔谆谆,"那尉迟琨是个十分了得的人物,可亲可敬,当年身处前线,自己生死未卜,却不忘为你请功,不能白做了你一回首长啊,也有八十多岁了吧?你不敬重点儿世上哪还有礼?茅镰县长固然比你年轻多了,可他比你沉稳,是个难得的好人,人家帮你那么多,我就没见你帮过人家,你呀……刚好三只何首乌,还都是一斤八两。"

站在一旁的苗士逸说:"爸是好心,就带上吧。"

曹铁拐对找来一根扁担的老七说:"一块儿挑了。"

曹铁拐和老七风尘仆仆赶到龙潭镇已是正午。戴着牛仔帽的茅镰正站在老牛市的三岔路口焦急等待。茅镰其实很不希望曹铁拐参加寇勉的宴会,怕他瞎说,怕他捅娄子。可是寇勉偏要见到曹铁拐,还说"曹连长不到不开席",这下可把茅镰急坏了,急出一头汗来。茅镰正在着急,见公路的拐弯处忽地闪出一个人影,喜出望外:

"瘸子呀,快呀,快点儿呀!"

曹铁拐显然加大了甩拐的幅度、速度:"急甚?"

"早该开席啦!"茅镰叫着,"你个瘸子,今日我才知道,你在寇副省长眼里原来那么重要!"

"茅……茅……茅叔!"挑着酒坛子的老七高兴地打着招呼。

"老七也来了?好,好。"茅镰也很高兴。

"哈哈,小寇,寇喇叭,好些年没见到他了,"曹铁拐已经跨到了茅镰跟前,"在哪?"

"连三楼,快走快走。"茅镰催促着,嗔道,"他现在是副省长,不能瞎喊绰号!"

"知道,"曹铁拐使劲儿甩动着铁拐,大步擦过茅镰,"见面我给他长半级。"左边空空荡荡的袖筒呼呼啦啦迎风飘扬。

六十四

大年初五傍晚。时空回到了十字街。

尉迟珙坚持在将军楼下了车。他说他想在春节期间串串门，给为数不多的老战友、老部下、老同事以及左邻右舍拜个晚年，还担心喂养的那群鸡饿坏了。时空只好由着他。

寇勉该回省城了，又要路过宁泰市，祝原市长正好可以陪同一段路程。

寇勉春节期间巡视基层，收获颇丰：离休之前，和几位常常挂念的首长、战友开开心心聚会了一次；体察了民情民意；重点踏勘了龙潭工程坝址；走访了龙潭、展旗、龙坪几个有移民工作任务的乡镇；听取了宜阳县县委书记、县长的汇报；就地解决了几个具体问题。最使寇勉满意的是，龙潭镇通往宜阳县城的公路两旁竖立着不少"全力以赴支援龙潭工程建设"的巨幅标语，还可以看到加班加点的施工队伍；宜阳县的伍书记和陆县长春节没有休息，坚守工作岗位，不搞迎来送往那一套，一心一意落实"一二五工程"，宜阳县的过去、现在、未来全装在胸中，问什么回答什么，对答如流。他对祝原也很欣赏：大年初一奔赴宜阳，突击检查下属的工作情况、深入基层调查了解群众的疾苦、检查督促龙潭工程的各项准备工作，尤其是生活物资的供应措施，这一点与自己的思想作风十分相像，志同道合。做领导嘛，就该这样，多干实事，不搞花架子，一步一个脚印，只要有这股子实干精神，就不担心群众有意见，什么困难问题都可以迎刃而解！寇勉心情舒畅，精神振奋，也就高高兴兴答应和祝原同行，甚至顺道看看宁泰市的市容市貌也可以。祝原见自己受到了寇勉的重视，高兴极了。时空在一旁偷偷笑。

在高速公路岔口分手的时候，时空对祝原悄声说：

"伙计，寇副省长一路表扬你工作作风扎实，让我好生嫉妒。到了宁泰，再好好表现表现。"

"包涵，包涵，全仰仗老兄你悉心指点。"祝原紧紧握住时空的手，不停地抖动着，"对你的所有承诺，小老弟我一律兑现，开年就狠抓落实。"

"君子一言。"

"驷马难追。"

时空照他的肩膀给了一拳："顺风！"

陪同领导出巡是个很累的活儿，说话，办事，一个动作，一种表情，都得注意把握分寸，察言观色、相机行事也在随时考验陪同人员的应变能力，一不留神，就会给领导留下基本功不合格的印象。一个下级如果在上司心目中没有分量，漫说想实现什么目标，说话当成了耳旁风也是不足为怪的事情。所以，时空也感到了累，累在脑神经，紧张，一路紧张。时空此次伴随寇勉副省长踏勘龙潭工程坝区、巡视宜阳城乡的表现，自我评价是不好不坏。尽管对寇勉的思想、作风、性格比较了解，终因急于求成，言谈难以做到句句委婉动听，走神儿、跑调儿、发急的时候不少，好在寇勉喜欢直来直去、不拘小节，自己又在他身边工作过许多年，还有岳父大人的老面子挺在那儿，纵然有什么差池，想必无伤大体。春节期间辛辛苦苦跟在副省长后面游历四五天，虽然说不上满载而归，却也不是竹篮打水一场空，收获还是有的。寇勉终于表态，把龙潭工程的"三通一平"项目提前交给华夏集团施工，等于竞标的序幕刚刚拉开，华夏集团就兵不血刃，先下一城，施工队伍可以大摇大摆地挺进龙潭工地，也为争取更多的施工项目创造了条件。此外，时空随机应变，拉大旗作虎皮，促使祝原为华夏集团解决了诸多历史遗留问题，免除了后顾之忧。缺憾的是未能达到主要目的。时空曾异想天开，试图通过寇勉的权威改变龙潭工程招投标格局，让这一水电工程的建设形势回归到从前的老路——由华夏集团独家承揽，结果，话一出口就被寇勉堵了回来。寇勉封杀时空这一动议的道理非常深刻。时空碰了钉子，希望彻底破灭，只有横下心来与各路竞争对手决一死战，杀开一条自救的血路。

夜幕降临。奥迪在别墅的小院前停住。

黄河对跨出车外的时空说："有事直接给我打手机。"

时空说："不会再有事了。"

黄河笑笑："未必。"

时空说："天大的事也不会再找你了。好好过年吧，还有两天。"嘭的一声推上车门，走进了院子。

时空走过前院的时候脚步有点儿沉重，担心家里有什么意外。他按了几下门铃。很快，巴山茶把大门拉开，亮亮地叫了一声：

"叔回来啦？"

时空见巴山茶已经从面巴屯回来了，心里一阵轻松，又见尉迟江南也神采奕奕地跟了过来，悬着的心这才彻底踏实。尉迟江南问时空吃了没有。时空回答说：

"如果吃了晚饭的话，回家就不是这个时候喽。那得等到十二点以后。"

江南说："一顿饭要花五六个小时呀？国宴。"

"上宁泰赴祝原的宴，你说，没五六个小时能不能解决问题。"时空把手里的公文包和草纸包放到客厅的茶几上，"知道那草纸包里包的什么吗？"

"宝贝。"江南讥笑说。

"何首乌。"时空把外套脱下来挂到衣架上，"怎么说也算是个稀罕之物吧。"

"一味草药，据说可以滋阴壮阳，谈不上稀罕。谁送的？"

"曹铁拐的岳父送给我岳父的。"

"我还以为是别人送给你的哩。"江南又讥笑了一句。

"送给我岳父的那还不是等于送给我的。"时空接过巴山茶递上的热毛巾，擦了几把脸，"爸说，他的养生之道是天天吃素，坚持走路，不迷信滋补的神妙。老人家一定要我拿过来，我不笑纳不好意思呀。"

江南一笑："吃饭吧吃饭吧，我和山茶猜到你会跑回来吃晚饭，正等着哩。也不给家里打个电话。"

"走得太急，我和黄河都忘了带充电器。两部手机全哑了。"

小餐厅的餐桌上早已摆好了五六个盘子，都用瓷碗盖着。尉迟江南把盖着菜的碗一一揭开，问时空是不是喝点儿酒。时空本来很疲乏，见尉迟江南的精神不错，苍白的脸颊还出现了少有的红润，马上有了兴头，说：

"那就喝点儿吧。"

"喝就喝呗，什么那就喝点儿吧，好像谁在勉强你。"江南说，"我也来点儿。山茶，拿瓶酒来，红酒。"

山茶"嗯"了一声，从储藏柜里取出一瓶干红，又摆好了两只玻璃盏子。

"怎么摆两只？三只，摆三只。你也喝点儿，过年嘛。"时空说。

山茶笑着："我不会喝。"

江南说："谁生下来就会喝酒呀？学呗，你看我不是也喝上了？喝点儿喝点儿，尝尝酒什么滋味。"起身取过一只盏子。

时空问山茶："不是说过完年再回吗？怎么提前跑回来了？"

"老家没事，我爷爷的身体也蛮好，看看就行了。"山茶说。

"是担心我们家没人照顾阿姨吧？"时空表示理解，说，"往后哇，你就大大方方坐在这桌子旁边和我们一起吃饭，别老是等我们吃完了你再躲在厨房里吃，这样不好。我们家不是财主，没那么多讲究。别听你爷爷的，他那是老规矩，早作废了。"

山茶羞怯地笑着。

"来来，坐吧坐吧，挨阿姨坐。"江南一把将山茶拉到自己身边，"你叔说得对，你就是咱们家的人，不要拘束。"

"老爷子今天不知道拗的哪根筋，说什么也不肯过这边来，"时空对江南说，"非要去守那个破将军楼，还担心一群鸡饿坏了，那个认真哟……不可思议。"

"你太不了解他了，他哪真是为了守破将军楼当鸡司令呀。每逢大年初三，他都要去江那边的公墓，到我妈坟前栽树种草，或者摆个花环，然后再静坐一阵子。"江南的眉宇间掠过一丝哀伤，"今年初三他没在家，没准明天一早就上坟去了。"

"呀，我怎么把这事给忘了！要不，明天我们也去？"

"算了，就让他一个人去吧。上辈人的情感世界跟下辈人是有区别的，我们搅和进去未必适当。改天再说吧。"

"倒也是。"时空害怕江南陷入悲伤，突然犯起病来，连忙劝酒营造欢乐气氛，"我这回在龙潭镇连三楼喝酒，可是大开眼界，第一次看到能喝酒的，海量，真正的海量。"

江南抿了口酒："谁？"

"别人都喊他曹铁拐。"

"他呀。我管他叫曹大叔。小时候在将军楼见过他，面相特凶，肢体也吓人。他的那只拐哟，铁的，可沉了，我抱都抱不动。他怎么也去龙潭镇了？"

"当年的寇勉不是当过他的号兵嘛。"时空吃着菜，"你看这位错的……命运真是神仙莫测。"

"关键是全国都快解放了，他不该赶在那当口断了胳膊，断了腿。我小时候特爱听他讲故事，打仗的，全是他的亲身经历。好些年没有见到他了，他现在怎么样？还好吧？"

"说话中气十足，走起路来脚下生风，喝酒要用大瓷碗，初一中午那餐酒，他至少干掉了两斤，你说他好不好。"时空说，"我这次也听到了不少和他有关的故事，不过不是什么打仗的。"

"那是什么故事呀？"

"多半是风流韵事。说被他喜欢过的女同志差不多有一个排。"

江南吃吃直笑："山茶，叔的话你听懂了没有？"

巴山茶摇摇头。

"没听懂就好。听不懂这些的女孩儿才是单纯的女孩儿。"江南借题发挥，"曹大叔之所以在政治上光芒暗淡，也许性情过余放纵是关键障碍。这典型事例给你们做男人的提了个醒儿，拈花惹草是要付出代价的。"

"哎哎，犯了打击一大片的错误啊。"时空分辩说，"男人和男人是有区别的，和尚也是男人，从来不闻荤腥，我好赖在寺庙混过几年，该算个和尚了，跟放纵性情、拈花惹草无缘。"

"这下可好，我成了和尚的老婆！神经过敏。"江南撇撇嘴，"其实，曹大叔在我眼里不仅是个大英雄，而且是个大好人。喜欢女同志……说明他爱美，爱生活，敢恨，也敢爱……"

"说得好，"时空调侃说，"这话我爱听。"

"你呀，借个胆都不敢。"江南剜了他一眼，"又不算和尚了？"

时空嘿嘿地笑，感到江南不犯病的时候脑子比自己活泛多了。

"曹大叔出生入死，一身正气，值得钦敬。老盯着人家那点儿毛病，有失公允。"

"高见，高见。我是看大节的人啊。"时空讨好地把盛着红酒的盏子在江南面前举了举，说，"曹大叔确实是个大英雄、大好人，这回我真领教了。"

"有什么壮举？"

"寇副省长请他赴宴的本意很清楚——老战友，年事已高，在一起聚聚，叙叙旧。他倒好，肩负重任——为民请命去了。"

"英雄本色。"

"啥英雄本色。跟我犯的同一个毛病——幼稚病。"

江南莞尔一笑："他也学会……幼稚？"

"龙潭工程上马后，移民工作不是也要开始了嘛。他住的那个村子叫筲箕铺，正好在库区，得搬迁呀。你知道他怎么来？代表全村几百户人家、大几千村民请愿！"时空喝口酒，模仿着曹铁拐的腔调，神态，"'哎，给把那坝轴线往上挪挪，挪个七八上十里，别把咱筲箕铺淹了！'不知道他从哪里学到了一点儿知识，懂得把龙潭电站的坝轴线向上游挪七八里，筲箕铺的村庄、农田就都可以保住。"

"寇叔怎么回答他？"

"寇副省长说'那哪行啊，这坝轴线是地质单位勘定的，设计单位确认的，省政府肯定的，哪能随便就挪了？'曹铁拐耍起横来，说，'就别唬我了，又不是什么辽沈、淮海的战略战术！你当我不知道哇，龙潭电站的坝轴线先前定的是龙门，为保半爿街、宜阳城关，那不是说挪就挪到现在的阳元峁了。'寇副省长说，'第一，筲箕铺再大，也不能和龙潭镇、宜阳城关相比；第二，坝轴线如果定在龙门，不仅会危及宜阳、半爿街两座历史重镇的安全，而且会淹没大片农田——大坝上游回水可以迂回到永泰县境内，损失巨大；第三，移动坝轴线的主要原因在于，阳元岇、阴元岫两岸的地质条件远比龙门优越，专家、学者的结论，不能轻易否定。'曹铁拐蛮不讲理，说，'你不是省长吗？省长连这点儿权力都没有？省长还怕屈专家、学者？不给我面子。'秀才遇到兵，有理说不清。寇副省长一个劲儿地笑，说，'龙潭工程坝轴线是报请国务院批准的，连省委书记、省长，甚至中央领导同志都没有任意更改的权力，漫说我这个副省长，曹老英雄，你把问题看得太简单啦！'曹铁拐的酒喝得有点儿多，满脸通红，脖子上的青筋凸暴，起先还尊称寇副省长为'省长'，后来，干脆直呼其名，喊他'寇勉'、'小寇'，话也越来越不靠谱，说，'你……你也敢跟连长顶撞？告诉你，不是为了大儿千老百姓的营生，我才不求你哩。逼急了，筲箕铺的山民也不是好惹的，他们会反抗，会斗争！他们会惹祸，惹大祸，会让龙潭电站搞球不成，看你拿他们怎么办！'"

"天哪。"江南大睁着双眼，"寇叔发火了吧？"

"没有，还呵呵大笑。我第一次见他这么稳得住神。"时空说，"倒是坐在旁边的茅老县长气得脸色发青，说，'瘸子呀瘸子，你那臭脾气是死到临头都改不了哇！你怎么能这样跟省长说话呢？没有一点儿修养！审定下来的坝轴线不是想挪就能挪的。在座的这几桌客人，就你一个人群众观点强？就你一个人在为老百姓操心？不知天高地厚！寇省长好心好意让我把你请来，想看看你，关心关心你，结果好，你搅起局来了！照实说，我真不想你来，可你偏偏就来了。'你知道曹铁拐怎么着？更不把茅老县长放在眼里！说，'少废话！你如今跟我是一个档次，骑在我头上拉屎拉尿的日子过去啦！没资格教训我啦！一个小司务长，管连长管了一辈子，这就有修养啦？这就知道天高地厚啦？'"

"这酒喝的，"江南直打喷嚏，"乱套了，乱套了。"

"可不？"时空于是绘声绘色，"连三楼一楼满满四大桌，绝大多数是龙潭镇德高望重的老者，差不多都领略过曹铁拐当年的威风，个个噤若寒蝉，不敢吱声，僵啊。后来，还是我们老爷子厉害，只把筷子竖起来，在桌子上蹾了蹾，就把曹铁拐的火气给坐住了。我们老爷子似笑非笑，慢慢吞吞地说，'二九呀，你是威风不减当年啊。好哇，好，预备师总算出了你这个天不怕地不怕的人物。谁都管不了你，谁都做不了你的领导，独来独往，老子天下第一，多好啊，你活得可有滋味了。我们都不行了，都老了，还落下个服从命令听指挥的穷毛病，赶不上你啊。那好，你就带着筲箕铺的山民反了吧，当陈胜吴广去！'吓得曹铁拐张口结舌，气都不敢粗出。他怎么这样怕我们家的老爷子呀？"

"曹大叔其实是个谁都不怕的人。"江南说，"问题的奥秘在于各行有各行的行规，当兵也有当兵的行规。当兵的行规是谁当兵的年龄长，谁打的仗多，谁立的功多，谁的军功章多，谁就是老大。这几项硬指标，老爸都超过了他，又一直是他的领导，当然说话管用哪。再后来呢？"

"再后来当然是冰消冻释，寇副省长反过来给他敬酒，茅老县长不失时机予以开导。茅老县长说，龙潭工程现在的坝轴线是科学定位，科学定位是无法更改的；说寇副省长春节出巡，主要是想察看一下龙潭工程上马前的准备情况、移民工作情况；说宜阳县的移民工作抓得非常全面，非常具体，非常扎实；还说龙潭库区的移民早就规划好了，绝大部分就地安置：搬迁户住进有水有电的移民新村，完全失去了土地的乡民可以当渔民、当果农，或者去兴办的农副产品加工厂当工人，不再走永泰、松峦、花溪、虎啸库区移民的老路了，让曹铁拐给筲箕铺的村民捎个信，让筲箕铺的村民放一百二十个心，日子只会越来越好，顺便把宜阳县委、县政府表扬了一通。七说八说，曹铁拐不仅不犯横了，还一个劲儿招呼大家痛痛快快喝他带去的两坛子高粱酒。这人的脾气来得快去得也快，真是个人物。"

"再后来呢？"

"再后来就喝酒呗！我在一旁听老人们讲曹铁拐当年打死一只黑熊的故事、降服土匪的故事，更多的当然是'那些方面'的故事。喝过一阵酒，寇副省长问曹铁拐个人有什么困难需要帮助解决。他老人家倒也直率，让身旁的一个愣头小子站了起来，说，'我小儿子，一直在伺候我，孝顺着哩。没有工作，给安顿了吧。'寇副省长顿都不打，指着我就是一道命令：'给安顿了！'"

"你就给安顿了？"

"是呀，这还能成问题吗？"

"爽快，不愧为尉迟琪的女婿！"

"我们家老爷子又把筷子竖起来在桌上蹾了蹾，挖着脑袋说，'这餐酒还是很有学问的，要用心品尝。品尝过了，才知道自己日后该干什么，不该干什么。'曹铁拐马上明白这话是冲着他来的，瓮声瓮气地说，'我服从了一辈子，难道还不知道什么叫服从。'"

"曹大叔原来不完全是赳赳武夫。"江南开心地笑起来，"喝酒喝酒，山茶，喝呀。"

时空喝了口酒，说："我这次外出归来，有个重大发现。"

江南捡了块豆腐干送进嘴里，慢慢嚼着，望着时空。

"我怎么觉得你忽然一下子就精神焕发起来，变了个人似的。看来，今年春节你收获最大。一天一针？"

"我当什么事哩。"江南瞥了他一眼，"过大年，谁不精神点儿，难道你在外面天天愁眉苦脸不成？我这病重是重点儿，可总该有个好转的时候吧？总不会长期诊疗不见疗效吧？"

"言之有理，言之有理。"时空端起酒盏，对山茶说，"山茶，来，咱们一起敬阿姨一杯，祝她身体健康，永远健康！"

山茶忙捧起盏子，甜笑着和江南碰了碰。

"要说，今年春节我过得愉快，是托你的福。"江南望着时空。

"是吗？"时空一副受宠若惊的样子。

"往年在省城过春节，哪年不是冷冷清清？要么老爷子没过去，要么之男公差在外，一家人总是凑不齐。今年，虽然你和老爷子都外出了，之男也走了，但大年三十还是团了圆的。最让我开心的是，今年春节家里一直挺热闹，人气可旺了，一连几天，家里来来往往的客人没断过。在省城，咱们家可不是这样。"

"这么说，我被发配到这里还发配好了。"

"你这人，我几时认为你是被发配啊。"

"好，只要你感觉良好，老时我就认了——美差，是美差！来，再敬你一个。"

江南平时不沾酒，几口酒落肚后就红光满面，神清气爽，完全看不出是个病人。这个春节让她感触太多，情不自禁地向时空叙说起此时与彼时的不大一样来。

从大年初一到初五，寄居的别墅门庭若市，上门拜年的客人络绎不绝。江南爱面子，喜欢排场，忙得不亦乐乎，病情好像减轻了一半。大年初一那天，首先是党委书记诗维领队，领着杨导、焦言、东方戟、帅自文、程心爽、秋胤等集团领导班子成员登门拜年，探望江南的病情。随后是白延寿做领队，领着司马敬、贺怀阳、达奚贤、娄毅、匡奇、侯万里一拨中层机关干部光临，也是来拜年来探望患病的总经理夫人。接着又是基地二级单位的党政领导，或结伴搭伙，或耍单，纷至沓来。所有来客，江南除和诗维、匡奇、娄毅有过一面之交，其余的人皆不相识，全由之男介绍、客人自我介绍。到访的客人不约而同，都要申述一个理由：时总经理到任后一直不便登门看望，春节期间走动一下大约入情入理。闲谈中，客人们谈论得最多的是，时空春节期间陪同主管工业的副省长视察龙潭坝区的事情。大家对时空的钦佩之情溢于言表，有的说时总让全集团干部职工都休息都过大年，唯独他自己不休息不过大年，心系群众冷暖，克己奉公，为人表率，风范令人感佩；有的说时总经理过大年还在劳碌奔波，不辞辛劳为职工群众揽活儿干找饭碗，一心一意为华夏集团谋利益谋发展，务实精神值得学习；有的干脆说华夏集团有时总掌舵，不愁发不起来！

病中人的江南不仅感受到了一种难得的人情味儿，还感受到了一种莫大的荣耀。她老担心时空从省里下来后打理不好如此庞大而又危机四伏的摊子，忽然置身于有口皆碑、揄扬一片，有如众星捧月般的氛围，自是眉开眼笑，乐不可支。对她来说，礼赞、拥戴、声誉是最高的奖赏，最大的慰藉。她觉得时空的能力得到了证实，全家没有白跑下来。

江南对时空春节忙碌在外有了荣誉感："后来我还听说，你这次去龙潭镇又给集团立了一大功——把'三通一平'项目揽到手了。"那口气，俨然华夏集团就是她的集团。

时空淡然一笑，说："龙潭工程'三通一平'项目不过是块边角料，算不上大单买卖，不值得大惊小怪。何况，这个标段其实并没有最后敲定。宜阳茅老县长送上门的那些活儿，才是板上钉钉。"

大年初一上午，寇勉看到龙潭镇已经驻扎了华夏集团的施工队伍，极为恼火，听了时空辩解过后，马上联想到龙潭工程开工在即，却不见任何动静，又调过头对雷好四平八稳的工作作风不满起来，一气之下，越俎代庖，将龙潭工程的"三通一平"项目许给了时空，并指令他火速施工。时空正处心积虑算计取得这一项目的施工权，寇勉的决断正中下怀，当时他虽然装的是一副勉为其难的样子，心里却乐开了花。连三楼盛宴的时候，时空瞅空儿溜到后厨旁边的卫生间，用手机悄悄给杨导、秋胤通了个气，让他俩把龙潭工程"三通一平"项目的概算评估一下，并转告匡奇抓紧时间组织一部分下岗、待岗职工，春节一过就开进龙潭工地，大张旗鼓拉开架势，迫使寇勉无法反悔，同时给雷好一种既成事实的压力。不过，时空并没有被这一小胜冲昏头脑，持一种谨慎乐观的态度。杨导、秋胤、匡奇等人则不然,听到龙潭"三通一平"项目得手的消息后,兴奋不已,奔走相告,一传十,十传百,拿到龙潭电站前期准备工程的喜讯成了华夏集团春节期间的头号新闻,只差没燃放烟花爆竹欢庆。

江南见时空对热门话题表情淡漠,很不理解。

时空嗟叹说:"我们暂时只能做出一个上马的样子,先造造声势再说,不敢真抓实干。龙潭工程的'三通一平',最终还得雷好说了算,时下,承揽工程是以市场为背景,获取手段是竞争,行政命令毕竟淡化到了幕后,寇副省长的权威固然可以影响招投标活动,但认真一想,还真不能算是决定因素。如果雷好横下心来抗拒,在现行政策、法律条款的公正下,不定还能占上风,这样,迫使寇副省长收回成命的可能性不是没有。还有,钱袋子是吊在雷好的裤腰带上,不是像从前那样,主管工业的副省长大笔一挥就挥下来了。我埋头苦干,急急忙忙把那'三通一平'干完了,干好了,雷好不给钱,那不白干了?等雷好表了态,等预付款到了账,那才算尘埃落定,不能高兴太早。算了,不谈这些了,说点儿别的,还有什么舒心的事?"

"初一,省直人民医院的高院长带着院办主任来给我拜年了。"江南猜想时空很有可能是觉得自己触犯了"在家里尽量免谈公务"的戒律,也就自觉地转换了话题,"开的专车,说是大清早就从省城出发了,小车在半路上抛了锚,请人修理耽误了好几个小时,结果,天挨黑才赶到。"

"新鲜。他们怎么忽然记起你来了?"

"我是省直医院的老职工,又是老病号,院领导来给我拜个年,情理中的事,有什么新鲜不新鲜的。"

"开着专车,院长、院办主任出马……哼哼,该不是黄鼠狼给鸡拜年吧?"

"你这人,心眼儿真多。"

"住省城时离他们那么近,从没见你享受如此高规格的礼遇,今年例了外,不能不让人生疑。"

"你如今是华夏集团的总经理,受到了省领导的器重,前途无量——夫贵妻荣。"江南风趣地说。

时空反而没有江南乐观:"省城政界,不会有谁看好我这差事,没人认为我官运亨通而附骥攀鸿。现代人就像热衷走短线的股民,崇尚立竿见影,一点雨一点湿,不愿意冒放长线钓大鱼的风险。你的话逻辑性不强。"

"疏则亲。离开单位的日子久了,反而亲了,不奇怪。"江南有理有据,"院领导带来的慰问品真不少,吃的喝的一大堆,还特地捎来两盒杜冷丁。之男送去的医药费发票全给报销了,分文不少。医院自负盈亏,很困难,做到这一点不容易,我原以为他们多多少少要打点折扣哩。"

"问题就在这里。世上没有无缘无故的恨,也没有无缘无故的爱。没准省直医院意识到顶梁的柱子被自己砍掉当柴火烧了饭吃后,忽然发现房子要歪倒,又想到要补强,就想到了你,就找个充足理由前来打探打探你这'一把刀'的病情如何,若是还能挺挺,下一步就该鼓捣你上岗再就业。"

江南忽然埋头大笑,笑过一阵,说:"时空呀时空,你真能琢磨事。"

"怎么样怎么样，我没琢磨错吧？"

"有两个目的。"

"说来我听听，再帮你琢磨琢磨。"

"第一个是让我帮忙解决一个技术问题。"

"什么大不了的技术问题？值得千里迢迢跑来讨教。"

"这个技术问题……现在还真不好说出口。"

"为什么？"

"主要怕你们听了反胃。"

"别唬人了，我可没那么娇气。"

"我可真说了啊？不许作呕。"

"说吧说吧，快说吧。"

"山茶呢？"

"我也没事。"山茶说，"在乡下，蹲茅房、猪圈旁，该吃饭我照吃饭。"

"我更没事，外科医生什么稀奇古怪没见过。"江南见时空、山茶的表态都很认真，也就没有什么顾虑，说，"前些时，省直医院做了个肠道手术。手术后，患者的伤口愈合情况很好，可就是大便不从肛门出，而是倒过来从口里排泄……"

"哇——！"时空一阵恶心，慌忙低下头，喷出一口酒菜，"……咳……咳咳……天下奇闻……天下奇……奇……"

山茶直吐舌头，望着江南："还有这种事呀？"

江南闪动着一对黑亮的眸子："啊？"

时空拿餐巾纸揿干笑出来的泪水，又擦擦嘴，说："那是怎么一回事啊？"

"所以他们就跑来问我呀。"江南说。

"你有……着？"

"有哇。"

"你真有着？"时空露出一种惊讶的眼神，"你跟他们支什么着了？"

"我帮他们把造成这种症状的原因搞清楚了。然后对症下药。"江南说，"其实，问题很简单：主刀医生手术时，把两截肠子接倒了，方向接反了。肠道除负责吸收营养外，还兼备将食物向下蠕动的功能，方向反了，自然会把正在消化或者消化了的食物倒过来向口腔上方蠕动，污秽流向不就颠倒了？"

"这下可好，弄了个上下不分，进出全走一个通道！"时空着起急来，"那……那该怎么办呢？"

"解决问题的办法只有一个，也很简单——再开一刀，把愈合的肠子剪下来，让它回归原有位置和方向，重新缝上，重新愈合。医疗科学的特点是忠实自然规律，背离自然规律，效果必定适得其反。"

"你这高招有点儿像修马路底下的下水道，一次不成功没关系，把路撬开再来一次。可人的肚皮跟路面没法比呀，马路不会喊疼，人会喊疼。"时空说。

"跟你说正经事哩。"江南瞪了他一眼，"瞎比。"

"那主刀医生上手术台前肯定喝多了酒，迷迷糊糊操起刀子不问青红皂白。"时空仍旧是一种调笑的口吻,"我看做院领导的也是醉意醺醺,事到临头犯迷糊。既然碰到了这种进出全走一个通道的离奇情况,本院可以会诊,本院会诊解决不了问题,还可以请协和、同济的专家会诊,这么简单的补救途径怎么就想不到呢?不远万里往十字街跑,也不怕麻烦。"

"你能想到的,人家都想到啦。那不是各有各的难言之隐吗?"江南却是一副与人分忧的神情,"高院长一筹莫展,唉声叹气对我说,'省直医院现有的技术力量如果能会诊出个所以然,我就不会大老远跑来向你请教了。'请协和、同济的专家会诊,他们也不是没有想到,是想到了不敢做到。你想,做肠道手术做出了天大的笑话,自己连原因都查找不到,宣传出去,院长、书记的脸往哪儿放?这省直医院还能在省城站住脚吗?脚痒只能在鞋子里拱呀。"

"哼哼,医院为了在社会赢得一席之地,把自己的名声看得比病人的死活还重。你不给他们支这一着儿,那个病人是死了好呢还是从此以后就让口腔承担收支一条线的双重职能好死不如赖活着呢?这叫医院吗?难怪老百姓对医院反映强烈。"

"你这么看医院,之男也这么看医院,你们父女俩一个鼻孔出气,好像跟医院有不共戴天之仇,凭什么?"江南对自己的职业是有感情的,对医院也是有感情的,不容忍自己曾经供职的医院遭到亵渎,"要知道,医院一向以救死扶伤为己任,医疗事故确实有,但功是主流,不能因为一两例失误就把医风医德和医院在社会存在的价值全部否了,这不公平。我是医生,我得为医院说话,维护医院和医护人员的声誉,你们不能一听群众说风就跟着起哄下起雨来。"

"嘿嘿,嘿嘿。"时空哂笑说,"不管怎么说,连之男也跟我一个观点。"

"死丫头。"江南不满地撇了一下嘴,"听说省直医院出了这么大的医疗事故,我急得什么似的,忙着给院长出主意想办法,讨论补救方案的可行性,她倒好,坐在一旁横眉竖眼,冷嘲热讽,不停地挖苦、糟蹋医院。事后,还一个劲儿埋怨我多管闲事,说,'人家毫不留情地把你给边缘化了,你还在实心实意替人家解排忧解难,完全不知道自尊自爱。'之男以前不是这个样子的,吃错什么药了?问她省直医院哪儿得罪她了,她又不说。"

"哪儿得罪了她?生她养她的娘没有得到应有的尊重,这就是仇视的根源。人家对不起她的娘,她能跟人家和平共处吗?"

"小人之心度君子之腹。之男没那么狭隘。"

"那她就是伸张正义,站在老百姓一边,为老百姓打抱不平,替老百姓出气。"

"你气我!"江南脸一沉,生气了。

"嘿嘿,逗你玩哩。"时空嘻嘻一笑,"你生气的样子特别好看,就想看看你生气。山茶,你发现这个问题没有?"

山茶说:"阿姨不生气也好看,阿姨本来就好看。"

"瞎说,别跟着他瞎起哄。"江南拦住山茶的话,又望一眼时空,"都半老人了,老不正经。"

"言归正传,言归正传。"时空笑着说,"你给那院长开了个处方,他就心满意足地走了?"

"那还要怎么样？连夜开车往省城跑。说病人天天叫喊口腔臭得像茅坑，不想活了，得赶回去救人哪。"

"瞎忙。可别又把车忙翻了。"

"狗嘴里吐不出象牙。"

"他们不是有两个目的吗？"

江南抿了口酒："还想喷饭？"

"也是……倒胃的？"

"我是外科医生，倒没这不良反应。继续说给你听听？"

"且慢，且慢，"时空夸张地揉着胸口，"等我缓过劲儿来再说。"

"害怕了吧？告诉你，你让说，我也不会在这个时候说。"

"这么恶心人哪？"时空狐疑地瞅着江南。

江南哼哼笑着，也不回话。

时空象征性地喝了口酒："二位慢用，失陪了。"

江南忽地睁大眼睛："怎么就不吃了？这酒还没喝一半哩。"

"山茶代了。"

山茶说："我不会喝酒，我是做个样子给你们看的。"她面前的一盏子酒确实不见大动。

"实在不胜酒力，就倒回瓶里吧，留着我慢慢享用。"时空站起来，"我就想陪你们坐坐，逗逗乐，造造节日气氛。这几天我是走一路吃一路，顿顿肥鱼大肉，虽然腿子累了点儿，肠胃可是享尽了荣华富贵。"说着，走出饭厅，提起公文包上了二楼。

山茶望着时空的背影，小声说："叔怕是真恶心了吧？"

"还说自己没那么娇气哩。"江南说，"不管他，反正他这几天在外面捞了一肚子油水。咱俩吃，来，喝酒。"

六十五

时空走进二楼书房，打开顶灯，把公文包搁到办公桌上，从里面掏出了手枪和手机。

这华夏集团的总经理真不好当，料理不完的事务，解决不完的困难、问题，跑腿儿、磨嘴皮子、斗心眼儿，琢磨人同时又被人琢磨，真够呛，终日忙忙碌碌，还提心吊胆……没完没了，哪天是个头啊……时空也有诉说不完的苦衷。可是苦衷归苦衷，事还得干，还得用心干好，不敢有丝毫懈怠。他刚才算是放松了一下，也就放松了一下，脑神经很快又绷紧了。年关一过，头一件要紧的事，应该是派遣贺怀阳、匡奇再去宁泰市找祝原，趁热打铁，把华夏集团那一揽子历史遗留问题全部解决了，夜长梦多。有些历史遗留问题已经变成了隐患，关乎稳定，这也是去年秋天自己在恳谈会上对下岗、待岗包括在职职工的庄严承诺，必须兑现，越快越好。祝原的摊子更大，事情更多，又正在致力工业园区、形象工程、政绩什么的，华夏集团的事再大，在他眼里都不算大，忙糊涂了，是会忘记掉的。第二件要紧的事情，应该是督促达奚贤狠抓龙潭工程的投标工作，力争百分之六十以上的份额，这是华夏集团兴衰存亡的关键，唯一的希望。第三件要紧事应该是……还没想仔细，时空忽然拿起办公桌上的有线电话，急急忙忙拨通了匡奇的手机。

"时总，时总吗？"送话器很快送来匡奇的声音。

"是我。"

"我知道时总打电话找我问什么事。我正在办公室，还没有下班哩。"匡奇先俏皮了一通，"大年初一下午，秋老总向我转达了您的指示，我又惊又喜，立马把人才中心的人马召集到一起，开了个小会，连夜展开了'三通一平'施工队伍的组织工作。您知道，绝大部分下岗、待岗职工早就没有具体单位、没有领导了，报社春节又停了刊，没有办法，我们只能到处张贴公告，用电话、手机通知够再就业条件的下岗、待岗人员到人才中心报到，办理下岗再就业手续，再通过他们互相传递信息，那个乱啊，忙啊，没法说。从大年初一到初五，我们已经忙了几天几夜，时总您春节不休息，我们这几个领导同志哪里敢休息啊。"

"辛苦了。"时空关心的是结果，"进场队伍组织得怎么样？"

"哎呀……"匡奇叫起苦来，"不理想，不够理想。计划先组织一千人的队伍，初九开进龙潭，现在看来，只有不到四成的人遵守我们的时间。"

"为什么？！"

"好多下岗、待岗职工一边填写'下（待）岗职工再就业申请表'，一边骂骂咧咧，说……说'谁在犯他娘的神经病，年还没过完就让上班，过祥和春节是新政策，日子过转去了'。你看。"

"从大年三十到正月初七——这是法定的春节长假。"时空直皱眉头，"怎么还说没过完年呢？"

"这些人下岗、待岗了多年，懒习惯了。他们习惯跟地方老百姓一样，过罢正月十五才算过完年。"

窝火，呻吟……时空强压焦躁："那就分两批进场吧，正月初九进去一批，十六再进一批。"

"时总英明。"匡奇在那头笑了起来，"我正愁交不了差。"

时空压了电话，边摇头边把手机连同充电器插上电源，懒散地往沙发上一坐。不料，屁股落了空，坐到了地板上。他苦笑着把书房扫视个遍，站起来拍拍屁股，走到楼梯口，扶着栏杆够着脑袋叫道：

"哎，我说江南，你怎么倒腾起书房来了，长沙发挪哪儿去了？"

"噢，忘了告诉你，下午山茶帮我搬到三楼了。"江南高声回答，"三楼不是闲着嘛，开发利用，不舒服了我就一个人上那里歪会儿。"

"该不是想跟我分床吧？老夫老妻了，何必呢，就互相迁就点儿吧。"时空自我解嘲，"我知道，你对我有意见。"

"谁敢对你有意见啊？小心眼儿。"

"我早知道你对我有意见。嘴上不说，心里老大不高兴。"

"神经过敏。"

"神经过敏？我是有依据的。"时空大声证实说，"有天我正开办公会，忽然发现之男从省里打来手机，心想，太阳打西边出了，女儿总算记得她还有个老子，就溜号儿去过道接听，看看女儿有啥知心话儿要对为父的讲。你知道她在电话里给我说什么？"

"说什么？"

"她说：'老爸，拜托了，你每天上床睡觉前，讲点儿卫生好不好啊？我妈憋屈得受不了啦！'"

江南听了，乐得嘻嘻笑。

"我回答说：'我的好闺女呀，原来你给老爸打来这么个要紧电话呀，你知道老爸我在干什么吗？正主持召开一个解决一万多号职工下岗再就业问题的办公会哩！'你说，不是你背地里犯嘀咕，之男她哪里会知道我胡乱就往被窝里钻的优点啊。难道你没有发现我最近正在努力改正？不洗头脸不洗脚，不上床。"

"得得，什么洗脚不洗脚的，正吃饭哩，你恶心就不怕我们恶心。"江南说，"改了就好，改了就是好同志。今晚彻底打扫打扫啊，都在外面滚了好几天了。"

"放心，天天住宾馆酒店，条件好得很哪。"

"条件再好，懒得洗，那还不等于零。谁监督你呀。"

"瞧你这人，难道说我这点儿自觉性也没有。"时空回身进了书房。可是刚走进去又转身出来扶着栏杆说道：

"我怎么觉得屋子里有股子异味。"

"什么异味？"江南在楼下反挖了一把，"……你身上带回家的吧？"

"哪能呢？香，一股异香。"

"我和山茶下午都洗过澡，还能没有点儿发精香水味？真是。"

"不是沐浴用品的那种香，也不是脂粉花露水的那种香，是一种说不上来的那种香，从没闻到过。"

餐厅的江南、巴山茶对视着。

"莫不是我从乡下带回的土腥味、野花野草味吧？"山茶望着楼上支吾说，"管他什么味，待会儿我拿空气清洁剂满处喷喷，一准儿全没了。"

"没事没事，是香，又不是臭，我随便问问。"时空进了书房。

"狗鼻子。"江南叽咕了一句，对山茶说，"快吃快吃，吃完了你去帮他烧洗澡水，多烧点儿，我拿空气清洁剂楼上楼下好好喷喷。"

"叔的鼻子真……真厉害呐。"

"有种说法——久居花园不香，久居茅房不臭，日子一长，也许就习以为常了。"

二人酒也不喝了，赶紧吃饭。吃完饭，山茶忙着把残酒倒进酒瓶，洗碗筷，抹桌子，烧开水。江南拿了瓶空气清洁剂，首先跑进了二楼的书房。

时空已经把书桌上的电脑、电话机、文件、书籍搬到了地板上，摆上了文房四宝。看样子，他来了点儿文人的雅兴，想练练字。

江南用空气清洁剂轻巧地喷洒着角角落落，说：

"集团大小领导都来咱们家拜年了，连诗书记都来了，你是不是应该回拜回拜？"

"是这么个理。"时空说，"可是这面积……有点儿大哪。"

"要是不去串串，人家会说你拿架子，那可不好。"

"让我想想，让我想想……"时空拿出一把长长的裁纸刀，嚓嚓嚓，慢条斯理地把几张报纸裁成条状，像自言自语，又像是在回答江南，"春节，传统节日，中国人把这个节日看得比天还大，尤其是串亲访友，不认个真就算不上中国人似的。礼尚往来，有来无往非礼也，是该串串，是该串串哪……可这假期又只剩两天了，那么多领导同志，一家家跑，哪跑得过来啊……好几个离退休老干部，怕是早就眼巴巴等着我登门看望，听他们慷慨陈词，倾诉衷肠……还有那几家享受着抚恤待遇的特困遗属，对我的春节探访，望眼欲穿。在这些人眼里，物质慰问不是看得很重，渴望的是精神安慰——总经理给拜年了——他们一年都会感到满足啊……正月初九开年度工作会，工作报告也该挤时间认真看看，到时候在台上念起稿子来，不说朗诵如流，那也不能磕磕巴巴吧？……矛盾啊，矛盾……"

"我看回拜最要紧。"江南说，"看望离退老干部、特困遗属节后找时间不迟。工作报告可以在开会的前一天晚上突击一下。"

"我的想法恰恰和你相反。有的时候，主动接触台下的比主动接触台上的更为重要。这个层级的人如果有情绪很容易激动，急慢不得……安定，我希望安定，家和万事兴……"

"还挺作难的啊？"

"要不这么来，节日期间去离退休老干部、特困家庭串串，在台上的一家也不去，一碗水端平，省得攀比。初八一上班，我就去办公室挨个转一圈儿，问题全解决了。这举措怎么样？"

"哼哼，真能应付。"江南喷着空气清洁剂，"鄙人严守家规，不参政议政。"

"无奈之举啊。"时空把裁成条状的报纸摆好，开始磨墨，"是不是让山茶准备点儿热水？身上还是打扫打扫好哇。"

"已经让她在烧了。"江南说，"咱们还是装个太阳能热水器吧？要不，买台电热水器也行。都什么年代了，还用蜂窝煤炉烧热水洗澡，麻烦，脏死了。"

"忍忍，再忍忍吧。"

"住别墅烧蜂窝煤炉子，也不怕人家笑话。"

"就别得寸进尺了。能在这别墅里住住就不错了，还想好。装配那么齐全，到时候挪起窝来，那还不得拆？"

"抠。不拆不行呀？白送给下家，就当我们缴房租了。"

"问题不在这里啊。这栋别墅是赃物，我们住在这里应该叫作……销赃。如果添这置那，再依你把新家具也买了，居住在这栋别墅里的性质更是发生了根本变化。你知道那会给别人一个什么印象？时空这家伙原来同样贪得无厌，霸着赃物不撒手。你说，在大家的心目中，我和易日山还有什么区别？"

"咿哟，会有那么严重吗？"江南却不以为然，"我们举家来到十字街，总得有个窝吧？总得想办法把自己的窝营造好一点儿吧？这不过分呀。"

"别着急,会有的,牛奶会有的,面包会有的,属于我们自己的窝也会有的。"时空捋捋袖子,操起杆斗笔,大力度驮墨,"集团贷了一大笔款,已经决定抠出一坨来建几栋住房,给住房紧张的困难职工办点儿实事。本来,我最积极,一是看到好多职工住的房子太不成样子,简直到了非解决不可的地步,二是癫痫跟着月亮走——沾点儿困难职工的光,我也属于住房困难户呀。可我就是不敢积极。为什么?我有点儿怕,怕人议论说时空没有自己的房子所以才积极,还怕有人说时空这玩意儿很不地道,吃着碗里瞅着锅里,占着一套还想一套。不积极吧,眼睁睁看着一大批职工群众还住在干打垒、土坯房里,艰难度日;积极吧,个人利益和职工群众利益又搅和到了一块。难啊,左右为难了好一阵子。这回好了,开了两次办公会,焦言副老总把上上下下的意见、建议如实一反映,杨导、秋胤两位副总使劲儿一呼吁,定下来了。匡奇总算有了点儿正经事,高兴极了,把从前的房建计划统统翻了出来,正让大伙讨论哩。这不就有着落了?"

"建在哪儿啊?十字街四周不是山就是水。"

"嗨,建住房的地方可多了,东山西山脚下;陕西营的山坳里;修造厂的大院里,还有二医院旁边的圪崂窝附近,到处是地,华夏集团闲置的土地跟闲置的生产人员成正比。我呀,打算建它七八个像样子的生活小区,建成园林式。比方说,围绕东山西山盖一圈儿楼房,把山上的老职工都迁下来,再把两座山的林木统统恢复了,恢复原始生态。人在这种环境里生活,你说美不美?到时候,我们就在那儿养老,和老职工一样,过过世外桃源的生活,享受享受天伦之乐,我们也是华夏集团的子民呀。"

"不会是水中月,镜中花,可望不可即吧?"

"那怎么会呢,老时我这点儿魄力还是有的。年前,党政联席会已经表决通过,开年就实施。我不能长期住在这'脏屋'里面。人家不说三道四,我也觉得不舒服,不雷厉风行不行喽。"时空一笔踏到宣纸上,却又收起笔来,"还告诉你个好消息,宁泰的祝原市长许了我一片土地,这份礼是我此次陪伴寇老头出巡的最大收获。"

"你要土地干什么呀,想当地主呀?"

"这你就不懂了吧?土地可是个好东西啊。建住房、办农场、搞新兴产业,派得上用场的地方多哩。你看这发展势头,不出三年,土地会变得相当金贵,增值空间会越来越大。"

"祝原把这么值钱的东西送给你,凭什么?"

"做了个顺水人情。祝原他老兄感激不尽,一激动,出手就大方起来了。唉,时空我是个穷光蛋,没有实力以物易物,只能玩空手道,空手套白狼。"

"说什么呀?怎么听不懂啊?"

"去年秋天,华夏集团不是发生过一次群访事件嘛。规模很大,几千人围堵集团大楼。有下岗职工,有待岗职工,有在职职工,还有不少离退休老干部和在职在岗位的二级单位负责人看热闹。那段时间你的身体状况很差,所以,我和之男都没有告诉你,不想让你操心。"时空手里的斗笔开始在宣纸上游动,"职工代表反映和迫切需要解决的问题,我让总经办主任贺怀阳整理了一下,归纳起来无非是:离退休职工的养老统筹、医疗保障;企业办的社会机构按政策及早移交地方,让地方政府归口、规范管理;物价没有规律地上扬、乱收费现象泛滥成灾,严重影响到职工群众的生活质量,等等等等吧。为兑现承诺，我让贺怀阳、匡奇找永泰县，寻求帮助。永泰县太小，没有办法帮助解决。我又让贺怀阳、匡奇去宁泰市找祝原市长，跑了几次，同样没有进展。去年元旦我也去找过祝原。老哥话是说得不错，无可挑剔，可就是看不到实际行动。这事不能再拖，拖下去会出乱子。我正考虑，假如祝原继续这么耗着，就直接跑省里，请省里解决问题。没想到祝原老哥这回痛痛快快地满口答应了我们的所有要求，过完年就给统统解决了，还要送给我一片土地。送土地的意思你明白不？"见江南摇头，"平抑物价和治理乱收费现象他无能为力，可是给了土地，问题不就解决了？我是这么想的，自己动手，丰衣足食，发扬点儿南泥湾精神，利用土地办种植业、养殖业，办跟职工群众菜篮子、米袋子有关的小产业，发展农副产品，让广大职工享受自己生产的价廉物美的生活物资，从另一条渠道解决物价飙升的问题。往后呀，我就把华夏集团经营成一个自产自销的'独立王国'，跟乱糟糟的物价市场不打搅，把自己的小日子过好，也不怕别人嘲笑我时空搞农耕文化。反正这年头就这形势，如果自己没有生存能力，就只有自我淘汰，谁也顾不上谁。这次我耍赖，赖着陪同寇老头子出巡，原想抱个金娃娃，办成一件大事，结果碰了壁，没办成，却意外发了点儿小财，也行，没白忙乎。"

"你做了多大个顺水人情呀？"

"天机不可泄露。泄露给你，你也不可能理解。"

"卖关子，你不愿意说，我还懒得听哩。无外乎钩心斗角，尔虞我诈。到时候，有自己的住房就行。"江南边听时空夸天、发感慨，边喷洒空气清洁剂，她明明知道时空嗅到的异香与空气清洁剂不会发生任何内在联系，却还是将书房的旮旮旯旯喷洒了个仔细，"好了，书房喷洒彻底了，闻不到异味了吧？"

时空写着字，鼻子嗅了嗅，"刚才是一种香，现在又是另外一种香，反正都是香。"

江南立起身来，走到时空背后，瞧着。

时空扭过头："怎么样？还行吧？"

江南摇摇头："没长进。鸡头狗骨，依然故我。"

"哎呀，哪有这么夸人的。"

"颜体不像颜体，柳体不成柳体，说是赵佶爷的瘦金体吧，又像娃娃画出来的童体，不敢恭维。"

"自成一体，这叫时体。我这也是书法呀。"

"自吹自擂。"江南取笑说，"书法跟你没缘分。不管你怎么喜欢，就是入不了门。留着自我欣赏吧，人是见不得了，奇丑无比。"

时空瞅着歪歪扭扭的毛笔字，咧咧嘴，说："有些事就这么怪，你越对它情有独钟，它越是显得深奥莫测，高不可攀。你是不知道啊，我一见人家的毛笔字写得漂亮，就敬他三分，自愧弗如。这回去龙潭镇，可让我见了个大世面，家家户户都贴春联，那个毛笔字啊，一家比一家写得俏皮，像争夺冠亚军，真让人眼馋。你说怪不怪，偏远小镇，照说，那里的人读书不算太多，可毛笔字为什么写得那么好呢？"

"这叫天分。字写得好坏，其实跟学历、学问没多少关系。蜀将张飞是个莽夫，读书不多，可是有人称他书法家；诸葛亮博览群书，满腹经纶，纵横捭阖，却没有人称赞他的字写得好。"

"是呀，天分，我要有这天分该多好啊，就不必老是觉得自己矮人一头，常常拿羡慕的眼光觑视别人的那份特长了。"时空叹息着，又说，"这副对联还是蛮有意境的啊。"

"天下事了犹未了不了了之；世俗人法无定法非法法也。"江南边念边笑，"谶语梵言，不知所云。怎么老练这两句啊？我都欣赏腻了。肜云寺的超凡脱俗生活记忆犹新？意犹未尽？念念不忘？想重温旧梦？"

"你看你看，我哪能是这境界呢。"二十几年前，时空在大学期间趁串联的机会去了趟童年时他被寄养过的肜云寺。庙堂依旧，僧人依旧，香火依旧，时空认得所有的和尚，可是所有的和尚却不认得他。时空没有搅扰他们，独自在寺庙里里外外转悠了一天，回转时想寻点儿什么作纪念，就把大雄宝殿大门口的楹联抄录了下来。小的时候他常在这副楹联旁玩耍，字是一个也不认识的。抄录下来的时候，他当然吟咏如流，但个中玄妙实难领悟，因而经常拿它练练笔，并且希冀醍醐灌顶。这副楹联究竟是什么意思呢？它想告诉人们一些什么呢？直到来华夏集团当了总经理以后，在某一天遇到了个非常挠头的事情时，他忽然茅塞顿开，再细细来想，果然有道理！"这副楹联寓意匪浅，韵味无穷，值得效法，奉为信条也可以。所以，我才有积极性练练它，念念它。"时空神秘地说。

"这么深奥呀？"

"那可不。"

"说来我听听。"

"……只可意会，不可言传。"

"又来了又来了，我才懒得跟你猜谜。"江南摇摇手里的空气清洁剂喷洒瓶，正要出门，山茶进来了。

山茶一面报告说洗澡的热水、开水都烧好了，一面把一杯冲好的咖啡搁到时空面前的办公桌上，回身把一部手机递给江南，说，"之男姐的手机忘在家了，怕是急死了。"

"她哪会忘啊，是我忘了，忘了告诉你。"江南说，"这手机你之男姐送给你了，家里有什么急事让你直接打电话告诉她。还往里充了两百块钱的话费，刚充的。"

"真的？"山茶高兴坏了，把手机摸了又摸，"这下我可发了。在半爿街的时候寇爷爷送了我一台收录机，之男姐又送给我一部手机，四个现代化，我已经实现两个了。"

"啊？"江南睁大了眼睛。

"嗯。"时空埋头写字，"这书房里有三个人，该是'三个代表了'。"

"真的是'三个代表'耶！"山茶说，"叔叔代表领导，阿姨代表城里人，我代表乡里人。"

"山茶呀，"时空直起腰，笑着，"听说之男在教你学文化，有进步没有哇？"

"老样子。"山茶一脸愧色，"爱忘，之男姐今天教了，明天我就忘得一干二净。我笨。"山茶幼年时父母双亡，由爷爷喂养大，家境贫寒，加上农村重男轻女旧俗根深蒂固，因此没有上过一天学。

时空说："之男三月两月是回不了家了，往后呀，你就跟阿姨学吧，先学认字、写字，只要一天学会一个字就行。你看啊，一天学会一个字，十天学会十个字，一年就是三百六十个字，三年就会一千多个字。有这一千多个字的资本，你就可以读书、看报，就能自己钻研知识，而且那知识水平会越来越高，是个前景看好的买卖。从明天起，这家里的活儿可干可不干的，就别干了，扎扎实实跟阿姨学一两个小时的字，目标：一天熟练一个字，积少成多。"

江南问山茶："叔叔的话你懂不？赞成不？"

山茶认真地点点头。

"你刚才说你的'四个现代化'已经实现了两个，还有哪两个没有实现？说，阿姨帮你全实现了。"

"还有……"山茶忽然想到这是向主人讨要东西，忙说，"没有了。大家都在说实现'四个现代化'，我也跟着说说。"

江南笑着拍拍山茶的头："真懂事。不说也行，阿姨早晚帮你把心愿了了。"

江南正拉着山茶往外走，时空又纳闷着问道："之男怎么连初一都没过完就走了？集团年前还专门下发过通知——春节期间不许加班加点，驻省投标工作站怎么不执行政策呀？"

江南嘲笑说："你们不是让她当了特务吗？特务当然有特别任务，忙呗。"

"不对。"时空摇着头，"这里面有问题。"

"有问题？……哟，莫不是有了男朋友吧？"江南脸上很快泛起一层喜色，"去省城办站前我就跟她唠叨过，我说年纪一天天大了，又是个女孩子，该把恋爱问题摆在首要位置了……恋爱了，恋爱了，很可能是，肯定是！"

"才回省城不到一个月就有了男朋友？还发展到难舍难分的地步？这进度也太快了点儿吧？"

"时代不同了，发展了，生活节奏快了，现在的青年在这个问题上都喜欢速战速决，结了婚再恋爱，没什么稀奇的。"江南认为，即便之男很快有了男朋友也入情入理，顺应社会潮流，不足为怪。但也不无忧虑："怕就怕她降低择偶标准，把剩男、秃子、胡子大爷，或者你们男人戏说的'二锅头'领回家了。"

"先别挑肥拣瘦。这种恋爱速度我表示怀疑。"

"如果不是恋上爱了，还能有什么大事使她连春节都不过就急急忙忙往省城跑？"江南武断地说，"初一上午，你一走，她就准备走，后来因为来了拜年客，没走成。下午刚要出门，又来了拜年客，几拨拜年客一走，省直医院的院长、主任又来了，院长、主任前脚走，她后脚就出门。那个急哟……你是过来人。"

"你不是普通病人，身边不能没有人陪伴，我和爸都走了，山茶也走了，她要走，你能由着她？"

"之男的脾气你又不是不知道，她要干什么，你能阻拦得住？"江南说，"本来，高院长的小车可以把她捎回省城，可她不干，偏要赶夜班公交车去，说是'不屑与他们为伍'，其实，鬼才知道她和情人约好在哪儿相会。"坚信之男已经锁定目标。

"你就那么肯定她对上象了？"

"那你说，她慌慌张张跑回省城干什么？你这老板给驻省投标工作站那特务机关下达过什么秘密任务了？"

"弄个水落石出很容易，待会儿我跟况夫打个电话就知道了。"

"难得你有这积极性，我不反对。"江南边说边拥着山茶往外走。

"哎，"时空叫了一声，"省直医院的那位院长，还有主任，拜望足下不是有两个目的吗？刚才只听说了一个，还有一个呢？"

"想再喷饭呀？"

"没吃饭了，哪还有饭喷啊？"

江南一笑，把手里的空气清洁剂喷洒瓶交给山茶，说："先把叔洗澡要用的东西都准备好，再把楼上、楼下喷喷，喷仔细点儿。三楼也要喷。"

山茶"嗯"了一声，出了书房。

江南回到时空面前，"兴趣不小啊。"挑衅的口吻。

"话怎么能说一半留一半呢？"

"留下的一半不是被你蒙到了吗？"

"噢？我说吧我说吧，医院顶梁的柱子果然拆卸得差不多了，出现安全问题了，想到让你再就业了。"

"有何高见？"

"不能唯命是从。"时空又换了一张裁好的报纸，提起斗笔，蘸着墨水，"第一，他们做事太轻率。不用搁到一边，应急就提起来，真夜壶呀？其次，你的病情不允许你重操旧业。开颅、剖腹都是要命的活儿，手稍稍一抖，说不定就要了病人的性命，等于杀人。站在手术台前搞指挥也不是个事，指挥到位，操刀手的刀子不到位，结果是一样。"

"在行。可是他们并不打算让我主刀手术耗时的高危病患者。"

"那让你这'一把刀'回去作甚？"

"再猜猜。"

"我不行医，也没学医，哪能猜得到。"

"让我专做整形手术。"

"拉眼皮、割眼袋，把抬头纹、鱼尾纹给糊弄平了。"

"那叫整容。"

"整容和整形还存在区别呀？"

"我觉得没有必要跟你讨论这个问题。明说吧，他们让我专做加粗加长手术。这种手术没有生命危险。"

"外科……有这种手术？"

"过去鲜有，现在很普遍。"她以为他听懂了，"省直医院自负盈亏后，日子反而过得恓惶。专长技术少，综合实力弱，技艺上竞争不过其他医院，就医的人数远不如从前，营业额急剧下降，支出却又直线增长——院领导、主任医师、行政管理人员的工资、奖金、福利待遇比从前翻了几番。不翻番不行，不翻番就有可能出现没人坐诊的危险，管理机器也会逐渐丧失管理功能，连锁反应是：寻医问诊的患者越来越少，产值继续滑坡，恶性循环。高院长的头发都急白了，就寻求新的经济增长点。"

"就急出了……加粗加长。"

"现在，中国人的生活质量不是普遍提高了嘛，所以，对生活的各个方面有了更高的需求。全国好多医院都在竞相设立整形外科，把加粗加长作为产业链的延伸，并且积极培养成支柱产业，在努力满足人民群众精神生活的同时，提升自身的经济效益。这行当的生意可好了，一例手术做得成功，收费是开颅、剖腹的几十倍、几百倍，一本万利，而且不用承担任何风险。"

"这手术……阁下也能做？"

"那太简单了。"

"什么病需要加粗加长啊？不危及生命，要价还那么高。"

"做这种手术的人全没病，有病做它干什么？"

"没病做手术？疯了？"

"原来你没闹懂呀？"

"加粗加长？"

"啊？什么意思？"

"什么意思？"

"我跟你白说了半天！"

时空愣了一下，"……啊……？啊！"他终于闹懂了，"幸亏，幸亏刚才你在饭桌上没说出来，说出来了，我又得喷饭。这高科技……进口的吧？"

"没错。在中国，从前没这学科。"

"他妈的，"时空来了句国骂，"老外也真够损的。尽教中国人怎么消费，怎么享受，怎么堕落，怎么颓废，就是不教中国人怎么创造，怎么进步，怎么发展，怎么繁荣。加粗加长，你不学，他推广，他倾销，他普及；满街跑的合资汽车，国产率达到了百分之九十，可那百分之十的核心技术，你想学，他不仅不传授，不转让，还动不动就诽谤你剽窃了他的科学成果。咱们中国人呢，也够呛，掌握加粗加长伎俩不费吹灰之力，无师自通，可对汽车的核心技术，苦苦钻营几十年却不见长进——搞歪门邪道行，搞正事不行。"

"你这人，胡扯到哪里去了！"江南脸颊绯红，"加粗加长也是科学，是缓解、医治人们精神疾病的科学。"

"拉倒吧。外国人把什么乌七八糟都包装成科学兜售给中国，中国人早就把'科学'二字庸俗化了，一文不值。"时空信笔涂鸦，"刚刚吃了几天饱饭，就他娘的开始寻乐，就想穷奢极欲。高兴拿这玩意儿开刀的，肯定不是种地的、做工的、坐公务员办公室的，而绝大多数是那部分不知怎么一下就发了迹的，心花怒放，腰包发烧，不信你仔细查查。可悲，可悲啊，文化劣根。"

"如此这般上纲上线，至于吗？"江南骄傲地抱起双手，睥睨着时空，"看好了，拿这手术刀的，有站在你面前的老婆。"

"别唬我了，你骨子里如果不恶心这行当，我把'时'字倒写着。知妻莫如夫，我不过替你泄愤而已。"

"巧舌如簧，讨好卖乖。"江南又一笑，"你说怎么办吧？"

"什么怎么办？"

"是欢欣应邀还是婉言谢却，总得给人家一个答复呀。"

"得了吧,你早拿定主意,何必问我。"时空说,"要是执意应邀,包一拎你就走了。"

"你就这么肯定呀?"江南说,"说不准啊,假如你认为其中有那么一点点儿临危受命的意味,我真有义务赴汤蹈火。"

"凭什么?"时空想到刚愎自用的江南确有可能为别人尽心尽力,立马撕掉了面皮,"重病缠身,自顾不暇,却志愿帮助人家创收,荒谬。"

"医生以救死扶伤、解除人们的痛苦为己任。"

"你不是医生。"

"我曾经是医生。"

"让曾经开颅、剖腹的'一把刀'去做……这样的一种手术,你就没有感觉到斯文扫地?你就没有感觉到……"

"个人荣辱我不在乎,我只忠诚职业。"

"你没法忠诚职业。你那病说犯就犯,犯了又无法及时控制。手术时,万一病发,脑子糊涂,手脚不听使唤,像接反了肠子一样,万一搭错哪根线,把原本功能健全的实物搞得从今往后萎靡不振,把没有病的人治出病来,岂不是适得其反?那领刀的主,本来是想寻快活,你的本意是成人之美,结果,弄巧成拙,双方的目的都没有达到。弄得不好,你还会惹火烧身,吃官司。"时空竭力阻挠,"真想忠诚职业,行,我成全你。华夏集团有两家医院,马上移交给地方,老时我很快就跟他们脱离了领导关系,没了以权谋私之嫌;十字街有四家国有医院,规模都不算小,等你的病情确实好转了,我给有关方面打声招呼,六家医院任由你挑选,让你重操旧业,或者当当现场指导,这样,你既可以遂愿,又可以时刻得到家人的呵护,两全其美。"

"问题不在这里。"江南推心置腹,"人贵有自知之明,我知道自己已经丧失了拿手术刀的能力,早就无心披挂上阵,之所以在该拒绝时没有拒绝,皆因省直医院情势窘迫。院长在邀请我就位的时候,愁眉苦脸,一肚子忧愁,让我回院效力几乎是哀求,不容我不动恻隐之心。他说,省直医院如果挺不过眼前这一关,唯一的出路是散摊,接受无情的重组、兼并,如果出现这种情况,全院一千多医护、管理人员,个个在劫难逃,都要沦为二等公民。结局悲惨。"

"活该,早干什么去了?"时空气愤地说道,"不保持核心竞争力,必然面对毁灭的恶果!市场竞争实际是人才竞争,没有人才就没有竞争力,这是大报小报的热门词,难道他们就没有看清白这一句?"重重地把斗笔一搁,"旁观者清,我在一旁旁观,最大的感触是,你们省直医院的决策、管理层丧德,没有包容人才的胸怀,只有离心力,没有向心力。刨开你之外,各奔东西的怕是大有人在。有一技之长的,只怕不是被炒而是反过来炒了住持。这种队伍,已经没有存在的意义,被人家吞并了才好,才符合自然法则。你趁早死了这个心,大势已去,单靠你一个人,绵薄之力,是拯救不了他们的命运的。难怪之男说不屑与他们为伍。"

"不要再瞎猜了啊。高院长请我回院筹建专科是单独商议,没让之男在场。这类工作性质,哪能让没有结婚的女孩子听……"

"叔,阿姨,有人拜年来啦!"楼下传来山茶的叫声。

时空看了一下手表:"这么晚了,谁还来拜年呀?"

江南跨出门外,扶着楼梯栏杆大声问道:"谁呀?"

"我,孔超,给时总拜晚年来啦。"

江南返回书房:"一个叫孔超的。"

时空皱着眉头觑着眼:"……他可能找我有事。你下去,请他上来。"说完,把墨迹未干的报纸规整到墙根,收起文房四宝,轻手轻脚将电话机、电脑往书桌上搬着。

六十六

诗家爆发地震,还引发出次生灾害,搞得一家子人人自危。一切都发生在这个春节。诗维暗自神伤:"年关,年关,倒霉的年关。"

其实,开头几天还是过得蛮好的。

年三十,原以为诗嬿会赶回家吃团年饭,并且带回她已经交上的男朋友,去岁元旦她回家时曾经有过这方面的许诺,结果没回。没回就没回吧,好不容易有了男朋友,趁春节长假单独跟男朋友待在一起谈谈心,耳鬓厮磨,牢固一下感情理所当然,情有可原,不过分,景丽元想。吃团年饭的时候,诗维却嘀咕了一句:"这大男大女在一块待着……这么待着……不好吧?""有什么不好?"景丽元白了他一眼,设身处地替女儿辩护,"如今开放了,年轻人的情感世界也该跟着开放了,像我们过去那么个恋爱法——偷鸡抓狗,就好?""是呀是呀,我也觉得没什么。"二姨放胆给表姐帮腔说,"嬿嬿老大不小了,做父母的该撒手了,有些个事,还是睁只眼闭只眼好,免得日后……小两口烦不是?"诗维就不作声了。

年初一,一家人过得也算恬适。家庭气氛祥和,风平浪静。诗维按个人计划邀约集团所有领导班子成员去时空家拜了个年。这是诗维的最高礼节。诗维之所以慷慨行此大礼,皆因他见时空确实算得一个人物:厚道,大气;没有小心眼儿,没有架子;民主意识强,不固执己见、独断专行,平时总是主动找他这个书记商量工作,不耻下问,不像有些一把手,平白无故端架子专等人家上门请示汇报,可交。比较起来,就连自己也缺乏这种涵养。心存歉疚的他,也就瞅准这个最令人注目的时刻,大张旗鼓、气气派派地体现了一回大将风度。之后,诗维就不再出门了,像许许多多懂得过传统佳节的长者一样,待在家里迎来送往。之余,便看看书,看看报,看看电视,上上网,抑或吟诗作赋,写写毛笔字。在华夏集团这方天地里,诗维是个小有名气的书画爱好者,自诩文化人,主观上是想与纷扰的名誉、地位、金钱世界保持距离,低调为人,谨慎为人,谦逊为人,做个体面人。他懂得这样反而更加贴近群众。

也不是没有苦恼。春节期间的苦恼和平时的苦恼完全一样:源于那个海南之行的鸳鸯浴,和在没有任何心理准备的前提下收受了别人那么多的红纸包,而那些红纸包最后又同样是在没有任何心理准备的前提下被别人抢走了。虽然事隔有时,水落三秋,也不见扬起什么波澜,值得庆幸,但只要一想起这些事来他就心惊肉跳,尤其是那个被劫持的夜晚。

海南之行的是是非非对诗维震动太大，刺激太大，精神上的折磨常常使他寝食难安。旁人不知道，也觉察不出来，只有他自己清楚，魂不守舍。诗维是个讲究自尊、自重、自爱的人，正因如此，他才超乎寻常的严于律己，努力塑造进取形象，骇俗楷模，可是眼看这种做人之道很不实际，奋斗目标十分渺茫。不知从什么时候开始，他有了一种矮人一头的感觉，感觉到干什么都有点儿直不起腰来，就连说话也不如从前底气十足，好像自己丧失了点儿什么。丧失了点儿什么呢？

工作上他已经没有了从前那种雷厉风行、讲求实效的劲头，面子活儿、程式化，这些他从前鄙弃并且极力反对的虚架子作风，如今却在自己身上时有体现，很滑稽。从海南打道回府后，为彰显调研、考察的重要意义，诗维曾试图做好几件大事，结果，一件都不理想。

孔超写的长篇通讯，简直就是一个杂乱无章的流水账！把各单位提交给他的典型材料一剪辑、一罗列、一堆砌就算完事，敷衍塞责。巡视、调研过的二十多个外营单位全都提到了，面面俱到，哪家也不得罪；正反两个方面的典型也都点出来了，可就是一个单位、一个典型也没点深点透，不疼不痒，该突出重点啊。通篇让人怎么看也看不出个头绪，不知道它究竟要说明一个什么样的思想观点。也怪自己当时没有心情指点指点，修改修改，缺了个点铁成金的过程，加上照相机、胶卷被劫匪劫走了，连一张可以用来看图说话的实物照片都没有配发，所以在《华夏工程报》发表后等于没发，没有丁点儿反响。书面工作总结、《基层党建工作和反腐倡廉工作调查报告》同样如此，各级领导干部怕是连翻都懒得翻，这个孔超，才呢？哪儿去了？

后来，诗维按既定计划亲自出马了，效果也不怎么样。在庄严肃穆的党委扩大会上，他的调研工作专题汇报全然不是理想的那么精妙，平淡无奇，白开水一杯暂且不论，对基层党建工作正反两个方面的典型事例也没有归纳出什么特性，跟孔超的基调大同小异。举世通行的辩证法倒是运用自如：一个方面……另一个方面。给人做着这样的启发：不偏不倚，不好不坏。不如不辩证的好。孰是？孰非？支持？反对？得观点明确，旗帜鲜明呀，难道可以引导大家向两个背道而驰的方向同时努力吗？事后，诗维给自己做了个总结：提纲没有拟好，心不在焉。他不甘心，接下又准备党课。他一连讲授了好几堂党课。先在闲置了多年的党校阶梯教室开讲，后又送课下基层，去修造厂、旅游服务公司等基地二级单位的多功能厅开讲。先讲给集团领导、机关干部听，再让二级单位的科队级以上干部和普通党员接受教育，要求进步的职工当然应该参加。诗维算得政工战线的老把式，讲党课是他的拿手好戏。放在以往，他会在三尺讲台昂首挺胸、纵横驰骋、洋洋洒洒、口若悬河般大讲特讲中国共产党的先进性、党的三大建设的重要性、反腐倡廉的必要性，基层党组织的战斗堡垒作用、党员群众的先锋模范作用，以及一个真正共产党员的理想、信念、道德、情操是什么，如何做个合格的共产党员，等等，等等。他会旁征博引，他会融会贯通，他会即兴深发，褒贬适度，臧否精当，把党课上得生动活泼，有声有色，以其天生的洪亮的嗓音和发自肺腑的激情，抑扬顿挫，跌宕起伏，尽情感召芸芸众生，赢来满堂喝彩，掌声阵阵。可是，最近开讲的几堂党课不行了，完全争取不到过去的那种实效。气氛也远不如从前：凝重、沉寂、缄默长久地笼罩在课堂里。最讨厌的是叽叽咕咕。任凭他在台上唾沫横飞，口焦舌燥，台下置若罔闻。言者谆谆，听着藐藐，什么道理呢？他甚至一边讲着一边想着，结果更糟，他居然结结巴巴，他居然语无伦次，他居然前言不搭后语，他居然脑海一片空白，唉……党课越来越不好讲了。怎样讲才能达到党课的教育目的呢？讲什么才能服务当今社会呢？勉励广大党员勤俭节约？广告词提倡的尽是大吃大喝高消费；鼓励同志们艰苦奋斗？满街都是大张旗鼓诱导安逸享乐的言词；劝告党员干部不要为金钱名利所累？有关规定都在明白无误地号召有能力的人一门心思赚大钱，富裕了的人们过得有滋有味；告诫党员干部不要以权谋私？睁眼看看，到处都是沾亲带故的家族式帮派公司？弘扬民族精神、激扬时代风采，勇于奉献，勇于献身？舍己救人的英雄非但生活不保，还变成了那些百思不得其解的人的盘诘对象：大无畏，什么动机？矛啊……盾啰……大背景诚然是严肃党课收获不到严肃效应的原因之一，授课人自身的修养、自身的形象也值得质疑。你温文尔雅、一本正经地数落着奇形怪状的思想作风、生活作风，自己却沉浸在鸳鸯池里春江花月夜，这是什么作风？你怒斥腐败行为，大义凛然，自己的口袋里却装进了腐败的红纸包，这是什么行为？你教导别人光明磊落、诚实做人，理直气壮，自己被劫匪劫持了竟然一直紧捂着盖子，生怕世人知晓，这叫诚实？这叫磊落？你鼓励别人见困难就上、无私无畏、勇往直前，大言不惭，那一天集团总部围聚了哀怨的人群，你不闻不问，逃之夭夭，惧怕沾上火星儿，见困难就上、无私无畏了吗？不好讲啊……没有勇气讲啊……出言吐气乏力啊……顾虑重重啊。同一句话，底蕴足不足决定分量重不重。诗维有时真就这么左思右想着，自审自省着，自觉不自觉地重复着一方面另一方面的哲学。"应该说时空这个同志还是不错的，在尽到一个行政一把手职责的同时，也尽到了做人的本分。"诗维有时想。确实，只要诗维提出要求，他立马配合，立马支持，毫不犹豫。他懂得党委工作的重要性和必要性，再忙也要去给诗维捧捧场，甚至可以撂下手头非常重要的工作，去给诗维的党课做个主持，去旁听，不厌其烦地重复接受教育；台上或者台下，坐在哪儿都可以，而且很认真；有时还带头鼓个掌，调动授课人的积极性，提高授课人的热情，也让沉闷的课堂变得热烈一些。该做到的，他都做到了。"华夏集团党政一把手之间的配合默契、协调统一如果出现偏差，平心而论，不能在时空身上挑毛病。"诗维有时也想。

党务工作者有资格立足讲台，全凭一张嘴，而这张嘴恰恰是用这个主义、那个思想和一身正气武装起来的。现实问题是，这个主义、那个思想似乎被沸腾的市场经济淘汰出局；诗维自身又糊了一屁股屎，一旦抖搂出来，臭不可闻，换句话说，诗维的嘴实际上已经被解除武装。解除了武装的嘴能有什么作为？所以，他有时候怀疑自己适合不适合现在的工作岗位。不适合，又能去哪儿？去干什么？难道别的企业或是地域还有相同的位置更适合他吗？打理行政一把手？即便是像华夏集团这样还不算特别庞大的企业，令其正常转动，也需要从头学起。

苦恼过后，烦躁过后，左思右想过后，诗维还是觉得应该静下心来面对现实，沉溺在痛楚中终究不是个事。岂料，家庭问题又让他无法静下心来。

大年初四下午，也就是寇勉、尉迟珙、茅镰、曹铁拐、时空、祝原一行造访宜阳县委、县政府的这天下午，诗家萧墙祸起。

诗维送走几位登门拜访的客人后，又回到书房，摊开了放在书案上的"年度工作报告（审议稿）"。华夏集团年度工作会议决定正月初九召开，他想趁闲暇无事把时空将要作的工作报告最后审查一遍。这个报告由总经办那边牵头起草，贺怀阳组织专门班子辛辛苦苦搞了两三个月，几易其稿。工作报告是集团在新的一年里如何动作的纲领性文件，事关重大，诗维认为大意不得，有必要帮忙进一步把把关，看看还有没有值得推敲、斟酌的地方，小心无大错。他看得仔细，一行一行，一字不漏。不管怎么说，集团利益高于一切，党委书记理当积极配合，全力以赴。

二姨悄无声息地走进书房，先轻手轻脚将一杯冲泡得清香四溢的龙井搁到诗维旁边，又把夹在腋下的一件羽绒服披在他身上，披了披，也是轻轻的。

聚精会神的诗维转过头，见二姨并没有马上离开，而是左手搭着右手立在身后，瞅着他读文章，还笑着。诗维也笑了，说：

"不冷。屋子里暖和着哩。"

"喝茶。刚泡的。"

诗维就捧起茶杯呷了呷，"丽元呢？还没回？"

"丢下碗筷就出去了。这几天她不都在外头吗？大过年的，比平时还忙。"

"是呀。她是该忙了。"

正说着，楼下传来开门的响声。二姨赶忙转身出门，一面说，"回来了，回来了，她回来了。"

景丽元随身携带着钥匙，不需要揿门铃通知屋子里面的人开门，二姨走下楼的时候，她已经进了客厅。

"老诗呢？又窝书房里？"景丽元红光满面，精神焕发，腋下还夹着个宣纸卷。

"他在看书，才问起你哩。"二姨回答。

"嗨，晓得关心我了哩。"景丽元夹着宣纸卷就往楼上跑。

景丽元最近一直是红光满面，精神焕发，恢复了先前那种风风火火的秉性，看得出，心情很不错。原因很简单，她想达到的目的终于达到了。

早年，华夏集团在又一轮组织结构调整时，教委撤销了，时任教委副主任的景丽元属于老不老，少不少，上不能上，下又不能下的中层干部，组织部门合并同类项之后，把她和十多个同类型的处级、副处级干部，一股脑儿安置到了基地管理办公室。当时，集团高管层对这样一群人的潜意识是：休息，工资不少分文，福利待遇不变，酌情发点儿奖金，挨到退休年龄。比辞退、内养、划转人才中心待岗略高一个档次，算在职领导。基地管理办公室总共十三人，除了主任匡奇和一个年轻的女办事员以外，其余的都是带了级别括号的副主任、调研员，有职务没有权力，自己管好自己就行。但是，每天必须按时上下班。上班干什么呢？实行原则管理的二十来个独立经营实业公司是不需要他们天天去管的，想插手也插不上，人家都有自己的管理班子，无需婆婆当家。于是，他们每天只好抽烟、喝茶、看报，在电脑上打麻将，心情好的时候，侃侃国际形势、国内形势，夹杂些家长里短、是是非非的趣闻轶事，打发时光。十三个处级、副处级窝在一间拿会议室改装的大办公室，匡奇再用隔板给自己隔了块小天地，以示等级，享受着处级、副处级待遇的副手们和那个女办事员，则统统蹲在用宝丽板围成的方框里，像蹲号子。大家心里本来就憋气，又摊上匡奇这么个二杆子做着领导——一没文化，二没专长，文不能提篮，武不能担担，动辄吆五喝六，把年长的年少的、有知识的没知识的，一齐呵斥得愣头愣脑，反过来他还四处散布言语，说这拨人全不服领导，怎么让人受得了！喜欢争强斗胜的景丽元对自己的落寞早就心有不甘，多少还有那么点儿屈才情绪，所以，日子过得很不开心，时时刻刻都在寻找跳槽机会。往哪儿跳呢？总部机关当然最好，可是，只许出不许进，没指望；三大施工局，直属项目部远离大后方，有千山万水之隔，不敢去；往基地有关实业公司跑？又担心自己的经营才能有限，驾驭不了经济大潮，担不起自负盈亏的担子。绞尽脑汁、冥思苦想之际，忽然有一天，趾高气昂的匡奇在办公室漏出一句时空打算恢复技校和党校功能的话来。言者无心，听者有意，景丽元心里一喜，感到自己终于有了一次摆脱窘境，远走高飞的大好时机。从诗维嘴里得到证实后，她曾寄希望于这个当着党委书记的老公，希望他能全力斡旋，帮助自己实现愿望。哪知诗维不干，还说这是以权谋私行为。景丽元是个有心计的人，也是个敢干的人，对诗维那种瞻前顾后、畏首畏尾、前怕狼后怕虎的处世哲学不屑一顾，决心凭着自己的能力、能量，放胆一搏。

　　景丽元以汇报工作的名义找时空敞开心迹的时候，正赶上时空犯难。有了让技校、党校重新转动起来的动意后，时空就在以议事为主要内容的办公会、党政联席会上择机发表了自己的看法。如果上届领导班子对技校和党校已经作出了撤销决定，他当然不会萌动令其死灰复燃的意愿，凡是过去作出决定的事情，他都无意也不想随便更改、推翻，主观上是想尽量维护一级组织的权威，避免在群众当中造成翻烧饼的印象。现在一个非常充足的理由是，根本查找不到任何撤销技校、党校的文件，就连证明技校、党校不存在的相关纪要也没有，说明当时的集团高管层对这两个单位的去向问题存在矛盾心理，在犹豫不决，没有上会，这就给目前的恢复运转工作留下了活扣儿，而不是死结。既然是活扣儿，拉开就行，没有道理让这两个现存的单位继续半死不活地撂在那儿了。新办一个技校、一个党校是非常困难的，漫说基础设施需要很大投入，谁有魄力在关停并转成风的气候条件下批准一个根本无法预算盈亏的实体开张啊？时空在会上谈到这些问题的时候，与会者虽然感到唐突，甚至有点儿麻木，但是没有人持反对态度，这就够了。时空到偎依在东山西山两座山窝窝里的技校、党校去过几回，还跟四位轮班看护在那里的校长、书记闲聊过，尽管那四位校长、书记并不知道眼前这副陌生面孔就是华夏集团的现任总经理，尽管他们是在肆意猜测来者或许是个有心撮合房地产收购成交的掮客，但是他们还是表现出了一见如故的热情，记忆了那里曾经有过的辉煌，同时流露出无可奈何的惋叹。这使时空感到了一种盘活闲置资产的责任，有了让两所学校恢复生机的信心：让技校为眼看就要枯竭的技术资源做好储备；让党校为组织观念日渐淡漠、意志日渐衰退的党员干部增强活力，也让至今依然忠诚守望在废墟的校长、书记及其同仁有为有位！通过会议形式通好气后，时空委托帅自文抓紧物色人选，准备搭班子，又让匡奇彻查学校家底，为基础设施补强做准备。然而，使时空万万没有想到的是，两所学校的家底倒是没有什么损毁，愿意站出来重振旗鼓、负责启动这项工程的人却没有。那四位校长、书记，已有三位熬到了退休年龄，越年就可以办手续，剩下的那位技校校长倒是蛮可以干个三年五载，可是他又不愿意揭这个榜。为啥？帅自文丧气地回答："他说，我们能够完璧归赵，能够把这两所学校的固定资产完完整整移交给集团，就算我们完成了任务，就算我们尽到了一个党员干部的责任。要让再干校长、书记，怕是干不了，干不了的。恕我直言，这两所学校原本先天不足，又生不逢时，打从开办至今，就一直没有顺当过，开开停停，停停开开，我已经经历过几回了，怕了。重开，再停咋办？对师生，对集团，对社会，都不好交代呀。你们愿意交给谁管，就交给谁管吧，我是不行了，有能力管的时候已经过去了。要么竞争，不是时兴竞争上岗吗？愿意做学校领导的，让他竞争好了。"时空缄默了，嗟叹着：好心好意，不一定博得大家的一致拥护，难哪……就在这时，信心十足的景丽元找上门来。

时空对景丽元的为人处事早就耳有所闻，结论是：跟匡奇差不多，找不出任何突出缺陷，口碑比较好。让人议论得最多的事情是，在原教委当副主任的时候，把每年的保送指标统统做了人情。虽然谈不上交易行为，没有得到什么相应的物质回报，但所有得到这份人情的家长，没有一个不夸她是个大好人。爱屋及乌，做老公的诗维也没少沾光，每次测评总能顺利过关，有机会接触考核工作人员的人们总是把他和景丽元"专为群众办好事"的亲民形象等同起来，让其共同享受"关爱职工"的美好声誉。一度，景丽元在教委很强势，比教委主任、书记还权威，那些学习成绩不好却又希望去高等学府深造的学生及其家长，都乐意找她，因为只有她才能帮助他们如愿以偿。当然，那些家长绝大部分都有个一官半职，不是普通职工群众。景丽元替大伙排忧解难的原则性很强，挺能站住脚："领导同志就好比在前线领兵打仗的指挥员，作出了牺牲，作出了贡献，平时没有时间、没有精力，关照家庭、关照孩子，我们为他们办实事办好事，解决具体困难问题，免除后顾之忧，义不容辞。"说得多好啊，谁能批评她做得不对呢？时空没有料到堂堂党委书记的夫人会亲自找上门来，没有料到她敢于主动请缨，要求从事教学管理工作，更不会想到她有主动请缨的能力。可是，促膝谈心过后，他却肯定地认为：这个女人确实具备让两所学校一齐转动起来的条件和才能。景丽元有大专学历，年龄适中，有七八年教学资历，又有七八年管理教学的经验。至于个性嘛，与其说刁蛮，不如说泼辣，开创局面不能畏畏缩缩，要的就是这股泼辣劲儿。用人之际，小节问题就忽略不计了吧，没有争议的干部不一定是好干部。最使时空为之击节的是，景丽元居然能一口气把技校、党校如何开办、朝什么方向发展的思路说得有条有理，头头是道，教材呀，教程呀，师资呀，生源呀，以及受培人员的去向呀，发展呀，比时空想得更全面，更具体，更周到，更专业，英雄所见略同！尤其是谈到技校应该为集团的发展拓宽取之不尽、用之不竭的人才市场时，她更是语出惊人："没有士兵的司令是光杆司令，没有职工的公司，是皮包公司。"这观点跟当着副省长的寇勉如出一辙，令时空更是高看一眼。景丽元说话快，不打顿，逻辑也强，滴水不漏，时空没有插话的缝隙，只有用心聆听和点头称"是"的份儿。景丽元很聪明，在时空面前只谈工作，闭口不谈人际关系，不道上司短长，不论工作环境好坏，她知道，任何一个领导都不喜欢是非人，不喜欢刺儿头，不喜欢挑挑拣拣、怕苦怕累怕吃亏的角色，不喜欢部下心猿意马。她说她之所以希望去技校抑或党校干点儿啥，无非是想发挥自己的专长，为华夏集团的振兴做点儿贡献。景丽元表现得很坦率，她说："实说了吧，这消息我是在办公室听匡奇吐露的，办公室里所有的人都听到了。当然，老诗后来也跟我证实过了。老诗说事是有这事,至于让谁去张罗,肯定由组织视情安排,不是谁想去就能去得了的。当然是这样,没错,当然是这样。不过,我觉得我的个人条件还是蛮适合做这些工作的,组织上用人不可能不考虑专长,您说是吧?所以,我就大胆找您来了,先挂个号,表示我对这项工作充满了积极性,坚决拥护时总的正确倡导。现在不是时兴竞聘吗?竞争,何不让想干这事的人都来竞个争,优胜劣汰,这招真好。"看来,她有足够的心理准备,不达目的不甘休。时空也是明人不做暗事,坦诚相告。在轮到了他说话、表态的时候,他说:"恢复技校、党校职能对集团的发展有百利而无一害,要干,自然是大张旗鼓地干,我一开始就没有考虑它的保密问题,早就在办公会、联席会上提出来了,目的是集思广益,群策群力。"意在破除景丽元的诸多误解,"看来,诗书记可能只向你证实了确有其事,并没有告诉你太多的具体细节。比如,我们只打算让运转起来的技校、党校挂一块牌子,叫作培训中心,也就是说,省去了一套管理班子,但是,它承担的工作内容只能加大,不会减少,任务很重。另外,运转起来的培训中心,既不属集团行政这边直管,也不属于党委那边直管,像基地其他实业公司和事业单位一样,仍划归基地管理办公室实行原则管理。这种管理模式是集团几次大规模组织结构调整、产业结构调整后形成的,好也罢,不好也罢,现届领导班子暂时无意改变既定格局。牵一发动全身,稍有不慎,还会引发混乱,没有这个精力了。还有,技校和党校过去是副处级单位,变成一块牌子后,不可能变成处级。这些话实际上我早就说过了,怕的是有信心牵头这项工作的同志期望值过高,而我们又必须牢牢把住提拔干部的关口。再说,华夏集团目前在职在岗和闲置起来的处级干部,已经多到了危及管理成本的程度,这你知道,我正朝思暮想'人尽其才'哩。"景丽元说话非常随意、非常轻松,时空说话的口气也很随意、也很轻松,轻松随意中,顺便把自己严肃的立场、观点、原则夹带了出来。实际上这也是在跟景丽元讨价还价,不管景丽元是不是在想做一笔买卖,但作为东家,他还是认为首先把自己的价码开出来为好。在竞聘这个问题上,时空也有不入时的考虑。他跑基层单位的时候比较多,了解的情况比较多,真情实感自然也多。一个不容忽视的现实是,大家对干部竞聘、工人竞岗这个新生事物的利弊得失有着不同的看法,并不像宣传的那么优越。一些经历过竞争的班组、车间、分队,乃至二级单位,人与人之间好像隔了一堵无形的墙。深有体会的人于是干脆说:"结果,弄得大家言和意不和,互相戒备,当面握手转过身就踢脚,争到位置的人和没争到位置的人势不两立,谁见了谁都看不顺眼。不和谐,不团结,散沙一盘,哪来什么凝聚力、战斗力啊?见鬼!""这种择业择岗办法肯定是从外国进口的,老祖宗哪留下这种招数啊?可人家那是竞争总统呀!我们呢?连当个打扫卫生的清洁工也得竞了争才行,太寒碜人了吧?"修造厂发生过一个至今仍在被人说道的故事。锅炉房过去有三个烧锅炉的工人,日夜三班倒,三个人互相配合,互相关照,团结得像亲兄弟。下岗分流、减员增效战略实施后,只准备用一个人烧锅炉,领导怕得罪人,就让这三个人去竞争那一个烧锅炉的岗位。年老的说自己有经验,年少的说自己有力气,不老不少的说自己经验和力气都有,三个人互不相让,在竞争的时候操起煤锨就打,打得头破血流。监督竞岗的负责人见了这阵势,斥责三个人素质太差,干锅炉工都不称职,让他们不是下岗就是待岗,再去大街上招聘了个拾荒捡废的后生,把他们全顶了。哪料那后生一上岗就把锅炉烧炸了,整的!时空来自省政府机关,过去在政府机关听倒是经常听到过竞聘、竞岗这些新名词，可是并没有真正看到过。没有看见省政府部门、事业单位实践，也不见县市一级的有关机构践行，不然，他是有机会去观摩、去学习的。既然没有真切体验，怎么个具体操作啊？操作不当反而操作出乱子来怎么办？没有经验，没有把握，还是不要盲动为好，不知道河水的深浅，绕道走无妨。可是，前几天听帅自文说，原技校的那位校长有过竞聘的建言，现在景丽元又大大落落地表示愿意通过竞争一决高下，不如……时空赶紧表态说："竞聘、竞岗大潮好像远没有前几年那么强劲了。直说吧，我暂时不敢模仿。十字街不比省城，不比北京，山高皇帝远，赶起浪潮来不是那么应急。再说了，赶不上浪潮不一定是什么坏事。实在绕不过这个关了再说吧，恕我不恭。做领导嘛，该扛担子，就得扛扛担子，不就是确定一个培训中心的负责人吗？何必让大家争来争去争出一身伤。我看哪，只要他能对我负责、对集团负责就行，还是省点儿精力，省点儿内耗吧。以后谁要是有意见，就让他冲着我来，跟当事人没有关系。"

景丽元很快弄清楚了时空想干什么不想干什么，支持什么不支持什么，让技校、党校恢复职能的原则又是什么，"那……我是在基地管理办公室等待通知呢？还是……？"她试探着问。"还等什么？别等了。难道我的话说得不够清楚吗？说干就干。"时空说，"今天，不是你来求我解决什么问题，而是主动上门帮了我一个大忙。告诉你吧，帅自文副老总去请人家出山，人家还不乐意哩。早知道你有这个积极性，让诗书记给打个招呼不就结了？还亲自跑一趟。举贤不避亲，哼哼一声又有啥？这人，太小心翼翼了。这工作嘛，先拉上匡奇，去两所学校走走看看，摸摸情况还是很有必要的，接下来……该是海选教师喽。我暂时给你十个人的编制，实在感到拉不开栓，等运转一阵子再说。任命书嘛，还得在办公会上议议，估计没啥阻力，很快就会下发的。哦，你火速起草个报告，培训中心的规模呀、意义呀、发展方向发展思路呀，都写明确点儿，说服力要强，因为涉及经费问题，估计少不了，得上联席会讨论……"

事情的结果虽然不如景丽元理想的那么完美，稍有遗憾，但是，时空那种爽快而又不失缜密的处事风格却让景丽元不得不心悦诚服。没有回避，没有推诿，没有"商量商量"、"研究研究"之类的套话，干脆、利落，不拖泥带水黏黏糊糊。最使景丽元提神上劲的是：充满了信任，丝毫不怀疑她的工作热情和能力。能抱怨时空没有满足她的心愿吗？宁当鸡头不做凤尾是她的初衷，达到了这个目的，行啦！景丽元很快从基地管理办公室撤了出来，全身心投入到了培训中心的筹备工作中，所以，这些时特别忙。

景丽元先到二楼卧室换了件大红睡袍，然后拿着宣纸卷走进书房，见诗维果真匍匐在案前，全神贯注。她走了过去：

"看书哩。"

诗维扭扭头，把面前的读物翻回扉页，让景丽元自己瞧。

"工作报告？二姨还说你在看书哩。"

"在她眼里，所有的读物都是书。"

"看这干什么呀？别看了别看了，时空讲报告你干攒劲，操的哪门子心哪？"

"帮忙把把关有什么不好？今年的这个工作报告写得还真不一般化，没有浮词梦魇，一改新八股传统，贺怀阳改弦易辙，独辟蹊径，很有新意。"

"得得得，行政那边的事，好赖都跟你没关系，种好你那二亩地得了，井水可别犯着了河水，忌讳啊。"景丽元不管诗维乐不乐意，上前就把那份工作报告一合，"来来来，看看这个。"再把宣纸卷往桌上一展，"写得怎么样？算书法不？"

诗维对书画情有独钟，立马来了兴致，朗声念道：

"致天下之治者在人才，成天下之才者在教化，教化之所本者在学校。狂草……笔力苍劲，入木三分。好哇，好。谁的墨宝？怎么不题个款？"

"你猜。"

"此人学识匪浅。这字在十字街……我还真没见过。"

"远在天边，近在眼前。"

"谁？"

"秋胤呀。"

"嚄，这老家伙，还掖着一手哩。"

"各种各样的字，铺满了一屋子。你常说的什么真呀、草呀、隶呀、篆呀，我看都有。"景丽元抓过桌上的茶杯，咕噜噜喝了一大口，"这秋老头子真有点儿怪啊，大过年的，一个人关在屋子里写字玩，长假，怎么就不回老家看看呢？"

"两个儿子一个姑娘都已成家立业，天各一方，老伴儿这月奔这家忙活，那月奔那家忙活，他回哪个家？"

"老伴儿在哪家过年就回哪家呗。"

"估计他是惦记着龙潭工程这个标，不敢轻举妄动。"

"不至于吧？天塌下来，还轮得上他去扛呀？"

"你千万别扁瞧了他。老头子干事较真儿是出了名的，要不然，怎么会是几朝元老呢。华夏几次调班子，别人起立后就没再坐下，可他，省里连位子都不让挪挪。连个党员都不是，没优点，留他干什么？"

"还蛮有分量的啊。"

"你是不识庐山真面目啊。"诗维认真地鉴赏着铺满书案的大条幅，"张颠素狂……颜筋柳骨……神形兼备……功夫啊。可以与当今名家媲美。"

"……比你写得还好哇？"

"可惜你不识货。我满以为我在十字街还算一个，现在看来，大有人在哟。意境也好，很有针对性哩。"

"是吗？啥意境，针对啥？"

"大白话你都没看懂呀？"

"那不是没来得及细看嘛！"景丽元从衣兜里摸出支香烟叼到嘴上，又"嘣"的一声揿响了电子打火机，点燃，贪婪地吸了一口，"上面那些字我一个也认不下来，哪好意思向他请教啊？怕耻笑，匆匆忙忙卷起来就跑了。"

"原来字认得你，你不认得它！这也难怪，张旭、怀素的狂草是需要翻译的。连字都不认识，当然不知道这条幅在说什么。"诗维说，"称赞办学是件大好事，非常重要。他送给你的？"

"哪哟，我讨的。老头子吝啬得要死，起先硬是不肯。后来我说，'秋老总呀，这点儿面子也不给呀？就当我们家老诗上门求你来啦，好赖赏一幅吧。我一准把它装裱起来，装裱得漂漂亮亮的，堂堂正正挂在学校的办公室里，一来呢，表示你秋老总对学校的支持，二来呢，表示你秋老总对我的工作的支持，我呢，一定会把工作干得很有起色。'好听的话说了一箩筐，高帽子戴了一大堆。他磨蹭了半天，终于泼墨挥毫，一口气写完这几行字，还一个劲儿地说'献丑献丑'。我这不是逢场作戏嘛，没想到，还真讨要到了一幅好字。"

"是可以装裱起来，挂在显眼的地方，挺撑门面的。"诗维助兴说，"你还真有点儿脑子，找他讨幅字算得上明智之举。这老头儿很有点儿人缘，看到他支持你办培训中心，拉反纤、使绊子、说风凉话的人肯定不会多了。"

"要不，你也给来一幅？我在办公桌后面一边吊上一幅。"

"你算了吧！哪有这么干的？老婆开店，老公喝彩。"诗维小心地把条幅重新卷成个卷，插进一旁的箭筒，"我帮你把它装裱好倒是个正经事，装裱精当点儿——大气，典雅。十字街那家字画装裱店我很熟，都成朋友了，过罢年我就去让他们给裱了。是给秋老头子拜年去了？"

"可不，这一连几天我都在拜年，这里拜，那里拜。"景丽元在太师椅上坐了下来，大腿一跷，吸着烟，"不是听说时空不在家吗，就没去，再说了，咱级别也够不上呀。其他几个头儿，我全都拜到了。桃园那边几个老资格处长家也去坐了坐。要挂帅啦，造造舆论，顺便联络联络感情，沟通沟通信息，不抓住过年这几天假咋行，平时哪来由头四下里窜啊。得想方设法让大家给我撑腰呀。哪像你，可以安坐在家等着别人找上门来，还是有区别哪。"

"你那事干得怎么样了，有进展吗？"

"才开了个头。办公室、教室、实习场院都是现成的，收拾收拾就行，匡奇带人在干……"

"怎么有匡奇的事了？"

"他是基地管理办公室主任，培训中心跟其他实业公司、事业单位一样，归他揽总，他不干谁干？真是。"景丽元说，"开办费是不愁了，时空拍了胸，说是要轰轰烈烈地干，培训人才不怕亏本，他把话撂在这儿了，我就可以不操经费紧张的心了。眼下最麻烦的是师资问题，把教师力量搞足成了头等大事。过去那两所学校的老师，退休的退休了，改行的改行了，几个下岗、待岗拿生活费的还让人家给请跑了，你看这……什么事呀！"

"这问题真没想到。原以为缺什么也不会缺人，哼哼。"

"我仔细想了想，党员干部轮训那一块，也就是常说的充电吧，问题不算太大，文化教育课、思想道德教育课、政治经济理论课，有弹性，好上，也有人上得了，你呀，我呀，时空呀，司马敬呀，都能对付几下子，而且都能请得动。深奥一点儿的课，可以请省委党校的教授、省讲师团的讲师莅临指导，不就掏点儿讲课费吗？多大个事儿呀。总之，那一块的师资不是个问题，可以临时凑教员，可以不占编制，养一两个政治教员似乎意义不大。关键是技能培训这一块。这一块实际是培训中心的重头戏，唱重头戏就不能少了演员，尤其少不了好演员，你看问题这不就来了吗？时空给了我十个人的编制，我想拿出八个来聘用教师，年前我就在跑这事。"

"结果不理想？"

"可不是怎么呢？原技校还剩下一个五十多岁的女教师，因为家庭负担太重，有老人要照顾，外地请她执教她没敢走，我把集团决定兴办培训中心的事一说，她倒是高高兴兴满口答应了。修造厂有两个退了休的技师，往年辅导过几个工种的操作技术，能讲，做了做思想工作，总算同意接受返聘，可惜岁数大了点儿，快七十了。落实下来的也就这三个人。匡奇按时空的意思，已经把第一批参加培训的学员名单提供给我了，总共二百五十人——二百五，全是下岗、待岗职工和特困家庭子女，大兵压境了不是？时空给我的压力也不小，要求两个月内开课，一年过后交出第一批结业生，每个结业生必须熟练掌握三门专业技术，全部拉到龙潭工地。可是眼下我手里才三个准教员，时间有点儿紧咧。"

对于时空非常爽快地把培训中心交由景丽元打理这件事，诗维心里有杆秤，他不完全认为这是时空看中了景丽元的个人能力，或多或少照顾了点儿他这个党委书记的情面。明摆着，能挑这个头的人很多，而用人的方式也是五花八门，非得是她？他已经感觉到时空实际上是个很有感情色彩的人，一般情况下，不是很愿意伤着了和气，官话叫作团结为重。诗维清楚地记得，时空先后三次在党政联席会上提到恢复党校、技校职能这个问题，理由很多，最突出的是指出了这项工作对华夏集团后十年的重要性，想得很长远。三次党政联席会上，作为主角之一的诗维态度并不明朗，甚至看上去有几分木讷，但他心底却是支持这一提案的，因为党建工作需要有个平台。之所以表里不一，主要碍于景丽元投入这项工作的热情愈来愈高，大有舍我其谁之势，这就很容易把党委书记"因人设事"、带头搞不正之风扯在一起，诗维害怕这个，作不置可否状当然最为恰当。不管时空让景丽元负责这项工作基于什么，景丽元和诗维的心愿终究得以实现。诗维的活思想是：既然如此，就该珍惜这份来之不易的成果，要干，就要干好，干出个模样来，不能让人说三道四。景丽元其实没有主持一个方面的工作的经验，办事毛糙，缺乏韧劲儿，有时还得意忘形，这些都是做主要负责人的致命弱点，正因如此，做丈夫的不能不多操一份心，在一旁出出主意、打打气、帮帮忙，在所难免。

诗维见景丽元一开步就遇着了坎儿，说："这样吧，开年后，我帮你物色。"

"你？哼，你以为是超市里面的商品可以随便挑呀？教学也是个专长，也有个技术问题，不是随便哪个人都能站在讲台上咧咧，那还叫教学？"景丽元续了支香烟，"比如，开过汽车、开过推土机、开过装载机的退休工人多得是，教学员学会驾驶这些机械易如反掌，有个三月两月，学员就可以把汽车、推土机、装载机开得溜溜转。学问是：一盅子汽油、柴油是怎么让这些机械溜溜转的？再比如，电，看不见摸不着，它哪来那么大的力气使塔吊、门机、电铲不停地搬动几吨、几十吨重的物体？只有懂得原理并且有表达能力的人才能用最直白易懂的语言，把热能、电能转换成动力的基础理论讲得清清楚楚，这样，驾驶员们才会真正搞明白机械是个什么东西。现在，一百个退了休的驾驶员里头，找出一个能讲清发动机、电动机工作原理的人来，我看都困难；有些电工对电能的理解就是推闸刀，只要闸刀一推，那大塔吊就有力气转动起来，不信你就留心访访。接收应届大学生用来搞教学吧，又得首先把他送出去培训了再回来上岗培训学员，人家还不一定乐意，哪有大学毕业生转过头去接受基础培训的？难得折腾。到别的技校挖去吧，那挖人的代价小不了，弄不好，是本土教职员工费用的两倍、三倍，这个账不能不算……说来说去，都是集团上届领导班子，还有上上届领导班子干的好事，基础毁得太惨，不就几个教书匠吗？怎么就安不下来呢？"

"好啦好啦，陈年旧账就别翻了吧，越翻越糊涂。当初一阵风拆庙撵和尚，现在是修庙招徕和尚，情况变了嘛。谁都没长后眼睛。"诗维说，"不信这么大个华夏集团找不出几个教书先生来，有庙还愁敲磬坐禅的和尚，怪了。说，你那用人的标准是什么？"

"一、有实践经验；二、有理论水平；三、能讲。不能茶壶里面装汤圆，肚子里有货就是倒不出来。"

"这事你就交给我好了，我保证给你搞定。好赖在华夏干了三十多年，在基层就滚了二十好几年，还能被这点儿事难住了。"诗维满怀信心。

景丽元却不领情："算了吧，我自己的事我自己来办。好赖落个人缘。"

两口子正唠着，忽听二姨在楼下大声叫道：

"丽元，丽元呀，德元来啦！"

诗维皱皱眉头："谁？德元？"

景丽元已经站了起来，向笔洗里摁灭烟头，"下楼不就知道了。"

六十七

景德元穿一套笔挺的铅灰色宝马牌西装，咖啡色衬衣领下打一条暗红领带，理着流行的舌头尖短发，脚下穿一双赭色麂皮网鞋，手里拎只黑亮黑亮的密码箱，大富大贵的样子。景丽元走下楼来，白多黑少的眼珠子睁大了一圈儿：

"德元！……嘿，真变了啊。"

"可不是嘛。"二姨正忙着沏茶，没忘拿眼光不停地打量景德元，"进门那会儿，我还以为是……是个日本人哩。"

"哪有这么打比方的！"跟在景德元身后的诗维朗声说，"这叫士别三日当刮目相看。你们好几年没照面了吧？当然有变化啊。德元来哪？欢迎欢迎！"

景德元彬彬有礼："给你，给姐，还有二姐拜个晚年。姗姗呢？"

"别提，说好了回家过年，结果变了卦。被才人勾住啦！"景丽元说。

二姨望着德元插了一句："我们姗姗恋上爱了，有了男朋友啦！"

德元说："那好哇！该有男朋友了。"

"好什么好，"景丽元作愠怒状，"有了男朋友了，娘老子全忘了。坐吧坐吧，还站着干什么。"

德元把密码箱搁上茶几，却从袖筒里拖出一串闪着铬光的铁链子。铁链子一头扣着密码箱提手，另一头铐在他的手腕上。德元从从容容地从裤子荷包里摸出钥匙，又从从容容地将手腕上的铐锁打开，连同铁链一齐放到密码箱上，就有一串"哗哗啦啦"的金属声。景丽元惊讶着看完德元做完这一套动作，又惊讶着从头到脚重新把他端详了一番：这难道就是几年前那个整天价在衚子里蹿来蹿去游手好闲的弟弟么？这难道就是那个蓬头垢面傻愣傻愣的弟弟么？这难道就是那个半边脸永远不可以喜怒哀乐，嘴唇上还时常挂点儿鼻涕的弟弟么？看惯了过去的弟弟的景丽元，看不惯现在的弟弟，至于哪里让她看不惯却又说不上来，因而从第一眼看到德元，她就这么惊讶着：

"你这是……公干？"

"公私两便吧。"德元在三人沙发的中央位置落座，望着大睁双眼的姐姐，"我是大年三十从深圳飞回的，特地赶回老家陪老娘吃了顿团年饭。年初一到宁泰，在九州饭店号了套房，然后就是拜年，给方方面面的领导拜年。都拜过了。今天轮到给你们拜年了。十字街变成县城了啊？还算可以，有山有水。你们住的这地方也还可以，竹园——这名字不错。一问诗书记住哪，大家都知道诗书记住竹园。"德元左脸患痉挛症，很严重，在外习惯用右半边脸面对别人，现在到了姐姐姐夫家，虽然没有必要顾忌，但却习惯成自然，仍旧斜过半边脸向着姐姐姐夫。他这几年在深圳混得如意，说起话来难免有种自豪感，令习惯了他的过去的姐姐眼睛直眨。

诗维看到的暴发户多，也就见怪不怪，加上去年在海南跟德元有过照面，早就知道他鸟枪换大炮了，所以不像景丽元那样感到意外，感到惊奇。诗维挨德元坐下，亲切地拍了拍他的肩膀，少不了夸奖、勉励：

"行，不错，继续好好干！天道酬勤，如今生活质量提高得最快的，就是那些肯干的人。"

"虽说不是混得太好，但跟我过去当流氓无产者比起来，还是强多了。"德元的俏皮话说得很有分寸，"归起真来，我如今这点儿小变化，还得说是托了姐夫你的福。当年要不是你给夔亮、蔺山海又写信又打电话，我就不会认识仓瑞谱，不认识仓瑞谱，也就不会有我的今天。"

"嘿，提那些干什么！"诗维高兴极了，"有句俗话叫作'师傅领进门，修行在个人'，内因还是主要的，应该说都是你自己的造化。"

二姨从前跟德元住一条街，看着他长大，往日一见他那邋邋遢遢的样子，粗话脏话张口就来，尤其是德元因为害怕同学们讥笑自己那张整天绷着僵着的半边脸被迫辍学那会儿，她见面就往狠里奚落："不读书更莫想闻女人的香水味儿，打一辈子光棍得了。"可是眼前，这德元却像变魔术似的变幻成了另外一副模样，还闹不清他到底有多大来头，胡乱咧咧这咧咧那的词儿劲儿全不敢有了，还怯怯的。二姨往茶几上派好茶盅，向茶盅里一一筛满泡好的茶，羡慕的眼神停留在德元的脸上：

"妈妈还健哩？"她觉得问问这个最合适，一家人都喜欢。

"健哩，腿脚硬朗得很。老人家特知足，天天打麻将。行，只要不生病，打打麻将就打打麻将吧，打麻将是舒心的活法，输赢都为一个快活。"

"我说二姨呀，就别在这里忙活了。"诗维想到应该有所表示，指使二姨说，"快给办几个菜吧，德元来一趟不容易，咱们一家子喝喝夜酒，过年嘛，怎么尽兴怎么来。"

"说的也是。"二姨很乐意，"我这就去准备。"

"别准备了，别准备了。"德元阻止说，"我刚吃过了，我马上就走了，我想去十字街转转，看看有没有高级一点儿的宾馆、饭店，要是有，我就在这里再号一间房，没有，我就赶回宁泰去，过两天再来。饭肯定是要吃的，酒肯定是要喝的，得往后挪挪。"

"拜年哪能不吃饭就走了呢？"二姨说，"吃点儿吧吃点儿吧，我一会儿就弄好了。"

"十字街有什么好转的，哪能跟深圳、广州比？不过一个小县城，几年前还只是个山区小镇。"诗维说，"给我们来拜年还犯得着订宾馆酒店，住家里不行呀？婳婳的房间空着哩。"

"是这么回事，"德元捧起茶盅，慢慢喝了一口，"龙潭水电工程不是马上要开工了嘛，我已经被派到这里来当项目经理了，这附近得有我的办公室呀。"

德元这轻轻飘飘的一句话，顿时把诗维弄得懵懵懂懂：龙潭水电工程要到三月底才开标，这才二月开了个头，目前，九个有竞标资格的实力单位还在摽着膀子较着劲，玩命似的竞标，那块肉，谁吃肥的谁吃瘦的，谁吃得到谁吃不到，全是未知数，他一个民营企业的伙计，怎么早早旗开得胜当起项目经理来了呢？这不对呀。

"还没开标哩，瑞谱公司怎么就……中了标？你还当了项目经理？没这回事吧。"他甚至有点儿沉不住气了，肯定地否定着。

"怎么会没这事，真的！"德元反而觉得诗维的脑子哪儿出了岔儿，"我唬你干嘛？"

诗维不信："……是先弄到了点儿辅助项目吧？"

"什么呀。大老远跑这来干点儿辅助项目，划算吗？我们干的是主体工程呀。我的项目是……哦，哦哦，"德元差点儿把项目名称说了出来，"这属于公司的保密范围，暂时还要保密。我说的都是真的，肯定是主体工程项目。"

这太不可思议了！"你该不会变成大骗子吧？"坐在单人沙发上的景丽元忍不住冲出了一句。她老觉得眼前的弟弟不够真实，一直在旁边瞅着他，瞅他的神态，瞅他的举止，听他的谈吐。

"姐，你说话还是不注意文明，也不改改。你看我像骗子吗？哪儿像骗子？我骗谁呀？骗你们？骗你们干什么？"

诗维望着景丽元，嗔怪说："你看你，瞎猜，瞎说，穷毛病就是改不了！时代变了嘛，大家还能不跟着发生点儿变化？"他多了个心眼儿，"让德元把话说完嘛。德元，你说，捡你们公司不保密的说。"

"还是姐夫见多识广。"其实，德元并不生气，面对姐姐、姐夫的那半边脸还挂着笑容，"我是项目经理，一点儿都不假，我负责的标段我看过图纸、资料，干什么，清清楚楚。这么说吧，工程量起码过亿元。"

诗维想套套底细，说："没有开标，施工队伍是不能进场的，你现在就跑来，太早了吧。"

"早什么？等到开标我再往这里赶就来不及了，那还不影响总工期呀？所以，必须得提前来，来做准备。标一揭，我的队伍就干起来啦！"

诗维追问道："你打算做哪些准备？"

"多哩。疏通工商、税务、银行、公安等地方机构关系，这是最主要的；购置运载工具、大型机械设备也是当务之急；去我负责施工的标段踏勘踏勘，熟悉施工现场环境，必不可少；兵马未动，粮草先行，生活物资得提前安排好；招兵买马——就地聘请工人更是……"

"你们连施工队伍都没有，敢承揽过亿的工程？"

"这有什么？我们公司的几个工程施工项目部都是这么干的——就地取材。优点是节约用工、节约成本，提高利润率。"

"驾驶员、电工、机械操作工，都是技术工种，不是那么好招聘的。"

"嗨，你们华夏集团多得是，听说有好几千。我还要不了那么多，一两百人足够，还得好中选优。其余的再到附近乡村找农民工人。"

"你是说……"诗维有点儿稳不住神儿了，"你们想在我们华夏集团招聘技术工人？"

"是呀。你们闲下了那么多，闲着还不是闲着。"

"想得美。你一招手，华夏集团的工人就跟你跑了？"景丽元又冲了一句，似乎感到德元的言行伤着了自己的体面。

"实际上这些人已经不属于华夏集团了，大部分不过就是在你们集团领一点点儿生活费而已，再过些时，这些人只怕是全都要由地方政府发放养老金，更是跟你们没有什么直接关系，我赶早让他们发挥发挥余热，有什么不好？"景德元蛮有点儿财大气粗的自豪感，"再说了，我出的是高价钱，高薪聘用，工资起码高出他们原来的两倍，还有月奖、季奖、年终奖。跟着我干，好比穷苦人民翻了身，何乐而不为？"

"我看你这是在大海里摸针。"诗维心里有种说不上来的滋味，禁不住给内弟泼起了冷水，"这么大个华夏集团，这么多闲散人员，你知道谁有技术，谁没有技术？谁真心实意为你干，谁又只是想做一天和尚撞一天钟，做完一日有三顿？"

"这你不用担心。"德元胸有成竹，"夔亮、蔺山海给我写了好些信，让我上十字街直接找他们。谁能用谁不能用，我都搞清楚了。"

奶奶的，这内部还藏着奸细！诗维心里骂着，问："这么说，夔亮、蔺山海知道你们在龙潭工程接到标了？"

"姐夫，这话我就不能往下说了，是个敏感话题。我就不能跟夔亮、蔺山海说，我们招聘的技术工人用在广东、海南的工地上？"德元确实不是从前的德元了，说话放得开收得拢，"夔亮、蔺山海是好心。他们说，他们的海南施工局确实很想从基地多带点儿人走，可是手里的活儿并不是十分充足，要不了那么多人。他们还拜托我尽量多聘用一点儿，说下岗、待岗的工人太困难、太可怜了。姐夫，你别多心，我这是给你们办好事。"

"你们那个仓老板，仓瑞谱究竟啥人物呀？"景丽元不能不承认现实，不能不承认德元说的是实话，但又不能服气。

"姐，是仓总，是瑞谱实业公司的总经理，不是你想象中的那种店老板。怎么说呢，非常有钱，换一句话说就是有经济实力。他有好几个实业公司、加工厂，都有相当的规模，全是他的个人资产，是个有头有脸有身份的人。"德元的回答很硬朗，"姐夫见过，他对姐夫可好了，你说是吧姐夫？"

"领教了，领教了，确实领教了。"一提到仓瑞谱，诗维就联想到去年的海南之行，联想到了那些仍在折磨自己的苟且之事，他怕得意忘形的德元把他光顾沁园春的细节夹带出来,赶忙绕开话题,"初次谋面,就让我把好吃好喝的品了个够,大方,豪爽,讲义气。你知道这仓瑞谱有多富吗?"他望着景丽元,"十几年前,百元一张的票子就用麻袋装,板车拉。三个老婆,大老婆两个孩子;二老婆两个孩子;三老婆一个孩子,还在读研究生。"

景丽元睁大双眼:"婚姻法、计划生育政策对他不管用了?"

"能管什么用。"德元说,"地方政府拿他当大爷,三天两头还得求他给贫困地区捐献点儿,慈善点儿。"

"有钱,就没有法了啊。"

德元笑了起来:"这话可是你说的啊。"

"是我说的,我说了!"景丽元耍起了淫威,"那么多钱,哪来的?不是偷就是抢。"

"那倒不是,那倒不是。"诗维说,"说从前是个贩烟、贩酒、贩汽车的二道贩子倒没冤枉他。靠走私起家。说发就发了。有了钱,生活、地位发生很大变化,很自然。他现在还在忙乎什么呢?还是到处跑?"

德元回答:"可不是怎么呢?老样子,天南海北到处跑。求神拜佛;捐钱捐物做善事;寻找投资项目。最近好像在跑……"倏然一笑,"好像在跑官……他想在区政协弄个专委会副主任当当,听说专委会副主任相当于副科级,可以享受政府官员待遇。"

景丽元说:"那么有钱,还当什么副科级呀?"

德元说:"人的想法都不是一个样子的,有了官的人挖空心思找钱,有了钱的人又挖空心思找官做。说不上什么道理。"

二姨左手搭着右手站在一旁,一会儿瞧着德元,一会儿瞧着丽元,一会儿又瞧着诗维,他们的话她听不太懂,搭不上腔。

德元捧起茶盅品了口茶,说:"我该走了。等把工作理顺了我再来看你们。"说着,从裤子荷包里摸出钥匙,却是去开那密码箱的锁,仍旧从从容容,"大过年的,我也没给你们买东西……没什么好买,也没时间逛超市,就……给一点点儿压岁钱吧。"

密码箱在德元的叽叽咕咕声中掀开。打开后的密码箱让一家人目瞪口呆:都是钱,一箱子!红彤彤、新崭崭的百元大钞一沓摞一沓,就像整齐码放的砖块。

德元先拿出一沓端放在景丽元面前的茶几上,"一万块,想买什么就买什么吧。"又拿出一沓递给立在景丽元身旁的二姨,"也有二姐一份。"再拿出一沓揣进诗维怀里,"一视同仁,还望笑纳。"接下来取出的是两沓,摞在茶几上,"这是婳婳的。让她在男朋友面前出手大方点儿。哎,办喜事提前招呼一声啊,当舅舅的得有当舅舅的派头。"

景丽元的眼睛越睁越大,越睁越圆,圆亮得像一对玻璃球。二姨捏着一大沓票子,想点点,可手又在情不自禁地抖着,没点成。她从来没有见过这么多的钱,太激动。诗维的眼睛没有睁大,可是眼神却很复杂。他知道德元混得不错,但没有料到是这么个不错法。

"你哪儿弄来这么多钱呀?真打劫了?!"景丽元忽然喝出一声。

"姐,给你你就拿着吧,弟弟的钱也值得怀疑?我这个弟弟你也该非常了解了——老实巴交,从来不走邪门歪道。放心,不义之财我是从不收受的。"德元只是笑,把密码箱合上,锁好,"给老娘五万了,够她打麻将输一阵子的。往后呀,你和姐夫就别再给她寄钱了，我负责养老送终。你们该操的心都操了，轮到我这小老弟作贡献了。"

"我问你这钱都是从哪儿来的，你还没回答我哩！"景丽元确实是在生气，她希望弟弟能够混出个人样子，但绝对不允许他胡作非为，"来路不明的钱咱们不要！二姨，扔了，没见过钱呀？"

二姨嘟着嘴，极不情愿地把到了手的钞票搁到茶几上。

"你看我姐……唉！"德元望着诗维，似乎想讨个公道，"完全没见过世面，这……这算多吗？"

"但对我们来说，确实是个很大的数字，怨不得你姐发怵。"诗维也把手里的钱沓子搁到了茶几上，"你没说清楚，我们哪敢要呢？……公司的公款？那也不能私自用来摆阔呀。"

"嗨呀，你们这一家子！好好，我给你们说清楚了吧，不然，你们真认为我跑到深圳去当了劫匪，真是。"德元又喝了口茶，说，"明说吧，仓总每月实际开给我的工资是你年收入的总和，额外还有季度奖、年终奖。出差、业务活动，实销实报，个人只占便宜不吃亏，我王老五一个，你说，赚的钱往哪儿花？这箱子里头的钱肯定是公司的公款，但我个人的私款就不能往里混装？分得清吗？又有必要向你们解释吗？这箱子装的算多呀？不过是我这次公差用度的一点点儿小钱。在宁泰、在十字街吃住，给人拜年买礼品盒，上下打点，租用专车，都得用现金支付。其实，我并不喜欢提着钱袋子满处跑，在深圳、广州没这习惯，这不是没有办法嘛。我一直用卡，可这宁泰、十字街还没有取款机一说，转账又麻烦，不随时拎着现金，怎么走得动路？再有一个月，我把办公地选好了，出纳从深圳过来了，仓总给配备的奥迪到位了，我也就用不着再提着钱袋子到处窜了。我说清楚了吧？"

"德元说的是呀。"二姨立即做出反应，"德元是我看着长大的，自小就老实、厚道、正派，哪能做出离谱儿的事情来，肯定不会的，姐呀，你就放一百二十个心吧。"

"那也不能大手大脚！"景丽元还在找茬儿出气。

"我怎么个大手大脚了？这不是因为过大年找个理由给你们表示表示吗？"德元说，"你别看了我这身行头也不顺眼，既时髦又不便宜，可这全是仓总给配的工作装，是为了塑造企业形象，懂了吧？我自个儿哪有兴趣置办这些啊。"

景丽元不屑地瞥他一眼，欠身从茶几上把自己面前的一沓钞票，连同二姨放下的那沓一并拿起来递给二姨："我不缺钱，都给你。给你儿子攒下读大学啊，别花了。"

二姨高兴地接过两沓钞票，连个"谢"字都没说。

景丽元对德元说："你有了这份工作，很不容易，收敛点儿啊。别给你姐夫惹乱子，他是个脸面比什么都重要的人。"

"知道，姐，你怎么老是不相信人呢？"德元说，"我们瑞谱公司是正规单位，是在工商、税务部门注册登记了的大公司，我们仓总是好人，本分人，在深圳、广州也是有头有脸的，我在这样的公司工作，在这样的人手下干，我能出格吗？我敢出格吗？你别想得太多了。再说，现在不是起劲儿号召大家都富裕起来吗？我才富裕了一点点儿，怎么就开始受到怀疑了呢？冤！"

"好哪，你有你富裕的理由，我有我想问题的权力，咱们好自为之。既然公务在身，老姐今天就不留你了。让你姐夫喊个小车送送你吧。"

诗维赶紧去打电话。德元拦住他说：

"用不着，用不着。我雇的专车就停在你们竹园的院子里。等着哩。"

诗维说："雇专车？雇专车干什么？到了十字街，还用得着你雇专车？找我呀。"

"我有条件，不麻烦你。二十四小时服务，挺方便的。一天给司机一千块，美死他了。"

"咿哟，那你可得留神！"二姨关照说，"箱子里装着那么多钱，司机要是晓得了，那还不眼红呀？"

"没事。这司机好着哩，姓甚名谁、门牌号码他全主动告诉我了。"德元锁好密码箱，牵起铁链，把另一端的铐锁往自己的左手腕上轻轻一铐，望着诗维，"他就是你们华夏集团的待岗司机，在给人打工，住在一个叫……陕西营的地方，想跟我干哩。你还担心我招聘不到人？"说着站了起来，"走啦。"

景丽元、诗维、二姨准备送德元出门。

德元却说："留步留步，一家人，用不着客气，我出门就上车。这司机哪儿都熟，让他赶快拉着我转转去。等忙过这几天我再来，吃饭，喝酒，说不准哪一天就突然来了。"说完，拉开大门，反手一带，咚咚咚走了。

二姨手里捏着两沓钞票，两眼笑成了一条缝儿："德元出息了，说出息就出息了。这人哪，真是运气来了连门板都挡不住。"

景丽元收起茶几上另外三沓子人民币，抖了抖，感慨良多："我好赖上过大学，还混了个副处，有什么用？你看我这小老弟，文凭、官帽子、品相，都没有，可是他有钱。"把钱都交给二姨，"收好，全给嬛嬛存起来。看她这发展势头，离花大钱的日子不会太远了。"

二姨"嗯"过一声，抱着几沓钞票去了二楼。

景丽元重新坐回单人沙发，问诗维："德元那个……什么什么公司……真那么好？"

诗维一副心事重重的样子，顿了顿才回答说："公司是不错。仓瑞谱这人也不错，他挺喜欢德元的……我不是跟你讲过的嘛。德元也不是你从前心目中的德元，可以称得上精明强干，最大的优点是厚道、实诚，可靠，没有花花肠子，如今的老板就信得过这样的人。老板信得过，做伙计的日子当然过得好。"

景丽元想了想，点点头，觉得诗维这话很有道理。"哎，好好的，你怎么愁眉苦脸起来了？"她问。

"唉……德元这一来呀，我的心怎么忽地一下乱起来了。我是在想呀……"诗维坐下来，心神不定地端起茶盅，"你说这事奇怪不奇怪，龙潭工程连标都没有开，瑞谱公司就有了自己的标段，还是主体工程标段，他们是民营企业，连投标资格都没有哇……你看我们，不说投标办已经定向跟踪了一两年，就说况夫，带领一拨人马就守在潜龙总公司的旁边，说白了，所有的工作不就是为了事先弄点儿情报吗？可是到现在……一点儿音讯都听不到。这到底是怎么回事呢？你说愁死人不？"

"我当什么哩。你没有听到音讯，不等于其他的头目都没有听到音讯。时空不是吃素的，难道他不比你更经心这事？"

"但愿如此。怕就怕他捡了芝麻丢了西瓜。在宜阳弄了十多个亿的工程,又听说把龙潭工程的'三通一平'项目揽到了手,也有十多个亿,加起来二十多个亿,看上去不少,相当于投标办年计划的三分之一,可是比起龙潭工程的总投资来,这算什么?太少了。"

"二十多个亿还嫌少?你没听德元刚才说,他那公司接到的活儿才过亿元,还神秘兮兮的,挺当个事儿。你就知足吧。"

"他那公司哪能跟咱们华夏比。再说,既然是主体工程,哪会仅仅只是过亿的事?时空弄到手的'三通一平'辅助项目就有十多个亿。德元搞错了,要么不肯直说,他不是要保密嘛。"

"我说诗维同志,你别咸吃萝卜淡操心好不好?这些都是时空想的事,是行政那边的事。老是换位思维,会把你自己的身份、位置全搞错位了,上下都不喜欢这种人,叫手长,多管闲事……"

咚!咚!咚!大门被急促地敲响了几下。

景丽元扭着头问诗维:"……谁拜年来了?"

诗维起身,拉开大门,却是景德元提着密码箱插身进来。

"姐夫,姐,"德元只是立在门口,并不打算多待,"我忘了嘱咐一句,刚才我说我们公司已经拿到龙潭工程主体标段的事是不能泄露出去的。你们得替我保守秘密,不是还没有开标嘛。早早传扬出去,会把这事搅黄了。你们知道就行,千万不能让华夏集团的任何人知道。"

景丽元说:"把兄弟卖了,我们傻呀?"

"那是,我晓得你们都是有头脑的人。"德元不好意思地说,"小心无大错。别怪我多心啊。"

诗维说:"知道了。办完事就过来,知道了?"

"嗯。我走了。"德元转身出门,随手把门带上。

诗维望着景丽元:"你看,德元特经心,更加证明了这个事情的真实性。"

"一开始我就没有怀疑它是假的。如今的事就这样:一切皆有可能。"

"滑稽。我们还在投标啊,竞标啊,九个竞标单位相互斗得头破血流,殊不知,大家争抢的蛋糕已经神不知鬼不觉被人悄悄切走了一块。招什么标,投什么标,竞什么标,这招投标活动还有意义吗?"诗维的情绪有些激动。

"你也太书生气十足了。看问题要看本质,本质是什么?"景丽元阳奉阴违地说道,"本质就是表面上一套,做起来又是一套。形式主义,做个样子罢了,你还当了真。睁眼看看,现在好多建设项目,看上去是在招投标,实际上早就内定好了。有意见你上厕所提去。"

"你说,这事我要不要跟时空通通气……"

"你疯了?!"景丽元忽然吼了起来,"德元刚才叮嘱什么来着?同室操戈,不认你这弟弟了?"

"我不能眼看他们全都蒙在鼓里呀。"

"活该!"景丽元说,"那么大的投标办,那么大的龙潭工程投标工作站戳在省里,还选派的是精英，他们干什么吃的？瞎忙，这下可好。达奚贤、况夫、琴拥军，个个是饭桶！时空、杨导、秋胤也脱不了干系。没你的事啊。"

"我是华夏集团的党委书记，怎么会没有我的事呢？你说没我的事就没我的事了？"诗维拧着眉头搓着手，在客厅里来回晃悠着，"我若不给时空通个气，我就失职，我就是眼睁睁看着大伙往坑里跳，见死不救……通气吧？又给德元泄了密，把他好不容易捧到手的金饭碗砸了，把自己的兄弟卖了……这事……唉，这事……"

"你就装作不知道，啊？听到没有？！"景丽元真怕书生气十足的诗维做出蠢事来，叫着，"天塌下来跟你没关系，有高个子顶着！"

就在这时，大门又咚咚咚地响了。

"看看，看看，德元又来了不是？"景丽元借题发挥，"他就担心你会出卖他。"

当诗维再次把大门拉开的时候，呆住了。

六十八

站在门外的是位三十出头的年轻人，怀里抱着一大抱鲜艳的玫瑰，有几十枝。

"你找谁？"诗维望着他。

"是诗书记家吗？"年轻人反问。

"我就是诗维。"

"啊呀！诗伯伯好，新年好！"年轻人高兴起来，忽又转过身去，"找到了，就是这家。"

原来，他身后还立着个小伙子。小伙子抱着两个大纸箱，是两箱茅台酒。不等诗维做出反应，小伙子已经抱着两个大纸箱"嘿嗬呀嗬"着进了屋子。

景丽元盯着两位不速之客，又看看两大箱茅台酒，有点儿摸不着头脑："你们……这是……"

抱着鲜花的年轻人自我介绍："我姓沈，叫沈光荣。您一定是伯母吧？给您拜年来了。"

"噢——？"景丽元赶忙起身，"坐坐，快坐。二姨，泡茶，快泡茶呀，有客人来啦！"

二姨正躲在自己的房间里清点两沓子钞票，听到喊声，忙把钞票塞进被窝，一面应声"来啦来啦"，一面往客厅跑。

沈光荣吩咐小伙子把两箱茅台酒在墙根码放好，然后叫他去屋外等候。

诗维当然猜出来者定是婳婳的男朋友，却又没见婳婳跟着他进得门来，就把头伸出门外看看，仍不见婳婳的人影，感到有点儿奇怪。景丽元则不一样，她的第一判断是：婳婳让沈光荣提亲来了，自己不敢露头。当然喽，进展是太快了点儿，两人从相识到相知还不到一年哩。按传统风俗、老规矩，这当口女方多多少少得摆点儿谱，不能男方说啥就依了啥，昂头嫁姑娘，低头娶媳妇，这是理上的事。另外，对未来女婿进行深入了解的程序也少不了。景丽元一边这么想着，一边热忱而又不失体统地端好了丈母娘的架势，就又打坐在了沙发上，大腿往二腿上一搭，审视着沈光荣。

沈光荣上身穿一件铁青西服，雪白的衬衣领口系一条红色丝绸领带，外套一件大宽领深蓝风衣。他身个儿高大，头发粗黑，脸膛方正，眉峰浓密，黑亮的眼睛炯炯有神，生动却又沉稳。景丽元一见这风度，这神采，心里煞是欢欣，也就不在乎他年长婳婳好些岁数了。目测过关。

沈光荣把一大抱玫瑰小心安放在茶几上，而后坐到了三人沙发的一角。诗维也礼让着落座。

三个人无声地笑着，心照不宣。二姨忙着上茶，少不了向沈光荣偷看几眼。

景丽元最想知道的是未来女婿的工作情况、家庭背景，于是开始兜着圈子盘问：

"打省城过来？"问过又觉得是句废话。

"嗯。"沈光荣认真作答，"下午出发的。跑了五六个小时，还算顺利。"

"雇的车呀？"景丽元随口就是一句，话一出口又埋怨自己问得太没水平：问这些干什么呢？雇车也好，搭车也好，人家那还不是怎么方便怎么来呀。

"哦，我自己有辆车。刚才进来的那个小伙子是司机。司机由单位聘，公用。"

"还没吃饭吧？"诗维打了个岔，"二姨，赶快去弄点儿吃的。"

"吃过了吃过了，已经吃过了，哪能到现在还没吃？"沈光荣推辞说，"五点多路过宁泰时，我们找餐馆吃了一顿，就怕给伯伯、伯母添麻烦。"

"大老远赶来拜年，还怕添了麻烦！我们哪那么怕麻烦啊？"景丽元忽然觉得自己应该给未来女婿一个好印象，比诗维更积极，"二姨，准备去，多弄几个菜！我们二姨做菜的手艺可高了。"

二姨把茶几上简单收拾了一下，赶紧进了厨房。

沈光荣正要阻拦，诗维说："既然来了，就用不着客气了，随便吃点儿吧。待会儿再把司机喊进来。"

沈光荣当然希望在诗家吃上一顿饭，见诗维确有诚意，也就没再推辞。

景丽元巴不得一下子就把沈光荣的一切都弄个透彻，继续打探："听说你很忙？"

"很忙倒说不上，反正总有事情要干。现在哪儿都一样，没人敢闲着。"沈光荣说话很谦虚，让人听着不反感，"出差的时候是多一点儿。年初二才从欧洲回来，所以……没来得及给伯伯、伯母准备什么礼物，也不知道你们喜欢什么，胡乱买了两箱子酒。真不好意思。"

诗维见沈光荣并不像自己想象中的那样老气，也不是自己想象中的那么轻浮、张扬，挺老成，挺有修养的一个年轻人，心里踏实下来，已经不是特别戒备这门亲事了。此刻，他同景丽元一样，也想更多地知道关于沈光荣的具体情况。不是一家人，不进一家门。

"你们太平洋机械设备进出口公司跟省进出口公司有没有什么关系？商务活动不会存在冲突吧？"诗维问。

沈光荣会意，马上把自己的工作单位和单位的性质如实相告。几年前，省进出口公司进行第一轮组织结构调整，分立业务，分流冗员，决定划出大型机械设备、机电设备等业务范围交由新成立的太平洋机械设备进出口公司经营。大型机械设备、机电设备的订购、采购、推销领域十分广泛，完全跨省、跨境、跨国。现在，太平洋机械设备进出口公司日渐强大，已经与省进出口公司脱钩，独立自主，自负盈亏。

"当时，领导并没有想到让我下海，是我自己要往海里跳的。"沈光荣诙谐地说，"我坐不住，整天待在办公室里，闷得发慌。"

景丽元问："听说你下海前是个处长？"

"物资处长，负责仓储。管几个货场，还有仓库。没什么意思。"

"现在呢？"景丽元又问。

"副总经理。穷对付呗。"

"那……就该是副厅局级了。"

"反正我们公司下面是设了不少处，还有分公司，业务大了嘛。纯企业了，还讲啥级别。我现在是一门心思做生意，把企业做大做强。"

"嗯，好。"诗维点着头，认为沈光荣这话很实际，很坦诚。

景丽元又问："父母亲的身体还健康吧？"

"还可以。"沈光荣回答，"我一直跟妈妈一块儿过。"

什么"一直跟妈妈一块儿过"？景丽元感到这话充满了玄机，正想问个究竟，却被诗维抢先截了话头："你妈妈干什么工作？"

沈光荣觉得这两口子问得太细，但是为了诗婳，不得不老老实实接受盘查："在县剧团当过工会主席，调到省城后教过书，当过中学校长，后来在省文化厅当过处长，现在是顾问。主要是因为有点儿病，血压偏高。"

景丽元本想刨根问底，问问沈光荣为什么只跟母亲在一起生活，见诗维使着眼色，只好望着沈光荣"哦"了一声。

三个人互相笑着，各人有各人的心事。客厅里出现了短暂的拘谨。

景丽元性子急，按捺不住，拘谨了一会儿就开始打破僵局："你从省城赶来十字街……该不会是专门为拜年吧？"诡秘地笑着，想让沈光荣赶快把来意挑明，省得猜谜，以便进行下一个节目：大大方方商量下一步该怎么办，男女双方都得做好充分准备才是呀。

"嗯……当然……"沈光荣见婳婳迟迟不露面，心情非常复杂，不知道婳婳的心是真变了还是在继续使性子，更吃不准她的家人对他俩的恋爱、婚姻持什么态度，情绪、话语一直不敢放开，这会儿见景丽元突然开门见山地问起他此行的真正目的，也就不想躲闪回避了，"除了给二位长辈拜年，当然也想见到婳婳，跟她好好谈谈。"

没想到他这句既平常又简单的话，竟让诗维、景丽元同时大吃一惊：

"什么？"

"你要见婳婳？"

沈光荣很意外："是呀？"

客厅里顿时乱了套。

景丽元瞪着诗维："这是怎么回事？"

诗维盯着景丽元："是呀？怎么回事？"

沈光荣傻了眼："婳婳……没在家？"

景丽元望着沈光荣："那得问问你呀！"

听到诗婳并没有回家的消息，沈光荣的心情更加沉重，他不想推卸责任，说："我从省城跑过来……就是特地向她赔礼道歉的……这九十九朵玫瑰，就是专为她买的……"

诗维的脸色沉了下来："你们……闹别扭了？"

景丽元没好气地说："婳婳从小就任性，任性惯了的，你年长，应该迁就着她点儿！"

诗维猜想这个别扭兴许闹得还不小，问："是怎么一回事？快说说。"

"……都怪我。"沈光荣垂头丧气，"说起来还是上个月的事。上月……中旬，星期六，当时我正在北京京西宾馆，婳婳给我打了个电话，说一个人有点儿闷。我说好，我马上飞回来陪你过周末。我们说好在月湖宾馆会面，她在那儿等我。本来，下午六七点钟我就可以飞回，谁知首都机场突然下起了暴雪，对面看不到对面的人，飞机被迫推迟起飞。直到深夜十一点半，我才赶回省城，赶到月湖宾馆。可是……到处找不到她。打手机，她的手机一直关着。第二天一早，我又给她打手机，她还是不接，一天都不接听。我想，她肯定是认为我失信了，生我的气。"

"说说清楚不就行了？"诗维听了，生气地说，"这孩子，也太任性了，蛮不讲理。"

"娇生惯养，都是你宠的！"景丽元也对诗婳表示不满。

"伯伯、伯母，实说吧，我虽过而立之年，但这还是头一次跟女孩子打交道，不知道女孩子的脾气有多大……也不知道事到临头怎么办才好。"沈光荣委琐地说，"她根本不给我一个改正错误的机会。"

"打那以后……就没再见面了？"景丽元追问。

"没有。"沈光荣苦笑着，"第三天，我空落地往北京赶，因为几单跨国业务等着谈判，不赶过去不行。谈判一结束，就从北京去了北美，不久又跑到欧洲待了一阵儿，履行制造合同。在国外，我几乎天天给她打电话，一次都不见她接听，后来语音里干脆说你拨打的电话已停机……前天我回单位后，抓紧时间处理了几件事，今天一早就匆匆忙忙往十字街赶，连我妈妈都没来得及见面。没想到她……"

景丽元说："你就不知道去他们单位看看？笨！"

"没敢去，她这一生气，我就更不敢去了。"沈光荣说，"她一直不准我去她的单位，说条件不成熟。我要是去了，她还不更加生气呀！"

诗维皱起眉头："你们两个人平时相处得怎么样？譬如……情感方面？"

沈光荣如实相告："应该说不错。我们很谈得来，有时甚至可以聊一个通宵，天南海北，古往今来，理想，情操，什么都聊，很投机的。她对我很好，很关心我，也很体贴，因此，我也非常……在意她……"说着，眼圈有点儿红了。

"你刚才说的我都信，婳婳对你确实不错。我就明白地告诉你吧，婳婳很尊重你们之间的感情，也做好了下一步的打算，去年元旦，她专门跑回来跟一家人商量过。我们的态度也很明确，尊重你们的友谊，尊重你们的选择。"景丽元刚才还想给沈光荣摆摆谱儿，提点儿条件，出点儿难题，现在看来并不是想象中的那么回事，而且又觉得婳婳做得太过分，端起的架子不知不觉放了下来，说话的语气也发生了很大变化，"你再仔细回忆回忆，"她感到他们之间的感情危机有点儿唐突，又有点儿蹊跷，"你们之间曾经有过不愉快的事情没有？有误会没有？你做过对不起她的事情没有？向她隐瞒了什么没有？发生过互相不信任的事情没有？"一连串的提问，她琢磨着，婳婳这么个做法必有缘故。

沈光荣苦苦思索，说："没有，都没有，确实没有。上月中旬之前的会面、相处都非常愉快……哦，对了，她曾经希望我帮她打听龙潭水电工程招标文件的标底。我当时对她说标底实际对投标工作的作用不大，冤枉落个舞弊名声；我说一个成熟的施工企业并不看重这个，投标注意力多半集中在赚多赚少这个问题上，感到划不来就放弃竞争。我们太平洋就是这样的。婳婳也懂，她学过，但还是坚持让我帮这个忙，说是要言而有信。她许诺谁了我不知道，也不便问。见她很认真，我就答应了，答应给她弄一套完整的招标文件，上面什么都有……我有几个朋友在潜龙开发总公司供职，他们的编标组里我也有熟人，给婳婳了却这份心愿不是太难。最后我也反省过，是不是这件事没有及时办到，她才生气了，不理我了。因此，我昨天就去朋友那里把潜龙开发总公司编制的招标文件拿到了，准备今天交给她，给她一个答复，给她一个惊喜。"

诗维连忙追问了一句："这么说，龙潭工程的招标文件你手里有一份？"

"啊？"

景丽元对沈光荣说："这标底是婳婳去年回家过元旦时我多嘴让她弄的，也没说非要弄到不可，她倒认了真。咱们华夏不是正吃了上顿愁下顿嘛，上上下下都在着急。"

沈光荣从风衣的内口袋里掏出手机，嘟嘟嘟揿了一阵键盘："……小邵，把搁在后座上的那个公文包给我送进来，快点儿。"

须臾，司机小邵把一只黑色公文包送进了屋子。沈光荣一面叫小邵仍旧去车子里等候，一面拉开公文包的拉锁，从里面掏出厚厚一本用A4纸装订而成的《龙潭水利水电枢纽工程招标文件》交给诗维，说：

"听说春节前才合成。"

诗维心里高兴极了，嘴上却解释说："其实，我们也知道这东西对投标的意义不大，当时不过跟婳婳随便说了说，没想到她真当成了一回事。也好，知己知彼，百战不殆，少走点儿弯路对华夏集团来说至关重要，赢得起输不起是我们目前的经济状况，很是无奈啊。龙潭这一标把华夏集团弄得有点儿紧张，甲方刁钻，竞争对手多，自身对夺标的经验又不是很丰富，指令性生产任务搞习惯了，一时半会儿转不过弯儿来，应对形势，困难重重。龙潭工程如果竞标失利，整个集团就会动荡不安，所以，上上下下都有点儿担忧，我们一家也不例外。"

"也是，有招标文件做个参考不为多。"沈光荣点头表示理解。

"为这么点儿事，犯不着生这么大的气呀？"景丽元纳闷着说，"这孩子。"

"婳婳是有点儿……小孩子脾气，做事也像个小孩子。"沈光荣凄苦地笑着，又从公文包里掏出来一张光盘，"她还给了我个碟子。开始我以为她是想通过这碟子跟我说什么，结果打开一听，原来只有一首歌。"

"歌？"景丽元忙把光盘接了过去，"什么歌？"

沈光荣说:"老歌。刘三姐的歌。"

景丽元问:"她什么时候给你的?"

沈光荣说:"是通过邮局寄给我的。"

"寄的?"

"啊?昨天我回办公室,发现桌上的文件夹里还夹着装有这碟子的邮件。"

景丽元把光盘细细看了看,见上面没有任何出版标识,马上明白这是诗婳自己刻的,就起身上了二楼。

景丽元走进书房,打开电脑,将光盘塞进光驱。一会儿,音箱便响起了黄婉秋的《世上只有藤缠树》:

"世上只有藤缠树,

深山哪见树缠藤?

青藤若是不缠树,

枉过一春又一春。

竹子当收你不收,

笋子当留你不留,

绣球当捡你不捡,

空留两手捡忧愁⋯⋯"

黄婉秋的歌宛转悠扬,甜美,可是景丽元听着听着,却听出了某种悲凉、哀怨。她为什么如此悲凉?又哀怨什么呢?女儿的心只有做母亲的最能体味,景丽元突然预感到事情不妙,婳婳和沈光荣之间的事情远远不只"别扭"那么简单。她从电脑光驱取出光盘,关了电脑,匆匆下楼,对正和沈光荣切磋投标技巧的诗维说:

"老诗,我们是不是去找找婳婳?"她心里十分慌乱,但既不愿意当着沈光荣流露出来,又不敢肆意猜测,只说,"这孩子该管管了,把恋爱、婚姻当儿戏,不能再让她任着性来!"

"怎么找?"诗维望着景丽元,"要不,我跑一趟,去她们单位看看?"

"我看只有这样。"景丽元当机立断,"有什么说不清楚的事?打哑谜哩,丫头。"

"那好,待会儿我随小沈的车一块儿走。"诗维早就觉得婳婳这个性使得好没道理,毫不犹豫,"小沈哪,伯伯就对不住你了,不留你歇了。"

沈光荣说:"伯伯言重了,应该说是我对不起你们。本来是想给你们拜年,添些喜气,没想到给你们带来了烦恼。"

景丽元想在沈光荣面前体现一下自家的社会地位,对诗维说:"你就喊个车吧。"

诗维却说:"怎么好意思喊嘛,司机不过年呀?再说,要车去寻找女儿,人家还闹不清咱家出了什么大事哩。"

"就坐我的车吧,坐我的车方便。"沈光荣说,"到了省城,不用小邵开了,我开,你要去哪儿,我送你去哪儿。"

"不行,还是我去。"景丽元不放心,改变了主意,"婳婳和你没话说,你去,问不出什么名堂来的,没准儿还会节外生枝,乱中添乱。"说着,把腰间的睡袍带子一拉,忙着去卧室更衣。

围着白围裙的二姨从厨房来到客厅，说："饭菜都做好了，可以喝酒吃饭了。"

诗维就冲着二楼喊道："丽元，先吃饭吧？吃了饭再换衣服也不迟。"

景丽元在卧室大声回答："算啦，别吃了，赶时间，跟小沈解释解释。这也是为了他呀！"其实，她就是说给沈光荣听的。

沈光荣忙说："是呀，别吃了，赶路吧，不然太晚了。待会儿饿了，路边找个馆子吃点儿。"他心里比谁都着急。

"也不在乎这一会儿呀，你看这……都准备好了，又不吃了，我们初次见面……这这，多不好。"诗维嗫嚅着。

"没事。"沈光荣说，"以后我会经常来，有的是机会。"

一会儿，景丽元换好衣服，提着拎包咚咚咚走下楼来，顺手把茶几上的一包大中华牌香烟塞进口袋："走吧走吧！小沈，怠慢你了。"

一家人拥出屋外。一辆黑亮的大奔驰轿车就停泊在楼洞门口。

沈光荣把景丽元请进后座，自己坐到了小邵旁边，说声，"走吧。"就透过玻璃窗向立在车旁的诗维、二姨挥手告别。

六十九

目送奔驰驶出竹园院门后，二姨跟随诗维回到了家里。

屋子里突然变得非常清静，清静得近乎冷落。

二姨说："白忙了一场，我做了十好几道菜哩。"

"这叫天有不测风云。"诗维向饭厅探了探头，见大圆桌上摆得满满当当，热气腾腾，摇头叹道，"哪晓得嬶嬶会不哼不哈来这一手呢？明天吃吧。"

"明天就咱俩，吃得完呀？"

"明天吃不完还有后天，后天吃不完还有大后天，慢慢吃，愚公移山。"诗维从沙发卜拿起那份招标文件，悻悻地，"娇惯得不成名堂，都快二十五了，大姑娘啦，还这么不懂事！"

"人大性大，做父母的是要多操些心的。"二姨说，"要不你吃点儿吧？趁热，新鲜，不然真是可了惜了。忙了半天。"

诗维想了想，说："有些事就这样：有心情，没条件，有了条件吧，又不一定有心情。"

二姨见诗维没有反对，说："吃吧，吃吧，放着还不是白白放着。你说话诗文道学，我也听不懂。啥心情条件、条件心情，该怎么来就怎么来。"

"是呀，"诗维走进饭厅，在圆桌上首坐了下来，"资源，白白放着，不如最大限度地利用，就吃点儿吧。"

二姨见状，忙去客厅取过一瓶茅台，不管三七二十一，使劲儿一拧，就把瓶盖拧开了。

"哎，"诗维唬道，"你……你怎么把人家刚刚送来的茅台酒给开了？"

"他送来不就是孝敬老丈人的呀？你不喝谁喝？"二姨把茅台酒往诗维面前的杯子里倒着，"我看这女婿不错，稳重，有文化，像个干大事的。还大方，出手就是两箱子茅台，天啦，会把小家细户吓晕了。身个儿也大，来日有的是气力侍候婳婳，哼哼，婳婳……可是有眼力。"

"唉……这不是还没有落实下来嘛。"

"你呀，迂夫子，怕是生米做成熟饭啦。你就好生瞧着吧。"二姨刚才在厨房忙碌时，早就偷听到了些只言片语，于是乎浮想联翩，"婳婳这是在故意整治他哩，便宜就那么好占？不趁这当口杀杀他的威风，往后日子怎么过？那还不吃死亏呀？婳婳有心计，做得对！"

"就你心眼儿多！婳婳绝不会想到这些，想到了也做不出来。"诗维说，"你也来吃点儿吧。"

"我不吃了，早被油烟灌饱了。我得赶快洗洗去，洗个澡，彻底打扫打扫。你洗洗不？"

"待会儿看。洗洗就洗洗吧。"

"好，我把你换洗的衣裳也清出来。"二姨把茅台瓶子搁到诗维面前，"喝完你自个儿倒。"说着，解开围裙，拍打着身子出了饭厅。

诗维把握在手里的《龙潭水利水电枢纽工程招标文件》展开，一边吃着喝着，一边细心浏览。

这个招标文件对竞标单位来说，肯定有着极其重要的参考价值。从现在起，华夏集团起码知道了整个龙潭水电工程划分了哪些标段；知道了龙潭工程各个标段的具体内容；知道了甲方编制招标文件的指导思想，那就是在不影响总进度和工程质量的前提下，少花钱，多办事，办好事。看得出，文件编制花了很大工夫，为降低损耗，节约投资，精细到了原材料单价和用工成本！掌握了这些情况，对投标报价的精准，无疑有着至关重要的作用，尤其是对夺取大标存在经验不足的弱点的华夏集团而言。看着看着，诗维不免阵阵窃喜。时空来华夏集团就任的时日不长，可是他单枪匹马，不声不响，已经为华夏集团揽到了二十好几个亿的工程，这是个非常了不起的业绩，虽然大家嘴上没有起劲儿渲染，但是心里却有数儿得很，诗维当然也不例外。他想到自己土生土长，且有二十多年的基层工作经验，投标承揽工程的活动也经历过不少，自就任党委书记至今，在生产经营这一块却少有作为，未免缺憾，极希望自己在投标承揽工程方面做出些贡献来，体现体现党委书记的实战经验和能量。现在好了，他终于握着一条重要信息：不管结果如何，这个信息将对华夏集团竞标龙潭工程产生重大影响。还有，沈光荣轻而易举得到这份文件和景德元所在的瑞谱公司率先拿到了一个工程项目，一并证明潜龙总公司的管理出现了漏洞，同样可以视为一条难得的信息，华夏集团有的是可钻的空子。既然如此，何不因势利导，在充分体现自身价值的同时，为华夏集团创造更多的财富？诗维自斟自饮，沉浸在字里行间，思绪万千，以致把婳婳反常的表现、景丽元焦急的情绪忘了个一干二净。

诗维感到些许醉意，夜深沉到什么时候也不知道了。他推开碗盏，撂下一桌子菜肴走出饭厅，打着酒嗝儿，摇晃着爬上了二楼。洗啥？别洗了吧。

诗维走进卧室，开了顶灯，掀开被子就要往里钻。哪知，眼前的一幕把他吓了一跳。

二姨大睁着双眼仰躺在床上，通体没搭一根纱。

"你……"诗维醉眼迷离，"错了，你睡错了！这是我的房间！"

"这是我的房间，你才走错门了呢。"二姨笑着。

"哦？对不起！对不起！"诗维转身就往外走。

二姨一把拽住他不放："走错门就走错门了呗。"

"这这……不好！"诗维紧紧闭住双眼。

"哪样不好？……那啥……还不一个样？"

"不行！不能这样！"诗维坚定地吼叫着。

"咿哟，瞧你正经的！"二姨挤眉弄眼，"才将，你说什么来？"

"我说什么了？"

"有心情，没条件；有条件又不一定有心情。这不是心情、条件都有了？"

"你都想到哪里去了呀？我说的不是这个意思。"

"那还有啥意思？我就听明白了是啥意思。"二姨直把他往身上拉。

"二——姨——！这是做不得的！"诗维用力，想把她的手扳开。

"怎么就做不得？我跟丽元是姊妹，衣服都能共了穿，不分彼此。没准儿她今晚就是有意让我一回……你傻呀？"

"你怎么这样？丽元哪是那种人？放了吧，啊？我心里已经……已经够乱的啦！"

二姨赌气一撒手，扯上被子，捂在里面嚎啕大哭起来：

"呜……呜呜呜……我知道你看不起我，你们一家都看不起我……我知道，我下岗了，我孤儿寡母了，我活该命苦，我活该看着你们一家快活……可我哪点儿对不住你了？哪点儿对不住你们家了？我起早睡晚，勤巴苦做，没日没夜尽心尽力做给你吃，做给你喝，小心侍候你们，我这就贱了，我这就下作了？……正经什么？假正经！你们做快活的时候，正经过了吗？哼哟，叫啊，故意做给我看，故意让我不快活又死不了……我走，我明天就走……我看够了，我听够了，我活够了，我去死了算了……我好命苦啊……白送人，人还不要，嫌我贱啊……呜……呜呜……"她早对诗维有心，可到头来竟是剃头挑子一头热，就越想越难过，越想越伤心，痛不欲生地哭诉着。

那哭声着实凄苦、悲凉，诗维听了心乱如麻，睁开眼睛，这才发现这分明就是自己和丽元的卧室，哪儿走错门了啊！他其实并没有喝多少酒，才两杯，刚才那醉醺醺的样子不过是心情舒畅时的自我作态。

二姨赖在被窝儿里，缩作一团，夸张地抽搐、啜泣。

诗维木讷了许久，终是动了恻隐之心，"唉……"慢慢腾腾解开了衣扣……怎么办？一不做，二不休……

七十

本来，事情发展到这一步作罢也没什么事，神不知，鬼不觉，粗心大意的景丽元绝不会怀疑诗维跟二姨会有什么私情。糟就糟在二姨没个满足，不懂得适可而止，结果闹得鸡飞狗跳墙。

二姨原是个有追求的女人，虽然没有读过什么书，可是适应新生事物的能力一点儿也不比别人低。下岗前，特别知道如何提高生活质量的她，商贸大厦、餐馆、影楼，以及最能激发人们生活热情的歌厅、酒吧，成了她时常光顾的场所，因为家住县城，有这个条件，思想意识随大潮而动自然而然。下岗后，经济基础发生了根本变化，收入和敷出的严重失衡常使两口子龃龉，口角，日子一长，矛盾激化，忍无可忍的男人离家出走，撂下了她和刚刚进入初中的儿子。之后便协议离婚，井水不犯河水。那年，景丽元携诗维回老家探望高堂，得知同族同宗又同街的表妹境况窘却又对高质量的活法孜孜以求，很是揪心。悲怜之际，表妹忽然找上门来，乞望做表姐的帮忙寻份工作，说是一点儿生活补助实在供养不起读书的儿子。景丽元见她的家庭已经破败，不忍再看着她和儿子也毁了，就把她带回了十字街。景丽元和诗维原打算在华夏集团替她谋个差事，苦于易日山、岑雪飞们当时正怒斥集团人满为患，各基层单位都在秉承旨意大力度下岗分流，哪还有空缺安插外员呢？就让她先在自己家做保姆，等有了机会再作道理。二姨又是个知道快活，不知道忧愁的人，见诗家光景不错，酬劳也不错，供吃管喝之外，景丽元还每月大大方方甩给六百元，合上每月六百元的生活补助，等于就是一个很像样的工人的工资，超过了没有下岗时的收入水平，这么一划算，乐不思蜀了。二姨还是个性格开朗而又不辞劳苦的人，干起活儿来麻麻利利，干干净净，丝毫不在意主人言语轻重和忽视她的存在，这种表现反而赢得诗维一家的好感，待她如同家人，不存在任何戒心，还乐意常常与她计议家政，让她有职有权，放心大胆操持家务。岂料主人家的大度、宽厚适得其反。和暖的家庭氛围使二姨悄然滋生出许多非分之想，加上都市生活的熏陶、蛊惑，推波助澜，诱发了她种种欲望，充分享受物质文明和精神文明的热望日益强烈，生理现象也躁动不安起来，与日俱增。悲哀的是，在理想的过程中她又常常忽略了自身的诸多基本条件。穿呀，戴呀，吃呀，喝呀，以致曾经体验过了的夜生活呀，全都希冀与世人平等，别人有的自己就该有，别人能享受的自己完全有理由享受，凭什么人和人不一样！头两年，二姨还能循规蹈矩，还能收收敛敛，还能努力适应新环境和主人的心理，塑造贤妇形象，之后便随着主人的信任慢慢放任自流，有时甚至把自己当成了这个家庭不可以少有的主人。提篮小买的工夫，顺便去超市逛逛；主人不在家，晚上穿金戴银，花枝招展去夜总会逍遥逍遥，兴趣来了，狂欢一气也有的是。挠心的事儿是不自由，她必须赶在主人回家之前回家。这使她感到非常压抑，尤其是性压抑。

所以，景丽元突然决定赶赴省城，二姨也突然拿定了主意：不能错过了这个机会。二姨久旱逢雨，外加年富力强，体能充沛，饥渴、充沛得让诗维一夜没歇着。除了充满快乐的呻吟和尖叫,她还腾出心情责备诗维的操作不规范,不到位,"……嘻嘻,怎么这样……哪是这样啊?"甚至可怜景丽元的日子过得冤枉,仿佛生儿育女的诗维缺少了这方面的学问。诗维书生气十足,文绉绉的,且年岁也不占优势,显出几分老迈,经二姨几番招惹,虚脱得大汗淋漓,气喘吁吁,像头推磨透支的驴,乐得二姨又咬又招。

　　二姨挺会侍候男人,有能量互为转换这层意思。第二天,她高低不让诗维起床,小心服侍着。她帮诗维洗头洗脚,替诗维擦抹身子;把现成的菜肴热热好,连同酒水端到床前,让诗维慢嚼细咽。酒足饭饱,继续睡,二姨当然要羊羔似的蜷缩在诗维的怀里。大年初五是二姨和诗维销魂的大年初五,二人唱着和着,极尽人间欢乐。卧室这方小小的天地,演化成了二姨和诗维的天地,他们可以无拘无束,主仆平等,为所欲为。为守护这方乐土,为珍惜难得的分分秒秒,二姨锁闭了门户,掐掉了电话,隔断了外界的联系,拒绝了尘世的纷扰。

　　诗维的感觉不坏,长久的类同于二姨的压抑,仿佛触及到了宣泄的缺口,忘情奔放。他忘掉了一切。年终工作报告的审阅、《龙潭水利枢纽工程招标文件》的研判、瑞谱公司提前揽到龙潭主体工程项目的疑虑,还有嫮嫮反常的行为等等,事业、家庭,全都淡出了脑外。他眼前只有二姨,全身心适从二姨摆布。白腻柔软的体态和极富感染力的温存,每每令他怀想起鸳鸯池的那个夜……喃喃着"丽丽"和"青青",让身下的人儿闪耀起惊诧的眸子,直到烟消云散。

　　通宵达旦,夜以继日,重复着一种活动。

　　诗维疲惫下来,有了力不从心的感觉。

　　二姨蛰伏在被窝儿里,努力用嘴、手呼唤着诗维的激情。诗维则耷拉着头颅歪倒在叠摞的枕头上,苦笑。幽暗的床头灯辉映着他那张瘦削的苍白的愈显衰老的脸。

　　"歇歇,歇歇吧。"他说。

　　"……不。"她在他身下奶着。

　　"今晚我俩都好好歇歇,歇够了,明天就会有精神了。"

　　"明天?……明天她突然撞回家来捉奸怎么办?"

　　"那不会,她不是那种人。"诗维安慰着二姨,安慰的话很有把握,"我俩平时没有让她怀疑的举动,她想都不会朝这个方面想。"

　　"她那神经兮兮的德性,哪能琢磨得透啊?"

　　"就算她明天就跑回来了,以后还不有的是机会。"

　　"可是这样的机会不多。慌慌张张,我受不了。"

　　"拔本也不能这样拔呀。"诗维揽起二姨,揽在怀里,"歇歇,啊?靠你一个人的努力是不行的,这事得两个人都有积极性,别犯傻了。"

　　二姨圆圆的脸红扑得放光,还挂满细细的汗,散乱的头发贴满额头,"真不中用!蔫不拉唧的,才几回呀?就成这样子。"狼狠地望着诗维。

　　"连轴转?铁打的汉子也得趴下了。"诗维的气还没有吐匀,却是不服输。

　　意犹未尽的二姨趴到他的胸脯上:"……说,往后我们怎么过吧?"

　　"……她很忙……以后更忙,培训中心的事会把她忙得首尾不能相顾……空当儿很多……"

"老让我偷偷摸摸？我不干。"

"只能这样呀……那你说怎么办？"

"……我们跑吧？你带着我跑，我带着你跑，都行。"

二姨的意思是私奔。诗维乐了："尽说孩子话！"

"孩子话？我说的是大人话，真话。"二姨固执地认为，"电影里头，电视里头，男女相好了，远走高飞的事情多得是。人家能做到，我们就不能做到呀？"

"国企的党委书记带着自家的保姆，带着自家的小姨子出逃？影响不好。"

"啥影响不影响，我就知道这男女来到了世上就要过日子，就要过快活日子！书记才多大个事呀？人家那么有钱有势的公子王孙，说跑不就带着小姐跑了，谁还管他什么影响啊？"

诗维说："那都是胡编滥造出来的故事，哄人的，逗人乐的，实际上哪有这种事啊。"

二姨说："就算实际上没有，我们就不能让它有？"

"你说，往哪儿跑啊？跑到哪儿找钱去？没有钱，怎么活啊？活不下去，连这种偷偷摸摸的事情都不会有了，还过快活日子哩。"

"哼，活人还让尿憋死了？我们往深圳跑，深圳不是早就开放了吗？"二姨尽情描绘着美丽的蓝图，"……我们去开一个酒吧，开家饭馆也行，你不是喜欢当官吗，想当一把手吗，你当老板好了，我无所谓，给你做个下手得了，再雇几个跑堂的……"

"说得轻巧！酒吧饭馆是那么容易开的？首先得投入，很大的投入，不是三万五万就能操办得起来的，哪来那么多的钱？别做这梦吧，啊？"

"……对，写字，写诗，写文章，都能卖钱，你去摆摊儿，写字写诗写文章，干这个不要投入。我呢……"

"我那几个字哪拿得出手啊？没人要的，不值钱。写诗、写文章那得有很深的功夫才行，我实力不够。再说了，写半天，没人给发表，一分钱也不值，靠干这个为生，不饿死了才怪。"

"那你就去拉板车，扛麻包，蹬三轮帮人送货去。我呢，去擦皮鞋。捡垃圾也挺来钱的。"

"你瞧我这身子骨儿，能拉板车、扛麻包、蹬三轮送货吗？再说，我毕竟是个书记呀，不能干这种事的。"

"又是书记！书记咋啦？书记不吃饭，不过活，当神仙呀？"

秀才遇着兵！诗维心里清楚，跟二姨没有共同语言，没啥道理可以探讨，但又不忍让她的希望完全破灭，说："再想想，看有没有两全其美的法子。"

"还有啥法子？"二姨得陇望蜀，"……只有跟她离了，我和书记都能救住。"

"这……"诗维摇着头，"她不会干。"

"她凭什么不干？一个花花绿绿的老太婆！你身上刻了'景丽元'仨字，一辈子都归她了？我懂法，你干就行，你决意跟她脱离，她没辙，巴靠不住。"

"再怎么说她也是你姐呀，你能忍心把她挤走了？"

"就因为她是我姐，我才有理由跟她平分荣华富贵，姐还有让着我这做表妹的本分！"二姨理直气壮，"她倒好，天天有肉吃，有汤喝，我呢？独守空房，饥了煲着暖婆婆困，她怎么就能忍下心了？她怎么不可怜可怜我这做表妹的？……她大小也是个官，还愁没人要？"

"唉……我们好赖是三十多年的夫妻呀……想想看，我能放得下她吗？"

"那就放下我好了！"二姨耍起横来，"我走，我明天就走，反正这日子也没法过了！"

"别说气话了啊……你能往哪里去呀？回县城不也就那样？"

"……我去十字街西头的圪崂窝，去圪崂窝当坐台小姐行吧？你们集团有个下了岗的书记在圪崂窝开了家歌舞厅……"

"他姓邬，叫邬国栋。"诗维笑了起来，"我们过去还是哥们儿哩。"

"他手下全是下岗、待岗女职工。女职工陪一回客人，乐了不说，还净挣四十块，一个月下来少说也有千儿八百。我早打听好了。"

"有客人乐了净挣四十，没客人呢？"

"嗨，如今那行当生意可火哩！小老板，打工仔，挣点儿钱全去那里塞了窟窿。我听说那……邬书记最近还接收了两个大学生哩！"

"嘿嘿……我能让自己的姨妹子、心上人去做那种生意吗？这些……都不现实。"

"只要你一松口，啥都现实了。"二姨挑衅说，"我晓得，你不仅舍不得丽元那狗婆，你外头还有人……"

"别瞎说！"

"我瞎说？我才不瞎说哩。做事时我都听出眉目来了，哼哼，不打自招。原来你不是正人君子……风流鬼一个。"

诗维这会儿没有失态，脑子非常清醒：深圳沁园春的那点儿隐秘，却是家庭的最大隐患，绝对不可以泄露的，忙说："我那不是想尽量让你痛快点儿，随意哼哼着嘛，你往哪儿猜啊？女人，疑心都重。"轻抚着二姨丰腴的肩胛，"……知足可以常乐。就这么过着，啊？挺好的。"

"名不正，言不顺，你好我不好！……老让我藏着掖着，人不人，鬼不鬼，我……我怎么过嘛……"二姨乐极生悲，泪眼汪汪，又呜咽起来。

"二姨……！"诗维慌忙搂住她，怜悯、休恤之情油然而生，"二——姨……"

"我还是二姨呀？你还这么叫我呀？我就不能是景凤元呀？我就不能是你的凤元呀？呜——呜呜……"

"是，是是……是凤元，我的凤元……我的好凤元……"诗维搂紧她，猛地一下心血来潮，将她翻腾到身下，妹呀心呀肝呀地嘟囔个不停。

二姨这回没有了先前的疯狂，酥软得像面团儿，任凭诗维忙碌得死去活来，"……哎哟妈呀！我要死了……我不活了……明天我就去死它……"她哆嗦着，泪如泉涌。

就在这时，卧室里的顶灯亮了，亮得突然，亮得刺眼！

七十一

　　如胶似漆、醉生梦死一般的诗维、二姨一阵惊愕，还没弄明白究竟发生了什么事，就听到满屋都是刺耳的尖叫：

　　"好哇好哇！一家子都走桃花运啦！"

　　景丽元叉腰立在床前，两眼喷火。

　　诗维翻身坐起，呆若木鸡。

　　"男盗女娼！奸夫淫妇——一对狗男女！"景丽元破口大骂。

　　二姨缩缩瑟瑟露出半个身子，哭丧着脸。

　　"这叫引狼入室，养虎为患，惹火烧身！我自作自受！我活该！"又是一串恶词。

　　诗维回过神儿来，慌了手脚，四下扫瞄衣物。

　　二姨没有提防景丽元这么快就返回家来，更没有考虑后果，早把自己和诗维的内衣内裤扔进了洗衣机。欲盖弥彰也惘然。

　　诗维终于发现墙角的衣架上还吊着条景丽元的花短裤，就够着身子去取。景丽元见状，一声怒喝：

　　"慢着！都这份儿上了，还怕什么丑呀！挺好，就这样挺好，诗家一道风景哩！等等，等公安处的娄毅处长来给你们合完影再说！做都做了，害什么羞呀？老娘我一点儿都不觉得羞。"又愤恨地盯着二姨，咬牙切齿，"饱暖生淫意！把你喂足了，骚劲儿发了，痒，找你那男人去呀？有本事找野男人去呀？坑害我干什么？我犯着你什么了？啊？说呀！"

　　二姨的蓝图、理想、梦，全被景丽元的叫嚷吓到了九霄云外，顿时感到自己就是一个真正的贼，茫然无措。她弯腰抱膝埋着头，咬着嘴角："……你不在……我……帮你填房……规矩。"

　　"别不要脸啦！这是城里，不是乡里！填房？我还没下岗哩！我还没死哩！贱货，骚货！还敢开脱，还有理由了你！"

　　"我是贱，我是骚！"二姨受不了了，咆哮起来，"你叫公安局来把我抓了吧，把我杀了吧，我不怕，我不想活了！"

　　"你当我不敢？你等着！"景丽元声嘶力竭，"逼急了，我也敢杀人！"

　　"杀吧杀吧！反正都是死！"二姨抱头痛哭。

　　"养只狗还望我摇尾巴哩，你倒好，咬起主人来了！"景丽元跺着脚，"是我待你差了？啊？吃，让你吃好；喝，让你喝好；好穿好戴，你凭良心说，是不是跟你共着？月钱不少你一分；全家亲亲热热喊你'姨'……还有，前天，德元送我一万块，我转身就送给了你，想让你过得宽绰，想让你在儿子面前有模有样，想让你人前人后体面风光，你倒好，反过头来挖我的墙脚，捅我的窠，忘恩负义，你还叫人吗？怪不得人家下你的岗，你这种人，哪里都容不下，不能容下你！……"

"妈——呀！这事跟下岗没关系呀，这事跟下岗没任何关系呀！想杀人你就拿把快刀吧！"二姨被景丽元挖苦、讽刺、讥笑、辱骂得无地自容，在床上又拍又打又撞头，又哭又叫，"别骂我气我，活活刮磨死我呀，呜——呜呜呜……我命好苦哇……"

"行啦！"诗维赌气跳下床，扯过景丽元那条花短裤往身下一套，"这事跟二姨没关系，是我叫她上楼陪我的。我闷，跟你过得闷！"他听不下去了，挺身把景丽元的矛头接了过来。

"嘀哟哟，嘀哟哟，你看你看！"景丽元睁大一对圆亮的眼睛，"真是甜哥哥蜜姐姐了啊，这偷情还偷出道理来了啊？那么光荣呀？啊？行行，行，我这就给白延寿、娄毅打电话，让他们把这光辉现场拍下来，让你把自己的道理大白于天下，也让全集团的人都见识见识诗大书记是如何言行一致，为人表率！"边说边掏手机。

"打吧打吧！拍吧拍吧！想怎么来就怎么来，就这现场！"诗维坐回床上，双手抱住赤条条的臂膀，一副破罐子破摔的样子，"索性把大门打开，反正动静也够大的，与其让邻居挤在门口听壁脚，不如干脆放进来，让他们参观参观，有啥？我绝不躲躲闪闪！"

捉贼拿赃，捉奸拿双，对景丽元来说是人赃俱获，不容抵赖。诗维心里清楚，事情已经明摆着，但结果是好是坏，全看景丽元如何表现。她若稍有善心，即可息事宁人；她要是不依不饶，必定鸡飞蛋打，鱼死网破。想到景丽元一向唯我独尊的个性，再加上眼前这凶神恶煞般的面孔，诗维料想扭转情势毫无希望，没有夫妻情分可言，既然如此，只能坐等发落，听之任之。悲哀的是，二姨刚才的向往当真要变成事实，扛麻包、拉板车、蹬三轮车，眼看真的变成自己的后路。书记的奸情一旦传开，他还能是书记吗？他还有脸面在华夏集团待下去吗？他不怨二姨，怨她干什么呢？一个非常可怜的女人！怨就怨自己，是自己的立场不坚定，意志不坚定，党性原则不强，经不起诱惑。

"你看你看！你看这……啊？……"没想到的是，景丽元忽然傻眼了，"这光天化日之下偷情作奸真还有理啦？真还光明正大啦？还……还互相包庇起来啦？"

"别叫啦！打电话吧！事情就这样，"温文尔雅的诗维也有英杰气概，"你想怎么办就怎么办，我认，全认了！"

"你……你……"景丽元瞠目结舌，"老娘我……我还真没办法治你了？啊？！……"她哆嗦着，突然把捏在手里的手机往床上一甩，气直冲二姨身上撒，"贱货！滚！还赖着不走？！"

呆若木鸡的二姨醒了：还待在床上做什么？这不是伸着脑袋接棒棒——自找难受吗？丑事做都做了，还怕什么丑呀！就一骨碌爬下床来，光着身子往外跑。

"站住！"景丽元厉声喝道。

二姨立定，不敢抬头。

"床单被套都换啦！老娘嫌脏！"

二姨忙把床单扯了，被套脱了，埋头抱出门外。她一时没了主意，不知道诗维作何打算，更摸不透景丽元接下来将采取什么样的举措，只好忍气吞声，打算走一步看一步。

"丑德性！再偷嘴，我活剥了你的皮！"景丽元自认倒霉，又觉得心气不顺，冲着二姨的背影骂个不停，"洗！烧水洗呀！脏！"

诗维意外地感觉到气氛有点儿在向好的方面缓和，站起来准备去衣柜里翻件衣裳套在身上，哪料景丽元仍在鄙夷地瞅着他："穿什么衣服呀？这形象多好，别穿了，这样挺好，挺好！"

原来事情并没有了结！诗维瞪了景丽元一眼，重新坐到床上，把脱了被套的棉絮往肩头一披，抱紧双膝，出着粗气，等待景丽元发起下一轮攻势。

景丽元是个极要面子的人，知道事情闹得太大对这个家带来的灾难肯定是毁灭性的，一家人都得在这场灾难中付出惨重代价，自己也不例外，维系家庭的唯一选择是自己做出牺牲，忍下这口气，没有别的办法了。此外，她痛苦地做出这个选择，还有另一个没有来得及道出并且难以启齿的原因，那就是婳婳的事。婳婳的事同样会给这个家造成剧烈震荡，龌龊事搅成一堆，孰轻孰重，她必须理智。

"诗维你给我听好了，不是老娘我没有法子收拾你们这对狗男女，你等着瞧！今天这笔账先记着，等日后老娘我腾出手来慢慢跟你们算！"

不管景丽元如何摆着气势汹汹的架势，不管景丽元的话怎么尖酸刻薄得像把尖刀，诗维还是觉察到了一种转机，只要不在现场激化矛盾，只要事态不再恶化，以后有的是回旋余地，至少避开了令人发指的难堪，和平解决问题，哪怕是对簿公堂，也要比以私情男女赤身裸体为背景理论是非文明得多。诗维稍稍安下心来，拿定主意：无论景丽元的攻势何等凌厉，绝不可以针尖儿对麦芒，最后弄得两败俱伤。

果然，景丽元虽然怒不可遏，但语气却明显软了下来：

"……这一家子，偷人的偷人，养汉的养汉……你们就不想想，让我怎么活？……想把我气死呀？气死我了你们就那么好？……这个家……真的不要了？啊？"

诗维蓦然感到景丽元的话中还有话。他想问，又不敢贸然开口，深邃的双眼睁得老大。

景丽元终于在床头的一把小圆椅上坐了下来，耷拉着头，反而像一只斗败了的公鸡。她慢慢摸出一支香烟，哆哆嗦嗦地点燃，使劲儿抽足一大口，又狠狠地吐出一股长长的烟雾，倏然，通红的眼眶里滚出一串泪珠。

这种示弱的表现反而令诗维感到很不正常，他大惊失色，问：

"你这是怎么啦？……难道……婳婳……有什么事？……"

"你还记得婳婳？"景丽元报以凶狠的目光。

寂静，沉默，迂回试探。双方有限退让，磨合。沉湎在痛苦中的景丽元断断续续向诗维告白了自己省城之行的经过和婳婳的遭遇。

头天凌晨，景丽元搭乘沈光荣的奔驰奔到了省城。正值春节长假，各单位都关门歇业过大年。景丽元从省建委值班人员那里打听到了婳婳的所在部门，问明了婳婳的顶头上司弓处长的电话号码。弓处长抱歉地告诉景丽元，不曾关心过诗婳节日期间的个人计划，以为回老家过年了。经景丽元再三询问，弓处长才想起诗婳近段时间与潜龙总公司一个叫罗尼娜的女孩子过从甚密，别的一无所知。几经周折，景丽元和沈光荣查询到了罗尼娜的手机号码，并且很快同她见了面。罗尼娜当然知道诗婳不回家过年的原因，也知道她因为什么隐居何处，只是无论如何不肯带景丽元、沈光荣与她见面。沈光荣很是无奈，只好退避。交谈中，罗尼娜不得不把诗婳失足的事情告诉给景丽元。景丽元听到这一消息，如雷轰顶，又气又急。她觉得不便再与沈光荣联系，租了辆的士就往回赶，目的是想尽快同诗维商量个办法，替女儿雪耻，讨回公道。没想到一进家门，撞见诗维正与二姨寻欢作乐……

诗维只听进了四个字：婳婳失身！早气得眼冒金花，耳畔嗡嗡乱响。

"……本来，我是准备直接去省委的……这不是家里天大的事嘛……得有个商量啊……"景丽元吸着烟，泪眼茫然地望着天花板，"在基地管理办公室，激励人心的事几乎听不到……雷好好色的故事倒是听到了不少，挺有名气的一个人物……恶棍，无法无天，高级干部里头怎么尽出这种人！……"

诗维本已难受至极，见景丽元又有意无意把自己也捎带上了，很是窝火，但又不想在这种时刻继续内讧下去，只得强忍这口气，问：

"这么说……婳婳的事，时之男也清楚？"

"你说呢？"景丽元瞟了诗维一眼。

"那……时空也知道了？"

"我怎么知道？"

"她到潜龙总公司去找雷好干什么呢？"其实，诗维也知道雷好的生活作风问题十分严重，"这不是自投罗网吗！"

"鬼迷心窍。"景丽元哼出一句，"她倒知道，不肯说呀。小贱人！"

诗维自言自语："……建委有把她支援到潜龙总公司的意图，莫不是想去看看那里的工作环境？……哦，该不会是去打听龙潭工程标底的事吧？……这孩子，她认这个真干什么呀。"他猜测着，后悔当初不该在女儿面前提及华夏集团陷入困境的事、龙潭工程竞标激烈的事，"做父亲的再无能，也轮不到子女分忧哇！什么狗屁招标投标，关一个孩子什么事？奶奶的！"想着，忽然挥起拳头，向着自己的脑门儿狠狠揍了一拳。

"都什么时候？还在琢磨这些毫不相干的事，哼。"景丽元蔑视着他。

"说，打算怎么办吧？"

"……"景丽元掐灭烟头，"告！我明天不走，后天一定走。找省纪委，闹它个天翻地覆，先把这恶棍搞臭，搞下台再说。"

诗维缄默不语。

"现在看来……跑回家也不过是跟你通了个气——咱家出了这档子事。指望你拿主意是不行了，靠你伸这个头也不可能，你也不敢……"

"你以为我会饶了那恶棍？"诗维忽地翻起一对白眼，嚎叫起来，"狗娘养的，欺负到爷爷我头上来了！无法无天？好哇，好，爷爷我就给他割了！……不就是个屁书记吗？不当了还不行？"

"哼哼，有种。"景丽元冷冷一笑，"我已经想好啦。这个头还是由我伸吧。树活一张皮，人活一口气……反正我现在已经一无所有，没有后顾之忧……你好好做你的书记好了，也犯不着一齐往火炕里跳。"

"屁话！"诗维有点儿失控，粗话连篇，"你敢说婳婳不是我的种？她被恶棍害了，我袖手旁观？"

"……？行，行啊，"景丽元无心同诗维口角，"那你给支个招儿吧，我洗耳恭听。"

诗维虽然怒火中烧，但还不至于冲动到丧失了理智的地步。这事绝不能这么了了——他旗帜鲜明，然而，在具体怎么处置最为妥当这个问题上，却别有一番见地。他认为：现在不能只顾生气，只想出气，还没有出击自己先乱了方寸，当务之急是把事情的来龙去脉、前因后果搞清楚，做到有理有据，有的放矢，这需要婳婳积极配合。不该发生的事情已经发生了，婳婳必须理性，沉下心来，坦白地告诉父母自己受害的经过，包括细节，不能有任何顾忌。应该想到的问题是，事发至今，为时已久，向政法机关提出诉求时定然会受到质疑：为什么不及时去公安机关报案？因此，婳婳的供词和态度十分关键，当事人不坚决，单靠父母出头露面，是不能达到任何目的的。还有，婳婳为什么没有及时做出反应，为什么至今仍犹豫不决，不知所措？基于什么？她是个非常聪明的孩子，之所以持这种迟疑态度，必定有她充足的理由，这个理由究竟是什么，很有必要弄清楚。这些都是去纪检监察部门的前提。另外，时间的选择。既然拖了很久，就要有一个为什么拖了很久的原因，原因不可信，雷好再一赖账，政法机关有权不受理，弄得不好，没有告倒孽畜，反而臭了自己的名声。婳婳并不认识雷好，却与雷好有了性行为，纪检、监察人员肯定会怀疑一个交易问题，什么交易？金钱交易还是别的交易？假如牵根绊连到她有刺探龙潭工程标底的动机，那就麻烦了，问题不仅仅怀疑到婳婳、诗家居心不良，还很有可能把华夏集团拉扯进去。龙潭水电工程吸引着几十家竞争单位，除九家获得主体工程竞标资格的单位正在角逐之外，还有不少小企业、私企在争抢残羹剩饭，各家都在极尽全力，施展浑身解数，不择手段，互相倾轧，婳婳受辱一事如果与竞标活动关联上，恰如授人以柄，失去道义制约、利令智昏的竞争对手很可能借题发挥，大做文章，往华夏集团头顶猛扣屎盆子。个人之间的道义争端，必然演绎成利益集团之间的恶斗。华夏集团会有口难辩，无端落个舞弊之嫌。倘若雷好再狗急跳墙，倒打一把，借机把华夏集团踢出竞标大门之外，怎么办？诗维冷静地把将要碰到的问题做了透彻的分析，进行了综合思辨，提醒景丽元：

"我们出着儿稍有不慎，不管雷好会不会因此下台，对华夏集团造成的影响将是毁灭性的。"

景丽元的眼睛愈睁愈大："那……那你说怎么办？"

"刚才我已经说了，关键取决于婳婳的态度和证词。我们要有足够的证据、充分的理由。你不是说有那个罗尼娜的手机号码吗？明天……不，待会儿我就给罗尼娜打电话，无论如何要通过她与婳婳取得联系，先稳住婳婳的情绪，再慢慢摸清她的态度，等条件成熟了，我们一家三口必须会面，把事情的经过弄个清楚明白，而后商量下一步的措施。已经拖了这么久了，索性再拖一拖。"诗维思索着说，"我认为，最好的时间是三月份，等到龙潭工程开标揭晓活动在平静的气氛下完成，避免节外生枝。如果华夏集团在这次竞标中失利，几万职工的切身利益将会受到直接影响，关系到整个集团的稳定。华夏集团要是有个三长两短，我再怎么想当书记，你再怎么想当培训中心主任，都是不可能的……所以，大局，我们不能不顾……"

二姨走了进来。二姨低着头，分别给景丽元、诗维身旁搁了杯热茶，没有对象地说了声："热水都准备好了。"就又低着头出了门。

赶赴省城，听到的是女儿被糟蹋的消息，跑回家来，撞见的是丈夫和表妹偷情情景；想替女儿报仇雪恨，又被当老子的一番阔论弄得无所适从，想豁命还没有那么容易！已经有两天水米未进的景丽元正感到胸口堵得发慌，忽又恍见了强占自己男人的荡妇，眼前顿时一黑，扑通一声，一头栽倒在地。

"丽元！丽元！怎么啦？！"诗维不顾一切地跳了起来，"二姨！快来！快过来呀！……"他连日辛苦，虚脱得厉害，脑袋本来就沉沉的，加上刚才又是羞又是气又是恼又是闹，更是被折磨得头晕脑涨，话没喊完，早就摔到了床档上，额上立时隆起了一个大乌包。

二姨慌慌张张跑进房间，见景丽元、诗维双双歪倒在地，吓得面色苍白，抓起床头柜上的电话机就是一气乱拨，想要呼叫110救助，却是怎么也拨打不通。原来，她前天晚上就把电话线给掐断了。

但是诗维的头脑还保持着清醒："别打电话！别打了！快，帮我把她扶到床上躺好……喂喂热汤热水……过会儿就会好的……"

李翔凌 著

沉船（下卷）

一条大河的激情岁月　一支大军的前世今生
一个企业的重生涅槃　一群战士的奋发图存

中国书籍出版社
China Book Press

图书在版编目(CIP)数据

沉船:全2册/李翔凌著. —北京:中国书籍出版社,2016.12
ISBN 978-7-5068-5959-2

Ⅰ.①沉… Ⅱ.①李… Ⅲ.①长篇小说-中国-当代 Ⅳ.①I247.5

中国版本图书馆 CIP 数据核字(2016)第 281179 号

沉　船(下卷)

李翔凌　著

责任编辑	张　文
责任印制	孙马飞　马　芝
封面设计	楠竹文化
出版发行	中国书籍出版社
地　　址	北京市丰台区三路居路 97 号(邮编:100073)
电　　话	(010)52257143(总编室)　　(010)52257140(发行部)
电子邮箱	eo@ chinabp. com. cn
经　　销	全国新华书店
印　　刷	河北省三河市顺兴印务有限公司
开　　本	787 毫米×1092 毫米　1/16
印　　张	58.25
字　　数	1285 千字
版　　次	2017 年 1 月第 1 版　2017 年 1 月第 1 次印刷
书　　号	ISBN 978-7-5068-5959-2
定　　价	157.00 元(全两册)

版权所有　翻印必究

◎ 目 录

上卷
- 小　引 / 1
- 第一章 / 3
- 第二章 / 165
- 第三章 / 355

下卷
- 第四章 / 447
- 第五章 / 537
- 第六章 / 717
- 第七章 / 899

第四章

七十二

月湖宾馆大门前的街道是条老街，不宽，因为正值春节期间，对面人行道上的过往行人不多。况夫夹杂在不多的过往行人当中，辗转，徜徉，警觉的目光不时瞥向月湖宾馆门口出出进进的过客。

春节前和春节期间，是公关工作的黄金季节，是扩大和增进友情的佳期，所以，况夫一直很忙，忙团拜，忙拜年，大多是酒吧间里出，歌舞厅里进，吃喝玩乐，意思意思。潜龙总公司的高管成员、权力部门的一、二把手、关键人物，还有方方面面，所有应该联谊的，他几乎都联谊到了。在联谊过程中，有心的况夫偶然知道了一个人的确切音讯，这个人目前所处的位子对华夏集团竞标龙潭水电工程十分有利，因此很想会会他，就经常挤时间跑到月湖宾馆对面的人行道上转悠，蹲守，希望这个人能从月湖宾馆里走出来。

况夫五短身材，西瓜肚子。他穿一件黑色真皮夹克，内里透出深色格子衬衣，蓝地白点领带，西裤笔挺，皮鞋锃亮。最突出的部位是剃了一个光头，大冷天却又不戴帽子，刚才不知道和谁整过一顿，圆大的脑袋变得像一颗抹了油的橘红篮球，在街沿儿那些大红灯笼的照耀下闪闪发光。别看他此等黑道大佬模样，却原来是清华大学的高才生，名气大得很。

曾几何时，况夫就读清华大学土木工程系，没得说，品学兼优，学习成绩在全系出类拔萃，备受老师器重和同学们钦佩。毕业那年，他将被分配到北京某个科研所的消息首先在系里盛传，蛊惑得莘莘学子躁动不安。那些急于落窝可是学业又不够圆满的学生更是闻风而动，东奔西跑，上下疏通，以求一逞。一日，一个叫作钱山鸣的同班同学在清华园一角的小馆子里摆了一桌，单请况夫。其实，桌面上也就一盘木樨肉、一盘凉拌黄瓜、一盘椒盐刁子鱼和一盘水煮花生仁。啤酒倒是够了，十瓶。喝过一瓶后，觉得无功受禄的况夫有些沉不住气，试问同窗何故如此，是不是家乡又发生了水灾旱灾虫灾泥石流山体滑坡啥的。

"惭愧，惭愧。"钱山鸣吊着肿眼泡儿，说，"这当口儿，老家塌天了我也不会管了。没心思四处求援。"

况夫量量手里的啤酒瓶子："那为啥？"

"兄弟我今天想请你帮个忙。帮忙抉择抉择人生道路。"钱山鸣把话说了一半，留了一半。

况夫马上猜出了他的话意，说："等呗，大家不都在等吗？好在大锅饭还在继续吃着，人人都有去向，人人都有工作都有工资都有饭吃，绝不会像外国：毕业即失业。"

"问题就在这里，忧愁也在这里。"钱山鸣鬼头鬼脑地喝了一大口啤酒，夸张地耸耸眉峰，"那大锅里有好饭也有坏饭，舀了一勺好的就吃好的，舀了一勺孬的就吃孬的，你说是不？"

"那又有啥？反正好孬都有得吃。"

"你是站着说话不腰痛哪。"钱山鸣的语气忽然变得酸溜溜的，"留在北京，还是科研单位——一碗好饭已经捧到了掌心，当然没得挑剔。"

"空穴来风。谣传，你还当了真？"

"千真万确。学校推荐。人家都派人来把你的档案瞧了，下步就是开个派遣证的问题，我都打听清楚了。"

"你呢？"

"没有着落啊。所以，我就找你呀。"

"你找我有球用，我又不管分配。"

"谁让你分配来了？我这不是跟你商个量嘛。来来，喝喝喝！"

况夫用牙齿咬开一瓶燕京啤酒，顺嘴灌了几大口："个老子，闯倒鬼哟，你有得着落找我商量啥子嘛。"他学着钱山鸣说了一串四川话。

可是钱山鸣早就不会说四川话了，四年大学生涯使他操练得一口标准的京腔："好您呐，您听我说。兄弟我有苦难言。憋在肚子里不说是我不够朋友，您说是这理不？冲这，得说。说出来了，您听还是不听，是帮忙还是不帮忙，是两肋插刀还是作壁上观，那是老哥您的事，我无可厚非。但是我，得拿你当朋友、兄弟！"

况夫愣望着他："有这么玄乎吗？"

钱山鸣不紧不慢拎过一瓶燕京，一只手捉住瓶颈，另一只手用筷子将瓶盖撬开，斟满一碗，慢悠悠喝上一口，打个酒嗝儿，忽地一声悲叹，说："苦啊，兄弟我苦啊，苦不堪言。知道不您？兄弟我是一只手拎着鸡蛋筐子，一只手抱着老母鸡上的小学——交书本费、学杂费；是靠吃土豆、红薯、玉米棒子在县城读完的中学；是用背架扛着两头肥猪到镇上卖了，来回跑了两趟山路，凑够读大学的用度才来到了北京。我容易吗我？"

"不容易，你这书读得是不容易。"况夫见钱山鸣动了感情，不能不应和。钱山鸣的困难情况全系师生有目共睹：从来不吃荤菜，自己犒劳自己的时候动用的是从老家带来的、经过了腌渍的鸡蛋或者用松枝熏陶过了的猪肉、灌肠；头是同学们轮换用一把老式推剪推的——马桶盖子，没有日新月异过；谁都不乐意面对的现实是，内衣内裤全是家织布，非青即蓝，纽扣是用细布条精编而成的疙瘩——上个世纪就开始淡出历史舞台的行头。他有一套削价的西装和皮鞋，出席学生会组织的重要活动时才穿穿，一般情况下是不上身的，快四年了，仍有九成新。常常恼他的是老家灾荒不断，不是这灾就是那灾。同学们不愿意看到他整天耷拉着脑袋哭丧着脸，就凑点儿，聊补无米之炊，也动员他将余额给万水千山之外的父老姊妹寄点儿，略表体恤。系里为钱山鸣发起救助，况夫回回不落，份子还总得比别的同学重点儿，私下再甩给他一个大数儿的情况也有过。因此，钱山鸣对况夫格外好感，高看一眼，如果箱子里还储存有诸如熏肉熏灌肠之类的土特产，就匀给况夫一点儿，以示答谢，以示敬仰。况夫就笑纳，他尤其喜欢吃钱山鸣打老家带来的臭豆腐。一来二往，两人成了好朋友，称兄道弟，无话不说。

钱山鸣见况夫表现出同情心，话语就更加有了层次，有了深度："贫困，苦难，磨砺，认，我全认了，我认命行不？可是，让我揪心、痛心的是冤，冤哪！还有，怨，我怨……"

况夫仰起头颅，嘴巴吹喇叭似的对准高高翘起的啤酒瓶子，咕噜咕噜地喝，眼睛却斜视着声情并茂的钱山鸣，饶有兴趣。

"你，啊？还有班里的那些尖子，如今已经各有其主，尘埃落定：不是留北京就是奔上海，分配到的单位好得不得了。剩下我们这些中不溜儿的，还有下脚料，都得眼眼巴巴等着学校四处说情，像他娘的推销农副产品，尽量添些好听的词儿让人家认购。寒碜人不？寒碜啊。那还得看人家需不需要呀。得，寒碜人也罢，罢了。可是到头来，我们不是被擩到省里县里就是被擩到边疆、贫困山区，奶奶的，一个学校生产出了两种产品，一种是优质产品，一种是低劣产品，命运是，一拨儿飞升到了天上，另一拨儿抛弃到了地下。哥们儿，你说这冤不冤？"

"冤！"况夫吼出一声。

"十几年寒窗之苦，功不成、名不就也就拉倒了，可是到头来让我回到原地蹦跶，你说冤不冤？"

"冤，冤！"

"够哥们儿，理解兄弟，理解万岁！"钱山鸣冲况夫竖起大拇指，接下又说，"其二，怨，我怨，怨哪兄弟。"喝口啤酒，眉梢朝上一挑，"你小子，啊？天天踢娘的足球，还门门功课得满分。我呢？整日整夜搂着书本啃，屁股上磨出了老茧，功夫不能说不深吧？可回回过堂，娘的，不是蹭个及格就是不及格，咋就捞不着高一点儿的分数呢？我咋就这么个驴脑袋呢！父辈人指望我成龙成凤，光耀祖宗，给我起了个'山鸣'的大号——威震群峰再谐个'前三名'，珠联璧合。结果好，我他娘的在系里头能排上倒数第三就算不错，驴，驴透了。怨哪，怨，除了怨我自己，还怨我祖宗，压根儿就没有给我遗传下丁点儿优良基因，让我同样做了笨驴！世世代代窝在农村，世世代代受苦受难，到了我这一代仍然没有熬出个头绪，无论怎么努力，还是老鼠生的儿只会抠洞……"

"且慢，且慢，别再自己鄙弃自己、糟践自己还要捎上老祖宗了，我受不了，受不了。"况夫又别了句四川话，"个老子，谝球这些，跟毕业分配有啥子关系嘛？"

"感喟人生，嗟叹命运，我这是顺便说点儿宿命论的思想观点。"钱山鸣伤感地说，"到时候，你在北京发扬先辈的优良传统，坐享荣华，我支边支疆补地球，继承祖宗衣钵，这不，都是命中注定的。"

"即便是派遣到了省里县里，即便是下派到了农村边疆，也会人尽其才，物尽其用。现在的形势跟过去大不一样，地方政府同样重视知识，重视人才，重视科学技术，都在一门心思搞基础建设，大学生下去了，肯定会得到重用，有的是用武之地。再说了，咱是谁？清华大学的毕业生呀！你那么担心做什么？过虑，过虑！"

"嗨哟喂，你是哪个星球的来客哟？派遣下去了哪里还谈得上什么重用？现实是，大学毕业生一旦分到了省里，立马就下派到了市里县里，县市再像甩包袱一样往乡镇里甩，什么学历，什么专业，统统见他娘的鬼去吧。像我们这些学土木工程的，修塘挖堰做水库就成了一辈子的营生，这也叫用武之地？"

"不至于吧？"

"给你说个故事，让你开开眼界。"钱山鸣据实论证，"几年前，有位大学毕业生，攻航天工程的，牛吧？没想到学校把他给派遣到了省里，省里又把他派遣到了县里，县里呢，再把他下派到了乡镇。你想啊，连省里都没有航天事业单位，乡镇哪有啊？经研究，这位大学生最后被安置在邮电局。让干啥？当邮差！镇领导振振有词，说：专业对口嘛，你不干邮差谁干邮差？航天跟航空信都挂着'航'字头衔，能有啥大的区别，一球回事儿。"

况夫笑了起来："有这事？"

"孤陋寡闻了不是？报纸上登的呀！有名有姓有具体单位，记者还能说假话？"钱山鸣肯定着，哀叹着，"你说，我要是被派到了省里，那还不一个下场。现在呀，英语、计算机、管理、营销，甚至会计，才算热门专业，土木工程早被市场边缘化啦。娘的，庙倒是进对了——清华，可是佛拜错了，攻哪门专业不好，偏偏挑了这土木工程系，择业，难哪！"

况夫见钱山鸣说的都是事实，一时也找不到辩驳他的恰当例证，就说："听天由命好喽。"

"那哪成啊？生命不息，奋斗不止，不到黄河不死心。"钱山鸣振奋了一下精神，思想来了个一百八十度的大转弯，"要说吧，留在城里也没啥好，有啥好呢？我看没有。满眼钢筋混凝土大森林，噪音，汗臭，汽油味儿，人多得像蚂蚁，车多得像茅屎板上的蛆，天空一片混沌，地上一片尘埃，人和人之间充满尔虞我诈，毫无信义可言，好什么好。"

况夫心里直笑：小子，觉得没有吃到葡萄的希望，干脆说葡萄酸得了。

"你说，农村有什么不好？平心而论，它也有优势呀。"钱山鸣自己立论自己论证，"田园、村庄、炊烟、牧童、晨曦晚霞，小桥流水，群峦叠翠，四季分明，那个美哟，真没得说。指点江山，激扬文字，那个壮志豪情哦，更没得说。"

"那是。"况夫猜想钱山鸣不过发发牢骚而已，何去何从，心理准备还是很充分的，"所以，到哪，都有利有弊。"

"不过……那要看针对谁呀。"钱山鸣又把话转回来了，"农村对我来说，好比悬崖绝壁，死路一条。但是如果摆在你面前，那就不一样了，那就是广阔天地，如鱼得水，大有可为。城市生活对你来说，我敢断言，一定非常枯燥、乏味，没有一点儿活力、生气，只会给你带来烦恼，可是给我的感觉绝然不同——天堂呀！"

况夫睁大了眼睛，不知道这小子到底想说什么。

"所以呀，这事要换个，换个个儿那就对了。"

"换个儿？换什么个儿？"

"您听好了。您听听是不是这个理儿。"钱山鸣像是很有套路，"您看啊，我们家世世代代都在农村，祖祖辈辈都是农民，先人们追求的是啥？追求的是走出农村，不当农民呀。到我这辈，祖宗显灵显圣，让我上了全国数一数二的高等学府。我不图别的，不图升官发财，就图个跳出'农'门，了却祖辈的一番心愿，过分吗？不过分呀。可是，天公偏不作美。你看啊，万一，我是说万一。万一我这次被派到了哪个省里，省里又把我下派到哪个县里，县里再如法炮制，把我往乡镇一搡，你想啊，那我不等于是到清华园转了个圈儿，转来转去又转回农村去了？我们家世世代代的夙愿不全泡汤了？你就不同了，你们家世世代代在城市，祖祖辈辈当市民，做高级知识分子，你们家的祖辈会想啥你知道不？你们家的祖辈理想是啥你知道不？是远离城市，远离喧嚣，超凡脱俗，到另外一个生活环境呀。农村对一个在城里生活腻味了的人来说新不新鲜？是不是另一番天地？有没有吸引力？有哇！所以说，咱俩要是换个个儿，我们家就翻了身，你们家也翻了身，大家都翻了身。"

"明白了，唠半天，原来你是希望把北京这个艰苦得难以生存的地方留给自己，再把农村那美好得如同琼楼玉宇的福地让给我。是这意思吧？"

"意思倒是这一意思。可你这话我听起来怎么觉得挺别扭。"

"我的话你听起来觉得别扭，你的话我听起来清脆悦耳。别一会儿这么说，一会那么说，瞎蒙我了啊，我还闻不出香臭吗？北京、上海是越来越现代化的大都市，说不坏的。真让我留北京，会让我高兴得跳起脚来。农村我又不是没有去过，啥小桥流水？啥重峦叠翠？依旧贫困落后，这是现实。"

"理解出现偏差了不是？我并不认为北京、上海是炼狱，农村才是天堂。"钱山鸣一点儿也不脸红，"刚才我已经说了，要看对谁而言，这才是关键。对我这样的平庸之辈来说，农村当然是穷山恶水，满目萧疏，一派凄凉。可你是谁呀？况夫！恶水有啥？浪遏飞舟，壮哉！穷山有啥？披荆斩棘，伟哉！什么坎坎坷坷，什么艰难困苦，在你面前那算啥？所向披靡，不在话下！瞧你这身板儿，瞧你这体魄，啊？言说魁梧、伟岸诚然过奖，但敦厚壮实该名副其实了吧？踢足球的主，腿力没得说，活脱脱一马拉多纳。凭这腿力，凭这体魄，漫说在农村穷乡僻壤跋山涉水如履平地，便是百万军中取枭雄首级也犹如探囊取物，如入无人之境呀！还有，满脑子的智慧，一大肚子学问……"

"打住，打住。"况夫警惕起来，"你小子莫不是学校买来给我做说服工作的吧？要动员我支边支疆？"

"理解上的偏差，又是理解上的偏差。我钱山鸣会是那号人吗？我会做那种缺德事吗？"

"尽跟我说这些做啥子嘛？这跟毕业分配有啥子关系嘛。"况夫乂学说了句四川话。

"这叫分析局势，叫占卜未来，也就是算……算命。"钱山鸣并没喝多少酒，舌头却在绕绕着，"先算你，你小子……啊？就凭你这体魄，这智慧，这能耐……啊？就算落户农村，那也是芝麻开花节节高，你信不信？你不信我信。将……将来混个乡长、县长……混个省长、部长也……也没问题。你是况夫呀，况夫有啥做不到？到时候，你还真别说，什么城市，什么农村，在你眼里全他娘的一球样！天马行空，独来独往，任由出进！哪里敢不需要你？又有哪个单位敢不拿轿子抬你？人物呀！谁敢怠慢了你，我……我跟他没完！"

"拜托，拜托，你老人家说话客观点儿啊。我没有去农村的打算，更没有那么大的本事，想去就去了，想回就回了。"

"我这不是打着比方嘛。"钱山鸣说，"就算你没那本事，没关系。在农村干腻味了不是？不想干了不是？……"

"好像我真要去农村了，好像我真的去了农村了。"

"比方，比方。"钱山鸣坚持比方着，"比方说你在农村熬够了年头，也没熬个乡长县长当当，没有熬出头绪，不想继续熬了，想回城，那也容易，挺容易呀。打个报告，说要回哈尔滨伺候父母双亲。你，啊，独苗苗一个，哪级组织还能不体现出点儿人情味儿？回就回呗。再者说了，有政策呀，政策谁敢不执行？他还吃了豹子胆了！可是我就不行喽，没这基本条件。"脸形拉吊得像鞋拔子，"无论分配到哪里都是钉子回了脚，一次定位。想挪？往哪儿挪？找由头回老家照看父母？回鬼都？你是不知道哇，那鬼都真是个鬼地方，穷，落后。我拼命读书就是想远离那鬼地方，哪能再回去啊？不说别的，你瞧我这口标准的北京话，回鬼都说给鬼听呀。唉……可怜我祖祖辈辈，世世代代……我苦啊，苦……"

说来说去，钱山鸣的中心意思不外乎是自己不想去农村，害怕回到农村，而况夫则可以去农村。说着说着，钱山鸣的嘴角翻起了白泡沫儿，眼角闪动起了泪花，挺伤心，挺动情。见状，况夫真有几分同情，说，"只可惜你跟我说这些没有一点儿用。第一，目前全校应届毕业生都在等待，分配通知没下来，一切都是未知数，谁也不知道自己的命运怎么样；第二，我没有生杀大权，帮助不了你。如果真能帮助你，说啥我也会帮你一回。"

"真的？"钱山鸣这小子压根儿就没有一点儿醉意，舌头不打绕了，"到底是况夫！我没瞧错人，我就知道找你商量准没错，只有你才肯舍身成仁……不不，舍己为人，舍己为人。"

况夫蒙了，不知道自己刚才说的哪句话对了他的路子。

钱山鸣精神大振："只要老兄你肯帮忙，我的前途命运立马发生重大转机。"

"……怎么帮法？"况夫投以陌生的眼光，"你说吧。"

"是这么回事……当然，前提是需要你舍个己儿。"钱山鸣扭身从墙根拎过一瓶燕京，将瓶盖儿紧紧贴在桌沿儿再用力一拍，瓶口应声翻起一堆泡沫儿，"简单地说，只要你表个态就成。"边说边把开了盖子的啤酒瓶恭恭敬敬搁到况夫面前。

"表态？表啥态？"

"说你自个儿不愿意去北京水力科学研究所呀。"

"嗨，哪儿跟哪儿啊。刚才我就跟你说清楚了，瞎传的事，你怎么硬要钻那牛角尖儿呢？"

"瞎传不瞎传你甭管，你只先表个态——不去，这忙就算给我帮成了。"

"我向谁表个态啊？我根本不知道有那档子事。我说钱山鸣，你莫不是急糊涂了吧？"

"我急没急糊涂无关紧要，你知道不知道那档子事也无关紧要。向我表态，向我表个态行不？但是，一定要诚心诚意，不许反悔。"

况夫见钱山鸣非常认真，猛然感到：无风不起浪。况夫想，部分学习成绩好的应届毕业生提前定向的事并不鲜见，自己和少数同学优先推荐给用人单位兴许确有其事，只是学校出于种种考虑暂时没有公之于众……表个态对钱山鸣怎么那样重要呢？在没有弄明白究竟是怎么一回事之前，稀里糊涂乱表态行吗？"我完全不知道是怎么一回事，你偏要让我胡乱表态，强人所难，强人所难。至少，你得让我知道是怎么一回事呀？瞎表态，到时候脑袋掉了还不知道是怎么掉的，我傻帽呀？那才真叫冤哩。"况夫多了个心眼儿，认为应该有个说法。

"得，我把事情的前因后果、来龙去脉统统如实相告，行吧？"钱山鸣心里着急，顾不上装孬样绕圈圈了，"但我得问你一句，事情说清楚了，你还帮不帮我？"

况夫操起啤酒瓶子，仰头对准瓶口咕咕咚咚一气喝下大半瓶："说。帮，我帮，豁了。"

"好兄弟，好兄弟，我就知道你一言九鼎。"钱山鸣大喜，忙又给他开了一瓶，"明人不做暗事。你不提这要求，我早晚也得跟你说了。唉……兄弟我也是没有办法，被逼无奈呀。"没忘先做一番解释，"为分配这事，最近这段日子我一直在忙着走门子，跑，跑得好辛苦。不光我，大多数应届生都这样，都在跑哇，跑，没命地跑，不跑咋办？有件事你得信，必须得信，你被学校推荐到北京水力科学研究所的事是真的，一百个准确，我不仅去学生处打听过，还跑到北京水力科学研究所求证过了，没错呀。"

"你跑到北京水力科学研究所求证过了？"况夫很是纳闷：这小子为什么对我的分配问题这样关心呢？

"可不。实说了吧，我有个远房侄儿——整整大我十岁，就在北京水力科学研究所搞劳动人事，你的档案就是他到我们学校来看的，不然，我哪会知道得那么清楚。其实，我经常往侄儿家里跑，打从大二开始我就坚持跟他走动，这是我在北京唯一的亲戚，也是我在北京唯一的关系户，这层关系不建立牢靠了咋行？不行呀。打听打听行情呀，请他出个谋划个策呀，分配是头等大事，我哪敢掉以轻心哟。跑又不能空着手白跑，你说是吧？还得拎点儿啥你说是吧？每次去侄儿家，两瓶茅台照说也不为多，可是那个贵呀，嘿，每瓶都涨到二百多啦。我那个心疼哟，没法说，心里就像遭了锥子戳。别人不了解我，你还不了解我？每月的生活费，我自己卡到只吃五六十元，我天天都是在吃他娘的啥呀我？啥菜贱我挑啥菜买，一日三顿我有两顿是吃打老家捎来的臭豆腐。你再瞅瞅满校园，哪个学生每月不是吃三百五百？可那茅台还得买，咬牙买，不买行吗？不行呀！"

"你小子别是把大家凑给你救灾的份子钱也拿去买茅台了吧？"

"哪还顾得上救灾哟！旱灾涝灾泥石流山体滑坡，眨巴眨巴眼就过去了，可这分配，一旦定位失准，那可关系到我这一辈子呀。孰轻孰重，我能不掂量准确吗？再说了，我那个老家，世世代代困难重重，年年月月灾情不断，救助不过来，救助不了的。"

"这么说，每回大伙给你凑份子，让你往老家里也捎点儿，你都截留了？"

"打酱油的钱也不是不能打醋。我这开销不是……也挺大嘛。"

况夫冷冷一笑："你那侄儿最后就给你支高招了？"

"哦，你看我胡扯到哪里去了！"钱山鸣拍拍脑门儿，"起先，我是想托贤侄替我走门子，只要留在北京，管他什么单位我都可以将就，条件不高吧？可他竟然做不到，没这能耐。还说什么天子脚下，哪个单位都很重要，哪个单位的大门都把得严实，年年的进人指标都受到了严格控制，加楔的事儿想都不要去想。末了，我只好摊牌。我说我虽然在北京待了四个年头，可仍旧是两眼一抹黑，哪儿都不熟，如今没熟人没关系哪能办成事啊？我说我常常往你家这么跑不为别的，就想通过你这关系分配到你们单位来。他一脸难色，说做不到啊做不到。我说难道你们单位就不接收大学生？接收别人接收我那还不是一回事。他大概明白了我已经去我们学校的学生处打听过，解释说，'本年度只有一个指标，但接收对象已经定下来了，学校推荐，档案我都看过了，就是你们清华的应届生，好像跟你是一个系，品学兼优，所领导很满意，没法调包了。'我说本家大侄呀，我实在是没有办法呀，就算我磕头求您哪。我说我是打农村来的，可不能再回到农村去呀，我必须得留在北京，北京好哇，北京对我对我们家来说都非常好哇。我说我读书读到清华太不容易，历尽千辛万苦，北京若是留不下我，我就只有被派遣到省里县里，七挪八挪还是挪到了农村，要是那样，我这清华大学就白读了呀。说这话的时候我都哭啦，泪珠子一颗接着一颗往下直掉。我这一哭，嘿，还真把我那侄儿感动了，他捧着脑袋琢磨了一会儿，真给我支了一着儿。他说，'如果你执意来我们水力科学研究所，就得想办法让那个叫况夫的同学不愿意到北京水力科学研究所来，只要本人不愿意去学校推荐的单位，接收单位有权放弃，这样，事情就好办了，我可以跟学校协商，说钱山鸣的条件基本符合我们单位的用人标准，校方一般不会提出异议，这事就成了，我有把握操作好。'他还说，'这是唯一的办法，其他任何途径都改变不了现实，都不能达到目的。'兄弟，我知道这话很难向你开口，可是再难开口我也必须得开口呀，不开口我该怎么办呢？不开口我就会马上被派遣到省里县里乡村里，不开口我就会最终滚回老家去，滚回老家去就意味着我只有死路一条。我一个快要死的人了，我还要什么脸面，我还怕什么话难得说出口呀我？这下好了，那些难得说出口的话我总算支支吾吾说出口了，也算说清楚了，我不说出口，不说清楚，行吗？不行呀。这次分配如果没把握住，我这一辈子就完蛋了。你呢，跟我完全不同，你有本事，能耐大，到哪儿都有出息，即便一时半会儿没落正位子，峰回路转的机会有的是，怕啥？甭怕。我是想了又想，犹豫了再犹豫才找你商量的。我心里有数儿，只有你才乐意帮我，其他任何人都不可能，我敢说，全系找不出第二个。他们这些人，哼，都他娘的一个个度量贼小，私心贼重，死读书的动机只有一个——留在大城市，享受现代生活，一旦理想实现，谁都不认，动员他让位？那等于要他的命！只有你才具备这种勇气，这种魄力，你是谁？况夫呀！"

况夫抓着一大把水煮花生仁儿，一边一颗又一颗地向嘴里扔着，一边听钱山鸣反反复复、没完没了唾沫直飞地絮絮叨叨，听他叙述事情的前因后果，听他袒露真实的心机，听他倾诉留在北京的欲望和不愿意回到农村的充分理由，还有他那位贤侄煞费苦心的策划……"农村是沙场啊？"况夫忍不住冲了一句。

"这……嘿嘿，那……那倒不是……"钱山鸣愣住了，一脸惶惑——况夫还没有最后表态哩，"对你来说那当然是……广阔天地……我……我是推心置腹，推心置腹……"

"行，行了。"况夫的一条大腿跷到了板凳上，一只手继续向嘴里扔着花生仁儿，"我都听清楚了，都听懂了，主题思想就是你刚才说的那句话——换个个儿，把我从北京换到农村去，你呢，从农村调换到北京来，对吧？"

"是……倒也是这么个理儿……唉，谁让事情就这么个凑巧呢。"

"你们家祖祖辈辈都不驴，基因优秀得很，到你这一代更是发扬光大，聪明透顶。你能不费吹灰之力得到你想得到的东西。"

钱山鸣的脸窘得通红，作灰心丧气状："要是……如果……你不松口，我想……也没啥。"偷看了况夫一眼，"只是……唉……，死路一条啊……"

"别别，犯不着犯不着，啊？不就这点儿事吗？既然我的话已经说出了口，答应了帮助你，就不会再收回来了。"

钱山鸣立马一振："当真？"

"当真。"况夫浑身上下透出一股豪气。

有什么办法？赖子怕痞子，痞子怕绵缠！况夫对钱山鸣的一系列表现没任何好印象，甚至反感，但实在经不起他这般无休止的纠缠，也不忍心让他失望。理智已经丧失到了完全不顾体面的地步，太可怜了。好在况夫对分配问题一直持无所谓态度，学校派遣到哪算哪，随遇而安。父母亲也没有特别的要求。因此，尽管分配在即，他却稳坐钓鱼台，静观其变，有时还抱了足球去绿茵场踢几脚，根本没有像有的应届生那样，急得团团转，忙忙碌碌四处走门子。他的世界观是：到哪都一样，离不了"奋斗"二字。一桩"分配"能把"死活"关联到一起，什么哲学啊？！

"好哇，好。"钱山鸣激动得搓起手来。他完全没有料到况夫践行诺言如此爽快，爽快得令他不知如何是好，就又忙不迭地开啤酒。哦？他忽然想到应该给不同凡响的况夫的不同凡响之举一个恰如其分的评价："壮举，壮举！响应党的号召，到祖国最需要的地方去——天哪，不得了，不得了，学校一旦知得你这壮举，那还不使劲儿宣传，宣传到全国各地！清华园出了个况夫，不贪图繁华的北京城，毅然决然奔赴最艰苦的……"

"悠着点儿悠着点儿。"况夫忙说，"鄙人没有那么高的境界，没那高调。无奈何帮人一小忙，你别乱往我头上戴高帽子。"

"这……这政治资本……"

"都给你好了。"况夫站起来，"完了？"

"哎呀……"钱山鸣陡然感觉到事情进展到这一步还不能算完，"怎么就没有第三个人知道呢？"

"不是说向你表个态就可以了吗？"

"是呀？可是……"

"干脆，我连着儿也给你支一个得了。让你那贤侄找学校，说况夫不愿意去北京水力科学研究所。学校要是不相信，就让学校问我好了，挺简单的一回事儿。"

"哦——？"钱山鸣摸摸后脑勺儿，很快意识到离成功只有一步之遥，兴奋得只差没流出眼泪，"哥啊，哥，从今往后，你就是我的亲哥！"

"埋单了没有？"况夫把残存在手里的花生仁儿扔进瓷盘，"我结账？"

"不用不用，早结了，这馆子跟学校食堂一个样，先交钱后用餐。应该说这顿饭钱就是你出的，嘿嘿，惭愧，惭愧！"

应届毕业生派遣工作负责人听说况夫不愿意去学校推荐的科研单位，大为惊讶，但是很快就用"人各有志"这个词解释通了这种让众多毕业生匪夷所思的举动。接下来的一切都很正常，风平浪静。

况夫的牛劲儿上来了，索性挑了个别的同学都不愿意去的去处。这就是华夏集团。

况夫到华夏集团报到那会儿适逢花溪、虎啸两座水电工程临近高潮，工作条件、生活条件都非常艰苦。十多个从别的院校分配到华夏集团的学生有的吃不消，有门道的赶快调走了，没门道却又不想困守下去的连户口簿工资关系都不要，跑了。不出一年，同批报到的学生就剩下况夫一人。况夫没感觉出艰苦，就跟在清华读书一样，很多同学感到吃力，他却游刃有余。开始做华夏职工，况夫没有资格住进十字街大本营，他的铺盖卷儿只能安放在基层，在施工现场，所以经常是在花溪工地住一阵子又被指派到虎啸工地住一阵子。他腿力不错，体格也不错，两个工地往复跑着并不感到吃力。十多个大学毕业生先后不辞而别反衬出了况夫的英雄形象，这是况夫自己没有想到的。十多个大学毕业生走得只剩下一个况夫，而且是清华大学的高才生，令华夏集团上上下下刮目相看，就连当时认为只有自己才有能力呼风唤雨的易日山也钦佩不已，有意无意加大了栽培力度。一年后，况夫当上了技术员，负责花溪、虎啸两座大型水电工程施工质量的监管，第三年提拔为花溪电站施工调度室副主任（副科级），第四年破例发展为中共党员，第五年升任调度室主任，第六年当上了施工九处副处长，可谓一年一个新台阶。三峡水利枢纽工程招标活动开始以后，况夫被委任为华夏集团驻三峡工程投标工作站站长，委任文件上特别注明：处级。全权代表华夏集团参与三峡工程施工项目竞标。之后改任华夏集团三峡工程施工项目部主任。况夫在华夏集团得到重视、重用几乎没有争议，就连干什么事情都喜欢较真儿还老爱跟易日山顶牛的秋胤也兴叹折服，私下里议论说总算看到"一二三"办了件好事，懂得了什么叫任人唯贤。

　　十年来，况夫工作一直干得很顺，唯一不如意的是差点儿栽到了三峡——险些被三峡把华夏集团踢出门外，与遐迩闻名的特大水电工程失之交臂。对况夫来说，这次失利太惨，不堪回首。本来，凭华夏集团的实力，在三峡夺得一两个主体工程标段不成问题，投标文件编制精细，报价合理，可是连连开标，连连落败，主体工程全部被对手抢走。如果不是及时调整投标工作思路，随机应变，与另一家施工单位结成联营体，中得一个五六亿的辅助工程项目，他就得率领几十号人的投标队伍落荒而逃，逃回十字街。况夫后来自己作了个总结，结论是：三峡竞标，华夏集团不是输在实力上，不是输在投标技术上，不是输在自己的专业知识占有量上，而是输在实力、技术、知识之外的社会科学上。这门学问，恰恰是况夫在清华学习的时候没有学过的，也是他在十来年的工作实践过程中不屑一顾的。痛定思痛，况夫开始低头沉思，识时务者为俊杰，他要补上这一课。在三峡工地当项目主任的那段日子，况夫用百分之二十的时间和精力亲历现场，监管施工技术、施工质量，腾出百分之八十的时间和精力从事社交，广结盟好。行业内外，区域上下，酒楼、歌舞厅、游乐场成了他的主要活动范围，政要、新贵，三教九流，皆有他的朋辈，人际关系逐渐广泛得近乎复杂。这种工作艺术，况夫居然找到了理论根据。曾几何时，一门风靡全国的社会科学让不少人如饥似渴，大开眼界，云：劳动者的具体劳动时间和精力与职位高低成反比。简而言之，官越大，用于社交活动的时间和精力越多，不当官就天天从事具体劳动。事必躬亲等同于事务主义者。况夫虽然尝到了不当事务主义者的甜头，代价却是：体格发育得不成形状。肚子挺高了，脑袋圆大了，脖颈粗短了，眼睛眯缝了，肌腱松弛了，赘肉厚实了，胳膊和大腿不分上下了，像个肉墩子。"咋整？"有时他捧着腹部犯愁，感觉到有种负担。

龙潭工程招投标序幕拉开过后，强手云集，竞争很快白热化。作为甲方的潜龙总公司为实现理想目标，不断调整招标策略，使得竞争态势更加扑朔迷离，竞标单位莫不惊恐。华夏集团专事投标工作的达奚贤也不例外，忧心如焚。龙潭工程竞标成败事关华夏集团兴衰，倾全力拼抢主体工程项目、毕其功于一役势在必行。达奚贤唯恐滑铁卢之患，自己吃罪不起，便向时空极力推荐况夫，建议将其从三峡项目部召回加强竞标力量，以防不测。达奚贤虽然搞工程技术、编制投标文件是把好手，但面对错综复杂的竞标形势感到力不从心，公关能力差点儿，有况夫在前面顶着，获胜把握大，万一有个闪失，追究起责任来，况夫理所当然要分一份，比一个人扛着强。况夫的心理状况没有达奚贤那么复杂，只是想到龙潭工程关系华夏集团的死活，只是想到如何揽到一个大工程比如何干好一个大工程的难度大得多，奋勇一搏不容含糊，所以，调令一到他便打马上任。

况夫带领经过达奚贤精心挑选的人员来到省城后，局面很快拉开。他勉励同伴各尽其能，互相配合，绝忌缩手缩脚、前怕狼后怕虎，自己更是身先士卒，为人表率。在这方面，他自信有些阅历。驻省投标工作站的工作内容无外乎是与甲方、与相关政府部门、与所有的竞标单位联络感情，打通关节，猎取招标信息之类。说白了，就是见了甲方关键人物献媚讨好；见了相关政府要员毕恭毕敬；跟那些竞争对手打交道的方式则是台上握手，台下踢脚，趁人不备就使个绊子，下个套子，绝大多数场合是钱在前头，人在后头，心胸贼鬼却面带笑容，有点儿像军阀混战时期各方派出的特务组织。

在一次和罗尼娜搓麻将的过程中，况夫偶然得知钱山鸣是龙潭工程招标文件编制工作组成员，不由暗暗一喜，心想，要是这小子肯帮忙，潜龙总公司在龙潭工程招标过程中的一举一动那还不了如指掌？剩下的一切就都好办了。就打起了钱山鸣的主意。

半年前，被潜龙总公司聘为副总工程师的陈桥回北京找权威单位借用工程技术人员，专门编制龙潭工程招标文件，北京水力科学研究所所长古唱跟陈桥是老交情，就把钱山鸣推荐给了他，借用一年。钱山鸣到潜龙总公司报到后，很快被派驻鳖岛。为保守秘密，潜龙水总公司对招标文件编制工作组实行的是封闭式管理，五六十名工程技术人员长期隐蔽在义盛县的花溪水库中央，在岛上吃，在岛上住，在岛上干活，与外界隔绝。没有电话，每个人的手机都被统一收管起来。所以，况夫一直没有与钱山鸣搭上关系的机会。直到春节，在鳖岛上憋了半年之久的工作人员才获允上岸，家在省城的可以回家过年，外埠借用人员则集中在月湖宾馆活动，但要求所有成员必须遵守纪律，不得向任何人泄露机密。况夫毫不费力地从罗尼娜嘴里得到了这一消息，一有时间就跑到月湖宾馆前后晃荡，蹲守，希望能守到钱山鸣。

功夫不负有心人。晚饭过后，钱山鸣终于独自一人走出了宾馆，优哉游哉散起步来。况夫毫不犹豫，尾随而上，趋身上前拍了一下他的肩膀，像地下工作者一样小声说了句，"兄弟，别来无恙。"

钱山鸣扭头一看，见是况夫，高兴极了，连忙跟到了他的后面。

走在前面的况夫钻进一家避街小酒馆，后面的钱山鸣也默契着跟了进去。钱山鸣已经梳上了小分头，穿戴整齐，上下都是名牌，鸟枪换炮。一会儿，店老板将热气腾腾的菜肴布了满满一桌。二人相对而坐，开怀畅饮，海阔天空，神侃。昔日同窗那种纯良质朴的怀想、毕业后各奔东西的伤感、生活道路酸甜苦辣的无限感慨，自是久别重逢唠嗑的主要内容。钱山鸣已经在北京安家落户，如愿以偿，志得意满之情溢于言表。可是，当他慢慢得知况夫如今的职位已经到了正处级，而且有了高级工程师职称，免不了自惭形秽。

"……好哇，好，"况夫实际上是想提醒钱山鸣不要好了伤疤忘了痛，不要把如今的福气是谁人拱手相让这事给忘了，"总算把祖宗的心愿了了，梦想成真。往后，你们家世世代代就是地道的北京人了，好，好哇！"

"好什么？"钱山鸣又感觉到了自己与况夫之间的差距，发现自己身上尽是不足，眉宇间好不容易显露出来的那点儿得意劲儿倏忽不翼而飞，并且别有一番感叹，"眨巴眼，十多个年头过去了，不怕老哥您笑话，连个党票都没有混到手，落了后啊……科研所连杂役都是大学毕业生，闭着眼睛一摸就是个高级工程师，我费劲巴力蹭上个工程师待遇还是个助理！唉……"

"我在三峡的时候学习到了一句经典妙语——咬傀要咬前半截，后半截有毛。知道什么意思不？"

"嗨，小把戏，俗。这话的发源地就是我们老家。"

"动心晚了，动作慢了。申报职称这玩意要抢在前面，越往后越严。"

"实践经验、科研成果、课题研究，对我来说都是边际科目，缺项，早也白搭。"钱山鸣唉声叹气，"现如今，我就像麻将里面的宝牌——北京人的行话叫'混儿'。只配听用、补缺。这回潜龙总公司的副总工陈桥去北京水力科研所借人，开价不低，可就是没人肯领差。所长大人跟陈桥私交不错，想推托又抹不开面子，只好把这差摊到我头上。临了，老东西还没忘哄我一句：到第一线锻炼，机不可失，时不再来，千万珍惜。你看……唉，那鬼地方知识分子成堆，不好混啊。"

"咋不请贤侄帮帮。"

"早给挂起来了，帮球不成了。差点儿还蹲了号子。贪，揩油太多，雁过拔毛。"

"哦。"况夫无意中蹭着了地雷，赶快抽脚，"夫人呢，夫人不错吧？在哪得意？"

"唉，不提也就罢了。"钱山鸣又是一声悲叹，"不读书，没文化，烧锅炉供暖气的手艺，得什么意哟。追根寻源，也不是什么正宗老北京，还嫌我是土包子。"

"你就知足吧。不管怎么说你现在成了北京人，不是乡巴佬，奋斗目标完全实现。"况夫真有点儿受不了，说，"你看我，祖祖辈辈是城里人，自己却混成了个乡巴佬，流浪汉。长年累月东奔西走，整天跟穷山恶水打交道，颠沛流离，居无定所，茕茕孑立，形影相吊，三十几的人了还是王老五一个。"

"算了吧。你小子再往上爬一格，哪里不向你敞开大门？窈窕淑女那还不由你挑？龙生龙，凤生凤，这遗传基因摆在那儿，到头来，还是你出息大。"

"行情哪总会看涨。"况夫说，"官运怕是已经走到尽头，这桃花运……也不容乐观。你瞅我这体型——不标准。"

不知不觉，两瓶杏花村已经干掉了一瓶。钱山鸣喝得面红耳赤，说话之前总要翻翻眼皮子，翻眼皮子的时候挺费劲儿，"你不老老实实在……在三峡待着，又不趁春节回哈尔滨瞧……瞧爷娘，跑这里来……作甚？相亲？"

况夫见已经到了火候，问："你猜。"

钱山鸣直摇头："不知道，我猜不着。同窗四五年，你还不知道我长了个……驴脑袋？"

况夫先拨弦外音："我在月湖宾馆门口守你守过好几回了，有时从早上六点一直守到下午六点，有时又从下午六点守到转钟，就等你露头。"

"噢——？"钱山鸣的醉意一下子没了，马上明白况夫所为何来，于是赶紧布防，"哥，说出来不怕您笑话，说是放假休息，实际是软禁，从大年三十到今天正月初五，才第一次放风，看得紧啊。"

"你小子不能忘恩负义啊。想当初，我是驮你过了河的，要不然，现在吃皇粮的是我而不是你。"况夫抢占制高点，居高临下，"……需要银子，只管开价，好说。"

钱山鸣打着酒嗝儿，难受地做着脸相，哼哼唧唧起来："嘿嘿，钱……是个好东西呀，我啥都不缺，就缺钱。可是……你有能耐给座金山，我没能耐拿……拿呀。"

"那你想要点儿什么？"在况夫的心目中，钱山鸣见钱眼开，"怕钱扎手，我就把钱变成商品……你小子一下把我给整糊涂了，钱不就是商品，商品不就是钱吗？"

钱山鸣当然清楚况夫想从他身上买到什么，他也有条件做这买卖，漫说吐露标底，就是把已经装订成册的招标文件复印一份给况夫亦不费吹灰之力。问题是，系在钱山鸣心里的一个结难得解开：大学毕业后，这家伙一帆风顺——高级工程师、正处级，倘若成全他再立一大功，那还不接着往上爬呀？要是这样，哥俩儿之间的差距就拉得太大了。钱山鸣感到很不是个滋味，努力寻找着三推五去二的理由：

"问题是……我不说你老哥也知道……陈桥这老鬼贼精，对上王八岛的人盯得紧……坏就坏在他跟我们古所长的关系特铁，比铁还铁……"他说，"万一我的什么异动被他发觉，万一他把我的什么异动报告给我们所长，再上点儿眼药水……你说，我这辈子不就彻底黄了？钱，钱再多有鬼用。"

"龙潭工程在华夏集团家门口，能不能拔到头筹，事关华夏集团的声誉，事关华夏集团的兴衰，事关华夏集团千万个职工的饭碗。"况夫紧盯着钱山鸣，声音沉沉的，"兄弟，我是没有办法才低头求你帮这忙啊！"

"笑话，这世上还有让你低头的事？只见过你帮助别人，没见过谁有能耐帮你，我没说错吧？"钱山鸣本不是善角，也会尖酸刻薄，也懂得原则性的妙用，"你况夫一向光明磊落，便是死，也不会做鸡鸣狗盗勾当，我没说错吧？再者，两兵交战，各为其主，我钱山鸣也不能因私废公呀。"

嘭！况夫一拍桌子，霍地站了起来，向老板高叫一声"埋单"，旋即将几张百元大钞往桌上一撂，顺手抓过只剩下半瓶的杏花村，跟跟跄跄迈出了酒馆：

"娘的，跟老子来这一套。"

嘴里衔满了菜的钱山鸣愣了。

七十三

省直机关家属大院地处月湖东岸，与省委、省政府毗邻，离月湖宾馆不远。大院前面是月湖，与对岸的怡心园遥遥相望，背后是山丘，绿树成荫。院内大多是板楼，有的三层，有的四层，方方正正，错落在丛林中。也有别墅，一律二层，庭院风格。房屋建筑之间均有柏油道连通，四通八达。路面不宽，单行线。长年鸟语花香，公园似的。

时之男家在一栋四层板楼，红墙、黄瓦，十多户人家。板楼始建于一九五七年，有些老旧。她家在一楼南头，出门便是弯弯曲曲的小路。屋内还算宽绰，百十平方米，三室一厅，配有厨房和卫生间。这套住房已经几易其主，时空刚刚就任省政府办公厅副秘书长那年最终分得。前年，省直机关事务管理局把院内旧房全部折价卖给了户主，别墅除外。

时之男随况夫来省城投标工作站后，就住在自家这套老宅。她在这里长大，左邻右舍厮熟，还认识不少省直机关干部，因此生活、办事都很方便，尽管上下班远了点儿。现在，这套老宅住着三个人，除时之男外，还有诗婳和罗尼娜。诗婳住进这里是为了躲避沈光荣的纠缠，迫不得已。罗尼娜纯属出于对诗婳的关心才挤进来，不过，由于她交际广，私生活随意，有时彻夜不归。

春节期间，诗婳没有回十字街过年，罗尼娜也取消了回老家同父母弟妹团聚的计划，时之男倒是匆匆跑回家吃了顿团年饭。她主要是因为有过回十字街团年的承诺，失信了恐外公责怪。

最近一段日子，时之男和罗尼娜几乎是在围着诗婳转。二人最担心的是受到打击的诗婳突然做出什么蠢事来。还有，事发之后，时间在迅速推移，却不见诗婳流露出下一步究竟怎么办的心迹，不战不和，反而使时之男、罗尼娜不知如何是好。两个人既没有胆量劝告诗婳忍了，又不敢鼓励她把雷好告上法庭，只能观望，等待。

其实，诗婳的内是心世界十分复杂的，思想斗争非常激烈。到省纪检、监察部门举报或者直接向法院起诉并不困难，她也有这个勇气，问题是事情的结果会不会对自己有利。即便雷好受到党纪国法制裁，自己也说不定因此而身败名裂。有道是杀敌一千自损八百。况且，将雷好绳之以法绝非易事，此公树大根深，政治背景不可小视，案情一旦进入司法程序，上上下下为之开脱的人士定然不少，法庭内外必定乌烟瘴气一片，胜败难测。更让诗婳忧虑的是，父亲乃华夏集团党委书记，而华夏集团目前又正在紧锣密鼓投标承揽潜龙总公司管控的龙潭水电工程，倘若把华夏集团、把自己的父亲卷进案情，事情就复杂了。所幸自己与雷好仅一面之交，对雷好一无所求，尚未来得及向雷好提说有可能支援到潜龙总公司的事，尚未来得及打探龙谭工程标底、标书文件的秘密，才使自己保持了纯粹被害的事实。但是，官司在控辩双方白刃相搏之时，谁能保证不节外生枝呢？雷好难道会老老实实任凭指控，俯首就擒吗？难道他就不会反咬一口，为保全自己的名誉地位拼死一战吗？诉诸法庭之举须慎之又慎，切不可莽撞行事。忍吧？实在忍无可忍：黄花闺女，圣洁之身，平白无故横遭践踏，有哪个女儿家忍受得了？最使诗婳痛心的是：茫茫人海，苦苦寻觅，好不容易觅得一德才兼备的如意郎君，实指望相濡以沫，白头到老，可如今不得不恩断义绝，天各一方。每每想起，肝肠寸断。怅然若失，缠绵悱恻，时光在矛盾、痛苦中悄然流逝，昔日的天真无邪荡然无存。

大年初五出现了点儿波折，也是诗婳痛下决心的一个转折。

天蒙蒙亮，罗尼娜的手机彩铃欢快响起。罗尼娜接听电话的时候眼睛都没有睁开。电话是景丽元打的。景丽元开口便打听诗婳的下落，并说她已经来到了省城。罗尼娜一惊，忙捂住手机问躺在身边的诗婳该怎么回应。诗婳在睡醒觉。诗婳早有心理准备。诗婳感到无颜面对高堂，这也是她不愿回十字街过年的主要原因。就请罗尼娜代为接待，并让罗尼娜想方设法把母亲打发回家。像真的做了一回贼，她无法正视怜爱她的亲人。罗尼娜连妆也没化就出了门，搭乘的士找到了景丽元歇脚的旅馆。罗尼娜性直，没有城府，经不住景丽元几番盘问，没多大工夫就道出了诗婳被雷好糟蹋的实情。景丽元始料未及，顿时气傻了眼，起身就往长途汽车站跑。罗尼娜万万没想到为人之母的景丽元做出的是这种反应。罗尼娜对自己的言行非常懊恼。罗尼娜惴惴不安地返回时之男的家，懊丧地等待诗婳痛骂自己办事毛躁，缺心少肺。孰料诗婳听说母亲被气跑后，却十分沉静地安慰起罗尼娜来："没关系，丑媳妇总是要见公婆的，早知道晚知道是一回事。"这话又让罗尼娜好生惊诧。当天夜晚，十一点多了，时之男、罗尼娜还在陪着诗婳打扑克牌消磨时间。罗尼娜的手机彩铃忽然悠扬地响个不停。罗尼娜懒懒地按了一下接听键，听到是个男人的声音，冲口就是一句："忍忍啊，忍忍，姑奶奶今天没心情！"她以为是找她陪宿的老客户，不料对方却大声大气地叫着："我找婳婳，诗婳。我是她爸。"罗尼娜连忙捂住手机，望着诗婳直吐舌头："是你爸。"诗婳马上意识到自己的事父亲也知道了。她没再多想，接过罗尼娜的手机就走出了书房，走进了客厅。

"婳婳……儿啊……"做父亲的似乎已经感觉到了女儿在接听电话，"不用难过，啊？"语音迟钝，有点沙哑，但很和蔼，很亲切，"爸爸理解你，爸爸不怪你，你永远是爸爸的好女儿，纯洁的女儿，在爸爸眼里，你永远是优秀的……"

诗婳的眼泪簌地一下流了出来。

"你不用怕，不要伤心难过，爸爸给你做主，爸爸给你出这口气！如今还是共产党的天下，共产党里容不得这种败类！强霸良家女子，无法无天，哪朝哪代都容不得这种劣畜！这畜生也不睁眼看看，我诗维也是条汉子！我也是正厅级！邪了！"父亲在那头异常激动，"这场官司，我姓诗的要跟他打到底，不把他姓雷的扳倒我誓不为人！儿啊，你等着瞧，大不了我这党委书记不当了，共产党内有他没我，有我没他！……"

"爸——！"诗婳终于开口了，泪如雨下。人说父亲是一座山，果真不假，诗婳做梦也没有想到一向文弱、胆小的父亲在危难之时挺身而出，突然爆发出一股叱咤风云的英雄气概，感动不已："爸……女儿对不住你……"

"儿啊，你千万别这么说，好人无端被狗咬了一口是常有的事。就当被狗咬了一口，没啥。"诗维声嘶力竭，"真没王法了？我就不信这个邪！婳婳，爸想问你个事……"

"问吧，我听着哩。"

"你……你没向那王八蛋……提过什么要求吧？比如，你有可能被支援到潜龙总公司,让他帮忙安置好一点儿的岗位;比如打听什么标底呀、标书文件呀……唉,都怪你回家过元旦的时候我们的嘴太长,胡说八道了一些龙潭工程对华夏集团如何如何要紧啥的、华夏集团如何如何过不了坎啥的,想起来我就后悔,恨不得狠狠抽自己几耳光!其实不就一个标吗?争得到争不到跟我们家有啥关系?华夏集团垮了,碍得着我们家什么事呀?犯得着为它赴汤蹈火付出血的代价吗?犯不着呀。"

"爸,你别说了,我懂。我没有向谁提出过任何要求,不过是个偶然的碰面,事情就在毫无防备的情况下突然发生了……"

"这就好,这就好。"诗维舒了口气,"姗姗,想开点儿,坚强些,啊?因为面临一场你死我活的官司,必须做好充分准备,不能让那狗娘养的捏着咱们任何把柄。另外,我还得给你说个顾虑——投鼠忌器,"说话忽然变得很艰难,"……投鼠忌器呀,谁让我当着这个党委书记呢?这事,你还得继续忍忍,再忍些日子,忍到龙潭工程招投标工作结束之后才能摊牌。眼下,正是竞标活动的较劲儿阶段,对每个圈内单位来说都是紧要关头,相互攻讦时有发生,形势错综复杂,你的事虽然是私事,但稍有不慎,就很容易跟招投标事态搅作一团。水一搅浑,不仅清白难辨,王八反而会占了大便宜。我担心的是,我们明明是受害者,到头来讨不回公道不说,还落个输掉了官司同时背上了骂名、臭名的下场。这种结局不是没有可能,想想非常可怕。龙潭工程招投标活动声势浩大,全国各地、上下左右关注的眼光不少,作为华夏集团的一员,我不能不顾全大局,尽到本分。如果能兼顾到这一点,对我最终赢得这场官司,也就争取到了主动……"

"爸,你的意思我明白:既要惩治邪恶,又要选择好时机,照顾到大局。我之所以没有轻举妄动,正是考虑到了这一层。当然,也有其他因素的干扰。"诗姗觉察到一向口齿伶俐的父亲有点儿吞吞吐吐,有些闪烁其词,知道他的内心很焦急,很痛苦,很想把主观意志表述清楚,却又感到不便表述清楚,真是难为他了。但是,父亲在女儿受辱这件事上的立场以及为女儿雪恨的决心和勇气显而易见。作为女儿,万难之际领受这份亲情等于得到了莫大的慰藉,心满意足。诗姗理解父亲,崇敬父亲,深爱父亲,她并不想也没有准备让父亲卷进这个很不体面的纠纷,她有她的打算:"爸,你的话我都听懂了,谢谢你对我的宽容、呵护。不过,我要告诉你,我不愿意你搅进这场是非里面来,你毕竟是个有头有脸的人,我没有给你脸上增光,但不能给你脸上抹黑。你知道一些缘由就行了,完全没必要参与这种无聊的争斗,我一定会做一个非常适当的了断,用不着你助威助阵。有理走遍天下,我不惧怕任何人。我已经长大了,不是从前的小女孩儿了,我肯定会很坚决、很理智地处理好这件事,我有这个能力。至于什么时候兴师问罪,我会做出恰当选择的。你不用担心,让妈妈也不用担心。妈的脾气不好,爱发急,容易冲动……劝她安静下来,别伤着了身体。妈还好吗?她赶到省里来找我,可是我……我……"说着说着,禁不住抽泣起来。

"姗姗,姗姗!我的儿啊……"诗维在那头听到女儿伤心恸哭,心又乱了,所有的抚慰、叮咛、嘱告一齐抛到了脑后,"你妈她……她很好,家里一切都好……都很好……"他当然不敢说出家里春节期间发生了什么事,更不敢告诉她妈妈正昏厥在床,自己的额上也隆起了一个乌包。女儿的心在流血,不能再往伤口上撒盐啊。

书房里,时之男和罗尼娜面对面坐在小圆桌旁。两个人手里都在漫无目的地玩弄着扑克牌，面容冷漠，耳朵在关注着外面的响动。诗嬛从客厅里传来的话音能隐隐约约地捕捉到一点儿实质内容，但诗维在千里之外跟女儿说些什么就完全不知道了。其实，时之男和罗尼娜的心里都很忧虑：诗嬛遭到伤害的事从发生到现在有些日子了，假如向纪检、监察部门举报或者直接去法院起诉，显然已经进入被动期，继续拖延下去对原告来说非常不利。倘若诗嬛大胆迈出了第一步，如何配合、帮助才最为合适，才能既维护了受害者的利益又惩治了邪恶，两人都准备尽到同窗、朋友的最大责任，只是诗嬛并不完全知道。

诗嬛终于回到了书房，脸上残存着悲伤的泪痕。时之男若无其事地递给她一方手帕。

诗嬛轻轻擦拭了一下脸颊，把手机交还给罗尼娜，随口就是一句："那恶棍一直在月湖宾馆吧？"在她俩面前，她已经无所顾忌。

罗尼娜明白她在问谁，回答说："打那以后，我只碰见过他一次，还是在大厅，前前后后簇拥着不少人，苍蝇一样，嗡嗡的。"

诗嬛也懂得罗尼娜的"打那以后"是指的什么，问："是心虚还因为别的什么？"

"不知道。"罗尼娜边想边回答，"听哈能说他去北京待了几天，又说是公干又说是专门去看望他老娘，头儿的事，说不清楚。这阵子，听说他一直在王八岛待着。不是春节过后就要准备开标的事情嘛，王八岛上面忙得不亦乐乎。"

花溪水电站基本建成后，远离省城的兴盛县境内有座山被库区回水绕成了一个小岛，离名噪一时的日月山庄没有多远。那山原是无名山丘，因为在水库中央的形状极像一只趴伏的鳖鱼，加上几个广东人承包下来搞起了养殖业，岛上和环岛的网箱里养的全是鳖鱼和乌龟，所以，大家就异口同声将那无名小岛命名为鳖岛，也有呼它王八岛的。鳖岛四面环水，风景优美，空气新鲜，与世隔绝，保密程度高，且有被人们吹嘘得神乎其神的鳖鱼、乌龟作美味佳肴，大滋大补。风水宝地被雷好和陈桥一眼相中，便选定在那里潜心编制龙潭工程的招投文件。

时之男冷不丁问出一句："听说那岛上都是乌龟，对吧？"

罗尼娜认真纠正说："别瞎说啊，还有不少人。我们公司有五六十人在上头。"纠正完又觉得纠正得也不对。

时之男捧腹大笑。诗嬛想笑，却笑不起来。

就在这时，屋外响起了咚咚的敲门声。

罗尼娜怪怪地望着时之男："天啦，这么晚了还有人前来敲门。我们……回避？"

时之男摇手让罗尼娜别吱声，静听了一会儿，说："你们回房休息去吧，不许吭声啊。"起身走出书房，走进客厅，拉开了大门。

门外。檐灯下站着况夫。

况夫见时之男迎出门来，大大咧咧往里钻。不料，时之男却顺手把门带上，整个身子朝着行框一靠，将大门堵了个结实。况夫一阵尴尬，向左边亮着灯的窗户瞧瞧，又向右边同样亮着灯的窗户也瞧了瞧。

"还有客人？"他讪笑着问，又很不得体地加了一句，"……这深更半夜的。"

时之男不屑置辩，只顾拿两眼盯住自己手腕上的夜光表："你来干什么？"

"我……？拜年，给你拜年来啦？"

"拜年？手里也不拎点儿啥的啊。"

况夫眨巴眨巴眼，看看空空的左手，又看看空空的右手。

"深更半夜，到处乱窜，安的什么心呀你？"

"哎……你……时之男，你说话可得留神啊！"况夫急了，冲着时之男直点指头，"出言不逊，我可是你的领导！"

"领导就可以不分昼夜随随便便往女职工的家里跑呀？鬼才知道你有什么企图。"

"你……你你……蛮不讲理。"

寒风索瑟，夜幕深沉，况夫摇摇晃晃地摇晃进省直机关家属大院，想上时之男家坐坐，聊点儿事儿，顺便把刚才和钱山鸣在酒馆里喝酒时淤满的一肚子气消消，哪知这个时之男非但堵死了大门，还拿言语捉弄他，更是又羞又恼，僵在门口不知如何动作才好。抱着双臂靠着门框的时之男见况夫赖着不走，便向一颗大桂花树下的长条石凳努努嘴，说：

"想坐坐，就那儿坐吧。"

况夫瞅瞅亮着灯的窗口，无奈地向长条石凳蹭着：

"时之男我告诉你，你这叫大不敬。咱们投标工作站数你最捣蛋。"刚落座就又把屁股抬了抬，将石凳空出大半边。

时之男心里直笑，走过去站到他对面的路灯下，仍然抱着膀子："领导明示，我这厢领教了。"

"你看你，啊？"况夫找茬儿说，"接受领导训导还塞着一只耳朵，有这样对待领导的吗？我说时之男，你那耳麦子什么时候能取了？"

时之男抬起一只手，反而把埋在短发里面的耳麦塞得更牢："别担心，一只耳朵足够。"

"哼，我才懒得训导你哩，省得把你教聪明了。"况夫又瞅了瞅亮着灯的窗户，"你该不会金屋藏……藏……"他一直在惦记着屋子里的动静。

况夫越惦记屋子里，时之男就越将屋子里神秘化："怎么？领导还有责任关心女职工的隐私呀？"

"你看你看……"况夫又没有认账的胆量，"开个玩笑你就紧张。"

"我不紧张，是你那一对眼睛太紧张。"

"我……我口干，这不是想你从屋子里上点儿茶水嘛！"

"对不起，我不喝水，也不烧开水。克服克服啊。"

"唉……这也叫过大年。"况夫一声夸张的叹息，掏出那大半瓶斜插在口袋里的杏花村，咕噜了一口，酒瓶子往大腿上一搁，眄视着时之男，"挺自在悠闲啊？"

"春节，法定休息，不悠闲自在那才叫神经病。"

"照你这么说，我还成神经病了？"况夫用食指指着自己的鼻子尖儿。

"那谁知道。"

"我春节不休息，加班加点，我是神经病？"

"谁让你加班加点啦？集团专门下发了通知，取消一切公务活动，让全体职工今年愉愉快快过春节。你偏要没事找事，冲什么大头？"

"你看你看……我况夫日不睡，夜不眠，废寝忘食，一门心思为华夏集团谋生存，求发展，倒成没事找事冲大头了，天底下哪有这种道理！"况夫脸红脖子粗，"干投标这差事，靠就靠逢年过节攻关攻坚，我能错过这大好时机吗？啊？往年，在春节期间加班加点还有补休，还有点儿经济补偿，今年集团把文件一发，这下可好，讨补休、讨奖金没了说法，白干不说，还遭你一顿诽谤。"

"哼，自找的，那怪谁。"

"怪你那搞亲民形象的老爸。讨好职工，老奸巨猾。"

"哎哎，说话斯文点好不好？大不敬，我老爸可是你的领导！"

"彼此彼此。"终于刺痛了她一下，况夫得意起来，"我也是你的领导，"拍拍石凳，"还不是这规格、这档次。"

"谁让你深更半夜到处瞎窜？活该！"

"我忙呀，领导干部能不忙吗？全都这样。"

"忙着花钱。这种忙免了才好，少开销就是给集团做贡献。"

"谬论，谬论。现如今，不花小钱就挣不来大钱，懂不懂？"

"你也乐得趁火打劫捞个肚儿圆。"

"你当我愿意？瞧我这体型，横七竖八胡乱发展，全是酒肉整的，我是受害者呀。"

"哦？原来生活在水深火热之中。"

"那可不？陪吃，陪喝，陪玩，还陪笑，比'三陪'还多出一陪。被逼无奈呀。"

"谁逼你了？"

"……你爸，你老爸。"况夫想再咬她一口，"他批给我一大笔银子，我得花了，得按时把它花光净了。不然，我就没有完成任务，就是罪过。"

"行呀你，领罪前先把我老爸拉上垫背。"

"不对，是你老爸领罪前先把我拉上垫背。"

"照你这么说，我老爸把女儿也拉上垫背了。鄙人也是投标工作站的一员。"

"他……他这叫大义灭亲！"

"混账逻辑！"

"过奖，过奖！"况夫乐了。

"喝吧，使劲儿喝，喝成个烈士。"

"我说时之男，你怎么老想让我不高兴呢？大过年的，胡乱整出这么句词儿来！"况夫赌气喝了口酒，量量酒瓶，"告诉你，这些年我练的就这功夫，千杯万盏也不醉。"

"转眼年过月尽，晃晃开标的日子就到了，看你这泡在酒缸里没有爬起来的意思，还不兴让人提个醒儿呀？"时之男还真不想让他高兴，"银子使光了是小，怕就怕见不着效益，见不着成果，到头来，大家脸上都不好看。我们当喽啰的好说，横竖都是喽啰，做领导的可就难得下台了。"

"皇上不急太监急啊。"尽管况夫也很着急这些事，但眼前却是一种寻乐的心情，"凭咱投标工作站这阵容，啊？不是帅才就是将才，还能见不着效益，见不着成果？"

"咱们投标工作站还有……阵容？"

"那是呀！你看啊，"况夫扳着指头，"能吃会喝的，能歌善舞的，能抹会赌的……"

"噢？全酒囊饭袋。"

"损，不能看缺点，"况夫一本正经，"都是公关的主儿知道不？你看我，运筹帷幄，决胜千里，勇略兼备倒也在其次，可贵的是身先士卒……"

"吹吧，使劲儿吹。"

"再说你，啊，虽然是女流之辈，那也能出谋划策、指点迷津不是？不仅如此，还兼顾监工之职，不容许任何人偷懒耍滑，消极怠工……"

"真出息了啊？会编派人了。"

"啥叫编派？"

"给你指点指点——数落，挖苦，讽刺，打击。"

"嘿嘿，向你学习，没学到家，差得远哩。"况夫狡黠地笑着，他要的就这效果，但是还没有尽兴，"再说达人，老达奚，也值得夸赞夸赞……"

"怎么把我们达奚主任也捎上啦？人家唯贤是举，又没招惹你。"

"什么把他'捎'上了？他本来就是投标工作站的一员。这标段工作站实际上就我一个杂牌军。你看，除了况夫，哪位不是你们投标办的？他才是头，是退居幕后的头，我不过挂个名，冒牌货，活脱脱一条浮在水面上的胖头鱼。"况夫瞟瞟时之男，"人说这老达奚只会干事，不会来事，缺心眼儿，我看完全是门缝里瞧人把老先生瞧扁了。此翁非同小可，贼精，最不缺的是心眼儿，高人哪。没错，老先生确实唯贤是举，知人善任，懂得用什么样的钥匙去开什么样的锁，注意到了没有？他把投标工作站的人马配备得整整齐齐，要哪样人物有哪样人物，甚至连使美人计的原材料都准备妥了……"

"中伤！嘴巴上积点儿德啊。"

"呦喂！该死，该死！你千万别多心啊，我的本意是表扬达奚贤，夸赞他考虑周全，准备充分。"况夫也意识到自己的话说得有点儿过，连忙找梯子下台，"这也说明咱们华夏集团为了夺得龙潭工程主体标段不惜血本。唉，怪就怪如今目下时兴什么招标投标，偏又撞上个喜欢故弄玄虚的雷好，弄得咱们这些准乙方个个晕头转向，分不清东南西北，根本顾不上啥叫体面。"

虽然在一起共事的日子不长，但时之男对况夫的秉性已有所了解，知道他一到兴头上就忘记了自己的身份，嘴巴也没了遮拦，信口开河。她也知道他说的都是实际情况，华夏集团为在龙潭工程争取到理想标段确实机关算尽，大家心里都有数儿，只不过话说得刻薄了点儿。看样子，况夫又请谁上哪喝过酒，喝多了点儿，似醉非醉的，时之男不打算与他理论长短，但又不想轻轻易易地饶了他：

"又上哪花天酒地了一回？"

"什么花天酒地，我这是工作。话一从你嘴里出来就馊。"

"这工作……不顺吧？"

"怎么可能呢。"况夫丢不起面子，不敢在时之男面前提起刚才和钱山鸣的不欢而散，"我啥时候做过折本的买卖？收获大小而已。"

"但愿如此。"时之男猜出他在说谎，"别是白忙乎啊。"

"笑话。"

"最近，我们工作站没见任何激励人心的成果，可以说连一点儿有价值的信息都没有搞到。可悲呀！"

"我说时之男，你跟我装什么糊涂，咱投标工作站的大小成果，你哪样不清楚？"

"我清楚什么？我什么都不清楚。我只管干活儿，干你派的活儿。服从命令听指挥。"

"只说罗尼娜这一条线的成果。我跟罗尼娜……啊？这关系，全是你搭的。她早给我吃了定心丸子，不信她就没给你透个气儿。"

"凭什么？我们不过是校友，你们之间什么交易，关我什么事。"时之男像怕沾到了火星子。

"哦……？"况夫似有所感悟，"时之男呀时之男，好，有种。你是正人君子，我是卑鄙小人，行不？"

"你这谦虚好没道理。刚才还在使劲儿自己表扬自己，什么运筹帷幄，什么决胜千里，什么勇略兼备，什么身先士卒，眨眼工夫就又变成了卑鄙小人，我绊错你哪根神经了？"

况夫喝口酒，怪笑着："咱投标工作站要是有了好功效，成果辉煌，功劳大大的，就不想我匀给你点儿？"

"大大的功劳统统归领导。你是领导，领导领导有方，跟不是领导没有关系，不是领导就不能沾领导的光，不是领导也不想沾领导的光。"时之男像说绕口令。

"放心，啊，我心里有数儿得很。我决不会忽视任何一位同志的存在，决不会忘记任何一位同志的作用力，决不会抹杀任何一位同志的成绩。投标工作站，数你本事最大，这省城机关多倒是挺多，但什么机关对你来说都可以畅行无阻，况夫我看得清白着哩。从前，你不过是略施小技，给鄙人指个路儿，牵个线儿，真正的应急预案还没启动，对吧？见我况夫真走投无路，你是决不会见死不救的，是一定要动真功的，我没说错吧？老达奚把你安排进来，那是经过了深思熟虑的，是给我们这次投标上的个双保险。既然看出了这门道儿，我况夫能不天天吃酒、高枕无忧吗？哼哼！"

"况领导，"时之男一直喊况夫"领导"、"况领导"，从不喊"况处长"、"况主任"，也不直呼其名，"你说的话我怎么一句也听不懂啊？可是我得明白地告诉你，这投标工作站你是头，我只是个跑腿儿的，喽啰，上下关系要厘清，公私关系要厘清。你硬把跟我无关的事搅在一起，没好处，动静大了，会让华夏集团连投标的资格都没有，你要想仔细了。"

况夫机敏。况夫感到时之男这话分量不轻。况夫被迫终止了过余沉重的话题。

一阵凛冽的寒风从不远的月湖水面席卷而来，有绿叶和没有绿叶的树梢都在轻轻摇动。况夫将圆亮的头颅向竖起的衣领里缩了缩。"你冷不冷啊？"他望着粉红毛线衣外仅套着件黑色马甲的时之男，这才想到她一定很冷。

"不冷。"时之男简单回答，将齐耳短发下的耳麦从左边换到了右边。

况夫又瞅瞅亮着灯的窗户，忽然惊诧道："屋子里好像有人！你爸？你妈？你外公？"

"你眼花，错觉。"时之男头都不回，"酒喝多了。"

况夫用力眨了一下眼皮，又朝亮着灯光的窗户瞅了瞅："真眼花了？花了吗？"

"哎，你老惦记着我屋子里面干什么？"诗婳脸上的泪水可能还没干，此时的罗尼娜也未必欢迎这位不速之客，时之男担心他进屋去又将演出别的什么戏来，乱上添乱。她只能在屋外接待他并且相机把他打发走，可是他又没有要走的意思。"你还没告诉我，你找我究竟有何公干哩？"她说。

况夫竟然没有悟出这其实就是逐客令。他真喝多了："你知道诗婳不？"

时之男心里一咯噔，却又装出没有听清楚的样子："你在说什么呀？诗呀画的。"

"不是。诗婳，那个诗婳……诗书记的女儿。"

"噢？你是在问婳婳。问她干什么？"

"诗书记的千金嘛，没事了我想去看看她。听说她在省里一个什么单位来着？"

时之男扫了他一眼，咬咬嘴角，说："那你回十字街找她去呀？春节了她还能不回家呀，上我这里找什么？"

"随便问问。"况夫没话找话却又没有找对路子，"其实也没什么事，就看看。"

"谁问你有什么事了？工作，对吧？"

况夫愈是感到时之男话外有音，愈想解释明白："其实吧，我们并不认识，见了面也不认识。"

"你回十字街不就知道她在哪了？不就可以见面了？见了面不就认识了？"时之男抿嘴一笑，"看把你急的，大冷天，冒出一头汗来。"

况夫忙用袖子去抹额头，却不见有什么汗珠子，就感到自己又遭了时之男的戏弄，说："时之男呀时之男，你这嘴呀，你这心眼儿呀……让我怎么说好呢？"

"我又哪儿冒犯领导了？"

"得得，不说了，这嗑咱也别唠了，唠不下去了，我也该走了。"况夫感到长久地坐在屋外的石凳上面对自己的下级实在不是个事儿，心里发毛，嘴上又不便发作，"今天我登门拜访不为别的，一呢，想随便坐坐，唠唠；二呢，给你说点儿小事儿。明天，我准备出发。"

"上哪？"

"云游四方。"

时之男心里打了个顿，抱紧双臂专注地望着他，等待下话。

"罗尼娜给我许过愿，春节后一定给我个惊喜。她曾在我面前夸过海口，说是军事秘密都能弄到手。事实证明，这女人手眼能通天，法力无边，我信。不过话说回来，我也不能在一棵树上吊死。俗话说，不怕一万就怕万一，万一出了偏差咋整？你呢，又不能做得太露骨、太过火，要害你刚才你已经点到了。所以，我必须得另辟蹊径。鱼有鱼路，虾有虾路。"况夫喝了口酒，似笑非笑，"况夫我好赖算条汉子，不一定高看王嫱、西施、貂蝉的伎俩。"

时之男注视着况夫，努力保持矜持，扼守城府。

"老炮工我带走，剩下那对狗男女由你管着，临时牵个头儿，我很快就回，拜托了！"况夫站了起来，一个趔趄，没再回望时之男家那两扇亮着灯光的窗户，踏上了弯弯曲曲的小路。

抱着双臂的时之男望着他那敦实的身影，心里有一种说不上来的滋味。

况夫在树影中摇晃，隐隐约约，嘴里嘟哝着：

"许由……尧请他当……当九州长，他听到这话觉得听脏了耳朵……跑……跑到颍水去洗……洗耳朵。巢……巢父正牵牛犊喝水，害怕许由洗过脏耳朵的水，脏……脏了牛犊的嘴，也许还会脏了牛犊的胃，就……就把牛犊牵……牵到远远的上游喝去……呵，呵呵……一个比一个清高……"——啪！

时之男清楚地听出那是一种摔碎了酒瓶的声音，和顽童燃放的二踢脚有很大区别。

七十四

雷好知道自己闯下大祸是在同诗姬有了性行为的第二天。

那天下午，哈能去雷好办公室，把猴猴人录像光盘交给他，算是交差。雷好顺便向哈能打听诗姬的情况。哈能说："不太了解，只知道她是华夏集团党委书记诗维的女儿，昨晚听罗尼娜说过一句。"雷好顿时愣了。

初次见面时，雷好对诗姬的认识很不怎么样，认为和罗尼娜往来的女人不会是好女人，物以类聚。可是当他发觉诗姬是个处女后，马上改变了看法，认识到她是一个纯洁的、当今社会已经很难寻觅的女孩子，开始有了负疚感。雷好在男女方面经历太多，多得连他自己也记不清与多少女子有过实质性接触。绝大多数没有了印象，就跟经常在商场购物一样，掏出钱来买完东西了事，之后对每件物品是如何成交的过程就记不清楚了。诗姬例外，最深刻的印象是她什么都不懂，连外行都能看出她是外行。所以，雷好急切地希望知道关于她的一切，还想到了如何弥补自己的过失这个问题。当哈能告诉他诗姬是华夏集团党委书记诗维的女儿后，他惊愕了，悔恨和诗姬的事情真不应该发生，并且预感到这事很难收场。诗姬全然不同于他从前过手的女人，她有很高的文化和很硬的背景，不是户口、住房或者一个招工、招生指标就能打发得了的事，更不会像同坐台小姐过往一样，结完账就可以两清。

雷好想缓冲一下局面，企望已经结下的恩怨能在时光的流逝过程淡化、消失，而后慢慢寻找补偿的机会。他采取的是逃逸方式。就像小偷就，像江洋大盗，在行劫的刹那可以肆意妄为以致大加杀伐，但绝大部分时间却是在逃亡，藏匿。

事情发生过后，雷好蹲守时间最多的地方是鳖岛。那里与世隔绝，又是潜龙总公司眼下最要紧的工作环节，是公私兼顾的绝好去处。之后他去全国几个已经开工的大型、特大型水电工地转了一圈儿，比如三峡，比如隔河岩，比如二滩、龙滩。再后来，他又去了上海、广州、深圳、成都、北京，有的是公干。他在北京待过五六天，因为年迈的母亲和叔父雷尚都在北京。所以，最近好长一段时间，潜龙总公司机关的员工根本见不着雷好的影子。

雷好原打算在北京休完春节长假再回来，让他改变计划提前打道回府的重要原因是，他在老母家里接到了寇勉副省长的一个电话。寇副省长的电话是大年初五打的。寇副省长在电话里头没少剋雷好。雷好不敢反抗，不敢不俯首聆听，唯唯诺诺。他判断出：寇勉这老头儿春节期间没有歇息，而且去了宁泰，去了宜阳，去了半爿街，去了龙潭水电工程的坝址和库区！就在大年初六悄悄回到了月湖宾馆。

估计华夏集团春节长假的时间安排跟潜龙总公司不会有什么两样，正月初八上班。正月初八，雷好就起了个早床，准备给时空打个电话。其实打这个电话他很不情愿，出于压力，他不能不干这件自己不愿干的事情。寇勉那老头儿蛮不讲理，根本就不管什么甲方乙方，只顾催促快快干活儿，抓紧时间把活儿干好。现在的一切不都发生了根本变化么？老头子还搞计划经济那一套，搞行政命令，不识时务！雷好心里这么想，他也只敢在心里这么想。

雷好的办公室兼下榻的地方在月湖宾馆主楼的倒数第二层。办公室忒大，像个羽毛球场，原是宾馆的一间会议室。办公室一端的整面墙列排着一组板栗色实木书柜，里面全是精装书——古今中外经典名著，相当气派。书柜前架一张同样是板栗色的老板桌，比乒乓球台大多了。桌上摆着国旗、地球仪、电脑、电话机、公文夹，干净利落。黑色真皮老板椅子也不小，活动靠背放下像张单人床。老板桌前面的空旷地面铺一方新疆生产的羊毛地毯，淡黄色，提花，柔软而宽绰，够三五对情侣翩翩起舞。两旁全是宽大的沙发，单人、双人、三人，间隔着搁有烟灰缸、茶具的茶几。老板桌对面墙的一角伫立着一架大背投，音响、功放一应俱全；另一角开有一洞门，里面是雷好的卧室和盥洗间。那里间原是宾馆一间标准客房，潜龙总公司租用后，向着过道的门便封了。雷好在办公室里办公，如果没摁老板桌上那颗纽扣般大小的按钮，总经理办公室绝不会让任何人进来打扰，宾馆里那些着红旗袍、打扮非常得体的女服务生偶尔进来冲茶除外。

雷好心里装着事，情绪远没有从前那么昂扬。

他暂时把自己和诗嫚的过节儿放到了一边，焦虑起龙潭工程"三通一平"前期施工项目提前发包这档子事来。除了九家取得竞标资格的大型水电施工单位正在不顾一切地争抢龙潭工程主体标段外，还有一二十家小型水电施工企业和民营建筑企业也在为着自己的生存，试图在龙潭工程得到哪怕是极小的一块蛋糕而忙得团团转。这些小老板也实在可怜，他们打肿了脸充胖子，跟九大巨头一样，大手大脚，大把花销。他们同样聚集到了月湖宾馆的四周，彻夜不眠，锲而不舍，潜龙总公司的关键人物走到哪里跟到哪里。潜龙总公司的很多部门负责人以及有点儿权力的职员，都从他们那里得到了不同程度的好处。这就给雷好出了个不大不小的难题。雷好心里有个结：这拨小人物不能小看，如果有失公允，他们会惹出是非来。基于这一点，雷好曾与陈桥多次密谈，打算把龙潭工程"三通一平"前期施工项目切下来，分发给那些没有资格竞争主体工程标段的小型水电施工企业和民营建筑队伍，一来体现潜龙总公司开明、通达的胸襟，纳百川聚细流；二来安抚已经有很大付出的小老板，让他们各得其所，皆大欢喜。就好比一罐鸡汤，好赖大家都喝上一口。可是现在他必须把这一罐子埋伏下来的鸡汤端出来，唯心地让时空一个人独吞，越想心气越不顺。

雷好将肥硕且笨拙的身躯沉重地埋进软和的老板椅子里，静静地养了好大一会儿神才极不情愿地把桌上那架黑色智能电话机挪到面前，慢慢腾腾拨通了时空的手机，并且摁了一下免提键。

"哦？雷总！你好你好，过年好！给你拜年啦，拜个晚年。"满屋立时响起时空兴高采烈的声音，仿佛正在等待雷好打电话。

仰靠在老板椅子里的雷好将一条腿架到老板桌上，如同平时接待找他讨点儿工程干干的小老板，"年过得顺遂？忙哩？"他知道时空在做戏，答话的语气也就没有以往和他通话时那么和悦，酸溜溜的，还夹带点儿官腔。

"唉，莫谈。"时空做戏做得很认真，"原是想痛痛快快过个年，一年忙到头，不是有点儿乏嘛。结果好，树欲静而风不止，这年过得比平日上班还累，苦命人一年到头都逃脱不了苦啊。老兄你呢？该不会跟我一样吧？"

雷好听出时空是在得意，在显摆，心里有气又不能直出："陪副省长视察还苦？那是福气，那是光荣啊！"

"见笑见笑。你我都是有经历、有体会的人，什么苦差都没有陪领导的差事苦，没法呀，无奈何呀，要不然我怎么一拿起手机就向你老兄诉苦呢？"时空虽然别出的是委屈腔调，但给对方的感觉是以势压人，"大年初一寇副省长就现身宁泰，你看这老头儿勤的，精的，鬼的！其实，我早就知道他要大驾光临，他不是通知过我老岳丈，让我老岳丈做个伴儿嘛。因为害怕干扰了领导同志的工作秩序，又碍着'行客不问坐客，坐客不晓得'的古训，所以，我就故意装作不知道，待在家里躲着。哪晓得安分一点儿反而惹出了麻烦。听说我猫在家里不动弹，老头子在宁泰大光其火，说，'时空，哎？当了土皇帝了，谁都不认得了，地主不尽地主之谊了，等着我通报他拜访他了！'你看你看，做副省长的争起这点儿薄礼来了。幸亏宁泰市的哥们儿及时给通了个气，急得我没命往老人家身边跑，谁让我当过副秘书长呢。实际上老头子是在怀旧，是在怀念身边的工作人员，我却差点儿吓破了胆。唉，做下级的难哪，苦哇，没办法呀。"他知道雷好根本不可能找寇勉对实，不会知道自己差点儿被赶下专车的尴尬，尽情地对寇勉的春节之行大加渲染，"老头子突袭地方官员，那个凶啊，没法形容，连我都被捎带了乱熊，要不是碍着我那岳父老头的面子，不知道他会骂出什么难听的话来。我那个紧张哟，嘿，到现在心里还在发怵。老兄你怎么逃过这一劫呢？照说，少谁作陪也不能少了你呀！没陪好，没陪有福，有福气呀，大过年的挨剋，谁受得了啊！"

雷好明知时空是在故意炫耀自己，但找不到任何戳穿他的依据；明知时空通过春节陪同寇勉视察讨得了大便宜，占了上风，却又改变不了这个事实，心里别提有多别扭。他想，寇勉利用春节视察宁泰、宜阳、龙潭，按道理不能没有自己陪同，因为全省即将上马的工业项目唯龙潭水电工程最大，自己是龙潭水电工程的业主，老板，怎么可以在副省长的视察活动中缺了席呢？是寇副省长事前没有通知自己，还是通知自己时自己没在班在岗呢？怪就怪春节前后自己离开省里离开潜龙总公司机关太久，不然，不会对主管龙潭水电工程的副省长的行踪一无所知。他后悔自己不该东躲西藏，后悔自己不该在紧要关头开了色戒，后悔千不该万不该跟诗嫚发生那种关系，到头来坏了自己的大事。

"哼哼，你是里子面子都要了，该你走运。"雷好的语气酸溜溜的，"四平八稳待在家里等着我给你送厚礼，有福啊，真有福啊！"

时空在电话里哈哈直笑，笑得很开心："能让雷总破费是我天大的荣幸，礼物不在乎厚薄，我一律笑纳。"

"你行，你能耐大，雷某甘拜下风。"雷好觉得心口疼，连假笑都笑不起来，"上人吧。今天就算潜龙总正式通知你了。副省长发话了，我不能不照办哪。马上向老头子报告一声啊。雷好办起事来，也是雷厉风行。"

"我怎么……没有听懂啊。"时空焦急等待的就是雷好的这句话，可是雷好说出口了他又故作懵懂，"有劳雷总明示，在下愚钝，理解不到位。礼物不在大小，我得知道它是什么，你说是吧？"

"时兄，你就别装糊涂了，你已经把我耍得够惨的了。这个电话，就是你逼着寇老头让我给你打的。这份厚礼我不是送不出去，是你强夺到手的。"

"哦……懂了懂了，我听懂了，听懂了。"时空笑了起来，"'三通一平'，'三通一平'的事是吧？"

"好不容易才想起来啊。"雷好讽刺着。

"'三通一平'……当然也算你恩赐的一份厚礼。华夏集团如今不是缺粮户嘛，有一口吃比没得一口吃强。不过，要说是我强夺……不是事实……不是事实，我不认账。那实际上是寇副省长给我下的一道命令呀。"时空用心斟酌词句，口气好像还有点儿勉为其难，"那天，初一，对，大年初一，我陪寇副省长到了半爿街，到了半爿街，那不就等于到了龙潭坝区嘛。老头子这次出行视察，原本无心过问龙潭工程的事，可是一看见我们华夏集团有支小施工队伍在那里干得热火朝天，一下子心血来潮，就……"

"什么？你说什么？你们有施工队伍在半爿街？进场了？"雷好警觉起来，一连串疑问。

"看把你急的！我们哪敢进场啊？我时空吃了豹子胆也不敢闯你那红线区呀。千万别误会，啊？说起来话长，你听我慢慢给你汇报。"

雷好阴森着脸，静听时空说道原委。他想搞清楚半爿街怎么会有了华夏集团的施工队伍。

"是这么回事，"时空早就做好了思想准备，真的假的搅和在一块说，"老华夏从前不是给宜阳县干过了不少好事嘛，比如修塘呀、淘堰呀、挖水渠呀，多哩。如今腰包慢慢鼓胀起来了的宜阳县政府，居然没忘当年的那点儿恩情，派人找到了我，邀请华夏集团把宜阳城关至半爿街、半爿街至虎啸、虎啸至宁泰的公路给修了——实际就是把原来的公路取直拓宽，说是要以实际行动支援龙潭水电工程建设，大好事啊。当然，还有一点点儿别的工程项目，比如几座水库加固维修工程啦，两座小得可怜的水电站啦。统统加在一起，还不够塞了华夏集团的牙缝儿。可人家宜阳实诚呀，定向招标，不需要乙方劳心费力，标底优惠不说，还用不着讨价还价。我一看这情况，怎么办？干呗。管它赚也好，陪也好，好赖是人家的一份情意，不领了不行呀。就这样，我拉两个小分队上去了，早进场了，去年就进场了。寇副省长见有施工队伍在那里干活儿，以为是龙潭工程的'三通一平'架势已经摆开，高兴极了，一个劲儿表扬雷总你哩，说你领导有方，说你目光远大，有计划，有魄力，雷厉风行，早早就开始了龙潭工程的前期准备工作。后来，听说华夏集团施工队伍是在给宜阳修路，不是给潜龙总公司干活儿，不瞒你说，老头子的脸色马上变了，铁青，说，'龙潭工程怎么到现在还不见动静啊？屎都快到屁股眼了，还不知道挖茅坑呀？'，'照这样磨蹭下去，不影响总工期那才出鬼！'，还说，'这种工作态度，这种工作作风，龙潭工程猴年马月才能见成效？'妈呀，当时他那个猴急哟，那个气哟，那个跺着脚像泼妇骂街哟，弄得在场的人一个个气都不敢出大气，噤若寒蝉。可是只有我心里是明白的，只有我心里清楚你雷老总心里自有一盘棋，干起事来绝不会含糊，我得帮你说说话，替你解释解释，不能让你平白无故遭了冤不是？我说雷总肯定自有安排，我说雷总自会深谋远虑，自有战略战术，绝不会是不知缓急轻重，一笔糊涂账。哪晓得这老头原来是个内行，见我说的完全是外行话，冲着我劈头盖脸就是一顿臭骂，说，'你有什么资格帮雷好讲人情？我指挥松峦电站施工的时候你还在穿开裆裤！接着就摆谱儿，说永泰电站是怎么怎么上马的，松峦电站是怎么怎么上马的，花溪、虎啸又是怎么怎么上马的，指教得最多的是进度、工期、质量，一套一套，头头是道。你知道，我本来就只是个半壶醋的水平，对水电工程建设更是门外汉，得，只好认真聆听教诲，老老实实向他老人家学习，哪还敢犟什么嘴哟。末了，他那至死都改不了的军阀毛病又犯了，指着我的鼻子尖儿吼道：'时空，我命令你，马上带人来把这三通一平给我先干了！不就是怕没人认账给钱吗？我给！'天啦，都什么年代了，这是哪跟哪啊？龙潭工程的大小施工项目是上还是不上，什么时候上，那得你雷老总说了才作数，这是原则问题呀。建筑行业现在推行的是招投标制度，形势变了，不是领导同志一个行政命令就解决问题的时候了，老头子怎么连这个道理都不懂了呢？不行，我得据理力争。你不在场，我有义务有责任替你解释政策呀，我不能眼睁睁地看着行政命令代替了企业经营者的决策权——这是一种倒退，是大是大非问题呀！尽管当时我知道冲撞副省长不会有好果子吃，可是我不能不实事求是，仗义执言，我得大公无私、光明磊落呀，这也是做人的起码道理你说是不是？我就壮着胆子对他说，即便'三通一平'必须立即上马，那也得听企业的、听雷总的，在龙潭工程大小施工项目上与不上这个原则问题上应该是雷总摇头不算点头算，不然，就坏了规矩……你别哼哼冷笑，我真是这么说的。你说，当时我这表现不坏吧？还好，老头子不知道怎么一下子想明白了，不再固执了，对我说，'那你等着，雷好让你干你就干，不让你干就让他另请高明，反正到时候我只管找他要进度要质量，要龙潭水电站！'就这么简单的一个过程，就是这么一回事儿，我若不向你说清楚，你还以为我在你屁股后面捣鬼，讹你，以为我真死皮赖脸争这么一点点儿工程，我老时哪会是那种人呢？"

对雷好而言，"三通一平"前期施工项目是做了计划的，安排十分周密，一旦龙潭水电站主体工程竞标揭晓，把所有的前期施工项目切块分包给那些等着活儿干的小型水电施工企业、私营老板，他们会按工期、质量要求呼呼啦啦一下子干完了，根本不可能像寇副省长焦虑的那样，影响到总工期。可是这些工作计划三言两语很难向寇副省长说清楚，能够把这些工作计划向他老人家仔细汇报清楚的机会又错过了，雷好心里好不憋屈，苦恼极了。寇副省长春节期间跑到龙潭工程坝区视察，到底视察什么呢？雷好琢磨不透。时空在陪同寇副省长的过程中，做了那些手脚呢？雷好也搞不清楚。现在，他只能听任时空胡编乱造，明知其中必定有猫腻儿却又捉不到戳穿他的任何把柄。满办公室都是时空的嗓音，时而慷慨激昂，时而如泣如诉，且怨且嗔，像说评书，像讲故事，像给领导汇报工作，又像是在威逼胁迫一个不好对付的下级，令雷好好不烦心，惶惑不安，还夹杂着那么一点儿有苦说不出的酸楚。谁让自己没有把寇副省长摽紧呢？谁让自己没有把寇勉那老头儿看住呢？他责怪自己。他嫉恨时空。雷好知道，时空与寇副省长的关系非同一般——不仅仅是当过省政府办公厅的副秘书长，鞍前马后伺候过寇副省长许多年，更重要的是他那个老丈人曾经做过寇副省长的上司，有栽培之恩！所以，时空想要达到什么目的不存在特别困难的问题。继而，雷好又转向抱怨起寇勉来，抱怨寇勉不该至今还与尉迟琪走得那么亲近，抱怨他不该爱管事多管事，让本来就非常狡猾的时空轻而易举钻了空子。可是回头一想，自己不也是通过这个爱管事多管事的老头儿才重见天日的吗？要不是老头儿大发慈悲，自己说不定还窝在省委党校夹着尾巴做人，唉……真是个美丽的"中国结"啊！

"哎，哎哎，雷总，雷老总啊！"时空在电话那头叫唤起来，"你是在打盹儿还是在接待拜年客呀？怎么老半天不见吭气啊？"

"你一个故事套一个故事，滔滔不绝，我哪还插得上嘴呀！"雷好懒懒地应了一句。没承认自己的脑子刚才开了小差。

"情况我都给你汇报清楚了吧？我不是蓄意抠你捂在手里的那点儿私房吧？我没敢冒天下之大不韪干扰你的战略部署吧？"时空捡了便宜说着俏皮话，"雷总啊，说句心里话吧，龙潭工程的主体标段我盯得紧不假，但是星星点点、毛毛细雨我还真没拿它当回事，工程量不大吧，还分散，人员、机械都支应不过来，寸头又小，划不来呀。"

"划不来？那好，那好哇。"雷好抓住时机反扑，"我这就给寇副省长回话，说时空嫌龙潭工程的'三通一平'项目零碎，没赚头，不想干了。"

"雷总啊，话是这么说呀。我能不干吗？我敢不干吗？"时空的话能放开也能收拢，"寇副省长当着那么多的人下死命令，我抗命，我长几个脑袋了？您呐，可别耿耿于怀。我斗胆跟寇老头子磨磨唧唧，实际上是为你争了面子讨回了公道。你是业主呀，龙潭前期工程开工令从你口里发出来，那才合情合理，天经地义呀。我干起来，也是堂堂正正、规规矩矩、体体面面、风风光光，你说是不是？我采取的举措，于你，于我，于建筑市场时下通行的招投标规则，都有利呀。"

"哼哼，你时老总是个大好人，天底下的大好人哪。"雷好冷冷地笑着，"别高兴太早，哎？当心拣到了芝麻，丢掉了西瓜。"

"雷总，别吓唬我啊，我胆小。"时空一听话里有话，担心他使阴招，担心他狗急跳墙，赶紧把音调降低了八度，"看在咱俩同是当朝命官的分儿上，你可得秉持公心啊。华夏集团这条破船快沉了，经不起风浪了，我被贬到这条船上来，只是苟延残喘，没有想到要乘风破浪，你千万不能落井下石呀。说句知心话吧，我心里一直惦着咱俩的交情哩，我总是想，小老弟我在这边实在过不了坎儿，你是一定会搭把手过来的，绝不会站在岸上看翻船……"

"你那华夏集团是条破船，你当我这潜龙总真是艘能够满满搭载超音速战斗机的航空母舰？蛋糕再大，想吃的人太多，就不大了。知道吗？你老哥下的这一暗手，敲掉了十几个一二十个小老板的饭碗。他们全都是饿慌了的狼，逼急了，他们会扎堆把我啃了。"雷好感到自己吃了大亏，雷好咽不下这口气，雷好必须告知时空这亏只能明吃不能暗吃，暗吃就会让时空得意世上只有他一个人最高明。雷好没有了忌讳，顾不上躲呀闪的，坦率得毫不在意对面同样是个攻防兼备的角色：

"谁让我和我的部下嘴馋，吃过人家的茅台酒呢，华夏那个易日山的下场没准就是我的下场。你暗暗下这一手，辣啊，辣。"

龙潭工程"三通一平"前期施工项目是雷好掖在怀里的一点儿私房，现在被时空掏出来了，并且夺到了手，时空早就料到会伤着他的痛处，但是，时空绝对没有想到会把他伤到这种"坦白从宽"的地步。堂堂潜龙总公司的老板怎么这样不经折腾，还没上阵就在想象落马！时空不在意雷好恶语相加，可是雷好有可能存在的难言之隐反而使他无心恋战：商海博弈，谁能保证自己出污泥而一尘不染呢？大可不必把一个人逼上绝路。何况雷好还能想到小老板们的死活；何况雷好有能量影响华夏集团的兴衰，他正主宰龙潭工程的招投标，万一他在华夏集团竞争龙潭工程主体标段过程中做起手脚来那可怎么办？不能因小失大。时空不敢乘胜追击，也不想步步为营，倒有了退一步海阔天空的念头：

"哎呀……要不这么来吧。你要真感到难办，挺不住，'三通一平'这活儿我就真不干了。你赶紧给寇老头儿回个话，就是你刚才说的那句话——时空嫌工程量太少，赚不到钱。"

"早知今日，何必当初。"谁知雷好却不领情。他实际想得很细，很深，并非那么容易就把握在手里的东西松了手。龙潭工程"三通一平"前期施工项目已经成了癞痢头上的虱子——明摆着，想掖也掖不住了。寇勉点名让时空干，结果时空没干成，为什么没干成？给谁干了？为什么给别人干了？都是问题，扯来扯去，说不定真把见不得阳光的是非全都扯到了太阳底下，麻烦。"活人还能让尿憋死了。"他有的是办法，"龙潭开工后，现场上零打碎敲的小项目估计还是有一些的，我做协调工作的能力总该有点儿吧。"

"嗨呀，还是雷总的点子多，办法多！"时空身后有一大群饥民，将好不容易捞到手的一锅饭交还出去着实于心不忍，"那就……让雷总作难了？"

"虎啸到半爿街那截路有二十一公里，属于进场路段，三四个亿的扩建工程量吧，计划工期是半年。"看样子，雷好对龙潭工程的"三通一平"前期施工项目非常有数儿，"考虑到人员、机械设备进场可以走水路，所以对工期要求没有卡得那么紧。现在，这活儿也交给你们算了。那就抓紧时间干吧，免得寇老头又嚷嚷制约了总工期。"

宜阳县政府已经把虎啸至龙潭路段纳入了宁（阳）——宁（泰）公路拓宽改造工程总体规划，潜龙总公司也把这截路与龙潭工程的"三通一平"前期施工项目捆绑到了一起，给人最直接的概念是：都做好了为这截路掏腰包的准备。去年，时空为使华夏集团施工队伍在宜阳县政府的帮助下提前进入龙潭工程施工现场，形成先声夺人之势，策应竞标工作，曾向老县长茅镰许诺设法让雷好来修这截公路埋单，现在看来，完全没有必要在这个问题上费神了，等于做了个空头人情。施工队伍冠冕堂皇、大张旗鼓地提前进入龙潭工程施工现场已经不成问题，不需要争取宜阳县政府的额外帮助，时空觉得长久地压在心里的石头忽地一下坠落了，好不轻松。欣喜之余，不免怜悯起苦心经营的雷好来：这伙计算太精，反而算计了自己！龙潭工程的"三通一平"前期施工项目围标，可谓牛刀小试，时空成了大赢家，雷好却经受了一个不小的惊吓。时空不想让他特别难受，在电话那头讨好说：

"其实呀，虎啸至龙潭那截公路，宜阳县已经作为支援龙潭工程建设的项目列入了投资计划。我看要不这样，这截公路扩建的开销，你们潜龙总公司出一半，让宜阳也出一半。"他认为这样公平，对雷好是个安慰。至于他自己，舍力是可以的，舍钱是不可以的——目前的华夏集团只能吃补药不能吃泻药，没实力做赔本买卖。

雷好哼哼一笑，说："宜阳拓宽取直宜宁公路，真正目的是联通外面的世界，促进城乡物资交流，随时把他们的那点儿山货运出山外卖了，支援龙潭工程建设不过是个幌子，唬人的鬼话，谁信啊？地方主义没有那么高的姿态。算了吧，不就三四个亿吗？马都丢了，还在乎多丢一套鞍子。"

相形之下，时空显得非常小气。可是他实在没有资本大方起来，只好认孬：

"雷总啊，'三通一平'这份厚礼，小老弟就笑纳了，我一辈子记你这份人情。放心，质量、工期我一准让你满意，稍有闪失，你只管拿我是问。"

"我无奈何哟。别再让寇老头儿拿我是问就行。"

"嘿嘿，哪能呢。我就……把队伍拉上去了？"

"还想等啥？"

"那红线区……"时空想要尽善尽美，"得给宜阳县打个招呼吧？"

"少来这一套，宜阳的门户对你从来就没关过，一丘之貉！"雷好说，"我没打招呼，你那队伍还不是早就进入阵地了。"

"雷总真幽默。行，剩下的堡垒，我想办法攻掉！"

雷好没再答话，蔫蔫的。

按游戏规则，龙潭工程的"三通一平"前期施工项目便算有主儿了。"三通一平"项目提前发包，提前开工，固然省去了切块、分包诸多繁文缛节，省去了切块分包过程中均衡份额的种种烦恼，固然主体工程竞标一旦揭晓即可拉开大干快上的架势，但是，时空毕竟算得先下手为强，把本该由众多困难户分享的果实夺了去，留下一拨儿小老板嗷嗷待哺不说，还搅乱了甲方的通盘计划，雷好心有不甘，气愤难平。

挂了电话，雷好懊丧地闷了好大一会儿才站起身来，准备动手沏杯参茶养养神，然后把陈桥喊到办公室来合计合计，"三通一平"项目已经被时空抢走了，拿什么打发九巨头之外的那些小老板？忽然，他发现斜对面墙根的沙发上坐着一个人。办公室太大，相距甚远，他看不清那人是谁，就扭动着高大的身躯走了过去。刚才和时空通电话的时候，他似曾感到有人进来过，当时以为是端茶送水打扫卫生的服务生，没往心里过。服务生服完务怎么可以坐下来不走呢？难道这儿是酒吧茶座吗？真是。雷好生气地走到那人跟前，定睛一看，呆了。

最使雷好战栗的是诗嫘那对凌厉的眼睛，又大又亮，怒视着寇仇。

诗嫘下决心采取行动源自母亲对自己过分的鄙弃和父亲对自己过分的溺爱，她感到过分的鄙弃和过分的溺爱都对自己构成了压力。忍耐是懦弱的表现，它不符合当代大学毕业生的个性，尊严比什么都重要，至高无上，其他一切等而下之，她最终摒弃了尊严以外的任何顾忌。她决定同雷好奋勇一搏，鱼死网破。事情光天化日之后，省纪检、监察部门对雷好如何发落，那是党纪国法的事，自己逆来顺受就离经叛道了，最糟的结局无外乎臭名昭著，无外乎一辈子嫁不到人，这也没什么。她不打算嫁人了。诗嫲选择这一天的这个时间闯进雷好办公室决斗，完全仰仗罗尼娜的支持帮助。有罗尼娜做内线，诗嫲冲到雷好的巢穴轻而易举。罗尼娜对诗嫲的按兵不动早就等得不耐烦了，她巴不得诗嫲把天捅破。时之男没有用心左右诗嫲是进是退，她无法也不想干预她的个人意志。她一直认为她沉默以对一定有难言的苦衷。但是，诗嫲决定兴师问罪，时之男不仅没有表示反对，还毅然决然邀约了两个深谙法典的同学，并且早早守候停靠在月湖宾馆大门口的一辆白色面包车里，诗嫲单人独骑深入虎穴，她怕她吃亏。

"有话好说，有话好说……"雷好的第一反应是努力稳住诗嫲。他已经预感到即将爆发的冲突远比刚才与时空的明争暗斗激烈得多、严峻得多、危险得多。只要眼前这位娇小女子振臂一呼，整个月湖宾馆就会应声崩塌，他则首当其冲，被深深埋进废墟，成为第一具牺牲品。怎么可以跟她有过节儿呢？真是一着儿不慎，满盘皆输，雷好悔恨交加。

但是，他不能就这样被葬送了，只要有一线希望，绝不能放弃，"听我把话说完……我的话说完了，你该怎么办就怎么办……我……我决无怨言……"他的声音在颤抖。

诗嫲冷峻地坐在雷好对面，圆润的瓜子脸紧绷着，殷红的樱桃嘴紧咬着，黑亮的核桃眼仇视着，没有举动，没有声音，高高的胸脯在剧烈起伏。

雷好猛一转身，噔噔几步蹿到办公桌前，先揿了一下办公桌上那颗黑色的按钮，对准隐蔽的麦克风低声哼了句"上午我有要事，任何人不许到办公室来"，旋即从抽屉里摸出一个信封，急匆匆回到诗嫲面前，立定，毕恭毕敬，瓮声瓮气：

"我知道我犯下弥天大罪，罪不容赦。"他哈着腰，将手里的信封小心翼翼摆到诗嫲身旁的茶几上，"这是张龙卡，里面有四十万……上苍作证，我老早就准备好了……仅作为我向你赔罪，并不指望它换取你对我的原谅、宽恕……"

诗嫲看都不看。

"我太昏！我根本不知道你是诗书记的女儿……我要知道你是诗书记的女儿，不但碰都不敢碰，我还会按上宾款待……我是畜生也不敢这么干呀！……都怪我那天多喝了点儿酒，很不理智……也怪情债未了……见你美艳绝伦，楚楚可怜，就……不能自制……"扑通！雷好倒墙一般跪到地上，声泪俱下，"罪人罪孽深重……万劫不复……"

地动山摇的一跪，诗嫲猝不及防。她本能地欠了一下身子，但很快就制止了自己的愚蠢行动。

"之后你也许完全知道，我是有前科的。前科全是这方面的事。不然，我决不会虎落平川，到潜龙总当这个总经理……我的政治背景不错，我的工作能力也不在这里……"雷好趴伏在地，如泣如诉，"我的前科，都是因为家运多舛，少有真爱……我有慈祥的母亲，但从未见过慈祥的父亲；我有妻子，但同床不共枕；我有儿子，但他血管里流的不是我的血……异性对我来说，一直都是既亲近又陌生……可是，千错万错，我不该把你与其他异性类比呀，我不该对不起你，我不该对不起诗书记！我怎么这样昏呀我……"抬起一条手臂，用袖口擦着泪水，乘机偷看了诗嫲一眼，"假如你格外开恩，我是说假如……"他知道，只要诗嫘不依不饶，今天他一走出这间办公室就会被"双规"到永远也回不来了，他异想天开，"假如你能饶恕我这一回，你有什么要求，我答应什么要求，决不食言……假如你饶了我这一回，我一定洗心革面，重新做人，决不再玷污良家妇女，永不开色戒……假如你真饶恕我这一回，给我救个面子，我宁可自愿下台，辞去总经理职务……我实在丢不起这个人，不好再面对领导，面对同事，面对亲朋好友……唉，反正我横竖干腻味了，不当这个总经理也罢。整天东奔西走，上下应酬，为宏伟大业呕心沥血；自己的日子过得恍惚，过得凄惶，还得日里夜里为端平一碗水犯愁，太累……黎民百姓多好，无忧无虑，我真想过过黎民百姓的日子呀……"

"别说啦！"诗嫘一声咆哮。

趴跪在地上的雷好猛一痉挛，抬头望望眼眶溢满泪水的诗嫘，不知如何是好。

"你给我爬起来呀！"诗嫘泪如泉涌，呜呜咽咽。

雷好惊慌地翘起脑袋，没听清她说了句什么。

罗尼娜正是在这一时刻走出自己办公室的。她一直在机关财务处的普通职员工作档位里等候消息，等待楼上传来吵闹、叫骂，等待月湖宾馆里的爆炸性新闻，等待潜龙总公司发生轰动全省、全国的大地震。她曾左顾右盼，盼顾长假过后第一天到班的同仁，心想你们只晓得过祥和的春节，不晓得祥和里头有凶兆吧？她也曾透过那堵泛着蓝彩的玻璃墙，不无嫉妒地盼顾那位年轻的怡然自得的女处长，心想你别得意太早，未来的机关财务处长指不定是谁哩！那个处长的位置，雷好曾经许诺给她，可是后来不知怎么雷好又没让她坐上去，所以她一直怀恨在心，巴不得潜龙总公司天翻地覆才好。唯恐天下不乱。

罗尼娜钻进电梯，又很快在一楼钻出了电梯。罗尼娜神色慌张，响皮高跟鞋底将大厅的大理石地面敲打得咔嘣咔嘣怪响。罗尼娜窜出大厅来到停车坪，没打招呼就将那辆白色面包车的车门拉开。

面包车里静坐着五个人，司机、时之男和时之男的三个同班同学。一位是省律师事务所的律师，一位是省检察院的书记员（律师），还有一位是都市报的记者。三人都很年轻，精神，意气风发，是受时之男吆喝专门前来给诗嫘壮胆助威助战的。别小看这几个人，他们足可将高高在上的雷好掀翻在地。现在就看去点导火线的诗嫘了。

"快两小时了，怎么还不见动静？"罗尼娜钻进车里，劈口就问。

年轻的律师、年轻的书记员、年轻的记者也是一脸茫然，不约而同地把眼光一齐投向时之男。

时之男的双臂架在前座的靠背椅上，枕着下巴，样子像打盹儿。过了好一会儿，她才不慌不忙应了一句：

"没动静未尝不是一件好事。"

"凭什么呀！那……就白白……都白白……？"罗尼娜睁大双眼，急了，急得让另外的几个人谁也听不懂她说的"白白"是在指代什么。

"你怎么老是想'乱'呢？"时之男扬起头，望着罗尼娜，一面把那颗黑色的耳麦从口袋里掏了出来，塞进了右耳。

"这怎么是想'乱'呀？明明白白就是乱得一塌糊涂的呀！"罗尼娜叫着。

律师、书记员和记者你看看我，我看看你，又把目光一齐投向了时之男。

时之男伸个懒腰，面对罗尼娜："急什么，要急也轮不到咱们急。别人不急，咱们更不能急。一急，没事也会急出事来。你还回你办公室耐心等着，我们走了……"

"不行，不行。"罗尼娜说，"没准你们前脚走，后脚就来事了。我只会帮倒忙，把本来就没个头绪的事搅成一锅粥。"

"放心，不会的。"时之男很有把握，但还是留了个活话，"万一硝烟骤起，你一个电话，我们马上就赶过来。"

罗尼娜大惑不解："主动权在诗嬛这边，什么时候发起进攻她只来一句话一个举动就成，我们应声而上，呼呼啦啦就速战速决了。这都是商量好了的，万分之万的事，怎么会变成万一了呢？"

时之男淡淡一笑，没有正面回答："长假过后的第一天班，我们不去办公室点个卯不行。我这几位同学都是在严肃单位工作，旷不得工的。"

"那就让他们走好了，你留下。"罗尼娜生气了，"这个诗嬛，办事真黏糊，免战也得给个信号呀！"

"况夫今天从北京飞回来，见我不在办公室，那还不跳起脚来骂？"

"姐哟，你好糊涂，况夫昨晚就赶回来啦！"

"不会吧？"

"我去接的站，接的风。顺便把欠他的债也还了，两清，咱俩谁都不欠谁的了。"

罗尼娜这话只有时之男能听懂。她心里一阵轻松，说："谢谢你帮了个大忙。"拉拉罗尼娜的手，"那我也得回办公室一下，同仁们该碰碰头。我敢打赌，你一个人守在这里足够，用不着兴师动众了。"

七十五

时空接听雷好从月湖宾馆打来的电话时正在奥迪里面。

春节长假过后头一天上班，时空准备先去趟招待所，现在叫华夏宾馆。那里还幸存着一所大礼堂，集团年度工作会议明天在大礼堂召开，他想去看看会场摆布停当了没有。

手机那头是雷好沉闷的嗓音，很不爽快，时空反倒觉出有戏，忙让黄河把奥迪停靠到了老十字街的一个巷口，从容不迫地跟对方调侃起来。

这个电话打得时间太长，有半个小时。时空很有耐心地跟雷好磨着嘴皮，主要是想宽宽他的心，别让他太难受。嫁闺女心情舒畅才是，别跟发丧似的，满脸哀伤，一肚子痛苦，更不能伤了和气，两亲家往后的日子可长哩。建筑市场时兴把甲方的发包和乙方的承揽活动比如婚嫁买卖。

黄河待在驾座上竖起耳朵细听分明。他很快听出些眉目，刮得泛着青光的脸庞渐渐幻化出兴奋的笑容：时总又捞到一笔买卖，还不小哩。这年头，华夏人都知道捞到大买卖的重要性，它能让集团老少妇孺全都高兴得跳起来。

跟雷好磨叽完毕，时空是一副兴奋夹杂着得意的神采。

"喂，贺主任吗？"他不肯耽搁，转手拨通了贺怀阳的手机，告知他龙潭工程的"三通一平"前期施工项目已经得手，随即下达了四道口谕：

一、通知杨导副总经理、程心爽副总经理和琴拥军副主任赶往龙潭坝区。踏勘，通盘部署"三通一平"施工。

二、通知匡奇主任按照既定上岗原则，从人才中心下岗、待岗职工中筛选出的一千名合用技工，快速奔赴龙潭工地。第一件事是搭架帐篷、活动板房。

三、通知旅游运输服务公司的总经理吴田火速抽调一艘客轮两套拖驳到十字街码头待命，准备连夜起运人员、机械设备和生活物资。届时，由集团向旅游服务公司结算租金。

四、基地这边的所有进场事宜由匡奇具体协调；龙潭那头的一切调度暂由琴拥军具体负责。

贺怀阳兼着集团年度工作会议秘书长，说明天就开工作会了，杨导、程心爽二位老总都该在主席台就座。时空说顾不得那么多了，主席台上多两个人少两个人没有什么关系，兵贵神速，龙潭不抓紧时间摆开阵势不行，万一变了卦咋办？还说二位老总久经沙场，都是有经验的人，孰轻孰重，他们是掂量得到的。

贺怀阳见时空主意已定，没有再提出异议。

接下来时空又与宜阳县老县长茅镰取得了联系。

因为儿孙们今年都没有回宜阳过年，茅镰春节期间陪寇勉巡视一圈儿过后，就又驾着他的吉普去了龙潭对岸的展旗、面巴屯，探望在位时派定的几户帮扶对象，访贫问苦，排忧解难。时空拨通手机的时候，他说他正帮一个特困户铡红苕藤煮猪食料哩。时空笑了起来，说老县长你真忙啊，一年到头都不歇着。茅镰在那头呵呵地笑，说你才是真忙，我这叫没事找事，闲得无聊瞎忙乎，并问时空有何贵干。时空说：

"告诉你一个好消息，我刚才接到了潜龙总公司总经理雷好打过来的长途，他已经表态，龙潭工程的'三通一平'前期施工项目全部交给华夏集团干了。"

茅镰在那头也很开心，说："恭喜恭喜，你再也用不着想歪心思了。"

时空说："是呀是呀，华夏的队伍可以堂堂正正进场，完全不用走歪门邪道。"

"老朽我就派不上用场喽。"

"嘿，可不敢这么说，你这大腿我得抱紧了才行啊！我给你打这个电话，就是求你帮忙哩。"

"哦？"

"我们又有千把人的队伍要开进宜阳，驻扎龙潭坝区，架势要摆开嘛。加上年前进驻宜阳境内修公路、修水库、修电站的人马，差不多两千，这样一来，跟地方上磕磕绊绊之类的事就少不了，还望老县长您四下周旋，多多关照才是呀。"

"好说，好说。龙潭一带是我从前的根据地，哪个乡村我都熟，决不会让你们吃亏。再说，你们是造福来的，乡亲们欢迎都来不及哩。"

"我们华夏集团取得了大张旗鼓进场的权利，别的施工队伍可是绝对没有啊。"时空突破了重围，但是没忘打阻击。

"这个我懂。去年你就给我叮嘱过了：把杂牌军统统堵在宜阳的大门外面。我专门给几处要道的交管作过交代，除了你们华夏，连蚂蚁也不许放进来。"

"谢了啊。"时空笑着，说，"再给你说个喜讯，让你们宜阳县也高兴高兴。半爿街至虎啸那截公路，由雷好他们掏钱修，你们可以省下三四个亿去干别的事了。"

"当真？"

"绝对不会有假。"

"太好了，太好了，"茅镰高兴极了，"我代表宜阳县委县政府和全县的人民感谢你啦！"

照说时空没道理领这份情，因为龙潭至虎啸路建工程本来就在雷好的计划之列，但此时的时空觉得领了这份情才是上策，宜阳县或许因了这件事才会更加起劲儿地为华夏大开方便之门，就说，"应该的，应该的，互利双赢嘛。再说，雷好没理由不修这截路。"

茅镰却实心实意地把功劳往时空的功劳簿上记："按我们宜阳的规矩，得给你提奖金才行呀，提节约奖。节约了三四个亿，要提不少钱哪。"

时空忙说："不行不行，这可不行。"

"有啥不行？如今就时兴谁有贡献谁受奖，"茅镰固执己见，"刺激措施对发展经济大有好处，你要是不接受奖励，反而对我们贯彻执行政策不利。"

"我管不了那么多，这事肯定做不得，拜托，拜托，时空我还想在这总经理的位子上多混几年哩。"

"我能害了你？尉迟琪老首长还挺在那儿哩。放心，我会把它操作得很好。再说，也不是说兑现就能立马兑现的事，还有个时间过程，等等看。"

这问题真要拉扯起来十分啰嗦，时空这会儿哪有时间、哪有心思跟他拉扯啊？谁知后来的大灾大难，正是因为他没有及时拉扯清、拉扯透，错过了充分表明思想观点，坚定站稳立场的机会。这是后话。

"今天下午我就赶回县城，"茅镰的积极性很快被调动起来，"向书记报告，向县长报告，一是报告龙潭水电站的建设大军马上进场；二是报告时总经理已经给咱宜阳节省了三四亿的开销，了不得。都是头等大事。"

时空正着急眼前的工作，说："本来，我今天就应该赶到宜阳拜会伍书记、陆县长，因为华夏明天要开年度工作会，实在走不开，只好拜托老县长跟各位县领导打声招呼，工作会一结束，我就去宜阳。"

"你该忙啥忙啥，宜阳的事好说。"

和茅镰通完话，时空这才如释重负地舒了口气。"嘿嘿，没想到这么顺。"他自我陶醉了一会儿，对黄河说，"算了，别去大礼堂了，到机关。我还是亲自跟杨导、程心爽两位副老总说说为好。"

杨导家住桃园。桃园是个老资格生活小区，华夏集团历届领导和机关处室资深处长大部分住在这里。杨导刚刚走下楼就接到了贺怀阳打来的手机。听说龙潭工程的"三通一平"前期施工项目已经拿到了手,杨导脸上笑开了花,又听说时空让他即刻赶往龙潭坝区统筹施工现场布置,转身就往家里跑。他得回家拿些洗漱之类的生活用品。

杨导五十五岁,和焦言、东方戟是一个年龄段,比秋胤小,比程心爽大。因为分管工程建设,杨导绝大部分时间都在施工现场。华夏集团近些年中标承建的小型施工项目多,遍及全国十好几个省区,他得四处监管、督促施工进度和施工质量,因此集团基地机关很少见到他的人影。杨导体格粗壮,面庞方正黑红,卧蚕眉浓密乌黑,眼袋却大,倦色突出。最大的相貌特征是脑顶光秃,四下里的毛发却茂盛,因而常将周围富余的青丝向上规整,地方支援中央。他对时空今年春节期间取消一切团拜、联谊、庆典活动的做法特别满意,认为这是既节约开支又休养生息的务实举措,所以整个春节期间,除应诗维书记的邀约去了趟时空家外,便是不分白昼黑夜,放心大胆待在家里铆劲儿大睡,养精蓄锐。明天是年度工作会,杨导准备趁今天这空当儿去机关各处室走走,拜个晚年,开罢工作会就要起程前往各个建设工地,由近及远,开始新一年的长途旅行,待在家里的时间不多了。贺怀阳的电话打乱了他的计划。

杨导掂着塞满生活用品的黑提包再次走下楼的时候正好遇上了程心爽。

程心爽肩上披着件质地很高的黑呢大衣,一手抓着只黑色猪肚子包,另一只手捏着挂没有开封的鞭炮。程心爽分管物资、机械设备,负责各个在建工程的机械设备调配、特殊物资器材供应。时空让他赶赴龙潭坝区的用意很明确——他得首先弄清那里需要一些什么样的机械设备,需要多少,如何配备。去年秋天,华夏集团发生有史以来最大规模的职工群访,程心爽闻讯躲避,事后遭到时空不疼不痒的责问,至今记忆犹新,思想行为比从前规范了许多。他最胆怯的是时空那种引而不发的施政策略,害怕一不留神就撞到了枪口上,不得不随时注意提防。贺怀阳通知他马上去龙潭工地做开工前的准备工作,他二话没说,跟家人打声招呼就动身了。

程心爽和杨导都知道对方的使命,相互招招手,心照不宣地笑了笑就一齐步行往小车队赶,途中又碰到了风风火火的琴拥军。

黄河的奥迪在小车队停车坪停住的时候,正赶上程心爽和琴拥军把鞭炮放得震天响。时空走下车,笑着:

"这是赶的哪门热闹啊?"

"开门大发!"程心爽一只手提着鞭炮的尾巴,另一只手隔挡着炮花,声音老大:"今天是新年上班头一天,大清早就听到了龙潭'三通一平'得手的好消息,这不就是开门大发了?"

时空说:"可惜活儿不算多。"

"这还不算多呀?"琴拥军说,"前两年,达奚主任中个几千万的项目,我们都要弄挂鞭放放。龙潭'三通一平'过了十亿,还嫌少哇?不少啦!"

"龙潭'三通一平'不见招标,我们却中了标,真是不可思议。"杨导迎到时空跟前,问,"怎么弄到手的?"

"这块活儿我盯是盯得紧,但没想到会这么顺。"时空说,"大年初一我不是厚着脸皮跟在寇副省长屁股后面转了一圈儿嘛?寻机捣鼓了一下,嘿,没想到还真管用,成了。唉,还是行政命令好哇,关键领导一发话,啥难题都娘的迎刃而解。"

程心爽放完鞭炮，拍拍手，接过话头："行政命令好是好，怕就怕雷好用其人之道还治其人之身。要是这家伙也找关键人物，七捣鼓八捣鼓，在龙潭工程主体标段上大做手脚，反过来能让我们吃大亏。"

"高见，你这话可是切中了要害。"时空对程心爽的担心表示认同，"雷好这伙计鬼得很，又是个占得起便宜吃不起亏的主儿，难免伺机报复。麻烦很有可能出在龙潭工程主体标段上。"

杨导觉得他俩的忧虑不无道理，犯起愁来："达奚的压力可就大了，得让他多长个心眼儿。"

程心爽说："老达奚的心眼儿恰恰够用，怕就怕道高一尺，魔高一丈。"

"先把眼前顾了再说吧。走一步看一步，车到山前必有路。"时空虽然意识到了后遗症，知道讨论起来会没个完，但现在不是讨论这个问题的时候，就把话拉扯回了正题，"我原准备去老招待所看看明天开会的会场，忽然想到让贺主任简简单单通知你们上前方欠妥，所以就追过来了。我看这样，二位老总留下，我去，宜阳县我比你们熟。"

"开玩笑！"杨导说，"明天该你唱主角，你走了，这会还怎么开呀？"

"没啥。"时空说，"明天的主要节目就是个工作报告。这报告已经反反复复、推倒重来过许多次了，没啥大问题，照念，你代表我上台念念得了。反正会议有诗书记主持，他经验丰富，不会有啥出格的地方。"

"不行不行，这哪行，没这先例。"杨导说，"再说这活儿我也干不了，从没干过。我只会搞工程，干具体事，哪里会作报告啊。"

"那就让秋老夫子代我念念得了。"

"那更不行！他才排名老几啊？还在我的后头。"程心爽半开玩笑半认真地说，"我看呀，你这位置谁都没有资格取而代之。首先是不能乱套，总经理作年度工作报告名正言顺，要是一错位，这华夏集团里里外外不知有多少人又该瞎猜出了什么乱子。"

琴拥军没敢插话，因为他的职位跟他们还差着档次。

"程总说得没错，年度工作会议虽然是个形式，是个过场，但还必须认认真真、严严肃肃了才行。还有，你这是来华夏当差后的第一次登台亮相作报告，大几百处级干部、职工代表正等着一睹你这总经理的风采哩，哪能开了小差呢！"杨导风趣地说，"我和程总已经做好了打头阵的准备，用不着你亲自出马了，你留下来一门心思把工作会开完再进场不迟，不就晚个三两天吗？"

程心爽说："时总是对我们不放心。"

"哪里话！"时空说，"长假过后一上班我就把你们往前方撵，这不太好吧？"

"嗨，有啥不太好！我们都习惯了，谁还在乎这些。过去，大年三十我都在工地待着哩。"杨导说，"你的工作做得细我们大家伙都瞧在眼里，没想到你想得也细，大可不必，大可不必。匹夫有责的火候上，谁还计较这些啊。"

嘀，嘀嘀！停车坪急骤响起了汽车的喇叭声。薛建设早将巡洋舰退出了车库。

程心爽拣起摆在地上的猪肚子包，几步就跨进了巡洋舰。杨导、琴拥军向时空挥挥手，也急急忙忙钻了进去。

这也许是最为理想的效果。时空未必真想亲自赶往龙潭工地，因为明天的年度工作会议太重要了，总经理如果缺席，很没道理。

离开小车队，时空甩着大步向机关走去，刚走到大楼前面的小院旁，忽闻背后有人喊他。时空站住，扭过头，见诗书记的夫人景丽元小跑着追了过来。

"别跑别跑，不急不急，我等着哩。"他笑着。

"时总，给你拜个年，对不起，晚了点儿。"景丽元跑到时空跟前，喘着小气，彬彬有礼，"集团领导同志结伴去给你拜年，我够不上档次，机关处室领导扎堆去给你拜年，我还是够不上档次，只好挨到这时候补上，你可别见怪啊！"

"哪里话。"时空说，"诗书记大年初一就带领一拨儿人马浩浩荡荡上我家拜年，天大的礼数，可是我却没有顾上回拜，有来无往非礼也，是我对不起你啊！其实，我也不想做小人，实在是事情太多，原打算找时间上你家看看，可后来就是没去成。几位老领导、老职工、困难户，不趁春节上门瞧瞧不行呀，集团的疙疙瘩瘩你全知道，唉，难哪，顾了这一头顾不了那一头。怎么样？年过得还好吧？"

哪能言好啊？女儿在外面遭了欺侮，老公在床上跟保姆春江花月夜，家里先是乌烟瘴气，后又变得死气沉沉，景丽元过年犹如过劫。可是家丑又不能外扬，有苦说不出，"托你的福，还好，还好。"她违心地应酬着。

"你气色可是不怎么好。"时空从她那疲惫的脸上发现了问题，"病啦？"

病？差点儿没气死！"没有没有，有点儿累倒是真的。"景丽元心里作痛，脸上佯装笑颜，"过年过节，比平时上班累多了，哪家还不一样。"

"那是那是。诗书记呢？"时空一只手在比画着，"猫在家里写字？作诗？填词？"

"老毛病，不是看就是写，一天到晚不闲着，啥都指靠不上。"景丽元对诗维一肚子愤恨，却又不忘往他脸上贴金，"习惯了，喜欢这一口，没法。"

"诗书记不仅是个非常出色的党政领导，而且是个造诣颇深的诗人、书法家、大文人，有才，我们华夏的才人呀。"时空夸奖说。

"嘿哟，看时总把他夸的，他哪里有什么才哟，迂夫子一个。"景丽元高兴了，"他还得使劲儿向你学啊。"

"哎哎，不敢不敢，我得好好向他学才对。"时空说，"实事求是，我可没他那天赋。走，上我办公室坐坐。"他估计她必有要事找他。

"不啦。今天就不去打扰你了，我知道你忙。"景丽元果真开始投石问路，"向你汇报点儿事，汇报完就走，我还得往培训中心那边赶哩。"

"也行。"

"先给你道个谢。"

"哦？"

"怀阳主任节前打电话通知我，说我是年度工作会议代表，还说这是你特别提名让我出席年度工作会的。"

"噢，这呀。其实，我这也是按照华夏集团的老规矩办事，不是什么发明创造，二级单位的党政一把手是工作会议的当然代表，你已经被明确为职工培训中心的负责人，当然不能漏网喽。诗书记可能是避嫌，讨论大会代表的时候不愿意帮你说话，行，他不愿意帮你说，我帮你说！"时空朗朗笑着，"我还得给你道个歉哩，任命文件还没给你发下来，有点儿名不正言不顺，委屈你啦。等等吧，等忙过这一阵子我一定抓紧点儿。再说，人事例会半年才有一次，这也是老规矩，不能随便就破了不是？"

景丽元说："时总你千万别多心，我确实不是为了这事来找你的。我能从匡奇手下跳出来独当一面工作，你就照顾我了，高看我了，就不错了，我哪还能挑肥拣瘦提条件？要是还待在基地管理办公室，十几个处级副处级都不服气地互相瞅着，哪还轮得上我出席工作会议哟，做梦吧！人要知足，我知足。"

时空听了，心里非常舒坦，说："这就好，这就好。凡事须慢慢来，心急吃不了热豆腐——你们这里有这俗语吧？"

景丽元笑笑说："有，有，有这俗话。"

"你跟匡奇有点儿……不对劲儿？"

"照说也没啥。就是有点儿看不惯。"景丽元的直脾气又犯了，"你瞧他，斗大的字识不了两箩筐，却要领导十几个处级副处级——一大堆知识分子。谁受得了啊！"

时空大笑起来，又把话题引开了："刚才你说要向我汇报工作，该不会是汇报自己当上了工作会议代表这事吧？"

"当然不是……当然不是。"景丽元确有困难问题找时空解决，思想障碍是开门见山未免唐突，就先绕了个圈子，"其实吧，春节期间我也没闲着。不是计划开年就准备开班吗？那得把一切准备工作做妥了才行呀。好在匡奇还算通情达理，帮了一把，亲自去了几趟学校，还帮着请了几个民工和下岗职工打扫卫生、修整校舍。我呢，主要是跑教材、教具，聘请教师，这不是大兵压境了嘛。总算初见成效，该张罗清楚的统统张罗清楚了，半月内开班绝对没有问题。"

"好，好。"时空连连点头。

"剩点儿麻烦事，还需要您表个态。"

"说，我大力支持。"

"培训中心该请个校工，专门做杂活儿。"

"请，请呀。"

"请当然是请，可是我想请的人跟我……沾亲带故。"

"哦……？"

景丽元叹了口气："我家里不是有个保姆嘛……"

"我听诗维书记说过。"

"这保姆其实是我表妹。我们一家子都喊她二姨，依着女儿叫，习惯了。我这二姨的老家跟我的老家都在县城，邻居，平时走得挺亲的。前几年，她下了岗，她老公不仅也下了岗，还跑了，丢下一个十一二岁的孩子，正读书，你说难不难。这亲戚里道的事，我不能不管，就让她来我这里做保姆，供吃管喝之外，再开给她六百块月钱。要是只有她一个人倒也好说，我每月给她六百，她自己每月也有五六百块钱的下岗生活补助费，够花了，可她那老家不是还有个读书的孩子嘛？正用钱哪！那哪够了啊？"

"噢……？明白了。你想让你二姨到培训中心当校工。"

这正是景丽元长假过后第一天上班就急急慌慌找时空的目的。丈夫和保姆之间已经有了不该有的关系，这本来就让景丽元气昏了头，更让她昏头的是：日后怎么办？把二姨赶走，无异于将这个可怜的女人往绝路逼，景丽元于心不忍。让她继续待在家里显然行不通，这种事有了头回就不愁二回三回，诗维上班的机关大楼离竹园小区不到两里地，而景丽元上班的地方却距离家里有五六里地，防都没有办法防，长此以往怎么得了？弄得不好斑鸠把喜鹊的窝占了！春节期间，景丽元茶不思饭不想，生诗婳的气，生诗维的气，更生二姨的气，该拿她怎么办呀？思来想去，只有趁培训中心用人之际，趁自己刚好有了一点儿权力，当机立断：把这祸水带走！只有这样，才能既照顾了亲戚的情分，又维护了家庭的表面平静。有什么办法？体面还得顾，日子还得过，工作还得干，领导还得当。

"时总的脑子真好用。"见时空主动把话点明，景丽元连忙顺着竿子爬，"我想让她把安保护校工作、环境卫生工作，和十来个教职员工的炊事工作一齐包了，这样，一个萝卜几个坑，一来节约用工，二来节省了开支。她在学校吃，在学校住，还可以兼顾更多的杂役，工时利用率会很高的。"她先说对公家有利的一面，再说对个人有利的一面，"我二姨她也划得来：伙食成本、住宿成本全都省了，按标准领一份校工工资，我照开六百元的保姆费，再加上她自己的下岗生活补助，每月合共一千七八百块钱的进项，相当于一个很像样的技术工人的收入，足够一家人花销了。"一个人不管怎么要强、自大，在求人的时候也会觉得自己低人一头，何况景丽元感到自己已经被逼得没有了退路，因而一向目中无人的眼神自觉不自觉地流露出一丝乞求，"这事如果能得到您的支持，对培训中心，对我，对我二姨都有好处。"

时空认真地听她把话说完，说："首先，我表个态：只要是下岗职工，无论天南地北，无论来自何方，能照顾的，我们都有责任照顾。其次，我要告诉你，我的工作原则是：不干预下级行政。培训中心已经非常慎重地交给你了，编制也给你了，怎么选人、怎么用人是你的权力。明白了？"

"我觉得这是大事，涉及以权谋私的是非问题，所以，我想……必须……"

"有党纪，有国法。违法乱纪，我从不担心。"时空说这话时很轻飘很随意，并不给人造成压力。旋即话锋一转："不过，对你，我是有条件的啊。"

景丽元有点儿紧张："……条件？什么条件？"

"你想想，仔细想想。"

"啊！"景丽元笑了起来，"每年保证输出两百名具备三门以上专业技术的毕业生；培训两百名具备三门以上专业技术的下岗、待岗人员。没问题，今年因为筹备工作耗掉了时间，来不及了，从明年开始，我一定超额完成任务。"

"一言为定。"

"决不辜负时总的信任。"

"好，三年以后，如果你确实是年年超额完成任务，我再为你鼓呼一次，加大对培训中心硬件、软件的投入，让培训中心上一个台阶。"

"谢谢时总！"

"拜拜，我得赶快去办公室。"时空挥挥手，转身就走，"哈哈哈……"

景丽元受了伤的心总算获得了一点儿安慰，可是一想起年关的噩梦，想到家运的如此不幸，眼眶又不由自主地潮润起来。她终究放心不下她那可悲又可怜的女儿。

七十六

和景丽元分手后，时空拐进了机关大院。

时空的心情诚然不错，一路满面春风地和上班的人群打着招呼，拱手拜年，还饶有兴趣地仰头张望了一阵矗立在大院后面的总部大楼。

大楼张灯结彩欢度春节，五颜六色的霓虹灯仍在晨雾中闪耀，把整栋大楼勾勒得棱角分明。时空注意到大楼左右两侧的巨幅标语口号换了，换成了"众志成城，振兴华夏"，字体依旧硕大鲜红。先前的口号是"减员增效，打造航母"。时空觉得这两句口号瞅着别扭，建议换了。也不知道它在华夏总部大楼炫目地高悬了多少年，到底给换了。

在一楼电梯门口，时空遇着了沙凡和费玲玲。沙凡脖子上吊着架佳能照相机，费玲玲腋下夹着卷小样，穿戴都很整齐。沙凡是宣教中心副主任兼影视处处长，费玲玲是宣教中心副主任兼报社总编辑，两人都是上马为官，下马为民，手底下没有具体的兵，忙时互为领导。宣教中心的主任是孔超。孔超虽然比沙凡、费玲玲年少点儿，但占的职位比他们多，除一肩挑着宣教中心主任、秘书处处长两副重担外，还高高挂着党群工作部副主任的头衔。近些年华夏集团总是七调八整，最后就调整成了现在的这个样子。此等颇具特色的组织结构管理模式以及领导和被领导关系只有司马敬能搞清楚，他是集团党群工作这一摊的掌柜，有水平在分工和罗列名次的时候将部门负责人之间十分微妙的差距均衡得井井有条。时空只知道机关党群系统尽是处长副处长，却不谙个中玄妙，所以一到需要公平关系抑或排座次的当口便让司马敬亲自操盘，连诗维书记也是这样。沙凡今年三十了，费玲玲也有二十九了，岁数都不算小，可是未婚。

三人在电梯门口等待电梯慢悠悠爬上去再徐徐降落下来。沙凡没话找话：

"时总乘电梯哩？"

"啊？"时空点着头，样子很认真，"该让黄河用奥迪把我直接送进办公室。"

费玲玲扑哧一声大笑起来："沙凡呀，拜托啦，别出洋相啦，套近乎是要练摊的呀。"

沙凡没笑，一个劲儿拍打着自己的额头。

时空似笑非笑："费总编辑就练过，晓得火候不到不开口。"

费玲玲笑个不停："时总深谙此道。"

"我真练过摊呀，科班出身。给二位传授传授经验，听好了。"时空随口就是一串，"在一起吃酒的时候请'领导先吃'，在一起走路的时候请'领导先走'，在一起跳舞的时候请'领导先跳'，在一起上厕所的时候要请'领导先上'……"

费玲玲忍住笑:"自己发急也请领导先上呀?"

"拉裤裆也不敢先占茅坑。有回我就兜了一裤子。"

沙凡睁大眼睛:"真的?"

"啊?领导净完身出来,问我捂着鼻子蹲在地上作甚。我说肚子疼。领导关爱地拍拍我的头说那你就蹲这里疼会儿吧。"

沙凡不满地说:"领导没调查调查呀?你是因为让茅坑才出了事故。"

费玲玲笑得前仰后合:"时总……真幽默……沙凡哟……你还真信了呐!"

沙凡真分不清真假了:"编的?"

"没编。真的。"时空一本正经,"自作自受,谁让我处处都让领导优先来着?"

费玲玲说:"不把领导巴结好了,不把领导伺候好了,领导天天给小鞋穿,谁受得了呀?"

"有那么严重吗?没那么严重吧?"时空来了个大转弯,"依我看呀,领导不一定处处想优先,宠也是罪魁祸首。做下级的多疑多虑,整天担心害怕,生怕哪点儿表现不够优秀惹领导发毛,于是乎处处俯首帖耳,宠得领导昏昏晕晕,得意忘形。没有坐轿的就没有抬轿的,没有抬轿的也就不会有坐轿的,辩证吧?"

"你才说你是科班出身,干这活路很有一套,还说给我们传授经验,可是说着说着就变了卦。"费玲玲对时空的辩证法表示不满,"无可适从。"

"自从兜了一裤子又没讨到好以后,我就吸取经验教训,变了哇。"时空把放出的风筝又收了回来,"该怎么做我就怎么做,该怎么活我就怎么活,实践证明:挺好。哎,这不是经验是什么?"

沙凡嗡了一句:"我们可没那大胆。"

费玲玲补了一句:"怕砸了饭碗。"

"多疑,多虑,那你们可得当心。"时空又是一副认真的样子,"十九世纪俄国有个作家叫契诃夫,写了篇小说叫《一个官员之死》,你们都是文人,肯定读过。你们看那个官员,就因为打喷嚏害怕得罪了比他大的官,一天到晚忧心忡忡,活得多累呀,这且不说,最后竟然活活忧虑死了,多冤哪!"

费玲玲说:"可我们这些当马弁的,不顺应潮流不行啊。"

"社会毕竟进步了,自己不愿意活出个性,那就怨不得别人喽。我可是忠言相告,别怪我不够朋友啊。"

费玲玲大声说:"你就是领导喂!你会真心鼓励我们对你不恭呀?"

"啊?我是领导?我是领导吗?"时空笑了起来,"我鼓励你们对我不恭了吗?"

"时总真逗!"

尽管时空来华夏集团任职的时间不是太长,尽管平时接触不是太多,但费玲玲和沙凡还是认为时空全然不同于别的领导那样令人肃然起敬,望而生畏,挺随和,容易接近,所以交谈起来并不显拘谨,还有一种轻松愉快的感觉。时空望望费玲玲,又望望沙凡,兴味正浓:

"跟你们说点儿正事。"

"正事是领导的事,哪轮得上我们啊。"费玲玲说。

"那不一定，有些个正事离了你们还真成不了方圆。"时空诡秘地笑着，"比如，啊？你们两个，该享受'大男大女'这一美誉了吧？咋就不憧憬憧憬……啊？双双对对的事啊？我看……"

"打住打住！"费玲玲叫着。

沙凡却老老实实捻动起了手指头："票子，房子，还有新兴的车子——都没有。囊中羞涩，哪里还敢憧憬什么双双对对哟。"

"哦？"时空点点头，"这'三子'，我们这种年龄的老头儿倒是全有。可惜，过了佳期。"

费玲玲抢话说："没过，二奶奶，可时髦啦。"

"咦，"时空直摆头，"做总编辑的——高级知识分子，说话不把滑，该打板子。"

沙凡为费玲玲帮腔："你还真别说，现在包二奶奶的频率可高了，绝大多数是老少配。实力雄厚呗。"

"瞎说，瞎说。我好心好意当你们的促进派，你们反倒合伙杀我的回马枪！"时空剜了他们一眼，"我说正经话。年轻人，咹？抓紧点儿，抓紧点儿多好啊？不要犹豫，不要等什么都有了再来开动这方面的脑筋，过了这村就没这店，春天一晃就过去了，短暂啊。像你们这年龄的时候，我娃娃满处跑。结婚那太简单了，两块铺板往拢一并，两床棉被上下一摞，齐了。"

费玲玲吃吃地笑："原来时总是裸婚。"

"当时可时髦了。"

沙凡有感而发："现在的姑娘可没那么便宜，漫天要价。"

费玲玲反唇相讥："如今的小光棍儿理论起嫁妆来，牙口可狠了。"

时空笑了："别担心，会有的，牛奶会有的，面包会有的，票子、房子、车子都会有的。我敢说，不出三年，华夏集团一准翻身，包你们的钱袋子都鼓起来，想啥有啥。"

"噢，对了，"沙凡忽然想起件事儿来，"时总，刚才我在大礼堂听贺公公在电话里头跟谁直嚷嚷，说你又捞到了十几个亿的工程，有这事吧？"

"是呀，龙潭工程的'三通一平'到手了，十多个亿哩，一大早我就接到了甲方的通知，好消息啊。"

"太好了，太好了！"费玲玲高兴得直拍巴掌，"下期报纸头版有两条重大新闻了：华夏集团年度工作会议隆重召开，副标题是，党政领导和职工济济一堂共谋发展大计；超十亿……对了，超十亿龙潭水电工程'三通一平'前期施工项目有得主，华夏集团再下一城！标题副标题全有了。"

时空不解地问："'再下一城'是什么意思呀？"

"上一期的头版头条是：宜阳县基础建设工程造价逾十亿，华夏集团一举夺标——那不是已经下了一城嘛。"费玲玲量量手里的小样，"我特意安排在明天见报，向工作会献礼，给大伙儿鼓劲儿。"她办的《华夏工程报》说起来是旬报，实际上是有一搭没一搭，凑够四个版面就来那么一期，所以，华夏集团进军宜阳县公路拓宽直取和小型水电工程的要闻要延迟到明天才能见报。

沙凡说："不如做两次分开发表，都发头条。"

"馊主意！新闻新闻，过期了还有什么新闻价值？"说这句话的时候费玲玲就忘掉了通盘考虑稿源这档子事。她白了沙凡一眼，又非常崇拜地望着时空说："时总你可真行呀，来华夏才多久啊，一下子就抓到了两个大标，照这样下去，咱华夏可真要发了。"

"时总是什么人啊？"沙凡赶紧附和，"从首脑机关——省政府下来的，当然办法多，面子大，有魄力喽。"

"别别！我脑袋小，戴不住您那么高的帽子。"时空打趣着，纠正着，"要说华夏目前有了这么点儿小收成，功劳嘛，还得往两个方面的功劳簿上记，一呢，得亏了地方政府的大力支持；二呢，省领导的悉心关照。宜阳县的小水电和公路工程是人家主动送上门来的，那是因为过去的华夏集团帮他们做过不少好事，人家惦记着华夏，信得过华夏。说明要做好事、多做好事，好人有好报不是？龙潭工程的'三通一平'项目提前交给华夏干了，背景很重要，咱有省政府领导撑腰呀。说明省领导知道华夏集团正在水深火热之中，理解咱们，同情咱们，有意帮咱们一把。结论是，哎，一定要善于取得领导的理解和支持。我说得对不对？"

费玲玲嘟嘟嘴，说："时总眼里到处都是阳光。我们可没有观察得那么仔细。"

"这可不行啊。青年人眼里更应该充满阳光，要朝气勃勃，对生活充满信心。知道刚才我为什么跟你们逗乐吗？"

"为什么？"费玲玲问。

"我经常看到你们这些年轻人简直就不像年轻人，不生动，没有活力，一个个老气横秋，像不堪负重的老头儿。"

"我们原来这模样呀？"沙凡惊讶着，"未老先衰，太可怕了。"

时空说："我知道，你们工作压力大，生活压力大，精神负担重，还处处提防……提防……提防穿小鞋对吧？"

"理解万岁！"费玲玲使劲儿挥动了一下捏紧的拳头。

"所以呀，我就……哎？"时空用食指点了点沙凡，又点了点费玲玲，"我就这个这个……"

"打住！打住！"费玲玲又高叫了一声，扭转了话头，"时总，你先说说我办的报纸怎么样。"

"好哇，挺好，我每期都看。"

"那你可得大力支持我哟。"

"那是当然。"

"太好了。"费玲玲赶快抢抓机遇，"集团这张报纸的年龄比我还大，今年是它三十五岁生日，我想纪念纪念。"

"说，要我怎么支持。"

"写篇文章，鼓励鼓励，长短不限。"

"呀……我给你批点儿钱搞活动得了。文章就别写了吧？我不谙此道。"

"别蒙我们了，"沙凡说，"你懂契诃夫，还能不会写文章？"

"不行不行。"费玲玲说，"钱要批，文章照写。诗书记都满口答应了。"

"诗书记答应写文章了？"

"那怎么哪？诗书记相当重视，他说他要写首诗！"

沙凡说："时总再来首词得了。"

"诗……词……这玩意……这玩意，我都不会呀。"时空苦着脸，"到时候再说吧。什么时候交卷啊？"

"今年年底。"

"我的天！"时空一声惊叫，"还老鼻子远哩！"

不知不觉，电梯门口聚拢了好几个上班的机关干部。大家相互表示节日问候，聊家长里短，一边注视着门楣上方的红色指示灯。有人怀疑电梯是不是出了故障，抱怨好久不见下来。正猜疑，指示灯开始急促跳跃。一忽儿，电梯门洞开。

电梯里面堆满了纸箱。纸箱里装的都是会议材料、纪念品和先进生产（工作）者的奖品。孔超和年轻的综合处处长、理论处长直挺挺戳在纸箱的缝隙里。

沙凡说："怪不得半天不见动静，原来你们在运货呀！"

孔超钻了出来，先向时空哈腰问好，再向沙凡、费玲玲招手说："快快快，帮忙帮忙，帮忙搬到大礼堂去。"

费玲玲量量手里的小样："对不起，本人才从大礼堂回来，师爷让抓紧校对、清样，明天出报。"

沙凡说："我也是才从大礼堂看机位、调音响、调灯光、架麦克风回来，我还得赶快给费总编补洗几张图片，不然明天的报纸要开天窗。"

"反了，反了，"孔超一面协同两位处长挪纸箱子一面咋呼，"指挥棒不灵了。"

时空说："要不我帮你送过去？"

"您莫吓我。"孔超慌忙火急将电梯腾空，转身就把时空往电梯里轻轻推着，"我手下有的是兵，车也要好了，就停在院子门口。"

七十七

电梯到三楼的时候时空跟着沙凡、费玲玲起钻了出来。

费玲玲说："怎么？时总送我们到办公室呀？"

时空说："是呀，话好像没说完哩，跟你们继续说去。"

费玲玲高兴极了："好哇，好哇，欢迎领导深入基层。"

沙凡也很高兴："先视察费总编的报社，再视察我的影视处。我们向您全面汇报：工作、生活、理想情操。"

"行啊，今天我豁出去了，陪你们聊它一上午。"可是时空并没有跟进费玲玲的报社，也没有随沙凡去影视处，而是径直朝顶端的那间大办公室走去。

费玲玲气得直跺脚："骗人，说话不算数！"

时空直笑。

时空估计诗维早就到班了，临时决定先去他那里坐坐，通报通报龙潭工程"三通一平"项目提前得手并且正在组织人马进场的消息；还有年度工作会议的准备情况和议程，沟通沟通为好。再说，诗书记大年初一带领班子成员专门去给他拜过年，按礼数，该当回拜。可是诗维办公室的门虽然大开着，却不见他的人影。时空待了几分钟没耐心继续待下去，就又乘了电梯奔十楼。

"嘿？"走进办公室，时空见诗维正坐在那张三人沙发上发呆，"怎么跑我这儿来了？我刚去过你办公室。"

"我来你这里有一会儿了。"诗维笑了笑，笑得很勉强。

时空见他那一向梳理得相当光亮的头颅破例套了顶黑灰色绒线帽，精神也不如往日振作，关切地问："你气色不好啊，行头也不对了，怎么，病啦？"

"没有没有。额头不小心给碰了一下，隆个包哩。"诗维随口撒了个谎，把绒线帽往下拉了拉，"问题不大。"

"你们两口子是怎么搞的？"时空脱掉呢子短大衣，挂好，忙着沏茶，"春节反倒把你们过得没精打采了。刚才我在院子门口碰着了丽元大姐，她的面色也不对劲儿。"

诗维暗暗吃了一惊，小心问道："丽元她……找你啦？"

"是啊。"

"有事？"

"好同志……好同志啊……大过年也没忘把工作干好。"时空涮茶杯拿茶叶筒掂茶叶，忙着，"把培训中心开班的准备情况说了说。提了点儿小要求。我全答应了。"轻描淡写，也没把景丽元恳求将她那二姨安排到培训中心当校工的事说出来。他想，这事无论诗维知道不知道，都没有必要在此时言明。

诗维眼里那缕恐惧的不易觉察的光亮骤起骤灭。他担心愤怒的景丽元把家里前几天发生的一切向时空和盘托出，破罐子破摔，弄个鸡飞蛋打。时空神情自若，言及的亦不过细枝末节，可见景丽元不曾疯癫到无药可救，维系和平的希望尚存，诗维暗自舒了口气。

"年过得怎么样？还好吧？"时空已经洗好茶。

"还好。老样子。"

"你姑娘回来过年没有？"

诗婳被侵害的事让诗维揪心揪肺。诗婳被侵害的事让诗维怒火中烧。更使诗维难受的是，诗婳被侵害的事忍无可忍，但又不能不忍下去。家里的轩然大波尚未平息，哪里还敢轻举妄动？最不能容许他轻举妄动的是，当前可以比喻为临战状态的华夏集团，决不允许内部引发轩然大波，自己扰乱了自己的阵脚，公私矛盾交织在一起，错综复杂。就连诗婳，他也希望能够忍一忍。因此，诗维目前极不愿意诗婳被侵害的事被人知道，欲盖弥彰。但是景丽元似曾谈到"婳婳就和时之男住在一起"，说明时空有可靠的消息来源，时空是否知道婳婳遭害的事呢？惶惑不安的诗维正想旁敲侧击打探虚实，不料时空抢先捡起了关于诗婳的话题。

"没有。"诗维简单回答，没有放弃探听消息，"之男呢，回家过年没有？"

"回是回来过。可是吃了个团年饭就一拍屁股走了。"家家都有本难念的经，时空也有哀怨，"我想到的是，很可能是因为况夫的工作抓得紧，之男必须赶过去。她娘亲却想象闺女一定是对上象了,春节不在家反而高兴得不行。话说回来,都二十五六了,还没个着落,做娘的哪能不着急呀,唉,可怜天下父母心。你那闺女怎么样?有目标没有?不过,她比之男小,挑挑拣拣的时间充足多了。"

这番话无疑给诗维传递了许多迫切希望获得的信息,心里一下踏实了许多,"没有过多干预,她的事她自己做主。女大不由人,管不了了。"他应和着,模棱两可。

时空把两只冒着热气的杯子摆放到诗维面前的茶条上。一杯是诗维喜欢喝的龙井,香气浓郁;一杯是他自己喝习惯了的咖啡,异味蒸腾。"我去你办公室是想告诉你个好消息。雷好把龙潭的'三通一平'交给华夏了。我已经让杨导和程心爽赶进去了。匡奇在人才中心挑选的富余人员正准备进场。"他说。

"我知道。一大早就听说了。"心里踏实下来的诗维不忙饮茶,先将一旁的黑色公文包拿过来搁到自己的膝盖上,取出一本印刷品递给时空,"这工作报告,我趁春节没事,又仔细看过两遍。"

"印象怎么样?"

"好,不错。"诗维对任何文字都能产生浓烈的兴趣,少不了品评一番,"首先是结构简单,主旨明确。通篇只分两个部分,简化了冗长繁琐的大标题、小标题、提要题。前半部分客观公正总结上年各项工作指标落实情况,完成了多少,剩下多少没有完成;后半部分合情合理提出来年工作计划,附带具体措施,一目了然。其次是文风剧变。没有套话,没有口号,没有空泛辞藻,不戴帽不穿靴,可谓'删繁就简三秋树,领异标新二月花'。按播音节奏朗读下来——二十八分钟,是从前年度工作报告用时的六分之一。你打破了华夏集团根深蒂固的陈规陋俗,改变了华夏集团的文风,好!"

时空在他旁边的单人沙发上坐了下来,眯眯笑:"哪里哪里。这报告我一没有写个字,二没有改个字,不过就是提了几次要求。基本观点是:我们是企业,企业的行为是经营,经营的目的是赚钱,说白了就是如何赚到更多的钱,其别的事情全都等而次之,等而下之;博大精深的哲学理论是政治家的事,神秘莫测的战略战术是军事家的事,自己啰不清楚旁人又听不清白的废话少说为高。这工作报告如果真能被大家接受,有两个人功不可没。一个是贺怀阳,硬着头皮大修大改了好几回,痛苦地改变着自己。另一个就是老兄你,严把文字关,不厌其烦。"

谦虚可以说是诗维的本能:"我亦不过对文字较为挑剔,喜欢咬文嚼字钻牛角尖儿,别无专长,没讨到骂就是荣幸。我也给你带来个好消息。"虽说心绪烦乱,但他工作起来依旧有条不紊,"你看。"又从公文包里掏出一本印刷品,

时空捧过厚厚的印刷品,两眼惊得溜溜圆。

龙潭水利水电枢纽工程招标文件——一行乌黑的大字赫然在目,赫然在目的还有用括号括了起来的"机密"二字。

"真……真货呀?哪里搞到的?"

时空惊诧不已。时空激动不已。这是华夏业内人士当下朝思暮想的秘籍,是竞争龙潭工程主体标段的重要参考资料!况夫携重金提重兵进军省城,收集种种信息,亦不排除有窃获这宝贝的企图。

诗维很儒雅地呷了口色香味俱佳的龙井,只觉得满口沁香,意韵无穷,精瘦深沉的

脸颊渐渐淡出一丝欣慰的笑容。"我关起门来读了两次。绝非赝品。怎么得到的，你就别问了，渠道诚然可靠，毋庸置疑。"他没有道理把沈光荣供出来，也确实缺点儿重提沈光荣的勇气。

"诗维书记，你给咱们华夏集团立了一大奇功呀。"时空兴奋着，感叹着，"真没想到，你的门道这么宽，也算神通广大啊！"

这话诗维爱听，可以理解为一种褒奖，理解为对他个人能量的认可，尤其是潜在能量。诗维最不愿意人们谬论书记只会书、只会记、只会动嘴皮，而不善生产经营、资产经营、资本经营，不通社会科学。客观公正地讲，在出任集团党委书记之前，诗维的时光确确实实绝大部分消耗在基层，拼搏在生产战线，现代化的生产战线就是一张庞大的社会关系网，他就生活在这张社会关系网中，生活在这张社会关系网中最需要的就是能量。

"再告诉你一个不好的消息。"诗维慢慢搁下茶杯，脸上浮泛出来的微笑悄然消逝，"有单位已经揽到龙潭工程的标段。"

"辅助项目，跟'三通一平'一样？"时空如饥似渴地翻看着《龙潭水利水电枢纽工程招标文件》，头也不抬。

"主体。"

"不会吧？"

"千真万确。"

"笑话。"时空扬起头，拍拍手中的印刷品，"这招标文件才出笼，所有的主体工程标段都在这上头，开标活动还没进行，有单位却拿到主体标段了，怎么可能呢？"

"你要相信你握在手里的招标文件是真的，同时你要相信有单位已经揽到龙潭工程主体标段的消息也是真的。时下，什么离奇古怪的现象都可能发生，因为到处都是'孙子'，到处都有'兵法'。"诗维的语气稍带着点儿嘲讽，"有备无患，我是想让你留意点儿'诡道'。"

时空对诗维的话深信不疑，但又觉得发生这种情况不可思议：风云际会的开标仪式还没有举行，竞标实际还没开始，有单位居然中标了？

"不要怀疑了。"诗维见时空惊疑，非常肯定地重复了一句。但是，他不愿意吐露准确的消息来源供时空参考，就像不愿意吐露招标文件是从沈光荣手里获取一样。本来，他可以不向时空吐露这一秘密，他没有这个责任和义务，何况涉及这一秘密的重要人物正是他的内弟景德元。景德元也曾叮咛了又叮咛，此事断然不可以说与旁人知晓，以免坏了所在单位的大事，殃及自身利益。诗维寝食难安的是：如此重大秘密若不让华夏集团的舵手得知就很难料到有无触礁搁浅的危险，自己也是这个集团军的核心成员之一，身后同样是搏击风浪的人群，对触礁搁浅乃至翻船事件同样背负不可推卸的责任。想了又想，犹豫了又犹豫，他还是泄漏了天机。

时空拧紧了眉头：宁可信其有，不可信其无。

"已经拿到标段的单位正在宁泰和十字街活动，主要任务是招工，招聘华夏集团的下岗、待岗职工。河水洗河鱼，就汤下面，就地取材，高明哪！"诗维等于还是把景德元出卖了，却又不忘给自己留条后路，"想了解此事不难。但只能暗访，切莫明查。我有难处。"

时空注视着诗维那张毫无表情的脸,知道他绝无耸人听闻之意。可这到底是怎么一回事呢?他纳闷了,心里结了个大疙瘩:龙潭工程竞标尚未见分晓,有单位却已经揽到了主体工程标段,并且开始了进场前的招聘工作,确实有悖常理常规,很离谱儿,咄咄怪事!既然诗维说到了解此事不难,那就了解以后再说吧,没有足够的事实依据,很难及时采取针锋相对措施,时空这么想着。

"我走啦。"诗维对龙井情有独钟,起身前没忘再喝上两口,"去大礼堂看看会场摆布停当没有,要是没什么不妥,我得回家躺躺,有急事你给我打手机好了。不瞒你说,这个年确实没过好,脑袋沉,想休息休息,明天主持会议,我得清醒点儿。"

"干脆回家歇着得了。估计会场不会有啥,贺怀阳、司马敬盯在那里哩,都是办会专家,能有啥?"时空站了起来,"注意身体呀。不要操心太多,不要太劳累。天塌不下来。"他原想跟诗维就明天的年度工作会议准备情况、议程以及如何达到预期效果交换一下意见,皆因那不好的消息来得太突然,搅得满脑发蒙,又见当书记的如此萎靡不振,只好作罢。

把诗维送出门外后,时空大步跨到办公桌前,将桌上的文件、邮件、杂志一股脑儿抹向一边,坐下来打开台灯,急切地展开了《龙潭水利水电枢纽工程招标文件》。这份文件太重要了,它能够帮助华夏集团在龙潭工程的投标过程中越过障碍,绕过弯道,抢占绝对优势实现理想目标。

《龙潭水利水电枢纽工程招标文件》编制得相当精细,篇幅宏大,名目浩繁,时空只能走马观花,跳跃浏览。作为竞标单位,时空最关心的内容是工程主体标段如何划分。招标文件将他最关心的内容明白无误地呈现在眼前:AI、AII、AIII、AIIII、BI、BII、BIII、BIIII、CI、CII、CIII十一个单元(标段)。其中 AI 标段最大——上下游围堰填筑、碾压(含截流施工)、大坝基础开挖、混凝土坝体浇筑(含相关孔洞进出水口弧形门、平板门及启闭机制作安装),标底约占总投资概算的百分之五十。其他标段,诸如二级船闸、电站厂房、四条引水洞、上下游航道疏浚整治等,也是将开挖、浇筑和相关金属结构制作、安装捆绑发包。好在时空从前是省政府办公厅的副秘书长,对建筑行业施工流程并不鲜见,对招投标文本也不陌生,因此还能对《龙潭水利水电枢纽工程招投标文件》有一个比较正确的解读:纵横结合,切块分割,充分考虑工期要素;避免零碎散乱,避免窝工耗时;便于施工单位统筹布局,交叉作业,同时便利甲方全过程监管——意图十分明确。"无懈可击,活儿干得不错!雷好手下有能人啊。"他由衷感叹。

当然,潜龙总公司网罗精英、花大力气编制《龙潭水利水电枢纽工程招标文件》并非为了竭诚服务施工单位,和所有做甲方的一样,出炉的这个文本忠诚的对象恰恰是甲方自己。除了指导庞杂的招投标工作严谨、有序进行之外,它将在以后漫长的工程施工过程中,成为甲方督促、检查、制约、监管工程工期、质量、成本以及价款结算的纲领。竞标单位渴望得到它,主要是渴望得到甲方的底牌,时髦的说法是意图,是所谓战略战术。比如交战双方,双方都想搞清对方如何排兵布阵、葫芦里装着什么药,确保自身有的放矢、能进能退、每战必捷。

七十八

"好消息！好消息！"时空正用心翻看《龙潭水利水电枢纽工程招标文件》，老达奚踢踢踏踏地闯了进来，喜不自胜，"竞争龙潭主体标段胜利在握，绝对胜利在握！"

老达奚其实不老，才五十有五，矮瘦个儿头，是个虾背。他那五官长得好像不成比例，让人觉着别扭：额头特宽，下巴特尖，鼻梁特弯，嘴巴特阔，瘦小脸颊又黑又皱，上面还遍布着许多细黑的孔洞，像两瓣晒干了的橘子皮。特弯的鼻梁上架副深度近视眼镜，镜片大、厚、重，与啤酒瓶底无异，更加突出了已经扭曲的脸谱。因为老相，所以大家爱呼他"老达奚"。

"看，看啊，搞到手了，终于搞到手了！"老达奚高扬起一只鸡爪似的手，鸡爪似的手里抓着一大摞印刷品，豁开满口黄牙，"两套，一下子搞到了两套！"

时空见达奚贤如此欢欣鼓舞，知道必有好消息传来，连忙起身沏茶。

"甭泡茶了，甭泡茶了。"老达奚将手里的印刷品在空中摇了摇，用力向茶几上一撂，坐到了刚才诗维坐过的位置上，非常敏捷地掏出盒红塔山，"许抽烟就行。"俨然一位打了胜仗等待着奖赏的将官。

"抽吧抽吧，我这里没有那么多讲究。"

达奚贤从宽大的与体格极不相称的黑皮夹克内摸出打火机，"嘭"的一声打燃，口腔里及时喷出股黑雾，像汽车屁股后面的烟筒冒烟。

时空将沏好龙井茶的杯子搁到他面前，顺手把诗维喝过的茶杯挪了挪，拿起茶几上那两本印刷品。

两本印刷品封面上都是时空面熟的粗大黑体字：《龙潭水利水电枢纽工程招标文件》（机密）。内页同摊放在办公桌上的那本一模一样。不同的是，这两本都是影印件。时空当然高兴。但是，时空有意回避了诗维已经弄得一本的事实，主要怕说出来扫了达奚贤的兴，打击了他的积极性。老达奚肯定在想，这种机密只有他才有办法得到，别的人哪有这手段。

"一本足够。你怎么一下搞到了两本？"

"多多益善啊。"老达奚的虾背朝靠背上一靠，一条腿向另一条腿上一搭，脚板随即悠动起来，"运气来了连门板都挡不住，只要一套都不行呀。"

"呵呵。"时空笑着，"怎么搞到的？"

老达奚大吸了一口烟，答非所问："我没看错人，这活儿只有况夫最拿手。所以我竭力举荐，让你赶快把他从三峡调回，果不其然吧？"不知在炫耀着谁。

"况夫搞到的呀。"

老达奚倒也能尊重事实，实事求是，如实相告。他说况夫到省城后很快在潜龙总公司内部结交了几个朋友；他说其中有位名叫罗尼娜的女性好生了得，生得面如桃花，腰似杨柳，比若天仙；他说这罗尼娜虽乃女流之辈，却有侠肝义胆，愿为朋友两肋插刀；

他说潜龙总公司有个绝不可以小觑的人物叫陈桥；他说那陈桥来自京都，虽然挂的是个副总工程师的头衔，但目前实际上是潜龙总公司技术方面的一把手，具体负责龙潭工程招标文件的编制；他说这陈桥虽然是受人尊敬的高级工程师，却原来是个好色之徒；他眉飞色舞地说陈桥与罗尼娜的关系非同凡响，怎么个非同凡响，只可以意会不可以言传。"这么说吧，如果罗尼娜想要天上的星星，陈桥的第一反应绝对是忙着搬梯子，根本不会去想象星星摘不摘得下来。"他说，"这么样的一种关系，罗尼娜想得到这么个小玩意儿那还不是小菜一碟？况夫有这么个内线，那还不想什么有什么。"

老达奚像说评书，绘声绘色，关子连关子，高潮接着高潮：

"要说这况夫也真是个人才，贼精。尽管罗尼娜对他早有承诺，保证帮他探明标底，或者干脆搞套招标文件；尽管他对罗尼娜与陈桥的关系了如指掌，完全存在窃取机要的可能，但他还是心存疑虑，担心风流女子言过其实，难以兑现，决定双管齐下，确保万无一失。"他忘乎所以，随手拿起诗维刚才喝过的那杯龙井就咕咚了一口，惊得时空睁大了双眼，"大年初六，况夫带了'老炮工'，乘了飞机，直奔北京，找到了在三峡结识的狐朋狗友，几经打听，锁定目标。自然是要使出浑身解数。功夫不负有心人，终于搞到了一套招标文件。不过，他大大方方输给了人家……七万。"说到这里，达奚贤偷觑了时空一眼，没有发现时空不满的表情，也就没有了继续交流的障碍，"昨晚，况夫赶回了省城……"他又喝了口刚才诗维喝过的那杯龙井，时空想提醒他端错了茶杯可又觉得为时已晚，"妙就妙在他昨晚赶回了省城！一下飞机，嘿，那罗尼娜竟然前去接站了。况夫正纳闷儿，罗尼娜却像地下工作者似的偷偷塞给他一套招标文件，并且小声叮嘱他千万别嚷嚷——这不就两套啦？"

"好啊。"时空于是夸奖说，"都是因为你领导有方。运筹于帷幄之中，决胜在千里之外。"

"不敢当，过奖了，应该说是时总领导有方，时总领导有方。"达奚贤口里表示谦虚，可是神情却非常得意，"随时掌握投标工作站那边的一举一动当然还是做到了的，我天天跟况夫们保持联系，从没间断过。"

"劳苦功高。"时空发自肺腑。他知道，达奚贤在龙潭工程竞标问题上确实是费尽心机。

人道老达奚迂腐，其实不然。认为他迂腐的人主要是被他那表象迷惑。老达奚不修边幅，不讲究仪表，穿着随意得近乎邋遢，不喜欢串门了，不爱与人交流，不关心时政，就连华夏集团上层建筑发生重大变化他也是麻木不仁，谁当权他都认账。他每天走进办公室，坐下就再也不动弹，抽烟，喝茶，看书，看文件，看资料，什么都看，耳朵却随时准备接听电话，等待派出去的探马从四面八方传回信息；有时也站起身来环顾扫瞄一下办公室内埋头编制各项投标文件的下属，看看有没有人心不在焉，是不是很敬业。心里呢？心里可是诡计多端，什么歪主意都想得出来，可是谁也看不到他心里去，就以为他迂腐。这么大的华夏集团，几万人的队伍，生产任务严重不足，绝大部分生产经营单位半饥半饱，苦撑苦熬，压力压得他和他的投标办公室喘不过气来。有些人不讲道理，把半饥半饱的日子全都归罪于投标办，骂他们："饭桶！一群五爪猪！"损啊。他达奚贤敢像其他处室的处长、主任一样，优哉游哉四处串门子吗？说起来，也实在寒碜，这些年投标办工作没少干，汗没少流，可就是事倍功半，年年歉收，中标承揽的工程项目少得可怜，小得可怜，少则几百万，多则几千万，过亿元的大单凤毛麟角，实在争不来面子。机会终于来了。盼星星，盼月亮，好不容易盼到龙潭工程招投标序幕拉开。龙潭工程就在自家门口，优势得天独厚，达奚贤领导下的投标办公室群情激奋，斗志昂扬，决心大显身手，一下子揽它个几十百把亿的大买卖，让各二级单位吃饱喝足，让集团上下对投标办刮目相看，泄泄自己满肚子的窝囊气。投标伊始，牛刀小试，华夏集团跻身前九名，取得了角逐主体工程项目的入场券。接下来该是白刃相搏阶段，九个单位都不是善角，没有哪一家不想独占鳌头。竞争形势愈演愈烈，互相钩心斗角不说，各家还选派了自己的精英，不远万里，马蜂苍蝇般围聚到了掌握着生杀大权的潜龙总公司周围。联谊啊，公关啊，献媚啊，巴结啊，无非取悦东家，讨得宠信，而后赚取种种情报，或者争取到感情上的倾斜，以求一逞。老达奚虽然心劲高傲，但有自知之明，明白自己是个帅才却不是个将才，指挥打仗是可以的，引兵打仗是不行的。言语短促，胆子不大，抬杠不怯场，跳起舞来却怯场，天生不是搞外交的料。可他知道况夫行，况夫敢冲敢闯，骁勇无比，比如踢足球，任凭对方有多少门将把守，他都敢飞脚打门，人才难得，于是向时空极力举荐况夫披挂上阵。当然，老达奚给况夫配备的助手也是人才而不是庸才，个个身怀绝技。这些年华夏集团不停地整合，很多处室被整合得门可罗雀，有的甚至整合得只剩光杆司令，唯独老达奚的投标办人丁兴旺。整合之前，华夏集团总部机关并没有投标办公室这个机构，整合后才有，有了之后，不仅成了集团的核心部门、要害部门，而且身价百倍，老达奚于是乎趁势而上，不失时机地网罗了不少人才，文的武的都有。所以，他给况夫配备的助手亦非等闲之辈，个个都能派上用场。去公关嘛，去争取大标嘛，阵容弱了哪行啊？第一员是文将，是进集团不久的大学毕业生。小伙子相貌堂堂，多才多艺，擅长舞蹈，探戈、伦巴、踢踏，各种各样的舞都会跳，关键是写得一手好字，文秘功底扎实，能应付各种文差，况夫用得着啊。第二员也是文将，是前几年差点儿下了岗的工会干部，老达奚惜才，硬把她从死亡线上拽了回来，调到了投标办。老达奚绝非因为这工会女干部面容姣好、身材纤巧，怜香惜玉，而是看中了她的酒量。这位女性也真怪，喝多少都不醉，能把满桌的人麻翻而我自岿然不动。有人疑惑她胯裆兜了副漏斗，能够上头喝着下头漏着，所以就有了个"漏斗"的诨号。况夫搞公关，请吃和吃请自是每日的必修课，有"漏斗"保驾，当然能做到千杯万盏也不醉。第三个照说还是文将，那就叫大名鼎鼎的"老炮工"。"老炮工"名气大得整个机关大院无人知晓他姓甚名谁，只知道他叫"老炮工"。此人玩得一手绝活儿，打起麻将来特别会点炮，点炮的时机计算得无比精确，一点一个准，让对手大获全胜而自己老输。输，好哇。想给谁送点儿礼金，而那个"谁"却又扭扭捏捏不敢接受，换个方式也许就喜笑颜开地往腰包装了。收人家的礼金当然有受贿之嫌，是平民百姓声讨的对象，是党纪国法惩治的对象，在牌桌上赢点儿钱就合情合理了。社会转型时期，应运行当多，"老炮工"这种特殊人才必然派得上特殊用场，同样是求贤若渴的况夫肯定用得着。第四位人才就是时之男。时之男不仅年轻漂亮，而且气质高雅，超凡脱俗，属于有思想境界的美人，跟花瓶美人、脚盆美人完全不在同一层面。有人暗暗叫骂老达奚狗胆包天，使美人计不说，竟然敢拿总经理的千金充当昭君出塞。其实，老达奚哪敢有这种狗胆啊？说他狗急跳墙倒还恰如其分。老达奚狗胆没有，歪心眼儿还是有的。驻省投标工作站的使命是什么？想要实现什么企图？达奚贤心里有数儿，况夫心里有数儿，做总经理的心里难道就没有数儿？若是投标工作站在省城工作顺当，成绩斐然，实现了某种企图，那当然好，皆大欢喜。若是投标工作站在省城工作不顺，举步维艰，四处碰壁，已经被绑到同一条战船上的时之男必不会作壁上观，坐视不理。老达奚心里明镜似的，时之男在省里社会关系广泛，加上其父的影响力，什么门道没有？什么样的关键人物、核心人物不能接近、不可以熟识？她绝对不会眼睁睁看着况夫败北，况夫败北就等于她时之男败北，时之男败北就等于她老爸败北。万一前功尽弃、落花流水，追究起责任来，他达奚贤固然罪责难逃，况夫罪责难逃，但是，亲历了全过程的时之男同样罪责难逃，集团要是有人谩骂投标办无能，时空也得跟着一块儿挨骂。老达奚这一着儿有点儿阴，既逼迫时之男冲锋陷阵，勇往直前，又威胁时空该出手时就得出手。老达奚使这么个阴着儿，旁人自然看不明白，但时空却看得清清楚楚，一开始就感觉到了、体会到了其中的种种玄妙。之所以不点破，皆因他设身处地地想到了老达奚的难处：龙潭工程主体标段标价巨大，关系到华夏集团兴衰，风口浪尖儿之上、众目睽睽之下的老达奚只能是有什么着儿使什么着儿。时空一点儿也不责怪达奚贤用心险恶。有苦难言的是，他身不由己，身份不允许他亲自蹚这种算不上光明磊落的浑水，涉足这趟浑水，稍有不慎，导致的恶果不可想象。他只能睁一只眼闭一只眼，任由恶作剧发生发展。他知道，倘若一切顺利，第一个受益的当然是自己，自己是华夏集团的老总啊。还好，况夫凭着自身的勇武突破了防线，女儿凭着自己的智慧，不动声色，暗暗助了一臂之力。事情总算有了一个不错的开头，老达奚高兴，时空高兴。老达奚庆幸自己的能力终于得到了充分体现，终于让大家真切地看到了投标办的不俗战果，到底扬眉吐气了一回，作趾高气昂状，情有可原。

"况夫回来了？"时空望望靠在沙发上的达奚贤，"真牛啊，也不跟你一块儿上来打声招呼。"

"没有。"老达奚喷云吐雾，"他哪有空儿回十字街啊，竞标已经到了临战阶段，他不盯紧了还行？这文件是'老炮工'连夜驾车送回的，大清早敲门的时候我还没起床。"

"原来是'老炮工'送回的呀。"

"可不，要不然我哪来那么多故事讲给你听。"达奚说，"我让他赶紧回投标工作站了。他的岗位在省城，待十字街干嘛，又没老婆。"

时空把两份招标文件粗略对照了一遍，见目录、大标题、小标题、页码，完全一致，说：

"这样吧，两份文件留一份给我，我再仔细看看。你拿一份回去。首先，必须搞清它的真实性、可靠性，怕就怕弄回个伪劣产品。如果确认真实可靠，你就以此为据，把我们编制的投标文件进行有效调整，动作要快。没问题吧？"

"没问题。投标办准备了三个方案，都是参考岩滩、二滩、隔河岩、三峡等大型水电工程招标文件编制的，挑出一个相近方案来调整调整就行了，很简单。"

"工作量应该说还是比较大的。知情范围不宜大，最好是你一个人完成。"时空把其中一份文件退还给他,"捅出去了,我们会吃大亏。"

"呵呵,我们称得上是身经百战的人了,你只管放心。"

"龙潭工程'三通一平'归我们干了,今早接到的通知。杨导、程心爽两位副老总已经进场了;匡奇、吴田正准备调运人员和物资。"

"听说了,上班就听说了。我手里要不是捏着这两份文件,听到这消息怕是要往地下钻。投标办一年干到头,顶多能拿到五六十亿个的工程量,可是你单枪匹马,不到一月就搞到了二十多个亿,我无地自容啊。"老达奚惭愧地摆摆头,又说,"开年第一天,好消息一个接一个,看来华夏今年要交好运了。能交上好运就好啦。你是福星,给华夏造福来了。"

时空笑着:"福兮祸所伏——我没那么乐观。"

"这些年我们倒霉怕了,你就说点儿吉利话吧。"老达奚站起来,正要出门,又犹犹豫豫地站住了,"况夫一次就输给了别人七万……事前向我报告过……不会有问题吧?"

"哎呀……"时空苦着脸说,"这事情办了,办好了……相关的开销还成问题了啊?"

"实不相瞒,变通办法肯定有,熟门熟道。"达奚贤担心时空没有开窍儿,说,"关键看你……"

"熟门熟道——那还看我干什么?"

达奚贤忽然意识到自己已经中了计,哂笑说:"时总,老达奚其实是个老实人。"

"这么说,时空不老实?狡猾?"

"这话我想说也不敢说呀。"

"那就对啦。有些事,该怎么办你就怎么办,问什么?"时空笑了起来,"真在龙潭中了理想标段,我还要给你们记功,发奖金。"

"奖金我们可以不要,有你这句话就行!"老达奚张着满口黄牙大笑,"刚才我心里一个劲儿直敲小鼓,害怕况夫撂出去的银子没法销账,还担心落个通报。"

"要通报那也该通报我,我是华夏集团的老板。"

"你是省政府下来的,能容忍我们干这勾当?"

"啊,别人能玩醉拳,你们就不能耍醉棍呀?"

"好,说得好。有你这样的老板,我们投标办赴汤蹈火,在所不辞!走喽。"

达奚贤走后,时空赶忙把他留下的《龙潭水利水电枢纽工程招标文件》与诗维送来的那份作了个认真比对,结论是:一模一样,没有丁点儿出入。也就是说,到手的三份文件虽然获取渠道各不相同,但内容没有任何差异,是真皆真,是假皆假。正琢磨着,桌上的电话铃响了,他拿起听筒:

"哪里?"

"时总,我呀,匡奇。有件事向你汇报。"

"说吧。"

"我正通知一部分下岗、待岗人员去龙潭工地上班,可是……可是有的人不去呀。"

"哦?……"时空马上联想到诗维刚才吐露的消息——有单位在十字街招聘技术工

人,"你问过他们为什么不愿意上班没有?"

"问过。他们不说。有的人只说要自谋生路。"

"不愿意上班的人多不多?"

"不是太多,但也不算少。从目前的情况看,已经表了态的大约四五十人吧。"

"知道了。"时空对外单位到华夏集团招聘下岗、待岗技术工人很是气恼,但是一想到自己的儿女自己无力哺乳,有热心人愿意收养,又有什么不好呢?就懒懒地回了一句,"去留自由,这是个原则。不愿意上班不一定是坏事。"

"真是奇了怪了。做好事还不一定能讨到好。"

"要是特困户不愿意去龙潭上班,你就往下通知次特困户,依次顺延,明白啦?"

"明白了。"

伤脑筋!时空搁下电话,郁闷地支起臂膀,张开两掌,使劲儿抹了几把脸庞,顿了顿,起身,把两本《龙潭水利水电枢纽工程招标文件》往腋下一夹,端起冲好咖啡的杯子,出了门。

秋胤正埋头阅读文件,很投入。时空走进他的办公室,坐到了沙发上,他还没有察觉到有人进来。

"一上班就忙乎开啦?"时空打了声招呼。

秋胤抬起头,见时空到访,取下架在鼻梁上的眼镜,笑了笑,说:"老牛自知夕阳晚,不用扬鞭自奋蹄。亦壮亦悲。"

"悲什么壮!不到七十,该是如日中天光景。"时空说,"现在,老年期的概念已经有了根本变化,七十岁以后才称得上老,你还年轻着哩。"

"对政治家、思想家、科学家来说,当然算年轻。普通庶士就沾不上修改概念的光了吧?"

"呵呵,呵呵。"时空笑着喝了口咖啡,"听说你好几年没回老家过春节?"

"五年。"

"不近人情。春节长假,咋不回去看看呢?"

"老家就老伴儿一个人,仨孩子都远走高飞了,回家反而感到凄凉。得,寄点儿钱回家拉倒,省得来回跑。"

"仨孩子怎么样?还好吧?"

"比上不足,比下有余。"秋胤说,"都有稳定的工作,稳定的收入。"

"你老家是……"

"苏州。"

"上有天堂,下有苏杭,好!"

"风光、气候确实不错,是个养老的好去处。再干两年,我就回老家养老喽。"秋胤把面前的一份印刷品扬了扬,起身,"我正准备去找你哩。"

"有事?"

"给你个惊喜。"秋胤走到时空对面,把手中的印刷品递了过去,神秘地笑着,"看。"

他递给时空的印刷品封面上同样是一行粗大的黑体字：龙潭水利水电枢纽工程招标文件（机密）。

嘿！时空又是一惊："你……从哪儿搞到的？"

"鱼有鱼路，虾有虾路。"秋胤一副自鸣得意的神情，"他们编制这文件的时候，据说是躲藏在一个叫鳌岛的地方。但无论怎么保守秘密，终竟回避不了设计单位、地质勘探单位、财经计划单位、水电科研院所，也不可能完全瞒过水电建设战线工程技术人员的眼睛。我在这个系统摸爬滚打了四十多年，资格不谓不老，还能没几个耳目？"

"瞒天瞒地瞒不了你。"时空说，"可是……你对这玩意儿不感兴趣呀。如果我没记错，三个月前，也是在这办公室，你明明白白告诉我，对一个有实力有经验的水电施工企业来说，投标过程中知不知道甲方的标底，无关紧要。怎么又不声不响打起这主意来了？"

"此一时也，彼一时也。"秋胤也存在左说左有理，右说右有理的两面性，"达奚贤特别在意搞情报，挖空心思找门道，一天到晚丢了魂似的。他偷鸡摸狗搞习惯了，不偷偷摸摸手痒痒——典型的强盗作风。你呢，虽然嘴上从不强调这东西的重要性，但心里还是蛮希望对甲方的战略战术略知一二的——敢随便想，不敢随便讲——领导职业病。九个竞标单位对这玩意儿莫不梦寐以求，为的是置竞争对手于死地而后快——狼子野心。我嘛，一是善解人意，二是迫不得已，所以大逆不道。能搞到手为什么不搞到手？作个参考总是可以的吧，知己知彼还能有错？"

"说的也是啊，知己知彼能够打胜仗。"时空见秋胤给他的《龙潭水利水电枢纽工程招标文件》也是个影印件，说，"你就没怀疑它是……赝品？"

"不可能。"秋胤说，"我的渠道，百分之百靠得住。再说了，无论真假，都别想瞒过我这双老眼。虽然我不会告诉你它从何而来，但是我可以告诉你它绝对是真玩意儿，无需苦苦甄别。"

"研究过了？"

"不瞒你说，认真研读了两天。"秋胤从办公桌上取过茶杯，坐下，"雷好把整个龙潭工程切割成了十一个标段，客观上可以理解为公平公正，主观上大概是想让九个竞争单位各得一标，有条件的单位可以争取两个。A1标最大，一个顶三顶四，这个标应该是我们的主攻对象，拿到它就等于拿到了龙潭工程的一半。从招标文件看，雷好有人道的一面，照顾到了竞标单位的实际困难。不人道的是毫不手软，每个标段的标底都压得很低，对各项单价指标卡得特严，全方位侵占未来乙方的切身利益，只顾自己赚钱，赚大钱。"

时空对此类话题一向很感兴趣，可是此时一点儿兴趣也没有了："别忙说这些。我也给你个惊喜。"拿出一直夹在腋下的两本《龙潭水利水电枢纽工程招标文件》，摆到秋胤面前，"看看这个再说。"

秋胤起身从办公桌上取过眼镜，戴上，看看文件封面上的大黑字又看看时空，看看时空又看看文件封面上的大黑字，神情瞬息万变，"这……这这……你弄到的？"

"看看，这两份文件跟你的那份是不是一路货。"

秋胤将时空出示的两份文件同自己的那份认真比对着，"……一样……一样一样。

你这有份还是原件。"

时空对秋胤向来少有隐瞒，这会儿更是知道什么说什么："今天一到班，诗维书记就给我送来一份，他跟你一样：只道此物绝对是真品，闭口不谈获取渠道。我见他不便明言，也就没有刨根究底。接着，达奚贤又一家伙给我送来了两份。这两份的来龙去脉倒是一清二楚：一份来自况夫在潜龙总公司发展的内线，另一份则是他赶赴京都变通购得。"

秋胤将三份《龙潭水利水电枢纽工程招标文件》在茶几上整齐摆放开来，看了好一会儿，望着时空："就没觉得蹊跷？"

"数量多，来得容易？"

"……不只这么简单。"秋胤摇着头。

"也许。还有个参考消息，你大概不会想到。听说有境外单位已经拿到了龙潭工程的主体标段，还跑到十字街招聘华夏集团的下岗、待岗技术工人来了。开始我半信半疑，刚才听匡奇讲，真有下岗、待岗职工不愿意接受集团统一安排的再就业岗位——侧面证实，确有单位在招聘华夏集团的下岗、待岗技术工人，确实有单位已经拿到了龙潭工程的主体标段，起码，有意向，最大的疑点是内定。"

"真的？"

"我实在不愿意相信它是真的。"

秋胤摘下眼镜，两眼眯成了一条缝儿："大约不会是空穴来风……不会是……"

时空把三份招标文件摞到一起，拿起来又重重往茶几上一蹾："机密文件，一下子就搞到了四份。如果我愿意，再搞一份也不成问题。这么容易得手，地摊小报、宣传广告似的啊？"

"泄密了。"

"雷好是个精明人，他的摊子……怎么会这么乱呢？"

"泄密有两种情况。一种是内部管理失严，导致机密外泄；另一种是战略需要，故意泄露——制造矛盾，用以达到不可告人的目的。"

"故意泄密？"

秋胤阴沉着脸，眯逢的双眼射出了冷光："雷好这人太经不起表扬，刚才我还惊叹他有点儿仁爱之心，出手不算太狠，现在看来不是，完全不是，狡诈，凶险。"

"……？"时空睁大了眼睛。

"你想啊，假如九个竞标单位都得到了这种文本，那会是什么局面？竞争不就更加残酷了吗？我们九家互相仇杀的结果是：谁都占不到便宜，唯有雷好坐收渔利。"

"呀！"时空霍地站了起来，一不小心，将咖啡杯子碰翻在地，黄褐色的液体洒了一地。

秋胤愕然："你……？"

"得让况夫留心那八大冤家现在什么动静呀。"时空走到办公桌前，急急忙忙拨打起了电话。

七十九

　　华夏集团年度工作会议如期结束。
　　会期两天，比上年缩短了一天。日程却没有改变，去年工作会议什么内容，今年还什么内容：总经理作工作报告、分组讨论总经理工作报告、表彰先进生产（工作）者、二级单位行政一把手述职、签订生产经营责任书、签订安全生产责任书、会议总结。
　　就有代表幽默地说："老三篇加新三篇等于工作会。"
　　但是，没有这老三篇加新三篇就不成其为工作会。外国的企业没有这样的工作会，新老三篇当然都不会有。可见中国人学习外国人还是学得不全面。在中国，如果哪一家企业不开这样的工作会，那就成了奇怪现象，各个企业每年若是不来这么一回反而会有许多人感到不适应，习惯成自然。
　　时空得顺应时代潮流，他没有魄力改变这种不知是从哪年哪月遗传下来的风俗。不过，他创新一下会议的格式、规模的胆量还是有的。譬如，他嫌工作报告空泛、繁杂，比外国人的国情咨文还空泛、还繁杂，就连省人大的政府工作报告也没有这么空泛、这么繁杂，况且，他这位到职不久的总经理又没有什么宏谋大略要在台上宣示，没有多少知心的话儿要向台下的人们说，就让修改了，大刀阔斧地修改了。省得在台上念个汗流浃背，台下的人们听得打瞌睡。再譬如，会议规模也来了个瘦身缩水，与会总人数仅往年的一半。三大施工局、五大直属项目部、经营实体的党政一把手，总部机关各部门主要负责人，先进生产（工作）者和推选产生的职工代表，集团在埠党政领导出席会议。列席代表，诸如上下左右单位的祝贺贵宾以及离（退）休老干部的席位全都免设；七八十个省外项目部的负责人也没有按惯例全部参加。这情况在过去是不敢有的。往年，遍布在全国各地的七八十个省外项目部的负责人再带上他们的先进生产（工作）者及其随行人员，会在开会前的一两天从四面八方潮水般涌向十字街，把集团的招待所和附近的旅店挤得满满当当，三五天过后又像鸟雀一般向四面八方散去，来回折腾，辛苦，费钱，还影响工作。时间就是金钱，实践起来怎么就忘了呢？再譬如，场面铺排格式也简化了。以往，开幕是有响器吹吹打打的，闭幕是有烟花爆竹噼噼啪啪的，今年这两项重要程序都在静谧的气氛中悄然而过。往年会议期间少不了安排盛宴，来那么三回五回，每回摆上一百大几十桌，场面壮观，热闹非凡，光酒水就得用卡车运载，浑吃海喝，像座山雕的"百鸡宴"。今年就没有了。岂止没有了"百鸡宴"，连晚间的娱乐活动也取消了。这且不说，会议仅三大施工局、五大直属项目部在十字街没有家的代表才有资格在招待所住会，其他代表一律回自家食宿，会议只提供两顿工作午餐。抠，真抠！
　　如是就有代表揶揄说："华夏集团是王老五过年，一年不如一年。"
　　时空听了，也揶揄说："华夏集团老老实实回归到了节约每一个铜板闹革命的年代，再也不敢打肿脸充胖子了。有些企业亏损得一塌糊涂，靠借贷过日子还舍不得放下阔佬架子，拿国家和人民的屁股做脸，咱华夏不干这个。"因为都是代表，时空没有把自己摆在总经理的位子，这样大家就都有揶揄的权利。

从简、节约、低调是这次年度工作会议的特色。然而更有特色的是总经理作工作报告，开天辟地，独树一帜。

唱完国歌后，三百多个会议代表在台下悄然无声听时空慷慨陈词。不料，他却把工作报告高高举过头顶扬了扬，说：

"这个工作报告，经过集团党政领导反复讨论修改过好几次，并且广泛征求过意见，说它千锤百炼一点儿不算夸张。报告的内容没有从前的那么丰富，不丰富得近乎法律条款，说它简单，说它枯燥，都行。

"在这个报告的修改过程中，我曾经说过自己的主观意见，那就是我来华夏工作的时间毕竟不是太长，暂时构想不出华夏的宏伟蓝图，既然总经理都不知道蓝图美景是什么样，就希望不要让我说一些连我自己都没有想清白的蓝图美景让大家去实现。空中楼阁，虚无缥缈，让你们去捕捉什么追逐什么呢？这就是这个工作报告为什么显得特别简单枯燥的原因。

"不过，这个报告非常清晰，我很喜欢，不喜欢我就不会向大家推荐了。报告只有两个部分。前个部分简短总结了华夏去年的作为，也就是大家在过去的一年里辛辛苦苦做了些什么，结果如何。后个部分是来年的工作计划和工作目标，多半是些刚性指标。升华一下，它就是华夏集团新一年的行动纲领，大家按照这个纲领具体实施并且达到目标就行了。因为各位代表下午就分组讨论这个报告，所以我就不念了。届时，大家一边翻看一边发言，挺好。"

台下"轰"的一声似乎要乱了阵脚，但是很快就又平静下来。

"可是我还得趁这机会讲几句呀。"时空话锋一转，"新一届的总经理第一次上台跟大家见面，不讲几句也说不过去，你们说是不？"

台下又是一"轰"。有人高叫：

"好！"

"讲啊！"

"顶多讲二十分钟。"时空把手表卸下来搁到面前的讲台上，"超过了二十分钟，大家可以哄台。"

时空便即兴演讲。没什么条理，可是台下台上莫不屏息细听。

时空首先说你们大家猜猜看，集团这届领导班子就任以来遇到的第一件大事是什么？没人回答，也没有人能猜得着。时空就自问自答：群访，就是三个月前华夏集团总部大院门口发生的那次大规模群访。他说，那次群访是华夏集团近些年来日积月累积累起来的诸多问题的集中反映，问题涉及上上下下，左左右右，方方面面，这样一种状况我们能说好吗？不能说好。说好就是睁着眼睛说瞎话，就是自欺欺人。因此，你们各位代表手里拿到的年度工作报告，里面就看不到形势大好的词语。

但是，他说，我们想不想形势大好呢？想，肯定想啊。我敢说，台上台下的代表做梦都在想形势大好，人往高处走嘛，形势大好多好啊。那么，怎样才能使华夏集团的形势逐渐大好起来呢？所以，新一届领导班子赶紧干了一件事，那就是及时下发了一个文件：《关于下发〈集团下（待）岗职工、离（退）休职工和在职职工代表恳谈会议纪要〉的通知》，附件《华夏集团下（待）岗职工、离（退）休职工和在职职工代表恳谈会议纪要》。下发这个文件的目的只有一个：索性把华夏集团存在的问题统统暴露出来，暴露在光天化日之下，让所有的干部职工都知道华夏集团是个什么样子，不藏着，不掖着，然后群策群力，携起手来，把问题一个一个解决了！

《华夏集团下（待）岗职工、离（退）休职工和在职职工代表恳谈会议纪要》反映的问题涉及集团管理层，也就是我们坐在台上的这些人；涉及二级单位、三级单位的领导，也就是你们坐在台下的部分同志；涉及国家的大政方针，也涉及集团内部的土政策。不管涉及哪个层面，问题总得解决呀。怎么解决？涉及哪个层面哪个层面解决，涉及哪个单位哪个单位解决！这里我要强调一句，有关领导同志一定要注意啊，这个文件的执行情况、落实情况那是要检查的呐。《关于下发〈集团下（待）岗职工、离（退）休职工和在职职工代表恳谈会议纪要〉的通知》，附件《华夏集团下（待）岗职工、离（退）休职工和在职职工代表恳谈会议纪要》，从下发之日起至今已有三个多月了，还有大约三个月的时间，有关领导同志还有时间继续抓落实，我很不希望看到有人因为对文件的执行不力、落实懈怠受到组织处罚时自己还稀里糊涂。顺便还要说个事儿，集团新一届领导班子上任至今就只下发过这个文件，为什么没有下发其他别的文件呢？因为，华夏集团过去下发的文件实在相当多了，各种规章制度已经非常健全了，没有必要推倒重来翻烧饼了，用不着重复投资了。要说不足，那就是执行力不足。有法不依、有章不循这是个通病，对我有利就执行，对我不利就不执行，也是个通病，很不好啊。奉劝少数同志，别指望本届领导班子把上届领导班子立定的规矩全盘否定，再制定另一套规矩，然后又等待下届领导班子把本届领导班子立定的规矩推倒重来。来回翻烧饼，结果是什么都没有变，唯独政策在不停地变。

时空即兴演讲的第二个内容与二、三级单位的领导干部去留任免密切相关。他一针见血地说，华夏集团目前最为敏感的问题实际上是干部问题。

台下那些二级单位的领导人都在担心集团新一届领导班子会来个大洗牌，全体起立可是不能全体就座，所以，听时空突然这么一说就连气也不敢粗出。

时空说，我来到华夏集团的第二天不是进总部机关而是没头没脑撞到了基地的几个二级单位，干什么？走访啊，调查摸底啊。初来乍到两眼一抹黑，不下去问问看看不行呀。开了好些个座谈会，听到过不少职工群众、老领导同志的反映，现在我记得最清楚的是——冒昧地给中层干部表了个态，发了颗定心丸：集团新一届领导班子一时半会儿不会有调整各二级单位、三级单位负责人的动议，大家尽可放心大胆，该干什么干好什么。头上那顶帽子不是说掉就掉了的，凭什么？说句心里话，我不愿意看到同志们头上的帽子无端掉了，不愿意让大家仇视我时空，更不愿意看到华夏集团更加混乱。但是，今天我要把话说回来，希望大家能理解本届领导班子的怀柔绥靖政策，珍惜反思机会，珍惜纠正不正当思想行为的机会，尤其是少数同志，千万不要执迷不悟，千万要迷途知返，更不要误认为本届领导班子软弱可欺，如果是这个态度，吃亏的肯定是自己。就我个人而言，少数同志过去即便存在这样或那样的缺点错误，我不知道，也不想知道。可是接下来他又来了个"但是"，这个"但是"便让人们颇费思量："但是如果在以后的日子里，不思悔改，不懂得迷途知返，继续违纪违法，甚至变本加厉，那就可以视为是一种挑战，也就只好咎由自取了。大家知道最近有几个中层干部已经被集团纪检监察部门'双规'，还有两个必须过堂，犯的事都不是从前的，全部是现行宽松条件下的所作所为。误以为禁网疏漏，以身试法，痛心啊。还有个别人，劣迹在身，移交给地方，人家不要，他自己还死活不走，不走怎么办？难道华夏集团可以不执法吗？"

在接下来的演讲过程中，最使听众心中震颤的是与分配相关的问题。锋芒直接指向三大施工局、五大直属项目部和基地内外所有的经营实体。时空说：

"所有生产经营单位，应该按过去的规定提留上缴给集团的经费，比如管理费、职工教育培训费、安全生产费等等，无条件缴纳。没有能力缴纳以上各项硬性指标经费的单位，其领导人明天可以不签订生产经营责任书，二级单位对三级单位也应是这种政策。有能力按规定向集团上缴各项经费的单位，要首先考虑自身扩大再生产的资金储备量，然后才是各项奖金的发放问题。据了解，现在有的单位设了不少奖项：月奖、季度奖、年终奖、超产奖、质量奖，年终还有个什么分红，名目繁多，不胜枚举。奖金发放的土政策严重混乱，是分配不公的根源。'下不保底，上不封顶'的分配法则值得研究！同样一块蛋糕，从前是十个人吃，现在弄成三个人吃，两个人吃，甚至独吞，这公平吗？是的，有些单位现在的情况确实是好转了一点儿，但是不要忘记了，那是许许多多的职工用下岗、待岗的代价换来的。二级单位、三级单位的党政一把手，脑子一定要清醒，心里一定要有数儿，贫富差距的过分悬殊是动荡的根子，是不稳定的主要因素！大家仔细想想，三个月前的那个大规模群访实质问题在哪里？不就是因为'撑的撑个死，饿的饿个死'吗？十字街基地这一大摊，老的老，少的少，年轻力壮点儿的又都无所事事，想干活儿没活儿干。我们做领导的得有点儿责任感呀，总不能自己吃饱了喝足了就撇下妻儿老小不管了吧？总不能把老弱病残往地方政府怀里一推就完事吧？从前，有一句话被经常提到，标语、口号、宣传品里都有，叫作'共产党人要解放全人类最后解放自己'，现在，世态确实发生了很大变化，但是共产党的本质没有变吧？我们总不能先把自己搞成了百万富翁、千万富翁、亿万富翁，让老百姓还生活在水深火热之中吧？总不能先把自己解放了再来考虑职工群众的切身利益吧？不能哪同志们。春节前后，我偶然听到有些单位的负责人开始议论提升领导层级的薪酬问题。好，这是个新问题，全国有的地方正在试行，时髦的解释是'高薪可以养廉'。我们权且暂时不去研讨'高薪可以养廉'这一新兴理论的权威性，单说华夏目前这种捉襟见肘的落寞状态，有没有能力践行这一新兴理论？我个人的看法是，我们省不能跟其他省份比，地方企业不能跟中央企业比，不能上下攀比，左右看齐，各有各的具体情况，现在提升部分高管层的薪酬待遇至少为时尚早。什么时候把这个问题摆进议事日程，我看起码要等到华夏集团走出了困境、生产经营形势发展到了可以经受得起一定经济压力时再说。还有一个问题值得我们认真思考，现行的分配制度已经够杂乱无章了，差距继续拉大，会不会造成负面影响？盲目提升薪酬待遇，无序拉大分配距离，只怕不仅养不了廉，反而会滋生新一轮腐败，给全社会埋下动乱的隐患。我请在华夏集团率先提出提升薪酬待遇的同志不要着急，慢慢来，趁我们还有机会彷徨踌躇的当口儿自己先想想，吃超出普通职工十倍、二十倍、三十倍的俸禄是可以的，问题在于吃这种高俸禄的同志有没有超过普通职工二十倍、三十倍的工作能力。这里，我还是明确表个态，各二级单位、三级单位，在没有申报集团之前，在没有新的分配原则讨论通过下发之前，先行比照相关行业提升薪酬待遇佐证'高薪养廉'理论是一种不遵守财务纪律的行为，是错误的，我们要坚决制止私分滥发，绝不允许少数人用广大职工的剩余价值去填充自己的高薪缺额！"

时空即兴演讲的内容都是几件十分具体的事儿，零乱，琐碎，不连贯，没有头绪。但有强烈的个人情绪和思想观点，还能隐隐约约听出在鞭挞什么，鞭挞什么呢？说不清楚。思想观点好像有一定的倾向性，究竟往哪儿在倾，也说不清楚。意外效果是，台上台下的人听得非常认真，生怕漏掉了一句。人人大睁着双眼，不敢左顾右盼。大多数人认定他这是就事说事，把不便在工作报告里头阐明的客观事实、思想观点以及有可能采取的措施换一种方式表现出来，引起全集团的重视。只有极少数人噤若寒蝉：这家伙早晚要动刀子！

不料，时空渐进式地把七零八落的现实与维护稳定关联到了一起。

"只有团结一致，众志成城，才能谈得上稳定。只有稳定了才能从容憧憬多姿多彩的明天，稳定是发展的前提！就华夏集团目前的状况而言，稳定是压倒一切的工作。我敢说，如果我们能够正确对待、处置我刚才提及的几件事情，我们就为维稳做好了大量工作，就为华夏的未来创造了良好的发展条件。一个企业要是解体了，崩溃了，还谈什么奋斗目标？美梦也就见鬼去吧！维护稳定是一个系统工程，需要上上下下全方位努力。"他高度概括着，"有章不循，有法不依，会造成管理混乱；党员干部不严以律己、不自尊自爱、贪污腐败，会破坏执政党形象，会在党群之间造成裂痕；分配不公，收入差距悬殊，会激化社会矛盾。总而言之，干部，尤其是党员干部的一言一行，一举一动，都在考验着自身的政治素质、思想道德素质，都关系到企业的兴衰，关系到社会稳定大局，这绝非危言耸听。"末了，他说，"有人问我，华夏集团往后到底怎么搞？我的回答是：先把肚子搞饱了再说。一个人如果行将就木，何谈纵横驰骋？等身体将息好了，有经济实力了，什么样的宏伟蓝图我们都可以去尽情描绘！"

台上台下的人注意力都非常集中，听得津津有味，全然没有往年听年度工作报告时的那种枯燥感。那种枯燥感让人困顿，昏昏欲睡。大家都希望时空能演讲出很多很多的具体事情和问题，从中体味门道，明辨是非，揣摩他想干什么，不想干什么。可是讲着讲着他便不再讲了，说刚好二十分钟我的话就讲完了。台上台下的人们没有反应过来，直到时空拿着工作报告离开了讲台，全场才爆发出热烈的掌声。

台角的沙凡赶紧调转摄像机。费玲玲就手忙脚乱地用手灯将台下照耀得一片辉煌。

时空的简单演讲，给中层干部吃了定心丸，同时又给了他们一种莫可名状的压力；给职工代表送上了抚慰，同时也给了他们勇气和信心。当然，不管是台上还是台下，心慌意乱、忐忑不安的还是大有人在。他们压根儿就没有料到时空会不朗读工作报告而破天荒来了这么一通不着边际的妄谈：简直就是不识时务，大放厥词！

以往，每逢庄严、隆重场合，诗维总是昂首挺胸，神采奕奕。但此次例外，时空在前面演讲，他坐在后面眯着眼听。烦乱的家事刺激，折磨得他精疲力竭倒也在其次，主要是时空即兴之前悄悄给主持会议的他打过招呼，很认真。他断定时空的演讲无论怎么发挥都不会也没根据有意触及自己，听之任之自然而然，故作坦然也未可知。杨导、程心爽到龙潭工地去了，没有感受自然不会有什么感想。秋胤和另外几位班子成员的脸色有点儿异变，或惊诧，或迷惘，或不置可否。

分组讨论场面今非昔比，代表们无不严肃对待，大家不仅仅只是仔细阅读工作报告，踊跃发言，还有人悄悄溜到集团总部大楼去，让总经办的值班秘书把三个月前下发的《关于下发<集团下（待）岗职工、离（退）休职工和在职职工恳谈会纪要>的通知》及附件复印了拿走。因此，会议期间总经办搞文档工作的秘书特别忙。

没有谁愿意放弃签订《生产经营责任书》、《安全生产责任书》的权力。

年度工作会照例在《国际歌》声中结束。不过，这次唱《国际歌》的时候比往年更加肃穆，唱得确实凄凉、悲壮。

年度工作会结束后接着完善了几件要紧大事。

宜阳县的两座小水电站、五座大型水库的维修加固以及宜（阳）宁（泰）公路的取直拓宽工程正式开工，先安置了一千多名下岗、待岗职工；龙潭工程的"三通一平"前期施工项目已经全面铺开，又安置了一千多名下岗、待岗职工；从黄河施工局抽调的技术工人和机械设备及运载车辆分别从青海、甘肃、四川出发，日夜兼程，陆续抵达宜阳境内；投标办公室在外省中了三个比较大的土建施工标段，合起来有十来个亿的工程量，分摊给了黄河、长江、珠海三大施工局；十字街基地的学校、医院、公安处等事业单位按现行政策划转给了永泰县政府；在省委、省政府的帮助下，宁泰市政府对华夏集团全面启动了离退休职工的养老统筹，所有离退人员的养老金及其福利得到了有效保障，免除了华夏集团的后顾之忧；宁泰市委、市政府责成永泰县在十字街周边地区划拨四十亩土地，作为地方政府对华夏集团职工群众经济压力过重的补偿。那四十亩土地正是十字街西南方向的圪崂窝——主要是滩涂、山坡、撂荒的农田，附近还有一大片由永泰电站水库回水形成的水域，绝大部分村民早已作为库区移民搬迁异地，剩下的人便弃农经商，去都市做买卖或者当起了小老板。祝原问时空够不够用，不够可以多给点儿。时空却回答说够了够了，足够了。时空到底不是圣贤，他要是算定若干年后土地会被开发商盘成天价，口张大点儿，说不定会给危亡中的华夏集团带来转机，幸免颠覆。

八十

转眼，三月底到了。

龙潭水利水电枢纽工程开标的序幕终于拉开了。

和其他八家具备竞标主体工程资格的单位一样，华夏集团真正进入临战状态，集团管理层领导和相关人员的毛发紧张得几乎竖了起来。对华夏集团来说，这是背水一战，兴衰存亡之争。

开标仪式在宁泰市的九州饭店举行。

如此盛大的活动为什么不安排在省城潜龙总公司的所在地月湖宾馆，而舍近求远转移到千里之外的宁泰操办？非但令人迷惑不解，更让这一本来就充满玄机的活动又罩上了神秘的面纱。雷好心怀鬼胎，想竭力避开省委、省政府的视线？变数太大，雷好害怕惹出乱子？各竞标单位莫不疑神疑鬼，但又不得不在甲方的号令声中争先恐后向着新的阵地转移，折腾得精疲力尽。那些不到黄河心不死的小老板们不甘示弱，怀着一线希望，没命地向宁泰进发。一时间，宁泰市的九州饭店被潜龙总公司组建的评标专家组和九家争标单位的工作站包圆，生意兴隆。附近的旅店、宾馆被小型建筑企业的老板们挤占了不少，热闹得不得了。

这一天。确切的说法是三月二十七日。一个非常平凡的日子。

上午九时许，黄河的奥迪进入了宁泰市区。时空歪倒在后座上，还在打盹儿。他俩是昨天晚饭后从宜阳县城出发驱车星夜赶往宁泰的，已经翻山越岭奔行了三四百公里。最近，时空和黄河一直辗转在宜阳境内。两座小型水电站、五座大型水库堤坝、宜阳县城关镇至半爿街公路拓宽取直主要施工段，还有龙潭水电工程的"三通一平"项目，大大小小二三十个才开工作业的工地，零星散落在潜龙江两岸方圆五六十平方公里的山坳、河谷、丛林、荒野，他俩几乎每个工地都跑到了。

宁泰市不大，严格说来还够不上地级市的水准。这里过去是永泰县城关镇，永泰县直机关和锅端到十字街后才开始朝着现代化都市规划，刚有了点儿中等城市的雏形，发展速度不是很快。但也不算太慢，街道、高楼正在有序舒展，有模有样，像回事儿。

九州饭店坐落在老城区主干道中央地段，十五层，往日是永泰县引以为自豪的标志性建筑，如今就谈不上了，眼看就要被四周节节拔高、来势凶猛、更加恢宏的楼堂馆所深深埋进谷底。隔壁是宁泰一中，从前叫永泰一中，一字之差，老样子，暂时还没有发展到它头上。

黄河一脚将奥迪刹在九州饭店和一中之间的巷道口。随着"吱嘎"一声刺耳的尖叫，时空睁开了眼睛。他揉了揉双眼，透过车窗环顾了一下市区。

"你找个旅店歇着吧。先吃饭，然后蒙头睡去。我就不用你管了。"他说。

黄河一双手仍旧架在方向盘上，宽厚的背影不见动弹，看样子有点儿疲倦。"这车服役快十年了，太老了，跑不动了，该转业了。"他说。

时空从一个装有洗漱用品的塑料提袋里取出湿毛巾，在脸上脖子上使劲儿搓抹了几把，把湿毛巾放回提袋，扔到靠背后窗的玻璃下面，"使劲儿睡，没要紧事我就不打手机喊你。"

"上回在陕西营把四个轱辘卸跑后，怎么刹车也变得不灵了。时总，龙潭这标要是中了……换辆新的吧？像你这品级，人家早坐大奔、宝马了。"

时空把公文包的拉锁拉开，翻了翻内中的《龙潭水利水电枢纽工程招标文件》（机密）和华夏集团投标办公室修订的投标文件，又慢慢将拉锁拉上。"你应该先去买把剃须刀，把脸好好剃剃，看看，看看，像土匪、黑老大。"他从后视镜里瞧着他那张满是胡茬儿的脸，"明天上午咱们去拜访祝原市长。他帮华夏解决了好几个大问题：养老统筹、安置学校、医院、公安，还白送给我一大片土地，言而有信，得登门致谢才对呀。哦，顺便让他做东请我们一顿。这老兄现在是财主，到时候咱俩只管海吃，可别口软，咋吃也吃不穷他。走喽！"

阳光明媚，清风和煦，早春的南方小城无意寒冷。贯穿老城的街道不宽，但很繁荣。两旁店铺勾肩搭背，一栋紧挨一栋，满街人流车涌。

黄河把奥迪开走后，时空踅进一家小餐馆，要了一碗米线、一根油条，狼吞虎咽了一盘。

他打个饱嗝儿，准备出门去九州饭店。刚一迈步，高出店堂半片砖的水泥路面差点儿将他绊翻。抬起右脚一看，黑色牛皮鞋前端帮底豁开，像条张开大嘴的黑鲇鱼。再抬左脚，皮鞋前端的豁裂程度与右脚的那只差不离儿。

哎哟?! 时空皱着眉头左顾右盼。

还好，永泰一中大门口有个修鞋匠正在修鞋。他提高脚步，机械地运行过去，在鞋匠对面一把用柳木穿制的小靠背椅上坐了下来。

修鞋摊子没大讲究。一个一公尺见方的玻璃柜，里面塞满与修鞋业务有关的家什和材料；一只实木盒子——礼品盒般大小，上面钉一块铁脚板用来擦皮鞋钉鞋掌，两用；一支用角铁烧焊成的三角架，上面架一台手摇缝纫机。旁边搁了一大堆旧鞋，皮鞋、球鞋，红的、白的、蓝的、黑的。鞋匠不到五十岁，挺健壮，四方脸阔额头，黧黑，戴顶红色遮阳帽，穿一件老旧翻领绒毛衫，脖子吊一方乌黑的皮围裙，油腻腻的。他正埋头为一只球鞋黏合用车胎切削成毛坯的前掌，一双大手粗糙、皲裂，却像绣花般灵巧。

时空脱下一只皮鞋，正打算为自己想加楔儿向鞋匠费一番口舌，那鞋匠却突然放下了手中的活计，头也不抬地将皮鞋接了过去。时空尚未反应过来，便见鞋匠只把那豁裂的鞋口翻了翻，就往里注涂了一面胶水，随即操起把带钩的鞋锥向鞋底边沿朝里使劲儿一插，套上尼龙索，再将鞋锥往外一带，接下就是一串嗞溜嗞溜的响声，迅疾而有节奏。

时空非常感动："师傅……服务真到家啊。"

鞋匠不停地扎锥，不停地打蜡，不停地拉索，左右开弓，"学生的鞋可以等，他们有的是时间……你没工夫是吧?"

"谢谢关照。看样子，生意不错?"

"还行。每天能修个大几十双哩。只要不想闲着，总有活儿干。"

"你这地选得好。有经营头脑。学生多，生意就多，加上现在的鞋子质量又够呛，一不留神就脱底穿帮。其实，我这双鞋没穿多久，顶多三个月，你看，就这样了。"

"也不见得都是质量问题。就跟发现了假烟假酒假油，大家就觉得所有的生活必需品都靠不住一样，货真价实的东西也得跟着倒霉挨骂。"鞋匠挺健谈，"学生喜欢跑跳，跑步、打篮球，费鞋。你这鞋……主要是辛苦啊，踢的。牛皮，帮底粘胶再绱线，照说很结实。你看我，整天坐着不动，一双鞋少说也该穿三年。"

"说的也是。"时空见这鞋匠颇有见识，又晃见他黑皮围裙领口处忽闪忽闪出印在绒线衫前的半个"奖"字，搁在玻璃柜顶那只有盖儿的搪瓷缸上也烧有一个"奖"字，想必不是等闲之辈，便有意套套他的身世，"师傅干这行……有些年头吧? 手艺挺专业的啊。"

"半路出家。也就三五年光景。事在人为，想学，想干，没啥不会的。这活儿，手艺倒是谈不上。"

"本地人？"

"你听我说话——南腔北调。像本地人吗？"

"那你是……？"

"我认识你。"

"你认识我？"

"这一说也该是四五个月前的事了吧？华夏集团总部大楼的院门口、广场上，潮水般围了大几千号人……我在哩。我在广场上看图影，看你接见我们的代表。"

时空心里一咯噔："你是华夏的……下岗职工？"

"就算是吧。下岗、待岗，一个概念。外国人管它叫失业。"

"你……年纪不算大呀？"

"你是从上面下来的，对下面的事不了解，情有可原哪。你以为年岁大就下岗？你以为表现不好就下岗？嘿嘿，开始，我也以为是。后来才知道完全不是那么回事。有些个事呀，它就是让人不可理解。不光我，大家都这么认为。要是都能理解，那天就不会呼呼啦啦一下子就向集团总部涌去了那么多的人。大家各自有各自的不理解，你不理解，我不理解，他不理解，结果就弄成了事。"鞋匠飞针走线，两只手都不闲着，"十年前的下岗、待岗是自愿报名。说起来是个笑话，失业还要自告奋勇，中国特色。五年前的下岗、待岗是竞争，颠了个个儿，叫竞争上岗。外国人想当总统才竞争，我们倒好，为一个电工、车工、钻工、皮带运输工，甚至一个扫地的清洁工，争得面红脖子粗。也是中国特色。同是一个班组的人，平时好好的，一家人一样，结果一竞争，窝里斗，就变得跟仇人似的了。你瞧我不顺眼，我瞧你也不顺眼睛，还能团结成一家人吗？还有奇怪的哩，争来竞去，往往是老实巴交的竞争不过调皮捣蛋的；服从命令听指挥的竞争不过胡搅蛮缠拉反纤的；能干事的竞争不过不能干事的；坚守工作岗位的竞争不过整天抹牌赌博的，讲五讲四美的竞争不过不讲五讲四美的。做领导的也孬包，怕天不怕地不怕的耍横动刀子，节节退让，这下可好，班组里的真正劳动力反而变少了。我看了着急，得，干脆待岗拉倒。眼不见为净。"

时空无端让鞋匠上了一课，心里就像碰翻了一罐醋，其酸无比。可是他忽然意识到这鞋匠的某种要义跟自己常常郁闷的事物是那么契合，神似，只不过直白了些，能说他是胡说八道吗？就不打算开导他，反而想继续听他谝谝，看他还能谝出些什么鲜为人知的逸闻轶事。

看样子鞋匠平时并不寂寞，大约总有人这么坐在对面和他扯闲呱天，话匣子一开不仅没个完，而且手中的活儿更显利索，"给你开车子的司机叫黄河。"他说。

"你认识？"

"不认识。我认识他爸妈。他妈妈过去是我们单位的技术科长，多好的一同志啊。天天跑现场。后来被下岗待岗、竞争上岗搅扰得不好意思，主动退下来了，说是让贤。唉，不让贤不行啊。"

"不让贤还不行？她不是技术人员吗？"

"啥技术人员。下岗分流、减员增效是当时的硬道理，硬道理面前人人平等，技术人员、知识分子一下子又变得不值钱了。那个叫宇文泰的副局长，后来摇身一变变成副总经理的宇文大炮,好家伙,可是了不得。下岗分流、减员增效、优胜劣汰,他叫得最凶,下手也凶,脚踏实地地凶,凶得杠杠里头的人无一幸免。究竟是优胜劣汰还是同类相残,弱肉强食,哪个说得准啊?"

时空连忙打断他的话:"你认识宇文泰?"

"怎么说呢。就和我认识你一样,我认识他,他不一定认识我。名气大得很,大炮筒子,华夏集团要是没人认识他那就奇了怪。干啥都积极,好事坏事都积极。照说也不是个坏人,谁也不会相信他会反党反社会主义,可就是没人对他有好印象。"

"哦?"

"这人最大的毛病是不把职工群众放在心上,根本不关心老百姓在怎么过日子,尽瞎折腾。"鞋匠对宇文泰不是一般的不满意,"别看你那天接见职工代表的时候他好像是在为职工伸张正义,在为老百姓说话,正人君子似的,其实,大家心里都有数儿,他是在抢风头,骨子里就跟我们大家不对点。在台上的时候,他还不是马列主义装电筒,照别人不照自己。工人五十岁他嫌人家老了,该优胜劣汰了,自己五十八岁退位却到处鸣冤叫屈,说是亏了,整天价嚷嚷党的政策对他不公平。动员别人汰下去的时候头头是道,慷慨激昂,轮到自己汰下来就不干了。还四处奔走,毛遂自荐,说自己是少壮派,正当年华、精力充沛、经验丰富,正干事业,有好多未竟事业,让老百姓帮助他请愿继续革命,呵呵,地球离他还转不动了。瞧那臭德行,谁肯成全他啊?如今的老百姓也很变态,尽拉反纤。去年集团领导大换班前,省里派人来华夏调查摸底,秋胤没打算继续革命,接受调查的群众都说他有水平,有能力是正派人可以继续干,宇文泰有心照月想在台上再蹭几年,可是大家又一致反映说他退得越早越好,华夏集团折腾成这样他也脱不了干系。恶有恶报。其实,他在台上也没讨到好。让大家优胜劣汰、减员增效那会儿,他不知惹恼了谁,差点儿被人给炸死,以后老实多了。我看那人也未必真想把他炸死,真想炸死他,放在他家门口的炸药多上点儿不就结了?吓唬吓唬而已。这案子发生好几年了,听说娄毅一直在侦破,可就是没侦破出个头绪。现在好喽,恩恩怨怨一笔勾销。下岗不是好吗?他现在也算卜岗了,卜岗的好处可以好好体会体会了。"

时空曾经专门造访过宇文泰两次,自我感觉是:收获颇丰,受益匪浅。宇文泰对自己提前退出领导岗位一事耿耿于怀确实不假,也有争取个顾问当当的念头,这老同志恋栈,照说无可厚非,时空也曾想做做这方面的工作,看看能否帮他实现自己的愿望。倒不完全因为宇文泰牢骚过甚、愿望强烈,主要是他揭露华夏集团在几次大规模调整过程中造成混乱,导致资产流失严重的情况值得重视,对有关人员将国有资产化为己有的具体事实的指证值得参考,为华夏集团尽量挽回损失有着不可低估的价值。现在见鞋匠一提起他来简直就是义愤填膺,想必他的品质确实不值得群众称道,让他继续参与一些活动很有可能得不偿失,心里不禁矛盾起来。时空非常认真地听鞋匠数落了他人一阵,没有接茬儿,问:

"下岗、待岗职工现在都过得怎么样?都挺艰难的吧?"

"这要看谁。"在提起另外一个话题的时候,鞋匠同样滔滔不绝,"技术高点儿的,大拿,被私人老板请走了不少,日子反而混好了。像我这种技术不咋地,没啥专长的,又不想闲着,就自己找点儿事干干,混也不算太差。绝大部分都猫在家里,啃那点儿生活补助费、吃买断工龄的那点点儿钱。坐吃还算好的，遇上爱嫖爱赌的主儿可就麻烦了。日子一长，钱不够花。花光了咋办？找集团领导扯皮拉筋去。像去年秋末围堵集团总部大楼的事，不算新鲜，往年来不来就搞那么一次，只不过规模没有这么大。为啥？还不都是因为没有工作，没有钱，心焦肚烦，容易上火，上火就结帮找领导撒气。实际上也没个啥。你要是想知道下面的情况，就去找一个叫赖耗子的，集团上上下下的事他都知道，好多为非作歹、贪污盗窃的人和事他都知道。他爱把知道的事情分类归堆，再往省里跑，往北京跑，把所有不合情理的人和事和盘报告给上面的领导，上访，为民请命。可有名哩，国务院信访办都知道他的名字。"

"这人我听说过，总想去会会他，又总没会成。事多了点儿。"

"他是个上访专业户。大家有啥都愿意跟他讲，他也有打听问讯的嗜好。没事干嘛，就找事。话说回来，也是逼的。这小子是个孤儿，自小没人疼爱，后来长了反骨，对我们这种人还可以，对领导可就横竖都看不顺眼了，谁在台上他跟谁拧。你可要小心点儿，他能到处搜集你的黑材料。历届领导都烦他，又拿他没法。"

"他住哪儿？"

"陕西营，离我家不远。黄河知道，他离黄河家也不远。"

"我问过黄河，他说他不知道哇。"

"呵呵……那是我记错了吧。"

"你从前在哪个单位？"

"五处，施工五处。早没这番号了。五处的头头脑脑下的下了，退的退了，剩下的为数不多，被现在的三大施工局分摊打杂去了。队伍倒腾垮了，当官的不打杂，干什么？听说还有一个在匡奇手下挨日子，想挨到法定退休年龄。"

"你以前什么工种？"

"船舶驾驶，开砂驳。跟你见到的那个'没有上岗就下了岗'的吴王是一个单位。"

"噢？"

"我跟赖耗子一样，也是顶职。十五岁那年高中没念完就顶了父亲的职，那年头，工作比读书更重要。"

"你父亲……？"

"他是个炮工，松峦电站刚开工时被炸死了。"

"……母亲呢？"

"健在。家属，农转非。我爱人也待岗，一个孩子，初中快毕业了。围堵集团总部大楼前两天我从宁泰回十字街，母亲住院，送点儿钱回去，正巧赶上大家结帮去集团总部，说是要讨个说法，我也去了。实际上我是去瞧热闹，啥事也不为。"

去年秋天那次规模不小的群访，时空一直耿耿于怀，心里好像老是窝着一团谜：那么大的行动，难道真是自然生成？难道真的没有人暗中组织、鼓动、操纵？尽管不同意任何人予以追究，但他内心还是希望知道底细的，私下里也曾有过探明真相的动机，但最终没能如愿。这会儿见鞋匠旧事重提，很想从他这里寻个仔细。哪知话到嘴边，不知为什么又拐了弯儿：

"参加了也不为错。有困难嘛，不找领导说找谁说去。"他表示了理解。

"嘿嘿，你到底是有学问的人，心胸就是不一般。"鞋匠笑着，"其实，那些人里头，有的确实是有困难，有的不过是闲得发慌跟着起哄，寻点儿刺激，像我这样跟着瞧热闹的人也不少。做领导也难啊。这年头，干啥都难。"

"你现在一月能挣多少？"

"照说，比上班收入高多了，但是辛苦啊，得不停地干。白天干，晚上回住地接着干，不能闲着，一天要干十五六个小时。这样才能保证一个月挣个千把多。加上四百多的待岗生活补助，每月大概有小二千的进项吧，够了。"

"下岗、待业职工，像你这样收入的多不多？"

"……呀？这可不好说。玩命在外面挣钱的，少。被老板用高薪请去当大拿的，也少。还有些下岗女职工去了广州、深圳。听说钱是能挣一点儿，可惜是青春饭，这种事我不说你应该也知道。活儿不好找啊，有的人还怕损了面子，不敢出门。我这不就在往外地跑吗？在十字街修鞋，尽遇熟人，多少有点儿难为情。你刚才吃米线那家馆子就是我们华夏人开的。两口子家境比我好，把馆子盘到了手，当老板哩，比我强多了。"

闲聊间，鞋匠把皮鞋绱好了。他剪断线头，拿出鞋油在皮鞋上涂了一遍，飞快地将皮鞋擦得锃亮。这才端过搁在鞋柜顶的搪瓷缸子，揭开盖儿，皱着眉头吹吹再喝了一口，随后从时空手里接过去另外一只，又忙开了。

"师傅贵庚？"

"不敢。贱命四十有八。再熬两年就好喽。再熬两年可以内养，内养还能涨点儿钱呀。"

"贵姓？"

"敝姓胡，胡胜利。不好意思。"

"你叫胡胜利？"

"啊？"

时空想起来了，在查阅华夏集团历史文档的时候，这个名字曾经在往年的先进人物表彰决定里反复出现过，总部大楼一楼的荣誉室里至今尚挂有他戴着大红花的标准照片，连续十年先进生产者、标兵、五一劳动奖章获得者！

"这么说，我也认识你。"时空感慨万千。

"说笑话哩。"胡胜利将线头用嘴衔住，忙着往皮鞋的豁裂处上胶，"不可能呀。"

时空不便点明，觉得点明了自己反倒难堪。

"我不过是在投影电视里头见过你，其实并未谋面。"胡胜利又开始绱鞋。先用鞋锥子将帮底扎穿，然后挂索，然后带索，然后又是左右开弓把索子拉得滋溜滋溜地响，"刚才你坐的车从我面前经过，你下车后去餐馆吃早点，我都看见了。你是奔龙潭这一标来的，去九州饭店，对吧？"

"不假。你挺关心龙潭的标啊！"

"不光我关心，华夏的人谁不关心啊？"胡胜利说，"想在龙潭争到标的单位看来不少，九州里面住满了人，客房全包完了。天南地北，哪儿的人都有。咱华夏来投标的人不也在里面嘛。今早又来了一拨，一辆中巴，两辆小车，都停九州后面的院子里。"

"消息怪灵通的。"

"我这地好哇，信息中心。"胡胜利笑着，"上周一就有人来九州号房。他们打哪儿来我不知道，大车小车一辆接一辆。周围的旅店也包了不少，估计是没资格蹭进九州的小老板。这几天，这里可热闹了。"

"都是来投标的呀。"时空一声嗟叹，"引无数英雄竞折腰啊！"

"要说，咱华夏集团最在意这龙潭的标了。关系到集团的兴衰，关系到职工的饭碗，尤其是那些下岗、待岗职工，都眼巴巴瞅着哩，谁不指望有个再就业的机会？"胡胜利把鞋锥子在油腻腻的围裙下稍了稍，再用力扎进鞋底，"放过去就好了，啥投标不投标的，政府一声令下——华夏干了！就干了。多省事。想干活儿的下岗、待岗职工用不着盼星星盼月亮。"

不久前，一位到访的俄罗斯客人也曾对中国人把工程项目先交给几家几十家建设单位竞争一番之后，再选定一家具体施工的做法很不理解，认为多此一举。时空现在的感受尤其深切，觉得俄国人的迷惘意味深长，但是他没有胆量和足够的理论依据苟同这种迷惘，只说：

"时代潮流，不适应也不行啊，你说是吧？也好，争着吃的香甜，别人施舍的酸涩。"

"嘿嘿，倒也是。从前工程上马，要开誓师大会，开许多次誓师大会才能动员到一批人到工地去，跟上战场似的。现在好了，你得竞了争才有上战场的资格。这时代说变就变了，人也变贱了。"

"华夏要是在龙潭中标了，你……回去吧，回去重操旧业。"

"嘿嘿，这是好事。你就留给别人好了。好多人等着上岗哩，尤其是一些困难户，快熬不下去了。"

"如果能拿到一两个主体工程标段，我打算上他万把人，不在乎个把两个，没事，我保证你有岗。"他以为自己是救世主。

可是鞋匠却说："这我知道。你看……我修鞋刚刚修出了点儿门道，好赖有个自己的小市场，丢了可惜呀。我算了一下，整个龙潭工程，按照现在的施工能力，也就六七年的事，六七年后我怎么办？又待岗呀？说句心里话吧，国有大型企业应该是非常不错的，可我不知怎么老觉得它没有一点儿安全感，日子过得惶惶的，提心吊胆，尤其是最近几年，越来越觉得企业靠不住。再说了，咱虽然是小小老百姓，可是做人嘛，到底想活出个尊严，说开就开，实在受不了。"

时空心里隐隐作痛，五味杂陈。

"年轻的时候我也有过崇高理想，希望自己能子承父业，继续完成父辈的遗愿，所以在岗的时候干活儿一直很卖力。现在看来很可笑，不知道当年是在为什么拼命，为谁拼命。唉……过去的事，别提喽。"胡胜利虽然是标兵，是五一劳动奖章获得者，但毕竟是工人，加上这些年一直守望着自己修鞋的摊子，迎来送往的皆是思想境界参差不齐的客人，早年的认识论早随纷纭万状的社会交流潜移默化，随便搭讪打发时间也成了生活中的重要组成部分，所以说起话来特别放任，直来直去，心里怎么想，嘴里怎么说。他心里清楚，时空是他的领导，但是也可以不是他的领导，无须讲究分寸，无须察言观色，话说得中听不中听，时空都得听。

人心不古啊！

另一双鞋也缡好了。胡胜利精益求精，仔细检查了一遍，没忘抹油，没忘把皮鞋擦得光彩照人。

时空快快地掏出钱包，"多少钱？"

"你在为大家操劳，我不能收你的钱。你甭问价了。"胡胜利热情地将焕然一新的黑皮鞋双手递给时空，"我知道你忙，要应付重要场面，就急急忙忙帮你修了。满意就行。"

"满意，肯定满意，但钱还是要给的。"时空将一张五十元的钞票放到鞋柜上，"你也不容易。"

"那也只能是十块。"胡胜利知道不收点儿钱他是不会干的，忙从黑皮围裙兜里掏出一沓零钱。

"别找了。"时空穿上皮鞋，站起身低头看了看，挺好，"我再不济，也比你强点儿呀。"

"需要救助的人太多，你是照应不过来的。"

"那就尽力而为吧。"时空夹了公文包，抬脚就走。

"龙潭标真中了，我一定去工地。给弟兄们修鞋。"胡胜利在背后高叫了一声。

"欢迎，我等着。"时空站了一下，可是没有回头。

八十一

九州饭店一楼大厅张灯结彩。

九州饭店一楼大厅庄严肃穆。

门厅上的电子显示屏缓慢重复地飞动：公开——公平——公正。一条大红横幅高悬在大堂顶空，上书：龙潭水电工程大江截流、基础开挖、大坝混凝土浇筑标段投标仪式。这就是所谓 AI 标。侧面告知竞标单位：这天只揭晓这一主体工程项目。横幅下面立一方红色木箱，箱上镂有一孔狭长的小口，狭长小口下竖写"投标箱"三字，与人大代表、政协委员选举的投票箱依稀仿佛，其实就是个投票箱。

投标箱左右分立两位礼仪小姐。礼仪小姐着红旗袍，挎红绶带，别金光闪烁胸花，戴蓝色贝雷帽，搽胭脂抹口红描眼线，浓妆艳抹，笑容可掬。箱子背后则并排挺立着两个头戴大盖帽、腰挂黑警棍的彪悍保安，没有表情，像秦俑。

大厅内有轻音乐萦回。用心听去，原来播放的是《十面埋伏》！原本清脆悦耳的琵琶音色不知怎么变得诡异起来：时而激越，时而阴森，时隐时现，时高时低，充满恐怖，真有点儿危机四伏、到处是玄机的意味，让人毛骨悚然。大约是操纵光盘的小姐正在打盹儿抑或去了茅厕，没顾上倒盘，不然，就算是面临一场暗藏杀机的争夺战，群英聚首，来点儿平心静气的曲儿才是道理啊。

时空夹着公文包一脚迈了进去，扫一眼富丽堂皇却空空荡荡的大厅，径直走到电梯门口。

买了龙潭工程标书、有兴趣参加投标的施工单位和相关企业有六十多家，分布在全国各个省区。经过业主——潜龙总公司的严格筛选，剩下九家实力雄厚的水电施工队伍跻身主体工程竞标角逐，他们是：

长城水能综合利用建设工程公司（简称：长城公司）
天山水利水电建设集团（简称：天山集团）
诚信水力资源开发联合公司（简称：诚信开发）
北方能源开发集团（简称：北方能源）
寰球水力资源开发集团（简称：寰球水力）
宏达建筑工程联营公司（简称：宏达建筑）
东方水电建设联营公司（简称：东方联营）
戎马防御工事工程施工六所（简称：戎马六所）
华夏水利水电工程建设集团（简称：华夏集团）

资料表明：

长城水能综合利用建设工程公司的大本营在山东济南，拥有一支自新中国成立以来一直从事水利水电建设的施工队伍，长期转战在周边省区，业绩斐然。敢于南下问鼎龙潭，足见底气十足。

天山水利水电建设集团扎根兰州。黄河流域的水利水电工程是他们几十年来奋勇搏击的主战场，号称"西北野战军"，有横扫大西北一切水利水电工程的非凡气魄。令人刮目相看的是，在全世界最大的水电工程——三峡水利水电枢纽争得了一席用武之地。来头不小，傲视群雄。

诚信水力资源开发联合公司驻扎在广州，继承了开发珠江流域的历史经验和老底子。之所以立足珠江觊觎"中原"，皆因近些年陆续与港澳台地区的投资公司联姻结盟，大笔资金的注入使其活力剧增，扩张意识驱动北伐实践不难理解。

北方能源开发集团的基地在哈尔滨。旗下战舰始终征战在辽河、松花江，东北大小水利水电工程无不留下他们的足迹，建国至今锻造出了无数水电精品；比起辽河、松花江来，潜龙江不过是一条小水沟！因而长驱直入挺进腹地以图更大发展，雄心勃勃。

寰球水力资源开发集团的总部设在北京，让京城人也很动心的总部大楼展示着经济社会赋予的无限生机。它是中外几家能源开发巨头的联合体，从来不把资金问题作为内部讨论对象，不差钱，最能体现竞争力的是充分占有国内外杰出的工程技术人才。龙潭主体标段，大有舍我其谁之势。

宏达建筑工程联营公司是最具时代特色的经营体，由国内新兴的最富有的民营企业家组成，运作机器毫不逊色地耸立在广厦如林的首都。虽然施工能力不占优势，但是钱可以得到任何想要得到的东西：高薪网罗了不少国内最优秀的工程设计大师、工程管理高手，英才济济；施工队伍能伸能缩，阵地战、游击战迎战自如。他们什么活儿都干：房屋、公路、桥梁、铁道、船坞、码头，承揽的水利水电施工项目也数目可观。在任何土木建筑工程的竞争中，宏达建筑工程联营公司从不甘拜下风，据说在三峡大坝招投标的那段日子，同样敢于长途奔袭，与众多强手一决雌雄，何况龙潭电站？

东方水电建设联营公司的机关在杭州，根基是一大批颇有资格的老水电，亲历过华东华中地区各大水利水电工程建设。值得关注的是，近几年他们又开始涉足核电、抽水蓄能电站领域，在延伸产业链的同时积攒新经验、新技术，绩效不俗，发展势头亦不可等闲视之。拓展经营市场是东方联营的宗旨，当然想到应该在龙潭工程抢占鳌头。

司令部同样设在北京的戎马防御工事工程第六施工所，顾名思义：由工程兵相关部队组成。他们的施工项目包括许许多多的国防工程，毫不夸张，遍及全国各地，可谓纵横天下，伟业不言而喻。市场竞争对他们来说无非是另外一种尝试，向世人展示施工能力、技术水平的欲望驱使他们小试锋芒。然而使竞争对手们格外惊骇的不仅仅是难与匹敌的实战能力，他们背后还有无比强大的后盾！

——面对如此强劲的对手，开标结果莫可预测，一向沉着冷静的时空有些沉不住气了。

他事先得知，九州饭店的顶层被潜龙总公司组织的评标工作组进驻。潜龙总公司的技术掌门人陈桥已经到场，评标、开标全由他拍板。雷好坐镇省城遥控，不准备在漩涡里露头。顶层以下空出了一个楼层，租金由潜龙总公司掏腰包，但是不允许任何单位的任何个人逗留，以示森严。再往下，全由九家获得龙潭主体工程竞标资格的单位包了，一家一层。华夏集团在第四层，可是时空没有在四楼走出电梯，而是一气爬到了十三楼。他是不可以随便涉足别的楼层的，因为各家都忌讳。孰料他偏要来个冒天下之大不韪。

十三楼静得出奇，静得电梯到站时"叮"的一声门铃提示满层都能听到。时空放慢脚步，从这头向那头走去。楼道里不见有人走动。他知道，这个单位的投标工作人员正策划于密室，不是猫在会议室就是蛰伏在领队的房间，悉心运筹战略战术。楼道中央的墙壁上挂着一块临时制作的宣传板。宣传板上只写了两行醒目的大字：柳营春戏马，虎帐夜谈兵。是副对联，表达了一种从容不迫、胸有成竹的心境。同时暗示自己何许人也：戎马六所在此。妙！时空一边留意扫瞄各个紧闭的房门一边款步向前。

通过安全通道，时空下到了十二楼。同样迈着缓慢的步伐再向安装有电梯的那一头走去。廊道中央段，也架有一块临时制作的宣传板。宣传板蓝底黑字：百二秦关终属楚，三千越甲可吞吴。雄心勃勃，志在必得的意思，并暗示自己来自何方：吴越——东方联营也。

"喂！找谁哩？！"

冷不丁，背后有人厉声呵斥。时空回转身，见一位拿着公文袋的中年男子戳在身后，目光炯炯，气势汹汹。他灵机一动：

"哎，你哪个单位的？跑我们这层楼来干什么？"

中年男子连忙环顾四周，说："看好了看好了啊？明明是十二楼，我们的！"

"哦——？对不起！"时空赔了个笑脸，"我走错楼了。"

"什么走错楼了？包工头，钻门子的吧？"中年男子见他其貌不扬：分明穿一件老掉牙的呢子短大衣，却装模作样夹个公文包，一看就知道不是九巨头的人，发育不良的小老板一个！嗔道，"可不许乱窜啊，知道现在是什么时候吗？"

时空最近一直跑工地，自然要捡禁脏的耐寒的厚实的衣服穿，哪里顾得上衣冠楚楚？他看看自己的装扮，揶揄道："你真有眼力啊？行行，我不跟你一般见识，算我碰到壁了行不行？"大步流星走进电梯，随手把门揿关了。他仍然没有急着去四楼，只让电梯下降了一个层级。

十一楼同样悄无声息，见不着一个人影。楼道中间照样架有一面宣传板，板子上照样挥毫泼墨，飞龙走凤：上九天揽月，下五洋捉鳖。也是……对联。时空暗暗笑道：直统统的豪迈！口气诚然不小，但想要悟出这是哪路神仙就颇费思量，没露任何蛛丝马迹。时空正驻足琢磨，背后又是一声怒喝：

"哎，我说你这人是怎么回事，想干什么？"

时空猛一回头：还是那个家伙！

"怎么着？还倒问我走错楼层了？"那家伙跟着又来了一句。

时空心里直发毛，眯着双眼反问："不是你走错楼层了又是什么？刚才你说你是十二楼的，这是十一楼呀。"

"是我在问你呐！"

"你凭什么问我，谁授权你盘问我了？"时空急了也耍赖，"我说你这人真有意思，我上十二楼你上十二楼，我到十一楼你到十一楼，跟踪？盯梢？光明正大点儿好不好？"

"哎，你怎么倒挖一耙呀？是我不光明正大还是你贼头贼脑、鬼鬼祟祟呀？是细作，是暗探，是间谍，谁知道啊？"

"怎么说话哩？谁教会你血口喷人了？我从楼上被你盯梢到楼下，怎么我反而成了细作、暗探、间谍了？你如果不是心怀鬼胎，偷偷摸摸跟在我屁股后头做什么？"

"我……就想看个究竟，就想知道你窜来窜去想干什么！"

"我想干什么？我是细作，我是暗探，我是间谍，我还是特务，想搞破坏。"

"你这人怎么不讲道理？"

"你从十二层跑到十一楼，我没问你；我从十二楼跑到十一楼，你就盘问起我来了，这到底是我不讲道理还是你不讲道理呀？"

"我能跑，你就不能跑！"

"嘿，这才巧嘞，你脑袋大还是怎么着？"

"我可警告你啊，现在正投标，懂什么是投标不？你再到处乱窜，胡搅蛮缠，我可真喊保安抓你了。"

"你喊保安来，看保安是抓我还是抓你。"时空生气极了，要杀杀他的嚣张气焰，"我让雷好连你也一起抓了，咱评理去。"他明明知道雷好没有到场，却偏将他抬了出来。

那中年男子见时空口气不小，禁不住又把他从头到脚打量了一遍，仿佛重新掂出了他的分量，话语立刻软了一半："同志，你要真是九巨头的人，就守规矩一点儿好不好，不要没事找事。咱们各投各的标，省得惹出些不必要的麻烦，互相找茬儿，谁都不好。检点检点没有坏处。"

时空乘胜追击："我就要问问雷好，谁给了他立这规矩的权力。好心好意来投这破标，走动走动还变成特务了。"

那中年男子想息事宁人："事实上雷好并没立这规矩，这是投标市场约定俗成的潜规则。你没经历过这种场面没有关系，问题是不懂潜规则就不要瞎搅和，万一惹出点儿事来大家都不好看。我是好意，给你提个醒儿。"

这时，中间会议室的门"呀"的一声开了，一颗脑袋探出来张望了一下又缩了回去，贼似的。

"我也给你提个醒儿，不要神经过敏，疑神疑鬼，无事生非。"时空强词夺理。他觉得自己没吃啥亏，也不想继续冲突下去，适可而止嘛，就悻悻地甩着大步向安全通道走去。

他感到身后那双眼睛仍在恶狠狠地盯着他。

八十二

四楼的中央会议室里坐满了人。

宽大的椭圆形会议桌四围空座无几，两旁靠墙的靠背椅上也坐了不少人，大都是华夏集团的头面人物。十字街距离宁泰市不是很远，也就个把小时的车程，所以，华夏集团首脑机关必须到场或者愿意到场亲历投标战况的人都来了。其他八个竞标单位就没有这条件，他们租用的会议室里也许就三五个人，充其量七八个人。

这是华夏集团上上下下企盼已久的时刻。这是华夏集团管理层和投标相关人员处心积虑、呕心沥血为之准备已久的时刻。不少人为这一刻的到来做了大量工作，付出了艰辛，作出了巨大奉献。比如秋胤，比如达奚贤，比如琴拥军，比如况夫、时之男、老炮工、漏斗，还有诗维、诗嫘父女等等。

这一刻终于到了，龙潭工程第一标谁为得主，很快就要见分晓了。在这关键的一刻，九大竞标单位即将进行最后的斗智斗勇，白刃肉搏，通过一场激烈的残酷的较量，最终分出胜负。作为准乙方，心弦绷得更紧，华夏集团参与这最后一搏的人是这样，其他八家参与这最后一搏的人也是这样，谁也不敢掉以轻心。

会议室里一片沉寂，简直可以听到每个人的心跳。

A1标是个逾百亿元的大标，拿到它就等于拿到了龙潭水电站一半的工程量，可以给数以万计的人提供就业机会，足可让岌岌可危的华夏集团缓过劲儿来。但是最终能否得手还是个问号，紧张啊。

会议桌中央端端正正地摆放着一个牛皮纸公文袋。公文袋背面朝上，看不见正面的字样。旁边散乱地搁了些廉价的消费品，无非糖果、瓜子、花生、橘子、柑子、矿泉水之类，供大家消磨时间，排遣焦虑。

所有的意见、建议、策略，都在这个投标仪式之前酝酿、讨论完结。所有的话都说完了，再说就没有意义了。大家只能是等待。

会议室里只有两个人抽烟。一个是达奚贤，另一个是白延寿。达奚贤今天抽烟的动作、神态有些夸张，夸张得怪异，烟量也大有长进，一支接一支地抽，节奏相当快，还不时咧开满嘴黄牙，肆无忌惮地吞吐刺人鼻喉的浓烟。看得出，他内心极为烦躁。这也难怪，他等于被推搡、挤压到了风口浪尖儿，竞标成败，理论上集中到了他一个人身上，谁让他是投标办公室的主任呢？白延寿抽的香烟档次稍稍高点儿，喷吐出来的烟雾略显清淡。当然，这与他吸烟卷的频率也有关系。他吸烟的特点是缓慢地不慌不忙地悠着来，像品尝烟卷里面蕴含的别样风味。白延寿依旧洒脱地佩戴着宽边墨眼镜，把那只抠掉了眼珠的黑窝窝藏在茶色镜片的后面，同时让另一只眼睛的神韵秘不示人。他莅临这个投标仪式纯属出于关心，效能监察不过是个幌子。不为人知的是，此刻他心里的想法与他的职业要求却大相径庭：只要能把那一百多个亿的工程捞到手，管他娘的使用啥子伎俩！

达奚贤、白延寿的左边坐着程心爽和帅自文。两人嘴里一直塞着糖果，偶尔窃窃私语几句，但音调低得只能是彼此才能听到。投标具体事宜其实与这两位年轻的副老总无干，皆因成败与其分管的工作存在一定关系，能参与进来自是有益无害。AI标如果顺利得手，分配、购置充分的机械设备就成了当务之急，所以，程心爽理当对投标事宜特别关注。帅自文则是因为自己分管的工作中有一块是人事，他手里还有一大批老不老、少不少，离不了、退不了，安置起来又没有合适岗位的中层干部，若是这个大标得中，无疑对他的安置工作会带来一个缓冲带，希望尽早听到大好消息入情又入理。

坐在帅自文左边的是焦言。这位年长的副老总正在来回翻看投标办公室编制的投标文件和从达奚贤手里拿过来的《龙潭水利枢纽工程招标文件》（机密）。焦言照说也与这个投标仪式没有直接工作关系，他是主动跑来观战的。他之所以主动跑来观战足以说明他对这个标的关心。他管辖的账面一直很紧，总在精打细算过日子，那个多情的"赤"字从来就没有消失过。华夏集团虽然负债率不高，不幸中的万幸，但是长期开支困难也不是个事儿，完全丧失了大企业的风采这且不说，现状还需彻底甩掉一切社会包袱、负担，让成千上万的职工用下岗、待岗的代价来维持，于心不忍，于心不安。要是能在争夺AI标的格斗中旗开得胜，颓势就会好转哪。

杨导副总经理已经陷进了龙潭工程"三通一平"和宜阳县一大绺小打小敲的工程项目中，想来也来不了了。东方戟一过罢春节就去了省外的大小工地，据说这几天又赶到三峡去了。这位副老总虽然只分管着安全生产一项工作，但是个要命的差事。一票否决的威慑力只有业内人士才不寒而栗。无论哪个工地，一旦伤亡数目超出了额定指标，漫说工程项目的主管、分管、监管、直接责任人会成排"就义"，就连时空的总经理宝座也是坐不稳的。所以，东方戟长年在外，从不敢麻痹大意，让他回他也不敢回。

到场的还有一位副总经理，这就是秋胤。秋胤分管经济、经营，同时具体抓投标办公室的工作。准确一点儿说，华夏集团所有的投标活动都由他掌控。大标小标投标文件的编制，都由他负责指导、审核，达奚贤得听他的。他是一个必须到场的重量级人物，这么大的标，别人不到场可以，他不到场万万不可以。秋胤坐在达奚贤的对面。照说，他应该比谁都愁苦、不安，其实不然，他神情自若，泰然处之。他也没有说话，只顾埋头看一本书，很用心。有时掏出一方小手帕，轻轻擦拭擦拭眼镜的镜片，接下来继续看。

秋胤右边坐的是司马敬，党群工作部主任——人们经常称呼"司马师爷"，或褒或贬。此翁仪态比若贺怀阳，缺点更加突出：面庞上小下大，窄额头、宽脸颊、下巴颏小而圆，还往肥实的腮帮里猛缩；塌鼻梁，鼻窟窿朝天，眼睛特小，两片大刀眉向上夅成个倒八字。贺怀阳经常给人一种愁苦印象，他则总是一副生气的样子。司马敬坐姿端正，四平八稳，时不时翻翻费玲玲拿来的小报，也喝上两口茶。因为不是行家里手，又急于得到想要的底牌，心里难免惴惴惶惶。他希望华夏集团在AI标的争夺战中大获全胜，他实在害怕继续看到总部大楼院内院外黑压压的人影，他是党群工作部的统帅，他得亲临现场，他得临危不惧，他得冲锋在前，他得苦口婆心、摇唇鼓舌去说服、去安抚、去压制那些怒发冲冠的人群。尽管有时挨骂，尽管有时惹来两记耳光，尽管有时衣服的纽扣被抓扯推搡得颗粒不剩，那也得忍着，那也得顶着，那也得坚守思想工作战斗岗位！他能不关心这次可以缓和种种矛盾的AI标吗？所以他不请自到。

　　坐在司马师爷右边的是况夫。况夫只穿一件宽大的铁灰色毛线衣，没有衣领，露着粗壮的脖颈，剃得光光的脑袋像颗足球，还泛着青光，圆圆的脸黑里透红，目光炯炯，浑身上下透出一股黑老大目空一切的霸气，也可以形容为豪爽、强悍，统而言之，不知疲倦，通体奔放着无往而不胜的活力。驻省投标工作站就他一个人来到了九州饭店，时之男、老炮工、漏斗等四大金刚仍在那里坚守岗位。龙潭工程招投标的诸多具体情况、纵向横向纠葛数他最为了解，在盘根错节的工作关系、人际关系中，他历尽砥砺而后磨合，所以必须到场。他不抽烟，却向白延寿讨了支好烟，很有规律地横在鼻子底下嗅着。

　　诗维坐在会议桌朝窗方向的端头。他特意空出了一个身位，是给时空预留的。诗维两手一直捧着茶杯，偶尔喝上一口。他的样子很沉静，略显暴突的眼珠没有闪烁特别的光，不露丝毫喜怒哀乐。其实，会议室里，他是唯一一个内心深处收藏着疾苦的人。对他来说，目前是个非常难耐的时刻。而他又为了等待这一刻的到来几乎受尽折磨，表现出了极大的忍耐力，在某种程度上甚至可以说成是沉重代价，说作出了巨大牺牲也不为过。他原本可以震怒，可以暴发，可以把这招标投标统统给搅黄了，起码可以延宕乃至把这次充满尔虞我诈、充满血腥味儿的闹剧彻底捣碎。奶奶的，他痛恨得咬牙切齿。可他最终还是忍了，还是痛苦地选择了沉默。有什么办法，为了华夏集团的声誉，为了华夏集团和别的竞标单位一样顺顺当当走完一个过场，为了让华夏集团能够在平和的环境中公平地获得本来就属于自己的财富，小局只能是服从大局。当然，也为了满足心灵业已受到伤害的女儿的意愿。诗婳曾在电话里不止一次叮嘱、央告，说爸爸你忍忍，千万得忍忍呀，女儿自有主张，事情总会是有个了断的呀，你不看在女儿的分儿上也该看在华夏集团的分儿上呀。就这样，忍无可忍的诗维只好"忍"字当头。从春节到现在，快一个月了吧？"忍"字当头的诗维度日如年，自己折磨着自己。眼下，在诗维看来，华夏是胜是负无足轻重，重要的是熬过这一刻，只要熬过这一刻，华夏该走的程序都走完了，他压抑已久的愤懑就可以宣泄了，他埋藏在内心深处的深仇大恨就会像山洪一样暴发开来了。他早就下定决心，一旦龙潭工程的招投标活动结束，一切皆成定局，他就秋后算账，他就发起强大进攻，彻底清算雷好这畜生的罪行！幸好会议室里没有一个人知道女儿的遭遇，感谢赐给他太多劫难的上帝最终赐给了他一个和谐的氛围，否则，党委书记是很难在会议桌的端头硬撑的。诗维窝在心底的一切人们无法知晓，只是从表面上看出他的心情并不轻松，显得非常憔悴，为AI标操劳的吧？

总经理办公室的正副主任当然应该到场。琴拥军当过专门接待潜龙总公司考察评估团的接待组组长，还为抢夺客人而翻过车，挂过彩，后又被时空指定参与龙潭工程的投标工作，有很大一部分精力投放到了投标工作上，决战决胜时刻，当然必须参加。会议桌旁本来还有空座，但是琴拥军没有积极向那边靠拢，因为他发现会议桌旁就座的全部是正处级以上的领导，自己低了半格，便知趣地退到了墙根的靠背椅上，不声不响地翻看费玲玲带来的小报。贺公公贺怀阳紧挨在琴拥军身边，两坨粗黑的眉毛始终让人莫明其妙地皱在一起。他一手握着自来水笔，一手拿着笔记本，总在写写画画，没个完，不知道在写画些什么。他本来可以名正言顺地坐在会议桌旁，因为跑腿儿的事搞习惯了，什么场合都喜欢往人们不太留意的列席上蹭，何况现在这活动不分上下，不分等级，自由落座倒也痛快，没谁嗔怪他不守规矩。

沙凡和费玲玲也来了。沙凡主要为费玲玲服务。费玲玲不管三七二十一，要为投标大捷做准备，根本不考虑失败的问题。她想为庆贺华夏集团一举中得龙潭工程主体标段提前组织一期专版，自然是要通栏、套红，图文并茂。这就需要大量的图片，最好是领导同志运筹帷幄、决战沙场的工作照，实时啊，生动啊！其他消息、侧记、专访都不在话下，她自会一挥而就。沙凡就经常走动，换位，见某位领导人的形象表情举止极佳，就抓拍一张。所以，会议室唯一的生气就是镁光灯的闪耀和快门的"咔嚓"。费玲玲是个乐天派，平日里话特多，但此时此刻好像无需她尽情发挥性格特征，乐天也好，话多也罢，都不能与眼前的气氛充分和谐。她也变得同周围的人们一样，谨言慎行，努力与现有气息协调一致。费玲玲也常有走动，主要是见哪位领导面前的茶杯欠满，就主动拎了暖水瓶上前添点儿。沙凡为她服务，她为大伙服务。

南面墙根的靠背椅上还坐有六七个老中青技术人员。不知为什么，他们一律将双手夹在大腿中间的胯裆里，连交头接耳窃窃私语的时候也不轻易抽出来，这古怪状态弄得对面的况夫心里直犯嘀咕：这拨人怎么害怕卵子丢了！他们是达奚贤的嫡系，一切行动都得严格听命老达奚，不敢乱说乱动的。投标过程中，倘若遇上技术问题、未尽事宜，他们就得上。这是老达奚为夺标马到成功准备的突击队。

程心爽是个陀螺屁股，坐不住，早就在不停扭动腰肢。他忽然发现了新大陆——对面秋胤聚精会神研读的居然是《三国演义》！

"哎，秋老夫子，"他惊诧不已，"你看的是……小说？"

秋胤连头也不抬："那你让我看什么？"

程心爽傲慢地挑衅说："这三国……给你什么启示啊？"

"以奸治奸。"秋胤随口一答。

"嘀？！"会议室陡然闷声一哄，有了点儿活跃气氛。

达奚贤问："那《水浒》呢？"

"以暴治暴。"秋胤边看书边回答。

"《西游记》？"况夫好奇地冒出一句。

"以邪治邪呗。"秋胤还是没有抬头。

费玲玲睁大一对亮晶晶的眼睛："那《红楼梦》呢？"

秋胤放下手中的书，不慌不忙掏出小手帕，小心地擦拭着眼镜片："以情治情啊。"

"哇——?!"

会议室里又是一阵低沉的惊叹。

帅自文由衷感佩:"秋老总真行,有灵感,有灵感!"

各位闷得发慌,正在找乐儿,时空推门进来了。于是所有人的目光一齐聚焦到了时空的脸上。

可是他那张脸同往常一样,没有特别的表情让大家揣度。刚才在十一楼与人大争大吵,也没激起思想波澜,让脸变形变色撂给大家许多猜想。他没有再去十楼,没有继续往下一层楼一层层逐一伺察,他想象到每层楼的情况必然大同小异,竞争对手都是在做贼的同时大力防贼。他只是感觉到自己已经置身阵地,正在进行一场没有硝烟、没有呐喊、没有咆哮的厮杀!

时空扫了大家一眼,径直走到会议桌朝窗的端头,在诗维特意给他空出的椅子上坐下,然后把呢子短大衣脱下来搭在椅背上。费玲玲忙去给他泡茶。

"我自己来吧。"时空把费玲玲手里的暖瓶接了过去。

会议室里刚刚兴起的一点儿活跃气氛瞬间荡然无存,恢复了沉寂。

应该说时空的内心世界比在场的任何人都要紧张、复杂,他更希望顺顺当当把A1标竞争到手。因为只有实现这一目标,才能给行将就木的华夏集团带来活力,带来生机,使它站在一个欣欣向荣的起点。当然,这只是一厢情愿。蜂拥而来的其他八个竞争对手,还有那些不到黄河不死心的小老板,何尝不想拔得头筹?

第一脚踏进九州饭店的大门,第一眼看见横跨在大堂顶空那面"龙潭水电工程截流、基础开挖、大坝混凝土浇筑标段投标仪式"巨幅,时空就意识到,诗维、况夫、秋胤通过各种途径猎取的《龙潭水利水电枢纽工程招标文件》(机密)不仅是真的,而且可以断定,其他八个竞标单位同样通过不同手段掌握了这一重大信息。如此推断,说明甲方刻意跳出圈外,避开矛头,坐山观虎斗。说不定雷好正打坐在他的办公室里奸笑哩。

竞争态势非常明朗。眼前的矛盾只能是九大杜头之间的矛盾。

可是时空没有退路。他只能赢。最近一段日子,他虽然日日夜夜在宜阳境内的施工现场奔波、辗转,心里却无时无刻不是在忧虑龙潭工程主体标段能否承揽到手的问题,满脑尽是拮据的财务状况,亟待维护的厂房、住舍、年久失修的机械设备,是黑压压的人群,是一双双惊恐、哀怨、质问并且渗透着愤怒的眼睛。甚至常常浮幻出鲍官厅和他的父亲鲍长顺的面孔,张天翼、谢庭芳临时夫妇的面孔,还有大熊、吴王、黄蓉以及宇文泰的面孔……他们落寞、穷困,生活得十分无奈。只有赢得这一大标,才有可能扭转形势,才有可能改变这衰落的一切。

一个严酷的事实是,除了华夏集团以外的八大巨头也成困兽犹斗状,他们同样想要在龙潭工程占有可观的份额,他们同样是在绞尽脑汁,决意拼死一搏。或许,他们的算计更加高明,他们的手段更加凶险。不然,他们怎么也能窃取到《龙潭水利水电枢纽工程招标文件》(机密)?他们张扬个性、展示实力的方式方法比起华夏来是有过之而无不及呀。有单位明目张胆到华夏来招兵买马,高薪聘用华夏的技术工人,准备进驻龙潭,诗维吐露了这一秘密,匡奇证实了这一秘密,足以证明有单位确实提前拿到了标段，至少可以说成是有了意向，他们凭什么提前拿到了标段？他们凭什么获得了这一意向？怎么做到的？使了什么高招？

道高一尺，魔高一丈。

时空慢悠悠打开公文包，慢悠悠从公文包里掏出《龙潭水利水电枢纽工程招标文件》（机密）和投标办公室修订后的投标文件，摆放在面前，而后支起双手，习惯地用双掌抹了抹面庞，眼光落到了桌子中央那只背面朝上的牛皮纸公文袋上。他知道那里面装着什么。

"投了？"他望着达奚贤。

"投了。"达奚贤痉挛地睁大双眼，又补了一句，"今早一进大门就投了。"

"这个怎么办？"时空瞥一眼背面朝上的牛皮纸文件袋。

老达奚续上支香烟，顺便竖起熏得焦黄的食指将压在鼻梁上那副有如啤酒瓶底般厚重的眼镜朝上顶了顶，却没有回答时空的提问。

时空欠身把牛皮纸公文袋拿到手里，翻过来。

牛皮纸公文袋正面用毛笔工稳地写着：补充意见书。里面装的是华夏集团对AI标降低八千万元报价的补充意见。

"这补充意见……补充不补充呢？"时空语音很轻，很慢，但绝不是自言自语，"大家是不是议议……发扬发扬民主。"他环视着四周。

会议室里的空气本来就凝重，这下子更加凝重了。

大家在这儿静坐，内心焦虑的只是开标揭晓，没有人再回过头去思考把《补充意见书》也投进投标箱这档子事儿。皆因，在座的业内人士十分自信，自信华夏集团修订过后的投标文件相当周密，报价非常精确，已经很保守了，任何一个竞争对手都难以突破这一底线。谁也没有料到，刚刚步入会议室的时空却把这个已经搁置一边的问题提了出来，多少有点儿莫衷一是。

"你什么态度？"老达奚突然反问。

"补充。"时空毫不含糊。看得出，他有思想准备。

"我反对。"秋胤第一个发表不同意见，轻轻合上《三国演义》。他唯一担心的问题发生了。

在这个问题上秋胤与自己的观点不能保持一致时空早有所料，因此并不感到突然，也不介意："大家都发表发表意见吧……民主民主有好处。"

"我也反对。"达奚贤说，只顾埋头吸烟，没有看时空。

程心爽坚信华夏集团对AI标的报价合理，中标的把握性很大，十拿九稳，因而破例和秋胤站到了一边："我认为没有必要再投《补充意见书》了。"

"我能不能发表自己的意见？"坐在墙角的琴拥军有点儿着急，并且不知什么意思地举起了右手。

"谁说你不能发表意见？"时空扭头看着他，"说吧，这会议室里，人人都有发表意见的权利。"

"我同意秋老总的观点。"琴拥军没有犹豫。

焦言最终觉得自己也应该有个态度。老实说，虽然共事时间不是太长，但他认为时空可以信赖：思维严谨，决策果断，当断即断；工作踏实，不搞花架子；待人谦和，刚柔相济，是位不多见的行政一把手。尤其是宜阳县的基本建设项目、龙潭工程的"三通一平"项目，都是超过了十亿元的工程，都是他在大家不经意的情况下出奇制胜，不动声色承揽到手的，着实让人刮目相看。可秋胤也是个人物：目光敏锐，精细过人，常有惊人之举；且久经沙场，能征善战，韬略超群，有些与众不同的见解往往经得起时间的检验。焦言原想不偏不倚投个弃权票，但一想到堂堂副总经理在关键时刻没有主见，说出去脸上无光，就又改变了主意：

"我赞成多数同志的意见。既然这 AI 标是坛子里面捉乌龟，就不要再丢钱了。"他知道那牛皮纸公文袋里装的其实就是八千万元现金，抛出去了实在可惜。华夏集团许多年都没有添置新设备了，现有的那点儿家当像分家似的分得七零八落，而且大多数年久失修，老化严重。厂房和很多职工住房东倒西歪，破烂不堪。不少平房不是漏雨就是漏风，尤其是东山西山陕西营，还戳着上世纪五六十年代修建的平房和干打垒，跟迈着现代化步伐的小小十字街完全不能相比；时总经理至今还住在没收代管的赃房里，说出去很不光彩啊。每天开门就得开钱，这么大的集团，吃喝拉撒睡，样样都是不小的开销。历年中标成果不大，成本却不小，花钱还不能含糊。三大施工局、五大直属项目部说起来承揽的工程项目多，声势倒是不小，可是每年能把集团规定上缴的各项经费缴足就算是先进，想让他们为总部多做点儿贡献根本办不到；其他经营实体能够自己养活自己就可以说功德无量，哪还能指望他们给总部孝敬点儿啊？每年出账多入账少，能做到收支平衡就算十分理想，偏偏总是赤字。十几个亿的货款刚刚到手，就被紧紧凑凑安排得所剩无几。银行的贷款变得非常容易，好多大中小企业都在抢抓这一机遇，拼命地贷，有的甚至靠贷款度日，华夏有条件继续贷点儿，可是时空却又死抠负债率不能太高，不到万不得已坚决不贷，认死理，穷别，多好的时光啊，眼看着白白晃过！使钱的地方越来越多，财务账面早就是容得进项，容不得出项的状况，八千万，八千万要干多少事情呀！他心疼。

打坐在时空旁边的诗维，神情漠然，无心在这开标过程中扮演主要角色，想自己的事情想得比较多。旷日持久的龙潭工程招投标活动快快结束了吧，早见分晓吧，华夏集团能顺利实现理想目标当然最好不过，万一功败垂成，也就见他娘的鬼去！早早结束这场明争暗斗，好开辟新的战场——与雷好单兵较量，一决雌雄——他实在忍不下去了。可是事情偏偏又出了岔儿：在投不投《补充意见书》这个问题上产生了分歧，而且一下就有几个重磅人物与时空的意见相左，似乎唱起了对台戏。诗维完全没有这方面的思想准备。诗维实际是个内行，认为秋胤、达奚贤、程心爽、琴拥军、焦言的观点没有错。诗维知道华夏集团对龙潭工程 AI 标的报价十分合理，非常精确，特别缜密，不需要再上保险。但是，时空也并非门外汉，更不是个头脑容易发热的憨头，大事不含糊、通权达变此类带着光环的辞藻可以说是大家对他的一致评价。他在关键时刻提出独到的看法肯定有充分理由，不是事关重大，不会固执己见。诗维有点儿怀疑秋胤这个老牛筋又在紧要关头犯拧，怀疑达奚贤、程心爽、琴拥军、焦言这拨人一定是受到了秋胤这老夫子技术权威的影响，不然，他们这几个人的思想观点怎么会统一得起来？没有引导的表态继续下去，时空岂不成孤家寡人了？这还行！党政一把手在重大决策问题上需要保持高度一致的原则提醒诗维不要犯错误，就像往常一样端起了党委书记的架子：

"我想提醒大家一下……时总经理的意见值得重视。我个人的态度是：把《补充意见书》投了。投了保险。"

"就这么整。"况夫表态了，手里的烟卷儿一边捻动一边用鼻子嗅着，"这么整好。"

"怎么整啊？"程心爽说，"《补充意见书》投了，你叫'整'；不投，你也可以叫'整'。"

"投，投，我说清楚了吧？"况夫不怕程心爽疑心自己在冲撞他。单从投标技术而言，况夫认为华夏集团修订后的投标文件无可挑剔，中标的可能性很大。但是，由于他一直蹲守在省里，一直晃悠在潜龙总公司的老巢，斡旋在形形色色的甲乙双方的头面人物和头面人物的代理人之间，已经深切感受到：投标不揭晓，谁也不能说他有十足的把握，各种关系都在影响招投标局势变化。既然实现理想目标心切，加个保险未尝不可。在漩涡中陷得越深，越是感到势态危急，越是觉得胜负难料，这种感觉局外人实难体会得到。敢于冒险的况夫之所以这样表态，心里是想了又想，斗争了又斗争，没有应该跟着党政一把手跑的杂念。

白延寿转动了一下架着宽边墨眼镜的脑袋，谁也弄不清他剩下的那只眼睛躲在茶色镜片的后面观察什么。他吸了一大口烟，接下便喷云吐雾：

"既然时总已经发话了，我们还有啥子说的嘛。《补充意见书》就是为补充意见准备的，不想补充意见准备它做啥子？"

白延寿身兼数职，纪检副书记、监察处长、工会代主席，需要不停地转换角色，换位思维。他有时站在党委这边，为维护执政党的威信，义正词严抨击腐败现象，为确保一方平安厉声呵斥影响安定团结的人和事；有时站在行政那头，为保障政令畅通，为捍卫法制社会大义凛然惩治非法行为；有时又站在工会角度，站稳群众立场，为保持稳定，替职工群众争取宽松和谐的生存环境。扮演这种角色挺难，需要在对立当中寻求统一。自从时空专门找他沟通思想过后，他再也没有东躲西藏了，再也没有去医院泡病号了，工作很卖力，最近一直在督办几宗大案要案。此时此刻，白延寿的思想倒也比较单纯：只要能把那一百多个亿的工程捞到手，吃点儿亏算个啥子嘛？一百多个亿的施工项目带来的就业岗位相当可观，如果华夏集团能够做到人人有事干，个个安居乐业，那该晓得有多好哟？大家心情舒畅，还有啥子皮扯嘛！没有让人麻头的这事那事，纪检副书记、监察处长、工会代主席就当得安逸。

"我也要……投票？"司马敬问。

"啥投票不投票的，说说自己的看法吧。"时空说，"赞成也好，不赞成也罢，好赖表个态。"

倘若不是在家门口，司马敬是不可能有机会亲历这种大型投标活动的。因为自从推行招投标制以来，华夏集团的投标工作，不论大标小标，都是在外地外省完成，不是相关人员根本没有条件参演、观摩这种戏。这回他倒是有幸光临，却又要在投不投《补充意见书》这个问题上表个态。唉，表个态就表个态吧，"我只懂意识形态，不懂市场形态。"司马敬板着面孔，神情像是在给党群工作部的属下训话，"既然要表态，我就按照传统，投信任票：时总说怎么好就怎么干，没啥犹豫的。"这时，他的想法跟白延寿近似：不愿意看到太多的乱子。有活儿干就有饭吃，吃饱了穿暖了人心自然稳了。只要能够把一百多亿的工程拿到手，怎么合适怎么来，不走险棋。再说，连诗书记都站到了时空一边，自己能唱反调呀？党群工作部就剩这么几个人，还内讧不成？

和琴拥军一起坐在墙角的贺怀阳也表态了，不过，他的表态和琴拥军相反：赞成把《补充意见书》投进投标箱。

帅自文权衡再三，最终发表了自己的看法，同意时空把《补充意见书》投了的提议。他这一票十分关键，彻底改变了两种不同意见的倾斜。沙凡、费玲玲还有投标办公室的那几位技术人员，不是级别太低就是与投标工作毫无关联，应该没有话语权。他们也很自觉，没有参与进去。

如此一来，阵线非常明显，持两种意见的人，哪边多哪边少，一目了然。同意将《补充意见书》投进投标箱的人略占优势。

达奚贤大口大口吸着烟，很不服气："投标是个专业性很强的技术工作。不是业内人士的意见有什么用？"一眼就看出了问题的要害。

程心爽说："如果真要搞投票表决，该让杨导和东方戟到场。要不给他们发个手机，问问他俩什么意见。"他完善了达奚贤的思想观点。

帅自文受到了刺激。因为工作岗位的限制，他接触生产经营、工程技术、招标投标的具体事宜确实不多，说："依你这么来问题就复杂了。管理层投票表决，不是管理层的意见统统作废？"

帅自文的话有煽动性，使得白延寿很不高兴："我不属管理层，可我是半个专家嘞。"

时空笑了起来，说："别争了。支持也好，反对也好，本意都是好的，都是为集团的利益着想。我不过是想听听大家的意见。"

秋胤把擦拭了半天的眼镜慢慢架上鼻梁："问题是，大家的意见在影响决策呀。"这话的音量不高，但分量很重。

时空把手里的《补充意见书》扬了扬："不投，我们准备它干什么？"

秋胤说："那是为了以防万一。"

时空说："对呀，现在不正是以防万一的时候吗？"

秋胤矜持得近乎高傲："我可以肯定，A1标就是为华夏做的。"

诗维认为秋胤又在拗筋，忍不住说："老秋，你不能太自信。雷好成我们的衣食父母了，他会那么好？"

"信不信由你。反正我不会改变自己的观点。"秋胤对诗维的话不屑一顾。今早，他第一脚踏进九州饭店的大门，一眼看见飞架在大厅顶空那写着"龙潭水电工程截流、基础开挖、大坝混凝土浇筑标段投标仪式"的横幅，和时空见到那条横幅时的感觉相同的是：到手的《龙潭水利水电枢纽工程招标文件》（机密）确信无疑；与时空不同的想法是：华夏集团夺得A1标没有悬念，第二手准备——降低报价八千万元的《补充意见书》多余。"只有华夏集团才能凭借得天独厚的地理优势和强大的施工能力、丰富的施工经验满足甲方的工期和质量要求，其他八家——乌合之众，外加需要长途跋涉，根本做不到这一点。"他说。

龙潭工程招投标序幕刚刚拉开之时，秋胤就曾经分析到：华夏集团凭着自身的实力和地理优势完全有把握拿到百分之六十以上的主体标段。他的这一判断曾经给了时空极大的信心和勇气，缓解了他精神上的巨大压力。但是，随着招投标形势的发展，各方投标策略已经发生了很大变化，甲方的招标策略肯定也有意想不到的调整，局面变得愈加扑朔迷离，充满变数，秋胤是不是有点儿过于自信？是不是在犯经验主义的错误呢？

"假如其他八家暗中联合，组成联营体抢夺这一标怎么办？假如……那八个竞争对手采取极端手段，违规围标怎么办？要是他们巧出奇兵，我们还能说AI标肯定属于华夏吗？"时空当然也有充足的道理。

"不可能！"达奚贤大幅度摇着巴掌，"根本不可能。这些单位远隔千山万水，人员和机械设备转运、调度困难重重，没有办法达到工期、质量要求。中标，中了标他怎么干啊？"

"我看你真是个迂夫子。"况夫发横了，横得连老达奚也不放在眼里，"怎么不可能？我看就可能。联合也好，围标也好，不管使什么着儿，只要这一标能整到手，不投入一兵一卒也能赚大钱。转包，分包，倒个手就可以数银子。不想转包，不想分包，也行，那就打着自己的旗号，网罗农村工人整。你走出去看看，现在哪个建筑工地不是在这么整。二滩、龙滩、三峡、水布垭，工程大吧？你仔细访访去，看看有没有捉蚂蚁凑兵的。小工程我就不说了。咱们华夏就没有这种情况？你要真不知道，就问问三大施工局的掌柜们去，问问还在花溪、虎啸做扫尾工作的头儿们去，去工地看看，看看工地上是我们的职工多还是农村工人多。"

达奚贤眨巴着眼睛："……你这是钻牛角尖儿！"

"这不是钻牛角尖儿。它就是当前建筑市场存在的普遍现象，你不承认这是现实只能说明你顽固，或者孤陋寡闻。"

"我顽固？我孤陋寡闻？你……好哇，况夫你竟敢奚落我是井底之蛙了，你翅膀硬了，胆子大了！"达奚贤的瘦尖脸一下子气成了青色，"我开始干这行当那会儿，你还在尿裤子哩！"

"那也得知道如今的市场行情啊？到老还抱着老皇历死啃。"

"好好好，我下去，我到三大施工局去，到五大直属项目部去！你来，你上投标办公室来，我让贤，我让贤行不？"

况夫扑哧一笑："噢？还想让我继续品尝抹牌赌博、吃喝玩乐、拉皮条啥滋味呀？"

"你……污蔑！污蔑投标办！"老达奚咬牙切齿，"好你个况夫，我好心好意，唯贤是举，保荐你当投标站长，委以重任，你倒好，嗳？跟我对着干起来了。非但不知恩图报，反倒翻脸不认人，不识抬举！"

"啊，我还得谢你啊？"况夫满不在乎地嗅着烟卷儿，恣意戏谑，"你把我召唤回来给你当炮灰，让我作奸犯科，尽干些偷偷摸摸见不得人的勾当，就这样抬举我呀？"

"你……你……不知好歹……不知好歹……"

"哎哎，过了，过头了啊。"时空怕他俩争吵出更加难听的话来，正要制止，诗维却抢先发话了，"发表意见没错，红脸就不好了。况夫，你是年轻人，对老同志要尊重。"

况夫望着达奚贤一个劲儿地笑，没再拿话刺激他。

秋胤不在意况夫和达奚贤相互的讥讽有多么激烈，在意的却是时空在紧要关头会作出愚蠢决定。他说：

"况夫说的是实际情况，这种现象存在我不否认。但是，如果说除了华夏之外的其他八家都那么横着来，横得无知，横得没有理智，横得狗急跳墙，我表示怀疑。"

时空说："进这会议室之前，我专门爬到上面几层转了转，初衷是知己知彼，看看别的单位什么动静，打听不到什么秘密，观察观察他们的神色也不错。结果，一无所获。家家都是大门紧闭。但是，我闻到了一种气味，一种紧张的气味，一种志在必得的气味，可以说家家都是箭在弦上，四下里全是伏兵，很难知道他们蜷伏在密室里密谋什么。不怕一万，就怕万一。试想，他们真在暗中联合，围标，雷好的AI标不仅不是给华夏做的，而且是为我们的对手准备的一顿大餐。"

凭着丰富的知识、经验，秋胤坚信AI标逃不出华夏的手心，说："我对华夏夺到这一标十拿九稳。"

时空说："我希望的是万无一失。"

"这么说……"秋胤目光烁烁，"《补充意见书》非投不可？"

时空坚定地点着头。

"我反对！我坚决反对！"老达奚忽然一声豪叫，"这是做蠢事，我敢说这是做蠢事！华夏集团白白甩了八千万，八千万什么概念？等于送给了雷好一座潜龙大厦！那极有可能是华夏将士撅着屁股苦干两年的利润哪！"

"真……真要这么……"秋胤终于沉不住气了，异常激动，"真要这么决定，那得集体表态。领导层表决。火速征求杨导、东方戟的意见，还来得及。如果他们也同意你的意见，我无话可说。"

"不用了。"时空没有退让，"总经理有这个权力。我得使用一回。别的事情，都可以商量，都可以研究，都可以少数服从多数，唯独这件事不行，这一回不行。华夏集团实在输不起了。"

"你……"秋胤生气地站了起来。秋胤生起气来原来也很可怕，脸色铁青，声调嘶哑："你这不是跟易日山一样吗？什么民主？还不是一言堂，一人说了算！"没想到最信得过的人事到临头同样是一手遮天，一手遮地，话也就不好听了。

"我没有别的办法。"时空埋着头，不想继续解释、说服，"我要的是百分之百的把握，不能容许任何侥幸心理。任何侥幸心理，都是在拿华夏集团几万职工的工作岗位、切身利益作赌注。你心里清楚，大家心里可能也清楚，只有投下《补充意见书》，才能把那八个竞争对手统统逼成废标，华夏集团的胜算才是定局。"竞争局势太恶劣，他别无选择，只能使出撒手锏，绝杀！

"可是这代价太大啦！八千万呀！"秋胤大叫着，"时空总经理呀，你……你的胆子就不能大点儿吗？啊？"一下瘫坐下来，像只泄了气的皮球，"患得患失，成不了大事，成不了大事啊……"他伤感到自己简直是倒霉透顶，一到关键时刻自己的意见、建议就不能被采纳，非要等到日后证实了这些意见、建议的正确才后悔不已，不禁老泪纵横。

时空顽固地认为：华夏集团已经做好了进军龙潭工程的充分准备，容不得丝毫闪失，钱是可以再赚的，但机会却只有一次！"投……投了。"仍旧低着头颅，痛下决心，躯体和嗓音都在颤抖，"我知道，不同意投《补充意见书》的同志，出发点没有错，思想观点是正确的。"

会议室里静悄悄的，大家都不再吭声。

琴拥军双手抱着脑袋，抽泣不止，满脸都是痛心的泪。

贺怀阳犹犹豫豫地立起身子，慢慢挪到时空跟前，把他一直捏在手中的《补充意见书》拿了过去。

时空却又将贺怀阳手里的《补充意见书》拿了回来，哆哆嗦嗦地递到达奚贤面前。

老达奚一把抓过《补充意见书》，霍地站起来一声长啸：

"我反对！我反对!!"踉踉跄跄奔出门外，像喝醉了酒……

八十三

时空还真吃了个大亏。

首轮揭标很快。第二天一大早，评标工作组就在九州饭店一楼大厅张榜公布了竞标结果：龙潭水利水电枢纽工程 AI 标中标单位为华夏集团。

这是期盼已久的胜利，专程赶往九州饭店参加投票活动的华夏集团有关负责人看到这一消息，无不欢欣鼓舞：总算中了！总算中了！

谁知况夫很快探听到，昨天评标工作组在投标箱里取出的只有一个标——行家们戏称为"孤标"，也就是说，参加竞标的单位仅华夏集团一家。于是，大家刚刚澎湃起来的激情又骤然降到了冰点：怎么会是这样？

事实无可辩驳地证明《补充意见书》不该补充进投标箱，证明秋胤、达奚贤们有先见之明，同时也证明时空、诗维、帅自文等大多数决策者的失策。

所以，在从宁泰市区返回十字街的路上，坐在大车小车里的大小头目人人缄默不语，个个憋着一肚子气，尤其是赞成投《补充意见书》的人。

时空就像遭了迎头一棒，震得满脑子发蒙，闷在奥迪里老半天没吭出气来。时空心里本来就难受，冤家对头雷好却赶在这时从省城大本营打来电话，阴阳怪气的腔调好像要把他气个半死才痛快。

"时总啊，凯旋啦？恭喜呀，恭喜华夏拿到了 AI 标啦。顺便谢了啊，谢谢你们慷慨解囊，大大方方给潜龙总补充来八千万。嘿嘿，我那潜龙大厦快封顶了，不瞒你说，正好就差着这个数字的缺口，老兄你真是雪中送炭……"

"雷好！"时空找到了泄愤的缺口，"你这狗娘养的，乘人之危，心狠手辣！"

"哎呀，时总啊，话怎么能这样说呢，粗俗，鲁莽，这像你时总在说话吗？"雷好在那头笑着，"咱哥俩儿顶多不过打了个平手哦，何苦因为一着儿不占强就动感情？有伤大雅。两三月前，你老兄在宜阳赶马混骡子，假帮助宜阳修公路建水电之名，蔫不叽把我那十多个亿的'三通一平'干了，没招标你就干了怎么办？干了就干了呗，我跟你急过没有？没有哇。雷好我是个重情义、识大体的人，哪像你，心眼儿多，心眼儿小……"

"分明专事阴谋诡计的小人一个，却厚颜无耻地自己往自己脸上贴金，你不害臊我替你害臊。"时空气极败坏，尽捡带刺的话刺他，"我干'三通一平'怎么着，我干'三通一平'是帮你提前擦干净屁股，从中赚点儿钱也是劳动所得，是辛苦钱。你呢，啊？不劳而获，靠耍手腕使阴着儿捞票子，缺不缺德呀你？还恬不知耻地标榜重情义、识大体，活脱脱巧取豪夺的江洋大盗！你窃取的是我们一两万职工撅着屁股干一两年的利润知道不？心真黑呀，毒哇！"

"时兄呀，这不是已经市场经济了嘛，市场跟赌场一个样，谁赢谁输都是情理中的事，犯不着哀哀怨怨哪。"雷好得了大便宜，因此全不在乎时空的话好听不好听，只顾尽情嬉戏调笑，"再说了，兄弟我哪能料到你老兄竟然是个一心一意吃独食的主儿呢，独家铆足劲儿抢标的事我还真没有见过。也是，哪家都会料想到得天独厚的华夏会孤注一掷，把标价压得低低的，低得没人敢冒着赔本的风险竞标，低得失去竞争的意义，得，那就自觉让道呗。时总经理呀，实际上是你的战法把对手逼得缴械投降的呀。兄弟我更没有想到你老兄会如此大方，八千万，啧啧，说塞就塞进投标箱了。一番美意，我能拒绝吗？不好意思拒绝呀，你说是不？江洋大道，巧取豪夺，还窃取，这话我不爱听，我冤哪，冤。没关系，我想开点儿，你呢，也想开点儿，啊？一百多个亿的工程量，才掐下八千万这么丁点儿寸头，那算啥？九牛一毛的事儿……"

"雷好！"时空气得脸红脖子粗，"闭了你那臭嘴！"啪的一下关掉手机。

"时总……我头一回看到你发火。"黄河从后视镜里瞅了瞅愤慨的时空，"……火气伤肝。"

时空重重地呼出了一口闷气，没有吭声。他真正领略到了市场环境的怪异、狡诈、险恶。

可是当参加 AI 标投标活动的绝大多数人员回到华夏集团的时候，却受到了长达两里地的夹道欢迎。

华夏集团一举夺得龙潭水利水电枢纽工程 AI 标的消息从宁泰市传到十字街后，沉寂的基地突然沸腾起来。下岗、待岗和在职职工全都欣喜若狂，潮水般涌向了街头。有人高喊"上帝万岁"，还有人大声疾呼"华夏集团万岁"。总部大楼门口的小院内、广场上、东山、西山、陕西营生活区，到处响起了喧天的锣鼓、震耳欲聋的鞭炮。华夏集团的男女老少起源天南地北，庆贺方式也就来自天南地北的习俗，扭秧歌、踩高跷、打花棍、打腰鼓、耍狮子、舞龙灯，五花八门。各色各样的欢庆队伍川流不息，此消彼长，把十字街搅得天翻地覆。时空、焦言、帅自文、程心爽、秋胤们一走下汽车，就被欢乐的人群抛向了天空，抛得呵呵呵地笑，全是苦笑。

入夜，大街小巷火树银花，流光溢彩，通宵达旦。消沉了许多年的华夏集团终于欢天喜地了一回。

龙潭工程 AI 标中标金额高达一百多亿元人民币，能有效补偿华夏集团工程合同存量的严重不足，意味着数以万计的"冗员"有了获得工作岗位的机会，所以，半饥半饱的人们都把拿到这一标看成天大的喜事，命运的转折。

只有秋胤、达奚贤、琴拥军等少数人心里在流血，为那份《补充意见书》一下子补充走了八千万元扼腕痛惜。他们有充分的理由埋怨甚至谴责时空一意孤行，上了雷好的当，让华夏蒙受巨大损失。

集体沉浸在沮丧中的管理层没谁顾得上设身处地替时空着想：倘若不是求胜心切，他会上这种当吗？

这个时候的时空只能隐忍难言的苦衷，用"有所失才有所得"之类聊以自慰，暗暗庆幸自己总算走完了振兴华夏的关键一步。的确，假如AI标旁落他人，华夏集团会有如此纵情的载歌载舞么？

悲喜交加的情景还在继续，新的矛盾却又悄然而至。时空预感到情况不妙，不得不调整好心态，直面更加复杂的现实。

第五章

八十四

这是华夏集团拿到 AI 标的第三天下午。

诗维在家里忙着收拾行囊，准备起程奔赴省城。

诗婳遭受雷好袭扰的事转眼两个多月了，不能再拖延下去了。无论如何得赶去抚慰女儿，豁出性命也要让雷好受到应有的惩罚，绝不能让这个丑类逍遥法外！

如花似玉的女儿无端遭到一个五十开外的恶棍伤害，这段日子，做父亲的心无时无刻不在被这桩伤天害理的情仇纠结，寝食难安，以致精神恍惚，耳畔时常听到女儿凄厉的哭泣。苦于龙潭工程揭标在即，面前犹如横亘着一堵无法逾越的障碍，加上他又难有不顾一切的勇气，所以只好忍耐，等待。党委书记的胸襟毕竟有别于普通老百姓，识大体、顾大局的基本素质还是具备的，他担心轻举妄动会扰乱龙潭工程招投标局势，殃及华夏集团根本利益，不得不以"小不忍则乱大谋"自勉，没有意气用事。时下，龙潭工程首轮投标活动已经结束，华夏集团夺到了最大的 AI 标，争取到了半数以上的投资总额，虽然小有缺憾，但总体看来还算差强人意。实际上，前段日子诗维关心的并不是结果，而是过程，挨完过程，他就如释重负，他就可以无所顾及地干自己想干的事情。估计此次去省城的时间不会太短，诗维决定先去向时空当面告假，然后坐夜班车出发，这样，明天一早就可以见到诗婳了。

诗维把装了换洗内衣和洗漱用品的小皮箱拎到楼下客厅，放到了衣架旁，正准备披外套去机关大楼找时空，忽听外面响起了敲门的声音。他以为是景丽元从培训中心回来了，忙去开门。

门外，立着身材高大的蔺山海。

"怎么是你？"诗维非常意外。

蔺山海黑红的脸上堆满了笑："怎么就不该是我？"

"辛苦、辛苦！"诗维把蔺山海让进客厅，"回得太突然，突然得我没有一点儿思想准备。坐坐。"

蔺山海说："是呀，不是年，不是节，也不是因为重要会议，大老远奔回老家，我也感到突然哪。书记您瘦多了，气色好像也不如从前。劳累过度。"

诗维明显尖瘦下来的脸上掠过一丝苦笑："最近……事情是多了一点儿。"

"要说辛苦，你们这些集团领导才是真辛苦。这么一个庞大的摊子，难哪！可也不能拿命拼呀，累趴了，集团的损失可就大了。"蔺山海把拎在手里的一个沉甸甸的大纸箱轻放在茶几上，"一点儿小意思，权当部下对领导的犒劳。"

"你看你看，礼情老是这么重干什么。"诗维客套说，"年终工作会期间，你和老夔捎来茅台、铁观音我还没喝完里。"准备沏茶。

"不矛盾，这回捎的是海鲜。"通过几次深度接触，蔺山海在诗维面前已然不像从前那么拘谨，"对虾，四寸的；螃蟹，马蹄大，还有点儿虾仁和鲍鱼，都是西沙南沙的土特产，正宗得很，味道确实不错，你尝尝就知道了。"

"破费，破费！"

"就捎了这么点儿东西给领导同志解解馋，还谈破什么费呀！实话告诉你吧诗书记，我们这些在外地的队伍是辛苦一点儿，但是在吃喝用度方面比起你们待在后方基地的领导和同志们来，那可优越多了。前方将士的日子过得滋润，挤点儿油水让你们这些克勤克俭的领导补补，那还不应该呀？"

"在后方基地日子是过得紧巴，但是风不吹，雨不洒，没有风险，更没有需要豁命的时候，没法跟前方将士相比。你们赚点儿钱，不容易啊！"

"是倒是这么回事。但平心而论，我们也不能只顾自己吃饱喝足，把后方的领导和同志们撂下不管，你说是吧？"

"可是你这些东西的价钱真不贱哪。"

"诗书记，都啥年月了，还计较什么贵呀贱的。从前我说深圳的清汤面十块钱一碗，基地没谁信，去过深圳以后才相信我的话原来千真万确。盐价已经翻了好几倍，听说又要涨了。前儿天我在广东一个项目工地上，见有个老农民拉了一板车食盐回家，我问他拉一板车盐回家干什么，他说吃。电视里面有条新闻不知道你留意到没有。有个农场场长向全国人民介绍致富经验，说前些年他的大米才三毛六分钱一斤，去年雇人筛了筛，选了选，再换装了一种印有'纯天然食品'的编织袋子，每斤大米就卖到了一块三，年生产总值一家伙就翻了几番。就这么个增收致富呀？"蔺山海慢慢坐进沙发，把抱在怀里的一只猪肚子包搁到茶几上，习惯性地抹了把剃剪得只有厘米长短的黑发，"最起码的生活物资都在飞飞涨价，海鲜、好烟好酒这类高档消费品的涨幅还能有谱儿呀？消费群体一肚子意见，可是有些经济学者却论证说这是正常现象，经济社会就是要靠物价的自由调控激活。这种经济学者我看我这只会极尽搬弄石头土块之能事的匹夫也能胜任——不就是鼓动滥涨价放大总值的事儿嘛！"

"也没那么简单。老百姓有权质疑物价，经济学者有权解释物价，公有公的理，婆有婆的理。"诗维用一把带有漏具的紫砂壶沏上铁观音，又去厨房冲洗了两只酒杯大小的茶盅，一齐摆到茶几中央，"这是你和老夔上回捎给我的，名副其实的借花献佛。"

蔺山海欠身倒出两盅香气扑鼻的茶汤，先递给诗维一盅，再端起另一盅，架起臂膀送到嘴边品味，接下便哗的一声拉开猪肚子包，掏出一个鼓鼓囊囊的信封，双手放到诗维面前。

诗维一见就知道信封内装何物，说："这……不好吧？"

"有什么不好，咬手哇？"蔺山海继续品茶，眼睛却向着诗维，"放心，这回没给你开小灶，给机关大小头目都准备了一点儿，包括海鲜，也就聊表心意的事，我们这次是开着奥迪中巴回来的。"

"这性质……"诗维为难地盯着茶几上的信袋子。

"诗书记，不是我批评你，"蔺山海放下茶盅，憨笑着，"你什么都好，就是这一点不好——那个认真劲儿怎么也改不了，过于讲究廉洁，当心水至清无鱼。这世界，大面积地发生变化，不积极适应，生存空间是会受到限制的。当我没说啊。"

诗维想，一大塑料袋子百元大钞也曾收受过，而且还是费尽心机向他讨要的，又何必在意这小小信封装有的几张票子呢？太较真儿反而显得虚伪。可是……"这机关大小头目……"他依然心存顾虑，"都有点儿？"

"是呀，不能厚此薄彼，得一视同仁哪！"

诗维品了口茶，"我和时空共事不长，但印象还是不错的，是个好人。只是……对他的心性确实不是太了解。怕就怕好心当成驴肝肺。"

"你的意思是……？"

"至少是条件还不成熟。"诗维拿起紫砂壶，慢慢向蔺山海面前的茶盅里添着茶，"要是他板起面孔，坚持不收……什么后果？想过没有？你和老夔和我，和你和老夔和他之间的关系，是有很大区别的。"

"呀，"蔺山海震动了一下，"我和老夔还真没想到这一层。"

"还有老秋，秋胤，也是个好人。就是脾气古怪得让人捉摸不透。该想到的人和事，你们应该想到。"

"哎呀，诗书记，还是你真为我们……设身处地，设身处地。"蔺山海觉得诗维这句话很贴心，"幸亏你给我们提了个醒儿，幸亏我第一个就来找你。听你的，就让他们受点儿委屈，我们绕道走。"

"吃点儿土特产大概也不为过。半推半就，我看他们最终还是会收下的。"

"也是啊。"蔺山海觉得诗维这句话也很贴心，"那就给他们送些海鲜，分量搞足点儿。"

诗维笑笑，觉得没有必要和他继续这方面的话题：

"珠海局近期的情况怎么样？同志们的工作、生活都还好吧？"

"托你的福，一切还算不错。工程合同存量新增了不少，主要是比较顺利地签订了两座小型水电站的合同——整体承包，赚头是肯定的。这事你应该知道一点儿，去年秋你在珠海调研的时候我给你说起过，当时夔亮局长没顾得上接待你，就是在死追这两个标。总的说来，珠海局当前的形势比较乐观，有活儿干就有钱赚，有钱赚队伍就稳定就有活力，就好带了嘛，职工生活没有形成问题。南方物质丰富，气候条件好，冬暖夏凉，大家都过得很惬意，没人思念十字街。"蔺山海对分内工作了如指掌，还有自己的心得体会，"你到珠海局调研过后，珠海局党委遵照你的指示雷厉风行，很快就把基层党支部全都建立起来了，彻底根除了项目部没有党组织、党不管党的不良现象，真正做到了'把支部建在连队上'，面貌焕然一新。作为珠海局的党委书记，我前段时期的首要任务就是抓党建，抓党员教育，一个支部一个支部地抓，也算小有成效吧。自去年年底至今，以集团名义下发的《关于下发〈集团下（待）岗职工、离（退）休职工和在职职工代表恳谈会纪要〉的通知》及其附件，我分别组织班子成员和项目经理、主任以及支部书记学习讨论了；以集团党委名义下发的《基层党建工作和反腐倡廉工作调查报告》，我分片区组织支部书记学习讨论了；集团年度工作报告我组织班子成员和项目经理、主任以及支部书记学习讨论了；就连孔超发表在咱们《华夏工程报》上的那个关于党建和反腐倡廉工作的长篇通讯，我也督促项目上的支部和作业组学习过了，书记你千万不要以为我是在表功，珠海局党委的工作确实很认真，很扎实。美中不足的是思想作风建设有点儿滞后，追究起来，主要原因是基层支部的党内生活时间没有保障，生产一吃紧，三会两课只好乖乖让路。工地上的情况你是知道的，项目经理、主任被生产任务逼得毛焦火辣，哪还顾得上你支部书记管的事啊！尤其是党课不好上，很不好上。打个比方，艰苦创业和发家致富；为人民服务和有偿服务；一不怕苦二不怕死和以人为本，好像是两种截然不同的人生观、价值观，根本不是一股道上跑的车，怎么统也统一不到同一个基准点上去。加上我这个党委书记的政治水平、政策水平、思想水平、文化水平和对新生事物的辨识水平又差，一涉及理想、信念与现实的相向问题就罗列不出个有说服力的道道儿来，所以经常被普通党员问得瞠目结舌、脸红脖子粗。唉，现在不是投标文件难做，不是承揽到手的工程难做，而是思想政治工作难做。"

"慢慢来，不要着急。组织建设是一切党建工作的基础，只要有党支部，有党的组织，下面的思想建设、作风建设，包括勃然兴起的党风廉政建设，都是有条件抓上去的。"诗维这番话几乎是脱口而出，却又丝毫不失水准。殊不知，此刻的他对此类话题并不上心，对自己操守了几十年的本职丧失了应有的热情，尽管蔺山海津津乐道，他听起来却索然无味，更没有悉心指点的积极性，全然不同于过去的他。归根结底，他不知道蔺山海、夔亮突然从深圳跑回来有何贵干，而自己又必须马上赶赴省城找到诗姻，怕是难以应酬。"噢，"他忽然想起另外一件事情来，"这个德元……究竟是怎么一回事呀？"

沉浸在党建工作中的蔺山海脑子一蒙，好一会儿才明白过来诗维的话题转了弯儿："德元？德元不是很好吗？"

"听说他经常带个女秘书在十字街、半爿街、宁泰市转悠，还听说他在十字街、半爿街、宁泰市都租有房子。"

"哦。"蔺山海笑了笑，"我不是跟你说过了嘛，工作会期间我还跟你说过。他现在是仓瑞谱的大红人，龙潭工程的事仓老板让他全权代理。他不仅会在十字街、半爿街、宁泰市租房子，过不了多久，他还会在这几个地方挂牌子哩。几天前，我跟仓老板会过一面，他说德元已经订购了一台盾构机，价值一个亿，很快就会转运到龙潭工地。"

"盾构机不是打洞子的吗？"

"是呀，仓老板就是说他的公司要到龙潭工程打那几条引水洞。"

"我怎么越听越糊涂。"诗维的脸阴沉下来，"龙谭工程首轮投标刚刚结束，前天才在宁泰开了个AI标，之后，得三天五天地慢慢把下面的主体工程发包下去，这盖子还没有揭哩，他怎么就又拉队又租房又买设备，十拿九稳地进场干起来了呢？这堂堂的潜龙总公司成了他们私家的老板哪？"

"具体是怎么回事我也搞不懂。"蔺山海还真被诗维问住了，"我知道仓瑞谱这家伙神通广大，手眼通天。接触这么些年来，我和老夔从没听他说过空话、假话，他说是怎么回事，那一准就是怎么回事。"

"怪，怪了。"诗维的眼睛眯成了一条缝儿，"去年春节期间，听说他就差德元赶来华夏拉队伍，"凡涉及德元的事他一律用"听说"这个字眼儿，"听说德元还持有你和老夔的亲笔信，专挑华夏的技术工人，后来又听说德元还真用高薪挖走了不少人才。"

"什么人才呀！"蔺山海说，"都是些下岗、待岗职工，华夏的冗员，没有派上用场的。"

"你和老夔替仓老板这么卖力,总不会是白忙活吧?"

"那当然,我们跟仓老板往来一向是有交换条件的,没有利益,谁肯起早床呀?通常的最直截了当的交易是,我和老夔帮仓老板做些力所能及的事,他的回报是把承揽到手的工程撇一部分给我们,所以,珠海局不管是在建项目还是合同的储备,都有余量,互惠互利。"蔺山海坦然地笑着,"我和夔亮局长给德元写许多信帮助招兵买马,确有其事。我俩的出发点很简单,一是为集团消肿,排忧,集团不是正为下岗再就业的事犯愁吗?二是为下岗待岗职工谋一份差事,帮困难职工找到生活出路,雪中送炭。三是给珠海局揽到更多的工程项目,增加合同储量。一箭三雕的举动呀。"

"我不会过问你们这些事。"

但是蔺山海还是很担心这种事会被上级领导责怪,"德元就没主动向你汇报汇报?他是你的小舅子呀。"

"和他正面接触过两次,多半拉家常。他跟他姐姐怎么往来就无从知晓了。少有交往倒也罢,免得惹出小舅子扛锄头挖姐夫墙脚的是非来。"

"不会吧,德元干的可都是光明正大的事呀。诗书记你多心了,太多心了。"蔺山海敏感到诗维那话简直就是冲着自己来的,于是乎赶紧洗身子,"那仓瑞谱你结识过,大气、豪爽、坦率,舍得花钱是另外一说,主要是人品端正,没有歪心眼儿。说他是个江湖人我也承认,虽然人在江湖身不由己,难免有些放荡行为,但是江湖人的江湖义气却是有口皆碑,世上只有人呵责'不讲义气'的,没有人不尊重'讲义气'的。仓瑞谱牛就牛在个'义'字上。我目睹过不少他大手大脚花钱的举动,十万、百万,甚至更多,但从来没有见他有过投桃报李企图,随意撒钱和求人办事互不相干,泾渭分明,突出一个'义'字,因此,遍是善缘。我和夔亮交结江湖朋友是有原则的。受其熏陶,德元差池不了,绝不会做出伤害感情的事来,书记你尽可释怀。"

"但愿如此吧。"诗维同样误判蔺山海这话是绕着圈子敲打自己,就来了个语带双关,"自古至今,施恩不图报被尊为做人美德。可是……你说,这仓瑞谱富甲一方,钱多得连他自己也不清楚准确的数字,可是他还在挖空心思到处找钱,一边找,一边撒,撒出去了又不特别指望得到什么报赏,他到底图的是什么呢?"

蔺山海大笑起来:"这个谜底其实你早就知道了。"

"……"

"在南奥听涛轩喝酒的事您还记得吧?"

诗维点点头。

"席间,我曾揶揄过仓瑞谱回老家竞选副乡长的事。实际上他是想拿钱买,结果没搞成,薛建设也当场跟他开过玩笑,怂恿他在深圳哪个区政协捐个专委会主任干干。"

诗维若有所悟:"好像有这么个小插曲。"

"钱和人际关系的积攒,都是为了攻克官、权这两个大堡垒。钱其实并不是万能的,官和权才有资格被视为万能,所以,钱不是仓老板的最高境界,官和权才是他的最高境界啊。明白了吧?"

世人在为官为权疲于奔命,极尽所能,自己却正为官权所累:倘若不是当着这个厅局级党委书记,会惹出东南沿海那一些子烦心的事儿吗?诗维的心一阵颤抖。他定定地望着蔺山海，觉得此君的面目愈来愈模糊，愈来愈昏暗，取而代之，眼前蒙太奇般融入融出的尽是破碎的片断，就像没有经过剪辑的录像：各类无法条理清楚的党建和反腐倡廉典型材料，内中夹带着沉重的塞满了钱币的黄褐色的信袋子……浓眉亮眼，白齿红唇，整个脸谱孕育得挑剔不出丁点儿瑕疵；硕乳丰臀，杨柳细腰，肤如膏脂，只有造物主才有本领造出的完美的魔鬼身材——丽丽、青青——伪装着身世来历的中国名字——专门嫁祸于人的妖精……没有嘴脸的面孔，辨不出方向的丛林，犹如身临阴界——魔头嗥叫，凄风嚎啕，仿佛阎罗鬼怪召唤魂灵；万籁俱寂，四野漆黑，惊恐万状，好不容易才从死亡线上挣扎脱身的漫漫长夜……这一切，似乎都没有瞒过眼前这个模糊的昏暗的面孔的眼睛……

然而这个并不模糊昏暗的面孔一直在报以憨厚敦朴的笑。

"光临寒舍，不会没有事吧？"他终于道出了堵在内心深处的疑问。

蔺山海也不否认："绝对没有什么了不得的大事。"

"说吧。"

从看到蔺山海立在家门口的那一刻起，诗维就感到了一种无形的压力，心里一直没有停止对他的猜测：莫非有事相求？诗维有的时候特别希望见到蔺山海，因为见到蔺山海就能掂量出友情的分量，窥探到他那哪怕是极为微妙的思想变化；诗维有的时候又特别不希望见到蔺山海，害怕他当面出一些自己无能为力的难题，矛盾。不为人知的是，他始终觉得把不准蔺山海的脉搏。

蔺山海不紧不慢地端起那只紫砂壶，毕恭毕敬地向诗维面前的茶盅添足茶汤，"请您吃顿饭，就这。"

"免费？"

"书记呀，你我过去同是一个战壕的战友，如今你虽然高高在上，但我老蔺还是愿意大胆把你当兄长看，小老弟会难为你吗？"

"当今的午餐更没有不掏钱的。"

"那也要看谁和谁。告诉你吧，我是和夔亮一起回来的，驾了一辆中巴、一辆奥迪，带了司机和秘书，兴师动众，当然有事，大老远的，没事跑回来干什么呀。但……"

"我想知道的是什么事。"

"待会儿在酒桌上，夔亮和我自然会向你细细禀明。"

"现在说清楚就不行？"

"问题是一时半会儿说不清楚。你放一百二十个心，如果我们设了埋伏淘了让你往里跳的陷阱，让我蔺山海天打五雷轰，行吧？请你相信，我和老夔在外闯荡江湖，如今也算半个江湖，绝不会做出不仁不义，坑害领导、朋友的事来。"

诗维狐疑地望着蔺山海，怎么也看不出他那愈加黑红的脸上隐藏着阴谋诡计，又见他已经把话说到了这种份儿上，心里就犹豫起来：去还是不去呢？

蔺山海瞅出了破绽，慌忙抓住契机加紧攻心："首先，这顿饭的面子书记你无论如何得给。其次，我们把事说明了，您能帮我们说句话就说，不能说就不说；能帮我们做点儿什么就做点儿什么，不能做就不做，我们绝无强求之意。一句话，你的书记该怎么当就怎么当，大可不必因为我们的事改变了一个党委书记的形象，我和夔亮绝不会有怨言。"

蔺山海这番话人情味十足，更品评不出风险成分，诗维无可非议。他脸上的表情也没有引起诗维的疑惑，急是急了点儿，但绝无张狂、狡诈，捕捉不到丝毫恶意。诗维踏实了许多。诗维心里明白，蔺山海和夔亮都是自己得罪不起的人，得罪谁也不能得罪他们，他们有事相求，只能竭力帮助，绝不可以推三阻四，原因很简单，他们有恩于他，他们还掌握着他的不可示人的事实。再说，当初蔺山海搭救他于万难之际的时候，他曾有过有求必应的许诺。人，不能过河拆桥。问题的关键是，诗维惧怕自己被夔亮、蔺山海劫持，被他们苛刻地无休止地"敲诈勒索"——这是一种无形的绑架，这种绑架要比在山野丛林遭到那群土匪绑架的后果更加冷酷，更加危险，更加可怕。经过反复试探，诗维开始意识到自己的疑心过重，从根本上扭曲了夔亮、蔺山海的人品，甚至自责对蔺山海猜疑过火。不能继续让蔺山海难为情了，更不能让蔺山海对自己失去了信心，诗维正准备放下架子应允蔺山海的请求，可是一想到自己眼前最要紧的事情应该是赶赴省城为悲苦交加的女儿报仇雪恨，话到嘴边又转了弯儿：

"第一次……也是最后一次不给你面子，行不行？"

"我的好——书——记！"蔺山海真急了，"我已经向您说了半天好话了，实在是没有好话继续说了哇！"

唉……诗维沉吟半晌，端起茶盅，慢腾腾抿了抿。他忽然感到自己的口齿没有蔺山海伶俐，心理素质也不如蔺山海坚韧，"上哪儿吃去？"

蔺山海黑红的脸膛终于绽放开了灿烂的笑容："渔村，修造厂旁那家紧挨江边的渔村。"

"为什么是渔村？难道华夏宾馆比它差了？"

"我们下榻在华夏宾馆，请你吃饭的地方是渔村。"

"不怕麻烦。那渔村的档次哪能和我们华夏宾馆相比。"

"这不要紧。我们从南海带足了海味，不过借用一下渔村的厨子。"蔺山海解释说，"不瞒您说，主要是怕撞车。"

"什么意思？"

"嘿嘿，诗书记，看来您还真蒙在鼓里。"

"……？"

"走吧。"蔺山海抬手看了一下手表，"待会儿，你就什么事都清楚了。"

"老蔺哪，"诗维迟疑地立起身子，"你这葫芦里究竟装的是什么药啊？"

蔺山海只是讨好地憨笑，"嫂夫人呢？一起聚聚去。"

"她忙，忙得很哪……在培训中心。"

"我给她去个电话。"蔺山海忙掏出手机，"号码？"

"不用，不用了。"诗维摇着手，"那不是当着培训中心主任还兼了技工学校的校长嘛，天天有做不完的事。时空总经理要求第一批学员半年结业，给你们前方部队输送生力军，时间紧，她在校舍吃住，连家都很少回，哪还有空儿吃请。"

"敬业，敬业！"蔺山海赞美说，"诗书记一家子都敬业。"

诗维踟蹰着走到衣架前，弯腰拎起装了衣物的小皮箱，送到楼上的书房，回身套上

545 / 第五章

呢外套，心事重重地拉开了大门。

蔺山海暗暗舒了口气，心想，请上级赏光吃顿饭却要如此大费一番口舌，当今社会做下属的实在卑微。

竹园小区的石径上停泊了好几辆豪华奥迪，其中一辆的车门骤然大开，一个年轻的司机迅速钻出来，向诗维、蔺山海伸出了有请上车的手。

哦？明白了。直到这时，长久处在懵懂状态中的诗维才猛然醒悟究竟是怎么回事。华夏集团中得龙潭水电工程AI标的消息不胫而走，远离集团基地的三大施工局和五大直属项目部闻讯后，在用传真机给总经办传回贺电的同时，也传回了各自的愿望。他们的愿望基本一致：获得AI标的整体施工权——即经营权，至少分到一份可观的工程量。比若一整块蛋糕，万一不能独吞，分得一大块也行。因为都是华夏集团的下属，好比父母膝下的一群儿女，无论成年未成年，不管有无生存能力，个个存在理直气壮享有上辈财富的权利，独霸不成，那也得按一定之规合理分配。争夺财富的行动迅雷不及掩耳，残留遍地的烟花爆竹纸屑尚未彻底清除，三大施工局、五大直属项目部的掌门人便带着心腹陆续赶回了十字街。他们先后在华夏集团宾馆驻扎下来，而后各自寻求各自的后台、靠山，各自编织各自的关系网，很快拉开了"蛋糕"争夺战。弟兄们飘零在外，经过了风雨，见过了世面，都能把研习到家的公关经验发挥得淋漓尽致。无论造访哪位集团要员，无论对方话语权的分量足不足，掌柜们手里免不了要据些好烟好酒好茶，荷包里再揣上个红纸包，请吃更是情理中的事，无所顾忌。一时间，桃园、竹园个个小区迎来送往，车水马龙，哼哼呵呵、心领神会的应酬声不绝于耳。互不相让的弟兄们在窝里交起手来，情势与九大巨头抢夺龙潭工程主体标段依稀仿佛。

——在渔村的酒桌上，夔亮、蔺山海坦诚的意图和叙谈的争斗局面与诗维的猜测几无差异。多疑多虑的诗维感到自己还是上了贼船，不想入伙却也难以脱身。

接下来的情况诗维更是始料未及，登门造访和请吃的下属一拨接着一拨，每位来客的心愿都是希望做党委书记的能帮一把，关键时刻帮忙说些好话。一连几日，诗维身不由己，白天黑夜都泡在酒桌上，被来自三大施工局、五大直属项目部的党政一把手轮番拿酒灌得分不清东西南北，根本顾不上去省城替女儿雪耻泄愤。

八十五

龙潭工程主体标段竞争到手后，集团内部将掀起波澜，这是时空意料之中的事，但没有想到来得这么迅猛，激烈。伤脑筋。

内斗内耗继续下去显然不是个事，如不及时疏导，弄不好还会派生出别的什么事来，当防患于未然。

在三大施工局、五大直属项目部党政一把手面前，时空与其他集团领导享受的是同等待遇，换句话说，集团其他班子成员怎么吃怎么喝怎么给点儿土特产，毫不例外。不同的是，其他班子成员或多或少能拿到红纸包，时空却没有。三大施工局和五大直属项目部的领导同志竟然想到了同一个问题：对时空的秉性不摸底，可别弄巧成拙。突然刮起的一股吃喝风，时空不仅顾不上管一管，还得顺其自然，还得适从。吃喝只不过是个表面现象，同样被灌得醉醺醺的时空想到的是如何把日益高涨的暗流给平息了。想来想去，他想到安排一个办公会。

办公会破例扩大到机关部室主要负责人，三大施工局、五大直属项目部以及基地几个经营实体的党政一把手。议题只有一个：AI标的施工组织形式定向。

三大施工局、五大直属项目部在华夏集团地位显赫，比同诸侯，能量不可小觑，怠慢不得，更不能忽视了他们的意见、建议。时空的动议是，先把众诸侯暗地里较劲儿的图谋摊到桌面上，让他们直抒己见，畅所欲言，明确表白各自的思想观点，而后再作道理。

这天上午，办公会在总部大楼一楼会议室召开。集团领导和三大施工局、五大直属项目部的党政一把手全部围坐在宽大的会议桌旁，有关部室和基地几大经营实体的负责人在四周后排就座。报社的总编辑费玲玲和影视处长沙凡不请自到，因为这个会议的内容足可填满一期《华夏工程报》。

会场气氛一开始就显得异常紧张。尤其是八大诸侯，个个面色阴森、冷峻，好像一进入阵地就准备白刃相搏，刺刀见红，不是鱼死就是网破。

开头炮的是长江施工局的局长兼党委副书记韶央。韶央的话短促铿锵，妄图先声夺人：

"各位包涵，恕我冒昧。龙潭工程AI标应该全部交由长江施工局承包经营，集团按照既定方针抽取转让费，抽多少长江局都认了。"他的理由是，"时下，长江局饥饿难当，有一口吃比没一口吃强。在下实不相瞒，连续五年，长江局不仅没有中到大标，就连拿到亿元左右的小标也屈指可数。四千多职工只能啃老本，干些历史遗留下来的水电工程和为数不多的港航、路桥、工民建筑项目，且大多数接近尾声，无以为继。长江局已经走进人员多、施工项目少、效益低下的困境，岌岌可危，集团作为母体，不能见死不救。"伸手讨救济还不肯低下头颅，放下架子。但这不要紧，有党委书记兼副局长滕夫儒及时补台。滕夫儒的语气委婉多了，得体多了，也策略多了：

"我补充几句。主要是借此机会向集团诸领导作个口头汇报。近些年，长江局没有中到大标，生产经营局势趋危，并不等于我们没有积极作为，工作还是做了不少的。之所以走到这一步，首要原因是华中、华东地区的水电资源开发殆尽，国家对这一地域的投入重心转移，根本没有大型水利水电工程立项、上马，这一客观事实，各位领导和同志们都很清楚。零星小水电工程倒是有一些，但基本上由地方上的施工队伍在地方政府的庇护下有组织地垄断了，任凭长江局有何等能力、信心，也只能是望洋兴叹。我们大老远从杭州奔来总部——回老家，目的只有一个——告急！长江施工局施工项目严重不足，人心浮动，队伍很不好带，形势堪忧。我担心队伍会拖垮，甚至拖出事来，出大事。所以，我和韶局长代表长江局的前线将士，恳求集团各位领导大力扶持，拯救长江局于水深火热之中。"并说，"在华夏，长江局是率先迈进市场的施工局，是第一个吃螃蟹的局，是对集团有重大贡献的局，目前跌落低谷，集团理当格外施恩，拉长江局一把。"

韶央和滕夫儒的话让珠海施工局、黄河施工局的党政一把手无法接受，甚至反感：使乞怜于人的下三流伎俩不说，还向集团领导施压，好像不施舍就要弄出点儿什么乱子来——笨拙、低劣，岂有此理。

可是黄河施工局的局长兼党委副书记罗耀辉说起话来比韶央鲁莽得多，而且有点儿居高临下以势压人的味道：

"黄河局是华夏最后整编的一个施工局，虽然排行老幺，可是后来者居上——人员最多，技术力量最强，机械化程度最高，一句话，最具实力。正是因为这些先决条件，才使黄河局有能力有气魄横扫大西北，战无不胜，攻无不克，以绝对优势压倒群雄，赢得众多业主信赖，回报颇丰。"接着话锋一转，霸气十足，"龙潭工程AI标适合大兵团作战，适合实力强大的兵团作战，只有黄河局才能满足龙潭工程的工期、质量要求，集团应当审时度势，当断即断，把好钢用在刀刃上，争取更大收益。不容置疑的现实是，黄河局遵照集团领导意图，早已调拨人员、机械挺进龙潭，投入'三通一平'项目，算得先期介入AI标。接下来的事情顺理成章，只需挂上一块牌子再继续调兵遣将就行。我敢放言，龙潭工程AI标，舍我其谁！"和长江局的滕夫儒一样，黄河施工局的党委书记兼副局长舒喜河也在一旁摇起了鹅毛扇子：

"当然喽，黄河局这种劈波斩浪、所向披靡的实力是与集团领导的关怀、支持、帮助分不开的。黄河局之所以能牢牢抓住我国西部基本建设大发展的历史机遇，抢占制高点，并且在风云变幻莫测的建筑市场稳稳扎住脚跟，自立自强，主要得益于集团的正确领导，成绩应该归功于集团。黄河局有辉煌的今天，是集团领导高瞻远瞩、英明决策的结果。基于这一点，余以为，理应百尺竿头，更进一步。具体思路，耀辉局长已经和盘托出，我就不重复了。我只想说说，优化资源配置，优化产业结构，集中优势兵力打歼灭仗是当今潮流，集团领导完全可以考虑把黄河局做大做强，精心把黄河局打造成为华夏集团的龙头企业，从而引领、主导、拉动集团全面协调发展。"局长、书记哥俩一唱一和，语气咄咄逼人，使得长江施工局的韶央、滕夫儒和珠海施工局的夔亮、蔺山海大为不满：黄河施工局本来就趁浑水摸鱼，不清不白地霸占了华夏集团最优良的人力、物力、财力资源，如今又想独吞龙潭工程AI标，贪得无厌权且不论，不能容忍的是，居然大言不惭地哇啦起什么引领、主导、拉动全面协调发展来了，妄自尊大，恬不知耻，狼子野心昭然若揭！诸侯之间最忌讳的就是你想领导我。

珠海施工局局长兼党委副书记夔亮按捺不住了。夔亮谦虚谨慎是出了名的，可这当口儿也反起常来，醒悟到谦虚谨慎反而被认为是软弱无能的表现，出言吐气虽然不至于锋芒毕露，可也称得上绵里藏针：

"珠海局尽管排行老二，但最小最弱，打生下来就先天不足啊。既没有享受到计划经济时候的优越性，又没有赶上向市场经济过渡时的优惠政策。边组建边闯市场，是生是死听天由命。好在皇天不负苦心人，珠海局不仅闯出了一条生路，还慢慢强壮起来了。这么说吧，几经风雨，珠海局练就了生存能力，练就了开拓进取精神！队伍是小了一点儿，但能量不小，在珠江三角洲，在东南沿海水电建筑市场闯荡出了一片不小的天地，成就算不上辉煌，但自给自足有余。是的，珠海局一直在小打小敲的缝隙里过活，小水电、小标段、小队伍、小战役，小有收获，但是，我们在一连串的小作为中磨炼成了说放即放，说收即收，放得开，收得拢，灵活机动，以小搏大的硬功！眼下，既然兄弟们都雄心勃勃争抢头功，咱小老二也不能落了后，龙潭工程AI标的独家经营权我们争定了！施工能力、管理经验是珠海局的强项。集团领导更应该把重任向精干、高效的队伍倾斜，病膏子、虚胖子，成不了大事。"蔺山海照样不失时机，以党委书记的身份敲起了边鼓：

"集团领导心里有数儿，这些年来，珠海局不仅自给自足，靠自身特长养活了队伍，置齐了各种机械设备，不折不扣上缴了各项应该上缴的经费，而且上缴的利润也是最多的，集团财务账簿有明细账精确反映。我不是表功，也无意与兄弟单位攀比，我只是想说明，这是综合实力的具体体现。珠海局如能独立承揽龙潭工程AI标，我和夔亮局长可以代表珠海局全体将士立军令状：保证在施工质量百分之百达标的前提下满足工期要求，并且翻倍上缴集团规定的各项经费，包括利润，为华夏父老兄弟立新功！"

夔亮、蔺山海的言语不仅辛辣，还影射了另外两大施工局名不符实，徒劳无益，让韶央、滕夫儒、罗耀辉、舒喜河又羞又恼。

三大施工局的党政一把手全部直截了当地表明了各自对龙潭工程AI标的欲望，暗斗变成了明争。撕掉面纱后，大家都露出了狰狞面目，谁瞧谁都不顺眼。可是互不服气的三大施工局首脑尚未留意到，旁边，五大直属项目部的头领正瞅着他们那奇形怪状的面孔恶心，眼里充满敌意。他们成了五大直属项目部众头领的公敌。

华夏集团现行管理体制是，五大直属项目部和三大施工局同属集团下面的二级生产单位，同在处级官阶。要说不同，那也只是职责范围不同，权力、权限不同罢了。直白的说法是：谁也没资格充老大。岂料三大施工局的掌门人竟然如此自不量力，胆敢在大庭广众之下厚颜无耻地挪动座次，摆出了傲视群雄的姿态，就像基地管理办公室的匡奇，自己也亦不过是个处级头衔，却堂而皇之地统率起十几个处级副处级来，是可忍，孰不可忍！耀武扬威，盛气凌人，谁给他们这权力了？五大直属项目部的头领们窝了一肚子气，一齐把矛头对准了三大施工局。他们采用的是三大施工局的斗争艺术，最大限度地避开相互之间的正面冲突，把着力点折向集团，斧打凿，让凿凿木，目的却完全一致：要将龙潭工程AI标揽到自己手中，毫不退让。他们的理由也很充足：

"直属项目部虽然队伍小，设备少，资金不足，力量单薄，但奉行的是低成本高回报战略，对华夏集团的贡献率最大。干小工程、小项目贡献率最大；干大工程、大项目贡献率会最小，有这逻辑吗？"

"直属项目部承担的是攻坚战，不是侧重抢抓工期就是侧重抢抓质量，抑或兼而有之，目的是以最小的投入换取最大的经济效益，任务更重，责任更大。我们经受住了这种考验，难道就经受不住AI标的考验？笑话。"

"直属项目部实际上是集团的特务连、特务营、突击队、特种部队，肩负的是特殊使命，不享受特殊待遇是可以的，矮人一个头是不可以的。集团要端正思想，二级生产、经营单位必须平起平坐，不能厚此薄彼。凭什么吃肉的总是吃肉，啃骨头的老啃骨头！"

他们不约而同，临时改变了只希望通过切块切得一部分工程量的初衷，当仁不让地抢夺起整块蛋糕来。三峡项目部的主任是况夫，况夫被抽调到投标办公室具体负责龙潭工程的投标工作后，至今仍坚守在其余标段的竞标火线上，等到龙潭工程的招投标活动全部结束才有可能归队，因此，三峡项目部由党委书记房启蒙临时做住持。房启蒙不是善角，分享集团优良资产的关键时候意志坚决，口齿更是不软：

"假如集团认为项目部单兵作战声势不够，独立拿下 AI 标有困难，这不要紧，五大直属项目部可以联手承包。要是认为自行联手不妥，集团干脆把五大直属项目部捏到一块儿，强强联合成一个施工局又未尝不可，反正项目部只管项目，项目一完，项目部也就寿终正寝，散伙是早晚的事。未雨绸缪，早作打算是上策。"态度很明朗：不愿意 AI 标旁落三大施工局之手。

这下可热闹了，就连只想当旁听的几家基地经营实体的负责人也动了心，认为自己也有能力独揽龙潭工程 AI 标。修造厂的厂长向前原来只想做个寄生虫，等兄弟单位获得 AI 标的施工权后，再从他们手里把工程机械维修保养和大型工件的制作安装项目揽下来，不费吹灰之力揽下一笔不小的买卖，看到众弟兄全不安分守己，都在奋不顾身地撕咬大头，自己的胃口一下子就大了起来，不甘示弱：

"集团领导不能把修造厂撂开了啊。"他的话有点儿粗，"修造厂不是小妈妈养的，老爷子的家产照样有份儿。龙潭工程 AI 标这块肥肉，老大能吃，老二能吃，老三能吃，咱修造厂就不能吃？太霸道了吧？不是我吹牛，龙潭 AI 标咱修造厂有的是实力大包大揽！众所周知，修造厂最不缺的是人，人多力量大；基地旯旮旮旮到处扔的是废旧机械设备，咱修吧修吧就能派上大用场。欺负修造厂是后方单位没干过水电站是不？永泰、松峦、花溪、虎啸四大电站，阵阵不离穆桂英，咱看都看成了内行。再说了，四大电站使的机械设备，还有各种各样的大型工件，哪件没有沾满修造厂职工的汗水？"软硬兼施，"各位领导各位同事都知道，修造厂时下也囤积的人最多，人多事就多，没有事会闲出事来，相信大家都尝过人多势众的滋味，不好受啊！不想出事，想安稳太平就得让大家伙儿都有活儿干，都干活儿去了，就没有人想心思惹事了。说到底，修造厂就是很多人形容的'火药桶'，不看管好，特保好，万一炸开了谁负责？谁也负不起责！所以，龙潭工程 AI 标，向前我决不松手，我得保一方安宁哪！"

"讲得好，讲得好，讲得好啊！"旅游运输服务公司的总经理吴田急得站了起来，刚想冲锋陷阵，不料坐在后排的匡奇早早拍起了巴掌，阴阳怪气，火上添油，唯恐火势不旺，"竞争龙潭工程 AI 标，我们基地管理办公室也算一个！争挑革命重担光荣，光荣啊！AI 标交给基地管理办公室干有啥不行？我看就行。基地管理办的最大优势是不缺领导，十来个领导过工程建设的处长副处长都集中在我的办公室，下属的人才中心还储备着几十个搞过工程建设的科长副科长，都是非常了得的领导人物。领导是什么？领导就是人才，领导就是管理人才。管理的价值是什么？管理出效益，领导能管理出金元宝来！这不是我匡奇的独到见解，大家都是这么说的。所以，基地管理办只要有了 AI 标的经营权，单靠管理这一绝活儿，就能放大其经济效益。可贵的是，我手下的这些管理人才早就手痒痒，脚也痒痒，愁的是浑身有劲儿没处使，与其让他们泡着耗着，何如让他们披挂上阵领兵打仗去？人尽其才，才尽其用，那是大道理呀！我也乐得少为他们操冤枉心。施工队伍不是问题，我们人才中心储备的尽是专业技术人才，下岗、待岗职工不是没有专长，而是没有岗位，招之即来。虽说老年化了点儿，可是比外行、生手、学生娃娃强啊。还有，花溪、虎啸两大工程的扫尾人员，尾扫完了干什么去？还让他们下岗、待岗挂在人才中心呀？正好顺势拉到龙潭让他们给我继续革命去！"基地管理办公室参与争抢如此之大的水电工程施工让人觉得很没道理，可是匡奇偏要别出道理来，"我敢说，龙潭工程 AI 标是块肥肉，怎么个吃法都能咬出油水，关键是集团领导恩赐给谁，想让谁先富起来，给谁去发，给我匡奇，我也发，大发！刚才谁说给集团上缴多少什么什么费了？还翻倍缴？这么说吧，如果这个标交给我了，我再加码，翻三倍、五倍地上缴，怎么样？漫说基地管理办有的是管理人员和劳力，即便是匡奇我光标司令一个，我也敢揭这个榜！如今的建筑市场行情谁不清楚啊？先把活儿揽到手，再倒给农村工人干，自己坐在家里点票子，要么一劳永逸，要么一本万利，要么不劳而获。一百大几十个亿的工程量，那该赚多少啊，海赚！"

也别说开汽车出身的匡奇信口雌黄瞎放炮，他还真一针见血地戳着了问题的要害。大家心里都有数儿，争抢龙潭工程 AI 标，归根结底是在争抢一笔巨大财富，谁还顾得上脸面、失态啊？！

八十六

这次办公会对华夏集团来说堪称破天荒，参加的单位最多，人数最多，时间也拉得长——整整持续了两天，堪比年终工作会。

头天，自认为有能力承包龙潭工程 AI 标的单位负责人争先恐后发了言，表示坚决夺得这一庞大工程的施工权，经营权，除八大诸侯外，同样以盈利为目的的基地经营实体也不甘落败，互不相让，很激烈。

二天，轮到集团领导表态。集团领导都知道这个态很不好表，所以，第二天的会就远没有头天那么激烈。

龙潭工程 AI 标是分成若干等份毛毛细雨普遍撒点儿好，还是交给某个实力最强抑或最困难的单位独家施工、经营好？如果全部交给一个单位，交给哪个单位？哪个单位才能称得上实力最强？哪个单位又最困难？做领导的得有个态度，有个思想、观点、立场，这其实是给集团各位高层领导出了个大难题。既不能厚此薄彼又不能绝对平均，既不可以把屁股坐歪了又不可以没个倾向，做得这么到位要有点儿水平才行。众大员还有个难解的心结：八大诸侯千里迢迢赶回基地夺标，全都做过大量的联谊工作，是有感情投入的，受人之恩，总得有个反馈吧？总得有点儿回报吧？怎么体现？能够一一回报吗？挠头。

副总经理杨导和东方戟一个分管工程建设，一个分管工程质量、安全，常年奔忙在远离基地的工程项目上，点多面广战线长，事情杂乱，很少参加集团总部的活动，甚至许多重要会议也缺席，可是这回不行，时空亲自给他们打了电话，说外面工地上有塌天的事也得赶回来。就赶回来了。谁知一回十字街就遭到了三大施工局、五大直属项目部众头领的围追堵截，还没进家门就被拉扯到了酒桌上，接下便掉进酒缸脱不了身，上顿还没清场，下顿又准备开席，二位副老总交叉作业，喝得天昏地暗。杨导和东方戟本来还有点儿酒量，可是怎么也抵挡不住车轮战，几个回合下来，趴倒没趴下，就是脚板像装了轱辘完全不把滑，以致走进会场那会儿还在打饱嗝儿，迷迷糊糊像是酒还没有醒。这两位副老总生性耿直，可这回耿直的性子得好好改改了。有道是拿了别人的手短，吃了别人的口软，八大诸侯的好烟好酒他俩都品尝过，小意思也被人家意思到了，投桃报李理所当然。可是究竟该把诸多感情投资的回报具体回报给哪一家好呢？难啊！

杨导第一个讲话。杨导讲话的时间拖得很长。杨导先讲华夏集团夺得龙潭工程 AI 标的重大意义，又把远征在外的三大施工局、五大直属项目逐个夸奖了一番，边讲边想应该把自己的倾向性意见倾向给谁，想来想去，觉得自己的情感偏向了谁都不妥当，最后只好说：

"我赞成大家的意见，把 AI 标切了，切成若干小块，然后嘛，按需分配。"谁也不得罪。他表这个态的时候，浑然不觉会场上根本没有人提出过应该把龙潭工程 AI 标切块分了。

东方戟发言的时间也不短。东方戟发言的形式和内容与杨导差不多，只是自始至终口齿不清，与往昔判若两人，酒是醒了，皆因处心积虑寻找一个平衡的支点，所以，说起话来显得十分吃力。后来，自感不能无休止地啰嗦下去，只好感情用事：

"当然喽，还是黄河局存在比较优势……AI 标交给一家干，好管理，质量、安全、进度、人事、分配，什么都好管，集团操心少多了。"如果追本溯源，东方戟的根基在黄河施工局，他先前带的队伍绝大多数在黄河施工局效力，而且罗耀辉局长是他一手提携起来的接班人，血到底比水浓。

焦言副老总的酒瘾不大，尚不至于被诸侯们麻醉到心眼混沌，语无伦次的田地。焦言的发言很简单，也很有条理，但是最后表的态对八大诸侯来说等于没表态：

"个人的意见是把 AI 标切了，切了好，切了分给大家，是骨头分了啃，是肥肉分了吃。"对谁都不亲不疏。焦言的这种表态与自己的工作经历存在因果关系，打从参加工作第一天他就待在机关财务部门理财，从科员做到副总经理，跟所有二级单位的往来只不过发生发展在账簿上，没有培养特殊感情的其他土壤，淡定不足为怪。

帅自文副总经理的表态也没有倾向性，主张将龙潭工程 AI 标切块分包。帅自文一直在总部机关从事劳动人事和组织工作，对具体化的人事关系难免滋生情感因素，但跟粗象了的生产单位就没有道理亲疏了，平等相待、保持中立自然而然。因为见得太多，对众诸侯们的小恩小惠不仅不上心，反而觉得这动作太笨、太俗、太老套。

程心爽副老总旗帜鲜明，仗着几分酒劲儿，主张把龙潭工程 AI 标整体交给长江施工局承建，甚至让人感觉到了他的侠肝义胆：

"长江局是华夏第一支闯市场的远征军，摆脱依赖、自食其力的路子由他们率先开创，功不可没。目前，他们暂时陷入了困境，日子过得很艰难，作为集团领导，我们不能见死不救。即便让他们赚点儿也是应该的，应视作集团对他们多年无私付出的一种补偿。"这也难怪，程心爽的父亲曾经是长江施工局的一个头目，他自己对工程机械设备的系统研究也是从长江施工局的老底子单位起步，虽然没有直接参加过工程施工，但他体会过生产经营的甘苦。感情这玩意儿说怪也怪，想释放，可以不顾一切。

秋胤一反常态，不发言，也不开小差，谁讲话他都认真听。时空怀疑他是在为那八千万的事闹别扭，没有勉强。

按规矩，办公会该是时空最后一个讲话，因为他的讲话一定程度上带有总结性质，他的倾向性意见常常被视作形成决定的基调。这么一来，诗维就没有延宕的由头了。

华夏集团夺得龙潭工程 AI 标的喜讯也使诗维高兴过一阵子。一阵子过后，沉淀在他胸中的愧疚、自责，还有憎恶和仇恨很快卷土重来。不如意的事情一个接着一个，搅得他心烦意乱，惶惶不可终日，报复、雪耻最终被他选定为获得解脱的途径，发泄怨愤的缺口。诗维原准备按自己的计划赶赴省城，先找诗婳问明被害经过，再去省纪检监察部门检举揭发雷好的丑恶行径，将其绳之党纪国法，在替女儿报仇雪恨的同时，大出一口恶气。可是临出发却被蔺山海堵在了家里，好说歹说，硬是把他说到了渔村的酒桌上。谁知酒杯一端，一连几天就放不下来。急于寻求靠山的各路诸侯都把他看成了公关对象，争取对象，依赖对象——党委书记是公平、公正的象征，党委书记说话的分量足，凡事不能没党委书记的支持。沉浸在苦海中的诗维不得不强装笑脸，逢场作戏。现在，他左右逢源的处世哲学得经受一次严峻考验——重大决策，党委书记应当有个态度。诗维自知已经置身风口浪尖儿，思想一直在随着大家脸红脖子粗的争论而激烈斗争着：有没有必要持鲜明立场？如果持鲜明立场，又该坚定地站到哪一方？众多来自生产第一线的头面人物都是他的属下，人人对他敬重有加，个个对他寄予厚望，他实难做到厚此薄彼。可是，在一物不能许二主的前提下，他又无法面面俱到。反复的思想斗争过后，诗维最终在两个单位之间权衡起了利弊。他曾经在长江施工局担任过党委副书记、工会主席，如今长江施工局时运不济，需要帮助，不站出来替长江施工局撑腰壮胆显然有悖常理，世人都会鄙薄他无情无义。可是，感情的砝码完全偏向了长江施工局，无疑会对珠海施工局造成伤害。诗维沉吟起来：珠海局对自己有情有义还有恩，不仅帮助自己逃过一劫，而且至今仍严实地替自己遮掩着不可见人的隐私，知恩不报非君子啊！更让他警醒的是：倘若在 AI 标的问题上无意得罪了珠海局，夔亮、蔺山海这两位江湖高士会胸怀坦荡地表示谅解？难道他们不会因为他的忘恩负义以牙还牙？假如他们恼羞成怒，将他的隐私统统披露出来，对他个人的名声、地位乃至政治生命的打击将是毁灭性的……诗维把问题联想得特别复杂，可怕。诗维强迫自己保持着党委书记应有的沉着冷静，用旁人难以比拟的口才平静着大家的心气，等分着党委书记的情感，以慈父般的口吻唠叨"手掌手背皆是肉"——他说他对哪一家都充满了真爱。只是在千锤打锣，一锤定音的最后时刻，那最后一锤才让绝大多数人失了望，以致有人怀疑他一定是哪儿出了毛病：他怎么可以表态说"龙潭工程 AI 标交给哪家干合适呢？比较起来，还是珠海局堪当此任"呢？珠海局不是又小又弱么？不管他如何强调珠海施工局的管理能力强、开拓能力强，成效显著，人们还是愿意暗自诅咒他这个党委书记在睁着眼睛说瞎话。

其实，在这种会上党委书记的表态模棱两可并不出格，宏观地归纳性地鼓励性地含糊其辞地回避敏感词语反而显得高明，可是诗维不知怎么鬼迷心窍地钻进了死胡同，一屁股坐到了珠海施工局那一边，结果把自己弄成个众矢之的，苦心经营了几十年的群众基础毁于一旦。

好在时空没有指望诗维表达一个各方都乐意接受的切实可行的思想观点，自己再来个顺水推舟，拍板定案，他只当他和所有与会者一样，坦率地说出了自己想说的话。

准确一点儿说，这个办公会实际上是时空为了化解矛盾临时安排召开的会议，比如大坝下游的消力池，让激烈的矛盾从中得以缓和，意见、建议越不集中越好。他根本没有打算通过这个办公会解决什么问题，没有准备利用这个办公会形成什么决定，以致一个什么样的决定需要形成，他连想都没有想过。意外收获倒是不少。

大家对诗维的表态叽叽咕咕了一阵过后，会场渐渐安静下来。与会者习以为常，等候大当家的最后发话，个个翘望柳暗花明又一村。

时空终于搁下了手中的自来水笔，脸上浮起了一层不知什么意思的笑。他环顾一下四周，慢慢捧起双掌，有力地抹了一把脸庞，把那层不知什么意思的笑容抹掉，接下的话有点儿出人意料：

"在座的，有一半以上跟我年龄相当吧？解放前后出生。读小学的时候，有两篇课文至今我记忆犹新，相信这里的大多数同仁也没有淡忘。一篇课文说的是古时候有个皇帝，一天，他把十个儿子叫到了跟前，然后拿出十支箭分给他们，让他们折，看谁能折断。十个儿子欣然从命，人人都把手中的箭折断了，毫不费力。皇帝很高兴，又拿出十支箭来，捆在一起让他们再折，看谁还能折断。结果，十个儿子个个费尽九牛二虎之力，谁也没能将那十支捆在一起的箭折断。皇帝后来对十个儿子说了一句话，这句话我今天就不重复了，因为在座的谁都听懂了。第二篇课文其实是个谜语，谜面是：'弟兄十几个，围着柱子坐，大家一分手，衣服就扯破。'谜底为何物大家都猜得到，但是寓意跟前面那篇课文大同小异，在座的各位领导肯定领悟透彻了。正好，免得我继续做好为人师的小人。

"会上，各位领导，尤其是来自生产经营第一线的领导，充分表达了自己的愿望，甚至很强烈。我不认为这是什么坏事，恰恰相反，应该说是件好事，因为大家的目标一致，都是想把自己经营的一方天地搞好，搞得轰轰烈烈、有声有色，搞出成效来，我理解大家的心情。

"是呀，AI 标是块大蛋糕，不但可以充饥，而且非常香甜，哪怕只品尝一口，也是一种享受，想吃到他的人实在太多了。所以，投标办的达奚贤主任和从三峡工程项目部请回来的况夫主任就组织、带领一拨人马，煞费苦心排除万难，从别人嘴边抢回来。但是，能不能把 AI 标理解为一块难啃的骨头呢？难道我们中标承建的那么多工程项目都是香甜可口的蛋糕吗？如果是这样，华夏集团的大小单位乃至个人，不全都肥胖起来了？我们都肥胖了吗？没有吧？我想说的是，任何事物都应该多侧面地看，既要看到它好的一面，又要看到它不好的一面。换句话说，AI 标是块好吃的大蛋糕，也是块难啃的硬骨头！

"AI 标究竟是块好吃的蛋糕还是块难啃的骨头我们权且不论，现在要解决的是怎么个吃法的问题。是大家围坐在一块儿吃，还是分了吃；是好赖大家伙儿都吃点儿还是具体落实到某个单位名下，成了争论的焦点。大家提出了许多种建议，我都记录下来了。刚才我一边记一边想，事情还挺难办的。总的感觉是，眼下想作出一个什么决定，好像为时尚早。明摆着，不管采纳哪一家的建议，这个会议都将无休止地争论下去，而且永远不会有结果。让人最不愿意看到的是，翘首企盼的广大职工群众没有急躁，我们领导团伙却沉不住气了,在窝里内讧起来,好事变成了坏事。你们说是不是这景况?我说是。在座的很可能寄希望于我,希望我马上表个态,表个让各位领导同志都满意的态,希望我把一碗水端平,可是在这种情况下,我能够做到吗?做不到啊,实在做不到。诸位不妨来个换位思维,站在我这个总经理的角度认真想想,把AI标派给谁,大家都满意?所以,我感觉到这个会议不能达到预期目的。所以,我就把小时候读过的两篇课文做了开场白。

"我们权且把AI标当成一块吃了可以长生不老,可以一劳永逸的大蛋糕,我们既然有能力把这块蛋糕搬到家里来了,怎么吃掉它,难道真成问题了吗?不会吧?兄弟之间,难道真不能谦让点儿?难道真要为了自己的长生不老不惜同室操戈?这是华夏集团的家风吗?我不相信,我没有理由相信。大家既然把我看成当家人,我就不相信这是事实。"他把大家踢给他的皮球踢还给了大家,"各位还是再思量思量,好好思量思量,蛋糕怎么个吃法才好,才能让弟兄们个个满意。我个人的初步想法是,既然不能形成决定,那就暂时别形成决定了。不能激化了矛盾呀,你们说是不是?

"话再说回来,问题终究还得解决。AI标是块大蛋糕也好,是块硬骨头也好,抢夺到家了,总不能让它摆放在那里呀,不能让它烂掉呀,即便我们想让它烂掉,人家做甲方的也不会干哪。甲方的本能是催促乙方赶快把它消化掉。我是这么想的,AI标是投标办公室代表集团抢夺到家的,是集团的资产,刚才大家说得好,集团的资产人人有份儿,我赞成这说法,不管单位大小,无论男女老少,都有权分享!集团总部作为众多子女的监护人,有责任把这笔资产分配合理,让每个家庭成员都能得到实惠;集团总部作为领导机构,有责任统筹兼顾,让这笔资产均衡到每个单位、每个个人,童叟无欺。当然,要做到这一点,集团领导班子还有一个统一思想、统一认识的问题,不过,请大家放心,经过努力,我们这届领导班子一定可以做到高度统一。那么,就希望大家相信集团这届领导班子,也希望大家相信我,我们定会根据大家的意见、建议,尽快研究出一个合情合理使各家都没有意见的方案来。应该说,促进AI标的施工组织定向,是我们这次办公会的最大成果。

"在座的对AI标非常关心,尤其是三大施工局、五大直属项目部的同志们,不远万里,披星戴月赶回来,为本单位争取AI标的施工权,精神可嘉。为了达到目的,各位领导殚精竭虑,有的还把在外面学习到手的公关经验毫无保留地使了出来,好烟哪,好酒哇,好吃好喝外加土特产呀,出手大方得很。不好意思啊,各位的美意我笑纳了,表示感谢,也代表所有无功受禄的同仁表示感谢。弟兄们回家探亲,吃点儿喝点儿送点儿,有啥?我看没啥,肉烂了在锅里,只是让探亲的兄弟们折财了,鸡没抓着反而丢了把米。"紧张的会场忽然一阵哄笑。时空也笑了,边笑边说:

"其实呀,外面的蛋糕还有很多很多,甚至还有比AI标更大的。龙潭工程的招投标活动还没有结束,十多个主体标段我们才拿到了一个,况乎他们还盯在揭标现场继续争抢。达奚贤主任的投标办公室正在追踪几个比龙潭水电站大得多的工程。相信三大施工局、五大直属项目部各自掌握的投标机构也不会放松身边乃至全国范围内的水利水电工程,以及机场、港航、路桥等土建工程项目的竞争。我是说,我们不能把全部的精力都集中在已经搁在家里的这块蛋糕上,放弃了另外许许多多很有希望竞争到手的其他工程项目的机会。

"顺便提醒大家一下。据我所知，华夏集团几次推行组织机构、产业结构调整，合并重组，除为精干队伍以外，鼓励大家分头找饭吃、自立自强也是重要目的之一。目前，大报小报频频出现的口号是'找市场不找市长'，大概就是这层意思，好像对我们水电施工队伍的针对性也很强。"时空开始利用当前形势给会场上的头领们施压，语气虽然不像年终工作会上那样凌厉，但足以让与会者神经紧绷，"建议同志们继续把关注的眼光投向外面的世界，家里现存的一点儿家当，不屑一顾。

"三大施工局、五大直属项目部是华夏集团的顶梁柱，我一上任就听说了你们闯荡天下的感人事迹，也了解到了你们打拼在外历尽的艰辛，你们是华夏的有功之臣。所以，去年秋天，基地大几千下岗、待岗和离退休职工到集团总部集体上访的时候，我特别把你们创造的辉煌业绩向广大职工群众作了一个简要的汇报，目的是想让他们看到华夏的光明前景，看到自己生活的希望。那天，我接待代表的时候就是在这间会议室。你们的丰功伟绩曾经在这里打动、感化了不少代表和静坐在广场上的职工群众。"他敲打敲打又抚摸抚摸，抚摸抚摸又敲打敲打，"那件事发生过后，集团赶紧印发了《关于下发〈集团下（待）岗职工、离退休职工和在职代表恳谈会纪要〉的通知》。那是我们新一届领导班子下发的第一个文件，意在让征战在外的将士们及时知道华夏基地发生了什么事情，各位将领应该配合集团总部做些什么工作。相信在座的领导同志早就认真看过，对那个文件的内容和要求非常了解。可以这么说，到目前为止，集团领导班子所做的一切，都是为了落实那个文件精神。当然喽，要想全面落实那个文件，向广大职工兑现所有承诺，还需要我们在座的领导同志共同努力，单靠集团领导班子不行，靠我时空一个人更不行，我没有那么大的本事。

"华夏集团好比一个大家庭，远征在外的将士们好比这个大家庭的壮劳力，而那些被迫下岗、待岗和离退休的职工又好比失去了劳动能力的父母妻儿，尽管征战在外的将士腹背受敌，负担沉重，处境艰难，但是，我们决不能遗弃了妻儿老小啊。因此，在开这个办公会之前，我特地让影视处沙凡处长把去年秋天那个声势浩大的群众集会录像复制了十几个光盘，这个光盘影视记录很全面，会场内外的镜头都有，有声有色。主观上是想让远离集团总部的领导同志都看看，感受一下当时的气氛，再反省反省我们应该承担的责任和义务，目的是……要不惜一切代价，杜绝类似事件发生。"示意站在墙角照相的沙凡把复制好的光盘分发给围坐在大会议桌前的各路诸侯，"前事不忘，后事之师啊，同志们……"

看得出，时空临时安排的这个办公会还是有一定准备的，不形成什么决定，也是有思想准备的。

事情显然不能就此草草了结。八大诸侯远道赶回基地是有企图的，两手空空，无功而返肯定会心存芥蒂。还有，众头领虽然平时互不买账，但表面尚能维持一团和气，当下的情况是为争夺 AI 标的经营权撕破了脸皮，矛盾公开化了，激化了，如不及时弥合，后患无穷。所以，让他们卸掉包袱心平气和地回到自己的战斗岗位尤为重要。

时空没有犹豫，让贺怀阳假庆贺 AI 标得中之名，行为众诸侯饯行之实，在华夏宾馆大操大办了几桌，请三大施工局、五大直属项目部的首脑及其随行人员；基地几大经营实体的党政一把手；机关部室主要负责人和集团领导班子成员统统参加，力图皆大欢喜。推杯换盏间，时空率领导班子成员挨个敬酒，免不了说些"精诚团结"、"团结就是力量"、"为实现集团年度经营目标努力奋斗"、"振兴华夏"之类。还好，弟兄们都是闯荡江湖的人，能屈能伸，面子场面各有照顾面子的本领。

只有秋胤拒绝参加。在八大诸侯的公关过程中，秋胤是唯一一个没有"吃请"和被"小意思"意思了的人，较真儿得不近情理。

八十七

潜龙江这地域也真奇怪，农历阳春三月大地回暖，万类复苏季节突然下起了暴雪，铺天盖地。棉花团似的雪朵足足下了一天一夜，满山遍野银装素裹，白茫茫世界一望无垠，比头年腊月的几场雪大多了。十字街的居民莫不惊诧："地球哪在变暖啊？比先前更冷了咧！"

清晨，秋胤顶着飘飘洒洒的雪籽儿、纷纷扬扬的雪花儿，撑着匆促的碎步，踩着厚实的冻雪，嘎吱嘎吱奔来机关大楼，一进办公室就把封存了的取暖器拖出来插上电源。而后揿下饮水机开关烧开水，扫地，擦抹桌椅茶几，规整散乱的文件、资料。先忙乎了一阵，他才扯下包裹在头顶的长围巾，脱掉羊羔毛皮大衣，再掏出把小牛角梳子，一边梳理稀疏的头发，一边坐到办公桌前，打开电脑。老先生习惯看看当天的国内国际新闻，但多半是浏览浏览标题。

心里毕竟搁着事儿，点击过几个网页后，他又把那本《龙潭水利水电枢纽工程招标文件》（机密）摊到了面前。最近一连好几天他都在反复翻阅这本先前他很不以为然的文件。翻阅着翻阅着，他越来越觉得这个文件的编制确实很严谨，套路不俗，内中还深藏有不为人知的玄机，绝非粗制滥造、不负责任的产物。

在秋胤的词典里，非常特殊的当代中国建设市场，被普遍认为充满官僚资本色泽的甲方的本质是贪婪，本性是占有是剥削，本能是操控是欺诈是强取豪夺，所有思想动机的源动力是牟利，一切行为都是为了自身利益的最大化。定义是异变才是进化，反而不违背逻辑。可是几经研读研判，他意外地发现编制眼前这个文件的甲方多少有点儿离经叛道。比如 AI 标，常规编制办法应该是，把它切块分割成上下游围堰填筑（含截流施工）、大坝基础开挖、大坝混凝土浇筑等若干标段，分别发包给若干个来历不同，能力却相当的施工单位。那样，做甲方的不仅可以在招标投标过程中通过竞争手段从中取利，而且还可以在施工过程中同样通过竞争手段从中取利，放大获利空间。然而事实是，潜龙水电资源开发总公司偏偏将原本可以分割开来的主体工程项目牢牢捆绑在一起，作为一个标段让一个施工单位独揽，等于主动放弃了一些十分容易得手的利益。看上去有悖常理，实则表露出了工期、质量至上的心迹。道理很简单，一家施工单位承建几大链接连贯的主体项目，可以有效规避多个单位同时在一个平台作业造成的相互干扰与制约，既能保障施工进度又能保障施工质量，便利各道工序、环节统筹，堪称算计精明。如果本着友善的心境进一步作理性分析，招标文件将整个龙潭工程切割为十二个标段，当是潜龙总公司处心积虑而绝非随心所欲。它不仅表白杀进竞标圈的九大巨头会各得其所，而且暗示那些锲而不舍的散兵游勇——私营施工企业和农村工人队伍亦有望尝到甜头。潜龙总公司采用这种策略凸现出来的高姿态是：在确保主体工程项目有序施工的同时，充分利用来自各方的力量，调动一切积极因素服从服务大局。既确保了重点，又照顾到了一般。时下建筑市场秩序紊乱，交易手段龌龊，潜龙总公司能在重大决策问题上逆潮流而动，不能不令秋胤刮目相看。那么，对雷好们的品质就应该重新评价：不完全是想象中的那么丑陋。透过招标文件，还应该看到龙潭工程的核心项目——AI标，倾向性十分明显，华夏集团似乎只需遵循甲方设定的程序完成一个过程就可以轻松获取。这与秋胤当初的判断基本吻合。早在龙潭工程招投标活动被炒作得神乎其神的时候，秋胤就在时空面前历数华夏集团的诸多优势，嘲讽说甲方如果放着龙潭工程门口的华夏集团不用那才是傻瓜；开标前夕，接触招标文件之后，他更是口出狂言，说AI标就是为华夏集团编制的。现在看来，事实验证了他的论断，潜龙总公司果然把龙潭电站成败的赌注押到了华夏集团身上。然而，华夏集团夺得AI标当与对手较量一番才合乎情理，怎么发生了只有华夏集团一家参投的孤标现象呢？秋胤对市场竞争研究颇深，曾无数次参与、指导过华夏集团的投标工作，可是碰到的"孤投"情况还是头一回。是竞争对手被华夏集团的绝对优势压趴而不得不放弃竞标，还是甲方暗中操纵的结果？这是秋胤唯一未能破解的谜团。好在AI标总算幸运地拿到了手，一百多亿元的合同项目稳稳收入囊中，好在十多个亿的"三通一平"前期工程款也算装进了腰包，假如况夫们还有智慧让十亿二十亿元的工程款项入账，秋胤在龙潭工程争取百分之六七十标段的目标就实现了。要是不白白扔掉那八千万，该是多么完美啊……一想到这里，秋胤的心就隐隐作痛。华夏集团高管层几位副总经理中，焦言主要分管财务、资金，杨导主要分管工程建设，东方戟主要分管质量、安全，帅自文主要分管人事、劳动工资（分配），程心爽主要分管机械设备和物资，责任相对单一，不直接承担盈亏压力。秋胤就不同，他主要分管经营、经济工作，宏观微观利益均须兼顾，对产值、利润的期望值特高，所有的合同项目，无论标价高低，利弊得失，都得用精细的效益尺子认真衡量，盈利是目的，尽可能不做赔本生意。秋胤认准一个死理：大面积盈利才能使企业兴旺发达，大面积亏损必然导致衰败。这就决定了他对生产经营斤斤计较的秉性。所以，他对时空浪费掉那八千万很是不满。更让秋胤气恼的是，大庭广众之下，时空公然置金玉良言于不顾，非常固执地把《补充意见书》扔进了投标箱，当众扔掉的不仅仅是白花花的银子，还扔掉了他秋老夫子的经验，还有面子！老先生向来自尊自爱，从不轻易诋毁谁藐视谁，但也决不容忍有谁藐视自己。他觉得自己受到了奇耻大辱，至今心气不顺。仗着自己资格老，阅历丰富，在原则问题上秋胤从不让步，认死理一根筋拧到底，为此落了个爱顶撞上司的名声，这一点他自己也认账。从前，他老爱跟台上的党政一把手顶牛，现在又跟时空接上了火。可这究竟是自己不识时务、自不量力呢，还是共产党的干部全是这种自以为是、独断专行的德性？秋胤困惑起来。

时空进来了。他勾着头，瑟缩着膀背，双手捧着只冒着热气的杯子，挺冷的样子。

秋胤知道有人进来，并且知道来者何人，但是他没有起身，没有抬头，仍就旁若无人地翻看着面前的文件。

时空迈着方步，摇晃着身子在办公室中央踱了几圈子，没话找话似的说："挺冷的啊。"

"……嗯，"秋胤接茬儿迟缓，还很勉强，"冷。"

"前天还艳阳高照。"

"……是啊，说变就变了。"

时空串到秋胤办公室坐坐是常有的事，大小话题总有谈的，这回跑来当然也有话要说，只是进门有种热脸贴向冷屁股的感觉，就没像往常那样开门见山有甚说甚，想等等看。他知道秋胤还在生气，为白白扔掉八千万块钱的事情。

其实，时空心里也很窝火。他是见过了大世面的人，从前在省政府办公厅当副秘书长的时候，从手里经过的大额资金不少，损失几个亿十几个亿的事情也见识过，区区八千万又算得了什么？更何况是为了中标，抛撒点儿是很正常的事，做乙方的总是要吃点儿亏的。问题是，不甩出那八千万元，AI 标照样归属华夏集团，这样，投下《补充意见书》可就显得相当愚蠢了。都怪自己没能沉住气，都怪自己投标经验欠缺了点儿，不如秋胤、达奚贤们把握得准，每每想起这事，时空就后悔，就自己责备自己。他也曾萌动过向秋胤承认自己失策、失误的念头，可又警觉到这种做法绝非上策：一把手向副职认输、认错，权威何在？没有权威，工作怎么开展？谁还敢大胆拥护一把手的政见？这个先例万万开不得。思来想去，时空打算暂且绕开这个问题，寄希望于时间将它慢慢淡化。可是他又绕不开秋胤这个人，许多要事他习惯找他商议、研讨，默契。秋胤学识渊博，经验丰富，见解独到，有化解各种难题的妙招，更难得的是对集团全面情况谙熟，拿得准脉搏，深得各级领导干部信赖，尤其是中层干部，莫不心存敬意，真诚拥戴。就连考察领导班子的工作人员也称赞他是个不可多得的人才，建议留任。龙潭工程 AI 标的竞争实践，时空更是惊讶秋胤目光敏锐，胆识过人，愈是不敢轻慢他，愈加希望得到他的支持。看来，眼下最需要克服的困难还是改善关系，消除业已形成的隔阂，切磋重大决策只能缓缓再说。

秋胤慢悠悠地立起了身子，从书橱里拿出一个小铁盒，揭开盖儿，拈出一小撮茶叶放进瓷杯，再去饮水机旁，自己给自己沏茶。

时空悠着步子蹭过去，伸出手里已经冲了咖啡的杯子，搭便加了点儿开水。

秋胤回到办公桌前，将沏了茶的瓷杯盖上盖儿，又慢悠悠坐下来，继续翻阅那份文件。

时空自觉讨了个没趣儿，便摇晃着身子准备出门，边走边说：

"冷啊……这天，一下子变得这么冷。"

"拥兵自重，目空一切。"秋胤忽然哼出一句。

这话很重，时空站住了，扭过头来望着一动不动的秋胤。

"羽毛已经丰满了，要提防啊！"

时空转过身子，回到办公室中央，步子迈得有点儿大，"没有那么严重吧？"都是明白人，他知道他的矛头所向。

"提不提醒在我，信不信由你。"秋胤的话冷冰冰的，"八大诸侯现在……好比天上的风筝。你手里也就拽着根线，这线要是断了，或是你有意松手，他们就飞走了。"

时空心里一喜，他喜的不是他又发现了什么新问题，而是老先生的工作热情并没有降温。于是紧紧抓住话柄不放：

"不会吧？"

"那就只有骑驴看唱本。"秋胤冷冷一笑，"这线就是乌纱帽，看你能不能把它捏牢了。"

时空有理由坐下来唠嗑了，就很感兴趣地往沙发里一歪，还随和地跷起了一条大腿，"震候是大了一点儿。依我看，还不至于分庭抗礼，听点不听调。"没忘尽量低估问题的性质。

"发展下去就难说啊。"秋胤合上面前的招标文件，用力往旁边一推，心里怎么想嘴就怎么说的毛病什么时候都改不了，"口出狂言，自以为劳苦功高，尤其是三大施工局，还不得了了！他们是怎么发展起来的，这后方基地哪个不清楚？说是被迫外出闯市场，说是被迫背井离乡，实际情况完全是这样的吗？他们是眼见总部基地日薄西山，走下坡路了，日渐穷困了，没啥前途了，是嫌基础老弱病残多、包袱大、负担重出走淘金去的。你知道韶央、滕夫儒、夔亮、蔺山海、罗耀辉、舒喜河当初卷走的家私是什么？是华夏集团的优良资产！机械设备——这些都是小家当，不足挂齿，有钱哪儿都可以买到，想什么时候买就什么时候买，关键是人，是大批大批年富力强的工程师技术员，大批大批有实际操作能力的工人哪。这是买不到的，有什么比这样的劳动群体更有价值？没有。拥有这种技术优势、劳动力优势，多少财富挣不到手？我承认，他们在外打天下不容易，吃尽了苦头。可是，我们在后方基地的愚庶也没有吃香的喝辣的花天酒地啊，我们的日子过得也难啊。这年头，谁不吃苦受累？就他们艰苦备尝？不讲道理。AI标拿得并不轻松，凡涉及这一标的人，哪个不是急得晕头转向？"他其实并不想戳时空的那点儿痛处，"现在可好，刚一拿到手，游子们就不辞辛苦赶回家了，要有福同享，而且个个想吃独食，全然不知道自己的胃口有多大。坐享其成，亏他们想得出来，说得出口。"越说越生气，"三大施工局争先恐后，带了个好头，五大直属项目部不甘示弱，同样狮子大开口，这下热闹了，基地那几个经营实体也吊起了胃口，不知天高地厚，跟着起哄抖起威风来。这AI标真是中出鬼来了，中得老的不成老的，小的不成小的，一齐在自家窝里疯斗。要是闹得基地的老百姓也踊跃参战，再分个派系，那才好看嘞。"

共事至今，这是时空第一次看见秋胤大动肝火，暗想，难怪集团好些人都说这老先生使起性子来就斯文扫地，泼皮似的，想说啥就说啥，想骂谁就骂谁，该顶就顶，该撞就撞，得理不饶人，谁也不让，谁的面子都不给，今日得见，果然名不虚传。时空神情自若地望着他，冲了咖啡的杯子捧在嘴边漫不经心地抿着，任凭他滔滔不绝宣泄。何况秋老夫子数落的、抨击的正是自己不便说、不敢说的现象，搭便消消气何不乐而为之？

"一个最没有见识的人说了一句最有见识的话，此人就是匡奇。他说的话虽然粗俗，可是一针见血。那是呀，AI标就算是块难啃的骨头，给谁，谁蹲膘。八大诸侯，不管哪家独揽，都会富得流油。那些掌柜早就对享受高额薪酬待遇垂涎三尺，苦于条件不成熟，只能偷偷摸摸吃空额，从包工头身上揩点儿油水滋补自己。一旦独霸AI标的图谋得逞你再看看，他们会赚多少分多少，变着各种各样的花招分，很快变成先富起来的那部分人。可是他们想过没有？更多的人还在温饱线上挣扎！"

"所以，你就不接受他们的'请吃'，不接受他们的……馈赠。"时空想不搭腔都不行了。

"自知无以回报。想拿原则做交易还没有那权。"

"所以，自始至终你干脆不置一词。"

"要么同流合污，要么反目成仇。请问，你愿意看到我这大炮筒子扮演哪样角色？"

"所以，你连给诸侯们饯行的宴会也拒绝参加。"

"他们犯上作乱，他们要搞分裂，他们想谋反，我还要笑着脸给他们示好、壮行，有这道理吗？"

"可是这些……敝人都适从了。"

"人各有志。你要耍弄圆滑谁管得着。"

"敢问，这些面子活儿，阁下是用什么高招……谢绝的呢？"

"打个比方。有位诸侯提着一袋子佳品闯进了我的家门，自然要说明来意。我就说你先别走，我马上给白瞎子白延寿打个电话，让他把你这一袋子东西拎走了再说。来人见我动了家法，忙说你要把这点儿小意思让给白书记也可以，等我出了门，由你处置。我说那不行，你分明提来的是两壶酒，白瞎子有理由怀疑我收下的酒是四壶却象征性地上缴了两壶，要是这样，我浑身长嘴也说不清，不如你留下来作个证明为好。客人见我胡搅蛮缠，拎了袋子就走，果然不再找我的麻烦，这不就井水不犯河水了？"

时空呵呵笑，"承教，承教！"

这一连几日，秋胤不仅仅只是对时空白白抛撒掉八千万的事儿憋气，三大施工局、五大直属项目部的掌柜从四面八方跑回老家争夺 AI 标经营权的举动也让他气恼。他气恼这拨人的做法太过分：根本不理解集团总部的难处，完全不体恤集团领导的艰辛，丝毫不顾及后方基地下岗、待岗职工和老少妇孺的困苦，只顾自己经营的那块小天地，只想自己发家致富，利益熏心！他甚至怀疑这拨已经沾满江湖习性的强人莫不心怀鬼胎，AI 标不管被哪位爷抢到手，都会变为他自成体系的本钱，谁也保证不了他不会凭借这种优势另立门户。秋胤意识到了妥善安排 AI 标施工队伍的重要性，警惕到 AI 标的施工队伍如果派遣不当，给集团带来的灾难也许是毁灭性的，他感到自己目前最应该尽到的职责就是让时空把住这个关口，一切烦恼都微不足道。他料到时空也想到了这一层，只不过所处的地位特殊，不愿意把话挑明罢了。

秋胤望一眼坦然的时空，"……有事？"听上去像一句很随便的客套话。

时空感觉到秋胤不像往日那么热情，随和，深知商量任何事情的条件都不具备。这也是他意料之中的事，所以并不惊怪。实际上，他今天蹭到他办公室来的本意是想探探这位老夫子的度量，尽可能消除嫌隙，为下一步融洽的思想交流做做铺垫，暂时没有同他交换意见的打算，就回答说："没有没有。我不就喜欢上你这里串串门子嘛。"把跷起的右大腿换成了左大腿，怡然自得地品着咖啡，"八大诸侯全都送走了，昨天下午最后一拨。杨导、东方戟二位副老总本来也准备随他们一起去外营点，让我给留下来了。这不是突然来了场大雪嘛。我说你们二位老总还是赶这大雪天去龙潭那边看看为好，'三通一平'前期项目和宜阳县的那几个小工程破土动工有些日子了，该检查检查施工质量、进度、安全了,可别外营点上的工作都做得尽善尽美,家门口的工程反而出了差错。还有,龙潭主体工程开工在即,也应该把注意力均衡一些过去,熟悉现场情况,对我们下一步的工作非常有利。二位副老总见我的话在理,临时改变了主意,打算去那里待几天再走。今天一大早,我见他俩在小车队要车去了龙潭。程心爽副老总也跟着一块进山了,说是去'三通一平'现场和宜阳县的几个项目工地检查机械设备运行情况。突然降温,他担心现场的机械设备管护不到位,影响完好率、出勤率。他说从前有过油箱冻裂的事。"像是在给秋胤汇报工作。

秋胤对时空说的这些一点儿也不感兴趣:"真没别的事?"他反而有点儿性急。

时空却认真地摇着头:"没有,真没有。有事,一进门我还不直截了当向你讨教呀。"

"没事你会来我这里?串门子,哄鬼哩!"秋胤慢慢端起茶杯,轻轻吹开茶汤表面的一层泡沫,嗫着嘴唇试了两口,边问:"这么说,八大诸侯老老实实空手而归了?"

"倒也是。都没有达到目的。"

"哼哼。"秋胤冷笑起来,"他们都没有达到目的,你的目的却达到了。"

时空愣了愣:"我的目的……我有什么目的?"

"别以为我老眼昏花看不出道道儿来。你这着棋,我看得可清楚哩。"秋胤想要提醒时空,华夏集团还是有明白人的,"你内心深处的真实想法跟我一样:决不能把AI标派给诸侯经营。"

"唉……这碗水实在端不平哪。"时空打心眼儿里佩服秋胤的敏锐,没有抵赖,"偏向哪家都会惹出矛盾来。"

"所以,你就设计了那个办公会。那是办公会吗?"

"党务工作会要书记酌定,党政联席会须书记、总经理会商才能成事,为了应急……我也只有安排办公会的权力呀。"

"哼,你召集的实际是个辩论会,连研讨会都谈不上。让大小诸侯同室操戈,兵戎相见,互相残杀——你是挑动群众斗群众!"秋胤言辞激烈,像是在搞报复,"争来斗去的结果是,诸侯们人人一身伤,个个灰溜溜落荒而逃,什么都没有得到。你呢,不想给他们的东西不仅谁都没给,反而成了谁也没有得罪的好人。哼哼,你这一招,可真妙呀!"

"也别把我夸奖得那么高明,"时空知道他并无恶意,笑着,"大兵压境,我不是被逼得没有办法了嘛。"

"好赖把兵退了啊?"

"说明诸侯们还是通情达理的。"

"过奖哪。"秋胤把时空谴责了一顿,回头又谴责起各路诸侯来,四面树敌,"香饽饽,寿桃,人参果,我吃不上,你也别捞进嘴——典型的文化劣根,谈何通情达理?"

时空喝了口咖啡:"至少,没有引发内乱。万幸哪!"

秋胤喝了口茶:"都想得到的东西都没有得到就不存在嫉妒,不存在嫉妒自然不存在矛盾冲突,没有矛盾冲突就不会发生内乱,问题的关键是大家的心态都获得了平衡,彼此彼此。不患贫而患不均——孔老夫子这话至今还在警示人啊。"

"均，平均，嘿嘿，得人心，又不得人心。"

"相反相成。哪朝哪代都倡导过平均，哪朝哪代都没有过平均。"秋胤先借题发挥，而后投石问路，"莫非想把AI标大卸八块，各家均点儿？这样就没有矛盾纠纷了，更不会内乱。"

时空立即意识到秋胤这是在试探自己的想法，赶紧设防："还没顾得上想这个问题。"

"AI标得有队伍干呀，总不会没有队伍施工它就自动完工吧？"秋胤逼了一句。

时空努力不上他的圈套："谁说不是呢。"

"整体转包给外单位也不失为上策，华夏可以坐收渔利。匡奇就这观点。"秋胤继续侦查。

"呵呵，呵呵。"时空笑着，不置可否。

"赶快把施工队伍拉上去才是呀。"秋胤赤膊上阵了。

时空就是不松口："是呀，是该认真考虑这个问题了。"

"现在是四月，明年的这个时候就该实现大江截流，潜龙总公司给AI标实现大江截流的准备时间是一年。也就是说，错过明年四月前后这个枯水期，龙潭工程总工期就要推迟一年。一年时间说长也长，说短也短。"秋胤步步紧逼，他断定时空心里有个小九九儿，不逼出来不甘休，"你是总经理，标都攥到手里了，还没有考虑好用什么样的队伍进场这个问题，谁信？"

"我主要是想再等几天，等况夫来个电话，看华夏还有没有运气中上个把两个标段。"时空不肯轻易就范，很快找到了个理由，"如果能再中个把两个标段亦好，中不倒也罢。到时候开个办公会，集体讨论龙潭工程的施工问题。那不是'三通一平'项目我们正在干着嘛，加上后面中的标段，会上自然会涉及施工组织形式。我个人的态度是，让班子成员出谋划策。"起身走到饮水机旁，向冲有咖啡的杯子里添了点儿开水，顺便给秋胤的茶杯里也添了点儿，"对华夏来说，这是举足轻重的大事，一定得走群众路线。"

"也就是说，你真的没有想过派什么队伍承担AI标的问题。"

"真没有。"时空矢口否认。

"你在说假话。你骗不了我。既然你不肯说出来，我也不能强求，一把手有权同副职保持距离，留有充分余地。"秋胤取下架在鼻梁上的眼镜，对着镜片哈了两口热气，再拿一方小手帕轻轻擦拭着，"你不说真话，可是我不能不说真话。我支持你心里的那个想法。"

时空暗自一惊，说："我有什么想法？我没有想法呀。"

"其实，前天那个所谓的办公会上，你已经把心迹表露出来了——AI标大家都没有份儿，大家又全都有份儿——明白人一听就知道是怎么回事。不然，来势汹汹的八大诸侯会那么忍气吞声打道回府？"

老先生才智过人、聪慧透顶是大家公认的，但不至于聪慧到能够看透别人的内心世界吧？时空望着端坐如钟的秋胤，竟然不知道如何答对才好。

"领导班子里面，不一定人人支持你心里的那个想法。"秋胤把擦拭过的眼镜推出

563 / 第五章

尺许距离，仔细观察着光洁度，"工作应该怎么做……相信你自有办法。"

要是放在已往，时空定会抓住时机竹筒倒豆子，把自己的想法统统说出来，再听听老夫子的高见，可是眼前……他仍感觉到不是火候，"敝人尽管反应迟钝，但有你这句话，至少敢放心大胆地想了。"

"哼哼。"秋胤戴上眼镜，冷冷一笑，不知道是什么意思。

两只耳朵戴着毛耳套的贺怀阳突然推门进来：

"时总，有人找你。"

"谁？"

"是个军人。"

时空正愁没法摆脱窘境，突然到访的军人替他解了围，就一面跟着贺怀阳往外走，一面对秋胤说：

"我一定抓紧时间整理出个思路。咱俩要是能不谋而合，那就叫老天爷成就华夏。"

八十八

这会儿，时空办公室的东面墙上，《华夏集团在建工程项目全国分布图》的旁边已经多出一幅《龙潭水利水电枢纽主体建筑物平面布置图》，工程部的两名技术员正在忙着用透明胶布固定。

一位腋下夹着皮公文包的军人立在办公室中央，饶有兴趣地看着那幅刚刚粘贴到墙上的蓝图。

时空端着盛有咖啡的杯子回到办公室。军人连忙立正，向他敬了个军礼：

"时总您好！"

军人四十多岁，两片大刀眉一对圆眼睛，方脸黧黑，着一身戎装，肩上扛着二杠四朵花，但是没扣风纪。时空端量着他：

"你是……？"

"戎马六所大校副总工程师方启航。我见过您，前年随几位首长去过你们省政府办公厅。"

"怪不得这么面熟。"时空握住他的手，"坐坐！"

跟在时空身后的贺怀阳吩咐两个粘贴图纸的技术员迅速离开，自己给客人沏完茶也匆匆出了门。

时空陪客人坐下："那次你们去省政府，好像是为了解决我们省那几个国防工程的给养问题。"

"正是正是，时总记性真好。"

"好什么，也就两年的事。"时空疑心来人无事不登三宝殿，想到自己已经没有统筹各类物资的权力，就把丑话说到了前面，"我现在不当副秘书长了，成了企业老板，再也帮不上你们的忙喽。"

"这回我不是请您帮忙来的，主观愿望是，能够帮帮你们。"

"哦？"

方启航掏出一个铁质香烟盒，打开盖儿递到时空面前，请他自己取支抽抽。时空摇摇手：

"不会。你自便。"

方大校取出支香烟，立起来大幅度地在铁质烟盒上蹾了蹾，插进嘴角，点燃，"几天前，我们戎马六所在宁泰拿到龙潭电站一个标——AIII标——电站厂房。"起身，走到那幅《龙潭水利水电枢纽主体建筑物平面布置图》前，伸手在坝轴线左端拍了拍，"就这部位。"

时空扭头看看蓝图，"好哇，恭喜你们呀。我们成同一战役的战友了。"

"其实，六所只是想尝试尝试自己能不能适应市场环境，证实一下自己的竞争能力。实践证明还行。"启航大校回到时空对面的座位上，志得意满之情溢于言表，"你知道，国防工程多得不得了，六所怎么干也干不完，哪里还有精力承揽地方工程啊？"

这简直就是开玩笑！没精力顾及地方工程，跑出来竞什么争呀？时空心里很是不满，嘴上却又不能不满："戎马六所实力雄厚，能者多劳。"

方启航吸了口烟，又喝了口茶："假如，六所有意把龙潭AIII标送给华夏，你们该不会推辞吧？"

这话来得太意外，时空完全没有思想准备："把咬进嘴里的肉再……吐出来？没听说过。"

"没有听说过的事情不等于没有。"大校朗声一笑，"刚才我不是有言在先嘛。我们希望能够帮帮你们。听说华夏的日子不是很好过。"

也是人穷志短，时空连忙躬身给对方的茶杯里添足了开水，"真忙不过来了？"他宁可信其有不愿信其无。

"确实没有这个精力了。仅你们省境内，我们六所就有七大保密工程在建，这你知道。全国范围内就更多了。"方启航不仅在说着实话，而且把主题深入了一个层次，"AIII标既然归属六所了，六所就应该替它负责任，您说是吧？"

"那是。"天上真的要掉下馅饼，喜得一向能沉得住气的时空沉不住气了，"六所如果真能把AIII标让给华夏，华夏肯定替六所争光。"

"这话我爱听。"方大校眉飞色舞，"实话说了吧，AIII标一得手，六所决策层马上召开了紧急会，像从前的战前动员。紧急会专题研究拿AIII标怎么办的问题——六所得对人家潜龙总公司负责呀。鉴于六所在建国防工程太多，无力承接地方工程这个现实，首长们一致认为：赶紧将AIII标转让出去是上策。后来，会议主题就集中到了转让给哪一家施工单位才能确保万全这个问题上。筛来选去，首长们一致表示交给华夏集团最合适。理由太充足啦，兵强马壮，装备齐全，现代化程度高，技术力量强，有永泰、松峦、花溪、虎啸四大梯级电站的成功经验，加上基地就在龙潭工程附近，人员、机械设备进场，补给，都很便捷——只有华夏集团有能力代替戎马六所出征呀。戎马六所有戎马六所的声誉您说是不是？"

"那是呀！谁不知道六所的名声？除了华夏，哪家能代表得了六所呀。"时空有一种机不可失，时不再来的机遇感，举止言谈一下子全都变了形，"阁下如能玉成其事，咱华夏也不能让六所吃了亏。按通行潜规则，我给你们提成百分之五的转让费，我愿意割这一大块肉，我不怕疼。"

方大校却皱了皱眉头，说："实不相瞒，有好几家施工队伍找到六所指挥部去了，央求我们把AIII标倒给他们，开价都很高，最少的也开到了百分之六，还要添许多好听的话，可是谁放心把这么重要的工程随便交给他们干呀？不能哪。"

时空咬咬牙："行，就百分之六。"

"得得，差不多也就拉了倒吧，我们当兵的喜欢痛快，百分之六！"启航大校倒也爽快，"六所就图个收回投标成本，根本没有想到获利。"

时空心想，你们六所在接待潜龙总公司的考察评估团时，不过弄些亟待销毁的炮弹请人家过了把炮击假想敌阵地的瘾，借用水面部队退了役的军舰在渤海湾佯装了一次深海巡洋，这也叫投标成本？但是话还不能这么直说："部队也讲究成本了？"

"讲啊，怎么不讲？普天下，对哪个劳动群体来说，都是拣个子儿比丢个子儿强。有点儿进项当然好，一来嘛，表明官兵，做的工作见到了成效，二来改善改善工作、生活条件，当兵的苦啊。前些年，我们工程兵部队的发展方向好像是上马为兵，下马为民，脚踏两只船，碰到机会可以腾出手来伸向市场挣点儿外快，现在看来有新动向，政策好像又在慢慢往回变，日后怕是挣了也白挣。"

时空不想过多触及他们的隐秘，诙谐地岔开了话题："这笔买卖，就这样成交了？"

"那还有啥？成交了，没有潜龙总公司搞的招投标那么复杂。我是代表六所专门找你协商这件事的，只要你我同意，事情就敲定了，你看，"方大校拍拍搁在茶几上的公文包，"戎马六所的图章我都带上了。当然，你要是不乐意接受，我也有准备——马上开车去下家。皇帝的女儿还愁嫁？有的是主呀。"

"哪能呢？你好心好意把温暖送上门来，我还不接受？感谢都来不及哩。"

"唉，"方大校忽又叹了口气，"六所愁就愁在AIII标的工期、质量呀。要不然，哪会送女过府——这么倒过头来操办呢？着急得不成体统。"

"工程交给华夏集团了，你们尽可放心，工期、质量，包括潜龙总公司的所有要求，保证全面达标。"时空推心置腹，"我也给你亮亮家丑吧，华夏有近万下岗、待岗职工正愁没事干，处境相当困难，你们送来这么大一单工程，少说也能让千儿八百职工寻到就业岗位，是雪中送炭呀。"

"哈哈，两好合一好，两好合一好。"

"谁说不是呢。"

"转包工程多少有点儿违规，毕竟是私下交易。"方大校摁灭烟头，继而显出一副公事公办的神态，"为了对AIII标负责，对潜龙总公司负责，你我双方不能不签个……君子协定吧？"

"当然，当然！"

"进场队伍必须是戎马六所的旗号。"

"这是肯定的，戎马六所夺得的AIII标嘛。"

"机械设备上的标识、单位名称，至少有一半应该涂改成戎马六所。"

"没问题。"

"工人着什么装……倒也无所谓啊？着华夏的工作服，着六所军工装都行，反正我们的战士在工地大多数喜欢着普通老百姓的工装。但是如果你们乐意，去我们后勤部拉些军工装过来也未尝不可。"

"行，行。"

"电站厂房工地须扯上几条大幅标语，署名当然是六所喽。"

"可以，可以。"

"你们最好在现场附近给我们准备个办公的地方。这戎马六所的牌子要挂起来吧？要有个办公的架势吧？我们还得派遣一名基层干部做指挥长，再挑选两三名战士当财会员、办事员，搞搞价款结算呀，做做报表呀，上下左右联络联络呀，接接电话呀，这假戏还得真唱呀。"

"好说，好说。"

时空不停地点头，方大校说什么他依什么，不讨价还价。

"这协约怎么签由你来定。"方大校又拍了拍公文包，"我个人的意见是宜早不宜迟。事情早早定下来，六所就安心了，华夏就可以放手排兵布阵了。说到底，我们还是为了给你们争取时间。对施工单位来说时间就是效益，多一天工期就多一份主动权，这些我们深有体会。我呢，也可以早早打马回京，复命交差。部队嘛，办事就讲究个雷厉风行。"

时空连连点头称是，说："有道理，有道理。"其实，在这番口舌的过程中他心里就已经盘算好了如何使这单送上门的业务稳稳当当装进保险柜。"我看是不是这样，"他喝着咖啡，语气热忱主动却也不失身份，"今天上午，咱俩的谈话就到此为止，我马上派人送你去宾馆歇息。中午有人陪你吃个便饭。下午，我让华夏有关负责人和你具体商谈，你尽可把六所的条件、要求全部提出来，让我们华夏心中有数儿，以便做好充分准备。有一点需要特别向你表明，六所把这样的好事委托给华夏，是对华夏的关照，也是对华夏的信任，请你放心，华夏一定让六所满意。晚上我设宴答谢，看你这豪爽性格，想必不会推辞。明天上午，我代表华夏集团，你代表戎马六所把一切应该签订的条约签完。明天下午估计雪也停了，天也晴了，你圆满、平安上路如何？"

"那就听时总的安排吧。军人最懂得服从。"

"果然痛快。"

时空立刻打电话喊来了贺怀阳、琴拥军。

"这位是戎马六所大校副总工程师方启航。"时空先把耳朵上戴着毛耳套的贺怀阳拉到方启航面前，又风趣地说："是称呼你方大校呢，还是称呼你方总好呢？"

方启航爽朗地一笑："同志同志，都是同志。"

"称首长吧，部队习惯称首长。"时空笑着说，"方首长。"

贺怀阳双手捧住方启航的右手："我叫贺怀阳，我们刚才就认识了。"

时空又指着头上戴了顶黄棉帽的琴拥军对方启航说："这位是我们总经办的副主任，琴拥军，好像跟你们戎马沾亲带故。"

"那是那是，拥军爱民，军民一家亲。"方启航握着琴拥军的手，"这名字亲切。"

琴拥军说:"家父起的。家父是华夏集团的老职工,解放初期,南下预备师的战士。"

"子承父业!"方启航握住琴拥军的手抖了几抖。

时空开始向主任、副主任布置任务:"这方首长是代表戎马六所支持帮助我们华夏集团来的,把自己好不容易竞争到手的龙潭工程AIII标送给我们,难能可贵呀。"首先把位定好,定得方启航心里舒坦,"方首长是华夏的上宾,二位主任不能怠慢了啊。贺主任这就把方首长领到我们华夏宾馆,开最好的房间安顿下来,我看这两天你就把办公室的杂事都撂了,全力以赴陪伴贵客,生活问题全交给你了。琴副主任全权负责会务,今天下午有个同方首长正式洽谈的会议。回头咱俩再具体商议一下相关事宜。"转身征求方启航的意见,"你看这样行不行?"

"有啥不行的。"方启航整整顶在头顶上的大檐儿帽,夹了公文包:"我……先走一步了?"

时空说:"华夏宾馆简陋,包涵啊!"

"咱们都是一家人了,一家人不说两家话。"

贺怀阳领着方启航走后,琴拥军小声问时空:

"这其中……有没有诈啊?"他感到方启航的行为大气、主动得不可思议。

"你怎么学会多心了?"时空虎着脸说,"这方启航过去陪军区、省军区首长到省政府去过,省委书记、省长都接见过他们,我都在场,来路光明着哩。跟部队打交道肯定靠得住,用不着多心。"

琴拥军说:"不是我多心,是现在的骗子实在太多了,防不胜防。"

"你以为我总会吃亏上当呀?吃一堑就该长一智了嘛。"时空看了看手表,示意琴拥军坐下,"现在的首要任务是争取顺顺当当地把有关协约一次性签订下来,签好。AI-II标十好几个亿,不是小数儿,是意外收获。要是把这送上门的生意放跑了,奚落我们驴透顶的人可就多了。"

琴拥军仍然心存疑虑:"条件该不会太苛刻吧?"

"我看也没啥苛刻的,都是些合乎情理的要求。部队搞事向来严肃认真,条件即便高点儿也无可厚非。"做总经理的反而觉得没有什么不正常,"工程工期、质量是方大校强调了又强调的问题,反正戎马六所不是在马虎行事,与普通建筑企业有明显的本质区别。主动找到华夏来,正好说明人家是经过了深思熟虑的,工程量如此之大,技术要求如此之高,除了华夏谁能代劳呀。从乙方一下子变成了甲方,口气、架子是有些变化,我们可以多些理解嘛。"

琴拥军适可而止,没敢继续质疑:"既然时总这么说了,我也就没道理多心了。"

"你呀,别学秋胤副老总了,捏住我的痛处不肯放手,别得我像小脚女人。干事嘛,再小心谨慎也难免有闪失的时候,希望大家对我多些理解。"时空端起咖啡杯子,捧到嘴边喝了一口,言归正传,"眼前关键的关键是把方大校伺候好了,是把他稳住,不能让他走神儿,不能让他有移情别恋的机会,不然,煮熟的鸭子也会飞了。你当我表面轻松,心里也轻松呀?"

"时总怎么吩咐,我就怎么干。"琴拥军把头上的黄棉帽揭下来搁到茶几上,随手掏出笔和笔记本。

"还有茅台没有？"

"有。"

"多少？"

"去年为接待潜龙总公司的考察评估团，通过关系买回一汽车，招待考察评估团整整用掉半车，年度工作会用了剩下的一半，前几天给三大施工局、五大直属项目部领导饯行，又用了两三箱。大概还剩二十来箱。"

"方启航是开着小车来的。看看他那小车能装多少箱，能装多少送多少。"

"那么多酒，方首长敢……？"

"你看，让他捎回家犒劳战士们的呀。"

"嘿嘿嘿。"

"给保守点儿秘密。在场的人越少越好。"

"是不是……"琴拥军腾出拇指和食指，摩挲着，"再……？"

"这可真使不得，这是害他。"时空会意，嗔道，"你是不知道，军纪特严，打死他也不敢收的。吃喝、烟酒、纪念品，我看问题不大……对了，赶紧给他张罗点儿纪念品，礼多人不怪。"

"什么价位？"

"你看着办吧，高点儿低点儿无所谓。"时空说，"晚上宴请他一顿，这顿饭的规格倒是可以尽量往高处拔。吃完饭，别忘了给他安排个娱乐活动什么的，大家都是这么干的嘛。"

"晚上这顿多少人？"

"一桌够了吧？"时空心里算了算，"够了，一桌就够。范围没有必要扩大，能不参加的人员就别参加了。我也不参加了。"

"你也不参加？你怎么能不参加呢？"

"不是我想搞什么廉政，我没那境界，关键问题是办事要讲求实效。你想啊，我戳在那儿，客人不一定吃得好，喝得好，你们搞接待的、作陪的也很难做到放开手脚，反而拘谨得很。还有，"时空一下子幽默起来，"万一你瞅准机会把茅台酒、纪念品往他车上搬，我却挺在那儿，他必定要推辞一番，我必定会客套一番，双方都是言不由衷，皮笑肉不笑，不好。"

"嘿嘿，时总考虑真……嘿嘿。"

"这顿酒一定要喝好。要喝出热情，喝出诚恳，喝出深厚友谊，要是喝成朋友了，下面的事情就好办多了。所以，安排几个有酒量却不贪杯、不会误事的人参加为宜。你算一个，老达奚算一个。杨导、东方戟、程心爽三位副老总上龙潭去了，家里……等等，"时空从办公桌上取过《集团领导成员本周活动安排表》，边看边说，"焦言副老总下午主持召开年度资金预算调整讨论会……这会很重要，你看，我和诗书记都要出席，焦副老总肯定没有喝酒的心情。他喝酒的水平也欠缺了点儿，沾酒脸就红，言语也太短，造气氛的能量不够。帅自文副老总今日无事，让他去吧，他还有点儿饭局经验，今晚就让他领衔主演，就这么定了。"

"秋老总不参加不行吧？"

"不行，不行。他干什么都行，唯独喝酒不行。一张少有阳光的脸，永远保持高度警惕的眼神，酒杯子要端不端，弄不好再冒出一两句盘诘式的话来，没准事情就黄了，跟六所的这笔买卖本来就像黑道交易。不参加了，不让他参加了。"

"他分管的是这一块呀？"

"具体工作都做完了，事情办成了，再移交给他，这多好。"

"下午跟六所商洽，他也不参加？"

"不参加，不让他参加，领导同志都不参加。"

"那……谁主持呢？"

"你呀。这么个小会难道你还主持不了？"时空进一步完善内容，"你以总经理办公室的名义主持这个商洽会，名正言顺。请投标办公室的达奚贤主任参加；合同处、工程处没有正职，就让两位主持工作的副处长参加好了，加上你和怀阳主任，一共五个人，这阵容就很不错。商讨的都是些小问题，也就鸡毛蒜皮之类。一条，方大校怎么说你们怎么办，不准斤斤计较，切记！你让贺主任留心记录，回头做个会议纪要，以备将来有案可查。晚上的宴会通知帅副总经理就位就行了。明天一大早我就去宾馆，准备签约。中午再安排一顿给方大校送行，这顿饭我得参加，诗书记能到场最好。"

琴拥军合上笔记本，"我这就去通知他们。"

"等等。"时空阻拦说，"下通知的事就不劳驾你了。这通知还得我亲自下去，你是说不清楚的。"看了看手表，"上午还有点儿时间，你抓紧时间把茅台呀、纪念品呀，张罗齐了，下午和明天上午的会场也该准备停当。中午你和怀阳主任陪方大校吃便饭。说是便饭，可也不能随便，排场还是要讲究的，不能让人家感觉到华夏真穷。这年月，摆阔时髦。"

"知道了。"琴拥军转身出门。

时空抓过搁在茶几上的黄棉帽，转身向他一扔："帽子！"

琴拥军走后，时空向咖啡杯里加了些开水，准备下楼——通知下午有活动的人员。可是他第一个找的却是没有被安排活动的秋胤。

秋胤仍旧安静地坐在办公桌前看文件。

"秋副老总啊，有个事儿……"时空捧着杯子摇晃到他身旁，"想听听你的意见。"

秋胤抬起头，心想，你会有啥事啊，不就藏在心里的那点儿想法吗？不说我也知道。

时空先卖了个关子："你知道刚才来找我的军人是谁吗？"

秋胤摇摇头，表示没有猜谜的兴趣。

"戎马六所的大校副总工程师方启航。从北京来的。"

"……跟华夏有关系吗？"

"还真有关系。"

秋胤放下手里的文件，等待下文。

"你说这戎马六所吧，真他娘的吃饱了没事干到处寻开心。"时空捧着杯子瑟缩着肩背，优哉游哉地在办公室来回踱着，"中了AIII标——电站厂房，可是又不想干，想作为扶贫项目转让给华夏。"

秋胤一振:"有这种事?"

"哄谁也不能哄你呀。刚才,我已经和那姓方的扯过好一阵子了。"

"什么价?"

"张口就要提成百分之六。这……划不划得来呀?"

"给他提百分之十我们都有赚!"

"还有油水呀?"

"这种送上门的好买卖怎么全让你碰上了?宜阳县去年给你送来十多个亿的工程项目,还说是求你帮忙。"秋胤阴霾的脸上绽放起了笑容,"究竟谁帮谁呀?"

"可是……我怎么疑心这其中有诈,又悟不出诈在哪?照说,他们中这个标也使尽了浑身解数,很不容易。"

"会有什么诈呀,你也太多心了。"秋胤不知底细,生怕时空错过了良机,"戎马的强项是铁路、公路、桥梁,是洞室的爆破与衬砌。水电工程,他们没有优势。如果没有猜错,戎马六所一定是觉得把握性不大,担心工程施工质量、工期满足不了甲方的要求,被迫找华夏代劳。应该说,是个负责任的态度。"

"这买卖……做得?"

"还用得着问吗?"

"方才我一直在怀疑、犹豫——吞下怕是块骨头,吐了又怕是坨肉,就胡乱安排两个人和姓方的继续谈判去了。原则是,靠得住、有赚头,就干,疑难太多就拉倒。听你这么一鼓励,我还得认个真才行呀,"时空惊慌起来,"我得亲自盯着去,刚才的安排实在欠妥,太草率,差的人也不是很得力,把客人冷落跑了可就坏了大事了。"

焦急起来的秋胤完全没有察觉到时空是在做戏:"AIII标是十好几个亿呀!"

时空忙说:"我这就去,我去了啊。"转身就往外跑。

八十九

这场暴雪来得快,去得也快,昨夜还有雪花飘零,今早天就放晴,晌午还出了太阳。

春雪不占路。冰雪很快融化成了水,从房檐、屋脊跌落下来,地面到处流淌起了浮着冰碴儿的雪水。

下午,时空兴高采烈地下了个早班。奥迪在别墅前院门口停稳后,时空一面下车一面对黄河说:

"再辛苦一趟,去将军楼把我那老人家接过来。"

空荡荡的前院已被岳父大人充分利用,植了三四十棵橘子柚子柑子树苗。树苗刚刚吐出嫩叶却遇上了一场大雪,成活率肯定会受到倒春寒的影响。下车的时候,时空明明看见山茶正拿锄头清除树苗根部的积雪,可是眨眼工夫她就不见了。时空蹙起眉峰,甩着大步迈过直通门厅的石径，推门进了屋子。

客厅和厨房都没见山茶的人影，"山茶！"他边喊边上楼。

刚爬到二楼，正好遇见穿着睡袍的尉迟江南从三楼走了下来。不待时空发问，她就先把时空的口封住了：

"今天下班怎么这样早哇？"江南指指腕上的手表，"五点都不到。"

"回家晚正常，回家早反而不正常了。"时空夸张着把江南的脸从左边端详到右边，"今天气色不错，脸上红润有光，春潮荡漾。"

"下午有太阳，又没风，在露台上睡了快两个小时，当然不错啦。你今天好像也很精神，脸帮子没有往下拉着。"

"常言道，人逢喜事精神爽。"时空拐进书房。

江南跟在后面，"好不容易遇上舒心事了？"

"这话问得有水平。"时空把手里的公文包搁到书案上，顺手端起盛有咖啡的杯子。

"隔天的！"江南从他身后抢过杯子，"忍忍啊，我给你另冲一杯。"

"让山茶冲去。"

"谁冲还不一个味道呀？"

"你说这个山茶，啊？真不懂事。"时空对山茶的表现很不满意，"她明明看见我从车上下来，闪身就钻进屋了。"

"恭恭敬敬迎上前去，帮你拎皮包脱外套就懂事了，对吧？"

"那也不能见我就躲呀？鬼鬼祟祟。"

"哎哎，领导同志啊。说话要负责任，更不能随随便便诬陷好人，什么鬼鬼祟祟，你自己不疑神疑鬼就行。"尉迟江南对时空的表现也不满意，"刚才没准是听见我喊她，就急急忙忙跑进来了。她分明是有呼必应，反被你提高警惕。你看这做人多难。"

"不对啊，这种情况我都碰到过好几回了。我一到院子门口，你就在屋子里喊她做事，这么巧呀？"

"得得，你在外面忙昏头了，回家看啥眼都走神儿。"江南去盥洗间把杯子洗涮干净，重新冲了满满一杯咖啡走进来，"山茶不错，勤快，听话，人品好，现在还爱学习了哩。之男出差后，我每天教她一个字，都快认识一百个字了。"

"那一二三四五也算字？"

"哦？原来一二三四五不算字。"江南挖苦了一句，又说，"人家还是个孩子，别要求过分了啊。"

"你尽庇护她。"时空在书案前坐下，"她人呢？"

"回你的话，在三楼。"江南坐进一只单人沙发，就势一歪，"我让她拿空气清洁剂把三楼好好喷喷，顺便把这二楼也喷喷。下午歪在露台的躺椅上瞌睡，不时闻到有股不好闻的气味儿……可能是周围农民往菜地浇化肥农家肥什么的……"

"什么化肥农家肥，压根儿就不是那种气味儿，这屋子里经常有。说香不香，说臭又不臭，怪怪的，说不上来的一种味儿。"

"又来了不是。这屋子里会有什么怪味儿啊？你那狗鼻子。"江南嗔道，"家里现在可安宁了啊，老少平安，气氛祥和，我的病也日渐好转。没谁招惹你，你也别招惹谁。"

反守为攻。

"这不是顺着你的话随便谝谝嘛，谁愿意无风起浪啊？行行，不说了。"时空害怕她受到刺激，于是退避三舍，"确实，最近不仅没见你犯病，身体状况好像越来越好。还是……隔天一针？"

"实话告诉你吧，我已经很少去医院打针了。小护士那眼神儿……真让人受不了。现在好了，跟她们的交道快结束啦。"

"从一天的两针三针到一天一针，又到隔天一针，再到很少去医院打针，这进步还真不小。"

"病情好转，康复，是患者的愿望，也是医生的愿望，不然，为什么要及时就医，悉心疗养呢。"

"好事，这是我们家的大好事。家运好转了，真好转了。"

"遇上什么称心如意的事了？说出来让我也开心开心。"

"嘿嘿。"时空端起冲了咖啡的杯子，"就觉得顺心呗。"

"你呀，坏事好事都从嘴里抠不出来，只能望着你那张脸费劲儿地读。"

"你这是批评我没有城府，沉不住气。"

"想怎么理解就怎么理解。"

这时，山茶拿着一壶空气清洁剂从书房门口路过。时空连忙喊住她：

"山茶，你过来。"

山茶赶紧在门外立定，怯怯的样子，像做错什么事。

"……饭做好了没有？"

"电饭煲里的米饭该熟了。菜都洗好了，切好了，待会儿就炒。"

"晚上多炒几个菜。添几样好点儿的，一会儿爷爷过来一块儿吃。"

山茶甜笑着问："哪个爷爷呀？"

"将军楼的爷爷呗。面巴屯的爷爷在面巴屯，宜阳城关的爷爷在宜阳城关没空儿过来，只能是将军楼的爷爷嘛。"

"买怕是来不及了。"山茶说，"冰箱里有只腌野兔、一条腌麂子后腿，还有……野猪肉和腊鱼腊肉。"

"都是你从面巴屯拿来的？"

山茶点点头。

"那就把野兔、麂子后腿炖了吧。"

江南惊讶着问："还打算把爸喊过来吃饭呀？"

"我已经让黄河接他去了。"时空说，"今天心情不错，就忽然记起他老人家来了。尽尽孝。"

"心情不错了才有孝心啊？"

"是人都有孝心，多是因为尽忠顾不上尽孝。"

山茶说："我这就去炒菜。"

"这样吧，你还忙你的事，二楼喷完了再去一楼喷喷，索性把家里的空气彻底清洁清洁。以后要形成个制度，隔三岔五，就拿空气清洁剂把楼上楼下喷洒喷洒。顶多十天半月，之男就该回来了，她对家里的卫生环境、空气质量要求比我高多了，当心啊！"时空情绪高涨，"这顿饭，我下厨掌勺得了。"

山茶吐吐舌头："叔还会掌勺呀？"

"那怎么哪？叔四岁就在彤云寺帮厨，学艺早着哩。"

"这历史光荣。"江南撇撇嘴，"待会儿让我再尝尝你那高超的手艺。"懒懒地打了个哈欠，"我得躺会儿，有点儿累了。"

时空起身，脱掉外套，挽起袖子，噔噔下楼钻进了厨房。

洗，切，斫，烹，炖。煤气灶的两个炉头都不闲着，双管齐下。他有板有眼，忙得不亦乐乎。

尉迟琪拄着拐杖走进小饭厅，欠身向厨房探了探，"怎么是你做饭啊？"

时空边翻勺边扭头："山茶有事，我就……试试吧。"

尉迟琪穿着件有些泛白的黄大衣，戴着顶褪了色的黄棉帽，左手还提了只老旧的黄色军用提包。提包没拉拉锁，几株翠绿的橘柑树苗伸出包外。"江南的身体最近怎么样？"他问。

"挺好。"时空将芹菜炒豆腐干装盘，接着涮锅，"精神面貌也不错。"

"哦。"尉迟琪只听清了时空前面的一句，"挺好就好。"

"黄河的车去了好一会儿了……"时空开始烧豆腐，声音大了许多，"我正担心你那里有什么事哩。"

"我会有什么事？吃得饱，睡得着。让过来，我还得把鸡拦进窝。忽然发现少了两只，黄河帮我到处找。"

"莫不是隔壁关门练天眼的那两家抓去打了牙祭吧？"

"不要瞎怀疑，人家哪会要我这老头子的鸡啊。后来在屋后树林里找到了，正趴在草窝生蛋哩。黄河不仅找到了鸡，还拣回了两窝蛋，总共十三个。"

"呵呵，意外收获。"

"失而得复啊。本来就是我的。"尉迟琪弯腰取出放在提包上层的树苗，"你看，都提来了。"

"正好，"时空擦着手凑过来，"我这就卤了。"

"不是年节，让我过来吃什么饭啊。"

"前不久，华夏中了龙潭工程 AI 标，一百多个亿。昨天，戎马六所来了个大校，主动把他们中的 AIII 标让给我们，也是十好几个亿的合同量，今天上午，有关协约全部签订。都是顺心事呀。"时空把炖好的野兔肉装盘，又涮锅加水炖斫成了块儿的腊麂子后腿，紧接着将另一炉头上的烧豆腐勾芡起锅，开始卤鸡蛋，"这一高兴呀，我就想到该把您接过来喝两杯了。"

"你今天不喊我过来，这天一晴好，我也要过来了。"不知是没有听清时空在说些什么还是觉得事不关己，尉迟琪只顾理弄立放到墙根的柑橘树苗，"这场雪不小，倒春寒来得太猛，前院那些才栽的柑橘怕是要冻坏不少。幸好，我早就找果农要了一些，赶明儿补上。"

"哦，这苗还挺壮的。"时空又走了过来，"你先去客厅歇着吧，我的菜很快就做好了。"又冲着二楼喊了声,"山茶,爷爷来啦,泡茶!"

山茶闻声跑下楼,甜甜地叫了声:"爷爷!"

尉迟琪脱掉黄大衣,取下黄棉帽:"听说你阿姨现在……还不错?"

山茶忙着泡茶,"比起以前来那是好多了哩。很少去医院打针了。"

"看来……"尉迟琪在三人沙发上坐下,想说的话却没有继续说下去,"好就好,好就好哇。你茅爷爷最近没见过来啊?"

"是哩,好久没见他过来了。又去我们面巴屯那里扶贫了吧。"

"嘿嘿,一辈子都在忙乎。喜欢做好事。"

正说着,一位年轻人大摇大摆走了进来。年轻人身个不高,特别敦实;脑袋圆大,上面紧箍着一顶黑色的绒线帽子;上身套一件看上去小了一号的棕色皮夹克,对襟豸开;裤腿肥大,下端深深扎进一双方头皮鞋的高腰里。打扮很不入时,却又不同凡响。尉迟琪、山茶望着毫无斯文可言的不速之客,愣住了。

却是来客开口问道:"时总在家吗?"

尉迟琪没听清:"找谁?"

山茶很不友好地瞅着他:"你说话的声音就不兴大点儿?还是大老爷们!我爷爷耳朵不太好。"对尉迟琪说,"找叔的。"

"噢,他正做饭哩。"

年轻人一副不与山茶一般见识的样子,音量倒是放大了一倍:"老领导,我认识您呀。"

"你认识我?"

"可不是吗。往年年度工作会总要请您到主席台上坐坐,我们小字辈儿都坐台下。我早认识您,您就不一定认识我喽。"

"华夏的?"

"是呀,我叫况夫,跟时总跑龙套哩。"

山茶也给况夫泡了杯茶,转身去厨房告诉时空家里来了客人,就又上楼去了。

况夫一面跟尉迟琪搭讪,一面在客厅转悠,东张西望,像是进了旅游景区。时空把该起锅的菜起锅后,随即来到客厅,注意力一下集中到了况夫那别致的装束上:

"这行头,嘿嘿,潇洒,潇洒!"

"到底是老板,有欣赏水平。"况夫咧着嘴笑,"我的衣服一部分收藏在十字街,一部分存储在三峡,还有一部分摆在省里的办事处,四分五裂。宁泰跟十字街共一片蓝天,同样冷不丁儿下起暴雪来,气温一下猛降到零下,冻得我直打哆嗦。不能一天到晚龟缩在九州饭店吧?得走出来办事呀。就赶紧奔衣摊添置寒衣。大小衣摊的老板贼精,个个精过了头,都提前做起换季生意来了,卖的全是春装。说'都什么季节啊?越冬生意去年秋天就做完了,再过几天就该卖夏装了哩'。急得我东奔西走,东拼西凑,就拼凑成了这模样,肥的肥个死,瘦的瘦个死,没一样合格。凑合吧,把这几天凑合过去拉倒。"

"就为应急?"

"那还为什么?"

"这价钱……不贱哪。"

"我需要应急，抗寒，怎么办？"

"可惜。"时空直打啧啧，"明天不报废，后天准报废。"

"报废就报废呗，抵挡几天严寒就完成了使命，还想穿一辈子呀？"况夫满不在乎，重重地坐到尉迟琪旁边，指指屋子，"这就是包工头贿给易日山的别墅？"

"如今是我的栖身地。"

"我当什么金銮宝殿哩。这也叫别墅？这叫别墅，中国好多农民都住上别墅了。"

"新鲜。你是第一个把这豪宅不放在眼里的主儿。"

"普通民宅而已，哪能跟外国人眼里的园林概念相提并论啊？文化差异。"

"你得承认，在中国，拥有这种住宅的人不多。"

"去库区的移民新村参观过没有？没有吧？移民住的房子，我看比你这别墅差不了多少。"

"移民毕竟是少数，新居全靠政策扶持。"

"那你就坐在车上放眼望望去，现在的农村，哪里不是戳满了这种房子。"况夫把话拐了个弯儿，"我想要说的是：易日山为这么栋房子获刑，身陷囹圄，怎么算都划不来。"

"兜来绕去，原来是给易日山叫屈。"

"命里有时终归有，命里无时莫强求。易日山有心享受没有享受到，你无意享受偏有了这福，你说，这实际情况是不是印证了那句古话？"况夫悲叹了一声，"公正一点儿讲，易日山干事应该说是把好手，敢想敢说敢干，铁面无情。逮捕他的时候，他正在施工现场就地处分一个不负责任的施工队长，听起来有点儿滑稽。旁观者清，这个人的最大失误，我主要分析出了两点：一是拿了人家的好处又不甘听任指使，激怒了财人；二是搞下岗待岗犯了众，面积大，下手太重，弄得人人自危，在劫难逃，其后果自然是群情激愤，没有一个人站出来替他说好话，惨！"

"哼哼，"时空谨慎地笑笑，"功过是非，你与评说。"

"集团正保释他是吧？"

时空打了个顿："毕竟为华夏做过不少有益工作。主要还是因为他的胃溃疡严重，服刑对他的身体伤害太大，他老伴四处找人哭诉，家里弄得很凄惶。社会舆论也并非一边倒，有的说送他钱财的人多是居心不良，严格说来也是犯罪，可结果是受贿的人获刑，行贿的人却普遍逍遥法外，有失公允。作为一级组织，面对诸多压力，不能无动于衷呀。"坐到他旁边，"这事你怎么知道？"

"办差的不是白瞎子嘛。"况夫如实相告，"他公干那会儿就住办事处，跟我隔壁到隔壁。只需灌两杯酒，他就把机密统统坦白出来了。他说假释易日山实际是你的主张，其他领导也就顺水推舟，不想继续做恶人。他说实际上就他白瞎子一个人受别：当初向省纪检监察部门提供证明材料、落井下石的是他，现在替罪犯力争假释成功的也是他。"

"让他做好人也牢骚哇？"

"那倒不是。纪检监察这行当左干右干都难干到点子上的活儿思想倒是有一点点儿，悲叹自己好人坏人都做，好事坏事都干。"

"这个老白,看上去挺乐观挺开朗的,原来也会叫苦啊。"时空心里有所警觉,真怕他喝酒过量,向况夫"供"出了绝不可以"供"出的人和事,"他还跟你说什么了?"

"多哩。"况夫故作神秘,"说出来……你可别……"

"说。"

"我真说了。"

"吞吞吐吐。"

"这易日山看起来牛×哄哄,气冲斗牛,实践证明外强中干不堪一击。一扔进号子就乖乖自首变节成了龟孙子。"况夫讥笑说,"开始,他还想耍赖皮,软抵硬抗,避重就轻,拒不交待实质问题,妄图阻止执法机关执法。审讯人员很棘手。看守所的狱警得知他百般狡赖、不肯伏法的表现后很生气,放话说,'你等着,明日没人审你,你也得老实交待'。不等易日山整明白狱警放的狠话狠在哪里,他就从普通牢房换进了特殊牢房。进去没多久,就听这老兄在特殊牢房里哭爹喊娘直喊救命。狱警背着手走进去呵斥他为什么大声喧哗。他抱住狱警的大腿就哭叫说,'别把我关这儿了,别把我关这儿了,我坦白,我什么都坦白!'果不其然,第二天他就把自己的犯罪事实毫无保留地交待了,连在麻将桌上赢的几个子儿也作为受贿赃款招供了出来。你道那特殊牢房羁押的都是些什么人?是专门袭击男人的男人!那帮家伙收监前不知吃错了什么药,时刻都在惦记着改变对方的性别,见了易日山就蜂拥而上动手扒他的裤子,吓得易日山没命地叫。"

"鬼信,"时空捂着嘴笑,"瞎编。"

"真的。白瞎子说贪污腐败就这下场。"

"就没说点儿别的?"

"你当堂堂纪委副书记会那么没有原则呀?哪些事可以说,哪些事不可以说,他心里有数儿得很。他实际是在警告我哩,意思是况夫你别见钱眼开,当心跟易日山一样下场。这瞎子,吃酒也不忘耍心眼儿。"聪明的况夫很快明白时空是在担心白延寿酒后泄露了什么机密,赶紧释怀,"今天我不过是触景生情,胡乱慨叹一气而已。很高兴跟你扯扯闲。"

"从宁泰跑回来,该不会是专门找我扯闲来的吧?我一直等你的消息哩。"

"这么远跑回来扯闲,我神经呀?"况夫伸手抓起茶几上的茶杯,喝了一大口,忽然想到该和坐在一旁翻着《参考消息》的尉迟珙搭个腔,"老领导,我向时总汇报工作哩。"

尉迟珙"嗯"了一声,说,"你继续汇报吧,我耳闭,听不清楚,插不上嘴。"

况夫笑笑,对时空说:"我有要事报告。"

"我知道你肯定有要事。"

"北方能源开发集团的巢穴不是在哈尔滨吗?"

"没错。"

"我不是土生土长的哈尔滨吗?"

"是啊。"

"北方能源奔这里竞龙潭标的全是东北佬。平时没事我就去他们那里串门,天南地北聊啊侃啊,就厮熟了。"况夫圆胖的脸上幻化出了得意的神采,"昨天上午,他们得了 AⅡ 标——二级船闸。今天下午，我去他们的包房道喜，你猜他们怎么说？"

"怎么说？"

"'喜个屁股！不到二十个亿的工程量，调大军南下不合算，派游击队对付不了，甩给包工头吧又不放心，咋整？'我一见他们是这种情绪，心里就打起了主意，于是半开玩笑半认真地说，'既然你们左算右算不合算，无心恋战，何不将这一标倒给我们？华夏集团你们该放心吧？施工经验丰富，综合实力雄厚，且根据地与龙潭工程毗邻，驰援、补给都方便。我们给你们抽头子，活儿由我们干，你们不劳而获。'嘿，哪知他们当起真来，说，'行啊，头子按潜规则百分之八的比例掐，外加负担一个项目部的工资。一口价。'我说，'那要看你们的项目部有多大，吃白饭的人太多我们供养不起。'他们倒也干脆，冲我竖起了三个指头，'就仨，一会计，一出纳，一项目经理，不多吧？'我一看真的有戏，就想到赶快成交，免得夜长梦多，问他们能不能代表北方能源。他们说，'能呀，昨天我们向总部打电话报告战绩，大当家的都这意思——不愿意为蝇头小利劳师动众。问题是你当不当得了华夏的家。'这话还真把我给挺住了。我是借调到投标办的，连老达奚的家都当不了，哪能当得了华夏集团的家啊？就对他们说，'华夏总部离宁泰市也就二三十里地，我正好带着车，立马回家请示报告。看在老乡的分儿上，我不回话，你们不能另寻主顾。'"

时空大喜，连声夸赞："稳当，有章法！"

"幸亏我找办事处老瞿要了辆皮卡以备不时之需。"况夫把捏在掌心的车钥匙抛了抛，"奔回十字街后我先去了老达奚家。他怎么喝得烂醉如泥，正下猪娃子哩，满屋里都是酒气。他老婆蹲在床边，一只手端着脸盆，一只手紧捏着鼻子，嘴里一个劲儿叫唤'喝，喝，连天喝，喝死你！'"

"昨天下午、今天上午都在安排他陪酒。一心想讨客人欢心，成交，"时空想笑却又笑不起来，"加上嗜酒如命……悲壮！"

"见他喝成这模样了，我只好长话短说，扯着嗓门儿把事情的缘由简简单单讲了一遍，问他咋整？他老人家大睁着一对圆溜溜的眼睛，绕着舌根冲我真嚷嚷：'我都糊涂成这样了，你奔我来做甚？这事要通天……你快通天去呀！'嘿嘿，这宝器，你说他这是真糊涂还是假糊涂？"

"呵呵，酒醉心明。"时空对达奚贤醉酒表示理解，"达奚主任好就好在从不误事，喝多少也不会误事。昨天，戎马六所来人，向我说明了把他们争夺到手的 AⅢ 标转让给华夏的意向，我怕送上门的财运搞丢了，特地让他协同怀阳主任负责协商协约条款，尽心招待客人。忠于职守，忠于职守！"

"这些单位也真够呛，"况夫啐道，"抢起标来不要命，抢到手又不想干了，捣蛋。"

"你刚才不是说了嘛，北方能源忧心的是利润欠丰。戎马六所呢，怕的则是种好了别人的田，荒了自己的地。各家都在打算盘。加上人为的炒作，本来很平衡的建筑市场被搅得不平衡了，富人穷人争相为五斗米折腰。"

"北方能源的 AⅡ 标……我们华夏接手？"

"还能犹豫呀？"

"我可以代表华夏给他们回话？"

"那当然。"

况夫非常高兴,说:"该指示指示吧?"

时空说:"北方能源可能会有一些具体要求,会提出签订相关协约。对我们这种特殊的甲乙关系来说,本身存在违规之嫌,但双方又同时存在法律风险的防范意识,做贼防贼。所以,协约还是要签出水平来。我今天上午跟六所一个姓方的大校干过这勾当,刚刚积累了一点儿经验。你可能干得不多,相信见得还是不少,这情况建筑行业招投标市场比比皆是,见怪不怪。先跟北方能源的人把有关条约协商好,签订是下一步的事,那很简单。我的意见是:AII 标转让给华夏承建这事,只要有一线希望,我们就要争取成功。如有必要,该让步就让步,绝对不要跟他们斤斤计较。钱嘛,该花就大大方方花,切莫吝啬。有一条我得格外提醒一下:工程的工期、质量,华夏可以承担任何责任,但是工程款必须按时到位,这是原则。签约问题,北方能源能和戎马六所一样,来华夏总部举行个简单仪式更好,倘若不便,我们可以专程到宁泰签订;须到北方能源总部,让达奚主任带工程处、合同处的人飞一趟哈尔滨也行。"

"跟竞标一样,不惜代价。"

"有什么办法,谁让华夏的日子不好过呢。"这句话已经成了时空的口头禅。

"行啊,我有办法把这事搞定。"况夫起身,"走了,他们等我回话哩。"

"还没吃饭吧?"

"赶回宁泰吃去。"

"别走了,别走了,吃了饭再走不迟,我的晚饭刚做好。"

"这……"况夫犹豫起来,"有点儿打扰吧。"

"打扰什么,不就一顿饭吗?"时空说,"虽然没有珍馐美馔,但是有两道野味。一道是干椒烧野兔,另一道是蘑菇炖腊麂子,很难吃得到啊。"

也是况夫的肚子确实有点儿饿:"听你这么一广告,我还真想尝尝。"

"这就对了。"时空解下抹在腰间的花围裙,一面请尉迟琪和况夫进餐厅,一面望着二楼喊道:"开饭喽!山茶,喊阿姨起来吃饭。"

九十

歪倒在书房沙发上闭目养神的尉迟江南听跑回二楼继续喷洒空气清洁剂的山茶说家里来了个名叫况夫的年轻人,顿时来了精神,心说,"我说哩,怎么忽然亲自掌勺操办起饭菜来了,原来……"跑进卧室就忙着更衣,梳头,还描起了眼线。这会儿听见时空大声吆喝开饭,她撒腿就往楼下跑,山茶想搀扶她都没来得及。

尉迟琪、况夫已经谦让入座。时空把冒着热气的菜肴一道一道往餐桌上搬。

尉迟江南款步走进小餐厅,先向父亲打了个招呼,接下便望着况夫,明知故问:"这位是……?"

尉迟琪没记住况夫的名字,况夫只好自我介绍:"我叫况夫。情况的'况',匹夫的'夫'。"

"哦？与旷世的'旷'同音，男子汉大丈夫的'夫'。"

"岂敢，岂敢！"宠得况夫连忙拱手作揖，"您一定是尉迟大夫，省直人民医院的外科主任。"

"那都是过去。"尉迟江南挨着父亲坐下，"现在是病人。"

"我听说您的医术相当高明，能把死人救活。"况夫努力把话说得好听一些。

尉迟江南矜持地一笑："我又不是神仙，哪那么能呀？人死了是救不活的。"

况夫也感觉到了自己的话有失水准，就想给自己补台："听说您的手术做得特别好，救治的疑难绝症患者无计其数，自己却累出一身重病，最后，反被医院下了岗。卸磨杀驴！"这话的水平也不高，一出口他又后悔起来。

"是我自动请辞的。"尉迟江南并不计较，笑着纠正说，"不能继续做贡献，退下来好些。"

"尉迟主任真是豁达。"

"我现在不是主任了。"

"大夫该是吧？尉迟大夫！"

"同样当之有愧，因为我已经不能治病救人了。我看……你还是称呼我阿姨好了。"

"阿……姨？"况夫一脸羞赧，"行，阿姨，就阿姨。"

尉迟江南盯着况夫："委屈？"

"哪能呀，我这是高攀哩。"况夫讨好说，"阿姨的面容还是挺不错的啊？如果不是眼角巴满鱼尾纹，额头上爬出些抬头纹，准和年轻人一样，一表人才。"

尉迟江南吃吃直笑："你不会夸奖人，别夸了。我已经老了，就这样了。"

况夫窘得满脸通红。

桌上很快布满了盘儿碗儿。山茶从厨房端出冲洗干净的碗筷、酒盏，麻利地摆放好了。

时空从储藏柜里取出一瓶茅台，"哧啦"一声扯开了精美的包装盒。

况夫趁机转移阵地："还喝酒呀？"

"废话，真让你扒几口白饭不成。"

"茅台，嘿嘿，时总出手真大方。"

"哪是我大方哟，是华夏的诸侯们大方，他们送我好几瓶哩。前几天，八大诸侯跑回来争夺 AI 标经营权的事你听说过没有？"

"听说了。事后房启蒙打电话告诉我的。"况夫沉下脸，生气地说，"我把这小子狠狠臭骂了一顿。咱们三峡项目部再无能，那也不能争抢老家锅里的这点儿粥呀，这不是做无情无义的事吗？小子自作主张，先斩后奏，我说你什么时候学会目无组织纪律了？也不跟我打声招呼，邪了！"

"当时，我对他们的这种举动也很不满。可他们一个个怏怏离开十字街后，我心里又有些不好受。都怪华夏底子薄，我们做领导的能力又有限，对远离母体的施工队伍援助太少，让他们失望，该挨骂的是我们哪。想来想去呀，我感到只有下大力气多中标，中大标，把合同储量拉上去才行，不然，越来越被动。"

"所以，我一说北方能源要把AII标转让给华夏，你如获至宝。"

"应该说饥不择食。来来，喝酒喝酒！"时空先给尉迟珙面前的酒盏满上，又给况夫面前的酒盏满上，"你算得华夏的有功之臣，今天咱哥俩儿好好喝两杯。"

"哎哎，"尉迟江南很不高兴地望着时空，"你这话我怎么听起来别扭啊？"

时空如坠五里雾中："怎么，我这话……有毛病？"

尉迟江南嗔道："你怎么跟他称兄道弟起来了？"

时空说："我们都这样称呼呀。"

"那也得有个规矩，讲究个辈分呀？"

时空见江南又讲理又不讲理，窘得呵呵直笑。

况夫解围说："时总跟下级打交道经常称兄道弟，不分老幼。这样好哇，我们做下级的感到格外亲切。"一把抓过时空手里的茅台瓶子，"这酒该我来酙，我是下级，又……晚一辈分。"边说边向江南、时空的酒盏里斟酒。

时空冲厨房喊道："山茶，吃饭啦！还忙乎什么呢？"

"你们先吃吧，"山茶顺口就是理由，"我在做汤哩，还要烧开水。"

尉迟珙这才开了个腔："今日有客人，她是不会上桌的，由她去吧。"又把嘴巴向况夫耳旁贴了贴，"你们该吃吃，该喝喝，该说什么说什么，我耳朵不好使，插不上话，就自己顾自己了，见谅啊。"

况夫连说："知道，知道，老领导您甭客气，您自便。"

时空端起酒盏："来，喝，咱们亲如一家人，随便点儿啊，就没有许多讲究了……呀，这话又出毛病了吧？"望着江南。

江南莞尔一笑："去去去。"

时空端起的酒盏在岳父、况夫面前画了个弧，再送到嘴边抿上一口，边夹菜边问况夫：

"潜龙总公司的招标工作十天半个月能不能结束？"

"照说差不多。"况夫明白，时空实际是探听华夏集团还有没有拿到一两个标段的希望，就回答说，"情况已经非常明朗，进入竞标主体工程的九巨头，各家都能拿到一个标，这是雷好设计好了的。甲方对上面、对社会有很好的交代，乙方也无话可说。剩下两个标，我们应该还能争取到一个。当然，决定因素还是雷好，要看他的砝码愿不愿意向华夏倾斜。说句很不好听的话，我现在待在宁泰是在做废功，消磨时间，陪着他们玩。他们投标，我也投标，明明知道中不了也得投。最近开的AIII、AII，华夏的报价都比他们低，结果，评标小组说我们低价抢标，给毙了。你看，游戏。"

"唉……早就听说是游戏。"时空喝了口闷酒，"我着急的是，华夏到底能够拿到多少标段，工程量到底有多大……好尽快商定怎么安排施工队伍这个问题呀。"

"再着急也得陪着他们把游戏玩完，至少半个月。"况夫喝了一大口酒，"所有还没揭盖子的标段雷好们还不是在犹豫，分别定向给哪家安全，保险。"

时空正想给况夫施加点儿压力，尉迟江南硬插了一句："我们之男怎么没跟你一起到宁泰来？"

况夫解释说："他们几个人都没有过来，在省里应付潜龙总公司的事情太多，又都很重要。真正操控这次招投标活动的首脑机关在省里，宁泰这边只不过是在走形式。"

"你们在一起共事有些日子了吧？"

"可不，三四个月哩。"

"你对我们之男的印象怎么样？"

"……没有娇气，"况夫一边说一边想，"……有傲气。"

"那你可得多多帮助她。你是领导。"

"哪敢喽，"况夫粗声粗气，"她总想领导我哩。"

尉迟江南笑了起来："不会吧？"

"真的。"

时空瞅准机会续上自己的话题："工作不能有任何松懈，无论如何，剩下的那两标，一定要争取到一个。"向况夫举了举酒盏，"死死抓住雷好对其他八家并不十分了解、放心这一心理。"

"时总，你就放心吧。"况夫说，"你别看我表面稀里哈啦，心里比你还着急，我知道我在风口浪尖儿上。自从派到这投标工作站后，我是挖空了心思，使尽了招数，没有哪一天不是在想达到理想效果。问题是雷好，还有他那拨高参，都不蠢哪！"

"咬定青山不放松，争取更大收获。"

尉迟江南不耐烦地抢过了话头："你父母健在？"

"托您的福，"况夫连忙转过脸，"健在，快六十了。"

"干什么工作？"

"都是教书匠。"

"教中学。"

"大学。"

"那至少也该是教授副教授吧？"

"不知道，我从没问过。"

"经常回家看看？"

"哪有时间啊？我到华夏工作十好几年了，只回过一次哈尔滨。爸妈来过一次，那是我参加工作的第二年。"

"有什么爱好？"

"……爱睡觉，有空儿就睡，总也睡不够。"

"我指的是文体方面的业余爱好。比如唱歌呀，跳舞呀。"

"那些都不会，就喜欢踢足球。读大学的时候，老师讲课我老打瞌睡，就偷偷溜到操场踢足球，后来还有了瘾。"

"踢足球好哇，踢足球好。你应该坚持下去，既能锻炼身体，又能提高心理素质。"

"上哪儿踢啊？工地上只能天天踢石头。"

尉迟江南就笑，还笑出了声。

时空趁机问道："几个竞标单位还在没命地斗？"

"可以说形势急转直下。"况夫又把脸面转向时空，"凭直觉，自从 AI 标揭标以后，各家的积极性明显没有开标前那么高涨，有点儿像泄了气的皮球，瘫软下来了。"

"怎么这样了？"

"你想啊，开标前，大家都想抱大西瓜，结果西瓜早早被华夏抱走了，只剩下芝麻，现实与期望值反差太大，他们还能保持已往的激情吗？各家都在划算赚头，一旦觉得赚头不大，自然就蔫下来了嘛。"

"赢了，我们华夏还是赢了。"时空经常为白白扔掉那八千万的事懊恼，听况夫这么一说，心里舒坦了许多，还有种成就感，"起码，气势上占了上风，不亏，不亏！"

尉迟江南瞥了时空一眼，转向况夫："十字街有你的住房吧？"

"有哇，在桃园。"况夫回答说，"两室一厅，可宽哩。"

"回家后……就一个人待着？"

"我现在不是在三峡嘛，很少回十字街。偶尔回十字街也没住在家里，住华夏宾馆。"

"害怕孤独。"

"不是的阿姨……我有点儿懒，屋子里很脏，长满了蜘蛛网。"

尉迟江南乐得嘻嘻笑。

"哎哎，"时空严肃地望着江南，"咱俩说事哩。"

尉迟江南也很严肃："不是说……在家里不谈公务吗？"

"可是你……也不能瞎搅和呀。"

"是我在瞎搅和，还是你在瞎搅和呀？"

时空蒙了一下："好好好，我啥也不谈了，你啥也别问了，行不行？"又将端起的酒盏在岳父、况夫面前画了个弧，"来来，喝酒喝酒……吃菜吃菜，吃兔肉。况夫，吃兔肉。"

"这，还有麂子肉。"时空不让提问，尉迟江南就把要问的话变成了实际行动，将大块大块的麂子肉往况夫碗里搛。

况夫的肚子确实有点儿饿，大口吃肉，大口喝酒，毫不客气。一会儿，他吃喝得红光满面，通体燥热，就将捂在头顶的绒线帽子揭了下来，露出了剃刮得光溜溜的脑袋。

尉迟江南其实酒也没喝，菜也没吃，只顾往况夫的碗里搛菜，不停地拿眼光瞧他，好像怎么也瞧不够。

山茶在厨房里捱了好一会儿才把一海碗蛋花汤捧出来。她瞟一眼头顶冒着热气的况夫，忍俊不禁。

"呀，"况夫忽然叫了声，"我得赶快回宁泰。"

"慌什么，"时空说，"不是跟北方能源的人说好了等着你回话吗？"

"这单买卖只要你点了头，肯定没问题。"况夫说，"还有个单位，要是中了标，我们也有希望倒过来。"

"哦？"

"昨天在九州的饭厅里，我听到宏达建筑工程联营公司的投标负责人叽咕过一句：剩下的标腥不腥，臭不臭，中得了也罢，中不了也罢。"

"完全没有斗志啊。"

"这情绪，会把到手的标当回事呀？"

"想再……试试？"

"我看可以，无外乎使点儿银子。"

"使！"时空把盏子里的酒倒进口里，"可也用不着这样着急，吃完饭再走不迟。"

"有些事，差池就出在分秒之间。"况夫已经站了起来，"再说，这酒也不能喝得太多，路面有冰雪，本来就打滑，我怕昏昏晕晕把车开翻了，误事，误大事。"

"那……"时空见况夫执意要走，又找不到恰当的理由挽留，只好说，"那就带点儿东西回九州吃去。山茶，拿干净塑料袋来，把卤蛋装了！"转身又取出一瓶茅台，"拿去，悠着喝。"

尉迟江南蒙了头，望着时空："再忙，你也得让他吃完饭再走哇。"

尉迟琪也很意外："走？不吃饭啦？"

况夫笑着："下回来吃，下回再来吃。"

席间一时忙乱起来。山茶慌慌张张装卤鸡蛋，尉迟江南拿起筷子忙着往山茶的塑料袋里拨菜。

况夫把绒线帽又箍到了头顶，大大方方接过茅台和装满吃食的塑料袋，说声："老领导再见，阿姨再见！"风风火火出了门。

送走况夫后，一家人又回到餐厅，继续吃饭。

尉迟江南一脸的不高兴，望着时空说："你这做的叫人事呀？请人家来吃饭，又……"

"拧啦，拧啦！"时空瞥了她一眼，"我压根儿就没有请他来吃饭。"

"哄谁哩？你当我看不明白，告诉你，我早看明白了。"尉迟江南认定时空口是心非，"亲自下厨掌勺，还把爸接过来了，为什么？不就是以谈工作为名，把况夫喊到家里来，让我们见识见识吗？这事没有错，我还得表扬你哩。但是，事先该给我们通个气。"

"夫人哪，这是哪跟哪哟！"时空啼笑皆非，"我早说过了，前几天华夏中了个大标，昨天又有人把一个不小的标送上了门，我心里高兴，就想和爸喝两杯。就这么简单的一回事儿，看被你拧的！"

"让山茶拿空气清洁剂把一楼给清洁了，也没有什么企图？"

"记好了啊，让山茶用空气清洁剂喷屋子是你的主意。人家况夫也说得很清楚，他回来主要是找达奚贤主任，见达奚主任的酒还没有醒，才奔我这里来的。"

"好了，好了，没有必要争论这些了。"尉迟江南意识到自己的思维确实出现了问题，但是又不肯在时空面前承认，就很不以为然地笑了笑，问尉迟琪："爸，你看那小伙子怎么样？"

尉迟琪喝了口酒："没有发现什么缺点。"

尉迟江南又问山茶："你看刚才来的那个小伙子怎么样？"

山茶一边往嘴里扒饭一边说："不怎么样，像我们面巴屯肉铺杀猪的屠夫。"

"丫头，瞎比方！"尉迟江南嗔道，"眼界倒高，可惜角度不对。看人不能看外表，要看人的内心世界。小伙子特纯，且不论学问高低。"

时空泼起了冷水："形状体面点儿才对得起观众呀！"

"你以为你长得像朵花呀？"尉迟江南睥睨着他，"头发、眉毛该黑你不黑，皮肤不该黑你又拼命黑。看看你那五官，有几样的比例尺寸是正确的。"

"妈呀，原来我在你眼里是这模样。"

"我是情人眼里出西施。"

"真会损。"

"是请进家里来的也好，是自己找上门来的也好，"尉迟江南忽然一副傲慢的样子，"这事呀，我看就这么定了。"

"别继续拧了好不好？"时空吃惊地望着她，"什么年代了？都进入二十一世纪啦！还想包办。"

"你放心，"尉迟江南一脸满意的笑，"之男的工作我来做，一准做通。"

"况夫呢？他也听你的？"

"那不是还有你吗？"

九十一

清早。黄河照例开着奥迪把时空接到了机关大楼。时空走进大楼后没有直接去自己的办公室，而是在九楼就下了电梯。

北方能源有意把 AII 标转让给华夏，无疑是继与戎马六所签订 AIII 标转包协议后又一振奋人心的消息，时空想把况夫昨晚报告的情况第一个告诉给秋胤，并且听听他的意见。当然，这也是醉翁之意不在酒，时空的本意是希望尽快消除与秋胤之间的隔阂，以利下一步商讨重大决策。

秋胤办公室的门扉紧闭。紧闭的门扉上贴着一张 A4 复印纸，上面立书两行小楷：

我去花溪工地了。来人如有事，需等候三五日。

秋胤去花溪必然要去虎啸，说不定还会绕道龙潭，目的无非是到两个扫尾工地了解滞留人员和机械设备的情况，为迫在眉睫的龙潭工程大上马做准备……如果是这样的话，他很可能揣摩到了自己的想法，时空想。

时空在秋胤办公室门口站了片刻，转身进了电梯。

走进办公室，时空一眼看见诗维正呆坐在单人沙发上：

"什么时候来的？我正准备去你那里坐坐哩。"

"刚来，"诗维看上去萎靡不振，连语气也是蔫蔫的，"不用你劳步了。"

时空大步跨到落地窗前，"哗"的一声拉开宽大的窗帘，办公室立刻被绚丽的朝阳照亮。

"你瘦多了，脸上的颜色好像也不怎么正。怎么搞的，该不会有病吧？"

"没有事。精神是差了些。"

"不要太劳累，不要感到负荷太重，不要自己给自己施压，工作是干不完的。"时空把公文包往办公桌上一撂，摁下饮水机的开关，"你应该向我学习，浑吃海喝傻睡，该发牢骚就痛痛快快地发。不然哪，还真会把身体搞垮了。"

"这个我懂，我很会照顾自己。"

"景丽元同志也有责任啊，要多关心关心，多体贴体贴，照顾照顾嘛。有机会了，我给她点儿压力。"

"别别，她比我的事情更多。"

"说的也是。"时空拿着两只杯子走进盥洗间，边冲洗边把脑袋够出门外，"我去过培训中心，那两处废弃的校舍还真被她收拾得有模有样……师资问题也解决了，按时让两个班的学员开了课，还向我保证半年内交出第一批毕业生。女强人哪。看来，当初让她去抓这一块还真没选错人，换了别人，不一定有这成果。只是我心中有愧，觉得对不住她，没敢给她涨半级。"

"我心里有数儿，你已经给足了面子。她的愿望能顺利实现就很不错了，还奢望涨什么级呀。"诗维说，"你的难处我也不是不知道，华夏目前就这种状况——不敢随便贬谪哪一个，也不敢轻易提携哪一个。"

"跟诗书记共事真是我的福气，理解人，体谅人。"时空把洗刷干净的杯子放到茶几上，"一大早上我这里来，肯定有要事。"

"我是找你告假来的。"转眼间，一个多星期又溜过去了，诗维去省城替诗婳报仇雪恨的决心仍然没有付诸行动，他心急如焚，但表面上还得平静如水。

"诗书记呀，你实在是严肃认真过头了。党委书记想干什么还需要谁批准吗？"

"我是私事。"

"那又怎么样，哪条哪款规定领导干部不许干私事了？"

"时间……可能有点儿长呀。"

"长就长嘛。你说，法定一年那么多的节假日，你我真正休息过几天？那还不都充公了。"时空从书橱里取出茶叶盒，准备给诗维泡杯茶。

"别泡茶了，我办公室里已经泡好了。"诗维阻拦说，"说完事我就走。"

时空信真，放下茶叶盒，坐到了他对面："准备外出？"

诗维点了点头。

直到这时，时空才发现诗维的面容不仅很憔悴，而且非常阴郁。莫非……？

其实，去年深秋诗维在珠海施工局考察期间经历的事情时空略知一二。如果作公正分析，他的过失可以认为是无奈，是外因所致，并非主观意志，只要不想置他于绝境，原谅也是有理由的。更须慎重对待的是，华夏集团正值风雨飘摇之际，生产经营举步维艰，产能低下，后方基地人心涣散、浮躁，局势很不稳定，如果再传出党委书记的是是非非，无疑会雪上加霜。基于这种忧虑，时空有心息事宁人，不忍看到整个集团再发生一次地震。也是，在华夏集团这方小天地，只要时空无意触摸诗维的痛处，不点头立案，谁也不会、不敢轻易捅这个娄子。站在诗维的角度，他肯定不愿意自己的隐私泄露，隐藏得越深越严密越对自己有利。但是，从他现在这种极度消沉的情绪看，他会不会神经过敏，敏感到了什么，抑或觉察到了什么，而后想做出点儿什么惊人的举动来呢？想到这里，时空就有了试探虚实的念头：

"大约需要多长时间？"

"不是外出，我不会特地找你告假；不是时间长，我也不会找你告假。"

"十天半月？一个月够不够？"时空在想：时间长短与他动静的大小成正比。

"一个月可能用不了，十天半月也许差不多。"

"能够告诉我……你出去……？"

"唉……"诗维摇摇头，长长地叹了口气，"我那姑娘……婳婳出了点儿事。"诗婳受害的事情不掀开则已，掀开就石破天惊，事先不给时空露点儿风，万一有对簿公堂的那一天，会被时空责怪自己不坦诚、不够交情，说得太透彻吧，又怕时空小瞧自己教女无方，也羞于启齿，他只能含糊其辞。

时空反过头来责备自己神经过敏：错误地研判了诗维的内心世界。继而想到，只要诗维觉得自己的隐秘仍然不为人知，断然不会做出什么惊人之举。只要他不做出什么惊人之举，其他什么事情都不值得忧虑。"我当有什么大不了的事哩，女儿的事会有什么？婚事呗，看把你苦恼的。"时空自作聪明，把诗婳的事作了最寻常的理解，"男大当婚，女大当嫁，天经地义，这是其一；其二，俗语说，女大不由人。女儿有恋爱的自由，父母要尊重她的选择。你是党委书记，是做别人思想工作的人，难道要我做你的思想工作不成？"边说边笑。

诗维摇着手，又叹了口气："远不是你想象的那么简单。"

"就算很复杂，特别复杂，那又有啥？算个啥？不外乎……不外乎……啊，有什么大不了的嘛，现今是开放社会，那又怎么啦？"时空理直气壮，替诗维高兴，"比较起来，你那闺女比我那闺女行。你瞧我那闺女，翻年就二十六了，还老大姐一个。就算今明两年能对上象，再怎么提速也得后年结婚。奔三十的女孩子办喜事，那能称得上喜事吗？所以，她那娘亲急呀，急。诗维书记，你是不知道呀，我告诉你吧，江南为之男的婚事那个急哟，急得简直变了态，恨不得随便抓个男孩儿就尊为女婿。你知道，江南每天得靠两针杜冷丁维持做人的模样，病一发就像个疯子，本身就是在艰难度日，还能经得起几急呀？我是心里发焦，表面上还得装乐呵，"说着说着来了气，"我们说起来是男人，是男子汉大丈夫，其实就像小脚女人，尽操婆婆妈妈心！"

"之男比婳婳沉稳，可以不用父母操心。"

"你还夸她哩，沉稳什么呀？糊涂。读大学的时候，那么多才貌双全的男同学，她就不知道盯一个；在省计委工作，那么多小有成就的年轻人，品相也好，她还是不知道下手。姜太公钓鱼，愿者上钩，哪有那么便宜的事啊。拖到如今，黄金已经贬了值，她还在左顾右盼，挑三拣四，我看她要挑拣到猴年马月。"时空自卑了一阵，又羡慕起诗维来，"你们婳婳还真不错，起码懂得如何把握时机。有了就有了，有了好，诗维书记，这可是缘分哪，缘分！"

这世人信奉的"缘分"二字却像尖刀一样扎得诗维的心口疼，他连连摇手让时空别再继续说了，"我准备下午动身。"

深深陷入家庭情结不能自拔的时空好一会儿才回过神儿来："这么急呀？"

"实话告诉你吧，一周前我就打算起程。这不，三大施工局、五大直属项目的头头脑脑一下子全蒙了回来，把我给缠住了。办公会一结束，他们各奔东西，我正想动身，可忽然感到身体不适……酒喝多了，又拖了两天。"

"哎呀……"时空见诗维说走就要走，而且一走就是十天半月，不免犯起难来：重大决策的紧要关头，党委书记不在岗，这……不行吧？

早在龙潭工程开标前，时空就在琢磨中到标后应该由一支什么样的队伍承担施工任务的问题，尤其是戎马六所把AIII标拱手让给华夏、况夫又跑回来报告说有希望把北方能源拿到的AII转包到手以后，他更是感到这个问题非同小可，草率不得。眼看龙潭主体工程开工在即，工期不等人，不容华夏继续犹豫，施工队伍的确定日益紧迫。

客观地讲，五大直属项目部和基地的几个经营实体对华夏集团夺得的龙潭工程主体标段充满热望其实是心比天高，他们实际上只有网罗二包头、三包头、四包头为自己卖力的本领，自身毫无实力可言，时空内心深处早就把他们剔除在外。长江、珠海、黄河三大施工局具备独立承包龙潭工程主体标段的能力不容置疑，但是，时空也没有委以重任的打算。在三大各具特长的施工局中，无论哪家获得龙潭工程主体标段的施工权、经营权，合规的施工方式有两种：一是调集自己的全部施工力量，毕其功于一役；二是派遣技术骨干组成若干个项目部，而后广泛征用农村工人。然而，这两种进场方式都有利弊。前者的利弊是，可以确保龙潭工程的工期、质量，代价是削弱许多在建工程项目的管理能力、施工能力，弄得不好，得不偿失；后者是分兵出击——在致力龙潭工程主体标段的同时兼顾其他在建项目，后果则是首尾不能相顾，很难保障所有施工项目的工期、质量。更让时空纠结的是，龙潭工程主体标段不管交给哪个施工局施工、经营，这个幸运局的经济效益就会迅速飙升，但惠及整个集团的利益却十分有限，就连期待再就业的职工也只能望梅止渴，因为具有独立经营资质的施工局在本位主义的驱使下，充分行使自主经营权，一意孤行，大量征用既廉价又听使唤的农村工人而置后方基地那些水深火热之中的下岗、待岗职工于不顾，这与自己的本意相去甚远。最使时空不安的是，富足、强大起来了的幸运局首先想到的不仅不会是如何反哺，而且很可能是怎样脱离母体，自立门户！正是基于这种忧患，时空才在几天前召开的那个史无前例的办公会上，任凭群雄如何施压，自己就是不松口，同时软硬兼施，最终逼退了跑回来争抢"蛋糕"的各路诸侯。

那么，到手的龙潭工程主体标段究竟应该通过一种什么样的组织形式施工呢？

时空想到另外组建一个施工局。

时空深藏在心里的这一想法被秋胤猜测到了，也可能是秋胤站在时空的角度思考出了破解难题的同一办法。确实，这个办法可以使三大施工局、五大直属项目部以及几大经营实体获得心理平衡；这个办法可以迫使远离基地的各路大军继续在外开拓进取；这个办法可以确保绝大多数下岗、待岗职工重新获得工作岗位；这个办法可以使华夏集团整体受益，人人受益。时空粗粗计算了一下，滞留在花溪、虎啸两个扫尾工地的工人将近三千，"富余"在基地的各类"人才"约六千，已投放到龙潭"三通一平"项目和宜阳小水电以及公路拓宽取直工程的施工力量有一千多，加上去年秋天去黄河施工局要回了四百多技术工人，组成一个施工局的基本要素具备。虽然骨干力量欠缺明显，但他自信有通盘调配人员的权力，而且，培训中心每年可以优先为新成立的施工局充实最富活力的适用人才。现存的机械设备确实陈旧、老化了一些，所有先进装备前几年几乎被黄河局在"优化资源配置"特殊政策的作用下"优化"一空，所幸去年讨论贷款资金流向问题时早早预备下了增强后劲儿的一笔，虽然不太充足，但龙潭工程的工程款到位后尚能灵活挪用，将买盐的钱先打酱油有何不可。

时空的这个想法很实际，很周密，能让华夏集团面对的尖锐矛盾迎刃而解，但是，实践这个想法非常困难，正因如此，才使他至今举棋未定。华夏集团大面积调整、重组过若干次，目的全是大幅度压缩生产人员，精减、精练二级单位，现在又要新增一个二级单位，矛头不就对准了调整、重组成果么？将此举斥之为"翻烧饼"的肯定大有人在，就算时空有力排非议的胆量，"一言堂"、"走回头路"之类的闲言碎语也会满天飞。这些都是当前一切政要最为忌讳的词语，人言可畏，众口铄金，它足可动摇一个当权者的行政根基，是恫吓，是政敌，不容时空小视。还有，不久前在宁泰投标时，时空坚持投下了《补充意见书》，致使八千万元瞬间流失，"固执己见"、"一意孤行"之类的暗中声讨，他也耳有所闻。前车之鉴，时空在迈出这关键一步之前不能不慎之又慎，顾虑重重。时空在省政府供职多年，受其熏陶，通晓迷宫机关的玄奥和穿越迷宫的秘诀，深知形成决策之前务虚工作的重要性，所以没有急于出牌，打算把各种关节疏通得差不多了再说。时空准备先与诗维沟通沟通，探探书记的思路，摸摸书记的脉搏，如有必要，开诚布公。他的愿望是，非常时刻，党政一把手心心相印、配合默契，向着一只壶里尿最好。

诗维主动找上门来了，目的却是告假，而且急着动身。诗维这一急，又把时空急出了许多疑问：他为什么选在这时急着外出？真是为了女儿的恋爱、婚姻吗？就算诗姵的恋爱受到了挫折，抑或有了什么出格行为，作为父亲，干预得了，挽救得了吗？为女儿的婚事急着外出，说不定是个借口！那么，到底是因为什么使他如此着急呢？时空不得不揣摩起诗维的内心世界来：感觉到自己的隐私已经泄露，想赶赴省城向纪检、监察部门主动交待错误事实，申述自己触犯戒律纯属无奈？意识到集团在选择龙潭主体工程施工队伍的问题上出现严重分歧，自己不愿招惹是非，想方设法逃避矛盾？时空觉得诗维的思想动机很值得怀疑，决计继续摸摸底细：

"按道理，党委书记有急事要办，什么时候走都行，走多长时间也没有什么要紧。"他内紧外松，"不过……能够等上几天再动身，可以公事私事两不误。"

"莫非……你也有急事？"

"你也不是不知道。前几天那个办公会纠缠的核心问题哪儿了了啊？八大诸侯貌合神离，口服心不服地走了，接下该怎么办才好，我能不急吗？"

提起前几天的那个办公会，诗维就想到了自己主张把 AI 标交给珠海施工局承包经营的事，阴郁的脸上又多出一层愧色："会上，别人的表现你怎么评价我不知道，但我明白，我在你心目中的形象不高。"

"哪里话！"时空连忙搬梯子让诗维下台，"看得出，你当时是言不由衷。"

"谢谢理解。"诗维苦笑了一下，没忘顺便打探打探虚实，看时空到底知道不知道自己海南之行经历过的那些事情，"去年秋我不是去珠海打扰过他们嘛，有些事……唉……"

"不外乎吃点儿喝点儿，有什么呀。"岂料时空害怕诗维多出一份心事，时时都在提防着自己失言，"正好说明诗书记是个有情有义的人啊，值得敬重。"

"惭愧。"诗维对时空这番话十分满意，"对珠海局也许是，对其他施工局、项目部来说，就是薄情寡义哟。"

"各路诸侯各不相让，加上基地的几个经营实体趁机起哄，想做到对哪家都有情有义实在不可能。"时空非常自然地把话拐入了正题，"我现在就是左难右也难，好像脑子不够用了。所以，就想去你办公室坐坐，希望你能帮忙出出主意，看能不能既把龙潭工程的主体标段干好，又能让华夏集团长治久安。"

诗维见时空一脸诚意，自己也不想隐瞒观点："我有是有个想法，不知当讲不当讲。"

"诗书记你真是太谦虚了，有什么当讲不当讲的？我这不是正向你讨主意嘛。"

"AI标和戎马六所送给我们的AIII标，谁都不给。"

"况夫昨晚跑回来报告，说北方能源拿到的AII标也愿意转让给我们华夏。"

"如果真能变为现实，同样谁都不给。"

"问题是……谁去干呢？"

"另外成立一个施工局，就叫龙潭施工局。这样一来，所有的矛盾都没有了。"诗维说，"不然，你无法平衡。就是把拿到手的所有标段统统切块分配给三大施工局、五大直属项目部，也有个多少、肥瘦不均匀的问题。况且，分包下去烦恼更多，互相干扰，互相制约，扯皮拉筋现象层出不穷，集团对他们很难进行有效管理，工期、质量根本无法保障。"

诗维果然称得上行家里手，头头是道！时空高兴极了，说："这主意确实不错，只是……"趁势坦陈自己的忧虑，很希望继续得到书记的理解，"华夏的组织结构调整、重组了几次，二级单位好不容易简化到了目前这种格局，本届又要增设二级单位，与上届班子努力得到的成果冲突了吧？"

"事物没有一成不变的。从前，到处割资本主义的尾巴，现在，到处都在让一部分人先富起来；曾几何时，下岗、待岗人数的多寡成了衡量企业管理是否现代化的标准，时隔不久，下岗再就业程度又被用来评价企业是否现代化。我个人的偏见是：因时制宜，不受成规拘泥。一个企业为了应对局势采取特殊措施，不违反企业法条款。我们的上届确实订立了一些规章，但也不是什么金科玉律，该完成的历史使命也完成了，本届大可不必奉行故事。"

难怪有人说诗维实际很有气魄，不是个蔫书记，今天算是眼见为实。时空觉得他的话很有见地，而且非常适合自己的口味，就又把探讨的内容递进了一层："听你这么一说，我倒真有胆马上把你那成立龙潭施工局的提议提出来让班子成员议一议。可我还是担心，"忽然显出一副为难神情，"担心列位不赞成吧，怕驳了我这总经理的面子，赞成吧，又感到是在屈从行政一把手的意志。我自己也不想强人所难，主要是怕听闲话。不急，容我好好想想再说。"

"你的顾虑不是没有道理。"诗维虽然心情不好，尚能做到大局为重，"我看这样，再安排个办公会，意见由我提出来，你作为合理化建议采纳。然后，把办公会确立的议案提交党政联席会表决，你转换角色递交提案，我代表党委并站在党政联席会的立场负责形成决议，筋筋缕缕的组织程序都到堂了，合理合规，什么嫌疑都回避了。"

"你我二人转，转不开吧？"

"这的确是个问题。"诗维思索片刻，分析说，"焦言这人的组织原则比较强，一贯支持主流意识，党政一把手的意见一般不反对；帅自文脑子灵活，转弯儿快，见风使舵习以为常；程心爽刁蛮，爱犯意气用事的毛病；秋胤顾全大局这是大家公认的，脾气是倔了点儿，但通情达理，一向拥护有积极性的决策。不太好把握的是杨导和东方戟这两个人。这两个人的资格老，都是从基层一步步走上来的，谙熟生产经营，施工管理很有一套，清楚整个集团的情况。我的印象是，他俩有股子反复无常的天性，你和他相处得好，不管你的意见正确与否，他都支持，你和他相处得不好，他会放弃原则寻别扭。我和杨导过去在基层单位共事过两年，多多少少有点儿交情。我看是不是这样，我私下会会他，有目的地套套他的口气，如有条件，趁机做做这方面的思想工作，言明要害，假如成立龙潭施工局的动议能够得到他的支持，东方戟就好办了，东方戟有时甚至盲目地跟着他表态。要是杨导和东方戟不能和你我同心同德，那就只有想方设法团结焦言、秋胤，争取帅自文，只有这样，成立龙潭施工局的议案才能得到多数票。表示反对的人肯定有，但阻拦不住大趋势。"他表情凝重，很投入，几乎完全忘掉了女儿的深仇大恨，"当务之急是做好务虚工作。"

时空眉开眼笑："太好了，就按你这思路办，先把大多数班子成员的思想搞通再让提案上会，一次性通过的把握性就大了，我有个感觉，秋副老总没有问题，他的思路很可能跟你差不多。"

"但愿如此。秋胤是重磅人物，有他支持，你的工作会好做多了。"诗维若有所思，"杨导这个人很关键……他该不会已经去了外营点吧？"

"没有。他和东方副老总到龙潭'三通一平'现场检查工作去了，宜阳县的那几个小工地也该去看看，一时半会儿肯定走不了。实说吧，是我有意把他们拖在家里的，不然，他俩早随各路诸侯离开基地了。"时空说，"家里这么重要的事情急需商量、研究、决策，我哪敢让他们屁股一拍就溜了啊？这场突如其来的大雪也算帮了个忙，我趁机让他俩先把家门口的施工现场检查检查。"

"其他几位副老总也都在家？"

"心爽副老总也搭伴儿去了龙潭，他是去检查机械设备的运行情况，主要是见突然降温，担心操作人员的防冻措施不力。秋副老总去了花溪，估计也会往龙潭跑。我刚去过他办公室，他在门上贴了个留言条。"

"这样吧，"诗维感到事不宜迟，"下午我也去龙潭，以检查工作为名，行游说之实。先找杨导，再会会东方戟、秋胤。"

时空大喜过望："我在家里套套焦言、帅自文的态度，相机行事！"

"唉……"诗维站起来，摇了摇头，"我自己的事，不是小事……不能拖，不能再拖哪。"边说边往外走。

诗维对成立龙潭施工局以消除内部纠纷的见解，对实现这个目标应该采取的策略，以及毅然决然、说干就干的高姿态，着实令时空感佩。这哪儿像急于去省里坦白什么、申述什么啊？哪儿像是害怕招惹是非、躲避矛盾啊？他心里分明装满了集团利益！时空暗暗谴责自己以小人之心度君子之腹。

"诗维书记，你千万不要焦急，天塌不下来的。"他权当诗维是在为女儿的事情心焦，"等这档子公干了结了，你想什么时候走就什么时候走，想走多长时间就走多长时间。"心想，真正让诗维揪心的恐怕不是女儿的婚恋问题，而是去年秋天他在珠海施工局考察期间遇到的那点儿事儿。

"有件事我忘了告诉你，都好几天了。"诗维回过头来，拍拍脑门儿，"你看我这脑子，整天昏昏晕晕，好像不管用了。"

"……？"

"听说，有个单位已经运了台盾构机过来。原准备走陆路进龙潭工地，被宜阳县的交管部门给卡住了，说是没有接到开工令，任何机械设备都不许开进红线区。这个单位只好调过头来把盾构机拖回津口重新装船，打算通过水路寻机往龙潭运。"

"盾构机不是打洞子用的吗？"

"是啊。"

"BI——四条引水洞到现在还没有开标哩，这个单位怎么把打洞的设备都拉上来了？"

"我也这么想呀。"

"真他娘的邪门！"时空非常气恼，说，"你的消息很灵通，也很准确，这事不会有假。"

"是真是假，你落实去吧。"

"这个单位是不是跟你那小舅子有点儿关系？"

"问这些干什么？"诗维摇摇手，"别问了。下午我就去龙潭了啊。"

时空望着诗维那变得有些佝偻的背影，心里忽地一沉，暗暗发誓说：好书记啊，你那脓包只要你自己不捅破，老时我豁命也要保你平安无事！

九十二

事实证明，诗维的说服工作确实很有一套。

诗维去龙潭工区未几，杨导就彻底改变了自己的思想观点，像经过了一次洗脑。受杨导的影响，东方戟也觉悟到新成立一个施工局切合实际，能缓解集团内部目前错综复杂的矛盾。这么一来，真正解决龙潭工程AI、AIII主体标段施工队伍这一问题的办公会就有条件召开了。

时空又让贺怀阳安排了个办公会，再次讨论龙潭工程AI标、AIII标应该由一支什么样的施工队伍承建的问题。

会上，诗维首先提出了组建龙潭施工局的建议。杨导第一个表示支持。杨导不仅态度坚决，并且鼓动各位班子成员和他持同一立场的用心显而易见：

"经过反复思考，我认识到上次办公会上的发言存在偏见，有点儿感情用事。我是搞技术工作的，知错必改是恪守的信条，错了就改。我最终认为，AI标，包括转包到手的其他标段，在长江、珠海、黄河三个施工局中挑选承建单位不是明智之举。这三个施工局中，无论哪家承建龙潭工程主体标段，都将面临既要照应许多在建工程项目，又要抽调良将精兵主攻龙潭的双重压力，力量过于分散，其结果必然是首尾不能相顾，不仅龙潭工程的工期无法保障，众多在建项目的工期也无法保障。假如他们采取不负责任的做法，将龙潭工程主体标段肢解成若干小块分包给农村工人队伍，情况更糟糕。作为总工，我没有办法也不能替他们承担延误工期的风险。

"在座的各位心里都有数儿，一百大几十个亿的工程项目肯定不是骨头而是肥肉，把这么大的一块肥肉优待给一个完全可以自食其力的施工局很不公平，撑的撑个死，饿的饿个死。弄得不好，这个被我们拿肥肉喂肥的队伍还会翻脸不认爹和娘，甚至不想当儿子，想当老子。绝非我杨某人危言耸听，这类情况全国比比皆是。更大的忧患是由此引发的内乱，是内乱导致的散伙。散伙了，我们在座的谁都没有好处，职工群众更遭殃。"

这些话，杨导像说顺口溜儿，张口就溜了出来，不仅没谁谴责他信口雌黄，反而觉得他言之凿凿。如若出自时空之口，说不定会惹出什么是非来。由此可见，同一句话出自不同人之口，效果就是大不一样。

几乎跟诗维的分析完全吻合，杨导话未落音，东方戟就表态了。东方戟起了个响应的作用。东方戟唱和说：

"个人认为杨老总的话很实际，很客观，很能说明问题的重要性和严肃性。现有几大施工局本来就点多面广战线长，再让他们到主战场充当主力实在有点儿勉为其难，施工质量根本没有办法保障。千年大计，质量第一，这么大的工程要是出了质量问题，我看谁也担不起责任。还有安全工作，更不容小视。在座的都清楚，安全问题是一票否决制，一旦发生重大安全事故，我们这个领导班子就有可能跟着一块儿倒霉。

"万全之计我认为还是老诗的建议好——另外组建一支队伍，让他们一心一意建龙潭。这一动作还可以促使集团放手实施废物利用，把基地的老弱残兵、闲散人员和破旧设备统统利用起来。再添置点儿新家当，让他们一起作出新贡献。"

秋胤曾很有把握地猜测时空定然在打重新组建施工局的算盘，并且会在适当的时候提出来征求领导班子成员的意见，没想到首先提出这个建议的却是诗维。诗维提出这个建议，秋胤一点儿也不奇怪——党委书记理当与总经理站在同样的角度、同样的高度思考问题，全局观念是不能没有的，奇怪的是杨导和东方戟居然也想到了这个点子上。秋胤觉得杨导和东方戟的话虽然生硬，水准差了一点儿，但很直率，很能说明问题，很契合自己的心理。他怀疑有谁教过他们。秋胤习惯站在全局的方位思考问题，偏执、对别人的要求太高固然是一大弱点，但不管是谁，只要与自己的见解一致，便会把成见搁置一边，求同存异。在组建龙潭施工局这个问题上，秋胤认为大家能够想到一起是件好事，也就懒得用心去探究个中的玄机。他本来可以置身经营、经济的高度对组建龙潭施工局的现实意义深刻理论一番，因为不是通过争论辩明是非，又见大局已定，就干脆地说了句"我赞成"。

正如诗维所料，焦言果然表态说"我没意见"，帅自文、程心爽见大家都拥护组建龙潭施工局的建议，感到不随大溜儿又拿不出更好的主意，也就欣然同意了。

593 / 第五章

前后两次办公会，两个截然不同的结果。时空焦虑了许久的难题就这样轻而易举地解决了，心里别提有多高兴。但是他没有流露出来，就像往常主持办公会一样，仍旧显得很公平、公正地做了个简明扼要的总结：

"既然大家都赞成组建龙潭施工局，证明组建龙潭施工局非常必要，十分正确。我没有理由违背大家的意愿，同意组建龙潭施工局。请怀阳主任尽快整理个提案，提交党委会、党政联席会讨论通过。"

其实，党委会（秋胤除外）、党政联席会，在座诸成员都是当然的与会者，扩大范围也就白延寿、贺怀阳、司马敬、达奚贤这几位元老。元老们永远只会投赞成票，陪衬而已。诗维是党委会、党政联席会的主持人，他绝不会在自己主持的会议上否决自己的建议。

组建龙潭施工局这桩事做得天衣无缝，尽善尽美，时空颇有心得：有的矛盾正面消除难度极大，绕个圈儿也许就没有难度了；领导集体有意见分歧的时候，也有想到一块儿的时候；交流、沟通可以升华为领导艺术，其中也存在技术含量问题；每个人都不应该自己把自己封闭起来；相互理解太重要。

组建龙潭施工局的大盘子定下来后，急需配套解决的问题是龙潭施工局的领导班子。副职好说，挂着虚职的处级副处级多得是——匡奇领导下的人才中心就有好几个，由谁出任局长就不是那么容易确定了。直到临近下发《关于成立龙潭施工局的决定》，时空才感到这个问题有点儿棘手。

华夏集团的现行吏制是：二级单位的行政一把手由总经理提名，党政联席会议定。跟外国总统提名总理、国务卿人选让国会表决的用人制度大同小异。谁担任龙潭施工局局长呢？时空犯起难来：起码，这个局长必须懂得生产经营，通晓水电工程每个施工环节，组织能力强，有管理经验，能驾驭局势。

本来，三大施工局的韶央、滕夫儒、夔亮、蔺山海、罗耀辉、舒喜河都是再恰当不过的人选，但是他们都在苦心经营自己的天地，抽调其中任何一个，如同抽调走了一个野战部队的司令或者政委，会大大削弱那个野战部队的指挥能力，等于想让一只眼睛复明而摘掉了另一只眼睛。时空觉得那样做代价太大。

五大直属项目部的党政一把手照说也能胜任，时空又想到他们太年轻了一点儿，大多小三大施工局主要领导成员十二生肖。水电施工队伍跟野战部队差不多，最高司令长官是要讲究点儿资格的。关键问题还是时空对他们不太了解。

在集团总部机关，最有条件担任龙潭施工局局长的人选要数达奚贤。达奚贤从前和杨导、东方戟一样，是二级施工单位的处长，后来被秋胤要到总工程师办公室当主任。总工办撤销后，他又在秋胤的极力推荐下当了投标办公室的主任。目前，投标办已经成为集团的重要部门。全国各地水利水电工程的投标文件都由投标办编制，跟踪国家和地方的重大工程立项、投标是他们的职责，与此同时，还需对三大施工局、五大直属项目部的投标活动予以指导。简而言之，投标办公室是集团生产经营的中心，是各个生产经营单位的"粮仓"。抽调达奚贤，不仅会给华夏集团的合同储量直接造成影响，而且还会破坏集团生产经营的中枢神经，秋胤无论如何不会同意，时空也不敢造成损失。

白延寿也堪当此任，只可惜魄力欠缺了点儿。指挥一支庞大的施工队伍，没有点儿骂骂咧咧的二杆子脾气还真镇不住邪。

时空也曾想到在集团领导班子成员中挑选一名副总经理兼任龙潭施工局局长，但很快觉得这一着儿并非良策，只得放弃。一是不一定有副总经理乐意挂帅，二是副总经理兼了龙潭施工局长，另外的八大诸侯迟早会有水涨船高的欲求，这一动头就不只是一两个干部的问题，而是关系到三大施工局、五大直属项目部，乃至全集团上上下下几十上百个干部的升迁晋级。企业虽然不存在官员一说，但大小头目的职级却比同政府部门，其政治待遇、工资待遇等等，都是比照同级政府官员靠的，大面积的擢升必然导致大面积提薪，工资、奖金的扩大诚然不是小数，给集团陡增的负担可想而知。还有，王侯分封太多未必是什么好事。尽管集团有权不同意二级单位的要求，但不同意就意味着隔阂，意味着离心作用力。

匡奇的办公室和他管辖的人才中心倒是储备着不少处级副处级干部，稍作分析就能知道，全是三大施工局、五大直属项目部筛来筛去筛下来的，他们连去现有二级单位任职的资格都没有，难道可以承担比现有二级单位庞大得多的龙潭施工局局长的重任吗？何况时空对他们的能力一无所知。

班子成员个个想当然，都以为由谁出任龙潭施工局局长时空心里有底，其实不然，在这个问题上他心里确实一点儿底也没有。事情很紧迫，心里没底的时空就抓紧时间串门。班子成员的办公室、机关部室负责人的办公室，甚至普通工作人员的办公室，他都找理由去走动走动，聊聊，有目的地探探有关干部的口碑，询问一下知名人物的业绩。

这天下午，时空打算去司马敬旗下的组宣处坐坐。他忽然想到组宣处对集团干部的履职情况最有发言权，而且每年都有对中下层领导干部进行考核这个科目，考核材料作为任免依据。

时空正要出门，匡奇雄赳赳气昂昂地走了进来，双手把一个厚厚的合订本恭恭敬敬地捧到时空面前，说：

"你要的下岗、待岗职工名单都在这上面。总共六千五百五十三人。这回的统计特精确，没落下一个。"

时空接过合订本，问："参建龙潭'三通一平'和宜阳'一二五工程'的人员在不在这里面？"

"不在。大年冬组织进场龙潭'三通一平'项目和宜阳'一二五工程'的人员全部是特困户，共计一千八百三十七人，我已经把他们划进了再就业名册。培训中心一个班的六十名下岗职工和深圳瑞谱公司聘走的一百二十名下待岗职工，我也作了再就业处理。"

"不对呀。"时空皱皱眉头，"我刚来华夏的时候，不是听说下岗、待岗职工有一万多吗？你看这，六千五百五十三加一千八百三十七再加六十、加一百二，才多少？才……八千五百七十人。"

"时总呀，你想想，一万多是四五年、六七年前的统计数字，当年五十多岁的职工到如今不就六十出头了吗？一到六十岁就办退休手续了。还有，每年老掉的也不少呀。"

合订本做得十分工整，扉页立排着粗大的黑体：华夏集团下岗待岗职工花名册。内页为表格设计，除下岗、待岗职工姓名外，还注明了本人的出生年月、性别、职务、工种和下（待）岗时间，一目了然。时空翻了几页，比较满意地望着立正在对面的匡奇：

"接下来再办一件事。起草个通知，然后抓紧发下去。"

匡奇连忙掏出笔和笔记本，站着笔录。

"通知的内容是：龙潭主体工程开工在即，请历次下岗、待岗职工速到人才中心报名登记，准备上岗。如果通知送达每一个下岗、待岗职工手里有困难，可以请费玲玲在报纸上登登。几大生活区和十字街的大街小巷张贴张贴也是个好办法。一条，要让每一个下岗、待岗职工都知道。还应该把再就业申请书和劳动合同准备好。劳动合同让劳动人事处设计制作并盖好专用章，回头我找他们处长具体交待一下。"

"不愿意再就业的，需要不需要……做做工作？"

"不愿意再就业的肯定已经谋到了职业。想把工作做得仔细一点儿的话，上门问问情况当然好，但是不要强迫。原则是，愿意再就业的，一个人也不能落下。"

"我这花名册上反映出了一个问题：有的职工就差一年半载，有的甚至只差两三个月，就该退休了。"

"宪法规定六十岁退休。只要本人愿意，哪怕是一天的劳动合同，也应该签。职工群众不一定人人懂法，但是我们必须守法。"

"我懂，我懂了。时总说怎么办，那准该怎么办。"

"什么时候学会给人戴高帽子了？照你这么个说法，我还成神仙了。话不能说得太满。"

"那是，那是。"匡奇连连点头，又问，"六千多人全部拉到龙潭工地？"

"那当然哪。只要他们都愿意去。"

"什么时候出发？"

"快了，龙潭施工局的领导班子一组建起来，他们就动身。"

"兵马未动，粮草先行。"匡奇显得非常在行地说道，"我是不是亲自去龙潭现场看看？这营房呀、炊事呀、水呀、电哪，都得事先安排妥帖了才行。"

"负责'三通一平'的工程处早就在做这方面的准备工作，就不用你操心喽。"

"那……"匡奇又试探了一句，"到时候我就……直接带领人马上？"

"什么你直接带领人马上！"时空一下睁大了双眼。他这才发现躬身立在对面的匡奇非同已往。往日匡奇偶然摸进来，总是一副亲密无间的架势，先往沙发上一歪然后搭话，有时还自己给自己沏茶。这次很反常，举止端庄，言语也文雅，判若两人。时空的脑子打了几个转——哦？他心里直笑：这家伙……居然异想天开。

"你亲自把再就业人员带过去那当然好。不过，要看龙潭施工局的头儿们让你把人马分别驻扎在哪里，得局长说了算哪。"时空刻意把话讲得非常明确，同时不忘照顾到匡奇的工作热情。

"哦——？"匡奇睁大了眼睛。

几天前时空给匡奇打过一个电话，让他火速把下岗、待岗职工作一个精确的统计，为龙潭主体工程开工做好人力资源准备。匡奇接到电话后又惊又喜，浮想联翩，以为时空要给他委以重任。从事生产经营，投身第一线指挥千军万马，匡奇向往已久，苦于没有伯乐识得他这千里马，只得委身不被人正视的后勤服务。在匡奇眼里，工程施工没啥了不起，农村工人都能干的活儿，不是什么大不了的高科技。在匡奇心里，三大施工局、五大直属项目部的头领不过泛泛而已，比自己强不到哪里去，他们能经营一方天地，自己照样行。匡奇知道即将成立的龙潭施工局正在搭班子，也猜测到正在物色局长，这个局长自然应该称职，他认为自己有这才干。所以，时空打电话让他统计再就业人员，准备人力，他的第一感觉是时空选中了他。匡奇一直感觉到时空对自己很器重、很信任，起用自己是情理中的事。以致暗下决心：如能出任龙潭施工局局长，一定要干出个模样来，绝不能辜负了时空的期望，士为知己者死。他是雄心勃勃、满怀热望上门来的，目的无非讨个准信，而后作好打马上任的准备。时空的话分明堵住了他理想的大门，他心有不甘：

"这么说……"

"龙潭施工局的班子成员已经定下来了。"时空认真地撒了个谎，意在使匡奇不要继续想入非非，"文件很快就要下发了。"

匡奇感到自己原来白白忙乎了一阵，心里很不是滋味，但又不敢流露出来，"也行……我等新局长发话，新局长怎么说我怎么干。"豪情壮志不翼而飞，浑身的气力也随之消遁，过于沉重的躯体好像要垮架，他回望了一眼沙发，想挪地儿。

"还有几件事，你也记记吧。我事多，怕忘了。"时空见匡奇向往沙发，但不想让他去跷着胯子坐下。他觉得极早跟匡奇界定一下上下级关系弊少利多，不然，这老兄会不停地想他不该想的事情，"站着笔录是功夫呐，我过去给省长当秘书就经常站着笔录。"心想，一百大几十个亿的工程，与花溪、虎啸的工程量相当，要是放在过去，该由集团的党政一把手督阵，他居然想揭这个榜，真有胆！

"您指示。"匡奇立定身子，架好了笔录姿势，望着时空。

"提前跟你打个招呼。"时空说，"你不是老嫌你手下的处级副处级副主任太多了吗？我帮你消消肿。"

匡奇分辩说："不是我嫌他们，是他们嫌我。嫌我的资格没有他们老，文化水平没有他们高，不服从领导。"他也善背后戳人，"上班就三件事：喝茶、抽烟、看小报。白拿工资不干活儿不说，还嫌奖金分量不足。你要真调他们走，他们会高兴得跳起来。摆脱我这二百五的管制了，有用武之地了，说不定还有揩油的机会了，多好。"

"这事你暂时不要告诉他们，容我一个一个给你打发走。不能让他们长期饱食终日，无所用心哪。"

"我先替他们谢谢您了。"

"再帮你清理清理门户，你肯定也是求之不得。"时空又说，"修造厂和旅游运输服务公司跟基地管理办公室脱钩。"

匡奇大惊失色："他们不属于基地管理办……管了？"

"你不是经常说这两个单位不好领导吗？那就别领导了，我帮你把包袱卸掉。"时空只当没看见匡奇面部表情的变化，"修造厂让心爽副老总分管，也算归口；旅游运输服务公司暂由总经办代管。都是两个处级单位，又大，实际上你根本管不了他们的事情。修造厂需要大笔工件制造合同，旅游运输服务公司需要大批转运货物和游客，你能给他们吗？不能。所以，他们不会按你的指挥棒行事。上届领导班子主要是想回避与基层的正面冲突，把基地管理办公室作为一个缓冲带，权宜之计，历史使然。遗留问题是：不顺。本届考虑到不能老是不顺下去，就下了个决心：不用你这堵挡风墙了。这样，管理关系相对顺一些，你的担子也轻了。"

匡奇没有想到时空会这样曲解自己的意思，着急地说："我是不怕担子重、压力大的呀。"

"不怕担子重、压力大会动不动就跑我这里来诉苦？"时空一本正经地把话意揉成一团乱麻，"没事，有苦就应该诉，敢诉苦好。你要是不诉苦，我还真不知道怎么帮你。"

匡奇被时空阴一句、阳一句搅得糊糊涂涂，眉眼纠成了一坨，不知道怎么辩解才能把自己的本意辩解清楚，心里叫苦不迭：怎么弄成这样！

"基地管理办公室的隶属关系我也帮你顺了顺。往后，焦言副老总分管你们。"时空帮助匡奇解决的问题是成套的，"你可以直接向他请示汇报了。"

这也不是匡奇的心愿："时总，你亲自领导基地办多好啊。"

"这么信得过我呀？可是我不能你让我去领导你，我就去领导你是不是？我也有组织管着哪。再说了，我每天光拨打电话、接听电话都忙不过来，能经常插手基地办的事吗？不能哪。"时空一面破灭他的奇思妙想，一面抚慰，"我办公室的门是敞开着的，任何一个二级单位的领导都有直接找我的自由，你匡奇有事需要找我，我能把你拒之门外？"

匡奇鼓动了一下腮帮："那也不能让焦言领导我呀？"

"他怎么就不能领导你呢？"

"这人……小气，特抠……不通融。"

"那要看对谁。对大手大脚、挥霍浪费的人他当然要抠，要把关。你不存在这个问题，他抠你干什么？焦言副老总管着钱嘞，你跟他的关系处好了，好处可多哩。"

"我跟他没缘。"

"没缘就要想法子结缘。"时空很有耐心，"我好不容易做通了他的思想工作，你还不干了。要不，还让怀阳主任管你们？他和气，又不抠。"

"这……"匡奇难以接受。

"处级不能领导处级是吧？现在到处都存在这种现象，我也觉得别扭，但是不适应还不行。你办公室里不是也有几个处级副主任吗？人家还不是接受你领导了好几年。"

"他们就是不服管。我认这个真……那也是他们教的。"

"匡奇呀，你最大的毛病就是组织观念差，喜欢独往独来。"时空往靠背上一靠，两眼望着上方，"只有上级选择下级的，没有下级选择上级的，你完全搞拧了。没准将来你不是栽在腐败问题上，而是栽在组织纪律问题上。你必须表态，基地管理办公室到底是挂靠在总经办，还是让焦副老总分管。"

就像天灵盖遭到了一锤重击，匡奇大为震悚。他瞟了时空一眼，心里直发急：今天这是怎么啦？

没有希望当龙潭施工局的局长，匡奇本来就很哀伤，时空接下来告知的几件事更让他憋屈。是的，他对自己办公室的一群副主任的确没有什么好感，可是真要把他们调走，他又觉得自己的势力受到了削弱；管辖修造厂、旅游运输服务公司这两大人多势众的经营实体确实力不从心，但剥离出去，他又感到自己的权力范围收缩了一大半；总经理直管基地办好处很多，仅名声就够同僚羡慕的了，哪知时空就是不给这面子！匡奇越想越难受，有一种失宠的感觉。他先责备自己在时空面前诉苦太多，后又怀疑自己在时空面前逞能太多。末了他好像如梦方醒：下面的头目一直担忧时空早晚要对二级、三级单位领导班子动手术，莫非想拿基地办开刀？匡奇紧张了：有这可能！平时，时空对自己要多和气有多和气，可是今天，要多严肃有多严肃，连座都不让……

"我接受时总的批评，我一定改正自己的毛病。"匡奇也懂得能屈能伸，脑子转弯儿也很快，一下子就明白了下级在上级面前永远只可以点头称是，不可以讨价还价的道理，"我听时总的，时总怎么说我怎么干。基地办就让老焦领导得了，老焦领导好。"

"这就对了。这么点儿小事，你看你让我费了多少口舌。"时空的脸上终于露出了一点儿笑容，"你那小本本上记下几条了？"

匡奇暗暗舒了口气，握着笔的手背揩了揩宽阔的额头，他感觉到额头上有类似虫子的汗珠在蠕动，"回时总的话，一共四条。"

"哪四条？"

"起草上岗通知并下发；基地办拟精简管理人员，以正处级为主；修造厂、旅游运输服务公司与基础办脱钩；焦言副总经理分管基地办。"

"好，接着记。"

匡奇又架好了笔录的姿势。

"去年秋，焦副老总从北京贷回十七个亿，实际给了你一点四个亿。这回中了龙潭AI标，工程款虽然还没到位，但计划再给你三点七个亿。整个集团，除了拨给心爽副老总用来添置机械设备扩大再生产的资金最多之外，就数你匡奇手里掌握的钱了。"

匡奇立时喜上眉梢："谢谢时总，谢谢时总！"陷入昏聩中的他好像一下看到了曙光，精神大振。

"在年度资金预算调整讨论会上，房建项目款没人提出异议。你知道大家为什么放心把这么多钱交给你支配吗？"

匡奇摇摇头。

"因为你廉洁。怎么廉洁法呢？没有像样的裤子，又想在官场上体面点儿，怎么办？把老婆出嫁时的一条哔叽呢裤让裁缝改了自己穿。"

匡奇羞愧地说："都是许多年前的事了，也就那么一次。"

"别紧张，这是好事，大家是在表扬你哩。一个没有钱花，只会在自己老婆身上打主意的人，怎么会让人不放心？虽然喜欢吃点儿喝点儿，喜欢穿戴时髦点儿，但都是以个人的支付能力为基础，经管的账目清清楚楚，明明白白——考核你的人、调查你的人，差不多都这结论。好，难得，发扬光大，争取更大荣誉。"

"谢谢时总，谢谢各位领导对我的……夸奖，夸奖。"

"安居工程的条件应该说成熟了。"时空话题一转。

"图纸早就有了,就是因为地皮没有最后落实,才……"

"前天,祝原市长来过十字街,是专门给华夏划拨土地来的。永泰县委县政府已经同意,圪崂窝那片抛荒地和沿江滩涂全部划归华夏了。总共七万亩,合七平方公里哩,不少吧?"

"不少不少,真不少!"

"如果我没猜错,不出四年,也许更快,土地在商人手里会变成金价。不会再有划拨土地一说了。"

"将来,我就用这结余下来的地皮做房地产生意,"匡奇得意忘形,又翘起了尾巴,"做大做强,做成华夏集团的支柱产业,超过三大施工局、五大直属项目部的经营规模!"

"好大口气!别好高骛远了,先把安居工程搞好了再说吧。"

"也就说说而已,图个嘴巴快活。"匡奇慌忙改口说,"我哪有那能耐呀。"

"钱给你了,土地也给你了,下一步就看你匡奇的本事了。我可是有要求哟。"

"时总您吩咐。"

"三年内,必须消灭危房和干打垒。东山、西山、陕西营三大棚户区的居民统统迁移进圪崂窝新区。东山、西山、陕西营恢复原生态,建成经济林区,让它们创造财富。圪崂窝那片土地要有计划地开发利用。我是这么想的,不是迫不得已,抛荒的田地一寸也别占用,住房全部选择在依山傍水的滩涂修建。荒废的田地干什么?复耕,兴办农场,逐步形成蔬菜基地,种植、养殖基地。菜篮子工程咱们也得搞上去,你说是不是?"

"是,是,"匡奇说,"时总群众观点强,看问题全面。"

"去年秋天,那个规模不算小的职工群访对我的触动太大了,至今都忘不了那场面。恳谈会上,职工群众叫苦说日常必需品物价上涨过猛,涨得大家没法接受,我想解决又没有那么大的权力。后来,我把这事跟宁泰的祝原市长反映了,希望他能帮助平抑物价。你知道他怎么回答我?他说:'我虽然管着七八个县市,权力看起来不小,可是连一碗面条、一个草鞋馍的价格都控制不住,哪能帮你解决十字街的物价问题啊。'后来,他还给我支着儿,说,'活人也不能让尿给憋死呀,变换个手法也许问题就解决了。有了土地就可以丰衣足食对吧?可以让土地生长出钱来,用另外一种方式反馈给你们的职工群众,何苦在物价二字上死做文章。所以,我准备给你们多划拨一点儿野岭滩涂撂荒地,下面的事情你们就知道该怎么办了吧?'匡奇呀,祝原市长的良苦用心你明白了吗?"

"明白了。物价没人管得了,我们就自己想办法解决。"

"不错。"时空点点头,"我建议你请两个专家,把圪崂窝那片土地好好规划规划,弄个图纸什么的让我看看,也让各位班子成员见识见识匡奇的远景蓝图。"

"一定一定,我立马就办这事。我压根儿就没有想过这个问题,多亏时总指点了一下。我怎么把专家给忘了呢?真是!"

"住房建多少栋,建筑面积是多少,怎么样个布局,不怕你笑话,至今我这做总经理的心里还是笔糊涂账。"

"时总原谅。"匡奇马上明白时空这是在批评自己，连忙解释说，"实不相瞒，房建这档子事我以为还像从前的领导班子一样，雷声大雨点儿小，提起来千斤搁下去四两，到时候象征性地戳个三栋五栋，有选择地解决几个特困户完事，所以就一直夹着过去的几张图纸四下转悠，造个声势，根本没把它当个事来抓。没想到您气魄这么大，而且来真的。容我好好计划计划，找专家参谋参谋。我保证，一月后向您提交整体规划，两月后开工。"

"计划经济时代已经过去了，现在是社会主义市场经济时期，时代不同了，思路要跟着转变。住房不应该是按需分配，而是按需供应。直白的说法是，应该准备使用面积不同的户型，让高、中、低收入的家庭都能买到理想的房子。极少数特困户，集团打算采用特殊政策帮扶。有一点要把握住，在保证住房质量的前提下，把价格控制在最低水平，跟商品房价格严格区别开来。原则是，既要让广大职工群众享受到一定的优惠，又不能与国家相关政策抵触。"

"这我做得到，也很乐意做，因为我还住在棚户区，也想买房子，想买……便宜的。"

"还有我哩。你不能老是让我住在那个别墅里吧？时间长了，我就会有销赃的嫌疑。"时空自我解嘲地笑了笑，"难怪有人在网上发帖子说，如果当官的天天提着篮子上集贸市场买菜，物价肯定会跌下来。"

匡奇说："我们这是癞痢跟着月亮走，沾的是职工群众的光。"

"就算是这么回事吧，鸡进笼，鸭也得进笼。"时空附和了一句，问，"那么，你认为……你的工作重要不重要？"

"重要，太重要了。"

"怎么个太重要了。"

匡奇很会总结自己工作的重要性："首先，集团中了龙潭工程的大标，马上要赚大钱。然后，集团准备把赚的钱拿出一部分，用于安居工程、菜篮子工程，目的是切实免除职工群众的后顾之忧，稳定民心，激发劳动热情。大本营稳安了，职工群众的劳动热情高涨了，又可以中更大的标，赚更多的钱，解决更多的民生问题，进一步提高生活质量。周而复始，良性循环。"

"有水平！"时空大加赞赏，"我就没有想到这一层，难怪不少人说匡奇很有见识，果不其然。"

"嘿嘿，我也就随口说说。"匡奇谦虚着。

"认识到了安居工程、菜篮子工程的重要性就好。"

"都是因为时总的启发。"匡奇刚才受了场虚惊，乖巧了许多。

时空坐正了身子，喝了口咖啡，望着匡奇，说：

"本来，我是想找时间跟你专门谈谈的，最近太忙，抽不出空来。今天你来得正好，我就趁这机会把有些事跟你说了。

"刚才说的那几件事，都是经过研究的，很慎重，不是我的个人意见。人才中心的六千多下岗、待岗职工差不多都要被龙潭工程主体标段消化掉，人才中心不会再有人才了，单位就没有必要存在，让你少操了一份心；旅游运输服务中心暂时交由总经办管理，实际上关系并没有理顺，但是为了给你减负，只有这么办了。基地管理办公室的副主任确实太多，那是因为当年他们所在的单位或合并或撤销，失去了职位，退休又不到年龄，只好放在你那里消磨时光，你不好领导，他们更委屈。龙潭主体工程这一开工，问题就全解决了，大家各得其所。这样一来，你肩上的担子是不是轻了呢？"

"那当然，我的职责范围差不多削掉了一半。"

"不一定吧。我看是更重了。"

"……？"匡奇没有反应过来。

"集团领导班子的意图很清楚——让你集中精力把安居工程、菜篮子工程搞上去！刚才你归纳得非常好，这两件事对华夏集团来说太重要了。大家都认为你负责这两大工程最合适，也让人放心。"

匡奇这才领悟到自己原来派了大用场，立时感奋起来："谢谢领导的信任，我一定不负重托。"

"你应该向景丽元学习。你看，培训中心说干就干，很快就火了起来。"

"嗨，她那两下子。"匡奇一向不把景丽元放在眼里，"时总你等着瞧，圪崂窝那一揽子事我一准干好，肯定比景丽元干得漂亮。"

"说大话、说空话不行。关键是要把事情干出来，干好。"

"这么说吧，三年内，我保证让三大棚户区的居民住上新房；让所有职工吃上最便宜的蔬菜和猪肉，达不到这目标，你把我这基地处长免了！"

"好，一言为定！"时空也不给他留下退路。

匡奇是雄赳赳气昂昂走进办公室来的，又雄赳赳气昂昂走出了办公室。时空望着他那雄赳赳气昂昂的背影，不知什么意思地笑了笑，又把面前那本《华夏集团下岗待岗职工花名册》翻了翻，起身出了门。

三楼纪律检查委员会办公室隔壁是组织和宣教处，大家习惯把它简称为组宣处，隶属司马敬的党群工作部。组宣处又管着干部管理办公室、档案室、党员群众教育办公室、政研室、宣传办公室，除处长拥有一间办公室外，其部门负责人一律合署办公。

组宣处长侯万里五十多岁，跟司马敬的年龄不相上下，但看上去比司马敬老态多了，像个饱经风霜的老头儿。机关干部都喜欢称呼侯万里"侯组宣"，听起来像"猴祖先"。

时空一到三楼就头疼，上任至今没搞清部门之间的领导和被领导关系。这是原党委书记岑雪飞几番重组过后成形的摊子，诗维是用老店面营业。时空曾建议诗维顺一顺，诗维开始还有点儿积极性，可后来不知怎么又变卦了，说："再凑合一阵，等党代会开过再说吧。"

侯万里正趴在一张老式一头沉办公桌上埋头审阅不知是谁起草的宣教材料，忽然发现时空走了进来，推开材料就迎了上去：

"时总怎么亲自上我这里来了？有事打个电话下来，我跑一趟嘛。"

"饭还能不亲自吃呀？"时空打趣说。

"大家都知道时总忙，日理万机，时间金贵。"侯万里不抽烟也不喝茶，就想倒杯白开水款待。

"别忙了。"时空按住茶几上的开水瓶，"我了解一下情况就走。"

"哦？好好。"侯万里信直，搁下了空茶杯，"您想了解哪方面的情况？机关的，全集团的，我基本上都熟悉。毕竟是集团的老人嘛。"

时空坐下来："组建龙潭施工局的事你知道了吧？"

"知道知道，诗书记如召集各部门领导吹过风。"

"这不，接下来就该搭班子了嘛。想听听你的意见，看哪些干部可以进班子，尤其是局长人选。"

"你算找对了。"刚想陪时空坐下的侯万里又直起身子，几步蹿到文件柜前，取一个天蓝色的文件夹，毕恭毕敬捧到时空面前，"我一直在坚持做后备干部工作，以备不时之需。"

文件夹封面，三个大字赫然在目——人才库。"好家伙！"时空禁不住惊叫了一声，"这夹子容量可真大，装的全是人才？"

"上上届班子就重视这方面的工作。本届当然更加重视。时兴建人才库，我不过做做具体工作。"侯万里脸上的皱纹舒展开来，显出几分惬意，"衡量一个企业是否优秀，就看它储备有多少人才——我同意这种见解。"

时空翻开文件夹，见里面也就三五页纸。不过，每页纸上都排列满了姓名，还附带有出生年月，以及职务、职称、学历等等。

侯万里见时空看得认真，热情地介绍说："这仅仅只是个名录，是个提示。你看上谁了，我马上去档案室调来个人材料。立功受奖、技术成果、一贯表现，都有专页记载，还附有历年考核评价。凡入得人才库者都没有劣迹。"

这人才库里储备的是职工群众心目中的人才呢，还是历届领导成员眼里的人才？是领导集体认定的人才呢？还是个别政要看中的人才？时空望着立在面前的侯组宣：

"所有进入人才库的成员，是党委会确认的还是集团有关行政会议确认的？"

"领导让建人才库，我就……建啦。"侯万里一时不知道怎么样回答时空的提问才算准确。

"哦……"时空若有所思，"龙潭施工局的领导班子至少需要七个人，你说说个人的看法，哪些人比较合适。"

"都在这人才库里面，挑谁都行呀。"侯万里替时空着急起来，"韶央、滕夫儒、夔亮、蔺山海、罗耀辉、舒喜河、白延寿、贺怀阳、司马敬、达奚贤、匡奇、况夫……"

"好了，我知道了。"时空笑了起来，"你的工作做得很仔细，很好。"扬扬手里的人才库，"这样吧，我先借去看看，挑挑，挑选完了再还你怎么样？"

"没问题，没问题。"侯万里高兴极了，"我这就是为领导决策准备的，当好参谋是我们组宣处的本分哪！"

时空说："谢谢！"

九十三

投标办公室是华夏集团机关最牛气的部门。

集团机关大楼第六层全部被投标办公室占用，办公面积等同于集团党群系统职能机构的规模。在总部机关，投标办公室的人员最多，五十多人，大大超过了党群部门人数的总和。投标办公室的专业人员最齐全，搞概预算的、搞工程技术的、搞施工管理的、搞计算机的、搞文秘的，以至具备喝酒、打牌、唱歌跳舞之类特长的公关人才，应有尽有。投标办公室是新型产物，从前的企事业单位都不设这个机构，建筑行业市场化以后，方才应运而生。在华夏集团，别的部门都可以萎缩，都可以关停并转，唯独投标办有理由发展壮大。这也难怪，因为投标办公室就像粮食征集队和仓库，事关温饱。华夏集团的干部职工都喜欢把争夺到手的工程和它的储量比作"粮食"。华夏集团投标办公室不仅要代表集团不停地四处投标，不停地编制投标文件，不停地追踪全国各地水利水电工程和其他土木建筑工程的招标信息，不停地增加合同储备，还要指导三大施工局、五大直属项目部的投标工作，只有这样，才能做到手中有粮，心里不慌。所以从上上届的领导班子起，投标办就备受宠信，需要什么条件，集团就创造什么条件。瘦猴一样的达奚贤因而愈加显达。

达奚贤把第六层大致划分为三个办公区域：信息和资料区；投标文件编制区；公关和后勤服务区。只有他心里才有数儿，五十多名身怀绝技的人才已经被分成了若干档次。但是，不管档次高低，人人必须严守一条纪律——保守秘密，任何人不得泄露投标办的追标情报、编标情报，违者重罚，情节严重的坚决清理出局。有点儿军事管理的味道。所以，投标办不分老幼，一齐被憋得木头木脑，不敢多言多语，生怕泄露了机密。达奚贤没有副手，大事小事全由一人说了算，他说他的副手必须经过长时间观察、考验，宁缺毋滥，其实是怕艄公多了翻船。三个办公区他分别指定三个年岁大、资格老、职称高的专业人员负责，并且别出心裁地封他们为区长，权力仅限于监管本区人员的日常工作，严格考勤。

达奚贤坐镇投标文件编制区。足见这个区是投标办的核心，人员素质自然要高出一个档次。

投标文件编制区有三十多个专业人员，全部伏在用宝丽板隔成的格子里，放眼望去，像一群趴在窝里孵蛋的鸡。达奚贤则把自己关在一个玻璃笼子里。玻璃笼子凸突在办公区的中间段，一面靠墙，另外三面全是玻璃隔板，能随时透视每个从业人员的工作表现。坐久了的达奚贤有时会立起来伸个懒腰，顺便扫一眼聚精会神的属下。鼻梁上那副啤酒瓶底似的眼镜会帮他的大忙，又厚又大的镜片就像两只放大镜，每个人的敬业程度都可以看得清清楚楚。信息和资料区、公关和后勤服务区的工作状况他也有办法随时掌控，探头会通过挂在对面玻璃隔板上的平板视屏不间断地传递那两个办公区的实况。达奚贤阔大的老板桌上有只麦克风，那是开会用的。他开会的方式别具一格：坐在玻璃笼子里演讲，通过麦克风发送到各个工作档位的低音扬声器，所有人员可以不离开自己的座位就能清楚地知道会议内容。对症下药的区间会其他办公区就不必打开扬声器了，所以，有时达奚贤给别的办公区开业务会时，投标文件编制区的苦力们就会欣赏到他一个人在玻璃笼子里手舞足蹈，像表演独角哑剧的情景。

达奚贤有三大嗜好：烟、酒、茶。每顿无酒不餐，多少都得来点儿方可用膳。泡茶用的是一只白色搪瓷缸子，缸胆黑黄，像结了一层锅巴。烟是一支接一支地抽，据说一天只需发三次火，只有三顿饭和安息不是抽烟的时间。他吸烟的把式尤其夸张，香烟的过滤嘴儿夹在食指和中指的根部，吸时整个巴掌紧捂嘴唇，不走漏一丝一缕烟气。

达奚贤对下属要求苛刻，自己也从不偷懒。他有看不完的文件交待不完的工作。信息员们上报的各种信息，他必须认真归类，责成有关人员追踪；分析研究来自全国各地的标书，确定重点，指令有关人员编制投标文件；投标选项入围，及时报请秋胤，组织人马投标。

这会儿，达奚贤又站了起来，一边擂腰，一边透过放大镜般的眼镜扫瞄敞亮而又肃静的办公区。

况夫腆着肚子闯了进来，一面东张西望，一面甩着大步走进了达奚贤的玻璃笼子。

"哎……你怎么还没走哇？"达奚贤劈头就问。

潜龙水电资源开发总公司在宁泰市进行的招投标工作一结束，达奚贤马上就通知投标工作站解散。况夫回三峡就位，时之男回投标办投入西落凼、纸平滩两大水电工程投标文件的编制，炮工、漏斗等人准备参加水布垭水电工程竞标，善后工作全部移交给驻省办事处。喘气的机会都没给他们。

"老鬼，"况夫用食指点着达奚贤的鼻子尖儿，"况某大老远从三峡跑回来给你当了三四个月的苦力，没啥奖赏就没啥奖赏，连句悦耳的话也不会说呀？过河拆桥，你也太毒辣了。"

"况夫劳苦功高，况夫大获全胜，况夫为华夏集团创造了惊人业绩——这话悦了耳吧？可是你也不能躺在功劳簿上赖着不走哇。"

况夫带领投标工作站参与龙潭工程竞标的结果是：除中得最大的 AI 标外，还在最后时刻争取到了 BI 标的一半——四条引水洞分到了两条，并且策略地与北方能源、宏达联营达成了转包协议，把他们中得的 AII 和 BIII 拿到了手。这一重大胜利乐得时空心花怒放，领导班子成员无不拍手叫好。达奚贤口上没有大惊小怪，心里却是很服气的。

"这十字街是我的家，路过家门口我进去打个尖行不？"况夫重重地往达奚贤对面的圆椅上一坐，把拎在手里的一只塑料袋向老板桌上一扔。

塑料袋是透明的，可以看见里面装有两条香烟，而且是备受烟民青睐的大中华。

达奚贤眼睛一亮，情不自禁地把塑料袋提起来瞅了瞅，搁到了自己面前："好话都听不出来，我是关心你哩。三峡好哇，三峡让你学到了不少本领。要不是在三峡见过大世面，龙潭的这许多标你能轻而易举拿到手？我听说三峡就要安装国产最大的水轮发电机组了——七十万千瓦。你应当赶早过去，把人家先进的装机技术再学习点儿回来，将来用得着呀。"

"那技术该你学去了。"况夫欠身提过装有大中华的塑料袋，放回自己面前，"我今天是找你兑现承诺来的。"

"兑什么现？有什么承诺？鬼扯！"

"忘了？我就知道你忘了。在宁泰九州饭店竞AI标那会儿，你我都急了眼。你自告奋勇去三峡顶我的差，让我回十字街接你的班。"

"哼，我当兑什么现哩。捡根鸡毛当令箭，冲你两句，你还认了真。"

"要知道君子一言快马一鞭啊。反正我一回十字街就找时总说了，说你不想干投标办主任了，嫌压力太大，我正好又看中了这差事。时总同意咱俩换位轮岗。不然，我回十字街干嘛，疯了？"

"你小子狗咬吕洞宾，不识好人心。我好心好意举荐你回来夺了头功，你反过来恩将仇报，背后暗算我，要把我这鸟位夺了。我什么时候说过不想干投标办公室主任了？我什么时候说过压力大了？造谣生事，诬蔑陷害。"达奚贤一边续烟，一边眯眼斜视着况夫，"老达奚我年岁大了，跑不动了，廉颇老矣，哪儿都不去了，就在投标办扎下去了。你别做秋梦，不想跑前方，打别的主意去。"

况夫端起达奚贤的搪瓷缸子，扬头喝了口浓茶："你老婆说你一天要喝一斤酒，老？老个屁，装孬！"

"娘儿们的话你也信。她胡扯！"达奚贤弯腰从桌子底下摸出一个一次性的塑料杯，拿起搪瓷缸子往里倒满泡成黑黄色的浓茶，往况夫面前一搁，"投标办这一大摊，你那两下子，拨弄不开，只配公公关。想蹭到我这分儿上，起码还得在基层泡个十年八年。看我吃豆腐不用牙齿，你就咬不动，你还嫩着哩。"

"吓唬谁呀？就凭你这五六十号虾兵蟹将？就凭你这三大办公区？就凭你这摄像探头的光明磊落行径？还有这麦克风，装模作样。"

"现代化管理，懂不？"

"土，俗，我都替你难为情。"况夫讥讽着，继续将军，"不管怎么说，这事我已经通天了。你要是食言，反悔，你自己找天收回覆水去。"

达奚贤坐下来，两只躲在镜片后面的小眼古怪地瞅着况夫，嘴巴藏在夹着烟卷的手掌里不停地吸着，"你小子真在下面待腻了想回十字街，其实门道多得是，藏身的地方也不少，机关哪个部门不随你挑？还有，龙潭工程眼看就要大上马，新成立的施工局正搭班子，凭你这身本领，进班子还有问题呀！龙潭离十字街也就四五十里地，又宽又直的阳光大道听说马上就要通车了，一小时可以跑个来回，多好。对，就龙潭，只有龙潭才真正是你大显身手的地方。盯我这位子干啥？没出息。"

"龙潭好，你去呀。"

"我走了投标办这一大摊怎么办？"

"放一百二十个心，况某人干起来肯定不会比你差。"

"你？嘿嘿，你……"达奚贤冷笑着，"在九州饭店主张投《补充意见书》，你小子是帮凶吧？一下子就亏掉了八千万。访访去，有谁对这举动喝彩了？投标办让你做掌柜，只怕连裤子也要亏掉。"

况夫满不在乎："捏痛脚哩？"

"还要我捏？你自己得知道痛！"达奚贤继续挖苦，"九巨头竞标，搞得热火朝天，结果是华夏跟华夏较劲儿。还怕自己竞争不过自己，麻起胆子塞给人家坐山观虎斗的八千万红纸包。嘿嘿！"

"当时在场的各位贤能有谁神机妙算到竞的只有华夏一家啊？"况夫反唇相讥，"你这老达奚也不把问的卦给我们这些凡夫俗子说个清楚明白，只会哭鼻子。除了老老实实掏八千万买保险之外有什么别的办法？还有，孤标的背景你知道不？不知道吧？现在我就告诉你，让你醒醒，别以为AI标真拿得那么容易。"

"你就编吧。"

"你讲不讲道理？"

"老达奚什么都不讲，就讲道理。"

"那好，我跟你讲道理。"况夫两手往扶手上一搭，睥睨着对方，"几天前，我好不容易在省里打听清楚了，争夺AI实际上是场恶仗，华夏是侥幸取胜知道不？龙潭工程招标文件出笼后，九大巨头各显神通，家家都把它搞到了手。机密到手后，各家这才知道AI实际上是三标合一，是龙潭主体工程最大的标段，而且大家都发现潜龙总公司的意图十分明显，那就是让一家最具实力的施工单位拿到它。哪一家最具实力？那八巨头彼此心照不宣，除了华夏还有谁？问题出来了，矛盾转化了，八家开始对付华夏一家，他们不服气呀。有六个单位暗中结成了两个联营体，要跟华夏决一死战。

"只跟你说其中一家。长城水能综合利用建设工程公司、东方水电建设联营公司、北方能源开发集团，组成渤海联营体参加竞标。他们把投标文件都做好了，就是谁做盟主的问题迟迟定不下来。谁领导谁的问题解决不了，标拿到手后怎么干呀？争来争去，争流产了。另外一个联营是因为股份问题严重分歧，想做东家的却又不肯掏钱，说是要把管理作为知识产权入股，结盟最后没结拢，同样偃旗息鼓。老达奚你仔细想想，假如他们的意见达成一致，假如他们结盟成功，我们又没有投下《补充意见书》，能斗得过任何一个联营体吗？多危险哪。你们这些人至今还在为那八千万叽叽咕咕，好像主张投《补充意见书》的人犯了弥天大罪，我至今回想起来就感到后怕。要是AI标没拿到手，如今集团总部会是这样一种祥和景象？"

达奚贤将信将疑："编！"

"问之男去呀，她知道。这六大巨头搞到潜龙总公司编制的招标文件后，见招投标形势超出了他们的想象，即刻密谋围标，并且各自从本部抽调高手，纠集在一起秘密制投标文件。要不是内讧，阴谋不就得逞了。"

"这事……给时总报告过了？"

"嗨，我才不给他说这事哩。"

"小子，学乖点儿，这是立功表现。"

"那就让给你好了，你向他报告去。"况夫怪笑了一下，"领导如果感到自己干的每一件事都正确，做下级的可就没有好日子过了，知道不？"

"嘿嘿，你小子真坏，敢让总经理背口大黑锅。"

"人家真正是见过世面的人，哪会把这点儿小事搁在心上。损八千万，算啥？只有你和秋老夫子这号人，小家子气，苍蝇叼走颗米粒都要心疼不已，还想追讨回来。杀敌一千自损八百,这个道理都不懂,还四平八稳坐在投标办主任的位置上不肯让贤。"

"况夫哇,你把学问用在正道上好不好,别尽拿它当棒使,打击别人。"

"走喽。"自以为占了上风的况夫站了起来,"咱俩换位的事就这么说好了啊。你要是实在不愿意挪窝儿就找时总说去。说自己身强力壮,不怕压力,能挺住,看时总跟你是怎么个说法。"

达奚贤乜斜着眼,心想,这家伙在外面越漂越坏,像油条,不知道他哪句话是真哪句话是假,找时总,此地无银三百两呀?"您慢走!"巴不得他快点儿离开。

况夫把装着香烟的塑料袋提到手里,掂掂,"这烟……好啊。"望望眼馋的达奚贤,重新扔到了老板桌上。

达奚贤得寸进尺:"那么多酒……就没剩点儿?"

"哪还有剩啊?你派给我四个衙役,三个是酒桶。"况夫拉开玻璃门,"炮工掖了几瓶茅台。你不找他讨,他肯定不会谦虚。"

"他敢,我治他。"

况夫走出玻璃笼子后并没有立即离开办公区,却在达奚贤的眼皮底下径直朝着时之男办公的档位晃悠过去。

时之男正在打字,十个纤细的指头在键盘上灵巧地跳跃着,像钢琴大师抚琴;一对黑亮的眸子斜视着稿纸,不看键盘也不看电脑荧屏。

"哪阵风把你给吹来啦?"

时之男胸前那面搁电脑、书籍、文件的固定搁板上还搁了一面小圆镜,这个小镜用来整理头发衣装其实是个幌子,它的角度正好对着达奚贤的玻璃笼子,达奚贤监视她,她也能监视达奚贤,反侦察。尽管况夫是探着猫步走来的,她也知道他已经来到了自己身后。

"春风,现在还算是春天。"

"怎么还没走啊?"

"上哪儿?"

"三峡呀。你的战斗岗位不是在三峡吗?"

"我说你们这绺子怎么全一个臭德性呀?适才达奚那老鬼用这话欢迎我,你也用这话欢迎我。"

"欢迎你,谁欢迎你?"

"那我该怎么个遣词造句呢?客人来了不用'欢迎'二字,难道用……'不欢迎'?"

"这话是你说的啊。乌合之众、鸡鸣狗盗之徒确实不配欢迎你这么一位尊贵的人物。"

"嘿,巧了。在宁泰争论该不该投《补充意见书》时我整错了两个歪词,怎么传到你耳朵里了?"

"隔墙有耳。何况是在大庭广众下大放的厥词。真有学问啊,这两个词分量重,概括性强,把我们五六十个懦夫的嘴脸、德性、丑陋行径描写、刻画得淋漓尽致,入木三分。"

况夫悄悄做了个鬼脸，索性嚷出一句："要说投标这活路，也真够下作的，什么伎俩管用使什么伎俩。"

"那你还不赶快分道扬镳去你的三峡，在投标办流连忘返干嘛？"

"我说时之男呀，"况夫摸着光溜溜的脑袋，感到自己呛不过她，"不就是顶牛顶过火整了那两句词吗？当时老达奚还不是把我骂了个狗血喷头，我计较过他吗？我啥事没有。我才不跟他一般见识。"

"啊——，况夫的胸怀多么宽广！"

"你算夸奖对了。我别的优点没有，就是肚子里能撑船。不像你，心眼儿多，心眼儿小，捉住别人的辫子就不放。这点你远不如你老爸，你老爸什么不能容忍的人和事全能容忍，遗传基因出了毛病。"

"怎么老扯我老爸呢？呃，领导如果感到自己干的每一件事都正确，做下级的可就没有好日子过了——这话针对谁呀？"

"谁也不针对。"况夫没有认真去想这句刚刚对达奚贤讲过的话，怎么这么快就被时之男知道了，"放之四海而皆准。"

"两面三刀。"

"诽谤，诽谤！"

"你跟我老爸谋过几次面？搭过几回腔？这么了解他。就凭蒙到我们家蹭了顿饭？"

"感觉，感觉就是这样。可别误会了啊。"

"原来是个跟着感觉走的主儿。"时之男这才瞥了他一眼，"跟我们掌柜的交易谈妥了？"

"什么交易？我跟你们掌柜谈什么交易了？"

"换位呀。他到三峡接你的班，你来做他这乌合之众、鸡鸣狗盗之徒的头领。"

"我哪会跟他做买卖呀。投标办，这是人待的地方？"

"吃不到葡萄说葡萄酸。刚才那气势汹汹的架势，逼宫哩。"

况夫就笑："我逗他玩哩，哪会跟他认这个真。"

"逗他玩，逗他玩还通天呀？"

"钟馗打鬼。达奚这老鬼自命不凡，耀武扬威，我急他自投罗网，借你老爹的大棒子敲打敲打他。"

"偷天换日。我们掌柜比你精，你以为他会上你的当。"

"让他惶恐不安，让他看到我心里就不舒服，我也是个胜利。"

"想让我们掌柜过得不舒服，可是又送好烟好酒，帮助他提高生活质量，你不觉得这很矛盾吗？"

"两回事。做人嘛……"况夫猛然觉得不对劲儿，躬身问道，"老达奚那玻璃笼子是隔音的，我们刚才关着门说的话……你怎么都知道了？"

时之男旁若无人地敲了好一会儿字才回答说："不仅我知道，我们区间三十二个喽啰没有一个不知道。"

况夫吃惊地睁大了双眼："全间谍呀？"

"我们掌柜创造性地实行现代化管理。这现代化管理有时是把双刃剑，他在挥舞这把剑胁迫苦役的同时，自己也有可能面临受到侵犯的危险。"

"玄，玄，鄙人从来没有见过这种世面。"

"开会的时候，他把自己关在笼子里激扬文字，发号施令，让我们蹲守在格格里屏息聆听，实际上就是在这片天地只有他表现的份儿没有我们表现的份儿。那么好，我们大家干脆把他的表现知道个透。每天，掌柜咕噜了几回茶，点了几次烟，咳嗽了几声，嘀咕谁的活没干利索，出虚恭几连响，我们清清楚楚。掌柜出虚恭可认真了，嘴里直哼哼，用内功发力。"

时之男一本正经，况夫差点儿放声大笑："可怕，太可怕了。"又弯下腰，够着头，嗓音压得像蚊蝇嗡，"看在你我共事好几个月的份儿上，能泄露点儿……机密么？"

"什么机密，他经常不关麦克风的开关，想让自己的私生活公开，透明。"

况夫捂着鼻子笑："我怎么觉得类似掩耳盗铃。"

"不许当叛徒啊，你把这机密泄露给他了，我们上班就没得乐了。"时之男终于歇下了手中的活计，翻过一页稿纸，把埋在黑发里的耳麦从左边换到了右边，又轻盈地摇摇头，摇顺短发。

况夫很开心，没有立刻离开的意思，可是又不知道跟时之男聊点儿什么才能继续待下去。"心无二用。"他见时之男黑亮的短发里埋伏着耳麦，于是借题发挥，"边敲字边听……音乐，不好，两头都不踏实。"

时之男又敲响了键盘，"人的大脑是可以双向思维的，只要心态好，二者皆可兼顾。"

"奇才，佩服，佩服！"

"这不是心里话。"

"况某人从不口是心非。"

"跟你鞍前马后干了几个月还真没白干，听到恭维了。"

"金无足赤，人无完人。"况夫忘乎所以，"不足之处也不是没有，比如说，喜欢顶撞领导……"

"还有呢？"

"高傲。比如说，去年春节我诚心诚意造访你，你连家门都不让进……"

"还有呢？"

"散漫。比如说，去年春节期间的表现就让我不十分满意。那几天事情特多，饭局也多，经常让我打听你的下落，可又打听不到你的下落，干什么去了？"

"你认为我的个人行踪有必要向你汇报吗？"

"那倒不必……我也没有这个意思。我只是想说，你这个人的组织纪律性差了点儿，要改。"

"我有个原则，领导领导得正确我绝对不顶撞。你认为受到了我的顶撞，首先要反省自己领导的正确程度。春节法定公休，公休我个人有权支配，领导无权过问。加班加点不是不可以，做领导的为什么不提前把日程安排好。"

"春节期间都是突发性公务，我哪会提前知道突发什么事情啊？"

"难道你就没有想到春节期间我同样会忙公务？"

"想是想到了，没深想。的确，你那些狐朋狗友对我们的工作很有帮助。可是你应该把自己的行踪给我这做领导的通通气。"

"能忠实履行使命就是好下级。"

"你也会自己表扬自己啊。"

"彼此彼此。"

"罗尼娜这人就很不错。热情、大方、侠义，给我的印象深刻。只可惜……名声不太好。"

时之男没有接茬儿，望一眼况夫："歇桃园？"

"没有。家里太乱，住在咱们宾馆。"

"什么时候动身？"

"待个三两天吧，飞机票拿到手就开路。好久没回十字街了，真想多待几天，溜达溜达，看看老朋友。"隔壁左右都是埋头干活儿的人，况夫只能在时之男身后悄声来回走动，"也没个凳子坐坐。"

"表明这大统间并不欢迎客人。这里是中情局。你已经超时了。两只放大镜正在放大你的可疑动静。"

况夫猛一扭头，见玻璃笼子里的达奚贤果然在贼头贼脑看究竟，"这老家伙，人不做做鬼。再见！"转身就走。

达奚贤假惺惺追到大门口："不送了啊。"心里直叽咕：这家伙……哼哼，这家伙……难怪惦记着投标办……他已经把况夫撂下的大中华拆开了一包，并且叼上了一支，觉得这烟卷很是意味深长。

九十四

第二天下午，时之男来到了华夏宾馆。

华夏宾馆坐落在十字街东南角，与修造厂大门隔一条街，建于上个世纪五十年代末，"凸"字形，和老街店铺相比像现代建筑物，和现代建筑物相比又像古董。宾馆十年前叫招待所，第一轮产业结构调整时改弦易辙，名号变了，营业性质也变了，所长变成了总经理，职工改称员工，实行独立核算，自负盈亏。宾馆内部结构进行过多次改装，努力与时代同步，舒适而富有现代色彩，虽然外表猥琐了点儿。

华夏宾馆面向社会，但光顾的客人大多为外营点回集团总部办差的内部职工，基地各单位的集会、社交活动能在这里完成也就不去十字街的豪华酒店。集团干部职工的集体精神尚未完全消失——肥水不流外人田。

肩上挎着银灰色拎包的时之男健步跨进大厅。她习惯性地摇动了一下乌黑发亮的短发，不经意地扫了一眼为数不多的过往客人，走到前台。

"哎，"时之男趴着柜台，对里面看电视的女服务员说，"麻烦把登记簿给我看看。"

"请问您找哪位客人？"穿着西服，打着领结的服务员很热情，"我帮您查。"

"我自己查好了。"

女服务员就把旅客登记簿递给了她。

时之男又摇动了一下短发，同时回望了一下大厅，然后打开登记簿，逐页查找她想找的房客。

"嘿，之男！"

时之男吓了一跳，猛一回头，见费玲玲立在身后。旁边还有提着摄像机的沙凡。

"我一进门就发觉背影像你。"费玲玲笑着，"怎么上宾馆来了，找谁？"

时之男理了理额前的头发："省城有两个同学想过来玩玩，看看永泰电站，看看潜龙江的风光。采访宾馆的先进事迹来了？"

"宾馆是有名的缺粮户，哪里会有什么先进事迹呀。"费玲玲说，"采访况夫，他现在成了我们华夏的大英雄呐。挑头中了龙潭工程的两个标，又捎带从别人手里挖来了两个标，天啦，都像他这么卖力，华夏还愁不振兴呀？哟，你看我，这些你都一清二楚，我却向你做起广告来了。"

"那……你们快找他去吧。"

"要不你也坐坐去，给况夫补充点儿先进事迹材料？再说，你也是投标工作站的一员，况夫的功劳也有你一份。"

"饶了我吧。我可不敢争那功。"

"之男你这人也真是，就不爱给人面子。"费玲玲并不勉强，"哎，服务员，况夫住几楼几号？"

"他不住主楼，住在简易平房二栋九号。"女服务员对况夫的情况非常了解，"我们总经理亲自安排的。"

"那就不好意思啊，我们采访去了。"费玲玲跟时之男打了个招呼，拉着沙凡就匆匆忙忙往大厅外走。

时之男目送着费玲玲、沙凡，手里的登记簿懒懒地递向了女服务员，"谢谢！我的客人还没有来。"

简易平房的客房显得十分老旧。床帐、被褥和木质单人沙发都残留着招待所的字样，白色粉壁和一米来高的浅绿卫生墙斑驳陆离。有卫生间，但是不供应热水。这种客房收费很低，正因为价格低廉才有了竞争优势，才天天爆满。房客多半是包工头，是寻医问诊的郊区山民和贩买贩卖的小商贩。况夫回十字街不能报销住宿费，但是他又不想住桃园小区自己的家，家里没空儿收拾干净倒还可以凑合，主要是没有饭吃。他不会做饭，方便面吃得太多吃出了一种畏惧感，闻到那股味道就作呕，所以住宾馆。况夫跟宾馆的总经理是铁哥儿们，简易平房的客房再紧张他也能住进来。

况夫近几年一直在三峡工地，每年只有年度工作会才有机会回十字街，而且都是会议一结束就赶紧离开。三峡项目部的事情太多，不容他在十字街滞留。这次借调到投标办具体负责龙潭工程的投标工作大功告成，他本来可以从省城直接飞往三峡，可是不知怎么忽然心血来潮，想到要回十字街待几天，就一反常态地跑回来了。旁人倒没有觉得有什么不正常，他自己却感到有点儿不正常：习惯外面的生活了，桃园那个家好像没什么留念的，跑回来干什么呢？真是。

中午，况夫和衣倒在床上睡了一小觉，醒来冲了个冷水澡。接下就给搭档房启蒙打了个手机，询问了一下项目工地的情况、人员的工作表现。真正目的是让房启蒙帮忙把床单被褥什么的搬出来晒晒，说自己马上就要回三峡了，窝儿得赶快收拾好。还让他准备点儿吃食，给接接风。况夫刚和房启蒙嘻哈完毕，手机的彩铃接着响起。他揿了一下联通键，那头竟是时空的声音。时空没说别的，就让他马上到他办公室去一趟。

该汇报的工作早就在省里通过电话汇报完了，还召见我干什么呢？况夫边擦皮鞋边思忖。

费玲玲和沙凡一阵风似的闯了进来。

"干什么干什么，你们这是干什么？"况夫嚷道，"连门都不敲，早两分钟我还在卫生间净身。"

"是吗？多好的镜头我们没抢到！"费玲玲惊叫起来，"况夫的形体美，那该多吸引人哪！"

"呔！"况夫一声大喝，"你这总编辑是怎么当的？斯文扫地。"

"哟，"费玲玲吐吐舌头，"况夫居然讲起斯文来了嘞。"

"你给鲁迅塑个全裸，右手捏一杆毛笔，左腋再夹卷《从百草园到三味书屋》，看老先生如何发落你。"

"瞧，还跟鲁迅比斯文哩。"

"有话快说，有屁快放啊，我可没空儿陪你们这些舞文弄墨耍嘴皮子的泡蘑菇。"

"奉命采访。"费玲玲挨况夫坐下，"全面报道投标工作站的典型事迹，主人翁当然是你况夫喽。我准备拿出四个版面——一期，专门刊载有关你们投标工作站的消息、通讯和专访，配发图片。沙凡负责图片和影像资料。"

"配合一下，配合一下，我们也是办差。"沙凡边架摄像机边说，"知道你不喜欢奉承别人，也不喜欢别人奉承你，只当是给朋友帮忙。"

况夫慢慢腾腾拿起一只皮鞋，撅着嘴巴对准帮里用力一吹，"凭什么我是主人翁啊？"

"况夫喂，就不兴优雅点儿绅士点儿哪？这斯文吗？"费玲玲的手掌在鼻翼底下一个劲儿扇动，"你带领投标工作站拿下了最大的AI和BI标，又从北方能源、宏达建筑两大巨头手里挖来了AII标、BIIII标，这不就成主人翁了？时至今日，在华夏还有谁敢跟你比贡献呀？"

"小姐呀，别自我感觉良好啦。"况夫用一把小鞋刷轻巧地刷着皮鞋，"AI标确实很大，一百大几十个亿，可是还没动工就亏损了八千万，痛心哪。BI标是四条引水洞，我们只抢到了两条，标价仅集团预计的一半。你以为AII标、BIIII标是我挖到手的？那是人家扔破烂，我拾荒捡废捡拾回来的。北方能源、宏达建筑中标后左算右算不合算，不想干了，我才钻了个空子。我们实际上是拿钱买人家想扔掉的骨头唷，寒碜哪。打个比方，两块骨头人家在锅里熬了一次，把油水挤干净了，再把骨头转让给我们。我们还能从骨头上面收获什么？听懂了吧？"

费玲玲并不是外行，根本不听况夫那一套："不管怎么说，龙潭工程竞标，华夏算大赢家，有活儿干就有赚头。要不然，华夏儿女怎么会欢呼雀跃，头头脑脑怎么会眉开眼笑。"

"认识问题的角度不一样，感觉当然不一样。我况夫就是这么认为的——不能尽感觉到春风和煦，阳光明媚。"况夫穿好皮鞋站起来，从铁灰色帆布旅行袋里拿出那件棕色皮夹克，一扬手，扔到了沙凡刚刚架好的摄像机上。

"哎哎，况夫况夫，不像话，不像话，怎么蒙起镜头来了呢。"沙凡急了，"我们又不是曝光什么阴暗面，纯属阳光工程，是执行公务呀。"

"不识好歹，送给你的！两千八，真皮，就对付了三天大雪。我穿有点儿小。"

沙凡喜出望外："好哥儿们。"

费玲玲蹿了起来，一把夺过沙凡手里的皮夹克，妒火横生，望着况夫："还有我哩。"

况夫又从旅行袋里摸出双笨重的高腰方头黑皮鞋，往她脚下一扔："给！"

"缺德，"费玲玲直跺脚，"况夫，我咒你！"

"有人给你小鞋穿你肯定嫌挤脚，我给你大鞋穿你又不乐意。"况夫调笑说，"真难侍候。"

"你作贱人！我那么大一双脚呀？"

"那我送你什么好？袋子里有条太空棉裤，像麻袋，想要就拿去。对了，还有顶小线帽，马戏团小丑戴的。"

费玲玲走到旅行袋旁，翻了一阵儿："穷鬼！"

"甭着急，不会亏待你的。下半年，我把你和沙凡请到三峡去，采风，看看三峡的美丽风景，看看我们的项目部在那里是怎么干活儿的。"

费玲玲笑了："一言为定。"

"决不食言，来回路费我全给你们报了，还一人送你们一份厚礼。现在嘛，"况夫把沙凡的摄像机往自己肩上一扛，"我得马上走，时总找我，刻不容缓。咱们边走边吹牛。"

九十五

况夫走进时空办公室的时候，时空刚刚拿起桌上丁零作响的电话听筒。时空一面"喂喂"，一面向况夫做了个手势，让他先到沙发上坐下。况夫会意地扬扬手，无所事事地走到了那幅《龙潭水利水电枢纽主体建筑物平面布置图》跟前。

电话是程心爽从省城打过来的。程心爽在电话里告诉时空：

"昨天我赶到太平洋机械进出口公司后，马上找到了沈光荣，他刚从欧洲采购回来。沈光荣说他们公司去年从欧洲进口了两台盾构机，一台已经被深圳瑞谱公司提走了。瑞谱是去年订的货。还有一台存放在上海浦东仓储货场，铁道部有个工程局刚买下，预付款已经交了。我跟沈光荣的关系不错，咱们华夏进口设备不是一直通过他嘛。他见我要得急，想了两个办法供我参考。一是火速办理通关手续，再进口一台，但要等到半年后才能交货。第二个办法是与铁道部那个买盾构机的工程局协商，把存放在浦东货场的那台先发给我们，条件是代替太平洋机械进出口公司支付违约赔偿金。"

时空问："盾构机什么价？"

程心爽回答说："一亿多。"

"违约赔偿金是多少？"

"两百万左右。"

虽然都是约数，但是时空没有犹豫："我的意见是选择第二个办法，提现成货，赔偿金我们认了。"

"行，我也是这么想。"程心爽说，"还有个事。集团纪委和监察不是联名发文要坚持什么效能监察吗？我打电话让白延寿赶快派人过来履职，嘿，这一只眼倒端起架子来了，说纪检、监察两个部门的人加在一起才九个人，派到三大施工局、五大直属项目部搞违纪违法案件调查的六个人至今未归，剩下的三个人马上要随合同处、工程处的人去哈尔滨、济南签订转包合同，派不出人来了，让我直接问你怎么办。"

什么派不出人来？只要想派人监察，怎么都可以派，白延寿这是在耍滑头，他怕的是剃程心爽这颗癞痢脑袋，找茬儿上缴矛盾。时空不敢表态说把对你这副总经理的监察免了，又不敢越俎代庖当白延寿的家答应马上派人参与有关商务活动，左右为难。"效能监察是上面预防和惩治腐败的具体措施，不执行是违纪行为。这样，我明天找老白，看他怎么说。"他搔搔脑门儿，想出了个缓兵之计。

"我这里很急呀。"程心爽不松劲，"要是洽谈顺利，明天就要签约，就要付款，就要赶往上海提货。要不，选择沈光荣的第一个办法，另外进口一台，等半年。"

时空不得不退让："盾构机是大事。不影响你的工作是原则。"

"这白瞎子，给我使起绊子来了。"程心爽在那头不依不饶，"没事找事。"

时空急于得到盾构机，不想恼了程心爽，但又不愿意违心附和，贬低白延寿，"老白的事是多一些，我们做领导的，多些理解才是，尤其对立不得。"

程心爽大约掂出了时空这句话的含量，知道再牢骚下去是自讨没趣儿，就把话题转到了订购其他机械设备的事情上，直到时空对他的采买工作表示满意。

通完电话，时空坐到沙发上，招呼立在蓝图跟前的况大也坐下。虽然刚才跟程心爽掰了一阵手腕，但他的精神状况很好。

"你说深圳那个瑞谱公司厉害不厉害，听说还是个私企，"他说这话的时候很激昂，像是在表扬，"去年春节前后，我就听说他们跑到华夏来招聘下了岗的技术工人，说是要干龙潭工程。那个时候，九巨头还在忙着编制投标文件，在想方设法打通各种关节，他们就很有把握地做起准备工作来了。前些时，BI标还没揭晓，我又得知他们的盾构机已经盘运到了津口，还差点儿进了龙潭工区。刚才心爽副老总证实，半年前瑞谱就订了货。问题出来了，雷好搞的招投究竟是怎么回事啊？这不明摆着开标前就把有些标段许给别人了吗？"

况夫笑了笑："时总，你见多识广，又是个爱动脑筋的人，我不信这么简单的迷藏蒙住了你。"

"你这是在鄙薄我。"时空用食指点点况夫,"我还真没悟出个所以然。点拨点拨。"

"时总不耻下问。"

"少跟我来那一套。知之为知之,不知为不知。"

"是知也。"

"说说看。各人有各人的看法。"

"在中国的建筑市场,尤其是水电建筑市场,很多甲方都是选定好了乙方,然后煞有介事地进行所谓的招投标。潜龙总公司不过是步后尘,没有发明创造。龙潭工程招标文件上明确的十一个标段,除AIII标——也就是'三通一平',被你采取特殊手段抢过来干了以外,我敢说,其余各标没有一个不是在按照雷好的意志逐一落实到位。十一个标,我们参投了九个,中了一个半。四条引水洞最后劈给了我们两条,算半个。如果真正按国际准则公平竞争,我们本应九投九中,因为我们投的九个标个个比竞争对手报价合理,标价最低。可是,我们有七个标被评标小组评成了废标,这其实就是告诉我们,配给华夏的份额就是那么多,别的,争也没用。"

"那二包头瑞谱公司事先就知道了自己要干什么标段,可是我们就不知道。"

"秋老夫子和老奚分析得没错,AI标就是潜龙总公司专门给华夏量身定的。交不交底,默不默契,无关紧要。"

"你不是在电话里告诉过我,说曾经有六家竞标单位组成两个联营体准备夺AI标吗,他们要是围标成功,雷好的计划不就落空了?"

"那叫剃头挑子一头热。密谋最终因为内部起讧流产,即便密谋付诸实际行动,也是竹篮打水一场空,评标小组同样会把他们投的标视作废标扔进垃圾桶。在开标过程中,评标小组好比操盘手,它绝对不会让不该入局的入局,不该出局的出局。AI标是截流、基础开挖、大坝混凝土浇筑三标合一,捆绑在一起发包给华夏的目的是确保工程工期,任何一个联营体拿到它,都不可能有华夏集中优势兵力打歼灭仗的魄力,乌合之众迎战的结果不仅仅是乱,而且还会互相拖后腿,这是潜龙总公司最不愿意看到的。雷好最终对龙潭电站的建成负责,要的是工期、质量,他会允许极有可能危及工程工期、质量的情况发生吗?绝对不会。"

"哼哼,"时空未必对其中的猫儿腻毫无察觉,不便言明而已,"这游戏做得怪认真的。"

"召见我,该不会就是拉扯这些浑闲事吧?"

时空起身端过冲了咖啡的杯子,又给况夫拿了瓶矿泉水,没有正面回答他的提问:"回十字街了,怎么就没到我这里来坐坐?"

"该汇报的事情都在撤站前通过电话向你汇报完了,没事搅扰你干嘛。"

"投标工作站的工作干得不错,特别是你。"时空的脸上写满了欣慰,"AI标到手后,你们再接再厉,继续拼争,直到最后一刻,终于把BI标抢回了一半。最让我满意的是,随机应变,顺手牵羊,把AII标、BIII标的转包协议敲定了,功效卓著。当初,达奚贤主任极力举荐你挑头夺标,我心里还真有点儿玄。事实证明他没看错人,老眼不花。前天,司马敬主任找我,说是想把你们投标工作站好好宣传宣传,长长华夏人的志气。我说,你想怎么宣传就怎么宣传吧,集团对投标工作站不可能有什么实质性的表示，夸奖几句还用得着吝啬？"

"别浪费感情啦。投标工作站的使命就是夺标，有什么大惊小怪的。"况夫宠辱不惊，"潜龙总公司计划配给华夏的标段，谁带队竞标都会稳操胜券；北方能源、宏达建筑想出手的那两标，哪个带队的碰到了也不会轻易撒手。老达奚派的活儿我好赖干完了，至于活儿的质量够不够得上他老先生的标准，我心里还悬着哩。"

时空笑了笑，说："最近我发现他的胸脯在着力往前挺，那只夹香烟的手，胳膊肘架得更高。这是泄露成就感。"喝了口咖啡，"AI 标、AII 标、AIII 标、BIIII，还有 BI 标的一半，都收进华夏的囊中了，我粗粗算了一下，差不多占龙潭工程投资总额的百分之七十，不算少啊。不瞒你说，最近我特别忙，但是心里哟，别提多高兴，忙得值呀。绝大多数下岗、待岗职工有望获得再就业的机会，从根本上解决了这部分人员的生活困难，稳定了职工队伍，同时维护了社会的稳定，这一点太重要了。还有，潜龙江五座梯级电站，历经五十余载，基本上算得是由华夏一家建成，可谓功德圆满。你说，我该不该高兴！"

况夫拧开矿泉水瓶盖儿，边喝边望着时空，心里直嘀咕：专门把我喊来，就为唠这些？

"前些天，诗书记和几位副老总先后去龙潭工区转了转，看了看，回来后，我找他们碰了个头。他们告诉我两岸的高压线、照明线；水池、水管；施工便道；供人员和机械设备使用的场地，都在工程处的统一部署下完成得差不多了。盘龙岭隧洞很快就要贯通，从十字街到龙潭工区眼看就便捷多了。心爽副老总去花溪、虎啸扫尾现场转了一圈儿，说现存机械设备情况不容乐观，数量和完好率都是大问题，远远满足不了龙潭各标段的需要。我昨天催他去了省里，按计划把汽车、电铲、油铲、塔吊、龙门吊、拌合楼、盾构机早点儿买回。机械设备好办，有钱，什么样的现代化产品都能买到手。人马虽然多是老弱残兵，呵呵，哀兵必胜。现在，让我纠结的问题是，采用什么样的方式方法把得手的几个标段干上去，干好。"

"我认为你恰恰操的是个不该操的心。"况夫总算知道了时空召见自己的意图，但他觉得这是多虑，"潜龙江五座梯级电站华夏已经建好了四座，难道还被这剩下的最后一座难住了？前四座电站都有成功的经验，借鉴哪一座的经验那还不由我们自己挑。现在对施工单位来说，只愁揽不到工程，不愁干不好工程，尤其是水利水电这一行当。"

时空一点儿也不介意况夫说话口气大："你一直在基层，在施工一线，所以，我特别想听听你的意见。"

"我的意见？嘿嘿，"况夫忽然想到跟总经理说话谦虚为好，"我只会胡言乱语。"

"敢说就行。"

况夫憋不住："统筹。"

"太笼统。"

"集团不是已经决定组建龙潭施工局吗？这实际上已经完成了统筹的第一步。接下来，新成立的龙潭施工局可以把拿到手的所有标段按关联特性划分为三个或者四个相对独立的工区，实行统筹管理。以 AI 标为例，指定一个工区负责施工，不再切块细化责任范围。"

"你认为这种管理有什么好处。"

"一、便于统一指挥，避免各自为政、政出多门；二、便于工序之间的配合协调，避免为争抢时间和施工部位，互相干扰、制约；三、便于人员、机械、物资的合理调度，避免人员窝工、机械设备闲置或疲劳运转；四、人与人之间，作业组与作业组之间因为目标一致，关系会非常融洽，互相支持，互相配合，这样，当今鲜见的团队精神会理性回归。好处很多，我这只是随便说说。"

"不足呢？"

"没有不足。"

"这么绝对呀？"

"有人在探讨问题的时候总想把自己置身于一个推不倒的立场，喜欢说'一个方面'、'另一个方面'，两个方面的话都不说满，模棱两可，让别人无所适从。对这一套，学人不敢苟同，是就是，非就非。"

"有个性。"时空暗暗吃了一惊：此人确实超凡脱俗！"可是……"他继续试探说，"目前，尤其是水电建设行业，普遍推行项目管理。"

"首先，鄙人的偏见与项目管理并不冲突。大项目，譬如，潜龙总公司把十二个标段发包给了各个施工单位，就实现项目管理了，中标单位形式上就成了项目部。以此类推，龙潭施工局把到手的标段交给三四个工区具体负责施工，工区也就等同于项目部。其次，我对不分青红皂白地实施项目管理颇有想法。"

胆子还不小！时空的兴趣更浓："说给我听听。"

"不许打板子。"

"怎么会呢？都什么时代了！探讨嘛，就当学术探讨，说错了也没关系。"

"那我就恭敬不如从命了啊。"况夫本来就是个不忌口的主儿，见时空容忍放任自流，就滔滔不绝地侃开了，"其一，项目管理的探索与研究起源于欧美国家，约三十来年历史。有个不容置疑的事实是，在中国人还没有接触这门知识的时候，华夏承建的永泰和松峦电站已经大功告成。说明了什么？说明不采用项目管理我们照样能把自己的事情办好。其二，项目管理大批量输入中国的教学版本是第N版，足见这本书在不断地修改完善、翻新内容，连该书的作者也坦言：期待勇于实践的人们添砖加瓦。不折不扣地践行一个并不成熟的理论，你不觉得荒唐吗？其三，书本上的项目管理，组织机构相当庞杂，硬件要求高。打个比方，某项工程施工需要一百个人左右的队伍，按传统办法，领导这支队伍仅队长副队长加上支部书记也许就够了，如果采用真正的项目管理模式，其管理层就得构建一个庞杂的矩阵。弄得不好，管事的人比干事的人多，管理成本加大。其四，在国际范围内指导项目管理的人其实并没真正用自己的理论去指导自己完成任何一个工程项目，其本人只不过是在从事项目管理方面的编辑和写作，书本理论的含金量值得研究。其五，欧美国家真正的科学技术对中国采取的政策历来是严密封锁，任何引领时代潮流的科技成果绝不会让它轻易传入我们这个求知的国度，项目管理既然那么先进，他们会这样廉价倾销吗？其六，欧美国家有不少人正谴责中国人剽窃了他们的科学技术，并以保护知识产权为由，动辄勒索赔偿，这实际是对中国人的蔑视，欺侮中国人没有创造力。既然如此，像项目管理这类居家过日子的雕虫小技，根本不值得我们不遗余力地模仿、效法。难道我们不怕别人指控我们侵犯了他们的知识产权？其七，人家不过是通过畅销创收，贩卖的仅仅只是一本书，而不是什么改造世界的宏谋大谟，我们中国人却把它当成了制胜法宝，认为有了它什么疑难杂症都可以迎刃而解，可笑又可悲。其八，质疑项目管理的人绝对不是况夫我一个，不信，你可以问问这本书的作者。"

看来，他深谙项目管理教材，挑战的也不仅仅是权威！时空心里大为震惊，表面却依然和颜悦色："莫非你对管理问题别有见地？"

况夫的回答十分简单："杀猪杀屁股。兵无常势，水无常形。不搞本本主义，新的教条主义。"

"那……你不是三峡项目部的主任吗？"

"挂的是羊头，卖的是狗肉。华夏在三峡中的那个标，虽然用的是项目部这块牌子，但我是按我的管理办法干，没有生搬硬套项目管理法，也没法套。"况夫从容应对，"项目经理坐在办公室的电脑前指挥、监督现场施工人员，我没有条件做到；项目经理可以随时解聘员工，至今也没谁授权给我辞退不称职的职员，农民工人偶尔干砸了事，我又不忍心辞退他们；项目经理的薪酬是普通工人的十倍、二十倍，我有把收入差距拉到无限大的权力吗？敢吗？在中国目前这种社会条件下，照搬欧美国家的套路，显然行不通。事实上，国内很多企业不过是在追时髦，唱响项目管理主旋律。项目管理这词时髦呀，标榜项目管理就是标榜自己的管理现代化。其实，大多是挂羊头卖狗肉。比如，北方能源、宏达建筑都要在龙潭工区设项目部，又都只打算派出三五个项目管理人员，任务也就是把我们华夏许给他们的钱一笔一笔转回家，其他啥事没有，这叫项目部？这叫项目管理？"

"我曾经参加过项目管理培训班，你刚才提到的那本书我看过。个人认为，有它先进的一面。"

"我也无意全盘否定它，怎么说也算个理论成果，集中了不少经营者的智慧，适用的地方不是没有。就拿我们水电工程施工来说吧，少数不在链条环节之内的施工项目，当然可以试行项目管理。问题是不能盲从，不能要求千篇一律，更不能在全国范围内不分地域、不分行业掀起学习项目管理的高潮。"

"在我的印象中，好像没有硬性规定必须推行项目管理。"

"确实没有。怪就怪在项目管理已经在中国遍地开花。没有强大的推手，肯定不会造成这种局面，推手是谁？就是那些迷信外国月亮比中国圆的中国人！在中国，其他行业的进步现状我无从知晓，但水电建设这一领域的成就我了如指掌：水电装机容量在全世界名列前茅；建成和在建的水电站总量世界第一；世界上最大的水电站在中国；水电站的建设周期之短，没有哪个国家能和中国相比。在这种绝对优势面前，我们犯得着向外国人请教如何修建水电站吗？外国佬虚心求教中国人的水电施工工法才对！"况夫恣意伸发，"有一拨人很可恼，贩买贩卖，不论真伪。他们大多数不是长期侨居欧美，有的甚至不过有了那么一两次去欧美走马观花的机会，可是，连欧美本土居民都不敢承认自己非常了解自己的国家，他们却敢妄言对欧美社会太熟识了。其实是盲人摸象。这些人往往以专家、学者的身份出现在各色舞台，到处指手画脚，误导国人，恨不能让泱泱大国邯郸学步，削足适履。可怕！"

"有些个事不是咱们想的，就别想它好了。"时空有点儿叶公好龙，害怕况夫往下的宏论难以接应，忙把话题扯回，"我主要是想问问你，龙潭工程这几个标段，我们采取一些什么样的措施才能把它干好。"

况夫仰头喝了一气矿泉水，用手背擦着嘴角的水沫，"因时制宜，因地制宜，因事制宜，因人制宜，统筹兼顾，不拘一格。"

此时非彼时，此地非彼地，此人非彼人，此仗非彼仗！时空惊叹况夫确有过人之处。通过几次接触，他对况夫的基本评价是：踏实肯干，不晃虚招，脑子活泛，见解独到；说话的口气是大了一点儿，可是哪个才华出众的年轻人不是锋芒毕露呢？关于项目管理的评论，正确与否权且不论，敢于臧否何尝不是一种勇气。这一连几天，时空都在忙于征求各方意见，物色龙潭施工局局长人选，之所以特意把况夫喊到办公室来，主要目的是想摸摸他的底气，证实一下秋胤、杨导等人的客观评价。现在看来，可以不用继续找寻了，想要的人就在眼前。况夫一直坚守在施工一线，有花溪、虎啸两大电站的实践经验，又到三峡工程见过大世面，清华大学土木结构专业、年轻力壮更是难得的优势，就他！

可是有个隐情一下让时空作起难来。况夫前些时冒冒失失闯进了他的家，被夫人尉迟江南一眼相中，说是只有这个小伙子才与之男般配，让他这个做父亲的一定要替女儿做主，并且提供条件，横扯起来很不讲道理。时空想，况夫这一留下来当了龙潭施工局的局长，日后万一和女儿之男真的恋上爱了，那可是最大的徇私枉法！

时空的心有些哆嗦。他慢慢悠悠地端起茶条上的杯子，慢慢悠悠地品味着咖啡，望着对面的况夫，觉得这小子虎头虎脑，浑身吐着虎气，其实不难看。"你那顶头发应该让它长起来。"他说。

"……？"况夫摸摸光溜溜头顶，迟疑了一下，"工地上净是尘土，你不知道天天洗头有多讨厌。光头好哇，湿毛巾一抹就完事。没想到还追了个时髦，现在剃光头的年轻人可多了，霸气！"

"打算在十字街待多久？"

"后天就飞回三峡了。刚才我从宾馆出来正好遇上了送票的。"况夫从内口袋掏出机票，"你看。"

时空仍旧慢悠悠喝了口咖啡，"把机票退了，多待几天。我批准的。"

"这……为什么？"

用人之际，时空顾不得许多杂念了："刚才我们不过是聊聊天，还有许多工作问题需要跟你谈谈。现在我还有点儿急事要办，换个时间吧，你在宾馆等我的电话。"

况夫望着时空，又摸了摸光溜溜的头顶。

九十六

况夫刚走，时空就乘电梯来到了三楼。

时空想把自己准备提名况夫出任龙潭施工局局长的想法尽快同诗维沟通一下，听听他的意见。另外，他还想探听探听诗维什么时候去省城。在决定组建龙潭施工局这个问题上，诗维确实尽到了党委书记的责任，帮助时空化解了许多矛盾，而且是在他的思想负担极其沉重的情况下，这使时空非常感动。时空其实是想探明诗维去省城的真正目的。如果诗维真是为了干预女儿诗婳的婚恋问题，就让他放心地去，假如干预诗婳的婚恋只是个幌子，真正目的还是去省纪检、监察部门坦白交待抑或申述自己在广东、深圳的过失，就极力劝阻。时空已经做好了思想准备，准备打开窗户说亮话，言明他在广东、深圳犯的事自己早有所闻，并且打算帮助他。在华夏内部，时空认为帮助诗维捂住盖子问题不大，万一省里知道，他也有信心代表集团替他扛下来。时空拔刀相助的动机是希望诗维能安下心来，全心全意干好工作。时下党务很难做，贪污腐败现象是水里按葫芦——此伏彼起，党委书记缺位或不在状态会酿出大事。

诗维不在办公室。司马敬告诉时空说：

"诗书记下午没到班，说是身体不适，在家休息。"

"他跟你说过最近要外出没有？"

"早就打过招呼，但哪天动身他没说。"

时空继续下楼，出了机关大院。

诗维独自一人在客厅呆坐了很久。他的面容显得特别憔悴，阴沉。

景丽元很少回家，偶尔回来一次，洗洗涮涮。洗涮完就走。二姨自从去培训中心当了校工后，诗维就没再见着她，景丽元根本不让他俩碰面。上下两层的屋子出奇的空落、清冷，常使诗维感到一种可怕的孤独。

诗维看了一下手表，终于站起来，拎起那只早就准备妥当的旅行箱。

这一拖又是半个多月，不能再拖了，再拖下去，诗婳该怎么办哪？她该怎样认识他这个父亲啊？家里没什么牵挂，反正景丽元和二姨长期待在培训中心，一块儿吃一块儿住，形影不离，相安无事还是做得到的。工作也没有什么放心不下，该交待的事早就给司马敬、孔超交待好了。组建龙潭施工局已经形成决定，剩下一个局长人选问题，这事本应由时空行使权力，无需自己操心……

诗维正要开门，门外传进敲门的声音。他犹豫着把旅行箱搁到墙根，把门拉开。

站在门口的是景丽元。景丽元看都没看诗维一眼，一股风似的闪进客厅，坐下就在拎包里翻找香烟盒、打火机。烟很快点燃了。她埋着头一口接一口地吸。

景丽元瘦了，圆润的脸变得蜡黄，头发也不如从前黑亮、光洁，仿佛衰老了许多。

诗维关上门，痴滞地静立了一会儿，弯腰顺了顺搁在墙根的旅行箱："正准备跟你打个电话……正准备去省里……"

"准备，准备，生米都煮成熟饭了你还在准备！"蓦然，景丽元的泪如泉涌，"准备抱孙子吧。"

诗维顿时傻了眼："怎么会……这样？"

"……我刚从省里回来……这次总算见到她了……"景丽元已经去过省城好几次了，她知道诗维靠不住，"我不心疼她……这个家还有谁心疼她……"

诗维的骨骼像散了架，一下瘫软在沙发上："我这是作了什么孽啊……"泪如雨下。

"作了什么孽?"景丽元眼里倏然射出两束凶光,咬牙切齿,"乐极生悲,报应!"

诗维悔恨交加:"七情六欲与生俱来……铸成大错,实在是身不由己……事到如今,唉……世上要是有后悔药该有多好啊……"

景丽元肝肠寸断,诗维痛不欲生。一日夫妻百日恩,她刀下留情:"……后什么悔……后悔有什么用……"

诗维闭着双眼喘了一阵气,"她……她怎么和这个畜生……搭上关系了呢?"

"……鬼迷心窍……"景丽元不停地擦着眼泪、鼻涕,"……是前世的情债吧……是华夏的大好光景迫使她以身许国吧……你仔细想想,龙潭工程招投标的事我们在她面前提起过没有……那个叫沈光荣的不是还给我们家送来过一个什么她要的文件?我已经糊涂了,啥也想不起来了。"

"……去年,是十一还是元旦,我也记不清了。她回来探亲的时候,我们是跟他议论过华夏集团的困难情况,谈到了龙潭工程招投标的事,……你说过,如有得力的关系,可以帮帮华夏的忙之类。我当时是反对的。她一个女孩子,又涉世不深,让她操这份心干啥,这是她操得了的心吗?"

"……有这事。"景丽元想起了,扬手狠狠抽了自己一耳光,"我干嘛多这嘴,贱!华夏的事跟我们家有什么关系。"

"……也不要自责……你能确信她真是为了华夏的事才……?我看不一定,婳婳精明,绝不会为这种事犯傻,肯定另有原因……对,她不是说过,他们单位准备把她作为骨干支援到潜龙总公司吗?她会不会是因为这事接触到了雷……那个畜生呢?你就没问问她?"

"死活不肯说。我哪有心情逼问她这些……我着急她肚子里的孩子呀……呜……呜呜……"

"堕掉。"诗维两眼射着阴冷的光,"再把雷好那狗娘养的绳之以法。"

"她让我们千万不要管她……她说她自己的事由她自己了断。"

"不行,我这就去省里。"诗维霍地站了起来,凶狠地说,"不把雷好告倒我誓不为人!"

"你给我站住!"悲愤的景丽元大声叫道:"她给我下跪磕头,让我们尊重她,不要让她身败名裂,不要把她逼上绝路。她娇宠惯了,她性子烈,她是什么事都做得出来的!"

诗维又气又急,只觉得天旋地转,眼前金花乱蹦,歪倒在沙发上痛心哀嚎:"这是在要我的命哪……"

咚咚……咚咚咚……

外面有人敲门。

诗维、景丽元同时一怔,哑然对视。

"诗维书记!诗维书记在家吗?"是时空的声音。

景丽元慌忙起身,钻进了卫生间。

"谁呀?"诗维明知故问。

"我，老时，时空呀。"

诗维用手帕擦干泪水，整整衣服、头发，振作了一下精神，拉开门。

"竹园小区的房子虽然旧了一点儿，景色还是很不错的啊，像个小花园。"时空笑呵呵走进屋子。

"还算可以。"诗维艰难地赔着笑脸。

景丽元从卫生间走了出来，脸上的笑容也是强装的："时总怎么有空儿串门啊？"

"人逢喜事精神爽。"时空的嗓音很洪亮，"集团最近不是喜讯频传吗？中了龙潭工程最大的 AI 标，戎马六所拱手相让 AIII 标，转包成功了 AII、BIIII 标，最后时刻又争到了两条引水洞，还有华夏的第四大施工局——龙潭施工局，马上就要挂牌成立了。这喜事一多，就让我老时的精神特别爽快，精神特别爽快，就有心情到处转转，看看。说句心里话，我早想上你们家来坐坐。"

景丽元见时空兴致淋漓，心里不免酸溜溜的：你倒好，吉星高照，鸿运当头，诗维却福不旋踵，时乖运蹇！可是转念一想，时空对自己不薄，自己想经管培训中心，想让二姨去培训中心当校工，他连顿都没打，给足了面子，知恩不图报倒也罢了，缘何嫉妒起人家的命运来了呢？真是！旋即附和说，"听老诗说，集团马上要在圪崂窝盖一大片住房。"

"对对，我把这一大喜事给漏掉了。"时空大大方方地坐到三人沙发上，"中到大标就会来大钱，有大钱，自然而然就会想到该把职工群众的温饱问题解决了。"

"时总是福星，一到华夏，华夏的光景就看好。"景丽元没忘自己仍然是家庭主妇，忙着给时空泡茶，"广大职工群众可得好好谢谢你。"

"你这话有问题。"时空连忙纠正，"华夏真有兴旺发达的一天，功劳当属全体干部职工，包括诗书记和你。财富是大家共同创造的，大家共同分享理所当然。"

诗维坐到单人沙发上，望着忙碌的景丽元："老时不喝茶，喝咖啡。"

"有有有，家里正好有一听，我这就开了。"

时空阻拦说："别别别，我什么都喝。"

"老诗不喝咖啡，只喝茶。"景丽元拿出一听咖啡，迅速撬开，"老放着就坏了。"言谈举止没让客人觉察出丁点儿家庭危机。

"老景呀，诗书记最近的身体好像欠佳，你可得好好照顾着点儿啊，这也是给集团作贡献嘛。"

"他喜欢操心，加上党群系统的人手砍得太多，忙。"景丽元把冲着咖啡的杯子搁到时空面前，坐到诗维对面的单人沙发上，"主要靠他自己照顾自己。"

"你也没有以前精神，脸色显得有些疲倦，辛苦了，辛苦了。我可是在诗书记面前表扬过你了啊。"时空嘬了口咖啡，"培训中心办得有声有色，你功不可没。第一批学员七月份结业后，下半年准备开四个班？"

"四个。"景丽元回答说，"今年计划培训两百个学员，职工和社会青年各占百分之五十。另外，几期短训班的筹备工作也在进行。"

"哦？"

"党群工作部的政治理论培训、支部书记思想教育和反腐倡廉教育；合同处的合同法法规培训；工程处的工程管理技术培训；质安处的质量和安全专业知识培训，等等吧，都向培训中心提交了计划，培训中心正在抓紧落实各短训班的授课人员，这不，我刚去省里跑了一趟，聘请有关专家、教授，才回。"

"好，好哇。这么一来，华夏的后劲儿可就足了。"

诗维知道时空找上门来必有要事，问："什么事？"

时空也不拐弯抹角："人事。"

景丽元听了，连忙起身："你们谈吧，我还有好多事哩。"

时空说："没关系，没关系，没有什么大不了的秘密。"

景丽元边上楼边说："出差刚回，家里得拾掇拾掇。"

诗维问时空："龙潭施工局局长人选问题？"

"正是"。

"看中谁了？"

"你认为况夫怎么样？"

"行！"诗维点点头，"学历高，年轻，脑子灵活，劲头足，有实践经验，优点很多。不足之处是说话口气大，对别人的尊重欠缺点儿。话说回来，现在有点儿能力的年轻人，哪个不是这个性？我看可以忽略不计。"

"你给分析分析，提名他当龙潭施工局局长，会不会得到大多数班子成员的拥护。"

诗维思索着说，"秋胤对况夫很赏识，认为他是块料，能成大器；杨导一向对况夫高看一眼，主要是看中了他学的专业；焦言和帅自文不会反对，因为他们说不出况夫有什么不好；东方戟和程心爽倒是有可能提出异议，异议的缘由不在况夫，而在东方戟和程心爽自身。这两个都有霸气，自己有霸气的人往往容不得别人霸气。这没关系，他俩如果太较真儿，就让他俩推荐个局长，我们举手同意。"

"真有你的，"时空笑了起来，"反将一军。"

"你真大胆这么干，他们反而没着儿了。"

"其实，只要你支持，事情就不存在难度了。"时空说的是真心话，他自感已经没有任何障碍，"明天我再分别套套几位副老总的口气，只要没谁故意发难，或者反对的理由不充足，这事就敲定了。"

"在龙潭施工局局长人选问题上，你大可不必照顾到每个班子成员的意见。"诗维反倒觉得时空的魄力不够，"总经理该用权就用权。"

"让每个人心悦诚服岂不更好？"时空说，"我怕你急着去省城看诗姗，想赶在你动身前听听你的意见。刚才我去过你办公室，司马敬主任说你病了，在家，所以，我就上你家里来了。看来，此行不虚，你给我撑了腰，壮了胆。"

"集团是大家的集团，你的事也是我的事，书记、总经理配合默契理所当然，你客气，反而让我不安。"诗维说，"我不去省里了，起码最近不会去。"

"不去了？这是……？"时空很意外，劝道，"该去还是去吧。我早说了，只要组建龙潭施工局的事定下来了，你想什么时候去就什么时候去，想去多久去多久。华夏的形势眼看在好转，你不必过于牵挂。"

"我的家事不受单位形势影响。临时改变的主意。"

"真不去了？"

"真不去了。"

"不去了好，好。"时空不知内情，认为诗维不去干预女儿的事情是对的，"我不是跟你说过嘛，子女的事不好管，管不了。"

诗维有苦说不出："我不便跟你说。我不跟你说，你早晚也会知道。"

"充其量，不外乎那点儿事儿，有啥？怕啥？你我都是养姑娘的人，所以，我才有理由给你壮这个胆。"

"也罢，也罢。"诗维一个劲儿摇头哀叹，"唉……"

看来，诗维去省里的目的的确实是为女儿诗婳的事，找省纪检、监察部门坦白交待什么、申述什么的猜测完全错了，时空暗想。他原打算只要时机适当，就直截了当向诗维表明自己知道他在广东、深圳的出轨行为，同时坦诚相告，自己将竭尽全力予以隐瞒、袒护、包庇，为他分忧，为他扛担子。现在的时机就很适当，可是他突然改变了主意：还是不言明为好。谁有隐秘都会拒绝揭秘，隐秘不为人知，隐秘者才平静、安稳，一旦得知隐秘暴露，他就会惶惶不可终日，装作不知道反而是一种大爱——时空想。

时空告辞了。景丽元踟蹰下楼，眼泡子通红。时空在客厅待了多久，她就在卧室里偷偷哭泣了多久，下楼的时候仍旧以泪洗面。

诗维疲惫不堪，蜷缩在沙发里不想动弹。

景丽元一向很有主见，可是在诗婳的事情上却六神无主。往后该怎么办？她希望诗维拿个自己能接受的主意。

景丽元刚刚走到诗维对面的沙发跟前，还没坐下，就听到又有人敲门。

两口子同时显出一副窘态。无奈之际，景丽元赶紧上楼，诗维重新打起精神，他俩都疑惑时空有什么未尽事宜反转回来了。

诗维拉开门，装出来的笑容倏然消失。门外是景德元。

"姐夫。"景德元左手拎着两个礼包，右手提着黑色密码箱，"我姐呢？"

诗维却问："你怎么有空儿来啊？"

"其实，我总有空儿，怕的是你们没空儿。"景德元大模大样把两个礼包和密码箱往茶条上一搁，坐到了时空刚才坐过的二人沙发上，"我们仓老板前天从深圳来过。他让我给你捎个话，这次不来看你了，下次一定登门拜望。有急事，已经走了。让我给你送来两提茶，一提是福建的铁观音，一提是浙江的龙井，都是极品，请你笑纳，并且请你多多关照。他说你是山神土地。"

诗维关上门，不屑地瞥了一眼茶条上的礼包，"他来干什么？"

"看你问的？"景德元边用钥匙开着套在密码箱上的手铐边说，"我们瑞谱公司转包到手的两条隧洞马上就要开工了，这么大的工程，他不来现场视察一下行吗？他说以后会经常来。强龙压不过地头蛇，这上上下下、左邻右舍的关系，疏通疏通，打点打点，料理料理才行呀。就说那小小的宜阳县，硬是把我们进场的盾构机给堵住了，逼得我们走水路。走水路也不顺，在津口滞留了一二十天，差点儿没把我给急死。我把这事给仓老板汇报后，仓老板笑着对我说'不要着急，不要着急，我马上过来一趟'，就过

625 / 第五章

来了。"

　　景德元越来越不像过去的景德元，人模狗样，锋芒毕露。诗维一看到他就想起了沁园春那个荒唐的夜晚，想到了那个夜晚给自己带来的长久不安。

　　"德元哪，"他慵懒地歪倒在沙发上，"我得给你提个醒儿，做人，一定要本分。"

　　"姐夫，这话重啊。"景德元眨巴着眼，"我怎么个不本分了？"

　　"我都知道了。"诗维觉得自己有责任规劝这个内弟，"听说你经常带着个女秘书，宁泰市、十字街、龙潭镇来回跑……"

　　"那又怎么哪？"景德元公然打断了姐夫的话，"她既是我秘书，又是我的会计、我的司机，能不随时随地跟着我呀？"

　　"可是你们俩……"

　　"周瑜打黄盖，一个愿打一个愿挨。"景德元毫不掩饰，"姐夫，现在都什么年月了，你还那么斯文道学。这人，就是要活得自由自在，活得潇洒，浪漫！你看我们仓老板，还有你们华夏的夔局长、蔺书记，哪个不是过得有滋有味？偏你，还有我姐，每次来都看到你们是一副忧心忡忡、如履薄冰的样子，累不累呀。"

　　诗维无精打采地合上双眼，还用手掌把两只眼睛罩住，"我点到为止，你好自为之。"

　　"是德元来了？"景丽元闻声下楼。

　　"来看看你们。"景德元没讨到欢欣，心里不悦，回话很硬邦，"总想来，总怕你们没空儿。你们才是真忙啊。"

　　"听说你们得了龙潭工程的两条洞子？"景丽元无心计较弟弟的冒失，悻悻地挨他坐下，"你说话蛮有准头啊，早说要干龙潭工程，真干上了。"

　　"本来是四条，被你们华夏硬抢走了两条。"景德元发现姐姐精神不振，面色难看，眼泡红肿，"姐，你怎么……拌嘴了？"

　　景丽元的两眼立刻闪起了泪花。一阵长吁短叹过后，她才吞吞吐吐，把诗嫚妊娠的事婉转地告诉了景德元。亲弟弟，没有必要掖着藏着。

　　景德元听得目瞪口呆，忽然一声嚎叫："哪个狗崽子干的？我劈了他！"

　　"看看看"诗维睁开双眼，"你多能呀！"

　　"说，谁？看我给你兑现不！"景德元愤怒的相貌实在可怕，正常的左脸涨成紫红，痉挛的右脸绷得铁青，两副面孔，"雇杀手，别人开价一万五，我甩他十五万！人不知，鬼不觉。"

　　"放肆！"诗维腾地蹦了起来，厉声呵斥，"没有王法了？啊？"

　　"那狗崽子把我外甥女的肚子弄大了，他讲什么王法了？"景德元脖上青筋突暴，"他不讲王法，我凭什么讲王法？"

　　"你……你……"诗维指着景德元，浑身抽搐，"你嫌我们家还不够乱呀你？"

　　"德元……"景丽元惊惧得忘掉了悲哀恸泣，"德元呀，事情还没有真正调查清楚，还要看看嫚嫚究竟是怎么个态度，你千万不能冲动，不能乱来……我们一家是有头有脸的人……正商量该怎么办哩，你就别添乱了，啊？"

　　景德元低着头直喘粗气。临了，他掏出钥匙，打开密码箱，拿出两沓大红钞票，往茶条上一摆:"两万。先给婳婳急用吧。"

"拿走,我们不缺钱。"这话是从诗维牙缝儿里挤出来的。

"你听好了,婳婳是你的女儿,也是我的外甥女。"景德元站了起来,提起密码箱,"有不顺心的事就开口,不会丢脸面的。这事没完啊,我要听信。看你们这书记、主任当的!"拉开门就走。

九十七

"……要奋斗就会有牺牲……对,要奋斗就会有牺牲,死人的事是经常发生的……不对,不是喜人的事是经常发生的,是死人的事是经常发生的……对,死人的事是经常发生的……但是,我们想到人民的利益,想到大多数人的痛苦,我们为人民而死,就死得其所……其所?……就是应该……你理解为应该好了……"

雷好立在厨房的灶台边择苋菜,听到诗婳在卧室和谁说话,而且说的话听起来很瘆人,就够着脑袋往卧室里瞅,没发现有外人。可是诗婳的话分明是说给另外一个人听的,谁呢?

雷好轻声踮到卧室门口,手里还捏着一把苋菜。

卧室里确实没有第二个人,只有诗婳,这更让雷好心里发怵。

诗婳围着宽大的双人床慢慢转悠,口里念念有词。

"婳婳,和谁说话呢?"雷好一脸惶惑。

诗婳左手卡着杨柳细腰,右手轻抚着并没有发生变化的肚子,没有转身,没有回头,"胎教。"

雷好如释重负,圆润光亮的脸庞掠过一层莫可名状的笑:"哦……?"

这是间不宽敞更谈不上华丽的两室一厅,床柜桌凳、锅瓢碗盏,一应俱全,却相当陈旧,可是雷好和诗婳对此都很满意,就出高价租了下来。不是没有现成寓所,也不是缺钱购买高档住房,关键是二人目前这种特殊关系出入在繁华的大都市多有不便。情侣岁数相差悬殊,明铺暗盖招摇过市是会遭遇白眼的,中国人的思想还没有完全开放到宽容一切的程度,还有,要是偶尔撞见双方单位的职员,那就更尴尬,不宜公开的情节一下子被炸开了锅也未可知,所以远离城区好。

两室一厅连同整栋五层板楼地处省城北郊,标准的城乡结合部。敝处曾经是个织布厂,据说还红火过。十年前因为原材料屡遭境外有经济实力的同行竞购,供不应求,每况愈下,生产形势一天不如一天,最后只好关门歇业,除做领导的有条件改换门庭继续施展才能之外,几百号织布工人都得下岗自谋职业。喧嚣的织布厂日渐萧条,人去楼空,厂区几栋板楼亦被户主纷纷租赁出去,自己再去租用更破旧、更便宜的房子,所以杂草丛生,一片荒芜的织布厂目前居住的尽是外来户。村官懒得搭理城市居民,居委会的管事又不想管流亡无产者的事,这么一来,两室一厅连同它的板楼便少有乡镇和街道官员的惊扰,挺安逸。雷好和诗婳眼前图的恰恰就这。双休日,他俩就在这里度过,过世外桃源生活。双休日过后，两人的生活即恢复常态，就像什么情况都没有发生。

租住陋室之前，诗妪每天下午一下班就悄然走进月湖宾馆，然后一头扎进雷好的办公室。雷好办公室里的小套间过夜不成问题，有一顿没一顿成了无关紧要的事。可是时间一长，好事的雷好反而惴惴不安。潜龙总公司的头号人物胆敢金屋藏娇，一旦被人察觉，下课兴许是最轻的处罚。每每想到这个可怕的后果，他就不在状态，她当然也很败兴，气恼。两个人都有了一种依赖，谁也离不开谁了，只有挪窝儿方可两全。

从深恶痛绝到耳鬓厮磨，诗妪出色地完成了角色转换。娇宠惯了的诗妪是任性的，是骄横、刚烈的，按道理，不会屈服屈从违背个人意志的任何压力，可是，事实证明了她逆来顺受的另一面。事到如今，连她自己也觉得不可思议。做爱的时候，她常常貌合神离，心不在焉，浮想联翩。如果那天的背景没有突降暴风雪，沈光荣准时准点飞回了省城，接下来的故事肯定不是现实；飞机晚了点，如果自己没有懵懵懂懂闯进罗尼娜的房间，也绝对不会有遭到袭击的事情发生，这个丑恶得没有文明可言的男人绝不可能这样无休止地趴在自己身上为所欲为……受到侵犯之后，如果自己具备吃个哑巴亏完事的心理，忍得一时之气也就免了百日之忧，亦不至于改变人生的轨迹，可是自己偏偏鬼迷心窍，明知是虎口狼窝，却主动送上了门……莫非这就是世人所说的情缘？

那天，满怀憎恶、仇恨的诗妪闯进雷好办公室，发誓将雷好诉诸法庭。时之男、罗尼娜，还有两个律师和一名都市报的记者，一起埋伏在月湖宾馆内外做好了充分准备，单等诗妪振臂一呼，而后闻风而动，直奔现场，摇旗呐喊，推波助澜，把战事推向高潮。哪知事情的发展完全超越了所有当事人、知情人的意料。

那天，让诗妪心乱如麻，最终没有鱼死网破的原因不是那张装有四十万元现金的龙卡，而是雷好那让诗妪惊慌失措的一跪，是他那苦苦的哀求，哀哀的忏悔，还有既可怜又摄人心魄的泣诉。

"我知道……我酒后失态，冒犯了你……犯下了弥天大罪，罪不容诛……"他说。

"我原以为和罗尼娜往来的没有一个是良家少女，非妓即娼——物以类聚，根本没有想到你会是净身洁体，白玉无瑕……"他说。

"只要你能饶恕我这一回，给我重新做人的机会，以德报怨，雷好我甘愿为你赴汤蹈火。万事只要在权力范围之内，我都可以答应，只要你开口……"他说。

"事到如今，我对你就无话不说了。我和你父亲一样，混到如今这光景，实在不容易，克己复礼，历尽辛苦……你在动用党纪国法这一利器之前，请无论如何试想一下一个五十多岁的开拓者的人生感受。凭天地良心，说句真话，我已经感觉到你不仅仅只是天生丽质、聪明伶俐，而且知书达理、淳朴善良……"他说。

"倘若我的劣迹摆到了法律机关的案头，过堂就成了早晚的事，其结果必然是满城风雨。我身败名裂，你……也会受到牵连，实际上是两败俱伤。我已年逾五旬，日薄西山，可是你还年轻，太年轻。务必三思……"他以不刺激诗妪为前提，晓以利害。

"我凭什么跟你一起受辱？我是受害者！"诗妪突然叫了一声。

"我只能以事实为依据作客观分析，你离不开这宗案子。"雷好大胆地把置人于死地的利器递给诗妪，料定她已经下不了手，"假如你真下定决心把我绳之以法，也是天经地义的事，你是受害者，你有这权。我无话可说，我甘愿伏法。"

诗嫄咬牙切齿："你总算有点儿自知之明。"

"只是……恳求你耐心忍受到三月底。三月底一过，我老实就犯……"

"这是为什么?!"诗嫄又是一声大叫。

"你知道，我目前正主持龙潭工程的招标工作，且已处在揭标的紧要关头。我虽是戴罪之身，但不敢有违使命。假如节外生枝，使举世瞩目的龙潭工程招投标工作出岔，流产，我会罪上加罪。明摆着，我要是这时锒铛入狱，不在岗位，必定有人借故将已经编制完备的招标文件推倒重来。中国的传统观念是，有罪的人绝不会干好事，即便我主持编制的招标文件天衣无缝，照样有人将其付之一炬。"包袱麻袋般匍匐在地的雷好，瞅一眼哽咽不止的诗嫄，"这个招标文件是我组织六十多个技术骨干，耗时半年多得来的成果，它代表了全省的根本利益，代表了潜龙总公司的根本利益，兼顾了华夏集团的切身利益，也照顾到了投标各方的实际利益，可以称得上尽善尽美，付之一炬，实在可惜。将其推倒重来，不仅会把潜龙总公司搅得天昏地暗，而且会震惊全省，乃至全国。最直接的恶果是：龙潭工程错过第一个枯水期，导致整个工程推迟一年发电。龙潭水电站的年发电收益是近百亿……这是事关全省经济命脉的大事，也是事关全省三四千万民众福祉的大事，罪人实在不敢再犯一个弥天大罪，求你先以众生灵的利益为重，而后再报私仇。"

这不就是自己迟迟不敢声讨雷好的原因吗？诗嫄浑身战栗。她闭紧了双眼，一任泪珠滚滚而下。

"三月底之后，要杀要剐全由你，我绝无怨言。"雷好痛心疾首，真的流下了悲苦的眼泪，"看在三四千万黎民百姓的分儿上，你就答应了我吧……"

呜呜咽咽的诗嫄禁不住再次呼喊了一声，"你给我爬起来呀！"于情于理，于公于私，都不能不使她灵魂震撼。

不知过了多久，雷好蠕动起浑圆的身躯，艰难地站了起来。他怜香惜玉般为抽搐不止的诗嫄擦拭满脸泪水。他弯腰抚慰她那哆哆嗦嗦的双脚……大腿……末了，他尝试着把酥软如泥的她搂抱起来，像搂抱着一只失去了知觉的小兔，小心地抱进了套间……

当天傍晚，倦怠的诗嫄还是回到了时之男的家。她明知无颜面对二位两肋插刀的学友、校友，但是懂得应该给她俩一个交代。

在凝重的气氛中，不管两位患难与共的同窗、挚友如何盘问，诗嫄只是缄默不语，未敢如实相告。直到下半夜，她才苦苦央求她们别深问了，并且恳请二位好友不要继续帮助她，她说自己犯的事应由她自己收场，自己酿造的苦酒由她自己吞噬。"怎么？协商啦？"罗尼娜大惑不解，睁大一对圆圆的眼睛，说，"协商，协商也行。哼，协商可不能便宜了他，宰，往死里宰！初夜的行市是五千块，高学历、长相品位额外议价……怎么也要让他吐出两万三万，不给足这数，咱们还把他往法庭拽！"灯下，时之男低头沉思良久，忽然紧紧握住诗嫄的手，说，"相信你的抉择是智慧的。不管你作出什么决定，肯定都有充足的理由，都是正确的，我都支持。真有什么过不去的坎儿需要我们，尽管开口，我和尼娜一定一如既往，鼎力相助。"诗嫄泪眼汪汪。

还有一个了却与沈光荣那段情缘的问题。诗嫄不想伤害自己的初恋情人，最简便而且最容易割舍的办法是永不见面，除此之外别无选择。她没有继续蛰伏在时之男的家，也没有回到自己的宿舍，租住陋室前，一直和雷好在那个小套间度蜜月。

充满青春活力的诗嫄实际上就是一枚花骨朵，开放过后就有一种无限勃发的向往。好在雷好娴熟老到，加上保养得法，因而总能接应自如，令诗嫄如同鱼儿得水，沉浸在美妙的梦幻中……但是这样不明不白地度日终究不是长久之计。二人恢复神志以后，难免清醒地计划将来的日子。雷好首先想到的是与发妻离婚，同诗嫄白头偕老，长治久安，并且付诸行动，几次找发妻摊牌。伤神的是：没有进展。二人正着急，早该来潮却没有来潮的诗嫄犯了疑心，即去医院检查，果不其然，有了妊娠！情势急转直下，由不得他俩继续沉着冷静、从容不迫了。两人都希望留下这个孩子，怎么办？诗嫄催雷好抓紧时间。诗嫄有文化，诗嫄聪颖过人，诗嫄还通晓法律。诗嫄对雷好说："我并不想逼你，事到临头，只能快刀斩乱麻……娇妻、爱子，还有你眷恋的权力、地位、名誉……怎么样做才能使这些一样不丢，你必须仔细权衡，当断即断。"雷好亦是达权知变之人，哪里还需要内人点拨，自是觉得当断不断反受其乱。

……

"噢，对了，有件大好事我忘了告诉你了。"立在卧室门口的雷好料定诗嫄的心情又不好了，一边掐着苋菜，一边讨她开心，"龙潭工程的招投标工作全部结束了，我们潜龙总非常顺利地实现了预期目标。开标结果：华夏集团是大赢家，大获全胜。他们中了两个标，其中 AI 标是最大的一个标段，三标合一，一百大几十个亿哩。真便宜了时空那狗娘养的。"

"……你告诉我这些干什么？……我问过你这些事吗？……我干嘛要知道这些。"诗嫄仍在挪动着缓慢的步伐围绕双人床转悠，依然用右手轻抚着看不到任何发展迹象的肚子，对雷好的善意无动于衷。

"华夏集团那么多下岗、待岗职工，中了这么大的标，饭碗问题不就一下子全解决了嘛。你爸是华夏集团的党委书记，做党委书记他能不高兴吗？他高兴了，那不就等于你高兴了。"雷好笑着说。

"混账逻辑。"诗嫄的面色冰冷，话也冰冷，"我爸是我爸，我是我。何况天各一方。华夏集团中不中大标与我何干，华夏集团的兴衰与我何干！"

"话也不能说得太绝情，有道是血比水浓。"雷好歪靠在房门框上，择苋菜的双手并不闲着，"想当初，我拜倒在你的石榴裙下苦苦哀求，图的，不就是皆大欢喜，华夏、潜龙都受益？恕我直言，实际上当时的你我，都有一个共同愿望，那就是让龙潭工程的招投标工作顺顺当当进行下去，千万别弄出个一锅粥的复杂局面来。我的思想动机是要对省委、省政府负责，有个交代；你的出发点是无论如何不能让华夏集团淘汰出局，错过大好时机。心照不宣而已。说实话，有那么一阵子，我还真怀疑过你是华夏集团精心设计在我身边的细作哩。这也难怪，时下盛行的招投标把戏，把吃了上顿愁下顿的施工企业忽悠得晕头转向，难为无米之炊的企业老板个个变成了饿虎馋狼，只要能捞到猎物，不择手段，什么样的阴谋诡计都使得出来。你别不信，还真有人使各种各样的美人计，甘当西施、貂蝉的大有人在。"

"呸，"诗嫄啐道，"厚颜无耻，一派胡言！"

"我这不是在逗你乐嘛。"雷好见诗嫄恼了，连忙立正了身子，讨好说，"今天一直没见你笑，我好心慌。你笑的模样特别俊，特迷人，嘿嘿，一笑值千金。"

雷好早年喜好寻花问柳，但大多是权情交易，图个一时之乐做做露水夫妻便了，事后形同陌路，互不相认，不曾有过天长地久的欲求。过往云烟而已。没想到天命之年，他仗着几分酒胆，莽莽撞撞，撞得一位姣好纤巧、如花似玉、有血有肉、有情有义、肝胆相照，愿与自己长相厮守的妙龄才女，自是欢欣鼓舞，暗暗庆幸自己老来得福。就视诗婳若心肝宝贝，倍加呵护，含到口里怕化了，捧在掌心怕碎了。尤其是得知诗婳已身怀六甲，雷好更是忍气吞声，俯首帖耳，从不与之对垒。

"刚上市的苋菜比肉还贵。"雷好一门心思讨好，"我给你爆炒一大盘。母子皆宜。"

"……谁是爸爸？……"诗婳自顾低头走动，轻巧地揉搓着腹部，旁若无人，"儿子啊，妈妈只能实话实说，不能做哄人的妈妈……你没有爸爸……是真的，真没爸爸……是上帝差遣你下凡领受人间寒暑炎凉的呀……"

雷好满脸的肉棱子立时僵硬，面色由红转白，又由白转青。蓦地，他旋风般蹿进厨房，扔了苋菜，扯下抹在腰间的白衬衣，掂了明晃晃的菜刀，气势汹汹奔回卧室门口，耀武扬威：

"行行，行，我这就去找她……再不同意离了，我就……我就用这刀把她剁了！大家都痛快，清净！"

诗婳只当没看见，没听见，"儿子呀，你一定要听妈妈的话……纵然有塌天的事，你也要来到妈妈身边……刚才妈妈不是教过你了吗……要奋斗就会有牺牲，死人的事是经常发生的……"

九十八

沙湖其实没有沙，明清两朝县志均明撰它为云梦泽。每年秋冬两季，一望无际的云梦泽到处是枯萎的芦苇、蒿草、菱角、野莲。春夏之交，潜龙江开始涨潮，云梦泽渐渐一片汪洋，水面上到处是渔舟、商船、客轮，百舸争流。

沙湖县有史以来一直是个贫困县，农民 年忙到头却不得温饱，糠菜半年粮，常常闹饥荒。二十世纪七十年代初，沙湖县忽然来了一位粮食专家，语出惊人：沙湖县守着巨大的粮仓饿肚子！建议：沿潜龙江河道修筑一条长八公里的大堤，堵住潮水，把堤内四十多平方公里的沙湖变成高产稳定的良田，彻底解决全县粮食供应困难问题。县委、县政府如获至宝，诚服赞同，并且立即决定成立沙湖大堤工程指挥部，计划充分利用枯水期，由东边的覃家矶、西边的苗家嘴向中间合龙，力争两年竣工。

于是，秋风萧萧霜满地的沙湖人海人潮。

沙湖县投入的机械设备非常有限，仅两台东方红履带推土机（附挂铲运机），还因为柴油奇缺，动不动就趴窝。所以，大量的起土、运输、填筑工程全靠精壮农民和知识青年肩挑背扛。白昼，东西两大工地红旗招展，"农业学大寨"、"以粮为纲，全面发展"，"深挖洞，广积粮，不称霸"、"为有牺牲多壮志，敢叫日月换新天"、"战天斗地，誓叫沙湖变粮仓"的巨幅标语在秋阳的照耀下熠熠生辉，用板车、独轮车、箩筐、筴筴起运泥土的人流往返如梭，像蚂蚁搬泰山。黑夜，各公社组织的突击队挑灯夜战，马灯、汽灯、夜壶灯与电灯交相辉映，灿若星辰，夯歌声、啊嗬声此起彼伏，响彻云霄。

工地劳动强度大，生活却十分艰苦，除饭管饱外，几乎尝不到荤腥。没有星期天，刮风下雨无法起运泥土、夯实坝体，青年农民和知识青年方可休息。

雷好和发妻沈仪就相逢相识相知相爱在这围湖造田工地。

雷好是回乡知识青年，在红旗公社红星大队当青年先锋队长。小伙子超凡脱俗，风流倜傥，备受少女青睐。沈仪则是下乡知识青年，下放在覃家矶，是霞光公社曙光大队铁姑娘连的连长。沈仪人品出众，泼辣大方，天生一副金嗓子。大堤工程指挥部每每在苗家嘴举行文艺汇演，农民观众让她唱段《红灯记》，她就唱李铁梅的《都有一颗红亮的心》；知青观众让她再来段《沙家浜》，她就唱《智斗》，胡传魁、阿庆嫂、刁德一——黑头花旦白鼻子——净旦丑——西皮二六西皮摇板西皮流水全串了，音调忽而浑重，忽而清亮，忽而低沉，有板有眼，字正腔圆，征服了满场农民兄弟，令众多青年小伙为之倾倒。

那是一个很不适合谈情说爱的环境，也是一个很不适合谈情说爱的背景。大男大女纵然有求偶的热望，也只能私密进行，公开恋爱不会受到尊重，被取笑或者遭受谴责反倒成了合情合理的事情。人们有一千个道理辩证青年人晚婚晚育的好处和早婚早育的坏处。

可是雷好和沈仪偏偏在这种环境、这种背景下坠入了爱河。

雷好和他的先锋队住在苗家嘴施工段用胡草土坯和油毛毡搭盖的工棚里，沈仪则住在曙光大队覃家矶生产小队的农民家里，两地相隔六七公里，且人海茫茫，如果没有缘分是走不到一起的。

雷好沈仪相识在一次工程指挥部组织的青年突击队经验交流会暨诗歌朗诵会上。大会在指挥部所在地苗家嘴召开，二十多个名称各异的青年突击队列队参加。上台进行典型发言的人不多，但上台朗诵诗歌的人不少，差不多每个队都有文学爱好者登台献艺。雷好代表先锋队作了典型发言，沈仪代表铁姑娘连作了典型发言；雷好登台朗诵了自己创作的叙事诗，沈仪登台吟咏了自己创作的抒情诗。两人在台上各显身手，争强斗胜，到了台下却又谦谦君子，卑己自牧。才子佳人，一见钟情。当晚，雷好找理由把沈仪送过了沙湖，来回走了十四公里。第二天，雷好去覃家矶向铁姑娘连取经，沈仪借故把他送过了沙湖，来回也走了十四公里。之后，每当沈仪出现在先锋队的营地，就会有先锋队的小子冲着工棚里面怪叫："雷好，铁梅来啦！""雷好，江水英来啦！""雷好，阿庆嫂来啦！"

爱情的种子是要发芽的，爱情的火花是要燃烧的，爱情爆发是任何力量都阻挡不住的。

隆冬，冰天雪地。连日，冷雨夹着雪籽洋洋洒洒；北风呼呼啦啦，尖叫着卷起寒气在荒湖肆虐。夜深人静，雷好背着一杆小口径步枪，打着手电筒，送前来先锋队取经的沈仪回覃家矶。沈仪忽然打了个寒战："好冷。"

已经和她挨得很紧的雷好就挨得更紧些，并且尝试着把一只手搭住了她的肩。沈仪不仅没有反抗："紧点儿。"雷好却像一团火，应声箍紧了她的腰，贴紧了她那高耸的胸脯和冰凉的脸。沈仪一下子酥软下来，站立不住了。雷好顺势把她摆放到路旁的蒿草窝里，压上去就喘起了粗气，跟铺天盖地的雨雪一样疯狂……双方心领神会，顺其自然……尽管都是头一回偷吃禁果……

在接下来的日子里，只要落雨下雪工地停工，他俩就各奔一半里程，在寥无人迹的荒湖深处，把芦苇荡、蒿草窝、低塘堰坝辟为爱巢。

那是一段心酸苦涩却又无比甜蜜的爱情。人们有理由相信，熬过那个环境、那个背景，大约不会有谁非议，时光老人会依照自然法则成全一宗美好姻缘，让有情人终成眷属。这也是他俩的信念。

孰料故事的发展偏离了轨迹，原本非常纯贞的爱情受到了污染，后来连有情的时光老人也没有原谅他们。

临近春节，工程指挥部决定放三天年假。沈仪听到这个消息别提有多高兴，暗自计划找个不为人知的去处和雷好过上三天甜甜蜜蜜的日子。雷好却赶在除夕前用小口径步枪捕获了两只大雁，送给幽会的沈仪，让她在春节期间好好滋补滋补身子，并且告诉她：

"春节过后，我可能不会再来沙湖修堤了。"

依偎在雷好怀里的沈仪忙问为什么。

雷好如实相告："县招生办专门派人来找过我，通知我过完年去省水利学院报到。"

"哄谁哩？"沈仪懒懒地合上睁大的双眼，"工农兵学员九月就入学了，开年就该是下个学期。骗子。"

"真的。插班。省里刚开办的一所专科学院，入学条件没有老牌大学那么严格。"

雷好说他的叔父是国家建委一个局的副局长，跟省水利厅副厅长寇勉曾经是战友。雷好说为争取到一个招生指标，他叔父专程来省里找过寇副厅长。雷好还说，寇副厅长抹不开面子，硬着头皮开了个后门，让水利学院给了个特招指标，戴帽下达。

这本应是个值得高兴的大喜事，沈仪的心情却骤然降到了冰点，"说好了在农村干一辈子，我织布，你耕田，到老不分开。现在好，一有风吹草动，你就远走高飞。说话不算数儿。"

"我哪愿意啊？实在是拗不过我叔父。"雷好解释说，"我父亲是个革命军人，解放后，带领一个营执行剿匪任务，被地雷炸死了。父亲死的时候我还不到两岁。我母亲也是革命军人，一直没有改嫁，搞三线建设那会儿从省军区调到了北京，搞人事档案工作。我大伯是个农民，家就在苗家嘴附近，我其实不是回乡知识青年，是投亲靠友投靠到这里来的。我叔父担心我随大流插队落户会吃苦受罪，就让我回沙湖大伯这里来了。我大伯虽然排行老大，因为一生务农，又没有读过书，所以，家族的事全是我叔父说了算，大伯是做不了主的。叔父料定我不会老老实实听他的话去水院读书，专门从北京把电话打到县里，让县里派人来沙湖工地找我去招生办接听。他在电话里说这个招生指标是如何如何来之不易，让我务必珍惜。还给我上了一课，说，'你看你那个傻大伯，当年让他读书他就是不读，现在你看，当一辈子农民了吧？我读了两年私塾，多少有点儿文化，到了部队就被首长高看一眼。进步也就自然而然快了，如今不是当上大干部了？比较起来，是你大伯为国家作出的贡献大，还是我这叔父为国家作出的贡献大？'我叔父还在电话里悄悄告诉我，说，'下一步，国家马上就要重视知识了，知识分子就要吃得开了，形势会有很大的变化，高考也要恢复了，下乡知识青年怕是绝大多数都要回城。'我叔父的消息灵通，绝不会瞎吹风的。看样子，用不了多久，你就会离开覃家矶，同样面临一个学习的问题。"

"我问你，"沈仪一时还没有想得那么多，她只顾虑眼前的实际，"你走了，我怎么办？"

"两个办法。"雷好似乎早有准备，"一是我入学后就和你把婚结了，婚事办简单点儿，图个名正言顺得了。这样的好处是，我们可以明来明往，听不到任何闲话。不好的方面是，对你有点儿影响，霞光公社和曙光大队的领导会说，铁姑娘连的连长带头谈情说爱，还结了婚。领导的看法有时就是平头百姓的命运。学校的师生也难免把我视为另类，对我的思想品质无情剖析，无限上纲，但这不要紧，我根本不在乎，反正我已经入学，大不了被他们教育一通，再背个处分。第二个办法是，我们坚持三年，三年后，我一毕业就结婚。这样的好处是，你我的前途都不会受到干扰；不好的一面是，我们还得过一阵子地下生活。两个办法由你挑，行吧？"

沈仪见雷好一脸诚恳，句句是实话，仿佛大难当头，瑟缩在他的怀抱嘤嘤哭啼，"……你心里清楚，我什么都给你了，连心都给你了……我心里什么都没有，只有你……见不到你，我就慌，像丢了魂……我盼望天天落大雨下大雪起大风，工地天天不开工，天天跟你在一起……你这两个办法，哪个能满足我？……你这是要我的命……你等着，早晚我死给你看……"

雷好紧紧搂抱着她，不知所措。

那天夜晚，雷好和沈仪相拥在寒风凛冽的芦苇荡里，直到拂晓。两人尽管爱得死去活来，但还不至于丧失理智，终究能够辨明轻重，终究懂得如何适应形势的发展、变化。最后，沈仪痛下决心，应允雷好跳出农门：

"那你得答应我一件事。"

"漫说一件，十件二十件我都答应。"

"让我一天收到你一封来信。"

雷好的头脑一直很清醒："一天一封信怕是做不到，但是一周内至少可以收到我两封信。"

"打折扣。"沈仪拿指头戳了一下雷好的额头，破涕为笑，"亲我……这……"

春节过后，雷好果然轻而易举地报到入学了。沈仪表面上像什么事情都没有发生，照样带领着她的铁姑娘连苦战在沙湖筑堤工地，心里却无时无刻不在惦记着雷好。她担心他的学业，担心他的生活，担心他的身体，担心他大学毕业后会不会一如既往地深爱她。

雷好没有食言，沈仪每周确实能收到他的两封来信。时间一长，铁姑娘连的姑娘们终于发现了秘密，一见她风风火火往小卖部跑就嬉笑开了："连长，是去柜台上取从水院来的信吧？"、"那大学生是谁呀，该不会是个娃娃子吧？"沈仪就报以骄傲的笑。

每周两封来信诚然填补不了沈仪的空虚，她仍旧心有不安。汇演时登台表演，她经常跑调儿，唱样板戏选段竟然掺杂上了忧伤、哀愁，总不如从前那么婉转，那么悠扬，那么激昂，那么豪迈。雷好在工地的那段日子，沈仪总是盼望落大雨下大雪，总是盼望工地停工，停工了就可以跑到湖地与雷好幽会，做爱，然后海阔天空，谈理想，谈志向，畅想未来。雷好走后，一遇到下雨落雪她就心神不宁，惆怅、迷惘挥之不去。

九十九

覃家矶像个半岛，三面环水，一面毗邻山丘。全村三十来户人家，家家单门独户，互不同墙共脊。为防御潮水，各家的地基都是用黄泥夯筑的土台，一米多高。家家户户，皆采用穿榫屋架，山墙隔墙，一律用篾片编织成网状，再用泥巴稻草两面泥抹，房顶盖着齐刷厚实的茅草，冬暖夏凉。村子里到处是柳树，每逢十九天气，嫩柳才黄，整个村庄就渐渐隐没在绿树丛中。

沈仪插队落户在一个王姓人家。户主叫王茂生，和唐朝薛仁贵的好友同名同姓。他四十出头，体形健壮，一身腱子肉，古铜色泽，酷似泥塑《收租院》里的佃农。王茂生忠厚老实，言语不多，腿脚却特别勤快，一天到晚，忙完生产队的农活儿就忙自家的自留地，不见闲着。内当家叫许冬银，粗胳膊粗腿，身手矫健，典型的农妇形象。许冬银性格外向，快言快语，极善女红，但犁田耕地这些老把式干的农活儿也不含糊，里里外外一把手。她是妇女队长，村子里的婆媳纠纷、谁家的婆姨该不该坐二胎、哪个女人因为什么突然不能下地干活儿，都得先找她说清楚了，而后交由生产队长酌情施政。两口子是霞光公社的计划生育模范，三十七八岁才生了个儿子。儿子的学名叫王希宝，小名叫狗崽，刚满四岁。沈仪和这一家三口的关系处得不错，一家人似的。王茂生和许冬银对沈仪的照顾十分周到，无微不至，家里的脏活儿累活儿从不让她沾手，饭菜尽力按城里人的口味炒做。王茂生喜欢捕鱼捞虾，得空儿便去堰塘、湖汊、岸矶搬罾下罶，弄些河鲜丰富餐桌。沈仪待他们当然更尽心，除支援他们一些粮票、油票、布票之外，还经常送给他们糖果票、火柴票、肥皂票等计划供应证券以及出口转内销商品。许冬银曾无意流露出王茂生想要一辆自行车，沈仪回县城探亲，不仅给他们推回了一辆崭新的永久牌，还给他们弄到了一张蝴蝶牌缝纫机购货券，可把两口子乐坏了。沈仪的父亲过去是县商业局的局长，虽然仍在五七干校劳动改造，但是余威尚存，搞点儿紧俏物资证券不成问题。

沙湖大堤按施工计划完成了一半以上的工程量，眼见潜龙江汛期将至，指挥部决定工程施工告一段落，待入秋后的下一个枯水季节到来，再将东西两段大堤合龙。几万农民和知识青年陆续撤离现场，湖区恢复了往昔的宁静。沈仪的铁姑娘连没有解散，仍然有组织地在霞光公社范围内从事各种突击性的生产劳动，比如打湖草、刈麦、插秧，此类需要人手众多的农活儿都少不了她们。

春末夏初，覃家矶绿树成荫。柳絮轻飏，流风回雪，裹成毛茸茸絮球满地滚动。

麦收过后，淫雨霏霏，昼夜不息。老农称这是插秧雨。雨过天晴，大面积的插秧就开始了。这种天气农活儿不多，各个生产的队长都不给社员派工了，田间地头只有少数穿蓑衣、戴斗笠的老农背着锄头、铁锨干些蓄水排淤的活儿，为插秧做准备。

王茂生、许冬银闲不住，大清早就揽了箪子、罱子、罾子下湖捕鱼捞虾去了。沈仪在家看门，顺便照管狗崽。以往遇到阴雨天，沈仪总是组织铁姑娘连的姑娘们去曙光大队的土坯大队部学习"老三篇"，搞评法批儒，这天破例。破了例的这天却又出了个大问题。

门外的雨淅淅沥沥下个不停，杨柳和农舍一起笼罩在空蒙的烟雨中，像一幅水墨画。

沈仪坐在堂屋门口的一把小靠椅上，膝盖头搁着"老三篇"合订本和评法批儒辅导材料，右手支着腮帮，两眼出神地望着浮荡在雨雾中的农舍、树林、田野，心事重重。堂屋里，狗崽挥舞着用水车叶板改制而成的乒乓球拍，敲打一枚酷似橄榄的籴籴。籴籴儿被击得满屋蹦跶，狗崽四处追逐。

"老三篇"经常学习，经常交流心得体会，重复的次数太多，着实乏味。沈仪早看出姑娘们流于应付，不便点破，就开始尝试着自学。自学的灵活性大，大家高兴，她自己也能得到解脱。评法批儒是刚刚掀起的又一个文化热潮，大队党总支免费发放了不少辅导材料，铁姑娘连人手一册。铁姑娘连的文化程度参差不齐，十几个插队落户的知识青年一半是高中毕业，一半是初中毕业，更多的农村女青年虽然也有高、初中毕业的，但绝大部分连学堂门都没有进过，所以评起来批起来免不了天上一句地下一句：

孔老先生在地底下躺了两三千年，没招谁惹谁，冷不丁儿把一具僵尸拖出来，说三道四，为什么呀？

听村子里读过私塾的老考讲，孔夫子的中庸之道——不偏不倚，是说做人应该刚正不阿，秉持公道，法律面前人人平等。这会儿怎么把它说成是墙上一根草，风吹两边倒——巧为人，两面派了？搞反了吧？

秦始皇是个有名的暴君，怎么给了他一个法家称号？

董仲舒被定性成法家，可是他又旗帜鲜明地"独尊儒术"，弄不懂。

武则天先后给父子两代当老婆，是个祸水，怎么让她也混进法家队伍里来了？

评半天批半天，原来说谁是法家谁就是法家，说谁是儒家谁就是儒家。

我看只有找专家、学者评评才能搞清白。

人家专家、学者就是这么批这么评的呀，糊涂。

沈仪接触过的历史书籍十分有限，在读书时对历史一向不感兴趣，搞不清古老的过去哪些人是儒家，哪些人是法家，搞不清是儒家推动了历史，还是法家推动了历史，更搞不清时过境迁，因为什么必须把那些腐朽了的人物拖出来评一通，批一通。面对铁姑娘们的质疑，她只能是不置可否，因为她自己也说不出个头头道道。

覃家矶有个小卖部，负责供应周边几个村子最为简单的生活用品，如煤油、食用油、米、面、糖、盐、酱、醋、茶、火柴、肥皂、毛巾、牙膏、牙刷等等，大都凭票供应。有几样高档商品，如电风扇、收音机，只能让村民饱饱眼福，那是不卖的。小卖部三尺柜台端头搁了只墨绿色立方形小邮箱。身着草绿色制服的邮递员骑着草绿色的自行车每天往返一次，从邮箱里取出绝大多数是知识青年写给亲朋好友的书信，再将来自全国各地的信件摆放在邮箱旁边的柜台上，让收信人各自领取。沈仪每隔两天去一次小卖部，能准时取到雷好的来信。头两个月还行，沈仪总能从雷好的来信中收获激情洋溢的爱，欣悉好像来自另外一个世界的各种趣闻。慢慢就不行了，有千篇一律之感，情书简直演化成了任意填写日期的空白介绍信，新鲜内容越来越少。这使沈仪非常失望，感觉到雷好的热情在不停地降温。她心有不悦，疑虑与日俱增。

半晌。沈仪忧郁地站起来，走进属于自己的房间。王茂生、许冬银还没有回来，估计午饭会吃得很晚，她想躺会儿。

房间不算窄小，很敞亮，方方正正的推窗式大。推窗壁下放着一张也许是王茂生家祖传下来的书桌，古老、黑黄，四个小抽斗铆着泛红的铜钮。桌上整齐地搁了一摞《毛泽东选集》，红彤彤的；选集上庄严地摆着一尊毛泽东石膏塑像，金黄；旁边是一盏煤油灯，晶亮，还有一面红塑料框镶嵌的圆镜。紧挨书桌的是木床，床帐被褥整洁馨香。枕边放着学习资料、笔记本和红蓝铅笔。床铺对面，贴墙架着只皮箱。皮箱上铺一块翠绿塑料布，上面有序地搁着暖瓶、水杯和洗漱梳妆用品。一只格调别致的玻璃花瓶特别醒目，瓶口正盛开着几朵带刺儿的月季。皮箱上方壁面贴了两排样板戏张贴画：《红灯记》里面的李玉和、李铁梅；《智取威虎山》里面的杨子荣、少剑波；《龙江颂》里面的江水英；《沙家浜》里面的郭建光、阿庆嫂、沙奶奶……全是英雄人物。

沈仪住的是下房，上房乃王茂生、许冬银夫妇下榻的去处，一墙之隔。篾片和泥巴结构而成的隔墙太单薄，不隔音，两口子夜间做出的响动沈仪能听得一清二楚。王茂生、许冬银心宽体胖，精力过剩，只要不放电影不唱皮影子戏、没有评书大鼓、邻大队的宣传队不来覃家矶慰问演出，夫妻两个就早早上了床，不厌其烦地重复一件事。有时嫌儿子碍手碍脚，王茂生会指使许冬银把赤条条的狗崽送进沈仪房间，说，"沈阿姨床上干净，沈阿姨床上香，好生跟沈阿姨做伴儿。"沈仪只得为虎作伥，帮他们哄孩子。两口子没了牵挂，便忙得不亦乐乎，通宵达旦不歇气，搅得下房的沈仪彻夜不能成眠。隔墙不隔音不说，上房的床铺又不牢实，随着节奏一块儿响，响得沈仪心慌意乱。她也算得过来人，哪能不明白隔壁的男女在做什么呢？哪能不触景生情、浮想联翩呢？神往的她甚至连自己的内裤是什么时候潮湿的也不知道。白天劳动强度大，晚上又睡不安稳，沈仪的容貌愈来愈不如从前那般红润有光，消瘦，蜡黄，霜打似的。少不得巧施粉黛，保持风韵。

沈仪脱下春装，褪掉长裤，着一袭轻薄的白内衫上了床，把提花线毯搭到身上。刚刚落枕，发现推窗大开，就又走到书桌前，先向窗外探视了一遍，再把窗扇合上，拴牢木栓。许冬银经常嘱咐，睡觉前一定要把窗户拴牢，万万不可大意。

覃家矶有个二流子，叫望大德，奇丑无比，兔唇鼠齿蒜头鼻子，细眉小眼猴腮脸，最让人不能容忍的是，椭圆形脑瓜儿不长一根毛发不说，后颈脖上的赘肉还拦腰收缩了一道箍！因为四体不勤、五谷不分、游手好闲，所以四十大几还是光棍一条，靠"打野鸡"应急。这厮天生怪癖，喜欢偷看女人隐私，偷奸成性，远近村民既恨他又怕他。就有读过私塾的老先生在古典书籍里专门给他寻了个绰号，唤作"采花浪子"。"采花浪子"的最大本领就是"采花"，谁家男人出门在外，留守在家的妇人一不留神就会让他占了便宜。他有时白天就钻进了别人的家里，提前潜伏在床铺底下或者米缸里，等到夜静更深再一头扎进女人的被窝儿。待女方有了知觉，却是任何反抗都来不及了，只好听之任之。事后还不敢言声，怕自家男人咒骂裤腰带没有捆紧。覃家矶和近邻村子的女人有不少吃过亏，所以，只要男人不在家，天一擦黑就前门加锁，后门加闩，再端着煤油灯、手电筒把房里房外、床上床下、旮旮旯旯检查了个遍方敢脱衣上床。尽管如此戒备森严，采花浪子仍然有得手的时候。学习"老三篇"交流心得体会的时候，评法批儒的时候，铁姑娘们的正经话说完了，就开始扯闲。扯起闲来跟男子汉大丈夫一样，荤的素的都来，什么逸闻趣事都能随意盘点。土生土长的姑娘们说覃家矶早有流传，说许冬银的狗崽其实不是王茂生的种，是五年前王茂生要求去城里搞副业，故意让望大德溜进屋子跟许冬银搭了一腿，说王茂生那器具根本不中用，见花谢，响应号召计划生育是哄人的。这类污蔑之词不知怎的传进了许冬银的耳朵，不由大光其火，围着村子破口大骂。王茂生更是恼羞成怒，怀恨在心，因此总想寻机治治望大德，出口恶气。接下来的故事沈仪耳濡目染，眼见为实。

覃家矶先后接纳了九名插队落户的知识青年，其中六个女生，个个年轻貌美。望大德眼馋，早就打起了歪主意，不是偷偷摸摸溜到女知青落户的屋檐下偷看人家换衣服，就是在泥巴墙上抠窟窿偷看人家洗澡，伺机偷袭。一天傍晚，王茂生出屋撒尿，忽然晃见对面屋后有个人影，尿没撒完就奔过将全神贯注窥视隐私的望大德逮了个正着。猛施拳脚过后，王茂生将望大德拖到了队长门前的稻场上，一面吆喝队长组织社员出屋开批斗会，一面扯着喉咙大声叫骂，吓唬望大德。采花浪子早吓得魂不附体，浑身上下直哆嗦。队长连夜让全村社员把吓个半死的望大德批斗了一气后，专门找沈仪谈话说："这是阶级斗争新动向，必须提高革命警惕，决不能让阶级敌人肆无忌惮，破坏了知识青年扎根农村的伟大战略部署。狗是改不了吃屎的，望大德早晚还会兴风作浪，你们铁姑娘连最好的办法是联防自保，防患于未然，不能让他的阴谋得逞，不能让他继续为非作歹。"沈仪觉得队长的话没错，就让铁姑娘连的姑娘们严加防范，自己也处处设防，小心无大过。

——这就是农村，这就是农耕文化。扎根农村，说起来容易，做起来还是很难的，沈仪有时这样想。

沈仪躺在床上，辗转反侧。看书看不进去，合上眼就看见雷好扑面而来……缱绻缠绵，情真意切……雷好前两天的一封来信总算有点儿新意，让她很是激动了一阵子。雷好在信上说他期待暑假快快到来，一放暑假他就要回到沙湖。他说他要在人迹罕至的沙湖岸边搭建一顶小窝棚，白天温习功课，夜晚驾一叶扁舟，荡起双桨，和心上人依偎在一起，遥望灿烂的星空，共度幸福时光……两个人的世界，多么甜蜜，多么浪漫，多么美好，多么古朴，又是多么现代啊……她憧憬着那个幸福的时光，也翘望起了暑期……

一〇〇

接下来的事情发生在八年以后。

在过去的八年里，沈仪的父亲被解放了出来，还当沙湖县商业局长。癫痫跟着月亮走，沈仪沾父亲的光，被点招到了县文工团。因为在农村劳动锻炼表现出色，是霞光公社的青年标兵，曙光大队的社员群众敲锣打鼓把她送回了县城。在过去的八年里，雷好大学毕业。大学毕业的雷好义无反顾地回到了沙湖县，并且践行誓言，一回县城就跟守望在文工团的沈仪完成了婚事。在过去的八年里，雷好的事业有如旭日东升，欣欣向荣。他先被安排在县农水局当技术员，不到半年就调到沙湖农场当团支部书记（代），不久擢升为副场长；两年后接任场长，没过多久，又有升任副县长的传言满天飞，没有人怀疑是空穴来风。有文化、有知识的人们越来越吃得开了，大学毕业的雷好幸运地跻身到了知识分子行列。他自己也很争气，踏实肯干，兢兢业业，把沙湖农场的农田改造工程领导得有声有色，一年一个新变化。眼看广漠的湖地真的要变成粮仓，雷好功不可没，加上又有寇勉、雷尚这等特殊关系做背景，备受组织重视成了情理中的事。比较而言，沈仪的光景逊色多了。沈仪进了县文工团后，起先担纲李铁梅、江水英、阿庆嫂A角，几场演出过后，A角变成了B角，后来，又慢慢演化成为报幕员乃至伴唱、伴舞之类的群众演员。这也难怪，她毕竟没有受过专业训练，没有得到名师指点，台上的表演技艺捉襟见肘，相形见绌，唱做练打都欠功夫。从头越，进培训院校回炉又错过了佳期。最要命的是，在覃家矶劳动锻炼好几年，身体虽然锻炼结实了，却又锻炼掉了舞台艺术必须的柔美，加上缺乏保健知识，日常饮食、作息、吊嗓子都不入法，声带也出了问题。文工团的掌门人害怕经过了五七干校劳动改造的大拿们回团后当红当道，继续以势压人（这拨人很不好领导），因而寄希望于沈仪，希望这位来自工农兵的演员出类拔萃，顺便印证一下人民群众的创造力，结果事与愿违，只得眼睁睁地看着名角、权威卷土重来。舞台艺术毕竟众目睽睽，来不得半点儿虚假。沈仪在舞台上英姿飒爽，朝气勃勃，下得台来却稳重端庄，不失文雅女子的独有风度，全然不像胡传魁那般鲁莽，不像刁德一那般刁钻，不像阿庆嫂那般八面玲珑，面对自己在舞台阵地的步步退却，总是泰然处之，从未动怒。不怕不识货，只怕货比货，怪就怪自己技不如人，她有自知之明。不过，文工团领导最终没有亏待她，在让她相继干了一段时期的服装、道具、舞台监督之类的杂役以后，平稳自然地把她过渡到了总支副书记的岗位，后来又兼了工会主席一职。沈仪在乡下待足了五个年头，当过铁姑娘连的连长，是公社树立的青年标兵，吃过了不少苦头，该算优秀知青，怎么说也不能受到委屈，再者，其父当着商业局长，文工团需要的诸多紧俏生活物资和角儿们追求的各样奢侈品还指靠老爷子高抬贵手哩，团领导一致认为。无可无不可——沈仪似乎也懂孔老二对待官职的态度，可有可无，不追求也不谦让，团领导的良苦用心和安排技巧并没有使她动情。淡定。让沈仪抑郁寡欢的是，自从雷好调往沙湖农场任职后，夫妻两地分居的日子太多，好比织女牛郎天各一方，相会的时候太少。长时间的空落、孤寂，她感到度日如年，也许就是这空落、孤寂，驱使她迈出了终身痛快的一步。

不该发生的事情发生在沈仪兼任了文工团工会主席的那个秋天。那天下午，她下班回家，忽然听到有人叫了声：

"你是沈阿姨吧？"

沈仪抬起头，见面前站着一位翩翩少年，不由愣了愣。

"我是王希宝——狗崽呀！"

沈仪定睛一看，见眼前的少年果然有几分狗崽童年模样，"哟，真是狗崽！长这么高了啊？"又惊又喜，"怎么跑到县城来了？"

狗崽兴高采烈地告诉她，他考进县一中了，刚上初一。他说县一中仍有几间教室被县公检法三家占用，三个新生班只好临时挤在文工团的排练厅上课，等公安局、检察院、法院的办公场所全部修缮完工后再搬回学校。他说他早认出沈阿姨来了，就是不敢喊，这会儿在路上走抵面了才壮着胆子问了一句。

"傻小子，"沈仪笑着，"认出我来了，那还不敢喊呀。"

"听说沈阿姨当了官，官……我不敢喊。"

"什么官哪，芝麻官，还不如你们曙光大队总支书有职有权呢。"沈仪亲热地拍拍狗崽的肩头，"走，阿姨给你做好吃的，犒劳你得中秀才。"

沈仪的家就在文工团平房宿舍北头，离被县一中暂借的排练厅不是太远。沈仪和雷好举行婚礼过后走进的洞房是娘家，当时时兴论资排辈，轮不到她拥有自己的住房，后来团领导考虑到了商业局局长、农场副场长这样一层关系，就专门开会为她研究了一套。住房面积不大，只有二十多个平方米。进门是个小客厅，一张自制的双人沙发本来就小，却占据了客厅的一半，用餐完毕，饭桌必须折叠起来，不然就没有空间。客厅往里走是卧室，尽头是厨房、厕所兼漱洗间，共一个门。住房布局虽老态，但被沈仪收拾得井井有条，干干净净，清清爽爽，很有情趣，挺符合当代城镇居民的审美观。狗崽进屋后大开眼界，不无羡慕地说：

"沈阿姨到底不是一般人，住上洋房了哩。"覃家矶以及沙湖沿岸都是用篾片泥巴糊成的农舍，所以，他把砖瓦房一律惊叹为"洋房"。

"这算什么呀，日后沙湖县到处要建高楼大厦，高的高到十几层，几十层，那才叫洋房。"

沈仪一进屋就忙着做晚饭。她慷慨地拿出了鸡蛋、皮蛋、花生米、粉丝、带鱼，全是自己平时不舍得吃，专门为雷好回家补充营养节省下来的。也算狗崽口福不错，她没有丝毫的犹豫。可惜太晚，肉铺早关门了，要不然她还可以割些肉回，肉票也攒了不少。沈仪手脚不停地忙活着，嘴巴没忘跟立在厨房门口的狗崽及时搭话。她问他沙湖的发展情况怎么样；问曙光大队有没有什么变化；问覃家矶老少爷们儿的生活是不是有了根本性好转；问他父母双亲的身体是不是和从前一样健旺……狗崽一一作答，如数家珍。她还特别问起望大德。狗崽回答说："前年突然跛了条腿。他说是自己不小心崴的，村子里的好些人又说他那条跛腿是被人打的。到底是怎么跛的我也说不清。"沈仪说："一定是老毛病犯了才跛的。"狗崽问："他有什么老毛病？"沈仪就咯咯笑，说："你还是个细伢，大人的事你不懂。"

晚餐其实并不丰盛，但对狗崽来说简直就是过大年。狗崽在学校才开三分钱一天的伙食，过着"三片萝卜一瓢汤，餐餐如此不变样"的生活，正长身个儿的时候，那油水哪够啊？捉到一餐是一餐，就使劲儿吃，吃得鼻尖儿冒汗。他尤其喜欢那盘糖醋带鱼——从来不曾尝过如此美好的味道，可口得连鱼刺鱼骨都嚼碎了一齐吞进肚子里。坐在对面的沈仪望着狼吞虎咽的狗崽，开心地笑。

二人都清楚正在干什么，只是互不言明。在而后更加频繁的过程中，双方也是这样的心照不宣。

自那之后，沈仪对雷好归来的期盼就不再那么殷切了。狗崽填补了她心灵深处的空白，一度成了她生活的组成部分。

乐极生悲。县一中快放寒假那段日子，向来准时准点的红事却迟迟不见动静，细心的她赶紧寻理由去省城出了趟差，主要目的是找医院验血。结果证明：确实怀孕。沈仪警觉到大事不好，不敢怠慢，当机立断从省城直奔沙湖农场，在雷好那里一口气住了半月有余，直到自认瞒天过海告成，才做依依不舍状回到了县城，开始了迎接下一代的准备。

春节过后，雷好回家过完年走后不久，县一中开学了。沈仪特地去排练厅找狗崽，希望他一如既往，去她那里吃饭、洗澡、过夜，视情告诉他，自己肚子里的生命的来龙去脉。"王希宝？他不来了，辍学了！"班主任非常遗憾地说，"又不是家庭环境不好，可惜。"沈仪听后，心里好不悲凉。她早感觉到狗崽与自己相处纯属迫于压力，并非心甘情愿，知道他迟早会做出让自己意想不到的抉择，他太机灵、太淳朴、太善良……是啊，长此下去算怎么一回事啊？长此下去如何得了啊？长此下去怎么收场啊？她早意识到自己情令智昏，明知不可以为而又不能自拔……这下好了，忘年交也好，隐私也好，儿戏也好，所有的情结一刀两断，双方都彻底解脱了……怅然若失的沈仪努力寻求宽慰：情债总算了了，生活可以恢复平静了，过正常人的日子了，如果自己能够把事情的要害彻头彻尾遮掩住的话。

可是要想人不知，除非己莫为。

其实，那个时候的雷好也不是只吃素的猫，日子时辰过得比沈仪更加丰富多彩。大学生、才貌双全、年轻有为，溢美之词正像绚丽的光环笼罩着他，哪会没有多情女子向他传递媚眼、暗送秋波呢？哪能没有风流才女竞相追逐、忘情争风呢？何况他还握着点儿计划商品的审批权，而且具有乐善好施的本性，流星赶月自然而然。雷好堕入泥淖很深，根本谈不上什么伟岸高洁。正因如此，就有投怀送抱的相好放胆帮他透析后院暗藏的玄机，用以博得他放开手脚寻欢作乐，大可不必畏畏缩缩，自觉心中有愧。

雷好得知沈仪怀孕也曾高兴了一阵儿，称心如意自己里里外外都风光。可是经相好那么一指点，高涨起来的情绪很快被指点低落下去。继而，羞耻、悲切、愤慨满脑萦绕，驱之不散。虽然自己的生活极不检点，却容不得内人越过雷池。他开始痛恨沈仪，咒骂这贱人淫荡堕落、不守妇道、背信弃义。他原以为她是世界上最美的女人：人品出众，端庄贤惠，没想到正是这个最美的女人不声不响给自己糊了一头屎，是可忍孰不可忍！他敌视她周围的人群，尤其是文工团的白面小生，还有那些关心、帮助过她的团领导，不是这类人干的还有谁？那年月尚无 DNA 一说，不曾听说运用科学验证真伪的先例，雷好只能无限扩大怀疑对象。但是他怎么也没有怀疑到那个尚未成年的狗崽，即便碰面他也不会知道他原来是谁。他本来可以大动干戈，毫不留情地剥开沈仪的画皮，而后恩断义绝，可思前想后，还是认定忍气吞声为高。不忍气吞声怎么办？他身上的光环五彩缤纷，他的事业如日东升，他的前程如花似锦，他的周围全是钦慕的眼神，非常时期，难道可以让上司下属同僚农工朋辈发现他头顶原来有屎，笑话他后院起火，鄙夷他治家无方吗？只能忍气吞声、不哼不哈背负这口沉重的黑锅。

他归家的回数愈加稀少，偶尔踅进家门也是迫于形势。见了沈仪面和心不和，皮笑肉不笑。孩子呱呱坠地了……孩子该起个名字了……孩子蹒跚学步了……孩子上学读书了……他全不上心，他心里有个永远解不开的结——孩子跟他没有关系。他报复性地独来独往，无所顾忌，私生活伴随着事业一块儿欣欣向荣。当了沙湖农场的场长以后，他几乎一年一个新台阶：沙湖县副县长，县长；沙湖县晋升为地级市，水涨船高，他又当上了副市长，市长，地位越来越高，权力越来越大。当然，有求于他的人也越来越多。反之，栽跟头的几率也随之增加。

雷好跌跤源于一次失信。沙湖农场广播站有个播音员叫宋颖颖，是个回乡知识青年，长相其实远不及沈仪标致，却出奇的性感，雷好跟她同房的时候总有一种别样兴奋，就另眼相待。雷好在农场当团总支书（代）时就和她好上了。当时农场场部的工作人员不多，吃、住、睡、办公都在两排临时砖瓦房里，二人通过广播稿明来暗往极其方便，建立了特殊感情。明眼人虽然看出些眉目，可是碍于情面，也就睁只眼闭只眼，与人方便自己方便。雷好升任副县长后，第一要务就是把宋颖颖调到了县广播站，农转非，帮她解决了个大问题。但这并不是宋颖颖的最终目的，她的最终目的是调往省城。宋颖颖的男朋友也是个回乡知识青年，恢复考高后，好不容易考进了省机械工程学院，并且想方设法为宋颖颖找到了一个接收单位。两个人的共同理想是：结束苦难，在省城安居乐业，白头偕老，仅此而已。对当时的雷好来说，操办这事易如反掌，给劳动人事部门打个招呼就行。可雷好就是迟迟没有这样做。原因非常简单：颖颖一走，关系就肯定断了。他太希望与颖颖长期保持这种关系了，舍不得。直到宋颖颖的男朋友临近毕业，分配在即，等着她调到省城后及时选择派遣单位，一次到位，可是调动手续依然毫无进展。宋颖颖急了，一面应付着雷好，一面央求他快点儿帮她如愿。不料雷好却说："这样……不是很好吗？……还是以工作为重吧。在农场的时候，我和我老婆长期不在一起……不是也熬过来了？现在虽然住到一起了，该跟你睡，我还不照样跟你睡……"宋颖颖听了，勃然大怒，猛地一下将雷好掀翻："虚伪，自私，我算看透你了！吃着碗里看锅里不说，还想长期霸占。"边嚷嚷边套内衣，"让你离婚，怕离掉了你那顶破乌纱帽，我自谋生路你又于心不甘……我怎么办？我就这样人不人鬼不鬼地跟你厮混一辈子？做小还有个名分哩！"两人由红脸到翻脸。彻底翻脸是因为颖颖那男朋友一直没有等到音信，非常被动地派遣到了造船厂，一气之下，给宋颖颖写来一纸"休书"，分道扬镳。宋颖颖两头吃亏，两头落空，觉得自己被人愚弄了。她把一切的不幸都归罪到雷好身上，发誓报复，泄愤。不久，白纸黑字，一份关于雷好生活作风糜烂的检举揭发信批转到了省纪委。省纪委会同组织部立即组织人员到沙湖市调查取证，结果表明，宋颖颖揭发的事件宗宗属实，并且连带出了雷好许多滥用职权、权色交易、以权谋私的问题，几乎宗宗与女人有直接关系。不仅如此，市文工团那些无端遭到雷好打击报复的青衣、小丑以及有关团领导也奋起反击，落井下石，反过来起劲儿报复他，没一个说雷好好。事情来得太突然，雷好猝不及防，被勒令停职反省那天他正主持市政会议。

凭着女人特有的直觉，雷好在外别有荤腥的隐秘沈仪早在怀孕期间就洞悉于心。苦于自己正在动脑筋遮掩胎儿的真正来历，顾不上与雷好理论短长，也没有这个勇气。随着时间的推移，沈仪愈想愈开，认为雷好是个有脸面的人，自己也是个有脸面的人，暴露家丑，两个人脸上都无光，觉得还是井水不犯河水、相安无事为好，也选择了忍。可是纸终究包不住火，雷好的丑恶行径被省纪委、组织部调查了个底朝天，什么肮脏事情都被掀了出来。真是善有善报，恶有恶报，不是不报，时辰未到，时辰一到，一切都报！沈仪听到雷好闭门思过的消息后，禁不住嘲笑起来。但她的表面伪装得很平静，什么都不知道的样子，怕的是雷好狗急跳墙，把邪火烧到了自己身上。说来说去，还是孩子的身世让她不敢扬眉吐气。

雷好接受了半年审查，写了半年悔过书，后来在雷尚、寇勉的帮助下调到了省委党校，勉强当了个副校长。寇勉侧面了解到雷好和沈仪的关系长期不和，顺便把沈仪调到了省文化厅，还让她当了民间文艺研究处的副处长，纯属好心，希望浪子回头。雷好也曾痛定思痛，发誓痛改前非，立地成佛。谁知江山易改，秉性难移。

——二三十年貌合神离，二三十年同屋异爨，曾经的"同船过渡"，曾经的"生死与共"，曾经的"海枯石烂"，曾经的山盟海誓，统统被无情证实为那不过是一时的冲动……

一〇一

这是一套三室两厅超标准居室，宽敞、明净，被主人装饰、收拾得近乎豪奢。

主卧间。宽大的席梦思端头非常讲究地摆放着玻璃圆桌和真皮圈椅。玻璃圆桌上醒目地搁着四样东西：

一把菜刀，明晃晃的；

一摞厚厚的百元大钞，像一块红砖；

一张淡黄色的信用卡，金光闪闪；

一页白纸，上书"离婚协议书"。

雷好跪倒在席梦思和玻璃圆桌之间的过道上，双手撑着木地板，像一头趴卧在地面上的水牛。他已经跪了很久，乌黑发亮的鬓角沁着汗珠。

席梦思靠窗的一边也留有一条过道。沈仪就坐在这条过道的一把圈椅上。雷好只能够看到她的背影。她的背影仍然是匀称的、苗条的、端庄的；依然漆黑的齐耳短发微微向后脑抿住，一丝不乱；后颈隐藏在殷红斜襟纺绸褂的高领里。还像当年的李铁梅，如果装上那条又粗又长的黑辫的话。她凝神远眺着窗外的市井，一直没有回过头来。

主卧间变得特别安静。雷好把这些该说的话全部都说完了：

"这房子归你，里面的一切全归你，我净身出门。"

"我给你带来了十万现金；另有一张信用卡，二十万整……要是嫌少，我还有，钱的事好说……"

"我是不对，确实做了许多对不起你的事，我心中有愧，愧对了你一辈子……可是我从来没有指责过你……我不怪你……怪只怪我两地分居的时候太长……太长……还有时代背景……不能任人选择……"

"你还要我怎么样呢？"

"你打算要我怎么样呢？不能说出来吗？"

"你有亲生骨肉,可是我……没有啊……"

"……这回你要是还不同意,我只有死路一条……刀,我已经带上了,我就死在你面前……"

"……"

"求你啦,我求你啦……"跪的时间太久,疲惫不堪的雷好一边变换跪姿,一边嗷嗷叫,"如果不是万不得已,我还是愿意得过且过的呀……这日子怎么过得这样痛苦啊!……你为什么就不能替我想想呢?你为什么硬要把我往绝路上逼呢……"

雷好一把鼻涕一把泪。

沈仪依然无动于衷。

扑通一声——房门突然大开。

高大魁梧的沈光荣一阵风似的闯了进来,怒目金刚。

雷好吓了一跳,却不敢正眼瞧他。

沈光荣三步并作两步跨到玻璃圆桌旁,在圈椅上坐下,跷起一条腿,一面眄视着趴在地上的雷好,一面掏出自来水笔,唰唰几下,在"离婚协议书"的下方签上了"沈仪"两个大字,旋即把协议书扔到雷好面前:

"出去!"

雷好如获至宝,忙不迭地倒爬出了门。

沈光荣屏神静气,慢慢点燃一支香烟,深呼吸般吸了一口。他又代表太平洋机械设备进出口公司去欧洲签订了一次机械设备的采购合同,刚回。一进家门他就听见父亲逼迫母亲签"离婚协议书"。都五十开外的人了,较起劲儿来还真不弱,也不怕人笑话!

打从记事起,光荣就发现母亲的日子过得消沉,整天低头沉思,一副多愁善感的模样。街坊邻居都说她既会唱歌又会唱戏,可从没见她亮过嗓子。做父亲的老不归家,归家也是来去匆匆,总说忙,好像世界上就他一个人忙,就他一个人在当领导。家庭形同虚设。年幼的时候他不懂得这是怎么回事,大了,他才懂得父母不和。为什么不和他就搞不清楚了,没人告诉他,也没人敢告诉他。一直到成人、大学毕业,当了处长,当了副总经理,他也没能揭开谜底。刚才,他立在门口,静听了许久,终于听出了个所以然,原来父母关系长期紧张,紧张到了各奔东西的分儿上,与他这做儿子的不无关系。他似乎明白了自己为什么叫沈光荣而不是叫雷光荣。但是,他还不知道雷好的下一任妻子将是自己苦苦追求的配偶——诗嬛。由于和雷好存在父子关系,沈光荣熟识潜龙总公司的很多人,也许正是因为熟,才没有任何一个知情的熟人愿意把其父"红杏出墙"的秘密吐露给他。沈光荣自始至终蒙在鼓里。倘若沈光荣知道雷好和诗嬛原来如此,雷好这会儿就不会是倒爬出屋,而很可能是变成一具僵尸被抬出门外。

"妈,您别伤心,"沈光荣把点燃的香烟只吸了一口就使劲儿掐灭,"你儿子肯定比那狗东西有出息。你别怕,我一定让你过世界上最好的日子。"

沈仪安静地端坐在窗前,没有做出任何反应。

"我没有父亲,我永远不会问起我的来历,我当我是天上掉下来的,你只管堂堂正正活在这个世界上。"

还是没有回音，也没有呜咽、啜泣、抽搐……丁点儿响动都没有。

沈光荣站起来，走到了母亲的背后，又迅疾掣向她面前，忽然一声惊叫：

"妈！你……你这是怎么了哇？！"

沈仪口吐白沫，两眼圆睁，早已不省人事。

"妈——！醒醒，你醒醒哪……姓雷的——你白披了一张人皮！"

一〇二

早晨，雷好匆匆忙忙走进了办公室。一进办公室他就来到排满一堵墙的书柜前，从一架书柜里取出个红绸包，转身摊放在宽大的办公桌上，解开结，一把手枪呈现在眼前。

是把日本手枪，14式。枪柄又斜又长，枪管像杆派克钢笔。

去年龙潭工程招标信息发出以后，一位来自云南腾冲搞房屋建筑的老板想弄点儿工程干干，大老远赶来，见面礼就是这把枪，说是二战古董，很有收藏价值，请雷好笑纳。雷好询问此物何来。小老板说："一个药农上山采药，拔药草拔出来的。"雷好又问："这是日本货哪，怎么跑到腾冲去了？"小老板说："二战那会儿，中国军队跟日军在腾冲干了好大一场恶仗，你还不知道哇？"雷好还是头一次听说："哦？"

现在，他准备把这把枪送给寇勉。

龙潭水电工程的招投标工作全部结束了，下阶段只需敦促设计部门及时提供施工图纸就行，对工程施工的监管工作弹性很大，没有什么太大压力，潜龙总公司最紧张繁忙的日子已经过去，可以从容不迫谋划流域开发问题了。相对清闲。按规矩，工作告一段落应该向分管领导作个汇报，所以，雷好决定登门拜访。其实是醉翁之意不在酒，个人私事才是拜访的主要内容。阶段汇报是可以通过书面形式的，秘书们早就把汇报材料写好了。诗嫱紧锣密鼓逼婚不无道理，总不能让人看着自己的肚子一天天莫名其妙地鼓起来吧？事态的发展由不得他继续四平八稳，该揭盖子就得快点儿揭，这一关是绕不过去的。要说条件也基本成熟："离婚协议书"上清清白白签有沈仪的名字，可是一向敢冲敢闯的雷好在这件私事上总是感到底气不足。五十多岁的人闹离婚，闹结婚，毕竟不是什么荣耀事，怎么跟上司开口呢？怎么把非正常情况分辩成正常情况呢？怎么让严厉的上司从嫉恶如仇转为玉成其事呢？老头子会理解、同情、支持自己吗？都是需要直面的难题，难怪他畏缩不前。雷好还疑心自己和诗嫱的关系已经被寇勉掌握，这老头儿鬼得很，全省范围内到处都有耳目，总能知道下属的秘密。好在自己还有点儿先见之明，抢先走了一步，好赖把双方签了名的离婚协议弄到了手，不管病危的沈仪挺不挺得过来，与诗嫱成婚已成定局，合理又合法。这么仔细一想，雷好的心情就舒朗了许多：管他呢，不外乎多费点儿口舌，不外乎让老头子呵斥、痛骂几句，有什么大不了的！

老头子艰苦奋斗了一生，啥爱好没有，就喜欢枪，而且收藏了不少，拿这枪做礼品最合适。

这把确实称得上古董的 14 式已经擦拭过不知多少回了,锃亮如新,如果不细瞧,根本看不出散落在枪体上的黄色斑点。

咚,咚,咚。

雷好正用红绸小心擦拭手枪,忽听外面有人敲门。他忙用红绸将枪一裹,塞进抽斗,"谁呀?请进!"

咚,咚,咚。

又是三响,很有节奏。外面的人好像根本没有听见里面的回音。雷好只好起身走到门口,把门拉开。

原来是罗尼娜!

罗尼娜依旧穿金戴银。手腕上,脖子上,耳垂上,珠光宝气,荧光闪闪。发型又变了:染红了,剪短了,由四围向中央冲天拢起然后炸开,最时髦的那种。

"进来不就行哪?怎么忽然施起礼来哪?"雷好拖着长腔,边说边走回老板椅。

"这要是……如果……万一……不方便呢?"罗尼娜一步三摇晃,摇晃到落地窗前,在一只单人沙发上坐了下来。

这婆娘的话听上去馊味儿特重!雷好奋起反击:"能有什么不方便?光天化日之下,难道有男盗女娼的勾当不成。"

"那可真保不准。这年月,啥种情况不会发生?"罗尼娜早有思想准备,"本姑娘就专挑光天化日之下干偷人养汉的营生,你还不知道哇?"嫌不够分量,又找了一句,"您大人大量,休道小女子小人之心度君子之腹。"

雷好知道跟这泼皮硬碰硬绝非上策,讨不到便宜,锋芒一转:"有何贵干,但说无妨。"

罗尼娜二郎腿一架,还晃悠着,"我烦。"

雷好见来者不善:"当总经办接待处长,马上发文。"

罗尼娜已经二十六了,早有旺季即逝的紧迫感,认为还是讨个一官半职安身立命万全,没料到雷好竟如此慷慨,自己还没来得及开口他就亮了牌,心里特高兴,嘴上却说:"本姑娘对这档子事其实无所谓。"冲雷好抛个媚眼儿,"你别不信。今日,我是替我那哈能兄弟叫屈来的。"

大破货,安敢一个劲儿妄称本姑娘!雷好暗暗好笑,调侃说:"怎么操起他老人家的心来哪?"

"本姑娘跟他上过床。一日夫妻百日恩。忘恩负义那叫人吗?"

雷好窘得满脸泛红光,连说:"好样的,好样的。文明点儿,文明点儿好不好。"

罗尼娜冷冷一笑:"再说了,我这哈能兄弟是掌柜您从沙湖带到潜龙总来的,鞍前马后侍候着您,这没有功劳还有苦劳,您说是不是?可到如今他还白丁儿一个。人家自个儿不计较得失那叫高风亮节,您这做掌柜的就没想到过意不去?官阶没啥了不起,潜龙总虽说门面不大,开张不久,官却多得像生产队的鸡鸭,成群结队,当官的比当老百姓的还多。关键是钱哪,钱刺激了为官意识。有那么一级跟没有那么一级,年、月的进项可是天壤之别。所以,有能力没能力,都想弄个一官半职。潜龙总的分配政策是掌柜您亲手制定的,难道您还不知道这其中的分量?哈能的老婆是地道农村妇人,傻乎乎一口气生了四个女儿，一大窝，他那点儿饷钱，哪够糊口啊？"

"不要上课了，不要上课了。"雷好的虎气不知怎么一下子荡然无存，好像那角落里坐着的是自己的上级，"行行行，姑奶奶你为朋友两肋插刀，大义凛然。我考虑，我一定考虑。"

罗尼娜乘胜追击："考虑？有些个事儿，是要只争朝夕的。难道做掌柜的这个道理都不懂？"

"让我想想，让我想想……"雷好轻轻拍打着脑门儿，做思索状，"要说哈能这个同志吧……优点也还是有的。装扮是现代化了点儿，可是思想还算传统……说话不多，干活儿不少，属于埋头苦干、任劳任怨型……听话，指到哪儿打到哪儿……生活作风嘛……小节，小节……让他去文明办当……当摄影处副处长，总该可以了吧？"

"谢主隆恩。本姑娘替哈能兄弟谢你了啊。"罗尼娜忽地一副绿林好汉架势，抱拳打拱，"顺便给你道个喜。吃喜酒那天，不能少了本姑娘啊。"

"姑奶奶，姑奶奶，那是当然，少谁也少不了姑奶奶。"

"本姑娘是有名分的嘞。如果较起真儿来的话，那还是本姑娘拉的皮条。"

"牵线，搭桥；红娘，月老——是这么个说法。文雅点儿，文雅点儿哪姑奶奶。"

"嘻嘻，要是我没猜错，该是双喜临门。两件大喜一块儿操办？"

这骚婆娘怎么啥都知道！雷好心里叫骂，脸上僵硬地笑着，"姑奶奶您包涵，多包涵。您的大恩大德，雷某没齿不忘。"

"刚才我哪点儿小要求就算……敲定了？"

"敲定了。季布一诺。可我还是得跟有关领导同志招呼一声。干部问题，大事。今天是星期一——最迟也就本周末，你和哈能的任职文件一块儿下。"

"有学问，有魄力。"罗尼娜朝着雷好竖起大拇指，"到时候，本姑娘肯定借花献佛，用掌柜的美酒，多敬掌柜几杯。"

"包涵，包涵，拜托，拜托！"雷好真怕"这骚婆娘"见人就往他身上浇脏水，"还望姑奶奶多些古言。"

花枝招展的罗尼娜立起身子，亢奋地挥动了一下白白净净的小拳头："耶——！"

一〇三

寇勉的办公室不大，才十多平方米，建国那会儿的产物。一张看上去年岁不轻，但还算结实的土黄色办公桌架在正中，老套，古板；后面是把由橙黄蜕变成褐红的藤椅，两边的扶手都被拿捏出了孔洞，确实欠点儿成色。再后面是个对开门立柜，黑黄，柜门上贴一方白纸，上书"机密"二字，神秘、庄严而古典。左面墙壁雪白，墙根一字儿排开四把木质靠背椅，有了来客才灵活运用。右面墙也雪白，墙壁正中悬挂着一只木塞军用水壶和一只没有手枪的枪套——这是唯一的装饰物，仿佛随时提醒自己以及到访的客人——不过行伍出身。没有地图、书籍、报纸杂志之类，给人一种主人原来不读书看报的感觉。

雷好掂着沉甸甸的黑提包走进办公室的时候，寇勉正在橘黄色的台灯下低头看文件，右手牢牢地握着一支毛笔。

"坐吧。"寇勉没有抬头，他已经知道了来人是谁。

雷好本来有几分心虚，又见寇勉没有抬头，不仅不敢轻易就座，心理负担反而更加沉重：

"省长……我专门汇报龙潭的工作情况来了。"

"说吧。"寇勉还是没有抬头，握在右手的毛笔从容不迫地在文件的重要内容部分打着圈圈，很有节奏。

雷好斜了一眼靠墙的四把木椅子，暗想：虽然坐上去不如自己的老板椅舒适，但坐着汇报比站着汇报格调高啊。可是寇勉没有继续让他"坐吧"，他就没敢轻举妄动，就从提在右手的提包里掏出秘书们替他准备好了的汇报材料，严肃认真地翻开，同时努力放松情绪：

"截至目前，举世瞩目的龙潭水利水电枢纽工程，在省委、省政府的关怀、指导下，招投标工作全部圆满结束……"

"怎么个全部、圆满结束的？"低着头的寇勉打断了雷好的话，没有让他顺着文稿的思路往下说。

"……十一个主体标段各有其主。九个竞标单位各尽所长。潜龙总公司切实做到了扬长避短，重点单位重点对待……"雷好也不含糊，干脆脱离了汇报材料，并且设法投其所好，"招投标工作自始至终按预定计划进行，过程控制有效，从根本上实现了预定目标。没有纠纷，没有矛盾，没有冲突，没有紊乱阵脚，没有任何不愉快、不和谐的现象发生，甲乙双方皆大欢喜。通过公开、公平、公正的竞争，作为甲方，潜龙总公司尝到了开放建筑市场的甜头，保守估算，龙潭工程总投资已经节约了零点三个百分点，还没有进入施工阶段就降低了工程成本，值得庆贺。现在，完全有理由结论：龙潭工程开局不错，第一仗就打得漂亮！"一高兴，就忘记了心虚胆怯，"有个典型事例不可不提——开AI标的时候，一下就净赚了时空的八千万，差点儿一个亿！"

"你的钱是共产党的，时空的钱是国民党的。"寇勉哼出一句。

就像遭了一棒，雷好蒙了好一会儿才回过神儿来："……要怪也只能怪时空——聪明反被聪明误。"他的第一反应是，时空是自己的对手，说什么也不能让副省长的屁股坐到了对手那边，"竞标这玩意儿，说到底是竞争对手之间的智慧较量，跟甲方关系不大。对手与对手各凭各的经验争相杀价，杀到不超过自身的承受力为止，有利可图是底线。哪晓得时空求成心切，利令智昏，一心想击败对手，认认真真准备了个《补充意见书》。僵持到最后，没沉住气，真把那东西扔进了箱子里。开箱后，在场的潜龙职员高兴得哈哈笑，说时空给潜龙总硬塞了八千万块钱的红纸包。其实，我压根儿就没想到要赚他这点儿钱，靠大家互相杀价就够本了。"

"你要是不下套儿，时空能有套儿钻？"

"……省长您这话让我……接受不了……"

"我是副省长，刚才就没来得及纠正你。"寇勉又把他的话截断了，"省长在隔壁，找省长你就到隔壁办公室去。"

这老头儿今天是怎么啦？尽找茬儿！雷好的颈脖梗了梗，刚刚自我调节上来的一点儿激情全没了，硬着头皮说：

"寇副省长，我哪敢下他的套儿啊？不仅不敢下他的套儿，还呕心沥血变着法儿帮他的忙。AI标实际上就是为他量身编制的，明眼人一看心里就有数儿。这且不说，还得让他顺顺当当、冠冕堂皇把AI标拿到手。我不动脑子咋办？他的八个竞争对手没一个善角，个个跟他摽死劲儿，当时的形势，不容他乐观哪。"

"这么说……你还很关照他？"

"当然，我这也是为了潜龙总公司的切身利益。潜龙总公司的终极目标是工期和质量，换句话说，就是时间一到，接收一座高质量的特大型水电站。实现这个目标，只有华夏集团领军才行。所以，把三个最重要的标段捆绑在一起，再设法让他们拿到是最聪明的做法。其他八个竞标单位虽然各有千秋，但是打不了头阵，当不了主力，扛不起这副大梁。这一战略思想的形成，完全取决于深入实际的调查研究。归结起来，得益于去年秋天组织的那次大规模考察评估活动。我们一行四十多人，实地考察了九个入围的竞标单位，把他们的家底、业绩、综合实力调查研究了个透，给潜龙总公司的编标、开标、决策提供了强有力的依据。"雷好不顾一切地突出自己的工作表现，"寇副省长，当初，我是顶着巨大的压力开展这项活动的呀。好不容易来了点儿工作创新，没想到惹出了好些非议。你也许知道，冲着我来的闲言碎语特别多，有的甚至是诽谤、污蔑，人身攻击，好在我都挺住了。结果怎么样？见成效了吧？事实胜过雄辩了吧？"

"功劳还真不小啊。"

"不求有功，但求无过，只要听不到寇副省长的批评我就心满意足。干工作嘛，干就干好，干出个模样来。"雷好很有韧性，很有耐力，一心一意让寇勉看到自己的成绩，知道自己的能力，了解自己的长处、优势，在他心目中树立一个完美的形象，认为只有这样，才能水到渠成，把自己的私情顺顺当当说出来，争取到他的理解、同情、支持。所以，明明听出寇勉的话中有刺儿，他仍然顽强地"汇报"下去："要说这龙潭工程的招投标工作圆满成功也真来之不易，除了省委、省政府，特别是您的大力支持外，我们潜龙总的全体干部、职工也都尽到了职责，克服了艰难困苦。严酷的现实是，建筑市场完全开放，所有的工程项目必须通过招投标形式确定施工队伍，这是目前举国上下新兴的大潮，不能不遵循。在这个前提下，我们的招标工作必须做到公开、公平、公正，行为规范，遵纪守法，既顺应时代潮流，又要照顾传统观念；既要维护全局利益，又要兼顾局部困难；既要注重公平合理，又要做到重点扶持。尽管难度如此之大，但是，该做到的，我们都做到了。譬如，华夏集团是本省的大型水电施工企业，时下困难重重，摇摇欲坠，承揽的工程量严重不足，万余名下岗职工等着岗位等着活儿干等着赚钱，等米下锅，群访事件时有发生，不稳定因素实在令人担忧，作为同胞兄弟，潜龙总不能见死不救，坐视不理，所以……"

"你就慈悲为怀，帮华夏一把了。"

"还真有不少人这么认为。"

"那么，如果说华夏不拿AI标，不担负主力，你准备在另外八个竞标单位中选拔哪一家替你实现终极目标呢？刚才你已经说过，其他八家都不堪重任。"

"……？"

"应该这么说：你帮助华夏的目的，最终还是为了华夏帮助你。"寇勉的话有些深沉，"你不要怀疑我偏袒时空，我无意偏袒他。但是，偏袒华夏的私心杂念不能说没有。刚才你有一句话说得很对：华夏集团困难重重，摇摇欲坠，万余名下岗、待岗职工等米下锅，不稳定因素令人担忧。调查研究得出的结论，我表示钦佩。是呀，民以食为天。很遗憾你没有带兵打过仗。一支大部队驻扎在深山老林，由于种种原因，缺吃缺喝缺武器弹药，既要战胜对面的敌人，又要战胜饥饿的威胁，那种局势无论是当兵的还是当官的，都不好受啊。那么，你明明知道华夏集团身处绝境，却又把他们即将挣到手的钱掐出了一部分，等于从他们的饭碗里抠出了一坨饭，这做法，应该算功呢还是算过呢？"

"反正……那八千万我不是装进了个人腰包。我全部用到了潜龙大厦的建设上。潜龙大厦归根结底属于省里的固定资产，我有把它送给省委、省政府的打算。"

"你以为如果不接受你的潜龙大厦，省委、省政府就会沦落到露天作业吗？什么时候你都不要忘了，你那潜龙大厦有一部分是华夏职工的血汗。你把弟兄们买米的钱拿去喝了酒，让他们稳定个鬼呀？"

"这……"雷好的脑子一炸，隐约感到炸出一身汗来。真不知道如何分辨是好，真不知道说什么、怎么说才能使这位上司舒心、开心，他沮丧着脸，诉苦说："卑职既不能奢望省委、省政府明示什么，也不能企盼省领导暗示什么，比如，推行点儿什么地方保护、传统产业保护之类的土政策，卑职知道，省领导不可能，也不敢开顶风船。卑职只能猜测、揣摩领导的心理、意志，兼顾方方面面，摸着石头过河。"

"你摸着石头过河，我同样摸着石头过河，大家都在摸着石头过河。"寇勉仍旧埋着头，但是没有继续往下阅读文件。他品出雷好这实际上是在责怪自己对他关心不够，指着葫芦说瓢，很不高兴，发起了牢骚："怪只怪时下牛鼻子道士、歪嘴巴和尚、狗头军师太多。今天这个牛鼻子道士叫唤要这么着，明天那位歪嘴巴和尚又咋呼说该那么着，聒噪得上下命官左干不是，右干也不是，无所适从。牛鼻子道士、歪嘴巴和尚、狗头军师也真他娘的邪门，颠扑不破的真理好像在他们手里生了根，多大的风都吹不倒，哪个年代都正确。命官全都成了愚夫、懦夫。学者不做学问，专家不干专家的事，教授不潜心讲台，却蹭上舞台凑起了热闹，对治国理政的兴趣出奇的浓，公鸡偏爱下蛋的活儿，哼哼，奇怪现象。我原本一介武夫，不是贤哲，没有先见之明，更不可能料事如神，跟你的顾虑一样多，哪里会有什么明示、暗示。"

雷好哪敢责怪寇勉啊？他不过急于获得他的理解，博得他的信任，把话说得急了点儿。见寇勉完全误解了他的话意，忙说："寇副省长，请您息怒，卑职对谁有意见也不敢对您有意见，您对我恩重如山哪。"

寇勉终于把看了一半的文件合上。那是一本关于省委、省政府届时换届的红头文件，里面有省党代会的工作报告（征求意见稿），有省政府工作报告（征求意见稿），还有省委常委、省政府主要成员候选人名单（草案）等等。寇勉把合上的文件放进身后的文件柜里，锁好柜门，又把钥匙放进办公桌的抽屉里，抽屉也锁好了。"你怎么站着？没让你坐吗？"他问。

雷好酸楚地笑了一下："没听到您接着让坐，就……"他先承认他让自己坐过，"其实站着汇报也一样。"

"哦？需要强调一次。我恰恰没这习惯。"寇勉又坐了下来，边给毛笔戴笔帽边说，"刚才，你汇报了很多，也很好。很全面，很具体，很客观，实事求是。就任潜龙水电资源开发总公司总经理以来，你确实干了很多很好的工作，不错。我不否认。你不汇报，我的眼睛也看得清楚。可圈可点，不容抹杀。"

"都是因为寇副省长领导有方，卑职不过执行战略方针，跑跑龙套，干点儿具体事。"雷好暗暗舒了口气，提到胸口的心总算放了下来，于是边谦虚边挪开呆立得有些发麻的双腿，把贴墙的靠背椅提了一把摆在寇勉的办公桌对面，"龙套都跑不好，具体事都干不好，还当什么总经理呀。"

"功归功，过归过，两本账。"寇勉话锋一转，"难道就没有一点儿不足之处？"

"嗨，事情干得越多，犯的错误越多，不干事不犯……"话一出口，雷好猛然意识到自己这话未免答非所问，刚刚放下的心又悬了起来，就又立正站好，还是没敢落座，改口说，"寇副省长要是听到什么有关卑职的传言……请严肃指出，卑职一定接受批评帮助，更新思想观念，改正工作作风，知错必改。"

"潜龙总公司快发展到百来人了吧？"寇勉不紧不慢，"有件事，据说是人人都知道，就瞒了你。"

雷好睁大了眼睛："有这种事？"

"因为你太想瞒住大家，所以，大家知道了也就不想让你知道。"

这话虽然绕了很大个圈儿，但雷好一听就明白了，老头子果然洞察秋毫，心里不由一紧。雷好打的算盘是，千方百计争取寇勉的好感，想方设法缓和对话气氛，然后不失时机，将装在公文包里的稀罕物、藏品呈上，再从容不迫地把自己和沈仪达成离婚协议，并且很快要与诗嬿结为连理的事娓娓道来，这样，即便寇勉心有不悦，但面子上还是会过得去的。没想到寇勉突然将了一军，使得雷好措手不及，阵脚全乱了，争取主动的斗志丧失殆尽，只得听任寇勉步步紧逼。

"你今天找我的真正目的不是汇报工作。你有别的事。"寇勉刺刀见红，"其实，你不来找我，我也要找你。前些时主要见你还不至于忘掉使命，还没有真正撤离阵地，所以决定暂时搁一搁。"

雷好悻悻垂下了头，腰杆没有刚才挺得那么直了。

"你怎么就……不能克制克制呢？"寇勉加重了语气。

雷好嗫嚅着："爱情这东西……"

"哟哟哟……"寇勉直打喷嚏，眯缝眼神把雷好从头打量到脚，又从脚打量到头，语气尖酸刻薄，"太阳快下山的年龄了，胡子拉碴，头发不染白花花的，就凭这优势？小年轻呀？还爱情哩，我都替你害臊！"

"法律上……"雷好的脸色瞬息万变，"不反对黄昏恋。"

"是的，依你的聪明才智，想必做好了充分准备。看来，国法对你是没治了。"寇勉起身，反剪起双手，慢悠悠走到雷好跟前，从左边踱到右边，又从右边踱到左边，"党纪还是能治你的。"

雷好知道硬顶不得："愿意接受组织上的处罚。"

"沈仪和你应该说是患难之交。当年，生活那么艰苦，前程难料，但是人家能和你患难与共，毅然决然跟你走到了一起，不容易啊。"寇勉仰着头，一声哀叹，"人哪……最没有情感的动物可能就是人。"

"我待她不薄。"

"哼哼。她正躺在医院抢救……去看过没有？"

"去过。进医院第二天我就赶去了。"

"……估计也就是十天半月的阳寿……拿身家性命成全你一桩美事。"

"这情况……"雷好悲怆地说，"我确实没有想到。"

"你没有想到的事只怕不止这一件。"寇勉由悲而愤，"你胆子也太大了！拈花惹草竟然惹上了华夏集团党委书记的门。别忘了，人家跟你一样，也站在厅局级这一台阶上，你也太恶霸了点儿吧？那诗娴是他的独生女儿，视若掌上明珠，你胆大妄为，夺人所爱，你想过没有，他会忍气吞声，无动于衷吗？你有胆量侵犯他，难道他就没有胆量反抗、回击你吗？急了，兔子也咬人哩。人家之所以按兵不动，那是为了顾全大局呀。试想，他要是执意泄愤，把你做的'好事'往省委、省政府的办公桌上一摆，那会是一个什么样的结果？省委、省政府用人失察，脸面丢尽；潜龙总公司的架势还没有摆开，绯闻就漫天飞；正在火候上的龙潭工程招投标工作受到严重干扰，有可能被迫停顿，甚至重起炉灶另开张，毫无道理地推迟工程工期；你，出师未成首先身败名裂，影响恶劣啊。还谈什么旗开得胜，评功摆好你倒能。"脸色难看，话也越来越不好听，"据我所知，诗维是一个很称职的书记，作风正派，理论水平高，思想政治工作很有一套。去年初，省委组织部派人去华夏考察新一届领导班子人员，他是门门合格，项项达标，有口皆碑。你说，你伤害的是一个什么人？物伤其类，可悲啊！"

"卑职……追悔莫及。"

"人，要敢作敢当。此次领罚是没有悬念了，不要心存幻想。"寇勉声色俱厉，"不许再告诉雷尚。"

"我没有脸面再……烦恼他。"

"他也该……适可而止啦。"

寇勉和雷尚有交情也有化解不了的恩怨。

一九五一年仲夏，寇勉和雷尚在满载武器装备和志愿军战士的专列上相逢。两人一见如故，很快成了好朋友。寇勉是志愿军101团的副团长，雷尚是某运输部队的教导员。寇勉的101团布防在前沿阵地，雷尚的所在部队在后方保障给养。说来也巧，雷尚的未婚妻钟汉瑶正是寇勉那个团的话务员。雷尚每次运送武器弹药、生活物资到前方，免不了顺道看望钟汉瑶，这当然要打扰寇勉。往来多了，三人成了金石交。就在那年隆冬，雷尚带领车队趁夜抢运补给，途中遭到了敌机空袭，涉冰过河的汽车绝大部分被炸沉进了冰窟窿。雷尚搭乘的运输车刚刚冲上岸坡，一枚炸弹突然起爆，将汽车掀了个底朝天。他被甩出车外，身负重伤，一半身子趴在岸坡上，一半身子浸泡在冰水里。第二天清早，气息奄奄的雷尚被一群朝鲜老乡发现，并且火速联系到了朝鲜人民军的一支后勤部队。天寒地冻，救治困难，又几经辗转，雷尚被送到志愿军一个野战医院时仍然没有苏醒。没有人搞得清他来自哪个部队，没有人知道他因为什么受伤。最佳医疗时间被错过，给手术、护理带来了相当大的困难，等到雷尚恢复神志，等到雷尚的四肢恢复知觉，等到雷尚完全康复，朝鲜战场的停战协议已经签订。雷尚康复后很快联系上了自己的部队，报告自己还活着，同时到处打听101团的下落。101团已随大部队撤回丹东休整待命，雷尚于是提前出院，星夜赶到了101团驻地。寇勉已升任团长，见雷尚突然出现在眼前，又惊又喜。久别重逢，两人各自诉说了九死一生的经历。雷尚因为伤势过重，一个月以后才脱离危险期，三个月后四肢才有了知觉，半年之后才能慢慢走动，最痛苦的是下体失去了性功能，只能拉尿。分别后，寇勉的情况是，运输队遇袭不久，101团和对面的敌人进行了一场殊死战斗。那场战斗虽说以志愿军大获全胜告终，但伤亡惨重，101团打得只剩下一个营的兵力，而且绝大多数是伤号，团长也牺牲了。寇勉虽然没有负伤，却被重炮震晕，在弹坑里掩埋了两天两夜，直到打扫战场被发现时还昏迷不醒。战斗结束后，战士们都有一种死里逃生的幸运感。雷尚实际上是为了钟汉瑶才千里迢迢赶往101团的，自然要问起钟汉瑶的死活。寇勉见问，脸上先是一层愧色，接下便阴云密布，他怕的就是他问起钟汉瑶。雷尚见状，疑心情况不好，追问道："汉瑶怎么了？"寇勉情知瞒不过他，也没有道理隐瞒，说："我俩……结婚了……"雷尚顿时怒气冲天，恨不得抽他几耳光："我和她谈恋爱，你怎么跟她结婚了？太不仗义了吧！"寇勉说："不是听说你牺牲了嘛……那夜你抢运补给，二十四辆车满载出发，只有四辆车完成任务归队。你们部队的干部战士都说你牺牲了，给你造了坟，还立了碑，我打听过好几次了……汉瑶哭得死去活来，后来……我这不是为了替你照顾她嘛……""混账！你霸占朋友之妻，还花言巧语，强词夺理！汉瑶呢？让我见她，我这就把她带走。""刚才……你不是说你那玩意儿……已经冻坏了吗……有什么意义了呢？""那是我和汉瑶之间的事，与你何干？""唉……"寇勉哀叹一声，忽然泪如雨下，哽咽了半天才说，"她不在了……一个月前，她患上了脑膜炎，师部只有医务室，只好就近送到了地方医院……院方当成了重感冒误诊，结果……我们结婚才三个月……临死前她曾叮嘱过我，让我无论如何到你的坟墓去看看……我正打算等到部队的去向定下来以后，想办法去一趟朝鲜……"寇勉痛心泣血。雷尚痛心入骨。在以后更加漫长的日月里，寇勉和雷尚再也没有婚恋史。雷尚是因为丧失了性功能，不能结婚；寇勉是因为受到的刺激太大，无心谈情说爱。两人时有往来，有友情，也有怨恨。寇勉总觉得欠着雷尚的，因此有求必应。

可是这一次不行了，寇勉觉得欠的人情债早该还清了，不能无休止地满足雷尚的要求了。再说雷好惹的祸太大，怎么帮忙都是徒劳无益。况且，一味姑息迁就，反而害了他。

"雷尚茕茕孑立，形影相吊，内无应门五尺之童，把你这侄当儿看，可是你也……太不争气了！"寇勉似乎有点儿恨铁不成钢，但又不能不把他的退路堵死，"他要是再出面帮你说情，我不会再给他面子了，不会了，你也死了这条心吧。"

雷好自始至终处于一种被动的紧张的状态，连调节气氛的空间都没有，不仅没有争取到好感，反而领受到了严厉的斥责。对话的趋势越来越对他不利，与事先设计和想象的目的几乎是背道而驰。事已至此，他自知无力回天，只好认栽："我……听从组织发落……不会再求助任何人了。"

"中国有句古话——上梁不正下梁歪。潜龙总公司百十号人，要是人人以你为榜样，那会是一种什么样的局面？中国还有句古话——正人先正己。是说，一个掌握着权力的人如果想把管辖的领地治理好，一呼百应，那么，他自己必须做出表率，处处成为大家的楷模，否则，他在人们心目中就是一个没有灵魂的影子、偶像，甚至任人摆布的傀儡。你的形象被你自己严重损毁，已经没有威信、没有气魄了，不会有人真正信任你、尊重你，听命于你了，不会了……依你目前的表现，民意测验，各种指数都不会高，当选党代表、人大代表，我看危险……拭目以待吧……不是代表，就跟委员无缘……不是省委委员，你这大型国有企业的一把手还怎么当？"寇勉背着双手，在雷好身后来回踱着，痛下决心，"抓紧时间，把手头该做的事做完，做好。多从坏处着想，从好处着眼，争取从宽处理。"他本来想给雷好申明一下自己的魄力会越来越小，因为省委、省政府越年就换届，说话肯定越来越没有分量，即便想帮他一把也是爱莫能助，可是话到嘴边又缩回去了，最终觉得说这些话毫无意义，"我今天只是以个人名义跟你谈谈，让你有个思想准备。估计要不了多久，组织部会给你一个正式文书，那文书怎么要求，你就怎么办吧。很可能是先写检查。"

雷好面色惨白，鬓角挂着汗珠。他感到大势已去，心底不禁沉吟起来：怎么向诗婳交待呢……

一〇四

十字街东西街的东街和南北街的南街夹角尽处是一片滩头，华夏集团修造厂就坐落在这里。三面围墙，一面临江。围墙里面厂房密布，鳞次栉比。

曾几何时，修造厂人丁兴旺，景象繁荣，是华夏集团最为耀眼的二级单位。各具特色的生产车间阔大气派，既敞亮又整洁；修造、精加工设备齐全；工作环境舒适，作息时间规范，比起乘火车、搭轮船、坐交通车长年累月往返于永泰、松峦、花溪、虎啸工地与大本营之间的工人来，在这里上班当然优越多了。修造厂一度是上班族羡慕的福地，都想挤进围墙，趋之若鹜。人数最多的时候要数松峦电站上马那会儿，正式职工就超过了五千。只是鼎盛时期不长，也就三五年光景。尤其是水电建设行业市场化，华夏集团经过几轮伤筋动骨的产业结构调整、组织结构调整过后，修造厂就王老五过年——一年不如一年。

三大施工局、五大直属项目部不仅拉走了"野战部队"，连绝大部分挖掘、钻灌、运载设备也拉走了，机械维修保养这一大块经营业务随之萎缩；花溪、虎啸两大工地的平板门、弧形门、启闭机等大型工件的制作安装情况是，制作安装得越快，合同存量减少得越快；由于缺乏核心技术，竞争能力差，投标承揽到手的机械维修保养、大型工件制作安装合同微乎其微；车、钳、铆、锻、焊、机修工种对三大施工局、五大直属项目部来说，需求量不大，想甩包袱又甩不掉。生产任务严重不足，冗员越来越多，就大幅度精简压缩：下岗、待岗、内部退养。下岗、待岗、内部退养人员多，麻烦就多。厂长、书记的办公室被砸过好几回，不是桌面破损就是少了腿。集团总部大楼门口每有集会群访，修造厂绝对是主力军。所以，机关干部一提到修造厂就头疼，说它是"火药桶"。

时空自到华夏集团就任以来，去修造厂公事公办、微服私访了多少次，连他自己也记不清。留心听完上下左右的反映后，他曾萌发过让厂长向前、书记何一峰挪挪地的念头，想改造改造修造厂的生存条件，看看能否绝处逢生。要说向前、何一峰这两个人的功过是非，确实很难定论。有人说他俩兢兢业业，勤勤恳恳，任劳任怨；一不贪污、二不受贿、三不以权谋私，职工群众享受什么待遇，他们享受什么待遇，从不搞特殊；思想作风正派，坦诚、本分，大好人。也有人说这两个人的致命弱点是闭关自守、故步自封，开拓进取精神差，不作为，当今社会，这类人做领头羊很危险，一不留神就会全军覆没。时空对正反两个方面的评价倒也没有什么偏见，但是确实对他俩动辄以"会出乱子"相要挟伤过脑筋，认为这是一种很不负责任的表现。把向前、何一峰挪挪地并不难，难的是让谁来接他们的班。在华夏集团内部，修造厂是个非常特殊的单位，机械技术专业性太强，不懂行的人还真拨拉不开这一摊子，目前尚能维持现状，有点儿小动静没什么大动荡，或许恰恰得益于这两个人的不作为。所以，时空只敢想想，不敢轻易动手，打算放放再说。

最近，由于华夏集团比较成功地把龙潭工程绝大部分工程量承揽到了手，调兵遣将挥师龙潭的热潮骤然高涨起来，到处焕发出勃勃生机，时空的心情不错，就又往修造厂跑了两趟，无非找向前、何一峰交心谈心、出谋划策、送温暖等等，目的是不能眼看着修造厂成为华夏集团的短板。时空推心置腹，恳望二位领导着眼大局，发挥才干，鼓励他们大胆走出去，放开视野，开创新局面，不能坐以待毙，不能等待救世主，也从来没有救世主。他说，修造厂其实基础相当牢固，具备发展潜能：占地面积大；工人技术专一、熟练；机械维修保养、大型工件生产加工设备先进，数控机床、龙门刨都是现代化的，不充分利用、发挥这些优势，等于捧着金饭碗讨饭。他说，机械维修保养作为重要经营项目业已衰退，但是寻求适合自身发展的新产业为时不晚，修造厂作为企业中的企业，可以转轨变形，为什么不在制造业方面多动动脑筋呢？比如，变维修保养凿岩机、钻灌机、挖掘机、起重机、汽车为制造生产凿岩机、钻灌机、挖掘机、起重机、汽车，甚至更大的驳船、轮船、缆机。他说，如果实在感到自身实力有限，联合经营也是一条不错的路子，修造厂可以出劳动力，出生产车间，出钱也行，借助外面的技术力量难道不行吗？总而言之，应该与时俱进，不能停留在上个世纪的水平，尤其是思想观念。时空也不只是讲讲大道理，说说不着边际的空话、套话，然后描绘张宏伟蓝图让人家去实现，他更注重实际，给予实实在在的支持、帮助。在交流、探讨完修造厂的生存和发展问题过后，时空给了他们一个不小的惊喜，送上了三份大礼：一是给修造厂提供五千万元无息贷款（在集团内部运作），聊补无米之炊，让他们把钱花在最要紧的地方，并且建议给职工谋点儿利益。二是让投标办主任达奚贤支援了两名有投标经验的工程师（工资由集团承担，奖金让投标办负责），加强修造厂开拓市场的力量。三是把龙潭工程现有的机械设备维修保养以及大型、特大型工件的制作安装业务打包交由修造厂完成，增加其合同储量，并让向前、何一峰尽快与况夫取得联系。对朝不保夕的修造厂来说，这三份大礼无异于雪中送炭，厂长向前感激不尽，连说："时总您真是想修造厂之想，急修造厂之急，我代表修造厂全体职工谢您了。"并且信誓旦旦，"挺过这段艰难岁月，我们一定努力闯市场，寻求支柱产业，自立自强，绝不眼巴巴期待集团'送温暖'。""集团对我们最大的支持帮助是不用匡奇关心我们了。"书记何一峰补充说，"他的关心真让人受不了。"

诗维对修造厂也很关心，也怕这个经营粗放型、人口密集型的腹地生出什么乱子来，见时空超常规不惜血本维系一方安宁，自己也想尽尽绵薄之力。他不掌握钱，也没有切割经营项目的权力，就想到帮助修造厂的领导做做思想政治工作，比如上上党课什么的，一来尽到党委书记的职责，二来给时空敲敲边鼓，表示琴瑟和谐，给外界一个党政两摊关系融洽、同心同德的印象。动嘴皮的事很简单，无需什么成本，也无需借助其他什么力量，一个人就行，况且这又是他的强项。苦恼的是，现时的党课不怎么好上，许多矛盾着的社会现状条理不清楚，很难辨证出孰是孰非来，剪不断，理还乱。满腔热情的共青团员的义务劳动与板着面孔漫天要价的商贩当街对垒，像打擂，比画来比画去，最终需要正反两个方面互相包容，跟前些时蔺山海的心得体会依稀仿佛。冥思苦想了好久，脑子还算灵活的诗维终于找到一个切入点：自强不息。以"自强不息"为题讲党课相对容易。让党员群众自强不息不仅符合修造厂的厂情，而且可以回避许多相互矛盾的话题：就别谈什么艰苦奋斗了；别讲什么大公无私了；别说什么为人民服务了；别提什么解放了全人类最后再来解放自己了。命好题并且准备充足了材料之后，诗维便打电话给何一峰，直截了当说明了自己的意图。下级不怕上级呵斥、怒骂，怕的是被上级遗忘，被边缘化。何一峰听说集团党委书记又要亲自上门授课，高兴得不得了，说："总经理刚刚给修造厂送来了物质文明，书记又准备给修造厂送精神文明，修造厂真是物质、精神双丰收呀。上党课，太好了，太及时了，修造厂当前就差点儿源动力。"诗维说："但愿没有人打瞌睡，喝倒彩。"何一峰说："那哪能呢，修造厂的党员这点儿党性原则还是有的。除了机关干部外，我让车间一级的党员干部也搭搭顺风车，接受接受教育。"认为只有这样的规模才与集团党委书记的身份匹配。哪料诗维却说："不行不行，扩大点儿，至少扩大到班组以上党员干部。我不怕顾客多，怕的是没有销量。会议室坐不下，就在你们小礼堂进行。"何一峰连忙改口："这样最好，这样最好，我坚决照办。时间就定在……下周？"诗维又说："不行，不行。本周，就本周，本周五的下午吧。"何一峰赶紧说了个"行"。

党课如期进行。能够容纳一百多人的小礼堂被何一峰安排得满满当当。诗维口若悬河，且不落俗套，把原本讲起来吃力听起来费劲的党课上得有声有色。他别出心裁，一口气讲了十几个历史、现代人物的动人故事，个个活灵活现，处处体现自强不息精神。他讲他们曾经面对过哪些艰难困苦，又是如何百折不挠。他讲他们经受了哪些磨难，又是怎么样在逆境中奋发图强。他讲他们是怎样通过不同的方式，努力发挥自己独有的专长，推动人类社会的进步，最终成为对国家、民族有卓越贡献的伟人。落脚是：应该向这些人学习。还真别说，礼堂里不仅没有人打瞌睡，反而爆发过好几次雷鸣般的发自内心深处的掌声。向前、何一峰感佩不已，说："书记的嘴皮子能鼓荡起党员群众的壮志豪情!"

上完党课,向前、何一峰请诗维无论如何吃顿便饭再走。诗维却摇手说,"用不着,用不着。太阳还老高哩,为顿饭等半天划不来。"二人见他执意要走,只好退让一步:"那就派辆小车送您回去。"诗维又摇摇手:"大可不必。几步路,溜达溜达就到家了。"更加充分的理由是,"这老十街我好久没有光顾过,正好逛逛。还想顺便办点儿事。"向前、何一峰一齐猜想书记很可能是为了廉洁自律,率先垂范,认为不予阻挠才是上策,就长久地趄着身子把他送出了修造厂的大门。

党课确实讲得成功,生动活泼,寓教于乐,诗维自己也有感觉。然而不为人知的是,这堂党课对诗维来说实在是太不容易了,实际上是自己为难自己。他需要自己战胜自己,需要自己调整好心态,让灰冷的心燃烧起激情。只有诗维自己清楚,他的思想情绪一直相当低沉,内心世界长时间抑郁、苦闷,完全是在强打精神尽一个党委书记的职责。去年秋天,鬼使神差般跑到长江施工局、珠海施工局进行所谓调研,不经意收受了红纸包、不留神坠入了青楼、不小心被劫匪劫财劫物还差点儿丢了性命——这几桩龌龊事时时刻刻都在骚扰他,令他惶惶不可终日,担忧早晚东窗事发,被组织上立案侦查。跟二姨发生的那种事,是违背心志的小插曲,他心里本来就有愧,觉得对不起景丽元,偏偏又被景丽元逮了个正着,弄得夫妻关系紧张,家庭非常的不和谐,雪上加霜。更加憋气的是,女儿诗嫄不慎受到性侵扰,他为保全华夏集团的投标工作正常进行而隐忍了很久,刚准备直奔省城与雷好决一死战,报仇雪恨,忽然又听到了诗嫄怀孕的消息,不仅不能遂愿,还要面对女儿必须与贼人婚配的现实。好像世上一切不顺心的事全都落到了他的头上,压得他喘不过气来,哪里还有什么心思干好工作啊?可是,身为党委书记,不干工作,不把工作干好怎么行?只有硬撑。他对"外营点"不寒而栗,再也不敢到省外那些建筑工地去调研去检查、督促工作了。可哪些工地上的党建工作、廉政工作、反腐败工作又不能不做,还得长抓不懈。就想了个办法,让党群工作部主任司马敬、副主任孔超代劳,敦促他俩轮流带人深入一线,自己遥控指挥。当然,集团基地的二级单位、三级单位他还是经常下去走走的,职业习惯驱使他把思想政治工作送上门。他常常是人前一个模样,人后又一个模样,在众人面前转过身去就直不起腰,吐不过气来。就像给修造厂上这堂党课,一下台,一走出工厂大门,他就蔫了。

一〇五

修造厂正门外的街道实际上是环形大道的东南段,要走很长一截路才能到达十字街南北街的南街口。这截路的一侧正好是修造厂的围墙,不过,现在围墙已经不存在了,全都改造成了店面。卖服装的、卖鞋帽的、卖鱼卖肉的、卖糖果香烟的、卖鸡鸭鹅蛋的、卖山药蘑菇土特产的、剃头的、修脚的、补鞋缏边缝纫的,应有尽有。诗维的第一感觉是沿途的店面比道上的行人多,店面又深又阔,像一张张豸开的大嘴,贪婪地等待着吞吃顾客口袋里面的银两。

东张张、西望望的诗维忽然注意到身旁店面的玻璃门内，一位肩披金发的女郎正朝着自己招手，媚笑。他站住了，目不转睛地直视着她，想看看她接下来还会有些什么样的表示。他已经很有经验，一眼就能看出玻璃门里面的女子是何许人也。他有过教训，想领教一下这位以恋爱为生的妙龄少女下一步究竟使出一种什么样的招数使原本没有任何邪念的鱼儿上钩。可是非常遗憾，眨眼功夫，那花枝招展的美人儿就不见了，钻进里间藏匿起来了。她肯定敏感到：立在玻璃门外的主儿绝不是一条贪嘴的鱼，而是穿了便衣的警察！诗维的面目绝对不友好，十分难看，特别狰狞。他吐了口唾沫，迅步闪开。

快到十字街南街端头，诗维走进一个装裱店。

装裱店挂满了字画，不过，没有一件称得上上品。店主是县文联主席的内弟，三十出头，人称"半瓢水"。因为诗维的书法在永泰县算头块牌，又经常携些字画上门装裱，所以成了熟人。半瓢水见诗维光顾，满脸堆笑，忙着从柜台底下捧出三轴字画，又轻巧地将画轴一一舒展开来，请他查验、鉴赏。

平摊在柜台上面的三幅字画是诗维上月抽空儿送来装裱店装裱的。最大那幅装裱成匾额的是去年春节期间景丽元向秋胤讨要的书法，很大气；另一幅同样装裱成匾额的书法，是前年省文联书协主席来永泰电站写生时留给诗维的墨宝，很高雅。还有一幅装裱成立轴的水墨丹青，则是诗维自己的作品，名曰：残荷。这是他前些时沉湎在孤寂、苦闷中的痛心写照，哀伤独白。画面布局空旷、苍凉、冷峻：积雪，严冰，一汪清冽的池水有涟漪泛起；几株耗尽了汁液的荷秸形销骨立，或扭曲，或夭折，在池水飘摇；几片与世无争的荷叶耷拉在枝头——枯萎、残缺，破败；一只饥饿的寒鹭绒毛翻卷，瑟缩着身子，茫然地觑视着空空荡荡的水面，对衰老的莲荷不屑一顾，全然不在意它深藏底层的洁白的充满活力的藕。运笔洒脱，简约飘逸，点兀精到，神情兼备，意蕴自若。诗维对自己别具意境的画作很满意，对装裱亦很满意。半瓢水动了脑筋，裱褙很考究，色调尤其得体。画是好画，赠人是不可能了，有谁愿意在大堂之内看到没有生气的景象呢？诗维只有留作自我欣赏。

"多少钱？"诗维问。

"啥钱哪。"半瓢水爽朗地笑着，将字画轴一一卷好，"日后，有给单位裱糊的呀，有大家的字画急需变换点儿活钱的呀，给揽点儿过来，全有了。"

诗维掏出一张百元面值红钞，摆到柜台上，"两回事。"夹着三轴字画出了门。

南街南口有家老字号药铺，叫国医堂，在当地颇有名气。坐诊的祝老医生是国医堂的传人，据说继承了很多祝氏祖宗遗传下来的秘方秘籍，能医治各种疑难病症；收售的草药正宗，所以慕名前来的患者不少，常常门庭若市。

国医堂门面不大，却典雅。青石门框，黑漆大门；翘首门楼，檐下嵌有一方白色大理石匾额，匾文"国医堂"三个大字遒劲、雄浑，相传乃前清本府府台题赠。在现代建筑群中，国医堂凸显出几分古色古香。堂内陈设最多的是草药柜和青花瓷药罐，药柜的抽屉和药罐上都贴有白色标签儿，密密麻麻，琳琅满目。满屋药香。大堂一侧的杉木板壁下，摆放着几把泛红的太师椅和一张八仙桌。祝医生习惯坐在八仙桌旁问诊。诗维走进大堂的时候，老先生刚刚送走一位远道而来的患者。

在修造厂上完党课后，诗维坚持步行回家的主要目的是来国医堂看医生，取字画只是顺带。诗维最近老是感到身体不适，无精打采，还常出虚汗，精力远不如从前充沛，就想到该来国医堂瞧瞧，看看是否有什么疾病。他对中医情有独钟，认为中国的医术博大精深，尤其是对许多无需手术的病症有着独到的治疗方法，最让人感到适中的特点还是在于不必住院。

祝老先生穿着雪白的大褂戴着雪白的帽子；胡须足有一尺长，也是雪白的；两眼炯炯有神；满面红光，根本看不出已是七十六岁高龄。诗维恭敬地坐到旁边，刚想叙述病情，却让他摇手止住。老先生已经轻轻按住了诗维的手腕，养神般眯缝起了眼睛，静气清心把脉。良久，他躬身翻看了一阵诗维的眼皮，又让诗维张开嘴，仔细察看舌苔、口腔。一丝不苟。

"肝经湿热。表象怯寒，实则内火旺盛。且无间歇。西学的说法是发烧。精神不振自然也是长时间的。"老先生终于开了口。斟字酌句。

诗维非常惊讶："确实，确实。老觉得四肢乏力，打不起精神。老觉得力不从心。"

老人家端详着诗维，很有神韵的目光透出几许忧虑："是给你开个方子拿走，还是在敝处抓药？"

"找您瞧病，当然找您抓药。"

祝老先生没有更多的言语，拿起搁在瓷笔架上的毛笔，蘸了墨水，在一方裁好的宣纸上工稳地写好药方，交给诗维，随后即去药柜前，有条不紊地抓药、过戥、打包。很快，他就把打成捆的药包搁到了诗维的面前，叮咛说：

"煎服，一天一剂，以睡觉前服用为宜。这服水药下得有点儿猛，开头两天可能略感不适，系正常，慢慢就好了。切记，忌房事。你不像山里人，倒像……千万别介意，我是说……你早该来找我。这服水药服完过后，若是不见明显好转，你可以不用再来我这国医堂了。尽早去县医院就诊，验验血，耽搁不得。县医院新买了好些先进医疗器械，比我号脉准……哦，对了，华夏集团在圪崂窝的那个二医院被县卫生局接管后，新开了个特殊疾病科，不妨去那里看看。"

听口气，病得还不轻。诗维望着祝先生那张并没有特殊表情的脸，心神恍惚地付过钱，说了声："承蒙指点。"掂起捆绑成一码并且挂了只小筛子的草药包出了门。

什么病呢？神乎其神的。诗维对自己的身体素质向来十分自信。进机关之前，他一直在建筑工地跑跑颠颠，摸爬滚打，虽然艰苦，但能得到锻炼，体格尽管谈不上强壮，却从未有过打针吃药的病历。最近一段时期，他确实感到身心疲惫，失眠、虚汗、头晕，甚至消瘦得厉害，但是他认为只有他自己最清楚，完全是因为烦心的事实在太多，精神负担过重，以致如此。他原想看看中医，开点儿有价值的中成药，滋补滋补肝肺脾，调养调养精气血，然后努力把心态调整平衡也就万事大吉。恢复常态挺容易的一回事儿。哪料这祝老先生竟然把自己的病症说得那么玄乎……没有搞错吧？他纳闷儿着把祝医生写的那个处方展开。但见上面乃四行功底深厚的蝇头小楷：

芍药甘草白栀焦，人参当归龙胆草，

半夏柴胡炒黄芩，最是日落净水熬。

处方是由九味草药名称串联而成的小诗，但是每味草药都没有注明分量，这或许正是祖传秘方的秘诀所在。公开药剂的构成成分是对患者负责，对自己的诊断负责，给同

659 / 第五章

行及监督机构一个明确的医治办法,至于每味药的分量就另当别论。之所以秘不示人,那是因为诊断医生须根据患者的病症程度结合自己行医经验才能适度把握剂量,也就是视情而定。同一患者,不同的中医,其诊断结果和处方的剂量总是会大同小异,而症疗效果的好坏往往就出在微妙的大同小异之间。况且,每位中医都不愿意把自己掌握的绝活儿让旁人知道,尤其是同行,个中缘由不言而喻:都要为捍卫自己的信誉和权威保守秘密。

诗维对中草药材略通一二,一边缓步前行,一边琢磨每味草药的功用,推断自己有可能患有什么疾病。忽然,有装腔作势的叫唤在耳畔响起:

"算命!知贵贱,知凶吉,知生死。"

诗维漫不经心扭过头去,见身边的巷道口贴墙摆放着一个算命摊。

算命摊全部用角铁、钢管、铁皮焊接而成。前面看上去像个柜台,不过很窄小;周边全是用铁皮合成的墙板;四角有钢管立柱,立柱上方也用铁皮搭成屋脊——像山坳中的土地庙。最醒目的铁皮柜台正面挂着一块白棉布。白棉布四角分别印有黑色的☰、☷、☵、☲;上方一行小字:看相、拆字、占卜、扶乩;中央一行大字:知贵贱、知凶吉、知生死。不足一平方米的"土地庙"室内,一位老者肃然打坐。老者穿一件深蓝对襟缥纽绐布衫,外套黑色棉领裰;戴一顶圆形绲边青布帽,当顶缀颗红色小绒球;鼻梁上架一副圆圆的小眼镜,白须童颜,未知哪路神仙。方才失声叫唤的便是他了。

老者见诗维立定,又不失时机地叫唤起来:

"知贵贱,知凶吉,知生死。"

诗维听出这叫唤分明是冲着自己来的,直觉得浑身在起鸡皮疙瘩:"有这么神?"

老者慢慢悠悠捋着银白的山羊胡子,还眯缝起了不大不亮却特别机灵的眼睛:"罪孽若是不信,一算便知。"

诗维大怒:"我与你素昧平生,无冤无仇,安敢冲口狂吠'罪孽'?!"

老者泰然自若:"大凡降命凡尘,莫不是负罪之身。玉清何人知道不?玉帝,玉皇大帝是也。玉皇大帝把所有罪孽深重的人统统发配到凡界,为的是让所有罪孽之人饱经风霜,历尽劫难,洗清罪孽,脱胎换骨,重返天庭,再塑金身。汝劳役未尽,罪债未清,尚不到升天时日,本仙如若称汝为圣人,岂不是咒汝?"

纯属无稽之谈!故弄玄虚以求一逞——如今的算命先生也懂得经营之道,深谙如何抓住信徒的心理——诗维心里讥讽着。他不想与他一般见识,不想无事生非,抬脚便走。

"罪孽何敢置生死存亡于不顾!你印堂阴黑,邪气附体,大祸临头,小心灭顶之灾!"老者大声疾呼,"休得懈怠,本仙与你有缘,今日只为替你消愁灭灾,分文不取。"

诗维站住了,将信将疑。

老者得见,复作高傲状:

"卜贵贱?卜凶吉?卜生死?"

诗维:"都卜!"像是赌气。

"是看相?是拆字?"老者以左手将柜台上两瓣尖尖的牛角卦轻轻地敲了敲,"还是打卦、扶乩？"

"就……测字吧。"

老者摊开一张白纸，将笔架上的毛笔蘸上墨水，又调转了个方向，仍以左手向诗维做了个"有请"的动作。

左胳肢窝夹着字画轴、右手掇着草药包的诗维后退了一步，抬起右脚，当着老者的面在地上画了个"一"字。

"哦——？"眯缝着眼的老者看得真切，微微颔首，轻轻捋着长长的山羊胡子，念念有词：

"'土'字上面添个'一'字是'王'。王州县、王三军，王天下——难怪口出狂言，原来一方之主。"

诗维吃了一惊，向前趋进一步，引颈相视。

"'王'字三横画——卦解三阳爻。三阳爻为乾，象曰：乾为天；象曰：乾为刚，为正，为固——阳之纯而健之至也，当为上上卦。'王'字中间立有一竖，将三阳爻劈为三阴爻。三阴爻为坤，象曰：坤为地；象曰：坤为柔，为直，为善——柔顺、正固，坤之道也——亦为上上卦。汝虽系戴罪之身，却头顶一片晴天，脚踏一方福地，实为人中之人也。卦上明示：乃一命官。既为命官，荣华富贵自在其中。当否？"老者瞟一眼不动声色的诗维，继续谶纬："然，伏羲八卦演变成八八六十四卦，变数亦在其中。乾在下坤在上，为'泰'。泰——吉亨——上卦。坤在下面而乾在上则为'否'。否——不利君贞——当作下卦。卦上说：贵贱、凶吉、生死原本是可以突然生变的。"就不再往下说了。

不知为什么，诗维很想听听他就这么胡说八道下去："要钱？"

老者傲慢地捻动着胡须，反悔道："不尽然。"

诗维腾手摸出一张百元大钞，爽快地往铁皮柜台上一拍，也不言语。

老者一改文明神韵，奋起抓过柜台上两瓣黑乎乎的牛角卦，高高举起，却又轻轻落下——嘭！随着一声闷响，他放大了音量：

"汝且听好了，本仙念汝虔诚，卦上的凶险天机就斗胆照实说了！"

"直言。"

"'王'字中间有一竖——实为一柱。成此一柱，败此一柱。有此一柱方为'王'，无此一柱便是'三'。'三'与'山'通，为险，为堵。'三'若翻倒即成'川'，川为水，水覆舟——为凶，为阻。'三'字再翻滚，复为'山'；再翻滚，复为'川'，翻来翻去离不了山川。是说，汝的命途不是山挡道就是水隔阻，进退维谷，灾也。"老者的目光翻过眼镜框，"命相亦有应验。不信汝自己看看眉心，赫然刻着个'川'字。预示洪患自天而降，大难当头。"

诗维乍出一身冷汗："算，往下算。"

"方才，本仙已将天机泄露。汝之贵贱、凶吉乃至生死，皆关乎'王'字中间这一柱。此一柱，可以是某件事，也可以是某个人。理弄好了此一柱，方可逢凶化吉，遇难成祥。至于这件事是什么，这个人又当是谁，如若汝胸中无数，可就不可不察。"

诗维做贼心虚，想回避具体的事附会模糊的人，"事倒没有什么事，真有什么事还可以纠正。这人……可真不好说了。人多，难猜，难防，也难对付。"

"汝既贵为一方之主，当谨防小人作祟。汝那眉心，远看像个'川'字，近看原来是个'小'字，分明小人就在眼前。小人不分尊卑贵贱，上下左右，比比皆是。"

"请不吝赐教。"

老者怡然自得地捋着胡须，作思忖状："世界上有三样东西无穷大，没有边际。汝可知否？"

诗维哪有心思猜谜啊？木然摇头。

"其一，数字也。一二三……怎么数也数不到尽头。其二，时间和空间也。怎么丈量也丈量不出它到底有多大。其三，人的想象也。数字、时间和空间漫无边际，人的想象同样漫无边际，都是顶级。然，顶级聚会到一起，就会相互磨擦、掣肘、碰撞、矛盾。有道是一山不容二虎，一只笼子里不能关两只公鸡。怎么华夏集团这只笼子里竟然装了三只……"

"信口雌黄！"诗维恍然大悟，指着老者厉声喝道，"你到底何人？！"声音大得令过往行人惊惶驻足。

老者大惊失色："我……？算命呀？"

"算命？你人模狗样，非佛非道，胡言乱语。"诗维大光其火，"我问你，那数字'一二三'是不是易日山？时间和空间是不是时空？人的想象是不是思维？思维是不是我诗维？你真能想呀。诽谤我们窝里斗，有这事吗？无中生有，搬弄是非，唯恐天下不乱，这是算命？"

"……？嘿嘿……嘿嘿嘿……诗书记，也没那么严重。哪里有团伙哪里就有钩心斗角。不然，你的日子本应过得像神仙，却熬得骨瘦如柴，变了个人似的，那不是因为整天价争强斗胜又因为什么？话说回来，我不过是想当然，这不是……瞎咧咧嘛。"老者醒悟到适才得意忘形说走了嘴，让诗维看出破绽，只好现了原形，"也为蹭两钱糊口。没有办法呀。"悻悻摘掉圆圆的小眼镜，抹掉点缀着小红球的青布帽，扯下了三羊胡子。他哪儿老啊？不到五十岁哩。

"原来是你——一把手！"诗维痛心切齿，"这么大的出息啊？"

"想当初，鄙人跟你一个样。也曾当过'学用结合'的标兵；也曾当过生产能手；也曾参加过优秀宣传员集训；也曾光顾过思想政治工作理论培训班。"受到打击的一把手驴死不倒架，"可是，华夏集团的党委书记只能是一个，有你当，就没得我当。我从来不认为自己不努力，因为有的人有机遇，有的人没有机遇。我很淡定，你倒觉得不平衡了。"

诗维被他戗得直翻白眼："那……那也不能干这个呀？"

"你给指个航向，我该干什么？"一把手扬起戴着白线手套一直插在下襟口袋里的右手，"残废。我能干什么？只有干这行可以不用手，能动嘴就行。"忽然拖着尖厉的长腔，摇头晃脑唱了起来，"力拔山兮气盖世，时不利兮骓不逝，骓不逝兮可奈何，虞兮虞兮奈若何……"

疯了！疯了！诗维气白了脸。

一把手姓裴，叫裴国兴，比诗维小四岁，原是修造厂铸造车间的炉前工。当年，裴国兴在铸造车间也是红极一时的人物，能文能武。不幸的是，在铸造车间一次大钢包脱钩事故中，他被滚烫的钢水烫掉了右掌。从此，干活儿、自理只能依靠左手完成，所以，同事们都称他"一把手"。久而久之，他的高名大姓渐渐被人们遗忘。五年前，修造厂开始又一轮"下岗分流，减员增效"。这回"下岗分流，减员增效"采用的办法是"末位淘汰"。铸造车间工人与工人之间的竞争异常激烈，谁也不甘拜下风。竞争上岗的第一个科目是抬小钢包浇铸钢坯，这对一把手来说近乎残酷，还没上场就败下阵来。因为是工伤，一把手被照顾提前退休。退休金和为数不多的生活补贴供养配偶和上学的孩子困难太大，出力气的临时工他又干不了，只好在非体力劳动的行当动脑筋。如今，他已经是看相、拆字、占卦、扶乩门门都来，全是自学成才。

可是职业习惯提醒诗维有责任训导他："这是在搞封建迷信，知道不？"

"此话差矣，老皇历了。"一把手反驳说，"看相、拆字、占卦、扶乩，都有它的科学性。绝非个人高见——卖瓜的说瓜甜，一门职业。难道你就没注意到，对算命摊，地方政府不过问了，跟过去一个样。"

诗维蓦然感到又遇上了一个理论不清的课题，但放任自流显然不是自己的秉性，姑且苦口婆心："赚点儿本分钱，做个正派人。"

"谁不想赚本分钱？谁不想做正派人？可是，谁让我赚本分钱？谁让我做正派人？"一把手奋起反诘，极尽摇唇鼓舌之能事，"修造厂临街那溜儿围墙看见没？都改造成店面了，我数过，总共一百二十一个门面。假如，这一溜儿围墙交由我来改造，不仅解决了我裴某人的再就业问题，我还会设身处地把它改造得更多更好，用最合理的价位租给修造厂的下岗、待岗职工。事实是，修造厂的掌柜偏要将它承包给一个小老板，小老板用小小的投入把围墙改造成功，然后再出高价把门面出租给个体户，坐收大大的红利。那一百二十一个门面，都可以赚本分钱，做正派人，可是，没有一个修造厂的下岗、待岗职工，我裴某人也只能是垂涎三尺。为什么？那八百块钱一月的租金我们交付得起吗？只有富裕起来了的商贩才有实力占领那块市场。这只是个例子，赚体面钱的岗位，没有谁恩赐给我们。"

"说话要负责任。向前、何一峰是大家信得过的领导，绝不会在围墙改造承包的问题上做对不起全厂职工的事。"

"人上一百，形形色色。就算向前、何一峰两袖清风，一身正气，不等于他手下的喽啰也两袖清风，一身正气。"

诗维心里明白，自己不但没有办法帮助他，而且没有办法说服他。继续纠缠下去不会有什么称心的结果，谁也战胜不了谁，就又摸出一张面值一百元的钞票放到柜台上，权当对他的一点儿资助，"你好自为之吧。"鸣锣收兵。

一把手没有推辞，拿起两张红彤彤的百元大钞很有成就感地抖了抖，冲着诗维摇摇晃晃的背影高叫道：

"诗书记，我刚才给你算的命，不可全信，也不可不信哪。"

"把你自己的命好好算算吧。"诗维头都没回。

一把手狡狯地笑着："我的命就是给别人算命。"

663 / 第五章

一〇六

低头沉思的诗维刚从南街拐进西街，冷不防跟斜刺里蹿出来的孔超撞个满怀。

"诗书记，您……怎么上这里来了？"孔超一身酒气，但是没有醉意。

诗维打了个趔趄，说："下午给修造厂上了堂党课，往回溜达，顺道办了点儿事。"量量手里的药包和书画轴，"你怎么上这里来了？"

孔超指指拐角楼酒肆："给建设饯行。"

"给建设饯行？他准备去哪儿呀？"

"您还不知道哇？他报名去龙潭工地开大车去了。"

"他去龙潭了？"诗维一震，"谁批准的？"

"还用得着谁批准呀？"孔超睁着惊疑的眼睛，"他自己找小车队长一蘑菇，再找况夫一黏糊，这事不就成了？"

诗维拍拍脑门儿，一想也是这么回事。诗维对薛建设一直不放心，老担心他会把去年秋天在广东被匪徒劫持的事抖搂出来，有机会就叮咛孔超把他看紧点儿，不时敲敲警钟。哪料这愣头青说走就走了，往后再怎么个看管好他呢？诗维又多了个心病，"他人呢？"他着起急来。

"走了，刚走，开小车走的。说有事要办。"孔超回答，"我在结账，刚结完。"

诗维心里明镜似的：粗莽的薛建设一定是被一眨眼就是一个主意的孔超打发走的，目的是争取机会找酒肆老板虚开发票，吃三百开六百。他早就在签字报销的时候发觉了孔超的这个毛病，但是又不敢戳穿，害怕把他戳毛了，不听使唤。

"就你们俩？"

"肯定哪。"

"叮嘱了？要害都讲清楚了？"

"该叮嘱的都叮嘱了，要害全说清楚了。每回邀他出来喝酒都是这样。"孔超的话很中肯，但也留有余地，"不过话说回来，我该尽到的力量都尽到了，至于效果怎么样，我可真说不准。建设这人的德性您也清楚，头脑简单，容易冲动，说发飙就发飙。什么时候脑子发了热，那是天王老子都不顾的。每次都邀他喝，每次都听他牢骚怪话。不就眉弓上留下了那么点儿小伤疤吗？总提，总想报案，总要报仇，根本不懂得什么叫能有所忍，一介武夫！"

诗维知道孔超说的是实话，可是，该扼守的防线必须牢不可破，死马当作活马医才行哪。"这事如果泄露，实际上对我们三个人都不利。"他紧锁眉头，目光犀利，非常明显地给孔超施压说，"孔超哇，你聪明，机敏，要多扛担子，多操心。龙潭离十字街也就五六十里地，经常跟建设联络联络，交流交流，表示关心嘛。人到底是个感情动物。该在一起聚聚的时候就大大方方在一起聚聚，一如既往。不过花点儿小钱，不必在意。"

"这我都知道，也在尽心竭力照您的意思做。"孔超苦着脸，"问题是薛建设这家伙喜怒无常，太不好把握了。"

"那也要动脑子，想办法，绝不能掉以轻心。"诗维想到一味给他施加压力也不是个事儿，还得让他看到希望，感觉到甜头，"对了，有件事忘了告诉你。研究龙潭施工局的领导班子时，顺带议论了一下干部问题：该下的要下，该上的要上。估计也就一年半载的事情。白延寿、司马敬、贺怀阳、达奚贤几个人，很有可能擢升，这样，位子不就空出来了不少嘛？有为必有位，你，照说……"

"诗书记，我不过半壶醋，全仰仗您栽培，提携。"孔超听懂了，喜形于色，"您放心，您交办的事，我一准用心去干，干好。"尽可能让诗维信得过自己，"薛建设，我肯定盯牢了。为你，为我，为他，也为大家。"

"可是不能让他走了嘴……可是不能呀。"

"我一定努力，一定想办法把建设这浑球的嘴堵住，让您放心。"孔超一面表决心，一面招手把迎面驶来的的士拦住，"诗书记，我送您回家！"

"你先走吧，我还有事，溜达着回去。我的话，你可得一定记住了。"

孔超一头扎进的士，没忘给诗维甩句宽心话："我办事，您放心。"

孔超一溜烟儿离去后，诗维的心陡然一阵空落，接下又变得异常沉重。薛建设不再在机关了，不再在孔超的眼皮底下了，他的行踪、交往、谈吐无法及时掌握了，这不失控了吗？失控了的薛建设不就更加桀骜不驯了吗？广东被劫匪劫持的事还能继续捂住吗？捂不住不就大难当头了吗？闹心啊。

刚才一把手算命说，贵贱、凶吉、生死关乎"王"字中间的那一竖——实为一柱。此一柱可以是一件事，也可以是一个人，弦外之音是，理弄好了这一柱就贵、吉、生；理弄不好这一柱则贱、凶、死，焦烦的诗维钻进了胡同儿，居然觉得这命算得还真八九不离十。把去年秋天在东南沿海经历的几件事打包在一起，实际上就一件——回避集团总部门口那场规模不算小的集会群访。如果当时不回避，像时空那样挺住，自己就不会假借调研的名义去长江、珠海两个施工局，不去长江、珠海施工局，下面的事情不就都不会发生？诗嫄遭到雷好侵扰和自己跟二姨同房被景丽元抓住的事只不过是一种阵痛，不会导致灭顶之灾，唯有回避那场集会群访才是有可能改变自己命运的祸根！诗维追悔莫及。接着，他开始猜测有可能给自己带来灾难的那"一个人"。他一个一个排查，就像过滤。他首先想到了易日山。当年，易日山确实是他的最大障碍，如果不是易日山从中作梗，他就不会委身工会主席，而是当的党委副书记。然而时过境迁，如今的易日山已经成了阶下囚，对他根本构不成威胁。于是，又把疑点转向时空。一度，他的确把时空视为自己最强有力的竞争对手，可是随着时间推移，他不仅对时空解除了警戒，而且互信程度越来越高。他深切地体会到，时空非但没有给自己耍过手腕，使过绊子，搞过小动作，而且事事处处都是在为自己撑腰壮胆，似乎很维护他这个党委书记的威信和利益。怀疑时空很没道理，也不仁义，诗维甚至有点儿愧疚。那么，最使他提心吊胆的人只有一个——小人物薛建设。这"一个人"和那"一件事"又是那么离奇地关联在一起……没错，就是他！可是，怎样理弄好这"一个人"呢？……诗维又气又急。

茫茫人海中，低着头颅的诗维迈着迟缓的步子，一边走着一边想着。两条腿越来越沉重，像灌了铅。他跌跌撞撞走到一根路灯柱前，精疲力竭地坐到了人行道边沿，小心地把书画轴和草药包放在身边，喘着粗气。就在这时，华灯初上，十字街一片辉煌。

满街满巷，霓虹灯闪闪烁烁，五彩缤纷，反而把诗维浑浊的目光闪烁得更加迷蒙。现实与心境反差太大，他简直不敢相信自己原来生活在如此美妙的世界。为什么不顺心、不愉快的事情一件接着一件，不断发生呢？为什么总是盼望不到挺直腰杆、扬眉吐气的时候呢？难道……？他忽然想到孔超经常咬手指头，经常疑惑自己在梦中：果真是梦？那么，这个梦怎么没有尽头呢？这个梦又是从什么时候开始的呢？……是从去年秋天去海南、广州、深圳开始的吗？……对呀，去海南、广州、深圳之前，自己一直是春风得意、家和事业兴的呀！浑浑噩噩的诗维垂下沉沉的脑袋，下意识地把一个指头伸进了嘴里，还未获得什么感知，就听到身旁有人大声叫喊：

"诗书记！"

"您怎么……没走哇？"

诗维抬抬头，见是向前、何一峰，愣了愣："？……啊？"

走到西街尽头后，本该朝北拐去竹园方向，哪料他却向南拐进了环道，又绕到修造厂的大门口来了。

"您还没吃晚饭吧？"

"你们……"诗维揉着眼睛，"吃晚饭了？"

向前说："都几点啦？我们吃罢饭出厂散步来了！"

"哦。"

"你稍等，我马上喊小车来。"向前拔腿就跑。

何一峰忙不迭地扶起诗维："您这是……病了？"

"没有。"诗维摇摇手。他不会承认自己有病，更不会让对方知道自己蒙了头："……修造厂这临街围墙，改造成了一百二十一个店面……"

"嗬呀，诗书记的调研工作做得真深入，真仔细，连我都不清楚这一溜儿究竟有多少个店面。"何一峰很惊讶，"挨家挨户看过了？"

"这临街一溜儿店面……至少，可以给一百二十一个下岗、待岗职工带来就业机会。跟老板签订的合同……什么时候到期？"

"还有一年，只有一年就到期了。"何一峰回答说，"已经研究过了，合同期限一到，马上收回。"

一〇七

龙潭水电工程坝轴线左右坝肩分别是两座荒唐的山，右岸那座酷似女人的下身，左岸这座酷似男人的下身。于是，就有两个俗不可耐的山名。从古至今，半爿街远近山民不仅毫无顾忌地用两组粗俗的字眼儿称呼这两座山，而且每逢正月还有不少山民来到山前烧香磕头，说是这两座山孕育了他们的祖先并且子子孙孙无穷尽。清咸丰年间，筲箕铺苗字朗的曾祖父中了举人,被宜阳县令尊为写作,主修县志。在人文地理这个章节里,苗举人有心记载这两座名山,却又顾虑按半爿街四周百姓的俗称入典有伤大雅,给它们随便取个名字吧,一怕"文不对题",二怕伤害了当地习俗,老百姓不接受。几番实地考察过后,苗举人来了灵感,把右岸那座酷似女人下身的山叫作阴元岬,将左岸这座酷似男人下身的山称之谓阳元峁,既可顾名思义,尊重地方遗风,亦可文明入志,两全其美。于是若干年以后,龙潭水电工程的设计人员在设计施工图纸的时候,便将宜阳县志上面的阴元岬、阳元峁信手拈来。

左岸阳元峁后半腰依附着一块一平方公里大小的草甸,名为大草甸。大草甸呈长方形,东面撑住阳元峁,西面衔着连绵不断的无名山头,南面朝向水波粼粼的潜龙江,北面全是坡地、水田和村庄。一条由牛车道改造而成的砂石公路自东向西穿过大草甸,东边被称为好汉坡的路段立陡,直通半爿街;西边唤作软脚坡的路段舒缓,蜿蜒抵达潜龙江上游的龙坪和原始森林。

大草甸一年有三季茵绿,过去一直是附近村民放养牛羊驴马的地方,现在,一下子变成了个小集市。先是牵头施工"三通一平"项目的华夏集团工程处紧挨阳元峁搭建了栋存放物资器材的仓库,之后就有商机意识特别强的生意人接踵而来,开店创业。卖生活日用品的、卖蔬菜水果土特产的、缝纫的、照相的,还有开小超市和美容美发廊的,传统产业和新兴产业和平共处。在宁泰市修鞋的胡胜利果然来这里修鞋了;华夏美食城的张天翼、谢庭芳到这里开了个分店;经营卡拉 OK 的邬国栋赚了钱,不动声色地在西边无名山头的坳坳里办了家洗头洗脚城。龙潭工程上马给各色商家开辟了新的财路。时空把龙潭工程机械设备维修保养和大型工件的制作安装打包交由修造厂承担以后,况夫赶紧让向前、何一峰派人过来用毛竹和油毛毡搭建了两个车间。昔日一片荒芜的大草甸热闹起来。

热闹起来的当然不止大草甸一隅。自从"三通一平"施工项目破土动工后,半爿街四周、龙潭工程坝轴线两岸,方圆几十里的山区都热闹起来了。从黄河施工局抽调的技术工人和机械设备陆续进场了;从花溪、虎啸工地转移的工人和机械设备陆续进场了;十字街重新编队的下岗、待岗职工和机械也源源不断开进了坝区。左右两岸,崭新的活动板房随处可见。山山坳坳,到处是奔忙的汽车和运行的机械。水通了,电通了,纵横交错、密如蛛网的施工便道也相继联通了,深山峡谷昼夜回响着突突突的风钻声、轰轰隆隆的爆破声和各种机械的运行声。古老的荒滩野岭全都振作起来了。

时代毕竟进步了。二十世纪五十年代初,永泰水电站上马,人山人海,施工总人数一度超过了十一万(包括民兵)。龙潭工程的建设规模比永泰水电站大得多,计划用工万人左右(包括农村工人)。如果不照顾就业、再就业,参建人数还可以大大减少。现代化机械设备取代了许多笨拙的体力劳动,肩挑背扛的生产方式一去不复返了。

新成立的龙潭施工局代表华夏集团承建龙潭工程有关主体标段,领导班子由五人组成。况夫出任局长兼党委书记,琴拥军担任副局长兼党委副书记,另外三名副局长全部在匡奇办公室的赋闲干部中遴选。不交叉任职、高职低聘是与长江、珠海、黄河三大施工局的根本区别。时空有时空的工作经验,没有赶时髦,也不走老路,龙潭工程配备什么样的领导班子合适他就怎么配备,不受外界影响。

况夫不负众望，三下两下就把龙潭工程的施工局面打开了。

华夏集团在龙潭工程的土建施工占有量达到了百分之八十，如果跟浪潮，照搬项目，管理办法施工，这样庞大的、杂乱的工程量可以切块细化成一百多个施工项目。若是这样，漫说头绪过多，施工矛盾过多，单单管理这一百多个项目，领导班子都相当困难。所以，况夫没有模仿项目管理这一引进模式。况夫对项目管理在中国遍地开花本来就有自己的看法，认为有点儿生搬硬套，有点儿牵强附会，有点儿形式主义，独辟蹊径成了他反叛潮流的选择。组织结构上，况夫同样别具一格，所有进场队伍散架重组成四大工区，工区下辖分队。左右两岸各布置两大工区，施工作业由施工局调度室统一调度。目的不言而喻：保证均衡生产，便利交叉作业，有效控制节点工期，确保人员、机械设备任务饱满，避免窝工、扯皮拉筋现象，最终实现工期、质量双盈。工区一级的领导班子成员新老搭配，多半是高职低聘。时空用人不疑，对况夫采用的一系列管理手段不反对，不干预，只说："在保障质量的前提下，按时完成华夏承担的施工项目就行。"

时值晚春，重峦叠翠的潜龙江上游云淡风轻，气候宜人，正是工程施工的大好时光。

浩大的龙潭工地如火如荼，各个施工部位机声雷动，紧张激烈。按照工期总进度，明年的这个时候就该实现大江截流，工期不能说紧，但也不容懈怠。假如截流前的准备工作不充分，该截流时截不了流，或者截流失败，错过了枯水期，工程总工期就会延误一年，造成巨大经济损失。水电工程的一般规律是，截流施工完成以后才是真正的施工高峰，大坝基础开挖、混凝土浇筑等施工强度最大的工序都集中在那个时段，所以，按时截流并且圆满成功是工程能否顺利进入高峰期的先决条件。当下，况夫把全部施工力量部署到了两条阵线，一条是截流准备工作——劈山备料（碎石、块石），打通导流隧洞；另一条是抓紧船闸、电站厂房的基础开挖，和沙石骨料筛分系统、混凝土拌和系统的形成。备料、打通导流隧洞的目的是确保截流施工按时进行；抢挖船闸、电站厂房基础，和提前形成筛分、拌和流水线，则是为了截流成功后有足够的人员、机械设备和混凝土投入大坝基础开挖及浇筑，二者皆不可以偏废。总工期要求每个施工部位的施工队伍各自控制好节点，哪个环节都不能出岔儿。

这天清晨，太阳还没有出山，工地上第一轮爆破的轰鸣还没有震响，群山仍然沉浸在静谧的浓雾中，况夫就来到了大草甸脚下的导流洞进水口施工现场。这里，上早班的工人和零点班的工人已经做完了交接工作，并且攒聚了很多看热闹的人们。

龙潭工程设计了四条导流隧洞（截流完工后留作泄洪，削峰），用以保障截流施工顺利进行。其中，广州诚信水力资源开发联合公司中标两条（左右两岸各一条），转包给了民营企业家仓瑞谱的瑞谱公司。瑞谱公司财大气粗，潜龙总公司在永泰开展的招投标活动一结束，他们的人员和盾构机就进了场，洞挖工程早就开工了。具体负责这一项目的景德元把盾构机布置到了右岸阴元岫脚下，左岸这条以从华夏集团招聘的技术工人为主，农村工人为辅，采用爆破出碴、两头向中间贯通的施工方式。华夏集团拿到手的两条导流洞（左右两岸各一条），开工时间滞后了近一个月。程心爽找沈光荣购买的盾构机上周运抵工地，昨天才安装调试完毕，今天试运行。对华夏集团来说，这是头一回使用最先进的洞挖机械。盾构机能从大草甸这头钻到那头，十六米直径的洞体一次成形，挺刺激人的。所以，况夫来到进水口后，试运行现场早就聚满了看稀奇的人。工人、附近的老乡把进水口前的河滩挤得满满当当。龙潭镇镇长黄金锁和几个镇干部也夹杂在人群中间。《华夏工程报》社的总编辑费玲玲和影视处长沙凡当然在场。秋胤和工程处的两个技术人员正在盾构机前聆听相关人员介绍调试情况。受总工程师杨导的委托，秋胤最近一直忙碌在龙潭工地，盾构机试运行、投产是件大事，因而天还没亮他就从右岸赶过来了。如果依照华夏集团传统习惯，这一典型事件应该举行一个像样的仪式，可是况夫毫不犹豫地把它免了。漫说这个仪式，就连龙潭工程应该举行的盛大开工典礼，他也佯装糊涂，没有纳入计划。况夫是龙潭施工局的一把手，一把手对此类活动不热心，众头领只好适从。

盾构机的技术代表是个中国人，负责安装、调试、试运行。一会儿，作业班长在技术代表的示意下非常随便地启动了开关。盾构机的圆盘即刻缓慢而坚决地旋转起来，发出闷闷的轰响，就像一只庞大无比的穿山甲，开始了一厘米一厘米穿越大草甸的行程。静穆的现场顿时一片哗然，睁开大眼的人们无不啧啧称奇。

第一车石碴运离现场过后，立在人群后面的况夫轻松地舒了口气，似乎领略到了这个庞然大物的魔力。他转过身，正要悄然离去，忽听有人叫了声：

"况夫！"

况夫回过头，见是费玲玲："有何指教？"

"谁敢指教你啊。"费玲玲白他一眼，"派辆车把我们送回十字街吧？"

"我们是昨天蹭便车赶过来的，专门采访盾构机试运行。"沙凡补充说。

"既然来了，就在这里多采访几个施工现场呗，干嘛急着往回赶。添乱！"

"派不派？不派我们还蹭便车。"费玲玲不示弱，"我们要赶回去发稿。"

"嘿，求我办事还要威风。"

"谁求谁哩？想清楚没有哇？"

"哎呀……"况夫揭下红色安全帽，搔搔光溜溜的头顶，斜眼瞅瞅费玲玲，又瞅瞅沙凡，似笑非笑，"挺让我作难的……这样吧，一个小时后，你们到半爿街施工局找我。"

"连三楼？"

"驴马市场。新址。"

"那房子不是还没盖起来吗？找谁去呀？"

"让你们去那儿你们就去那儿。我亲自送你们一趟行不行？"

"不准骗人啊。"

"怕上当你们蹭便车去好了。"况夫边说边顺着一条陡峭的坡道往大草甸上面爬。

"德性，小诸侯混成大诸侯了，大诸侯的架子就端出来了。"费玲玲冲着他的脊背大声糟鄙。

况夫只当没听见。

宽广的大草甸弥漫在晨雾中，到处攒动着赶集的人影。所有的店铺都开了门，还亮着耀眼的灯。卖蔬菜、山货的和买蔬菜、山货的，这里一团，那里一簇，讨价还价，叽叽喳喳，吵吵嚷嚷。

况夫转了一圈儿，走进了修造厂搭建起来的油毛毡车间。亮着白炽灯的车间里，三四十个头戴五颜六色塑料安全帽的工人正忙着挖地槽，用钢筋混凝土浇筑安装车床、刨床、钻床的底座，热火朝天。何一峰在一旁叉着腰督阵。况夫走到何一峰身边，用力拍拍他的肩膀：

"夜以继日哩？"

何一峰猛一回头，见是况夫："哪里，刚上早班。"

"找你说个事儿。"

"哦？指示，指示。"

"少跟我来这一套。"况夫给了他一拳，"这大草甸是龙潭工区唯一一块现成的平地，如果再想得到这样一块平地，要挖掉两三座山，应该说，它比金子还贵。我连龙潭局的指挥机关都没敢往这里建。"

"谢谢，谢谢！谢谢况局长对修造厂的厚爱。"何一峰连说，"我们一定以高度的责任感，服从、服务龙潭工程，全力以赴，高质量保障机械设备的完好率、出勤率，报答况局长的恩情。"

"我没向你要价。瞧你那个虚伪劲儿。"况夫说，"我的意思是，这大草甸就交给你们修造厂了。但是，要管好。"

何一峰感觉到话里有话，说："请明示。"

"你想啊，过不了多久，需要维修保养的车辆和机械设备就慢慢多起来了，大型工件的制作也该开始下料，都需要开阔的场地。要是这大草甸变成了农贸市场，我看你那活儿怎么个干法。"

话确实有道理，问题是……何一峰皱起了眉头："到这里来做买卖的绝大多数是老百姓，管不了啊。"

"管不了也得管。"况夫的话有点儿生硬了，"蔬菜、山货的卖主是老百姓，买主却大多数是我们各分队食堂的采购，这档子事倒好说，早市，八九点钟就散了，人散摊也散。问题是那些搭了棚子的坐商，黏黏糊糊变成了大草甸的永久公民。我担心的是，他们先占领四周，接下来再向中间蚕食。不信你走着瞧，只要放任自流，这大草甸迟早会打造出两条街。要是真朝这个方向发展怎么得了，正事不干了？我们是建水电站来的，不是来建农贸市场的。"

"倒也是这么个情况。可是……能够进大草甸的商铺都是在工商局登过记的，都有营业执照，我们管不了他们哪。"

"谁说管不了他们？这里是我们的地盘。"况夫的态度非常坚决，"龙潭工程方圆八公里属于红线区。我们龙潭局现阶段承担着百分之八十的工程量，不久的将来，恐怕还要承担百分之九十以上的工程量，对红线区拥有绝对的管理权。你们尽管大胆管，管出事来了找我。从今往后，你们要留心，不许任何人在大草甸乱搭乱盖，尤其是带有永久性的建筑物，必须及时阻止，把乱象消除在萌芽状态。在这一时段，出了任何事都可以找我，我出面找有关政府部门交涉。千万不能让他们既成事实，既成事实我就被动了。"

"士别三日，刮目相看。况夫，你小子跑到三峡打了个滚儿，回来就气度不凡了啊，说起话来……"何一峰觉得自己的话也变了味儿，笑了笑，说，"行，就照你说的办。

我回去跟向前厂长商量一下,派两个天不怕地不怕的车间主任过来,再固定两个执勤人员,专门看管这场子。"

"不能说屁话啊。"况夫转身就走。

"哎,"何一峰追问道,"你刚才说'不久的将来恐怕还要承担百分之九十以上的工程量',什么意思呀?"

况夫回过头,睁大了眼睛:"我说过这话吗?"迈出车间大门,钻进了一辆崭新的切诺基。

古老的半爿街比从前更加拥堵,过往行人多得简直要把沿江的吊脚楼挤垮。从前是早集才人如潮涌,现在是从早到晚人头攒动。毗邻的龙潭工程骤增近万人,这里的不少民居、商铺被租用,人多,消费能力就大,上街采买生活物资的人自然而然多了起来。店铺、商号为满足需求,雇用的临时工和各种运载工具也自然而然多了起来。还有,远近山民来半爿街已经不是单纯的赶集,不是像以往那样赶完集就走,来去匆匆,而是着意逗留,观看龙潭工程的施工景象,观看各种各样他们从来没有见过的自卸车、装载机、推土机、空压机、电铲、油铲、索铲。况夫从吴田的旅游运输服务公司租用了大寨号、大庆号两艘游轮,供两岸施工人员过江使用。因为轮渡免费,赶集的山民也就随心所欲地往返在左右两岸的施工现场,这里转转、那里看看,流连忘返,半爿街成了观光山民打尖、小憩的地方。总之,今日的半爿街远不是往日的半爿街,它接纳了现代文明。

半爿街西头的老驴马市场是镇上唯一一块有使用价值的空地,龙潭镇几届领导班子都想在这块空地上建栋像样点儿的办公场所,因为没有钱,一直在纸上谈兵。华夏集团先期进入龙潭工地从事"三通一平"的施工队伍曾经租用过,现在,况夫要在这里建一栋五层楼高的办公楼。他已和镇长黄金锁谈妥,龙潭工程完工后,该大楼送给龙潭镇政府做办公大楼,互惠条款是:龙潭施工局免付土地租金。黄金锁很乐意,因为不用镇政府掏一文钱就可以享受到向往已久的办公大楼。大楼交由匡奇承建,他从圪塄窝房建队伍中抽调的泥瓦匠正在这里星夜施工。

办公楼快要封顶了。轻薄的晨雾中,一台小型塔吊正嗡嗡嗡地提升浇筑最后一层框架的混凝土。

切诺基很快从大草甸滑行过了好汉坡,一直滑行到了办公楼的建筑工地。况夫一跳下车就手搭凉棚仰望楼顶。

龙潭施工局仅在半爿街腰段的连三楼酒店租用了一层楼,作为局机关的临时办公地点,食宿分散。眼看下属单位的施工节奏渐渐进入快车道,首脑机关却还待在古老的吊脚楼里发号施令,显然与大趋势不合拍,先生产后生活,老让几个班子成员现场办公也不是个事儿,所以,况夫很希望大楼快点儿竣工。除经常打手机催促匡奇加快进度外,他每天都要抽空到房建工地看看。

大楼的结构和施工质量况夫还算满意,唯一的缺憾是占地面积太小——不足四百平米,前面还须空出一个小院与街道形成隔离带。原打算将背后的山脚削去一些扩大建筑面积,后来考虑到盘龙岭太高太陡,弄不好会留下安全隐患,只好作罢。

施工现场围墙大门旁边已经悬挂了几块木板做成的长牌子,一律白底黑字。除"华夏集团龙潭施工局"这块牌子以外，还挂有"戎马防御工事工程施工六所龙潭工程指挥部"、"宏达建筑工程联营公司龙潭工程项目部"、"北方能源开发集团龙潭项目部"几块牌子，都是况夫让挂的。这是兑现转包承诺的具体表现，亦是必须遵守的潜规则。直接中得龙潭工程标段的单位，需要体现他们在龙潭工地的存在，向业主展示自己的形象。倘若认起真来，在几个主体标段上，不仅况夫领导的龙潭施工局应该满足一包头的要求，接受一包头的领导，就连华夏集团也要对他们负责。因为他们摇身一变，变成了甲方。几个直接占有龙潭工程施工份额的单位已经派来了自己的项目管理班子，煞有介事地办起公来。况夫不但要为这几个项目管理班子提供办公场所，供吃管喝，发给工资、奖金，而且每到一个时间段，还要高高兴兴地让他们从账上划走一笔相当可观的钱款。这种非常特别的管理模式和领导、被领导关系，局外人是无论如何搞不懂的。况夫不仅搞得懂，而且运作自如。当然，这不仅需要气魄，还需要气度。

"况夫，我们来啦！"

况夫围着端倪可察的办公楼转了一圈儿，刚刚在围墙门口的几块长木牌前驻足，就听到费玲玲响亮的叫唤。

费玲玲和沙凡是沿着河滩从阳元崩脚下赶过来的，两个人都赶出一头大汗。

"派的车呢？"沙凡一手提着照相机，一手挈着摄像机，气喘吁吁，"可别让我们再蹭便车了，拜托，拜托！"

"都在忙，哪有闲车派啊？"况夫漫不经心。

"你耍我们哪？"费玲玲跺着脚。

沙凡的脸也吊长了："记者，老蹭便车，太没面子了。"

况夫望望费玲玲，又望望沙凡，说："鄙人亲自开车送你们，这面子还没给足哇？"

"没搞错吧？"费玲玲又睁大了惊讶的眼睛，"谁忙也没你忙啊？"

"记者才忙，总编才忙，我再忙也忙不过你们。你们还是无冕之王，不敢怠慢哪。"况夫慢腾腾走到切诺基旁，懒洋洋地拉开车门，"二位请吧。"

沙凡抱着摄像机缩进后座，嘭的一声带上车门，连说，"够哥儿们够哥儿们，还是况夫够哥儿们。"

费玲玲一头扎进副驾驶座："你绝对不会有这么感人的表现。肯定是回十字街办事，捎带。讨好卖乖。"

"怠慢了吧，你把臭名昭著的'大诸侯'帽子往我头上扣；主动献点儿殷勤吧，又说我'讨好'。"况夫搂着方向盘，瞅着费玲玲，"做人怎么就这样困难呢。"

"心眼儿不多就不困难啦。"费玲玲一脸愠色，"也不过蹭个便车，还多听些闲话。真没劲儿。"

"不想听闲话，好啊。"况夫往方向盘上一趴，"你把这车开回十字街，我把它送给你。你就可以永远不听闲话了。"

"沙凡哪，快学点儿哪，不能老让人家卡咱们的脖子呀。"费玲玲转过头，冲着沙凡直嚷嚷，"你怎么连车都不会开呢？笨！"

沙凡却把脑袋够到了况夫耳旁："不会是戏言吧？"

"信不信由你。"况夫启动了引擎，"起哪条路？新路？老路？"

"当然走新路，新路好。"沙凡忙说，"我们昨天是从老路进来的，远，颠人。"

"新拓宽取直的公路其实还没有完全畅通，翻车了我可不负责任啊。"况夫偏过头，望着费玲玲。

"要死大家一起死。"费玲玲没好气地说。

况夫蓦地一个大转，向着拥挤不堪的半爿街东头穿去。

一〇八

十字街西北方向的圪垯窝正在改变着亘古的荒凉。

职工生活新区的建筑序幕已经拉开。

临江的滩涂、坡地上搭建起了许多帐篷、工棚。几台老式东方红推土机、铲运机正突突突地平整土地，几台拌和机在轰隆轰隆拌和混凝土，还有两台反铲在掏地基。一群群建筑工人正在浇筑楼房基脚，搬运砖瓦、木材、钢材、水泥。一派繁忙景象。

没人发现匡奇有什么才能，但他却在圪垯窝职工生活新区露了一手。短短一个多月里，他不知怎的一下向时空摊出了让人瞠目结舌的规划蓝图，还网罗了四支具备特级房屋建筑资质证书的建筑队伍，并且说开工就开工。时空让修造厂、旅游运输服务公司等处级单位与基地管理办公室脱钩，而且真的把闲置在基地管理办公室的处级、副处级干部，绝大部分安排到龙潭施工局去了，匡奇刚开始着实恐慌了一阵，惶惑这是时空有意撸他的权。后来发觉新区建设规模宏大，资金充足，集团的决心很大，他才感到自己过虑了，热情、干劲儿也就很快上来了。房屋建筑队伍的大小老板见匡奇一支笔掌控着七八个亿的建设资金，都把他当成了财神爷，毕恭毕敬。不知不觉，建筑队的老板们不再喊匡奇"匡主任"了，而是一口一声"匡总"，把匡奇称呼得昏昏晕晕。"匡主任"与"匡总"究竟有多么大的区别，匡奇难谙其妙，但见集团上下一齐称时空"时总"，也就有了非常不错的感觉。

圪垯窝一座无名山头脚下搭盖起了一栋临时棚子，蓝色塑料顶，但是没有四壁。站在棚里，周围所有的房建施工现场，乃至潜龙江沿岸的滩涂，一览无余。有点儿像军队的前线指挥所，更像瓜农在西瓜地旁搭架的窝棚。匡奇每天都要来这里开个碰头会，听听老板们的工作汇报，向老板们提提要求，而后再去各个施工现场察看察看。这天也不例外，大清早他就开着自己的桑塔纳来到了这里。一会儿，几个大老板带领他们的小老板也驾着奥迪、奔驰、悍马赶来了。

棚子里只有一张用木板支架而成的长桌子，一把靠背椅。跟往常一样，匡奇一个人坐在桌子上方，其余的人都站立在他对面，汇报头天的工作情况，主要是进度、安全，和需要及时解决的困难问题。匡奇一边听一边盯着平摊在桌面上的圪垯窝职工生活区布局图，有时也拿笔记记重要内容。

魏行是这几支房建队伍中最具实力的老板，说话办事很牛气，喜欢出风头。报告完头天的施工情况后，他有点儿着急地说道：

"匡总，我们承建的八号、九号楼，今天都是浇筑最后一仓基脚混凝土，收仓、找平后……我们的任务就不饱满了。接下，该是框架、墙体施工，塔吊也该安装了……这施工图纸，你打算什么时候发给我们呀？"

过了好一会儿，匡奇的头才从摊放在面前的蓝图上慢慢抬起来，半眯着眼，说："我说魏老板，你怎么就那么自信呢？这下面的施工项目，你怎么就那么有把握继续干呢？房屋，尤其是这高楼大厦，基础是关键，是重中之重，你能保证你那浇筑的基础百分之百合格？"把手里的红蓝铅笔往桌子上一摆，"还得取样，还须我请的监理工程师鉴定、验收，签署合格意见，才能再谈下一道施工项目的事。亏你还是持有特级资质证书的老总，这点儿行规都不懂。上道工序与下道工序之间，楼房与楼房之间，区域与区域之间，都不是哪一支施工队伍一竿子插到底的事，都得分段验收，分段发包，这都是早就谈判达成的协议。一次验收不合格，就卷铺盖卷儿走人，淘汰出局，这是我的规矩，也是时下的规矩。怎么，欺负我是外行呀？欺负我好说话呀？"

另外几个老板见状，连忙附和说：

"是呀是呀，匡总说得是呀，头道工序不达标，哪有资格承建下道工序呢？"

"优胜劣汰，时兴这个，时兴这个。"

"匡总说得对，匡总怎么说，我们就怎么干。"

魏行本来是代表众老板说话，主要是怕窝工、耽误工期，对大家都不利。没想到这几个老板见风转舵这样快，很是气恼，说："我这也是为了匡总，是为了给匡总抢进度，抢工期。"

"我现在的工作重点是抓质量。"匡奇站了起来，"要用质量统率房屋建筑施工全过程！"拉长了脸，一副六亲不认的样子，"你们都知道，我手里的房屋建筑面积大得很，建筑规模大得很，你们不管哪一家，只要活儿干得漂亮，总有得干，长时间有得干；要是干不好，马上就没得干。进度、工期，我自有把握，用不着……那谁呀？"一眼看见棚子外面的一块石头上还坐着一个人，"你怎么坐起来了？啊？"他有个臭毛病，开碰头会的时候，不喜欢其他的人坐着。

那人在外面举了举手，"我哩。"

匡奇一下伸长了脖子："哟，时总！怎么是你？"

时空笑着："怕影响你开会，就找个地儿坐下了。"龙潭主体工程动工后，时空高度紧张的心情总算松弛下来，有精力想别的事情了。他首先想到了圪塄窝职工生活新区建设，就特地过来看看，主要想看看进展情况。

匡奇急急地朝老板们一挥手："今天的会就开到这里了。各就各位。"一面大步向时空走去。

时空望着一群纷纷钻进小车的老板，"刚才……训话哩？"

"江湖油子，仗着腰包有俩臭钱，动不动就翘尾巴，不随时敲打敲打不行。"匡奇说，"竟然想让我把活儿一次性交给他们。小算盘是便于统筹人力、工期，节约成本，我哪能听他们的摆布呀？得按节点分段发包，以节点的质量为前提。钱是要让他们赚的，可是活儿必须给我干好了。"

"不是听说他们的资质都挺高吗？还会有问题呀？"

"哪能完全相信他们的资质哟？得看他们到底有没有真功夫呀。再说了，那资质……谁晓得他们是怎么弄到手的，不能太相信哪。"匡奇回身把桌子上的蓝图卷成一个卷儿，往腋下一夹，又把一顶橘黄塑料安全帽戴到头上，"领你去现场看看？"

时空就是想看看房建工地，所以没有反对。

无名山头脚下，到处都是施工现场。匡奇陪着时空边走边看，滔滔不绝地介绍自己的工作情况。无非是施工进度抓得如何之紧，工程质量要求得如何之高，建材采买控制得如何之严。时空看得认真，听得也认真，不停地点着头，有时也夸奖他几句。

"时总您尽管放心，我决不会辜负你的希望。"匡奇已把时空派给自己的这份差事理解成为"知人善任"，不但热情高，信心也足，"到时候，况夫的龙潭工程还在撅着屁股赶工期，我这安居工程肯定大功告成。"

"你还真会作比较。"时空被他逗乐了，"比较得也对，华夏集团基地确实只有两大工程，一是况夫的龙潭工程，二是你匡奇的安居工程。华夏的父老兄弟就看你们二位的戏了。"

"要说吧，我这安居工程跟况夫的龙潭工程还真有一比。"匡奇更来劲儿了，以致忘记了自己曾经有过领军龙潭工程的念头，"在半爿街驴马市场——巴掌大个地方建办公楼，才五层，哼哼。他况夫还好意思左一个电话右一个电话找我催这催那，催什么催，建筑面积还不如我这新区的几个厕所大。"

"是吗？"时空直笑，"你可真敢比呀。"

匡奇兴致勃勃地引领着时空这里转转，那里看看，还指着蓝图上标明的各种建筑和种植、养殖区域作详细介绍。才开工，到处是掀开的黄土、泥沙，实际看不出个什么眉目，但是匡奇介绍得有声有色，充满了魅力。转过一阵儿，匡奇亦步亦趋，把时空送到了黄河的奥迪旁边，说：

"时总，下回视察工地，千万提前打个招呼。可别像这回一样——突然袭击。"

身材高大的黄河右手握住车门上角，左手遮着门楣，一面把时空让进车里，一面冲匡奇打趣儿说："让你有时间找地儿，请我们好好撮一顿？"

"过分吗？这还不是情理中的事。"匡奇唬道，"你小子就知道吃。汇报工作，就不能有点儿思想准备？"

黄河坐上驾驶座，挂挡，抬离合器，向匡奇扬扬手，"匡总，再见了啊！"奥迪一下就驰出了老远。

"匡奇干这个还是挺在行的。"看样子，时空对匡奇的工作还算满意。

黄河却说："让我干，我也在行。"

"嚯，原来……你也跃跃欲试呀？"

"痴心妄想。"黄河笑笑，说，"其实，我只有一个小要求。"

"什么要求？讲。"

"给把这破奥迪换了。"

"哎呀……等等，再等等吧。"时空一下没了底气，往靠背上一倒，绕开了话题，"时间还早哩，找赖耗子去。这么有名气的一个人物，你怎么就不知道他住哪儿呢？"

黄河见换车的事儿又没戏，但也不想逼得太紧，就跟着他把话题绕开了，说："赖耗子只大我四五岁，算是一块儿长大的。小时候我们经常在一起屙尿和泥巴，我怎么会连他住哪儿都不知道呢？"

"你看你，我都问过你好几回了，你总说没有打听到，为什么？"

"这家伙牢骚满腹，怪话连篇。难缠得很。"

"那又怎么样儿？"

"嘿嘿，去年你拜访鲍官厅的事忘了？热脸向冷屁股，我都替你难受死了。鲍官厅是个炮筒子，想啥说啥，直统统的，气死人。赖耗子跟鲍官厅不一样，说阴阳话，阴阳怪气，让人憋气，憋死个人。"

"放心，听几句闲话的度量我还是有的。"时空说，"我倒觉得赖耗子像温度计、风向标。"

"时总这话深奥。"

"华夏集团职工群众的情绪、好恶和向往，都有可能通过他体现出来。"自从中了龙潭工程AI标后，华夏集团基地明显安宁下来，没有再出现群访情况，尽管如此，时空还是不敢掉以轻心，总想知道下面的人在怎么想。因此，觉得会会赖耗子这类人很有必要。

黄河见时空很坚决："他就住在陕西营，离鲍官厅家不远。"

一〇九

赖耗子住在陕西营半山腰一排干打垒平房最端头。顺着石级爬到山腰后，黄河领着时空往直朝他家走去。

几条弧形水线忽然从屋顶后面翻越过来，凌空而降，洒了黄河、时空一身。时空以为下起了雨，仰头一望，却见蓝天白云，艳阳高照。

黄河转身就蹿到了屋后。屋后也是一排干打垒。几个四五岁的小男孩儿一溜儿站在土坎上，双手将胯裆里的小鸡鸡挤成一个小孔，使劲儿朝着前排屋脊上方飙尿，比赛谁的尿飙得最高最远，个个憋得小脸通红。几个四五岁的小女孩儿立在一旁做裁判，手里还捏着装了自来水的矿泉水瓶。小男孩儿们比完一轮赛就又喝饱水，等会儿尿来了再比下一轮。

"兔崽子！"黄河厉声喝道，"玩得没明堂！"

几个男孩儿坚持将尿飙完，从女孩儿手中拿过装着自来水的矿泉水瓶，仰头就喝，不理茬儿。

"呔，兔崽子，"黄河又是一声恫吓，"小心我揍你们！"

孩子们全蹲了下来，个个嘟着小嘴儿，不答话，也不走。

"哈哈，小的们，又在当龙王爷哩？"黄河正无计可施，坡道传来乐呵呵的笑声，"爷爷我正愁没有下酒菜，不准走啊，我回屋拿刀把你们的小鸡鸡割下来，炒了下酒。"

"嚯！"

"耗子来啦!"

"耗子回来啦!"

小家伙们一哄而散。

"黄河,哪阵风把你吹这儿来啦?"赖耗子背着双手,耸着肩背,慢悠悠爬上坡来。

"看看你呀。"

"稀奇。潜龙江水往西头流了。"

"你怎么就不信直呢?"黄河说,"看你的还不止我一个。"指指站在他家门口的时空。

"潜龙江的水真向西流了啊。"

赖耗子身个儿不高,精瘦;细眉小眼,尖脸;头发很黑,梳得光溜,一边倒。他上身穿一件深蓝西装,两只胳膊肘都打着补丁;下身穿一条深蓝西裤,膝盖头也都打着补丁,跟时装店销售的时髦补丁衣裤有着本质区别。其实,现在的赖耗子完全没有传说中的那样邋遢,衣装是破旧了点儿,但洗得挺干净,干净得泛白。

两人走到时空面前。黄河很得体地相互介绍了一下。赖耗子却说:

"我们见过面。去年秋职工群众自发朝拜集团大楼,你跟代表对话,我在场。缩在角落里听你许愿。"

出言吐气果然酸涩,但时空也得装个笑脸:"久仰,久仰!"

赖耗子推开没有锁的大门,说了声"请",把从山下打的一瓶苞谷酒和邻居送给他的两条黄瓜送进了厨房。黄河掣身跟了进去,拿出赖耗子的洗脸毛巾递给时空:

"擦擦。"

时空用毛巾在肩头、领口擦抹了一阵,又把毛巾嗅了嗅,皱皱鼻子,扔给黄河,"小家伙们玩儿的什么游戏呀?"

黄河把毛巾盖住头发,使劲儿搓着:"打水枪。"

这间干打垒被隔墙一分为二,里面是卧室,外面号称客厅。客厅本来就不大,四面墙却有三个门,除大门、房门外,山墙一边还开了个小门,通向披屋。披屋是厨房和卫生间。屋顶是漆黑的油毛毡,吊下十五瓦的灯泡。墙壁都很毛糙,没有粉刷。隔墙下面横摆着一张脱了漆的三屉办公桌,一端整齐地码放着马克思、恩格斯著作和《毛泽东选集》。隔墙上面钉着一颗铁钉,铁钉上挂着一面写字板,写字板上醒目地夹着一份红头文件。时空清楚地看见,文件的文头是:国务院办公厅信访办公室。就好奇地走了过去,想看看文件的标题,刚一伸手,从厨房走出来的赖耗子警觉地叫了一声:

"中央文件!"

"哦?"时空缩回手,"哦哦。"

"坐坐,都请坐。"赖耗子把两杯刚泡的茶搁到两只小沙发中间的茶几上,"黄河,坐呀,蹲着算哪回事嘛。"

黄河蹲在大门口,像解大手:"我喜欢蹲着,蹲着好。"

时空刚朝沙发上一坐,又霍地一下蹦了起来。沙发是废弃驾驶座椅改做的,弹簧乏性,坐上去感觉不到弹力,他没有提防,吓了一跳。

"怎么?"赖耗子不知时空何以惊惧,望望沙发,又望望时空,"……有问题吗?"

"没……没问题。"时空缓慢落座,"挺好。"

赖耗子又从厨房端出一杯茶,放到三屉桌上,挪挪靠背椅,面朝时空坐下,眯眯笑:"职工群众对你的反映还可以。"

时空没有打算探听这方面的口风,听他忽然来了这么一句,心里顿时一热,就像荣获了五一劳动奖章,又惊又喜,赶紧谦虚说:"谢谢,谢谢职工群众对我的厚爱。"

蹲在门口的黄河觉得赖耗子那话很不顺耳,说:"坐你对面的是时总,时总经理。"

"知道是时总经理。"赖耗子笑着,"国务院信访办,省信访办,好几个厅局领导都接见过我。"

"人家接见的怕是不止你一个吧?"

"不管怎么说,你就没这经历。"

黄河正想奚落他几句,被时空摇手止住了。

赖耗子不屑地瞥一眼黄河,望时空笑笑,说:

"为什么职工群众对你的反映还可以呢?因为我一直没有听到职工群众对你有什么不好的反映。作为一把手,这就很不错了。好长时间不见风吹草动了吧?职工群众见你在开动脑筋兑现承诺,就没有脾气了嘛。离退休职工的养老金问题,顺顺当当给地方政府统筹了;医院、学校滥收费的问题,也甩给地方政府治理去了,职工群众最窝火的问题解决得差不多了,还纠缠你干嘛?糊涂了?物价问题你管不了,职工群众不怨你,知道不是你权力、能力范围内的事。说明大家还是通情达理的。有两件事值得表扬。"

"哦?"时空认真听着。

"龙潭工程的一大半归华夏干了,很好,一下解决了绝大多数下岗职工的再就业问题。手里有粮,心中不慌,锅里有煮的了,心就自然安了。职工群众的心安了,哪里还有脾气?没脾气了。另外一件事是听说要盖职工生活新区,要造不少住房,叫安居工程是吧?"

"对对,"时空点着头,"安居工程。"

"职工群众有盼头了,都有希望搬出东山、西山、陕西营了。大家住得安安稳稳,不怕发大火,不怕下雨刮风屋里屋外水流成河,可以一觉睡到大天光,大屁(庇)天下寒士俱欢颜,哪还有人发脾气哟。"

"说得好,说得太好了。"时空兴奋起来,"大庇寒士——这是咱们华夏下阶段的奋斗目标之一。"

赖耗子端起茶杯,像个老者:"何时眼前突兀现此屋?"

"争取在三两年之内。"

"但愿如此。"

赖耗子的学名叫赖兴武,不到四十岁,但看上去比实际年龄大得多,很老相。他父母都是混凝土浇筑工。松峦电站大坝浇筑施工进入高峰期时,夫妻俩一天上早班乘坐的升降笼子钢筋缆断裂,从二十多米的高空坠落下地,双双身亡。那年赖兴武才十二岁,小学刚刚毕业。因为父母是因公殉职,基层组织为了照顾他,就让他提前参加了工作。十二岁的孩子能干什么呢?分队长费尽心思,最后把他安排到了炊事班,具体工作是放养十几头用来改善伙食的山羊。从此,赖兴武就过上了牧童生活,整天赶着羊群在山里山外奔跑。没有父母，也就没有人料理他那身破烂、肮脏的衣装，从早到晚邋邋遢遢，像只油老鼠。久而久之，"赖耗子"取代了他的大名。那个时候，生活物资匮乏，尤其是肉食。赖耗子放的羊群，逢年过节挑大的宰，生的不及宰的快，渐渐地，羊群没有了。十七岁那年，赖耗子成了一名炊事员，炊事班长分派他去灶下烧火兼喂猪，一干就是十来年。十年前，华夏集团第一轮下岗分流开始，炊事班执行的是同一个规定——技术、学历排队，竞争上岗，末位淘汰。不用说，赖耗子第一个成了学历不高且不懂烹饪技术的炊事员，下岗了。那年他才二十六岁。赖耗子学历不高、不懂烹饪技术，但是不等于他的智商低。他发觉，自己想不通的问题，往往是职工群众想不通的问题；自己反感的事情，往往也是职工群众反感的事情。他对自己多舛的命运并不在意，在意的是想做个明白人。就这样，他走上了越级上访的路。

赖耗子好几次上访惊动了国务院信访办公室、省信访办公室的重要工作人员，主要原因是：他不谈个人有什么不公待遇，也不提什么要求，只摆企业存在的不合理现象，只说企业职工面临的困难问题以及他们的呼声，实情实报，就事说事。有些热点问题、焦点问题，从他这么一个其貌不扬的小人物嘴里说出来，简直让信访工作人员不可思议。比如：企业组织结构调整、重组频繁，混淆了资产账务，使乐于浑水摸鱼的人有可乘之机；一面大力度迫使一线工人下岗、待岗，一面大批量聘用农村工人，自相矛盾；经营者权力过大，给私分滥发洞开了方便门；工程层层转包，层层剥皮，层层行贿受贿，遭殃的最终是实际投入严重不足的工程；企业靠借贷度日，负债经营，管理层却恣意吃喝，挥霍无度，前途堪忧；虚报现象前所未有，经营者好大喜功，欺上瞒下；企业高管模仿官僚作风，对下级动不动就以"下岗"相要挟，希望保工职的人员违心地选择忍气吞声，因为根本找不到维护自身权益的地方……负责接待赖耗子的工作人员非但没有轻慢他，反而鼓励他继续反映基层的实际情况和群众的意愿，并指导他应该怎么做才能把这一有意义的工作做得更好，说，"你反映的这些情况很重要，都是我们需要进一步掌握的。"

赖耗子经常越级上访的连锁反应是，找他说事儿的人越来越多，公事私事，大事小事，说来说去无非是不顺心、不顺眼的不平事，大家把他当成了灭除歪风邪气的通道，伸张正义的桥梁，告御状的师爷。赖耗子也有被众人追捧得晕晕乎乎的时候，也有炫耀的天分："我是没学历，不一定给我助威壮胆、摇鹅毛扇子的就没学历。"华夏集团自然有不少人提到赖耗子就头疼，就心虚气短。尤其是他揭露易日山、岑雪飞等人的贪污受贿行为最终得到证实之后，这些人生怕自己搞的小动作也被抖搂出来，收敛了许多。赖耗子还让白延寿伤透了脑筋。家丑被赖耗子外扬出去了不说，赖耗子每回上访，十有八九他得被点名通知去国务院信访办、省信访办接人。信访办工作人员首先要向白延寿询问赖耗子反映的情况真实与否。白延寿不敢回答不真实，也不敢回答真实。回答说不真实，人家赖耗子手里捏着证据；回答说真实，又要伤及一些人，挺作难的。他最不愿意看到华夏集团乱象环生，就装疯卖傻，找词搪塞："哟，还有这档子事呀？我回去调查调查，调查清楚了，马上汇报。"信访工作人员就又重复起了一句话："他所做的工作值得肯定，不准有打击报复现象发生。"闯到个鬼哟，个老子，他还成了华夏集团的特保娃！每次从信访办回来，白延寿都要憋一肚子气。

时空从白延寿嘴里知道了赖耗子手眼通天的能量，不敢小视。除重视大政方针的严肃、严谨、可行性之外，工作作风、生活作风他也努力做到光明磊落，尽量不授人以柄。白延寿曾向时空谈到赖耗子有个爱给集团领导人打电话的毛病，直接抨击弊端、过失，当政时的易日山、岑雪飞受不了，把自己办公室的电话号码改换过好几次。时空反倒觉得不是什么坏事，认为让赖耗子批评点儿什么、提醒点儿什么没有什么不好。可是时至今日，他从未接到过他打的电话。

"听说离开工作岗位……十多年了？"时空小心地问道。

"下岗，我不忌讳这个名词。你也不必忌讳这个名词。学者造出这个词来就是用的。"赖耗子仍然是一种没有含义的笑，"当炊事员要学历，要技术。我呢，该上学的时候，要挣钱养自己。该学烹饪技术的时候吧，我又一直蹲在炉灶下面搓煤烧火。自己把自己耽误了，我没怪别人。"

赖耗子说话不庄严，却又谈不上诙谐，不急躁，但也不温和，听起来老让人觉得有点儿不顺耳。时空一时不知道怎样才能和他有共同语言，产生共鸣。他环顾了一下房屋，找到了一个自认为恰当的话题："这住房，是差了点儿啊？"

"住习惯了，无所谓好坏。久居茅房闻不到臭。"

"圪垯窝新区建好后，可以换换了。"

"可惜现在不兴配房，是购房。"

"集团正在研究方案，准备分几个档次。家庭收入的不同情况和对特困户的照顾，都是会考虑到的……当然，户主多少要掏点儿腰包，住房政策毕竟发生变化了嘛。"

"不怕你笑话，父母给我留下的全部财富，就是这间干打垒，我从十三岁参加工作到下岗，所有的收入财务上记载得清白，就那么多。看来，圪垯窝的高楼大厦跟我没有缘分。"赖耗子还是一脸的笑，"不过没关系，如果集团真能让百分之九十九的职工住上新房，剩下我一个人买不起，我也高兴。吾庐独破受冻死亦足。"

时空暗暗一算，觉得赖耗子很可能没有买一套哪怕是最小、最廉价而又享受了最优惠购房待遇的住房的积蓄，眉宇间不禁掠过一丝忧愁，说："集团揽到龙潭工程几大标后，日子好过多了。下岗、待岗职工有了再就业机会。怎么没见你报名上岗？再就业后就有买得起住房的机会了。"

"需要再就业的太多。"赖耗子却说，"当然喽，我也没有那么高的思想境界，把好事让给别人。华夏集团的命运比我强不到哪里去，前途难料。这阵子让下岗、待岗职工再就业，没准哪阵子时运不济，又让再就业的人再失业。我再也丢不起那面子了，也受不了那种打击，算了。"

"你的年纪并不大，还是有个正当工作岗位好。"

"嘿嘿，我认为我现在就有工作岗位，也很正当。以前，我向上面反映的是华夏集团存在的混乱问题，是职工群众的疾苦。国务院信访办、省信访办都给予了高度评价，说我做的工作很重要，有一定代表性，鼓励我继续做好这一工作，协助他们搞好调查研究，以利出台行之有效的政策。下阶段，我的工作重心是，披露腐败现象、违法现象，帮助职工群众维权。"

"既然这样……你到集团工会上班好了，集团工会有个群工部。到信访办也行。"

时空真心实意,"这两个单位以后不会存在下岗问题,和你想干的工作也很对路。你可以大量收集职工群众反映的困难问题、腐败问题和各种各样的意见、建议,然后把它集中起来,逐级上报。"

"谢谢你一番美意。"赖耗子望着时空直笑,"群众反映的问题经过组织加工处理,就变了味儿,走了形。报给上面的东西,还是原汁原味好。"

"时总在关心你哩,"蹲在门口的黄河忍不住叫了一声,"你还不领情。"

赖耗子蔑视着黄河:"知道爱鸟的人是怎么个爱法吗?把它关在笼子里。"

时空一怔。

恰在这时,手机响了,窘态中时空赶忙摸出手机。见是贺怀阳打来的,他问:

"什么事?"

"况夫回来了,找你汇报工作。"

"知道了。"时空关了手机,对赖耗子说,"希望你能认真想想。想好了给我回个电话。"掏出自来水笔,又从随身携带的笔记本里扯下一页纸,快捷地写好电话号码,放在茶几上,"办公室的、手机的、家里的,我都写下了,你可以随时给我打电话。"随手端起茶杯,喝了一口,特苦。他这才发现,三只玻璃杯里泡的都是茶叶末儿。

赖耗子起身送行,笑容可掬:"谢谢光临寒舍!"

"留步。"

出了赖耗子家门,时空和黄河闷着头走下了长长的石级坡路,钻进了停在山下的奥迪。黄河启动引擎,幸灾乐祸地说:

"我说得没错吧?赖耗子就这么个角色,又臭又硬,不尊王化。"

时空歪倒在后座上,两手抱胸,合上双眼:"他有句话,让我到现在还回味无穷。"

"我就没听出他有哪句话让人舒服。"

"'职工群众对你的反映还可以'……多么大的表扬啊。"

"我觉得他说这句话时像你的领导。"

"你是不知道啊。我来华夏当差有些日子了,你知道我最怕的是什么?最怕的是职工群众对我不满意,怕他们一窝蜂把集团大楼围得水泄不通。怕哪……"

"怪不得你把赖耗子当成温度计、风向标。"

"我这比方错不错?"

"错是不错。赖耗子跟大家的关系密切,消息渠道多,知道的事情多。可我总觉得吧,他老把知道的事情向上面报告不是个事儿。华夏集团本来就不太平,再摊上他这搅屎棒一搅,不就更加不太平了?他怎么就不想想,集团真垮了,他能得到什么好处呢?"黄河一脸的迷茫,"赖耗子从前可不是这样,挺讲道理,现在完全变了。你看,你好心好意给他安排个工作干干,他反倒扭起盘子来了,还说什么……鸟怎么?要关在笼子里面?……搞不懂。"

"你以后多关照他一点儿。"时空的脸色阴沉起来,"他有病,受过刺激。"

"不会吧?我怎么看不出来?"

"你以为躺在病床上的人才有病?他好比一个坠落深潭又完全无助的人,绝望中忽然抓到了一根树枝,就认定只有这树枝才能让自己生还,所以紧紧抓住树枝不放,根本想不到还有别的逃生办法。精神上的问题。你和他一块儿长大，容易沟通。他会面对现实的。"

"时总是让我猜谜吧？"

"呀，差点儿忘了。"时空没再跟黄河呱嗒，掏出手机，嘟嘟嘟嘟揿了一气。耳机里很快传来匡奇的声音：

"时总，有什么指示？是不是还要来圪垯窝视察？"

"伙计，刚才有个事儿忘了跟你说。"

"您请指示。"

"圪垯窝新区的设计好像漏了项。是不是没有幼儿园呀？"

"是没有。"

"你看啊，超市有了，老的人活动中心有了，公园有了，健身房有了，运动场有了，钓鱼台也有了，老中青都有去处了，我们怎么忘了培养下一代呢？"

"时总，你是不知道哇，幼儿园要永泰县教委批准，听说把关很严，不比住房，不比公园、运动场，说建就可以建。"

"你再找找搞设计的，补充两所像样点儿的幼儿园。找永泰县教委批准这事，你就交给我办好了，怎么样？"

"时总发话了，我还有不照办的，照办！"

黄河抱着方向盘呵呵笑："臭小子们几泡尿，尿出了两所幼儿园。"

一一〇

时空回到办公室的时候，况夫正斜歪在沙发上看《华夏工程报》。时空知道况夫现在比谁都忙，问他怎么没提前打声招呼就蒙到办公室来了，言下之意是提前打了招呼他就可以在办公室等他。

况夫说："本来昨天就准备回来找你的，盾构机不是今天试运行吗，我得先看个究竟才行呀。"

时空问盾构机的工作效率怎么样。

况夫说："还行。让它日夜不停地悠着转，时间一到，导流隧洞就转通了。"

"还是现代化好啊。"时空忙着泡茶，"找我有事？"

"那当然。大事。"

时空把泡好茶的杯子搁到况夫面前，又给自己的咖啡杯里加满了水，在他对面坐下，"什么大事？"

况夫放下报纸，揭下红色头盔，露出光溜溜的头顶："前几天，我听说长江、珠海、黄河三大诸侯分别把龙潭工程的 BII、BIII、CII、CIII 标搞到手了。"

"这事我刚知道，工程处告诉我的。好哇，这么一来，龙潭工程百分之九十五以上的土建工程量、百分之七十以上的投资金额，都归华夏了，等于龙潭工程最后还是由咱们一家在干。"时空一脸如愿以偿的神情,"那几个单位,拿着高等级资质证书,拼命竞标,竞到手又不干,大张旗鼓玩了几个月游戏。伤脑筋。"

"世界上,投机倒把最划算,只消倒倒手就赚钱,赚大钱,自然到处都有人乐此不疲。"

"你该不会是专程跑来泄愤的吧?"

"我才不害红眼病。跑回来找你冒昧进言。"

"说吧。"

"让三大诸侯发扬风格,把转包到手的四个标段交给龙潭局——统筹施工。"

好大的口气!时空猛地一下睁大了眼睛。

"龙潭局已经承担了龙潭工程百分之七八十的工程量,实际上是龙潭工程的主力军,义不容辞地负有在规定的时间内完成电站建设的责任。BII、BIII、CII、CIII标交给龙潭局统筹施工,可以进一步确保工程按时完工,确保工程质量。最明显的好处是,能够按总工期要求,合理安排工序,灵活调剂人员和机械设备,杜绝乱仗。"况夫是有备而来,绝非一时之冲动,"龙潭工地如果再有四支队伍进场,将不可避免地出现各抢各的施工部位、各抢各的工期等情况,我们和其他施工队伍之间会矛盾不断,而且还会非常激烈。到时候,谁来调解这些矛盾?又怎么调解?矛盾不解决,就会互相抱怨,互相诋毁,互相掣肘,最终影响工期,影响施工质量。好比造一栋高楼,打地基的是一家、浇筑框架的是一家、砌墙的是一家、粉刷的是一家、装管道的是一家、预埋电线的是一家、安门窗和抽水马桶的又是一家,这么多的施工队伍造一栋房,没有矛盾,不影响工期、质量那才怪。由一家统筹施工,这些问题就肯定不存在了。我敢断言,长江、珠海、黄河三大诸侯,其实并没有足够的人员和机械设备进军龙潭工程,最实际的选择是再来一次转包。我害怕的是转包再转包,再转包,如果发生这种情况,龙潭工地就会出现数不清的牌子,扯不尽的皮,矛盾错综复杂,滥成一锅粥。最终受害的并不是我们,也不是潜龙开发总公司,而是真正的业主——省委、省政府。"

时空震动了,慌忙起身,从办公桌的抽斗里拿出那份《龙潭水利水电枢纽工程招标文件》(机密)。

"不用看,我记得清清楚楚。"况夫站起来,用红头盔指点着墙壁上的《龙潭水利水电枢纽主体建筑物平面布置图》,"BII标在这——护坦、消能池基础开挖及混凝土过水面浇筑;BIII标在这——上下游航道整治(含迎水面面板混凝土浇筑、块石浆砌);这是CII标——输变电、开关站工程(相关电器设备采购招标计划单列);这里是CIII标——水轮发电机组安装(45万千瓦×4)。招标文件编制了十一个主体工程标段,我们华夏实际承揽到了九个半;另外半个——两条导流洞归二包头瑞谱公司。潜龙总公司唯一一个没有发包的标段是CI标——四台四十五万千瓦的水轮发电机组(招标计划单列),据说是定向与制造厂议标,跟施工单位没有关系。"

况夫的红头盔在蓝图上指来画去。时空忙不迭地翻看着手里的文件。况夫说的跟文件表述的一模一样。

"三大诸侯搞到手的四个标段,都需要等到截流以后才能施工,所以,现在他们按兵不动。这样也好,集团有充分时间动员他们把这几个标交出来。但是也不能拖得太久。"况夫没忘指出要害,"万一他们利用这空当儿,从容不迫出高价卖给了下家,签了合同,把生米做成了熟饭,那就麻烦了。"

况夫的胆识不能不让时空赞叹,但是,实现他这一良好愿望,谈何容易啊。

时空坐了下来,埋头喝着咖啡,两眼盯着面前的招标文件,说:"再给你压四个主体工程标段的担子……不嫌重?"

"一只羊是放,一群羊还是放。不过多挂几块牌子,在机械设备上多涂抹几个单位的标识。"

"可以这么说,AI标、AIII和BI标的一半,龙潭局是一包头;AII标、AIII标是二包头;假如接手BII、BIII、CII、CIII标,龙潭局又成了三包头。你们龙潭施工局本来和长江、珠海、黄河平起平坐,当三包头后,还得向他们请示汇报。这一系列领导和被领导的管理关系相当复杂……你不害怕?"

"有啥怕哪!纲举目张。"况夫气壮如牛,"实话对你说了吧,如果真能把那四个标段交给龙潭局统筹,我不但不会嫌担子重、管理关系复杂,反而会感到轻松自如,心清气爽。当今社会,没有比化解矛盾更伤神的差事。"坐到时空对面,"现在的关键问题是,三大诸侯有没有全局意识、大局观念,你这大掌柜下不下得了这个决心。你下得了这个决心,我就敢干。"

况夫有意无意将了时空一军。

决心好下,能否达到目的可就难说了。集团刚刚竞得AI标时,三大施工局的党政一把手不远万里赶回基地,为享有AI标的经营权争得面红脖子粗,互不示弱,恨不得肉搏,刺刀见红,时空费尽口舌,软硬兼施,好不容易才将他们遣散。现在,要让他们把辛辛苦苦转包到手的标交出来,那不是与虎谋皮呀?时空静静地想了一阵,颇感棘手,望着血气方刚的况夫,说:

"你说得都很对。有利于华夏集团,有利于龙潭工程,有利于潜龙开发总公司,有利于省委、省政府,应该是个合理化建议吧,我赞成。但是,要让三大施工局把吃到嘴里的肉吐出来,这事……如果你坐在我这位置上,你打算怎么办?"

"下级服从上级,让吐就得吐,没有什么价钱可讲。"况夫冲口说道,"不服从上级的下级,要他干什么?"

"可是你别忘了,他们都是独立法人,有自主经营权。"

"硬的不行就来软的。不管怎么说,他们的乌纱帽还捏在集团手里。"

"不是那么简单啊。"时空笑了笑,"来软的——好言商谈,他们会当耳旁风。来硬的——下命令、发文件让他们执行,他们会软磨硬抗,拼命抵制,死活不从。他们捍卫本单位的利益,你能把他们的职免了?"

"嘿,拿他们没治了?"况夫圆睁起大眼,"真独立王国了?"

"如果真想把BII标、BIII标、CII标、CIII标收归龙潭局统筹……还不能大张旗鼓向他们讨要……碰了钉子,时空没魄力、集团对三大施工局丧失了管控能力?——给大家是这么个印象吧?抓鸡不着反蚀把米。"

"哼哼……时总原来也有私心杂念。"

这个心思不动则已,动了,就要设法成功。时空埋头闷了好一会儿,慢慢捧起双掌，使劲儿抹了把面门，说："这样吧，我试试。跟他们较较暗劲儿。这暗劲儿怎么个较法，我暂时还没想好。决心是下了，成败实在难料。你呢，也不要声张出去，别再跟旁人说起把那几个标段统筹起来的想法了。"

什么锦囊妙计啊？况夫皱着眉头挠着光头，如坠五里云雾。

"怕放空炮落笑柄哪。"时空又补了一句。

况夫笑了起来："时总的顾虑……挺多啊。"

"小心无大过。"时空也笑了，"我这就去找自文副老总商量商量，先跟他统一一下思想认识。"

"该说的我都说了，回龙潭了啊。"

"别别。我还得给你回个话哩。如果自文副老总赞同我的想法，我们还得进行深层次的讨论，你说是吧？"时空起身，走到办公桌前，拨通了座机，"山茶……"

"她正做饭哩。什么事？说吧。"那头是尉迟江南的声音。

"中午加两个菜，好点儿的。"

"什么理由啊？"

"况夫从龙潭回来了，我让他中午跟我一块儿回来吃个饭。"

"啊——？哦！"尉迟江南在那头惊叫起来，"那哪行呀！"

"怎么……？"

"这样吧，我马上让山茶去餐馆订一桌，送到家里来。"

时空把耳机贴紧了耳朵："这……？"

"这什么！加两个小菜就打发了？那得像回事呀。迂腐！"

"行行，依你，就这么办。"

"你还得赶快让之男早点儿下班回来。"尉迟江南着急地说，"得让她洗洗梳梳，打扮打扮呀。"

"哎呀呀……"时空把耳边的耳机贴得更紧了，"你这是……我正开会哩。"

"得得，我给她打电话，我给她打电话好了。"

时空哭笑不得，直后悔大不该一时冲动留况夫吃午饭。

自从况夫去时空家吃过一次饭后，尉迟江南认准只有况夫才和自家之男般配，经常督促时空瞅机会再把他领进家门。时空觉得这事多少有点儿荒唐，总是以况夫工作忙予以搪塞。这会儿，时空主要是见况夫大老远专门赶回来献计献策，精神可嘉，又见吃午饭的时间快到了，让他就这么走了很不近人情，就让他跟随自己去家里吃顿便饭，根本没有想到会弄出另外一出戏来。

"都是老熟人，没有必要。"

时空这话况夫是听不懂的，只有尉迟江南才能会意道："你懂什么呀。问题就出在太熟上，正是因为太熟，他俩才不好意思把话挑明。待会儿，我在一旁穿针引线，把他们两个人想说的话说出来，把那层纸捅破，事就成了。"

"你看着办吧。"时空压了电话。

"时总，就别打扰你们一家了，我还是回龙潭吧。"况夫已经站起来，套好了头盔，"你和帅副老总商量后，有什么事需要告诉我，打手机好了。"

"不行，不行，你别给我找不愉快。"时空朝况夫直摇手，"就这么定了。"

尉迟江南的脾气时空是知道的：只要拿定了主意，谁也无法动摇。这种事若是放在已往，同样有个性的时空一定会横加阻挠。可是现在不行，尉迟江南重病缠身，经受不得刺激，他只得能迁就就尽量迁就。此刻，时空有点儿担心况夫事到临头无所措手足，临出门，给他打了个预防针：

"你江南阿姨听说你要上家里吃午饭，别提有多高兴，准备让山茶专门去餐馆做一桌送到家里。你好意思谢绝呀？"

况夫憨笑说："行啊。恭敬不如从命。"

"稍等。我去找自文副老总计议计议，一会儿就回来。"

一一一

尉迟江南听说况夫要上家里来吃午饭，高兴极了。她先让山茶给之男打电话，谎称自己病发，让之男马上请假回家。随即噔噔噔跑进二楼书房写好一份菜单，交给山茶："赶快去餐馆订一桌菜，送到家里来。"山茶问是不是去华夏宾馆订做。尉迟江南说："不行，不行，华夏宾馆熟人太多，会有人瞎猜时家发生了什么不得了的事，其实不过是个普通的家宴。去附近找家像样的餐馆订好了。"山茶走后，尉迟江南拿起空气清洁剂喷壶就满屋清洁空气。刚刚喷洒完二楼、三楼，时之男慌慌张张闯进了家门。尉迟江南喜笑颜开：

"回来啦？好好。"

时之男一脸惊愕："你没发病呀？"

"干嘛发病啊，好好的。"

"灾难，灾难，山茶会撒谎了。"

"不要冤枉好人啊，我让她撒的。不撒谎，你肯请假回来呀？"

"添乱。"时之男把挎在肩头的挎包重重地往沙发上一甩，"办公室忙得一塌糊涂，你们还合伙骗我往家里跑。"

"咱们华夏在龙潭中了那么多标，工程说开工就开工了，你们还忙什么呀，别唬我了。"

"投标办公室的使命是，不停地追踪立项工程，不停地编制投标文件，不停地投标，不停地中标。龙潭工程的标，是华夏今天的饭，我们正忙的，是华夏明天的饭，懂不懂啊？"

"干什么工作都有个阶段性，都有劳有逸。从前，我下了重症手术台，也要歇下来喘口气，连轴转，那还不把人转死呀。"

"华夏集团目前的景况是，投标办必须连轴转，不连轴转就要熄火。好比汽车，一熄火就趴窝。"时之男懒懒地往沙发上一坐，摸出耳麦，往耳朵里一按，"费这么大的劲儿把我骗回家，总得有个交待吧？"

"那是，没事把你骗回来干什么呀。"尉迟江南边向墙角喷洒着空气清洁剂边说，"别坐了，去，洗个澡，换身像样的衣服，头脸也该收拾收拾……"

"凭什么呀？"时之男猛地一下睁大了眼睛。

"让你收拾，你就收拾去，问那么多干什么。"

"偏不。"时之男索性蹬掉了鞋子，往沙发上一缩，"把我骗回家，还要涂脂抹粉。莫明其妙。"

"听妈的话，啊？"

"我得做个明白人呀。"

尉迟江南走到时之男跟前，神秘地笑着："你爸请况夫上家里来吃中午饭哩。"

"他来吃饭就吃呗，干嘛非得把我骗回家来？还要沐浴更衣，乔装打扮。"

"总得……讲究点儿吧。"

"妈，我跟况夫熟得很，在省投标工作站时，我们天天都在一起吃饭，还讲究什么呀。"

"两回事，意义不一样。"

"在一起吃顿午饭……还有意义？"

"明说了吧，这顿饭是我动了很久的心思，催促你老爸鼓捣成的。吃饭当然是个幌子，实质上是解决你的个人问题。"

其实，时之男早猜出母亲心里在打什么主意，不禁呵呵呵地笑了起来。

"笑什么，这还不是很正常的一回事。"

"听好了啊，况夫曾经是本人的领导。"

"那又怎么样？"

"你让我跟领导搞对象呀？"

"有什么呀。你们都是大男大女，一个档次，在恋爱、婚姻问题上，平起平坐。谁说领导不能跟下级恋爱呀？何况他曾经是你的领导。"

"他那光辉形象，难道你……不介意？"

"郎才女貌。男孩子，关键要看有没有才，长相只能供参考。你看你老爸，浑身上下，哪有值得夸奖的地方，我不就死心塌地看上他了。"

"你跟老爸的形象天壤之别，怎么就搞上对象了。搞不懂？"

"我可不像你，坐失良机。"尉迟江南把手中的喷壶向沙发底下噗噗噗地喷着，"我和你老爸搞对象可浪漫了，很有戏剧性。我们是串联时认识的。他们学校和我们学校隔壁到隔壁，能经常见面。夏天的一个傍晚，我约他到一个冷饮厅，要来两杯酸梅汤，一共花了一毛钱。酸梅汤喝了一半时，我说，'从今天起，咱俩就开始谈恋爱吧。'他顿了顿，说，'既然你已经开口了，那就恋爱了拉倒吧。'就这样，我们拉倒了一辈子。"

时之男捂着鼻子笑，笑过一阵："我的恋爱史绝不可以像你们那样单调啊。我还没有考虑好，有权保持沉默。"

"不能再沉默下去了。"尉迟江南把空气清洁剂喷壶搁到一边，挨之男坐下，说，"之男哪，我们家目前的情况还比较好，你外公吧，年岁是很大，但身体还算硬朗，无病无痛；我呢，虽然疾病缠身，可你看我现在，不是一天天好转起来了吗？你爸，工作

687 / 第五章

确实忙，但总的说来还算顺，加上他那乐观性格，精神面貌一直很好；你的工作、生活也算称心如意，说我们家过得幸福，不为过。可是，一家人有个共同的心病，那就是你的婚姻大事。如果你的婚姻问题解决了，我们家不就更加幸福了？"

"所以，你就乱点鸳鸯谱。"时之男刁顽地瞥了母亲一眼，嘟囔说，"皇帝不急太监急。"

尉迟江南并不生气："你外公毕竟年事已高，在你的婚姻问题上，只能干着急；你爸吧，一天到晚忙，忙得像丢了魂儿，只有我才知道，他根本顾及不到你的个人问题；你自己呢，又稀里糊涂地过日子，完全不把婚姻大事当回事，我这当妈的不操心怎么办哪。"

"妈，你怎么对我就那么没有信心呢？"

"我看结果。这些年的结果，没有体现出你的信心。都二十六了，不小了，妈早说了，女孩子在这个年龄段，还保留着一点儿选择的权利，过了这个年龄段，就只有被选择的权利了。"

"担心我沦为次品呀？"

"我担心你仗着自己各方面的条件都优越，就任性，挑挑拣拣！"尉迟江南面有愠色，"不许继续沉默了啊。"

"逼婚呀？"

"随你怎么说，这回由不得你，必须听妈的。"

"我听妈的，那况夫也听妈的？他上门求婚来啦？"

"干嘛非要他求婚呀？你就不能变被动为主动，积极争取？你就不能像妈当年对付你老爸那样，主动进攻？好比一件宝器，自己看中了，就不能让人家抢走了。"

"哦？原来况夫是宝器。"

"别尽跟我贫嘴，说正经事哩。"尉迟江南瞪了她一眼，"要信得过妈，妈的眼力不差。况夫的长相是蠢了一点儿，性格是莽撞一点儿，可是肚子里面有货，这叫败絮于外，金玉其中。我可告诉你啊，先下手为强。"

"老妈真乃英雄豪杰也，女儿向你学习。"时之男嬉笑着，"待会儿，况夫打坐在大堂之上，女儿我就浓妆艳抹，趋身上前，先行个万福，再双膝着地，说，小女子向您求婚啦……"

"气我呀！"尉迟江南似嗔非嗔，"哪能这样呢？"

"怎样呢？"

"那当然也不能有失身份。"尉迟江南端正了一下坐姿，"待会儿况夫来了，你呢，该骄傲还骄傲，该矜持还矜持，该幽默还幽默。我也知道，让你主动求婚那是要你的命，我不作指望。我想办法把况夫的积极性调动起来，'求婚'两字从他嘴里说出来才好。这样，你和我们家就都有面子。男人都一个德性，只要话说出了口，就再也不会收回去了，这事就算成了。"

"你就那么有把握让他把那两个字说出口呀。"

"这任务由妈想办法完成。"尉迟江南已经盘算好了，等况夫进了家门，寻机会向他探听对之男是否有意，若是有意，随便在什么场合大胆提出来就能成事，不会有障碍——等于事先给况夫通个风，报个信。"关键是你，不能当儿戏。"她说。

"呵呵。"时之男莞尔一笑，抹掉耳麦，从沙发上弹了起来。

"干嘛？"

"遵命哪，母命不可违呀。"时之男向自己的房间走去，"我正想洗个澡。"

时之男从自己的卧室拿出衣物，又去厨房拎了两瓶开水，进了洗漱间。尉迟江南的眼睛直跟着她转动，对她突然如此乖顺有点儿意外。

时之男确实骄傲。不论是在大学读书还是参加工作以后，向她表示友好的男青年不在少数，可就是没有一个让她动心。在她眼里，那些示好的青年，要么过于粗俗，要么姨娘气十足，不值得深交，加上自己一直对学业、事业看得比较重，很少有心情左顾右盼，与才貌双全的优秀学人失之交臂的情况也不是没有，所以至今仍旧茕茕孑立。自从与况夫结识以后，她的情感世界似乎发生了一些变化。她和况夫总有拉扯不完的话题。天南地北，古今中外，时事政治，凡人苦恼，都是两个人充实时光的内容。尽管经常磕磕碰碰，尽管动辄唇枪舌剑，互相讥讽，但是每天不这样磕碰几回，反而觉得枯燥，空落。时之男有时会意识到自己的心态有些反常，就像宁静的水面泛起了涟漪，想象这大约便是春心萌动……可是况夫有没有相同的感觉呢？如果他有相同的感觉，为什么不大胆表白呢？是羞于启齿，还是因为……显然，母亲想在她和他之间搭一座桥，自己有没有勇气跨过桥去……他有没有胆量走过桥来呢……时之男向来很有主见，此时此刻却乱了方寸。

平时在一起，调侃、揶揄、讽刺，无拘无束，一旦面对面坐下来，认认真真谈婚论嫁，还真有点儿难为情……时之男心慌意乱地洗完澡，钻进卧室，在写字台前坐下，摆正了镜子。镜子里，那张原本冷艳的脸已是一片潮红。她拿起电吹风，忙乱地吹干头发，又取出唇膏和胭脂，心不在焉地涂抹起来……她似乎感到条件还不太成熟，可又不敢像已往那样任性，主要怕伤害了疾病缠身的母亲，怕母亲生气，发病……

"今天毕竟不同于平时，胭脂重点儿没有关系。"尉迟江南走进卧室，走到了时之男身后，一边拿电吹风小心翼翼地替她整理着发型，一边说，"你的肤色本来就好，所以底霜不要抹得太厚。眉是用不着描了，但是长睫毛可以稍稍向上打弯点儿。这男式发型确实不错，符合你的相貌特征，也符合你的性格，只是千万注意，不能再短了，现在的长短恰到好处……"

"你看……"时之男扭过头来，两只涂有胭脂的手掌同时指向自己的两颊，"这样……"

"哎呀，重了，太重了。"尉迟江南睨了她一眼，"轻重要适度，过渡必须自然。用湿毛巾擦了，重来。"

"要……重来？"

"猴腚哪。"尉迟江南把电吹风往写字台上一蹾，"得得，这妆还是我来帮你化吧，唉……"

就在这时，山茶从外面跑了进来，说："阿姨，菜已经订好了，十二点半准时送到家里来。"

尉迟江南一面收拾时之男的脸蛋儿一面说："好，辛苦你了。"

山茶够着脑袋瞅瞅时之男的脸，嘻嘻地笑："之男姐搽胭脂了咧。"

"别在这里捣蛋了,"尉迟江南在山茶的头顶轻轻拍了一巴掌,"去,拿空气清洁剂把一楼好好喷喷,二楼、三楼我都喷过了。"

山茶缩缩脖子,吐吐舌头,转身就跑。

一一二

时空走进帅自文办公室的时候,帅自文正坐在电脑前浏览新闻。帅自文见时空进来,知道有事相商,连忙起身让座。

去年秋,帅自文因为躲避职工大规模群访,被时空板着面孔旁敲侧击了一顿,之后就再也没有耍滑头、投机取巧之类的动作了。贵在自觉,贵在知错就改,时空捐弃前嫌,照样看重他。帅自文外出的时候不是很多,所以有些事时空经常找他商量。当然,这次找他完全不同已往。帅自文分管着行政这头的人力资源、劳动人事,还跟党委那头的组干部门搭着界,挺威慑人的,尤其是各路诸侯,无不对他敬畏三分。时空想借助这把利器。

时空长话短说,把自己准备组织一个检查工作小组,专程去长江、珠海、黄河三个施工局检查工作的想法告诉了帅自文。末了,他又轻描淡写地补充了一个活动内容:顺带做做三大施工局主要负责人的动员工作,让他们把转包到手的 BII、BIII、CII、CIII 标转交给集团统筹。

按照时空的性格和他目前应当着眼的工作,哪有闲心、时间跑到外地去检查工作啊?其实,帅自文的脑子并不简单,一下就悟出时空是在把出行的主次目的倒着说:检查工作不过是个幌子,埋伏着的后手拳,暗藏杀机。敲山震虎,真实意图是攫取诸侯们得到的果实。他同时料想到,时空这一举动见效把握极大:用集体利益换取个人安逸——精于划算的大小老板都会做出这种聪明的选择。帅自文对日益壮大的三个施工局早就心存不安,担忧他们有朝一日凌驾于集团之上,自立为王。就想,时空来这么一手,既可以削弱诸侯的势力,又可以增强集团的底气,一箭双雕,未尝不可?

"检查他们……?"帅自文望着时空,一个劲儿地笑,却不点破,"你我两个人……力量单薄了点儿吧?"

"小组嘛,自然得多有几个人。"时空尚不知帅自文已经猜透了自己的心思,依然一本正经,"说说看,还有谁合适。"

"……白瞎子肯定少不了……"帅自文相信自己完全摸准了时空的用心,并且积极站在他的角度思考哪些人参与最得力,"侯祖先必须上阵……要是能让司马师爷出马更好……"

"行,成员的事你来考虑。我明天就和诗维书记通通气,只要没有大分歧,这事就算定下来了。"时空说,"我们择日出发。动作越快越好。"

"时老总,"帅自文忍不住说了句,"你这一着儿棋蛮狠呐。"

时空愣了愣,这才发现帅自文的笑里有文章。

"我刚学到了个典故,不晓得合用不?"

时空瞅着他："……?"

"项庄舞剑。"

时空一下子笑了起来，笑罢："天知地知，你知我知。"

"那我就着手准备……为虎作伥?"

"嘿嘿。嘿嘿。"

时空回到自己办公室，准备带况夫回家吃午饭，顺便把自己刚才和帅自文商定的事情告诉他。

况夫不在办公室。时空开始以为他上厕所了，可是等了好一会儿仍不见他回来。就跑到厕所看了个遍，没有发现况夫的人影。

怎么回事？时空纳闷儿着乘电梯来到投标办公室。他估计况夫一定是到这里看望曾经和他在投标工作站共过事的伙伴来了。

时空来到达奚贤所在的办公区，扫了一眼密匝匝趴在隔挡里悄无声息编制投标文件的工作人员，径直走到凸现在中间段的玻璃笼子，先勾起食指敲敲玻璃门，再轻轻把梭拉门拉开。

埋头瞧文件的老达奚见时空光临，一副受宠若惊的样子：

"时总来啦?"

时空本来想问况夫来过没有，话到嘴边却绕了个圈儿："怎么没看到之男呀?"

"您还不知道哇?"达奚贤惊讶着反问，"刚才你们家保姆打来电话，说江南大姐的病发得厉害，急着去医院就诊，之男请假提前下班了。"

"噢?"

"你看，你们家那个保姆是干什么吃的!"老达奚咧咧满嘴黄牙，"这么大的事，怎么不告诉您一声呢?"

"老毛病，不碍事。"时空犹豫了一下，"况夫来过没有?"

"没有。"老达奚望着时空，一对躲在大镜片后面的眼睛流露出诡谲的光，"您……找他?"

"刚才还在我那儿。一下钻到哪里去了呢?臭小子。"

"我想起来了，"老达奚提供了一个线索，"方才我从工程处回来，在楼道碰到过费玲玲。费玲玲说是况夫亲自把她从龙潭送回来的。他没准去报社了。"

"哦?"时空心里咯噔。

"我给您打个电话问问?"

"不用了。"时空出了门。

况夫去报社了?他亲自送费玲玲回来啦……时空多了个心眼儿，决定去报社看看。走到电梯门口，刚揿完按钮，电梯门就敞开了，里面载着贺怀阳。

"我正上楼去找你哩。"贺怀阳着急地说。

时空跨进电梯："有事?"

"况夫让我告诉你，他已经回龙潭了。"

这小子办事怎么这样不靠谱儿!时空脸色一沉："怎么就走了?"

"拥军给他打来个电话，说有急事，让他火速回工地。"

"会有什么急事？"时空恼火极了，"塌天了不成？"

"确实出了大事。"贺怀阳那张愁苦的脸阴沉得比什么时候都难看，"我们的工人和当地老百姓正在大草甸……冲突。有两辆汽车烧了，说是有一两千人……"

"下，下楼。"时空顿时感到脑袋发炸，"快，让黄河把车开过来！"

一一三

发生在大草甸的冲突还真不算小。

矛盾双方各聚集了不下一千人。

惊心动魄的是，修造厂何一峰书记开进来的桑塔纳和一辆停放在大草甸中央的解放牌汽车突然烈焰冲天，还差点儿殃及两栋油毛毡车间和存放着大量物资器材的仓库。

事情的起因不值一提：就为个把条鱼。

半爿街的渔民鱼篓子想看看从外国引进来的"穿山甲"究竟是一个什么样的怪物——能从大草甸的西头穿到东头，凌晨收网后，就把划子推到了阳元崤脚下，挤在河滩上的人群中看盾构机试运行。其实，右岸有台同样的盾构机正在作业，并且已经钻进了阴元崤里面，鱼篓子好几次推着划子跑去看究竟，都被景德元雇用的保安拦住了。所以，他决计不放过左岸这台盾构机试运行的机会。盾构机原来是个钢铁构成的庞然大物，巨型圆盘抵岩面不慌不忙地旋转，一厘米一厘米地慢慢往山体里面钻，铰刮下来的碎石、土块让大汽车一车车拖走。鱼篓子脑子灵，一下就看懂了：滴水穿石，外国佬也懂"滴水穿石"！

鱼篓子并不是个勤快人，从来都是把起网的鱼就近背到半爿街。新鲜鱼一年四季俏，不愁买主。这天是想一睹盾构机的风采，他才决定把起网的鲜鱼顺便卖了。鱼篓子看了一阵盾构机的劳动方式，弄懂了它能从山这头钻到那头的道理，就大彻大悟地离开了试运行现场。他背着装满鲜鱼的背篓，顺着一条笔陡的小路爬上大草甸。他知道蛮荒的大草甸如今已有早集。

鱼篓子刚刚放下背篓，还没来得及擦把汗，就有徜徉在晨雾中的人影凑过来买鱼。自然是需要讨价还价一番才能成交。和鱼篓子讨价还价的有大草甸商铺的小老板，也有山民。山民大多是参观过盾构机试运行后，爬上大草甸顺便捎些菜食回家的。钻爆一队的司务长老龙和开生活车的薛建设也走了过来。薛建设申请来到龙潭工地后，分配在汽车三队，钻爆一队食堂缺个开生活车的司机，他被临时借过来开段时间生活车。龙司务长腆着肚子挤到了装满鲜鱼的大背篓前，问：

"鱼么价？"

鱼篓子斜斜三角眼。他刚才给几个山民、小老板开的价是一块一毛钱一斤，见龙司务长来头不小，突然加了码：

"一块三。"

"总共有多少？"

"五十二斤。"

龙司务长顿都不打，一边掏腰包一边对薛建设说："都装了。"

薛建设分开人群，抱起背篓就把活蹦乱跳的鲜鱼一家伙倒进了自己的箩筐。

几个正讨价还价的买主全傻眼了。一个蹲在地上的壮小伙子扭着头，很不友好地望着龙司务长："怎么，你的钱大些？"

龙司务长和颜悦色："好说，你挑。不就个把条吗？算我送了。"

壮小伙腾地蹦了起来，竖起大拇指指着自己的鼻子："爷不满意你这德性。"

"哎，你怎么这样说话？"

"遇上你这号人，该怎么说话？"壮小伙粗黑的脖颈青筋直爆，"欺负爷爷我没钱不是？"

"你……你怎么尽爷爷我爷爷我哪？"

"蛮子呀，算了！"旁边一位头顶用一绺红头绳纽着长发的姑娘，拽住被呼作蛮子的一条胳膊，"不吃鱼不行吗？"

蛮子用力甩开姑娘的手，逼向龙司务长，不依不饶："爷爷就是爷爷，爷爷我专治大款，怎么着？"

蛮子是软脚坡西端方向石家垱村民，出了名的好事佬。这几年，他说是在深圳打工，实际上是跟老板当马仔，赚了钱也见过世面。前几天，蛮子回家相亲，身边的姑娘就是他的对象。双方约好今天先看"穿山甲"穿山，再四处参观参观龙潭工程建设。两人刚从盾构机试运行现场爬上大草甸。买不买鱼其实无所谓，问题是蛮子不容许有人扫了自己的面子，尤其是当着对象的面。

龙司务长平时很有涵养，这会儿见蛮子的话实在来得太冲，心里直发毛，大声说："你这不是惹事吗？"

"是呀，是惹事。"蛮子鼓着大眼泡，重重一掌随着话音过去，"看你拿爷怎么着！"

龙司务长大腹便便，却又细脚伶仃，蛮子突如其来一掌，一下将他倒推了好几步。

薛建设刚把装着鱼的箩筐扔上车厢，回头见龙司务长遭到袭击，急忙赶过来冲着蛮子一声怒喝："你怎么打人呀？！"

"打了！"蛮子迎上前去，"爷爷我连你一块儿揍！"话未落音，飞起一脚，踢中了薛建设的胯裆。

薛建设没有提防，捂住胯裆又跳又叫，两眼喷火。

龙司务长急了，蹿到蛮子背后，将他紧紧箍住："你敢打人！你敢打人！"

蛮子朝着龙司务长的下巴猛地一抬胳膊。

"哎哟！"龙司务长惨叫一声，仰倒在地。

薛建设本不是善角，这会儿更是恶虎凶狼一般。刚缓过气来，他就冲到了蛮子面前，抬手就是一记重拳："老子看你像个土匪。"打得蛮子鼻孔出血，眼眶青肿。

蛮子抹了把面皮，抹出一手鲜血，气急败坏，要与薛建设拼个你死我活。那姑娘见周围的人也不算少，却没有一个上前解劝，怕蛮子吃亏，就一面拉住他一面大叫：

"蛮子呀，不要再打了！他们人多，你打不过的！"

蛮子这才知道大草甸不是他逞强的地方，好汉不吃眼前亏，冲薛建设嚷了声："你给我等着!"拔腿就跑。姑娘跟在后面追赶。

龙司务长痛苦地从地上挣扎起来,给鱼篓子付足了鱼款,"今天算我倒霉,撞到了鬼。"

"都是为了张嘴。"鱼篓子冷漠一笑,一五一十地点着钞票,"快走吧……大家都快走吧,那蛮子大不要命,小不要脸,这事儿准没完。"

薛建设叉着腰,气还没消:"这种人我见得多。瞧他那熊样,还能把我吃了?"

鱼篓子背起背篓就走,"不信你就等着。"

事情还真没完。

蛮子一溜烟儿跑下软脚坡,拐进石家垱,大呼小叫:

"乡亲们哪,快出来呀,快出来看哪!修电站的打种田的,工人老大哥欺负农民小兄弟。要出人命了,大家快操家伙,帮帮我,帮我出口恶气呀!"

村民们惊慌失措地奔跑到蛮子跟前,问他到底是怎么回事。

"为啥?为买鱼。我们农民还价还到一块钱一斤,他们工人出一块三一斤的高价和锅端,有这样买东西的吗?这是故意不让我们尝荤腥,是骑在我们农民头上撒尿哇。"蛮子指着自己渗血的鼻孔、青肿的眼眶,添油加醋,"我跟他们讲道理,一伙工人围上来,不问青红皂白,就是一顿拳打脚踢!你们看看,你们看看,我被打成了什么样子?乡亲们哪,我是石家垱的子孙,你们要为我做主呀。"

"也就个把条鱼的事儿,值得跟修电站的人翻脸吗?"有村民认为不必小题大做。

"那不仅仅只是个把条鱼的问题,那是被他们抬高了物价!"为了报复,蛮子恣意夸大其词,"自从这一大群人进山后,我们还能买到从前那样便宜的东西吗?买不到!修龙潭电站有什么用?我们不仅用不到它发的一度电,还要做出巨大牺牲你们知道不?用不了多久,我们的农田坡地果园要淹掉一大半,老祖宗留下来的家业眼看就要毁了;方圆几十里的老百姓搬迁的搬迁,移民的移民,要四分五裂!你们去大草甸脚下看过没有?他们从外国买来一个铁家伙,足有一间房大,叫穿山甲,要让它从大草甸的这一头穿到那一头,从屏山的根部穿过去!那屏山是我们的先人,是传宗接代的根,风水全毁了呀。没得说,有种的跟我一起走,出口恶气,把那帮家伙撵走,统统撵走!"

石家垱地势低,淹没面积大,村民对修建龙潭电站的认识本来就不整齐,经蛮子这么一煽,抵触情绪一下子就上来了。年轻后生的脑子更容易发热,回家操起家伙就往大草甸跑。

那姑娘见蛮子的话太撩拨人,眼看小事要弄成大事,气得扭头就走。火头上的蛮子顾不了那么多,又跑到上下左右的吴家田、杨树岗、碾子坡、磨坊、罗家畈、饭甑塆好几个村庄现身说法,兴风作浪。

坏了。一时间,这村那村,家家户户,以致劳作在田间、地头、果园、山林的山民一齐撂下了手里的活计,握着锄头、铁锨、扁担、钎担、钉耙、草叉,从四面八方,马蜂般向大草甸扑来。呐喊、叫骂响成一片。

大草甸的集市已经接近尾声,滞留的卖主、买主不多。大家发现软脚坡方向有手持器械的山民怒气冲冲奔来,吓得四散而逃。所有店铺的老板都在慌慌张张关门。龙司务长和薛建设刚把两麻袋土豆搬进解放牌汽车的大厢,就见第一拨山民爬上了一大草甸。

"惹祸了，我们惹大祸了。"龙司务长脸色惨白，"快，快开车，跑！"

薛建设满不在乎地钻进驾驶室，不慌不忙地搭着马达。一连搭了几次，却是不见来车。"这老爷车，真该报废个球。"他俯身摸出弯弯曲曲的摇手柄，让龙司务长下去摇动引擎。

龙司务长火烧屁股似的跳下驾驶室，不仅没去摇引擎，反而抄过车头，猛地一下拉开左边的车门，一把将薛建设拽了下来："来不及啦，跑哇！"

"跑什么?！"薛建设一声怒吼，"拼了！"

"爷，爷，你是爷。"龙司务长抱住薛建设，连推带搡。推搡到大草甸边缘，两人抱作一团滚下了山坡。

第一拨山民是石家垱的。他们出发最早，跑得最快，火气也最大。见大草甸空无一人，只有台解放牌汽车停放在中央，这伙人就一窝蜂嗡了过去，发现车厢里有一箩筐鱼。没得说，这就是打人凶手的车！不用商量，大家七手八脚，一阵号子，将解放牌汽车轰然掀翻。哪料侧翻着地的油箱与石块撞出了火花——轰！霎时，火光熊熊，浓烟喷起。更加令人心惊肉跳的是，一团火球划过天空，不偏不倚落到了停放在油毛毡车间旁边的桑塔纳上，就又是一声雷轰——桑塔纳应声爆炸起火。

何一峰正指挥工人们抢浇机床基座，听到外面连续传来震耳欲聋的爆炸声，吓了一跳。跑到门口一看，大惊失色，吼道：

"谁？谁把我们的车烧了？破坏！"

山民们的嗓门儿更大：

"谁让你们打我们的人？"

"谁让你们欺负老百姓！"

"我们的人不能白打了，凶手呢？交出来！"

"我们一直在车间里干活儿，根本没有人出门，怎么会打你们的人？"何一峰不知道外面发生过什么事，扯开嗓门儿质问，"冤有头，债有主，你们找我们撒气干什么？敢烧汽车，没有王法了?！"

"你们全是一伙的。"一个毛头小伙子指着何一峰，"烧车？你要是不把打人凶手交出来，我把你这毡棚也烧了，把你们这些蝗虫统统赶走！"

"你敢！"

"冲进去！"毛头小伙子赌狠地冲着村民咆哮，"找凶手，烧毡棚！"

就在这时，车间一下涌出三四十个戴着五颜六色头盔的工人，个个手里捏着钢钎、撬棍、铁锤、管子钳，面目狰狞。

石家垱的村民见毡棚里一下冒出来这么多工人，害怕吃亏，赶忙后撤到软脚坡那头，等待蛮子，等待大队人马。

何一峰慌了手脚，一面招呼工人用沙土扑灭火焰，一面用手机向连三楼的龙潭局机关报告。

汽车二队和龙司务长的钻爆一队驻地离大草甸最近，当班的、倒休的工人听到呐喊连天，看见软脚坡上狂奔着手持器械的山民；大草甸上又是大火又是黑烟，都感到大事不好，操起榔头、扳手、杠棒就向大草甸冲，也像出笼的狂蜂。

黄金锁正和几个镇干部观看盾构机试运行，忽然接到琴拥军通报情况的手机，领着镇干部就往大草甸上面爬。秋胤隐约听出大草甸上传来的震响不像施工爆破，疑心上面发生了什么事，就不声不响离开了试运行现场，想上去看究竟。

大草甸上的人越聚越多。从软脚坡源源奔来的是山民，个个摩拳擦掌；从好汉坡不断涌现的是工人，人人怒目圆瞪。阵势已经摆开，双方都在等待后续部队。搦战声一片，石头土块满天飞。

黄金锁见危机四伏，一面大声制止软脚坡这头的山民继续向前，一面用手机向县委告急。

琴拥军奔跑在工人中间，一边用手机向况夫报告大草甸发生的情况，一边呵斥过激的工人，"后退后退，不准再上前！谁还在扔石头?!"

秋胤见大草甸上雾气狼烟，人群激愤，矛盾几近白热化，急出一身冷汗。秋胤蹿到琴拥军跟前，喘着粗气：

"快，赶快让华夏的人把手里的器具扔了，都扔了！娄毅腰里还别着杆枪，千万不能让他掏出来，亮都不能亮。即便我们有人伤亡也不能还手，事关龙潭工程能不能顺利施工，事关农民和工人之间的关系。还有个民族问题，这里的少数民族太多，绝不能让事态扩大。大家可以手挽手站住，谨防更糟的情况发生，那车间和仓库可是不能被烧了。下面的盾构机正在试运行，无论如何不能危及试运行现场。"

琴拥军慌忙冲进工人队伍，大声疾呼："都给我听好了，把手里的东西全扔了！不准拿武器！谁也不准向前！大家手挽手，结人墙！谁不听指挥我处分谁！"

有的工人把手里的榔头、扳手扔了，有的工人反而攥得更紧。琴拥军的话未能收到理想效果。手持器械的工人仍在不断顺着好汉坡朝上涌。后浪推前浪，人群很快拥挤到了大草甸中央。

那头的山民同样像堵不住的洪潮。任凭黄金锁和几个镇干部如何阻挡，憋了一肚子怨气的山民也坦克群般坚决地朝着大草甸中央推进。

渐渐地，两大阵营只有河沟之隔，俨然冷兵器时代两军对垒。双方箭拔弩张，一触即发。

夹在两军中间的秋胤、琴拥军、娄毅和几个工区负责人手挽手，非常有限度地控制着工人前移，汗流满面。黄金锁和几位镇干部伸开双臂，费劲儿地阻堵着山民挪动，大汗淋漓。其实，他们心里都明白自己的行为不过是螳臂当车，无济于事。眼看头破血流的惨剧不可避免。

一一四

"嘀嘀！嘀嘀嘀！"

千钧一发之际，工人队列里突然爆出一声狂笑。

头盘青布缠头，身着青布领褂的曹铁拐分开人群，甩着一米跨的铁拐，咚咚咚蹿到大草甸中央，蹿到了山民阵列的对面，声若闷雷：

"出息了啊？有种了啊？敢造反了啊？！"

对峙双方一时都没搞清发生了什么事，陡然鸦雀无声。曹铁拐的嗓门儿就显得更加洪亮：

"谁最有种啊？谁最有种谁站出来，咱们先来个单兵较量！啥叫单兵较量？就是关公战秦琼——一个对一个，单挑！"说着，挥起三十多斤重的铁拐，猛地向下一砸——嘭！地面上一块三寸厚的坚石被拐端沉重的锥形铁砣砸了个粉碎。

"看见了吗？啊？"曹铁拐威风凛凛，"谁有这块石头结实？当年，一头熊瞎子比我的个儿头还高，我这一拐过去它就趴了，连叫唤都没来得及。听老人讲过没有？"

山民们愣怔了好一会儿才弄明白，曹铁拐原来是在帮工人说话而不是帮自己人说话，一下骚动起来：

"这骗驴怎么跑来了？"

"什么时候跑来的？"

"他的屁股怎么坐到人家那边去了？"

"吃家饭拉野屎。"

"……"

"嚷嚷啥？不服？啊？！"曹铁拐又是一声长啸，用铁拐将左边的残肢支住，腾出右手在空中比画开来，"不就凑来这么几点人嘛？筲箕铺光壮丁就上千！我曹铁拐是筲箕铺的女婿，地道的筲箕铺人。筲箕铺也能联手周围的村庄，比你们的人更多，到时候谁占风？要蛮，谁都会，我也会！我比你们谁都会！可是不行哪老乡，乡亲们，如今不是要蛮的社会，要讲理呀！"

短兵相接紧要关头，黄金锁见老区长、老社长、干爹出面和解，喜出望外，连忙拉着几个镇干部立在他的左边。火头上，秋胤、琴拥军、娄毅和几个工区主任见老革命挺身扑救，感激不尽，赶紧站到了他的右边。

"老乡，乡亲们哪，你们知道你们对面的是些什么人吗？"曹铁拐也懂得动之以情，晓以大义，"是我们的恩人哪。解放初期，就是这些人帮助我们修塘淘堰，兴修水利，让我们年年五谷丰登。对岸，最大的瑶池水库就是他们修的。现在，他们还在继续帮助我们。宜阳县一条公路的拓宽取直、两座小水电站的兴建、五座大水库的维修加固号称'一二五工程'，就是他们在帮助完成。你们家有电灯、村村都买了电视机不是？那用的电是从哪里来的？也是他们送来的呀。这潜龙江上，永泰、松峦、花溪、虎啸——雄赳赳气昂昂四座大电站，全是他们修建！他们不仅为宜阳人民造福，他们还为全省人民造福！到永泰去过没有？到十字街去过没有？永泰变成市了，大城市；十字街变成县城关了，不是过去横竖两条街那模样了，那里的人，都过上了好日子。这龙潭电站造起来了，咱们就会秃子跟着月亮走——沾光，沾大光！宜阳县城关不定会变成大城市，半爿街不定会变成宜阳县城关镇，多好哇，龙潭的老百姓也会过上好日子了。种田的种田，捕鱼的捕鱼，当工人的当工人，全都住楼房，天堂，神仙过的日子呀……"

听着，听着，山民们的火气渐渐平静下来。开始窃窃私语。阵营里混杂着不少老汉，他们多半是担心儿子、孙子莽撞才步履蹒跚，随波逐流。老汉们对曹铁拐尤其熟悉，有的告诉儿孙：

"这曹铁拐可是了不起，宜阳县城就是他解放的。为打下县城，他丢了一条腿，一只胳膊。"

有的告诉儿孙："曹铁拐当龙潭区区长那会儿，一铁拐就闷死了一头大黑熊。"

有的告诉儿孙："他一个人，一条腿，一只胳膊，一杆枪，撂倒过好几个土匪，让四乡安宁。"

有的告诉儿孙："三年自然灾害的时候，遍地饥荒。曹铁拐把自家的金银财宝统统拿出来，从香港换回几汽车粮食，救活了全区人哪……"

有的对儿孙说："曹铁拐的话绝不会错，他说我们的好日子还在后头，那准在后头。"

"……松峦电站在永宁县，花溪电站在兴盛县，永泰、虎啸两电站在永泰县，都建起来了，当地老百姓即便有意见，也没有像我们今天这样操家伙呀。瞧你们一个个手里握着的锄头、铁锨、钉耙、草叉，这是干啥？曹铁拐我闹不明白，宜阳的老百姓怎么就不如永宁、兴盛、永泰的老百姓讲道理呢？"曹铁拐的话完全不像先前那般昂扬了，甚至还有点儿打战，"妄恩负义，恩将仇报，捏着钉耙、草叉的手不发抖吗？不就个把条鱼的事嘛。咱山里人，厚道，实诚，好客，就当我们把客人请进家里吃了把条鱼，不行吗？……"山民阵营中间，不少人在叽叽咕咕：

"就为个把条鱼？哪家后生惹的事？"

"这不是让我们难为情嘛？"

"谁说不是呀？"

"把我们往黑水河里蒙，缺德。"

"……"

也曾虎背熊腰的武装部长苗耀宗，如今已是腰弓背驼的白发老汉，眼神也很不好了。他在人堆里找寻了好半天才找寻到自己的孙子，厉声说："饥荒那年，若不是曹社长用自家的钱财去换回几汽车粮食救灾，我们一家老小早沃成了黄土，哪里还会有你挺在这儿赌狠？回！"拧着孙子的耳朵就往外挤。

堵在软脚坡口间的山民早有人悄悄后撤。

一会儿，山民横在大草甸中央的人墙开始溃口。离开大草甸的山民不像来时那么威猛，锄头、铁锨、钎担、钉耙、草叉扛到了肩上，似去田间地头干活儿。

这边的工人方阵也很快散去。

谁也料想不到后果的械斗就这样结束了。

秋胤紧紧握住曹铁拐的右手，感激不尽："久仰老英雄大名，今日得见，果然威风不减当年。谢谢，谢谢！"

"幸亏老英雄及时赶到，"琴拥军热泪盈眶，"要不然，不知道会惹出什么大祸来。"

"唉，我也紧张。"曹铁拐皱纹的脸上掠过一层苦笑，撩起衣襟，擦擦颈脖上的汗水，"可是不能打起来呀。"

"干爹，你怎么来了？"黄金锁对曹铁拐忽然出现在冲突现场很意外，"专门赶过来的？"

"找时空有事。撞上了。"

大年初一那天，寇勉副省长在半爿街连三楼宴请新老镇干部和德高望重的居民，曹铁拐应邀参加。席间，曹铁拐要求寇勉让么儿子曹老七当工人。寇勉满口答应，并当着众人的面指示时空：龙潭工程上马后，帮助解决了。时空也当众承诺一定照办。可是龙潭工程已经上马多时，曹铁拐在家左等右等，一直没有等到让老七当工人的音讯。曹铁拐是个急性子，不愿意继续等了，所以，天蒙蒙亮就挎着铁拐从筲箕铺急急火火向半爿街赶来，想找时空问个究竟。行至好汉坡旁，看见手持钝器的工人成群结队向大草甸奔跑，大草甸上又是冒火又是冒烟，一打听，方知当地老百姓和工人发生了冲突，起因不过为个把条鱼，就折向大草甸来了。

"时空呢？"曹铁拐问，"这么大的事，他躲哪里去了？"他根本搞不清楚龙潭工程是什么样的管理形式。

琴拥军正要向曹铁拐解释时空为什么不在现场，只见况夫的切诺基响着急促的喇叭从好汉坡爬了上来。况夫的车还没在冒着黑烟的解放牌残骸旁刹稳，黄河的奥迪就风驰电掣般驶进了大草甸。琴拥军、娄毅、秋胤，还有一直沮丧在油毛毡车间门口的何一峰刚刚迎上前去，又见一辆越野警车呼啸着警笛爬上了好汉坡，后面还跟着辆中巴。

从越野警车里跳下来的是宜阳县的陆县长，从中巴车里陆续钻出来的是全副武装的民警。黄金锁和几个镇干部慌忙躬身上前。

解放牌残骸周围的人群很自然地分成了两团。这一团，秋胤、琴拥军、娄毅、何一峰围着时空、况夫通报情况。那一团，黄金锁和镇干部们围着陆县长报告实情。曹铁拐像截木桩戳在中间，两边都不参与。

一会儿，陆县长走到时空跟前，歉疚地说："对不起，实在对不起，路太远，怎么赶都赶不及，差点儿酿成大事。"华夏集团对宜阳县帮助很大，时空过去是省政府副秘书长；不久的将来再回到省里，行使更大的权力也未可知，几层原因使得陆县长做出的姿态很高，"烧毁的两辆汽车，宜阳县负责赔偿。"旋即转向公安局长，指着软脚坡命令道，"追过去，把几个纵火犯抓起来。尤其是石家垱的石蛮子，绝不能让他溜了！"

黄金锁说："两下火气正旺的时候，我听见石家垱有人骂他，说他把村民鼓捣来了，自己却到处找他的对象去了。烧汽车他不在场，一直没有再露面。"

"那也得把他抓起来，祸是他惹的。"陆县长对公安局长说，"给我找！"

时空拍拍陆县长的臂膀，说："我们的人也有错，而且错在先。那两辆汽车早该作报废处理，用车单位不过是临时凑合凑合，谈不上财产损失。我的意思是，不必太认真，教育问题，千万别动真格的。我们的队伍要在这里待五六年，甚至更长，工人和农民之间的关系尤为重要，不能存在丝毫裂隙。惩罚重了，容易产生抵触情绪，激化矛盾，做不得的。"

陆县长见时空这么说，心里自然高兴，想了一下，对公安局长改口说："先把那几个纵火嫌疑犯集中起来，包括石蛮子，带到县公安局。让他们写好书面材料，查明是谁纵火烧毁的汽车，酌情走司法程序。"

中巴车载着警察很快驶向了软脚坡。

陆县长又走到曹铁拐跟前，弯腰鞠了个躬，说："老革命又立新功了——制止了一场械斗，顾全了宜阳县的形象。我代表县委、县政府谢您了。"

曹铁拐哈哈一声大笑，说："你是话说得好听。真这么看重我，还让我把顾问的位置让给老茅子呀？"

陆县长并不计较，抚摸了一阵他那挂着铁拐的右手，又捏了捏空荡荡的左袖筒，动情地说："今天如果不是你及时赶到，不知道会冲突出什么大祸来……怎么上这里来了？"

曹铁拐的脸一黑，指着刚刚走到面前的时空："我是来找他的！"

时空的热脸向了个冷屁股，一时弄不清所为何来，忙问："曹老伯是找我来的？有事？"

"我一共生了七个儿女，六个不认我这个老子。为啥？就为他们从小到大，没看见我这做老子的给他们做过一件好事。唯独幺儿子老七从不嫌弃我，早晚陪随。他对伺候我这个瘫子别无所求，就希望我能让他当上工人。我发誓一定让他当工人，厚着脸皮求寇勉。寇勉满口答应。年初一在连三楼喝酒你是在场的。三人六面，你是拍胸成全我的。说好龙潭一开工就让老七上班，龙潭开工了没有？老七当上工人没有？你是存心不让我在幺儿子面前有面子，让他也叛变！"曹铁拐当着众人的面，劈头盖脑一阵连珠炮，自己不要面子，也不给时空面子。

时空叫苦不迭，忙问立在一旁的况夫："你看这……这是怎么回事？"给曹老七安排工作的事，他早就向况夫交待过。

曹老七小学没念完，又三十多岁了，还是个结巴，安排一个让他干得了又称心的工作着实困难，直到前几天准备在龙坪上面设水文站，况夫才打算先让老七去水文站看水尺。见时空很生气，有苦难言的况夫连忙回答说：

"曹老七的工作早就安排好了——去水文站上班。这几天实在太忙，没顾上派人去筲箕铺通知他。"

"哼，你比你岳仗差远了。"曹铁拐冲着时空横了一眼，甩开铁拐就走，"不利索。"

"曹老伯，你……"时空从心底感到愧对了他，正要追过去挽留，却被陆县长拉住了。

"曹老前辈就这脾气——不拘小节，全县的人都知道。"陆县长笑着说，"事情过去了就什么事也没有。"

恰在这时，时空衣兜里的手机嘟嘟嘟响个不停。他掏出来一看，见是家里打来的，忙闪到一边，蹲在地上，把手机在耳旁贴得紧紧的：

"什么事？"

"问你哩！"那头传来尉迟江南气急的叫唤，"现在是下午几点了？况夫在哪？你又在哪？"

"哦——？哦哦。"时空压低音量，笑语夹杂着愧疚，"在龙潭。都在龙潭工地上。"

"怎么跑到龙潭去了？我说时空呀，你什么时候说话才有个准啊？可别把我哄死了！"

"龙潭工地出大事了，很多善后工作正在研究处理……回头再说吧……回头再说吧，啊？"不等江南应允时空就把手机关了。

一一五

大草甸的矛盾冲突来得快，去得也快。

残瘸老迈的曹铁拐青筋突暴地冲着人群一阵狂吼乱叫，扬威耀武的人群竟然被他吼叫散了。如若不是亲眼所见，实在令人难以置信。

时空虽然虚惊一场，但还是不敢轻视这件事。

第二天，他让况夫把龙潭施工局的班子成员和四大工区的负责人召集拢来，在半爿街连三楼开了个紧急会议，对事件的根源及其险些造成的恶果进行了严肃认真的分析，旨在引以为戒，谨防类似情况再度发生。会议还议论了对龙司务长和薛建设的处分问题。况夫、琴拥军开始表示反对，认为对这两个人批评教育一下就可以了。理由是，事情固然是龙司务长、薛建设引起的，但是先动手并且恶意扩大事态的却是石家垱的那个蛮子。可是时空说，"潜在危机容不得我们心慈手软，不处分他们难以引起广大干部、职工的警觉。再说，我们有必要向当地老百姓，向宜阳县政府做出应有的姿态。你们都看到了，人家采取的惩处措施比我们严厉得多——准备把当事人绳之以法。"况夫、琴拥军见时空态度坚决，只好保留意见。

时空索性在龙潭工地多待了两天，去左右两岸几个主要施工部位和职工生活区看了看。除巡察施工进度、安全生产情况外，他还特别叮咛干部、职工一定要和地方山民搞好关系，争取支持帮助。大草甸的矛盾使时空警醒到，龙潭工程顺利开工，并不等于万事大吉，料想不到的问题多着哩。

从龙潭工地回到集团总部后，时空开始着手奔赴长江、珠海、黄河三个施工局的准备工作。此次外出的时间估计不会短，家里的大小事安顿妥帖了才好。

这天上班后，时空正想找诗维碰碰头，把自己即将去三大施工局检察工作的事给他通通气，商量商量面上的工作，再去问问帅自文的各项准备做得怎么样，什么时候动身为宜，程心爽抱着一大摞红红绿绿的宣传画册、广告印刷品走了进来。

程心爽是昨天从省城回来的，这会儿是专门来向时空报告龙潭工程的机械设备配置情况。

华夏集团几千台（套）大型机械设备近些年分散得厉害。长江、珠海、黄河三大施工局都曾强烈要求优化资源配置，集团绝大部分先进机械设备都被他们先后优化配置走了，现在，家门口的龙潭工程已正式开工，机械设备就显得非常不足。花溪、虎啸两个扫尾工地转移到龙潭工程施工现场的电铲、油铲、装载机、汽车、塔吊等，都是长江、珠海、黄河三个施工局筛选过后剩下来的，老化程度严重；存放在修造厂露天货场的电铲、装载机、推土机和三四十辆汽车，虽然经过大修，但出力状况明显赶不上刚出厂的新产品。譬如，额定负荷二十吨的自卸车，大修后，运载能力也就十多吨的水平。去年秋天，时空特地赶赴成都，动员黄河施工局回调一部分机械设备，策应龙潭工程投标工作，保障工程前期施工。好说歹说，叫苦连天的罗光辉、舒喜河总算没有让时空白跑，咬牙答应回调一台四立方电铲、两台装载机、三台潜孔钻和二十辆汽车。前不久，回调的机械设备浩浩荡荡抵达龙潭工地，数量是不差，成色可就差远了。怨不得罗光辉、舒喜河小气，黄河施工局在大西北承揽的工程项目多，每个工地都需要足够的优良的机械设备。尽管有些机械设备在现场的利用率不高，可是抽调走了就有可能对工期造成影响。眼看承担的龙潭电站的工程量远远超过了预期，机械设备配备单靠挖潜不能解决根本问题，时空只得让分管物资设备的程心爽抓紧时间采购。程心爽此次赶到省城找沈光荣，除购买了一台现成的盾构机外，还订购了一台龙门吊、三台四立方电铲、十台潜孔钻、十台装载机、十台推土机和五十辆自卸车。机械设备的价位普遍抬高，带去的三个亿多半用于订金和预付款，结算的大头还在后面。

"即便这样，怕是离龙潭工程施工要求还有很大距离。"程心爽向时空报告完每种机械设备的价格和交货日期后，说，"花钱，花大钱的日子时辰到了。三大诸侯尝到了优化资源配置的甜头，我们吃尽了优化资源配置的苦头。"

这钱花得时空心疼，可是嘴上还不敢打顿："现在想不了那么多了。不惜一切代价，先保障截流施工需要。截流后所需机械设备，可以让况夫提供一个清单。能不买的、可以少买的，相信他心里肯定有本账。龙潭工程施工毕竟有别于其他施工局承揽的工程项目，集中，机械设备灵活调剂空间大。话说回来，添置机械设备是增加固定资产，是增值举措，多买点儿就多买点儿吧。"

"这话我爱听，果断！沈光荣跟我说过，机械设备的价位肯定不断攀高，尤其是科技含量高的新产品。现在进仓，即便将来不抛也是大赚。所以，这次我没有犹豫，他说哪几样产品未来涨幅大，我就自作主张把那几样多买了点儿。稳赢的赌注，干嘛不下。"

程心爽将经手差不多十个亿的机械设备添置款，不是个小数目。按照华夏集团的现行规定，他该接受效能监察。具体负责效能监察工作的白延寿担心程心爽不配合，干脆借故回避他的商务活动，免得当冤大头。这么一来，此次庞大的机械设备采购工作一开始，效能监察就挂了空挡。时空虽然没有怀疑程心爽故意摆脱过程监督而放开手脚大捞一把，但他认为，作为副总经理，不遵守纪律就是个问题。这个头带得不好，说是对华夏集团惩治和预防腐败工作的抵制不为过分。时空原以为程心爽会在报告完机械设备采购工作后作个解释，谁知他压根儿就没有把这档子事放在心上：

"这些产品宣传材料全给你了，有空儿你就翻翻吧。"他把摊放在茶条上的画册、广告印刷品理弄成一堆，起身告辞，"不中意的，换、退，都来得及。"

嘿，他怎么……？副总经理不以身作则，为人表率倒也罢了，做"特殊公民"可不行！时空心里大为不满，很想和他严肃认真地谈谈，可又觉得这个时候和他较这个真儿不妥，正不知如何是好，已经走到门口的程心爽又回转身来，说：

"哎，有个事儿，不知你知道不知道。"

时空觑着他："你没说什么事呀。"

"雷好结婚了。"

"雷好结婚了？"时空一震，"他跟老伴儿……？"

"他老伴儿死了，刚死。老伴儿刚死不几天，他就结婚了。"程心爽一脸哀怜，"尸骨未寒哪。"

"真有这事？"

"你是两耳不闻窗外事。"程心爽凑到时空跟前，很神秘的样子，"知道上岗的新娘子是谁吗？"

"这我哪知道。"

"诗姵。"

"诗姵……"时空的心一紧，"不会是诗维书记的女儿吧？"

"如果不是她，我就不会奇怪了，就不会告诉你了。"

这么说，前些日子诗维准备告假去省城确实是干预女儿的婚事……怪不得这些时老见他心神不宁、萎靡不振、形容枯槁……除了恐惧自己犯的那些事被人知道外，还要为女儿的婚姻大事揪心，他哪里抖擞、刚强得起来啊？时空愈加同情诗维的境况，担心他因为精神压力过重而崩溃，"这个诗姵，怎么……也太不懂事了。"像是替诗维生气。

"听说已经坐胎了，还要怎么个懂事。"

"什么？"时空的声音发颤，"都怀孕了？"

"有什么大惊小怪的，现在不是挺正常的一回事嘛。"程心爽冷嘲热讽，"雷好别开生面——宣布和诗姵完婚不搞形式主义。没有举行婚礼。移风易俗，带头廉洁自律，不搞铺张浪费。"

坐在沙发上的时空呆了好大一会儿，望着程心爽："你说，对诗维书记而言，这究竟是件好事呢，还是有苦说不出的事情？"

程心爽摇着头："这我就说不准了。"

"我是这么想的。如果他认为是件好事，喜气盈门，不说大张旗鼓大操大办，至少会向我们几个班子成员言语一声，可是……他保持沉默。"

"嗯，你是心细些。"程心爽思索着点点头，"他大概感觉到是个不成功的婚姻。"

"诗维书记不愿意提说女儿的婚事，自然有他不愿意提说的道理。"时空是一种商量的口吻，"既然如此，这事你对我说了，我看就到此为止，没有必要再说给更多的人知道。你看怎么样？"

"有你这句话，难道我还做传声筒，满世界嚷嚷呀？不会了。"程心爽见时空非常认真、恳切，也就没有了把诗姵和雷好离奇婚配当作笑料的兴头，"其实，我也没有义务多嘴多舌。"

"也不为别的。"时空忧郁地说，"当前，集团的大事难事实在太多，各种突发情况的防范意识一刻也不能松懈，班子成员人人有个好心情、好状态才好。你说是不是？"

"明白了。"程心爽很干脆地挥了一下手，"走啦！"

诗姵和雷好成了夫妻了？两个人年龄相差悬殊，又不是在同一个单位工作，是怎么个相识相知到相爱的呢？谜！诗姵已经怀孕了，未婚先孕，可见雷好是婚外恋……不好，雷好肯定有麻烦，往后的日子不会好过……雷好的日子不好过，诗姵的日子就好不了，诗姵的日子好不了，诗维的日子岂不更糟？……时空满脑子谜团，一肚子忧虑。

咚咚，咚咚。

费玲玲满面春风地立在办公室门口。

"哦，总编辑来了。"时空迅速调整心态，"请进！"

"我讨债来啦。"

"是吗？坐坐。"

费玲玲落落大方地坐进沙发，说："今年是《华夏工程报》创刊三十五周年。你答应过给报社写篇文章。"

"那不是还早嘛。我没记错的话，该是下半年的事。"

"如果能提前交稿那当然更好。我怕你到时候太忙，顾不上这种小事。"

"给你写首打油诗行不行？"

"可以呀，好哇。时总的诗肯定出手不凡，哪能是打油诗。"

"你等等，我这就给你。"时空离开沙发，走到办公桌前，坐下，从抽屉里拿出一张白纸，又从口袋摸出支自来水笔，刷刷几下，一挥而就，"这就算还债了啊。"

费玲玲还没走到办公桌前，就见时空已经把诗写好了，惊得直打啧啧："这么快就写好了？时总原来是文曲星呐。"

"什么文曲星！我憋了好几个月才憋出这几行字。早背得滚瓜烂熟。"

"棒，真棒！"费玲玲把写有诗的白纸捧在手里，一迭声惊叹，继而情不自禁放声朗诵起来，"旗——帜……"

"哎哎哎，不准念，不准念，"时空阻止说，"不准出领导的洋相。我哪里会写诗啊，交个差。"

"真的是一着好诗耶。"费玲玲说，"登载在《华夏工程报》实在是屈就了，拿到大刊大报公开发表，我看也能排上头二三条。"

"这是你一个人的看法。有邹忌讽齐王纳谏之嫌。"时空望着她，"交差了。行了吧？"

费玲玲明明听出时空在谢客，却没有离开的意思。

"还有什么……债？"

"时总，"费玲玲背起双手，还挺了挺胸脯，"听说你要带一个检查工作小组，到长江、珠海、黄河三大施工局去检查工作？"

时空点点头："有这事。"

"我是这么想的，"费玲玲鼓足勇气，"这些年，长江、珠海、黄河三大施工局闯荡在外，历尽千辛万苦，不仅为华夏作出了巨大贡献，还慢慢使自身变得强大起来，挺振奋人心的。可是非常遗憾，我们报社对他们可歌可泣的英雄模范事迹宣传报道得很不够。那些通讯员写来的通讯报道，我总觉得分量差了点儿，想帮他们修改，润色一下，拔高一点儿，可又没那灵感，毕竟缺乏感性认识……"

"明白了。"时空笑了起来，"你找我要文章其实不是目的，想跟我们一起到外面跑一趟才是目的。"

"我们搞新闻工作的到外省工地去得实在太少，掌握的素材十分有限，所以写的文章啊，报纸的质量啊，都欠火候。这是个机会……沙凡可积极了……可这人就是不敢伸头露面——哪像个男子汉啊？老唆使我打冲锋。"

"照说，你和沙凡想跟我们一起跑趟三大施工局是件好事，宣传鼓动嘛。"时空暗想，若是这两个搞舆论工作的人同往，将大大增强检查工作小组的震慑力，对BII、BI-

Ⅱ、CⅡ、CⅢ标段的统筹工作十分有利，但是，他的话却说得很委婉，"不过，你们两个真想去，首先要征得你们顶头上司司马敬主任的同意，县官不如现管；其次，帅自文副老总必须点头，是他在具体负责挑选成员。如果司马敬主任和帅自文副老总没有意见，我才无话可说呀。"

"真的?"

"那当然。"

费玲玲高兴得跳了起来："他们都同意了，让我来找你哩!"

"噢，原来你们做了个笼子让我钻!"

费玲玲一个优雅的旋转："拜拜!"

"等等，"时空忽然想起一件事，想问问她，可是话到嘴边，又觉得直来直去不妥，"等等……"还真不知道怎么问才合适。

费玲玲又把转过去的身子转了过来，闪动着一对亮晶晶的眼睛："有任务?"

"倒也没有什么大不了的任务。"时空的脑子在转动着，"就想问问……龙潭工程是我们省首屈一指的特大基本建设项目，你们的宣传工作……跟上去了没有啊?"

"这还用你操心呀？龙潭工程是《华夏工程报》的重点宣传对象，你没看到哇，这一连好几期报纸，期期都有龙潭工程的内容，多半是头版头条，还办过两期专版，分量够足了。"费玲玲说道。

"哦？是……是这样，我都看到了。那文章，还都是你亲自采写的啊。"

"可不是嘛。龙潭工程从'三通一平'施工开始到现在，我和沙凡都跑进去十几回了。前几天，盾构机试运行，左岸导流隧洞正式开工，我和沙凡还专门赶去过哩。"

"盾构机试运行，左岸导流隧洞正式开工，你和沙凡专门赶进去过?"时空明知故问。

"是呀。我们头天蹭便车进去，二天让况夫把我们送回，回来就发稿。盾构机试运行成功的报道后天就可以见报了。"

"辛苦，辛苦!"时空赶紧抓住她的话头，"况夫对宣传工作还是很重视的啊，亲自开车送你们回家，不容易。重视就好，重视好哇。"

"他重视什么呀，麻木得很！我和沙凡缠着他一个劲儿说好话，他才爱睬不睬地让我们坐他的车。说是亲自开车送我们，鬼才知道他要赶回总部办什么差。我们还是蹭的便车。"

时空想要探听的正是费玲玲和况夫究竟什么关系。听费玲玲这么一牢骚，时空什么都清楚了，心里的疑虑一下荡然无存：江南正为之男择偶劳神费力，要是忙来忙去，却原来鳏夫有妇，那才滑稽哩！时空舒心地笑笑，说：

"况夫是个大意人。我瞅机会给他提个醒，让他重视重视宣传工作，尤其是对你们这些肩负重任的总编、记者，不能马虎，不能草率，不能轻慢。"

"还是时总理解我们。"

"以后有什么困难直接找我，我一定让有关方面支持你们的工作。"

"谢谢时总!"

费玲玲刚出门，贺怀阳摇晃着墩胖的身躯一跩一跩地走了进来，问检查工作小组什么时候出发。

时空说:"我正准备去找自文副老总商量这事哩。还有很多事要安排,交待,怕是要挨到下周。怎么?"

"帅副总让我通知黄河、珠海、长江三个局,说你最近要带领检查工作小组去他们那里检查工作。我昨天电话通知了三个局的办公室,他们今天都打电话过来了,问检查工作小组什么时候动身,具体检查哪些方面的工作,以便准备书面材料。"贺怀阳掏出了随身携带的笔记本。

时空想了想,说:"这样告诉他们:检查工作小组起程的具体时间暂时没有定下来;检查工作小组的检查工作没有针对性;被检查单位不需要做任何准备。"

"从前集团领导下去检查工作,针对性都很强。"

"把针对工作都准备妥了,我还检查个鬼呀。"时空笑着,"现在不是时空在做总经理嘛。"

贺怀阳两坨浓黑的眉毛挤成了一堆,正要出门,时空又向他补了一句:

"贺主任,多余的话一句也不要说,行不行?"

贺怀阳用笔敲敲笔记本:"总共就记下了你三句话,哪来多余的话啊?"总经办主任搞不清总经理的工作意图,着实有点儿憋屈。

时空见贺怀阳有情绪,连忙起身,说:"走,随我一起去自文副老总那里坐坐。"亲昵地拍拍他的臂膀,边往外走边说,"唉,你是不知道我的难处啊……跑到三个施工局去检查什么,达到什么目的,都是你需要知道的事情,可这事……三言两语,我说不清哪……"

一一六

秋胤在龙潭工地一连待了十好几天,这天上午赶回来了。达奚贤给他打过好几次电话,说有几个编制好了的投标文件急需他审查。

秋胤一下车就来到了自己的办公室。一进门,他就忙着打扫卫生,擦抹桌椅、沙发、窗台。不一会儿,达奚贤进来了。

达奚贤怀里抱着一摞标书文件:"别种好了人家的田,荒了自己的地啊。"进门就来了这么一句。

调查、了解、处理龙潭工程施工技术问题不是秋胤的分内工作,理当由分管工程技术的副总经理兼总工程师杨导负责。杨导见龙潭工程才开工,估计暂时不太可能出现大的问题,而省外有几个大工程项目相继暴露出来的技术难题又必须及时组织攻关,就委托秋胤帮助他照应一下龙潭工地的事。秋胤从前当过总工程师,谙熟施工技术,加上对技术工作一向认真、严谨,杨导把事情托付给他自己很放心。

"受人之托啊。"秋胤拧开饮水机开关,接了一杯子刚烧热的水倒进脸盆,润湿毛巾再拧干,擦抹着脸脖,"老杨会赶早回来的。往后,他至少要把三分之一的时间和精力放在龙潭，用不着我帮忙了。"

"听说，前几天我们的工人和当地老百姓在龙潭干起来了？"

"瞎说。没有干起来。"

"听说，两边正要交火，有个瘸老毛子不知从哪里一下冒了出来，一声怒吼，一下就把两边的人马吼散了。乖乖，像张飞吼断当阳桥，谁这么大的震候呀？"

"此人名叫曹二九，绰号曹铁拐，从前在龙潭镇当过区长，老革命，确实威风。但人家主要是把道理讲到老百姓心坎儿里去了，哪能一吼就能把人群吼散啊。"

"你那两份外文资料之男也翻译好了，都在这。"达奚贤把抱在怀里的文件放到办公桌中间，往沙发上一靠，"叭"的一声点燃支香烟，贪婪地吸了一口，"时总经理马上要带一个检查工作小组去长江、珠海、黄河三大施工局去兜一圈儿，知道这事不？"

"听说了。"

"声势不小啊。"

"怎么个不小法？"

"帅哥、瞎子、师爷、祖先，听说还有那两个搞宣传的剩男剩女，都算有点儿分量的人物吧？"

"的确。胡萝卜、大棒子，都有。"

"去检查什么呢？党风廉政？腐败？进度、质量、安全？职工生活？"

"都检查，又都不检查。"

"什么话！"

"我们的时总经理……"秋胤笑笑，取下眼镜，用小手帕慢悠悠地擦拭着，"有大动作。"

"大动作？什么大动作？"

"我只是瞎猜……检查工作或许只是个幌子，真正目的……这么说吧，老虎嘴里叼了头羊，他想从老虎嘴里把羊夺过来。"

"老虎……羊……？"达奚贤似有所悟，"你是说……他在打龙潭 BII、BIII、CII、CIII 标的主意？"

"你说呢？"

"这三大诸侯可真比得上三只老虎。他想虎口夺食，能夺得下来吗？"

"先用胡萝卜哄，不行了，再拿大棒子敲，软硬兼施，迂回进攻。你别说，我还真看好这一招。"

"见鬼去吧，三大诸侯就那么好糊弄？"

"不信你走着瞧。"

"他跟你交底了。"

"绝对没有。"

"我不信。这么重大的事，他能不跟你交个底？"

"不是他不愿意说，是不便说。"

"为什么？"

"哼哼。"秋胤把擦拭好的眼镜片对着阳光照了照，戴上，"你不哼不哈在一旁看场

707 / 第五章

好戏好了。"

"真能把那四个标段收归集团统一管理当然是件好事。不过……"达奚贤叉开两根被香烟熏得焦黄的指头，朝上顶了顶厚重的眼镜，"把所有的鸡蛋装在一只篮子里……不好吧？"

"有什么不好？交给龙潭局统一组织施工，可以避免好多矛盾，龙潭工程的工期、质量就真正有了保障。"

"这个诸侯要是被扶持起来了，势力可就比长江、珠海、黄河三个诸侯大得多啊。"

"长江、珠海、黄河三个施工局好比三只风筝，牵住这三只风筝的自然是棉线。龙潭施工局虽然也是只风筝，但是拴着它的却是钢缆。近在集团身边姑息不说，关键是时总经理没有让况夫申办独立法人，区别大哩。无须多虑。"

达奚贤眯缝起了两眼："时总经理放心大胆把这么庞大的龙潭工程交给况夫经营，难道就没有别的什么……企图？"

"很正常，会有什么企图？"秋胤坐到办公桌前，双手抿了抿稀疏的头发，"达奚呀，很多中国人喜欢琢磨别人，你可别染上这毛病，不好。"

达奚贤狡狯一笑："当我没说。"

这时，时空推门走了进来。时空见达奚贤正跷着大腿歪坐在沙发上，笑着说：

"真不愧投标办主任，消息灵通，马上就知道秋副老总回来了。"

"是我一个电话接一个电话把他催回来的，能不知道他什么时候到家？"

"哦？原来如此。"时空在达奚贤旁边坐了下来，望着秋胤说，"刚才我在自文副老总办公室说完事，正要打电话请你赶回，怀阳主任说你已经回来了，碰到过你。"

秋胤笑着："刚到家，屁股还没坐热。"

"前客让后客。"达奚贤起身，"时总，你们说事，我走了。"

"坐呗，走什么，不碍事。"

"就不搅扰你们了。"达奚贤说，"我还有事。"出了门。

秋胤猜想时空必定有事相商，站起来想给他泡杯茶。时空说："别忙乎了。几句话，说完就走。"

秋胤问什么事。

"我和自文副老总准备下周动身，带几个人到长江、珠海、黄河三个施工局去转转，看看。这一去，少说也得十天半月，时间有点儿长。"

"屈指算来，你到华夏当总经理差不多快一年了，是该去省外一些施工单位、重点项目看看了。检查检查各大诸侯的工作情况很有必要，毕竟山高皇帝远，非分之想在所难免，集团对他们的管控能力的确应该加强。"秋胤坐到了沙发上，"龙潭工程好赖正式开工了，承揽的工程量也远远超过了预期目标，时间、现状，都允许你放心大胆跑这一趟。"其实，他是在试探时空外出的真正目的，证实一下自己的猜测。

没想到时空只顾按照自己的思路说话，道出的来意大大出乎秋胤的意料之外：

"所以，家里的行政这边，我想请你牵个头，不能出现真空呀。日常事务你看着办，就不必打电话跟我商量了。"

话虽然说得很轻飘，但任何一个有头脑的人都能领会到这是一种庄严的重托——临时主持工作，充分体现着对一个人的信任。秋胤完全没有心理准备，不禁暗暗吃了一惊。但他毕竟是个非常有城府的人，没有流露出丁点儿异样的表情，"原来是这样……那么……你就安心在外面检查工作吧。目前，家里看样子不会有什么大事，算个和平时期。"见时空完全没有深谈去三大施工局检查工作的意思，也就明智地选择了顺应，"没有塌天大事，我不骚扰你。"

"有空儿，可以去修造厂、圪塔窝职工生活新区工地看看。不知为什么，这两个地方老让人惦记。"

"行，再忙，我也抽空儿去看看。"

"今天是星期五。下周，下周二开个班子会，我宣布一下，慎重点儿才是呀。"时空站了起来，笑着，"还得跟诗维书记通通气。他最近老跑基层单位，上党课，去他办公室找过几次，都没碰见。我再去看看。"

一一七

山茶已经把晚饭准备好了。

时空走进饭厅的时候，一眼看见餐桌上除了三样青菜和一大碗鸡蛋汤外，还摆着几只黄灿灿的大螃蟹，不禁直打啧啧：

"开这么高级的伙食呀。"

山茶正忙着盛饭，说："前几天订的那一大桌菜，不能久放的，你在半爿街的时候我们就先吃了，能久放的，阿姨让在冰箱里冷冻起来，等你回来慢慢吃。还有哩。"

"好哇，好，会过日子。"

坐在餐桌前的尉迟江南望着时空："这还不都得感谢你呀。"

时空见江南的怨气还没有消，赔着笑脸说："哪壶不开，你提哪壶。"

"你这老板当的也真够有水平。"江南又挖苦了一句，"请伙计吃饭，伙计还不赏光。"

"你等着，"时空一副很有把握的样子，"我一准把他拉到家里来。"

"怎么个说话哩？生拉硬拽——拉郎配呀？"

"我说的这个'拉'，是用小汽车往家里拉的意思。说拖？说扯？说拽？说搞进家里来？"

"越说越没谱儿。"江南嘲笑着，"又订一桌，又留给自家细水长流。"

"怎么会呢，我连请一个下级吃饭的魄力都没有哇？你也太小瞧人了。"时空坐下来，接过山茶递上的饭碗，"你呀，只知道穷张罗，还不知道之男是怎么个态度哩。"

"那么我现在就告诉你，那天，她就坐在这饭桌前，规规矩矩恭候况夫大驾光临。"

"我不信。"

"不信？不信你问她呀。"

"问她，她未必跟我说实话。知女莫如父。"

"我说时空呀,你怎么老是对自己对别人少有信心呢?山茶,你说,你证明,那天你之男姐是不是坐在这饭桌前等况夫。"

"叔,是真的耶。"山茶捧着饭碗坐到江南身边,"那天之男姐还梳洗过哩。"

"怎么样,我没诓你吧?过会儿你再问她。"

"问谁哩?问什么哩?"之男款步走进饭厅,问道。她刚沐浴完毕,精神焕发,更显风姿绰约。

"你爸盘问那天你是不是在家等况夫哩。"

"老爸,如果你真能把况夫请进家来,我肯定奉陪。请多少次,我奉陪多少次。"之男坐到时空右边,"我还会很好地打扮一番,打扮得花枝招展。怎么样?"

时空抓过一只螃蟹,掰着甲壳,目不转睛地望着她:"不能恶作剧啊。你妈可当回事了。"

"谁恶作剧啊?"之男拿过一只螃蟹,欠身搁进山茶碗里,再拿过一只用力拧下一条大夹,"老妈你说,我会恶作剧吗?"

"是啊,之男那天可严肃了。现在,关键问题是你,你不能尽干荒唐事。"

"怎么说话哩你。"时空分辩说,"那天龙潭工地突发的重大情况,连我都得第一时间赶到,况夫他不闻风而动行吗?孰轻孰重不是明摆着的嘛,能说是我办事荒唐吗?尽揭伤疤。我在你心目中都什么形象!"

"多大个事呀?"江南轻蔑地瞟了时空一眼,"神乎其神的。"

"对华夏集团来说是天大的事,但是对老妈您来说就算不上什么大事了。"之男知道父亲在家里不愿意谈论单位的情况,也不想母亲心里结个疙瘩,说,"事情再大也过去了,过去了的事还提它干什么。"

江南白了之男一眼:"还帮他打马虎眼呀?"

"尽管那天况夫没有到我们家里来,但我这做父亲的还是尽到了责任的,至少不能说麻木不仁。"时空边啃螃蟹边说,"你呢,积极是积极,但是存在盲目性。就算之男被你搞定了,人家况夫那头搞不搞得定,还是个未知数。"

江南说:"那还会有问题呀?我们之男哪点条件不优越,难道还有他挑剔的不成?"

"我看是,"山茶嘟囔说,"之男姐漂亮得像电影演员,文化又高,还有打灯笼都找不到的家庭条件,那况夫长得像石磙子,一副大大咧咧的性子,话都不会说,之男姐配他是鲜花往牛粪上插。放我们山里,他跪着求亲还得看求不求得到,哪还有挑三拣四的份儿。"

之男乐得吃吃笑:"山茶,你很强势呐。"

"你们这些人哪,都只知道自己,不知道别人。"时空说,"就算况夫是牛粪,假如这牛粪上已经插了枝鲜花怎么办呢?人家好赖有了对象,两厢情愿了,难道可以棒打鸳鸯,把人家好端端的一对戳散了,然后鸠占鹊巢?你们就不会想到白忙乎?"

是呀,假如况夫有了女朋友,自己不就白忙了?江南搁下碗筷,傻眼了。她确实没有想到这一层。

"所以呀,我做了一件……你们谁都没有想到的大事……"时空津津有味地吃着螃蟹,故意放慢了说话的节奏,"我好不容易……打听清楚了……况夫……至今还是个王老五……绝对是王老五……怎么样，我这做父亲的……够关心下一代的吧？有贡献啦。"

江南舒了口气，嘴上却说："就这也值得大惊小怪？有对象没对象，那不一眼就能看得出来呀？"重新端起碗筷，"还有贡献哩。"

山茶又直统统插了一句："说明他长这么大年纪，还没有被一个姑娘家相中。凭什么装大呀？"

"我不同意你这观点。"江南说，"就不会是他看不中所有的女孩子呀？"

"现在看来，这件事成败与否，关键就看我如何运作了。"时空把螃蟹残骸拢成一堆，拿餐巾纸擦着手，望着江南，"知道我的重要性了吧？"

之男傲慢地瞅着父亲："是吗？"

"自己高看自己。"江南瞥了时空一眼，"关键得看当事人什么态度，两头都不热，你运作个什么呀？摆正位置，继续努力创造条件啊。"

认真说起来，尉迟江南扮演的不过是两面说和的中间角色，跟媒婆的性质差不离儿。她既要让之男对况夫满意，又要让况夫对之男满意，只有他俩双方满意，她这做母亲的才能最终满意。

其实，时空知道自己既当不了之男的家，也当不了江南的家，心里只有一个想法，只要江南精神状态好，只要她不发病，怎么办都行。无可奈何。

大草甸工人和山民发生冲突的那天上午，况夫从龙潭工地赶回总部向时空建议将龙潭工程BII、BIII、CII、CIII标段收归集团统筹施工。时空见况夫的建议独到、大胆，对华夏集团的稳定、发展大有好处，准备马上采纳，并且热心快肠地让况夫上家里吃中午饭，以便进一步讨论这个建议的落实方案。哪知尉迟江南接到时空让况夫上家里吃午饭的电话后，误以为时空同意了自己希望况夫能成为自家女婿的心愿，是有意把况夫接进家来，自是欢欣鼓舞，当即让山茶打电话撒谎说自己的病发了，把正在班上的之男提前骗回了家，又叫山茶去餐馆订了一桌丰盛的菜肴，好说歹说，总算让之男有了直面况夫的准备。遗憾的是，那天大草甸突然发生了工人和山民的矛盾冲突，况夫赶回龙潭工地了，时空也赶赴了现场，一场精心编导的小插曲被迫流产，什么时候上演，还需等待时日。

和往常一样，一家人有说有笑地吃罢了晚饭。

时空用餐巾纸擦着嘴，对收拾碗筷的山茶说："春节，我拿回家的那个……"用手比画着，"那个什么乌，搁哪儿了？"

山茶问："你说的是何首乌吧？"

"正是。"

山茶说："挂在三楼露台角角里哩。"

"去，给取下来。"

尉迟江南问："怎么惦记起它来了？"

"送人，派大用场。"

尉迟江南睁大了眼睛："那不是曹铁拐的老丈人送给你的老丈人的吗？"

时空说："我问过爸了，他说他不吃，怕消受不起。"

"哦？他老人家消受不起，你要送的人就消受得起。我可告诉你啊，老人家的酒已经让你打发得差不多了。"

"反正都是舶来品，留着有什么用？他老人家又不怎么喝。"

"外公省酒你待客。"之男讥诮着。

"外公乐意。"时空瞅了她一眼，又对江南说，"在我们家，老爸从来都是支持我的啊。"

尉迟江南撇撇嘴："孝敬谁去呢？"

时空说："下周三我要动身去三大施工局检查工作。今天下午，我去找诗维书记，想跟他碰碰头，商量一下工作，谁知党群工作部主任司马敬告诉我说，诗维书记住院了，已经住了一个多星期。我当时就冲着司马敬发了一顿火，质问他书记住院了为什么不向我报告。他说是诗维书记不让他告诉我的，要保守秘密。你看，当主任的怎么就这样死板呢？真替他保守秘密来了。我要是不主动上门，出差在外，还不知道党委书记躺在医院里。"

"什么病呀？"

"哪知道啊？司马敬说他也不知道。"

"不知道什么病，你就送何首乌给他吃，对不对症啊？"

"这老兄最近的身体状况可是不怎么好，蔫蔫的，瘦得也厉害，看样子很虚脱，我猜他是精神压力太大。不是听说何首乌是滋补品吗，补呗。不然，我怎么会想到这东西。"

"照说，他的日子过得很顺呀。当上了党委书记，一家人都在工作，经济上不成问题，无愁无忧，哪来的精神压力呀。"

"各家都有本难念的经。精神压力往往是看得到却又猜不透缘由的。"时空虽然知道一些诗维精神压力的根源，但是不愿意向江南道明，只想说点儿表面现象，"他女儿比之男小，结婚了。"

"这应该是好事呀，怎么反而成了精神压力？"

"他女儿找的对象年龄有点儿大，跟我的岁数差不多。你知道这人是谁吗？"

"我哪会知道？天天窝在家里不出门。"

"雷好。没想到吧？"

"潜龙总公司的总经理？"

"正是此公。"

尉迟江南先是一惊，而后又说："这不是挺好吗？女儿嫁给了一个成功的男人，大喜事呀。"

"可是诗维书记秘而不宣，足见他没有把女儿的婚事当成一件喜事。我听的是小道消息。之男知道吗？"

"我哪知道。"之男掏出随身听耳麦，轻轻塞进耳朵，"不过，我持支持态度。支持人家的自主选择。"

"你呀，"江南瞥了她一眼，"骨子里就叛逆，从来不肯跟长辈的思想观点保持一致。"

"有件事，我还没问你哩。"时空望着之男，语气变得很严肃。

"那就问呗。"之男看都不看他。

"咱家省直机关家属大院那套房子，最近深更半夜老亮着灯。你把门钥匙交给谁了？"

"你怎么知道深更半夜老亮着灯？"

"这你不用管。你以为你老爸在十字街，省城的事儿就没人通气。"

"那房子没人住，又脏又乱，要垮似的。我找个人看房子还不行呀。"

"我可告诉你，你可别给我惹出什么事儿来啊。那是咱们家唯一的财产，指不定哪天还要靠它遮风避雨哩，可别让事务管理局的人瞅着不顺眼，给收走了。"

"有那么严重吗？"之男满不在乎地努努嘴，"从明天起，我保证那房子永远不见光亮，恢复已往的黑暗、空寂、清冷。"

山茶轻快地把一只酷似男婴的何首乌从三楼露台提了下来，说：

"我爷爷采过药，听他说何首乌长成人样儿最少得十五年。这只何首乌长得跟生下来的小男孩儿一模一样，怕是在十五年以上，可金贵哩。"

尉迟江南对时空说："我虽然是个医生，可惜是个拿手术刀的，不便开处方。你最好让他问问老中医再吃。这些东西的吃法肯定有个讲究。"

"嗯，有道理。"时空点点头。

"就拿这个去探视病人，怕是不合适吧？"

"再买点儿水果、营养品不就齐了？"

嘀嘀——屋外传来汽车喇叭的声音。

"黄河的车开过来了。山茶，拿张报纸把这宝贝疙瘩包包，包好！"

一一八

奥迪穿过夜幕低垂的十字街市区，沿环道驶进圪崂窝，在永泰县第二人民医院大门口停下。时空让黄河去对面张天翼、谢庭芳开的华夏美食城等候，自己提着何首乌和刚刚买的一兜水果、两个大礼包走进了医院大楼。

时空正在门诊大厅的询问窗口打听诗维住在哪间病房，冷不防身后响起一个惊讶的声音：

"这不是时总经理吗？您怎么上这儿来了？"

时空转过身，见一位身着白大褂、头戴白帽子的中年医生满脸堆笑地立在面前，不由愣了愣。

"我就是这里的老院长望世英呀。"

"哦？"

望世英望望时空手里的礼品："看诗维书记来的？"

"他住哪？"

"我领你去。"望世英挺随便挺自然地拎过时空手中的礼品包，"他住在特殊病房。"

"那就……谢谢你了。"

"特殊病房在江边食堂背后的小平房，就是二院从前的高干病房。现在改了，改成专治疑难杂症的专科部门了。"望世英热情地领着时空穿过门诊大楼，从衣兜里掏出只手电筒，小心地为时空照亮很不平坦的石子路，"时总，我正要找您哩。"

这所医院已经移交给永泰县了，不再属于华夏集团了，这望世英还找我干什么呢？时空想。

"我想回华夏，回华夏集团。"望世英的话一下变得沉重起来，"还是华夏集团好哇。"

"想都不要想，已经不可能了。"时空干脆地回答说。

"这我知道。"有思想准备的望世英不怕碰壁，"可是如果我回不了华夏，窝在这里就是死路一条。我熬不到头了。你当总经理的不能见死不救。"

"不会那么严重吧？"时空跟这类人打交道太多，根本不把他吓唬人的话放在心上，"地方多好，地方好哇，管理规范，就诊的患者多，比企业强呀。"

"再好，也跟我没有关系。"望世英苦笑了一声，说，"我原来是二院的院长，正儿八经的正处级。二院归属地方后，县卫生局派来一个院长、一个总支书记，两个人都只有四十来岁。一脚就把我这老院长踢到了一边，不公平哪。"

时空作难了，不知道用什么样的话安抚他才好。

"这倒也罢，无官一身轻，图个清闲。谁知前不久，他们研究决定把我下派到了科室，让我到新设立的特殊病房当主任。我的专长、我的优势是管理，是管医院、管医护人员，不由分说就被分派坐诊，你看这……这不是欺负人、糟践人才吗？还有，这二院现在隶属县卫生局，实际上降格成了股级。我是堂堂正正的院长，正处级，跟他们的县太爷是一个品位，到科室当主任，岂不是连个股级都靠不上了？乱套了，完全乱套了，从前任命的干部说不算数就不算数了。当初，我的院长职务不是随便就当上了的呀，也是经过长期考验、考核了的呀，怎么说没有就没有了呢？你说，这日子我怎么熬得下去。"

时空怀疑事出有因，问："他们就没给你个说法？"

"唉……"望世英懊丧地叹了口气，"也怪我的世界观没有改造好。说来说去，还不是因为我接受了药品销售商的那点儿回扣。当初，药品销售商想做回头生意，把回扣送到家里，不收他就不走，实在是抹不开面子呀。"

时空很纳闷儿，说："你收受的那三十万元，白延寿书记跟你谈过话以后，你就上缴了，所以，二医院移交给永泰县的时候，我特别嘱咐白书记不要把你这卷宗转给地方，怕的就是影响你的待遇问题。这事他们怎么还是知道了呢？"

"内斗呀。华夏集团爱护干部、保护干部，为我好，帮我把接受回扣的事儿瞒下来了，这事我知道，也很感激。可是二院职工却不依不饶。钱当然是上缴了，可是辫子还是被职工群众抓住了。一到地方，就有人联名举报。怪只怪我在台上的时候官僚作风严重，群众观念淡漠，态度粗暴，得罪了不少人，报复，纯粹是一种报复。我去县卫生局找局长理论，说我的案子在华夏集团就已经了结了，永泰不能对我采取歧视政策。局长却说，你把三十万元交给华夏了，华夏当然就不歧视你了，可是如果你把那三十万交给永泰，永泰也可以考虑不歧视你，你怎么没想到把那三十万元带过来呢？说明你对永泰没有信心。你看……！如今，上上下下都另眼看我……时总，您说，这环境，我还待得下去吗？"

时空为难地说："企业不办社会，上面早有这方面的精神，二医院就是在这方面的文件精神指导下移交给地方政府的。你还是面对现实，再接受一次考验吧。开弓没有回头箭，你们既然已经移交给地方了，就再也回不来了。"

"特殊情况可以特殊对待嘛。我回不回得来，那还不是时总您一句话的事。"望世英锲而不舍，"你看那娄毅，在宁泰市公安局没上几天班，说回华夏，不就回到华夏来了？"看来，他的准备很充足，把娄毅返回原单位的情况摸得清清楚楚。

社会职能部门、单位移交给地方政府之前，娄毅死活不愿意离开华夏集团，寻各种理由找时空磨嘴皮子，时空见他态度诚恳、坚决，答应等他将公安处和消防队的几百号人以及设施全部带走、安置完毕以后，再找理由把他调回。移交工作全部结束后，时空果然兑现了承诺，娄毅回调到了华夏集团，并且当上了保卫处长，职级没变。可是这望世英的情况不大一样呀……"娄毅主要是因为手里有几个大案要案没有结案，事情没有做完，没有做好，集团基地的治安工作也少不了他，所以有理由返回原单位。"时空自圆其说。

"我的理由比他更充足。"望世英说，"十字街有成千上万的离退休职工、在职职工，他们的医疗、保健，都需要我，这责任，不比娄毅小呀。"

"皮之不存，毛将焉附。"时空一笑，"没有了医院，把你往哪搁？再兴办一个医院？能够再兴办一个医院，又何必把二医院移交给地方。"

"这事我早想好了，没想好我就不会想到找您。"望世英说，"那龙潭工程不是主要由我们华夏干了吗，这一上马，至少要上万把人，您想，万把人的医疗、卫生、保健，还有突发性工伤，没有医护人员在现场怎么行？没有医疗机构怎么行？万一职工有了病痛，万一重大工伤情况发生，送宜阳、十字街、宁泰，都来不及呀。这类事从前不是没有过，永泰、松峦、花溪、虎啸工地，都曾有过脑溢血、心脏病、重伤等急诊病患者，很多都是等到送进后方医院就咽了气，如果有医生在场，救治及时，情况肯定大不一样。我想，我在龙潭工地办个医疗卫生所，有病治病，无病防病，顺便搞搞卫生、保健，也算造福一方呀。医护人员不要多，十八十个人就够了。二院移交给永泰县后，大部分医护人员都很安心，但是思念华夏的人也不是没有，正好，大家都可以各事其主。"

有病治病，无病防病——龙潭工地确实应该有个医疗卫生机械。望世英一席话还真把时空打动了，"我马上要出差，大约半个月以后才能回来，这样吧，"他想了想，"你先找况夫谈谈，龙潭工程是况夫负责，如果他同意，集团再开会研究研究。"

"太好了！"望世英转忧为喜，"有您这句话，我心里就踏实多了。我马上抽时间去龙潭工地找况夫。"

"诗维书记的病情怎么样？重不重？"

"哎呀……"望世英脸上刚刚浮现的一点儿喜色骤然消失，"说出来你可别有什么压力——不是一般的严重。"

"什么病呀？"时空站住了。

"这个病……怎么说呢。全宁泰地区第一例。"

"癌？什么癌？"

望世英前后左右看了看，神秘地在时空耳边叽咕了一句。

"什么！"时空大惊失色，"确诊了没有？"

"基本确诊了。"

"患这种病是需要特殊条件的。"时空拧紧了眉头，"诗维书记做人的标准很高，在生活问题上是非常检点的一个人……没有搞错吧？"

"过于消瘦、烧，是他的病症，血检发现，免疫系统非常的糟糕。慎重起见，我们又请永泰医院、宁泰市医院复检，结果，两家医院都同意了我们的血检结论。"

"应该去省里找协和、同济呀。"时空不相信这就是事实。

"我已经差人带着血样和血检报告到省城查验去了。其实，宁泰市医院就很权威，找协和、同济无外乎进一步验证一下，不会有什么异议，程度而已。"望世英怅叹着，"唉，人哪，差不多都有不为人知的另一面，谁能判断出他表里是不是一致呢。况且，目前是开放社会，阴错阳差感染上各种怪病，大有人在。"

"他们家里的人知道不知道？"

"怎么说呢。对这种病，我们医院是要严格保守秘密的，尤其是现阶段。哪知事与愿违。"望世英悲哀地摇摇头，"为了对诗书记的家人负责，我设法对他们一家进行了血检，结果比我想象的更糟。他们家里的那个保姆——现在在职工培训中心当校工，听说是景丽元的表妹，传染上了。"

"已经传染了？"

"可不。"

"景丽元呢？"

"她反倒没事。"

"怎么会是这样？"时空蒙了。可是，难道景丽元传染上了才合乎逻辑吗？他觉得这种想法也不对，"行了，我不问了，你也别再说了，越说越复杂。我赶紧去看看他，看到底是怎么一回事。"从望世英手里拿过礼品，"你就别一起去了，告诉我他住在哪间病房就行。"

望世英用手电筒的光柱指着掩映在绿树丛中的平房，说："那就是特殊病房。诗书记住最中间。右端头那间住着他们家的保姆。"

时空抬脚就走，走出几步又急匆匆回到望世英跟前：

"对你，我有个要求。"

"您说。"

"你千万替我看护好诗维书记，不能有任何闪失。"

"这你放心，他过去是我的书记，现在仍然是我的书记，我一定竭尽全力。"望世英说，"不过，话说回来，这种病你应该知道，一旦患上了……只是个时间的问题。"

第六章

一一九

原华夏集团第二职工医院高干病房坐落在一座林木葱茏的小山坡脚下，左边靠近潜龙江的清流，环境幽静。高干病房改作特殊病房后实际上还是老样子，每间病房里面仍旧设置一张比较宽大的病床，一个专用卫生间，一张能够坐在床上用餐的长方形小饭桌，和沙发、茶几、茶具之类。高干病房和特殊病房的性质出奇的相似，患者都需要与人群隔离，都需要静养。

诗维仰躺在雪白的病床上，两手搭在胸前，深陷的双眼出神地望着上空，一动不动。他的面容非常憔悴，显得格外苍白，没有一点儿血色。

景丽元坐在三人沙发上，无精打采，霜打似的。景德元坐在她旁边，神情苦闷。周末，姐弟二人都陪伴诗维和二姨来了。

诗维有病是谁都想象得到的事，但是诗维躺进医院就出不去了是谁都想象不到的事。

十天前，诗维去旅游运输服务公司上党课。讲着讲着，口若悬河的他忽然语无伦次，神情恍惚。坐在旁边的吴田见他头冒虚汗、脸色惨白，惊愕情况不妙，赶紧宣布党课暂时停止，旋即用小车把他送到了二医院。内科医生诊断不出个所以然，请特殊病症科的望世英主任会诊。望世英有点儿经验，当机立断，让诗维先住院，再血检。结果发现了大问题。望世英怕误诊，又将血检报告、血样送永泰医院、宁泰市医院复查。复查证实了诊断结果。传播问题不容忽视，望世英煞费苦心，诱导景丽元和在他们家做过保姆的二姨抽血取样。忙乱一阵过后，令人瞠目结舌的事实浮出了水面：景丽元正常，健康；二姨的症状和诗维同样严重。

望世英没有告诉景丽元她的丈夫和她的表妹患的是什么病，但是景丽元很快就猜了个八九不离十。诗维和二姨偷情是她当场捉住的。问题明摆着：不是他传染给她，就是她传染给了他。作客观分析，如果是饥不择食的二姨到处偷嘴，把这种病偷进了家门，十字街那还不满街都是这种病？实际上并非如此。那么，因为诗维在外面拈花惹草把这种病带回家的事实确信无疑。她恨透了二姨，恨透了诗维。

"你再想想，仔细想想，"景丽元恶狠狠地追问景德元，"你这温文尔雅的姐夫在广州、深圳都去过哪些地方……去没去过他根本就不该去的地方？"

"姐，你都问过好多次了，烦不烦哪。我不是回答你好几次了吗？我姐夫在那里待过的一分一秒，我差不多全部给你回忆过了，除了吃饭、睡觉、看风景，他哪里都没有去，更没有去过他根本就不该去的地方！我姐夫究竟害的是什么病哪？你这么没完没了地打破砂锅问（璺）到底。"景德元有点儿不耐烦。

景丽元更加不耐烦："我必须弄个水落石出！"

"就算我姐夫逛过窑子，那又怎么样？当今社会——开放了，男女之间的那点儿事，早就不是个事儿……"

啪！景丽元一转身，对着景德元那张痉挛的脸就是一耳光："滚——！"

景德元被姐姐一耳光扇得眼蹦金花，跳起来一手捂住腮帮，一手拎着密码箱，拔腿就往外跑。

"畜生。"景丽元破口大骂，"都不是好东西。"

躺在病床上的诗维合上了双眼，有气无力地说道："我……已快走到尽头了……法不责众啊……"

景德元忽又折回病房，把四捆百元红钞撂到茶几上："四万，给姐夫、二姨补身子。我回龙潭工地了，二姨那里我也懒得待了。什么事呀，当我心里就那么舒坦。"一扭头，走了。

"我是不好……但是我内心并不希望我是这样……"诗维喃喃自语，"恨屋及乌……也不好啊……"

诗维早就猜到自己患的是什么病。正因为猜到自己患的是什么病，他才吓了个半死，吓得躺上病床就动弹不得。他本来就悲怆至极，加上景丽元这么无休止的唠唠叨叨，怨艾怒骂，更是痛不欲生。

景丽元一声冷笑："这还不都是托了你的福。"

"杀人不过头点地……你就让我静一静吧……让我反思反思……反省反省……行不行？"

门外有脚步声匆匆传来，恶气未消的景丽元以为德元又跑转来了，抓起一捆钞票就朝探身进门的人影砸去。

"唉哟！"时空左腋夹着何首乌，右手提着水果、礼包，躲闪未及，被那捆迎面飞来的钞票砸了个正着。

景丽元见来人是时空，愤懑的脸上旋即幻化出一丝笑容：

"是时总呀，我还以为是我那不通人性的弟弟哩。"

时空进门就发现气氛很不和谐，盯着地上的钞票捆逗乐说："让银子满地打滚儿，对来客是这么个欢迎法呀。"

"没伤着吧时总？"景丽元一副愧疚的样子。

"没有，没有。要不是手里拎着东西，我还接住了哩。"

"我那个不成器的弟弟赚了两个臭钱，人模狗样，又烧又抛，不知天高地厚。"景丽元把那捆钞票捡起来搁到茶几上，"他以为有了钱，连辈分都不讲了，把我们当成什么人了，气死我了。"

"你弟弟提着个密码箱是吧？刚才我遇到过。哭鼻子哩。"

"我抽了他一个耳光。"

"这就是你不对了。伸手不打笑脸人，何况你兄弟是提着钱探视姐夫来了。"时空把何首乌、水果、礼包小心地放到茶几上，走到病床前，望着无动于衷的诗维，打趣儿说，"伙计，你对不起我这小老弟啊。住院这么久了，连招呼都不打一个。"

诗维微微摇摇头，叹道："屋漏偏遭连天雨，唉……"

"小恙，不值得悲观。"时空情知诗维是有感而发，又不得不佯装糊涂，"我想去黄河、珠海、长江三个施工局转转，名义上是检查工作，走前想跟你通通气，商量商量。

到你办公室找过你几次，司马敬主任不是说你到下面调研去了，就是说你上党课去了。直到今天下午我又去你办公室，他老兄才吞吞吐吐告诉我说你住院了，已经住了一个多星期。你看，弄得不好，成了党委书记住院总经理不知道，出院了才知道。我狠狠批评了司马敬一顿。他急了，道出了真情，说是你的指示，是你让他不要影响了大家的正常工作，等出院了再告诉我不迟。这又何必呢？"

景丽元没有泡茶，递给时空的是一瓶矿泉水，并请他到沙发上落座。时空却拖过一张方凳，跟往常一样挺随便地坐到了诗维床前。他不想让他们知道自己对诗维的病情有所了解。

"老时啊，"诗维忽然一声冤叹，"我……是个好人哪……是个好领导干部呀……我不该是这样啊。"

"是呀。"时空连忙抚慰，"我虽然来华夏才半年多，但知道上上下下都对你的评价很高：学识渊博，谦虚谨慎，工作勤勉，认真负责，维护集团，关爱职工。有口皆碑。"诗维说东他道西。

"我不是这个意思。"诗维摆了一下手，"我总在想呀……找个机会……跟你好好谈谈……交流交流……思想。可是呀……唉，总下不了决心。"

"配合默契，心心相印——足矣，何必非要促膝谈心，推心置腹。"时空很会打岔儿，"我有时也想，遇上你这么个好搭档，是我交了好运，是前世修来的福分，咱俩有缘哪。如果你有什么振兴华夏的雄谋大略，出院了再说，有的是时间。现在，你就别想得太多，一门儿心思养病，病养好了，比什么都好。"

"但愿……有这种机会。"

"怎么会没有呢？肯定有哇。我早就发觉你身体虚脱厉害，累的，完全是累的，诗维书记，你是积劳成疾呀。"时空指指茶几上的报纸包儿，"我特地给你捎来了一只何首乌，是位老药农送给我老丈人的，听说这宝贝疙瘩在地底下长了十好几年，可好哩，大补。你就好好补补身子吧，补补就强多了。"

"嘿嘿。"诗维苦笑一声，"只怕是补不过来了啊……病入膏肓，无可救药。"

时空这出戏不好唱。时空明明知道诗维是在暗示自己的病情而且失去了诊治的信心，却不敢接住话题，和他一起陷入悲痛，只能变着法子开导："这不是你的性格，你的性格是坚韧不拔。在你面前，没有迈不过的坎儿，你不应该这样悲观。人，吃五谷六米，哪会没有三病两痛？有了病痛，哪会有治不好的道理？时下科技发达，曾经被认定的绝症也有痊愈的希望哩。"

"你不知道……你不知道啊……"诗维哀哀说道，"我做人……没有大家评价的那么好啊。"

"你把做人的标准立得那么高，当然总是觉得自己存在差距。"

"当然，我的本质……品质……本性是好的。不好的是……经受不起诱惑……"诗维痛苦地沉思着，"有件事呀，老让我想不通……我跟雷好，本不是一路人……却偏偏要生活在同一个屋顶底下……你不觉得奇怪吗？"

看来，程心爽的消息是真的，诗嫱果然跟雷好结了婚！"是呀，"时空用心扭曲着诗维的话意，答非所问，"潜龙总公司和华夏集团是两个矛盾着的经营体，却偏偏要在龙潭工程这口大锅里一起搅饭吃，奇怪又当如何？"

"你又理解错了，我不是这个意思……不是这个意思……唉……"诗维灰心地叹了口气，像是自言自语，"假如……我面对的一切都是一场梦……那该多好啊……"

"时总，他经常高烧，现在的高烧还没退。"景丽元担心诗维越说越离谱儿，打岔说，"爱说胡话。有些话，你就别当真了。"

时空做个手势，说："知道，我知道。"

时空知道的是，诗维说的全是真话，是发自心灵深处的忏悔，绝对没有一句胡话。时空也很痛苦，不愿意看到的结局看到了。时空曾发誓不惜一切代价护卫他平安无事，同自己一道，使华夏集团重新振作起来，可是，他自己被自己打倒了。

早在春节前夕，时空就知道了诗维在长江、珠海两个施工局调研的时候收受了数以十万计的红包，并且知道他和孔超、薛建设在归途被土匪劫持的事情。这两件事虽然性质严重，但时空还是能理解到诗维很有可能是被迫无奈，被动就范，身为党委书记，这点儿免疫功能还是有的。作为组织，完全可以视情对待，不为组织所知当然更好。平时，时空留意到，诗维萎靡不振，心事重重，揣测到他的思想负担沉重，几次想找他交交心，把话挑明，让他放下包袱，可是一想到这样做有可能伤害他的自尊，适得其反，只好打消了这种念头。暗中替他遮掩，千方百计转移视线，帮他渡过难关——成了时空庇护诗维的唯一选择。万万没有想到的是，本来就不堪重负的诗维竟然又染上了不治之症，暴露出了另一个疑点。世人皆知，这种疾病是需要在特殊条件下才能染上的，染上了，必须付出沉重代价。是无意接触感染呢？还是生活放纵带来的恶果？时空尚不知诗维在沁园春有过一夜风流，更不知道他与自家保姆的肌肤之交，只能猜想，不着边际地猜想。"诗维书记呀，诗维书记，时空我有心保你安然无恙，"他心底大声疾呼，"你可别不打自招呀。"

表面上，景丽元还算平静，可是内心深处却是翻江倒海，骇浪惊涛。病情关乎诗维的命运，家庭的命运，作为主妇，她不能不忧心如焚。

"时总，"但是忧伤、气愤没有搅昏景丽元的头脑，"自从去年秋天他去长江、珠海两个施工局出了趟差回来后，精神状况就一直不怎么好。当今社会您也知道，有些地方开放过了头，各种稀奇古怪的疾病也多了起来。住旅店、下餐馆，吃的、用的、洗的，都是各种传染病的媒介，我怀疑他是感染上了什么病毒。也只是怀疑。"她绝不允许把诗维的病症和二姨和家庭扯上关系，"有些思想活动，我不能不向您汇报汇报。他是党委书记，调研、党建、思想政治、反腐倡廉，都是他的分内工作，他不去谁去？现在有了病痛，应该是因公负伤，您说是不是？"

"景主任，丽元大姐呀，你的意思我明白。"时空赶忙报以憨笑，"他是华夏集团的党委书记，华夏集团当然要对他负责任。漫说他现在偶有小恙，即便更大的病，华夏也会全力救治。眼下，华夏集团的日子比以前好过多了，这你知道，保一个书记的安康绝对不会有问题；还有，医疗保障体系日臻完善，双保险，你只管放一百二十个心。我顺便提醒你一下，你自个儿也要照顾好身体。你看，你现在的气色大不如从前，这不是个好事，要知道，诗维书记的安康全仰仗你哩。从今天起，培训中心那一摊子事，你注重宏观管理就行了，具体工作交给下面的人去干。需要助手，需要加强力量，你招呼一声，看中谁我给你调谁。我的意思是，你必须全身心照料好诗维书记，让他早日康复。"

"那还得他积极配合呀。"景丽元脸上总算有了点儿笑容。

"但主要还得依靠你，你要有耐心。"时空保持内紧外松，半是玩笑半认真，"病人有时像孩子，要由着点儿他的性子。料理病人我可有经验了。我那掌柜你应该知道，不犯病的时候，知书达理，贤妻良母一个，要是病一复发，好家伙，跟疯子没有什么两样。我们全家人就哄呀，哄呀，像哄小孩儿。没点儿耐心，根本不行，我这是经验之谈啊。有耐心就有回报。以前，我那口子天天上医院打针，打杜冷丁，一针不行打两针，两针不行打三针，每天光跑医院就能把人折腾个半死。现在好了，两三天去医院打一针，有时一个星期才想到应该去医院打一针。"

"唉……"景丽元叹了口长气，"他要是像你夫人一样，有个盼头，就是累死，我也不会有怨言。"

"刚才听你说……"诗维又蠕动起了嘴唇，两只深陷的眼睛依旧望着上空，"要去长江、珠海、黄河三个局……转转？"

"名义是检查工作。"时空重复着刚才的句式，他知道，跟他商量、讨论、研究什么工作都不是时候，只能按照自己的想法去努力干了，"龙潭工程好赖开工了，集团目前也没有什么大事、急事，算个空当儿，就想到下去走走看看。"

"没有这么简单吧？"

他的脑子清醒得很！时空怔住了。

"你心里在想什么……着急什么……我都知道。"诗维像是喃喃自语，"这事……不说出来也罢……也罢……"

一二〇

星期一。

时空早早上班了。时空的面色呈现出了少有的阴森。一走进办公室，他就查找到了邬国栋的手机号码，随即嘀嘀嗒嗒拨通了他的手机。

"谁……呀？"那头传来邬国栋懒懒的声音，好像还没有睡醒。

"时空。"

"哦——？时总！"邬国栋的腔调儿立即变了，"您怎么……惦记起我来了？"

"你在大草甸旁边的山坳里开了个洗头洗脚城对吧？"

"不错。卡拉OK分店。延伸产业链，扩大经营范围。已经在永泰县工商局履行了登记注册手续。"

"干什么营生呢？"

"名副其实？——洗头、洗脚。为辛劳的龙潭水电建设者服务。"

"该不会是挂羊头卖狗肉吧？"

"时总经理，您说话可得负责任。我完全是依法经营、文明经营，哪来挂羊头卖狗肉一说呢？"

"你招聘那些年轻女子，真是依法经营、文明经营？"

"是呀，女子年轻点儿，漂亮点儿，服务再热情点儿、细心点儿、周到点儿、体贴点儿，回头客就多，生意就好做点儿呀。"

"不用解释了。上周，工人和山民在大草甸发生矛盾冲突，我趁机在龙潭工地多待了两天，什么情况都了解清楚了。我说你挂羊头卖狗肉是有根据的。"

"哎呀……"邬国栋毕竟做贼心虚，但是不肯轻易认账，"洗头、洗脚是受聘女子的主业，至于她们搞没搞副业，工作过程中跟客人有没有什么别的交易，我可就不知道了。"

"那是你的店子。不知道不等于不负责，你说对吗？"

"我管控严一点儿，行了吧？"

"不是管严的问题。你那店子，必须拆掉。"

"时总经理，这我就想不通了。"邬国栋软抵硬抗，"第一，我是有营业执照的，合法；第二，我的服务对象是广大职工群众，主旨是消除一线从业人员的疲劳，保障他们身心健康；第三，我招聘的大都是下岗、待岗女职工，给他们创造了再就业机会，给社会消除了不稳定因素，策应了治安工作，于情于理都说得过去。你凭什么干涉个体经营？说拆就拆了？"

"老邬呀，我知道你过去是一个施工处的党委书记，很懂道理，所以决定以理服人，没有想到要横加干涉。"时空的口气愈加强硬，"话不要明说，你实际上是在做什么生意，你比我更清楚。你当过书记，你再站在书记的立场为龙潭工地上的工人想想。他们好不容易有了工作岗位，好不容易有了挣钱养家糊口的机会，好不容易赚到了一点儿钱，你却让他们把辛辛苦苦赚到手的钱抛撒到根本没有尊严可言的女人身上，你忍心吗？不是我危言耸听，更令人发指的是疾病，各种各样的，甚至无法治愈的疾病，有可能通过你这个平台，肆无忌惮地蔓延、扩散。这就是犯罪，懂吗？"

"……没有那么严重吧。"

"我没有工夫跟你多说了。拆，必须拆！"时空加重语气，"我也跟你说几条。一、你的经营场所在红线区，在红线区从事商业活动的任何集体和个人，都必须得到施工单位的同意，说具体点儿，你在那里开洗头、洗脚城，须况夫点头，区域行政机构不再在红线区行使管辖权。二、娄毅可以依据治安条例进行干预。三、你要是执迷不悟，娄毅随时有权向永泰县公安机关举报，做到人赃俱获。"

邬国栋吓得半天说不出一句话来。

"听清楚了没有？我这是最客气的做法。"

"我……不开洗头洗脚城了，明天就关门。开个餐馆……开农家乐行不行？"

"那是你的事。"时空压了电话。

时空一想到诗维那吓得变了形的模样，就对病毒媒介深恶痛绝，所以，一上班就给以挂羊头卖狗肉为生的邬国栋打了这个泄愤的电话：别的地方管不了，自己辖区范围内的事还管不了？

时空解气地冲了杯咖啡，坐到办公桌前整理了一下思绪，正想给龙潭工地的娄毅打电话，让他敦促邬国栋赶快把那个是非之地的门关了，焦言、贺怀阳惊慌失措地闯了进来，上气不接下气：

"时总，不得了哇，出了大事了。"

"老秋被公安局抓走了。"

时空一时反应不过来："哪个老秋被公安局抓走了？"

"还有哪个老秋，我们的秋副总经理秋胤呀。"

时空霍地站了起来，勃然大怒："为什么?!"

"不知道。"

"秋副老总是好人哪。"

"混账！"时空气极地一扬手，把盛满咖啡的杯子甩了个粉碎，"不准抓！老贺，去，通知向前、何一峰，火速把修造厂的工人带一群过来，把公安局的人统统给我堵在华夏集团！"

"来不及啦。"焦言沮丧地说，"一大早，两辆警车就悄悄开进了桃园小区，秋老夫子一下楼就被几个大盖帽搡进了警车，笛子一拉就一溜烟儿开走了。接下就有人去抄他的家。我看得清清楚楚。"

"这是为什么?!"时空暴跳如雷，"他一没杀人放火，二没贪污盗窃，三没抹牌赌博、搞皮闹绊，不舍昼夜地干好本职工作，还犯法啦？"

"是不是抓错人了？"贺怀阳苦着脸。

焦言锁着眉头："蹊跷。"

"无法无天！"时空叉着腰，在办公室急剧地踱着圈儿，"平白无故跑到华夏抓人，竟然连招呼都不打一声！"

就在这时，两个全副武装的警官走了进来。时空迎上前就是一声怒喝：

"你们也太不像话了！胡乱就把人抓走了，有党纪国法没有?!"

"时总息怒，时总息怒！"年岁稍长的警官一边忙着掏证件一边解释，"实在对不起，情况太特殊。"

另一位警官对大睁着双眼的焦言、贺怀阳说："有劳二位回避一下。"

焦言、贺怀阳不满地瞥了警官一眼，悻悻退到门外。两个人在楼道里急得搓手、挠头、跺脚，猜测两个警官在对时空解释什么，猜测秋胤究竟因为什么锒铛入狱。不到一支烟工夫，两个警官开门走了出来，并且庄严地向焦言、贺怀阳敬了个军礼，甩着大步钻进了电梯。

当焦言、贺怀阳再次走进时空办公室的时候，时空已经不是怒火万丈的时空。时空双手捧着脑袋，蜷伏在办公桌前，像只泄了气的皮球，无声无息。焦言、贺怀阳见状，明白事出有因，只得悄然退出。

上周五夜晚时空去二医院探视诗维，无意中得知诗维感染上不治之症，那消息就像平地惊雷，让他神魂震颤；今天，秋胤又被公安局逮走，严酷的现实犹如晴空霹雳，令他胆魄怔忪。这两个高管人物在华夏集团有着不可替代的作用，可是，一个躺下了，一个拘捕了，时空如同断掉了左膀右臂。七个班子成员突然只剩下五个，多灾多难的华夏集团往后更加……时空不敢想象下去了。然而，漫长的路还得继续往前走，无论还会遇

725 / 第六章

到什么样的艰难险阻……时空把自己关在办公室里，想了很久，想了很多。后来，他习惯地叉开双掌，用力抹了几把面庞，呼出一口粗气，很快拨通了杨导的手机：

"我时空呀。"

"哦？哦哦。"

"你现在在哪里？"

"三峡。工地上。"

"如果没有死人翻船的大事，你现在就去乘飞机往回赶。争取明天上午到家。"

沉舟侧畔。时空还是准备按既定方针带领检查工作小组奔赴长江、珠海、黄河三大施工局，争取把他们转包到手的 BII、BIII、CII、CIII 标收归集团统筹施工。他决定让杨导顶替秋胤，回家主持一段时间的工作。

"……家里……有急事？"

"回来后，你就什么都知道了。"

一二一

时空带领一干人马从十字街出发，先到成都的黄河施工局，再到深圳的珠海施工局，再到杭州的长江施工局，差不多绕了半个中国，最后绕回了省城。

时空一干人马出色地完成了任务，达到了预期目的。

黄河施工局的局长兼党委副书记罗光辉、党委书记兼副局长舒喜河，珠海施工局的局长兼党委副书记夔亮、党委书记兼副局长蔺山海，长江施工局的局长兼党委副书记韶央、党委书记兼副局长滕夫儒，都满口答应把自己转包到手的龙潭工程主体标段交给集团统一管理，统筹施工，都表示要顾全大局，服从大局。尽管他们心里都不高兴，但脸上都是高兴的。

时空此次出行阵容强大，分管劳动人事和组织部门的帅自文、具体负责干部调配工作并且管着"人才库"的组宣处长侯万里、纪检、监察一肩挑而且代理工会主席的白延寿、集团党委喉舌部门的头面人物——党群工作部主任司马敬，还有报社的总编费玲玲和影视处长沙凡，会说的会写的，唱红脸的唱黑脸的，都有，个个举足轻重。这哪儿是检查什么工作啊？分明是诇察，鞫讯，兴师问罪！

当今社会，有几个经营、经济实体的大当家能做到屁股上不沾点儿屎呢？既然做不到，就免不了提心吊胆。

三大施工局的大当家都是有些见识的人，都感到来头不对劲儿，都知道鸡蛋里面是可以挑出骨头来的，都担心被人耻笑"给面子不要面子"，都害怕得罪顶头上司，都懂得识时务者为俊杰，就都表示服从大局，将自己费尽心机捞到手的龙潭工程主体标段拱手相让——折财免灾。

时空这回打的是个进攻仗，而且必须马到成功，难免使点儿小手段。

时空首先造访的是黄河施工局。去年秋天，时空到成都找罗光辉、舒喜河抽调技工和机械设备为龙潭工程上马做前期准备工作，意外收到几封举报信，揭发黄河施工局机关和三级单位负责人有贪污受贿行为，其中两位已交白延寿查办，另外三位由于罗光辉、舒喜河说情，诫勉谈话后暂缓立案，以观后效，等于抓到了罗光辉、舒喜河的一个小把柄。认起真来，追究黄河局存在"不正之风"，第一责任人"治企不严"、"用人不当"不为过分。黄河施工局的小日子过得最甜蜜，财大气粗的人往往不在乎吃小亏。把黄河局作为突破口，当为高招。

根本不明白时空什么来意的罗光辉、舒喜河刚开始确实有点儿惊慌，不仅担心黄河局无风三尺浪，还怕拉扯出了自己的筋筋绺绺。一经探明时空的真正目的，两人赶紧表态把龙潭工程的BII标交给集团统筹。罗光辉、舒喜河的想法和做法都很高明：黄河局是时空出行的第一站，如果黄河局为冲老大当二百五，将时空的意图硬顶回去，时空真在黄河局查办起案子来咋办？就算他这回不查办案子，就算他是检查工作，那韶央、滕夫儒、夔亮、蔺山海都是脑瓜子活泛透顶的角儿，黄河局在前面把他顶住了，他们在后面顺从了，黄河局岂不是把他彻底得罪了？彻底得罪了时空，他还能不老账新账一起算？与其担心被韶央、滕夫儒、夔亮、蔺山海卖了，不如先来个自保再说。何况，黄河局业已在大西北立住了脚，合同储量大，加之建筑市场广阔，只要努力，大大小小的土建工程是可以源源不断承揽到手的，区区龙潭工程BII标算得了什么。

珠海施工局的夔亮、蔺山海得知黄河施工局把龙潭工程BII标交给集团统筹的消息后，首先想到的是：罗光辉、舒喜河是在巴结时空，是在为自己的切身利益铺平道路。于是不甘示弱，毫不犹豫地把通过仓瑞谱转包到手的龙潭工程CIII标交给了集团。CIII标虽然不大，但是赚头大。赚头大是因为技术含量高，机组安装只需机电安装工程师和技师，工人用量少，用工成本相对低廉。夔亮和蔺山海正在发愁：在内部凑足龙潭电站机组安装的工程师、技师困难很大，转包出去又怕工期、质量得不到保障，遭到甲方重罚。他们两个人的想法是：交给集团不一定是什么坏事，肉烂了在锅里。珠海局虽然小，但船小好掉头，再不济也会比黄河、长江局混得好，大可不必惹恼了时空。

罗光辉、舒喜河、夔亮、蔺山海都搞小动作！黄河、珠海两个施工局的慷慨可是害苦了长江局的韶央和滕夫儒。长江施工局的境况是真的不妙：在建工程项目越来越少，合同存量严重不足，眼看就要断炊。正因如此，他们才拼命四处找门道，拉关系，费尽九牛二虎之力，总算当上了龙潭工程BIII、CII标的二包头。实指望BIII标、CII标续烟火，哪料罗光辉、舒喜河、夔亮、蔺山海大大方方把到手的猎物充了公，讨好时空不说，还捎带勒了一下长江局的脖子，这帮家伙真可恶、歹毒！长江局该怎么办呢？想抗争也不行，同盟军都背叛到了对立面，孤掌难鸣啊。韶央、滕夫儒私下一合计，牙齿一咬，忍痛割爱：交，两标全交了！他俩做得更积极，不等时空开口，就主动提出把BIII标、CII标交给集团。两人的私心杂念是：黄河、珠海局的日子那么好过，都不敢得罪了时空，得罪了集团，长江局何苦充大头？甘当落后的典型，就是惹火烧身。

时空下了个狠手，等于把他们舀进碗里的饭又倒进了锅里。时空之所以能达到目的，很大程度得益于三大施工局主要负责人的互相猜忌。但是时空没有让三大施工局吃亏——除转让过程中发生的费用和转让费全部由集团承担外，还承诺按潜规则另付给他们一笔转让费。三大施工局也尝到了不劳而获的甜头。也就是说，龙潭工程BII标、BI-

Ⅱ标、CⅡ标、CⅢ标还没有施工，刚刚成立的龙潭施工局就承担了百分之十四以上的亏损额度。尽管如此，对华夏集团来说仍然是合算的：理顺了管理关系，理顺了施工关系，掌握了施工主动权，工程的工期、质量都有保障。亏损的那一部分，可以通过排除施工过程中的相互干扰、制约和优化施工组织设计弥补，时空相信况夫完全有这个能力。

时空这回搞的是微笑运动。每到一个施工局，每去一个建筑工地，每主持一个小范围的恳谈会，他脸上总是微笑着的，而且该开口说两句的时候，总会说"很好，你们的工作干得很好"。这姿态反而使三大施工局的头头脑脑们更加谨慎，更加不安，更加疑心这是笑里藏刀。他到华夏集团当总经理转眼快一年了，各二级单位、三级单位的领导班子按部就班，大小头目依然故我，根本没听到改头换面的动静，但是这一刀早晚得砍下来，早晚要来这么一刀，不是笑里藏刀是什么？然而时空却是权当大家都是在顾全大局，没有刻意去研究他们的心态，只要能达到目的，什么都好，什么事也没有。他原计划用半个月的时间实现目标，结果一高兴，竟然在外面逗留了二十多天。

华夏集团驻省办事处的老瞿瞿主任早就带了辆中巴恭候在机场，时空一行一下飞机就被拉到了办事处。瞿主任不仅把住房安顿妥了，午饭也准备妥了。

时空此次领队出行一改华夏集团传统习俗。检查工作小组自己找旅店住宿，吃包伙，拒绝请吃。三大施工局的负责人皆不知时空什么秉性，又怕他找茬儿纠偏，都没敢贸然献殷勤，一切悉听尊便。迎进送出的"便宴"免了，礼品免了，红纸包更是免了。这么一来，检查工作小组的成员谁也没有得到实惠。没有得到实惠当然廉洁，可是心里总是觉得不是个滋味，因为从前走基层或多或少是有点儿进项的，坐机关的常把这点儿灰色收入引为自豪，这回也……太廉洁了吧。大家口里没言语，心里着实不舒服。心里不舒服，脸上自然生动不起来。

白延寿喜欢喝点儿酒，可是二十多天连酒香都没有闻到，难受极了。"总该可以……喝点儿了吧。"还没落座，他就操着浓重的四川口音嘟囔了一句，语气好像还不仅仅只是在乎一口酒。

正指挥厨子布菜的瞿主任连忙说："时总在电话里早交待过了，到办事处来，要餐餐有酒，餐餐管够。"还神秘地指了指小餐厅的一个角落，"吃不完还要兜着走咧。"

白延寿取下茶色眼镜，用仅存的一只眼认真地朝墙角瞅了瞅，果然发现那里搁了三箱茅台，立马笑歪了嘴："这还差不多。"

帅自文边落座边说："大家要感谢况夫啊，这是龙潭投标工作站没有用完的公关酒，他们没舍得喝，大部分搁在办事处做招待用酒了。你们这次很辛苦，立了大功，所以，时总决定搬出三箱来犒劳犒劳你们。"

白延寿就又故作受之有愧状："犒劳？……还立了大功？"仗着跟时空走动甚密，出言任意，"哟喂，我啷个就觉得这趟差出得糊里糊涂呢？除了吃饭困觉，就是陪坐陪听陪看陪走路——陪衬，这就立了大功了？司马师爷，你脑子活泛，搞清白我们到底作甚了？"

司马敬立起两片朝上撇的大刀眉，摇摇头。

"猴祖先，你个老子说说看。"

侯万里干瘦的脸没有一点儿表情："跑马观花……也不失为检查工作的一种形式。"

"形式也好，过场也好，总得实现个目标才好，没有目标的形式、过场，有啥子意义嘛。纪检、监察是我白瞎子的本行，这趟差没让我锁定一个目标，白跑喽。"白延寿转动着脑袋，问费玲玲和沙凡，"二位笔杆杆怎么看？"

费玲玲说："我的目标实现了——收集到了不少素材，至少可以满足两期报纸的需要。"

沙凡说："我的目标也实现了——报纸需要的图片照了不少；制作专题片的影像资料也拍摄了不少，满载而归。你是没有找到自己的岗位吧？整天惦记着喝几口去了。"

"个老子，尽开黄腔！"白延寿啐道，"这趟差由你们两个剩男剩女包圆，时总把我们这一大群配角捞出来打鬼哟。"

时空从卫生间走了出来，笑着插了一句："在座的如果少了一位，这趟差的根本任务就会泡汤。完不成任务，就得灰溜溜往回跑，我也就没有好酒犒劳各位喽。"

帅自文说："时总和我是狐假虎威，这趟差办得漂亮，全仰仗各位的虎威。"

"闯到个鬼哟，我有啥子虎威嘛。要是有虎威，眼珠子就不会被人用弹弓射瞎一只喽。"白延寿其实很想知道这趟差时空究竟做了些什么手脚，"啥子不得了的大事嘛，神秘兮兮的，把我们这些当差的一个个全蒙在鼓里。"

帅自文学着白延寿的腔调："那么着急做啥子嘛，时候一到，你自然就晓得了嘛。"

"喝酒喝酒，瞿主任，斟酒，都给斟满了。"时空打断了他们的话。他不是不想开宗明义，主要是这件事只可以意会，不可以言传，不好说，也很难说清楚，"先喝酒，然后嘛，瞿主任刚才说了，'吃不完兜着走'，一人拿走两瓶，外加两条烟，大中华。怎么样，不贱吧？咱检查工作小组也不能不食人间烟火哪。"

"嘿嘿，"白延寿心里高兴，嘴上却说，"时总允许我们胡吃海喝，廉洁政策放宽了啊？"

"有个不成文的规定，烟酒不在纪检、监察之列。"帅自文打趣儿说，"看把我们白纪检吓得涎水直滴的。"

"酒肉穿肠过，佛祖心中留。"时空诙谐地说，"心中有佛才算修道成功。"

"可是我和沙凡都不吸烟，酒也不是非喝不可。"费玲玲说。

"卖给白书记呀。茅台四百块钱一瓶，大中华七百块钱一条，有价钱哪。"时空说。

"我才不要哩。"白延寿一副不屑的神情，"要那么多烟酒作甚，又不开超市。"

"真不要哇？"时空望着他。

"一份就够了，足够。"

"行。"时空说，"我只要两条烟。两瓶酒……就让司马主任、侯处长分了吧。"

"你啷个那信直嘛？"白延寿急了，"我没说白送的不要哇。猴祖先平日见酒就晕头，你这不是为难他嘛。"

"知道白瞎子是烟囱、酒桶。"侯万里是个老实人，啥事都礼让三分，"配给我的烟酒我全不要了，都让给你，行啵？"

"啥叫行，啥叫不行。"白延寿还不领情，"烟酒给你是浪费，是对你冰心玉体的严重污染。再说了，烟伤肺，酒伤肝，茶伤胃，都是害人的东西，你何苦受这份罪？老白我是没有办法，不小心爱上了这一口，人不贪嘴贪。"

趁着白延寿、侯万里耍贫嘴的当儿，时空对坐在身旁的帅自文说："明天上午往回赶，让瞿主任用中巴送。你下午就和大家好好休息休息，我有点儿事，想去办办。"

帅自文问他去办什么事。

时空说想去看看秋胤。

帅自文不知什么意思地笑了笑，没有说支持也没有说反对。

费玲玲很感兴趣，说："时总，把我也带去吧。"

沙凡说："还有我哩。"

时空说："人家要是能让我见他一面，那就算格外施恩，还能让你们也见到他？"

司马敬给了费玲玲、沙凡一个很不好看的脸色，"不是什么事情都可以宣传报道的。"

一二二

省公安厅在月湖东岸，离省政府办公厅不远。

时空走进公安厅大楼。一路不少警官跟他打招呼，守大门的士兵还向他敬了个军礼。

刚到五楼，迎面遇见副厅长宸奎。宸奎老远就向时空扬手致意，问他到公安厅来找他有何贵干。时空说：

"我找你干嘛，我找窦厅长。"

宸奎怪笑着说："好好，您找窦厅长去吧。他在办公室恭候您哩。"

"闲得发慌，指望我找你有事。"时空边揶揄边往里走。

时空走到厅长办公室门口，敲了几次门，不见开。隔壁办公室的一位警官探出头来，问他找谁。时空说我找窦厅长。

警官说："窦厅长住院了，住了一个多月了。"

时空这才觉出反被宸奎戏弄，忙转过身向警官打听："厅里现在哪位副厅长主持工作？"

"宸副厅长。"

"宸奎？"

"是呀。"

时空只好回过头去敲宸奎的门。

"谁呀？"宸奎在里面拿腔拿调儿地叫着。

时空懒得理茬儿，推门走进去，一屁股坐到沙发上："瞧你那德性。"

宸奎咧开嘴直笑："我求着你为你效劳，你偏要攀高枝，那有什么办法。"

"都主持工作了啊？"

"临时，临时。摊派，属于摊派。"

宸奎浓眉大眼四方脸，膀粗腰圆，戴一顶大檐儿帽，着一套绿警装，威武雄壮，跟电影里面抓坏蛋的艺术形象不差分毫。他去帮着越南人打过仗，还立了个一等功，因而说话办事的胆子比别人大。公安厅和政府办公厅毗邻，两家要配合的事特多，常来常往，所以，时空在当副秘书长的时候就跟宸奎混得厮熟。

宸奎早发现时空腋下夹着两条大中华，走过去就夺到了手，到手就拆包。

"我这是孝敬老厅长的！"

"你甭害他。害我吧。"宸奎已经叼上了一支，"他就为太喜欢这个，如今犯了病，大病……肺气肿。"

"他抽烟患肺气肿，你抽就不患肺气肿。"

"情况不一样。"宸奎坐到时空旁边，两个鼻孔直冒烟，"美国人的一颗炮弹炸开后，冒的烟比钢厂烟囱里冒出来的还浓，还黑，敝人就在那又浓又黑的烟雾里度日，练出来了。比较起来，这烟，嘿嘿，"弹弹烟灰，"就不叫烟了。"

"吹，吹吧。反正我没上过战场，你吹什么就是什么。"

"不就是打过几回大仗，立了那么个一等功吗，谁还有兴趣把它挂在嘴上呀，这不是很有必要在你面前摆摆谱儿嘛。现如今不讲究军功了，兵油子不一定有小老板吃得开。你是不知道，兄弟我清苦啊，廉洁啊。"宸奎起身，把拆开的和没有拆开的大中华统统收进抽屉里，"估计厅长抽你这两条烟也不容易。说，有何盼咐？"

"探监。"时空也不绕圈子。

"探谁？"

"秋胤。"

"天哪，时大老总啊，你的狗胆也真够大的呀，你敢来探他？"宸奎夸张地惊叫着，"他是什么人物你知道不？大特务，肩上扛着国民党的少将军衔呀。"

"我只知道他是华夏集团的副总经理，是我的同事，朋友。"时空却挖苦说，"莫不是张冠李戴了吧？搞错事是你们的家常便饭，来不来就把好人当坏人抓了。"

"把人民公安鄙薄得这么一文不值呀？我们都饭桶？瞧书记、省长把你宠的，什么话都能从你嘴里冒出来！"

时空嘲笑说："听说你们跑到秋胤家里去搜查，想查抄电台、窃听器、情报，结果，想搜查到的东西一样没有，却抄出了一大堆奖状，从一九五一年的'劳动能手'到二〇〇一年的'五一劳动奖章'，年年不掉档不说，还有很多年份同时获得几个奖，就连公派到大学进修三年，也是连续三年被评为三好学生，你说，你们抓的不是好人是什么？"

"秋胤——国民党保密局的特工，解放多久，他就潜伏了多久。你说我们只搜到他一箱子奖状，我承认，如果你再说他如何如何能干，如何如何有学问，如何如何兢兢业业、勤勤恳恳、任劳任怨，我也承认，但是，这一切正好证明他狡猾至极。他知道大陆最喜欢会干活儿的老实人，于是精心伪装，用表象蒙蔽干部、群众的眼睛，以便更加得心应手地从事间谍活动，破坏活动。当然，狐狸再狡猾，也斗不过好猎手。"

"你说他搞间谍活动、破坏活动，总得有点儿现成的证据呀，稀里糊涂就把人给抓了？"

"人，实际上是安全局抓的，我们公安只是配角。配角被你当主角骂了，不分青红皂白！"

"早不抓，晚不抓，华夏正缺人手的时候你们偏把他抓了，这不明摆着是在配合国民党特务破坏我们的经济建设呀？我说你们这伙人才是特务。"

"你别剜我，这话，敢当书记、省长说我才会服你。诡辩。"宸奎又歪倒在时空旁边，跷起二郎腿，睁只眼闭只眼地抽着烟，"我就麻起胆子给你透点儿风，泄点儿密，让你见识见识我们人民公安、国家安全局不是吃素的。不久前，台湾抓了我们几个卧底，炫耀反潜能力，那么好，有来无往非礼也，我们也在全国范围内收了几张网，表示回应，顺便证实一下我们的能力。都是比画比画，没动真格的。"

其实，时空已经把秋胤的情况了解得清清楚楚，这会儿不过是跟宸奎耍耍嘴皮子："我只关心工程建设，对捉特务不感兴趣。国家安全是你们的事……"

"那是呀，保驾护航嘛。"

"你赶快表个态，作为同事，我要看看这个人。"

"哎呀……难题呀……"宸奎懒懒地弹着烟灰，"如果窦厅长坐在这里……他肯定不会同意：这还了得，胆敢探视在押国民党特务！不信我陪你去趟医院，他肯定这话。"

"你到底同不同意。不同意，我自己去医院找窦厅长。"时空根本不吃宸奎那一套，"国民党那么多高级将领被俘，我们那么多高级干部都去看望过，轮到我就不行了？"

"时兄，这不一样啊。"

"有什么不一样？说说看，哪点不一样？"

"横扯皮。好好好，你狠，你有种，宸奎我就麻起胆子给你这个面子，行不行？"宸奎从沙发上弹起来，坐到了办公桌上，边拨电话边说，"这完全是因为我太了解你了，这完全是因为书记、省长们太相信你了，不会担心你跟秋胤一个鼻窟窿出气。没有第二次了啊。"

一二三

月湖东岸有一个称作月亮湾的去处，和省直机关家属大院一泓之隔。

月亮湾依山傍水，林木森森，风光旖旎。其间，点缀着几栋具有异国风情的小别墅，错落有致。这几栋小别墅是上世纪五十年代专为苏联专家修建的，专家撤走后，成了省里几位享受厅局级待遇的要员的临时住所。要员们配置新居后，就都搬走了。别墅一直空闲着，虽然老旧了些，但仍显坚固、壮丽。现在，秋胤就拘押在这里，是月亮湾唯一的居民。秋胤一个人占用了最好的一栋，认真说起来，还算个规格。

宸奎派一辆悍马把时空送到了用铁丝网围着的月亮湾门口。木板哨棚里的警察已经接到宸奎亲自打来的电话，很有礼貌地给时空放行。时空提着礼品走进一片树林，按哨兵指示的方向朝着秋胤住的别墅走去。时空见宸奎很爽快也很放心，得寸进尺，想到给秋胤捎点儿礼品方好，就在来月亮湾的途中让司机停下车来买了两瓶古井贡酒、两听龙井，和一大兜水果点心，所以，手里沉甸甸的。不像探监，而像探亲访友。

秋胤正在一楼的客厅练习书法，忽然发现时空立在面前，不禁失声大笑：

"我昨晚做了个梦，梦见你看我来了，你看你看，你今天怎么真的来了呢？"

"这么灵验呀？"

"心灵感应，完全是心灵感应。"秋胤无限感叹，"如果不是亲历，还真难以置信。"

时空搁好礼品，跟以往一样，像什么事情都没有发生地在别墅里转悠起来。别墅并没有让时空歆慕——陈旧、结实点儿罢了，让他歆慕的是挂满四壁的毛笔字，幅幅刚劲、潇洒。足见主人的心态不错，非常不错。这哪儿像特务啊？这哪儿像有负罪感的作品啊？

时空两手叉腰，在客厅兜了一圈儿。然后，他在壁炉旁一幅最长的联句面前立定，兴味十足地吟咏开来：

"至诚乃大道轩身非炉非鼎何坎何难毕竟他日功成还证三清面目；

淡泊为群豪素志自卷自舒不挠不屈养就平生气节才是万古文章。"

秋胤见时空断句精准，吟诵起来抑扬顿挫，浪涛波涌，似有所悟，先是击掌而笑，而后又说：

"闲来无事，慢慢回想起了曾经接触过的警句格言、古诗名联。练练字，消磨时光。贻笑大方。"

"好雅兴，好雅兴！"时空意犹未尽。

秋胤谦逊有加："涂鸦，涂鸦！"忙着把方桌上的毛笔、砚台、墨汁、宣纸清理到靠墙的茶具柜上，又拿抹布把桌子擦抹干净，摆上茶壶茶盅。

秋胤的真实姓名叫秋生，出生在扬州一户富裕人家。一九四七年，他在南京工校读书时，被国民党中央情报局的秘密组织发展为特工。一九四九年春，国民政府岌岌可危，内务紊乱，已经在为远遁台湾做各种准备。为给即将成立的中华人民共和国留下一个烂摊子，国民党中央保密局计划让重庆站派特遣队，把长寿县境内的上硐、下硐两座水电站炸毁。国民党中央情报局的开明人士得到这一消息后，马上向参谋部报告，同时谏净：上硐、下硐两座水电站地处荒郊野岭，炸毁它们既不能阻挠共军南下，又不能使形势逆转，军事上、政治上都没有大大影响，只会在老百姓中留下骂名；况且，政府迁移台湾乃权宜之计，光复大陆才是大政方针，一旦光复归来，两座电站不复存在，岂不是自己毁掉了自己的家业？参谋部诸多将官认为中情局的谏言有道理，即责成中情局派人火速赶赴长寿县，阻止炸坝。这一特殊使命落到了秋生肩上。

当时，战事趋紧，秋生以学生身份做掩护，日夜兼程，历尽万难，好不容易迂回到了四川长寿县。哪知为时已晚。就在他赶到长寿县的头一天，上硐、下硐两座电站已经被特遣队炸毁。秋生不仅没有完成任务，连返回南京也变得困难起来。战争形势急转直下，长江北岸遍地是共军；西南、华南地区也渗透了不少共产党的部队，有些地方还建立起了共产党的政权。秋生有如惊弓之鸟，东逃西窜，仍想返回南京复命。徒步赶到湖南境内后，他发现满山遍野都是青年学生，一打听，才知道南京已经成了空巢，政府机构不是搬到了台湾就是搬到了广州。学校全部停课，学生作鸟雀散，有的回了家，有的随校往广州、香港撤退。秋生见大势已去，只得跟着一群学生折回贵阳。在贵阳，他认出一个保密局的特工。这个特工在南京时的公开身份是走街串巷的剃头匠。秋生问他因何乔装成学生，又为何跑到贵阳来了。剃头匠叫苦不迭，说："我是去传达立即炸毁上硐、下硐两座水电站命令的特派员，哪晓得事办完了，却回不去了。刚走到长沙，就听说南京只有守城部队。这个时候进城，尤其是我们这种小萝卜头，不是被自己的人当成叛徒、共匪间谍砍了，就是到时候被共军包了饺子，能回吗？没有办法，只好混在学生中间往广州跑，到了广州再说。你怎么也混在学生里面了？"秋生也是一肚子苦水，说："我是去传达停止炸毁上硐、下硐电站计划的特使。一到长寿，就听说上硐、下硐已经炸了。我跟你一样，回不了南京，也不知道往哪里去。"剃头匠说："我跟你不一样呀。我早接到潜伏命令了，打算去广州联系上级。我们局和你们局潜伏下来为光复大陆做工作的人很多。你要是真的没有接到潜伏命令，那得赶紧想办法找个地待下来，漫无目的地四处乱窜是会出问题的。万一暴露了身份，被共匪捉住，肯定掉脑袋。""上哪儿待去呢？"秋生一筹莫展，"上线、下线，都不知道跑到哪里去了。""这学生中间肯定有我们的人，也有你们的人，只可惜互相不认识，大水冲了龙王庙———一家人不认识一家人了。"剃头匠哀伤地说，"败了，败了，眼看败光了。一路看到的是，共匪势如破竹，我们的人马望风而逃。怎么说败就败了呢？唉……兵败如山倒，真是兵败如山倒啊。"秋生无心听剃头匠悲叹，只顾着急自己该怎么办才好，说："老哥，你有着落，我没有着落，方便的话，就关照点儿啊，咱们毕竟是一家人，但愿后会有期。"说完，匆匆分了手。他不仅害怕被共军抓住，还担心这剃头匠有朝一日变节把他给出卖了。

秋生没有跟着青年学生不停地南逃。折回南宁后，他在一家很不容易被人注意的贳器店谋了个差事。贳器店的老板一来见秋生年纪轻轻流落异乡，实是可怜，有心帮扶一把；二来是因为自己老态龙钟，行走不便，有个伙计帮忙打理当然好，就把他留下了。但有言在先，只管食宿不开工钱。秋生没有讨价还价，心想只要有地安身就行。贳器店是为穷人开的，本来就很少有人光顾，加上时值烽火年间，认真操办婚丧的穷人更少，一月难得接待一两回前来租用婚丧用品的顾客，倒也清闲。有一天，秋生用板车送出一批丧葬物品，回店后，发现自己衣兜里有个纸叠儿。他觉得蹊跷，连忙打开一看，只见上面写着几行字：

你的表现不错：懂得蛰伏，等待。
滇桂黔新修了一条路，还有伙伴。
你叫秋胤对吧？年龄好像也没有你
自己说的那么大，至少虚报了三岁。
即毁。

共军在滇桂黔地区集结了一支神秘的预备队，白崇禧将军的队伍正在那里与共军对峙——秋生什么都明白了，赶紧跑进厨房将纸叠付之一炬。

两年过后，秋生忙碌在宜阳县东南方向的瑶池水库工地。不过，工地上的工人、农民全都喊他秋胤，秋技术员。解放初期，工人绝大多数是文盲，有文化的青年凤毛麟角，他受到了重用。在两年多的时间里，他成功地利用了南逃学生的身份，成功地混进了水利施工队，成功地改换了名字和履历，但是，却没能按照上级的旨意打入预备师整编后的地方部队，只是随着水利施工队整合到了以预备师为主体的水电工程处，成了永泰电站建设者中的一员。

秋胤无缘收集军事秘密，情报内容只能以经济方面为主。那个时候，台湾国民党政权对大陆的一举一动都非常关注，秋胤的情报备受上级重视。每隔一段时间，秋胤会在自己的衣兜里发现一个纸叠儿，他也会按纸叠上的指令完成任务，把到手的情报送到临时指定的地点。他自己需要请示或者有什么要求，亦可随情报发出，上级会通过纸叠告诉他怎么做。从来不曾接触过具体的人。永泰水电站的兴建是保密的。施工现场外围有大批地方部队保卫，进出工地的路口设有哨卡，十来万工人（包括民兵）全部佩戴出入证上下班，可见当时是把这一宏伟建筑视为国防工程。谁知上马不到一年，台湾方面就清楚地知道了永泰电站精确的地理位置、建筑规模、装机总容量、投资概算、承建单位以及施工总人数。秋胤轻而易举地把全套技术资料弄到了手，并且很快传递到了台湾。为此，他不久便晋升为上校站长。然而，随着时间的推移，高科技突飞猛进，秋胤的情报愈来愈不成其为情报了。远在高天的飞行器，能把中华人民共和国境内的每一个建筑分辨得一清二楚；大报小报、电台、电视台竞相报道每个建筑项目的方方面面，唯恐不及时，唯恐不全面，唯恐不具体，唯恐失实，根本无需间谍煞费苦心窃取。秋胤衣兜里的纸叠儿越来越稀少。

一九五六年，秋胤回了一趟老家扬州，和与父母相依为命的童养媳成了婚，那是他被提拔为上校站长不久，也是台湾高调反攻大陆的时候。他自感气候不错，心情舒畅，就趁机办完了一家人都高兴的事情。第二年秋天，家父来信告诉他，儿媳生了个胖小子，问他取个什么名字。在永泰工地的秋胤看到处处红旗招展，想到共产党政权越来越巩固，不禁打了个寒战，给父亲回信说，秋天让人刻骨铭心的是风，就给小子取名秋风吧。一九六零年，大陆遭遇罕见的旱灾，农村到处闹饥荒，秋胤的老父亲怕饿坏了孙子，打发儿媳领着秋风到永泰工地住了半年。送妻儿回扬州的时候，秋胤对妻子说："假如你这回妊娠是真的，就该在明年八月坐月子。八月十五月儿圆，到时候，不管是男是女，你就给孩子取名秋月。"他见解放军的防御工作做得相当紧，而且广播喇叭里尽播"台湾只有三十万胡子兵……不堪一击"，于是反向思维，推断国民党光复大陆有望，海峡两岸团圆有期。翌年阴历八月，妻子给他添了个千金，取名秋月。秋胤却非常失望：只是叫了叫，没有向大陆发起反攻啊。一九六五年，秋胤回扬州老家过春节，吃年饭的时候，老父亲一面喝酒，一面和儿子拉家常，"……我说，假如秋家再添一丁，不论男女，你打算给孩子取个什么名字？"秋胤想都没想："叫秋水呀，现成的。"父亲也曾念过两年私塾，有点儿文化，说："秋风，寒；秋月尽管圆，亮，也寒；这秋水……更寒。照说，我们秋家的光景还是很不错的，你进大城市念过书，如今又当上了科长，村里村外都敬重我们一家，你怎老往寒处想呢？就不能给孩子取个和煦点儿的名字？"秋胤说："要怪就怪我们家这个姓，秋姓和哪个字搭配都有几分寒。如果姓夏，即便是叫'夏雪'，那也是和煦的。"这年阴历九月秋水出世。从台湾那边传来的光复大陆的声音，越来越脆弱。

光阴似箭，一转眼，五十多年过去了，如今，秋胤的大儿子秋风已经是邻县农业局的局长,二女儿秋月是上海民族音乐学院的副教授,三儿子秋水在老家当上了副乡长。秋胤的许多行为让人不可理解,他没有让自己的政治生涯影响任何一个家庭成员,父母妻儿都不知道他的真实身份,而且在更多的日子里,他甚至完全忘记了自己是国民党安插在大陆的特工……

"你甭忙泡茶。不如这样,我们喝酒,喝着聊着打发时间,行不行?"时空见秋胤的生活环境不错,比自己想象的要好得多,精神面貌也跟拘捕前没有什么两样,可见不曾受到什么委屈,也就极力不去触摸他的痛处,"我顺便捎了两瓶酒——古井贡。还有花生米、兰花豆、牛肉干、炸鸡腿,都是下酒菜。"

秋胤没有反对:"也行,就陪你喝两杯。"边说边将摆好的茶壶、茶盅置换成了塑料杯,又拉过两把靠背椅,"你的神韵很高昂。看样子,检查工作小组的真正目的达到了。"

时空一愣:"什么目的?"

"不要再瞒我了,我早猜出来了。你去三大施工局,实际是统筹 BII、BIII、CII、CIII 标的事。"

时空一笑:"真是什么都别想瞒过你。"把几个装有小吃的塑料袋摊放到桌上,又拧开了一瓶酒,"托你的福,还算顺当。顺当得连我自己都不敢相信。是去与虎谋皮啊。"

"说明三大诸侯尽管有雄霸一方的野心,但大局意识还是有的,难能可贵。"秋胤坐了下来,端着塑料杯让时空把酒斟满,"还是你的办法多哪。措施也得当。如果你不到华夏集团来,我看这个集团危险。"

"言重了,言重了哇。"时空在秋胤对面坐下,向他举了举手里的酒杯,"糊涂官打糊涂百姓,糊糊涂涂穷对付。没有套路。"

"哼哼。"秋胤儒雅地抿了口酒,用两个手指拈起颗花生米送进嘴里,嚼着,感慨万端,"绕来绕去,斗来斗去……这龙潭工程最终还是让华夏一家干了……早知今日,何必当初。"

"任是游戏,不把我们吓出一身冷汗,人家还不尽兴。"时空也喝了口酒,皱起了眉头,悲苦交加,"抢夺 AI 标的时候……我不顾你们几位贤哲的劝阻,硬把那八千万……想起这事,我心口就疼。"

"回过头看,堪称明智之举。"不想,秋胤已经改变了自己的认识,"将八千万为华夏集团买一份平安保险,值!"

在投不投《补充意见书》的问题上,时空和秋胤分歧很大,甚至红过脸。事后,时空总想向秋胤道个歉,承认自己判断失误,苦于一直找不到适当的机会,未能遂愿。他想,如果这会儿再不向他坦荡胸怀,恐怕再也没有机会了,可是话一出口,还是变了味儿:"我让你难堪,你还夸我?"

"唉……"秋胤一声长叹,"当时呀,我确实认为你对形势估计不足,觉得你过分小心,魄力不够……十字街的烟花爆竹一炸,把我炸醒了。后来,我就想啊,华夏集团等着饭碗的人实在太多,太多……如果我在你那个位置,我也会破釜沉舟,不顾一切把

《补充意见书》投了——用钱财换取稳定。得与失有时就在毫厘分秒之间，就在一念之差。万一竞争对手联合起来，把AI标夺走了，华夏集团可真是喊天天不应，呼地地不灵。竞争场上的变化神鬼莫测。你当断即断，难得。"

"马瘦毛长，人穷志短。不瞒你说，那个时候我确实有点儿心虚，有点儿着急，哪里还有胆啊。"时空一口饮尽了杯子里的酒，一脸苦笑，"好赖事情过去了。华夏眼前算是平安无事。问题是以后……五六年以后，面临的考验……更加严峻哪。"

"车到山前必有路。"秋胤却是一副成竹在胸的神态，"紫平铺、西落凼，都是比龙潭水电工程大，华夏有实力争夺到可观的标段。据我所知，全国立项的水电工程还不少，市场广阔，机遇多得很。我早给达奚贤交代过了，追标工作一刻也不能放松。"慢悠悠喝着酒，"另外，集团应该在扩大产业链方面有所作为，及早规划方为上策。建议开一个专题研讨会，集思广益。"

"好主意。"时空端起酒瓶，先给秋胤的酒杯添满，再给自己满上，"人无远虑，必有近忧。"

"长江局的经验值得借鉴。铁路、公路、桥梁、港口、航道、飞机场，一切土木建筑工程，应当都是我们的经营范围，都是主业，不能在水利水电工程这一棵树上吊死。还有，要想办法走出国门。中国的水电施工技术世界第一——工期短、质量高、建设成本低，没有哪个国家的建筑企业能够达到这种水平。这是优势，必须发挥，我们为什么不可以承揽几个外国的水电工程干干呢？听说有几家水电施工队伍正在走这条过去没有走过的路，而且小有收获，好，就该这样。华夏集团也不能落了后。相关前期工作，我做了一些。之男的英语，修养颇深，我特地弄到了几份外文资料，让她在翻译，是几个国家关于跨国招投标活动的刚性文本和工程建筑领域的国际通行规则。想到人家的国土上承揽工程，首先要弄清楚人家的规矩，瞎蒙就会吃亏。投标相对来说好办——实力加技巧，这些条件我们都具备，盯准了标，就可以投。国际招投标信息，可以通过外交部、商务部和民间商会组织获取。"

时空抓了几颗兰花豆，搁在掌心，一面送进嘴里咀嚼，一面点头称是。

"还有，不说别的，就说我们省。一两千座大中小型水库、水电站，绝大部分是上个世纪五六十年代的产物，差不多到了维修加固的年限，这个市场不小啊。别的省份呢？不是同样需要防患于未然，亟待消除本省大小水库、水电站的隐患吗？我的意思是，华夏集团也就六七万职工，随着不断的自然淘汰，生产人员还会越来越少，只要肯动脑筋，只要积极主动，多管齐下，会没有事情干吗？会饿肚子吗？不会的。"

都是给华夏集团指明的出路。

时空感动：他依然忠实于事业，依然忠诚华夏集团，壮心不已。时空感佩：他仍旧心静如水，仍旧视野开阔；他还是那样精神矍铄，深邃的眼睛闪着睿智的光，全然不觉身陷囹圄，超然物外。时空迷惘：他怎么会是间谍呢？

时空就更不愿意伤到他。他谦恭地为他斟酒，任他畅所欲言。他明白，他是在给他交代后事，鼓励他将华夏集团带出困境。

不知不觉，一瓶古井贡见了底。时空起身拿过另外一瓶。

"够了。"秋胤阻拦说，"适可而止。"

"平时很少见你喝酒,今天才发现你原来是海量。"

"酒不是什么好东西。"秋胤微微一笑,认为自己要谈的事情也该适可而止,非常自然地绕开了话题,"最突出的危害是误事,很多人的跟头就栽在酒上。据我所知,有不少国家明令禁止官员喝酒,特别是西方社会。我们学习西方,可惜没有学习这个。"

"我听说中国古时候对酒的管控也很严。"时空也就跟随他扯起闲来。

"的确。"秋胤用两个手指拈起一颗兰花豆,送进嘴里嚼了一会儿,说,"三千年前就有一篇管控酒的文章,叫《酒诰》。看过没有?"

时空摇摇头:"没有。"

"商朝灭亡后,周武王把商都妹土封给康叔,并且专为妹土发了个诰命。这个诰命就叫《酒诰》,主旨是管控酒。为什么呢?因为妹土酗酒成风。酒池肉林,使男女裸而相逐——道德就沦丧到了这种地步。当时,有哲人得出一个结论:民之丧德,君之丧帮,皆由于酒。前车之鉴,武王命康叔对酒实行人性化管理。一方面,允许民众在祭祀、婚丧、孝敬父老的情况下饮酒;另一方面,禁止年轻人聚众豪饮,尤其是经常性的聚众豪饮——把它视为不稳定因素。武王要求康叔:节制用酒必须从上面管起,先管好官员,百姓才信服。哪像我们现在这样,到处聚众豪饮,一年喝干一个鄱阳湖,酒广告做到了厕所里。"

"历史……倒退了啊?"

"科学还是进步了,文化倒退了。我只能说是酒文化。"

"与君一席话,胜读十年书。你让我耳目一新。"

秋胤摇摇手:"好为人师罢了。不如你,为人低调,深藏不露,我一直摸不透你有多深城府。"他倒很直率,"《尚书》如果你真没读过,不妨读读。如何兴邦治国,如何齐家立业,如何修身养性,那上面都有。不在于学习什么,在于熟悉一下我们古老的文化。它比现代西方文化弱不到哪里去,而时差是:至少三千年。一个民族遗落了自己的文化,那是很危险的。"

"是呀……汉学家跑到西方考察研究汉学,道理说不通呀。"

两人谈得很投机,都很快活,古今中外、天南地北都是话题,唯独回避各自心中发怵的那个问题,而且默契得很好。时间过得特别快,聊着聊着就到了黄昏。时空想起了冎奎把他送上悍马时说的那句话:"长话短说。"准备告辞。怕的是待得太久冎奎有意见,怕的是给冎奎惹出什么麻烦。

"看了你这满屋的书法,就知道你有一肚子学问。"时空瞅准一个空当儿,"能不能赠给我一幅。"

秋胤马上明白时空要走了,也明白他是想要个纪念品,就爽朗地说道:"那我就献丑了。"

时空抱拳作揖:"多谢!"

秋胤起身,先去卫生间端出一盆水,让时空洗了个脸,然后把方桌收拾干净,重新摆上文房四宝,凝神想了一会儿,拿起毛笔,一丝不苟地写下了两行正楷:

能攻心则反侧自消从古知兵非好战;

不审势即宽严皆误后来治蜀要深思。

愚胤录剑人赵藩联

写毕，把另一张宣纸平铺到上面，小心将墨汁吸干。

"见笑。"秋胤把卷成卷儿的条幅用塑料绳扎好，交给时空，"恕不挽留。"

时空恭敬地接过纸卷儿："承蒙赐教。"

秋胤坚持要把时空送出月亮湾，时空没有谢却。

门外，绿树丛中游荡着一位警察。那警察见时空、秋胤走出了别墅，主动挥手致意。时空、秋胤也向他挥了挥手。两人边走边谈，很快就离哨棚不远了。

"有件事，我差点儿忘了。"秋胤忽然说，"龙潭工程那四条引水洞的施工现场我都去看过。我觉得有点儿问题。"

"哦？"

"我一直在想，四条引水洞的海拔高度，要是能全部下沉半米就好。哪怕下沉二十公分、十公分也行。"

"你担心截流施工时，水头对戗堤压力过大？"

"正是。四条引水洞整体下沉一点儿，对洞挖施工没有任何负面影响，但是对截流施工来说可就非同小可。半爿街上游崇山峻岭，气候反复无常，万一截流时上游水量过大，截流面临的困难可想而知。"

"我回去后提醒一下况夫，让他尽早和设计单位商量一下，争取把四条洞的施工图纸改改。"

"看起来是个小事，容易被忽视。"

"这事我一定放在心上。"

两个人走到铁丝网大门口，挺立在哨棚前面的士兵庄严地向他们敬了个军礼，意思是应该止步了。两人同时站住，并且彬彬有礼地向士兵点了点头。

时空心里明白，自己没有理由也不可能再次见到秋胤了。伤感之际，一个百思不得其解的疑问又在脑海萦绕开来：身为台湾特工，为什么对大陆的事业如此忠贞不渝呢？他想直言不讳地问问他，可是话到嘴边又来了个急转弯儿：

"保重。"

"送君千里，终有一别。就不远送了。"秋胤拉过时空的手，"说句真心话，我最想做的事情是，回扬州老家祭个祖。看来……不会有这一天了……"

一二四

农历二月初仍然是潜龙江的枯水期，挨过这一时段大汛就频繁了。

龙潭工程截流施工就选定在这期间。不是说这期间任何一天都可以截流，天晴无雨才好。

经过一年的艰苦努力，围绕截流施工的所有工作均已就绪。万事俱备，只欠东风——单等有关领导和方方面面的嘉宾如期而至，参与一个盛大的庆典仪式。

最近几天，时空一直奔忙在龙潭工地，特别去那些重点施工部位看了看。截流在即，他想把相关准备工作再检查一遍。中国的水电建设工程实在太多，数不胜数，搞截流施工也就如同家常便饭，挺普通的一回事儿，但小心无大错，最平常最简单的事弄出大问题的情况也不是没有。

这天午饭在现场吃。吃罢午饭，时空就跟着琴拥军一道来到了右岸戗堤头。这里就是水电建设行家里手言说的战斗前沿。他们习惯这么比喻。

龙潭工程大江截流采用双戗进占方案。四条隧洞导流。右岸戗堤和左岸戗堤一样，也从岸边向大江主航道伸展约莫四百米就停止了进占。隔断左右两道戗堤的豁口看上去不到五百米，目前还在后浪推着前浪奔涌过流，有货轮、铁驳在赶运最后一趟货物，因为马上就要封航了。等到截流施工战斗打响，左右两道戗堤前沿同时发起总攻，猛烈地向豁口抛投块石和碎石，一鼓作气将它对接上，航道就断了，江水绕道四条导流洞穿行。需三五年过后，过往航船才能恢复往日的畅行无阻。

戗堤上的施工人员和往来汽车不多，只有七八个工人和四五台运送碎石的佩尔利，干些闭气、堵涌，给戗堤外墙加固和找平路面的活儿。也是截流前的准备工作之一。

阴元岫、阳元峁上游水道和半爿街对面的龙潭一样，浩浩瀚瀚一大片，像面澄澈的湖。虽然是枯水季节，水位却不见暴跌，不像其他的江河，一到枯水季节就萎缩成仅能通航的小溪，完全丧失发威的潜能。截流难度还是很大的。看来，上世纪五十年代制定的潜龙江五座水电站梯级开发规划把龙潭水电站摆在最后兴建极有远见，这里水流湍急，落差大，地质结构复杂，加上两岸山势险峻，施工场地狭窄，队伍营区、机械设备停放点和施工道路的布置局限性很大，不好施展拳脚，在工程技术力量薄弱、施工经验不足、机械设备落后的条件下，征服如此险恶的自然环境，确实困难重重。似乎到了这个时候，时空才感觉到拼死拼活争夺到手的龙潭工程原来不是一块甜美的蛋糕，而是一块非常难啃的硬骨头。

其实，最值得担忧的并不是即将开始的大江截流，而是截流后一系列的施工矛盾。一旦截流成功，上游围堰形成，人不能解甲，马不能卸鞍，围堰堰体防渗加固、下游围堰填筑时不我待，接下来便是排干两道围堰中间的积水，迅速掀起基坑开挖、大坝混凝土浇筑高潮，重大的互相制约的施工项目环环相扣，一个接着一个。需要解决的困难问题接踵而来：优化施工组织设计，提高施工工艺，达到节省人力、节省时间、节省材料的目的，实现效益最大化；合理调度有限的机械设备和工程技术人员，充分利用有限资源也不容忽视。长江施工局、珠海施工局、黄河施工局基本上把优良的机械设备陆续调走，龙潭施工局只能别无选择地继承一些老旧机械设备，无度地添置新机械设备当然不行，不能把利润都变成了固定资产。施工队伍结构失衡，下岗、待岗人员成了龙潭工程的主力军。再就业的问题尚未彻底解决，新的问题又冒了出来：重新获得工作岗位的职工由于技能单一，不仅适应不了新形势下的施工要求，而且直接影响到用工成本。从培训中心突击培训出来的复合人才太少，远远满足不了施工需求。一方面，下岗、待岗人员不能全部获得就业岗位，另一方面，龙潭工程施工急需合用的技术工人，非常矛盾。从长江、珠海、黄河三大施工局回调援兵谈何容易，抽调他们的技术人员和机械设备无异于挖他们的墙角，因为他们也要靠硬件抢占市场站稳市场。所以，去年从黄河施工局强行调回一部分机械设备和技术人员后，时空再也不敢想这个心思了。华夏集团尝尽了自残而后必须自强的苦涩。有一个简便的办法可以完全化解种种矛盾，同时收到不劳而获、坐享其成的奇效，那就是将承揽到手的龙潭工程所有标段全部转包、分包出去，以曾经的八大巨头为榜样，变成二包头、三包头，甚至四包头。如果这样做，刚刚实现再就业的下岗、待岗人员就要重新经历一次下岗、待岗，壮大失业队伍，用事实证明张天翼、胡胜利、赖耗子们对国有企业失去信心、信任、信赖的正确，从而引发新一轮不稳定。最大的受害者兴许是省委、省政府，因为他们必须为批量富余人员犯愁，还极有可能在一个不确定的时间里接收到一座没有质量保障的水电站。这个化解种种矛盾的简便办法当然是想都不能想的，组建龙潭施工局的主要目的，正是阻止龙潭工程层层分包，确保工期、质量。

对华夏集团来说，龙潭工程再大，也只是一个方面，三大施工局承揽的工程项目和十字街基地的大小经营实体在客观上与其享有同等地位，作为总经理当然不能顾此失彼，厚此薄彼。去年初夏，时空带领检查工作小组到长江、珠海、黄河三大施工局转了一圈儿，意图是敲山震虎，是假检查工作之名行统筹BII、BIII、CII、CIII标之实，结果，由于三大施工局的首领们很识时务，忍痛割爱，将各自转包到手的标段拱手让给了集团，时空大喜过望，旋即改变了主意，带领检查工作小组，跟随各位首领，去那些如火如荼的项目工地认认真真巡视了一番。一路下来，时空最大的感触是：三大施工局的干部呕心沥血，职工艰苦备尝，他们远离大后方，长年劳作在穷乡僻壤，实在不易，尽管薪酬待遇偏高，但业绩可圈可点，对集团的贡献确实很大。由此，他想到，在以后的日子里，集团总部应该加大对三大施工局的领导，多些关心，多些爱护，多些支持，少些猜疑，少些制约，提高向心力、凝聚力，增强他们对集团的信任、信赖，使他们更加强大，又不至于离心离德，脱离母体，自成体系。

伤脑筋的是，正需要集团领导班子发挥领导作用的时候，集团领导班子出了大问题。党委书记诗维住进了医院，而且没有希望出院；秋胤突然被国家安全部门逮捕——大局意识最强、工作最勤勉、看问题最敏锐、最有责任感而且最善于配合的副总经理，原来是国民党特务。秋胤被捕，时空非常意外；诗维患绝症，时空也非常意外。时空有条件第一个获悉关于诗维严重违纪的检举揭发材料。时空顾全大局又特别注重客观事实。时空认为诗维很有可能是误入歧途，收受大额红包和交给匪徒赎金多半是迫不得已，并非主观意志，为使集团管理层保持一个良好形象，共同应对艰难局面，他毅然采取了缓和办法，有意回避了立案调查。万万没有想到的是，诗维却自己躺倒下来了。从去年初夏到今年仲春，集团领导班子实际上只有五个成员在岗，带病运行。分管工程建设的杨导和分管质量安全的东方戟一年到头履职在外，除非重要会议、重大决策、龙潭工程施工出现技术疑难必须参加，否则，绝不轻易归来。近百个外埠工地一年之内怎么跑也很难跑遍，但他俩还是竭尽全力争取到各个工地看看。虽然外营点的工程量都不大，可是一旦有情况发生，甲方的眼里从来没有看成是小事，平时不重视检查、监督确实不行。除时空外，顶在总部机关处理日常内勤外务的只有焦言、程心爽、帅自文三个人。焦言控制资金流转，把死钱变成活钱，保证集团正常支出是一把好手，但生产经营、生产管理却是他的软肋，来自哪个方面的意见、建议他都会认为有道理，很少有自己的思想认识，需要表态时，多半以总经理的意志为转移，可时空需要的不是这个。程心爽、帅自文有朝气，也有工作热情，看不出哪儿不好，但又看不出好在哪儿，不好说。时空总觉得他俩身上缺了点儿什么，缺什么呢？也说不清。行政这边，议事、决策，时空明显感到远不如从前得心应手，党委那头更是乱了阵脚，诗维躺倒以后，只能靠司马敬、侯万里里里外外两头忙，干些面上工作，穷对付，党务工作根本谈不上深入、仔细、扎实，头疼。集团领导班子缺失严重，可是补强又不是说补就可以补的。该增补不能轻而易举地增补，该撤换不能随随便便地撤换。调整领导班子事关重大，涉及有关人员的启用，用谁不用谁必须慎重，草率行事后患无穷。领导班子软弱，对庞大的华夏集团来说是个灾难，时空的打算是，等到龙潭工程第一大战役——截流成功之后——生产经营形势出现的短暂空当儿，把党代会和调整领导班子计划摆上议事日程。目前，只能坚持。

　　时空久久地伫立在戗堤头，出神地望着对面的戗堤，望着浩瀚的江面，心潮波涌，思绪万千。

　　"天气这么好，呼呼啦啦一气把这口子填平了多好。搞什么庆典、誓师呀？白耗时间。"头戴红色塑料安全帽，腋下夹着一大卷图纸立在时空旁边的琴拥军嘟囔了一句。琴拥军是个急性子，把工程施工的节点工期看得比什么都重要，对白白浪费大好时光的决定非常不满。

　　时空回过神儿来，小心翼翼地顺着堰堤斜坡走到水边，蹲在一块濒临水面的石块上，掬起清洌的江水洗了几把脸，回身慢悠悠爬上戗堤，掏出一块手帕擦抹着脸上的水珠，这才回答说：

　　"请柬已经发了，不能改了，只能执行决定了。尊重大家的意见，尊重传统习惯是应该的。"脱掉皮夹克，卷成个卷儿夹到腋下，"大家有这个愿望不为过。现在，搭个养鸡场、圈个养猪场、架个蔬菜暖棚、建栋大楼什么的，不是也要请领导同志撮几锨土、邀几个嘉宾到场祝贺祝贺嘛？何况龙潭是全国屈指可数的特大型水电站之一，造造声势就造造声势吧。"

　　其实，时空这番话是言不由衷。不久前，时空针对龙潭工程截流施工准备工作专门召开了一个办公会。会上，除了听取况夫汇报截流施工准备工作情况外，还就要不要举行仪式大张旗鼓庆典的问题展开了讨论。时空害怕错过时机，旗帜鲜明地阐述了自己的思想观点：不搞仪式，不搞庆典活动，看准时机，轻轻巧巧，悄无声息把左右两道戗堤合上。他的这一主张，立即得到了况夫的坚决拥护，可是大家却强烈反对。有的说"庆典仪式是华夏集团干部、职工的共同心愿，不能违背"；有的说"永泰、松峦、花溪、虎啸四座水电站的大江截流，都举行过声势浩大的庆典活动，集团承建的其他小水电也搞过，老传统了，不能说破就破了"，有的说"庆典仪式并不是华夏集团的发明创造，过去现在，到处都搞，华夏集团没有必要搞特殊化，与众不同，出风头"，还有人说"截流施工其实并不重要，驾轻路熟，挺简单的一回事，重要的是，华夏集团目前需要鼓舞士气、振奋精神，要抖擞雄风，树立外部形象，要让全国人民知道，华夏集团没有趴下来，华夏集团仍然很有实力，仍然非常强大"……你一言我一语，语气有轻有重，弄得时空很难看。僵持不下，时空给躺在医院的诗维打了个手机，问他对大江截流搞不搞庆典仪式的问题怎么看。病床上的诗维有气无力地说："我同意大家的意见，搞。你就发扬点儿民主吧，毕竟不是什么原则问题。华夏集团最近几年的日子一直过得很苦闷，暮气沉沉，让干部、职工痛痛快快舒口气，应该。何况，空出点儿时间，把准备工作做扎实，也是给截流一举成功提供保障。"时空就想，绝大多数与会者主张搞庆典活动，书记也同意搞庆典活动，自己仍然坚持个人意见，不仅显得偏执，还容易被人认为群众观点差。时空又想，投《补充意见书》确保龙潭工程 AI 标得手；组建龙潭施工局；统筹 BII、BIII、CII、CIII 标等重大决策，都是以自己的意见为主，无论对错，大家都接受了，在搞不搞庆典仪式这个小问题上过于认真，未免有失大将风度，而且，斥责自己主观主义严重的人也不会没有。想罢，就满足了大家的意愿。

"多好的天气啊。"琴拥军仰望了一下蓝天白云，皱着眉头说，"真可惜。"

"算了，过去了的事，免议。在这个问题上，况夫比你更着急，你们俩一个德性。"

有彩铃的声音响起。时空不慌不忙地从卷成卷儿的夹克里摸出手机，看了看荧屏，笑了：

"夫人您好，有何贵干？"

"出行有些日子了吧？没想到打道回府？"尉迟江南的声调也很浪漫。

"明天，明天回。明天下午有个办公会。"

"是吗？"

"跟谁说瞎话也不能跟你说瞎话呀。"

"我就从没见你说话算数儿过。"

"你看你看，怎么这印象啊？真明天回。截流施工马上要开始了，大事，有些工作还得再研究研究，杨导、东方戟两位副老总都从外营点赶回了，我不回行吗？不信你打电话问贺怀阳。"

"我还真没指望你明天回。"江南说，"山茶前天回面巴屯了，我是想叫你让黄河把她送回来一下。你要是明天回来正好，顺便把她给捎回来。这屋子太大，空空荡荡的，一个人待着，还真要点儿勇气。"

"家里……就你一个人？"

"那还有谁呀？"

"爸呢？"

"你什么时候见他老人家在这别墅待过两天呀？住不惯，人家放心不下将军楼的那几只鸡哩。"

"之男呢？"

"出差了。"

"她出什么差呀。"

"你看你这人，只兴你出差，就不兴她出差呀？"

江南看上去很精神，实际病情非常严重，一犯病就神志不清，身边没有人是会出大问题的！时空很不高兴，声音就大了：

"我看这个山茶是越来越不像话了，老往面巴屯跑，这哪是做保姆啊？当工人请假还有个限制哩，她倒好，说走就走。"

"她爷爷又病了。"

"你就没病呀？这孩子你得给我管好管严了啊，不能太宠。我还发现她见我就躲躲闪闪，鬼头鬼脑的，像有不可告人的秘密，完全不像过去那样单纯。"

"哎哎，这可不是时空啊。"尉迟江南在那头也不高兴了，"你怎么老是猜疑她呢？她还是个孩子。"

"还是孩子呀？都十七八岁啦。"

"你十七八岁的时候在干什么？比她优秀呀？"

"好啦，好啦。"时空心里发毛，"明天把她捎回。我正好在右岸，离面巴屯不远。"说完就把手机一关。他正把手机往衣袋里装，彩铃又响了，就又将手机打开。还是尉迟江南来电，时空便戏谑地问她还有什么未尽事宜。

尉迟江南说："在工地上跑很累，晚上睡觉前，别忘了用热水把脚洗洗泡泡。"

"夫人呀，你惦记点儿什么不好呢，怎么老是惦记着我的一双脚呀。"

琴拥军在一旁嘿嘿笑："老伴儿的关心真是无微不至啊。"

"她要是身体好，我真能享点儿福，可是……唉。"时空叹口气，把手机塞进衣兜，"我们家请的那个保姆太差劲儿，动不动就往家里跑，伤脑筋。"

琴拥军一面陪随时空顺着戗堤往右岸走，一面感同身受地唠嗑说，"我们家过去请的保姆更糟蛋。我老婆坐月子，我老婆吃啥她吃啥，这倒也罢。我们家的旧电器旧家具她提前订货，问我们家的家用电器淘汰不淘汰，说要是淘汰就送给她，作价也行。不淘汰也不行了，就给她，拿吧。我老婆好不容易弄了瓶法国香水，对不起，她跟我老婆合伙用。这下好，把我老婆大手大脚的毛病一下改了，开始勤俭持家，再也不买高档化妆品了。最可恼的是，她要休息星期天，休息一天还不行，说是她有劳动法保护。星期天，我老婆既要带孩子又要伺候她吃喝，这哪是请的保姆啊？是请的姑奶奶！原想请她在我们家无限期地干，后来，我儿子刚满周岁就把她辞了。惹不起还躲不起？"

"我们家的保姆还不至于这样。勤快、老实、泼辣，也机灵，要说，优点还不少，可就是……也可能是老家确实有困难。"

两人边走边聊边察看戗堤的牢实情况，不知不觉回到了阴元岬脚下的丁字路口。

阴元岬脚下，构成丁字形的三条通道全部按施工需要设计，一条直通戗堤头；一条包抄阴元岬向西南方向进料场，也可抵达右岸两条引水洞的进水口；另一条包抄阴元岬向东南方向进料场，中途岔向两条引水洞的出水口。截流施工时，道路可以通过丁字口形成环线，重载车辆从西南方向出料场上戗堤头，空载车辆从东南方向绕回料场，互不干扰，提高车流量。左岸阳元岽脚下的丁字口施工道路与右岸大同小异。

黄河正蹲在奥迪旁换轮胎，娄毅在给他帮忙。去年上半年，华夏集团公安处和消防队全部移交给了永泰县，大几百干警、消防队员以及所有的枪械、办公用房、消防车和锅端。娄毅不愿意到地方工作，办完移交手续后，时空又想办法把他调回了华夏集团，并且重新给他安排了个保卫处长的职务，级别待遇照旧。娄毅很满意。娄毅重起炉灶另开张，在集团内部挑选了二十来个复员退伍军人、基干民兵和下岗人员，担负起了集团基地以及外营点上的治安保卫工作。大家没有枪械，只配电击棍，还戴大盖儿帽、穿制服，只是草绿色军装全部变换成了铁灰色。

时空走到奥迪旁边，问娄毅怎么到右岸来了。

娄毅回答说："我经常跑到右岸来蹲守呀。听琴局长说，老百姓经常把工地上的钢筋、木材、水泥悄悄搬运走了。这是国家财产，能让他们拿去发家致富呀？"他戴一顶大盖儿帽、穿一套灰制服、抹一条牛皮带，用红绸包裹着的五四手枪别在腰间，依然威武。

"老百姓是老百姓，小偷是小偷，两者区别很大，不能混为一谈。"时空说，"小偷当然要抓，可是你不能把我们和老百姓的关系搞紧张了，要吸取大草甸工人和山民矛盾、冲突的教训。不准充老大啊，咱们还靠地方政府、老百姓支持哩。"

"这我懂。我是跟地方政府搞的联防治保，跟乡、村、组共同打击偷盗行为，端正民风，保障国家财产安全。不过，地方上的法治比我严多了，对待小偷，我顶多是说服教育加呵斥，他们没我这耐心，拿了绳子就捆。"

时空笑了起来："人家宁泰市委安排你当公安局副局长，有职有权又有势，你不干，偏要回来干这个，不划算，亏啦。"

娄毅说："亏啥？不亏。华夏好，我在华夏待惯了，有感情，哪儿也不想去了。让我回部队发射导弹倒是可以，可又有谁让我回部队呢？"

"你手上的那几宗案子……还没破呀？"

娄毅惭愧地一笑："都移交给永泰县公安局了。兵分两路，我……当然还在继续侦查。"

蹲在奥迪旁的黄河把套筒扳手使劲儿往地上一搁，夸张地拍了拍巴掌。娄毅忙将扳手、撬棍收拾进奥迪的后备箱，又把换下的旧轮胎也搬了进去，边搬边絮叨，"处长给做下手，还嫌处长手脚笨。司局干部就是司局干部，司局干部的派头就是不一样。"

时空把皮夹克塞奥迪里，又从后备箱摸出一双旧皮鞋，问："怎么又换轮胎？"

"再好的轮胎，也得这么不停地换。"黄河马上嘟哝起来，"你看这半个多月，天天不歇气地在这刀刃一样的石子路面上跑，不换勤点儿，就该突然趴下不动弹。备用胎也越来越不正宗，没跑两天，齿就全没了。"

时空明明知道黄河不满意的不是轮胎，而是这辆老掉牙的奥迪，却说："轮胎确实有问题，就像我这双鞋。"在一块石头上坐下来，扬起一只脚，"你们看，才穿两个月就坏了。这回不是鲶鱼张口，而是釜底抽薪——鞋底一个大窟窿，看看，看看，什么质量！"

黄河见时空在打岔，说："时总啊，这辆车从二十世纪服役到了二十一世纪，跨越世纪的老把式，够不错啦，该退役啦。你坐着不嫌丢面子，我开着还嫌丢面子哩。"

时空开始脱鞋又换鞋，"一辆奥迪，正宗货，六七十万，哎呀……匡奇正在搞购房登记，一套百十平米的两居室才七八万块钱，好多职工还头不起……我一屁股就坐着好几套住房，你说，怎么好啊。"

娄毅替黄河帮腔："照说，黄河的建议也不错，总经理坐辆新车有什么不应该？群众总是会有意见的，好坏，他们总是在不满意。"围着奥迪亲昵地转了一圈儿，"我开的那辆桑塔纳老气横秋，还红彤彤的，像娘儿们的花轿。这车退休了就转让给我啊。黄河开车技术好，连皮都没擦破过，成色好，底盘、引擎都是原装。哎，时总，救人救到底，这车归我了啊，就这么定了。"

"娄大处长，你少搅和行不行？你这是表扬我还是批评我呀？这车被你夸得那么好，我还有指望吗？你还要得到吗？"

娄毅猛然感到黄河这话太有道理："我怎么说才对路啊？"

琴拥军在一旁笑了半天，说："时总，真该换一辆了。你要是在集团那头有难处，这钱在龙潭施工局开得了。我们随便在施工组织设计方面优化一点儿，几十万几百万就出来了。"

"哦？我带头在下面搞摊派呀？"时空说，"这事儿我在考虑。再等等吧，等截流施工大功告成，一准解决了。"

黄河说："你曾经跟我许过愿，说等中到龙潭工程的大标后就买新车。现在都一年多了，不但在龙潭中大标了，连大大小小的施工项目也给华夏一家揽了，可买新车的事儿，还是没见动静。"

"这不是动用的资金有点儿大嘛。总不能班长坐新奥迪，班员坐破牛车吧？有福同享啊，你说是吧？"时空说，"等截流施工一完，我就把贺怀阳写的购车报告拿出来讨论一下。放心，讨论这事，非常容易通过。"

黄河伸直了腰，叉起了双手："这回可是四人八面啊。"

"军中无戏言。"时空把换下的皮鞋提在手中左瞧瞧右瞧瞧，"好家伙，两只都穿了——掉底子。黄河，什么时候看见胡胜利了，让给修修。"起身，将手里的皮鞋放进后备箱，"你们说这个修鞋的胡胜利啊，过去五处的职工，听说还是个船老大，待岗了。我让他上岗，嘿，他还不愿意，喜欢做他的修鞋匠。还有那个赖耗子，更可气，我好心好意上门请他出山，让他干点儿事儿，他说让他考虑考虑再说。你们说，这些人到底是怎么想的，我就搞不懂。没事干，吵着要上岗；有事干，他又不当回事。我就要跟胡胜利、张天翼较较劲儿，看到底是他们的修鞋摊子、馒头铺子开得长久还是华夏集团生存得长久。"

黄河拗筋说："没准真是馒头铺、修鞋摊经久耐用。一个是吃，一个是穿，老百姓什么时候都离不开吃穿。"

"娄处长怎么看？"

娄毅说："从发展的眼光看，当然是华夏长久。科学现代化，哪行哪业离得开电？你们家离了电行呀？就说我们导弹部队，没有电，那导弹哪能飞得出去呀。"

"琴副局长！"

琴拥军说："都重要，都能长久。世界潮流，一日千里，离了电肯定不行，电是时代进步的象征。修鞋和做馒头属于衣食，关乎民生，须臾不可或缺，或缺就挨冷受饿，无以生存。"

"到底是副局长，水平高，两头占理，不偏不倚。"时空打趣儿说，"就是官老爷作风也显而易见：一方面，另一方面，都正确，皆大欢喜。不扯闲了，走喽。"一面把毛衣也脱了扔进奥迪里，一面对黄河说，"我跟琴副局长到导流洞进水口看看，然后再去料场转转，不用车了。你和娄处长随便找个地方歇息去吧。"

黄河用棉纱头擦着手，"琴局长，我们今晚上哪儿下榻啊？"

琴拥军说:"辛店,辛店生活区干净,有食堂,有客房。你们两位住客房,时总就住我那临时办公室。"又对时空说,"离面巴屯很近,才四五里路。"

"对了。"时空又把塞进奥迪后座上的皮夹克拿了出来,从兜里掏出二百元钱递给黄河,"路过商店,给买点儿吃食。"

"十字街要啥有啥,这里有啥好吃食让你往回带嘛。"

时空说:"山茶她爷爷病了。"见二百元有点儿少,又加了一百元,"全买了。"

"山里山外全是些小卖部、小杂货店,小本经营,把人家那小铺子倒空呀?"

"点心呀,水果呀,酒也行,你看着办吧。"

"这任务……"黄河咧咧嘴,"艰巨。"

娄毅望着时空说:"还是让我陪着你吧。安全问题哟。"

"神经过敏。我一个平头老百姓在工地转悠,会有什么不安全?又不是什么大员搞视察,要保镖。"时空把皮夹克扔进奥迪内,关上车门,"你该不会是找我有事吧?"

"没有没有,绝对没有。听食堂的老炊说你到右岸了,我就赶过来了,就想陪你……"

"有事忙事去,没事就跟黄河歇着。"时空瞥了一眼路边那辆老旧的红色桑塔纳,笑着,"我们得步行,你把那大花轿撂这儿呀?"

琴拥军对娄毅说:"还是跟黄河一起去辛店歇着吧,晚上喝酒。我买了一水缸苞谷酒搁在那儿哩,管够。"

一二五

龙潭工程四条导流洞,左岸右岸各两条,工程施工过程中用来导流,工程完工后用来泄洪。左岸那两条贯穿阳元峁,右岸这两条贯穿阴元岫。潜龙水电资源开发总公司原计划将四条导流洞捆绑在一起,做成一个主体标段发包,开标前,雷好、陈桥忽然想到,无论哪个单位中标,在一年时间内完成如此浩大的洞挖工程难度太大,稍有闪失就会直接影响截流施工,错过开工后的第一个枯水期,殃及工程总进度,会给潜龙水总公司造成重大损失,就临时把四条导流洞左右交叉劈成了施工条件对等的两半,并且有意让业已变为工程主导单位又占地利、人和优势的华夏集团夺得一半,另一半被诚信水力资源开发联合公司轻而易举拿到了手。拿到两条导流洞的诚信公司并没有调来人员和机械施工,而是把它转包给了仓瑞谱的瑞谱实业公司。这样,华夏集团和瑞谱实业公司在左右两岸就各有一条洞挖工程项目。瑞谱公司实际上没有水电施工队伍,更谈不上技术、经验、资质,但是仓瑞谱有钱又有胆,他先买了一台盾构机,而后就地取材,在当地租用了几十辆工程车,又从华夏集团招聘了两百多名下岗、待岗技术工人,在合同期内,轻轻松松将两条导流洞贯通。华夏集团后来也买到了一台盾构机,拼命赶工期,最后也抢在截流施工前半个月把两条导流洞打通了。

时空对本单位施工的导流洞很放心,因为施工期间他到现场检查过几次,但是对瑞谱公司施工的隧洞却放心不下，尽管同样通过验收，他觉得还是看看为好，等到截流时发现问题就晚了。

瑞谱实业公司承揽的三号洞紧靠右岸，全长一千七百多米，洞径十六米。进水口用钢筋水泥混凝土浇筑成形，周边全部喷铆加固，抗冲击力不存在问题。时空立在洞口，忽然想起秋胤对四条导流洞设计的疑虑，心情不禁沉重起来。

去年，时空到三大施工局做完BII、BIII、CII、CIII标的统筹工作回到省城，专门去月亮湾探视被拘的秋胤。漫谈中，秋胤特别提到龙潭工程的四条导流洞。秋胤认为，设计单位对四条导流洞的设计不够缜密，如果能全部整体下沉一定高度，会给截流施工减轻很多压力。时空把这件事记到了心上，一回十字街就给龙潭工地的况夫打电话，第一件事就是向他转达了秋胤对四条导流洞设计的看法和忧虑。况夫非常重视，不仅立即跑到四条导流洞进水口施工现场踏勘，而且连夜赶赴千里之外的设计院，要求修改设计：将四条导流洞全部整体下沉半米，三十公分、二十公分也行。费尽周折，负责隧洞设计的主任工程师最终接待了况夫。然而，主任工程师的回答令况夫大失所望："我们是严格按照地质、地貌勘探资料和潜龙江上游的季节水文资料设计的，设计没有问题。永泰、松峦、花溪、虎啸四座水电站的导流洞都是我们院出的施工图纸，都没有问题，怎么轮到龙潭就有问题了呢？你们要相信我们。"况夫说，不怕一万就怕万一，万一截流施工时，上游水量过大，对戗堤的压力过大，导致截流失败，错过枯水期，给龙潭工程造成巨大损失。那主任工程师说："没有落差，没有水头，没有压力，那还叫截流呀？截流真那么容易，早让农村工人干去了。凭你们华夏的施工能力，这点儿小困难还克服不了？需要的是勇气和信心，不是修改图纸。"况夫说华夏集团不缺能力，也不缺勇气和信心，缺的是被人理解，是方方面面的配合、支持，这图纸若是不修改，一定会给我们带来很大麻烦。主任工程师于是哂笑说："你以为我们出的图纸是小朋友画的图画呀？说改就改了？一、四条引水洞的设计经过反复论证，勘探资料、水文资料翔实，绝对没有问题；二、修改图纸说明我们设计院犯了技术错误，我们没有犯错误会承认错误吗？我们设计院是有影响的设计院，权威设计院，我们会犯这种低级错误吗？三、诚信公司承建的一号洞、三号洞开工很早，估计你们华夏也已经动工了，修改设计，按照新出的图纸施工，反而会增加难度、延误工期，这且不说，你们完全有理由联合起来向设计单位索赔。其结果是，设计院方便了施工单位，自己反而要承担经济损失，蒙受耻辱。修改图纸很简单，也就一条线、一个点、一组数字的事，一分钟就解决了，可是围绕这一条线、一个点、一组数字的问题就没有那么简单。"况夫根本不吃他那一套，据理力争，坚持让设计院修改图纸，主任工程师毫不让步，坚决不改，两人于是红了脸，言语越来越激烈。况夫指责主任工程师官僚主义、经验主义、本位主义；主任工程师抨击况夫畏难情绪、不满情绪、抵触情绪。况夫怒斥主任工程师跋扈，主任工程师回击况夫霸道。各不相让，两败俱伤。问题当然没有解决。时空听完汇报后，只能是望洋兴叹。图纸上的一条线、一个点、一组数字，有可能是巨大的效益，也有可能是巨大的损失，甚至无法挽回的损失，他经常这样想。

"想导流洞能不能及时导流的事吧？"琴拥军问了一句。

时空深沉着的脸上幻出一丝苦笑："你真能猜啊。"

"这事我经常跟况夫讨论。"琴拥军说,"我们的打算是,届时,用超强度的抛投量促使导流洞及时导流,同时大力度加固围体。"

"事已至此,只能听天由命,但愿皇天不负有心人。"

"嘿嘿。进洞看看?"

"进洞看看。"

三号洞内,机械设备、排水管道、衬砌支护模板已拆卸完毕。只有三五个农民工和一台工程车在清理残存的钢模、钢筋头、混凝土渣等废弃物。洞顶、洞壁、过水面平整光洁,竟然找不到一点儿蜂窝麻面。如果一千七百多米的隧洞全是这种施工水平,过水当然没有问题。这让时空大为震惊:

"验收严不严?"

"甲方组织了一个相当挑剔的验收团队,用手电筒仔细照,拿地质锤四下里敲,在洞壁、穹顶、底板到处钻孔取样,搞了好几天,你说严不严?我们那两条也一样。"琴拥军说。

"真没想到,一个私人老板,居然敢接手并且干好这么艰难的工程。不可思议。"时空由衷慨叹。

"实际上还不是我们华夏集团的人干出来的。"琴拥军的话酸溜溜的,"二包头仓老板只派出了三个人。一个是所谓的项目经理景德元——诗书记的小舅子。根本不懂工程施工,门外汉。另一个是妙龄少女,既当会计、出纳又当秘书,身兼数职。还有一个用高薪聘用的老工程师,放在我们华夏,顶多三流水平。左岸那边人工钻爆洞挖,右岸这边操作盾构机,以至现场的带班、领队,全部是华夏集团的技术工人。"

"也许这就是现代化管理体制、机制。"时空的话也是酸溜溜的,"可是我们学不了啊。"

"仓瑞谱赚海了。两条洞的标价,按百分之十的地下交易价给诚信公司提走足额转让费,购买盾构机,再刨去人工成本、设备租赁和管理费,我算了一下,也就一年工夫,这老鬼最少赚了一个半亿。"

"单从盈利角度看,国企还真斗不过私企。"

"仓老板给工人开的工资也高,每人每月三千多,外加一日三餐免费管饱。工人干劲儿也大,拼命给他干活儿。我们就不行啊。我们施工的隧洞跟他施工的隧洞隔壁到隔壁,并肩作战,可是我们的工人一个月只能拿到一千多,年终也就象征性地发了点儿奖金,差距太大了。去年,我在导流洞费的劲儿最大,三天两头得奔现场做思想政治工作,做政策解释工作。可是现在,思想已经开放了的工人,哪里听得进你讲这些啊。他们反过来向我提出质问,说同在一个工地,同样的劳动强度,为什么收入相差这么悬殊?还说,仓老板的队伍是中国人,我们华夏的队伍就不是中国人呀?仓老板用的人都下过岗,我们还没这待遇哩。什么不好比他们挑什么比。"谈到导流洞施工,琴拥军一肚子苦水,"我跟他们解释说,集团要替职工向国家缴纳'三金两费',要负责每个职工的终老,你知道他们怎么讲?他们说,集团把票子给我们多发一点儿,我们自己向国家缴纳'三金两费'不行吗?我们终老有靠,难道替仓老板干过活儿的人,国家就会把他们扔到外国去呀?看,什么乱七八糟!我虽然兼着个党委副书记,可对党的政策也吃不准，怎么做得好思想政治工作嘛？要不是仗着跟他们在一起厮混过十几年的交情，他们简直会把我当成冤家对头给治了。"

国企的经营手段有政策引导，私企的经营方略也有政策引导，能定义谁正确谁不正确吗？其中的深奥道理、战略战术还真只有当今驰骋经济论坛的专家学者才能辨证清楚。时空也有许多没有想明白的问题，但是他没有理由说自己想不明白，只能不置可否地呵呵笑。

"幸亏龙潭工地只有一家瑞谱公司参战，要是再多出两家，那可就热闹了，一个分配问题就可以把全工地搅得一塌糊涂。唉，好在这一块的麻烦都过去了。"

"这个姓仓的老板确实神通广大。"时空背着双手，察看了一阵活路做得相当专业的洞壁，说，"应该说是前年的事了。九大巨头正在为争夺龙潭主体标段明争暗斗，诗维书记给我透了个风，说有单位已经拿到了龙潭工程的主体标段，我不相信：招投标工作，怎么会有单位拿到标了呢？开标后，瑞谱公司在华夏招聘的工人果真率先开进了龙潭工地，我这才相信诗维书记的话千真万确。"

"仓瑞谱最大的本事是舍得花钱，处世之道是：钱在前头，人在后头；奉行超前哲学：越有钱越送，越送越有钱。就整天掂着钱袋子跑，四处打点，疏通关系，广交朋友。只要他想干的事，没有干不成的。"

"你也识得此公？"

"我跟景德元经常在导流洞现场碰面，日子一长，就熟了，发展到高兴了就在一起喝两杯。酒喝多了，信息量就大了。"琴拥军笑笑，"回过头来看，龙潭工程招投标，实际上是雷好编导的一场鬼把戏。前年他搞的那个考察评估，完全是活见鬼。诚信公司跟考察评估团一搭上线，考察评估团里面就有人向他们许了一标，此人姓甚名谁，景德元就不肯说了。不过，有一点可以肯定，没点儿好处，那个人能轻松爽快许一个标？开始，诚信公司盘算，如果能拿到龙潭工程百分之四五十的段，就倾全力'北上抗日'，后来得知许诺的标段离理想目标相距甚远，积极就没有了，恰在这时，仓瑞谱找上了门。于是双方一拍即合，很快达成了转让协议，诚信公司不费一兵一卒，捞了一笔，后来听说连一点儿投标成本也让仓老板给报销了。仓老板做这种事就不作温文尔雅状，手麻脚利，像贼。生意一谈妥，他就慌忙火急网罗人马，购买设备，就这么简单。"

"雷好是个精明人哪。懂得AI标只有交给华夏，才能确保工程总进度，施工质量也用不着犯愁，让其他任何一家接标，都有可能坏他的大事。紧紧捏住华夏的痛处，蛊惑八大巨头围标，逼华夏集团就范，掏钱买亏吃，哼哼。他既让龙潭主体工程按照自己的意志发包，又捎带敛财，一举两得，高着儿。奸雄。"提起竞争龙潭工程主体标段的那些日子，时空心里五味杂陈，"诗维书记的集团意识还是很强的，感觉到异动就赶紧给我通气，给我敲警钟。不容易。要不然，我会坚信龙潭工程的招投标活动公开、公平、公正、庄严、神圣。"

两个清扫现场的农村工人推着斗车从隧洞深处走了过来，说前面的照明电路已经拆除，没有灯光了，叫他俩不要继续往前走了。时空弯腰捡起几块混凝土渣，扔进斗车，回身随琴拥军向进水口走去。

"你说，夔亮、蔺山海凭什么帮仓老板那么大的忙呀？帮他写信联系华夏的待岗、下岗技术工人，听说被仓老板聘用的工人个个拔尖儿。"

"他们没向你汇报过？"

"可能是因为没有机会吧。"

"无利不早起，二位老兄占了仓老板的大便宜。"琴拥军取笑说，"听到瑞谱公司在华夏招聘技工的事后，我也很恼火。去年，夔亮、蔺山海回十字街开工作会的时候，我狠狠骂了他们一通，说他们吃家饭拉野屎，帮别人拆华夏的台。他们两个却被我骂得嘿嘿笑。"

"哦？"

琴拥军告诉时空："近两年，夔亮、蔺山海一直在广东追两座小型电站的标，追得很辛苦。虽然两座水电站加起来才三四个亿的工程量，但对才三四千人的珠海施工局来说，算得上很了不起的项目。仓瑞谱在海南岛尝到了点儿修建水电工程的甜头，也算计起那两座小水电站来。如果拼实力，夔亮、蔺山海占优势，但仓瑞谱是地头蛇，加上有充足的资金流做后盾，双方有一搏。仓瑞谱和诚信公司敲定了转包龙潭工程导流洞的盘子后，主动找夔亮商量，说自己准备放弃两座小型电站的竞争，并许诺配合围标，但是有个条件：帮瑞谱公司在华夏集团招聘两三百人的施工队伍，全部要技术熟练的工人。夔亮、蔺山海欣然答应，马上成交。夔亮、蔺山海和仓瑞谱之间本来就很亲近，加上见集团那么多下岗、待岗职工闲着也是闲着，帮集团消肿、给集团做点儿贡献未尝不可。经他俩这么一说，我的气也就消了。仓老板当然不会吃亏。他没有施工队伍，那两座小水电站即便中标了也是转让出去，顶多赚个三五千万的提成。小水电站虽然小，但'三通一平'、截流、基础开挖、混凝土浇筑、装机——一条龙作业，技术涉及面广，他招架不住。"

"互相利用。双赢。"

"仓瑞谱是个商人，算盘珠子敲得精。真把那两座小水电站拿到手，转包出去不过是赚点儿小钱，不合算。要是再遇上二包头干不好，达不到甲方的质量要求，他还要负法律责任。走这步棋多好，不费吹灰之力，一个多亿轻轻松松装进了腰包。"

"他的那台盾构机运走了？"

"刚刚拆卸完毕，就放在这条隧洞出水口的山坡下。龙潭岸边，半爿街斜对面。"

"这盾构机真是个好东西。我们左岸哪条隧洞用盾构机施工，我去看过好几次。从阳元峁上游钻进去再从下游钻出来，洞子就成形了。右岸这条的情况就差些，采用传统工艺打眼放炮，两头往中间一点点儿地挖，又脏又累，还差点儿打支洞开辟第三作业区抢工期，跟现代化的盾构机简直没法比。"

"好比乌龟和兔子赛跑。"

"能不能让仓老板把盾构机卖给我们？"

"我们不是有一台吗，还买呀？"

"一台盾构机，一年可以净赚一亿多，利润不小啊。打隧洞，不仅是水电建设的一个组成部分，也是公路、铁路等土建工程的组成部分，跨行业、跨区域，国内市场大，国外市场也大。以后，我看我们华夏应该把所有的洞挖工程都作为争夺目标，哪里有洞挖工程就往哪里投标。有两台盾构机的实力，我们就可以大胆地争夺国内的洞挖市场，抢占国外的洞挖市场。"

"仓瑞谱那老鬼精于算计，怕是不肯撒手。"

"就因为他精于算计才打他的主意。刚才你说了，他没有施工队伍，没有施工技术，更谈不上这方面的资质，龙潭工程两条导流洞得手，纯属侥幸，以后，不可能再有这种好机会了。不是因为地头蛇，谁敢把这么大的洞挖工程交给一个民营老板啊？所以，他这台盾构机只有三条出路：一、长期搁置；二、租赁；三、卖掉。长期搁置划不来，锈蚀、损坏，还有个租用搁置场地的问题。租赁，也划不来，弄得不好，租金还不够维护费。要是能卖掉，再不济，资金回笼了吧？仓老板现在肯定在算这个账。"

"是倒是这么个道理。可这仓老板尝到了一次甜头，难道他就不想再尝一次甜头？"

"动脑筋想办法嘛。"时空望望琴拥军，笑笑，"比如说，这方圆一二十里，都是龙潭施工局的管辖范围——红线区呀，就不能把场地租用费抬高点儿，把这条导流洞出水口那头的通道挤占、挖掘窄小点儿，让他感到盾构机长期搁在这里代价很大、搬运出去还困难？"

"志在必得呀？"

"看到仓老板施工的这条三号洞，我忽然感到了一种压力，来自竞争对手的压力。据我所知，国内拥有盾构机的施工单位不多，尤其是这样的进口货。华夏集团买下仓老板的这台盾构机，不仅在于创收，在于增强洞挖工程的施工能力，还有一点儿战略意义，那就是，买掉了一个竞争对手，少了个敌人。"

"嘿嘿，时总……时总……"

"你别笑，我可不是在搞什么阴谋诡计。那仓老板财大气粗、神通广大，不愁没事儿干。我们华夏就不一样。"时空认真说道，"龙潭工程截流后，马上进入施工高峰期，意味着什么？意味着你们龙潭施工局的辉煌日子很快就要过去了，要走下坡路了。长江、黄河、珠海三大施工局被长期困扰的问题是合同量储备不足，你们龙潭局不久也要面对这种现实，华夏集团的前景不容乐观。在各种领域的竞标过程中，少个对手，就多一份胜算。"

"时总真是深谋远虑。"琴拥军就不再笑了，"我先找景德元套套口风。他还没走，在等仓老板过来参加截流仪式。"

"你告诉他，我们原价收购，他想涨点儿价也行。总之，只要他肯卖，我们就买。"

"行，我努努力，争取实现时总的愿望。"琴拥军跟着时空走出进水口，"还想上哪看看？"

"料场。"

一二六

龙潭工程坝轴线右岸小山连着大山，重峦叠嶂。沟壑里，古老的小径、骡马道、公路和新开辟的施工道路纵横交错，四通八达。大小村庄和数不清的帐篷、工棚、活动板房散落在绿树丛中。

漫长的混凝土生产流水线现场，一群群工人正在吊装、组装筛分楼、拌合楼、皮带运输机；船闸施工现场，一台台潜孔钻正在打炮眼；停车场上，一排排大型自卸车旁，司机们正在加紧保养、维修，为截流施工做最后准备。

山间里回响着各种机械的轰鸣，闪烁着耀眼的弧光，到处是繁忙景象。

琴拥军领着时空绕过一座小山，顺着施工道路来到一个山坳。山坳里堆放着几大垛大块石、中块石，垛垛像高山。几台轮胎吊车、铲运车、推土机正在忙着将大块石、中块石码放归堆。有载满块石的自卸车源源不断开来。

右岸有两个主料场，这里是其中的一个，主要储备大、中块石。靠近导流洞出口那边还有个主料场，储备的是用混凝土浇筑而成的四面体和装满块石的钢筋笼子。每块四面体三十吨、四十吨不等，形状像金字塔；每个钢筋笼重达四十吨，方方正正。琴拥军一边引领时空在大石垛间穿行，一边介绍。时空是第一次亲临截流施工，心里没底，对截流施工的准备工作问得很仔细，琴拥军的介绍很详尽。

两人边走边谈，不知不觉辗转到了碎石料场。碎石料场实际上是正在施工中的船闸部位。这里，阴元岫的背部已经采用预裂爆破切削下了五分之一，紧挨阴元岫背面的一座无名山也通过预裂爆破劈下了一大半，两座山都显露出了壁陡的掌子面，像两堵对峙的绝壁，谷底尽是塌落下来的块石、碎石。内行一眼就能看出船闸的雏形。

闸首部位。琴拥军对时空说：

"船闸闸室是右岸三个碎石料场之一。截流开始后，一部分车辆可以从这里起运碎石，通过暂时还没有形成坡面的闸尾到丁字口编队，然后进入戗堤。截流完工后，这闸室里的覆盖层泥土、碎石、块石就清扫得差不多了。"

"就是说，截流施工帮助船闸闸室出了渣，清理出了基础开挖部位。"

"是这意思。一举两得。"

时空很满意，说："前天和昨天，况夫一直陪着我在左岸转。我发现你们准备的石料非常充足，截流施工用不完哪。"

"截流施工后，左右两岸准备的块石、碎石肯定有余量，但是，一点儿也不会浪费。我跟况夫已经商量好了，截流一结束，马上装上几台碎石机，把剩下的块石、碎石全部粉碎加工成混凝土配料，再把通向筛分楼、拌合楼的皮带运输机接到料场，将合乎规格的骨料统统传送到拌合楼附近归堆，这样，就大大减少了砂石骨料的开采量。也是一举两得。"

"呵呵，算盘打得够精的啊。"

"目前，我国建筑市场，原材料价格、人工成本明摆在那儿，挤榨不出多少油水，要想赚钱，各施工单位只能是拿出自己的看家本领，那就是优化施工组织设计。就像我们面前这船闸，一次施工作业，同时达到两个目的、三个目的。经济效益当然也提高了两倍、三倍。"

"好哇，好，你们就在优化施工组织设计方面多做点儿文章吧。"

"时总放心，我们一定在这方面尽最大努力，绝不让你失望。"琴拥军说，"龙潭工程有这条件，可以放开手脚，合理安排工序、工艺、工期，有效调节人力、物力和现有机械设备，统筹全局。要说，这优越条件，还是时总你给创造的哩。"

"没有的事啊。我能给你们创造什么优越条件哟。"

"嘿嘿，时总真……含蓄。"琴拥军说，"当初，如果不是你坚决组建龙潭施工局，如果不是你想方设法逼迫长江、珠海、黄河三大施工局把转包到手的几个标段吐出来，交给集团统一管理，现在，龙潭工地肯定是好几家参建单位各自为政，你拖我的腿，我拖你的腿，后果是大家都别长进——我和况夫都这观点。要是那种局面，我们能统筹个鬼呀。"

"经你这么一总结，我还真立了大功了。"时空笑笑，说，"一、组建龙潭施工局，是集团绝大多数班子成员的意见、建议，我不过顺水推舟；二、三大施工局各自把好不容易转包到手的四个主体标段交给集团统筹，应该说是他们的高姿态、高风格。你把这事说成压力下的结果，说成被逼无奈，会让三大施工局的首脑们听了非常难受——给集团做了好事，却没有得到集团的好感。是不是这样？谈到这件事的时候，一定要把握基准线，要让大家听了都舒服。"

琴拥军嘿嘿地笑过一阵："不能实事求是啊？"

"你认为截流还存在哪些困难问题？"时空的话转了弯儿。

琴拥军想了想，说："所有技术问题都不存在，可行性方案已经讨论、研究过好多次了；士气很高，大会小会，发动工作做过好几次，突击队也成立了；两岸的主要料场你都看了，大小块石、碎石、四面体、钢筋笼子，准备得相当充足。如果截流那天的天气情况像最近一样，无风无雨的话，突出一点儿的困难问题恐怕是机械设备能力相对薄弱。黄河施工局支援过来的二十辆佩尔利，T30，昨天到了。长江、珠海两个局支援的三十辆佩尔利，T30、T20，今天晚上不到，明天一早也就到了。程心爽副老总买回的六十辆佩尔利，T30、T20各三十辆，一直封存在车场，准备明后天开封检查。可以说，完好率能够达到百分之百的只有这百把辆，其他车辆全是从修造厂露天仓库和花溪、虎啸两个工地调的，车型五花八门，完好率差，毛病稀奇古怪，让人担忧的是，紧要关头，熄火趴窝的车辆太多，那可是大问题。还有，起吊能力不尽人意。两岸几大主料场，从保险起见，每个料场应该配备三台起吊能力在六十吨以上的轮胎吊、履带吊，可是我们只能配两台，保险系数、机动能力差多了。截流施工，尤其是合龙，是争分夺秒的事，万一块石、四面体、钢筋笼装车、转运不及时，可就麻烦了。"

"花溪、虎啸还有三台轮胎吊，八十吨的。都调过来。"

"那两个工地正抓紧扫尾，不能再调他们的设备了，再调，他们就得停工。"

"调，保截流。花溪、虎啸那点儿扫尾工程耽误十天半月，问题不大。"

"怕就怕他们有意见。"

"顾不了那么多了。"时空毫不犹豫地摸出手机，很快揿通了程心爽的电话，"心爽副老总吗？我时空呀。我说，花溪、虎啸那边的三台轮胎吊，你马上给调到龙潭工地来吧……做做工作，孰轻孰重，他们应该知道……直接开过来怕是来不及，让吴田派船运过来……你看着办吧。就这样？"

"解决了？"琴拥军高兴地问。

"解决了。"时空笑笑，说，"参加截流的车辆不太充足，还有一部分车辆的车况不理想……这问题不好解决。我看哪，只有一个办法，截流时，让修造厂的向前、何一峰多派些修理工到现场，沿途设修理点，一发现车辆有故障就及时检修，以勤补拙。"

"行，我明天就找向前商量这事儿。"

两个人慢悠悠转到了船闸右山脚下。船闸右山脚下紧挨一条施工道路，道旁搭架了个临时凉棚。凉棚里放有保温桶和塑料杯，散落着几块大石头，是专供过往驾驶员喝水、打尖的地方。琴拥军请时空坐到一块石头上，又从保温桶里放出一杯凉茶递给了他。

"哎，"时空一口气把凉茶喝干，"你和况夫……合作得怎么样？"

琴拥军也把一杯子凉茶喝干了："还算愉快吧。"

"你觉得他这个人怎么样？"

"还可以。脑子灵，点子多；直爽，没有弯弯肠子。就是脾气臭了点儿，熊起人来不留面子，搞得好几个作业队长见到他，连话都不会说了。"

"有点儿霸道。"

"也不完全是。喝酒时，大家又都成了他的哥儿们，不分老少。"

"呵呵……"时空起身，又去保温桶放满一杯凉茶喝了，"他都三十多了吧……没发现他……有女朋友啊？"

"嗨，"琴拥军大笑起来，"你瞧他那形状——五大三粗，不善甜言蜜语倒也罢，说起话来还打死人，浑身上下找不到丁点儿情趣，哪位有点儿长相有点儿学问的姑娘肯招惹他哟。"就在这时，口袋里的手机响了。

琴拥军跳到凉棚外面接听了一会儿手机，回头对时空说：

"时总，我让黄河过来把你接到辛店歇息去吧。上游湾岔临时码头出了点儿事，我得赶过去。"

"什么事？"

"侧抛船和准备沉掉的那条驳船开始装载钢筋笼。起重队的队长正在左岸处理故障，听到报告说两台轮胎吊吊不动钢筋笼子，又赶不过来，急得跳脚，就直接给我打电话说，是不是再抽调两台轮胎吊去临时码头帮忙把船装了。我说我正在船闸，过去看看再说。那两台轮胎吊的起重能力各是四十五吨，竟然抬不动四十吨的钢筋笼子，真是奇了怪了。"

"有的时候，理论与实践完全是两回事。"时空把手里的塑料杯扔进垃圾桶，"我也去看看。"

"你就别去了吧。"

"这几天我在工地到处跑，就是想看看有没有问题，现在听说有问题了，又不去看，自己糊弄自己呀？"时空走出凉棚，"实说吧，这截流施工，我老担心哪儿准备不周到，到时候弄出大问题来。"

"时总你尽管放心，截流对华夏来说是坛子里抓乌龟——手到擒来。"琴拥军见时空执意要去，没再劝阻，"不瞒你说，光在这潜龙江上搞截流施工，我就参加过三次——松峦、花溪、虎啸。"

"松峦电站你也参加过？那时你才多大呀。"

"我跟我父亲去看热闹。那也算参加了哇。"

时空就呵呵笑。

一辆装载机轰轰隆隆开了过来，琴拥军见是辆空车，忙把握在手里的图纸卷儿扬了扬，示意司机停下。装载机又高又大，四个轱辘一人多高，前面挂着个大铲斗，铲运土石的时候像鸭子撮食，所以工人们管它叫"鸭子"。

"把我们送到上游湾岔临时码头，快点儿。"琴拥军大声吩咐司机，一面把时空拉进铲斗，取下头顶的红色安全帽往铲斗底下一搁，"那就委屈你一下，坐这上面吧。"

"不用，不用。"时空在铲斗中央站稳，一手捏住一只大斗牙。

阴元岫上游三四公里处有个湾汊，水平如镜，停泊着两条侧抛船和一条自航驳船。侧抛船的任务是截流施工龙口形成后，向龙口猛烈倾卸装满块石的钢筋笼；自航驳船则准备在合龙紧要关头沉掉，就像解决战斗的重炮。三条船必须事先载满装有块石的钢筋笼。装船装得过早对船体不利，恐有不测，等到截流开始再装船又太仓促，所以，调度室决定在这临近截流施工的时日装船。两台四十五吨的轮胎吊起吊、装卸四十吨重的钢筋笼子照说不是问题，可是偏偏就有了问题。装船采取抬装办法——两台吊车将钢筋笼抬起来，再慢慢卸到紧挨岸边的自航驳船上。抬装第一个钢筋笼的时候非常勉强，两台吊车像喝醉了酒，颤巍巍的，还差点儿把自航驳船撞翻了。抬装第二个钢筋笼的时候更糟糕，钢筋笼被抬离地面不到一米，一台吊车急剧向前一栽，钢筋笼应声坠地，高高翘起的把杆还差点儿把对面的吊车砸塌了。"鸭子"赶到临时码头的时候，把杆着地的吊车刚刚被对面的吊车扶正。

作业班长姜通赶忙迎了过去，一面撩着衣襟使劲儿扇风，一面望着从铲斗里跳出来的琴拥军说："吊不动，吊不动，就是吊不动。"姜通四十多岁，人高马大，黑脸庞，这时的样子很狼狈。

琴拥军没理会姜通，先扶时空爬出铲斗，又对装载车驾驶楼上的司机说："别走，等等。"

司机说："我有任务呀。"

"我给你们队长去个电话？"

司机忙把右手举了举："我等，我等。"

琴拥军这才跟着姜通来到两台吊车旁边。几个汗流浃背的起重工泄气地坐在河滩的卵石上，见琴拥军走过来，发起了牢骚：

"这吊车被修造厂养娇了，中看不中用，还没上套就装孬。"

"哪百年的旧玩意儿啊？老球喽。"

"废工，废工，我敢说，这做的全废工。"

"就是，不准备用侧抛船侧抛钢筋笼子，不准备沉船，就不能实现大江截流了？"

"永泰、松峦、花溪、虎啸，四次截流都准备沉船，结果，都没沉船。龙潭不准备沉船截流就会失败，那才出了巧。"

琴拥军只当没听见，围着两台吊车转了一圈儿，又蹲在地上看了一阵，叫姜通指挥两台吊车各后退十米，然后冲着鸭子车的司机喊道：

"把地基铲平了。"

驾驶楼上的司机立马轰隆一声启动了鸭子车，顺着岸坡，小心翼翼地向着两台吊车中间驶去。

时空走到琴拥军身边："什么问题？"

琴拥军拉着时空后退到码放成堆的钢筋笼旁，说："两台吊车都定位在斜坡上——吊装大忌，没弄出大事故就算是好的，还谈装船。"

"问题……不大啊。"

"这个叫姜通的作业班长干劲儿大，吃苦耐劳，深得工人拥戴，人不错，就是动脑子差点儿。"琴拥军说，"刚才我在铲斗里就琢磨，也许是吊车停放不到位的问题，现在看来，很可能就这原因。"

"咱们集团应该有几个起重老把式吧？每个起吊现场要是有个把大拿，情况可能就大不一样。"

"那是。可是做不到哇。过去，起重队光八级技师就有十好几个，后来，长江、珠海、黄河三大施工局调走了几个，剩下的退休的退休，下岗的下岗，起重技术团队就跟机械设备一样，慢慢散了。还有两个活宝，花溪、虎啸各一个。这两个技师原准备在截流的前一天赶来，你刚才不是让程副老总把花溪、虎啸那三台吊车马上调过来吗，估计明后天他俩也就随着吊车过来了。到时候，左右两岸，一边一个。"

两人说话的当儿，鸭子车很快把地基撮平了，两台轮胎吊重新归位，几个起重工忙着把钢缆套好钢筋笼。一会儿，两台吊车同时发力，将笨重的钢筋笼稳稳当当抬上了自航驳船。

时空的心情却没有因为现场难题得到解决而轻松："截流……怕就怕发生连想都没有想到的问题。"

一二七

辛店不能从字面上理解为商埠或者集市，它其实就是个小村庄，十来户人家。听说很久以前有个肉铺，现在没有了。

辛店离船闸施工部位不是太远，是开挖七队的营地，驻扎了二百来人。开挖七队借用辛店的一块旱地，用两层楼的活动板房围成了个四合院，吃、住都很方便。职工作业三班倒，从早到晚都有人去船闸部位上班，也总有人在院内蒙头大睡。大家都很自觉，院子里几乎听不到喧哗，还算清静。所以，琴拥军觉得把时空安排在这里休息比较适合。像辛店这样的生活小区，右岸有十好几处，琴拥军天天在现场检查、督促施工，走到哪儿都有落脚的地方。

黄河的黑色奥迪和娄毅的红色桑塔纳都停放在院子中央。

两人洗了车，洗了澡，面对面坐到院内用石块和混凝土面板垒成的桌子旁擦起了手枪。手枪机件卸了一桌面。

娄毅擦的是把五四式，很老，原本泛着蓝光的枪体已经变得灰白。黄河擦的是把勃朗宁，崭新，锃亮。娄毅擦着五四式机件，不时拿眼光瞥瞥黄河手里的勃朗宁，说：

"时总这把枪，还是我当公安处长那会儿给他买的……当时他……还不怎么想要。这不，还不是……带上了。"

"前年，从没看见他带枪。去年起，一离开十字街，就见他把枪带上了，哼哼……有备无患吧。"黄河说，"其实，带也白带，老撂在车厢里。"

"别在腰里呀。又不用给饭它吃。"

"我别腰里吧，违纪违法。他别在腰里……那不成了我的警卫员。"

"嘿嘿，是这么个理。"

"你别那杆破枪……不觉得……寒碜啊。"

"屁话。"娄毅瞪了黄河一眼，"瞅瞅去，有几个保卫处长有资格佩枪？……规格，档次，优越性。当然啦，如果不努力争取，这点儿优越性就不会有。"

琴拥军领着时空走进院子。

黄河边组装勃朗宁边对时空说："糕点、酒都买好了。都搁在后备箱了。"用两个指头把一叠零钱从上口袋里钳出来，递了过去，"是现在去面巴屯还是吃了晚饭再去？"

"怎么就买这么一点点儿东西？"时空见余额不少，还有张红票子没有打开，"拿不出手吧？"

"沿路几家小卖部都没啥好买，尽油盐酱醋，没办法。总算买到了两瓶酒，几瓶罐头，不信你问娄处长。"

"是呀，是呀，"娄毅附和说，"山里的小卖部跟老百姓一样贫穷。"

"太少了点儿。"时空瓮声瓮气，"吃了饭去吧。这时去，人家该招待我们了。"

琴拥军把时空领到一栋活动板房的二楼，先把他安顿好，然后跑到院子前面的小食堂让炊事班长添两个小炒，说是要陪时空吃顿晚饭。

队长和支部书记都在现场带班，督阵，营地的炊事班长便成了长老。胖得像弥勒佛的炊事班长正挥动着铁锨一样的大锅铲炒莴苣，边炒边说，"只有点儿黄花和笋子。档次不够哇。"

琴拥军说："没关系，时总不讲究这个，你把味道搞好点儿就行。"拿起一只用来盛菜的塑料盆，从靠墙的大水缸里舀了满满一盆苞谷酒，"酒是可以管够。黄河、娄毅都能喝。可惜时总差点儿，酒量还不如我。"

厨房隔壁有个小餐厅，是队长、书记们搞联谊和招待包工头用餐的地方。琴拥军刚把一盆酒掇进餐厅，身上的手机嘟嘟响开了。他打开手机，那头传来一阵急促的声音。

琴拥军合上手机，先去伙房向炊事班长交待了几句什么，接下便慌忙火急跑上活动板房的二楼，跑进了时空入住的房间。

房间很小，陈设也简单，只有一张单人床、一张办公桌和两把靠背椅。时空正捧着杯开水看挂在墙上的一张右岸工区布置图。

琴拥军说："时总，真不好意思，晚饭我不能陪你吃了。"

"有事？"

"四工区的宋主任打电话告诉我说，长江、珠海施工局支援龙潭截流的车队已经陆续抵达工地。真快，不到两天，他们就赶过来了。我得去看看。"琴拥军说，"司机们很辛苦，吃饭、睡觉一定要安排好。还不知道这些汽车的车况怎么样，得让修造厂的修理工连夜检查，抓紧时间维修、保养。"

"那你快去吧。"

"看样子，今晚我过不来了。"琴拥军从墙上取下塑料安全帽，把一卷儿图纸也夹进了胳肢窝，"晚饭快好了，一会儿就开饭。晚上你就住这间房子，我经常在这里过夜，有点儿脏，只好请你凑合凑合。黄河、娄处长住书记、队长的房间。我给书记、队长去过电话，让他们今晚别回来了，就在现场待一晚上。"

"我们又不是客人，你动这么大的干戈干什么？"

"嘿嘿，我们都习惯了。"琴拥军戴上安全帽，"明天我不能送你了，还有什么事交代没有？"

"我就回去开明天下午的办公会，开完办公会，最多待一个晚上，我就过来了，截流前不打算再回十字街了，有事等我过来后再说。"

"走啦。"琴拥军转身出门，噔噔噔跑下了楼。

坐在混凝土桌旁的黄河、娄毅刚把手枪收拾停当，见琴拥军匆匆忙忙奔下楼来，问：

"还忙呀？"

"就不陪时总喝两杯？"

"失陪，失陪！你们喝好啊，我在餐厅搁了一大盆酒。"

娄毅说："我开车送你。"

琴拥军说："不用，有车过来接我，路上碰得到。"一溜烟儿跑出了院子。

琴拥军离开不久，炊事班长敲响了吊在伙房门口的一块钢板，开晚饭了。两个炊事员抬出一个冒着热气的大饭甑，又抬出一大桶蛋花汤，都搁到了门口的木架上。工地食堂饭管饱，汤随便喝，菜限量供应。准备接晚班的工人拿着搪瓷碗和筷子最先从宿舍里走出来，先去饭甑里舀饭，再去伙房里打菜。菜是莴苣片、土豆丝、红烧肉，一荤两素。不上夜班的人可以去缸里舀苞谷酒喝。没有大餐厅，大多数人端了饭菜就回宿舍吃去，有的就趴着院子旁边的水泥桌子吃，还有的捧着碗走出了院外。一百多人，但吃饭的响动不大。工人们全都就餐后，炊事班长从伙房里走了出来，对黄河、娄毅说：

"该请时总用餐了。在小厅。"

娄毅连忙跑上楼去喊时空。

小餐厅里只有一张餐桌。桌上摆了一碗红烧肉、一碗土豆丝、一碗莴苣片、一碗木耳炒鸡蛋、一碗素炒黄花玉兰片，外加一盆蛋花汤。品种不多，但分量很足，碗碗堆装，汤用盆子盛。

时空虽然感到有点儿疲乏，但是心情不错。一连几天奔波在左右两岸施工现场，检查截流前的准备工作情况，劳力劳心，确实很累。好在况夫、琴拥军有经验，又很认真，各项准备工作都做得比较充分，为截流一举成功奠定了坚实基础，给了他不小的安慰。因而轻松愉快地喝了两小碗苞谷酒。之后，便陪着黄河、娄毅吃菜，看着他俩互不示弱地豪饮。

"呀！"喝了一会儿，面红耳赤的黄河打着酒嗝儿说，"还要去面巴屯哩。喝这么多，哪能开……开车啊？"

"让你喝酒，就没打算让你开车。"时空说，"这里去面巴屯那截路又窄又陡，弯儿还多，夜晚，就是不喝酒，也不能开车去呀。"

"那……走哇？"

"走。待会儿，咱们三个人散步过去，再散步回来。也就五六里地。"

"不行。"黄河挺了挺胸脯，"哪能让你走啊，这么远。不喝了，还是用车送你过去。就凭我这技术，还……还怕五六里山路？"

"算了吧，你不怕，我还怕哩。连人带车都翻进山沟里，华夏集团可就有戏看了。"时空欠身帮黄河把酒碗舀满，也给娄毅把酒碗舀满，"放心喝，喝够，但是不许喝醉。明天一早要赶路，上午必须赶回十字街。只要不误事，你们哥俩今晚怎么喝都行。"

娄毅捧着酒碗望着黄河："就按时总的指示办吧？既保障了安全，又不影响喝酒。"

"难怪你手里的几宗案子到现在还破不了，"黄河睥睨着他，"就知道喝。"

"时总，"炊事班长从门外探进半截身子，"有人找你。"

时空起身出门，见茅镰立在院子中央。

"嘿，茅老县长！你怎么知道我在这里？"

"今早我准备去十字街找你。"茅镰笑呵呵地说，"从宜阳出发前幸亏给江南打了个电话，她说你在龙潭工地，差不多半个月没回家。上午我到了半爿街，找况夫，况夫又说你在右岸。在况夫那吃过午饭后，我就等汽渡过江，等了两三个小时。刚才在半道上碰到了琴拥军的车，他停下来问我到哪里去，我说找你，他说你在辛店营地。"

"给我打个手机呀。"

"你那手机停了。"

"哦？没电了。来来，吃饭，吃饭。"时空拉茅镰进餐厅。

"不在这里吃了，一会儿我有饭吃。你知道，我在这一带到处是熟人。"

时空见他说得诚恳，没有勉强："找我有事儿？"

"有点儿事。"

"好好，走，上楼说去。"

时空去小餐厅向黄河、娄毅打了声招呼，回身领茅镰上楼。

茅镰从美式小吉普上拎下个沉甸甸的编织袋，跟到了时空后面。

一二八

"这是琴拥军的临时窝儿，我来过。"茅镰把编织袋轻轻搁在床上，取下头顶的牛仔帽，套在咖啡色衬衣外面的黑皮马甲也脱了，"今晚你住这？"

"这些时我和况夫、琴拥军一样，到处打游击，走哪儿歇哪儿。"时空洗涮着茶杯，"明天赶回十字街，下午有个办公会。龙潭工程不是马上要截流了嘛，啰嗦事儿不少哇。"

"我见况夫也是忙得不亦乐乎。吃顿午饭,一连接了九个电话,我给他数着哩。"

"况夫这人……你觉得怎么样?"

"有文化,好汉。"

"呵呵,惺惺惜惺惺,好汉惜好汉,你也是条汉子啊。"时空往茶杯里掂了一小撮茶叶,"今天跑了一百多里路吧?那小吉普……车况可是不怎么好,真难为你了。"

"过去,从宜阳城关跑半爿街,我差不多要跑一个上午,现在个把多小时也就够了。这条路,你们修得真漂亮,又宽又直,坡度比从前小多了,少多了。你那奥迪跑一趟,半个钟头够了吧?"

"没注意,大概差不离。"时空说,"你们右岸两个乡的几条马路也该修修了,窄,陡,弯儿多,走牛车都困难,汽车行驶起来像小脚女人,够呛!"

"县委、县政府早就想修了。眼下不是还在落实'一二五工程'嘛,财政支应不过来呀。"

"龙潭截流完工后,我们可以腾出手来帮你们修修,免费。"

"那可使不得。"茅镰在床沿儿坐下,"你们华夏也难啊。"

"华夏最困难的日子已经过去了,开始走上坡路哩。"时空把泡好茶的杯子递给茅镰,"我们顶多费点儿人工。机械是现成的;多余的混凝土扔了也就扔了,用它填路是废物利用,举手之劳,何乐而不为。"坐到靠背椅上,"龙潭工程开工后,宜阳对华夏施工队伍的援助实在不小,粮食、蔬菜、水果,一应生活物资,满足供应。我都听况夫、琴拥军说了,你们是有求必应。尤其是在征地、移民工作方面,更是帮了大忙。这事连寇副省长也一清二楚,说潜龙江五座电站,数龙潭工程的征地移民工作做得最好。去年我去省里开会,寇副省长还专门叮嘱:要和地方政府搞好关系,要尽最大努力为地方谋利益,要争取人民群众的大力支持。你看,省领导都发话了,我还敢不听呀?"

"宜阳真是烧高香了,到现在还能得到华夏的无私援助。"茅镰激动地说,"解放初期,我当县长那会儿,尉迟老首长带领战士们帮我们修塘挖堰,兴修水利,如今,都二十一世纪了,你这下一辈,了承父业,还在继续帮助宜阳修公路、修水库、修电站。宜阳不发,对不起人啊。宜阳欠你们太多,我得好好跟县上的龟儿子们说道说道,好生记住华夏的恩德,不能忘恩负义。"

"社会要进步,大家都要作点儿牺牲。"时空摇手说,"应该的,不值一提。"

"听况夫说,前几天你还去我们的电站工地看过。"

"我这回出行,时间安排是三一三十一。"时空说,"前五天,去你们维修加固的五座大水库转了一圈儿。几座水库的工程量不算太大,也不复杂,都快完工了,施工队伍正在准备往龙潭工地撤。中间五天到天保寨脚下的那两座小水电站看了看。两座电站的施工情况都不错,大坝混凝土浇筑已经接近尾工,今年年底装机不成问题。之后就奔龙潭这边来了。"

"我也常去水库、电站工地转转。"茅镰感叹说,"两座小水电站说建就建起来了,真快。"

"怎么还叫一号电站、二号电站啊?该给它们取个名字呀。"

"取了,刚取。"茅镰说,"一个叫上岗电站,一个叫下岗电站。"

时空笑了起来："怎么跟上岗、下岗挂上钩了。"

"谁说不是呢？水利局那帮混球的'杰作'——没一点儿文化味道。两座电站中间有个村子叫梨树岗，所以，他们就图简便，把梨树岗下面那座电站叫下岗电站；把梨树岗上面那座叫上岗电站，也不动动脑子。"茅镰说，"想改也来不及了，命名的红头文件都发下去了。只好凑合，凑合着用吧。"

"哎，茅老县长，有件事……我在心里搁了很久，"时空忽然犹豫着说，"想……问问你。"

"问吧，咱俩还有啥话不能说的。"

"你该不会生气吧？"

"我要是会生气，就不会活到今天了。你还没问哩，问。"

"年初我在省里开会，听到有人说了些对宜阳县不太有利的话。"

"能不能具体一点儿？"

"有人说宜阳县的富，富得很……蹊跷。"

"有什么蹊跷的？凭本事，让这些人想不到的事多哩。"

"宜阳县……"时空想到不给宜阳县提个醒儿是对宜阳县不负责任，直说了又怕包括茅镰在内的县领导接受不了，就换了个角度，"宜阳县没有栽植罂粟花作为花卉销售吧？"

"造谣，有人造谣，我早就听说了。王八羔子们乱嚼舌根，纯属嫉妒，报复！"茅镰顿时一脸怒色，"不管是在台上的时候，还是现在下了台，我经常往边远山区跑，一方面是搞搞扶贫的事儿，另一方面是怕山高皇帝远，山里的山民偷偷大面积种大麻。有的山民种个二三十株，割点儿浆水熬成粉自己吸吸，抵御抵御寒湿，治治腰酸腿疼，这情况我承认有，但大面积种植，靠这玩意儿生财，我敢打赌绝对没有。解放五十多年了，谁还敢干这种事呀？吃豹子胆了？眼下，华夏集团有上万工人在宜阳境内，不信你发动他们四下里查查去，要是发现有一起，我甘愿领罪。"

"有人嫉妒，报复……这没道理呀。"

"红眼病，自己不中用就眼气人家。瞧着别人进步自己心里不舒服，这种人多哩。"茅镰像有人挖了自家的祖坟，叫骂道，"宜阳县的综合指标在全省不是已经排上第三了吗，宜阳县不是成示范县了吗？隔壁的永泰会服气呀？早就眼红了。永泰县版图有一半是平原，全县有百分之六十的可耕土地，永泰、虎啸两座特大型水电站就在境内，还有全省最大的国有企业华夏集团扎根在县城，占尽优势，可是，年总产值却赶不上可耕土地只占全县总面积百分之十的宜阳，他们能不气吗？气又不找主观找原因，尽在别人身上寻毛病，嫉妒别人。加上去年被省政府通报了一回——盘龙岭无名洞旁不是种了一大块鸦片秧子嘛，他们以为是宜阳举报的，怀恨在心，所以，伺机报复是迟早的事情。"

"宜阳县的发展确实让人……羡慕啊。"

"关键是县委、县政府一班子人要有眼光，要着眼长远，不能头痛医头，脚痛医脚，鼠目寸光。我做县长那会儿，宜阳就在研讨发展规划，就在攒钱，就在为基础设施建设做准备。我们让钱生钱；我们大力发展种植业、养殖业，把橘子、广柑、甜柚、核桃、板栗、黄花、木耳、野鸡、生猪，不停地运往北京、上海、广州销售，扩大资金积累。

不然，'一二五工程'怎么能说上马就上马？有钱哪。可以说，宜阳实施'一二五工程'又比永泰高出了一筹，又比永泰先走了一步。两千年以后，我们宜阳的几大水库全部维修加固完毕，可以继续保障农田丰产丰收；完全属于自己的两座小水电站投产发电，能够拉动全县的工业、农业生产，推动经济建设高速发展；通往十字街的公路拓宽取直，与永泰的高速公路联通，有望进一步加快宜阳和外界的物资交流，全县的经济形势肯定更上一层楼。'一二五工程'实现后，我们还要大规模改造宜阳城关镇，在龙坪狩猎场建造小型飞机场，起降直升机，到时候，看外商是乐意落户永泰，还是乐意落户宜阳。我的徒子徒孙们会比我干得更漂亮，气死那些个狗娘养的！"

"好了，消消气，消消气。我不过随便说说，又不是上级领导找你谈话，大可不必较真儿。"时空笑着说，"有则改之，无则加勉；言者无罪，闻者足戒。"

"你是不知道，"茅镰咧咧嘴，摇摇头，"宜阳的这个邻居，难缠。"

"我们好些日子没有见面吧？在楼下小餐厅边喝酒边聊聊多好。"时空其实是绕着圈子问他找自己有何贵干，"黄河、娄毅都在那儿。"

"知道，他们的车都停在院子里。"茅镰明白了时空的话意，"可我想跟你说的事，不让他们听到最好。"

"秘密呀？"

茅镰笑笑，喝了口茶，抹了把满是胡茬儿的脸："这一说已经是跨三个年头的事了，不知道你还记不记得。前年秋，我去将军楼老首长那儿，你请我吃饭，实际上，我是代表宜阳县去请华夏集团承建'一二五工程'……"

"记得，怎么不记得？你当时是给揭不开锅的华夏集团送黄金白银呀！"

"'一二五工程'的第一大项目是宜阳城关至十字街公路的拓宽取直。其中，半爿街至虎啸电站路段，你当时提醒我说，这截路属于龙潭工程的进场公路，所需费用应该由龙潭工程的甲方承担，并向我承诺，想办法让雷好掏腰包。"

"这事不是全搞定了吗？"

"当然全搞定了。如今，宜阳县城关镇至十字街这条公路已经由华夏的队伍拓宽取直了，交付使用了，比我们想象的路面要好得多。尤其是半爿街至虎啸那截路，还从盘龙岭旁掏了个两三百米长的隧洞，缩短了好大一段路程，更方便了。所以呀，宜阳说话也要算数儿，也该兑现承诺了。"

"你们兑现什么承诺呀？"

"忘啦？你在将军楼请我喝酒那天，我说过，如果半爿街至虎啸那截路能让潜龙总公司掏腰包，等于为宜阳县节约了一大笔投资，宜阳县是有节约奖政策的。"茅镰站起来，从床上拎起那只鼓鼓囊囊的编织袋，搁到时空面前，蹲下，慢慢解开扎在袋口的麻绳，露出一个白色面粉袋，再将扎住面粉袋的麻绳也慢慢解开，"今天我找你，就为给你送这个。"

时空弯腰撩开面粉袋口，见里面横七竖八塞满了一捆捆百元大钞，就嘿嘿笑："这……多少啊？"

茅镰坐回床沿儿，竖起四个指头："四十万。半爿街至虎啸路段，我们做的预算是一点五个亿不到，县政府对节约项目提奖的比例是百分之零点二五。我先给你提了四十万，其余的，等到'一二五工程'的结算工作做完后再补。"

"哦？如果能节约十个亿，那不就可以拿到二百五十万？"

"可不。"茅镰神秘地说，"这是促进宜阳经济增长的刺激措施，有红头文件。直接创收的提奖比例更大——百分之零点三，特殊情况、项目大，还可以酌情扩大比例。"

"挺鼓舞人的啊。"

"重赏之下必有勇夫。"茅镰神气十足，"这种政策，据说很多企业、行业、地方都在推行。不过，纵向、横向比较，宜阳县都处于非常落后的位置，不敢把提奖比例往高处靠，保守了点儿，伍书记、陆县长的思想还是保守了点儿。"

时空蹲在地上，望着满袋子红钞票："发了，发了哇。"

"人无外财不富，马无夜草不肥。"

时空将面粉袋扎好，直起腰，到靠背椅上坐正身子，睨视着茅镰："你也发了啊。"

"我……也发了？"

"前年，你送货上门，送给华夏集团十三亿多的工程量。华夏集团的提奖比例比你们宜阳县大多了——百分之零点五，照这样算下来，是你这袋子钱的二三十倍。这还不算发呀？暴发。"

"这……"茅镰大睁着双眼愣了半天，"时总经理，千万别误会，我可没有拿这一袋子钱换回去二三十袋子钱的想法。"

"礼尚往来，合理合法。漫说想，做也不为错。"

"不行，这可不行，我想都不敢想。"

"为什么呢？"

"……县委、县政府成员属于领导干部，领导干部自觉退出奖励机制，我也算。没资格参与提奖。"

"领导干部敢不带头刺激经济增长呀？"

"这事……"茅镰被问住了，"这事……"

"说明你们的这个红头文件见不得阳光。"

"是倒是秘密文件。"茅镰皱起了花白的眉头，"没让公开。"

"至少，算不上理直气壮。"

"在这问题上……领导干部自然是要以身作则。"

"我算不算个领导干部呢？"

"当然算。你还算高级领导干部，比我们高级。"

"你们做领导干部就该以身作则，就该高风亮节，就该做到两袖清风。我这个领导干部就可以放任自流，就可以中饱私囊，就可以一身铜臭。"

"我哪是这个意思啊？我不是这个意思呀。"

"可是我完全有理由理解为这个意思。"

"时……总经理，"茅镰已经悟出时空原来是绕着圈子拒收钱款，同时嗔怪他曲解了自己的一番美意，"难道我会害你吗？"

"有时候，好心不一定有好结果。"

"现在，到处……都是这么干的呀。"

"这我知道,用提成分红等办法鼓励生产经营、资产经营、资本经营,不是宜阳县的发明创造,地方、行业、企业早就把这一套作为搞活经济的有效手段,你们是向人家学习,是跟风跑,说不定还是玩的个龙灯尾巴。华夏集团也有这种文件,但是我到华夏一年多来,既没有把这文件轻易废除,又不敢大胆推行。你知道为什么吗?"

"?"

"我是这么想的,如果每个领导干部都把提成抽头子作为发家致富的途径,我敢肯定,用不了多久,中国遍地都是官僚资本家。"

"嗐,有那么严重嘛。"

茅镰是老革命,茅镰当过几十年县长,茅镰有政策水平,茅镰也有脾气,时空知道,坐在对面的这个人物有别于凡夫俗子,完全不是个让他怎么做他就怎么做的人,你得让他心服口服才行。

"大是大非问题暂且不论,让时间去考验。你我都算是小人物,小人物就谈小问题。"时空向茅镰捧在手里的茶杯添了些开水,也给自己的茶杯添满,而后坐下来慢吞吞喝了口茶,"四五年前,华夏集团下发红头文件,推行新政策——不管是谁,只要他能给集团承揽到工程项目,一律根据工程项目投资概算按内定比例提奖。结果,出现了两个最突出的问题。一是本来非常透明的招投标工作,演变成了私下交易,集体活动转化成了个人行为。二是官司不断。有几宗合作纠纷一直无法结案,至今还在法院拉扯,越拉扯越复杂,以致拉扯出一些盘根错节的关系,涉及面越扯越大。更让仲裁机关头疼的是,控辩双方都有文件依据,都能找到政策条款证明自己的行为正确,你看这……去年底,今年初,我们华夏一连处分了几个二级单位的领导干部,大多是经济问题。看在他们过去对本单位贡献大的分儿上,才没有移送司法机关。知道我为什么忍痛下狠手吗?歪风邪气不杀杀,实在不行哪。华夏集团的情况你不会一无所知——再也经不起风吹雨打了。集团高管也不是铁板一块,暴露出的问题实在让人痛心。去年,副总经理秋胤突然被安全部门抓走了。这人你很熟,一肚子学问,宜阳的'一二五工程'他费了不少心;对华夏集团来说,算得是有功之臣。他这一被抓走,华夏集团的损失可就大了,起码,削弱了集团的管理力量。还有诗维书记,你也认识,去年倒上病床就没有起来……如果我再有个什么事,华夏集团怎么办哪。万一省委、省政府愤怒了,说声撤,这五十多年的老企业,说垮就垮了。企业一垮,殃及好几万人的生存,说不定还会弄出什么乱子来,非同小可呀。你和我老岳父南征北战,出生入死,历尽艰辛,解放全中国,为的什么?还不是为了天下太平、大家都过上好日子吗?你坚持扶贫济困,又为什么?还不是不愿意解放了的全中国至今仍然有人衣食无着吗?我要是为点儿蝇头小利,身败名裂,自行末路,垮了台,个人名誉扫地、遗臭万年是小,成千上万的人就有可能又待岗、下岗,丢掉饭碗。我不是扩大事实,夸大其词,华夏集团的情况就是这样。我来华夏集团一年多,别的收获没有,就是把华夏集团的脉搏拿准了。"

"你说的哪是小事啊,都是大事。"茅镰冷冷一笑,"可是你也知道,有一部分人是可以先富裕起来的。"

"那要看是哪一部分人。"时空说,"我对这个问题的理解是:勤劳的人们可以先富裕起来,勤劳致富;智慧的人们可以先富裕起来,因为智慧就是生产力。你看我,一没有工人、农民那么勤劳,二没有科学技术人员那么智慧,居然先富裕起来了,没有道理呀。"

"……小题大做了吧?"

"我那岳父跟你是一样本质,马列,老马列,眼里容不得半点儿沙子。我胡乱背一袋子钱回家,他还不把我看成捐客,看成败类、逆子呀?"

"所以,我才驮着这袋子钱到处找你,没有把它往你家里送,不敢让他知道。"

时空笑笑:"原来我是个软柿子。"

"你是颗软钉子。"茅镰仍旧努力说服时空,"不必顾虑,这袋钱是我亲自签名画押提出来的,最高机密,除了书记、县长、财政局长,鬼都不知道。"拍拍编织袋,"我不让龟儿子们张扬,他们谁也不敢张扬。不让你打收条,这还不安全吗?"

"不是这个问题呀茅老县长。"时空继续努力说服茅镰,"真要为了这东西,"指指编织袋,"处在我这位置,多少不能弄到手?目前,投资三百多个亿的龙潭工程,百分之九十以上的施工项目都在华夏集团手里,随便切出一块,随便和找上门的私营老板默契一下,就是几十万、几百万,甚至上千万的事,能干吗?这种事,不仅我不能干,我还不能让其他的人干。我和况夫商定在龙潭工程实现两大目标:一是确保水电站在质量一流水平的前提下如期竣工;二是坚决杜绝施工项目转包、分包等倒手买卖,把投机倒把、无本取利的平台砸了,把洗钱的门道彻底堵死。我想,我们的这种思想动机,你内心深处肯定支持。唉……"他忽然叹了口气,"事情发展到今天这一步,其实都怪我,全是我的错。实说了吧,半爿街至虎啸那截公路纯粹属于龙潭工程的进场公路,拓宽取直,对它进行改造是龙潭工程甲方分内的事,事实上,雷好已经把它作为'三通一平'项目纳入了工程款的支出范畴,我没有给宜阳县作出丝毫贡献。之所以没有把事情的真相及时告诉你们,完全是因为我个人的私心杂念。当时我想,我要是能够给宜阳县做点儿看得见、摸得着的实际工作,宜阳县的领导同志,包括你在内,一定会更加全心全意地支持我的工作,支持华夏集团的各项工作。哪料,就这点儿私心杂念,竟然把事情拧到了这地步。"

"贤侄,你们家……缺钱啊。"

"呵呵,我们家要是缺钱,那到处都是穷人。"时空没有理解茅镰的话意,一心想让他心悦诚服,"我知道,你对我们家的老爷子非常忠实,可以说是侠肝义胆,对我们一家人也是关怀备至,不是一家,胜似一家。这一点,连缺胳膊少腿的曹二九老连长也不否认。可是,你不能让我作难哪。"

"这么说……"茅镰终于沉下了脸,"你一定要让我背回去?"

"你说呢?"

"好好,时总经理,你有理,你高尚,你是好样的。"茅镰霍地站了起来,手忙脚乱套上黑皮马甲,将地上沉重的编织袋一提,"我不强人所难了。我退了,退了就什么事也没有了。"

"这事权当没有发生。钱怎么提出来的,有劳茅老县长怎么退还回去,知情面不能大,防人之心不可无,切记!"

"这就用不着你教了,我好赖从政四十多年,经验还是学习到了一点儿的。"茅镰的话不好听了,"本来是光明正大的一点儿事,到头来弄得偷偷摸摸,像做贼。"

"老县长,我没得罪你吧?"

"没得罪我,你哪会得罪我啊?"茅镰将牛仔帽往花白的头顶使劲儿一扣,"你呀,跟尉迟老首长大不一样,他老人家直通通,批评人的时候尽骂娘,你呢,说话拐弯抹角,批评人还拣好听的词!"

时空笑着:"老县长思想觉悟高,政策水平高,这大家都是知道的,我哪敢在老县长面前……造次。"

"行了,行了,告诉你吧,我还真不是个搞腐败的。说实话,这钱给退还回去,县长、书记心里才高兴哩。他们也不是会做人的大方主,我讨了好多次才帮你讨到手。你当来得那么容易。"

"正好,完璧归赵。"时空说,"大家相安无事。"

"走啦。"茅镰把钱袋子往背上一驮,转身出了门。

四合院里,酒足饭饱的黄河、娄毅正坐在路灯底下的石凳上吹牛。两人见茅镰、时空走下楼来,连忙迎了上去。

娄毅说:"茅县长,怎么不跟我们喝两碗酒啊?"

茅镰笑笑:"下回见面,我陪你们喝个够。"

时空对茅镰说:"不如吃了饭再走。刚才我就喝了点儿酒,还没有吃饭哩。"

茅镰把钱袋子扔上小吉普,坐上驾驶座,边搭马达边说:"山茶和她爷爷把饭菜都准备好了,还请了两个村干部作陪,你说,我不去行吗?"

"你怎么不早说呀!"时空说,"江南下午给我打了个电话,说山茶她爷爷病了,我准备吃过晚饭去面巴屯看看他哩。"

"哦?"茅镰皱起了眉头,"你……想去面巴屯?"

"天色晚了,黄河喝酒喝得有点儿多,车是开不了了。过去打搅一通再散步回来也不是个事儿。"时空觉得催山茶回十字街有点儿不近人情,"我给老大爷买了两瓶酒,你给捎过去算了,顺便问个好。我下回来再去看他。"

茅镰忙说:"也好,也好。"

时空对黄河说:"把酒和那些东西交给茅老县长好了。"

黄河觉得时空这主意不错,忙去奥迪的后备箱里将两瓶酒和罐头之类取出来,放进了茅镰的小吉普里。

时空又掏出一张一百元的钞票交给茅镰:"这一百块钱就让老人家自己买东西吃吧。代我道个歉。"言不由衷地补了一句,"让山茶不要急着回十字街,等她爷爷的病好利索了再说,不碍事的。"

茅镰把钱装进口袋,"我该代他们祖孙俩向你道谢。"车就起步了。

茅镰走后,时空先去小餐厅扒了两碗饭,又不声不响去楼下楼上职工宿舍转了一圈儿。一部分工人已经上夜班去了,一部分刚刚下白班的工人正忙着洗澡、洗衣服,只有少数人窝在寝室里斗地主。时空不打算打扰工人们的生活秩序,转过几个寝室就走进了琴拥军的临时住房,和衣躺到了单人床上。他感到有点儿疲倦。半个月来一直在施工现场辗转,确实费体力,费精神。

767 / 第六章

黄河、娄毅走进了房间。黄河手里拿着脸盆和香皂，肩头搭着条毛巾。娄毅提着满满一桶热水跟在他后面。

黄河拉开电灯，见时空仰躺在床上："倒下啦？太早了吧？"

时空懒懒地坐了起来，勾起两个拇指按按眼角："你们不进来，我还真要睡着了。刚才去队长、书记的住处，没看见你们呀。"

"在周围溜达了一圈儿。"黄河搁下脸盆、香皂，"夫人一再叮咛我监督你晚上睡觉前洗脚。我估计你躺下了，就服务上门来了。"

娄毅把装满热水的铁皮桶放到脸盆旁边："夫人一定是对你身上的臭气体会深刻，远隔千山万水都能闻得到。"

"瞎说！"时空嗔道，"睡觉前洗洗脚，一宵睡眠舒坦，做医生的深谙此道，懂不？你老婆不是医生，后悔了吧？"

"这叫体贴入微。"黄河把搭在肩头的毛巾扔进脸盆。

"黄河会来形容词了啊。"时空起身向脸盆倒热水，开始洗头，"我说黄河，瞧你那脸大胡子，又密又粗，又黑又长，像土匪。前天我就催你刮刮，你就是不听。赶明儿你老婆见了，又该说我对你的监管不力，我可再不接受批评了啊，全怪你自己不自尊。"

黄河摸着满脸黑得发亮的胡子，说："剃须架落在梨树岗了，咋刮？我这胡子三天不刮就老长，疯长，没办法。现在到处有除草剂卖，要是有除胡子剂卖就好了，一涂完事，不用刮。"

娄毅说："男人无须不成相。我想你那脸胡子还想不到时哩。"摸摸光溜溜的下巴，"没有胡茬子，老婆反说像女人。"

"噢？"时空向头顶打着香皂，闭着眼睛说，"原来你老婆喜欢胡茬子。"

"那是真的，她说胡子在脸上搓着可有滋味了。"娄毅说，"睡觉鼾声如雷，她也说好，说男人就应该打鼾。没听到打鼾她还睡不着觉哩。"

黄河说："那你老婆也一定喜欢听到你打屁。"

蹲在地上埋头搓洗头发的时空噗的一声大笑，不小心把鼻孔、口腔呛进了水，直呛得满脸通红，脖上的青筋突暴。

娄毅说："黄河，你刚才说什么了，把领导激动成这样。"

"经典，经典。"时空咳嗽了一阵，把满是肥皂泡的脑袋埋进脸盆使劲儿搓洗，"原来娄夫人爱屋及……及乌。"

"时总，怪不得夫人对你放心不下，"娄毅盯着一脸盆被时空洗染成黑黄色的脏水，说，"连你的一顶头发都像尿布。"

"呔！哪有这样形容的。"时空拧干毛巾，一边擦搋头顶，一边端起脸盆走出门外，将脏水倒进过道一侧的铁皮漏斗里，回身进屋，又倒了一盆热水，"下回进工地，就向况夫学习，剃光头得了。不用洗，拿湿毛巾一抹完事。"

黄河睁大眼睛："当华夏的长老呀？"

娄毅说："好，把我们大家都超度成佛门弟子。"

时空把脸盆搬到床前，坐到床沿儿："你们不知道吧？我还真当过和尚。"

"时总！"楼下传来炊事班长的叫唤，"有客人找！"

"谁呀？"时空脱着鞋袜。

娄毅走出门外，扶着栏杆往下瞧着，边瞧边对屋里说：

"茅老爷子。"

四合院里，路灯下，茅镰跳下了小吉普，正把一只红色拉杆箱和那个塞满了钞票的编织袋往车下搬着。

时空顾不上洗脚了，将一双光脚板重新塞进鞋里，和黄河、娄毅一起跑下了楼。

"这辆破吉普对你来说挺管用啊。"时空望着茅镰，投石问路，"说走就走了，说来就来了。"

"我还没吃饭，我马上就走。来晚了怕你睡了。"茅镰对狐疑着的时空说，"山茶她爷爷真病了，吃完夜饭我开车送他去乡卫生所瞧瞧。山茶明天可能回不了十字街。"

"没问题。"时空心里不高兴，嘴上却说："让她多待两天，等她爷爷的病痊愈了再说。"

"我看也只能这样。"茅镰说，"所以，山茶让你先把这箱子捎回去，交给江南。另外，我不也得在这里待两天嘛，这一袋子……"指指编织袋，"长时间搁在吉普车里不安全，我那车门只防君子，不防小人；搁在山茶家里也不安全，他们家是土坯房不说，前门后门从不上锁插闩，只好也请你捎回去。撂在将军楼吧。赶明儿我送山茶回十字街，再把这'包袱'带走了。"

此时，时空最关心、最警惕的就是这个编织袋："茅老县长可是从不食言的啊。"

"哎呀，看你把我瞧成什么人了。刚才你跟我说了那么多，难道我连一句也没听懂呀？你以为我真老了，我还是很明事理的。"

"小侄多虑了，见谅。"时空抱拳作揖，强装笑脸，"黄河，把茅老县长的东西捎上。"

黄河打开奥迪的后备箱，先将红色拉杆箱塞了进去。

娄毅帮忙提起编织袋："好沉，啥呀？"

"土豆。"茅镰笑眯眯爬上小吉普，冲时空举举手，"回见！"

目送茅镰的小吉普驶出四合院后，时空把手机掏出来交给了黄河，让他帮忙充充电。接着，他独自回到琴拥军的住处，坐了下来，一面继续洗脚，一面揣测茅镰让他把那一袋子钞票捎回将军楼是不是在耍什么心眼儿。就在这时，七队的队长、书记笑容满面地闯了进来。自我介绍以后，书记说：

"时总到七队来检查指导工作，是对七队的最大鼓舞，我代表七队职工表示热烈欢迎。"

队长说："最近，我们开挖七队正在全力以赴备战大江截流。琴局长让我们今晚不要回驻地了，就在工地督一夜，督一夜当然不成问题，可是不能不看看您啊。就合计，就跑回来了。只待一会儿，马上就走，不耽误您休息。"

时空的脚还没洗彻底就忙着擦脚，倒水："我回十字街开个会，很快就过来了。以后，我会经常来你们这里，经常打扰你们。"

……

……

一二九

　　清早。时空、黄河、娄毅吃罢早饭，匆匆上了路。
　　潜龙江上游已经封航。为积极配合龙潭工程截流施工，省航运管理部门通知虎啸电站上游河段停止运营，除龙潭河段直接服务施工的船只外，客轮、游轮、货轮、帆船全部进港抛锚。坝轴线两岸汽渡码头排满了过江的工程车、交通车，黄河怕排队等候汽渡过江耽搁的时间太长，临时决定走右岸的展津公路。展旗乡至津口镇公路东行百十里，绕过天柱峰再向北拐，横跨永泰水电站坝顶公路，便可以回到十字街。展津公路实际上也是条进山出山线路，只是行程远了些，路况太差，所以，没有左岸的宜泰公路那么繁忙。右岸的山势比左岸更为险峻，公路呈"之"字形、螺旋形依山盘旋，缠绕，弯弯曲曲，坑坑洼洼，很多路段只能容一辆汽车通过。黄河不停地换挡变速，不停地按喇叭，时刻提醒有可能迎面驶来的车辆准备会车。
　　天气很好，蓝天白云。这一连几天的天气都很好。可是时空每天一看到红艳艳的太阳从东方升起，心里反倒犯起愁来：截流那天还能遇上这么好的天气吗？屈指算来，离既定截流施工日期还有八天，也就是说，还需耐心等待八天，白白消耗八天时光固然可惜，倘若因为天气变化错了截流黄金期，问题可就大了！时空外松内紧。下午的办公会，主要议题是截流。集团班子成员碰碰头、交流交流信息、统一统一思想，确立截流指挥机构、对截流仪式程序形成决定，等等，所有事项紧紧围绕截流施工这一个中心。开完这个会，班子成员就该倾巢而动，到龙潭工地检查、督促每一个工作环节，直到截流施工结束。与其他近百个省外工程工地不同，龙潭工区离集团总部近，领导班子有条件亲临施工现场。
　　奥迪在绿芽初上、层林尽翠的山山岭岭拐来绕去了好一阵。时空透过车窗回望了一下薄雾缥缈的后方，说：
　　"这个娄毅，叫他别跟着，他偏要跟着。何苦来哉。"
　　"说是一定要护送你回家哪。说是要尽到保卫处长的职责。说是无论如何不能让总经理有什么闪失。他说他把你安全护送到家后，明天一早就赶回龙潭。"黄河边说边笑，"安全意识倒是很强。好人。"
　　"他那车真像顶大花轿，"时空又回望了一下后方，"摇着扭着，还颠簸着。就是爬不动。"
　　"连茅老爷子的那辆美式吉普都不如，除了喇叭不响，哪儿都响。多少年前扣下的违章汽车，车主嫌摆平关系麻烦，干脆把它给撂了，早该报废，他偏像宝贝疙瘩似的搂在怀里不撒手。"黄河看了看后视镜，"想摆个保卫处长的谱儿，又没摆谱儿的本钱，哼哼。"
　　"所以就打你这奥迪的主意。"
　　"是这意思。见面就套近乎，说这破奥迪我开不合适，他开才合适。反复叮咛，让我换车时千万别送废品站当废铁卖了，一定要留给他。"

"打算让给他？"

"我哪有那大的权力啊，得区队长说了算。轮不轮得上他还是个问号。"黄河按了一声喇叭，"别看我这辆奥迪不咋地，机关好几个处长都盯着它哩。尤其是匡奇，私下里找我蘑菇过好几回，还说找机会请我撮一顿。"

"呵呵，你说这奥迪破吧，还成了香馍馍。"时空感慨着，"说来说去，还是华夏穷啊。"

"有的单位比我们华夏穷得多，小得多，靠借贷过日子，可是头头脑脑出行，全坐大奔，真叫屁股底下坐栋楼。"

"各人有各人的活法儿，各单位有各单位的活法儿。不能比，比不得。"

"……也是。"黄河懂得跟领导说话要随时把握住分寸，"寅吃卯粮，装富，终究不是个事儿。到头来，还是自己受别。"

"看不到娄毅的车了。"时空扭着头，"是不是停下来歇歇，等等他？可别栽进山崖了我们还不知道。"

"到天柱峰脚下路就宽了，我再找个地停下。"黄河按着喇叭，"其实，我还没敢放手往前开，要是放手开，会把他甩得更远。这下好，关照领导的人反而要领导关照。"

"一条道上，互相关照才是啊。"时空往靠背上一仰，抱起双臂，合上双眼，像是自言自语，"看来……要添置四五十台新车了。大额开销。"

"买这么多呀？"

"总部机关带了头，下面还能不积极响应？"

"下个文，不准下面跟总部机关攀比。"

"中国的汽车产业如日中天，兴旺发达，生产那么多汽车，摆那儿让人看哪？华夏集团提高购买力，是给汽车制造企业注入资金，是替国家拉动内需，好事呀。"

"嘿嘿，听时总说话是种享受。时总说话……科学。"

车厢里响起了手机的彩铃声。时空摸出手机，点了一下接听键，笑着：

"嘿嘿，夫人。我早出发了，跟黄河在路上哩。"

尉迟江南在那头说："让黄河把车开慢点儿，注意安全。"

"山道崎岖，我们的车像扭秧歌，想快也快不了啊。"住在将军楼的老岳父很少光顾别墅，之男出差在外，山茶又回面巴屯了，时空正担心江南一个人在家病发出事，听声音，她的精神状况还不错，悬在胸口的心总算落了下来，"只是……没把山茶给你捎回。"

"知道了。山茶大清早给我打手机了，说让你把她的红皮箱先带回了，她晚点儿坐茅老爷子的吉普回来。"

"她给你打手机了？"时空不高兴地说，"给你通报信息，把我绕到一边，这个山茶，越来越不像话。昨晚我就住在辛店，她支使茅老爷子把自己的皮箱搋给我，让我给她当脚夫，连照面都不打，给打个手机我也好想啊。你看这姑娘，怎么变成这样了！"

"你这人，"江南不以为然地笑着，"这么点儿小节也要争个礼。一天到晚见不着表情，看不到丁点儿喜怒哀乐，人家哪敢跟你搭腔啊？"

"好了，好了，我批评还没到位，你就为她帮腔！不能太迁就，当心她惹出什么乱子，到时候追悔莫及。"

"小心眼儿！"尉迟江南愠怒道，"多疑多虑不是时空啊。"

"好好好，当我没说。"

"路上悠着点儿。"

时空关掉了手机。他的心气仍然不顺：照顾病人的保姆，老是开小差儿！

"时总，你看……"黄河蹙起了眉头，两眼注视着前方，"那岔口怎么设了个卡子？以前没有哇。"

前面不远处的三岔路口，赫然横亘着用木马架设的路卡。两个身穿制服、戴着大檐儿帽的警察正挥动着小红旗，示意停车。

时空趋身张望着前方的动向，也很纳闷儿："例行公务？"

黄河的右脚本能地离开了油门儿，奥迪早已怠速行驶，但他的思想并不是盲目服从对方的意志："不会是假警察吧？"

"照说不会。"时空也不是肯定，"在这里……检查什么呢？"

"现在，古怪事真多！"黄河骂了一句，"来不来就有人在半道设卡，找这茬儿，找那茬儿，让车主掏腰包给他钱使，无法无天！"

"开过去吧，身正不怕影子斜。"

"我看还是躲开他们。"黄河在特务连待过，警惕性高，"不是怕损失了几个买路钱，我怀疑这拨儿人压根儿就不是什么警察。报纸、电视里头宣传得可多了，冒充警察劫财劫物，比比皆是。这荒山野岭，检查个啥？分明就是打劫！"

"光天化日，怎么会呢？"

"你把家伙掖口袋里吧，在后窗下面的公文包里。宁可信其有，不可信其无，有备无患。"

"开过去，让停就停，别影响人家执法。"尽管时空听孔超说过在广东被劫的经过，但不相信自己会那么凑巧，重蹈覆辙。

"时总，这回我不能听你的了。"黄河相信自己的判断，"劫匪的胆子就是大到了敢于在光天化日之下行凶作恶的地步，车水马龙的大都市，他们都敢当众行劫，大耍淫威，何况这里荒无人烟。"不由分说就是一脚急刹，先将车屁股甩向一旁的土坎，接下便急骤换挡掉头。

"停下，停下，想干什么？"

没想到奥迪已经钻进了事先做好的"口袋"。两个身着迷彩服、头戴钢盔的军人早从公路两侧的绿树丛中窜了出来，一左一右，洞黑洞的枪口直指黄河、时空的脑门儿。

时空非常恼火，大喝一声："你们是干什么的?!"

"甭问我们是干什么的，"握着手枪的壮汉脸庞黝黑，额头正中有块核桃大小的伤疤，像《封神演义》里面杨戬的第三只眼，反而显得威风凛凛，"先回答你们是干什么的。"

"华夏集团总经理时空。"时空往靠背上一靠，抱起双臂，目不斜视，"从龙潭工地回十字街总部。"

"要是大大方方开到路卡接受检查，你满可以先接受一个军礼。可是现在不行了，"三只眼说，"你有逃逸举动，这举动说明你的话不一定可信。"

黄河抱着方向盘，两眼射出一种冷光，眉梢也在急剧跳动。可以肯定，他的脑子异常活跃。

"执法要守规矩。"时空泰然自若,"有证件没有,让我看看。"

三只眼够着脑袋:"你认为有这必要吗?"

"我得知道你们是什么人,凭什么执法。"

"让你们下车,你们就下车。"握着冲锋枪的汉子虎背熊腰,面色黑红,下巴颏长着一颗大黑痣,黑痣上戳了一撮红毛,"下车!"

三只眼冷笑着:"千万别误认为我们只有四个人。"似乎已经锁定目标,"天网恢恢,疏而不漏。真没事,检查验证完毕,我用军礼送行。"

时空担心没事惹出事来,对黄河说,"下吧,下吧。"

黄河见路卡那边两个戴大檐儿帽的人也向奥迪跑来,心里有些吃紧,嘴上却满不在乎地咕噜说,"下,下车,接受执法。"

在三只眼、红毛痣眼里,慢腾腾钻出奥迪的两条汉子,一个人高马大,孔武有力,络腮胡子浓密、黑亮,两眼寒光熠熠——道上的打手、马仔;另一个面相虽无惊人之处,身个也谈不上威武,可是出言吐气分量十足——老大的派头。三只眼、红毛痣明显加强了戒备,主动退出一定距离,并且放平了枪口。

"靠路边站好。不许动!"三只眼的话充满威慑。

黄河见三只眼、红毛痣面目狰狞,言行狡诈,断定不是什么善角,一面拉着时空退到土坎边,一面睥睨着他们:装吧,看你们能装出什么鬼花样。他在特务连接受过特种训练,洞察能力和防范能力自是与众不同。

三只眼用手枪逼住黄河、时空,向红毛痣递去一个眼色。红毛痣会意地拉开奥迪的后门,钻了进去。一会儿,他就钻了出来,把时空那只黑色的公文包交给三只眼。

三只眼摸摸公文包,嚓地一下拉开拉链,见里面装着一支锃亮的勃朗宁,镶嵌在额上的第三只眼似乎也闪烁起了光亮:"有这玩意儿,距离那玩意儿就不远了。"

时空叫着:"那是我的佩枪。"

三只眼没有理会时空,对两个奔跑过来的大檐儿帽说:"后备箱,检查后备箱。很可能是条大鱼。"

两个大檐儿帽径直向奥迪尾部奔去。

"你们到底是干什么的?"时空喝道,"那里面有巨款!"

三只眼一声冷笑:"恐怕不只是巨款吧?"将枪口对准黄河,命令红毛痣,"搜!"

红毛痣把冲锋枪往背后一背,走到黄河面前,示意他举起双手。

黄河乖顺地将双臂高高举起,面孔也懒洋洋仰向天空,任凭红毛痣从上身摸捏到下身。谁知就在红毛痣弯腰屈膝摸捏黄河小腿部位的刹那,黄河突然俯身将他撸住,旋即腰杆一挺,一个旱地拔葱,连人带枪抛向了身后。不待三只眼反应过来,手枪早被黄河的大脚片子踢飞。

"时总,快跑哇!"黄河正想给对面的三只眼补上一脚再去收拾那两个大檐儿帽,哪料背后的红毛痣练过,有点儿真功,不仅没被摔趴,反而在空中玩了个后空翻,又蜻蜓点水般将双脚轻轻点了一下土坎,再二分之一转体,稳稳落地,并且接住了黄河踢向三只眼的脚脖子。黄河也不含糊,顺势腾空,左脚同时蹁向红毛痣的前胸借力,接下便在半空鹞子翻身，想用旋风腿把他扫翻。红毛痣见势不妙，慌忙撒手，仰倒避险，伺机反扑。黄河声东击西，直取三只眼。红毛痣鲤鱼打挺，跃身夹击。胸有成竹的黄河并不接招，躲闪过暴雨狂风般的重拳、扫堂腿过后，抓住破绽，一把将红毛痣脖子上的冲锋枪捉住，接着，胳膊一扭，身子一转，把他背到了背后，迅雷不及掩耳。枪带紧紧勒住了脖子，红毛痣不得不转攻为守，一面用双手死死拽住枪带，一面碎步紧随黄河倒退。突然，他狠命起脚，想要偷袭黄河的后脑勺儿，试图反守为攻，化险为夷。黄河闻风设防，屁股拱屁股，拱出一截距离，不让对手得逞。三只眼奋勇救援，挥拳直冲黄河面门。黄河眼疾手快，一把抓住他的手腕，迅猛一扭。三只眼转身，下蹲，同时将另一只虎口卡住黄河的脖子，这一着儿攻防兼备。黄河左手紧勒红毛痣的枪带，屁股抵住他的后腰；右手擒住三只眼的左手，胳膊肘压住他的背脊，怒目圆瞪，浑身用力，占着上风。千钧一发之际，若是时空拣起一块石头抑或操起杆树枝，在完全失去了还手能力的三只眼或者红毛痣的头顶砸一下，黄河就可以大获全胜。可是时空不但没有帮忙，反而在一在旁喝令黄河：

"松手哇，他们是真警察！"

这个对双方都至关重要的机会，时空没有抓住，却被两个忙着检查后备箱的大檐儿帽抓住了。一个大檐儿帽偷偷迄到了黄河身后。时空见大事不好："黄河！注意！"说时迟，那时快，时空话音未落，那大檐儿帽抡起的手枪已经重重地砸向了黄河的太阳穴。另一个大檐儿帽为扩大优势，又照着他的眉心给了一重拳。黄河防不胜防，顿时失去了知觉。获释后的三只眼索性往下一蹲，接住黄河瘫软的身躯，又"吭哟"着扛起来，如同扛麻袋一般扛到土坎旁边，扔到了地上。

"黄河！"时空不顾一切地冲了过去，拼命摇晃着黄河的臂膀，回身指着三只眼，无比愤怒，"敢把人打成这样，土匪呀?!"

三只眼没有理会时空，大幅度摇动了几下麻木着的右臂，弯下腰，伸出左掌试探一下黄河的鼻息，向两个大檐儿帽做了个手势，"铐，这家伙太危险。"

两个大檐儿帽取出手铐，把黄河的双手铐在一起，又将他拖到土坎旁，靠坐好。

红毛痣坐在马路中央，喘息了好一会儿，摸摸脖子，摇摇头，忽然笑了起来："好手段。差点儿让他给报销了。"

三只眼摇动着右臂，左手从草丛里找出手枪，向时空比画着："他死不了。你老实点儿，妨碍执法又是个说法。"一面命令两个大檐儿帽继续搜查。

——至此，事情只是开了个头。

一三〇

"郝副营长、包连副，有情况！"不到一会儿，两个大檐儿帽惊叫着，把奥迪后备箱里的编织袋和红色拉杆箱拎到了三只眼跟前，"看！"

被称作郝副营长的三只眼连忙蹲下，看看塞满面粉袋的红色钞票，又用手枪拨弄了一下包裹在衣服里面并且用褐色蜡纸封得严严实实的方块块："不少啊，一千克。"

被称作包连副的红毛痣走过来，叉着腰："没白斗。"

时空被他们渲染得云天雾地，蹭到旁边，盯着方方正正的褐色蜡纸包："什么东西？"

郝副营长扭头瞟着他："问你呀？"

包连副眯缝起双眼："毒贩子不认识毒品？"

时空脑子一炸："什么？"

后备箱里怎么会有毒品？而且这么多！毒品藏在拉杆箱里，拉杆箱是山茶的，山茶贩毒？……这个山茶，早就发觉她行踪诡秘，早就担心她会惹出什么事来，果真惹出事来了！……拉杆箱是昨晚茅镰送到辛店七队驻地的，茅镰跟毒品也有……关系？……可能，很有可能，茅镰和山茶、和她爷爷过从甚密，关系非同一般，合伙贩毒……难说呀……怪不得省里谣传宜阳有毒品贩卖情况……"山茶、茅镰是无意把毒品让我捎回十字街，还是有意利用我，甚至一直拿我做保护伞，掩护毒品交易？"时空蒙了，脑子里一团乱麻。

郝副营长霍地站了起来，向两个戴大檐儿帽的年轻警察猛一挥手："铐。"

"你敢！"发蒙的时空突然一声怒吼。

郝副营长狡黠地笑着："拒捕，又是个说法。"

包连副也狡黠地笑着："很不雅观的后果。"

"时空是什么人，省厅庹奎副厅长知道，我这就给他打电话。"盛怒之下，时空掏出了手机，"听好了，你们今天敢铐我，我明天就让他收拾你们。"

郝副营长一把夺过时空的手机："好大的胆子，敢在被捕的时候通风报信！"

包连副喝道："你敢妨碍执法！"

"我问你，"情急中的时空突然喊出了省公安厅副厅长庹奎的名字，着实让郝副营长吃惊不小，他不敢轻举妄动，"你和庹副厅长什么关系？"

"朋友，老朋友。"

郝副营长把时空的手机关掉："这手机……我先替你保管着。"又把时空重新打量了一遍，望望红色拉杆箱里面的鸦片，感到有点儿棘手：怪不得这么嚣张。

时空和几个陌路人的吵闹，满脸是血的黄河听得清清楚楚："你们要是劫匪，干脆把我崩了，用不着多费口舌……要真是巡警，就把我扣下，我是车主，车子里面的东西全是我的，跟谁都没有关系。"他已经缓过劲儿来，神志还算清醒，"他是华夏集团的总经理，有要事在身——过不了几天，龙潭工程就要进行截流施工，不能耽误他的时间。"

"你怎么说我们怎么信，有这么简单吗？"郝副营长虽然嘴上这么说，心里却在敲着小鼓：也不能把庹副厅长惹恼了啊。他皱皱眉头——额头上的第三只眼好像也皱了皱，蓦地一转身，对那两个戴大檐儿帽的警察说："先把他架进车里，铐牢了，不能再让他动手。"

两个年轻警察正准备把黄河往奥迪里面架，娄毅驾驶着红色桑塔纳摇摇晃晃、吭哧吭哧奔驰过来。不等警察示意停车，娄毅早将桑塔纳一脚刹住。

娄毅跳下车，大踏步向前，一眼看见时空被包连副用冲锋枪逼住；黄河不仅歪倒在地、满脸是血，还被铐子铐了，顿时火冒三丈："干什么干什么，这是干什么？拦路抢劫呀？"刷地一下拔出手枪，"你们都是些什么人？随便打人抓人，还有王法没有？啊？我的枪上膛了，不认人的！"

包连副赶紧调转枪口，对准娄毅："站住，不准上前！"

"怎么着，怎么着？"娄毅左手将灰色大盖儿帽朝上一推，右手的枪口直指包连副，毫不畏缩，"想怎么着？"

"别过来！"包连副直往后退，"我开枪啦！"

"你开你开，你敢开！除非你是娘的劫匪！"娄毅的手枪指着包连副的前额，步步紧逼，"开吧！咱们同归于尽！"

时空害怕擦枪走火，声色俱厉："不准开枪！谁都不准开枪！"

郝副营长走到娄毅跟前，将他与包连副隔开，厉声问道："你干什么的？"

"华夏集团公安处处长。"

"不对吧？"郝副营长蔑视着他，"瞧这打扮。公安处长这打扮？"

"企业转型了，所以，我这衣服就变色了，懂不懂？"娄毅同样蔑视着他，"穿警服行凶作恶的匪徒多得是，谁真谁假，说不准哩。"

"这么说，"郝副营长用手枪指指时空，"你和他是一伙子？"

"什么一伙子！他是我的领导——华夏集团的总经理，从前还是省政府办公厅的副秘书长。狗眼看人低。"

"我不管他是什么身份。"郝副营长背起了双手，"现在，他在我眼里是犯罪嫌疑人。"

"血口喷人！什么犯罪嫌疑人？！"

"你去看看吧，那是什么？"郝营副用手枪指指编织袋、红色拉杆箱，"仔细看看。"

娄毅走到拉杆箱、编织袋前，果然仔细地看了一阵，看着看着，刚才涨得通红的脸色即刻变得惨白。这两样东西他都看见过，全是昨晚茅镰送到开挖七队驻地交给时空的，是他和黄河亲手放进奥迪的后备箱的。还有，昨晚他们三个人正在开挖七队驻地的小餐厅喝酒，时空听说茅镰到访，撂下筷子就和茅镰去了活动板楼二楼待了个把小时，是密谈什么？……密谈什么呢？……难道茅镰和时空都是……？他感到一种后怕，不敢往下想了……

他愣望了一阵郝副营长，忽然斩钉截铁地说："这两样东西，都不是我们时总的。"他最终不承认这是事实，也不相信这是事实，"这里面肯定有蹊跷。"他相信时空绝对不会做毒品生意，"他不可能做这种事。"

"你怎么知道？"

"直觉！他不是那种人。"

"这两样东西就是从他车上查出来的，怎么解释？"

"有人利用他，或者是陷害他。"娄毅下决心不让他们把时空带走，不然，他这个保卫处长就是严重失职，"你们随我一起去龙潭工地深入调查。要不，一起去我们的十字街总部也行。等把事情的来龙去脉搞清楚以后，你们想怎么办再怎么办。"

"让执法人员跟着犯罪嫌疑人走？"郝副营长轻蔑地一笑，"真敢想呀。"

"你们在执行任务，我也在执行任务。"娄毅有的是道理，"我的任务是把我们的总经理安全护送回家，不能让他有任何闪失，更不能让来历不明的人把我们的头儿掳走！"

"你蛮不讲理。"

"你横行霸道！"

"我告诉你，你也得接受检查！我不能肯定你跟他们是不是一伙的。"

"还想下我的手？那就试试！"娄毅的手枪直指郝副营长的脑袋，"我会让你付出代价。"

"娄处长……你千万不能跟他们来硬的。"黄河害怕娄毅吃亏，喘着粗气说，"东西是他们从奥迪后备箱里找出来的，说明我和这些东西有直接关系……我陪他们走一趟……如果你能争取把时总护送回家，就是非常了不起的胜利。"

"看样子，你我都在劫难逃。他们是不会放过我们俩的。"时空用衬衣袖口轻轻擦掉干净黄河眼角、鼻翼上的鲜血，他已经感觉到了问题的严重性，"去就去吧，没有什么了不起。事情是可以说清楚的，也是可以调查清楚的。"

"不行！我不能让他们在我眼皮底下把你们抓走！"娄毅咆哮起来，"这帮家伙尽抓好人！谁知道他们要把你们关多长时间，下周就要截流啦！"

郝副营长威胁说："你持枪阻碍执法，是要承担后果的。"

"我不怕承担后果！放人！把人放了，大家都没事，随我走一遭也行。听见了没有？你才扛个一杠四，我在二炮时扛的是二杠二，你算老几？"娄毅的两眼红了，红得像要喷火，"我们没工夫陪你们玩游戏，陪不起，知道吗？"嘭的朝天放了一枪，又冲上去一把揪住了郝副营长的衣领，"放人！让他们把枪放下，把人放啦！"

郝副营长一直暗藏杀机，他等待的机会终于来了。就在娄毅揪住他衣领的刹那，他飞快捉住娄毅的手腕，顺势一拧。措手不及的娄毅转身弯腰避痛，却又遭了对方狠狠一肘。娄毅惨叫一声，胳膊脱臼了，枪也掉到了地上。娄毅远距离用导弹打高空无人侦察机是把好手，近距离擒拿格斗实在欠火候。

得手的郝副营长松了口气，急令两个警察，"搜他的车。"

不知道从什么时候开始，一度销声匿迹的毒品交易又悄然兴起，而且大有蔓延之势。近两年，省公安厅一连破获好几起吸毒、贩毒案件，案情虽然不太严重，但是发展趋势尤其可怕。经审讯，毒源大都与永泰、宜阳两个县有关。省委、省政府大为震惊，责令省公安厅严加遏阻，谨防吸贩毒品泛滥成灾。永泰、宜阳两县有种植大麻的地理环境和气候条件，自古至今，当地山民仍然保持自产自销（消）陋习，可以怀疑为毒源之一；永泰、宜阳两县虽然与金三角地区远隔千山万水，但是由于边境线长，人烟稀少、交通不发达，这一带恰好成了境外毒品入境的理想通道。主持省公安厅工作的宸奎正希望自己有所建树，决计抓住这个立功的机会。宸奎的动静不大，动作却大。他商请省军区、武警部队，借调特殊人才，组织了一个强大的侦缉队，除摸查过量的大麻种植情况外，还在崇山峻岭、茂林莽丛四处设卡、布控，试图抓捕毒品贩子，再顺藤摸瓜，追踪、打击境内境外大毒枭。没想到，苦苦蹲守月余，第一次收网捕获的"大鱼"竟然是时空。

不一会儿，两个年轻警察向郝副营长报告说，桑塔纳里没有可疑线索。

郝副营长走到时空面前，语气缓和多了：

"你说你是华夏集团总经理，那位负了伤的高手证明你是华夏集团的总经理，这位曾经的两杠两朵花也证明你是华夏集团总经理……还是省厅宸副厅长的朋友……行，我认这账，不铐你了。但是，你必须跟我们配合，不能再给我们找麻烦。实在是公务在身，别无选择，只能请你们走一趟。"

时空怒视着郝副营长："不要啰嗦啦！刚把我们的司机打成重伤，又把我们保卫处长的胳膊拧断了，会打人呀？告诉你，他俩要是有个好歹，我饶不了你们！"从黄河身边跑到娄毅跟前，俯身抚摸着他那悬挂在肩下的胳膊，痛心地说，"回去吧，报个信。照实说没关系。我很快就会赶回来。"

娄毅身个瘦小，娄毅不善拳脚，娄毅依仗一把手枪壮胆，可是能帮他震慑敌手的手枪却又被敌手缴了，娄毅想帮时空摆脱危机但是无能为力。娄毅颓丧地蹲在地上，落魄地望着时空，眼泪汪汪。

又有几个穿迷彩服、制服；戴钢盔、大檐儿帽的警察、武警战士从远方的草丛、树林里奔跑过来，他们是听到娄毅冲天放了一声空枪后，沉不住气，特地赶过来增援、看究竟的。这几个增援人员中，有一个是公孙旺。华夏集团公安处成建制归属地方政府后，公孙旺被整编到永泰市公安局当刑警，这次被选拔出来参加毒品侦缉队。

公孙旺见铁青着脸的时空和左手托着右手、痛苦不堪的娄毅被两个警察用手枪警戒着；满脸是血的黄河也被包连副用冲锋枪警戒着，惊叫道：

"郝副营长，包连副，这两位是华夏集团的总经理时空和保卫处长娄毅，那位是小车司机黄河，从前是我的领导、顶头上司、朋友……他们都是……好人哪！"

"好你个王八羔子，过河拆桥，六亲不认，帮凶，叛徒！"娄毅瞪着公孙旺，劈头盖脑一顿臭骂，"从哪胯裆钻出来的？做好人，刚才哪里去了！"

"娄处长，我……"公孙旺急红了眼，"埋伏着哩！"

"立正——！"郝副营长忽然一声口令。

所有武警战士、刑警即刻就地立正。

郝副营长板着面孔，训道：

"大家听好了！我们这支特别行动队，肩负着特殊使命！条令规定非常清楚：法律面前，人人平等。我们眼里，没有父母兄弟；没有亲戚朋友；没有领导，没有上下级关系，只要是犯罪嫌疑人，一视同仁，不准徇私舞弊，不准贪赃枉法！听明白了没有？"

武警战士和刑警异口同声："明白了！"

公孙旺也回应听明白了。

郝副营长又是一声口令："各就各位，跑步——走！"

赶过来增援、看究竟的刑警、武警战士迅速散去。

郝副营长居高临下，望着蹲在地上的娄毅说："之所以不让你作陪，是因为你的车和他俩的车没有形成车队，在你车上也没发现什么可疑目标，可以放弃'同伙'嫌疑，算你运气好。不过，一旦查出你和毒品有缘分，肯定会有人登门'恭请'。华夏集团的保卫处长，我记着哩。"一副胜者为王的姿态——傲慢地把娄毅的手枪弹匣里的子弹一粒一粒退光，再把空枪向他扔去，"还得照顾你点儿面子。"同时没忘奚落两句，"'两杠两朵花'，哼哼。其实，你不配持这玩意儿，只配操作导弹发射装置。可那家伙在民间不管用呀。"

娄毅气得直翻白眼。

时空小心翼翼地帮着包连副把黄河扶进了奥迪车厢的后座。两个年轻警察将塞满现金的编织袋、藏着鸦片的红色拉杆箱以及装有时空佩枪的公文包，统统放进后备箱，然后跑步奔向路卡。郝副营长坐上了奥迪的驾驶座。

绿树掩映的黄土公路很快只剩下娄毅和他的红色桑塔纳。喧嚣的黄土公路骤然寂静下来，寂静得令人恐慌。

一三一

娄毅的右胳膊关节被郝副营长那一绝招拧脱了臼，酸痛，非常难受。娄毅愤慨地望着郝副营长驾驭满载战利品的奥迪消失在山坳，咬牙站立起来，用左手摸出手机，艰难地揿着键盘。

"况局长，"娄毅痛楚、怯懦地向况夫报告说，"时总、黄河被省公安厅的人抓走了……"

"什么？"那头的况夫没有一点儿心理准备，不相信自己的耳朵，"你说什么？"

"时总、黄河被省公安厅的刑警逮捕了。"

"为什么？！"况夫大发雷霆。

"奥迪里搜出来一袋子现金，还有一包鸦片……"

"你给我打手机干什么呀？"况夫其实很有涵养，可是这时怎么也沉不住气，"赶快吆喝人马呀！把汽车、推土机开过去，把道口给我堵死了，把路面给我挖断了！右岸那边大几千工人，都吃干饭的呀？一人吐口唾沫，还不把那帮兔崽子淹死，能让他们把我们的老总捉走了？啥鸦片？啥现金？统统给我往潜龙江里扔了，啥事都跟时空没有关系！"

"我们的车都快到天柱峰了，离工地老鼻子远了，就是吆喝到工人，"娄毅懊丧地回答，"插翅膀也追不上了哇。"

"怎么没把你也抓走啊？"况夫听说大势已去，气不打一处出，"节骨眼儿上，眼睁睁让一伙强人把老总捉跑了，搞什么名堂！"顿了顿，继续吼道，"快回十字街，头儿们全在家里，让头儿们火速派人到省里要人去！不就一点儿鸦片、一袋子钱吗，也值得这样大动干戈，故意给老子们添乱！让头儿们动动脑子，知情面不能大，不能搞得满城风雨，懂啦？"

娄毅两头受踹，窝火极了。他丧气地托着脱了臼的右胳膊，钻进红色桑塔纳，准备秉承况夫的旨意回十字街总部机关，硬着头皮向头头脑脑报告不好消息，让头儿们紧急计议解救时空的有效措施。就在这时，茅镰驾驶的美式小吉普吱呀一声停靠到了红色桑塔纳旁。

"娄处长，抛锚啦？"茅镰总是一脸憨厚的笑，"咋没和你们时总搭伴儿上路啊？"

老东西！娄毅看见了茅镰等于看见了恶魔。想到所有的灾难都起源于这个老东西，他的两眼顿时红得像要喷火，跳下车就掏出手枪，抵住了茅镰的太阳穴：

"下车，给我滚下来！"

"你……你这是干什么？"茅镰见娄毅不像开玩笑，满脸的憨笑一扫而光，"当心走火。"

"走火，毙了你我都不后悔。"手枪的弹匣里没有一粒子弹，要是有，气头上的娄毅说不准真会给他一枪。

茅镰僵坐在驾驶座上，目不转睛地盯着娄毅，担心他真扣动了扳机。

"老家伙，下车，快下车，我开枪啦！"娄毅嗥叫着。

茅镰只好依从。穿戴入时的巴山茶也从副驾驶座上跨了下来。二人惶恐地望着神经病似的娄毅。

"说，"娄毅用手枪指着茅镰，"昨晚，你找我们时总干什么？是不是存心拖他下水？"

"这都是些什么话呀！"茅镰睁大双眼，"娄处长，我一向很尊重你，你怎么说翻脸就翻脸，还出口伤人呢？拖你们时总下水——你知道这句话有多重吗？"

"我问你。昨晚我和黄河在七队小餐厅喝酒，你一去就把我们时总喊到二楼谈了个把小时的话，谈什么了？回避我们，当我是白痴，脑子不会想事儿呀？记住了，娄某人现在是保卫处长，过去还是公安处长。"

哦？原来是这么回事！茅镰猜想娄毅很可能发现编织袋里面装的都是钱，想打探究竟，紧绷着的脸一下松弛了许多，"娄处长，你太多心了。"他当然不想，也不敢让娄毅探明究竟，"我们好久没有见面，在一起聊聊家常。我跟你们时总的老岳父是患难之交、生死之交，跟时总是莫逆之交，我跟他们一家的关系你应该知道，非同一般哪。"

"那是呀，哼哼，"娄毅一声冷笑，"所以，你就充分利用这种关系。"

"娄处长，时总待你不薄，你不能随意中伤他。"

"你不要拉大旗作虎皮。我不是中伤他，是在中伤你。"娄毅极力划清茅镰和时空的界线，"刚才你说了，你和我们时总一家的关系非同一般，既然是这样，你为什么要陷害他？"

"凭什么说我陷害他？岂有此理！"

"昨晚，昨晚你找我们时总到底说什么了？干什么了？说呀，说清楚哇。"

"这才巧嘞，我和时总聊了会儿家常，什么内容，还得让你知道？"茅镰气恼地说，"怀疑我们呀？调查我们呀？你是谁呀？告诉你，你跟时总的关系再好，也是他的下级！有些事，让你知道，你就知道；不让你知道，你就不要打听。这点儿规矩都不懂，还当处长！"

"嘿？反而是我的不是了啊？"娄毅捏着把柄，火气更旺，"你做见不得人的勾当，我连问都问不得了？"

"娄处长，老茅我虽然没有什么惊天动地的英雄业绩，但也曾是一方之主——老百姓的父母官。如今是下台了，可也不至于被人糟践得一钱不值呀？凭什么尽朝我头顶扣屎盆子！"

"都这分儿上了，都暴露在光天化日之下了，还掩耳盗铃，自作聪明！你以为你头顶的屎是别人扣的不是自己糊的呀？"

"无稽之谈。心正不怕雷打。"茅镰仍以为娄毅无外乎看到了那一袋子钱，处心无愧，所以毫不在意他大喊大叫，"听说你从前在二炮服役，还揍下过无人高空侦察机，了不起。但这里有个问题，假如你事先没有瞄准目标，胡乱就来一导弹，结果会是怎样？空炮！"

"不见棺材不掉泪。"娄毅逼视着茅镰，"不要装腔作势了。黄河车屁股后面的一大袋现金，还有一包白粉，是你昨晚亲自送到七队装车的吧？"

茅镰、山茶顿时一惊，你望着我，我望着你，都说不出话来。

"你这个老家伙，"娄毅忘记了右胳膊的疼痛，握在左手的手枪推了一下灰灰的大檐儿帽，冲呆若木鸡的茅镰放肆地推理着，辱骂，"斗胆贩毒……又担心中途被缉毒人员查获……于是利用时空的身份做挡箭牌，掩护通关。阴险，狡猾，毒辣，十恶不赦！"突然把手枪指向山茶，"你也不是好东西，鸦片就藏在你的箱子里！你们两个狗男女是一丘之貉，狼狈为奸！年纪轻轻不学好，贩毒。"

"姓娄的，你怎么尽是脏话呀？士可杀不可辱！"木然的茅镰被激怒了，两只眼睛也红了，"我好歹当过四五十年县长，有身份有脸面的人！她还是个孩子，是个姑娘！"

"哦呦呦，"娄毅打着喷喷，话语更加尖酸刻薄，更加狂妄，"你整天一副弥勒佛笑脸，伪善；你总是把自己打扮成土包子，装廉；你到处施舍，扶贫济困，实际上是为了掩人耳目！你沽名钓誉，包藏祸心，真实身份其实是毒贩子，把假面具一撕，原来是个贼！你在土皇帝的宝座上混迹了四五十年，利用县长的职务掩护贩毒品生意，你该贩卖了多少毒品，害了多少人，赚了多少钱呀？你才是宜阳的暴发户，巨富！她还是个孩子、姑娘，她是孩子、姑娘吗？跟好人学好人，跟着巫婆跳大神，再好的孩子、姑娘，也被你带坏啦！"

"你……"茅镰指着娄毅，嘴唇急剧地颤抖着，"污蔑！"

"娄叔叔……"巴山茶怯生生地望着娄毅，眼泪汪汪，"你不能冤枉好人呀。"

"哼，铁证如山，还在叫屈。"

"你完全不讲道理，我不跟你啰嗦。荒山野岭，你把我们困在这里，想干什么？"茅镰的声音哆哆嗦嗦，"你们……时总呢？他在哪儿？我当面跟他把事情说清楚。"

"你还有脸找我们时总？"娄毅鼓着眼泡，"他已经被缉毒的警察抓走啦！被你们这两个狗男女送到大牢里去啦！"唾沫直飞，"为了保护时总，黄河受了重伤，还成了嫌疑犯，抓走了。我也受了伤，看，胳膊都被拧断了，也差点儿被人家抓走了。"

巴山茶哇的一声大哭起来："……大叔，我害了你呀……"

茅镰这才发现娄毅握枪的是左手，整个右手没有任何动静地悬挂在肩下，相信他说的不是假话，不由一下蹲到了地上，挥起拳头，重重地捶打着脑门儿。

"老鬼，"娄毅像只受了刺激的蚂蚱，不停地在茅镰面前来回蹦跶，"为了赚钱，为了发财，为了发了又发，你不择手段！你出卖朋友，出卖感情，你伤天害理！你不仅坑害了时空，你还破坏了截流施工，把我们华夏全毁啦！"他手里的手枪在空中疯狂地挥动，"这里是荒山野岭？这里是十面埋伏，这里是天罗地网，这里到处埋伏着警察！看见没有？前面就是卡子。我把你困在这里？你已经自投罗网，跑不了啦！"

"我跑干嘛？我不跑了，不跑。"过了好一会儿，抱头蹲在地上的茅镰揉揉眼睛，痴滞地望着娄毅，"编织袋里面的钱都是我的，那包鸦片也是我的，跟你们时总没有任何关系。你是不是就等我这句话？"

娄毅一阵错愕，接下便如释重负般安静下来："终于是你的，终于是你的。"他一唬二诈，狂躁半天，终于有了收获——时空跟他们不是一伙的！"坦白了，坦白了啊？"

"我既然敢作，当然敢当。"

"好汉做事好汉当，佩服。"娄毅的口气来了个一百八十度的大转弯，"到底是从政四五十年的老县长。"

"我已经做好准备，去公安部门投案自首。"茅镰当过几十年的县长，毕竟算得从风风雨雨里穿行过来的人，胆魄、静气、临场经验，都是经过了考验的，哪里会事到临头无所措手足呢，"把你们时总换回来，还他清白。"

茅镰的这种表态更让娄毅意外，连说："仁义，仁义，这就对了。"

"冤有头，债有主。不能搞冤假错案你说是吧？"

"可是我得看到了行动才行。"娄毅挥动手枪，"那就走吧。"

"你拿枪押解我们呀？"茅镰望着娄毅，"你指控我们是毒贩子，公安机关就认定我们是毒贩子了？"

"你的意思是自己走进公安机关的大门，不用我……护送？"

"自己主动走进公安机关，才算投案自首；被人用枪逼着走进公安机关，属于被捕，性质不一样，两回事。"

"哼哼，"娄毅尖瘦的脸上幻出一种奸笑，"你这不等于是让我把你放了嘛？异想天开。不要再动心眼儿了，啊？既然承认了，就老老实实照你自个儿说的办。刚才我就告诉过你，这里远不止咱们三个人，前面有个卡子，看清楚没有？两边的树林里还埋伏着千军万马。我们是在人家拉开的大网里表演。"他怕茅镰反悔，警告说，"逃逸，罪加一等。那破吉普里头还有毒品、毒资没有？有，赶快去前面的路卡交了，免得人家动手。"

蹲在地上的茅镰捧着脑袋想了一阵儿，说："你我各退让一步。到了公安机关大门口，你就不要作陪了。"

娄毅也想了想："行。"

茅镰站了起来，朝呜咽着的山茶挥挥手，"上车。"又问娄毅，"你走前面我走前面？"

娄毅顿了顿："你走前面。"

"去哪？是去省里，还是去永泰？"

"先上十字街。"娄毅回答，"我得先向集团的头儿们紧急汇报。还得去医院把脱了臼的胳膊接上。"

"不准撕毁协约，背信弃义啊。"茅镰边说边钻进小吉普。

娄毅别好手枪，钻进桑塔纳，启动引擎，脸上浮起了一层得意的笑容，自言自语着：

"把好人抓走了，让真正的毒枭漏网了，一群饭桶！奶奶的，全省最大的贩毒案，被我侦破了。时空也解救了，嘿嘿。"

<h2 style="text-align:center">一三二</h2>

茅镰的美式小吉普果然在路卡受到了严格检查。娄毅的红色桑塔纳也被重新检查了一次。两个戴大檐儿帽、穿制服的警察没有查找出可疑物品，没有纠缠他们与时空乘坐的奥迪有无直接关系，礼貌放行。

娄毅为提防茅镰中途逃窜，让他走在前面，自己紧随其后。哪知桑塔纳比美式吉普还要破烂，根本跑不起速度，加上他的右胳膊脱臼，半边身子都在酸疼麻木状态，仅靠一只左手操作，实难自如应对凸凸凹凹、弯弯曲曲的盘山小道频繁换挡变速要求，跑着跑着，车距越拉越远。这使娄毅非常着急，油门儿踩得桑塔纳屁股后面直冒黑烟。

坐在副驾驶座上的巴山茶不时望望车窗外的后视镜，开始她还能看见红色桑塔纳摇摇晃晃、颠颠簸簸地跟在后面拼命追赶，渐渐地，连桑塔纳的影子也看不到了。

"爷爷，"巴山茶圆润、稚嫩的脸上满是忧愁，"他撵不上我们了。"

茅镰目不转睛地注视着前方，过了好一会儿才回答说："好哇，我就想把他甩掉。"

巴山茶闪动着黑亮的眸子："你不想让他撵上我们？"

"要他撵上我们干啥？我傻呀。"

"你刚才说的话……不算数儿了？"

"你说，娄毅那小子刚才说的话会算数儿吗？"茅镰换挡，提速，"我们真一起到了公安机关大门口，他不用手枪把你我押解进大牢才怪。他就想拿你我当俘虏，到公安部门邀功求赏。小子，尾巴一翘，我就知道他拉屎拉尿。所以，与其让他说话不算数儿，不如我先来个说话不算数儿，先下手为强。你年轻，你还不懂，往后多学着点儿。"

"那……我们……？"

"你先回答了我几个问题再说。"茅镰瞥了一眼巴山茶，"茅爷爷……好不好？"

"好。"山茶不假思索，"我爷爷的痨病就是你帮忙治好的。你还帮我在尉迟爷爷家当上了保姆。你是我们家的大恩人。"

"'恩人'是不能随便许人的，我哪够格啊。"茅镰满是花白胡茬儿的脸上掠过一丝苦笑，"尉迟爷爷好不好？"

"好，跟你一样好。他自己花钱特别仔细，待人可大方了，还从不生气。"

"时空大叔呢？"

"大叔……就是脸色难看点儿，照说也是个好人。"

"之男怎么样？"

"之男姐更不用说了，她把我当妹妹看哩，什么事都依着我，对别人可不是这样。

她教我识文断字，还给我买了好多东西，从不给我买水货。"

"江南阿姨待你也不错吧？"

"江南阿姨……"一提到尉迟江南，山茶的眼圈儿就红了，泪水止不住直往下流，"江南阿姨是天底下最好的人。可她又是受苦受难最多的人……她从不愿意对别人说她有多苦，也没人知道她有多苦……我觉得她……好可怜……"

"刚才你给江南阿姨打电话……她怎么说？"

"……她说她能挺住……"

通过毒品侦缉队设的路卡后，巴山茶做的第一件事就是给尉迟江南拨通了手机，痛哭流涕地向她诉说了路途上发生的一切，并且再三提醒她，一感到身体不适就赶快去医院注射杜冷丁。她知道尉迟江南发病时会吐白沫、翻白眼、抓头发、满地滚，她还知道尉迟江南最惧怕的是自己在人前失态。山茶觉得江南犯病比自己犯病还难受，伤心极了。

"不哭。不哭了山茶。"茅镰脸色阴沉，"现在，哭是没有用了。要紧的是，怎么让你时空大叔快点儿脱离危险。只要他太平了，他们一家子就都太平了，华夏集团也太平了。"

山茶点着头，用手背擦着眼泪。

"你时空大叔这个人……很有学问，很有水平，大好人哪。前途无量。你茅爷爷我就不行——在县长这个位置上，坐上去没起来过，磨磨蹭蹭，磨蹭了四十几年，没一点儿长进。有时，心里很不是个滋味。所以呀，见你时空大叔这么有能耐，我特别高兴，就想当块垫脚砖，能帮他一把就帮他一把，大忙帮不了，就帮点儿小忙，让他一门心思干出个模样来。没有想到……给他帮了个倒忙！"

山茶睁着一对大眼睛，弄不懂茅镰想说明什么。

"山茶哪，"茅镰不见山茶作出反应，"你说，我们是不是应该帮时空大叔他们家一把呢？"

山茶想了一下："我听爷爷的，你说怎么帮就怎么帮。"

茅镰说："这回帮他们家，不是那么容易……要付出代价……"想到巴山茶不太可能懂得"代价"的含义，又换了个说法，"要作出牺牲。"

山茶对"牺牲"的概念也很模糊："怎么牺牲呢？"

"先说你愿不愿意作出牺牲。"

"什么叫牺牲？"

"牺牲……就是受尽折磨……就是坐牢吧。"

"那我不怕牺牲。只要能让大叔一家太平，我不怕坐牢，砍头我也不怕。"

"噢？"茅镰颔首一笑，"死倒不至于，牢役之灾怕是难免。"

"爷爷，你只管照直说，刀山火海，我都有胆上。"山茶说，"我就不知道你在怎么想，打算怎么办，只要能把大叔的灾难免除了，你叫我怎么做，我就怎么做。"

"好，好，茅爷爷没白疼你，尉迟爷爷、江南阿姨也没白疼你。"又是一个急弯加下坡，茅镰换挡，减速，试探着说，"我们去公安机关投案自首……我说编织袋里面的四十万块钱是我的、拉杆箱里的一包鸦片是你的，行啵？"

"那包鸦片应该是我的。我不会说那包鸦片与任何人有关系。"

"你真这么想?"茅镰望着山茶,"这可是坐牢的事呀。"

"我不怕坐牢,坐一辈子牢我也不怕。"山茶倔犟地说,"这包鸦片本来就是我找药农买的。你不过借给了我一些钱。这事跟你扯不上关系。"看来,她真想承担这份责任,心理准备很充分。

"说,你买鸦片干什么?"

"吸。"

"给谁吸。"

"自己吸。"

"你一个十几岁的女孩子,吸鸦片?"

"在老家学的。我们那儿男女老少都吸鸦片,祖传的,习惯了。我有风湿,疼起来不吸受不了。反正警察都没吸过,他们能知道鸦片治什么病。"

"好!"茅镰昂奋地叫出一声,又说,"千万不能把江南阿姨和鸦片扯上,知道不?把她和鸦片扯到一起,等于向她捅了一刀。江南阿姨爱面子,要是外人知道她吸鸦片,她会活不下去的。"

"我懂。"

"山茶哪,我已经想了很久了。不是爷爷我心狠,一定要把你往牢里送,实在是想不到更好的法子呀。你想过没有,咱爷俩实际只有两条道可以走:一条道是,一起坐牢——这很不划算;另外一条道是,你和我总得有一个人进去。本来,我准备由我一个人兜了,后来仔细一想,不行。我坐牢后,好多围绕四十万块钱和一包鸦片的事情没人能做。尤其是你时大叔,没有人能尽心尽意为他四下周旋,帮他洗净身子。你就不同了,不仅有这份心,还有这份力。所以,咱爷俩,你坐牢才合适。你不用怕,只要不是贩毒就不会有死刑,吸毒本身是受害者,用劝告戒毒或者强制戒毒的方式免除刑事处罚也有可能。万一你坐牢了也没关系。时大叔脱身后,肯定会回过头来救你。他过去是省政府办公厅副秘书长,门道可宽哩。还有,我肯定会在牢外想法子救你吧?尉迟爷爷也会想法子救你吧?我和尉迟爷爷都认识寇副省长。寇副省长你见过,挺好的一个官吧?告诉你,我和尉迟爷爷跟他的关系可好了。寇副省长很久以前是我的领导,尉迟爷爷还做过他的领导哩。看在我和尉迟爷爷的面子上,寇副省长能见死不救?寇副省长说话可管用哩。有这么一个强大的关系网,能让你在牢房里待多久?待不了多久。面巴屯的爷爷你就不用担心了,有我,我会把他伺候得非常好。你哩,安安心心在牢里待着,等我们合起伙来救你。现在,最关键是要设法把那该死的四十万和鸦片分开,千万不能让它们搅和在一起,我得在这方面动动脑子。要是那四十万块钱跟你时大叔扯上关系就糟糕了,会让他净不了身子。公安局会问他,你那四十万块钱哪儿来的?贪污来的?错综复杂,一团乱麻,挠头啊。"

单纯的山茶凝眉沉吟:"那可怎么好?"她揪心的不是自己坐牢的事,而是自己坐牢了仍然不能换取时大叔的解脱。

"如果你能照你自己说的去做,下面的事再大也是小事。"

"我说过我愿意坐牢。大不了十年、二十年,我从牢里出来了,还是年轻人,我不怕。你就一门心思想想，该怎么样才能把这许多事情摆平吧。"

"我跟你絮叨半天，主要是想探探你的口气，试试你的胆量。只要你愿意坐牢，不怕坐牢，一切事情就都好办了。明说吧，下一步应该怎么做，我心里已经有谱儿了。当然喽，真要把大事化小，我必须得动动脑筋、耍耍手段才行。"

"你是说，"山茶懵懂地望着茅镰，"想要时大叔太平无事，你还要搞点儿……阴谋诡计？"

"意思是这意思，话不是这么个说法。"茅镰一脚将吉普刹住，"下车，考考我有没有这能耐。"

"娄大叔追上来怎么办？"

"追上来就……追上来吧。"

那一年，茅镰去十字街将军楼找时空商谈宜阳县"一二五工程"的承建工作时，顺便从尉迟珙嘴里得知，尉迟江南表面上很精神，实际上对药物的依赖相当严重，一直靠杜冷丁维持正常人的生活。尉迟珙忧心忡忡地告诉茅镰，尉迟江南的病情已经发展到每天必须去医院打两针杜冷丁，有时还需打三针，麻烦、费钱不说，还担心闲言碎语，从前工作过的省直医院也免不了为她报销过高的医药费皱眉头。更伤脑筋的是，杜冷丁乃受控药品，使用是应该有限制的，尉迟江南的需求量过大。这使茅镰对尉迟江南的处境非常同情，对尉迟珙、时空承受的精神压力也产生了同情，就想帮帮她，帮帮她一家。尤其是时空，肩负重任、重托，哪能再增添这么沉重的家庭负担呢？茅镰首先想到，山里的山民常用自制的鸦片诊疗腰酸腿疼，抵御潮寒风湿，据说还能收到提神静气，消除身体、心理痛苦的奇效，便让山茶回老家时找乡亲们弄点儿给江南尝尝。如若管用，就拿土制的鸦片取代杜冷丁，减少医药费用、避免社会影响，不声不响恢复江南的身心健康，使一家人无忧无虑，重新快活起来。这玩意儿好弄，我们屯不少人家每年都利用房前屋后、田边地角种点儿罂粟，再用铁锅熬制成粉。没想到尉迟江南尝过鸦片后，不但感觉疗效很好，而且产生了浓厚的兴趣，很快就染上了毒瘾。山茶只得隔三岔五往屯里跑，努力满足江南的欲求。开始，弄点儿土制的鸦片确实不费劲儿，山茶回到屯里，向左邻右舍开个口，便能顺顺当当讨要到手，可是日子一长，事情就没那么容易了，久而久之，拿钱都很难买到。原因是，几级地方政府对山民种植罂粟的管控力度不断增强，种植罂粟的山民越来越少，加上农村的医疗条件已经得到改善，山民对大麻的依赖程度越来越小，种植罂粟的兴趣远没有从前那么大。屯里的山民毕竟不是以种植罂粟为生，奇货有限，有钱也没有用。因此，山茶这次赶回老家，一连跑了好几个村庄，根本收购不到鸦片。山茶的爷爷虽然年纪老迈，身体也不好，但还能动，还能干点儿农活儿，还能进山采点儿药材。巴大爷见孙女儿每次回家总是忙着四处讨要、购买大麻，猜想她肯定有急用，就悄悄跑进深山老林垦荒，零星种植了一点儿罂粟，打算秋后割点儿果浆，精心熬制成正品。可是这当口，罂粟才拔节，还没结果果哩。正犯愁，他忽然记起自己在深山老林采药，熟识一位说中国话的外籍药农，这药农曾经问过他要不要鸦片，正宗货。他回答说我不仅会种，还会熬粉，要它做什么？现在要是找到这药农，说不定能排解孙女的忧愁。就把这秘密跟山茶说了。山茶听后喜出望外，忙让爷爷领着自己去山里找他。鸡才叫头遍，祖孙二人就出了家门，翻山越岭，在人迹罕至的森林穿行了七八个小时，好不容易在护林员的窝棚里找到了那位盘裹着青布头巾的药农。说明来意后，药农回答说："有是有，不多。如果不是熟人，知根知底，我真不敢出手。"山茶的心踏实下来，让他把货取出来看看。药农钻出窝棚，四下里探望、静听了一阵，这才从背篓里拿出一把小镢头，去一棵大树底下刨出一个黑塑料包。几层黑塑料布严严实实地包裹着一个黄褐色的蜡纸方块，再里面就是鸦片。巴大爷用小指甲挑开蜡纸方块一角，蘸了点儿粉沫仔细看了看，又送到舌尖儿，咂咂嘴，而后望山茶点了点头。山茶问这包烟土有多重。药农竖起一个指头回答："一斤。"山茶又问他要多少钱。药农摩挲起了手指头："七万。"山茶吓了一跳："要这么多钱哪？""我见你不是道儿上的客，不会惹出事儿来，又和你爷爷很熟，才大胆卖给你，才这么便宜地卖给你。你知道这包白粉出山进城了，值多少钱吗？七十万都不止啊。"药农抬起粗糙的棉布袖口，擦擦嘴角的白沫，揉揉眼角的眼屎，"最近不知在闹什么鬼，这条（通）道儿忽地一下清冷下来，金三角那边的老大不往这边发货了，也见不着打东南方向过来接手的下家。吃这碗饭的人，个个消息灵通，个个比兔子还精，其中肯定有什么缘故。你们运气好，找到我了，明天赶来这里，我肯定不在了，回金三角去了。风声有点儿紧，不是什么好兆头，我得快点儿离开，免得沾上火星子。其实，我不是这条道儿上的人，我是挖药草的，做的是无本买卖，不担当风险，比干他们这行当来钱还快。我不过顺便帮他们照看一下货物，交接一下货物，买方卖发给我一点儿小钱。给的钱，还不够我吃餐早茶。"山茶心里有事，不想听他唠叨，说："我只买一半行不行？""不行，不行。"药农直摇手，"道儿上没这规矩。剩下那半我怎么脱手？哪个能说清它正宗不正宗？再说了，这东西在城里比金子还贵，能短斤少两呀？一口价，要，你就拿走，一手交钱一手交货，现过现；不要，我们各走各的路。过了今天，这么便宜、这么好的货，你想买也买不到了，不管怎样，明天我必须离开这里。"山茶没了主意，望着爷爷。巴大爷说："买，买了。"山茶说："没带够钱哪。"巴大爷对药农说："为找到你，我和我孙女已经跑了十多个钟头了，实在跑不动了，麻烦你跟我们一起去趟屯里行啵？反正你不打算在这里久待了。""我不进村子，在离屯三五里地的蛤蟆沟歇下等你们。"药农没有了废话，把褐色蜡纸方块安放到背篓外面的底下，再盖上篾盖子——背篓底部原来是个夹层，"一小时内见不到你们，我就走人。"巴大爷拍拍他的肩膀："放心吧。"药农让山茶、巴大爷先出窝棚，自己忙着把镢头和几株药草装进背篓，背上，然后解开裤带，将窝棚里面的火塘尿灭，出了门。太阳快下山的时候，祖孙二人回到了面巴屯。进屋，山茶就拿出了爷爷的全部积蓄，连给自己置办嫁妆的钱也拿出来了。可是凑不够七万块，还差一万多。巴大爷说："不打紧，我这就去邻村找几个专业户借借，也就万把块钱，借得到的。"就在这时，山茶的手机嘟嘟嘟响了。手机是茅镰打来的。茅镰告诉山茶说他已经过江了，准备去辛店找时空说点儿事，说完就上面巴屯歇脚。山茶高兴极了，也顾不上什么情面，开口就问他身上带了钱没有。茅镰在手机那头呵呵笑，说："是不是急着办嫁妆啊？"山茶的脸倏然红到了脖根，说："爷爷，哪是做这事啊？早着哩。我有急用。"茅镰说："上回我到面巴屯时，答应帮你们村办个野鸡、野猪养殖场，这回过来打算兑现，身上刚好揣了几万块钱。那就先满足你吧。我已经到了开挖七队的院子门口，过会儿就上你们家来了。"约莫个把小时后，茅镰果然走进了山茶的家。茅镰右手提着重重的编织袋,左手提着罐头、点心和两瓶酒,见巴大爷好好的,惊问道:"老哥,没病呀?方才,我那时大侄说你生病了,还让我捎来……看,又是吃的又是喝的。"山茶说:"肯定是江南阿姨撒的谎,害怕大叔说我经常往屯里跑。"巴大爷接过茅镰手里的礼品:"他们一家人都想得太仔细,山茶每次回家,总要让她给我带不少吃食。我又吃不过来,零食积攒得比小卖部还多。其实,我这日子比从前好过多了。"茅镰这才问山茶急着要钱干什么。山茶简明扼要,把买鸦片的事说给茅镰听了。茅镰眉头都没皱,连忙从内口袋掏出一大沓钞票:"要多少?""一万五。""你自己数吧。"山茶很快从茅镰手里点了一万五千块钱,再带上自己家的五万多,出门就朝蛤蟆沟跑。不多时,山茶回来了,满头大汗,却是一脸笑:"我生怕那药农走了,还好,猫在崖坎里眼巴巴等着哩。"边说,边从腋下拿出褐色蜡纸包。茅镰撕开蜡纸,眯缝着眼,借着灯光看了看,又用舌头舔了舔。他也识得鸦片:"成色不错,地道。多少钱?"山茶说:"七万。""值,太值,你江南阿姨能吸一年。"山茶说:"以前买大麻的钱都是你贴的,这回就由我和爷爷出。那一万五算我向你借的。""嘿嘿,"茅镰笑笑,说,"你们一家老的老,小的小,我好赖当了四五十年县长,能让你们这扶贫对象破财?我身上刚好揣的是七万,满可以就把买大麻的钱都出了,可是……唉,说好给面巴屯送钱过来启动野鸡、野猪养殖场的筹建工作……冲突了。买大麻的大头只好让你先垫上,赶明儿……""爷爷,我和我爷爷都商量好了……""这包大麻的钱肯定由我出。不过,以后再买这东西,你我就都不用出钱了。我瞅机会跟你尉迟爷爷谈谈,告诉他大麻什么价。他一听就懂,他眉头都不会皱,他会大大方方掏出钱来。他们家再不济,也比我们富。""可是……""不谈这个问题了。"茅镰摇摇手,在堂屋上首的方桌旁坐下,跷起大腿,喝了口刚好泡到味儿的浓茶,"你爷爷的饭菜可能快弄好了,去,把面巴屯的村长、村支书给我喊来。我要跟他们喝两杯,聊聊筹建野鸡、野猪养殖场的事。"山茶只好把鸦片收藏好,拿了手电筒。经过厨房门口的时候,她忽然站住了,"爷爷,爷爷!"接下便不顾一切地冲了进去,"爷爷,你怎么啦?!"厨房里,锅台上扑腾扑腾冒着热气,灶台下呼哧呼哧吐着火舌,巴大爷却歪倒在地,痛苦呻吟。茅镰闻声赶进厨房:"怎么回事?怎么回事!"手忙脚乱地帮着山茶把他搀扶到了堂屋的躺椅上。巴大爷不停地擂打着胸口,望着茅镰,喘着粗气:"胸口……老痛……老毛病……""我看这样,"茅镰扯过一条旧毛巾,替巴大爷擦揩着满脸的汗珠,对伤心落泪的山茶说,"吃罢晚饭,我开车送他去乡卫生所就诊。你爷爷真病了,你就别往十字街赶了,你时大叔正好让你不要急着回去。你就安心伺候你爷爷几天吧。"山茶自是不忍撇下突然病发的爷爷,可是尉迟江南身边长时间没有人陪伴也不行哪,左右为难:"可是江南阿姨的大麻快要断顿了,我……放心不下……""这好办,"茅镰说,"让你时大叔先把大麻带回去,让你江南阿姨续上火,问题就不会很大。他说他明天一早就回十字街。"茅镰的办法可以兼顾到两头,没了主意的山茶只好表示同意。"我这就把大麻送到辛店开挖七队去,还有我这一袋东西也必须让你时大叔带走,放这里不安全。"茅镰提起搁在墙根的编织袋,擩进了停靠在屋外的小吉普,"抓紧时间把晚饭做好,把村长、村支书喊过来。不喝酒了。吃完饭我就送你爷爷住院去。"山茶忙着把装了鸦片的红色拉杆箱放进了吉普车。茅镰第二次去开挖七队回面巴屯后,山茶已经把饭菜端到了饭桌上,面巴屯的村长、村支书正陪坐在巴大爷身旁寒喧。茅镰草草吃罢晚饭，把剩下的五万五千块钱交给了村长、村支书，简单叮嘱了几句关于野鸡、野猪养殖场的筹建事项，就和山茶一起把巴大爷送到了乡卫生所。巴大爷虽然疼痛得厉害，可是病情并不严重，诊断结果为急性胃炎。巴大爷毕竟是七十大几的人，身体一直不太好，为买到鸦片，在大山里来回奔跑了一整天，饿、累、着急，再加上冷风一吹，老爱喊"胸口痛"的他，"胸口"就突然剧痛了起来。吊过一瓶点滴后，巴大爷的病情明显好转。医生说用不着住院，拿点儿药回家吃吃就慢慢好了。山茶、茅镰悬着的心落了下来。早晨，茅镰惦记起了装在编织袋里的四十万块钱——在将军楼尉迟琪那里搁着不好，时空会多心，准备尽快取走。他决定驱车追赶时空。山茶见爷爷的病情没有什么大碍，就又担心起尉迟江南来，打算搭乘茅镰的吉普回十字街。茅镰知道潜龙江上游已经断航。茅镰也选择了右岸这条崎岖不平的黄土公路。没想到这条黄土公路不仅仅只是崎岖不平，而且危机四伏。

事情的本身并不复杂，复杂的是围聚而来的诸多突发情况。互不相干的一包鸦片和四十万元现金，摊在谁身上都不至于天塌地陷，但是如果把二者关联起来再背到时空身上，还真有可能捅出大娄子……

茅镰钻出小吉普，搬块石头搁到路边，坐上去，取下头顶的牛仔帽，边扇风边掏出手机，嘀嘀嗒嗒撴通了伍书记的电话。茅镰先告诉伍书记，说那四十万元提奖时空坚决拒收，接下就以一种上级向下级发布命令的口气说：

"四十万块的领款单马上换成借条，仍以我的名义。有关账簿需要及时调整清楚。钱在我手里。我现在有点儿急事，等办完后，我即回县，退款、销账。"

"嘿嘿，嘿嘿。"伍书记在那头笑着，笑得很开心，"也用不着这么急呀。你什么时候不忙，什么时候再厘清手续不成吗？"

"不行。万一现在有人质疑我提过奖金，我怎么回答？白纸黑字搁在那儿。借钱，那是另外一回事。桥归桥，路归路，县委书记怎么连这个都搞不懂！"

"时总经理怎么不要这奖金呢？名正言顺哪。"

"人家是廉洁干部。他不要，那还不正中了你的下怀。"

"嘿嘿，老县长什么时候都不忘敲打下一辈。我照办得了。"

"万一有人调查这件事……守口如瓶，一问摇头三不知啊。"

"这么秘密的事，哪会有人知道，也没这么快呀。老县长做事真严谨。"

"我是说万一。"

"明白，明白了。你……什么急事呀？要不要派人协助？"

"寇省长打电话来了，找我有要事相商。我正往省里赶哩。"

"啊？"伍书记惊叫了一声，"假如……假如有机会了，嘿嘿，就向寇省长汇报汇报——宜阳县的'一二五工程'，已经实现百分之八十二点二，三年初见成效，五年大见成效没有问题。另外，龙潭坝区的移民安置工作、工区的生活物资保障工作，宜阳县委、县政府正全力以赴，不折不扣地遵照省委、省政府的指示狠抓落实，切实做到了工区职工满意、地方群众满意，让他放一百二十个心……"

"知道啦，知道啦。"

茅镰挂断伍书记的手机，又联通了曹铁拐。

"哈，老茅子！可好，可好。"那头的曹铁拐抢先发话，"好久听不到音讯，我还以为你翻车去西天了哩。"

"跛子，有个事儿求你。"

"哈哈哈！"曹铁拐狂笑起来，"你个老茅子，终于求我了，哈哈，终于求我了！"

"找你借点儿钱。"茅镰虚晃一枪。

曹铁拐没再笑了，吃紧地接起着儿来："借多少？"

"四十万。"

"四十万？借我的命吧！"

"我知道，四十万对你来说是个小钱，别抠门儿，啊？"

"老茅子，你可真能开口呀！"曹铁拐叫着，"我是出了名的困难户，年年靠政府救济。一不会偷，二不会抢，三不会贪，哪来四十万啊？"

"你一辈子都在叫穷。"茅镰有意陪他耗两句，"七个儿女全都有工作，五〇、五二都当上师长、副师长了，没腰缠万贯？鬼信。"

"那窝王八羔子的翅膀都硬了，都远走高飞了，早就不认我这老子了，还谈他娘的前（钱），后啊！身边就剩了个老七，孝顺倒不假，可他不过在水文站看个水尺，一月就千儿八百的饷钱，自个开销都不够。我那点儿养老金，去年才过两千块的坎儿，还让士逸把支配权统统剥夺走了。我顿顿少不了酒，老泰山天天少不了药，士逸见天叫钱袋子干瘪，我就这光景。"

"士逸两个哥哥在台湾，一个做大官，一个发大财，就不接济点儿？"

"老茅子，你真敢想啊！混到如今，共产党人还要向国民党人讨钱花，好意思吗？再说了，两边的走动不是还没到畅行无阻嘛，那两个龟儿子即便想孝敬还没过世的老子，得选个好路径、好气候才行啊。"

"行行行，我不找你借四十万了。"茅镰把话拐了个弯儿，"你只承认已经借给了我四十万就行。该没有困难了吧？"

"……啥？啥意思呀！"曹铁拐摸不着头脑。

"如果有人找你了解情况，问你借给茅镰四十万块钱没有，你就回答说借了，借的现钱。"茅镰放慢了音调，一字一句，而且非常严肃认真。

"……哈，哈哈……哈哈哈！"曹铁拐又傻笑开了，"好你个老茅子，惹祸了吧，肯定惹祸了！我早就知道你要惹出祸来。没事你老往那山圪崂里贫钻个庇呀？贫下中农的事，那不都有政府在管着吗？你这叫没事找事。下了台还没搞清白自个儿是谁，还县长哩。"

"跛子呀，我帮了你一辈子，但从来没有求过你，现在我老了，求你一回。"

"说这些屁话作甚？咱俩谁和谁呀。"曹铁拐在那头得意地笑着，"不就是叫我撒个谎吗？"

"要不要向你简单讲讲因为啥？"

"不用啦！糊糊涂涂撒谎最好。"曹铁拐恢复了豪气，"一九六七年，我说了句真话，差点儿让人把脑袋给搬了，这回再说说假话，试试有谁还想搬我的脑袋不？"

"这是不能反悔的啊。"

"老茅子，你把曹二九看成什么人了！"曹铁拐的手机关了。

茅镰舒了口气，合上手机，苦闷着的脸开朗了许多。

立在旁边的山茶一直惊疑地望着茅镰，自始至终没弄懂他的意思，问："茅爷爷，你让曹大爷许四十万块，派什么用场呀？"

"我哪是让他许我四十万块钱哟，我不过让他替我扯个谎。"茅镰阴郁地说道，"编织袋子里的那四十万块，本来跟你时大叔有点儿关系，后来又变得没有一点儿关系了，那么，这四十万得物归原主。可是这四十万又落到了警察的手里，他们怀疑是毒资，这么一来，让那四十万物归原主就不是那么容易了。所以呀，我必须去公安机关认领出来，说这四十万块钱是我的。那么，警察一定会问我：你用编织袋装那么多钱干什么？我正好可以说是去面巴屯扶贫，是去资助面巴屯兴办野鸡、野猪养殖场，这是可以查证的。警察会接着问：你哪来那么多钱？我会回答：借的。警察就会继续追问：找谁借的。我当然会说是找老战友曹铁拐借的呀。他们肯定要去筲箕铺找曹铁拐调查核实，曹铁拐只要说声有这事，这缝不就接得很好了吗？公安机关鬼得很，我必须把所有的漏洞都堵死，让他们没空子钻。我去把四十万认领走，你去承认鸦片是买来自己吸的，这么一来，钱和鸦片就都跟你时大叔没有关系了，你说，公安机关还有什么理由把你时大叔扣住？其实，我有钱，存的是死期，只是最近根本没去银行办理过存、取款手续，我说这钱是我从银行取的，公安一查账户，那不就露马脚了？"

山茶大睁着一对惊讶的眼睛，非常认真地讨好说："爷爷，你搞阴谋诡计，也蛮行嘞。"

"兵法上……该叫偷梁换柱。"茅镰的话也很认真，"逼的呀。我们三个人，实际上都是清白人，你看现在给弄的。"

"已经走到这一步了，"山茶稚气的脸上掠过一层忧伤，"只好认了。"

"没上心。思想仔细点儿，行事利索点儿，情况也许就完全不是这样。"茅镰喃喃着，惋叹着，"唉，都怪我，老了，老了。"

爷孙俩正唠着，娄毅的红色桑塔纳席卷着一屁股黑烟呼哧呼哧赶了过来。

"娄处长！"茅镰急急忙忙迎上前去，"我等你好久啦！"

娄毅的右手耷拉着，左手握着手机，跳下车就跑到茅镰坐过的石块上坐了下来，不停地喘着粗气，大檐儿帽下的鬓角汗水直滴答。一路全是急转弯儿、全是陡峭的上坡下坡，娄毅全凭一只左手，不停地左打方向、右打方向，不停地换挡变速，没有翻车就算不错，何谈追上茅镰的吉普。眼看车距越拉越远，他焦虑茅镰、山茶趁机逃逸，就急，就想用手机通知总部保卫人员设法拦截，可恼的是，手机没电！就益发急，急得浑身上下冒汗。

茅镰神情自若地走到娄毅面前："还以为你……抛了锚哩。"

娄毅斜着一只眼睛，怪怪地瞅了一会儿茅镰："手机，手机借我使使。"

"没电，早没电了。要是有电，我早给你联通了。得及时报告、请示呀。"茅镰毫不犹豫地摸出手机，"不信你试试，给。"

娄毅又斜起一只眼睛，怪怪地把茅镰那张憨厚的脸重新瞅了一会儿，忽然一摇手："算了。"

791 / 第六章

"想给老伴儿打电话说点儿事儿也不行了。"茅镰把手机装进衣兜,"国产电池,不过关,唉。"

"怎么想到要停下来……歇歇?"

"绕过前面那座山头就到了天柱峰脚下。"茅镰不急不慢地说,"天柱峰脚下有左右两条公路,左右两条公路都可以向北拐,拐上通往十字街的永泰坝顶公路。右边那条公路地形复杂,一不留神就会越岔越远。左边这条不存在越岔越远的问题,但是坡度大、急转多。我既怕你走右边那条路,岔到爪哇国去了,又怕你走左边这条路,翻了车,所以特地停下来等你,给你提个醒儿。"

"这两条路我都走过。"

"哦?我还以为这一带只有我熟悉。"

"停下来提个醒儿……"娄毅感到没有道理怀疑茅镰是实话实说,"停下来提个醒儿,当然正确。"

"就歇会儿?"

娄毅用左手上下抚摸了一阵耷拉着的右胳膊,难受地咧咧嘴,说:"上路。"

"走哪条路?"

"……右边,右边那条。"

"你走前我走前?"

"走吧,走吧。"娄毅放心地扬扬手,"在坝顶公路左岸停下来等我。"

茅镰把牛仔帽往头顶一扣:"山茶,上车。"

一三三

矗立云天的天柱峰脚下,林木森森的大山深处,小吉普在曲曲弯弯、高低不平的黄土公路上颠驰。

许久,坐在副驾座上的山茶问:"天柱峰过了吧?"

茅镰目不转睛地注视着前方:"快了。"

"过了天柱峰,再往前,就是平路吧?"

"只能说比现在走的路强多了。"

山茶从后视镜里看了看后面:"娄处长撵不上了。"

"撵不上就撵不上呗。"茅镰笑着,"没见我正让他撵不上?"

山茶不解地望着他:"你说过你不想让他撵上我们,可是你刚才又专门歇下来等了他那么长的时间。"

"如果我刚才不专门歇下来等他,我们不仅不能甩掉他,反而会被他抓起来,指控为毒品贩子,扭送到公安机关。"茅镰换挡,减速急转,"他会想方设法,四处联络公安、治保人员,在宜阳、永泰境内围追堵截,倾力抓获。我们插翅难逃。"

"难道他发现我们已经把他甩了,不会再联络公安局的警察满处抓我们?"

"嘿嘿，奥妙就在这里。"茅镰挂高速挡，踩油门儿，"他发现自己被我们甩掉，要等到过了永泰坝顶公路以后。那时，我的吉普已经快到津口。永泰县、宁泰市的公安部门接到娄毅的报案后，肯定会迅即向永泰、宜阳两地的深山老林、荒野村庄投放警力，实施拉网式抓捕，绝不会首先考虑搜查兴盛、永宁这些丘陵、平原地区。等到他们想到应该在兴盛、永宁等地蹲守、布控，扩大搜捕范围，我们已经坐在省公安厅的办公室了。即便是罪犯，投案自首和被捉拿归案，定性、量刑，有天壤之别。这些你都不懂。"

他说什么、干什么，都在理上！山茶这么想着，嘴里却盲目地"哦"了一声，

在津口码头搭乘汽渡过江后，茅镰把小吉普屁股后面背着的一加仑桶汽油统统灌进了油箱，随后便沿着平坦的国道狂奔疾驰，没命地向省城驶去。

毕竟是上世纪三四十年代出产的老车，从内脏到外壳都有毛病，最高时速也只能是三四十公里，所以，到达省城已夜半更深。这个时段很不好，生活秩序正常的人们大多安睡，打搅谁都不合适，茅镰就在靠近乡间的僻静处找了家旅店。旅店不大，也不怎么起眼儿，依然高悬着"工农兵旅社"的名号。茅镰主要是看中了这家旅店门前的小院子，可以停放小吉普。他担心有人贪稀罕，把他的美式小吉普偷去当作古董收藏。

茅镰跨进了不大也不亮堂的前厅。山茶头一回上省城，有点儿怯生，站在门口的路灯底下没有进去。

茅镰走近收银台，勾起食指在台面上敲了敲："住店！"

歪倒在柜台里面呼呼大睡的服务员一个激灵，随即揉揉惺忪的睡眼："几位？"

茅镰伸出两个指头："俩。"

那服务员是个女同胞，约莫五十来岁，又白又胖，穿一件印有红色店号的白工作服。她好像还没睡够，一边打着哈欠，一边懒懒地向茅镰伸出一只手掌。

"啥？"

"身份证。"

茅镰摸着口袋，这才发觉自己啥都没带，于是大声说："啥年月了，住个店还在要这要那！真不成，咱就投别的旅馆去。"

胖大嫂的服务态度还不错："没有带身份证可以好好说，犯不着发态度。"瞅瞅门外路灯底下的山茶，摊开发票本，"我们会理解、会体谅的。住单间住通铺？"

"多少钱一个晚上？"

"单间四十，通铺每个床位二十。"

"单间。俩。"茅镰又摸口袋，摸半天，好不容易摸出张百元红钞，连忙改口，"一个单间。就要一个单间。"

胖大嫂又瞅了瞅门外的山茶："一个单间？"

"一个单间。"茅镰递过红钞，"这旅店安不安全啊？"

"没问题。公安局表扬的红旗单位。"

"看见没有？"茅镰竖起拇指，指指停泊在前院的小吉普，"我那辆车要是被人偷走了，把你这店子全卖了也赔偿不起哟。"

胖大嫂欠身望了一眼外面的吉普车，夸张地耸了耸臃肿的眉头，不知什么意思地笑了笑："老爷子，你就放心住吧！'工农兵旅社'打从开办到如今，快五十年了，没有

发生任何事故,安全着哩。"把找的几张零钱和门钥匙交给茅镰,"点点。二楼最里边的那间就是。"

茅镰将钱和钥匙一齐装进衣兜:"我们想吃点儿啥,店里有没有?"

"都夜几点啦,食堂早关门啦。"胖大嫂指指外面,"真想宵个夜,去对街巷子看看,那里头有个日夜餐馆,没准能搞到吃的。"

茅镰走出门外,对山茶说:"走,找吃的去。"

对街巷子里果然有家日夜餐馆。

馆子里不仅正在营业,还很火热。昏暗的灯光下,有衣冠楚楚、文质彬彬吃夜宵的情侣,有袒胸露背、面红耳赤划拳饮酒的莽汉,一看就知道是从歌舞厅、麻将馆转场而至。茅镰瞅准一张清扫干净的方桌,刚和山茶落座,就有机灵的跑堂跑了过来,犹如迎接爷爷奶奶一般,呈上菜谱。茅镰把头上的牛仔帽取下来搁到桌上,抹了抹花白的络腮胡子,盯着面前的菜谱,心算着点道:

"糖醋菊花鲤鱼、熘豆腐、油炸花生米、蛋花汤、一瓶老白干,米饭两碗。"

躬身静立在一旁的跑堂笑道:"就不要点儿别的?"

"够了。"茅镰将一张五十元的票子交给了他,"上快点儿。"

跑堂取下搭在肩头的抹布,象征性地把桌面抹了抹,说了声"二位稍等",唱着大喏跑进伙房。

茅镰回望了一下雾气腾腾、热火朝天的店堂,对山茶说:"从大清早到现在,我们就吃了你爷爷煨的两颗芋头,饿了吧?"

山茶的肚子饿得咕咕叫,嘴上却说:"不饿。"

"要说,我们这顿饭钱,还是你爷爷出的哩。"

山茶眨着两眼:"……?"

"昨晚,你时大叔不仅让我给你爷爷捎酒捎罐头,还让我给他捎了一百块钱。结果,我只把那酒和罐头交给了你爷爷,一百块钱却忘在口袋了。"茅镰苦笑了一下,"要是没有这一百块,我们今晚可就惨了,饿肚子不说,连落个脚的地方都没有。"摇摇头,"今日,我算尝到了好汉没有钱是啥滋味——处处受别,处处遭白眼。唉,难怪一些人不要命地搞钱。"

"这可怎么好,"山茶想到自己把剩余的钱都留给需要继续吃药的爷爷了,郁闷着的脸上又多出一层忧愁,"我兜里也没装钱,赶明儿上哪儿吃、住去呀?"

"嘿嘿,"茅镰却说,"不用担心。过了今晚,自然有人管饭。"

跑堂伙计用一只手托举着装满饭菜的大圆盘走了过来,把饭碗、菜碟和开了盖儿的酒瓶一一摆放好,又将找的零钱搁到茅镰面前,说声,"齐了。二位消停。"忙乎别的去了。

"山茶,"茅镰倒了满满一塑料杯白干,"喝点儿酒不呢?"

山茶摇头说,"不会。"

"好,那就吃,快吃,吃饱。"

山茶抓起筷子就猛扒饭。她饿极了。

茅镰提起筷子,把片成菊花瓣、散发着异香的糖醋鲤鱼夹下一半,按进她碗里:

"这条鱼是我专门给你点的,我知道你爱吃鱼。好吃不?"

山茶点着头:"好吃。"

"我呀,总想带你到省城见见世面,尝尝没有尝过的东西,可是我没有做到。唉……你在尉迟家忙得脱不开身,我呢,也不知道一年到头在忙些啥。"

"你对我已经够好的了,我正愁不知道怎么报答你才好哩。"

"好啥?不好,不好啊。"茅镰喝了口酒,"我亲自把你往牢房里送,这能叫好?"

"我心里明白着哩。"山茶说,"如果有办法,你是绝不会这么做的。"

"是呀……是呀……"茅镰又喝了口酒,用筷子挑起块熘豆腐,慢慢送进嘴里,"山茶哪……吃过这顿夜饭,咱俩就……说不准什么时候才能见上面……知道不?"

"我知道……"山茶放慢了吃饭的节奏,"我有准备。"

"这就好,这就好。进去了……就别挂记着啥。"茅镰仍然担心山茶经受不住严厉的审讯和牢狱的煎熬,竭力宽她的心,"我把四十万块钱的来龙去脉说清楚了,就不会有事了,可能很快就出来了。我一出来就想办法救你。你面巴屯的爷爷日后就由我伺候着。这回,要不是为了追赶那四十万块钱,早早卸掉你时大叔的思想包袱,我满可以在面巴屯待下,帮助你们村筹建野鸡、野猪养殖场,等你爷爷的胃病好利索了再走,哪晓得……唉……"

"你也要自己照顾着自己点儿,别老是想着别人,毕竟岁数大了,年岁不饶人。"山茶很天真,山茶很活泼,可是这一天,她那张稚嫩的脸一直深沉着,没有呈现过平常那种迷人的笑靥,好像一下成熟了许多。她当然知道,牢房里绝不会有外面的世界这么自由,但是自己不得不失去这种自由。即将失去自由的她内心自是缠绵悱恻,可她还得为几位老迈的爷爷和长期服侍着的病人分忧,"我爷爷的病是老毛病,可能调养几天就会好的,你也不要太劳神。哦,对了,他偷偷在老林里面零零星星种了点儿罂粟,说好秋后割浆,给江南阿姨熬成白粉,只是江南阿姨要忍耐……好长一段日子,她……熬不熬得住啊……"说着说着,禁不住眼泪汪汪。

鸦片能麻醉人的神经,崩溃人的意志,以致毁灭人的生命;可它又能诊疗人的疾病,减轻人的痛苦,延续人生的旅途,使人徜徉在美好的梦境!鸦片,鸦片这东西……茅镰撩起袖口,擦揉了一会儿酸涩的双眼:"吃……吃慢点儿,别咽着。"把另一半糖醋菊花鲤鱼也攮进了山茶的碗里。

山茶噙着眼泪吃着饭,味同嚼蜡,但她还是很快把饭吃完了。

茅镰又给她舀了碗蛋花汤,让她喝了,随后掏出住房钥匙,说:"你先回旅店睡去吧。二楼,最里边的一间。待会儿我就到吉普车里囫囵会儿。"

"还是你住店吧,你年纪大。我年轻,去吉普里打个盹儿就行。"

"听爷爷的话,啊?过了今天,等着你的尽是苦日子。"茅镰把桌上的几张找零和身上仅存的十元钱连同门钥匙,一齐塞进山茶的衣兜,"只剩下二十几块了,拿着。"

"这钱还是你留着吧。"山茶伸手把钱从口袋里掏了出来,"坐牢要钱有什么用啊。"

"防个万一。不要跟爷爷扯来扯去了。"茅镰俨然一副长者的架势,"不早了,快睡去。我还有会儿,这一瓶酒才动个头哩。"

山茶到底是个孩子,乖顺地走出了店堂。

茅镰目送山茶消失在夜幕中。茅镰端起塑料杯，一仰脖子，咕咚了一大口，无限伤感油然而生：本来是想帮帮江南，帮帮时空，帮帮尉迟琪他们一家，哪料惹出来这么一场大祸……还殃及无辜……他又咕咚了一口酒，撮颗花生米，闷闷地嚼着：……投案……能说投案么？究竟犯什么罪了呢？……走进公安机关了，还出得来吗？能把时空换出来吗？……他越喝越苦闷，越想越糊涂……不知不觉，他感到脑袋沉沉的，四肢迟钝起来，眼前一片混沌……他全然不觉店堂内那些吃夜宵的情侣、划拳饮酒的莽汉已经散尽，也不知道是时几时几刻……

"老爷子，起床喽！"那个跑堂的伙计倦怠地走到茅镰身旁，拍打了一下他的肩膀，"快卖早点啦，我该交班啦！"

趴伏着饭桌的茅镰猛地一下扬起头，眨巴眨巴昏花的老眼："哦？"

"您老人家挺会划算啊？"跑堂伙计一边叮叮当当收拾着杯盘狼藉的桌面，一边说，"二十几块钱，两人吃喝一顿，还捎带睡了一宵。大富吧您？"

茅镰只是白了他一眼，没有心思同他理论。茅镰抬手看看手表，摸出了手机。茅镰想好了：不能急着去公安机关——一脚蹬进公安机关就不可能马上出来，得把该做好的事情做好了再说。他考虑到首先必须和寇勉取得联系，让寇副省长及时知道此事，介入此事，只有这样，大事才有可能化小，小事才有可能化了。不知为什么，茅镰一联通寇勉的手机眼泪就漱漱地流，声音也变了调儿：

"寇副省长啊……你在哪里呀……我是没有办法了才打电话找你的呀……"

"怎么啦，怎么啦？"那头的寇勉大约也在这么想，茅镰是从不给自己打电话的，茅镰给自己打电话，必定有要事、急事、大事，"你这是怎么啦？慢慢说，慢慢说。"

茅镰哽咽着，把时空被省公安厅缉毒大队抓走的事诉说了一气。过程中，没有忘记避实就虚、添油加醋、绘声绘色地将缉毒大队的作为形容一番——无外乎简单粗暴、张冠李戴、目无法纪、肆意妄为等等。中心思想是：四十万现金和鸦片各有其主，与时空无关。时空系含冤被捕，得无条件放了。

"……那四十万是我准备援助给龙潭右岸面巴屯筹建野鸡、野猪养殖场的，有案可查。因为临时遇到了点儿急事，我怕钱被扒手扒走了，所以就放到时空的车里了。早年我在面巴屯扶贫时认了个干孙女儿，不到十八岁，幼年父母双亡，跟着七十多岁的爷爷过生活，苦啊。没办法，我只好把她介绍给尉迟老首长家当保姆。我这干孙女什么都好，就是受山里人影响，喜欢用白粉治自己的风寒风湿病。就经常回面巴屯买点儿，等病发疼痛时就来上一口两口。哪料她这次买得有点儿多，恰巧也放到了时空的车子里面。你看这，又是巨额资金，又是白粉，那侦缉大队的人还不把时空当成一条大鱼呀？"茅镰一方面极力淡化事情的严重性，另一方面为时空蒙冤叫屈，同时指出如若处理不当而导致的恶果，"听说华夏集团才有了点儿起色，但是还没有彻底翻过身来，一时一刻也不能少了时空，这您是知道的。再者，龙潭工程眨眼就该是截流的日子了，大敌当头，他不在了怎么行？不行呀。时空被捕这事我还没敢说给尉迟老首长知道，他要是知道了，他这么一大把年纪，那还有命呀？所以，我就十万火急跑到省里来了，我那干孙女也跑到省里来了。我要认领我那四十万块钱，我干孙女儿要承认用白粉治病很不对，很不对……"

"行啦！别把我说糊涂啦！"那头的寇勉大叫起来，显然恼火透顶，"你想怎么做就怎么做去，剩下的事交给我啦！"说完就把手机关了。

茅镰把想要办的事办了，把想说出来的话说了，心里一阵轻快。他站了起来，揉揉酸痛的腰臂，准备回旅店带山茶去省公安厅。

那个中年跑堂居然还立在茅镰身后。他的两条腿在瑟瑟地哆嗦着，两只胳膊也在瑟瑟地哆嗦着，可是脸上却在笑，笑得很生硬：

"真……真大富啊？跟寇省长熟？"

"熟哇？咋哪？"茅镰把牛仔帽扣上头顶，"听好了，我坐过的这地儿，算一宵床位。早晚我来把账结了。"

"大人不记小人过，嘿嘿，老人家您慢走。"

茅镰走出店堂，穿过灯火阑珊的街道，跨进了工农兵旅社门前的小院。晨雾中，但见值夜班的胖大嫂领着一男一女两个警察从店内走了出来。茅镰纳闷儿着皱皱眉头。胖大嫂却笑盈盈地先打起了招呼：

"老爷子，昨夜没歇店里呀？"

茅镰郁郁地哼了一声，算是给了个答复。

那对男女警察飞快地瞥了茅镰一眼，对胖大嫂说：

"工农兵旅社的安全工作做得非常不错，非常不错。"

"我们走了。"

胖大嫂扬起白胖的手臂，高叫道："常来指导工作呀。"

一三四

毒品侦缉队一收网就满载而归——一公斤鸦片、四十万元的毒资，乖乖！毒品侦缉队一收网就骇人听闻——华夏集团的老总说不定是暗藏的大毒枭……乖乖！从头天到二天，宸奎心里一直是既惊诧又惊喜。奉命组织一次史无前例的毒品稽查行动，没想到这么快就旗开得胜，太离奇了，太……！这出色成绩出得太是时候了——省委、省政府年底换届，接下来就该大面积调整政府部门……窦老厅长躺在医院，一时半会儿是出不来了，肯定出不来了，进院时还能说几句话，现在连一句话都说不全了……嘿，奶奶的！宸奎激动了。

激动了的宸奎比已往更加意气风发，豪情满怀。一大早他就来到了办公室。宸奎重视警容警风，一进办公室就对着镜子修面，整理衣冠，习以为常地悉心擦拭起了脚下的黑皮鞋，还吹上了口哨。

公安厅办公室甄道远主任推门进来了。甄道远告诉宸奎：

"宁泰市公安局打来电话，报告说有两个涉嫌贩毒人员——一男一女，一老一少在逃。宁泰公安局初步判断，这两个人与昨天收网的贩毒案密切相关。宁泰市公安局昨晚接到报案后，迅疾调集大批警务人员，赶赴永泰、宜阳实施搜捕，可是由于永泰、宜阳两县绝大部分地区山高丛林密，干警们深入进去，就像是在大海里面摸针。宁泰公安局感到力不从心，所以赶紧打电话给省厅，请求援助。"

"呵呵，这叫绊着了一个窝，惊动了一大群，好戏还在后头哩。"宸奎直起身子，来了个标准的立正，欣赏了一下擦得锃亮的黑皮鞋，拍拍手，对甄主任布置说，"火速通知郝副营长，原定布控方案不变，继续守株待兔；立即找武警，再借一个排，增援宁泰，加大搜捕力度，大张旗鼓，打草惊蛇。"

甄道远立正，敬礼，向后转。

"慢，"宸奎感到部署不够缜密，补充道，"小隐隐于野，大隐隐于朝。马上查明那一男一女、一老一少的相貌特征，通令省城各公安分局，对机场、码头、车站的流动人口严密排查。还有全城的宾馆、酒店，不论大小，都应该成为侦捕范围。不能有盲区，不能放过蛛丝马迹。"

甄主任又向他敬了个礼："明白。"

嘿……嘿！甄道远出门后，宸奎兴奋得直搓手，"乖乖，这仗……越打越大了啊。"他欢喜打大仗，欢喜轰轰烈烈，尤其不欢喜反扒、市政交管之类的小把戏。

丁零零……丁零零……办公桌上的电话机急促地响了起来。宸奎走过去，坐下，不慌不忙拿起送话器：

"哪里？"

"我。"

"哟！"宸奎赶紧一个挺立，他听出那头是寇勉的声音，"什么事把您给……惊动了？"

"时空捉啦？"

"是……是被刑拘。"

"放了。"

"?！"宸奎心里一紧，不敢抗拒，但也不敢贸然从命，"这事跟您……有关系？"

"我分管全省工业，华夏集团是全省工业战线的龙头企业，龙头企业的老板被不明不白地扣起来了，你说跟我有没有关系？还有，龙潭工程马上就要截流，我能看着前沿阵地没有司令员？"

"可是……可是……"宸奎急中生智，"政法委……那边责令从速侦办，你看这……"刻意把"政法委"仨字的音发重了些。

政法委书记的资格并不比寇勉低，脾气也不小，平时丁是丁，卯是卯，铁面无情，还经常不和寇勉朝一只壶里尿。常委扩大会的时候，两人顶牛的事时有发生。比如，寇勉一次抨击他到处插手，他马上回击工业这一块企业化以后贪污腐败成风，不管束一下，腐败分子将比蝗虫还多。寇勉就又回应说那你捎带把书记、省长的事也干了再代表法律得了。如此种种，举不胜举。

"时空啥时候抓的？"

"昨天下午。武警的郝副营长亲自带领一支缉毒小分队，在宜阳右岸展旗乡一条进出大山的必经之路布控……"

"我不听汇报。"寇勉打断他的话，"他怎么知道得这么快？"他口里的这个"他"，自然是指政法委书记。

"他管着公安厅……这么大的案子,他不在第一时间知道案情……怕不行吧?"戾奎是不敢指名道姓,也用代名词。

郝副营长、包连副把时空、黄河以及一公斤鸦片、四十万元现金押送到省城,并且向戾奎报告完缉捕经过后,无比兴奋、无比激动的戾奎也曾意识到事情非同小可:时空毕竟在省直机关效力有年,当过政府办公厅副秘书长,接触面广,社会背景复杂,绝不可以等闲视之……更挠头的是,有小道消息谣传时空下基层镀金一说,虽然不能全信,可也不能不信……倘若绊动了哪根不该绊动的神经,这案子不但不能顺利进入司法程序,反而会惹火烧身……假如开刀的是下一届省委、省政府成员的候选人,这往后的日子还怎么过?奶奶的……这宗大毒品案的涉嫌人员怎么偏偏是时空而不是别的什么人呢?戾奎粗中有细,赶在第一时间向政法委书记通了气,动机是先把上峰的意图摸准了再说,以便进可以攻,退可以守,上下左右都能照应着。政法委书记由省委副书记乔玉生兼任,权力范围足可令人震悚。更加令人震悚的是,乔玉生书记两袖清风,一身正气,无私无畏,对公、检、法系统的徇私枉法行径深恶痛绝,对打击一切刑事犯罪活动,尤其是毒品犯罪活动毫不手软。最近,他的注意力也集中到了侦缉毒品贩买贩卖的热点问题,而且格外精心。近年,全省在惩治贪污腐败和刑事犯罪方面卓有成效,可是对毒品犯罪活动却在不经意中放松了警惕,以致几近灭绝的吸毒贩毒现象乘虚而入,大有卷土重来之势。省公安战线虽然破获了好几起毒品交易,但抓捕的都是瘾君子和终端贩子,大老板没有一个落网。为查明毒品来源,捣毁贩毒团伙,铲除毒根,省委、省政府责令公安厅迅速采取特别行动,在极有可能成为毒品贩运通道的偏远区域侦察、布控,谨防鸦片从金三角地区入境,行销全省,全国。政法委书记关注公安厅这一特别行动,入情入理。缉毒大队破获的第一宗毒品大案,涉案人员怎么会是时空呢?听完戾奎首战告捷的报告,乔玉生想象异常丰富:难道……?戾奎瞅准时机试探了一句:"这案子……怕是不好办了。"乔书记明白他的话意,说:"有什么不好办?顺藤摸瓜,一查到底,谁说情连谁一块查!"

"这么大的案子……"电话那头传来寇勉不以为然的口吻,"多大呀?"

"一公斤鸦片、四十万元的毒资,"戾奎却加重了语气,"把公安厅往年缴获的毒品、毒资加在一起,还不到这次的一半哪。"

"噢?跟时空有关系吗?"

"都是在他车上搜查到的,人赃俱获。"

"我掌握的情况是——鸦片、现金都另有其主,跟时空没有关系。"

"不会吧?"

"小心弄出冤假错案喽。"

"这……"在戾奎的印象中,寇勉并不是个说话不负责任的人,他说这话,肯定有根据,于是脑子一转,先把责任界线划清楚了再说,"我专司侦破,定性、量刑都不是卑职分内的事,老领导您是知道的。"

"既然他已经给你发话了,你有令箭在手,那你就依计行事吧。"寇勉早猜出戾奎吃了定心丸,有恃无恐,但他决不退让,"我这手腕子是够不着,可我有公民监督权。"

"老领导您这是哪里的话。能兼顾到的，我一定兼顾到，这您放心。"

"我本来打算亲自上你那衙门朝觐朝觐。"寇勉不卑不亢地说，"可没脱开身。你知道，省委常委这两天不是正开扩大会嘛，讨论省政府工作报告初稿，当然还有别的议题，咬文嚼字，推来敲去的事多啊，头疼，所以……"

"卑职一定尽职尽责。"宬奎却感到寇勉这番话充满了压力，忙说，"卑职一定谨慎行事。"

"时空关哪儿？"

"听说在……看守所。"

"这也算定性收监啊。"

"不成规矩的规矩。对……嫌疑……嘿嘿，现在不都是这么在做嘛。前些年华夏集团的那个易日山，没定性前还不是让他在看守所先委屈……"

寇勉忽然一声大吼："罪犯也有三六九等！"吼完就没再给宬奎说话的机会。

宬奎本想左右逢源，来个一手糊墙两面光，这会儿却有种老鼠钻进风箱——两头都憋气的感觉。缉毒大队送回的哪里是什么战利品啊？简直就是颗烫手的山芋！宬奎两片浓密的柳叶眉忽闪了几下，"奶奶的，这事体……还得动动脑子啊。"拿起电话，拨通办公室，说了声"备车"，整整衣冠，出了办公室。

宬奎噔噔噔来到一楼大厅，正要出门，差点儿和迎面闯进大厅的茅镰撞个满怀。

"哎，找谁？"宬奎唬道。

"谁的官最大，我就找谁。"茅镰大声说。

"这里最大的官躺医院了。上医院找去？"

"总该有二大爷、三大爷吧？"

宬奎见头戴牛仔帽、身穿皮坎肩的茅镰昂首挺胸，气势汹汹，跟在后面的山茶也是凝目咬嘴，猜想可能又有哪个分局的巡警乱掀了摊位、开错了处罚单，小老板奔公安厅告状来了，忙喊过一员干警："把他俩领到接待室去。礼貌，不许动粗。"边说，边小跑着出了门。

一三五

时空被单独安置在一个小房间。郝副营长、包连副是从武警抽调出来参加缉毒大队的，不认识时空，也没听说过，司机黄河说他是华夏集团现任总经理；自称华夏集团保卫处处长的娄毅说他是华夏集团现任总经理；警员公孙旺也说他是华夏集团现任总经理，那他就是华夏集团现任总经理。郝副营长在押解时空、黄河回省城的途中，通过手机把贩毒涉嫌人员及拘捕情况简单向公安厅办公室主任甄道远报告后，甄道远说："那就先押送到二看吧。可以优待点儿。"时空就在第二看守所住上了小间。黄河的伤势有点儿重，加上在旅途耽误了十几个小时，一直没能得到适当的护理，明显发现体力不支，郝副营长、包连副就把他送到了军区医院，并请甄主任立即派警务人员轮流监护。

郝、包二人办完一切交割手续，向宸奎详细汇报了侦破经过，就又匆匆忙忙赶往宜阳去了。

宸奎走进拘禁时空的房间时，时空还和衣躺在一架低矮的行军床上，两眼出神地望着屋顶上的亮瓦。房间很小，没有窗户，星星点点的光亮全靠屋顶那两块亮瓦泄漏。除了一张行军床，还临时搁置了张旧办公桌，和两把战士自制的小马扎。他一宵未能成眠，心焦如焚。想得最多的是，龙潭工程马上就要截流施工，要做的事情实在太多太多，截流能否一举成功也是个未知数，自己作为截流施工的最高司令长官，却身陷囹圄，冤！怎么突然发生了这种事呢？飞来横祸！能不能尽快脱身？采取什么办法才能尽快脱身？这个山茶！……她怎么弄到了这么多毒品呢？吸？卖？……她在做毒品生意？她什么时候开始做这生意的？茅镰该不会是同伙吧？……迟不发案，早不发案，赶在这当口儿……！

"哈哈，有失远迎，有失远迎！"宸奎进门就笑，"委屈了啊，不好意思。宸某人特地谢罪来了。"

时空听出是宸奎的声音，却没有动弹，仍就双手枕头仰望着上空。

宸奎走到床前，弯腰，摸摸被褥："这天还有点儿冷。昨夜没睡好吧？"

时空还是无动于衷。

比起时空来，宸奎的体形标准多了，五官也端正多了，魁梧健壮，浓眉大眼，再配上威武的警服警帽，更是威风凛凛。从前两人交往颇多，老朋友似的。宸奎从郝副营长口里得知，时空从案发现场到省城，一路都在抗议、怒骂，心想，哪个犯人会承认自己有罪哟。就特地来到了"二看"，一来表示对老朋友的关切，顺便搞点儿火力侦察，二来对寇副省长有个交代。宸奎把小马扎摆在床前，一落座就觉得不舒服，禁不住冲着门外大叫了一声：

"来人！"

立在门外执守的两个战士钻进来了一个："到！"

"看看，看看，啊？连张椅子都没有！搁只暖水瓶就犯法了？知道躺床上的谁吗？你们所长是干什么吃的？我撤了他！"

"是！"战士挺胸，向后转，跑步出门。

时空一个大翻身，坐了起来："宸奎我可告诉你，你别虚情假意，讨好卖乖，也别在我面前耍威风。你的人把我的司机打成那样子，他有个三长两短，我跟你没完。"

"没问题。"宸奎回敬一脸笑，"你那司机受伤的事，我听郝副营长、包连副汇报了。那两个新兵蛋子完全没有经过训练，出手把握不住轻重，要是让他们去抓舌头，他们准会搬回一具死尸，根本不配穿警服。这样，我马上下令把那两个小子传来，当着你的面把警服扒了，让他们下岗转行！"

"真的？"

宸奎也不答话，掏出手机就揿键。

"得得得，"时空知道这家伙为证明自己的魄力，什么过火的事都做得出来，没敢继续刺激他，"算了吧啊，做给谁看哪！自己管教无方，还妄想嫁祸于人，不如意就把人家的饭碗敲了，积点儿德吧你。"

"我就知道你下不了狠手。"宸奎狡狯地一笑，合上手机，"话说回来，你那司机也够凶了。郝副营长、包连副，是我亲自到武警部队挑选的两员虎将。省军区大比武，两人都是神枪手，百步穿杨；散打名列前八。你那司机一人斗两个，还差点儿把他们给治了。要不是那两个新兵蛋子乘机偷袭，这会儿救治的对象怕是颠了个儿。郝副营长和包连副都佩服你那司机好身手。"

"好身手不好身手，反正人被你们揍倒了。我可是有言在先，这是个非常好的同志，你要是不能保证他平安无事，咱俩可有打不完的官司。"

"我刚才去军区医院看了，先看的他再来看的你。实不相瞒，伤是有点儿伤，颅内发现了点儿问题，怀疑是脑震荡。不过，医生表态了，绝对不会是大问题，正在研究医疗方案。"

"还说没问题！"时空差点儿跳起来，"颅内伤，脑震荡，你还说没问题，我告你们！"

"老伙计，言重了。事情绝不会是你想象的那么严重，何苦兵戎相见。"宸奎仍然在笑，"他公然抗拒执法人员执法，那两个新兵蛋子没有应急开枪就算他祖上烧过高香了。这关键情节我提都不提，你看你，捏着那么点儿小道理还不肯罢休。"

"嘿，你在现场还是我在现场？你有话语权还是我有话语权？我亲眼所见，你的手下蛮横无理在先，反而真理跑到你那边去了，岂有此理！执法，那也得文明执法！"时空诡辩起来也很在行，"我那司机上有老，下有小，你要是把他弄出毛病来了，你就替他养家糊口。"

"嘿嘿，"宸奎权且避其锋芒，以退为进，"这个问题我已经考虑好了。你那司机出院了，还回去干什么呀？还给你当车夫？太屈才了吧？我留下了。郝副营长和包连副在我这里是个短期行为，而缉毒禁毒又是场持久战。他俩昨天极力举荐你那司机，说他是防暴治暴的一把好手，让我千万别把他放跑了。好说，等他的病好了，没事了，我找领导特批一下，让他干刑警，没准还给他弄个队长当当。"

时空轻蔑地瞅着他："大言不惭。自作多情。你那老虎皮人家愿不愿意披哟！你也太敢想了，都想到我头上来了。"

"你不是要我替他养家糊口吗？这么一来，问题不就全解决了？"

"口是心非。大言不惭。"

一位战士提了两把靠背椅进来，另一位战士端着两杯泡好的茶跟在后面。

宸奎接过一把椅子在时空对面坐下，再接过一只茶杯，先掀开盖儿看看，对那战士说："出错了吧？这时总，曾经是咱们省政府的副秘书长，过去请都请不到，是稀客。他不吃茶，喜欢来口咖啡，知道吗？"

端茶杯的战士望着宸奎直犯怵。

宸奎迎着战士的目光："需要我重复一遍？"

那战士诚惶诚恐："看守所没有咖啡。"

"看守所没有咖啡，"宸奎用一只食指在自己的太阳穴旁悠悠绕动着，"可是你们所长的这个里面有哇？"

两个战士一齐立正，一齐敬礼："是！"一齐溜出门外。

"你变成了个军阀。"时空喝了口茶。

宸奎用茶杯盖子儒雅地拨动茶汤上面的浮沫："适才，你批评我治警无方。才有点儿小动作，你又给我扣顶大帽子。无所谓，反正我一天到晚都在戴大帽子，顶上功夫早练就了，帽子再大点儿也无妨。"

"你们这行当……口碑可是不怎么好。人说动不动就抓人。"

"前天，在政府机关大门口碰到了工商局的朱局长，你认识。"宸奎啜着茶，不正面接招儿，"他惊慌失措告诉我一个机密，说《食品安全管理法》很快就要出台了。我说"食品管理法"跟我有什么关系？他说有哇，《食品安全管理法》条款清楚明白：馒头是圆的。可是我们省里绝大多数饭馆都把馒头做成了长方形，有棱有角，砖块似的——犯了法呀！犯了法跟公安没关系跟谁有关系？我反问他，食品出了问题该公安局管，你们工商局管什么？是主动放弃管理权呢，还是大权旁落了？他说不知什么时候冒出了个"食品安全监督管理协会"，虽说是民间组织，可是在市中心挂牌办公，听说正在申报编制，看看它将来归口哪个部门吧，反正现在正忙乎，轮不上咱。又说，有食协代表公众，有公安代表政府就行啦。我说，你们工商局发个告示，提前昭告各家饭馆把馒头给做圆了，这样，不就没人犯法了？没有犯法还用得着管吗？他说哪那么容易哟，馒头铺的老板说他们把馒头做成方的是祖上真传，都几千年历史了，没听说祖上犯法，怎么轮到我辈就犯法了呢？不愿意祖上的工艺失传呀。我说这两头肯定有一头出了岔儿，要么改馒头，要么改法。他说你好大的胆子，敢改法！我说，据我所知，全省有大几千家做馒头的饭馆，而且大部分的馒头都是方的，执法对象成千上万，统统抓起来公诉，暂时还没那么大的拘留所，这可怎么办呀？朱局长就隔岸观火，说那就是你们公安食协协商解决的问题喽，我们工商的权力是够不上了。呵呵，我们公安的权力呀，不知不觉越来越大，不笑纳也不行。"

"你还真长进了啊？懂得给人上课。"

"上到维稳、抗洪抢险救灾，下到帮市井小民撬门扭锁翻窗入室、排除煤气灶存在的安全隐患；大到国家大事，小到鸡毛蒜皮，公安无处不在。只要想管事，哪个行业都插得上手。"宸奎不动声色杀着回马枪，"涉及的范围那么大，还能不出点儿岔儿？出了岔儿会有好口碑？现如今，明哲保身的最佳选择是：多一事不如少一事，少一事不如不干事，不干事就不会出事，不出事就是好事。好事就有好报——自然是口碑好。"

"别坐这里跟我说绕口令、耍嘴皮子了，有事说事，我等着哩。"

"不着急。"宸奎悠闲地品着茶，"不着急。"

"你不着急我着急，"时空耐不过宸奎了，"我家里还有好大一摊子事哩！"

"天塌不了，塌了也有高个子顶着。离了你，地球那还不照样转呀？"

"龙潭工程下周截流，华夏集团上上下下忙得一塌糊涂。昨天下午我有个重要会议，已经让你给耽误了！"

"不就是一座水电站吗？这玩意儿光我们省就大大小小几十座，全国那还不多如牛毛，有啥了不起？没啥了不起，早不是闹电荒的年月啦。"

"成阳光、空气、水了是不是？太多反而不值钱。"

"当今世界，最抢眼的行当已经不是你们水利水电了。新兴产业你留心没有？股市、期货、房地产、货币流通领域，资产经营、资本经营才是经济社会的主打，水利水电施工是原始的生产经营，作坊式的简单获利方式，上不了正席，该淘汰喽。"

"跟卸磨杀驴一个腔调儿，谁教你的？"

"专家学者呀？不瞒你说，我也常常听学者们传授新知识，我也经常学习。公安要为经济建设保驾护航，知识不更新换代、观念不更新换代那行吗？你真以为公安只会抓人呀？也该洗洗脑啦。"

"水利水电属于基本建设的范畴，古今中外，有识之士都把基本建设视为国计民生第一大要务，离开了基本建设就离开了发展的根基。连生存条件都没有了，你还发展个什么呀？活都活不下去！到农村去看过没有？祖上遗传下来的农田水利设施荒废殆尽，差不多完全失去了应有的功能，所以，近些年旱涝灾害接连不断，这就是不重视基本建设的报应。不信走着瞧，让你这种思维泛滥下去，电荒？粮荒，饿肚子都为期不远。"

"嗬呀呀，操那么大的心，犯得着吗？省长的职权范围，越界了不是？"戾奎觉得这话有点儿过，赶紧给自己补台，"我的本意是想让你安下心来歇着，不要老是想着截流、工程、电站，工作重要，不如休养生息重要，身体到底是革命的本钱哪。我早听说了，这两年你在华夏干得很辛苦，还受了不少憋屈。当然喽，孔子说得好：天将降大任于斯人者也，必须要劳其筋骨，苦其心智……"

"你想说的那句话是孟子说的——另外一个夫子。别把老祖宗的灵位摆错了。"时空挖苦了他一句。

"哦？孟子，孟子。"戾奎脸上没有显露出丝毫愧色，"管他哪个说的。我的意思是：老兄苦尽甘来的时候还是有的。"

"你该不会是找我扯淡来的吧？"

"说对了，还真是。"戾奎说假话的神态也很严肃认真，"特地来看看你，叙叙旧，友情为重啊。听说你……来了，多年的老朋友，老交情，我能不来看看？"

时空朝行军床上一仰，两手往腹部一搭："那你就看吧。"

"我当然知道你心里在着急什么。"戾奎把手里的茶杯搁到桌上，从兜里掏出红得发紫的香烟盒，抠一支向时空面前递去，没见他理茬儿，转而大幅度将烟卷在烟盒上蹾了起来，"有个程序。有个过程要走。不过，不是我分内的事。检察院肯定有套班子具体负责。他们会在恰当的时候跟你……会晤……叙谈叙谈，交流交流……急啥？甭急。"

"你们到底想让我在这里待多久？"

戾奎将烟卷塞进嘴里，叭的一声点燃，吐出一口浓烟："那得由你决定呀。"

"什么由我决定？别想小题大做。"

"老兄啊，那两样实物的分量够足的啦，不是个小数字呀。"戾奎加重了语气，"明明白白在你车上，怎么着也得把这……来龙去脉……说说清楚吧？"

"那两样东西……"时空自知有口难辩，下决心守住底线，他明白，盲目认账，只会把案情弄复杂，"都跟我无关。"

"我信。"戾奎一阵窃喜，忙把靠背椅往床前挪了挪，"有道是'识时务者为俊杰'。跟谁有关？说，兄弟我一定替你澄清事实。"

"等我回去了解清楚了，当然会告诉你。"

"呵呵，呵呵呵……让你回去了解，呵呵……"戾奎又把靠背椅挪回原处，"这种低级错误，你也让我犯？亏你想得出来！所有来这看守所的罪……的人，都回去把自己的……事情了解清楚了，再跑来跟我们回话，呵呵，有这样办案……办事的吗？"他对时空的政策水平了如指掌，始终吃力地回避着罪犯、拘捕、审讯这些类敏感字眼儿，"你不承认那两样实物是你的，可是你又不愿意指证那两样实物究竟是谁的，时副秘书长，你懂法呀！"

"正因为我懂法，才不能随便指证，没有根据的指证也是犯罪。你行当的事，你比我更懂。"

"说得好，说得好。"戾奎的两个鼻窟窿直冒黑气，"充分体现出了你两大优点：一、狡辩；二、痞，赖。"

"谁狡辩了？谁痞、赖了？"时空腾地坐了起来，"接受逼供信才是标准的罪犯是吧？"

"行，行，不逼供信，决不逼供信。不仅不逼供信，还给你非常充裕的时间思考，等你思考成熟了，愿意陈述事实了再说，公正吧？"

"这是你说的啊。"

"决不食言。"

"那你让我回家。回家考虑好了，我专程找你陈述。"

"回家？哼哼，还在想着回家？"

"让我待在这……这……"时空指着床、桌子、马扎、房子，"这鬼地方……你给我什么名分啊？非法拘禁，是有说法的！"

"你车上查出了毒品！"戾奎终于急了，顾不上继续回避忌讳词语，"漫说你一个搞水电施工的老总，就是搞原子弹的专家，只要他沾上这瘟，也这待遇。"

"前提是沾上了这瘟，问题是我没沾上，也配享受这待遇？我已经告诉你了，我是清白的，你不信，偏要我按照你假设的公式填空，你什么意思？"时空愤慨地说，"打个比方，有人有意或者无意在你办公室里搁下了一百万元现金，公安人员碰巧查到了这一百万现金，检察部门又以这一百万为证据起诉你受贿或者贪污，法律机构再以证据确凿为由，判你入狱服刑，你服刑不？"

"栽赃问罪！没有的事，我服什么刑啊？"

"是呀，难道我这就不存在栽赃问罪的问题？我就没有申辩的权利？"

"哎，你怎么反过来讯问起我来了？"

"我凭什么讯问你？你自己讯问自己吧。"

"呵呵，呵呵，"戾奎被时空弄蒙头了，自我解嘲地大笑起来，"你触犯了刑律，还要公安同意你自己调查取证，这且不说，不愿意住看守所，得让你回家待着才行，呵呵呵。"

"不是我要回家，是你剥夺了我的人身自由。"

"抬杠，抬杠，没理硬要别出理来。你呀，还这丑德性。"戾奎显出一副大度的样子，"行，我退一步，退一步海阔天空，不和你一般见识。就依你，不住这里了，嫌名声不好，我给你顾个面子。"

"换地儿？你想让我待多久呀？我说了，我没空儿，我忙！忙！"

"你忙，你以为我专门上你这儿呱哒家常来了？"戾奎掐灭烟头，"我游手好闲呀？最起码，那也不能让全省人民都抽上大烟哪。"

这时，戾奎衣兜里骤然响起彩铃声。戾奎不急不忙掏出手机，同时跷起了一条大腿："谁？……啊？……什么？！……"捂紧手机就往门外跑，跑到一个僻静处，压低嗓门儿问，"有这事？……奶奶的，那一男一女姓什么叫什么？……请示个屁，给我收审哪！……"

一会儿，戾奎回到时空的住舍，坐下，喝口茶，看看时空，看看时空又喝口茶，"呵呵……呵呵……"

时空狐疑地瞅着他。

"我……犯个纪律……唉，谁让咱俩交情不错呢？给你漏点儿风……冒天下之大不韪哟。"

"哼哼，"时空冷笑着，"咱俩谁不知道谁呀？厚脸皮，黑心肝，不乘人之危、落井下石就算立地成佛了。"

"你车上那包鸦片和四十万元钞票，还真有人认账。一个小姑娘，一个老头儿。"

时空心里一咯噔：茅镰认领那四十万元，是情理中的事，四十万元打哪儿来，要上那儿去，他愿意怎么说就怎么说，已经无所谓了；山茶承认那包鸦片是自己的，等于承认她在贩卖毒品，她怎么走上了这条路呢？即便投案自首，也难逃重刑啊！她为什么不等等，把理由想充足了再走这一步呢？这丫头……可怜，可恨，又可怜……"他们还说什么了？"时空急了，居然想从戾奎嘴里探听茅镰、山茶的更多情况。

"代人受过，还自投罗网——电影、小说里面的故事情节。"戾奎把话拐了个弯儿，"你不觉得奇怪吗？"

"有什么奇怪，"时空已然一种第三者的口气，"肯定事出有因。"

"说得好。"戾奎却明明白白在把他和他们关联在一起，"证明你知道个中隐情。"

"职业病，典型的职业病，遇上什么怀疑什么。"时空猜想戾奎对茅镰、山茶的身份已有所了解，索性把话挑明，"那山茶姑娘是我们家的保姆；那老头儿以前是宜阳县的县长，抗战时期就是我岳父的部下，我们之间的关系当然非同一般，这也值得怀疑？"

"既然关系这么密切……在鸦片、现钞的问题上，就不能有点儿内在联系？"

"强盗逻辑！"时空吼道，"我可告诉你，现在摆在你面前的只有一条路——必须无条件让我马上离开这鬼地方！"

"会有那么简单吗？"戾奎讪笑说，"怕是复杂化喽。"

"怎么就复杂化了呢？啊？"

"毒品、毒资……"

"栽赃、嫁祸成瘾。"

"好好好，不是毒资，是现金，是现金对吧？"戾奎改正说，"鸦片、现金都是在奥迪车上查出来的，这是事实吧？"

"事实。"

"你是奥迪车主。"

"就算是。"

"那鸦片、现金跟你有没有关系？"

"没有！"

"你有不承认二者和你有关系的权利，但我有怀疑客观上存在和你密切相关的理由。"宸奎神色诡异，"你那司机早就承认鸦片、钞票都是他的，不错，好样的。现在，这一老一少又主动跑来承认这两样东西是他们的……"

"我们是贩毒团伙？"

"这话是你自己说的啊。"

"你就这意思！"时空暴叫起来，"有这样推理的吗？福尔摩斯呀？！"

刚才那位端茶的战士果然送来两杯咖啡。

宸奎笑眯眯接过一杯，双手递给时空："咖啡来喽。消消气。"又对那战士说，"我没说错吧？你们所长的脑子里要啥有啥。"

战士说："这咖啡是所长掏钱让我去街上买的。"

"听见没有，听见没有？"宸奎望着时空，借题发挥，"搞公安的廉洁吧？思想作风过硬吧？宁可自己掏腰包，也不让犯人感到受虐待。"

"屁话！"时空把接过的咖啡杯子朝桌上使劲儿一蹾，深褐色的液体溅得到处都是，"谁是犯人？你眼里都他娘的犯人哪？"

"稍安勿躁，稍安勿躁。"宸奎并不见气，一面挥手示意战士退出，一面打坐在靠背椅上，四平八稳地品尝着咖啡，品过一阵儿才继续说道，"是呀，在省政府机关工作多年，现在又可以称得上一个方面军的总司令……在领导、群众、朋友眼里，你清正廉洁、刚直不阿，有口皆碑。平心而论，我也不相信你跟贩买贩卖毒品有染，可事实就明明白白摆在那儿，有什么办法？就算那包鸦片和四十万元钱款是两坨黄泥巴，可它落进了你的胯裆，不是屎也是屎……"

"我一定要让落进胯裆的黄泥巴就是黄泥巴！"

"哼哼。毒品、毒资、枪械……企图逃逸、拒捕、袭警，案犯嫌疑人还不止一个……任凭你浑身是嘴，你也说不清。"

时空瞪着双眼："你说什么就是什么了？有法！"

"你说你是清白的，与鸦片、现钞没有关系，行，我相信你的话，相信你是清白人。现在的问题是，要有足够的证据证明你与鸦片、现钞没有关系，用铁的事实证明你是清白的。拿什么证明？同样要证据。证据哪里来？需要全面、仔细调查吧？全面、仔细调查要不要时间？要哇。所以，你说马上要走，还说什么要自己回家了解情况去，可能吗？我能让看守所随便把你放出去吗？你呀，聪明一世，糊涂一时！你必须承认现实，你已经一脚踏进法门了。这法门不是说进来就可以进来的，但是，进来了又不是想出去就可以出去的。"

啪！时空飞起一脚，把一只马扎踢得老远。

"你看你，打从我进这屋子，你就一直说粗话，弄些粗野举动。你是知识分子，文化人哪。"宸奎反而文绉绉的，"这是什么地方你还不知道哇？所有踏进这门槛的人，开始全横眉竖眼、盛气凌人，出去就都小羊羔似的，锻炼人哪。从前华夏集团的总经理易日山，你的前任，他老兄刚进看守所的时候可是了得，不服气，使性子，谁都不放在眼里。检察院的书记员讯问他，他不仅不配合，反而出口伤人。专横跋扈惯了。连看守都给他惹毛了。看守是谁呀？看守法力无边呀，得罪谁也不能得罪看守呀！对不起，黏不唧把他往同性恋的号子里一扔，鼓捣得他叫啊，杀猪一样地叫。抱住看守的大腿直呼'饶命'。第二天就老实了，问什么回答什么……"

"你……"时空指着戾奎，"你敢用刑！"

"没有办法，管不过来，也管不了，行规呀。"戾奎一副无奈的样子，"听说二看发生了这种事，我跑过来了，立马把那两看守挪了地。挪地儿也是处罚呀。"

"简直无法无天。"时空一屁股坐到低矮的行军床上，双手捧着头，直喘粗气。

戾奎得意地笑着，并且跷起了一条大腿，悠动着品起了咖啡。

戾奎说，藐视法庭是个罪名。

戾奎说，人在屋檐下不得不低头。

戾奎说，既来之则安之。

戾奎说，"你千万别以为我戾奎是那种心狠手辣、无情无义之人，节骨眼儿上，我还真是在帮你。你想想，我有必要跑这里来看你吗？有必要跟你躲躲闪闪、磨磨叽叽吗？公事公办走司法程序得啦。戾奎为什么跟当事人谈与案情有关的问题？通风报信？搞攻守同盟？检察机关有的是理由怀疑我戾奎与案情也有干系！你有权不承认，但是你没有权反对司法人员表示怀疑。我担着风险哩。"

戾奎还说，"认真想想怎么样尽快洗清身子是正事，其他任何事情都别想啦。假如真有什么重大隐情……我是说'假如'……不妨漏漏气，老朋友我还是很靠得住的。斡旋斡旋，运作运作，山不转路转……结果是会大不一样的。省委、省政府下半年换届……真有个提名什么的，还来得及。"

"你别诱供，我不会上你的当。"

"狗咬吕洞宾。"

不能说戾奎完全诡诈、刁蛮，也不能说戾奎完全居心不良，更不能说他没事找事蓄意将问题扩大化，作为主持工作的副厅长，他确实背负着弄清事实真相的责任。无比愤怒的时空慢慢恢复了理智，终于明白应该直面现实而不可以想当然。说那四十万元现金与自己毫无关系诚然不是事实，毕竟是茅镰作为提奖送上门的，自己虽然拒收，但最终还是搁进了自己车内，如果茅镰不实事求是表白那四十万元的最终归宿，没有第二个人证明自己的清白。不过，这不是什么原则问题，就算这笔款项强行划归到了自己名下，在各种土政策盛行的大环境中，谁也没有理由指控这是一种非法行为。鸦片才是大事，听说一千克是个够得上重典的斤两。时空早就警觉到山茶的表现有些异常，一直担心她会有越轨行为，可是他怎么也没有想到她会做出与鸦片有关的事来。这姑娘单纯、勤劳、朴实，她怎么做起毒品生意来了呢？茅镰跟这一千克鸦片有关系吗？他俩是偶尔涉足这种买卖，还是一直在从事这种地下交易？……茅镰、山茶为什么要主动跑到省里来认领鸦片和现金……总之，要想水落石出，别说戾奎不会轻易放走他，就连他自己也感到一走了之不行。看来，三五天是很难回到十字街了……"手机，"时空伸出一只手，"手机借我用用。"

"干什么?"

"我得给家里打个电话呀。龙潭工程马上要截流了,得让领导班子成员抓紧抓好截流前的准备工作呀。"

"咿呦喂,打什么电话呀!"戾奎惊叫着,"现在还想着截流,滑稽,滑稽!"

"借不借?"

"拜托,拜托!卑职公务在身,卑职身不由己。"戾奎抱拳作揖,"时兄包涵,时兄千万包涵!"

"没一点儿自由了?"

"规定,规定呀。"戾奎说,"你在公安厅副厅长的眼皮子底下给外面打电话,万一有人指控串通、串供,甚至指控我和你一个鼻孔出气,我跳进黄河也洗不清呀。"

"我给我老婆打个电话也不行?她有病,很重,我告诉她一声我在哪儿,免得她操心。"

"一个性质呀。不是我心狠,这行当的行规你又不是不知道,严哪!"

"娘的,阴沟里翻了船。"时空丧气地往床上一倒,"我等。我等。"

"这就对啦。"戾奎开怀大笑,"不过,你不用在这里等了。我已经给你安排了个好去处——怡心园大酒店。"

"不去。我哪儿也不去了。"

戾奎软硬兼施:"那我可是有言在先啊,我给你安排的好地方你不去,如果你在这里受到了不公正待遇,可别怨我不够交情。看守所山高皇帝远,公安厅对他们的管控能力可以说是鞭长莫及。万一有觉悟不高的看守耍淫威,我知都不会知道,我不可能天天跑来关照你呀。

"怡心园大酒店好哇,五星级。那里风景优美,空气新鲜。月湖对岸就是你从前住过的家,会给你带来许多美好的怀想。哦,对了,对岸的月亮湾还住着你们华夏集团的那个秋……秋胤,秋胤。有点儿意思。

"我给你要了个大套间,一点儿也不比总统套间差,舒服得很哪。再给你配上几个……警卫员,安全不成问题。你呢,就在那里安安心心、舒舒服服待上一阵子。这两年在工地上够辛苦的了,该歇歇啦。只要不走出酒店,里里外外、上上下下,畅行无阻。

"我这个副厅长呀,方方面面都得照应着点儿,唉……不好当啊。配合配合,我先谢了你。案子了了,无论结局如何,我都要在那里设宴大请一顿。有事呢,我给你壮行;无事呢,我向你赔罪。就这么定了,走吧?我的车在外面等着哩。"

一三六

"开会,开会!老贺,通知他们开会!"

程心爽没有走进贺怀阳的办公室,只是够着脑袋在门外急促地嚷着,嚷完就走。

贺怀阳一个激灵。他正坐在并没有开机的电脑前出神。

娄毅跑回总部机关向焦言、帅自文、程心爽诉说了时空被捕的经过后，几个人一下惊呆了。开始，基于一种信任，大家认为时空绝不会做出违法乱纪的事来，其中定有缘故，说等等看，等时空去省公安厅说明情况后，必有平安无事的音信传回。可是等了一天，没等到任何消息，班子成员这才真正着起急来。

原定的办公会已经被迫推迟了一天，龙潭工程截流施工的时日正在逼近，不能再推了。贺怀阳听到程心爽催促开会的声音，想都没想就起身出了门。

贺怀阳先通知了三楼的司马敬，然后乘电梯直朝上奔，准备再依次通知八楼九楼的焦言、杨导、东方戟和帅自文。

时空被捕的事起先商定保守秘密，知情范围仅限于班子成员和两办主任，可是没过多久，机关的处室领导不知怎么很快就都知道了。这下可就非同小可，整栋大楼像暗流起一股瘟疫，迅速蔓延，到处都有人窃窃私语，气氛骤然紧张，跟三年前易日山、岑雪飞受到羁押时的情景没有两样。

杨导和东方戟两位副老总的办公室在八楼。一到班，东方戟就窜进了杨导的办公室，坐下就长吁短叹。东方戟前天才从三峡工地赶回总部，杨导是大前天从长江施工局的大本营杭州飞回，两人都是兴致勃勃跑回来参加龙潭工程截流的，没想到一到家就听到了主帅落难的坏消息，情绪一跌千丈。分管工程建设的杨导和分管质量、安全的东方戟长年奔忙在省外近百个建筑工地，蹲守总部机关的时间不是很多，经常是有重要会议赶回来参加一下就又走了，所以对总部机关的事情知之甚少，对时空的人品、素质也缺乏足够的了解。虽然印象还不错，问题是认识一个人不能单看表面，内心世界究竟如何，要通过长时间的深入细致的观察、体验才能分辨得清，正所谓知人知面不知心。因此，两人对时空涉毒的事不敢全信，又不敢不信。相互推心置腹的悄声细语不着边际，刚开始是惊诧不已地分析时空为什么要从事鸦片生意，如何踏上这条道的，买卖到底有多大，是不是团伙作案，靠不靠得上大毒枭，有没有后台，而后又忧心忡忡地评估起了时空的行为对华夏集团造成的影响：接任的总经理将是谁？是就地产生还是空降？集团会不会再动荡一次？班子成员一个接着一个出事，会不会使省委、省政府震怒，震怒了的省委、省政府会不会对华夏集团下狠手？"刚刚看到了点儿转机，老板又倒台了，这么一折腾，华夏的日子哪能长久得了啊？唉……"二人正叽叽咕咕，唉声叹气，焦言一筹莫展地走了进来。这三位副老总不仅是同一年龄段，同时进入华夏集团领导班子，而且都是土生土长的几朝元老，同气连枝，心心相印。大难当头，命运多舛的华夏集团可该怎么办哟？三个人的屁股坐到了一起，话说到了一起，心里自然也是想到了一起。

贺怀阳走进杨导办公室的时候，见三位副老总正并排坐在长条沙发上低声耳语，连忙后退两步，用手指轻轻敲了两下门才说：

"三位老总都在哩。开会，程总通知开会了。"

这原本是一句再平凡不过、再简单不过的话，却让东方戟听出毛病来。他眯起一只眼，问：

"谁通知咱们开会？"

"程总……"贺怀远似乎也觉察到自己的话有毛病，"他很着急，就催……"

"他着急，我们就不着急？"东方戟管质量、安全管出了个职业病，能一眼看出安全隐患，一下听出质量监管措施不到位，并且说整改就得整改，说一不二，经常让属下下不了台，这会儿也是这样，"我能不能通知开会？焦总、杨总能不能通知开会？"

焦言和杨导起先没弄明白东方戟因何发难，后来才搞懂他在钻空子。总经理办公会什么时间召开通常是由时空视情决定，现在时空不在了，程心爽怎么动用了这个权力？确实不妥！

贺怀阳非常尴尬，额下两坨黑眉挤成了一堆，不知道用什么样的话才能让三位副老总释怀。他本来跟他们是同龄人，因为职位低了一个档次，年龄好像也低了一个档次。

"算了，算了，东方，不要再为难老贺了，他总受夹板气。"焦言的大局意识比较强，圆了个场，"会总是要开的，屎已经到了屁股眼儿，不解裤子是不行了。"又对贺怀阳说，"你先去吧，我们马上就到。"

这次总经理办公会不属于例会，是时空上月建议增加的一个工作内容。会议的前提是截流施工各项准备工作就绪；应邀参加截流庆典仪式并观摩的单位和个人已经函复，实际上就是一个截流仪式准备工作会议。会议内容大致是：班子成员交换意见，统一思想；确定截流施工指挥机构；商讨庆典仪式程序；商议搭建指挥台、观礼台具体事宜，等等，挺简单的一个会。

既然是办公会，贺怀阳和司马敬照例列席参加，有发言权没有表决权。参加这种会议，贺怀阳的主要任务是做记录和负责起草、下发有关文件，有时也整理个纪要，一般不发言；司马敬除了做记录外，还有向诗维书记转达会议内容、主要精神的义务。往日时空主持会议的时候，总不忘热情招呼两办主任到会议桌前入座，和老总们享受同等待遇。眼下时空不在了，也不知道此次主持会议的人该是谁，所以，两位主任忙着沏好茶后就不声不响退到了靠墙的座椅上。

板栗色的会议桌很宽大，椭圆形。通常的座次是：时空坐在东端头——上首，左边是帅自文、程心爽、秋胤；右边是焦言、杨导、东方戟；贺怀阳和司马敬并排坐在西端头——下首。

程心爽领先几位副老总一步，走进会场就在会议桌的东端头坐了下来，坐下去后似觉不妥，便把能够旋转的皮椅稍稍靠边挪挪。不居中了，但看上去还是像上首。帅自文第二个到场。第二个到场的帅自文冲着程心爽不知什么意思地笑了笑，坐到了他的旁边。那其实是他一直就座的位置。接着，焦言、杨导、东方戟鱼贯而入，依次在右边落座。秋胤被安全机关抓走了，时空被公安机关抓走了，贺怀阳、司马敬自觉地坐到了西墙根，所以，宽大的会议桌显得更加宽大。

"思想集中啊，大家要努力摆脱阴影。"程心爽见该到会的人都到了，先来了个开场白，"今天就议议有关龙潭截流施工庆典仪式的具体事宜……"

"是不是先讨论一下时空总经理的事情。"焦言焦急地打断了他的话，"应该火速派人到省里，代表华夏集团向有关方面申述理由，说说情，看能不能赶快把时总经理保出来，以免……"

"孰轻孰重啊！当务之急是什么？即便是派人到省里去表示一下态度，那也得等到把问题的性质搞清楚了才行。又是个秋老夫子，怎么保？"程心爽没好气地说，"先讨

811 / 第六章

论正题，截流、庆典——压倒一切！"

嘣，嘣，嘣，东方戟勾着食指敲起了桌子，"今天这会谁主持呀？"且根本没拿眼瞧上首。

程心爽显然没有思想准备，望着东方戟愣了好大一会儿才说："况夫早有报告，说龙潭截流施工准备全部结束；老贺也有报告，说被邀请出席截流庆典并观摩的领导和贵宾已经函复届时参加，大兵压境，当同心协力。蛇无头不走，鸟无翅不飞。我这不是……年轻一点儿嘛。"

"我孙子年轻，还在吃奶。"东方戟拉长了脸。

"你……"程心爽噎得喉咙直梗，"那……也得看看谁有资本不是？"

东方戟见他还在扩大自己的优势："我儿子有资本——研究生。在给私企老板跑龙套。"继续拨着弦外音。

程心爽也不正面还击："资本也有个虚实问题。"

"这话犯众。"杨导双手架在桌面上，一直在捧着茶杯往嘴里送茶，看到程心爽理所当然地打坐上首早就心气不顺，又见他捏起了弱势群体的痛脚，干脆来了个直来直去，"后续学历是国家认了可的，哪阵子又冒出了个虚实理论。帅老总，你一直搞组织、人事，你给解释解释。"

帅自文本来对程心爽大模大样往时空坐的位置上蹭，且以会议主持人角色、口吻讲话很有想法，可是东方戟、杨导的话又有意无意把他和程心爽推进了同一条战壕，不禁粲然一笑，说："国家认是认可，但毕竟还是有本质区别。不然，怎么有了要从娃娃抓起这一说呢。"

"哪朝哪代都没说不从娃娃抓起，这观点不是当今智者的新发现。"杨导这才发现帅自文原来跟自己不是一个绺子的，立马挥戈拒之，"有个实际情况是，娃娃被抓到十四五岁，命相好的能够被继续抓下去，抓成栋梁之材，我们这些命相不好的，十四五岁要忙着上山下乡，要去建设社会主义新农村，举国上下一个政策。现如今，回过头来向我们讨要资本，我们上哪儿找去？变？要是把后续学历界定成小妈妈养的，当初又让我们八十岁学吹鼓手，胡子一大把了还去党校充电补火干什么？脱裤子放屁——多出一个举动。"

"哎哎，诸位还是到此为止了吧，到此为止好不好？"焦言半天没吭声，吭声就和稀泥，"就算是原则问题，也不能伤了和气，何况不是原则问题，没有必要啊？没有必要。"

会场虽然不是面红脖子粗地大吵大叫，但火药味儿不能说不浓，照这样舌枪唇剑互不相让对决下去，不仅商议不了正经事，还不知道会激化出一个什么样的结果来。焦言不想推波助澜。他不愿意给杨导、东方戟帮腔，也觉得没有把屁股坐到帅自文、程心爽那一边的道理，以为息事宁人的态度最好，以为把该议定的事情议定了最好。他首先旗帜鲜明地说他同意"大兵压境，当同心协力"这个基调，因为这个基调符合每个人的愿意，而且谁都可以说，谁说都没有错误。紧接着，他义正词严地说龙潭截流施工正在考验着我们这个底气不足的领导班子，华夏集团几万职工正在翘望着我们这个残缺不全的领导班子，省委、省政府正在注视着我们这个受了重伤的领导班子，在座的有权恪尽职守。他又追悔莫及地说龙潭截流本不需要挨到这个时候讨论什么事情，如果前些时尊重了时空的建议——只要施工准备停当抓住晴好天气把那流淌着江水的豁口填起来了事，不但没有今天的会议，只怕是基坑开挖也开始了。他还痛苦不堪地说当初时空一个人拧不过我们大家伙的胳膊只好让步，现在正是在依照我们大家伙的意志行事，可是我们大家伙又为些细枝末节的小事争论不休而把应该商讨的要事撂到了一边，这很不好。末了，他竟然声色俱厉：要是龙潭截流泡了汤，省委、省政府是要重新考核我们这个领导班子的！焦言打从参加工作至今一直从事财会工作没有转过岗，演讲不是强项，没啥章法，东一句，西一句，可是句句敲打着了每个班子成员的天灵盖，挺震撼的。

几个人就都闷声不语。程心爽也闷声不语，不过，气还是要比别的人出得粗重一些。

进入议题有点儿无政府主义状态。也有好处：彼此彼此，无拘无束，信口开河。不过，大家心里都有数儿得很，拉扯的并非每个人最关心的核心问题：指挥台、观礼台搭在哪儿，怎么搭，搭多大，谁来搭；临时厕所应该准备多少，分别布局在什么地方才便捷；出席庆典、观摩的领导和来宾怎么接待，哪些人参与接待工作，谁负责；会标、标语如何设计，突出什么主题，什么字体；纪念品搁在哪儿，怎么发放，谁负责发放；仪式包括哪些具体内容，次序怎么排列最为合适；领导、来宾该安排顿午餐，是统统吃盒饭、快餐面、糕点加牛奶，还是另给领导开小灶；截流大功告成之后，照例要有重点地宴请领导、来宾一顿，宴席是让龙潭施工局的大食堂操盘，还是去半爿街抑或宜阳、宁泰的酒楼酒店预订。庆典仪式过后的重头戏是截流施工，截流施工设计及其庞杂的准备工作是经过许多次办公会、专题会研究过了的，不存在遗留问题，免议。总而言之，杂七乱八的事项还真不少，大家七嘴八舌，谁的嘴也没闲着。可是最关键最核心的问题还得提出来呀，回避不了呀。

华夏集团已经有过永泰、松峦、花溪、虎啸四次大规模的截流施工，积累了不少经验，也培养出了一种传统习惯——在截流前夕成立一个临时领导机构，称作截流指挥部，通盘指挥截流施工。截流指挥部的组成情况大体是：行政一把手为当然指挥长，另设若干副指挥长。指挥长拿总，副指挥长分工负责各大施工部位、环节。可是目前龙潭工程截流施工比照以往的格式显然行不通。行政一把手缺位，没有当然指挥长，谁来填补指挥长这个缺自然而然成了焦点问题。有资格参与这次会议并商讨此事的班子成员在议论别的事宜的同时，心里无不暗暗盘算：花落谁家？自己有无荣登此位的幸运？华夏集团处在一个非常时期——举世瞩目的龙潭工程实现大江截流之际，行政一把手突然离岗，无异于航船失去了舵手。因而由谁指挥这项声势浩大的工程施工等于临危受命，成了上至省委、省政府，下至职工群众密切关注的大事情。截流如果顺利成功，指挥长可比力挽狂澜的大英雄，会令领导、群众刮目相看。假如现任一把手当真服刑，由圆满完成截流施工，并且能在危难中引领广大职工继续奋勇向前的截流指挥长取而代之，应该是顺理成章的事。在座的各位副老总之所以长时间没有将此要议在桌面上摊开，当然不是忽视、淡忘，而是感觉到这件事太重要了，重要得必须深思熟虑，潜心博弈，倘若自己无缘获此殊荣，也不能让它轻易旁落与自己无法和平共处的他人。

"现在……大家伙是不是应该议议……成立截流指挥部的事儿？"

说这话的是焦言。焦言见该议定的事情都议定了，后面的发言多是重复，没话找话，就找了个空当儿把大家一直回避的议题摊开。他心里清楚得很：大家跟自己一样，想接触这个问题，又怕接触这个问题，可是这么无止境地往下拖，终究不是个事啊。眼看龙潭截流开工在即，截流施工现场不能没有人做指挥长，不能没一个通盘运筹、协调各项工作的指挥人员。时空刚刚被捕，到底是怎么一回事谁也说不准，即便是省公安厅，一时也难以定论，需要侦讯，需要调查，省委、省政府不可能为华夏集团专门预备另外一套领导班子，另外一个总经理，不可能在时空的问题尚未调查清楚之前急急忙忙派一个总经理过来，权力真空的情况下，最好的办法是积极"自救"。可是在需要"自救"的火候上，大家竟然是这样的畏缩不前！焦言其实是个最能沉得住气的人，可是眼下不行了，他第一个失去了耐力，就抛砖引玉。

会议室哑然无声。大家各怀心事。

"抓阄儿吧，抓阄儿。"

气氛阴郁了很久，东方戟忽然倡议。长时间的盘算，长时间的揣摩心理，他终于感到无法平衡这种态势，难以突破这种僵局，没有比抓阄儿更好的办法了，他想。

这办法固然公平，但也太传统了，传统得不合时宜。于是，帅自文发话说：

"解放前的维持会长、解放初期的生产队长，倒真是采用这办法产生的。"

"愿闻高见。"杨导说。沉思状态中的杨导双手依然捧着茶杯。

"选。"帅自文好像早就准备好了这个字。

东方戟望着的是对面墙壁："选有两种方法：推选；投票。"

帅自文："自然是投票。"投票可以避免矛盾表面化。

焦言："我同意。各位领导意下如何？"

东方戟还有问题："在座诸君，既有选举权又有被选举权？"不完全是问帅自文一个人。

可是帅自文却抢着回答说："那当然。"

会场雅静了一会儿。

杨导说："工区负责人至少应该有一个进入截流指挥机构。从前都这么定的。"

东方戟说："那就在况夫和琴拥军两个人中间任选一个吧。他们两个虽然没有选举权，但是有被选举权。"

帅自文说："有这先例。"

会场又雅静了一会儿。

"我可提议了啊。如果没有异议就开始投票。"还是焦言先开口，"好孬，迟早都得有个结果。贺主任，一人给张纸。"

和司马敬肩并肩坐在墙根埋头做记录的贺怀阳听到焦言在召唤，扬头看了看各位领导。没有征求到不同的意见，就从手中的笔记本上扯下了五页纸，一一铺放到五位副总经理面前。

白延寿不知什么时候把会议室的门悄悄推开了一道缝儿，伸进架着宽边墨眼镜的脑袋左瞧右看。司马敬见状，正要起身迎过去问他有什么事，却被程心爽瞥见，程心爽制止说："开会，开会，正开会哩。"

白延寿忙将半边身子连同脑袋一起缩到了门外。

焦言连忙起身从另外一扇门探出头去，小声问白延寿找谁。

白延寿只是摇了几下手，啥话都没说就往电梯那边走。

会议室不知不觉庄严肃穆起来。大家开始写选票，俨然选举一位领导华夏集团的行政一把手。

杨导曾经是二级单位的行政一把手，出任集团副总经理、总工程师后，主要分管工程建设，有着丰富的施工技术和施工管理经验，如果单从截流施工这一工作项目出发，他完全有条件胜任指挥长。可是当他猜透几个人的心事过后，突然心烦起来，不愿意多管事了，不愿意多管事就不想争指挥长这个位置。临时改变主意的他大笔一挥，在白纸上写下了"东方戟、况夫"五个黑字。杨导很专业，认为焦言、帅自文、程心爽指挥截流施工肯定力不从心，掌控华夏全盘更成问题。

东方戟主要分管质量和安全，以前在二级单位当过总工程师，尽管工作性质和工程建设密切相关，但施工质量、安全监管毕竟与施工技术、施工管理存在差异。东方戟自知没有指挥截流施工的气魄，更没有管控全局的水平，但又不愿意让帅自文、程心爽得到这次机会，他对他俩的看法是：稚嫩、毛躁、自大。杨导又太专，心胸不是很宽广，大将风度也少了点儿，于是，他就把自己这一票投给了焦言和况夫。况夫是龙潭施工局局长、工区负责人，必不可少；焦言则一向为人友善，百事能忍，有很强的协调能力。

焦言主要分管财务，还兼了总会计师一职，比东方戟、帅自文、程心爽多出一个头衔。焦言之所以敢于率先提出讨论组成截流指挥部一事，皆因无意牵头：一个会计指挥截流施工，让天下人笑话！他深知隔行如隔山，没有志愿，也没有勇气争夺显赫位置，就在白纸上写下了杨导和况夫的名字。东方戟固执、粗暴，不是帅才。

帅自文主要分管组织、劳动人事。帅自文错误地认为在座的每个人必定是先投自己一票然后附带一个信得过的人，凭直觉，他敏感到不会有人对他表示大方，大势已经决定指挥长一职与他无缘。可是，他又不想毫无原则地满足旁人的欲望，于是决定给那些期望值过高的人投张废票：帅自文、况夫。

程心爽主要分管机械设备和物资器材。程心爽雄心勃勃。程心爽以为自己很有优势：年轻、学历高、有专业、有基层工作经验。他仔细分析了每位副老总的心理，比较了一下实力，心想，只要有一个人公正地投给他一票，当选指挥长就大有希望。他太在意指挥长这个临时的职务了，认为这是个展现自身才能的机遇，而且上面定然会把龙潭截流视作一个考察、考验、考核领导干部的平台。程心爽在白纸上写下了程心爽、琴拥军。他看不惯况夫大大咧咧、目中无人的样子。

贺怀阳、司马敬没有表决权，他们被临时赋予的权力是监票、唱票。结果是：

杨导一票，焦言一票，东方戟一票，帅自文一票，程心爽一票，况夫四票，琴拥军一票。

这就是说，况夫当选指挥长，其余人皆为副指挥长。这就是说，截流施工，包括庆典仪式，五位副总经理需要倒过来接受况夫的领导。

这怎么行！五个副总经理全傻眼了，没有一个人乐意接受这个现实，因为事实将无情证明，大气磅礴的龙潭截流，是在一个二级单位的负责人的统一领导下完成的。

你看我，我看你，五位副老总不知如何是好。

郁闷了许久，还是焦言发言：

"我说个意见，供各位参考。"边说边扫视一张张阴霾着的脸谱，"一呢，要尊重这次办公会的表决结果，二呢，要表明危难之际，华夏集团仍然存在一个健全的、团结的、有能力应对任何挑战的领导集体。龙潭截流指挥部这样组成大家看行不行？总指挥长：杨导、东方戟、帅自文、程心爽、焦言；指挥长：况夫，副指挥长：琴拥军。都当选了。总指挥长全面协调工作，分管各重要施工环节，以及庆典仪式事务；指挥长全权负责截流施工。况夫具体负责左岸戗堤进占，便于随时向指挥台上的领导报告截流进展情况；琴拥军具体负责右岸戗堤进占。"

这样，五位副总经理仍然领导着况夫，意味着龙潭截流施工是在华夏集团班子成员的直接指挥下完工的，挺好。

大家默不作声，提不出更加先进的办法来。

坐在贺怀阳身边的司马敬不知是因为吃多了绿色食品红苕、黑豆急需出虚恭，还是憋满了一肚子闷气，忽然发现了通畅的出口，下体直截了当地"不——"出一声，又响又长，像拉笛。

"谁呀？"程心爽猛地一扬头，"严肃点儿！"

司马敬的面相本来就比若钟馗，经程心爽这么一"严肃"，两片大刀眉更是竖成了倒八字，腮帮子也鼓涨起了两颗大疙瘩，这一鼓涨不打紧，下体又情不自禁地重复了一声"不——"

一三七

诗维穿一套蓝白相间的病号服靠坐在病床上。

诗维面容苍白、消瘦，眼窝、脸颊深陷，颧骨和眉棱愈显突兀，身体、精神状况远不如从前了。他的病太特别，令人生畏，所以到医院探视他的人很少，全然不是昔日小病大养时那般门庭若市、应接不暇的情景。只有司马敬时常来向他汇报一下党群系统的阶段性工作，转达一下总经理办公会的重大决策。时空也抽空来他这里坐坐，多是劝慰他安心养病，工作上的事谈得不多。诗维对自己的病情非常清楚，同事、下属、亲朋有心理障碍情有可原，不太计较大家的淡漠、疏远。只是一个人在病房待得太久，寂寞难耐，偶有世态炎凉的感喟。孤独有时会带来一种恐惧。感到恐惧的时候，诗维就不停地咬指头，祈望眼前的一切全是梦幻，并尽快消散，回归到自己向往的现实。可是他的指头越来越感觉不到疼痛了，因为那只食指被他咬出了厚厚的老茧。

白延寿坐在诗维床前。白延寿坐的圆凳离诗维的病床有一米多远距离。白延寿虽然随和，但对诗维患上的特别疾病也畏怯。尽管医生告诉过他这种病的传染方式局限性很大，一般不会有被传染的危险，可他觉得还是小心为好。

白延寿给诗维买来了很多好吃的东西，都堆放在床头柜上。

白延寿应该不间断地到特殊病房看望诗维才对，因为纪检副书记须直接接受党委书记的领导，经常性地请示汇报必不可少。可是他这位纪检副书记探视诗维的密度远远不及党群工作部主任司马敬，甚至两三个月都见不着一面，这让诗维想法颇多。他今天怎么大驾光临了呢？为什么还带来了这么多的慰问品呢？是真心探视还是有什么别的企图？诗维耳畔聆听白延寿絮絮叨叨，心里却在揣摩他所为何来。

白延寿当然是无事不登三宝殿。白延寿是个聪明绝顶的人，极善察言观色，进门就看透了书记的心事，明白不是开门见山、直来直去的火候，就兜起了圈子。白延寿的攻略是三步走。第一步是套近乎，表示关心。他先是非常关切地询问诗维的睡眠如何，饮食如何，大小便如何，心情如何。他当然不会问及诗婳、景丽元还有他们家那位保姆的情况，他知道他们家的情况很糟糕，问候起来反而使他不安。接着，他开始汇报工作。他知道他特别喜欢听下级汇报工作，就投其所好，并且说是专门汇报工作来的。他说他最近很忙，一直在省外的几个大工地上奔忙，忙乎纪检、监察，直到前天才从黄河施工局赶回十字街，因为龙潭工程眼看就要截流了，纪检监察工作也要服从服务生产经营。这就侧面解释清楚了他之所以很长时间没有探视他的原因。他汇报的内容十分丰富，且都是大题材。比如，贯彻执行《华夏集团建立健全教育、制度、监督并重的整治和预防腐败体系实施细则》；检查和进一步落实《关于下发〈华夏集团下（待）岗职工、离（退）休职工和在职职工代表恳谈会纪要〉的通知》；对特别容易滋生腐败的物资采购、报废物资处理、工程分包、财务管理等领域实施抽查、问责、诫勉；针对盛行的商业贿赂现象，帮助二级、三级单位制定有效的防控制度；效能监察工作则主要集中在大宗合同、机械设备和物资采购、甲乙双方财务往来的过程监察，防患未然。白延寿说，华夏集团目前的经营状况是点多面广战线长，纪检监察人员严重不足，跑不过来，只能是蜻蜓点水，无法面面俱到，尽管如此，反腐败工作还是坚持了集团、集团党委"爱护干部，关卡前移，重点打击，惩一儆百"的基本原则，达到了警示为主、惩办为辅、教育一大片的主要目的。他说他此次率队外出还接收到不少检举揭发违法乱纪行为的信函，不过，绝大部分是吃喝玩乐、打皮闹绊的小把戏，鸡毛蒜皮，已指定专人进行分门别类，而后再组织人员调查取证。从目前的情况看，纪检监察部门本年度不会提出立案侦办人和事的报告。谈这个问题的时候，白延寿明显是在轻描淡写。诗维频频颔首，痴滞的目光甚至焕发出了亢奋的神韵，还不时中气不足地哼呵两声。这些汇报他都爱听，听得有滋有味，认为白延寿确实做了很多工作，做得也很细致，卓有成效。他本想问问他都跑了哪些工地，去过长江、珠海施工局的大本营没有，顺便了解一下两个施工局的基层党建工作和党风廉政建设工作是不是在按照集团党委的要求认认真真狠抓落实，"三会一课"是不是在坚持。可是话到嘴边他又咽回去了，一种自卑感油然而生。他觉得没有必要过问了，已经管不了那么多的事了。更让他有口难言的是，那是两个让他开始走下坡路以致坠入泥淖不能自拔的晦气地。当初，要是没有去长江施工局、珠海施工局搞所谓的调研，哪里会有一系列的荒唐事发生？哪会染上这身令人望而生畏的倒霉病？本当意气风发，孰料一蹶不振，痛心啊。不堪回首，不提也罢。

"书记你看……下官最近这一阵子的瞎忙活儿，有啥子没让你称心如意？该打屁股，你只管打屁股。"白延寿那只躲在墨色镜片后面的眼睛观察到诗维的脸色在不停地好转，紧绷着的脑神经也就舒缓了下来，语气也慢慢恢复了常态：风趣，幽默。

"沟通很重要啊。"诗维的脸上确实有了笑容，只是说起话来仍旧有气无力，"你不来汇报汇报，我还真以为你的老毛病又犯了——假住院养病之名，行钓鱼取乐之实去了哩。"

"自从时总经理找我长谈一次过后，我就再也没有无病呻吟了。我自己感觉到了责任大，有压力，哪个还敢耍哟。"尽管自己年长诗维几岁，尽管自己屈居诗维之下常怀天道不公之怨，但真正和诗维面对面坐到了一起，白延寿却不敢流露出半点儿僭越言行，极力谦虚。上下级关系，泾渭分明。

诗维的话也很理性，客观："既要严肃党纪国法，又要维护安定团结；既要惩治腐败，又要爱护、保护一大批干部，难度还是有的。华夏集团纪检监察这一摊子，没有你……还真不行啊。"

"诗书记好会夸奖人喽。"白延寿见诗维情绪高昂，自己还破天荒领到了表扬，就赶紧把屁股底下的圆凳往病床前挪了挪，准备乘机迈开三步走的最后一步——道出此番探视他的真正目的，"向你表个态，下官我虽然永远达不到你那高超的工作水平，但是下官可以努力，不停地努力，尽量把你想干好的工作打理得清清爽爽，让你放一百二十个心。"

哦？原来是这么回事！诗维果断地收敛起了挂在脸上的一丝笑意。难怪他想到应该来医院探视，难怪他送来这么多好吃的东西，难怪他滔滔不绝自我标榜……黄鼠狼给鸡拜年——没安好心！诗维形同枯槁，可是脑子依然机警过人——下官我虽然永远达不到你那高超的工作水平，但是下官可以努力，不停地努力，尽量把你想干好的工作打理得清清爽爽，让你放一百二十个心——什么意思？等不及了？我还没咽气哩！诗维对白延寿自感仕途蹉跎、心怀怨艾早有察觉，也曾同他交心谈心，让他放下包袱，开动机器；忠告凡事以大局为重，千万摒除杂念，全心全意干好本职工作，只要辛勤耕耘，总是会有收获的。并且提醒过他：等龙潭截流大功告成，华夏集团的上层建筑定然因为生产经营形势全面好转发生很大变化，党代会、职代会就可以摆上议事日程，只要党代会、职代会如期召开，党委副书记的位置就没有继续空缺的道理；工会主席这一要职后面加个括号也是很正常的事。同时友善激励：贺怀阳、司马敬、达奚贤同样资历不浅，业绩不俗，都是很有人望的竞争对手，到时候，硬件软件的比拼、较量不可避免，有得是一搏。言下之意：绝不可以少有作为，当努力做出成绩才是，不要到时候怨天尤人。启迪、暗示，多少带点儿人情味儿，也没有丧失勉励下属积极面对考评、考核，遵循公平选拔干部的组织原则。谆谆诲语，语重心长，听者心领神会，化作兢兢业业、奋发图强的动力才对，可是你白延寿……怎么就沉不住气了呢？怎么昏聩到连起码的理智也没有了呢？跑……要！以致乘人之危，斗胆逼宫，这……这未免太不近情理了，太丧心病狂了！大逆不道。

"唉……"诗维重重地哀叹一声，合上了双眼。他的城府深，涵养深，没有发作。

白延寿只有一只眼睛，眼神本来就差，加上又架了副墨色眼镜，没有及时发现诗维转瞬阴森起来的脸，埋头将圆凳挪向病榻前，进一步表示亲近、亲热，"上午，我去大楼上头跑了个遍，掌柜们都不在自己的办公室。后来，我推开了大会议室的门，原来他们都窝在里头开会，个老子！"

"噢？你跑得也够辛苦的。跑出什么结果来了没有呢？"诗维话里有话。

可是白延寿没有听出弦外音："有结果我还往你这里跑做啥子吔？"

"呵呵……原来不是专门向我汇报工作来的啊？"

白延寿见自己在不经意中露了馅儿，尴尬地说："专门向你汇报工作是真的，想向你说点儿别的事也是真的。"

诗维堵嘴说："我长时间没有坐班……只想听听工作方面的事情。"

"当然，当然是工作。"白延寿压低嗓门儿说，"时空被抓走了……你不会不知道吧？"

时空被抓走了，又多空出一个位置来了，想入非非的人都感到机遇来了，哼哼……诗维暗暗好笑，合上眼睛，像是打盹儿，"没人向我报告，我哪知道？"

"嘿，你还真蒙在鼓里！"白延寿又把圆凳向前挪了挪，急切而小声地向诗维叙说了时空被公安机关逮走的经过，"机关大楼没一个人不晓得，每个处室都在唧唧咕咕。听说那几个掌柜还在让严格保守秘密，纸想包住火，见到个鬼哟。"

其实，诗维已经知道时空被捕的消息，是昨天夜晚孔超悄悄跑到医院来告诉他的。诗维闭着眼睛问："就说这事？"

"诗书记，对华夏集团来说，这是塌天的大事，你可不能跳出三界外，不闻不问哪。"

诗维抬了抬眼皮："上午你跑遍了大楼上头，就为这？"

"不是怎么呢？我急呀。"白延寿一只手插进口袋，摸了摸，又很快把手抽了出来，"我想向几位副老总打听打听，集团对时空的被捕采取啥子态度，结果，完全不是我希望的结果！他们散会后，我溜进焦言办公室，问开啥子会了，焦言说开了个办公会。我问研究啥问题。他说，讨论决定龙潭工程截流施工的具体工作，比如庆典仪式的各项准备呀、设立截流指挥机构呀、投票产生总指挥长以及指挥长呀，多哩，有关文件怀阳主任明天就会下发，你一看就都知道了。我又问讨论研究过别的问题没有。他说，有什么比龙潭截流更重要呀？我说，华夏集团的老总被抓了，这事还不重要哇？难道你们当副老总的就没想到应该有个态度？焦言说，这事儿会议结束前议是议了一下，大家都感到不知怎么办才好，一致认为还是等省里明确了态度以后再说。诗书记，你看，等省里明确了态度，华夏集团的态度还中啥子用嘛？"

"龙潭截流前安排这个办公会，我早知道……商讨哪些事情，我也知道。"诗维说，"几位副总经理继续抓落……没有错啊。几百个出席庆典仪式、观摩龙潭截流施工的领导、来宾马上就要到了，不组织好，准备充分，难道把他们撂着不管——放鸭子呀？难道让他们乱糟糟地观看华夏集团打乱战呀？"

"诗书记你……"白延寿看一眼闭目养神的诗维，"你啷个……这态度呢？"

"你希望我是什么态度呀？"

"你得出面……管管呀！总经理被人家抓跑了，好像还抓好了，漠不关心不说，还投票选举起截流总指挥长、指挥长来了，好像是迫不及待投票选举华夏集团的接班人。人还没有过气就往棺材里头装，这也太性急了吧？"

你不也在着急这档子事吗？诗维心里在冷笑：强盗呵斥土匪劫财——殊不知一路货色！"截流施工声势浩大，技术要求高，面临的矛盾错综复杂，没有强有力的统一指挥，不行啊。"他刻意重复着自己的观点，极力排开白延寿思想情绪的影响。

"永泰、松峦、花溪、虎啸截流施工的指挥长，都是时任行政一把手一肩挑了。龙潭倒好，老天爷给了副老总们一个争挑重担的机会。"白延寿用一种嘲讽的口吻说，"要是时空突然跑回来了，嘿嘿，那才出挺咧。"

"有什么大不了啊。投票结果作废。"

"那不等于白白做了盘游戏？"

"现在……白忙乎的事……多哩。"诗维确信白延寿是受到了投票产生截流总指挥长的启发，私欲发作，于是上行下效，特地跑到医院找他发牢骚、泄怨气、谋求许诺来了，很是气恼。但他没有流露出来，而是饶有兴趣地模仿起了白延寿的语气："对有些人来说，时空被捕……是天公作美啊。"

"不是怎么呢？"

"唉……怪只怪时空时运不济……完喽。"

"我看不一定。谋事在人。"

"哦？你还有什么……信心？"

"关键是你这做书记的唧个打算。"

"我……？呵呵，苟延残喘，谈何打算？"诗维瞟了白延寿一眼，"没有啊。顺其自然。"

"诗书记呀，明说了吧，我急急慌慌赶你这里来，就是想跟你说几句实话、直话。"白延寿正正眼镜，两手搭在膝盖上，端正了身子，"我说完了，你好赖表个态度行啵？"

诗维没精打采地说："好啊。"

白延寿好像憋了一肚子的话，滔滔不绝。白延寿说，最近两年，华夏集团从病入膏肓到峰回路转，已经发生了根本变化，这是大家公认的。他说看得见摸得着的事实是：集团基本保持了稳定，人心浮躁的局势正在扭转；生产经营形势喜人，产值、利润逐年递增；合同存量大幅度增长，仅龙潭工程就能确保近两万职工在五年内有岗位有工资有饭吃；下岗再就业工作积极稳妥，大部分闲散人员得到了合理安置，在改善职工生活状况的同时，有效地维护了区域的安定团结；集团的社会职能单位、机构顺利移交给了地方政府，免除了后顾之忧，为集团轻装上阵、一门心思从事生产经营营造了良好的内部环境；理顺了离退休职工的社会统筹，养老金有了着落，同时采取强制性措施，对少数下岗、待岗职工的生活补贴，按时足额发放，有效地策应了稳定工作；启动了一直处于停顿状态的基本建设工程，安置性住房已经开工建筑，给广大职工带来了生活的希望；腐败现象得到了遏制，大案要案明显减少，正气开始抬头。白延寿说，华夏集团的重大变化，固然是集团高管层正确领导的结果，是近七万职工顽强拼搏的结果，但是，不能抹煞了时空从中做的工作。白延寿说，时空究竟做了多少工作、业绩如何、在华夏集团到底处于一个什么样的地位，当下不是评价的时候，但是，作为华夏集团的一员，集团领导成员之一，他突然遭遇大灾大难，集团上到高管层、下到普通职工，漫不经心、静观其变、麻木不仁，这就有失公允。难道堂堂七万之众的华夏集团就这样胸怀冰冷，薄情寡义？时空在华夏集团工作了两三个年头，就这样没有人缘？寒心哪……

听着听着，诗维吃力地坐正了身子。他感到白延寿的话很仗义，迷离、混沌的眼睛禁不住重新闪烁起了光亮。诗维当然清楚，华夏集团正在发生一系列深刻的变化，这些深刻变化与时空密不可分，是他在不动声色地平衡、团结领导班子，让大家劲儿往一处使；是他因势利导，引领华夏集团向着振兴的方向发展……不错，时空功不可没，可是……这与你白延寿的切身利益有关系吗？

"所以，"白延寿一只手不由自主伸进口袋，却又很快缩了回来，"目前，我认为，集团领导班子最要紧的事情应该是，想方设法把时空解救出来。实际上，解救时空与龙潭截流并不矛盾。"

石破天惊。直到这时诗维才意识到自己完全误解了白延寿，小瞧了白延寿，"为这事儿……你专门找我来了？"陌生地望着他。

白延寿说："现在还能找谁嘛。"

"唉……实不相瞒，"诗维悲苦地一笑，"我还以为你是见华夏集团的党政一把手面临缺位，自告奋勇……争挑重担来了哩。"

"华夏集团要是垮球喽，还有啥子重担争挑嘛。"

"倒也是，"诗维清楚，华夏集团正处于光明大道与万丈深渊的临界点，如若不把握住每一个关键环节，重蹈覆辙的危险依然存在，"倒也是。"

"管时空犯的啥子罪，先把他保出来了再说。"白延寿急了一句，"诗书记，你得有个态度呀，不能见死不救呀。"

"唉……他这事儿……复杂。"诗维叹道，"复杂哪。"

"有啥子大不了嘛，事在人为。时空来华夏后，爱护了那么多干部——该调查的没有调查，该立案的没有立案，该处分的没有处分，绝大部分是诫勉——他爱护干部，就不兴我们爱护爱护他？"凭老经验，白延寿深知时下有些企事业单位的党政一把手常常是言和意不和，台上握手台下踢脚并不鲜见，互相补台的少拆台不少，落井下石的大有人在，之所谓一山难容二虎。他有点儿怀疑诗维站在岸上看翻船，就想捏捏他的痛处，激发激发他的热情："就说你的那点儿事吧，开始我还以为只有我一个人知道，后来我才知道，时空比我知道得更清楚……"

"我……我有什么事?!"诗维果然急躁起来，两眼射出了惊惧的光，"不得胡言乱语！"

"哎呀，诗书记，你就别护癞痢头了。有道是，要想人不知，除非己莫为。"白延寿决意让他明白，大家都是明白人，不明白的是他自己，"说起来应该是前年年底的事情了吧？你和孔超、薛建设去长江、珠海两大施工局调研回来，你们前脚到家，后脚我就收到了长江施工局、珠海施工局几个施工点的匿名举报信。信上说，你一方面在大会小会宣讲要如何如何加强党风廉政建设，要如何如何自觉抵制腐败现象，一方面又收受基层单位的红纸包。我见是两封匿名信，又见红纸包里装的也就那么点儿小钱，就不准备报告，上会。哪晓得孔超这家伙主动找时空和盘端出来了。他说你收受的那些红纸包最后还是没留住，一家伙被劫匪抢光球了。连夔亮、蔺山海也给连带出来。时空表扬了孔超，说他做得对，说他诚实，说他是个明辨是非的好青年，一定会得到组织上的信任，重视。同时叮嘱他说，这件事只许到此为止，绝对不能再说与别的人知道，因为在没有取得证据之前，必须保守秘密，还说这是组织上对他的考验。有一天，时空找我谈话，非常严肃地对我说：'相信诗维书记去长江、珠海两大施工局调研时发生的事，你已经知道。我收到了匿名信，大概你也收到了。你没有向我报告，我也没有给你通气。也许你我想到了一起……不是什么坏事。事情无论大小，确实严密了再严密才好，不能惊动上面。这也是为了维护华夏集团的稳定，华夏集团再也经受不起风吹雨打了。'诗书记，我之所以跟你说白这些事，并不是想故意摸你的痛处……"

"咳！咳咳……嘀咳咳……"脸色青一阵儿白一阵儿的诗维忽然急剧地咳嗽起来，像是要憋气。前年深秋，为回避集团总部发生的大规模群访，他临时决定去长江、珠海两大施工局调研，哪料中途竟接连惹下三宗大祸：无意中收受了基层单位的红纸包、宿妓、遭匪徒劫持。这三宗大祸成了他的心病，长久地纠结着他，折磨着他，悔恨、郁闷、惶恐，加剧了他的病情。尽管他自认为所有的漏洞均已弥补得天衣无缝，但还是时常提心吊胆，担心暴躁的薛建设迟早会把遭劫一事的盖子掀开，没有想到的是，掀开盖子的人竟然是一直受到自己呵护、培养的孔超！如果不是时空、白延寿有心息事宁人，潜伏在自己身边的孔超给出这一闷棍，简直可以提前结果了身家性命，哪里还有颜面躺在病床上争取生路？"小人……小人……咳咳咳……小人……"他喘着粗气，发白的嘴唇急促地颤抖着。

白延寿连忙起身倒了一杯开水，小心地递到诗维手中："诗书记，是不是我的话不中听，让你生气了？"

诗维大睁着眼睛："孔超还说什么了？"他最害怕被人知道自己在沁园春宿妓的事。

"哪个不晓得诗书记做人谨慎嘛？"白延寿刚想把手伸进口袋又缩住了，"就这么点儿不值一提的一点儿小事，那还不是因为疏忽大意，你说是不？"

诗维放心地喝了口热水，靠着床档闭目养了一会儿神，嗫嚅着：

"你以为你……不说这些……我就不会赞成你的想法？"

白延寿怔了怔，伸长了脖颈："你……在说啥子哒？我耳背，没听清楚。"

"白瞎子，咳……咳咳……"诗维喝了口水，"你也不要以小人之心度君子之腹。"

"哪能呢？"白延寿心里一喜，脸上就情不自禁地浮起了笑容，"哪个不晓得诗书记的肚子里能够撑船哟。"

"时空的人格摆在那里，所以……咳咳，咳……绝对不可能贩卖鸦片。"

"是呀。"

"这里面肯定有蹊跷。"

"谁说不是呢。"

"让司法机关马上把他放了……有困难。即便他与鸦片没有关系，那也需要一个调查的过程呀，所以……要有思想准备。"

"你的意思是……？"

"龙潭截流在即，焦言实在难以脱身。我原打算让司马敬火速赶到省里去，先代表华夏集团向省司法部门表个态：时空这个同志值得信任，党性原则、思想品质是过得硬的，不可能做出违法乱纪的事来，华夏集团目前正处在一个非常关键的时刻，只要有可能，集团强烈要求让他先回来主持工作，边工作，边接受调查。唉……咳咳，咳咳……我明知把握不大，但工作得这么做。这就是你刚才所说的，时空是华夏集团的一员，是华夏集团的领导人之一，华夏集团不能袖手旁观，有责任、有义务保护他，解救他，为他声援。焦言、司马敬今晚都要过来的。你既然来了，心情又格外迫切……司马敬的差事那就转交给你做了吧。"

"我做，我做。"白延寿说，"龙潭截流，他们个个重任在肩，唯独我最安逸。"

"也好。比较起来，你更合适。你是监察处长、纪检副书记、工会代主席，可以代表华夏集团、集团党委，还有广大职工群众，去保释时空的基本条件更加优越。保释时空，你要善于强调理由，我以为最充足、最具说服力的理由是：龙潭工程转眼就要截流施工，事关重大，没有时空在现场不行……给司法部门施加点儿压力，给省委、省政府也施加点儿……嗬咳咳……咳咳……嗬咳咳咳咳……"

"莫急，莫急。"白延寿忙不迭地帮他捶捶背，又替他添足了开水，"您指示，您指示。"

诗维喘息了一阵，问："在省里……有什么关系没有？"

"直接帮得上忙的不多。公对公嘛。"白延寿说，"哦，对头，跟省委乔副书记——乔玉生有个一面之交，去年开纪检监察工作会认得的。"

诗维又喘息了一阵儿："方方面面的礼……要尽到。"

"这我晓得。"

"多带点钱儿。该怎么花你就怎么花。"

"我准备今晚就动身。搭夜班车。"

诗维喝了口开水，呆坐了一会儿："难度很大，困难很多，你要有思想准备。"

白延寿紧紧抓住诗维干瘦的右手，抖了抖："诗书记，我代表华夏集团的父老兄弟谢您了。时空不回来，我也不回来。"

白延寿退出特殊病房，从口袋里掏出香烟，点燃一支，使劲儿吸了一大口。他回望了一眼这个他十分熟悉的曾经常来这里耗病的特殊病区，摇晃着笨重的身躯，走出了医院的大门。

一三八

黄河躺在病床上，昏昏沉沉。他最难受的感觉是头疼。不完全是因为那个偷偷摸摸包抄到身后的警察用手枪朝着脑袋狠命一击造成的恶果，接二连三的坏消息也让他的脑袋发炸。勤勤恳恳、任劳任怨的秋胤不知怎的成了特务头子，让安全局给枪毙了；精明强干、清正廉洁的诗维不知得的什么鬼病，浑身溃烂，命在旦夕，家人已经接到了病危通知书；胸怀坦荡、平易近人的时空竟然是个大毒枭，被判处死刑；龙潭工程截流失败——合龙时戗堤突然塌陷，溃口，五六米高的水头以排山倒海之势奔涌直下，不仅在瞬间把下游的半爿街激荡成一片汪洋，就连刚刚建成的虎啸电站也漫坝了，潮水从坝顶翻过，浑浊的潜龙江到处漂浮着圆木、枝丫和人畜的尸体；听说父亲、母亲、妻子和孩子兴高采烈去阳元峁参观龙潭工程截流，结果遭遇洪水溃坝，老小四口下落不明，生死未卜……

"黄河！黄河！"却是程心爽在大声疾呼，"你怎么还躺着呢？不知死活！"

黄河一骨碌爬起来，这才发觉自己躺在小车队值班室的绷子床上而不是躺在医院的病床上，就揉着眼睛问，"去哪？"他醒悟到自己原来做了一场梦。

"跑，撤呀！还能去哪？"程心爽叫着，"龙潭截流泡汤了，垮堤了，上游虎啸漫坝了，水头就要压过来了，莫名河、十字街眼看就要葬身水底，不跑不撤，等死呀？"

黄河就又想到自己原来没有做过梦，赶忙跌跌撞撞奔出门外。

机关大院里里外外，人来车往，乱作一团。焦言、杨导、东方戟、程心爽齐集在小车队旁边的停车场上，惊恐万状。帅自文扛着刚从总部大楼门口卸下的那块"华夏水利水电建设集团"大木牌，慌慌张张跑了过来。

"上车上车，快上车！"黄河刚把奥迪退出车库，还没停稳，程心爽就蹿上了副驾座，一面吆喝班子成员，"动作麻利点儿，再磨蹭就来不及了！"

赖耗子不知什么时候蹿了过来，样子别提多狼狈，死活要上车。

程心爽紧紧按住车门的把手，用半个身子扼守住车窗："哪好你上哪去吧，我们敬不起你这尊神。"

缩在后座上的焦言说："带上了你，你又该上国务院信访办告我们。"

"告得我们缩手缩脚，前怕狼后怕虎。"东方戟也生气地说，"这下好了，华夏彻底完蛋了，再也用不着你耗子北京省里、省里北京来回窜了。"

帅自文把华夏集团的牌子架到了后备箱，从后车窗翻进了车内。杨导赶紧说"开车开车"。

黄河怎么也搞不明白，只能坐两个人的后座居然挤下了四个彪形大汉。

奥迪落荒而逃，眨眼就把华夏集团机关、十字街、莫名河、莫名桥甩到了后面。

程心爽扭头问焦言："钱都带上了没有？"

焦言在后面夸张地拍打着皮箱："带上了，满满一箱子。不光钱，连支票和所有的账簿也带上了。"

程心爽又问："图章呢？"

焦言回答说："集团的图章贺公公管着，集团党委的图章司马师爷管着，我这里只有个财务章。"

帅自文说："没有关系，到时候找私人老板刻两个党政图章得了。"

"是个办法。"程心爽说，"钱、账簿、支票、财务印鉴都有了，集团的牌子也扛上了，幸存下来的老总一个不落，再刻上两枚党政图章，咱们就可以在新的地方开张营业，重振旗鼓。"

杨导问："集团还有好几万人哩，不管了？"

程心爽说："这就叫大水冲了龙王庙，一家人不认一家人。长江、珠海、黄河三大施工局早已自成体系，自给自足没有问题。经过了这场大灾，他们要么在杭州、深圳、成都投靠新老板，要么独树一帜，自立为王。龙潭施工局经大水这么一冲，怕是剩下不了多少人，存活下来的也不要紧，况夫这小子神通广大，有的是自谋出路的办法。十字街基地这一块的老弱病残，能躲过这一劫的我看不多，实际上他们早就交给地方政府了，轮不上咱操心。"

东方戟吃了一惊："就咱五人领导黄河一个兵呀？"

"有什么大惊小怪的！"程心爽说，"这就是现代化管理模式，是我们苦苦追求了许多年的愿景，是反复调整、整合、精简、优化的最终目标。"

东方戟说："这是皮包公司呀！"

程心爽说："不是我有先见之明，再过十年八年你们看，在中国这块土地上，到处都是没有职工只有司令的经营体。"

杨导着急地问："你让我们上哪去呀？"

"北京、天津、上海、武汉、广州、重庆，甚至拉萨、乌鲁木齐，哪儿都可以去。"程心爽忽然发现黄河行车的方向不对，"黄河，你怎么搞的，这车在往哪儿开啊？"

黄河："没听说要往哪儿开啊？"

程心爽："那也不能往山旮旯里跑啊？"

帅自文："你这破车，平时让你快快不了，这回可发威了，眨巴眼就快飙到宜阳了。"

"掉头掉头，快掉头！"程心爽大声说，"咱们该去宁泰，宁泰市才有火车、轮船、飞机——四通八达，哪儿都可以去。"

黄河："只有下国道，绕盘龙岭再转回高速公路奔宁泰。"

"去北京，绕东京，你这司机怎么当的！"程心爽恼火极了。

黄河猛一打方向盘，奥迪便顺一条辅道钻进了山窝。

东方戟又续上刚才的话题："这等于是另起炉灶，有挺麻烦的一套手续，没有省委、省政府的红头文件，谁认我们谁是谁呀。"

"不用担心，车到山前必有路。"程心爽早有思想准备，"只要有钱，在哪都能登记注册公司。咱们的钞票不是大大的有吗？谁是谁的问题还能成了问题？咱们自己说自己是谁就是谁，不是有自封为王一说嘛。我是这样考虑的，不妨先说给你们酝酿酝酿。焦总还当副老总，继续兼任总会计师；杨总还当副老总，总工程师非你莫属，再兼起来得了；东方总还当副老总，也兼个……总经济师吧。帅总嘛，党委书记、工会主席——党群系统就一把抓了！担子是重了点儿，可谁让你年轻有为啊？黄河也可以有个头衔——两办主任兼劳人部长。你们说这领导班子怎么样？要多精干有多精干，要多健全有多健全，谁是谁的问题全解决了。"

杨导问了一句："窠呢？上哪操盘去呀？"

"北京、上海、武汉、广州，由你们挑。"程心爽说，"不管上哪个城市，咱先建他一座高楼再说，建他个四五十层，比华夏集团原来的机关大楼高出一两倍才够水平。咱们一人用一层，剩下的出租，既能亮牌子，又能赚钱，一举两得。"

东方戟说："哦，往后咱就靠收租子过活。"

"嗜！目光短浅，胸无大志之词。"程心爽说，"咱们的事业、咱们的看家本领怎么能丢了呢？诸位听好了，我是这么计划的：焦总、杨总全权负责投标工作，东方老总分管工程建设，不管是继续延用华夏集团这块老字号招牌还是登记注册新公司，咱们首先来他个四面出击，普遍撒网，甚至可以把触角伸向海外，国外，向国际建筑市场进军，凡是水利水电工程、路桥工程、港口航道乃至城市建设工程，都是我们大包大揽的对象，能中标的尽量中标，韩信用兵——多多益善……"

东方戟打断他的话："六条汉子，六个光杆司令，拿标后怎么办啊？"

"转包啊？转包提成，坐收渔利啊？"程心爽俨然一副总经理的神韵，"社会调查显示，中国已经储备有几亿转了型的农民，转了型的农民需要大批的活路满足他们挣钱的需求——这就是我们取之不尽、用之不竭的人力资源。从前的华夏集团既受害于转包，又得益于转包。龙潭工程所有的标段都承揽到了手，其中有很大一部分是倒手买卖，看似亏了一大笔，实则不然，早通过另外的形式把亏空补了回来，除转嫁成本和优化施工组织设计之外，转包也是扭亏为盈的手段之一。况夫手底下有四五个成建制的包工队，长江局、珠海局、黄河局，还有五大直属项目部，征用农村工人的数量之多、时间之长更不必说。建筑行业为什么要大量雇用农村工人？农村工人身上蕴藏着巨人的剩余价值呀！六条汉子怎么着？光杆司令又怎么着？没有职工队伍的企业才是真正的现代化企业，最时髦的管理型企业，西方国家全这种企业，要不然，人家怎么会那么发达呢？"

杨导说："据我所知，西方发达国家的企业并不完全像你所说的那样，他们有的企业拥有几十万员工，甚至几百万。"

"毕竟国情不同嘛。"程心爽也感到自己的话不太靠谱儿，"中国特色行不？"

"呵呵，"东方戟哂笑说，"中国特色成了万金油，往哪抹都灵。"

程心爽憧憬着未来："从今往后，我们不仅要从事传统的粗放型的生产经营，我们还要学习并且涉足集约型的新兴的资产经营、资本经营。"说着说着，就又有了一种训导似的口气，"我是这么想的，除了把新建的大楼出租外，我们还应该把现有的库存货币盘活——可以用它购买各类大型的先进的工程施工设备，以租赁方式获利，进一步拓展资产经营领域；另外，成立一个财务公司，先融资后投资，以扩大借贷规模谋求效益最大化，打造上市公司是我们的最终目标。产业链延伸，经营规模扩张，盈利水平大幅度提升，诸位想想，受益者是谁？是我们在座的六条汉子呀！各位不能老脑筋了，要与时俱进啊！"

东方戟："我们可以拿年金了？"

"我让你们一个个先住上别墅了再说！重新挂牌的公司不管是在广州还是在上海，一人给买一套两百平方米以上的标准别墅，全由公司掏腰包，不要你们自己掏一文钱。"程心爽忽然像个发了迹的大亨，财大气粗，"而后再才是分配问题。先许个愿吧，月薪不能低于三万，年收入突破五十万大关——这只是近期目标啊。"

"我的个妈呀！从前年薪的十几倍？"东方戟惊叫着，"我们要变成大财主了。"

"你们一个个都是井底之蛙。现在，年薪逾百万的老总多得是。"程心爽踌躇满志的样子，"人为财死，鸟为食亡——人生打拼的目的，不就是为了个'财'字吗？时空爱不爱财？事实证明也爱财，不爱财会冒着掉脑袋的危险做鸦片烟生意？秋老夫子秋胤爱财不？照样爱，不爱财他怎么会置生命危险于不顾，偷偷摸摸领取双份工资？共产党在大陆明明白白发给他一份，国民党在台湾又神不知鬼不觉暗暗发给他一份，数十年来，老先生焉不唧吃夜草发外财，比谁都有钱，可是谁也不知道他有钱。诗维更是个财迷，闷声不响地捞，再多不嫌多。迂夫子不仅爱财，还爱色。如果不爱色，他会得那种不治之症？我不信。这三个人，平时在群众心目中形象最高大，表面上，要多文明有多文明，要多正派有多正派，实际上是伪君子一个，爱财胜过了爱命。去年，有人在工作会议期间呼吁推行年金制，解决中上层领导干部的薪酬待遇跟不上经济形势高速度发展的问题，时空不同意，还在总结时大批特批了一通，大家噤若寒蝉，有意见不敢吱声。现在好喽，用不着他同意了，咱自己给自己发，想发多少发多少，没谁管得了咱们。各位听好了，我程心爽说话算数儿，远景规划是：让公司快速崛起，让大家的腰包快速鼓胀，个个变成肥鱼大鳖——就是允许富裕起来的那部分人！"

"这么一来，我这党委书记、工会主席就好当了，根本不存在思想政治工作，"帅自文喜上眉梢，"我们六个人共同富裕了嘛。"

"俗话说，猪多了没有好糠，人多了没有好汤。当初时空之所以不敢推行年金制，那是因为家大口阔呀。全集团拼死拼活一年干到头，好不容易挣得那么一点儿蝇头小利，还得麻喷细雨均匀着往几万人头上洒，落到个人名下，能有多少实惠？不过塞塞牙齿缝。可怜的可怜，寒心的寒心。"程心爽越说越上劲，"人多负担重，现在就轻松了，分配问题迎刃而解了，我担心的是，到时候会把你们撑死。"

焦言却眯缝起了双眼："应该考虑考虑风险问题。你难道就不会想到企业可以倒闭？倒了闭我们可怎么办？"

"杞人忧天，中国的企业会倒个什么闭呀！有几个国有企业倒闭了？我敢说，一个没有。诀窍在哪里？诀窍就在于所有的企业都跟银行紧紧绑到了一起。我们贷款，不停地贷款，能贷多少贷多少，银行会让我们倒闭吗？倒闭了他们找谁还贷去？放心吧，不管我们的年金标准定多高，不管我们企业的亏空有多大，哪怕负债率达到百分之两百，损失最终由银行扛着，实际上是国家在扛着，我们个人是吃不了亏的，永远吃不了亏……"

祸害，祸害！这简直就是在开私分劫财的研讨会，车厢成了他们的会议室！抱着方向盘的黄河没有听漏一句。他的心直打战：鬼才知道他们将要干出什么勾当……私欲恶性膨胀……他们也配留在世上？

奥迪喘着粗气，呼哧呼哧爬上了盘龙岭，绕过了无名洞。接下便是陡坡，急转，可是黄河没有打方向盘，没有减速拐弯下陡坡，却是猛烈地踏紧了油门儿——奥迪照直前冲，向着云缭雾绕的千丈涯——像一颗挣脱发射筒的导弹，射向了天空——

"见鬼去吧！"黄河在空中怒吼。

"啊——"藏匿在后备箱里的赖耗子同时发出凄厉的惨叫。

啪啦！

"黄河，黄河！"

随着一声脆响，身旁响起一个熟悉的声音。黄河睁开眼睛，看到了白延寿。

白延寿探身立在病床前："做梦啦？做噩梦啦？"他的那只宽边墨眼镜在刚才仓促起身的刹那跌落在地，一只明亮的眼睛和另一个没有眼球的眼窝都在滴泪。

黄河躺在病床上，头顶缠了一圈儿白色的绷带。他感到脑袋仍旧沉沉的，胸口也慌闷着，"……怎么是你呀……你怎么来了？"

白延寿弯腰拾起已经没有镜片的眼镜框，慢慢装进口袋，顺手掏出一方手帕擦着眼角的泪水，"啷个……打成这样……"

"没事，躺两天就好了。"

"脑震荡啊。杂种，下手太狠哒。"

"接了个暗着儿。"黄河笑笑，"也怪我太莽撞，把他们当成了劫匪。你怎么上我这里来了？我这不是在做梦吧？"

"做啥子梦嘛，站在你面前的正是老白，有只眼睛有珠珠，有只眼睛只剩下坑坑的老白。才刚你才是在做梦——又喊又叫又翻腾，吓死个人喽。看，好端端一副眼镜摔碎个球了。"

"你什么时候来的？"

"上午。一大早就到了。忙了一气，请人搓了一顿，之后就上你这里来了。在床前坐了个把小时，生怕把你搞醒了，结果，你个·老子自己把自己搞醒了哒。"

"家里怎么样？没出事吧？龙潭截流……失败了？"

"大白天说梦话。截流还冇开始，啷个就失败了嘛？"

"哦？"黄河凄然一笑，"我是做了个梦。"

白延寿用手帕替黄河擦抹着额上和脸上的冷汗："把人家当成了劫匪，你自己才像劫匪哟。胡子茬茬儿又黑又长，不像劫匪像啥子哒。我找剃头匠给你刮刮，刮干净了。"

黄河摇摇头："你跑省里来干什么？"

白延寿没答话，坐下来摸出包香烟，朝着黄河晃了晃。

黄河说："抽抽，抽，我没那么多讲究。"

白延寿点燃烟卷，吸了一口，扭头望望门口，这才说："受集团、集团党委，和职工群众的委托，专门来看看时总和你。"

黄河感激地抱起了拳头："谢谢各位领导的关怀。"

白延寿摇摇手："理所当然。"

"时总怎么样？他在哪儿？"

白延寿又望望门外，再吸口烟："我的话还不能说多了嘞。"

黄河坦然一笑："明白啦。乌龟背时连累了壳——四川的俗话吧？"

"对头。"

"歇哪儿？"

"自然是办事处瞿主任那里喽。"

清早，星夜赶到省城的白延寿，先去华夏集团驻省办事处找瞿主任号了间住房，而后急急忙忙跑到省公安厅，找到了主持工作的副厅长戾奎。白延寿向戾奎说明了来意，代表华夏集团表明了时空涉嫌毒品问题的基本观点和立场，中心意思是，时空绝不可能贩毒，恳求公安厅以大局为重，尽快让时空赶回华夏集团指挥龙潭工程的截流施工。戾奎一边听一边哈哈笑。戾奎让白延寿印象最深刻的一句话是："有那么容易吗？"白延寿心里明白，一两个回合是解决不了问题的，并不气馁。他又跑到了省委，找到了省委副书记乔玉生。白延寿同样向乔副书记说明了来意，同样代表华夏集团表明了时空涉嫌毒品问题的基本观点和立场，同样恳求省领导尽快让时空回华夏集团指挥龙潭工程截流施工。乔玉生倒没有像扆奎那样轻佻，自始至终阴沉着面孔。他听得严肃认真，最后的回答也严肃认真："现在是法治社会，要相信司法机关。"白延寿深知自己肩负的使命重大，当然不会因为第一次碰到了钉子就灰心，但是，他已经感觉到事情相当棘手，远非想象的那么简单。中午，白延寿通知几个要好的朋友在办事处瞿主任那儿聚了一顿。意图是请朋友们出谋划策。朋友们都说这娄子捅得太大，三下两下很难解决问题。不过，五花八门的点子也出了不少。

"知道他们什么时候让我回家不？"黄河试探着问了一句。

"记住，你的伤势非常非常严重，脑震荡，可是了不得。"白延寿扭头望望门口，像做贼，"能在病床上躺多久你就躺多久，别的，什么都莫想，也莫问。"

黄河眉心直跳："妈的，真把我们当成……"

"反正他们已经表态了，你的伤是他们造成的，他们意愿对你的伤病负责。说好了，只要你说伤还没有好利索，他们就让你在医院里待着，明白不？"

"整天在病床上这么躺着……难受啊。受罪！"

"你管他哩，总比……"白延寿说了个半截话，又望了望门外，"我要不是华夏集团的纪检副书记、监察处长、工会代主席，还没有资格来看你哩。"

"呵呵……呵呵呵……"

"只要你我合作得好，他们就会允许我常来看你。"白延寿掏出一沓钞票，搁到床头柜上，"五千块，想吃什么让他们给你买什么。买点儿香烟，自己不抽可以招待客人。"嗓音忽然压低得只有黄河才听得见，"实事求是，不该认账的事，可是认账不得，莫把事情搞复杂个球了。"

"放心吧，身正不怕影子歪。"

"时间到哒，我该走哒。"白延寿扔掉烟头，一脚踏灭，"个老子，门口戳两个警察，还一人别杆枪，也不怕麻烦。"

黄河望着白延寿，笑笑："白书记，以后别再戴那墨眼镜了，这模样反而……真实。"

"闯到个鬼哟！一颗眼睛亮晶晶，一颗眼睛黑洞洞，莫把人吓死了啊。"

一三九

时之男走进了投标办公室。时之男戴着一顶红色绒线帽，洁白的衬衣扎进腰间，脚下穿一双高勒黑皮靴，铁灰色的呢大衣搭在左腕，右手拉着深蓝色旅行箱，风尘仆仆。

时之男没顾上和趴在档位里埋头干活儿的同事们打声招呼，径直朝办公室中间的那个玻璃笼子走去。大家好像也没注意到她。

时之男走进玻璃笼子的时候，达奚贤正靠在软和的皮靠椅上仰着头抽烟，样子很郁闷。时之男敲敲玻璃门：

"主任，我回来啦。"

达奚贤一个激灵，见时之男立在跟前，瘦尖瘦尖的脸上迟迟绽开出一缕生硬的笑："回来啦？什么时候回来的？"

"刚下飞机。"

"连手机也懒得揿呀？我找小车队要车接你去呀。"

"感谢厚爱。打的方便得很。"时之男抹掉塞在短发里面的耳麦，打开旅行箱，一面清理出一大摞资料，一面说，"先说事儿。够办差标准吧？"

"你办事我放心。"达奚贤掐灭烟头，起身倒开水，"要不然，这趟差怎么会摊上你了呢。"

达奚贤派时之男去了趟大西南。大西南有两座特大型水电工程即将动工兴建。一座是位于澜沧江河段的笑湾水电站，另一座是地处金沙江干流的西落凼水电站。笑湾水电站装机总容量达四百万千瓦，最大坝高近两百九十米，堪称世界目前最高的混凝土双曲拱坝；西落凼水电站装机总容量超过了一千二百万千瓦，据说是中国目前仅次于长江三峡水电站的第二大水利水电枢纽工程。两座水电站无论是建设规模还是投资概算，都远远超过了龙潭工程，被华夏集团投标办公室列为重点追标项目。信息表明，这两座特大型水电工程的筹备工作均已进入招标阶段，全国各大水利水电施工单位和实力建筑企业以及更多的私企老板，正在加紧投标准备，都想抱到金娃娃，生死大搏斗般的竞争序幕在不知不觉中悄然拉开，看来，竞标的激烈程度肯定不会亚于三峡、龙滩、龙潭、纸平滩、水布垭。去年底，华夏集团针对纸平滩工程的投标失利，达奚贤痛心疾首。失利的主要原因不在投标文件的编制存在什么技术缺陷，而是在竞标过程中缺乏技巧，公关手腕笨拙。这是华夏集团投标办公室的老毛病。痛定思痛，老达奚准备不待笑湾、西落凼两大工程的竞标仗打响便提前进入状态，事先做起了投标文件之外的文章。时之男此番赶赴西南地区实际上是假咨询标书具体章节之名行刺探相关机要之实，工作内容不外乎：打听两座水电工程业主团队如何组建，阵容怎么样，掌门人是谁，什么来历，有何喜好——摸清人脉；业主是否像龙潭工程招标工作开始时一样，要对入围主体工程标段竞标的单位进行一次所谓的考察评估——便于应对；入围主体工程标段竞标的单位有哪些，各有什么鲜明的优势——了解对手，等等等等，为华夏集团投标工作人员进入阵地、迎战敌手做铺垫。

十多天很快过去了。时之男的自我感觉不错，认为基本上执行了上司的意图，算是圆满完成了各项工作任务。此外，她还自作主张，拜访过笑湾、西落凼水电站的设计单位，想办法弄到了许多原始资料，并且跑到两座水电站的坝址看了看，熟悉了一下地理环境，这对调整、修改投标文件至关重要，有着不可低估的参考价值。想到及时汇报出差情况对有效推进下阶段的投标工作很要紧，达奚贤主任的心里也一定很着急，所以，时之男连路过家门口都没有下车，直奔投标办来了。

时之男把一大摞原始资料在办公桌上码放好，坐下，说："跟龙潭工程一样，笑湾和西落凼组建的建设单位阵容强大。"

"总而言之，统而言之，"不料，老达奚回应了句牢骚话，"做儿子的越来越少，当老子的越来越多，家庭负担越来越重。"他对管理层次过多、无形加大了施工成本的现象一向不满，一不留神就发泄出来。

时之男莞尔一笑："两大业主正在加紧资格审查，笑湾、西落凼电站主体工程标段竞标的入围单位，暂时还没有确定。参加投标的单位太多了。竞标笑湾电站工程主体标段的有三十一家；竞标西落凼电站工程主体标段的达到了五十三家，不算私企小老板啊。"

"抢，抢啊。僧多粥少，不抢就饿肚子。"

"咱们华夏还真有一搏。"

达奚贤把倒满开水的塑料杯递给时之男，坐到她对面，熏得焦黄的食指顶了顶厚重的眼镜，将那摞原始资料挪到自己面前："这趟差路途遥远，要干的事情多，辛苦了，辛苦了哇。"

"主任，这种苦差，往后你给多派点儿啊，我绝对不会有意见。"时之男美美地笑着，小心翼翼地喝了口开水，"笑湾水电工程建设总公司的员工，比潜龙总公司多多了，设置的部门更加……"

"西南那边的天气还很冷吧？"

"可不，气温比我们这里低好几度。幸亏我有准备，衣服带得足。"时之男一边轻轻地吹着嘴边的开水，一边瞅着心不在焉的老达奚，"他们光编制招标文件的工程技术人员就有……"

"之男哪，"老达奚又把她的话打断了，"这样吧，你还是先回家休息去……我看得出来，你其实很累。"

"没关系……"

"我自有道理。"老达奚扬扬手，示意她不必性急，"回家休息，多休息两天。要是精力允许的话，可以把思路理理，能弄个汇报提纲最好。回头我请总经办、工程处、合同处、财务处的负责人和有关领导一起，规规矩矩听你汇报，怎么样？"

这哪是老达奚的作风啊！时之男大失所望，说："有好几家投标单位已经向笑湾、西落凼进驻工作站了，主任你怎么……？"

事情若是放在已往，达奚贤一定会全神贯注、兴致勃勃地静听时之男从头至尾娓娓道来，一定会反复询问许多具体情况并且认认真真做好笔录，高潮处，还有可能得意忘形地附带出自己的深谋远虑，使交谈气氛有声又有色。可是眼下不行，他没有这个心情。时空的被捕让他焦虑不安。和所有知情人一样，他正在苦苦研判时空涉毒的真实性，以致浮想联翩。倘若确有其事，将直接影响到华夏集团的安危，华夏集团……真是多灾多难啊。看样子，时之男对自家的灾情一无所知。要不要告诉给她呢？不告诉她，不近人情，反衬出自己为人虚伪，告诉给她吧，这话从哪儿说起呢？怎么说呢？连自己都没有弄清楚的事儿，怎么能让对方听得清楚呢？况且，也没谁授权自己尽这份义务，楼上的头儿们正试图阻挠消息漫延以免引发混乱哩，老达奚心里矛盾极了。他最直接的感受是无法面对这位总经理的女儿，难以保持镇定自若的心态进行这个本该十分轻松愉快的工作交流。让她回家休息，暂时回避一下上下级之间、同事之间的尴尬，等待省里传来最新消息也许是最为恰当的选择，老达奚在这样想。

"不急，不要紧的，两座电站的招投标过程漫长着哩。"老达奚端起硕大的搪瓷缸子，喝了一大口泡得黑黄的浓茶，"火候一到，我就让你们龙潭工程投标工作站的原班人马上，没准儿又是大获全胜。"

"兔子还在老窝里呀？"时之男仍旧处于兴奋状态，脑子马上随着达奚贤的思路做出了积极响应，"最实际的问题：况夫不是咱们投标办的人，你哪来原班人马啊？"

"不是投标办的人，难道不能把他变成投标办的人？"

"尊重事实好不好。"看得出，时之男对老达奚的倡议实际上还是很感兴趣的，"人家已经是龙潭施工局的局长了——将千军万马，不是过去的项目部主任——将几个兵。"

"对华夏集团来说，龙潭工程是一只煮熟了的鸭子，谁吃，怎么吃，不成为问题。"老达奚续了支香烟，"这么美的事儿让况夫一个人独吞，那还行哪？不行，不能便宜了他。他是家里的壮劳力，得进山打猎去，下湖打雁去。"

"人家要是不干呢？"

"能由得了他？大局为重。"

"别忘了啊，你们哥俩儿平起平坐，他能让你领导了？"

"当今，父子关系搞到头的情况都多得是，何况哥俩儿。处级领导处级又不触犯吏律。你走着瞧，只要日子时辰一到，我就故伎重演，找你老爸……"老达奚猛然意识到，即便是扯闲聊天说废话，自己也没有足够的注意力持续下去，他决定就此打住，"怎么个排兵布阵是后话，后话以后再说。我先把你带回的资料留下来翻翻。就这样？"

"恭敬不如从命哪。"时之男见老达奚确实没有听取工作汇报的积极性，只好起身，"那就请主任另外安排时间好了。"

时之男走出供老达奚独自蜗居的玻璃笼子，大统间二三十个同事一齐从档位里站了起来，就像有谁给出了口令。实际上是老达奚又忘记关掉麦克风的开关，他俩的谈话被各位职员听得清清楚楚。时之男充分想象，这一定是大家欢迎自己凯旋而归，于是从旅行箱里掏出一大包巧克力，向一位女同胞扔去："分啦！"

没有放下心来的老达奚尾随在时之男身后，瘦尖脸上虽然僵持着笑容，躲在镜片后面的眼睛却在闪耀威严的光芒，向立正的人群一一扫描过去，直到把他们全部扫进各自的档位，才跟着时之男走出办公室，并且一直把她送进了电梯。

时之男走进电梯后没有急着下一楼，而是让电梯朝着顶层上升。她想给十多天没见面的老爸一个惊喜，然后跟随他坐黄河的奥迪一块儿回家。一连敲了几次门，办公室里没有反应。她想老爸一定是因为什么事离开了办公室，或者去了龙潭工地还没有回来，只好返回电梯下到了一楼。直到这个时候，时之男才隐约觉察到周围的气氛不对。已往，时之男进出总部大楼，沿路总是应接不暇地召唤，没话找话、主动搭讪的人多得让她心烦。眼前却全然不是那种光景。几乎看不到人，偶有人影晃动也是一闪就不见了，整栋大楼还异常安静，怪。她开始怀疑人们在故意躲她。没错，是在故意躲！她想起来了，老达奚的神色很可疑，怪怪的，不自然，不像平时：粗门大嗓，拿腔拿调，刁顽、固执、幽默、豪放得完全不像个五十开外的人。出差前，老达奚交待任务的时候特别严肃认真，就像派侦察兵深入敌后，反复叮嘱此次行动对华夏集团的生存发展是如何如何的重要，只差没说"只许成功，不许失败"这种横话。现在她回来了，任务完成了，他又是那么一副漠不关心的态度，不可思议。还有，办公室的同事怎么都哑了呢？笑？

笑得太不正常。

不对！时之男蓦然转身，闪过大厅，准备回投标办找老于世故的达奚贤讨个究竟。

电梯裂开一道缝儿，时之男明明瞥见费玲玲要从里面走出来，却又发现那扇还没敞开的门在徐徐合拢。她毫不犹豫地小跑几步，侧身挤了进去。

"哟，之男……回来啦？"费玲玲缩在角落里，也是一种虚伪的笑。

时之男仰着头靠着电梯，一只手扶着旅行箱，另一只手揿住那颗有个"关"字的按钮，强迫电梯在顶层、底层之间来回跑，"告诉我……发生了什么事？"

"……"费玲玲年长时之男四五岁，是个天不怕地不怕的剩女，可是不知为什么，见到时之男就怯生生的，尤其怕看她那双又大又亮的眼睛，好像之男比她年长职务高，"告诉你……什么？"

"说。"时之男仰望着上方。

费玲玲几乎没有城府，费玲玲没有隐瞒、撒谎的胆量和技艺，所以，时之男没费多大工夫就让她开口讲出了她知道的一切。费玲玲原来还很脆弱，流下了伤感的眼泪。

时之男听罢，心里反倒踏实下来。母亲染上毒瘾的事儿她知道，是一次在家里嗅到残存异味儿之后留心发现的。外公专门向她解释过茅老县长让山茶从山里找山民收购自制鸦片的事。外公解释这个隐秘的时候很无奈，说你母亲活得实在痛苦，正常人无法理解。之男深爱母亲，同情母亲，恨不得代替母亲受罪，因此不但没有责怪，反而成了母亲嗜毒的掩护者。父亲对母亲关怀备至，相濡以沫，但如果知道母亲染上了毒瘾，绝对不会与家人同流合污，沆瀣一气，毕竟身份不一样，所以，全家都谨防着他。据此推断，时之男坚信父亲绝不可能跟毒品有关，更不会贩毒。

"我爸是毒贩子，你信不信？"时之男咬着嘴角。

费玲玲摇着头："我不信，大家也不信。可是……"

"你走吧。"时之男松开一直揿着的按钮，蛮不讲理地让她回到三楼。

费玲玲赶紧擦干眼泪，低着头钻出了电梯。

一楼，时之男从电梯里走出来。她先整整衣帽，将齐耳短发向后理了理，塞进耳麦，随后一手拉着旅行箱，一手搭着呢大衣，扬起头，目不斜视，大踏步跨出了总部大楼。她想，父亲不过遇到了一点儿小麻烦，解释清楚了，肯定万事大吉。

可是，她做梦也没有想到，家里已经出大事了！

一四〇

敞亮的别墅忽然给人一种空洞的感觉。

楼上楼下出奇的宁静，宁静得让人发瘆。

偶有几声蜘躅的脚步，迟缓而消沉。于是，宁静的气息里飘忽不定着惶恐。

时空外出了。之男也外出了。尉迟琪相信山茶的料理能力，放心地在将军楼关照他的鸡鸭，根本没有想到山茶也走了。

别墅里只剩下尉迟江南一个人。她既是一个身体健康、思维敏捷的正常人，又是一个弱不禁风、神志紊乱的患者。矛盾着的生存状态，决定她身边不能离了左右，而她却独自一人在这所空空荡荡的别墅里徘徊了五六天。寂寞无所谓，期待的日子难挨。她满怀热望地等待着山茶归来，等待山茶从山里给她带来生活的力量、勇气和信心。等啊，等，最后等来了……绝念。

山茶原计划带着补给在三天内回来，出发前她留意到江南的需求存量刚好够三天。由于奇货难求，山茶又志在必得，在面巴屯区域辗转反侧，耽搁了时间，直到发生了始料未及的事情……

头脑清醒的时候，尉迟江南会想到细水长流，所以，坚持挑战极限，不是感到天旋地转世界末日即将来临，她绝不摸出斜榻下面那个曾经用来盛饼干的铁盒子。

现在，江南已经把它拿出来了。同时，拿出来的还有一杆毛竹筒——黑黄，一尺来长，擀面杖粗细。竹筒下腰固定着一个茶盖儿大小的锅锅——黄泥烧做，也变得黑黄；上端为嘴部，箍道铜箍。也许只有上个世纪的老汉才识得此物——烟枪，且为自制。前年，山茶回面巴屯过春节，茅镰嘱咐她顺便向左邻右舍讨要、购买些烟土，尝试超度江南脱离苦海。山茶依计行事，并且寻得这件绝不可以示人的器具。从此，它便执着地闯进了尉迟江南的生活。

铁盒里面只装一只白色塑料袋，瘪瘪的。塑料袋里再装一个小纸包。打开纸包才能细看到黏结在褶缝中的粉末儿，星星点点，淡黄。就剩这么一点儿了，好比上世纪六十年代初人们节省下来以备不测的一点儿口粮，尉迟江南把它视为珍宝。

尉迟江南晃晃悠悠地坐到斜榻上。

这个时候的尉迟江南已经不懂得仪表。睡袍松垮，头发散乱，眼神痴滞，面色苍白，嘴角挂着唾液，鼻孔滴着鼻涕。她努力舒展开哆嗦着的双手，颤颤巍巍，先把一方黄表纸搓卷成一根媒纸，再掂点儿粉末儿捻成颗黄豆大小的丸子，小心按到烟锅中央的圆孔上。然后，她拿打火机点燃媒纸，摇灭火焰，歪倒，一只手架住烟枪，嘴巴噙住铜嘴，另一只手将闪着火球的媒纸轻点着烟锅中央的粉团，一面吸了一大口，并且贪婪地让烟气一缕不剩地全部吞进了肚子里。

奇迹发生了。几乎就在瞬间，尉迟江南如邀苍穹，飘飘欲仙。没有血色的脸颊倏然红潮泛起，嘴唇也殷润起来，一双大眼又亮丽起了伶俐的光，犹如圣母复活。

她研习烟土的时候是躲在二楼卧室，由深谙此道却又不上瘾的山茶作指导。因为残留的异香常使时空大惊小怪，她只好在三楼开辟隐蔽区。别墅的三楼除布置有露台、贮藏室、洗漱间外，设计大师还设身处地为主人设计了两间客房，供来客或者佣工使用。时空一家没有把山茶当外人，让她住到了一楼之男的隔壁，这样，三楼的房间就都闲置起来。去年早春，江南为防范时空灵敏的嗅觉，命山茶在三楼收拾了一间作为小憩天地——实际上是专供自己摆脱困苦的诺亚方舟。之男对母亲的病情非常同情，干脆买回一张斜榻，让做娘的活个痛快。

怪不得有人为它铤而走险，怪不得有人为它不惜牺牲性命，此物确实法力无边，大有起死还阳的奇效。不一会儿，江南心清气爽，神情昂奋，非但恢复了平日的仪容，还恢复了平日的聪慧、睿智。这情景反而糟糕。生活有时提请人们浑浑噩噩、糊里糊涂虚度更好。

　　这个时候的尉迟江南面对的挑战已经不是如何控制好心态，使魔化了的烟土琼浆玉液般融入肢体，帮助自己征服痛苦，摆脱窘境，也不是焦急等待更多的给养支持自己延续苦难的人生，而是长久地盘绕在心胸的情结。千丝万缕，再一次强占了她有限的思维空间。眷恋的不再是吸食了，而是温暖着她的家。

　　山茶从面巴屯打来的第一次手机是大前天。山茶第一次打来手机的时候曾使她兴奋不已。毫无疑问，储备数量可观的高质量吸食可以满足她如梦如幻的仙境生活。可是山茶第二次打来的手机却又让她大失所望，情绪一落千丈。紧接着，无助、无望、悲怆一齐袭上了心头。山茶和茅老县长拔刀相助、赴汤蹈火令她感恩涕零，时空的被捕让她羞愧难当。在生活的狂澜中，江南自身已经失去了进击的锐气，而时空却储备有足够的潜能劈波斩浪，虽然不能助他一臂之力，但是她愿意高兴地看到并且相伴他打拼到绚烂的彼岸。谁知，她却给他带来了麻烦，就像大海中的航船被朋辈撒下的渔网绊住，脱不开身，还有沉没的危险。她在痛苦地与病魔抗争的同时，还在焦急地等待着时空的声音，她相信时空会打来手机，会向她报平安或者说明事情的发展趋势。可是两三天过去了，她没有盼望到任何音信。是隐秘暴露得太突然让时空生气了、愤怒了呢？还是执法的人连生气、愤怒的权利都不给他就把他扔进了大牢？他能把携带毒品的事情解释清楚吗？如果他被冤枉成涉毒人员，会不会殃及华夏集团？执法的人会相信山茶、茅镰的自供吗？尉迟江南有一种不祥的感觉。愈是有这种感觉，脑子就愈加活跃，情感就愈加细腻……父亲年事已高，可怜他不到四十岁就孤灯只影，艰苦奋斗、勤俭节约伴随他度过了一辈子，看上去乐观，其实很苦。做女儿的总想尽心尽孝，可是到头来自顾不暇，只能是个永远的心愿，惭愧啊……之男这孩子呀，什么都好，才、貌、人品，哪样都在人前，可她为什么老是在婚姻大事面前彷徨呢？为娘的想帮帮，为娘怎么帮才能如愿以偿啊？……时空许诺过，时空许诺龙潭截流成功后一定把况夫接到家里来，让之男和他面对面交换思想……时空这回说的话能兑现吗？之男、况夫有情意、有勇气吗？唉……要是能看到他们有个美好的结果，那该多好啊，可是……

　　这个时候的尉迟江南不再憧憬未来了，觉得未来的一切全都没有了魅力。她不停地责备着自己，抱怨自己为了偷生、为了痛快，给丈夫给父亲给女儿带来了灾难，损伤了家人的名声，让周围的人们唾弃。她怨恨自己堕落成了累赘——亲人的累赘，朋辈的累赘，社会的累赘——一个懦弱无能的可怜虫！其实，她是可以不沦落到这种光景的，之所以沦落到这种光景完全是因为她那与生俱来的好强个性。在省直医院，她是名震一时的"一把刀"，要声誉有声誉，要地位有地位，尽管不能上手术台了，但谁下岗也不能是她下岗。站着茅坑不拉屎、拿闲钱的人多得是，怎么会轮到她就不行了呢？可是，她不愿意看到领导和同事们的怜悯的目光，受不了当值医生对她这个曾经是主任医师的病患者的那种冷漠的眼神，毅然决然，提交了离职的请求，宁可蜗居在家。本来，她还有一次风光的机会，却被她轻率地放弃了。前年春节，省直医院的高院长偕院办主任专程来到十字街，向她请教一例外科手术疑难，实际上是请她出任正在筹划中的整形科主任。高院长感到医院的技术力量奇缺，醒悟到尉迟江南坐在医院里便是钱。孰料尉迟江南最终没有帮他了却这个心愿。时空坚决反对她回到从前供职的医院其实无济于事，真正指导她谢却高院长诚恳聘请的基本思想是：手术刀崇高、神圣，那是因为它的使命是救死扶伤，如果把它当成挣钱的工具，那简直就是对它的亵渎。即便走到了今天这一步，亦并非穷途末路，只要她能挺住，只要她坚持每天去医院注射一针两针杜冷丁，生活仍然会热情地拥抱她。可是，她又无论如何不接受这种现实。她惧怕她还没有走到医院就在大街上疯疯癫癫起来，她担心有人在背后讥笑："这就是'一把刀'呀？""这就是时空的老婆呀？""时空的老婆原来是个瘾君子呀？"她把颜面看得太重要了，比生命还重要。

因为好强，她才离开了她深爱的职业；因为好强，她才毫不犹豫地把对杜冷丁的依赖转向对鸦片的依赖；因为好强，才使她生存的权利日益萎缩。她把做人的标准立得太高，她自己把自己局限到了一个逼仄的空间。她不该质疑存在的意义。其实，人有许多种活法儿。

这个时候的尉迟江南，头脑非常清醒，思维非常敏捷。最清醒、最敏捷、最理智的时候又是自尊、自爱最强烈的时候。

她已经从斜榻上站起来了。她把烟枪和铁盒子收拾好了，把斜榻收拾好了，把整个房间收拾干净了。她依恋地把整个房间最后打量了一遍，带上门，走到了二楼。

她走进洗漱间。她从从容容地洗了个热水澡。她换上了一身洁净的衣服——平时最喜欢穿的大领双排扣列装和哔叽呢西裤，上蓝下黑，很简洁，很协调，很庄重。她用吹风机轻巧地吹拂着头发。镜子里面的她，头发依旧乌黑发亮，明眸皓齿，鼻梁挺秀，嘴唇殷润，脸颊俊俏——无不明快地舒展着智慧的成熟的美，爽朗地坦荡着仁爱与热忱。"阿姨……你好漂亮啊。"她耳畔好似响亮起了山茶的声音，很稚气。"漂亮什么，老啦！"她在心里说。山茶的声音仍在她耳边缭绕，很悲伤："阿姨……你等着，等我和茅爷爷一起去把大叔顶回来，大叔回家了，一切就都好办了……实在挺不住，你还去医院打杜冷丁。前些时我上街买菜，遇见了那个常给你打针的护士，她可好了，问你为什么好长时间没去医院打杜冷丁哩……"她苦笑着，还是在心里说："不打了……再也用不着打了……不能让所有的人都来救助我啊……我解脱了，大家就都解脱了……"她做完了该做的一切。她拨通了父亲的电话：

"爸，我呀，江南。"

"哦，丫头！"尉迟琪在将军楼大声问，"有事吗？"

"你有没有时间？"

"傻丫头！我一个糟老头子，饱食终日，无所用心，哪会没有时间啊？"

"那……下午你过来吧。"

"时空又让吃饭？"

"过来你就知道了。"

搁下电话，尉迟江南把一只洗刷过的白脸盆端进卧室，放到了床前的地板上。随后，她从梳妆台上一个小木奁里拿出把手术刀。手术刀雪亮，很小，像一片柳叶，锋利无比——这是她告别省直医院时携带回家的。她想把它留作永恒的纪念，让自己自豪地回忆曾经的辉煌岁月。确实，这把手术刀帮助她救治过数不清的患者，她曾凭借它的力量，把他们一个个从死亡的边缘生拉硬拽回来。可是，万万没有想到，这把手术刀就要将她自己永远地送出这个世界。

她平躺下了。握在右手的手术刀毅然向左腕动脉娴熟而灵巧地划过——殷红的热血汩汩流向白色的脸盆，没有给地面溅洒一滴……

床头墙壁正中挂着一面大相框，相框内是她和时空的结婚照——全身，黑白分明。对面墙正中也挂着一面大相框，相框内是帧全家福，彩色——头发斑白的尉迟琪坐在中央，背后站着时空、之男和江南。一家四口都在笑，豆蔻年华的之男笑得最开心。之男太像妈妈了，脸、鼻梁、眼睛、嘴，甚至粗黑浓密的头发，哪儿都像。"多好啊……"江南喃喃着，像呓语。深春的阳光热情地射进窗口，把全家福照耀得五彩缤纷，棱角分明，让弥留之际的她看得清清楚楚……看着，看着，她疲倦了，困极了，眼前的一切在不知不觉中愈来愈迷蒙，昏暗……不久，就什么也看不清了……没有痛苦，就像安详熟睡……

……

"妈——，妈呀！"时之男回到家里，楼上楼下跑个遍，最后在卧室发现母亲已经通体冰凉，惨白如纸。她悲痛欲绝，声泪俱下："你没有必要这样呀，没有必要哇——呜——嘀嘀嘀嘀……"

一四一

鲍官厅清点钞票前先将大拇指送向唇边蘸了点儿涎水，然后将红通通的百元大钞一五一十点了一遍，再点一遍。点完后把一千五百元整数揣进自己内衣袋，剩下一百元加上散票递给了坐在对面铺上的儿子：

"零花。不准学抽烟喝酒啊。"

宜阳至宁泰公路拓宽取直工程和龙潭水电工程"三通一平"前期准备项目结束以后，先期进入宜阳境内的施工队伍被况夫一分为二，一部分人马转移到了宜阳县西北边陲的天保寨，支援上岗、下岗两座小型水电工程施工和五座大型水库的维修加固；另一部分即精锐部队则就近投入龙潭主体工程建设。鲍官厅被整编到了汽车三队。汽车三队布置在左岸导流洞工区，担负二号导流洞洞挖出碴任务。目前，二号导流洞工程已经完工，左岱堤填筑也按设计要求推进到了指定位置，和其他几个车队一样，汽车三队也奉命休整，为即将到来的截流施工做准备。三车队驻扎在细柳湾。细柳湾三十来户人家，距龙潭镇五六里，距阳元峁半腰的大草甸也是五六里，三地呈等腰三角形。为了跟当地老百姓融洽感情，况夫让三车队全部租用民居，并且免费为他们修建了三条与外界联通的永久大道，还淘了两口水井。细柳村的村民得到了实惠，对龙潭电站的施工队伍就不像刚开工时那么抵触了，慢慢地，工人和农民一家人似的。

鲍官厅的精神面貌比从前好多了，尽管扔不掉牢骚满腹、怪话连篇的老毛病，但已然不是已往那样看啥啥不顺眼，视野一片黑暗。实现再就业后，月收入虽然比给别人"挑土"时多不了多少，可是作息时间要比那时规律，生活有了节奏，重要的还是回归了主人翁的自豪感，再也不觉得低人一个等级。最让他舒心的是，大儿子永泰在培训中心学会了汽车驾驶、推土机驾驶、装载机驾驶三门技术，结业后正赶上龙潭工程上马，被顺顺当当安置到了右岸船闸部位，开上了推土机。儿子的月薪不高，但作为一个才十五六岁的毛头小子，能有一份安稳的工作，能有固定的收入，并且节省了诸如读大学、投资练摊之类的开销，里里外外划算起来，还真不错。

鲍官厅披了件洗得泛白的帆布工作服，从床铺底下拎起盛着苞谷酒的白塑料桶，领着儿子走出了农家味儿十足的青瓦房。

"建设，下班啦，走，喝酒去！"鲍官厅亮着塑料桶大声喊道。

房东门前的稻场上一溜儿停放着十几辆橙色的佩尔利，蹲在一辆汽车旁清洗空气滤清器的薛建设扭过头一笑："儿子又给缴公粮来啦？"

"啥缴公粮，这叫还贷。我养他小，他养我老。"鲍官厅开心地笑着。

"行呀你，快做财主了。"

"穷得卵子敲凳响，还做财主。老爷子一年到头向医院进贡，小儿子一年到头向学校进贡，还有房子这个大头。总不能大家都住高楼大厦享福，我还窝陕西营的土坯里熬日子吧？"听口气，鲍官厅不满足现状，"我这辈子只想他娘的混个小康水平。"

"目标太低了。"

"当皇上目标高，可咱不是那块料啊。"

"那也缺个压寨夫人哪。补上！"

"拉倒吧，缺一门是一说牌。"鲍官厅拍着儿子的肩膀，"半路娘们儿要是把我两个儿子拐跑了，我就被搞成了无产阶级。这是薛师傅，喊！"

永泰就喊了声"薛师傅"。

薛建设乐了："折杀我也。我是师傅啦？"

鲍官厅说："咋不是师傅，规规矩矩的师傅。"又叮咛儿子，"记住了，这车队，个个是你的师傅。要懂规矩，知道上下，可不许耍二杆子。"

儿子直点头。

薛建设望望永泰，对鲍官厅说："小子真像你啊。可是比你块儿。"

"那是当然，一代比一代强嘛。他这个月拿了一千六百多。奖金是三百现大洋，比我们高。"

"导流洞出碴上月我们就扫了一下尾，戗堤填筑咱又没捞上主力，奖金当然少喽。"

"多劳多得，认了。"鲍官厅说，"走吧，还磨蹭啥？"

"哎呀……我还想去修理厂那边换换刹车片。"

"急啥，截流还有好几天哩。明天我帮你搞搞得了，简单。"

"行，喝酒去。"薛建设开始收拾工具。

在鼎川遭遇绑架后，薛建设有好大一阵子心气不顺：受尽凌辱、迫害倒也作罢，谁让自己倒霉呢？问题是如此奇耻大辱，居然必须忍了才是，有冤不许伸，有仇不许报，这哪像二十一世纪啊！开始，薛建设只是暗自嘀咕诗书记做书记行，做人不行，怎么不敢把腰板挺直了呢？后来不知怎的开了窍：做领导的原来都这臭毛病，表面气壮如牛，实际上喜欢吃哑巴亏，宁可让尿憋个死，也不肯在人前痛痛快快往外撒。一天到晚小心伺候这外功不足，内功十足的群体，真让人受不了，薛建设就想到要离开机关小车队，换个活法儿。也省得三天两头天南地北到处跑，一不留神又被人劫了，没让揍死也给气死。龙潭工程大上马后，最稀缺的是司机，薛建设抓住机会，向小车队的区队长打了报告，要求到龙潭工地开大车。区队长不同意，薛建设就给他提了两瓶茅台，这样就同意了，还惋惜地说："别人给领导行贿是想往高处走，你小子倒好，给领导行贿图的是向低处跑，傻蛋！"薛建设到龙潭工地报到后，先被钻爆破一队借去开了一段时间的生活车，后来回到了三车队，和鲍官厅编在一个作业组，住在同一个老乡家。两人年龄差距很大，却特别合得来，被誉为"一对二杆子"。

薛建设把扳手、起子、钢丝钳在汽油盒里洗净，塞进工具箱，而后拿棉纱头擦着手上的油污，边擦边说："炊事班今晚有好菜，去那儿找棵大树底下喝得了。"

"不行，不行，人太多，个个馋，发起总攻来，能给咱俩剩几口？"鲍官厅不想跟酒鬼们搞共产，"再说，这两天有谣传——无风不起浪，赶这当口儿浑吃海喝，那队长老儿瞧见了，能不骂两杆子'唯恐天下不乱'？"

"说的也是。"薛建设皱起了眉头，"这华夏……咋老不是太平呢？"

"我也是心里憋得慌，想趁永泰过来出去解解闷儿。"

"去哪儿？龙潭镇还是大草甸子？"

"龙潭镇乱糟糟的，又是头儿们的眼皮底下，大草甸好。"

"好，就大草甸。"薛建设把搁在车辂辘上的工作服拾起来往肩头一搭，一手叉腰一手拍拍永泰的肩膀，"走。"

三人出了村口，抄小道儿朝龙潭镇通往龙坪乡的泥沙公路上爬。刚爬上好汉坡，见曹老七背着帆布工具包从龙潭镇方向走来。

"哎，老七！"鲍官厅大声喊道，"干嘛哩？"

曹老七挥挥手："领……领东西。"

"领嘛？"

"步……步话机。"曹老七赶了几步，拿出一个包装盒，"不……不是要……要截流嘛。"

"嚆哟，"薛建设歪着脑袋看了看包装盒，"都使上现代化装备了啊。"

"现……现代个屁。我那站离……离截流现场有……有三十里，这玩意儿才够……够得着十里，差……老鼻子远，摆……摆设。"

曹老七结巴得厉害，又没啥文化，工作岗位很不好安排。去年，龙潭施工局在龙坪设水文站服务工程施工，况夫就把他放在水文站看水尺。因为经常来来去去，老七跟沿道的工人都混熟了。

"走，"鲍官厅亲热地搂着曹老七的腰，"跟我们到前面大草甸喝酒去。"

"不……不行呀，我还得赶……赶回去。"

薛建设说："急啥，太阳还没下山，早哩。"

鲍官厅说："回去还不是早早在山旮旯窝着，值勤艇截流的时候都不停航，你还怕回不去？"

"我是怕……怕下雨呀。"

"扯淡。"鲍官厅说,"你看这太阳红得像猴屁股,哪会有雨啊?这些时,就没见下过一滴雨,天气好得很。"

"这里是……没雨,可……可龙坪那边常下。我老打……打电话向施工局报……报告水情,说龙坪下……下雨了。接电话的是……是个娘们儿,总……不信,说你……你别撒……撒谎啊,谎报军情是……是要定罪的,这么大的太阳,哪能下……下雨啊?你们说这怪……怪不怪,不是一样……一样的天……天吗?"

薛建设笑了起来:"没啥奇怪。龙坪那边的山比我们这边的山更大更高更密,云团、气流变化得快,形成降雨的气候条件比我们这边频繁,所以经常有点儿雨。小雨、阵雨不影响潜龙江的流量、流速,你担心什么。"

"哦,"曹老七似懂非懂,"原来是……是这么回事。"打量了一下永泰,"老鲍,你……儿子对吧?"

"认识?"

"没……没见过。模样太……像你了:凹眼窝,高鼻子,撮……撮下巴颏,鞋……鞋拔子脸,等半根胡子长……长出来就……就更像你。"

"奶奶的,我们爷儿俩原来在你眼里是丑八怪。"鲍官厅拍了一下老七的头,又对儿子说,"这是曹老七,曹师傅。喊!"

永泰笑着喊道:"曹师傅!"

老七憨笑说:"我哪够格当……师傅,合同工,才……一年工龄。干……干什么活路?"

永泰回答说:"开推土机。"

"开……开推土机好,开推土机用……用不着会……说话,结巴不……不碍事儿。赶明儿我让我爸找……时总,让时总给我派……推土机开,这样好,两全其……其美。"

"啥两全其美?"鲍官厅纠正说,"应该说是为所欲为。"

永泰忍不住插嘴说:"说如愿以偿,心想事成,或者美梦成真比较合适。"

薛建设拍拍永泰的肩膀:"还是你学问高。"

"告……告诉你们一……一个消息。"曹老七吃力地咽了口口水,"刚才我在调度室领……领步话机,听有人小声说……说时总被人捉……捉走了,有鼻子有……眼,还说连司令都没……有了,截……截……截屁流……"

"打住,打住。"鲍官厅拦住曹老七的下话,"这话犯忌讳。"

薛建设说:"不许传谣,动摇军心。"

"别吓……唬人了,当我是吓……吓大的?"曹老七外表朴厚,秉性却踏老子的代,拧,横,"坏人不……不捉,捉……好人,没……王法了?"

鲍官厅说:"小子,拿钱干活儿啊,不该你操心,别操。"

薛建设说:"问题是好人坏人还说不准。"

"怎么说……说不准?时总就是好……人。"曹老七坚持自己的看法,"没时……总,我哪能看……水尺?"

鲍官厅说:"那得感谢党。党让你干啥,你才干了啥。"

"你尽说……屁话,这跟党有……啥关系?"曹老七白了他一眼,"不行,我得救……救救他。"

薛建设扑哧一笑："你小子还有那么大的本事呀？真看不出。"

"那……那怎么啦？"曹老七很认真，"我让我爸找……找寇省长，寇省长从前是……是我爸的号……号兵，我爸的话他……他听。"

薛建设睁大了眼睛："原来你后台这么硬呀？"

鲍官厅只是想助兴："干脆把你那两个当师长的哥一起搬来。"

曹老七不屑地说："五〇、五二不……不行，没……打过仗的师长，没……没分量。他们还比不上我……我大舅，我大舅是军长，真……真打过仗……"

"你还有个当军长的大舅呀？"薛建设吃了一惊。

"奇……奇怪？"

"那你还不快点儿把他搬来帮帮时总！"

"他……他……他在台湾。"

薛建设吓了一跳："你这关系网也撒得太大了。"

鲍官厅捏着鼻子笑过一阵儿，说："我看你还是赶快回去给你老爸报个信稳当些。"

"我是……是在这么想。"老七说，"先……先去阳元峁脚下看看值勤艇顺……顺不顺当，顺当就回水……水文站，过两天再……回筲箕铺，不顺当就……就直接回……回筲箕铺。"

"过两天就来不及了。"薛建设说，"这样，我们先喝酒，喝完酒你马上回筲箕铺给你爸报信，明天一早再来阳元峁坐值勤艇去水文站，两不误。"

"真……真喝呀？"

四个人边说边走，不知不觉顺着好汉坡爬上了阳元峁半腰的大草甸。华夏美食城就在眼前。

一四二

华夏美食城其实是用油毛毡和芦席搭建的棚子，夹杂在大草甸西边沿的小卖部、理发店、缝纫铺、水果摊和修造厂储存、发放机械零配件的仓库中间。龙潭工程开工后，张天翼、谢庭芳不失时机，跑到大草甸来新开了这个分店，和他俩在十字街圪垯窝开的餐馆共一块招牌，两人分头照管生意。大草甸的华夏美食城远不及圪垯窝那边火红，愈是正常用餐时间愈是冷清，因为左岸工区的工人都有自己的食堂，白天大多是蒸几笼包子、馒头，卖给特地赶来龙潭工地看稀罕的山民和匆匆忙忙的过往游客，单炒菜很少。夜晚的生意好些，喝酒的客人比较多，大都是麻将牌散场后从四面八方爬上坡来宵夜的夜猫子，也有刚下夜班路过大草甸顺便喝点儿酒解乏的工人。张天翼不想回华夏集团再就业，又割舍不下与华夏集团的渊源情结，坚持着把华夏美食城支撑下来。

这会儿，身着白外套，头戴白圆帽的张天翼正抱着膀子斜靠在门框上，津津有味地欣赏仅有的两个顾客饮酒，吹牛。

喝酒的是两个年近七旬的老汉，干瘦、黝黑、精神，一个下巴颏剃得净光，一个下巴颏点缀着些白胡须，头顶都不残留毛发，光亮而黑红。白胡须老汉上身穿着件黑色对襟夹袄，脚下是一双圆口青布鞋；下颏磕净光的老汉穿件红色真皮夹克，脚下的旅游鞋雪白，入时多了。两人只要了碟水煮黄豆，却打了一斤散酒。主要是天上人间瞎谝谝，喝过几口酒后才记起撵颗黄豆送进嘴里嚼嚼。

光下巴颏老汉因为被在外地做生意的儿子接出去周游了一圈儿，加上做东，所以是主角：

"……你是不知道哇，外面的世界全在变，变得乡巴佬认不着方向……到处都在进行创新，到处都在进行争抢第一。"

白胡子老汉是配角，就一直惊讶着附和："噢？都创新，都抢第一。全都第一啦？"

"娃娃们戴绿领巾。"

"噢，哪国？"

"中国呀。"

"我孙娃子还戴着红领巾哩。"

"所以说山里还落着后呀。"光下巴颏老汉说，"再说厕所，知道厕所不？"

"噢，说茅坑。"

"正是。我们山里喊茅坑，外面可是称作厕所。那个体面啊，没得说，比咱厨房还俏皮，那个大哟……能蹲下一万人。"

"噢，集会？"

"解手哇。"

"哪国？"

"中国呀。"

"噢，能有那么大的屎坑？"

"创新呀。"

"稀罕。"

"还有。婆娘，站着撒尿。"

"噢，哪国？"

"中国呀！"

"你堂客……站着撒了？"

"她不是土包子嘛，哪里学得会啊。世界上没有的事我们有了，就创了新了；世界上有的事，可是不如我们，那就是抢到第一了，说的是这个道理，懂了吧？"

"噢，是道理。龙潭电站第一了？"

"龙潭电站算不了第一，光是在中国它都排不上名次，葛洲坝、三峡电站都比它大，大多了。"

"噢，你儿子能算第一不？"

"如今消费水平不是高了吗？消费高好哇。买的东西多，扔的垃圾也多。听旁人说，我儿子已经比破烂王差不了多少。"

"噢，拾破烂也能当王。"

"三百六十行，行行出状元哪。"

张天翼正听得嘿嘿笑，肩头忽然被人重重拍了一掌。

"张老板，照顾你的生意来啦。"

张天翼猛一回头，见是鲍官厅：

"谢了，你不让我蚀本就行。"

"姘头呢？"

"在圪捞窝。"张天翼忙着泡茶，"老鲍你怎么得了啊，什么话从你嘴里出来就馊。"

"姘头的用场跟老婆的用场一球回事，中国人偏认老婆的名号不认姘头的名号。大张旗鼓把屌婚结了，还等啥？"

"等她儿子年满十六参加工作了，我们就拿结婚证。"张天翼笑着，"现在办手续，大人、小孩儿都不受政策保护。咱俩不是还没富起来嘛。"

"唉，家家都有本难念的经喽。我哪有资格说你哟，图个嘴巴快活。"鲍官厅扫一眼并不宽敞的店堂，避开两个酒兴正浓的老头儿，在角落坐下，把盛着酒的塑料桶往桌上一搁，"这几位，都熟吧？"

"熟，都熟。"张天翼摆好四只茶盅，再掇茶，"这位是你公子，老大吧？"

"没错。"鲍官厅对儿子说，"喊张师傅。"

永泰又机械地喊了声："张师傅！"

"有些什么菜呀？"鲍官厅问。

张天翼回答："除了山珍海味，什么菜都有。今天就给那俩老头儿盛了盘水煮黄豆，还没动勺。"递给他一本菜谱。

鲍官厅把披在肩头的工作服往板凳上一搭，捋捋衬衣袖子，认真地研究着菜谱，力图价廉物美："味道好点儿分量足点儿啊。"

"放心，对你我只当是原料加工。"

薛建设去伙房里面洗了一会儿手过来，见鲍官厅准备点菜，忙把菜谱拿了过去，说："我来，我来。第一次跟永泰、老七喝酒，档次得高点儿，这顿饭我会账。"

"你会账，你的钱大些？"鲍官厅一把将菜谱夺了回来，"刚才你还说我是财主，财主没酒钱？"一咬牙，冲张天翼嚷道，"烧鸡！……红烧鲤鱼、回锅肉、金针炒鸡蛋、麻婆豆腐、水煮黄豆、猪肝汤……不够了再点。"

"好呐。"张天翼高叫一声，进了伙房。

四个人各占一方等待上菜，脑袋不约而同偏向一方听那俩老头儿青筋突暴地吹大牛。

就在这时，匡奇夹着个猪肚子包噔噔噔闯了进来，进来就挺着肚子东张西望。

"嘿哟，鲍炮筒子！"

鲍官厅虎口架着下巴，一动不动："狗嘴里吐不出象牙。"

匡奇用食指点点鲍官厅，挤到永泰坐的板凳上，"时代在进步，要学会讲文明话，来不来就动粗，俗。"

"我没请你入俗啊。没准备你的酒菜。"

"那有啥关系，加呗。"匡奇拍拍永泰的肩膀，"去，我车屁股后面有酒，搬两瓶过来。不许搬茅台啊。"

薛建设偏过头:"……想喧宾夺主?"

匡奇看都不看他一眼,扬头大呼:"老张,张天翼!"

"来——呐!"张天翼小跑儿着出了伙房,"匡主任您请吩咐。"

匡奇问:"刚才都点了些啥?"

"烧鸡一只,红烧鲤鱼一条,回锅肉一个,金针炒鸡蛋一个,麻婆豆腐一盘,水煮黄豆一碟,外带猪肝汤一碗。"张天翼倒背如流。

"加。"匡奇挥挥手,"滑鱼片、烧牛肉、烧羊肉、珍珠丸子、四喜丸子、干煸刁子鱼、油炸花生米、兰花豆——下酒的菜都有了。海参有没有?"

张天翼摇着头:"海参没有。"

"鱼翅?"

"没有。"

"鲍鱼?"

"没有。"

"对虾?"

"没有。"

"鹅肝?"

"也没有。"

薛建设插了一句:"熊掌。"

张天翼笑着直摆头:"没有。你们知道我不做这些,销路不好。"

匡奇说:"佛跳墙总该有吧?"

"有。"

匡奇伸出拇指和小指:"来六份。"

张天翼提醒说:"你们只有五位。"

"备份呀。"匡奇豪气十足,"听好了,这顿算我的。"

"好呐!"张天翼高兴极了,拔腿就往火房跑。

老七咧咧嘴:"这……么多菜呀?"

匡奇笑着:"看上去一大桌子,顶不上一人干掉一碗燕窝。"

鲍官厅弯下腰,努力去桌子底下摸捏匡奇的裤子。

匡奇直嚷嚷:"干啥干啥,这又是干啥?"

鲍官厅一本正经:"看看你身上这条裤子是不是你老婆的。"

那年秋天,匡奇去华夏集团党校进修文凭,临开班了发现自己没有一条像样的裤子,觉得很不体面,就偷偷把老婆的哔叽呢裤拿到缝纫店改了自己穿,气得他老婆跑到党校找他又哭又闹。这事虽说让他很没面子,可当时的领导善于反向思维,认为匡奇是个难得的廉洁干部,居然清贫得连条装门面的裤子都没有,反而美化了他的形象。

"我活该穿一辈子呀?真是。"匡奇不护短,"我说老鲍,你老捏我的痛处干啥?"

"给你提个醒儿,怕你歪进了臭水沟。"

"我是谁?什么大风大浪没经历过?笑话。"

永泰很快从外面抱进两瓶西凤。匡奇接过来又拍拍永泰的肩膀说："好，机灵。再去拿酒盅，六只，洗洗。"把西凤摆在桌子中央，顺手掂起白塑料桶，摇摇，"苞谷烧，嘿嘿，苞谷烧。"

鲍官厅说："苞谷烧咋哪？苞谷烧管饱。你那两瓶破酒哪够啊？打发娘们儿。"

"淘汰喽。"匡奇把白塑料桶放到桌子脚旁，竖起拇指朝门外指指，"还有，喝空了让永泰再搬。"

"杂酒我不喝。"

"换茅台你喝不？"

薛建设犯了疑："弟兄们凭什么吃请，得有个说法啊。"

"有机会吃，吃，有机会喝，喝。"匡奇瞅着薛建设，"今日有酒今日醉，明天再说。"

"啥意思？"

"就这意思。"匡奇把猪肚子放到桌上，摸出一盒软包大中华，"好不容易聚到了一起，我这做处长的不放点儿血行吗？这就是说法。害怕其中有诈呀？"

鲍官厅说："害怕你又把老婆的裤子摸去改了。"

匡奇剜了他一眼："冥顽不灵！"一人派了只香烟。

几个人本与烟卷无缘，但见那包装盒子不错，红得光彩照人，想是上乘奢侈品，就都接在手中认真地瞧着。曹老七说：

"可惜我……我不会抽。"

"学呀。"匡奇教导着说，"不会抽烟就没有人送烟，不会喝酒就没有人送酒。"把揿燃的打火机先送到鲍官厅嘴边，"来来，有福同享，有福同享！"

鲍官厅撮起嘴巴试探着把烟卷儿吸燃，呛得一连咳嗽了好几声，"奶奶的，凶，跟老虎灶冒出来的烟一球味儿。洒家在家没熏够，跑进馆子被你接着熏。"

匡奇乐得呵呵笑："吸熟了就好了。"很有耐心地帮老七、建设把烟点燃，"还住陕西营那……上坯了？"

"明知故问，我还能住哪？"

"找我呀。"

"找你，"鲍官厅眨巴着被香烟熏得发涩的眼睛，"你有入天的本事呀？"

"我说老鲍呀，你不要只会动心眼儿鄙弃人好不好？如今的老匡，还真能把你那点儿破事解决了。"

鲍官厅鼓着眼泡子："没见过你屙三尺高的尿。"

"这回我偏让你见识见识。"匡奇很不老练地吸了口烟，眯缝着一只眼，"圪塄窝最近去过没有？没有吧。告诉你，那一带如今都是我老匡的天下。近期规划——二十万平方米的房屋建筑面积——哦，你不懂。这么说吧——计划盖四十栋七层的楼房，已经下脚十四栋，其中九栋快要封顶。我一天到晚慌慌张张，慌张啥？就为你们这些土坯子户忙着营造安乐窝。"

薛建设兴奋起来："真的？"他刚谈了个女朋友。

"不信回圪塄窝看看去呀。"匡奇神气地说，"前年，集团申请到第一笔巨额贷款，时老总给纠下了一坨，让老匡我启动基建项目；龙潭工程得手后，时老总又给抠出了一坨，催我赶紧把基建项目付诸实施。开始老在东山、西山、陕西营、修造厂周边的零星地皮打主意，可那些边角料满足不了规模建筑需要呀。后来，时总找宁泰祝原市长，硬把圪塄窝那片荒地要过来了，问题全解决了。目前是个什么形势呢？我手下的五六个房建队伍，正一日三班连轴转，为'大庇天下寒士俱欢颜'不舍昼夜！"

鲍官厅说："圪塄窝那片荒地是宁泰市长祝原送给华夏解决菜篮子问题的，怎么拿来盖房子了？"

"不开窍。都是民生问题。"匡奇瞥了他一眼，"我那四十栋大楼，没一栋戳在农民撂荒的土地上。荒地都是聚宝盆，我还不舍得用哩。等房子建完工，我再在那里因地制宜，该种的种，该养的养，兴办农场，大力发展种植养殖业，这不是解决菜篮子问题是什么？安居工程、菜篮子工程老匡我一手抓了，两不误。"

"牛×哄哄。"鲍官厅总觉得匡奇这家伙不把滑，不敢相信他的话，"楼房再多再好，也不会有我们这些平头百姓的份儿。我敢说，还跟从前一球样，当官的优先，当官的优先完了再优先龟儿子的三姑四姨、亲朋好友，接下就该讨好暴发户。剩下两套派给怨天怨地的穷光蛋，然后大造舆论，说领导如何如何为困难职工排忧解难，给分配了新住房。"

"什么年月了，哪还会这么干呢？"匡奇对鲍官厅的怨愤表示不满。

"打分。"鲍官厅讽刺说，"处级十分，科级五分，大本三分，大专两分，中专一分，没有这些硬件的不得分，不得分就不得住新房。总能打到分就总能住新房；给别人打分的人更邪门，回回有份儿。"

"老皇历，尽翻老皇历！形势不是发生变化了吗？华夏集团不是改朝换代了吗？你怎么就不往前看呢？"匡奇眼睛睁得溜溜圆，想用事实闭住鲍官厅的臭嘴，"这回的住房配给政策比已往任何时候都不同——完全透明，绝不暗箱操作搞袖筒子勾当。原则上是困难户优先。新建住房设计高、中、低三个等级，分别照顾三个经济实力不同的层面，其中，中、低档占绝大多数。陕西营、东山、西山三大棚户区的职工，包括退休职工和下岗待岗职工，可以根据自家的经济状况选择合适面积，少数特困户不仅能够享受价格低廉的优惠政策，还有资格分期付款。我说鲍炮筒子呀，你可真是拨开乌云见太阳了，穷得没有人敢跟你比拼高下，反而好了，百分之百让你优先挑选合心住房了。我不过想做个顺水人情，你哪儿用得上老匡我帮忙啊，早就在特保儿的杠杠里啦！还想挖空心思糟践谁？"

薛建设说："有这种美事，怎没听说过？"

"那得一步一步来呀。"匡奇说，"总部机关、十字街整个基地已经开始摸底、登记。你们龙潭局这边肯定知道有关精神，况夫、琴拥军俩小子不是正忙截流准备嘛，估计截流一完工，他们就该把住房分配新政策昭告天下了。"

"照你这么个说法，我也能搞它一套。"薛建设动了心。

"大家都有希望。"匡奇忠告说，"愚兄之见，估摸自己够条件就使劲儿争取。机不可失，时不再来，错过这村不一定还有这店，到时候追悔莫及。"

"怪不得你刚才说有吃吃有喝喝，"薛建设似有所悟，"原来暗藏玄奥。"

"要知道，事物总是在不断变化着的。连国家的大政方针都有个因时而定的问题，何况某个具体单位针对某个具体情况制定的临时政策。一件事，一个人，都有可能影响到某个具体政策的延续性。所以，我有个预感，你们赶的可能是趟末班车。"

"嘿嘿，嘿嘿，"鲍官厅怪笑着，"说来说去，住进了新房才能作数。"

"你尽管放心，这回的住房分配政策断然不会发生变故，党政联席会讨论通过的事，改变不了的。下回可就保不准了。"匡奇说，"弄不好，往后的住房分配政策会来个一百八十度的大转变——统统市场化，一律商品房，不附带任何向弱势群体倾斜的照顾、优惠条款，有钱就买，无钱干看。"

正说着，永泰拿着碗筷和六只洗好的酒盅从伙房里跑了出来。匡奇批评说：

"你小子经不起表扬，六个小酒盅洗了一顿饭的工夫。"

永泰笑着："张师傅让我帮他洗碟洗菜当下手。"说完又往伙房跑。

张天翼两手捧着三只盘子来到桌前，连说："对不起，对不起，久等了，久等了。匡主任好意照顾个大单，反把我忙了个团团转。钱送上门了没本事赚，各位见笑。"

匡奇说："都会剥削劳动力了，还说没本事赚钱。"

张天翼笑着说："市场经济了嘛，不学着点儿不行呀，潮流。"麻利地摆放好三个冷碟和碗筷，"先走六道，下面的菜接着来。"

"不急啊，不急。"匡奇向他做个手势，把一瓶西凤递给曹老七，"酌酒，当酒司令。"

老七口吃，不敢轻易接话，扔下烟蒂就开酒。

永泰帮张天翼搬出三盘热菜，文质彬彬地坐到了老七身边。匡奇友好地瞅着他，说：

"你老爹的心也太黑了，他报名参加敢死队，让你也报名参加敢死队。"

永泰说："叫突击队。"

"一个意思。过去四次截流都叫敢死队，唯独这回龙潭截流改名称了，因为现在不提倡牺牲。"

酌酒的老七忍不住说："听说参……参加突击队有……有钱，可惜我……我没资格。"

"这真叫哑巴听到钱也能张嘴说话！"匡奇笑了起来，"才奖一千块。"

"好赖进步了，"薛建设说，"以前参加敢死队的奖品是一条背心，或者一只铁饭碗。"

"我爸有回打……打仗负伤，才奖一只搪……搪瓷缸子。"

"时代不同了。不同的时代，生命的价值是不一样的，懂不懂？"匡奇端起酒杯抿了一口，"一千块，哼哼，买不回两瓶茅台。况夫抠，死抠，根本不是个干大事的主儿。"

"明白了，"鲍官厅故意拿话刺他，"闹半天，原来你是想让我们知道，你才是个干大事的主儿。"

"那又怎么哪？哪点儿比谁差了？喝酒喝酒。"

薛建设觉察出匡奇有根神经出了岔儿，但不想刨根究底："得有个开工令啊，胡乱就喝？"

"胡乱喝胡乱喝，不发开工令了。"匡奇把一盅酒全倒进了嘴里，"老七，酙酒。"

鲍官厅瞅着空出的碗筷："这不明摆着还有个人吗？不等了？"

匡奇说："我只说过备份。"

永泰刚把酒盅拿起来又放下了，因为父亲在瞪眼睛。

匡奇瞥见了，讥笑说："老鲍，你是不得势，得势了就是个暴君。儿子吃酒也犯家规？"

鲍官厅捋起袖子，慢悠悠端起酒盅呷了一口，瞟了匡奇一眼："你懂个屁，棍棒底下出孝子。"正要提筷子揌菜，忽又讥诮起来，"注意啦，丧门星来了。"

匡奇扭过头，哈哈大笑："明明知道没有准备你的饭，你偏要硬蹭，这下好，被人家撵了吧？"

一四三

摇晃着走进店堂的是娄毅。

娄毅瘦小的身材照旧穿一套灰色制服，腰间再别支手枪，不同的是，脖子上吊着圈儿白绷带，白绷带再悬挂着受了伤的右胳膊。他的右胳膊被郝副营长拧脱臼后，由于耽搁的时间太长，软组织发了炎，胳膊肘装着夹板哩。

几个人差不多都知道他这是怎么回事，但不想触他的痛，只有鲍官厅望着他讪笑说：

"从火线上……凯旋下来啦？"

"炮筒子呀，你不放，我不会把你当哑巴。"娄毅坐到薛建设旁边，端起一盅酒，脖子一仰，喝光，摇摇头，"唉……乱。"

匡奇说："我就知道你早晚得往这里跑。"

"我哪是想在这里蹭饭啊。截流现场的安全保卫全由我担着，我得向他们问问清楚呀。"娄毅把头顶的大檐儿帽揭下来搁到桌上，提起筷子，"左右两岸，方圆二三十里，两道戗堤是重中之重，就是把十字街那边的警力统统拉过来，也对付不了呀。"

匡奇取笑说："你哪有什么警力啊？十几个退伍军人。"

娄毅说："工作性质不是一样的嘛。"

薛建设问："你们开会了？"

娄毅边吃菜边说："不开会我们会跑到这大草甸来吃饭？神经病哪？"

下午，杨导、东方戟、焦言、帅自文、程心爽赶到半爿街龙潭施工局机关，召开了个紧急会议。参加会议的不仅有龙潭施工局的班子成员、工区主任、分队长、分队级现场干部和技术人员，还有十字街总部各部、室的党政一把手，六七十人，把龙潭施工局大楼门前的小院填得满满当当。会议的主题是战前动员。会议的主要内容是：听取龙潭截流施工准备情况汇报；布置具体工作任务；宣布重大决议。尽管对这个会有点儿心烦，但况夫还是简明扼要地向集团领导报告了截流施工的各项准备工作，最后说："只要一声令下，截流可以马上开始。"可是杨导、东方戟、焦言、帅自文、程心爽在布置具体工作任务、强调重要性、指出严重性的时候，却没有况夫那么简洁，一人说了一大通，生怕与会者听不明白。这个会实际上没有收到战前动员的效果。这个会反而使大家尤其是来自生产一线的工区主任、分队长、分队级现场干部和技术人员们心事重重。起先，生产一线的大小头目还只是疑虑时空出了事的谣传可能是真的，不然，这么重要的会，怎么不见他露面呢？直到贺怀阳宣布完截流施工指挥机构成员名单之后，他们才深信不疑：时空真出事了，完了，指挥不了截流施工了！于是，会场唏嘘声一片——叽叽咕咕、窃窃私语，乱糟糟的。时空被捕，匡奇心里本来就特别难受，又见况夫乘虚而入，一下子就蹿上了指挥长的位置，更是五味杂陈，所以，没等散会他就驱车奔大草甸来了，到现在还酸溜溜的。

"人家是冲锋陷阵的一线部队，主力军，我们是提供保障、保驾护航的后勤单位。"匡奇望着娄毅，说，"你呀，不知趣，硬往前头蹭，何苦啊。"

"狗拿耗子。"鲍官厅补了一句，"截流是我们前方将士的事，看你忙乎个啥？瞎忙。"

"屁话！"娄毅嗔道，"截流各大施工现场，尤其是戗堤、龙口，到处是人是车，还有大几百来宾，安全工作没有我行吗？匡主任的任务也艰巨，得赶在截流前淘几个大厕所……"

"怎么说话哩你！"匡奇把提起的筷子又搁了下来，大睁着眼睛，"一周之内建设起指挥台、观礼台！厕所只是附属建筑物！"

娄毅不满地看他一眼，"我话还没说完你就急。"

"哪是大头啊？哪是小头啊？哪是主哪是次啊？"匡奇最气恼不被人尊重，"难怪把自己的队伍越带越小。"

"也没见你长进到哪里去。"娄毅反唇相讥，"无外乎手里掌握了俩臭钱，还领导了一拨农村工人，就这点儿出息。"

"……！"匡奇噎住了。

"又是安全保卫，又是指挥台、观礼台，都他娘的脱了裤子放屁——多办一道手续。"鲍官厅说起怪话来可以不经过思考，张口就来，"依我看，早就该趁天好把那屌豁口给堵了！还在磨蹭，磨蹭就能生金童玉女。"

匡奇调转枪头："你是指挥长呀？开好车才是你的本分！皇帝不急太监急起来了。"

娄毅也认为鲍官厅操错了心："依你的高见也来不及了，大几百份请柬早发出去了，难道让贵宾们来参观我们的截流成果不成？"

鲍官厅不服气："哦，非要等贵宾来看我们耍猴把戏。"

"下午这会，"薛建设关心着另外一档子事，想探个究竟，"总共来了几个头？"

匡奇回答得很有水平："该到场的都到场了。"

"该到场的那可就多了，"鲍官厅又跟匡奇接上了火，"程心爽、帅自文、东方戟、杨导、焦言、秋胤、诗维、时……"

"不该问的就甭问。"娄毅的职业病即刻就犯。

薛建设耻笑说:"想问问你这胳膊是怎么回事,表示一下关心,也不行呀?"

"我有向你汇报的义务吗?你是领导,还是我是领导?"娄毅也不友好。

"唉……"鲍官厅仰头喝干一盅酒,起身从老七面前抓过酒瓶,一面向自己的酒盅里倒酒,一面云天雾地地嘟哝说,"穷人每天为衣食所累,富人又常怀不足之心。"

"什么什么?"匡奇睁着双眼,"老鲍,有了……学问啊?"

"怎嘛,学问是你家养的?"

"我说老鲍,"匡奇咽了口唾沫,"你这话……可是有针对性。当我听不出来呀?"

"我针对谁了?神经过敏。"

"你看你看,你刚才分明……"

"我刚才怎么啦?我刚才就念叨了两句古人的白话,就想印证富人穷人、好人坏人都喜欢钱的道理,错了吗?"鲍官厅拧着脖子说,"要说有针对性,那就针对你——官帽子大大的,钞票子多多的,还不满足,还想大发。进步了还想进步,这也对呀。"

匡奇很想跟鲍官厅较个真儿,却又不知道从哪儿较起。薛建设忽然扬头喝了一大口酒,酒盅重重地往桌上一蹾:

"华夏气数已尽。"

娄毅大吃一惊,连说:"喝酒,喝酒。其实,各位爷现在的心情都差不多——烦。不谈国事,不谈国事行不行?"

张天翼捧出两道热菜,布好,跟娄毅打了个招呼,正要回伙房,被匡奇一把拉住,"慢!"

张天翼笑着:"有什么不周到,匡主任尽管吩咐。"

"你这店,"匡奇心里被鲍官厅、娄毅嘲弄得很不是个滋味儿,想找个缺口泄泄气,"开五十个人的饭有没有问题?"

张天翼问:"什么规格?"

"早、中、晚,外带夜宵。早餐,馒头、稀饭;夜宵,面条;中晚两顿,四菜一汤,两荤两素。"匡奇边说边伸出手掌,"先预定五天。"

"没问题。"

"有这能力?"

"嗨,这点儿能力还没有?"张天翼说,"把我那口子从圪崂窝喊过来,再请两个临时工,保准不误事。"

"到底有权又有钱,抖起来了。"鲍官厅一仰脖子,把一盅酒挡尽,酒盅一举,"老七,倒酒!"

匡奇没理茬儿,继续对张天翼说:"我的人马、材料,明天一大早就开过来了。"

张天翼惊问道:"你要干嘛呀?"

"干嘛,干大事!"匡奇喝了口酒,"头儿们决定在这大草甸临江面搭架一座高高大大的指挥台,左右两边再建筑能够容纳上千人的观礼台,限期五天,咱这当基地办主任的不能含糊,你说是的不?"

"啊呀,不得了,不得了!"张天翼激动地说,"既然匡主任照顾我这么一大单生意,我也不能含糊,你们吃的这一顿算我的,老张我请了。"

"当真？"

"说话算话。"

"明天早上，我那五十个人可是要来吃早饭喽。"

"放心，待会儿你们一散伙我就开始发面。"

"老张，你这话……我怎么听起来好别扭。"

"哦？哦哦，该说宴毕，宴毕。"张天翼边说边往伙房跑，"各位慢用，锅里的菜要煳了。"

除了永泰外，几个人都感到心里很憋闷，都知道华夏集团已经出了大事，又都不敢大胆议论，就埋起头来喝酒吃菜。匡奇受不了鲍官厅、娄毅的挖苦、讽刺，可是又咋咋呼呼、嘻嘻哈哈惯了，实在耐不住这种清冷的场面，终于提议说：

"来点儿噱头吧，来点儿噱头怎么样？不然，这一大桌子酒菜是没法消灭掉了。"

薛建设舒展开眉宇："怎么个噱法？"

匡奇说："划拳。"

娄毅一笑："土，俗。"

匡奇报以挑衅的目光："行酒令如何？"

娄毅甘拜下风："我没那学问。"

一旁那两个喝酒吹牛的老汉给了薛建设启发："不如来段子。雅俗共赏，老少咸宜。"

老七第一个赞成："说……说段子好！大家都会，荤的素的，一……一锅熬。"

"好，说段子，讲故事！"匡奇拍板说，"谁的段子逗乐，奖励一盅酒，谁的段子能让人捧腹大笑，奖励二盅酒，一般化……一般化罚五盅！怎么样？"

薛建设说行。老七也说行。

鲍官厅站了起来，一边往一只塑料碗里拨菜一边对永泰说："反正你不会喝酒，边走边吃赶船过江去吧。那值勤艇的钟点卡得死，别回去晚了。"

匡奇斜视着鲍官厅："鲍炮筒子呀，你自己那张臭嘴不兴有半点儿管束，反把儿子管得严严的。"

鲍官厅回应说："你偷东西，让你儿子在一旁观战呀？"

"好好好。"匡奇夺过鲍官厅手里的塑料碗，抓起张天翼刚端上来的那只烧鸡递给永泰，"找张大伯要几个包子去。"接下又冲着伙房一声大喊，"老张，给永泰几个包子！再给上只烧鸡来！哎呀呀，不就这点儿事吗！"

永泰拿着烧鸡和包子走了，几个人开始说段子取乐。匡奇问谁开头炮，没人应声。匡奇就说，"娄处长你先来，你善于冲锋陷阵。"

娄毅想了想，说："好，我讲。讲一个人特别会撒谎。申明一下，不许对号入座啊。"喝了口酒，用手掌抹了把嘴巴，"话说明朝崇祯年间，有个财主。这财主雇了个农村工人，自己不劳而获……"

"明朝哪来农村工人啊？"薛建设冲了他一句，"扯淡！"

"农村工人时髦，说农村工人你们才听得懂，说长工有几个人能听懂啊？段子本来就是扯淡，你还当了真呀？"娄毅白他一眼，继续讲道：

"这财主富得流油，却特别抠门儿，连他自己也不舍得吃，不舍得穿。那年适逢饥荒，村子里饿死了不少人，他家竟然还囤着一廪子稻谷。村民找他借点儿充饥，他说没有。一天夜晚，财主忽然嗅到股扑鼻的米饭香，颇感蹊跷，心想，除了咱家，满村都揭不开锅了，哪来米饭飘香呢？系循香而去。岂料散发饭香的人家正是给自己干活儿的长工。财主问：'你不是早没口粮了吗？哪来这么好吃的大米饭？'长工说：'东家你有所不知，我快要饿死了，想在死前吃顿大米饭，可哪儿会有大米饭吃呢？就想到米饭从来都是从锅里长出来的，所以就跪在锅台前，闭着眼睛不停地念快快长出大米饭来吧，快快长出大米饭吧，不然我就要饿死了……你说怪不怪，这大米饭就真长出来了！'财主将长工的话默记在心，回家对老婆说，从明天起咱家就不用做饭了，锅里能自动长出大米饭来，说着，拉了老婆在锅台前长跪不起，闭上眼睛，口里念念有词：'快快长出大米饭来吧，快快长出大米饭来吧，不然我们就要饿死了……'跪了七天七夜，财主饿死了。财主的老婆饿得只剩下一口气，吓得魂不附体，爬到县衙报了官。县长是个明辨是非、铁面无情的廉政干部。县长听罢当事人的哭诉，急令捕快将犯罪嫌疑人——长工捉拿归案。过堂的时候，县长照例惊堂木一拍，指着长工厉声问道：'大胆刁民，你可知罪？'长工神色坦然，说：'老爷在上，小民委实不知罪从何来。'县长喝道：'你暗中窃获东家口粮以图自饱，孰能无罪？'长工镇定自若，道：'拿奸拿双，拿贼拿赃，何时何地何人见得小民窃取东家口粮，有何证据，乞大人明示。'聪明的县长觉得这愚顽居然言之有理：是呀，何时何地有谁抓住过他偷窃口粮的手了呢？没有证据，盗窃罪名不能成立。但案子又不能不办。县长于是寻找新的突破口：'你谎称锅里能够长出米饭来，谎死了东家，该当何罪？'长工叩首大呼：'冤枉呀，老爷！东家吝啬路人皆知，向来宁舍一命不舍一粟，他分明是自己把自己饿死的，此事着实与小民无干。''狡辩！'县长发觉长工极善抵赖，不肯伏法，喝道，'本县偏让你以命抵命，定不轻饶！'长工理直气壮：'青天大老爷在上，小民即便谎人至死，但谎死人是不偿命的，乞老爷明察。'县长果真沉吟起来：确实，谎死人实难追究刑事责任，哪朝哪代的刑律都查找不出例证。可那也得给他定个罪呀？身为朝廷命官，总不能眼睁睁看着受害人含恨而去而罪犯却逍遥法外吧？总得替死者判俩棺材钱吧？县长就又将惊堂木一拍：'大胆刁民，竟敢藐视公堂！你可知晓欲加之罪，何患无辞？本县就要开创历史先河——给你定个谎死人罪，判你死刑。来人哪，先用刑——重责五十大板！'长工大惊失色，叫道：'且慢，小民有隐情相告。'县长盯着长工：'照实招来。'长工说：'东家乃诈死，他在欺骗老爷。'县长说：'你休得蒙哄本县，早有仵作验明正身。'长工煞有其事地说：'是真的呀老爷，东家实际上是到阴间觅食去了，不久定会返回阳界。'县长将信将疑：'分明僵尸一具，如何还能返回阳界？'长工说：'我有办法。'县长冷笑着：'莫非你还想哄骗本县不成？'长工说：'小民不敢。'县长：'谅你不敢，速将办法细细讲来。'长工舒了口气，说：'老爷可将东家棺木移至公堂，香烛伺候，小民自会当堂作法。不出半个时辰，东家定然起死还阳。'县长思忖道：若真能让这东家活过来，不仅轻松了结了一桩命案，还能目睹一宗奇事，若是刁民耍花招，再用刑治罪不迟，就对长工说，'如能如此，本县恕你无罪。如若撒谎，本县让你罪加一等。'长工忙说：'我既然能把东家谎死，就肯定能把他谎回。'县长见他不像在撒谎：'行，依你。如果你真能把东家谎回阳界，证明你还是个人才，本县不但不加罪于你，还要封你个廪生做做，让你天天有大米饭吃。''谢青天大老爷！'长工倒头便拜。于是，县太爷便着人将财主的棺材搬移到了县衙大堂，点燃香烛，还烧起了纸钱。一切准备就绪，县太爷命长工当堂作法。长工忽然说：'小民还得回家去把谎架子扛来才行。'县长惊愕地问：'怎么还有谎架子？'长工说：'没有谎架子怎么能撒谎呢？没有谎架子，我撒的谎阴曹地府哪位神仙肯相信呢？谎架子是必须的神器，大老爷你怎么连这个道理都不懂啊？'县长半信半疑，他多了个心眼儿，对一名挎着腰刀的捕快说：'跟随他一块儿扛去。'约莫一炷香的工夫，那挎着腰刀的捕快慌慌张张跑回县衙，向县长禀报说：'回老爷，长工说，谎架子被东家等锅里长米饭前借去了，尚不知藏在了哪儿。长工请老爷你打开棺材盖子问问东家，他正急着回阳间，一定会如实相告的。'县太爷啐道：'蠢才，他在骗你哩！去，让他自己来问，我才不上他的当哩。'"

"有点儿意思，有点儿意思。这农村工人的骗术确实高明，让县太爷一直受骗他还浑然不觉！"匡奇击掌说，"没想到娄处长这么有学问。可以奖励二盅酒，一盅少了。"

娄毅就很有成就感地一连喝了二盅酒。

"下面哪位上？"匡奇问，"老鲍？"

鲍官厅说："等等，等等，我还没有想好。"

"那就建设。"

薛建设谦虚地说："我的段子不如娄处长精彩。"

匡奇说："没有关系，打发时间，又不叫你当民间艺人。"

"行，来一段。我要讲的人物特别会拍马。声明——不许对号入座啊！"

娄毅说："图快活。百无禁忌。"

薛建设于是干咳了两声，自己给自己提振了一个精神，讲道：

"故事发生在明朝，也是崇祯年间。

"明朝崇祯年间盛行不正之风——吹牛拍马，阿谀奉承。朝野上下，莫不以此为荣。引领这一潮流的角色叫木优，乃御前太监。此公吹牛拍马、阿谀奉承的水平可以用炉火纯青、登峰造极形容。每逢早朝，只要木优当值，必定起劲儿鼓动群臣山呼万岁。这倒也罢，朝廷清规戒律使然，不得不从。可是接下来，他的作为就有些离经叛道，让正直的朝臣敢怒不敢言。比如，某位大臣要向皇上汇报工作，木优只许他说好的方面，不许他说坏的方面，最好说国泰民安，歌舞升平。就连清兵屡犯疆土、李自成的队伍准备攻打京城也不许随意向皇上报告，说是危言耸听会惊吓龙体。于是乎上行下效。各州县地方政府都自觉形成了这样一种请示汇报的新模式：下级对上级毕恭毕敬，唯命是从。汇报起工作来，好大喜功，只谈政绩，只谈五谷丰登、六畜兴旺，根本不谈行政过失，更不敢妄言市井萧条，民不聊生，甚至很多地方的灾情已经相当严重，也没有官员愿意逐级如实上报。即便有人上报，也会层层大打折扣。

"阴曹地府的阎王闻得此事，十分担忧：如此一来，朝纲必乱，朝纲紊乱，则天下大乱；天下大乱，皇帝的江山哪里还坐得稳？阎王爷正在替崇祯犯愁，忽有鬼役上前禀告说：'有阳间太监木优来地府报到。'阎王想，早听说这木优极善吹牛拍马、阿谀奉承，系紊乱朝纲的祸根，何不唤来探个虚实？就对鬼役说：'速将木优传来，待我亲自审问过后再作道理。'一时木优披头散发、垂吊着两尺长的红舌头飘然而至。阎王问他：'孽畜可是木优？'木优慌忙跪拜在地，颤声答道：'罪臣正是。'阎王又问：'可知因何到地府？'木优回答说：'罪臣深得圣上宠爱，反遭他人嫉恨。奸贼们诬陷罪臣吹牛拍马、阿谀奉承，离间君臣关系，扰乱朝纲，粉饰太平，欺君罔上。圣上偏听偏信，龙颜震怒，责欺君罪，赐三尺白绫。'阎王说：'此乃恶有恶报，你罪有应得。我虽在阴间供职，却知得你在阳界极尽吹牛拍马、阿谀奉承之能事，逢迎皇帝，障人耳目，狐假虎威，专横跋扈，争权夺利，横征暴敛。你死有余辜。'木优五体投地，痛哭流涕，说：'阎王爷，罪臣冤啊。俗话说天上人间两重天，我们阳间哪能和阴曹地府比呀。阳间如今是吹牛拍马、阿谀奉承成风，社会风气完全变了哇。古人云：近朱者赤，近墨者黑，常在河边走哪能不湿鞋。罪臣工作、生活在这样一个污秽的环境里，实难做到出污泥而不染哪，有谁心甘情愿做奴颜媚骨、卑躬屈膝的小人呢？无奈呀。如果阳间像阴曹地府一样，法度森严，风正气尚；如果当朝皇上乃至文武百官都能像您一样：明察秋毫，深谙世道，秉公行政，不谋私利，克己奉公，清正廉洁，嫉恶如仇，光明磊落，视金银钱财若粪土，恶阿谀奉承之流如鼠辈，难道罪臣还用得着吹吹拍拍、唯唯诺诺吗？用不着呀，阎王爷。'阎王爷嘿嘿笑，说：'你这孽畜，确有苦衷，确有苦衷。'思谋良久，'按阴曹地府刑律，你当先过刀山火海，再用水煮油煎，然后到炼狱脱胎换骨才能重新做人。念你生活在一个不能自拔的染缸里，洁身自好很不容易，本府就不难为你了，酷刑就免了吧。'木优磕头谢恩。阎王也有不守法的时候，说：'你阳寿未尽，入册阴府为时尚早，还是回到阳间继续伺候皇上去吧。皇上感到身边空落落的，正在后悔哩。'说着，用食指向木优长长的红舌头一指，但见那长长的红舌头便迅速缩进嘴里复位。旋即，只见木优化成一道青烟，被阎王轻轻一吹，吹回了朝廷。"

"好，好，好，这段子好！那木优吹牛拍马的功夫果然了得，连阎王都被他拍得晕头转向，好！"匡奇连声叫好，"没想到建设这么有才，文气十足。该奖二盅酒，也该奖二盅酒。"

薛建设一边喝酒一边说，"献丑，献丑！"

"不能冷了场子，"匡奇兴致勃勃地干了一盅，"我该上场了。你们作好精神准备啊，老匡我一肚子笑料……"嘟……嘟……嘟——正说着，手机响了，"谁呀，赶这当口儿打手机。"边嘟囔边翻开手机盖儿，"哪位？"

手机里面是贺怀阳的声音："匡主任，在哪哩？"

"在哪？在吃饭呗。"匡奇没好气地回了一句。

"刚才我到处找你。桌上空两个位子，是你和娄处长的，怎么眨眼就没见你们的人影了。"

"谢了啊，谢了。我们两个不够档次，也不敢沾光，不过，好赖也吃上晚饭了。就为这？"

"唉……"贺怀阳哀叹了声，"如果你在工区……吃罢饭就赶紧回吧。娄处长在哪儿你知道吗？知道把他也喊上。"

娄毅在一旁听到了只言片语，对匡奇说："问问他，什么时候高升了。"言下之意：怎么给我们派起活儿来！

匡奇示意娄毅别打岔，问贺怀阳："有何贵干？截流准备工作的事儿，下午战前动员会上，几位头领不是轮番布置完了吗？"

"哪为截流准备的事啊。"

"那为什么？"

"啧……见面后再说吧。"

"你不说，我今晚肯定不回十字街了。指挥台、观礼台明天开工，原材料、大队人马明天一大早就赶到大草甸来了，你说，我能走吗？"

几个人都没吭声，静听手机那头的贺怀阳到底要说什么。贺怀阳犹豫了好一会儿才说：

"时总家里出事了。"

匡奇追问了一句："出什么事了？"

"他夫人……江南……自杀了。"

几个人听得清清楚楚，全惊呆了。

"我和司马这就往回赶。"匡奇早觉出贺怀阳的声音不对劲儿，这会儿显得更加消沉，"几位领导……明天先回去两个……"

匡奇合上手机，两只手紧紧抱住了头。时空被捕的消息暗暗传开后，匡奇苦闷极了，失落感油然而生。他心里明镜似的，如果时空回不来，华夏集团就再也没有谁重视他、信任他了，起码，愿意直接听他请示汇报的就只有焦言一个人了。今天下午的战前动员会，他就感到自己受到了冷落，要是时空在，哪会是这种情况！其实，匡奇对华夏集团的大是大非并不怎么上心，但具体到时空是否继续存在，他却特别在意。本来，他对时空平安无事回到华夏集团还抱有一线希望，就像娄毅一样，认为时空绝不会与毒品有染，其中定有冤情，可是，尉迟江南突然自绝人世，这不等于不打自招，认证时空涉毒确有其事吗？前景看好的时空怎么走上了这条路呢？

几个人各怀心事，都有种说不清、道不明的滋味。大家的初衷是，既然聚到了一起，就痛痛快快喝几盅，开开心，解解淤积在胸的闷气。哪料事与愿违，好不容易掀腾起来的欢愉被贺怀阳传递过来的噩耗搅扰得烟消云散。气氛遽然凝重、窒息。什么样的佳肴也吃不出味道来了，什么样的余兴也无法激活每个人的心情。

沉闷了半天。娄毅碰了碰匡奇：

"还傻愣个啥？快走吧！"站起来，把大檐儿帽扣盖到了头顶，"我那破车还得去加点儿油。"

"等等。"鲍官厅从内口袋掏出一大叠钞票，数也不数，"时总曾经借给了我一些钱。这数儿足够，麻烦替我还给他家里的人。"

"老鲍哇，你就别添乱啦。"匡奇霍地立起身子，毛焦火辣，"人家现在缺的是钱吗？也不看看日子时辰。"

"不如这样，"娄毅倒还冷静，说了句通情达理的话，"找个合适的日子，买点儿纸钱去亡灵坟前烧烧得了。"把匡奇一拉，"走吧走吧，时总家里怕是黑了天。"

鲍官厅没有脾气了。鲍官厅颓丧地坐了半天，"……走吧，我们也该走啦……天下没有不散的筵席。"把两只还剩着酒的瓶子塞进工具包，又把工具包挂到了木讷的老七肩头,"……赶紧回筲箕铺……说不定真用得着你爸……"

薛建设拎起桌子底下的塑料酒桶,垂头丧气地跟在鲍官厅、老七身后。

张天翼用圆盘托着五只小瓷碗从伙房走出来,见鲍官厅、薛建设、老七已经走出了店堂,喊道:"佛跳墙,佛跳墙,还有佛跳墙哩!"

那两个老头儿早就提着筷子蹭到了匡奇们的餐桌前。

"老板,"光下巴老汉冲张天翼一声高叫,"再来一斤苞谷烧!"

一四四

一阵充满了悲情色彩的忙乱过后,尉迟珙家遽然清冷下来。

时空被公安机关押解走了,尉迟江南闻讯自寻短见,巴山茶又跟着急于替时空洗清身子的茅镰去了省城,家里只剩下尉迟珙和时之男祖孙俩。别墅显得特别空旷,空旷得令人恐怖。寂寞惯了的尉迟珙也感到难耐,就让外孙女随自己回到了将军楼。

尉迟珙在堂屋后墙壁下面摆了座纸糊的灵屋,供奉江南的魂灵。老伴儿的遗像也被他别出心裁地请进灵屋内,以便在天母女共享亲人的香烛、供品。三七二十一天过后才能烧送灵屋,这是当地的祭奠习俗。在潜龙江畔安家落户五十多年,尉迟珙从未接受地方遗风,他军旅出身,自有清规约束。这回不同了,老了,随大流吧。尉迟珙上香很勤,香炉里的香火刚刚燃尽就赶快续上一炷。续完香又在屋里屋外忙活,他有干不完的活儿。

尉迟江南的治丧规格虽说不高,但办得也很体面。她生前所在的省直医院装满一大巴同事、朋友专程奔丧;华夏集团不少的单位和个人送了花圈;除躺在病榻上的诗维外,几位高层领导特地前往吊唁。丧事由贺怀阳、司马敬、娄毅、匡奇、侯万里操持,都很尽力。时空遇到了大麻烦,有家不能归,大家没让尉迟珙、时之男有人走茶凉的感觉。治丧期间,尉迟珙没忘打听女婿的下落。安慰他的人们只说时总被拘对华夏集团来说是塌天的大事,自然会做出强烈反应,白延寿已经代表集团赶赴省城交涉去了,不久肯定会有消息传回。请老人家节哀顺变,切莫另生烦恼。其实,尉迟珙早就风闻时空被捕与鸦片有关,心里当然明白是怎么回事,只是江南吸毒,全家就瞒了时空一人,没想到首先遭殃的竟然是他,有苦说不出。尉迟珙的逻辑推理是:事情固然严重,但事实上与时空毫无关系,只要茅镰、巴山茶照实说明原委——购点儿土产鸦片不过为了拯救一个病人,顶多给社会添点儿不良影响而已,绝不会有什么牢狱之灾。愧疚的是,坑害了茅镰、巴山茶两个好心人。既然前来吊唁的客人都是真诚宽慰,沉湎在痛失爱女中的尉迟珙只好把女婿的事暂时搁到一边:反正他会回来,早一天晚一天的事。尉迟珙哪里知道,时空被捕一事,远不止他想象的那么简单。毒品侦缉队在黄河的奥迪里不仅搜查到了一公斤正宗鸦片,还搜查到了四十万元人民币。四十万元人民币与一公斤鸦片本不相干,但二者放到一起就相干了,可以和"贩毒"二字关联上。不是买卖毒品,携巨资所为何来?那么多的毒品来自何方?上线、下线是谁?还有持枪、企图逃逸、拒捕、袭警，都是盘诘、侦讯的内容，足以让时空有口难辩。即便时空真的与毒、资无关，那也得调查出他与毒、资无关的铁证。个中因由，尉迟琪、时之男一无所知，但是华夏集团知道内情的大有人在，尤其是高层领导，不便说与家属罢了。

这天午后，春风和畅，阳光烛照万水千山，天气暖融融的。

尉迟琪先把屋檐鸡舍里的鸡粪掏干净了，再把鸡粪一点点儿掩埋进将军楼前那些橘子树、柑子树、柚子树的根部。刚忙完，又从门旮旯拿出了自己的拐杖。拐杖快要断成两截，他想修修。几天前江南殡殓，节骨眼儿上，拐杖突然折了，差点儿让他在吊丧的来宾面前大跌一跤。

尉迟琪从屋里搬出张柳木穿制的小靠椅，又找来钉锤、钉子、铁丝、钢丝钳，脱下套在身上的黄制服，露出胳膊肘上打了两块补丁的绒衣。绒衣也是黄的，却已泛白。

时之男挎着挎包回来了。时之男怏怏的，一脸哀伤，眼睑的红肿也不见消失。送走母亲后，她才上班两天，昨天回家很早，今天好像更早。

她走进屋子，脱下外套，身不由己地踱到了灵屋前。

四只眼睛在香烛的后面一齐注视着她，分明是一种慈祥的笑。母亲的眼睛和外婆的眼睛一样，又大又亮，都不掩饰大爱的本质。不同的是，母亲更显宽容豁达，刚强自信。母亲溺爱她，倾心呵护她，关心她，体贴她，生前无话不谈，亲昵随和得像姊妹。时之男顿觉眼眶又在发热，赶紧咬住了嘴角。她习惯用咬嘴角的方式收敛内在情感奔放。

时之男转过身去，走到墙壁跟前，对着挂在墙上的一面小圆镜整理着乌黑的短发。她镇定了一下情绪，也拎了张小靠椅走出屋子，在外公旁边坐下来，没有主动搭话。

尉迟琪没有吭声，只是昂头望了望高挂在天空的太阳。

自从尉迟江南离开人世后，家里再也没有了欢声笑语，相依为命的祖孙俩变得沉默寡言。双方都在努力克制悲哀，都在担心言语失度勾起往事，给对方增加痛苦。时之男怜悯外公：奋斗了一辈子，孤独了一辈子，老来，又失去了唯一的女儿……她发现外公这几天更显衰老，还算硬朗的身子骨突然垮塌下来，看着寒心。尉迟琪心疼外孙女：深爱她的娘亲说走就走了，父亲横祸缠身，二十五六的人了，仍旧形单影只，连个说悄悄话的人都没有……早知今日，当初真不如让她留在省城。

"爷爷，你老是朝隔壁那两家看，看什么？"

尉识琪手里用钉锤往拐杖的断裂处钉着钉子，眼睛却不时向隔壁两栋楼的大门口张望，时之男有点儿奇怪，忍不住问了一句。

"我是想……请他们算个卦。怎么老不见他们出屋。上午下午都没见有人出来。"

时之男心里一酸。她警惕地察看了一下外公那张饱经风霜的脸，没觉出有什么异常，说："人家这是在练功，跟算卦两回事。"外公耳背，除了音量大一点儿外，她还兼顾了言语简洁。

"知道。他们在练神功。既能回望前生又能观照来世。用额头上修炼出来的天眼看世界。"尉迟琪和外孙女对话有一种互信力，能够心领神会，不像同旁人交流那么费劲儿，声音当然还是大了点儿，"有这种本领的人，肯定会算卦。"

"你是不信迷信的。"

"我是不信迷信。可这哪是迷信啊？算卦从前算迷信，现在已经不算迷信了，叫科学预测。你去逛老十字街没有？嘿，到处蹲的是算卦先生，不知道从哪儿冒出来那么多，职业化了呐。过去，眼瞎才会算卦，现在眼不瞎也会算卦。"

"这叫睁着眼睛说瞎话。伪科学！"

时之男心里在发颤：严酷的现实撼动了外公的信仰。她不想否认他的臆说，但也不愿很有思想的外公钻进死胡同，"事物发展方向的好坏，多半是由人的意志决定的。事在人为。"她用心斟酌词句，借用了一种飘忽的语言艺术，意在避开家庭业已遭受的厄运，"科学预测是严肃的逻辑推理，跟信口开河、蛊惑人心有区别。比如诸葛亮借东风，他要是不懂得天文知识，不懂得气象知识，想借东风，真能借得到吗？"

有道理！尉迟琪心底高兴地对外孙女的辩证给予高度肯定。家道不幸，的确没有脱离人为因素。

"……当初哇，不该让你学财会。"他开始用细铁丝和钢丝钳在拐杖的折断部位扎箍，"学医，也不合适。你该学哲学，学政治经济学，学科学社会主义。"

"你不如干脆说我应该成为一个马克思的信徒。"

"为什么？"

"因为你说的三门学科，恰恰是马克思主义的三大组成部分。"

"读过……《资本论》了？"

"选修课。"

"噢——"尉迟琪若有所思，"我在台上那会儿吧，上面倒是经常强调领导干部要学点儿哲学，学点儿政治经济学，要搞懂科学社会主义是怎么回事，还发过不少书，不少关于这方面的书。我就读呀，读，可是一直读到退休，连一本《资本论》都没有把它读完，老觉得它不如《三国演义》那么好读。所以呀，对马克思主义的道理就一直停留在一知半解的水平，夹生饭。世界观懵懂，认识世界自然就混沌。有个问题，我一直没有弄明白，你给理论理论看。从前，在报纸上经常看到这样一句话：社会经济发展。现在吧，报纸上经常性的提法是：发展经济社会。乍一看，还是那几个字，就不声不响来回倒了一下，这……有区别吗？"

"当然有区别。"

"什么区别？"

外公不爱说话，不爱说话不等于不会说话。外公的政治理论还是有一套的，一般人很难辩论过他。害怕误入埋伏圈，时之男按兵不动："已经不讨论这些问题了。"

"哦？民可使由之，不可使知之。"

"多种经济形态并存——可以解释现实中的许多模糊认识。"

"有位政治理论家，搞马克思主义研究的，小有名气的一个人物。二十多年前，很多理论报刊都出现过他的大作，头头是道。他有篇《坚持社会主义道路不动摇》的论文，影响不小，还要求各单位组织学习讨论过。前些日子，我在报纸上又欣赏到了老先生的宏论，题目是《论中国经济社会的健康发展》，文风跟过去一样犀利，同样头头是道，有说服力，鼓动力。看来，这位老教授是个多面手，既深通社会主义的计划经济，又深通资本主义的市场经济——通才，能够游刃有余地将两种主义的思想观点融会贯通，理论根据照样充分。"

"识时务者为俊杰。"时之男不得不承认自己还是被外公绕进了伏击圈，只好缴械投降，"很多马克思主义的信徒都迫不及待地下海卖茶叶蛋去了，用实践验证科学社会主义。"

"没有哥白尼那么顽固啊？"

"哥白尼求证的太阳中心说足以摧毁把天体运动和地球运动对立起来的经院式学说，所以，刀架在脖子上也不低头。中国的许多马克思主义者，只是想拿着马克思主义作为混饭的工具，从业的第一堂课就在当叛徒。不难理解。"

"好，好。之男呀，你真该学哲学，学政治经济学。不仅知道的东西多，认识问题也独具慧眼。外公不行，其实根本不懂政治，看不明事理，还瞎着急。"尉迟琨此时欣慰的并不在于外孙女的学识有多渊深，而是她还不至于悲苦到不能自拔。他怕外孙女经不起生活的沉重打击，她还年轻，一定要挺住。"别看外公人不人，鬼不鬼，心里可是亮堂的。不会听信异端邪说。人道是，七十从心所欲，不逾矩。我都八十多了，还能不懂什么叫本分做人呀？"他又补了一句，用以释怀。

时之男见外公谈兴很浓，还没完全沉溺在悲痛之中，心里踏实了许多：只要外公高兴，愿意说什么说什么，泄泄闷也好，老人嘛。

"你知道我为什么想到要算卦吗？不是说一个人非得要信仰点儿什么才充实，完全不是。是我这几天一直在想呀，想……，我忽然想到，那所别墅咱不能再住了。别墅有晦气。你看啊，易日山一收下别墅就蹲号子，我们家住进去后……唉，更不顺哪。那别墅，本来就不该咱住，一所用来行贿受贿的房子——是赃物。赃物还能干净？住进去了还能不倒霉？所以呀，你爸回来了，山茶回来了，让他们全住过来，住将军楼。我住将军楼几十年，从不出事，病痛都少，风水好哇。"

"你就干脆对我说——别让你老爸腐败了。"

"嗐，我哪有这意思。"

"外婆不是……"

"那是她命苦。没住进将军楼就走了。要是再晚几天，她住进来了，没准现在还健旺着哩。"

"别墅我们想住也住不长了。少则半年，多则一年，我们就该乔迁新居了。"

"职工住房问题……有响动啦？"

"准确的说法应该是：华夏的民生工程启动了。老爸今年致力兑现承诺，把解决职工住房的问题上升到了首位。祝原市长许给老爸的土地，永泰县政府照办落实了，圪崂窝那一大片荒地全划拨给了咱们华夏。匡奇正在那里大兴土木，盖房子。十来栋楼房就要封顶了，还有好几栋正在下脚。集团准备让东山、西山、陕西营的住户都搬迁过去，然后在东山、西山、陕西营、莫名河两岸植树造林，计划五年内恢复原生态。"

"这么大的动作呀？"

"听说给了匡奇十几个亿的启动资金。投入前所未有。"

"龙潭工程拿到手后，情况还真不一样了啊。又有肉吃，又有汤喝。"

"那当然。所以呀，老爸今年对我们投标办抓得特紧，让继续加大投标力度，不惜代价追标、夺标，普遍撒网，向全国各地捕获招标信息。"

"那新房……也有我们家的份儿？"

"怎么会没有呢？我们家实际上没房子，属于特困户，还得优先解决呀。"之男说，"我老爸登记了一套，我也登记了一套。"

"你也登记了一套？"

"我怎么就不该登记一套呢？"

"……也是，也是。是该登记一套了。"

"我找匡奇说好了，把我们家的两套房子安排在一个单元一个楼层，这样一来，我们一家人就……"之男忽然没有了下话。她想到了母亲，两眼发涩，喉门哽住了。

"好哇，好！"尉迟珙见状，赶忙接话说，"我们家快有属于自己的大房子了，无产阶级就要变成有产阶级了！"尽挑些富于刺激性的词儿，"多少钱一平米？你就没问问多少钱一平米？"

时之男的情绪果然被机灵的外公从低落的边缘拽了回来，"……七八百块钱一平方米。"

"不贵。不算贵。"

"可是好多职工还出不起这笔钱。"

"不会吧？一套百把平方米的住房，顶多也就十来万块钱，这点儿积蓄……也没有？"

"东山、西山，还有陕西营，住的大多数是解放初期参加工作的退休职工，下岗、待岗职工的比例也不小，他们全靠养老金、下岗待岗补贴费过日子，生活必需品价位居高不下，医疗费浮动得没谱儿，小孩儿上学读书开销更大，你算算，人家哪会有积蓄呀？"

"那……那怎么办？户头少我还可以帮衬点儿，户头这么多，哪帮衬得了啊？"

"这是社会问题，政策统筹才能奏效。靠一两个人帮衬全社会——杯水车薪。不现实。"

"唉……"尉迟珙叹了口气，说，"当年我在台上那会儿，别说划转点儿专款盖住房是小菜一碟儿，就是把永泰、松峦两电站工程废弃的钢材、水泥、模板用来盖房子，也要盖一大片。可我怎么就没想到这回事呢……话又说回来，那时也不敢想，上头给的政策是先生产后生活，谁敢跟政策对着干啊？只敢一门心思想生产。我欠下了一大笔债，这下好，父债子还，全让你老子兜了。"

"听说老爸在党政联席会上提出了一项建议，让大家讨论。集团对职工住房的销售政策原则应该是：该减的减一点儿；该优惠的优惠一点儿；个人积极借贷一点儿，售购双方互动互让。总之，保证绝大多数人住上新房。尤其是老职工，不能干了一辈子，老来还窝在土坯子里。"

"你老爸比你姥爷的魄力大，有远见，群众观点强，难怪这两年集团安宁多了，没有群众集会的事。"尉迟珙见之男又开朗起来，自己的心情也舒畅了许多，"咱们家两套住房钱，统统由姥爷掏了，装修还得好点儿才行。姥爷想明白了，全社会的事儿，靠老爸一个人不行，也靠不住。咱先把自己的小日子过好了再说，自己过好了就是给社会作贡献。"得让外孙女更高兴点儿。

"你哪那么多钱啊？"

"姥爷慌张了一辈子，还能慌张不下两套住房钱？太小瞧姥爷了。困难职工收入低，我的收入不低呀。也没什么花销，每月最大的花销是买几张报纸、几本杂志混时间。老爷有钱。噢，"兴头上，尉迟琪又想起件事儿来，"姥爷在使钱的问题上还出过一回大事。一直不好意思讲出来，讲不出口啊。"

"什么事啊？"之男追问道。

"说来话长。"尉迟琪一副羞愧的样子，"十……十三年前吧？也是春上，上午，对，上午。一个收荒货的女子踅来踅去，踅到了我这家门口。那身上穿的哟，啧啧，破烂不堪。她问我有什么破烂货卖没有。我见她可怜，说破烂没有，有旧书旧报旧刊物你要不要？她说要，收的就是这个。我就把书刊报纸清理出了一大堆，让她随便给俩钱算了，不用过秤。她见我大方，一边给我掏出十块钱一边说：'大爷，不瞒您说，我是逃难出来的，家里遭了大灾，没办法了我才出来干这个。'我说干这个不为丑，又问她家里遭了什么灾。她说她家里被一把火烧得精光，无家可归。我说那怎么办呀？这十块钱我就别要了，当我帮助了你吧。她说：'大爷，那就谢谢您了。可这十块钱能帮我解决什么困难呢？不能呀，连根檩条都买不到。'我说，那我再送一百块给你。那女子收了我一百块钱，还是不肯走，又说：'大爷呀，我一看就知道你是个好人，善人，所以我才跟你说实话，我家遭了大灾了，变得上无片瓦，下无立锥之地……'我见她贪得无厌，疑心她狮子大开口，连忙打断她的话，说：'姑娘呀，我是个退了休的老人，帮不了大忙的，你赶快忙去吧，只要你这样不停地忙着，兴许三年五载，你就盖上新房了。'她说：'大爷，您别误会，我是不会白要你的钱的。我有东西换。换钱。'我就纳闷儿着问她：'你不是遭了灾吗？上无片瓦，下无立锥之地，你还有什么值钱的东西可以换钱呢？'她说：'你看不出来吧？我祖上很富，是大地主。我们家有一大坛子现洋，土改时都没被抄家抄走。火灾过后，我把它挖出来了哩。现洋现在能值大钱呀。'我连忙问：'你有多少？'她回答说：'你要多少？'我说：'姑娘呀，我是见你有灾，才准备买你一点儿。'她说：'大爷，我见你是个好人，才有心卖你一点儿。'我问那现大洋多少钱一块。她说：'一百块钱一块，你真想要，我九十块钱一块就卖。'我说：'不还价了，就一百块钱一块吧，只当我是救了你的灾。'她问：'你要多少？'我说：'来五十块就行。'那女子顿都不打，撸起上衣就从腰间卸了个猪大肠一样的钱袋，说：'只带了这一百块。我是打算慢慢走到省城找出价高的主儿变钱去。我给你数五十块出来。'一见到那白花花的银子，我的那个腿哟，直打哆嗦，心不知怎的一下变得比那女子还贪。我说：'算了，我全要了，省得你再到处跑，赶早回家买砖瓦木料盖房子去吧。'就这样，我花一万元人民币，买下了一百块被我们打倒了几十年的袁大头。"

"爷爷，你要那玩意儿干什么呀？"

"姥爷忙乎一辈子啦。姥爷老啦。姥爷什么都没有，就一个外孙女儿呀。老爷一直在想呀，这时日眼看就不多了，不能来也空空，去也空空，总得给外孙女留下点儿什么吧？好赖也得让你有个念想呀？"尉迟琪凄惶着脸，"哪晓得想好不得好，到头来还是竹篮打水一场空。也是你命不该有啊。"

"怎么？"时之男睁大了眼睛："中埋伏了？"

"再说前年的话。姥爷不是让你随你老爸一起从省里往回调吗？那次我去省里，把现大洋带去了一块，想去省人民银行让人估个价，看看一块袁大头到底能兑多少人民币，打听一下国家牌价和市场价有多大区别。顺便也让你高兴高兴，姥爷埋藏着一百块现大洋，正等你回家继承财产哩。没想到去银行让人家一看，哪里是什么袁大头啊？猪头都不是。"

外公的灰色幽默好像把外孙女领进了一个童话世界，她乐了："爷爷能中敌人的埋伏也是奇迹。"

"像土财主一样，姥爷床铺底下也埋了只瓦罐，可那里面埋藏的不是金银财宝，而是一大罐子锈铁粑粑。"尉迟珙沮丧着摇摇头，"打那以后，我对那些装穷叫苦的人没一点儿好印象！"

时之男忍不住抿嘴一笑："爷爷贪财，真没想到。"

"我那不是为了让你有点儿陪嫁的东西嘛。"尉迟珙也开心地笑了。他的拐杖修理好了——不知不觉在拐杖的中间部位绑扎好了三道结实的铁丝箍。

一万元人民币买人一堆锈铁疙瘩不可惜，一根快要折成两截的拐杖却又爱不释手。时之男对外公的古怪行为倒也不以为然，只是担心他年岁衰迈，失误在这根靠不住的拐杖上："这拐杖没有用了，扔它。赶明儿我给你买根好的。"

"扔了可惜呀。"尉迟珙一只手轻轻地搔着腰，另一只手挂着修好的拐杖，慢悠悠在门口兜了一圈儿，感觉不错，"意义也不同啊。这是寇副省长的面子，哪能随便就扔了。"非常珍惜地把拐杖瞧了一遍，摸摸，又挂着试了试，"原以为外国的东西好，实践证明，完全不是那么回事，好看不好使，同样是豆渣和屁做的。你看，那天说折它就折了，关键时候靠不住。"

"不是外国货靠不住，是你对它的信任过头了，依赖太强烈。"时之男说，"只要不过分依赖它，它就不会折，你也不会跌跤，双方都能撑下去。"

"丫头，总能别出些歪道理来。好，姥爷就喜欢你这脑瓜子，你这拧劲儿，不能人说啥你就认了啥！"尉迟珙将拐杖顺到墙根，捡起地上的钉锤、钢丝钳，又仰头看了看天色，"该做晚饭喽。姥爷今天给你做点儿好吃的——蘑菇炖粉条，行不？"

时之男却说："爷爷，我想跟你商量个事儿。"

"哦？"尉迟珙站住了。

"今天下午我回家很早，主要是因为明天龙潭工程大江截流，我想去。天不亮就出发。"

之男正在服丧，照说，是不好外出的。尉迟珙顿了顿，见外孙女是一种央求的眼神："必须去？"

时之男点点头。

尉迟珙想，投标办公室的达奚贤是个通情达理的人，不会在这种时候安排之男外出；之男也是个很明事理的孩子，绝不会在服丧期间产生赶场看热闹的念头，那么……一定是有什么放心不下的事，什么事呢？他关切地望着孤苦的外孙女："那就……去吧，去吧去吧。"

"爷爷真好！"

"截流还是有危险的，当心啊！"

一四五

五更天气，潜龙江还恬然逸卧在苍莽群峰的怀抱，安详沉睡在浓密的晨雾里。

可是龙潭水电工地左右两岸方圆数十里的山民就在雄鸡的呼唤和狗的催促声中早早起床上路了，比年关赶集还匆忙。

深山老林，沟沟壑壑，坎坎坳坳，全都闪耀起了电筒、马灯、蜡烛乃至松明火把的光亮。

半爿街西边，吴家田、杨树岗、碾子坡、磨坊、罗家畈、饭甑塆、石家垱的山民和来自龙坪狩猎场方向的山民，顺着软脚坡，源源不断涌向龙潭工区，像没有尽头的龙灯。半爿街东北的柿子塆、细柳塆以及盘龙岭后山四面坡等十几个村庄的山民也成群结队赶往阳元峁。天保寨、梨树岗的山民也打着啊嗬从宜阳县的西北角赶来。山山岭岭，光亮像萤火虫。

半爿街亲眼看见过大江截流的人实在不多。当年虎啸电站截流的时候，镇上几个愣头青和一伙喜欢赶场凑热闹的男女，曾经裹挟鱼篓子们驾渔舟、舴艋，漂流二十余里，一睹大江截流那气吞山河的豪迈。归来后他们就有了资本，大肆吹炫大江截流是如何如何大气磅礴，惊心动魄，吹炫得满街满巷老幼人等个个惊愕万状，啧啧称奇。如今龙潭工程的截流施工就在家门口，绕过龙门沿着通往坝轴线的河滩上行四五里，便可大饱眼福，无需烦劳鱼篓子们操桨扳桡，何不乐而为之？因而，同样是东方欲晓，半爿街家家户户柴门大开，扶老携幼，攒三聚五，成群结队，赶庙会般朝着阳元峁赶去。全镇几近倾巢而动，许多店铺关门歇业，生意也懒得做了。

阳元峁向北三十里开外的筲箕铺，几乎是在四更梆刚刚敲响的刹那喧嚣起来。全村能走动的人丁差不多都走出了家门，要去见识龙潭水电工程大江截流的大世面。筲箕铺人向来喜好威风八面，此番出行也不例外。村民们将旌旗大纛、驮灯和灯笼统统搬了出来，摆起了正月十五闹元宵才够格讲究的排场。男男女女、老老少少不下三千，在驮灯、灯笼、火把的辉映下，自然而然结成了长队。本已十分壮观的阵容，却又在沿途会聚了赵家墩、黄家畈等十好几个村庄的山民，队伍像滚雪球，愈滚愈大，犹如昔时星夜南下的预备师。

跟在第一盏驮灯后面的是曹铁拐。曹铁拐早已被土著同化，脑袋上也密密匝匝盘裹上了一大圈儿藏青包头。他腰间挂一面黢黑的牛皮大鼓，幸存的右臂强劲地驱动着三十多斤重的铁拐，甩开一米跨度的大步，奔行如风。粗笨的拐头挂得石子路面咯吱咯吱怪响。曹铁拐带上了筲箕铺由铜锣、马锣、大鼓、钹子等打击乐组合而成的响器班子，准备为龙潭水电工程的大江截流呐喊助威。苗士逸紧随在曹铁拐身后。她左手挽着一包袱烙饼，右手提着只小塑料桶，里面装满了苞谷酒。苗士逸已然不是当年面如桃花、身若杨柳的苗士逸了,老了,脑后盘成个髻的头发灰白,背也有点儿驼了,步履蹒跚。她执意随行,主要是害怕曹铁拐惹出什么是非来。

龙潭水电工程大江截流过后,筲箕铺对面的冲田会淹没一半。再过四五年,工程蓄水发电,筲箕铺对面的冲田、塝田、坡地和核定蓄水位以下的果园、竹林、堰塘以及整个村庄,将全部埋进水底。村民们也将随着新的生存环境陆续散去,结束这里的千年历史。或许,参观大江截流是筲箕铺人最后一次大聚会,新的劳动方式、新的生活方式使得他们各奔东西。虽然对新生活满怀热望,但故土难离,人们内心深处难免杂陈失落与忧伤,旁人实难体味他们参与这种盛况空前的活动的矛盾着的心理。行进过程中的队伍,很难调动起激情,全然没有舞龙灯、赶庙会时的那么一种奔放,只是偶尔爆发出一两声山里人习惯用来宣泄胸际欢愉或者苦闷的"啊嗬",很简单,很粗犷,很激昂,也很沉重,在深山峡谷久久回荡。

从十字街赶往截流现场的人诚然不少,绝大多数是华夏集团总部机关的干部和职工,不乏下岗、待岗人员。不完全是为着观光,这些人都有一个共同心愿,那就是希望龙潭工程的核心施工项目马到成功,为未来的主体工程施工打下一个牢实的基础,同时长长华夏集团的志气。总经办让小车队派出十几辆大巴,辆辆满载,凌晨五点出发,将一千多人早早送到了阳元峁背面的大草甸。不过,他们都没有人主观礼台的资格,只能自由选择观看截流施工的地理位置。

一把手——下岗后一直以占卦为职业的炉前工裴国兴也到场了。下车后,一群下岗、待岗职工将他团团围住,询问截流凶吉。一把手一只秘不示人的残手插在荷包里,另一只手则风度翩翩地背在背后,煞有介事地仰望了一阵儿依然朦胧着的天空,曰:

"方才,我已打得一卦。巧咧,内卦外卦皆为三阳爻——此谓乾。是说六爻不变,当大通。"

有人性急,欢喜直来直去:"什么意思啊?"

一把手虽然早被周公魔化,但还是有点儿耐心:"乾,元亨利贞。元,大也;亨,通也;利,宜也;贞,正而固者也……"

大家被他者也得发慌:

"诹这些鬼话我们哪听得懂啊?说直巴点儿。"

"说大白话!"

"干脆说今天的截流是凶是吉是成是败!"

一把手于是呵斥道:"能说的,我都说了。不能说的……天机不可泄露。"扬长而去。

赖耗子也到场了。赖耗子一下车就和等候多时的胡胜利搅和到了一起。二人勾肩搭背,诚如至交。胡胜利这年一直混迹龙潭工程两岸,一边帮一线职工修鞋,一边联谊昔日的工友,叙谈旧情,日子过得倒也充实。他吃、住、修鞋都在工地,因此有条件提前进场。胡胜利只背了个装有简单家什的小木箱,但只打算拿它当坐凳,想是今天不会有人找他修鞋了。

有人看见易日山、岑雪飞随着大巴来到了龙潭工地,但是下车后就没见他俩的踪影,不知道钻进哪片树林里去了。

景丽元找望世英要了辆救护车，把说什么也要看看龙潭截流的诗维拉到了工地。救护车有意避开了人群，停到了阳元峁上游一里开外的河滩上。这里的角度很好，斜歪在躺椅上的诗维可以从车厢后门清楚地看到左右两道戗堤。望世英在时空的帮助下从过去的二医院回到了华夏集团，又在况夫的帮助下到半爿街办了个医疗卫生院。他还当院长，领导十几个医护人员，专门为龙潭施工局的职工和农村工人提供服务。现在，左右两岸那几个插着太阳伞、飘扬着红十字白旗的地方，就是他的急救站。

大草甸西面的华夏美食城分店，张天翼、谢庭芳头天就添架好了两顶帐篷，并在帐篷门口烧旺了四只用汽油桶改装而成的煤炭炉子。这会儿，搁在四只煤炭炉子上的蒸笼和水蛊子正扑哧扑哧冒着热气，馒头蒸得喷喷香。两人倚着宽大的案板，仍在不停地捯揉发面，赶做馒头，忙不亦乐乎。夫妇关系虽然还是临时的，但配合默契得非常不错。帐篷门口倒靠着一块大门板，门板上醒目地写着：免费供应。截流需要一整天，中途没有专门用膳的时间。参加截流施工的干部、职工，人人手头都备有便餐；指挥台、观礼台上的领导和嘉宾会有人准时送去盒饭，可是其他一些赶来参观截流的人就有可能忍饥挨饿。因此，这对临时夫妇立志为来自四面八方的山民和散客免费提供一顿午餐。馒头不准备多点儿不行，开水不准备多点儿也不行。

天边泛起了鱼肚白。

龙潭工程两岸，大小峰峦渐次显现峥嵘轮廓，苍苍莽莽。右岸的阴元岬、左岸的阳元峁，迎着曙光展露奇特风姿，挺峻而生动。漫山遍野隐约着数不清的人影。

阳元峁右侧、大草甸正南临江面，一座高大的指挥台拔地而起，雄峙大江。

指挥台呈长方形，面积约有羽毛球场那么大，底下是二十多根现浇的钢筋混凝土立柱，上面铺着从圪崂窝房建工地搬运过来的预制楼板，再铺一层红色腈纶地毯，四围固定着木质栏杆，有点儿像用作拳击比赛的拳台。指挥台前上方横扯着一面红幅，红幅上粘贴着"龙潭水电工程大江截流庆典暨誓师"一溜儿金黄剪纸大字，仿佛在激励参加截流的人们奋勇向前，奋勇拼搏。指挥台左右两侧依坡面设有观礼台——实际上是几排用混凝土墩和预制板搭架而成的座位，简洁，倒也大气，足可容纳上千客人。指挥台上空悬浮着五颜六色的气球，周围彩旗招展。

出席龙潭工程截流庆典仪式的单位和来宾很多。省委、省政府的领导自是必不可少，甲方首脑光临天经地义，设计单位的负责人及其有关方面的专家、学者不能空缺，本埠市、县要员积极参与理所当然。刨去华夏集团，其余的八大巨头尽管未能在龙潭工地投放一兵一卒，但作为十多个主要标段的直接得主——同样是华夏集团的甲方，如此盛大的截流施工，不邀请到场当然不行。还有许多慕名而来的新闻记者，以及那些儒雅、烂漫的文人骚客，要见证潜龙江最后一座梯级电站惊世骇俗的庄严一幕，不仅仅只是为了报道，为了吟诗作赋写文章。

比起赶场看热闹的山民和散客来，够格登临指挥台、观礼台的贵宾，就显得从容不迫。

七时许，从华夏集团总部赶来参观的干部、职工刚刚朝四下里散去，贵宾们就各自乘坐专车顺着好汉坡奔行而来。他们昨晚分别下榻在十字街的华夏宾馆和大酒店。在前面开道的是两辆呼啸着长笛的警车，接下便是宁泰市市长祝原和宜阳县伍书记、陆县长

865 / 第六章

的奥迪。他们之所以率先到场，为的是以地主的身份恭迎省领导和来自方方面面的贵客。祝原和宜阳县的伍书记、陆县长刚下车，副省长寇勉的车就到了。寇勉坐的仍旧是那辆经过改装、专供出行使用的中巴，随行人员还是秘书贾垚和司机卢力。尾随在寇勉车后的是一支不小的车队，中巴、大巴、奔驰、奥迪连成一大串。紧紧咬住寇勉车屁股的是一辆黑色的奔驰，里面坐着潜龙水电资源开发总公司的新任总经理兼党委书记覃富强，还有雷好和罗尼娜。虽然雷好被革职前抢着给罗尼娜戴了顶接待处处长的帽子，但不管怎么个论资排辈法，都轮不到她与总公司的一把手同坐一辆车，可恨姑奶奶又泼又辣，同行的二十多个虾兵蟹将，都知道她在这个世界上不存在任何禁忌，懒得招惹，缩在车厢里的贤达又不想多事，如此一来，她就畅行无阻地扎进了奔驰的副驾座，并且旁若无人地跷起了一条大腿。

  按道理，遭至贬谪且业已屈居覃富强之下的雷好根本没有参加此次庆典活动的名分——潜龙总公司工会副主席，之所以还能堂而皇之抛头露面，纯属由于他个人的强烈要求。他的理由很充足：一是主持并且圆满完成了整个龙潭水电工程的发包工作，没有功劳有苦劳，观摩截流施工当之无愧；二是雷尚乃国家计委应邀龙潭工程截流庆典的首席代表，身为嫡侄，不能避而不见；三是特邀贵宾冯婕是在宜阳乃至宁泰地区有着战功的老革命，作为她老人家的儿子，如不陪随，情理难容。雷好还有不可以作为理由摊到桌面上的另一个目的：较为体面地去十字街医院探视一下病中呻吟的诗维。对也好，错也好，恩也好，怨也好，反正木已成舟，他不能不主动上门，认认这位比自己还晚出生个把年头的泰山，还有从未谋面的丈母娘。诗婳已经生孩子了，刚刚问世的儿子应当有外公外婆的亲昵。晚年娶娇妻添贵子，终算是天公作美，雷好到底获得了平衡，心满意足，功名利禄无所谓了，只要泰山大人和以华夏集团为首的乙方都能看到他还没有完全倒下就行。覃富强乃一介书生，刚接雷好的班不久，抹不开面子，又想到雷好在龙潭工地露头不露头都对截流无碍，也就稀里糊涂做了个顺水人情——"那就去吧。"谁知这么一来，又在无意中伤害了一个人——沈光荣。

  沈光荣痛失情侣，恨失宗亲，悲愤交加。而立之年觅得意中人本不容易，哪料倾心构筑爱巢之际，佳丽突然远走高飞，而且一去不回头；朝夕相处几十年的父亲竟然是假的，而遗留夺妻之恨的情敌不是别人，恰恰是这个一本正经的假父亲！如若不是心理素质好，心性坚韧，他简直会气个半死。龙潭工程大江截流庆典暨誓师，华夏集团也给沈光荣发出了请柬。这是因为程心爽不仅从他手里顺利买到了一台应急的盾构机，解决了如期贯通两条导流洞、确保截流按计划工期进行的困难问题，而且通过他及时引进的一大批先进土建施工设备，得心应手，物美价廉。奉重要合作单位为上宾乃情理之中的事。考虑到下一步还有不少机械设备的购销业务可以继续，生意不小，沈光荣当然会接受华夏集团的邀请。直到昨晚从省城赶往龙潭工地的车队一齐挤进十字街华夏宾馆歇脚过夜，沈光荣才发现自己与情敌是同路人，不由怒火中烧，两眼被情仇激得通红。沈光荣虽然文雅、理性，却也血气方刚，如若不是赴会队伍太庞大，太庄严，还有副省长同行，真不知道他会做出什么骇人听闻的举动。

  不一会儿，载着长城水能综合利用建设工程公司、天山水利水电建设集团、诚信水力资源开发联合公司、寰球水力资源开发集团、北方能源开发集团、宏达建筑工程联营公司、东方水电建设联营公司、戎马防御工事工程施工六所代表的中巴相继抵达。永泰、永宁、兴盛的县委书记、县长，和几家民营企业的老板、包工头，也驾着自己的豪华轿车爬上了大草甸。

焦言忙着把寇勉、祝原、覃富强等重要贵宾安排到一栋活动板房小憩，其他来宾则由司马敬、侯万里、孔超引领到观礼台就座。一时间，宽广的大草甸车来人往，笑语喧哗，一片欢腾。唯独雷尚、冯婕、雷好一家人的精神面貌不怎么好。雷尚负过重伤，身体状况一直欠佳，背越来越驼，经常咳嗽，风吹得倒的样子。他刚退出领导岗位，当调研员。雷尚完全可以不来参加龙潭工程截流庆典仪式，可他听说雷好旧病复发，又惹出狐骚，就硬着头皮赶来了。自己的侄儿，不问问，不管管，不帮帮，哪行啊？冯婕也老了，满头银发，但身子骨儿倒还硬朗。知道雷好再一次栽跟头的消息后，她生气极了，直骂儿子太不争气，到老离不开女人窝儿。来后，听雷好说新媳妇给生了个胖孙子，心里又别有一番滋味，怨愤在无形中消了一半。雷好在党内受到警告处分，行政上降级使用。他的所作所为令人发指，却又够不上刑律，上级领导和组织部门无可奈何，只能采取这种形式彰显惩戒。雷好自知一犯再犯，不可能得到宽恕，也就认了。对雷氏家族来说，雷好被贬无疑是天大的不幸，名声、威望乃至日后的生活环境都会受到很大影响。因而一家子聚到一起，免不了忏悔、愧叹、哀怨、思谋、计议。雷尚、冯婕、雷好正站在弥漫着晨雾的大草甸中央悄声细语，筲箕铺的村民扛着旗子、驮着驮灯、携着锣鼓，像一窝蚂蚁，顺着大草甸北坡爬了上来。背着大鼓的曹铁拐突出地行进在人群中。冯婕吃了一惊，情不自禁多扫了虎虎生风的曹铁拐几眼，又下意识地望了望身旁的雷好，禁不住暗自神伤：这个魔头！他怎么还活着？怎么还活得这么好？她能一眼认出曹铁拐，可是曹铁拐无论如何不会认出她来。这际遇太离奇了！没有一点儿思想准备的冯婕只觉得热血直朝脑门儿奔涌，全身抽搐，差点儿跌倒在地。立在对面的雷尚见冯婕倏忽反常，大惊失色："你怎么了？"又冲雷好厉声喝道，"快，把你娘扶住呀！"雷好发现母亲的脸色突然惨白，慌忙伸手一架："妈，你怎么啦！"冯婕一只手遮住双眼，静了静神："没事……老毛病，一会儿就好了。"雷尚这才舒了口气。

一四六

具体负责截流庆典事务的贺怀阳、司马敬、侯万里、匡奇、娄毅和孔超，已经忙碌了两天两夜没合眼，虽然迎接宾客时满脸堆笑，可没有一个不是筋疲力尽，举止怪异。墩胖的贺怀阳走起路来一不留神就打盹儿，打盹儿就举起拳头猛擂自己的脑袋，像犯了神经。他和娄毅前两天一直蹲守在十字街，接待来自全国各地的客人，一个安排食宿，一个监管安全。今天一大早，他俩又带领着车队赶到了半爿街，跑跑颠颠地奔忙在好汉坡端头，疏导车辆有序驶进大草甸。屁股后面挂着把手枪的娄毅，熬得两眼通红，脑瓜子好像连那顶灰溜溜的大檐儿帽都扛不稳，不是往左耷拉就是往右耷拉，横看竖看都像个打了败仗的兵。他的右胳膊被拧脱臼后，至今还没有完全康复，又不敢在客人面前吊那条白绷带，只得让右手顺其自然往下垂着，必须握手时只能将左手前伸，弄得自己和客人都觉得别扭。司马敬累得连走路都变了形，见了谁都是一种僵硬的笑，皮笑肉不笑。瘦巴巴的侯万里拖得身轻如燕，着地的双脚像踩着云彩，晃晃悠悠。孔超毕竟人年轻，能扛，精神状况稍稍好一点儿，忙前忙后，神志还算清醒。匡奇原来是个虚胖子，经不起摔打。他带领房建队的五十多个工匠，苦战几天几夜，终于完成了指挥台、观礼台、活动板房、临时厕所的搭架任务，累得连眼皮都没有力气往上抬。匡奇也有一套，集团领导指令他七天完成指挥台、观礼台及其附属设施的建造工作，他自己给自己只安排了五天工期，剩下两天用作扫尾、清场，活儿干得很体面。眼看客人都已到场，主轴戏即将开始，疲惫、困顿不堪的匡奇见属于自己分内的诸事均已安顿停当，就踉跄着拖过两只草袋，往指挥台底下一铺，倒头便睡。他实在没有气力观看大江截流了，也不想观看。忙忙碌碌的娄毅刚好从指挥台脚下路过，叫道："我说匡奇呀，怎么能在这底下装孬呀？太不安全啦！小心指挥台垮塌，把你小子给砸死了。"匡奇抬抬眼皮："指挥台要是塌了……我匡奇还有活路吗？"边说边打呼噜。

　　滞留在大草甸的客人绝大多数是县团级以下干部和厅局级领导的随行人员，以及民营企业的老板、包工头。司马敬、侯万里、孔超和党群工作部的一群处长热情地把他们一一领进了观礼台。瑞谱公司的仓瑞谱，是除华夏集团以外，唯一一支有人员和机械设备参加龙潭工程施工的老板，是所有来宾当中的巨富，最有钱，乘坐的专车也最高级、最豪华。他从深圳赶来龙潭工地，一方面是想见识见识截流施工，另一方面还想见识见识况夫。他的那台盾构机还存放在阴元岫脚下，况夫想买，可又不肯开个好价钱，需要谈判。因为他只能算得乙方的乙方，职位也不高，所以无论怎么富有，也没有入座指挥台的资格。仓瑞谱发觉自己坐的原来是混凝土预制块，一脸的不愉快。他原希望能在指挥台上风风光光，并借此机会结交更多的要员，但是这种位置，使多少钱也是买不到的。见旁边就座的还有宜阳县的伍书记、陆县长，他只好忍气吞声和景德元并排坐到了一起。

　　太阳出来了，磨盘大，浑圆，通红，红得灿烂。一会儿，火红的太阳从地平线携起一簇云霞，徐徐浮向蓝天，在人们的不知不觉中收缩得像只脸盆，光焰炽白，耀眼。于是，山山水水、万物万象全都真实起来，棱角分明，还原了本来面目，并且一齐披上了璀璨的金光。云集在龙潭工地两岸的男男女女、老老少少露出了有如太阳般红艳的笑脸。身着民族盛装的少男少女格外炫目，像团团簇簇绚丽的花朵，点缀在万绿丛中。

　　人们这才清晰地发现：左右两岸埋伏着千军万马！

　　满载块石、碎石的威布特、佩尔利大型自卸车，一辆接一辆，分别从左右两岸戗堤堤头一直蜿蜒到阴元岫、阳元岇的背后，就像两条从大山深处探出头来饮水的苍龙。山坳里，块石料场、四面体存放场、轮胎吊、履带吊、装载机、推土机巍然伫立。各种重型机械的驾驶室里，驾驶员凝神屏气，耐心静候。他们深夜庄严就位，枕戈待旦，正在等待指挥台那一声气贯长虹的号令。

　　大地一片宁静，犹如激战前夕。

　　高大雄伟的指挥台并不承担指挥重任，它的使命只是完成一个仪式，而后供各位贵宾居高临下，观摩声势浩大的截流施工。此刻，焦言和况夫肩并肩站立在指挥台背后的台阶口，恭迎贵宾登台入座。时空、诗维、秋胤各有故事，无缘截流现场；杨导、东方载、帅自文、程心爽已分赴左右两岸几大重要施工部位，和几个工区主任监督装载、起运、抛投、碾压，大草甸只有负责接待工作的一个班子成员焦言和具体指挥截流施工的况夫。

　　有资格登临指挥台的领导和贵宾有二三十人。他们已经佩戴上了漂亮的胸花，从活动板房里走了出来，在贺怀阳、司马敬的带领下，越过刚刚泛青的草甸，顺着铺有鲜红腈纶地毯的台阶纡徐登台。寇勉代表的是省委、省政府，当然应该走在最前面，紧随其后的嘉宾就没太讲究次序。先后登台亮相的有：宁泰市市长祝原、潜龙总公司总经理兼党委书记覃富强、北京水力科学研究所所长古唱、南方设计院副院长封庆余、太平洋机械进出口总公司副总经理沈光荣，和长城公司、天山集团、诚信开发、寰球水力、北方能源、宏达建筑、东方联营、戎马六所的代表。这曾经参加龙潭工程主体标段角逐的八大巨头，莅临龙潭工地的，有的是书记，有的是总经理，有的是工会主席。他们除了想观摩观摩龙潭工程截流施工之外，还想探听探听华夏集团的总经理和党委书记是不是出了什么问题。有道是，好事不出屋，坏事传千里，八大巨头早就风闻华夏集团的总经理出了问题。现在，这些人已经深信不疑，华夏集团确实出了大事，不然，这么关键的时刻，这么重要的场合，不仅没见总经理露头，怎么连党委书记的身影也看不到了呢？

　　身高体胖的雷好左手扶住雷尚、右手挽着冯婕，挨到最后才款步爬上立陡的台阶。华夏集团事先尚未在指挥台给雷好安排座次，因为他现在的职务只能靠个处级，又不能算作甲方代表。忙得晕头转向的贺怀阳、司马敬远远望见雷好挽扶着雷尚、冯婕走上台来，竟鬼使神差般往贵宾席末端添了个座位，让雷好陪伴冯婕。这样，雷好还是在指挥台上挤占到了一席之地，如愿以偿。尴尬的是，冯婕的座位刚好在沈光荣的右边，而沈光荣左边的加座又坐上了雷好。昔日的祖孙、昔日的父子肩并肩而且穿插杂糅到了一起，冤家路窄，三个人的心里都不好受。雷好与沈光荣不仅没有了共同语言，而且还有点儿仇人见面分外眼红的憎恶。碍于场合庄严、隆重，双方只能选择克制、缄默。冯婕往日非常疼爱沈光荣，自从得知他与雷好并不存在血缘关系后，心里就竖起了一堵无形的墙，再也不像从前那样，见面就有拉不完的家常了。她忍不住偷看了沈光荣几眼，越看越觉得沈光荣与雷好确实没有丁点儿共同特征。冯婕今天的心情特别糟糕。太阳没出山就看到了令她内疚了几十年的曹铁拐。一看到这个让她痛恨了几十年却又掺杂着某种说不清道不明的挂记的魔头，她就想起了几十年前那罪孽的一幕，想到了让她提心吊胆生活了一辈子的苦果。心悸，胆寒，惧怕，她差点儿昏厥。假如她的丈夫不是在她十月怀胎的过程中被土匪的炸弹夺走了生命，很难想象她能否在后几十年中风平浪静地度过。眼前，她又与疼爱了三十多年的不是孙子的孙子坐到了一起，自是一种难言的酸楚，昔日的亲情、深爱付之东流的伤感油然而生，懊丧、苦恼一齐痛袭心头。世界怎么会是这么小？又是这么的荒诞、冷酷！她恨恨地想着。雷尚被安排在贵宾席的第一排。他也看到了沈光荣，心里固然不好受，但由于有个李代桃僵的结局，算是小有安慰。所幸雷好的来龙去脉至今还让他蒙在鼓里，倘若知道自己苦心培养、竭力护佑的侄儿成色不纯，那就难说他会不会失态、能不能在世人面前挺住了。

　　雷尚从寇勉面前经过的时候曾经呵呵了一声，表示打招呼，但是脸上没有流露出什么特殊的表情。寇勉的脸上同样没有流露出什么特殊的表情,可是内心感到了一种压力。

寇勉穿着一件铁青色呢子大衣,坐在贵宾席正中央。寇勉比以前消瘦多了,好像有什么病。他的精神状况不怎么好,那张一向少有笑颜的脸,此刻更是显出几分冷峻。省委、省政府即将换届诚然不是他郁郁寡欢的原因,他早有退隐山林的思想准备:已经超期服役了,够不错的啦。他确实不想继续干下去——常有力不从心、事与愿违之感,不干副省长未尝不是一种解脱。所以,在位不在位不足以影响他的情绪。省委、省政府、省人大、省政协的首脑都在一门心思忙换届,工作千头万绪,个个日理万机,腾不出时间出席龙潭工程截流庆典仪式,让别的副省长参加这次活动的理由又不太充分,省委书记、省长就委托他这个分管工业的副省长全权代表省委、省政府莅会以示鼓励。潜龙江五级水电工程动工兴建至今,跨越了五十多个年头,举行过四次截流庆典、誓师,寇勉亲历过三次,除早期的永泰外,松峦、花溪、虎啸都到场了,尽管当时同样被东道主捧为上宾,但毕竟算不上头面人物。可是这回就不同了,代表的是省委、省政府,在旁人眼里,身价算是上升了一个等级。龙潭水电站是潜龙江五级开发的最后一个梯级,截流施工自然也是潜龙江上的最后一次,能在退出领导岗位之前亲历最后一次截流盛况,应该是值得他聊以自慰并引以为荣的事情。然而,这些都没有使得寇勉的情绪高昂起来。他的心情仍旧很烦闷,很苦恼。龙潭水电工程大上马前后,局势还算不错,潜龙总公司把招标工作开展得生气勃勃,基本实现了预期目标,寇勉常以耳顺之年还能促成这一特大水电工程开工而倍感欣慰,五座梯级电站亲身经历了四座,不能说没有一点儿成就感。他曾庆幸自己用对了两个人,一个是雷好,另一个是时空。雷好作为甲方代表省政府,十分周到并且非常顺利地完成了所有标段的发包工作,使工程得以在计划时间内开工。时空则顶着巨大压力,克服重重困难,很快将工程施工全面铺开并且逐渐推向高潮,同时实现了他由华夏集团一家独揽全部工程施工的心愿,也让省委、省政府借鉴的招投标活动没有了任何悬念,算得圆满。没想到,雷好把包发完了,工程开工了,他个人的问题也暴露出来了——生活作风严重违纪闹得沸沸扬扬!总经理是不能再当喽,寇勉只得痛下狠心,整肃军纪,并且建议省委、省政府让省政府办公厅的副秘书长覃富强顶替雷好的位子。没过多久,华夏集团的元老、水电专家、技术权威、分管经营和经济工作的一把好手,向来被上上下下尊为俊杰的秋胤突然被国家安全部门囚禁起来,平地一声雷。事隔不久,又有消息传到了寇勉耳里:华夏集团的党委书记抱病卧床不起。寇勉正在哀叹龙潭一役出师不利,大事不好,岂料更让他感到大事不好的大事接踵而来,眼看截流施工在即,又听茅镰告说时空遭到了毒品侦缉队的抓捕。这么宏伟的工程,阵势才摆开就损兵折将,连主帅也身陷囹圄,怎么得了!几宗灾难性的大事接连发生在一年多的时间里,想想看,分管这一工程建设的副省长能不寝食难安吗?能不忧心忡忡吗?焦虑的寇勉曾闯进省长的办公室,试图把时空保出来。省长一副爱莫能助的样子,说:"要是能马上表态,省委、省政府早就表态了,还用得着你这么着急吗?……即便是让时空戴罪立功,那也得把问题调查清楚了再说呀……过去,我们经常说,要相信组织,现在,我们应该经常说,要相信法律。不要再往上面跑了。等等吧,省委、省政府现在的工作重心在哪儿,你很清楚。"寇勉哑了。寇勉知道,时空的问题突如其来,一度令省委、省政府不知所措。恰逢换届工作繁忙期间，省委、省政府领导根本无暇顾及华夏集团的班子问题，只好任其带病运行。可是长时间拖下去，也不是个事呀？寇勉忽然感到自己的权力和魄力原来是那么样的小。他实指望自己能舒心地从领导岗位上退下来，能省省心，看这情势，哪里舒心、省心得了啊？龙潭工程还能按期截流、蓄水、发电吗？多灾多难的华夏集团还能兴旺起来吗？烦恼透顶的事情仿佛结成了一块巨石，沉沉地长久地压在寇勉的心头。没有好心情，哪里会有好脸色啊？就连看待眼前的事物他也是一种有色的目光。登上指挥台，第一眼瞧见的就是所谓八大巨头的大员，他讨厌死了这拨人：全他娘的赚了钱又不干活儿的角色，到头来还要以主体标段得主的名分，冠冕堂皇地与自己平起平坐在贵宾席上，可恶。而这情况又恰恰是省委、省政府和他这位副省长，让潜龙总公司比照全国建筑行业当前招投标通行办法的结果，有苦说不出。还有雷尚路过跟前时的那一声呵呵，呵呵什么？难道还想呵呵雷好那令人发指的事？哼，不会再有通融的余地啦。这个雷好也太不自觉，赖。雷好一手扶着颤颤巍巍的叔父，一手搀着白发苍苍的老娘，大大方方登上台来，这举动更使寇勉气愤：是的，雷尚代表着国家计委；冯婕是有战功的老革命，可是你雷好扶住他们，自己就可以不倒了吗？

恭迎贵宾登上指挥台的焦言、况夫，右边胸前各挂一只小型步话机，左边胸前各别一枚鲜艳的胸花。焦言佩戴的胸花彩带上写着"总指挥"三个字。"总指挥"的真实含义是对截流施工实行宏观领导，具体负责某个施工部位，并不直接指挥截流施工。况夫佩戴的胸花彩带上也写着三个字——"指挥长"。看上去好像比"总指挥"低了一个级别，实际上他才是截流施工的具体负责人——真正的主角。他俩都穿着崭新的鲜红的工装，戴着崭新的鲜红的安全帽。所有直接参加截流施工的干部、职工，行头全都是崭新的鲜红的工装、安全帽，不是为着突出队伍，彰显阵容，而是刻意象征热情、热爱、热烈。华夏集团晦气太重，倒霉事接连不断，上上下下都祈盼交上好运，希冀火红。

领导和贵宾均已被贺怀阳、司马敬安排就位。沙凡摆布好了麦克风，调试好了扩音器。哈能正在精心矫正摄像机的机位、焦距。焦言和况夫开始顺着阶梯徐步走向指挥台，两个人的步伐都很沉重。

这实际上是一个简化得不能再简化的程式。要是按照时空的意志行事，这个简化得不能再简化的程式也是可以取消的。如果取消了，就不会有后面的故事。有的时候，没有故事不一定是什么坏事。

早在一个多月前，时空就在截流准备工作专题办公会上提议，只要左右两岸四条导流洞贯通并且具备过水条件，只要左右两道戗堤形成的过流豁口能够在二十四小时前后联通，只要块石、碎石、四面体准备充足，只要天气晴好，就可以在阳春三月期间选择任何有利的一天，呼呼啦啦一口气把截流施工完成。施工企业更讲求实效，不必在意主体工作以外的任何形式。岂料，他的这个主张一出口，便招来集团内部高管层的一致反对。反对他的人们也不无道理。永泰工程截流的时候，可谓惊天动地，中央重要领导拨冗前往，省委书记、省长偕有关厅局负责人作陪，全国许多省市政要不远万里前来观摩、祝贺，宾客如云；松峦工程截流之时，虽然没有惊动中央，但本省的省委书记、省长无一缺席，排场丝毫不亚于永泰截流施工；花溪、虎啸两座电站同年开工，隔着年头截流，尽管时间仓促，但仪式却不敢简便，省委书记、省长虽未结伴成行，可是两套班子轮番到场助阵，也算是给足了面子，规格不能说不高。综观潜龙江四次截流，中央领导讲话，省委书记、省长讲话，热情洋溢，鼓舞人心；指挥长临战进行总动员，誓师，励志，号令三军；职工代表、妇女代表、共青团代表、敢死队代表宣读誓词表决心，那气势，该是何等的恢弘，何等的威风！长劲啦。更重要的是，华夏集团近几年历尽波澜，风雨飘摇，众多职工萎靡不振，意志消沉，需要火热气氛提振精神。还有，作为曾经的中国水电建设事业的排头兵，不能自己看不起自己，造造声势，表明自己依然存在，表明自己还在为人类社会战斗着，奉献着，有何不可？时空的现代价值观到底没能拗过长久积淀、有着深厚底蕴的传统意识形态。也是大势所趋，他只好保留意见。可是非常遗憾，事情并非大家理想的那么完美，不尽人意。除了寇勉之外，翘企的人们没有发现更加令人兴奋的首长，多少有点儿失望。具体负责接待工作的焦言感受最为深切，心底涌动着说不出的酸楚。是呀，时世已发生了巨变，巨变得水电建设行业的砝码在世人心目中远不如从前那么沉甸了……他暗自叹息。是因为庸碌、因为无所建树吗？恰恰相反，丰碑树立太多，反倒不成其为丰碑，太多的大小丰碑让人熟视无睹。五十多年来，中国大地数水电建设事业发展迅快，快得超越了时代步伐，快得让自然科学家怀疑透支了自然资源，快得让多愁善感的人们紊乱了逻辑思维，快得让那些为水电建设披肝沥胆的专家学者茫然不知所措，快得让开着空调在居室享受四季春暖的人们回味、怀念，甚至拥抱钻木取火的原始生活！于是乎，有着取之不尽、用之不竭光能、热能、动能的水电，降格成了廉价的农产品，等而下之，领导世界潮流的水电施工技术也在不知不觉中无偿转让，一文不值，就连一支凑合而成的农民施工队也能熟练掌握曾几何时还被喻为高不可攀的水电施工技艺，轻而易举独立完成一座规模不算小的水电工程……

　　五味杂陈的焦言偕同精神抖擞的况夫登上了铺着鲜红地毯的指挥台。台上坐满了贵宾，唯独没有华夏集团首脑人物的席位。这是焦言的主张。焦言明白一个道理，华夏集团正处在非常时期，班子成员，谁就座指挥台都是不合适的，空缺起来反而好，反而风平浪静。焦言扫了一眼庄严肃穆的场面，和况夫一起走到了前排中间，躬身向寇勉报告诸事均已准备完毕，并请他做指示。

　　如此神圣，又是如此严峻的时刻，不仅没有华夏集团的总经理时空到场，连党委书记诗维也销声匿迹，寇勉心里本来就很不痛快，又见挺立在对面，胸前别着"指挥长"字样的竟然是个其貌不扬的小伙子，更使他平添出几分忧虑：华夏集团命途多舛，真是命途多舛！他原是准备讲话的，上台前，秘书贾垚没忘往他口袋里塞了份不算太短的讲话稿，可事到临头，他忽然改变了主意——不讲啦！他伸出一只手，紧紧捂住面前的麦克风，望着恭候在对面的焦言：

　　"截流施工，时不我待。截流成功后再讲吧。"

　　焦言略感意外，望着况夫。

　　况夫知道，这是临战时刻，每一句话都是多余的。他蓦地一转身，将满纸豪言壮语的讲话稿塞进口袋，大步走到指挥台正面栏杆前，面对烟波浩渺的潜龙江，面对竖立的麦克风，铿锵有力地喊道：

　　"同志们，现在，我宣布：龙潭工程截流——开始！"

　　几乎就在况夫话音刚落的刹那，就听到娄毅从军分区借来的那门礼炮朝着天空

"嗵"的一声震响。

几乎就在况夫话音刚落的刹那，左右两岸由自卸车链接而成的长龙，和匍匐在深山峡谷的各种巨型机械，一齐发出了震耳欲聋的轰鸣。静候在左右戗堤前沿的自卸大卡车顷刻振作起来，坚定竖起了庞大的翻斗，轰轰隆隆，将块石、碎石倾泻进水流湍急的豁口。立时，江面巨浪排空。

几乎就在况夫话音刚落的刹那，曹铁拐重重地敲打了两下鼓梆，瞬间，嘚嘚锵、嘚嘚锵的锣鼓声响彻云霄。阳元峁的临江坡面，挤满了两三千筲箕铺村民，一溜儿旌旗大纛前面，一字儿排开曹铁拐带领的响器班子，二三十人。曹铁拐居中。曹铁拐用左残肢紧紧夹住笨重的铁拐，将自己斜撑成个"人"字，右手有力地挥动着鼓槌，令各式各样的打击乐齐声呼应浑重而有节奏的鼓点。他的两个干儿子——龙潭镇镇长黄金锁和宜阳县农水局副局长黄运发，主动跑来做鼓架子，好让干爹最大限度地宣泄豪情。响器班子尽情渲染着特色鲜明的民间曲谱——八哥洗澡。八哥洗澡音调流畅，欢快，嘹亮，激越，让人兴奋。操马锣的后生尤其卖劲儿。他们娴熟地将敲得清脆无比的马锣齐齐抛向半空，像一只只升腾的飞碟，好久好久才回落到自己手中。

云集在山山坳坳的山民欢呼雀跃。

龙潭工地沸腾了。

一四七

况夫的岗位当然不是象征性的指挥台。指挥长的使命是指挥，指挥只能在一线。况夫向寇副省长和前排就座的贵宾说了几句谦辞，并且一一握过手后，噔噔噔走下了台阶。焦言是不能再走了，但是指挥台上又没有他的座位，安排好几个端茶倒水的服务人员后，就和贺怀阳、司马敬一起走到了台下。

走下指挥台的况夫正准备插过观礼台顺斜坡赶赴前沿阵地，忽听有人大声呼喊他的名字。他站住了，在观礼台大片的脑袋中寻找目标。不料，喊他的人早就趸到了他背后，并且使劲儿拍了一下他的肩膀：

"小子真行啊！指挥长，率千军万马，发号施令，果然出息了。"

"哦，你呀。"况夫眯起不大却很亮的双眼，将钱山鸣从头瞅到脚，明知故问，"哪阵风把你给吹来了？"

"你看，你看，我这不是特地向你祝贺，给你捧场来了嘛。"钱山鸣撅嘴努努指挥台，操着一口标准的北京话，"老爷子高就去了，我这马弁只有在观礼台将就的份儿喽。"

"原来是华夏的贵客。"况夫别起了四川腔调，"个老子，嫌屈就了啊。"

"岂敢，岂敢。鄙人知道，对华夏集团不曾有过尺寸之功，受此厚待，已经不错，已经不错。"钱山鸣心中有愧，又不肯认孬，"咱哥俩儿，谁也不许计较谁啊。"

"行，行呀。"况夫哈哈大笑，"告诉你吧，你们在王八岛编制的那个招标文件，好比传单——不值钱。后来我找别人，一下就搞到了七八份，不费吹灰之力。可管什么用啊？擦屁股都嫌糙，当时你还他娘的当成了宝贝。"

"唉，"钱山鸣又是摇头又是叹气，"都怪我鬼迷心窍。没办法，那也是逼的呀。陈桥的纪律、原则也就拉倒了吧，理不理球就那么回事，关键是我们所里的古老爷子——县官不如现管哪。老头儿掐起人来可是不择手段，往死里掐！"又撇嘴努努指挥台上面，"古里怪气，阴坏，事要犯在他手里就别想有个好活头。老家伙只准下属做好孩子。我不敢出错呀。"

"好啦！水落三秋——事情早过去了。螳臂终究没有挡住大车轱辘，华夏不仅顺顺当当拿到了头一大标，而且后来……哈哈，十多个主体标段，统统让老子们干了，有的还主动送货上门。"

"嘿嘿，嘿嘿，"钱山鸣酸酸地笑着，"可不是嘛。我在王八岛编制招标文件那会儿，就听好多同行偷偷议论——华夏能，公正地讲，还是华夏能。"

"好啦。你现在就优哉游哉待在观礼台观光吧。我呢，"况夫竖起大拇指，指指自己胸前的胸花，"指挥长，该到前台唱戏去了。等截流完事，咱哥俩儿再好好叙叙，聚聚？"

"聚个屁。大戏一收场，纪念品一到手，我就该侍候老爷子去宁泰往北京飞了，哪有时间啊？"

"哟，咱俩前后两三个年头没照面了吧？遗憾，遗憾！"

"唉……"钱山鸣忽然哀叹起来，"有个事儿……唉……让我怎么开口呢？"

"明白了。怪不得你在这里将我截住，原来有……要事相商。"

"看看，到底是况夫，到底是况夫！"钱山鸣的脸色立马阴转晴，"厉害，厉害呀，一眼就能看出问题来。"

"有事快说，利索点儿。"况夫看了看手表，"你小子最大的毛病就是婆婆妈妈，扯起来没个完。我现在的时间可是比金子还贵。"

"那是，那是。"钱山鸣谦卑地哈哈腰，"可三言两语啰球不清楚呀，你看这……"

"拜托啦，兄弟！"

"好好，长话短说。"钱山鸣有事相求又羞于启齿，觉得还是绕着圈子比较合适，"看你，啊？又是局长又是指挥长，又是高级工程师又是总工，要多风光有多风光……"

"说你自己的事，爷！"

"是，是。可是我，啊？混到现在……党是入了，可又有什么用哟？一点儿用都没有！党票不能买饭吃呀，你说是不是这道理？照这样发展下去，我怕是真要步我老婆的后尘了。"

"你到底想说什么？"

"惭愧呀我。辛辛苦苦到如今，工程师还是个助理！所里哪个不是工程师、高级工程师、高高级工程师？再过两年，我哪还能在科研所待下去啊？不去跟我老婆学烧锅炉还能干什么？没有我的岗位呀。我倒没什么，横竖都是个土包子，可他们这不明明是拿清华开涮吗？你况夫脸上也没有光彩呀。"

况夫终于听明白了："那你就努力啊，积极参评啊。"

"天地良心，还让我怎么努力？啊？我早上班晚下班，好事轮不上，加班加点是家常便饭，所里安排干啥我干啥，从不讨价还价，标准的顺民。我爱学习，整天手不释卷，我容易吗我？可这又有什么用？没有用呀。学历是够了——大本，还是清华；政治面貌也够格——党员，其他条件统统够……"

"巧了，那是怎么回事？"

"怎么回事？每次参评都卡在技术成果这一栏——这个坎儿，我他娘的怎么都过不了。前年，参加龙潭水电工程的招标文件编制工作，我满以为这项业务填进技术成果栏里就可以了，谁知预审时，又是那个老东西，"钱山鸣又撅嘴朝指挥台努了努，"古唱，继续跟老子作对，说这怎么行啊？这只是一般的业务工作——就跟抹桌子扫地打开水一样，算不上技术成果，损的！而且还说数量也不达标，论文也没有，鸡蛋里面挑骨头！预审没过关，哪够格参评啊？什么玩意儿嘛，不就是一个水院专科生吗？还是委培的！自己是不折不扣的水货，还不许别人来半点儿虚的，真娘的可恶。"

"说你自己的事！"况夫不耐烦了，"你打算怎么办，希望我怎么帮你？"

"我已经跟古唱那老家伙磨叽好了——下基层劳动改造一年——无外乎抓紧弄两个科技成果，写两篇论文，再掏钱找地发表发表……"

"那你就赶快下去啊！这事你跟我说有球用。"

"是啊，是得赶紧下去啊。可是你看我……唉！"钱山鸣的眉头皱成了个大疙瘩，"全国水电工程那么多，多得数都数不过来，可在我的眼睛里个个陌生——不知道门朝哪儿开，我该往哪儿下啊？下去了又找什么科研项目啊？论文又怎么个写啊？都是困难。你又不是不知道，我虽然爱看书爱学习，可他娘的就是跟书本没有缘分，我看它，它不看我，一厢情愿。都恨我死脑筋，学习不得要领，学不到东西，所以……"

况夫急得直敲手腕上的手表。

"我根本写不了论文。毕业论文那不都是你代劳的嘛。"

"你的意思是，让我帮你写论文。"

"哪只这哟。我是想投奔你麾下干一阵子，成果……还得弄点儿成果呀。"

况夫真当成了一回事儿，想了一下，说："这样吧，你回去收拾行囊赶紧过来。龙潭工程有几个科研课题刚好立项，我给你布置三个科研课题任务，让你当课题组长。放心，你只牵牵头，张罗张罗，具体活儿我让内行干，成果往你的账上记，回头我再帮你整三篇论文——让你满载而归，漫说工程师资格，连高级工程师的参评资格都够了。"

"啊呀，况……况夫兄……长啊！"钱山鸣大喜过望，语无伦次，"你……你真娘的好……好哇！我真想……真想给你下跪磕个头……"

况夫忙把双手一背，毫不客气地将了他一军："跪，跪啊！"

钱山鸣左看看右看看，脸色窘得通红："你看这……"

况夫哈哈笑，转身就走。

钱山鸣望着况夫的背影，热泪盈眶。要不是四下里全是人，他真跪下了。

观礼台斜坡再往下就是左戗堤施工便道。便道不是很宽，大溜弯儿，一直绕到无名山头的背后。数不清的自卸大卡车在便道上呼啸疾驰，穿梭往返，灼热的尾气从车后噗噗喷出，黑的、白的，翻卷起滚滚尘埃。联通戗堤的丁字路口，聚集着一大片看热闹的人群。允许挤在这里近距离观看截流的，绝大多数是华夏集团的机关干部、离退休人员、下岗待岗职工，也有新闻记者、作家、诗人。几个高鼻梁蓝眼睛外国人不知通过什么关系，也挤到了这里。娄毅派了两名保卫人员，专门在这里维持秩序，阻止他们往车水马龙的戗堤上拥挤。况夫一眼就看见了人堆里的时之男。时之男显然也看见了从大草甸上面小跑着奔下斜坡的况夫。

"哎，时之男！"况夫扬手高叫了一声。

时之男穿一件浅灰色风衣，两手斜插在口袋里，任凭清冷的江风吹拂起乌黑的头发。她清楚地听见了况夫的呼唤，但是没有做出明显反应，只是抽出一只手来，将深埋在短发里的耳麦从左边换到了右边。

况夫大步走到她面前，旁若无人："别担心，你老爸绝不会有事。"毫无顾忌地提起了华夏集团时下谁也不愿意提起的话题，"谁做毒贩子了、谁腐败了，我都信，就不信你老爸会干这个，砍我一刀也不信。他们搞错了，肯定搞错了。"

时之男俊俏的脸颊已经失去了往昔的明媚，秀丽的眉宇紧锁着哀伤，就连轻淡的一笑也夹杂着苦楚。

立在时之男身旁的达奚贤吸巴着香烟，古怪的眼神躲在酒瓶底般厚重的镜片后面，不动声色地溜一眼时之男，又不动声色地溜一眼况夫。很难猜出他此时希望从况夫和时之男的脸上探索发现什么。华夏集团投标办公室有一半技术人员专程赶来观看截流施工。对投标办来说，拿到标段就算大功告成，工程施工不属于他们分内的事，大家之所以结伴来到截流现场，主要出于对龙潭工程施工的格外关心，因为此役关乎华夏集团的兴旺发达。达奚贤本位主义严重，对分外的事一向麻木不仁，原不想凑这个热闹，后来看见时之男挤上了大巴，也就跟着大家一块儿过来了。时之男的精神状况特别不好，他最清楚，顶头上司不留点儿神不行。他是好心。

况夫又说："你老爸现在最担心的肯定是截流，我敢打赌，肯定是截流！"他想让时之男恢复天性，极力搜索着最具打动力、感召力的词句，"你瞧好了，我一定把这关键一仗指挥好，大获全胜，让他回来第一眼就看到胜利果实，也让他正眼瞧瞧我况夫不是孬种。"

于是乎老达奚干瘪的尖脸便有了极其丰富的表情。他瞅瞅慷慨激昂的况夫，又瞅瞅面若冰霜的时之男，还咧了咧嘴。

况夫正起劲儿洋溢着自己的真诚，忽见时之男左臂戴着一圈儿黑纱，宏亮的音色不由分说倏然暗淡。他这才想起，时之男不仅仅只是承受着父亲被囚的打击，而且正在忍受母亲过早离开人世的悲怆——祸不单行。况夫这才自认口齿笨拙，伤感几句生硬的言语无济于事，根本不可能一下子抚平她心灵的创伤。

"咳，咳咳。"

况夫没有等到时之男舒心的回应，却听到了老达奚非常尖刻的两声干咳——等于看笑话，就气不打一处出：

"尊容瞧见了，尊容瞧见了。"视线迅速转移到形同枯槁的达奚贤身上，一种很不友善的眼神，"那么伟岸，还能不被瞧见？"

"瞧见我了还端架子。"老达奚作生气状，嘴里喷着浓浓的烟，"也是，指挥长啦，眼皮子自然要高出额头。"

"跟时之男比呀？她重孝在身，你也重孝在身？"

"况夫！怎么说话哩你！"老达奚一声暴叫，厚重的眼镜差点儿跌落在地，"你那臭嘴积点儿德就不行呀？"

"老瞅我干什么？我在当小偷？心术不正。"

"没做贼你心虚什么？反倒成了我心术不正，真是。"

"你先摸摸你自己的心，看正了没有。"

"我这不是……啊？我这不是……"口才不算太差的老达奚一时没有了词儿，也确实不知用什么话才能准确表达出自己的心计，"不识好歹。"

"哦？原来你心里没有怀……鬼胎。"

达奚贤不屑地瞟他一眼，十分熟练地从内口袋摸出一只长方形带弧的小铁盒——二战期间美军将士喜欢随身携带的那种酒壶，仰头喝了口酒，以酒壮胆："况夫，不是老达奚我小瞧你，你那张嘴实在不值得夸奖。"夹着香烟的手掌抹了把沾了酒液的嘴角，"真想讨人欢心，这会儿就应当……啊？应当寒暄：吃了饭没有哇？口渴不渴哪？冷不冷呀？身体还好吗？……"

"吃了饭吗？喝了茶？身体好吗？工作忙吗？生活愉快吗？"况夫夸张地模仿着达奚贤的动作、神情，"你拉倒吧，俗！"

时之男的嘴角还真掠过一丝笑意。

老达奚权当没瞧见，又仰头喝了口酒，语带双关："我是给你帮场子，想教你规范操作程序。年轻人谦虚点儿没有坏处。我过的桥比你走的路多多了。"

"就你这烟鬼、酒鬼？"况夫一把夺过他手里的瘪酒壶，先送到鼻子底下嗅了嗅，接下仰头猛咕一口，"瞧瞧，瞧瞧，这就是投标办的优良作风！老子们在前方卖命，你倒好，喝着小酒观山景。"

"合该投标办逍遥自在。"达奚贤大口大口吸着烟，咧开满嘴黄牙，"烧火剥葱，各管各工。我累得像驴的时候，你在哪儿？"

"你犯了纪律，没收了啊。这是我的辖区。"况夫把瘪酒壶装进自己的屁股口袋，向达奚贤、时之男做个告辞的手势，转身就走。

时之男的嘴角动了动，却没有吱出声来。

"你看，你看，"一旁的达奚贤脱口就是一大串，"一身臭毛病，连马屁都不会拍。合该王老五！"既像栽花又像栽刺。

"哎！"况夫又站住了，回身向他俩招招手。

时之男感应到这是况夫对自己的召唤，没有迟疑，趋身向前，走到他对面，并且摘掉了耳麦。

老达奚赶忙调整了一下听觉方向。

况夫："罗尼娜来了。在观礼台上。"

时之男望着况夫，一面表示自己在聆听下文，一面又将耳麦塞进了耳朵。

"罗尼娜对华夏有功啊。华夏轻慢了她，可是我况夫不能轻慢她，不能过河拆桥，不能。"况夫说，"要不这样，等截流施工完事了，咱们一块儿去招待所聚聚，我做东。"

时之男总算说出了三个字：我等着。

车流给出的噪音太大，达奚贤其实并没有听到况夫和时之男在说什么，可笑的是，他那尖瘦干瘪的脸上露出了笑容。

赶来龙潭工地参观截流施工的人们显然不只是为了凑热闹，好奇的他们主要是想看个究竟，看个所以然，看个稀罕，看看真实的战天斗地，实地感受惊心动魄的拼搏情景。所以，挤在河岸与戗堤接壤处的人群，得寸进尺，不停地朝着伸向江心的戗堤边沿拥挤，大有与戗堤一齐进占之势。他们都知道，这里是战斗的最前沿，这里最激烈。密集的人群背靠湍急的江水，面对奔腾的车流，不能说没有安全隐患。截流施工才开始就出现了这种局面，如不及时疏导，任其发展下去，非常危险。已经两天两夜没合眼的娄毅不敢有丝毫的懈怠，努力驱动着疲惫不堪的身躯来回奔忙。他要和两名保卫人员维持好秩序，竭力遏阻心潮澎湃的人群继续向前沿涌动。况夫从他身边走过。况夫见他受了伤的右胳膊重又被白绷带捆吊在脖子上，没有受伤的左手却提着只小折叠凳。况夫站住了，关切地说：

"老娄，扛不住就找个地歪歪，打个盹儿没啥关系。这里不会有事。"

娄毅笑着，笑得很勉强："能扛，能扛啊。在部队拉练那会儿，比这阵势见功夫多了，我都没趴下。"

况夫也笑了："掂个马扎干什么呀？"

"我看见时之男了。唉，她跑来干什么呀，又不关她的事。家里又是难又是灾，心情哪会好啊？"娄毅扬扬折叠凳，"找推土机师傅借的，让她找个地儿待着去。怎么又见不着她了。"

况夫连忙回身，指指后面："在丁字路口那边，跟老达奚在一起。我才和她说过话。"

"哦？那我一会儿就过去。"娄毅一边搭话一边示意戗堤边沿上的人群不要挤占车道。

况夫正大踏步赶向戗堤头，忽听有人亮亮地喊了他一嗓子。他扭头一看——原来是报社的总编辑费玲玲。费玲玲身边围聚的全是文人墨客：作家、诗人、记者，省内的，省外的，还有来自北京的。这些贵客的接待工作全由费玲玲负责。这些贵客的共同愿望是，获取最直接、最有震撼力、最有感召力、最有价值的第一手素材，所以，不顾一切地簇拥着费玲玲往前钻。只可惜被娄毅的保卫人员统统拦截在了半道儿，前面确实隐藏着危险。人堆里的费玲玲冲况夫高昂地挥动了一下拳头：

"加油！"

况夫笑着，向她挥了挥手。

宇文泰也挤到了前沿阵地，身旁立着农家乐的老板邝国栋。宇文泰有幸赋闲在家，却又极不情愿安享清静生活，总想谋点儿差事干干。他曾动员过去的嫡脉帮忙呼呼呼吁，联名为他请愿请愿，试图继续履职。结果没搞成。昔时的嫡脉不但不听招呼，反而劝告他说，你退下来似乎对大家更加有利。宇文泰锲而不舍，又向时空直言不讳祖露雄心。时空好像动过心，说是顾问、调研员之类的职务华夏集团确实没有，学习借鉴一下上下左右的经验又何妨，容统筹考虑。可是好久没见雨点儿下来。那就等呗。谁知没等到及时雨，却等到了时空被公安机关拘禁的不好消息。看来，没指望了。没指望也没啥，没指望并不影响宇文泰对集团的关注，无论大事小事，凡有机会过问的照旧过问。比如这截流施工，他觉得自己不到场不行，担心现场有人需要指点。宇文泰亲历过三次大江截流，虎啸电站截流的时候，他还挂过副指挥长的头衔哩！所以，他自信具备指点迷津的条件。宇文泰终于看见况夫从高高的指挥台上下来了，来到了指挥长应该来到的位置。他从人群中挤了出来，迎着信心十足的况夫站住：

"况夫，有把握没有啊？"

"投鞭治江！华夏集团在潜龙江截流，如同千军万马在阴沟作堰。"

"嚯，好大的口气！给你提个醒儿啊，今天的太阳出来得早，太亮，不是好兆头。"

"天气预报今天没雨啊？"

"听他的。打从我来这里安家落户，就没见这里的气象台正确过一次。"

"我还真没注意。"况夫手搭凉棚，郑重其事地仰望了一下已经变得雪亮无比的太阳，"生姜老的辣，我不信也得留神呀。"

宇文泰说："潜龙江，尤其是上游，云层异常活跃，气候反复无常，不分春夏秋冬，说变就变。"他依然保持老作风，伸出一个食指有力地点动着，"所以，啊？你，抛投强度必须要大，而且不许有任何的间歇——迅雷不及掩耳，务必保证在二十四小时之内合龙！夜长梦多。"

况夫应答道："我只需要十三个小时的晴好天气。指挥部昨晚开了最后一次紧急会议，决定：合龙计划目标原则上是二十四小时，实际目标是十二小时，各个环节必须按十二个小时做准备，不准打折扣，不准出岔儿。连夜传达到了各参战单位。"

"好，好！"宇文泰伸出的食指换成了大拇指，"这就对了。"

况夫说："平生最怕四个字。"

"说。"宇文泰拍拍胸，"有我。"

"不测风云。"

宇文泰一笑："这四个字我也怕。"

"回见。"况夫举举右手，大步向戗堤头走去。

一四八

左右两道戗堤酷似两个狭长的半岛。两道戗堤的堤头实际上是一个开阔的施工平台。

这会儿，左岸戗堤的施工平台上，车如潮涌，机声雷动。高大威猛的威布特、佩尔利自卸大卡车源源不断，从阳元峁方向的料场顺着戗堤奔驰而来，在堤头回转，掉头，急刹，而后呼啸着竖起庞大的翻斗，将满载的块石、碎石掀进江里。堤头沿线水柱冲天，此起彼伏。数台D80推土机一字排开，吼叫着急进急退，找平残渣，碾压堤面。几台震动碾轰轰隆隆，往复震动，夯实堰体。手持红旗绿旗的施工员们穿行在车群中间，打旗，吹哨，指挥汽车、推土机有序运行，忙却不乱。戗堤缓慢而坚决地朝着江心推进，延伸，一尺又一尺。三十米开外，挤站在戗堤边沿的人群，不时爆发出激动的惊叫、感叹。施工平台除多出几个捧着照相机、扛着摄像机的记者外，没有放进任何闲杂人员。沙凡和梳着大辫子的哈能被优待在记者之列，他俩的主要任务是抢摄珍贵的影像资料。濒临激流的浅滩、危岩上，来自省里和北京的新闻记者架起了摄像机。

况夫来到施工平台，先会同程心爽顺着前沿认真察看了一遍抛投情况，又遥望了一阵对面的右岸戗堤头。对面的戗堤头也是车流滚滚，灰埃蔽日；堤头水面狂澜翻卷，白浪排空，进占同样激烈。总指挥帅自文和副指挥长琴拥军肯定在右岸戗堤头督阵，但是相距甚远，看不清他们的人影。

况夫见抛投节奏稳健、紧凑，进占顺利，一切都在预料范围之内，心里很踏实，也很惬意：照这样继续下去，十小时之内合龙不成问题。他下意识地仰望了一下明丽的蓝天白云，随即取下了挂在胸前的步话机，开始全方位检查工作：

"各施工部位注意，况夫喊话：如实报告进展情况。"

就有回声从左岸块石料场、碎石料场、四面体料场；右岸块石料场、碎石料场、四面体料场，和两岸戗堤头、两岸导流洞进水口、侧抛船、机械调度室迅速传来。主旋律皆为两个字："正常"、"顺利"。就连守候在上游水文站的曹老七也结结巴巴地报告说：

"水……水……水文情况，正……正常！完……完毕。"

截流是水电工程建设特有的施工项目。国际水电建筑市场，许多国家的业主和承包商把截流作为工程开工的标志，即等到截流施工完成以后，才对该座水电站发布开工会。中国水电建筑事业远远领先世界水平，中国水电建设施工准则当然有别于世界同行。尤其是华夏集团，拥有独立完成四座特大型水电站的成功经验，施工组织设计自成体系，完整，成熟，工期节点界定更是有着自己的独到之处，经过了实践检验的规则不可能被国外左右。但是，对截流施工的重要性的认识，任何一个国家的业主和施工企业都是一致的：工程施工设计不可或缺的组成部分，水电建设过程中的关键环节，制约项目！

截流的直白定义是断流、断航。截流的简单概念是用土石填筑堤坝（行话通称围堰），将原本通畅的河流拦腰斩断，让河水临时改道提前贯通的导流洞（或明渠）。截流成功后的下一道工序是，在下游另筑一道规模相当但施工难度相对较小的土石围堰，使上下两道围堰之间形成一面堰湖。待两道围堰的防渗工作完成后，全部排干湖中的积水，袒露出古老的河床，然后按施工设计进行基础开挖、混凝土浇筑、安装水轮发电机组，最终合成集主坝段、副坝段、电站厂房、泄洪闸、冲沙闸、船闸（或升船机）等建筑物于一体的巍巍大坝。

截流施工看似简单，实则繁复，粗犷中深藏缜密，精微处凸显恢宏。排山倒海似雷霆震怒，细致入微若挑花绣朵，挺磨砺人的。截流前必须严格做到：具备导流条件——导流隧洞或明渠形成；块石、碎石以及应急的混凝土四面体、钢筋笼准备充足；重型起重设备、运载工具精良，能满足进占需要；抛投速度、抛投强度测算精准并反复演练；

实地探察河床地质地貌；模拟试验江流在不同条件下的流势、流态、流量、流速等含金量很重的科研项目；选定最佳季节（一般选择枯水期），以减轻进占压力；选择最佳气候条件，雨天对截流施工十分不利。截流是水电工程施工不可以回避的重要环节，同时也是对承建单位施工技术能力、机械投放能力、队伍协调能力、组织能力和综合管理能力的大检阅。涉及的工种、工序很多。

龙潭水电工程施工组织设计方案与其他水电工程施工组织设计方案大同小异：先在左右两岸对峙的阳元峁、阴元岬（坝轴线）上游五百米处实施大江截流，填筑起第一道围堰，而后择机在坝轴线下游五百米处另筑一道围堰（下游围堰），继而将堰湖湖水排干，把大坝基础开挖施工推向高峰。

华夏集团在潜龙江实现过四次大规模截流，两次明渠导流，两次导流隧洞导流，都很顺利，虽然在全国水电施工企业中排名不占前列，但也算得战绩骄人。以如此成熟的技艺在潜龙江上进行最后一次截流施工，应该不在话下，况夫的自信不是没有道理。

时间在机械的轰鸣、在曹铁拐们的锣鼓喧嚣、在成千上万的观摩人群的欢呼、喝彩声中悄然流逝。灿烂的太阳不知不觉从东边沉到了西边。

左右两岸戗堤进占执着、顽强，奔腾着江水的豁口愈缩愈窄。水域流速越来越快，流量越来越大，流势越来越猛，流态越来越紊乱，被水电建设行家里手习惯称谓的"龙口"即将形成。

左岸施工平台，手执红旗绿旗的施工员们，急匆匆的步伐早已变成了小跑，哨音更加急促、果断。往往返返的汽车、推土机、震动碾携着刺耳的喧嚣，急如飞梭。况夫因时因势，将抛投战术做出应对调整：机械运行全面提速，加大块石和混凝土四面体的抛投密度，抛投强度大力度加强，强化戗堤挑角、堰体护底措施，用作堵眼闭气的碎石泥土相应增量。决战时刻越来越近，况夫的脸上已经看不到笑容，红色头盔下面的鬓角挂着汗珠。

从旭日东升到夕阳平西，截流前沿一直沉浸在紧张激烈的气息中，就像弥漫着硝烟的战场。汽车驾驶员、推土机驾驶员、现场施工员、指挥员全都忘记了饥渴，忘记了疲劳。观看截流的人们也忘记了饥渴，忘记了疲劳。聚集在堰体两侧的人群固执地跟随戗堤一起进占，又始终在保卫人员的呵斥声中与繁忙的施工平台保持着距离。他们的眼睛注视着每一个块石、每一块四面体、每一个钢筋笼倾进江涛，注视着每一波巨浪每一簇水柱腾空而起，然后为每一个块石、每一块四面体、每一个钢筋笼忠于使命拍手叫好，欢呼雀跃。随着抛投强度的剧增，他们的欢呼、他们的跳跃，愈加狂热。

"So great！"人群中，一位白头发蓝眼睛的外国中年人忽然高叫起来，神情异常亢奋，"I have never seen this kind of great！"

"But what a pity, no body can introduce something to us, no body."呼应他的是另一位高鼻梁红脸膛外国中年人，这位高鼻梁先生显然不满足简单的直观世界，"The guide only asked us have we eaten something, always asked whether we have eaten or no. Don't we come to China only for eat？It's incredible."说完，无奈地耸耸肩膀。

"Sir, what do you want to know？"不远，时之男问出一句。

"Ah, it's great！"高鼻梁先生喜出望外，不顾一切挤到时之男身边，"Yong lady,

you are so beautiful and speak English very well. Can you tell me your name?"

时之男摘下耳麦，白洁的脸上安静得没有任何表情："Please tell me, what do you want to know?"

"是这样，"蓝眼睛中年人也挤了过来，操着流利的英语，"我们已经参观了两座大型水电站，其实这并不重要——我们想要看到的是潜龙江沿岸的自然风光，可是导游给了我们意外的惊喜。我是说，两座水电站使我们很感兴趣。一座叫松峦水电站，另外的一座叫……对了，永泰水电站——太棒了，简直太棒了。我们问导游，两座水电站是怎么样修建成功的，因为我们的国家没有这么巨大的水电站，这你知道。可是导游先生只会摇头。后来，当他明白了我们是在提什么问题以后，就用字条回答我们说：'上游正在修建一座更大的水电站，你们一看就懂了。'啊！所以，昨天夜晚就赶到了这里。我们只是想知道，水电站就是这样……"他指指鏖战正酣的戗堤头，非常滑稽地一笑，"用力量建造起来的吗？"

"更重要的当然是智慧，我没说错吧？"时之男的英语说得也很到家，"你大概不会知道，眼前的截流仅仅只是水电站建设的开始，是施工全过程中的一个组成部分，如果有兴趣和机会，你会看到以后的工序更加复杂，更加细致，更加科学。"

"难道你是在告诉我们，"高鼻梁先生打着手势，"你很懂得修建水电站？"

"我属于这座水电站的承建单位。"时之男巧妙作答。

"真了不起！"蓝眼睛中年人惊讶地睁大了双眼，"那么你一定是修建这座水电站的工程师，总工程师。"

"不是。我只是其中一员。"时之男指了指天翻地覆的戗堤头，"就像那些碎石、块石、混凝土四面体——为截流而付出的分子。我回答清楚了吗？"

"太美妙了，你的比喻太美妙了。"蓝眼睛中年人露出了满意的神情，"认识你真高兴。"

站在时之男旁边的达奚贤惊得目瞪口呆。达奚贤只知道时之男的英语功底深厚，但是万万没有想到时之男的英语功底深厚到了能和外国人对答如流。直到他隐约听到时之男揣进衣兜的耳麦传出的音响不是流行歌曲而是英语口语练习，他才恍然大悟。

"这位是我的上司，"时之男摊开一只手掌，庄重地指向达奚贤，"他曾经是总工程师。"

"啊？"两个外国人同时把右手往胸前一搭，彬彬有礼地向达奚贤欠了欠身子，"先生，幸会！"

老达奚受宠若惊，慌忙回礼。他的英语一直停留在文字翻译水平，但是会说OK。

"恕我冒昧，"蓝眼睛先生谦恭地笑着，"能告诉我，中国有多少水电站吗？"

"OK，OK。"老达奚没有用英语同外国人对话的实力，但是不可以没有尊严。他转向时之男，也向她摊开了一只手掌，给两位外国朋友传递着这样一个信息：用不着我亲自出马，我的下属完全有能力满足你们的愿望。

"你提了一个让我非常为难的问题，我很难知道中国有多少座水电站，就像我不知道自己长了多少根头发一样。"时之男从容面对国际友人，"不过，我可以这样回答你：二十万千瓦级以上的水电站已经超过了三百座，不包括在建工程。目前，我们国家的水电装机总容量已经接近一亿万千瓦。"

老达奚相信时之男的答问一定错不了，显得十分满意地挺了挺胸脯。

"啊——！"蓝眼睛先生竖起了一只大拇指，"了不起！中国了不起！"

"这就是说，中国人完全掌握了水电站的修建技术。"高鼻梁外国中年人同样表示震惊，"在中国，修建水电站变成了一种很普遍的现象。"

"非常高兴你对中国有这么高的评价。"时之男没有否认，"就和美国退了休的人可以跑到沙漠随意发射火箭一样，太普通了，不值得大惊小怪。"

"你是在说……中国的水电建设技术与美国的火箭发射技术，在同一个水平线上？"

"不，不。"蓝眼睛外国中年人纠正着同伴的提问，"我所知道的是，中国的火箭发射技术在世界上同样是一流的，没有听说过比别的国家落后。"

"没错，是这样。"高鼻梁外国中年人没有反驳伙伴，却又给时之男出了个不小的难题，"我担心的是，若干年以后，更多更先进的新能源出现以后，你们中国的这些水电站会淘汰，会全部炸毁。"

"杞人忧天！"老达奚不满地斜了那外国佬一眼，对时之男说，"早知道要拉屎难道就不该吃饭——翻！直译！"

时之男见老达奚突然抬起杠来，难住了："这话哪能翻啊？"

老达奚瞪一眼时之男，赤膊上阵，望着那位高鼻梁外国中年人，用一口蹩脚的英语说道："Do you have a meal in the morning to shit out of the ah？"

"谢谢。我们明白了你的意思。"两个外国人乐了，捧腹大笑，"你是在问我们吃了早饭没有，对吧？"

老奚贤眨巴着双眼："OK，OK！"

轰——隆隆……

就在这时，远处传来一阵闷雷，非常沉重。达奚贤、时之男和两个外国人的交流戛然而止。

这一阵闷雷让达奚贤和时之男大吃一惊，两人的眼光一齐投向了远方的天际。

大吃一惊的还有指挥台上的寇勉和端坐在贵宾席上品茶、抽烟、观战的全体贵宾。他们的第一反应好比列队士兵听到一声"立正，向右看齐"的口令，先是机灵地一个振作，而后将面目一齐撺向了远方。

躺在指挥台底下的匡奇同样大吃一惊。他已经睡过了一个白天。匡奇被闷雷震醒后，第一反应就是紧紧箍抱住身旁的钢筋混凝土立柱，生怕指挥台垮塌下来。当他意识到指挥台依然坚挺，将自己从睡梦中惊醒的原来是雷声以后，还是不放心地把十几根立柱一一检查了一遍，这才钻了出去。外面，观礼台上的嘉宾全都站了起来，静穆地注视着尘埃滚滚的戗堤。匡奇聆听着沉闷的雷声，不由自主地朝远方张望，也不知是在针对谁："小子，要栽了。栽了吧？"

远方，西北角上空浓云密布。

883 / 第六章

一四九

　　截流施工如火如荼，酣战的人们无暇顾及外界的异动，唯独况夫，从哄哄嗡嗡的声浪中分辨出了那一阵闷雷。他仰起头来，眯眼将西北角的天横扫了一遍，黧黑的脸上倏然掠过一层阴云，暗自思忖：大事不好。

　　龙口是形成了。况夫已经能够清楚地看到对面戗堤前沿帅自文、琴拥军奔忙的身影。可是进占变得非常艰难、缓慢。被左右两道戗堤束成瓶颈的龙口，上下落差巨大，水流迅猛，势如飞瀑。块石、混凝土四面体和装满块石的钢筋笼前赴后继倾泻下去，完全不像先前那样有如扎根一般在江底牢牢扎住，绝大多数被激流冲走，进占寸步难行。

　　"进水口注意，进水口注意！"况夫仰望着天空，抬高了手里的步话机，"过水了没有？过水了没有？回答。"如果四条导流隧洞开始过水，龙口的水流、水头会大大减压，抢在暴风骤雨到来之前合龙仍然大有希望。

　　看守在四条导流洞进水口的施工人员异口同声：

　　"快了，快了，马上就要过水了。"

　　"废话！"况夫吼了一声，"我是在问过水了没有？"

　　"……暂时没有……还没有……"来自四条导流洞进水口的答复几乎没有区别。

　　这就是说，导流洞尚未发挥缓解抛投压力的功能。左右两道戗堤堤头的抛投密度还需加大，至少应该挺住，反过来促进导流洞过水。

　　可是抛投速度、抛投强度已经没有潜力可挖。左右戗堤的双车道车如洪流，往返似飞梭，车速、车距早在极限，找不到提速增量的空间；纳入突击队序列的汽车司机早就开始"打劫"——他们的空车一开到丁字口就与迎面驶来的满载车辆互换，人不歇气，车不熄火，拼命争抢时间；施工平台上，汽车驾驶员回转，掉头，倒车，急刹，起斗卸料——一串连贯动作的用时是在读秒计算，够快啦；侧抛船赶在龙口形成之前就将装满块石的钢筋笼抛投了一遍，目的是提前在龙口河床铆就一堵水下堤坝，减轻合龙时的负担，为顺利合龙提供保障……该想到的，都想到了，该做的，都做到了。龙潭工程截流施工设计是精当的，保险系数也大，成功合龙，理论上讲只是耗时的长短而已，前提当然是在正常情况下。问题是，原本正常的情况有可能不正常，这就使截流能否一次成功充满了变数。

　　雷声由远及近。乌云炫耀着闪电从西北角翻卷而来。

　　况夫走到程心爽跟前："……沉船，应该沉船。"

　　程心爽望望过早滑落下山的夕阳，又望望即将取而代之的浓云迷雾。他同样意识到了潜在的危机："沉！"

　　况夫又用步话机和帅自文、焦言以及左右料场负责供料的杨导、东方戟取得了联系，说明了自己准备沉船的理由。兵临城下，几个人没有更好的办法，都表示同意。况夫毫不犹豫地抬起步话机，对琴拥军喊道：

"注意，准备沉船。右岸，加大挑角力度。"

"明白！"步话机立即回响起琴拥军急促、沙哑的声音。

况夫又喊："小吴，吴王！开始沉船！"

被冷落了一天的吴王响亮回答："明白！"

简单说来，沉船施工就是把一艘满载钢筋笼的驳船横向沉没进龙口水域，用足够的重量将龙口河床锚住，紧接着用最大的抛投强度使左右两道戗堤实现对接。其实，这种应急预案一般不启用，因为正常情况下根本用不着。中国水电建设项目多，截流施工多，虽然绝大多数截流施工做好了沉船的准备，但真正实施的并不多见。龙潭截流施工如若不是风云突变，情势紧迫，况夫也不会想到要使出这招后手拳。

吴王一接到况夫的命令就启动了轮机。

准备沉没进龙口水域的是一艘自航沙驳，已经服役了三十多年，但仍有八成新，一直安静地等候在左戗堤上游的回水面上。沙驳吃水很深，舱内舱外全是装满了块石的正方形钢筋笼子，每只钢筋笼足有五十吨重。这艘沙驳经过改装，只需驾驶员在驾驶室揿下按钮，底舱的两扇铁门就会自动打开，舱内很快进水，船体转眼间就能沉进江底。因为有个逃生问题，所以，操纵沉船的人只能遴选一个，基本条件是：驾驶技术熟练，心细，年轻，机灵。吴王在技校学习过三年船舶驾驶，后来又在培训中心学习过浮吊起重，具备基本条件，又是自告奋勇的突击队员，担此重任，非他莫属。

分不清是夜幕降临还是乌云障蔽了晚霞，潜龙江两岸一片昏蒙。汽车、推土机全部开亮了雾灯，左右戗堤的车流变得像两条对舞的火龙。抛投块石、四面体的"嗵嗵"回响和阵阵沉雷搅作一团，动地惊天。狭窄的龙口飞流直泻，汹涛就像无数狂奔的野马，嘶叫着左冲右突，倾泻进龙口的块石、四面体掀起排空巨浪之后，就徒劳无益地被呼呼作响的激流拥走。三四十吨重的块石、四面体渺小得像一片树叶，随波逐流了许久才悠晃着沉落水底。

"嘿呀！"

"糟糕！"

"唉……"

随着戗堤一起进占到龙口附近的人群不再欢呼，不再雀跃。他们的心和参加截流的施工人员一样，全都悬到了胸口。愣望着一块块被涛浪卷走的块石、四面体，大家不停地惊叹、嗟叹、哀叹。不少人把焦急的目光转向那条小心翼翼驶往龙口的沙驳，希望它带来转机，创造奇迹。可是，沙驳几次接近龙口上游水域，又退缩回去……

一道炫目的闪电划破长空，千钧霹雳蓦地在人们头顶炸开。紧接着，狂风大作，豆大的雨点儿噼里啪啦从天而降。

瞬间，天地玄黄，四野洪荒。

指挥台上的贵宾紧张地站了起来，一齐走到台前，凭栏眺望短兵相接的龙口，个个表情凝重。指挥台底下的匡奇紧抱着一根混凝土立柱，仰头注视着上方的预制板，战战兢兢。

观礼台上的近千名来宾再一次全体起立，但是哑然无声，满脸愁容。贺怀阳、司马敬、孔超和服务人员一起，奔跑着从大草甸旁边的仓库里抱来为雨季施工准备的塑料雨衣，一面给指挥台、观礼台上的贵客分发，一面安抚大家不要紧张。

散落在山山坳坳、沟沟坎坎、大树底下观看截流施工的山民，视线一直没有离开过龙口。他们似乎读懂了截流，不再大呼小叫、手舞足蹈，面色全都阴沉下来，充满了惆怅、迷惘、惶惑。

在狂风鼓荡着的旌旗下面，筲箕铺的响器班子岿然不动，不间断地重复着《八哥洗澡》。比起雷霆怒吼、风号雨啸来，他们的乐音显得那么微不足道。但是他们相信，他们的乐音是真正在为前沿的勇士给力。黄金锁、黄运发一左一右，庄严地挈着牛皮大鼓。曹铁拐左边的残肢支着铁拐，右手急促地挥动着鼓槌，苗士逸挺直了瘦弱的腰肢，替曹铁拐撑住一把油布雨伞。二十多个小伙子一如既往，非常专注、非常卖力地敲击着铜锣、铜钹、马锣。任是电闪雷鸣，任是风雨交加，他们照样将马锣抛向半空，照样把乐音演奏得铿锵、激越。尽管他们知道上游的回水正在通过河汊一寸一寸吞噬他们的田地，尽管他们知道将来的回水还会吞噬他们的全部家园……

左右两道戗堤头，炒豆般的雨点儿中，指挥员、施工员一齐动手，用粗大的钢丝绳和猴头螺丝，将几个混凝土四面体串联成"葡萄串"，再指挥推土机把"葡萄串"推进龙口，阻止抛投进龙口的块石、四面体继续被狂涛卷走，强行收缩龙口，为沉船创造有效距离。

龙口上游，雨雾迷蒙的水面上，满载钢筋笼的自航沙驳进了又退，退了又进，颤颤巍巍，如履薄冰。岸上的人们不禁平添了几分慌恐。时间忽然变得相当的重要了。如果不能在两小时之内将龙口堵住，因为暴雨增量的江流从上游压过来，可就……很能沉住气的况夫倏然感觉到了一种紧迫。串联"葡萄串"的人群中，况夫擦净沾满泥浆的双手，取出步话机，再一次询问导流洞过水没有。看守在四条导流洞进水口的人员的回答仍旧让他失望：

"还……没有。"

"水文站，龙坪水文站，我是况夫。"况夫无奈地皱皱眉头，一面注视着水面上的沙驳一面掏出手机，揿通了龙坪水文站，大声喊道，"水情！报告水情！"

手机里却又传来曹老七惊恐的哭叫：

"啊报……啊报……报告，况……况……况……"

况夫急得直跺脚。

"我听说了，这个家伙只有唱歌不结巴。"程心爽走过来，抹了把满脸的雨水，一把捏住况夫握着手机的手，吼着，"唱歌！唱歌！唱《东方红》！"

曹老七于是在那头一边哭嚎一边歌唱：

"*大白天，黑了天，*
天黑得分不清南和北。
大雷大风夹大雨福如海哟，
老七淋得像落汤鸡。

山洪发，江水涨，
水尺淹得没了影。

吓人的事情在后头福如海哟，

垮进江里的山峰是大半边……"

水情报告得非常清楚：上游三十里开外风大雨大，山洪暴发，有山体大面积滑坡！

"火速向虎啸电站报告，向你们站长报告！"况夫大声喊着。承担下游水位调节任务的虎啸电站也需要了解上游的水情。

"啊明……啊明……明……明白。"

这个时候，况夫不仅担心暴风骤雨给潜龙江上游的水流增量、提速，威胁截流施工，动摇截流计划，还担心来自龙坪方向的洪峰过境，造成更大的危险。一旦洪峰以排山倒海之势向龙口、向戗堤压来，后果必定是灾难性的。洪峰可以将业已形成的龙口肆无忌惮地撕开；可以用强大的压力冲撞、洗涮堰体，淘大尚未填充密实的气眼、涌洞，导致堰体局部塌方、大面积决口；可以以无法抗拒的力量、气势漫坝，致使辛辛苦苦填筑起来的还没来得及合龙的戗堤全线崩溃，让轰轰烈烈的截流施工以失败告终。这是谁都不愿意看到的。龙潭截流成功有如家常便饭，不值一提，全社会不会有多少人注意到这里实现过什么壮举，但是，如果失败了，就无异于在中国水电建设史上开了先河——失败的先河，震惊全世界！截流失败的连锁反应是：工程从头开始，用成倍的代价换取第二次截流，一不留神，还会错过下一个枯水期，迫使工程总工期推迟一年又一年。多么大的损失啊，太可怕了！华夏集团输不起这笔巨大的赌注，也丢不起这个面子。非常自信的况夫不曾有过忧虑，不知道什么叫忧虑，可是眼前的情形，不容他不忧虑。

况夫想到最要紧的是时间：只要赶在洪峰到达之前将龙口堵住，让江流改道导流洞，危险就会随之消逝……这就要看沉船能不能迅速成功了……

程心爽面色阴森，心里窝火透了。如果让时空的思维逻辑主导龙潭工程截流施工——只要准备充分，只要条件具备，选定任何一天一气呵成，肯定不会有今天的焦虑；如果把根本不成其为规矩的老套套、传统观念抛到一边，取消截流庆典，自然避开了眼前这个无味的风险；如果设计单位深入实际，站在施工单位的角度，将四条导流洞的设计高程灵活整体下沉，哪怕下沉十公分，让上游的水流提前从导流洞通过，合龙肯定不会像现在这样艰难，说不定截流早已大功告成；如果正值合龙紧要关头，没有这场昏天黑地的狂风暴雨，没有因为山体滑坡造成的洪峰从上游滚滚扑来，截流施工实现预期目标也不存在悬念，可又有谁能阻止老天爷兴风作浪呢？……所有的不利因素阴差阳错般巧合到了一起，纠集成了一种充满恐怖的危机！怨什么？怨谁？说不清。

又是一道闪电凌空划过，把昏蒙的苍穹照耀得雪亮。轰轰隆隆的炸雷接踵而至，把大地震悚得颤抖。雨点儿越来越大，雨势越来越猛。

茫茫江面，雨雾蒙蒙。笨重的沙驳像是受到惊吓，刚驶近激流又晃荡着退到了回水面。

"吴王，沉住气。不着急是对的。"密切关注着沙驳动向的况夫再次看到沙驳到位失败，心里又是一紧，但他不想让吴王有丝毫急躁情绪，对着对讲机轻声喊道，"不慌，总结一下再说。"

"明白。"吴王冷静回答。

"实际上，"立在况夫身边的程心爽紧锁着眉头，"我们承受着江水上涨和洪峰逼迫的双重压力。"

"只要沙驳及时定位，"况夫望着孤独无助的沙驳，"双重压力，多重压力，就统统没有了。"

"可是……"程心爽忧心忡忡，"这洪峰……说到就到。"他也感到时间紧迫。

"第一波洪峰从龙坪抵达这里，大约需要一个多小时。"况夫说，"抢在一个小时之内合龙成功，还有希望。"洒脱地笑了笑，"合龙了，江水涨幅再大，洪峰来势再猛，全从四条导流洞泻走了，堰体也就安然无恙了，程总你尽可放心。"

都什么时候了，他竟然还这样自负！程心爽对况夫的自负向来不满，这会儿更是恼火透了。苦于长期接触的是机械设备；苦于从下面的机关走进上面的机关，对工程施工实践不多，谈不上实战经验；苦于同在一条战壕、同在指挥前沿，既没有化险为夷的锦囊妙计，又没有临阵争论的道理，同样自负的程心爽只好忍，忍了："但愿如此。"

"沉船成了关键的关键。只有它能争取到时间。"

程心爽也在密切关注沙驳的一举一动，"怎么半天到不了位呢？"

况夫是指挥长，在截流施工过程中拥有至高无上的权力，一切决策皆由他说了算。诸多具体问题，他没有可以请示报告或者帮助出谋划策的对象，也没谁有资格听他请示报告或者替他出谋划策，这其实很孤苦，好在他并没有感觉到孤苦。

参加截流施工的人们仍在奋勇拼搏。人人恪尽职守，大家都知道自己应该干什么。施工员们不停地挥动着红旗、绿旗，来回奔跑，嘘嘘的哨声不绝于耳。震动碾发出沉闷的震响反复震碾着堰体。推土机吼叫着拱动倾泻在戗堤边沿的块石、泥土、四面体。往返自卸车川流不息。一群施工员在继续忙着用钢丝绳把四面体穿挂成"葡萄串"。左右两道戗堤头，烟雨蒙蒙，滚滚尘埃早已化作飞溅的泥浆。人和机械挂满了泥彩。指挥台、观礼台、戗堤边沿、两岸河滩、山岭脚下，到处是身着五颜六色雨具的人影，像风雨中绽放的鲜花。况夫扫视了一下大江两岸、左右两道戗堤，抬起了步话机：

"吴田，汽艇开到龙口。我要上沙驳。"

吴田高声答道："明白！"

程心爽望着况夫："你跑到沙驳上去干什么？"

"沙驳迟迟到不了位，我看是吴王胆量不够，有点儿怕。"况夫观察了半天，似乎观察出了点儿门道。

"驾船是另外一门行当，你不懂。"

"这我知道。我只是想上去给小老弟壮壮胆。"

"你不能去！"程心爽说。

"为什么？"

"你走了……这龙口撂给谁？"

"你呀。"况夫亮亮手里的步话机，"放心，指挥长的大权我不会下放，在沙驳上一样发号施令。"

"反正你不能去！"

吴田的小汽艇很快贴着戗堤回水面驶了过来。吴田负责水上救援工作，他的小汽艇一直尾随在沙驳后面。挤在人群中的胡胜利瞥见小汽艇开到了龙口，估计一定是送人上沙驳，忙把装有修鞋工具的小木箱交给赖耗子，噔噔几步跑到况夫跟前，主动请缨：

"我也去。"

"你谁呀？"况夫瞅着脖子上吊着黑围裙的修鞋匠。

"甭问我是谁。你不认识我，可我认识你。"胡胜利一点儿也不怯火，"我是待岗工人，有权要求上岗。六年前，这条驳船就是我的岗位。"

"明白了。要上岗，好说，等两天来找我。"况夫傲慢地说，"现在没你什么事，一边待着去。"

"驳船上的吴王我认识。那年我待岗，他技校毕业去我们单位报到，报到不几天，还没上岗就下了岗。虽说去年他又去培训中心回过炉，可是实践实在太少……"

"你到底想说什么？"况夫不耐烦了。

"蜀国无大将，廖化当先锋。"胡胜利也端起了大拿的派头，"我已经观察了半天，吴王不缺胆量，可是缺经验。他那技术，实在差了点儿。沉船是个要见真功夫的活路，他不胜任。也难怪，才蹭上个舵手，三副都不够格。我是大副呀！"

"依你看，吴王的毛病出在哪？"况夫赶忙刮目相看。

"正确定位的扳舵应该是：船头向主航道上游右戗，至少戗45度，再慢慢向前行驶。这样，驳船接近龙口就会借助流水的力量自然横过来。这需要舵手对流速、流势的准确判断，准确把握，在某种程度上还要凭那么一点点儿感觉。吴王几次都是把船头对准右岸向前开，船速又太慢了点儿，所以一接近龙口，飞快的流水就将船头拉向了下游。吴王害怕船体直冲过了龙口，前功尽弃，只好回车后退。"

"正是这样，正是这样。"况夫大喜，拍着胡胜利的肩膀，"原来是条好汉。走，跟我上！"

"不行！"程心爽吼道，"这就定了？"

"怎么？"况夫一笑，"这火候上，难道还要把各位总指挥请到一起，开会研究研究？"

"至少，要征得我的同意。"

"你别忘了，我是指挥长。截流施工我负责。"

"况夫！你不要自命不凡！"程心爽又是一声大吼。程心爽这个时候的真实想法是：他上了沙驳，万一有个三长两短怎么办？还有，撂下这一大摊子，谁来收场？可是话还不能直着说："刚才你说了，从龙坪过来的洪峰个把小时就要抵达这里，你们几个人跑到沙驳上去七鼓捣八鼓捣，能在十分钟八分钟内鼓捣出个名堂那当然好，万一失了手怎么办？翻船死人是小，耽误了时间，等洪峰压过来，两道戗堤上全是人和机械设备，那可就不得了啦！你想过没有？"

况夫的拧劲儿上来了："依程总的意思那该怎么办呢？"

"在一定条件下，胜败是相对的，不是绝对的！"程心爽抬起杠来，"让吴王，还有他，"指指胡胜利，"在沙驳上鼓捣去，能鼓捣出啥样算啥样。我们一门心思、抓紧时间抢合龙。洪峰果真来了，见势不妙，鸣金收兵，立即终止截流施工，迅速撤离人和机械，等到风平浪静、云开日出再重整旗鼓，这叫打得赢就打，打不赢就走，避其锋芒。这样决策固然需要承担龙口被洪水冲刷成大豁口，甚至局部溃坝的损失，但比较起来，毕竟可以弥补。老时这人，别的长短暂且不论，但务实我是早就认了的。他要是这时立在这里，肯定是这弹性决策，绝对不会硬拼。"

"程总你让……"况夫涨红了脸："让我们华夏集团在这么多领导、来宾的眼皮子底下当……逃兵？"

"火烧眉毛，不要扯皮拉筋啦！"步话机里响起了杨导愤怒的叫喊，"开弓没有回头箭！现在，是指挥长说了算，规矩！"

程心爽和况夫手里的步话机都没有关上，所以，两个人的争吵一百多个指挥人员、施工人员听得清清楚楚。东方戟本来就是个火暴脾气，这会儿更是又气又急，恨不得骂娘：

"这一天是我们大家选择的，死也认啦！不要耍赖、装孬啦！"

程心爽傻眼了，挂满雨水的脸上红一阵，白一阵。

况夫也不想把程心爽逼到墙角："大家都听到了，都会知道你是好心。可是……箭在弦上。"抹了一把脸上的水珠，从屁股口袋里摸出那只盛着酒的瘪酒壶，仰头喝了一大口，将瘪酒壶递给程心爽，"给我留一口。"

程心爽接过酒壶，仍旧气呼呼："安全哪！"

况夫抬起步话机，望着咫尺天涯的琴拥军喊道："拥军，我帮吴王沉船去了。'葡萄串'串好后就赶紧往龙口推。挑角、护底不能松劲儿。"其实也是在给程心爽交待现场的主要工作。

琴拥军在对岸大声回答："明白！"

胡胜利对况夫说："有我一个人上去就可以了，你确实没有必要上去。"

况夫笑笑："不是这个问题呀。"拉着胡胜利跳上了吴田的汽艇。

"'葡萄串'串好没有？……推！往江里推呀！……块石，四面体！上卸……上卸！挑角——！"程心爽像忽地一下发了疯，在戗堤头手忙脚乱地奔跑起来，呵斥、怒骂起来，"探照灯！探照灯！打瞌睡去啦？混蛋！"

霎时，左右两岸的大小山头、戗堤沿线，高高低低的探照灯一齐大开，无数巨大的光柱把迷茫的截流现场、混沌的江面照耀得如同白昼。

狂风哗哗啦啦地吹着，暴雨噼噼啪啪地下着，炸雷轰轰隆隆地响着，汽车、推土机呼哧呼哧地嘶叫着，疾驰着。戗堤上车水马龙，人声鼎沸。

指挥台前沿，寇勉双手支撑着栏杆，肃立在贵宾中央，目光凝重，面色阴沉。他必须看到结果。他的呢大衣早已湿透，花白的头发任凭风吹雨洒。焦言曾给他一件塑料雨衣，他不仅不穿，反而斥道："干活儿的人不穿雨衣，看干活儿的人穿雨衣，没道理。"这就让身边的所有人付出了代价，指挥台上的嘉宾全都没有穿雨衣。

"大家退呀，往后面退呀。"左胳膊吊在脖子上、腰间别着手枪的娄毅感觉到了一种危机，拼死阻堵着还在继续向戗堤头拥挤的记者、作家、诗人和一大群机关干部、职工，嘶哑着嗓子，"求求你们，求求你们哪！"

大家都知道，这是白刃搏斗的紧要关头。谁也不愿意后退，一时间，生死似乎变得不那么重要了。人们默不作声，不约而同，一齐把目光投向江面那条列放满了钢筋笼子的大沙驳。他们已经看懂了：大沙驳是龙口迅速合龙的关键。

灾难恰恰出现在这个关键!

没有多久,沙驳在沉雷暴雨的交织声中坚决而沉稳地驶近了龙口。行进速度恰到好处,船头的偏向角度也恰到好处。可是,就在沙驳借助流速摆横躯干并全速冲向对面戗堤头的刹那,不知是内舱外舱的钢筋笼严重移位,还是螺旋桨叶绞到了水里的抛投物,整个船体在强大水流的冲击下,陡然侧翻倒扣成底朝天。况夫、吴王、胡胜利没来得及发出一声呼叫,就随着钢筋笼一齐扣进了水底……

两岸的人们全惊呆了。

谁知,令人心惊肉跳的事情还在后面。

准备回转掉头卸料的鲍官厅看到了沙驳颠覆的瞬间,看到了底朝天的沙驳随时有可能被激流飞瀑冲出龙口的危险,顿时脸色铁青,眼珠血红。千钧一发之际,鲍官厅猛蹬一脚油门,大喝一声,驱车扑进了龙口……他本来已经推开了车门,有跳车的动议,哪知剧烈扇动的铁门还是无情地将他扇进了翻卷的洪波。

紧咬着鲍官厅车尾的薛建设把鲍官厅的壮烈看在眼里,以为突击队员就该这样。他没有迟疑,加大油门儿,奋不顾身地冲进了龙口。薛建设同样有跳车逃生的举动,可是,迅猛的车速没有让他如愿,只能随着自己的卡车一起殉难。

"爸——!"对面戗堤头,正开足马力拱动四面体"葡萄串"的鲍永泰把父亲连人带车冲进龙口的惨烈看得真切,恍惚中,右脚随着哭喊同时用了力,疯狂的D80推土机拱着四面体同时携带着他一齐扑进了龙口……推土机阻挡住了翻滚的汽车,汽车卡住了急剧漂荡的沙驳。

龙口眨眼吞没了几个活蹦乱跳的工友,琴拥军吓呆了。吓呆了的琴拥军突然双膝跪地,朝着龙口重重地叩了三个响头,额上顿时鲜血直流,喷流的鲜血旋即被风雨吹洒得满脸都是。

左岸戗堤头,程心爽暴叫如雷:"救人!救人哪!"

右岸戗堤头,帅自文大声疾呼:"打捞!快打捞哇!"

蓦地,琴拥军一跃而起,迎着勇猛进退的推土机,迎着猛烈驶向龙口的车流,狂舞着手里的红旗绿旗,发疯似的跑窜着,哭喊者,声嘶力竭地嚎叫着:

"推呀!投哇!投哇!快快抛投哇!!"

洪峰眼看就要猛扑过来,琴拥军不能错过了唯一的机会。

"HO——"惊愕了半天的蓝眼睛外国先生忽然高声大叫,"HO——!"

时之男脸色惨白,发紫的嘴唇在急剧颤抖,浑身抽搐,眼看要失去重心。老达奚赶紧搀住她,泪如雨下:

"……其实……谁心里都清楚……他是人精……呜呜……呜呜呜……"

指挥台上,寇勉老泪纵横。齐聚在栏杆前的祝原、雷尚、覃富强、封庆余、古唱、沈光荣、冯婕、雷好和获取龙潭工程主体标段的另外八家代表,无不泪流满面。

观礼台上,伍书记、陆县长、仓瑞谱、罗尼娜、钱山鸣和近千名来宾都流下了眼泪。

前来观摩的人们都哭了。宇文泰、邬国栋、一把手哭了,连赖耗子也哭了。

大草甸的华夏美食城前,伫立在风雨中的张天翼、谢廷芳唏嘘不止。他们准备的几簸箕馒头全被雨水软化，松散成了泡沫儿，像团团簇簇雪白的花朵，在茵绿的草甸流淌。从早到晚，没有一个人向他俩讨要过馒头。

阳元峁上游的河滩上，斜躺在救护车车厢里的诗维遥望着惨烈的龙口，深陷的眼窝泪如泉涌。他急促地喘着粗气，食指头情不自禁地塞进了嘴里，用力咬着，自言自语："不痛……梦……是梦。"面容憔悴的景丽元噙着泪珠，为英烈，也为诗维悲伤。

筲箕铺的响器班子还在猛烈演奏催人奋进的乐音。曹铁拐满是皱褶的脸发青发黑，圆睁的眼睛却不挂一滴泪。他仍旧有力地夯动着鼓槌儿，嘴里发出沉沉的呼吼：

"吭——哟！吭——哟！"

敲击铜锣、铜钹、马锣的后生们，用同样沉沉的嗓音齐声应和：

"吭——哟！吭——哟！"

——龃龉、过节儿，恩恩怨怨、新仇旧恨，都没有了。

来自远方的文人墨客哑然无声，一任风雨洗礼。费玲玲静立在他们中间，神情痴滞。她那俊俏的脸颊全部被湿淋淋的发丝捂住，水珠裹着泪珠一起流淌。突然，她亮开了嗓门儿，朗诵起了时空专门为《华夏工程报》撰写的那首诗。声音战栗，却豪放：

旗　帜

　　战友——
　　全倒下了……
　　横着，
竖着，
仰着，
趴着，
我——
还没有倒下！
因为
拄在手里的旗帜
——没有倒下……

一五〇

清明节。

时之男搀扶着外公到墓地扫墓。

尉迟琪每年清明节都要到墓地悼亡，风雨无阻。之男小的时候随母亲回十字街探亲，也曾跟着外公到公墓来过几次，听外公讲外婆的故事。

祖孙俩悼念亡灵的心情比已往更加悲怆，他们家在公墓新添了一抔黄土。尉迟琪来墓地缅怀诀别了四十多年的伴侣，悼念撒手人寰的女儿。之男来墓地祭奠从未见过面的外婆，哀悼突然离她而去的母亲。

时空还在接受调查，不能来了。

公墓在潜龙江右岸，从十字街下游过永泰水电站向南再行五六公里，离西北面猴猴人成长的地方——天柱峰余脉不远。

公墓沉默在崇山峻岭中，是上世纪五十年代初兴建永泰电站时，永泰县政府为永泰电站的死难者准备的归宿。那时修建水电站没有经验，也没有先进的机械设备，再艰苦再危险的工作都靠人的两只手，加上从前线退役下来的将士和一心一意建设社会主义新中国的工人都不怕死，死人的事经常发生。所以，乱石嶙峋的墓地安葬的绝大多数是前华夏集团的死难职工，绝大多数是预备师的官兵，又绝大多数是因公殉职，家属很少。从前的华夏集团职工大多数为军转工，军转工职工有家属的不多。

公墓是一架荒山，人迹罕至。现在仍然是人迹罕至。

一条弯弯曲曲的小路从山脚下蜿蜒到山顶。小路其实不小，有三四米宽，路面全部用潜龙江的鹅卵石铺成。鹅卵石只有三种颜色——黑、白、黄，显然经过精挑细选。从上往下看，倾斜的路面，卵石镶嵌的祥云烘托出一溜儿黑色的大字：

没有战争，未必没有牺牲。

小路沿途全是大大小小的坟茔。有的野草丛生，有的光秃苍凉，有的则几乎被岁月的风霜夷为平地。

尉迟琨的老伴儿安葬在半山腰。从这里可以看到险峻雄浑的天柱峰，也可以眺瞰滚滚东流的潜龙江和巍然横亘的永泰电站。

亡人坟前竖立着一块高大的青石碑，上面镌刻着：许十月烈士之墓。

许十月英年早逝，死的时候才三十多岁。她曾经是预备师师部的医务室主任，预备师重新序列之后，伴随尉迟琨的部分战友改编到了永泰水电工程处，还当医务室主任。一九六〇年春，永泰工地爆发黑死病，疫情恶性蔓延，猝不及防，患者不少，死者也不少。那时，医疗卫生条件很差，药品奇缺，许十月没日没夜地奔走在方圆数十里的工地，遍访民间偏方免疫，用有限的有效针剂救治生命垂危的患者。没想到她自己也传染上了可怕的瘟疫，而且比其他患者严重。一天，当她把最后一针注射液注射给了奄奄一息的病患，自己就不省人事了。后来医护人员发现，许十月浑身上下紫斑累累。当尉迟琨从现场赶到抢救室时，妻子早已吐血身亡。当时，许十月的遗体同其他死难者一样——一堆黄土掩埋在荒凉的深山。直到有一年，已是副省长的寇勉到永泰电站视察，听老职工们回忆当年修建永泰电站的艰辛，无意中得知，许十月原来是因为抢救别的患者耽误了自己的诊疗而牺牲，才追认她为烈士。这当然经历了一个漫长的复杂的过程：寇勉曾责令省卫生厅迅速调查核实清楚许十月的死因。提说起来，也是二十多年前的事了。历史终于给了许十月一个公正。

长年陪伴许十月的是一棵橘子树。四十多年了，墓碑旁的橘子树已躯干蜷缩，枝条虬曲，苍劲老迈。这是许十月入土那年栽的。许十月殉职那年，尉迟琨没有想到要为亡妻申报烈士，却想到了为她栽种这颗橘树，因为她生前特别喜欢吃这个地方出产的橘子。时值晚春，满树依然墨绿着的老叶开始垂落，新嫩的叶芽已经吐露出来，尖尖的。花苞也冒出来了，很多，淡黄色的萼片衔住晶莹剔透的蓓蕾，像珍珠。上年的果实完全枯萎了，金黄的本色被风霜雨雪消磨得黑红，并且收缩得像一颗颗曝晒过了头的蔫枣，零零星星挂在枝枝丫丫，在瑟瑟的山风中摇曳。

尉迟江南沉睡在母亲身边，全部的拥有仅仅是一堆黄土。没有立碑。下葬后，贺怀阳、司马敬曾向尉迟琪请示未尽事宜，尉迟琪只提了一个要求：江南的死，不能让时空知道。女婿正遭牢狱之灾，他担心给他雪上添霜。要不要立一块碑，怎么立，须时空回家以后再说。

尉迟江南死得很冤，又是自寻短见，给人们留下的全是遗憾，惋叹。挺一挺也许什么事也不会有。可是她没有挺住，是她自己不愿意挺住。她其实非常坚韧，非常顽强，也曾希望通过自己的努力挺立在人世，充分享受生活的美好阳光，怎奈她怎么也斗不过病魔，加上生性要强，把人生的价值和意义看得太重，一旦做人的尊严受到挑战，就果断地选择了死亡。省直医院派人前来参加葬礼，悼词写得非常不错，历数尉迟江南生平救死扶伤的感人事迹，还说人类从此少了一位优秀的外科大夫。惜别时，奔丧代表搁下五千元人民币，并反复解释，说医院所有下岗职工的安葬费，数尉迟大夫享受的标准最高。时之男不听则已，一听心里就像有刀扎。

看样子，她不可能像母亲一样，入土若干年以后，还会有人追认她为烈士，尽管她生前做过了许许多多的好事。有下岗职工自杀身亡而被追认为烈士的吗？

母女俩都是以治病救人为己任，自己却没有成功地战胜病魔，反比病患先走了一步。现在，她们都安静地躺在坟墓里，不再有理想，不再有情操，不再有追求，也不可能有任何想法了。

两座坟前，各有一束鲜花，一碟鲜果。这是丈夫、孙女，父亲、女儿的全部心意。

祖孙俩就那么长久地依靠着，静立着，没有眼泪。眼泪流干了……

中年丧妻，老来丧女，还有女婿被拘禁，人生几大不幸全都落到了尉迟琪的头顶。身心疲惫，几近崩溃。好在战火硝烟磨砺出了他那硬朗的体魄、钢铁般的意志，才不至于倒下。也许流泪过多，老人的瞳仁愈加浑浊，视野空蒙，眼里混沌一片。他的听觉过早衰退，多少世事已经听不清楚了，难道还要看不清楚了吗？尉迟琪出生辽北，十八岁开始横戈跃马，驰骋天涯。抗击倭寇、讨伐国民党反动势力，挥师南下，长驱直入，挺进滇桂黔，饮马洱河，备战琼岛……弹指一挥间，气壮山河的悍将成了耄耋老汉……难道这枯荒的山坡就是自己苦苦寻觅的境界么？溟蒙中，他恍见了沃野千里、一望无垠的辽河平原，记忆起了黄灿灿的大豆、白皑皑的棉花……

空寂的山野似有天籁缥缈。谁在秃秃的山岩抑或郁郁的树下，用独特的方式寄托哀思。是为凭吊亡灵踽踽独来的亲朋好友？是因悼念故人感伤将归的尊长眷属？浑重的旋律凄凄惋惋，如泣如诉，仿佛叙说着岁月的苍凉。那是低音二胡低低沉吟的《江河水》。

时之男闪动了一下明亮的眸子。没有发现以音色致哀的亲友身在何方，却见山风中草丛里静立着一位蓬头散发的少年。当是鲍松峦，鲍官厅的小儿子。龙潭工程截流那天，他失去了父亲、哥哥两位亲人。小松峦到墓地很久了，就一个人那么静静地站着，深山峡谷不曾回响过他的哭泣。

时之男知道，少年是在向已故的亲人致哀。时之男知道，少年对面隆起的其实是六堆黄土——空冢。空冢里入殓的全是死难者的衣物。半个月前，她参加过他们的葬礼，知道吴王、胡胜利、鲍官厅、薛建设、鲍永泰……还有况夫，都没有留下自己的骨骸。龙潭工程合龙的紧要关头，他们的身躯全被急红了眼的琴拥军喝令填筑在堰体里。贻误战机会导致截流失败，死者用自己的躯体换取了胜利。他们的躯体要等到五年之后拆除围堰时才能继续找寻，那时，或许就找不到尸骨了，甚至连一小片衣物也不会遗留下……时之男又咬紧了嘴角，强忍泪水夺眶而出。截流那天，那个狂风暴雨逞凶肆虐的黄昏，她的嘴角被自己咬破。之后一连几天，她的嘴角天天被自己咬破，又一次次凝结成一块乌黑的伤痂。没有人知道她的内心世界，她像母亲，顽强，坚毅，执着，自信，绝不轻易把心底的真实情感释放出来。释放出来，也许就轻松、落拓多了，可是她没有那样做，不知为什么。难道生活是那么样地容不了她的情感世界？

时之男不愿意正视那六座实际上什么都不存在的空冢，就像惊悸苦心追逐着的原来是一个虚无缥缈的幻境，孰料，孤零零的小松峦还是把她的视线转移到了那里……她的心猛然一阵紧缩，赶紧搀牢了外公的胳膊。这回她不是想扶稳外公，而是希望外公能撑住她自己。

静默的时候太久，尉迟琪想到了回家。他移动了拐杖，迈开脚步，蹒跚着。时之男倚着外公，徐缓下山。

上山是这条小路，下山还是这条小路。从下往上看，路面中央，卵石镶嵌的祥云又映衬出了一溜儿白色的大字：

没有战争，未必没有牺牲。

一五一

端午节前夕。尉迟琪独自一人来到了省城。他要面见寇勉。

这是尉迟琪平生第二次因私骚扰领导。第一次是为了弄明时空的身世。他想追根求源，为女婿找到生身父母，上级领导肯定知道女婿的父母身在何方。但是他无果而归。这次他找寇勉，还是为了女婿。既然上级领导说他女婿的父母已经离开了人世，他可以不再问了，可如今女婿被拘禁了这么长的时间，做泰山的还能稳如泰山吗？

当然，准确一点儿说，迫使尉迟琪闯进省政府的应该是一肚子怨愤。时空被拘禁后，非常侠义的茅镰、巴山茶连夜追到省城，投案自首，甘愿服法。结果，他俩自投罗网，却没能把时空顶替出来。纪检副书记、监察处长、工会代主席白延寿赶到省城，代表华夏集团党、政、工，找有关部门，上下奔波，为时空申诉冤情，恳求各方领导以工作为重、以大局为重，网开一面，让时空先回到华夏集团，一面坚守工作岗位，一面接受调查，可是时至今日，没有任何结果。女儿已蒙羞自尽，女婿又不知道还要被拘禁多久，尉迟琪如何忍受得了？"弄得我家破人亡，四邻不安……有什么大不了的事嘛？不就吸了两口鸦片吗？没完没了啦?!"人生的底线受到了威胁，安分守己了一辈子的尉迟琪再也沉不住气了，经常把拐杖挂得嗵嗵怪响，"大案要案还少了？咋就不见发落啊?!"他再也忍耐不下去了，等待不下去了。他想好了，涉毒的事即便算弥天大罪，那也应该由自己担着，与任何人都没有关系："我是幕后指挥，我是真正的首恶，冲我来吧！"他不仅想把女婿保出来，让茅镰、巴山茶脱离苦海，他还想找寇勉讨个说法，讨个公道。他豁出去了。

省政府办公厅的秘书告诉他：

"寇副省长住院了。病情很严重。"

糊弄谁啊？尉迟琪确信寇勉在耍滑头，故意躲他："这才巧，前些时还去半爿街看过截流，谁不知道啊。说趴下就趴下了？"

"真的。要不，你找书记、省长。"秘书知道这老头儿不好惹，不敢怠慢，"我帮你预约。"

"就找他。除了他，我谁都不认识。"尉迟琪犯起倔来。

秘书见他火气正旺，来头不善，没有办法，只好拿起电话，拐弯抹角试探寇副省长可不可以接见一下到访的老战友。还好，没过多久，电话那头有了松动。

寇勉确实病了。病情确实严重。直肠癌。

寇勉发病的时候是在小会议室，正找来几个工业战线的知名人士开小型座谈会，忽感身体不适。几位知名人士顿时慌了手脚，秘书们更是惊恐万状。其实，秘书们早就看出寇副省长的精神面貌和身体状况很不好，处理公务老不在状态，都以为他是因为换届临近，思想包袱重，工作不顺心，精神压力大也未可知。尤其是龙潭工程的截流施工，对他的刺激不小：差点儿溃坝，还死了六个人。从龙潭工地回省直机关后，经常见他莫名其妙地发怒，但从来不曾听他说自己有病，大家也就没往心里去。这回见情况确实不对，就一起动员他快去医院住院查查。寇勉从未瞧过病，更没住过院，自信身体还行，高低不肯就诊，说是挺挺就过去了。秘书们这回没有听他的，几个人七手八脚，生拉硬拽，硬把他架进了小车，送进了医院。

检查结果一出来，秘书们全吓傻了：寇副省长进得来，怕是出不去了。

院方组织顶尖专家会诊，确立诊疗方案：立即手术！外科主任主刀，专家临床指导，最大限度延续生命。

可是寇勉不干，他不开刀。开刀后直肠改道，排泄物便不再通过正常通道通行了，这怎么行！寇勉绝不面对这种现实：该走正常渠道就得走正常渠道，不能乱套。做人丧失了基本条件，谈何尊严？死到临头，他还较起了这个真儿！他要求保守疗法，而后顺其自然。保守疗法是医师在五技而穷、无计可施、无力回天的前提下，安慰绝症病患者的托词，是无可救药的另外一种说法，是没有概念的最靠不住的名词术语，在医学、医术界根本没有准确定义，他怎么可以自己提出这种要求呢？荒唐！

既然患者有这种要求，无法保证手到病除的院方也就见风转舵，顺水推舟，却还要发出爱莫能助的惋叹。人的脑袋确实复杂。然后，最大的努力是派给世界上最先进的药物，再辅以极大的精神安慰，说癌症难关很快就会被科学家攻破，不久的将来，治癌症可以像治伤风感冒一样的简单。

一个人如果不知道自己有病，他会相信自己一定能把自己拎起来，但是一旦知道自己患上了绝症，马上就会感觉到第二天就是世界的末日，已经用不着起床了。

寇勉毕竟是凡夫俗子，少有圣人的菩提造化。不知自己有绝症那会儿，他在座谈会上神采奕奕，谈笑自若，一经知道自己患上了直肠癌，整个身子立马像散了架，惊愕得躺在病床就再也不愿意动弹了。大把大把吃药，不停地打点滴，认认真真当起了病人。不几天，面黄肌瘦，脸形塌落，连炯炯有神的眼珠子也掉进了眼坑，谁见了都觉得他确实病入膏肓。

寇勉的病房明亮宽敞，诊疗室可比大户人家的厅堂，还配有卫生间、贮藏间和秘书受用的小卧室、办公室。满屋都是花篮、花束，好比鲜花盛开的村庄。花蕊不分昼夜，殷勤地飘散出沁人肺腑的芬芳。不协调的是，不时响起寇勉低沉的呻吟。

贾垚见尉迟珙拄着打了铁丝箍的拐杖磨磨蹭蹭走进来，连忙搬了把椅子放到病床旁边，又用两只大白枕头将寇勉的上身垫起，而后退避进了属于自己的秘书办公室。

仰倒在枕头上的寇勉抬抬眼皮，闭上。又抬抬眼皮，又闭上。又闭上后用没有挂点滴的右手指朝靠背椅指指。这就表示了欢迎。

尉迟珙顺着他手指的方向，扭头望望靠背椅，磨磨蹭蹭坐下来，将两只手掌都搭在了拐杖柄上。寇勉确实住院了，确实病得不轻，一到医院，尉迟珙就感到气氛不对，又听说他患的是癌症，走进病房的脚力都没有了，哪里还有什么气哟。

"办公厅来电话……说你来了。你来了……我哪敢不见啊？"寇勉声音很小，有气无力。

尉迟珙本来就耳背，哪能听清蚊吟般的声音？就一面调整耳朵的方位，一面拿眼睛瞅他，企图从他翕动着的口型分辨出他的语意。哪知最近的眼神也不怎么好了，只能看见寇勉两枚眼珠深陷在两个黑洞洞的窟窿里，整颗脑袋也变了形，虚幻得像摆放在医务室里的骷髅。

"唉……只怕是要……白头发送黑头发啊……"

尉迟珙的整个身子尽量向前探，头也尽量向前伸，又把偏向寇勉的右耳调换成左耳。

寇勉忍不住提高了嗓门儿："听好了，白头发送黑头发。"

尉迟珙终于听清楚了。听清楚了的尉迟珙一个激灵："不会的！不会的！"他说话的声音总要比别人高出八度，生怕别人听不到。这下可好，病房像引爆了一枚炸弹。贾垚慌忙开门探出头来，见平安无事，又赶紧将脑袋缩了回去，重新把门掩上。

"我投笔从戎的时候十五岁。那时你就是团长了……才三十五吧？"寇勉又恢复了常态——气息奄奄，偶尔还夹带点儿绘声绘色的哮喘，尉迟珙只能大睁着双眼瞧他那颤动的嘴唇，努力判断他在说些什么，"……先给曹二九当号兵。听说……曹二九十八岁就当连长，真是一员虎将。可是啊，一直到全国快解放了他还当连长，当了十七八年的连长，就是不进步。人哪，还真是有命，由不得你不信。曹二九有什么过错？眼看新中国就要成立了，还赶急赶忙牺牲了一只胳膊一条大腿……我看就没有过错。可他就是上不去。茅镰不也是在县长的位置上踏步走了四五十年吗？……我运气好，也是朝鲜战场帮了个忙，当上副省长了。可那又怎么样啊？能比你们过得好些吗？没有啊。到头来，这癌症一得，还是什么都没有了，彻底的无产啊。这就叫命中注定，难怪伟人也信神信鬼。"

尉迟珙吃力地听着，不停地调换耳朵。

寇勉抬抬眼皮，又闭上："你来找我。其实，找不找我都一样。我知道你来找我解决什么问题。放心……不会冤枉了任何一个好人，不会的。

"我还知道，你心里纠结了一些什么样的疙疙瘩瘩。想一吐为快，只有我是知音。我们互相……太了解喽……"

尉迟琪隆起灰白的眉峰，两眼直直地盯住寇勉，像是害怕他突然过了气。

"军人。打仗。前面有铁丝网，有壕沟，有地雷，有机关枪。司令员叫冲，你冲不冲？

"天王庙防线……敌人两个师固守。司令员命令曹二九一个连大张旗鼓搞强攻——明摆着拿鸡蛋往石头上碰。声东击西，策应友邻部队完成合围。他曹二九强攻不强攻？强攻了。

"瞎子喊一仗，敌人五个团，你一个团。司令员让拖住，死拖三天。掩护司令部撤退转移，避免灭顶之灾。你拖不拖？拖了吧？

"马石山那一仗，我的印象最深刻。你当了一次司令员，指挥起了十三个团。你让一个特别能战斗的加强营穿插到敌人的腹部，打中心开花。敌人上当了，一个整编师把我们的加强营围得铁桶一般。加强营拼了四天四夜，为你的反包围赢得了时间。结果是：敌人的整编师把我们的加强营包了饺子，你的十三个团又把敌人的整编师包了饺子。以不到一个团的伤亡代价，换取了一个整编师的全军覆没。怎么算都合算。那一仗下来……你就当副师长了吧？大仗小仗，当司令员的详细向下级介绍过作战意图没有？我看不尽然哪。有些仗，就是让班、排、连、营、团去找死。可那又怎么样？不管你知不知道自己是去送死，只要我的冲锋号一吹，没得说，冲！

"后来，你把我要到了师部作战室当参谋。承蒙耳提面命，受益匪浅。在我眼里，你的指挥才能远在师长之上……没有当面讨好的意思啊。你应该是一个职业军人。没有仗打，也就没有了你施展才能的天地。可惜呀！这就是命。

"小战役失败，可能是为了大战役的胜利。局部的损失，可能是换取全局的利益。牺牲，肯定是为了胜利。许多事，我跟你一样，也弄不明白。但是，只要把这些互相作用的关系弄明白了，我们就会心静如水，哀怨自然就没有那么多。

"唉……我跟你说这些干什么呀。我跟你说这些有什么用啊……我患的是绝症，说话都胆怯，哪里还有什么力气哟。你又聋。我讲不清……你也听不清啊……"

"不——！我听清楚了！我全都听清楚了！冲锋，搞不懂司令员的作战意图，也冲锋！让去送死，也冲锋！"奇迹发生了，尉迟琪突然恢复了听觉，把寇勉梦魇般的话语全听清楚了，一字不落。

邪乎。

第七章

一五二

华夏集团解体是五年以后。

这个时候的龙潭水电站已经建成投产。

旗下四大施工局另有归宿。

惨淡经营在沪宁杭地区、东海岸的长江施工局与土生土长的东方水电建设联营公司搞强强联合，重组了一个新型的建筑公司。新型的建筑公司另辟蹊径，主营路桥、港航、机场等土建工程项目，水利水电工程施工变更成了辅业。韶央担任新公司的董事长，总经理和党委书记由原东方联营的一、二把手继任。滕夫儒因为赶在组阁的当口儿涉嫌受贿，被地方党组织"双规"，所以，没能进入管理层。

在珠江三角洲、福建和广东沿海打拼了几年的珠海施工局与瑞谱实业公司搞"公私合营"，在原地挂了块股份公司的牌子，主营矿产开发，兼营水利水电、公路、桥梁和房屋建筑。珠海施工局参股的是技术优势、人才优势，瑞谱公司参股的是资产优势。瑞谱公司以账面资金流充沛获得了控股权，仓瑞谱因而得到了董事长这一席位，夔亮出任总经理，蔺山海任党委书记兼副总经理。

黄河施工局是华夏集团最精锐的施工队伍，技术力量雄厚，机械设备齐全，加上抓住了国家基础建设政策向西部地区倾斜这一千载难逢的机遇，在广袤的西北地区投标承揽了大量水利水电及铁道、高速公路工程，因而争取到了甘肃省政府的支持帮助，有条件在兰州登记注册了一个开发公司。罗耀辉任总经理，舒喜河还当党委书记，全套班子几无异动，大本营也从成都迁驻兰州，自成体系。

三大远征在外的施工局相继脱离母体之后，剩下的龙潭施工局亦因龙潭工程迫近尾声而加速分崩离析。年富力强、尚能创造剩余价值的技工，被韶央、夔亮、罗耀辉们陆续淘走，用以壮大自己的力量，另一部分人被迫改换门庭，更多的人员（年逾五旬的男性职工、四十五岁以上的女性职工）则滞留在十字街。最尴尬的是一大批中层领导干部，没有任何单位诚恳接纳他们，比如支部书记，比如总支书记，比如工区主任，甚至二级单位的党委书记，大多成了无以为依、被人怜悯的对象。许多干部不得不面对再一轮待岗，有的被迫提前办理了内部退养手续，尽管他们很有理想，很有激情，很有上进心。

五大直属项目部根据所承担的施工项目竣工情况，先后就地散摊。其官兵愿意回十字街的回十字街，不愿意回十字街的可以自便，改弦易辙、自立门户、跻身商海都是任选途径。去留自由是华夏集团当时推行的应景政策。

抽掉筋骨后，附着成分树倒猢狲散。修造厂成建制挂靠到了宁泰市政局，转轨变形为船舶修造公司，自负盈亏。旅游运输服务公司被永泰县旅游服务公司兼并。培训中心被永泰县教育局和锅端，因为县里唯独缺个培养专业技术人才的学校。餐饮服务行业以及其他小规模企事业单位，归口永泰县工商局托管，很多店面被私人买断。

胜利大逃亡的景况蔚为壮观，但毕竟悲凉。

红极一时的华夏集团基地集合了一个不具备创造能力而消费能力却又特别旺盛的群体，演化成了一个彻头彻尾的养老院。东山、西山、陕西营的居民被匡奇用亮丽的色彩吸引进了圪崂窝，而后为东山、西山、陕西营恢复原始生态做准备。

于是，圪崂窝临江的河滩上，到处是跳广场舞、健身舞，打太极拳的人群，到处是坐在鹅卵石上打盹儿的老汉。他们操着天南地北的口音，但无不重染本土音色。相信若干年后，他们的后代，后代的后代，也会同陕西营的居民一样，不会知道自己的先辈从何而来，准备到哪儿去。不会有任何一个漂泊者愿意回过头去追根寻源，打听他的祖籍到底在何方。他们最终会与当地的土著融为一体。

诗维书记居然在特殊病房奇迹般地撑过了四年，最后死在龙潭工程第一台机组发电的前夕，享年五十四岁。他走得那么匆忙，虽然与病魔缠身密不可分，长时间的郁闷、压抑、恐惧、懊丧也起了推波助澜的作用。让人百思不得其解的是，他咽气的时候面带微笑，嘴里还紧紧咬着自己的一只食指头。也许是前世有缘，和他患同一种疾病的二姨追在他闭上眼睛的第二天辞世。景丽元把诗维安葬在对岸的公墓，同时下葬的还有二姨。二姨安葬在诗维坟墓的右边，左边还有一块空地，那是景丽元给自己预留的。不久，景丽元回老家把二姨的儿子接到了十字街，准备把他抚养成人。仁至义尽。华夏集团不存在了，但是，由她一手创办的培训中心依然存在，她还当主任。

龙潭工程截流施工完工后，省委组织部忽然来了个副部长，宣布杨导主持华夏集团的全面工作，表明时空一时半会儿回不来了。文件上注明杨导为代总经理。这个时候的华夏集团已经是暮气沉沉，职工群众（包括离退休职工）变得非常麻木，麻木得连集会群访的情绪也没有了。更有各自为政的流言蜚语从远在天涯的三大施工局不断传来，开始闪烁其词，之后就锋芒毕露："奶水不够，与其拖死，不如放大家一条生路。"直至联名上书。集团总部便有有识之士嗤之以鼻："什么强强联合？什么优化产业结构？什么开拓进取？三大施工局的掌柜无非是想争取到与华夏集团同等级别的政治待遇，向全国许多的企业看齐，拿年薪，拿高额奖金！""工人到哪里都是工人！"杨导也曾义愤填膺："放牛的要把牛卖了！"他想怒斥这伙官本位、金钱至上的叛逆的大逆不道行径，苦于找不到宣泄的平台，只能忍气吞声。人心已散，大厦将倾，独木难支，干劲有余，心劲不足的杨导自知无力回天，权且听之任之。杨导把华夏集团的内勤外务委托给了诸位头领，自己则一头扎进了龙潭工地，兼任起了龙潭施工局的局长，承担起了工程施工的全部职责，日夜蹲守在施工现场。他已敏感到：龙潭工程是需要华夏集团攻克的最后一个堡垒，也是华夏集团漫漫征程的最后一站，这个目标一实现，存在的意义就没有了，自己人生的使命也将随之告终。凑巧的是，杨导悲苦的臆度，竟然与省里的最终决策是那样的不谋而合。他无有掌控全局的天分，却视恢弘的龙潭水利水电枢纽工程如小菜一碟。果不其然，三年过后，几台巨型发电机便在他的手里一台接一台发电并网，算是站好了最后一班岗。大功告成，杨导急流勇退。不过，他归隐的不是山西老家，而是十字街的桃园。

杨导功成身退不久，东方戟突然抱病在家。其实，他一点儿病也没有，能吃能睡，就是不出屋。杨导因为还挂着个总工程师的头衔，又是搞工程施工的行家里手，所以兼任了龙潭施工局的局长以后，就对龙潭工程施工的质量和安全管理一把抓了，根本用不着东方戟操心。东方戟乐得多一事不如少一事，索性常年转悠在外，回十字街基地的时候比往年更少，甚至连紧要会议也懒得参加。他有得是理由："外埠工地太多，不是这里出现了质量问题，就是那里发生了安全事故，我哪有时间回家开会啊？没有！"华夏集团的现状让他焦虑不安，可又感到无能为力，与其说是对上百个施工项目的质量、安全尽职尽责，不如说是有意逃避错综复杂的矛盾，眼不见心不烦。其时三大施工局正在谋划另立山头，对各自承担的施工项目已经有了自己的管理措施，根本不在意他这个"巡视员"的作用。他心知肚明，但表面上依然装着"钦差大臣"的样子，照样指指画画，吆三喝五。在外晃荡了四五年，见杨导带头刀枪入库，他也跟着来了个放马南山。东方戟的家也在十字街桃园，和杨导是隔壁邻居，只是两人的往来不多。

只要再熬过一个年头，焦言就可以名正言顺地退休。没有想到，见杨导、东方戟提前退出阵地后，他也自觉卸下了战袍。焦言是个有心人，完整地保留着华夏集团历次产业结构重组、组织机构调整前后的资金、资产账簿和文字资料，包括所有二级单位的陈年老账。他发现有许多资金、资产的流向很不明晰，他等待有人来找他调查了解情况，可是一直没有等到。

帅自文的年龄比杨导、东方戟、焦言小了许多，省组织部门不能不考虑另行安排问题，被平调到了潜龙水电资源开发总公司。当然，这与他长期从事组织工作、劳动人事工作，并深通其中诸多奥秘不无关系。

杨导忽然变成了华夏集团的代总经理使程心爽大为震惊，上进的心情顿时一落千丈，心里一个劲儿抱怨上级组织部门太不英明。在以后的日子里，失落感不仅使他消失了工作热情，还经常激励他与班子成员闹别扭，唱反调，弄得班子成员个个心焦肚烦，还互相猜忌、提防。他也曾雄心勃勃——把龙潭工程作为一个竞技平台，一展身手，迫使省里重新考虑华夏集团的班子问题。岂料杨导早就看出："此人居心不良。"根本不让他插手龙潭工程的事，硬让他英雄无用武之地。因为与帅自文是一个年龄段，所以，省组织部门也做了妥善处置，把他安排到了宁泰市。哪知程心爽并不接受，自己和沈光荣直接搭上了关系，去太平洋机械进出口公司当了副总经理。虽然也算平调，但个人年收入可就比以前翻了许多倍。

贺公公——贺怀阳是个笔杆子，普遍认为他人品不错，所以，潜龙总公司的总经理覃富强和宁泰市市长祝原，都乐意接收他去继续当办公室主任，永泰县县委临近换届，也有意保荐他去做几年县委书记。哪料贺怀阳竟然一一婉言谢绝，毫不犹豫地办了内退手续，蜗居竹园。这是他一生中办事办得最果断的一次。

党群工作部的人员本来就不多，加上都是些笔杆子，所以，很快就被地方报社、文化团体和企事业单位的文字工作部门聘请了去，专门舞文弄墨。被称之为司马师爷的司马敬是管笔杆子的，管笔杆子的人太多，所以不如笔杆子紧俏。他的专长实际是思想政治工作，略通些马克思的政治经济学和恩格斯的共产主义原理，只可惜除诗维书记外，也没人识得他这块金镶玉，只能是束之高阁。他的家也在竹园，和贺怀阳住的楼房隔窗相望。

被人用弹弓射瞎了一只眼的白延寿，最大的心愿是在有生之年能够把工会代主席后面的那个"代"字去掉，若是能擢升为党委副书记最好，给自己人生道路画上一个圆满的句号，结果没实现。他自诩一辈子干得最轰轰烈烈的一件事就是在时空落难之际挺身而出，赴汤蹈火，在所不辞，大义凛然地跑到省城，为时空上上下下鸣冤叫屈，四处疏通关节。白延寿的作为尽管没有起到关键性作用，但是代表了华夏集团的态度，代表了民意，确实算得壮举。时空接受调查结束，昭雪在即，白延寿便回到了十字街，一直坚守岗位，直到机关干部全部走光。他儿子做生意发了财，这就使他有实力在圪埒窝的江水边购得一栋别墅。他一天到晚坐在江边垂钓，后来伴随他一起垂钓的还有赖耗子。

达奚贤也是坚持到最后一个人一条枪。达奚贤的投标办公室有六十多人，但是散伙的时候并不像其他处室那样悲咽一片，人人为自己的生活出路哀伤。投标办公室聚集的都是达奚贤精心物色的工程技术人员，能编制标书，懂得概预算，有的甚至具备驾驭工程施工的能力，所以成了华夏集团三大施工局、潜龙总公司和众多工程施工单位猎获的对象，很快便被聘用一空，就连被达奚贤用来专事饮酒、打牌、歌舞的杂役，也在求贤若渴的智者心目中变成了不可多得的人才。华夏集团步入绝境，达奚贤最为伤感，也不服气。他以为，只要有一个得力的领导班子带领大家顶过这个浪头，前途依然一片光明。遗憾的是领导集体首先散了摊，航船失去了舵手，这就成了名副其实的蛇无头不走，鸟无翅不飞。龙潭工程截流施工侥幸成功后，达奚贤曾经倾投标办之全力，瞄准笑湾、西落凼两大水利水电枢纽工程，充分发挥自身投标技术优势，竭力争抢这两大工程的主体标段。他心里暗暗盘算：只要能中得七八十亿元的主体工程标段，华夏集团的一切矛盾便可迎刃而解，仍然生机无限。恰逢笑湾、西落凼两大工程的甲方对华夏集团的实力产生了浓厚兴趣，皆因龙潭工程的截流施工令其震撼，他们的逻辑是：总攻时刻，非但有人驾驭驳船闯漩涡搏激流，沉船封堵龙口，还有勇士驱车冲入龙口以身换取胜利——犹如朝鲜战场上甘岭战斗中用身躯封堵碉堡枪眼的黄继光——英勇无畏，不怕牺牲，具备此等素质、此等精神的队伍，什么样的人间奇迹不可以创造？何况笑湾、西落凼两座水电站！就有了将主体标段招标的优惠政策向华夏集团倾斜的善意。可是狭路相逢，冤家路窄，华夏集团的竞争对手尚有参加过龙潭工程主体标段竞标的八大巨头，同样拿华夏集团在龙潭工程截流施工过程中死人翻船的事大做文章，他们的舆论宣传与两个甲方单位的看法恰恰相反。他们说：全国那么多水电工程，有的比龙潭工程大好几倍，没有任何一个施工单位在截流过程中真正沉过船，更没有哪个单位在截流时发生过死人的现象，一个连龙潭工程截流都这么费劲儿的施工队伍，哪里还有什么资格胜任笑湾、西落凼这种特大型工程！两个甲方单位就又犹豫起来。最后，这两座造价高达一千多亿元的水利水电枢纽工程，被来自全国的几十家水电施工单位、建筑单位饿虎馋狼般撕咬成了碎片。华夏集团仅瓜分到了不足十亿元的份额，少得可怜。尽管如此，老达奚仍未灰心，还在组织自己的队伍做最后的拼搏，在积极参与其他水利水电工程招投标活动的同时，向国际建筑市场开拓。可是为时已晚，集团内乱日盛一日，使得他一切良好的愿望都付诸东流，不得不痛心地做收拾残局的各种准备。老达奚最钦敬的人是他的老上级秋胤。他总在想：要是秋胤还在华夏集团，华夏集团断然不会沦落到这步田地，可他怎么就成了国民党的特务呢？老达奚离开自己的战斗岗位时只有五十五岁。忠心不事二主，他下决心哪儿也不去了，就在十字街扎下。每天早晨，安静的竹园会听到他突然在窗口亮几嗓子：

"我正在城楼观山景，

耳听得城外闹纷纷……"

混得有滋有味的是匡奇。匡奇先利用集团先后批拨的十多亿元安居工程款在圪塄窝建造了几十栋楼房，按既定方针把东山、西山、陕西营的居民分批分期搬迁进了新居，剩余的居室全部以商品房价格卖给了周边地区富裕起来了的菜农、渔民和一心向往自然风景的大都市白领。然后，又将原计划用来兴办种植场、养殖场、食品加工厂等菜篮子工程的抛荒地，统统建造成了商品房。这个家伙的运气来了，正赶上全国房价暴涨，海赚。几个驴打滚儿下来，他手中的十几亿元魔术般的变成了几百亿元，利率是修建水电站的几十倍！自从时空离开华夏集团后，高管层没人能念得了他的紧箍咒，谁也管不了他。他也不服谁管。他自作主张，把自己的产业链无限度地延伸，生意越做越大。如今的匡奇可谓今非昔比，华夏集团那栋全十字街最高最壮观的总部大楼全部归他所有，他已经在那里建立了一套自己的管理体系。开始，总部大楼还挂着华夏集团基地管理办公室和华夏房地产开发公司两块牌子，后来，匡奇干脆把华夏集团基地办公室的牌子给下了，其管理职能下放给了属下的一个办公室。匡奇胆大包天，居然在大楼占据了整整一个楼层，布置了办公室、会议室、会客室，并且自己给自己配备了司机和秘书，派头远远超过了易日山、岑雪飞；时空、诗维。因为有了钱，财大气就粗，身价也百倍，出出进进前呼后拥。宜阳县的伍书记和陆县长搞不清匡奇什么来头，一看见他的座驾宁肯——一辆车厢长得出奇的小车，就远远停下车来，主动上前打招呼，有事没事都要寒暄几句，试问有何吩咐。娄毅不知怎么七弄八弄成了匡奇的保镖。他的保卫处不知不觉变成了保安处，下属也从十几个精简到了五条汉子，权力范围亦从华夏集团的几个生活小区收缩到了这栋大楼——只管大楼里面的安全保卫工作。他从公安处处长到保卫处处长，再到保安处处长，不都是处长吗？可自己这个处长怎么……怎么要服从匡奇那个处长管的呢？娄毅感到很不顺，但又不知道不顺在哪儿。因此，他老是和匡奇拉反纤，寻别扭，甚至叫板。现如今，敢和匡奇叫板的也只有娄毅。娄毅和匡奇叫板的时候，匡奇从不动怒，总是眯着小眼狡黠地笑。某一天娄毅气势汹汹冲进了匡奇那比若羽毛球场的办公室。匡奇见势不妙，忙把挈在办公桌上的两条大腿缩了下来，不待娄毅放话，就笑逐颜开先开了口：

"来得正好。正想找你。"

"找我？"娄毅木讷了一下。

"也没什么大事。坐吧，坐。"匡奇递给他一瓶矿泉水，偷觑了一下他的神色，"就想问问……白延寿的一只眼珠子被人用弹弓射掉了；宇文泰的家门口被人装炸药爆了炸；老余头在垃圾桶里拾得一条烟，回家敲开一看，敲出了一麻袋钞票，把老余头给吓疯了；还有陕西营的两口子夜间在外面乘凉，老婆被人闪婚了一盘，当老公的还蒙在鼓里……这几宗案子，有进展没有？"

"怎么？想听我的工作汇报呀？"

"你看你看，我这不是随便问问嘛。"

"告诉你吧，这几个案子早被我侦破啦！"

"哦。"匡奇点点头，"怎么就没见你……"竖起的食指头指指上空，"向上头报个告呢？"

"那不是怕添乱嘛。嫌华夏集团乱得不够哇？"

"好样的。"匡奇挖苦说，"你没有报告，华夏集团就没有乱了啊？"

"我说匡奇呀，你小子就是因为浑水摸……"

"呃呃呃，积德，积德，积点儿德啊。"匡奇连忙赔起了笑脸，"我知道，你哩，老感到心气有点儿不顺，对吧？可是……脑子还是与时俱进为高。假如你能再回部队去打无人高空侦察机，我……我把宁肯送给你做坐骑都行……事到如今，也只能是这样了。你……年收入是不是比从前翻了好几倍了？是不是还开起了新奥迪了？这不就结了。"人一旦有了钱，不仅显得很有文化，而且还显得很有智慧。

比较起来，琴拥军的下场最惨。

龙潭工程截流施工结束后，琴拥军就开始了愧对六位死难者和重大人身伤亡事故责难的双重折磨。合龙紧急关头，面对六位同事、战友、兄弟被狂涛吞没，作为副指挥长，琴拥军没有顾及生命，而是命令两岸戗堤头的汽车猛烈抛投石块、碎石、四面体，抢抓战机，拼死合龙。在以后的安全事故调查中，忠实追查重大人身伤亡事故责任人的履职人员，省略了一旦溃堤有可能造成更为严重的后果和截流成功的绩效，把矛头直接指向了造成重大人员伤亡事故的责任者，这样，琴拥军就成了箭靶子。确实，众目睽睽之下，帅自文、程心爽大声疾呼"救人"，而琴拥军则声嘶力竭地咆哮"倒！投！快投哇！"——不是故意杀人嫌疑犯就是过失杀人嫌疑犯！不错，帅自文、程心爽是总指挥，但文件对责任界线是明确规定了的，截流施工的具体负责人是指挥长和副指挥长，总指挥只是一种协调形式，况夫已经殉难，剩下的一切责任只能是琴拥军承担。更为严酷的事情终于发生了，重大人员伤亡事故调查的履职人员不问青红皂白，决定向司法机关提出诉讼，举证过失杀人罪，要将琴拥军绳之以法。这个时候的琴拥军已经非常麻木，时常发愣发呆，眼角流泪，甚至高叫况夫、吴王、胡胜利、薛建设、鲍官厅、鲍永泰就在眼前。危难之际，幸亏寇勉还活着。办案人员静候在寇勉的病榻前时，他忽然回光返照："战场上，夺取胜利……有时是需要战士自觉炸碉堡蹚地雷的……伤亡事故跟那个叫琴拥军的一点儿关系都没有……我是副省长，是截流现场的最大长官，要是判处伤亡事故第一责任人的死刑，领刑的应该是我……你们判我死刑好了，反正我迟早是一死……"说完这话就咽了气，吓得几个办案人员面如土色。琴拥军最后免予刑事处罚，司法人员终于找到了另一个依据：他患有精神病。但是，他的副局长也当不成了。正因为能接替况夫工作的琴拥军不能接替况夫的工作，杨导才果断地兼任了龙潭施工局局长的职务。在以后的日子里，人们经常看到琴拥军像幽灵一样游荡在龙潭工地两岸。他蓬头垢面，眼珠子变得红红的，眼角不停地流泪，嘴唇哆哆嗦嗦。有时，他会突然一下大呼大叫："况夫！我看见你了，我已经看见你了！嘿，你小子躲在水里！"

沙湖市的市长不满足沙湖市的现状，请了几个专家为沙湖市把脉，谋求更大的发展。其中有位环境学家在研讨会上大谈环保科学，他说："沙湖市的沙湖应该恢复原貌，有效改善生态平衡。以破坏原生态为代价，换取几许粮食，给子孙后代遗留下无穷隐患，愚昧。粮食是可以进口的，可是自然环境能进口吗？"沙湖市市长认为这位环境学家的论述颇有见地，决定恢复沙湖的原始面貌，让销声匿迹的大雁、白鹭再飞回来。这件事很快被雷好知道了。雷好觉得这是个好机会，不能错过了。雷好感到现在的日子很不好过。自从丢掉了昔日呼风唤雨的大权、屈就潜龙总公司工会副主席这一虚职以后，处处被冷遇，生活落差太大，实在让他难受。诗嬿被娇宠惯了，任性，眼里容不得半点儿沙子，哪里受得了这种委屈？因而两口子常有口角。还有一个潜在危机更加可怕，那就是沈光荣的报复。诗嬿曾经是沈光荣的女友，而自己不管怎么说曾经是沈光荣的父亲，沈光荣心中的情仇、怨愤可想而知，爆发是迟早的事情。况且，儿子快满周岁了，眼看一天天长大，把上一辈结下的冤仇遗传给下一辈，是任何一个有良知的父母最不愿意做的事。所以，雷好经常想到挪窝儿，离开潜龙总公司，寻个安宁去处。可是，省城说大却小，能往哪里去呢？因此，一听到沙湖市决定恢复沙湖原生态的消息，雷好的脑子立刻活动开了。

就有一天，雷尚从北京来到了寇勉的病房。雷尚走进病房的时候不停地大声咳嗽，不停地喘着粗气，好像自己不久人世。躺在病床上打点滴的寇勉不为所动，明明知道他走进来了，却连眼皮都不抬。雷尚也不在意，立在病房中央左瞧瞧，右看看，而后扛着瘦削的脊背，咳咳咯咯地挪到病床旁边的沙发上坐了下来。坐下来的雷尚夸张地匀了一会儿气，才说：

"龙潭截流，本来想跟你好好叙叙旧。不是出了死人翻船那档子事了嘛，大家就都不欢而散哪。听说你从龙潭工地回省不久就病了，还病得不轻。不赶过来看看怎么行啊。"

"有什么事……就直说了吧。"寇勉终于应了一声，出言吐气是真正的吃力。

"沙湖说是要恢复从前的模样了。他呢，想回沙湖。过去，他不是在那里领导过修堤嘛？熟。"心有灵犀一点通，雷尚知道自己说的这个"他"，他知道是指谁，"那就让他回吧，回。不回咋办呢？好在毁掉一个工程比修建一个工程容易多了，工作能力不是个问题。"

"前些时，曹二九给我打来一个电话……曹二九过去是预备的连长，当过我的领导，你不认识。他在电话那头命令我赶快把华夏集团的华夏放了，还说'副省长怎么连这点儿小事都办不到'。这会儿吧，你又来让我把他从这里挪到那里，呵呵……"寇勉明显中气不足，"照说，副省长是应该有这点儿权力，可我怎么就做不到呢。"

"哎呀呀，就别跟我扭扭捏捏哪。"雷尚说，"都这个样子了，就别有那么多的顾虑了。做点儿好事。"

"我怎么欠了你那么多的债呀？还不清。"

"谁找你讨过债了？你欠着我的债，那是还得了的吗？"雷尚知道寇勉的心铁，但也想到他毕竟是人，就动之以情，"龙潭工程截流施工死人翻船后的第二天，我，他，还有他那老妈妈……现在也退了。我们三个人特地去十字街看望了诗维……当然首先是赔不是。眼见生米已经煮成了熟饭，孙娃子快知道喊外公、外婆了，怎么办？不看僧面看佛面，拥护了。真拥护了。所以说，有些个事呀……咳，咳咳咳咳……是完全可以峰回路转的。咱不为别的，为了下一代。你革命革到如今，我革命革到如今，为了啥？不都是为了下一代？你我革了一辈子命，有啥？仔细想想，有啥？啥都没有哇。那小孙娃，我看过，可爱，好可爱。是我的，那不也是你的嘛。主要是生活环境对他们来说太糟糕。不在位了，就一钱不值了，没人表示友好这且不论，还遭些冷言冷语，日子难熬啊。还有，结下的冤仇……这些，你都应该想象得到。他倒好说——死猪不怕开水烫，我担心将来孙娃子受到影响……不离开省城，不远走高飞，你说，咋办？"

不知是雷尚的话真正打动了寇勉，还是寇勉实在没有精神、气力听雷尚絮絮叨叨，只见他把一只干瘦的手伸了出来，向雷尚摇了摇，继而将床头柜上一颗红色的按钮按了按。

贾垚立刻从秘书办公室走出来，走到了寇勉的床前。

寇勉仰望着上空："通知……沙湖市长，上我这里来一趟。"

贾垚应了一声，回到秘书办公室去了。

雷尚又夸张地咳咳咯咯了一阵，站起来，挪着碎步，刚要出门又回转了身子："生活一直过得节俭，总该……有点儿积蓄吧？"

"都缴党费了……早缴了。"寇勉生气地喷出一声。

"从北京捎来两颗野山参，长白山的。撂在办公厅了。让秘书们给你熬了吃。不想开刀，那就吃吧，使劲儿吃。"

"事能不能办成……可就没有我的责任了啊。"

"能办成……哪能办不成啊？咳咳咳咳……"

不久，雷好携家带口回到了沙湖。不久，雷好展开了拆迁工作、大堤缺口爆破工作。于是，经历过了三年造堤、五年垦荒的沙湖农场，被雷好轻而易举地恢复到了从前的面貌。于是，雷好和家人过上了湖光山色的田园生活。

黄河在医院躺了半年多。他吃得饱，睡得香，就是不出院。他知道一出医院，就会被公安机关作为嫌疑犯关押起来，接受调查，甚至审讯。有人找他了解情况，他不是说"脑子已经没记性了，坏死了。过去说了什么、做了什么，都记不起来了"，就是说"我现在说的全是胡话，不能作为依据"。宸奎束手无策，办案人员也束手无策。直到有一天白延寿高兴地告诉他说"时总没事了，马上恢复自由"，他才决定离开医院。宸奎和包连副赶到医院给他送行。宸奎说："你可以考虑来省公安厅工作。"包连副说："我马上转业到特警培训中心当擒拿格斗队队长，你要是愿意去，我推荐你当总教练。"黄河说声"谢了"，拎起行囊，扬长而去。黄河后来在老婆的帮助下，办了个开出租车的营业执照，十字街经常可以看到他的的士。

时空被规定在怡心园大酒店后，对外面的情况一点儿都不知道，日子非常难熬，还得挖空心思同办案人员软磨硬抗。对案情，他自始至终坚持两点：第一，奥迪后备箱里面的鸦片和四十万元现金不是自己的；第二，鸦片和现金的主人是谁，只有自己回去弄清楚了以后才能正面回答。宸奎和所有的办案人员就一齐说时空非常狡猾。时空执着地认为，此事没有办法诚实。他坚信只有采取这种态度才能有效保护自己，保护茅镰和山茶，承认和否认都会使案情复杂化。他一点儿也不清楚主动投案的茅镰和山茶向司法部门坦白了些什么，只能扼守防线。

其实，茅镰和山茶的供词十分简单。审讯人员问巴山茶：

鸦片是你的？

答：是的。

问：重量是多少？

答：一斤。

问：买鸦片干什么？

答：治病，鸦片可以治风湿风寒，我在山里落下了风湿病。

问：谁卖给你的？

答：邻县一个采药的老大爷，驼背。

问：你准备卖给谁？

答：没打算卖给谁，自己吃。我已经回答过你了。

问：鸦片为什么会在奥迪的后备箱里？

答：不知道。我让茅爷爷给捎回十字街，不知道他怎么又放在奥迪里了。

之后，审讯人员又找茅镰录口供，问：

奥迪后备箱里的现金是你的？

答：没错。

问：数额是多少？

答：四十万。

问：携带这么多钱干什么用？

答：办养殖场。我早答应资助面巴屯办野鸡、野猪养殖场。一看地脚还没打好，就临时决定把钱带回，怕村长挪用了。这事，你们可以找面巴屯的村长、支书调查。很多群众也知道。

问：现金全部是你个人存款？取款单让我看看。

答：这钱是我借的。我的存款是定期，时间没到，所以才借。

问：向谁借的？他住哪？

答：曹二九，我从前的战友。住宜阳笤箕铺。

如果单凭这个笔录判断，时空就与案情毫不相干，当立即释放。但是任何一个办案人员也不会这样轻易了事。认真负责的司法部门于是把笔录作为参考，展开深入调查，调查鸦片的上下线，调查四十万元现金的来龙去脉，确认鸦片和现金与时空的关联程度，毕竟两项物证都是在他的奥迪汽车里发现的。

去面巴屯开展调查工作的办案人员没有获得实质性的突破。面巴屯方圆数十里的山民确有吸食大麻的陋习，男女老少都会来两口；有的家庭每年熬制一点儿，驱驱寒，穷对付一下腰酸腿疼也是事实。山民和护林员都说，西面大老林是经常可以看到一个自称药农的老头儿，实际上是个会说中国话的外国人，贱价卖点儿洋烟土的事情不是没有过。与巴山茶的口供出入不大。办案人员于是突发奇想，如果能将那外国老头儿擒获，不仅能彻底弄清巴山茶的涉毒真相，还可以破获一宗跨国毒品大案。就会同正在四处忙着布控缉毒的郝副营长，在大老林一带布下了天罗地网，日夜蹲守。蹲守了一个多月，根本见不着那老头儿的踪影。就有人说，一定是见中国西南地区的缉毒动静太大，外国的毒贩子不敢进来了。

负责调查四十万元现金源头的是检察院的两名警司。两名警司根据茅镰提供的线索去筲箕铺找曹铁拐。两名警司是这样想的：只要曹铁拐否认借钱一事，就说明案件另有隐情，可以深挖下去。

一个警司问："两个月前，你借给了茅镰四十万现金对吧？"

曹铁拐硬邦邦地回答："有这事。"

另一个警司说："四十万，数目不小啊……"

"这话怎么在说哩？小看我没钱？你敢小看我没钱？"曹铁拐早就在家等着他们上门调查，曹铁拐的词儿早就准备好了，曹铁拐面孔一板，先声夺人，"打听清楚了没有啊你？曹铁拐我从满洲里一直打到滇桂黔，从北边打到南边，打了日本鬼子又打国民党反动派，我都打成这样了，看，看看，我会没有钱？我立的战功，比你们打的仗还多……看见过打仗没有啊？我没有钱，我当过连长，当过区长，当过公社党委书记，当过宜阳县的顾问，我革命几十年，我会没有钱！我都没有钱，哪个兔崽子敢吹炫自己有钱？我两个儿子是师长，七个子女全有工作，我会没有钱？我堂客两个哥哥在台湾，一个做大官，一个当资本家，你说我有钱没有？门缝儿里瞧人，哼！"噼里啪啦，把两个雄心勃勃的警司唬得愣头愣脑。

"老革命息怒，老革命息怒！"一个警司忙说，"千万不要误会。我们只是想调查一个案件，完全没有怀疑您有钱的意思。"

"宜阳县的老县长茅镰出了点儿事，当然……跟那四十万有点儿关系。"另一个警司说，"茅镰说那四十万块钱是找你借的。只要你把那四十万块钱的提款存根给我们看看，或者告诉我们那四十万是在哪家银行取的，我们跑腿儿问问，这事就算完了。"

"啥意思啊你？"曹铁拐不但不配合，还故意跟他俩拗起筋来，"钱哪有往银行存的啊？银行把我讹了谁负责啊？你负责？再说了，我这一条腿，你让我不停地往银行来回跑哇？知道不？自打祖上起，我们家的钱就存在家里，不存银行！一九六〇年……知道一九六〇年是怎么回事不？不知道吧？饿肚子！全国人民都饿肚子！我背了一麻袋黄金白银，去广州换回六大汽车粮食，给修公路的民兵充饥，给龙潭公社的父老乡亲充饥。这一麻袋黄金白银，就是我从家里挖出来背到广州去的。要是存在银行，银行会让我顺顺溜溜一下子提出那么多的黄金白银呀？这事，半爿街的老百姓都知道，宜阳县的老百姓也都知道，你们先去问问清楚，问清楚了，再来找我说别的。"

两警司碰了一鼻子灰，垂头丧气地走了。

半年过后，调查结果表明：时空与那一包鸦片没有关系，与那四十万元现金也没有关系；茅镰认领的那四十万元现金有来源，有出去，与那一包鸦片没有内在联系。这就是说，他们两个人贩卖毒品的罪名都不成立。那么，真正的涉毒嫌疑人只能具体落实到巴山茶。证据确凿，巴山茶又供认不讳，进入司法程序，审判、定罪、量刑在所难免。看来，所有的罪责只有她一人承担。按现行法律条款，涉毒一公斤，当事人可获死刑，巴山茶面对的刑律是残酷的。如何将巴山茶承受的刑罚降到最低程度，时之男责无旁贷。时之男心里明白，山茶是无辜的，她付出的一切代价都是为了帮助自己的母亲，维护这个家庭的声誉，她是自家人。时之男跑到省城，替山茶组织了一个强有力的律师团队。她聘请两位在法院、律师事务所供职的同学做辩护律师，并且请到了全省最著名的法学教授当顾问，抢占辩护、法理制高点，为山茶的量刑问题争取有利局面。开庭那天，三位细心的辩护律师突发奇招，让控方律师和审判长一齐哑口无言。验证鸦片后，公诉人指控巴山茶犯贩卖毒品罪，主张判处死刑。辩方律师不动声色，从容申辩："控方主张据鸦片重量量刑，辩方不反对。问题是，控方主证的量刑数字依据不可靠，辩方有权质疑。"于是当庭校核那包鸦片的重量。校核结果是：鸦片净重八百五十克；牛皮蜡纸重量一百五十。很明显，毒品贩子短斤少两，鸦片的实际重量根本不够一千克。"控方不能把包装纸混作指控根据。"辩方律师只说了一句话。为尊重事实，只得休庭。在以后的几次开庭审判中，辩方律师又以边远山区的传统习俗、特殊的生活环境、不能把鸦片的独特疗用与毒瘾混为一谈，当事人年幼、初犯、本身就是受害者为由，积极抗诉，申诉，迫使法庭在量刑问题上节节退让。最后，巴山茶被判处有期徒刑六年。由于服刑期间表现好，巴山茶得以连连减刑，仅服刑三年零一个月便提前获释。这其中当然包含着时之男付出的不少心血。

　　巴山茶出狱的那个时候，华夏集团已经是个徒有虚名的空架子，人人都在自谋生路。时之男原准备与华夏集团共存亡，不想，她用英文撰写的一篇题为《轰动效应的急剧分崩和边际文化的悄然崛起》的学术论文，被泛太平洋区域经济合作商会总裁威廉·詹姆斯看中。这位老先生别具慧眼，认为，在全球经济异常活跃的当代，作者却跳出了纷扰，用冷静的心态、敏锐的目光，洞察、剖析潜藏的危机，并且提醒人们不要争抢同一块蛋糕，而应该从那些被忽略了的市场寻求新的经济增长点，不为热潮所动，独树一帜。于是通知上海总部，聘任时之男为高级助理，年薪一百万元人民币。特别让人震惊的是，他要求总部不必过问作者的年龄、学历、性别、职务、背景，只要本人愿意就行。吸引时之男的不是那与自己年收入高出二十几倍的薪酬待遇，而是泛太平洋区域经济合作商会宽广的视野环境，还有詹姆斯先生不疑心朋辈的胸怀。她决定应聘。把巴山茶接出监狱后，她带着她飞到了上海。时之男觉得一家人全都欠着巴山茶的债，决心百倍偿还。她想方设法让山茶进了一家民族歌舞学院，因为这个学院不太讲究文化、学历，自然条件好、能够按时足额交纳学费就可以入学。她早就发现她的嗓子嘹亮，像只百灵鸟，只要悉心培养，不定将来会当个歌唱家。

　　时之男去上海供职前，去沙湖市看望了一次诗嫄。已为人母的诗嫄全然没有了从前的朝气，也可以说比已往成熟多了。两人在沙湖宾馆拉了一夜家常。诗嫄似有无限伤感，流了一夜眼泪。这也难怪，她接受了一个不愿意接受的现实。时之男之所以专门去看望她，是因为觉得自己很可能是这个世界上最理解她的人。她要告诉她，默默忍受冤屈，无声奉献，终究是会被人知道的，终究是会被人敬佩的。她说，"你做出的牺牲最大……为挽救一种岌岌可危的局面，你付出了常人无法想象的代价……你既拯救了众多生灵的命运，又维护了自己的贞操……你很优秀，应该得到尊重……"的确，当初只要诗嫄跺跺脚，就会满城风雨，危及四方。诗嫄却哀婉叹息："之男，别安慰我了……我哪有你说的那么好啊……"

　　那年，时空摆脱困扰后，在省城滞留了很长时间的茅镰终于放下心来。一听到时空即将获得自由的消息，他就连夜驾驶寄放在工农兵旅社的小吉普往宜阳赶。他只顾庆幸自己凭着胆魄、睿智扫除了一切灾难，但是他尚没有意识到所有的灾难全都起源于他。他选择的行车路线是潜龙江右岸。他打算先去面巴屯，给巴山茶的爷爷报个信，说明一下山茶为什么几个月不见音讯和以后还将有很长一段时间仍然不会有她任何音讯的原因，然后再去十字街向尉迟珙、尉迟江南传递喜讯（他还不知道尉迟江南已不在人世）。由于兴奋过度，由于那辆美式吉普太老旧、太不听使唤，行至展旗的时候，连人带车坠下了山崖。可怜他一辈子做好事，直到晚年还摔死在做好事的途中。

茅镰罹难后，曹铁拐不知怎么一下子变得神叨叨的，常常自言自语，也没说别的什么，就莫名其妙地唠叨："要打仗了……要打仗了……该上前线了……"唠叨得苗士逸一天到晚惶惶不安：这日子好好的，打什么仗啊？筲箕铺已经被龙潭工程截流后的回水淹到了村口。筲箕铺的村民有的开始向移民新区搬迁。宜阳县委、县政府考虑到曹铁拐是老革命，劳苦功高，借此机会在宜阳县城关给他派了栋两层楼的房子，称作别墅。岳丈苗宇朗九十大几了，住一楼，他和夫人苗士逸住二楼。一天半夜，曹铁拐忽然翻身下床，一边唠叨"要打仗了……要打仗了，我该去前线了……"，一边拄着铁拐往外跑。他根本没有想到有楼梯要下，一个大跨度的铁拐甩上前去落了空，整个身子立时一个前空翻，重重地摔下了一楼，叫唤都没来得及就断气了。

时空后来回了一次十字街，还特地到龙潭水电站看了看。那是他当了副省长之后的事。

围绕一包鸦片和四十万元现金的案情由巴山茶、茅镰死扛下来后，司法机关对时空的怀疑自然解除。但是组织部门没有让他再回到华夏集团，而是通知他留在省城待命。这个时候，寇勉已经去世。这个时候，省委、省政府的换届工作均已结束，新一届领导集体提出了新的工作思路。这个时候，龙潭工程正值基础开挖期，大坝混凝土浇筑即将开始。也是这个时候，华夏集团的裂变状况日渐显现，大有不可逆转之势。省政府见龙潭工程业已进入施工高峰，一时还没有必须华夏集团担纲的后续工程，想缓缓再说，加上时空毕竟接受过司法部门的刑侦，多少会给个人造成一些负面影响，所以没有让他回去继续履职。省人大的黄奂副主任有资格继任。继任后的黄副主任非常严肃地提出：当年是让时空去华夏集团锻炼的，针对性的培养动议很明显，因涉嫌毒品，错过了换届期间选举和被选举的机会，现已真相大白，应予考虑公正问题。他说："时空的名誉已经受到侵犯，政治生命已经受到打击，家庭已经受到伤害，作为组织，如不尽力帮他挽回，有失公允。对一个公民，不能说抓就抓，说放就放，尤其是对待一个干部。所以我建议，省委、省政府应该本着实事求是的原则，对同志负责，在恢复时空个人名誉的同时，纠正临时取消其人大代表和新一届省委、省政府候选人资格的错误做法。我们既然犯了错误，就应该勇敢地承认错误，改正错误，在全国范围内带个好头。"省委常委感到没有理由拒绝黄副主任的提议，作出了以实际行动纠正错误的决定：增补时空为省委委员、省人民政府副省长。当然，落实这个决定的过程十分漫长，艰难。

当上副省长的时空已经没有了扭转华夏集团颓势的权力，他很惋惜。

时空回十字街的时候很低调，没有专车，也没有秘书陪同。他先去对岸公墓哀悼亡妻尉迟江南，追悼诗维、况夫和其他几位英烈，再去祭拜茅镰和曹铁拐，然后，准备把风烛残年的岳父接回省城。之男、山茶已经去了上海,他不能把老人家遗忘在十字街。可是,尉迟珙依然不肯离开将军楼。华夏集团的老人们都赶来劝他。有的说天下没有不散的筵席,该散就得散了;有的说这里已经没活儿干了,大戏该收场了;有的说将军楼和棚户区要统统拆除了,东山、西山、陕西营要恢复原始生态了;有的说你旁边住的四户人家每天都在闭门修炼天目神功,你不走,将军楼不拆,他们会在这里一直修炼到死,拆庙才能撵和尚啊。尉迟珙这才动了心。回省城前,时空决定去龙潭工地看看,其实,那才真正是他时常牵挂、割舍不下的地方。路上,一连几天都在开着的士陪伴时空的黄河说:

"时总,下次回十字街,开专车来得了。该有个省长的派了。"

"下回来也不会带专车。就坐你的车。"

"为啥呀?"

"坐你的车踏实。"

"嘿嘿。时总怀旧。"

"确实给我配了辆专车……可还没找到司机。"

"赶紧找啊。司机多得是。"

"奥迪,崭新……你想不想去开呢?"

"哎呀……那得回家商量商量。"

"怎么?还得夫人点头哇?"

"倒也不完全是。"黄河说,"我老爸老妈为了守在这旮旯,连北京都不回了。我要出走,这道理上……"

"行,我等你回话。"

半爿街还是老模样,沿江排列着一长溜儿黑黄相间的吊脚楼,赶集的山民照样熙熙攘攘,嚷嚷闹闹,唯独西岔口的老牛马市场耸立起了一座六层小高楼,给古老的半爿街新添了一道亮丽风景。相比之下,对峙在龙门上游的阳元岬、阴元岬,变化可就翻天覆地。巍峨的龙潭水电大坝扼锁江流,像一截横亘在潜龙江上的长城,气势恢宏。坝下,洪波汹涌;坝上,一碧万顷,百舸争流。龙潭水电站的第一台机组已经发电,并网,第二台机组正在试运行,船闸也开始迎送过往船只。应该说,这是个非常不错的形势。可是,面对这个非常不错的形势,时空不仅没有表现出兴奋、激昂的神情,反而显得心绪沉重。龙潭工程很快就要完工了,龙潭工程完工越快,意味着华夏集团的使命结束得越快,一个为这座雄伟的工程付出了血的代价,并且有着辉煌历史的施工队伍,将随着这座工程的竣工而终结自己……时空立在大草甸边沿,凝望着巍巍大坝、浩瀚平湖,凝望着无数乘风破浪的航船,由衷惋叹:其实,一盘棋有许多种走法,何苦选择这一着儿……

"时总,该回了吧?"旁边的黄河催促说,"将军楼的老爷子怕是着急了。"

时空慢腾腾回过身来:"走……走吧。"

他们的身后是一条驳船。驳船倒扣在用块石、四面体堆砌的平台上。黄褐色的船体锈迹斑斑,到处是经过了撞击、挤压、磨擦的孔洞和瘪瘪凹凹的伤痕。它是杨导在指挥拆除上游围堰时让大家搬运到大草甸来的,他想把它留作一个永恒的纪念。时空知道这艘驳船的经历，面对它端详了很久。忽然，他发现船体中央有人用干电池石墨画了一行字——库尔斯克号。未知出自谁人之手，是有识之士的神来之笔，还是无知之徒信手涂鸦？但看得出，那字迹确实没有上心，歪歪扭扭。

2015年元月15日22时34分二稿（全书）完
2015年11月21日22时35分三稿（全书）完
于葛洲坝